庆贺八十华诞

赵景瑜文集

谈现当代诗人及诗歌源流

九三老翁马作楫题

三晋出版社
山西出版传媒集团

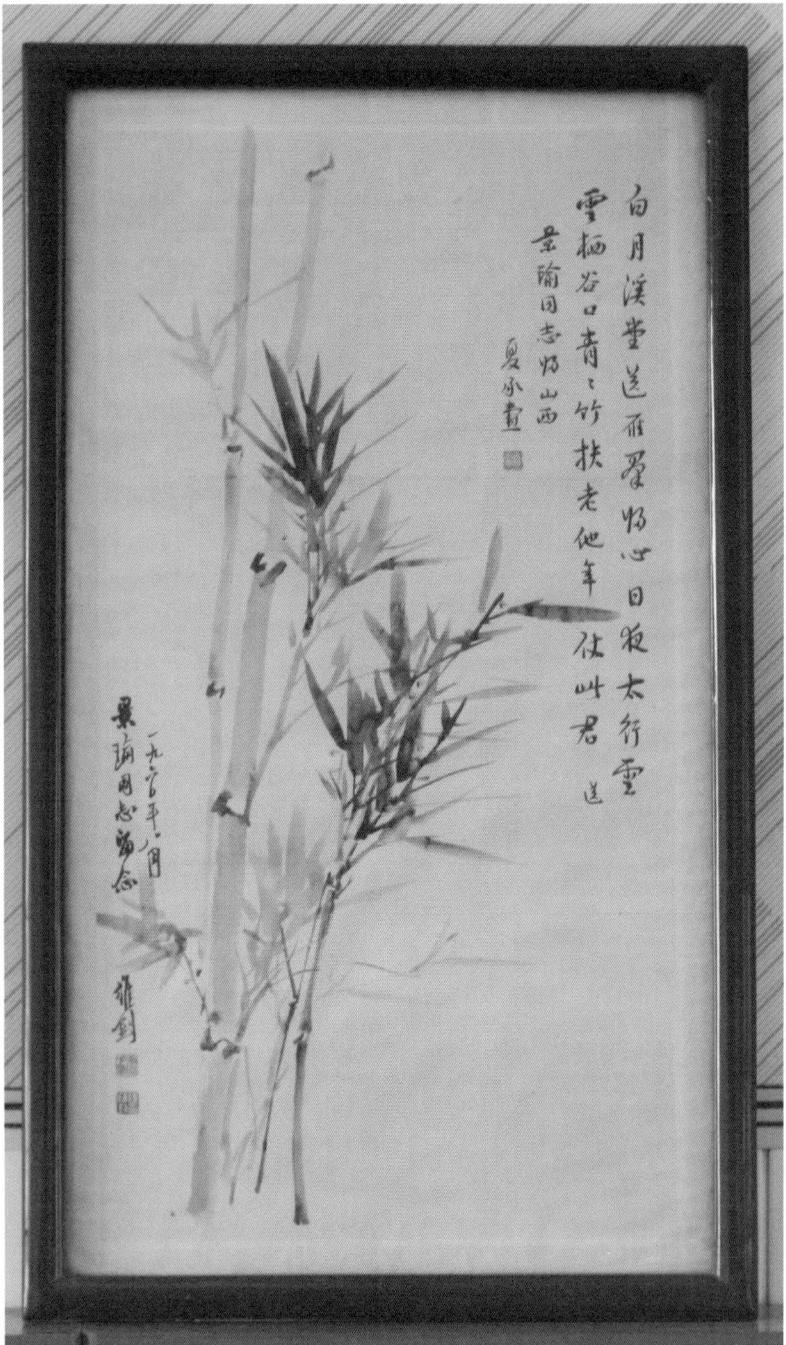

序

散曲是产生并兴盛于金元时期的一种新诗体。它具有与古代诗词迥异的许多特点，例如句式变化多端，可以加衬字；几乎句句押韵，不能换韵，一韵到底；有很强的音乐美，讲求宫调，不能乱来；风格是冷嘲热讽，简直就是讽刺文学；等等。记得我在上高中、大学阶段，曾经读过马致远的〔越调·天净沙〕《秋思》、睢景臣的〔般涉调·哨遍〕《高祖还乡》，很是喜欢，至今有些内容还可以背诵下来。后来我编戏写剧本，自然也免不了借鉴散曲、杂剧的传统风格，总觉得不应丢失元曲的那种回荡、奔泻、含蓄的情采美；对偶、叠字、加衬的修辞美；冷嘲热讽、通俗易懂的风格美。再后来，我主要从事小说创作，因此对散曲便陌生了，几乎处于快遗忘的境地。

对于散曲作品我仅是欣赏而已，从未创作过。近日认真地读了赵景瑜教授的《仙龙斋散曲选》后，觉得别是一番滋味在心头。一位年过古稀之龄的人，仍然伏案写作，从 1996 年 12 月到 2011 年 11 月，十五年中先后撰写了小令160首，套数21套。从题材上来看：有赞美领袖和英雄人物的；有反腐倡廉的；有歌颂当代名人的；有赠送友人的；更有一部分散曲是继承发扬元遗山《论诗绝句三十首》、夏承焘（赵的导师，杭州大学教授，著名诗词专家）《论词绝句八十首》的传统精神，写出了《论现当代诗歌流派》21首，作者用散曲的体裁把现实主义诗派、浪漫主义诗派、繁星诗派、湖畔诗派、新月诗派、象征诗派、现代诗派、七月诗派、新诗歌派、普罗诗派、民歌体诗派、朗诵诗派、九叶诗派、新边塞诗派、朦胧诗派、行吟、军旅、"右派"三大诗群，以及台湾、香港两个现代诗人派等，一一做了评论。虽然观点不见得十分准确，可能要引起一些争论，那是属于仁者见仁、智者见智的另一回事了。据说，赵教授还计划写《论现当代诗词曲家一百首》，仍用散曲体裁分别评论100位诗人及其作品，已完成了，我们热切地翘首等待着出版。

因为他长期从事元明清文学的教学与研究工作，所以多次被电台或出版社邀约撰写赏析元明清散曲的文章，记得1987年3月间，山西省电台在第一套"阅读与欣赏"节目中，曾播讲他写的《风物如画，爱杀江南——张养浩〔双调·水仙子〕〈咏江南〉鉴赏》、《辛辣讽嘲的号角——王磐〔朝天子〕〈咏喇叭〉鉴赏》，后来，于1989年1月，又被收入人民文学出版社编辑出版的《元明散曲鉴赏集》中。

鉴于他的水平和威信，已被社会上许多散曲写作者选为“山西散曲研究会”会长，大学教授走向社会，为社会服务，这是一件大好事，应当肯定、表扬。衷心祝愿赵教授身体健康，永葆青春，再接再厉，写出更多更好的散曲作品来。

权作为序。

韩石山

2014 年 2 月 20 日于潺湲室

自　序

用韵文体评论古代诗词文学大家，并非我的创造，古人早已有之。几十年来，我在学习和研究中国古代文学之际，就发现了这种现象，颇感兴趣，于是我从2007年9月起，到2013年12月23日止，试用散曲小令先后写出了《论现当代诗人一百首》和《论诗歌流派二十首》，其中一部分已先后在《山西日报》及《火花》杂志上发表。

应当说，以论诗绝句评论文学大家，滥觞于唐代杜甫《戏为六绝句》，宋代以后踵事增华者，不乏数十家，但主旨及风格不同：有的是专门阐述理论的，如北宋的吴可《学诗诗》，以禅喻诗，成为风气，继而有龚相、赵蕃和明人都穆，均有《学诗诗》问世，再到南宋戴复古的《论诗十绝》，直至清代的赵执信、赵翼、宋湘、张问陶、丘逢甲等人，都有论诗绝句；有的则是专门品评作家作品的，从金代元好问《论诗绝句三十首》始，继而又作《自题中州集后五首》《论诗三首》，到明代有钱谦益，清代更有王士祯作《戏仿元遗山论诗绝句》三十五首，以及以后的袁枚、洪亮吉、李希圣、陈衍、姚莹等人的论诗绝句，都是继承发扬元好问传统的。《元遗山诗集笺注》卷十一在《论诗三十首》题下曾引乾嘉学派钱大昕《十驾斋养新录》语云:“元遗山论诗绝句,效少陵‘庾信文章老更成’诸篇而作也。王贻上仿其体,一时争效之。厥后宋牧仲、朱锡鬯之论画,厉太鸿之论词、论印,递相祖述,而七绝中,又别启一户牖矣。”

杜甫是我国古代诗歌艺术的集大成者。他的《戏为六绝句》作于唐肃宗上元二年(761),这六首诗是最早出现的论诗绝句。“戏为”是谦辞,并非不负责任的开玩笑,而是严肃地比较系统地表现杜甫文学理论的一组组诗。前三首通过对具体作家的评论提出了问题,后三首揭示论诗的宗旨主题,这是他对于遗产,对于古今,对于自己创作主张的概括和论述。其意义在于:其一,客观辩证地评述了“初唐四杰——王杨卢骆”的历史地位和作用。其二,在对待古与今的问题上,提出了两个“别裁伪体”和“转益多师”的著名论断。所谓“别裁伪体”就是去伪存真,不要模拟因袭;所谓“转益多师”就是无所不师而无定师;最后均归依于《诗经》风、雅的现实主义传统。其三,论诗多半是艺术经验的总结,他以诗论诗,词简义精,限于体裁,究竟不能像散文那样明白浅显,曲折达意,因而造成后世笺释纷纭,歧义百出,不能不说是一个弊端了。

元好问写《论诗绝句三十首》时,年方二十八岁,但在末首自称“老来留得诗千首,却被何人校短长?”或疑晚年曾有修订,所以留有此语。这三十首诗,他把从汉魏到唐宋时期的主要诗家及流派,做了概括而又深邃的品评,可看出元氏诗论的全貌。全诗分别评论了汉魏诗谣、曹植、刘桢、刘琨、张华、温庭筠、李商隐、陶渊明、阮籍、潘岳、沈佺期、宋之问、陈子昂、陆机、杜甫、卢仝、山林体、台阁体、李白、元稹、元结、孟郊、韩愈、陆龟蒙、谢灵运、柳宗元、苏轼及其四学士、黄庭坚、秦观、刘禹锡、王安石、欧阳修、梅尧臣、陈师道等人,以及自己,而独没有论及白居易、陆游,不知何故?

元好问《论诗绝句三十首》的理论及其意义表现在:首先,主张从现实生活中汲取创作源泉,反对模拟;主张真诚,反对伪饰。他提出了“心画心声总失真”、“暗中摸索总非真”的棒喝,“心声只要传声了”“亲到长安”“眼处心生”,才能下笔有神。

其次,他赞扬刚健雄壮、自然天成的风格,反对斗靡夸多,纤弱窘仄的作风。在“曹刘坐啸虎生风”、“邺下风流在晋多”“一语天然万古新”“东野穷愁死不休”“池塘春草谢家春”等首中,对曹植、刘桢、陶渊明、韩愈、谢灵运等人尽情礼赞,而对风云气少的张华、温庭筠、李商隐、沈佺期、宋之问、秦观、孟郊等人则无情地讽嘲。

再次,崇尚高雅,反对险怪俳谐怒骂,他的这种诗歌理论,实际上是受了苏轼黄庭坚二家说诗的影响。难怪清代翁方纲说:“苏学盛于北,景行遗山仰”(《斋中与友论诗》),元氏薪火之传,并不足怪。他在“纵横诗笔见高情”中肯定了阮籍,在“沈宋横驰翰墨场”中肯定了陈之昂,而在“万古文章有坦途”中,则批判了“鬼画符”的险怪诗风,在“曲学虚荒小说欺”中，更是一针见血地指出了“俳谐怒骂岂诗宜”！他说如此，简直就是邪歪不正的学问。不过我认为，对“俳谐怒骂”为诗不可不分青红皂白一律否定，对历代诗家诗作，还应当实事求是，具体分析。

最后，我深感元好问《论诗绝句三十首》中的诗句，已成为至理名言，或人生格言，广泛流传后世，例如：“一语天然万古新”、“奇外无奇更出奇”、“万古千秋五字新”、“可怜无补费精神”等诗句便是。即使不是多有学问的人，也能读懂，这些诗句明白如话，意义深刻隽永。

值得一提的是在当代，我的导师“一代词宗”夏承焘教授，也继承发展了杜甫、元好问的论诗绝句传统，撰写了《瞿髯论词绝句》八十二首，前贤们是以诗论诗，而夏先生则是以诗论词，真是别开生面。开篇为《唐教坊曲》，探索了词的渊源发展过程，认为敦煌曲是词的初型，而它又是从唐教坊出来的，可见民间小调是词的前身。晚唐以后，文人的香艳词泛滥，多用华丽辞藻和精巧雕琢来描写男女爱情，使词逐渐走上了歧路。末结为《词坛新境》，指出了在当今词坛上，出现了许许多多的词家及流派，以及多种多样的选本，词坛上如此绚丽多彩、百花齐放的新境，只有在社会主义的新中国才能实现。中间则把历代词家、流派，从唐代的李白、张志和、温庭筠，到清代的陈维崧、朱彝尊、周济、龚自珍，直到近代的朱孝臧、况周颐等52人，评论了许多。《瞿髯论词绝句》的确是一部词史，唯有“一代词宗”方能写出。

夏先生为什么被称为“一代词宗”？原来在20世纪五六十年代间，曾任中国社会科学院院长的胡乔木许之为“一代词宗”。先生于1986年5月11日晨在北京中日友好医院逝世，终年87岁。新华社曾发消息说：“一代词宗”，缀有这四个大字的一面红旗覆盖在我国著名词学家夏承焘教授遗体之上。红旗敬献者这一高度评价，正是学术界对教育家夏承焘先生的公论。又说：八宝山公墓礼堂正中悬挂着夏承焘先生的遗像。“千门桃李绛帐重茵传绝学，一代宗师春风词笔满中华”，这副巨幅挽联垂于礼堂前方两侧，四周陈放着的花圈，分别是习仲勋、乔石、胡乔木、邓力群、张劲夫、张爱萍、赵朴初、叶圣陶等同志，以及中央国家机关一些部委、杭州大学和文化界、学术界人士送的。当时向遗体告别者有四百多位各界人士，挽联有六十多幅悬挂于礼堂大门周围。夏先生住院治疗期间，先后有全国政协副秘书长叶至善（并代表其父、全国政协副主席叶圣陶）、中共中央委员、林牧渔业部顾问林乎加、中共中央宣传部副部长贺敬之、中国人民解放军总政宣传部长邵华泽、文化部副部长吕志先等同志前往医院看望。

对夏先生的评价，正如著名学者、教授、戏曲家王季思先生所云：“‘一代词宗，芳流海外；等身著作，光照人间；人生到此，可以无憾’。又写了一首《金缕曲》词，抒写我的哀思。我从（20世纪）二十年代初期就认识瞿禅先生，直到他逝世前不久，还在病榻前见他一面。想起这六十多年的交游，影事历历，不时在脑海里浮现。不及时写出，不仅个人遗憾，也将影响后人对他的了解。”详见《一代词宗今往矣——记夏瞿禅（承焘）先生》。

我的这部拙作，与前贤不同的是，用散曲小令评论了现当代诗人102位和现当代诗歌流派21家，是否公正？准确？不敢自信。如承读者不弃，严加弹纠，实为万幸万幸。

还要特别感谢著名诗人、教授、原山西大学中文系第一副主任马作楫先生为我题写书名；著名作家、学者、原山西省作家协会副主席韩石山同志为拙著作序。

2014年2月4—5日（农历正月初五—初六）

写于山西大学仙龙斋

目 录

论现当代诗歌流派

论现当代诗人(102 首)

【中吕·十二月】

——读中国无产阶级革命家诗词

毛泽东

诗词九韶,一代天骄,不但有“莺歌燕舞”①,更有那“万里雪飘”②,赋比兴绚烂色调,为国为民当是革命英豪。

【注释】

①指词《水调歌头·重上井冈山》。

②指词《沁园春·雪》。

朱　德

朱总诗集,伟哉巴歈,且看那“我手吾口”①,深表出“革命到底”②,英雄的气概猗猗!共产主义前景从不生疑。

【注释】

①此句化用“我手写吾口”诗句。原诗出自黄遵宪《杂感》之

二:"我手写吾口,古岂能拘牵?即今流俗语,我若登简编。"

②指1976年3月6日朱德手迹。

套曲【商调·集贤宾】

纪念刘少奇主席诞辰110周年

2008年11月24日,是中国共产党和中华人民共和国主要领导人之一刘少奇主席诞辰110周年。观看12集电视连续剧《刘少奇故事》(央视一套黄金时间播出),有感抒怀。

【集贤宾】恨江青妄当红都皇后,更有那林贼阴谋,两个集团连心轴,搅害得天下仇雠。毒涎喷开国元勋,野心剑横刺兜鍪,论功过黑白不究,为人民倒被拘囚。朝天问来由?何人在计谋!

【逍遥乐】二十三块八毛钱,全家买粮糇,钱柜里收,你你你总是忘忧。听工人细说岁月遒。访农民住进破烂房头,同吃同住,并肩劳动,调查研究。

【醋葫芦】当选国家主席后,教育子女更咻咻,领他们劳动在田畴。九满回访花明楼[①],儿女个个不要牛,晓风残月睡田头。

【浪里来煞】有谁知人祸天灾践蹂,公社食堂暗幽;死的死饿的饿扎痛主席心陬,可是你再而三向人民道歉不周。如今时候,观众看得泪珠儿串串直流。

【注释】

①九满，刘少奇乳名；花明楼，刘少奇湖南永宁故乡住址。

小令【中吕·十二月】

董必武

八字胡须，心旷神怡，要追随英明领袖，更歌颂小民祎祎，诗篇篇格律严密，从来不以资历居奇。

周恩来

诗篇不多，慷慨扬波，十九岁痛吟“大江歌罢”①，四十三岁再题诗墨磨②，白话诗章章警座，晚年来把妖魔频频批驳。

【注释】

①指1919年3月，周恩来由日本回国时写的一首诗：“大江歌罢掉头东，邃密群科济世穷。面壁十年图破壁，难酬蹈海亦英雄。”

②1943年为纪念刘志丹壮烈牺牲七周年，党中央决定将他的家乡保安县改为志丹县，并修了陵墓，周恩来亲笔题诗一首：“上下五千年，英雄万万千。人民的英雄，要数刘志丹。”

陈　毅

戎马尘埃，情语双开，格律诗词通通具有，杂言白话创新体裁，人道是《赣南游击》[1]来，团团烈火的济世英才。

【注释】

①指1936年夏写的《赣南游击词》十二首，明白如话，饶有风趣，是陈毅最负声誉的代表作之一。

叶剑英

《远望》《远望》[1]，诗词怒放，战场中深沉吟唱，闲暇时情谊不忘，律绝诗句李杜难让，保党卫国他他他铲除毒瘴[2]。

（2007年10月9日《山西日报》C4版黄河笔会）

【注释】

①指1979年人民文学出版社出版的叶剑英《远望集》，共收1925年至1979年期间的诗词佳作81首。

②指小令《中吕·十二月》本应押平声韵，一韵到底。我写此首时特意翻新，全篇押仄声韵。

【中吕·十二月】五首

——读中国无产阶级革命家诗词之二

李大钊

新诗更好，旧诗高标[1]，反帝反军阀频频倡导，你就像鹏鸟扶摇，中共的伊始领导，绞刑架下正气昭昭[②]。

【注释】

①李大钊在学生时代写过不少旧诗，十分精湛。辛亥革命后，李大钊和陈独秀等人又高举新文化运动和文学革命旗帜，创办了《新青年》《少年中国》革命刊物，并发表了不少新诗，如《岭上的羊》《欢迎陈独秀出狱》等。

②1927 年 4 月 6 日，李大钊被奉系军阀张作霖逮捕，28 日在北京被绞死，英勇就义。

张闻天

《旅途》[①]浪漫，《心碎》[②]绵绵。少年文学家头衔冠冕[③]，庐山上忠谏发言[④]，晚年也铮铮铁汉，可怜他湛湛蒙冤。

【注释】

①《旅途》是一本三部曲结构的长篇小说，分上中下三部，活动的空间从中国到美国再回到中国，描写了男女主人公人生旅途从苦闷、振作到革命的全过程，艺术上充满浓郁的浪漫主义色彩。

②《心碎》长诗写于 1920 年 6 月 18 日，分四大段，歌颂了一对打铁男儿与丝厂女工的劳动爱情，为他们的聪明和纯洁、无限冗杂和无限悲怆而心碎，流露了诗人不知该“怎么样”解决的彷徨。

③五四运动期间，张闻天参加了由李大钊等人发起组织的“少年中国学会”。1919—1925 年间在《少年中国》《少年世界》《小说月报》等刊物上发表了不少文学作品和翻译作品，如长篇小说《旅

途》、短篇小说《飘零的黄叶》、三幕话剧《青春的梦》、译剧《热情之花》，以及诗歌《心碎》等等，所以当时获得“少年文学家”的桂冠。二十世纪九十年代重新整理出版了《张闻天早年文学作品选》《张闻天早期译剧集》和《旅途》。

④指1959年7月21日张闻天在庐山召开的中共中央政治局扩大会议上华东组的发言，这是批评“大跃进”和人民公社化运动错误的重要文献。他曾因发言被定为“彭德怀、黄克诚、张闻天、周小舟反党集团”，蒙冤受屈17年。

瞿秋白

忠心謇謇，马列宣传，“左倾”盲动自纠斧砍①，革命文化勇猛攻坚，《赤湖曲》②声声共产，《东洋人出兵》③百人传千。

【注释】

①瞿秋白为中国共产党早期领导人之一，清除陈独秀右倾投降主义有功。1930年从苏联回国，自动纠正“左”倾冒险主义错误。1931年中共六届四中全会上受到王明等人打击，被解除中央领导职务。

②这是一首歌词，曾配有曲谱，1923年《新青年》第1期发表。诗中提出“从今后，福音遍被，天下文明，只待共产大同。”

③这是一首大众化长诗，发表于1931年出版的左联机关杂志《文学导报》第5期上，当时并作为宣传品印成小册子散发到人民群众中去，影响很大。全诗共分15段，是用上海话和北方话（普通话）同时写出的两种歌词。内容爱憎分明，立场坚定，尖锐地批判

了国民党反动派“不抵抗主义”，提醒几万万人的精神，齐心起来抗日救国。

林伯渠[①]

林伯不老，革命英豪。总关注军民老小，你写的律绝高超[②]，《春游杂咏》颂边区面貌，《富县即景》更显抚事煎熬。

（2008年2月5日《山西日报》C4版）

【注释】

①林伯渠，名祖涵，早年参加同盟会和辛亥革命，1921年加入中国共产党，抗日期间任陕甘宁边区政府主席，新中国成立后曾任中央人民政府秘书长等职。

②写诗颇多，以律绝为主，很有唐人韵味，如《梁红玉》《和朱总出太行韵》《送董老赴陪都》等诗篇，以《春游杂咏》组诗六首和《富县即景》组诗五首流传较广，影响较大。

陈独秀[①]

机会主义，右倾降敌。但主张“文学革命”[②]，写新诗高举红旗，尽管是缺乏新意，诗意浓浓应数《丁巳除夕》[③]。

【注释】

①陈独秀曾是中国共产党的主要领导人之一。1920年他与别人发起组织上海共产主义小组，1921年中国共产党成立，陈当

选为总书记。1927年蒋介石“四一二”大叛变大屠杀期间，犯了右倾投降主义错误。后于党的“八七会议”上撤销了他的总书记职务。1929年11月被开除出党。1931年5月组织并出任“中国共产党左派反对派”托派组织的总书记。

②五四运动前夕真正高举文学革命军大旗的是陈独秀，1917年他在《新青年》上发表了《文学革命论》，可视为当时文学革命运动的纲领，明确提出“三大主义”：“推倒雕琢的、阿谀的贵族文学，建设平易的、抒情的国民文学；推倒陈腐的、铺张的古典文学，建设新鲜的、立诚的写实文学；推倒迂晦的、艰涩的山林文学，建设明了的、通俗的社会文学。”促进了文学革命运动的开展。

③全称《丁巳除夕歌》，又名《他与我》。1918年3月《新青年》第四卷第三号载以《除夕》为题的诗四首，作者四人，除陈独秀外，还有胡适、刘半农、沈尹默。

【黄钟·人月圆】

“延安五老”[①]之三老——吴玉章、徐特立、谢觉哉

商山四皓[②]谁能比？五老在延安。看吴徐谢，童颜鹤发，雪傲松寒。〔幺篇换头〕南泥湾好，青山绿水，色彩斓斑。苦中再苦，何人服老？革命扬鞭！

【注释】

①延安时期所言五老，是指董必武、林伯渠、吴玉章、徐特立、谢觉哉。董、林二老前已咏过，故此首只写吴、徐、谢三老。

②相传秦末汉初有东园公、绮里季、夏黄公、甪里先生隐居商山（今陕西商县东南），年都八十多岁，须眉皆白，故称商山四皓。

【仙吕·醉中天】

何香凝

双清楼主画[1]，意态动无瑕，《万古长青》[2]笔生花。代代革命家，反蒋拥毛绝佳，德高才大，作诗歌句句精华[3].

【注释】

①何香凝（1878—1972），廖仲恺夫人，廖承志母亲。从辛亥革命到新中国成立后，始终追求进步和参与革命，是国民党革命派杰出代表，现代著名画家，号双清楼主。广东南海人，曾任全国人大常委会副委员长，中国美术家协会主席。著有《何香凝诗画集》。

②1961年作《万古长青》图，祝贺中国共产党建党40周年，影响巨大。

③如写于抗战时期和解放战争时期的旧体诗《感怀》《卖画》《画梅花一幅贺朱总司令》等，均为代表作。

冯玉祥附冯理达

“民主将军”在，“布衣将军”来[1]，反蒋反封混战灾。誓师五原迈[2]，《晨起》[3]《天明》[4]话白，《诗选》[5]澎湃，“丘八”⑥诗浅白明快。

【注释】

①冯玉祥(1882—1948),字焕章,原籍安徽巢县。1882 年 10 月 23 日出生在河北保定兴集镇。1948 年 9 月 1 日将军遇难,逝于从苏联返回祖国的“胜利号”大船上。北伐期间,得知李大钊被害,下令全军戴孝,树碑纪念。终生拥护共产党,反对蒋介石,奋力坚持抗战和团结,打倒日寇。虽为大官,却一生清廉,两袖清风,生活俭朴,体恤民情,故在社会舆论中有民主将军和布衣将军的雅称。冯与蒋介石曾换帖结盟拜为兄弟,后分手,著有《我所认识的蒋介石》,全面深刻地揭露了蒋的阴险、狡诈、自私、流氓的丑恶本质。

②1926 年 9 月,当国民革命军攻抵武汉时,冯玉祥在五原集结旧部,传檄天下,拥护广东革命政权。冯被推举为国民联军总司令,讨伐北洋军阀势力。这就是历史上有名的“五原誓师”。

③④1931 年 1 月 8 日写《晨起有感》,同年 2 月 10 日写《天明雀叫》,这两首诗均写于隐居山西汾阳峪道河期间。诗句通俗易懂,明白如话,深刻地表达了“救世不为名和利,不怕吃苦与牺牲”,“革命成功会有日,不达目的不罢休”的主题思想。

⑤指《冯玉祥诗选》(于舟选编,1982 年由四川人民出版社出版),另有吴组缃作《序》的《诗歌近作集》(三户图书印刷社 1938 年 4 月版,共分三辑,收入新诗 170 首),《冯玉祥抗战诗歌选》(上海怒吼出版社 1938 年 3 月初版,收入新诗 19 首。)笔者所阅读的《冯玉祥诗选》是冯理达、罗元铮二人为纪念冯将军 120 周年华诞,特将此书作为非卖品内部印刷 1000 册分送亲友的。2004 年 10 月 19 日上午我第二次拜访冯理达副院长时,赠送给我她的名片一张,冯玉祥、李德全及其丈夫罗元铮的著作和冯玉祥遗嘱复印件等

12 种 19 件。

⑥他写了许多白话诗，自称为“丘八诗”，体现了“文章入伍，文章下乡”，在当时文化界成为交口称誉的一枝奇葩。

【双调·十棒鼓】

冯理达先生祭曲

全国优秀共产党员、白求恩式大夫、时代先锋冯理达先生（原海军总医院副院长、主任医师、著名免疫学家、文职中将、全国政协常委、冯玉祥李德全之女），于 2008 年 2 月 8 日不幸与世长辞。

哭先生走了，平生贤豪；看满房硕果，风茂格高。人民啊祖国，唤得她慥慥。庸人啊休笑，甘心守志学医道；乐乐陶陶，年年捐献，公益无终了。“生我母怀抱，育我为党直到”，怎敢逍遥！

（2008 年 7 月 2 日写）

【仙吕·醉中天】

柳亚子

疑是神仙在，乱世屈原来①，旧体诗词万首白。歌颂人民凯,"史诗"[2]篇篇展开。诗词湖海,看风格雄健奇才。

【注释】

①柳亚子(1887—1958),原名柳慰高,号安如,笔名亚子、弃疾等,江苏吴县人。1906 年参加光复会、同盟会,1907 年曾筹组南社并主持社务。新中国成立后曾任中央人民政府委员、中央文史研究馆副馆长、政务院文教委员会委员等职。著作有《柳亚子诗词选》(柳无非、柳无垢选辑,人民文学出版社 1959 年版、1981 年版)《柳亚子诗选》(徐文烈笺,刘斯翰注,广东人民出版社 1981 年版)郭沫若在《柳亚子诗词选·序》中说:"作为杰出的诗人,有人把亚子先生比拟屈原的。记得在抗日战争期间重庆有一位画家便把亚子先生作为模型画了一幅《屈原像》……亚子先生喜欢这幅画像,曾经题诗歌咏。我也为这幅画像,曾草《今屈原》一文以赞其事(见《天地玄黄》集)。"柳题诗即七绝《屈大夫遗像》,详见《柳亚子诗词选》1942 年条下。

②茅盾在《柳亚子诗选·序》中说:"柳先生的诗,反映了前清末年直到新中国成立后这一长时期的历史,亦即从旧民主主义革命到社会主义革命的历史,称之为史诗,是名副其实的。"

陶行知[1]

提倡新诗教,"学做真人"[2]高,"大众诗人"[3]人品超。"不忧不惑不惧不恋"号召[4],民主自由倡导,四言诗妙,民歌俗谣昭昭。

【注释】

①陶行知(1891—1946),原名文浚,后改知行,再改行知。安徽歙县人。著名的人民教育家与人民诗人。著有《行知诗歌集》(大孚出版公司1947年版,生活·读书·新知三联书店1981年版)以及《幼苗集》《枯树集》等。

②《百侯中学复校十周年纪念》诗中提出:"千教万教兮,教人求真。千学万学兮,学做真人。天下为公兮,教育无私。"所以郭沫若在《行知诗歌集·序》中说:"这是一部《人民经》,它会教我们怎样作诗,并怎样做人。"

③1936年12月12日巴黎《救国时报》刊发了萧三的《中国的大众诗人——陶行知》,从此这个评价被社会认同。

④1946年7月16日,陶行知《给育才学校师生工友的信》中说:"平时要以'仁者不忧,智者不惑,勇者不惧,达者不恋'的精神培养我们学生和我们自己。"(方与严《记行知诗稿》,详见《行知诗歌集》第436页)

续范亭

剖腹明心荐①,以泪谏阎难②,奋抵延安志顶天。《延水》《湖山》宝鉴③,诗论珊珊要言:"四不随便"④,须作诗"三化"⑤钻研。

【注释】

①续范亭(1893—1947),名培模,字范亭,号恕人。山西省原平市西社村人。1935年12月26日因忧国忧民,愤恨不已,曾在南

京中山陵前剖腹明志,侥幸遇救。

②1939 年续参加阎锡山的"秋林会议",他在会议上泣读孙中山的《总理遗嘱》,以泪谏阎,而阎锡山无动于衷,继续反共降日活动。

③《延水集》(1941—1947)是诗人赴延安疗养期间的诗作。作者热情歌颂中国共产党及人民群众的革命斗争和个人学习马列主义的心得。并有不少对毛泽东、朱德、周恩来、彭德怀、叶剑英、贺龙等老革命同志的题赠诗。《湖山集》(1914—1936)辑录了作者近百首古体诗,可以看到作者早年从事民主革命所经历的坎坷道路,洋溢着强烈的爱国主义精神和无私无畏的革命气节,爱国爱民之心跃然纸上。此外,还有《晋西北诗稿》(1939—1940),《南泥杂咏》(1942)等诗集。

④⑤在《延水集》中有几首论诗的诗篇,强调"作旧诗要用新语汇",反对"为作诗而作诗"。特别在《论诗》短文中,更明确指出:"诗与文既然见之笔端纸上,必然发生影响,故不可随便想、随便言、随便写、随便发表。……凡感人最深的语言是百读不厌的语言。所以戏剧与诗歌容易深入群众。然过去诗人作诗多深奥难懂,已失诗之本意,今日作诗一定要群众化、通俗化、革命化。"

【中吕·迎仙客】

方志敏①

志敏方,首昂扬,英勇就义尊信仰。学生时,吟诗行②,捍卫人民,胸满情惆怅。

【注释】

①方志敏(1900—1935),江西省弋阳县人。自1920年起即从事革命活动。1922年加入社会主义青年团,1924年转入中国共产党。多年来,深入农村开展农民运动,领导抗租抗税斗争,先后参加南昌“八一”起义,建立苏维埃政府,创造当地工农红军,担任主要负责人。曾同“左”倾错误领导作坚决斗争。在1928年中国共产党第六次全国代表大会上,当选为中共中央委员。1934年任北上抗日先遣队总司令、红十军团军政委员会主席,率领第七、第十两个军团北上抗日。1935年1月24日在与敌激战中因叛徒告密而被俘,于8月6日在南昌英勇就义。遗著有《可爱的中国》《狱中纪实》等。

②在学生时代,曾写下《哭声》《呕血》《同情心》等诗篇,从诗歌的要求看,虽不讲究押韵和节奏感,不合标准,但能够揭露剥削阶级对劳动人民的残酷压榨,充满对旧社会的控诉和对劳动人民的同情。

关向应[1]

家际穷,气节丰,狱里读书渊博中[2]。反分裂,精带兵,人品铮铮,军政获全胜。

【注释】

①关向应(1902—1946),原名致祥,满族,辽宁省金县人。家庭特贫困,本人印刷工人出身。1923年加入社会主义青年团,1924年赴莫斯科东方大学学习,1925年转入中国共产党。“五卅

运动”爆发后回国，在上海、山东、汉口等地工作。1931年在上海工联工作被捕入狱，在狱中表现了坚强的无产阶级革命气节。出狱后，去湘鄂西苏区任红军第三军政委、第二军团副政委、中华苏维埃共和国中央执行委员。长征途中任第二方面军副政委，对张国焘的另立中央、分裂红军的阴谋活动，做了坚决斗争。抗日战争初期任八路军120师政委，与师长贺龙共同创立了晋绥边区，历任晋西北军区、晋绥军区和陕甘宁晋绥联防司令部政委，中共晋绥分局书记。（笔者先父革命烈士赵仰文时在120师工作，任军需处处长等职，曾直接受贺龙、关向应的领导。）关向应1941年秋因肺病回延安治疗。是中共第六届中央政治局候补委员，第七届中央委员。他不算诗人，故后在他的笔记本中曾发现一首小诗《征途》：月色在征途中暗淡，/马蹄下迸裂着火星。/越过溪水，/被踏碎的月影闪着银光，/电火送着马蹄，/消失在稀微的灯光中。这首诗未发表过，1959年中国青年出版社出版的《革命烈士诗抄》（萧三主编）收入。该书前有毛泽东、董必武、林伯渠、郭沫若等老一辈无产阶级革命家的题词和题诗。

②《革命烈士诗抄》作者简介说：据关向应说，1931年被捕时，曾在狱中读了很多书，因为统治者禁读革命书报，只能设法读些古书，这使他得以提高自己的文化。

【仙吕·醉中天】

刘大白[1]

“五四”思潮在，要数刘大白。《旧梦》讴歌革命来，

《卖布谣》歌派，骂地主豪绅很坏，晓畅明白，把阶级观点公开。

【注释】

①刘大白(1880—1932)，又名靖裔，字清斋，浙江绍兴人。早年曾考中清朝举人。辛亥革命后，思想激进，具有民主革命倾向。1924年后，先后任过复旦大学文学系主任、国民政府教育部次长等职。著作主要有《旧梦》(他的第一部新诗集，1923年由商务印书馆出版)《邮吻》《白屋遗诗》(旧体诗集)《白屋说诗》《旧诗新话》《中国文学史》等。写于1920年的《卖布谣》为代表诗篇，揭露了中国农村在帝国主义和封建官吏的压榨剥削下的深重灾难，贫富悬殊和阶级对立的现实。

鲁　迅[①]

散文诗《野草》[②]，“俯首”“横眉”钊[③]，象征方法并解剖，战斗彷徨诮。小像吾题洞晓[④]，“轩辕”拥抱，怎不是旗手主将佼佼。

【注释】

①鲁迅(1881—1936)，浙江绍兴人。现代文学家、思想家、革命家。原名周樟寿，字豫山，后改名树人。“鲁迅”是发表《狂人日记》时使用的笔名。1898年他离家到南京求学，先后在江南水师学堂、矿物铁路学堂学习，开始接触自然科学，对他影响最大的是严复译述的英国赫胥黎的《天演论》。1902年考取留日官费生，赴

日本东京弘文学院学习,参加革命团体光复会。1906年开始弃医从文,从事文学活动。在日本期间,形成了他的以进化论和个性主义为基础的革命民主主义世界观,其中也有尼采等唯心主义哲学家的影响。1918年参加《新青年》的编辑工作。1924年至1926年间,积极组织《语丝》的出版并主编《莽原》。1927年1月任中山大学教务主任、文学系主任,与共产党人保持密切联系。1927年10月,鲁迅由广州到达上海,与许广平同居,在这里开始了后期10年的光辉战斗生活,开始研究马克思主义和马克思文艺理论,并于1930年3月成立并领导了中国左翼作家联盟,同年参加中国自由运动大同盟。1933年又参加了中国民权保障同盟。同期,领导了文化战线上的反"围剿"斗争。鲁迅的文学成就非常突出,以小说和杂文著称。小说方面有《呐喊》(收入写于1918—1922年的15篇作品)、《彷徨》(收入写于1924—1925年的11篇作品)、《故事新编》(收入写于1922—1935年的历史小说8篇)等;杂文方面有《坟》《热风》《华盖集》《三闲集》《二心集》《伪自由书》《且介亭杂文》等14本杂文集;散文方面有《朝花夕拾》叙事散文集(写于1926年2月至11月间,共10篇);诗歌方面则有散文诗集《野草》(收入写于1924年9月至1926年4月的23篇作品),还有散见于当时各种报刊或著作题辞的诗歌创作,可以说他的诗歌创作和他的一生相始终。从1900年动手写诗,如《庚子二月别诸弟三首》等,到1935年底写最后一首诗《亥年残秋偶作》(七律)为止,共写了自由体诗、散文诗、民歌民谣体和旧体诗等100余首,对推动中国现代诗歌的创建和发展产生了积极作用与深远影响。此外,还有学术专著《中国小说史略》《汉文学史纲要》等。《鲁迅全集》的版本有多种,1981年人民文学出版社重编出版的《鲁迅全集》16卷,是目前内容较完备、注释较精确的版本。

②1927 年 7 月由北京北新书局出版。这是我国现代诗歌史上最早出现的一部散文诗集,是鲁迅当时向帝国主义和封建势力做斗争的武器之一,也是他探索革命道路与个人思想斗争的结晶。

③《自嘲》一诗,以自励又刺敌,其中“横眉冷对千夫指,俯首甘为孺子牛”两句成为振奋人心的千古名句。

④指七绝《自题小像》:“灵台无计逃神矢,风雨如磐暗故园。寄意寒心荃不察,我以我血荐轩辕。”

周作人

提起周遐寿[①],何理不咻咻!兄弟唯你独寇仇[②]。《小河》[③]新诗奏,革命文学带头。谁料变节媚寇,耻耻耻沦为汉奸诗囚。

【注释】

①作者笔名,晚年多用。周作人(1885—1963),字启明,浙江绍兴人。鲁迅胞弟。诗集有《过去的生命》《儿童杂事诗》。

②指鲁迅(周树人)、周作人、周建人胞兄弟。日寇侵华时唯有周作人叛变事敌,担任伪职,1945 年日本投降后,以叛国罪入狱,1949 年 8 月保释。可读舒芜著《周作人的是非功过》增订本,2000 年辽宁教育出版社出版。

③《小河》长诗发表于 1919 年 2 月《新青年》第 6 卷第 2 号,反响较大,胡适谓:“新诗中第一首杰作。”(《谈新诗——八年来第一件大事》)郑振铎谓:“周作人的《小河》却终于不易超越。”(《中国新文学大系·文学论争集导言》)舒芜谓:“新诗运动史上一个新

的里程碑。”(《周作人的是非功过》增订本)

刘半农[①]

《扬鞭集》沉重,《瓦釜集》精通。一曲《教我如何不想她》,律调真激动,唱响九州太空。土词儿全用,民歌水乳交融。

【注释】

①刘半农(1891—1934),本名复,字半农,笔名寒星,江苏江阴人。从1917年起创作白话新诗。1920年春留学英法,获法国国家文学博士学位。1925年秋回国,先后任北京大学国文系教授、《世界日报》副刊编辑等。刘半农是中国现代诗歌开创时期有重大成就的现实主义诗人,在诗歌的创作和理论方面,显示了他勇于实践、大胆创新的精神。诗集有《扬鞭集》(1926年10月由北新书局出版,原分三卷,实为上、中二卷)、《瓦釜集》(1926年4月由北新书局出版),前者诗歌形式多样化,有自由体、民歌体、十四行体、新格律体、散文诗体等,正是诗人在诗体上倡导“创造”与“输入”主张的尝试;后者是诗人运用江阴方言与民歌形式进行白话新诗创作的成果。

胡　适[①]

《尝试集》犹在,“实验精神”开。首部诗集白话来,意境声律帅,无奈挥毫指摘,短长形态,频频再版成了王牌。

【注释】

①胡适(1891—1962),原名嗣糜,学名洪骍,字希疆,后改名胡适,字适之,笔名天风、藏晖等,生于上海,原籍安徽省绩溪县。1910年官费留学美国,1914年获文学学士学位后,又去哥伦比亚大学攻读哲学,就学于哲学家杜威,深受其实用主义哲学的影响。1917年夏回国,任北京大学教授、英文系主任、文学院院长等职。1918年参加《新青年》编辑工作,不久发表《多研究些问题,少谈些主义》一文,坚持实用主义,反对马克思主义。1920、1921年间受到李大钊、陈独秀批评和抵制后,脱离《新青年》阵营。1922年间,他又创办《努力周报》《国学季刊》,鼓吹"整理国故",受到鲁迅、茅盾、郭沫若等人的批判,终于从新文化运动的阵营中分化出去。抗日战争期间曾任国民党政府驻美大使,胜利后又任北京大学校长。新中国成立前夕,他又离开大陆去了美国。1954、1955年间,国内学术界从文学、史学、哲学、教育学诸方面,以及他的资产阶级唯心论思想、反共政治立场,对胡适进行了批判。1957年,他出任台湾当局驻联合国"代表"。1958年返台任"中央研究院"院长。1962年2月24日病逝于台湾。胡适在倡导文学革命和白话文运动、创作白话诗和译介外国文学方面,做出了开创性的贡献,是20世纪中国写作和发表白话新诗的第一人,不可以极"左"观点一笔抹煞。新诗集《尝试集》(1920年3月上海亚东图书馆出版)就影响很大,一版再版直至四版,两年之中销售到一万部。胡适兴趣广泛,在文学、哲学、史学、考据学、教育学、伦理学、红学等诸多领域都有深入的研究。1939年还获得诺贝尔文学奖的提名。著述丰富,除《尝试集》以外,还有《胡适文存》《白话文学史》《中国章回小说考证》《中国哲学史大纲》《胡适手稿》《胡适口述自传》等。

郭沫若[1]

剧史诗文篆，浪漫精神燃，十部诗集任“绝端”[2]。更有《女神》奠，理想如雷破山。电光频闪，你敢民主创造奔前。

【注释】

①郭沫若(1892—1978)，原名开贞，号尚武，后改名沫若，笔名很多。四川乐山市沙湾镇人。现代诗人、剧作家、历史学家、考古学家、古文字学家。6岁入家塾，先后诵读《千家诗》《唐诗三百首》《诗经》和《诗品》等书，这就培育了他对于诗歌的爱好。在唐诗中，他喜欢王维、孟浩然、李白、柳宗元，而不喜欢杜甫和韩愈。1907年秋考入嘉定府中学堂，1913年春入成都高等学校理科学习。这期间阅读了大量的古典文学作品如《楚辞》《庄子》《史记》《文选》等以及林琴南的翻译小说，特别是英国作家司格特的小说《艾凡赫》，后来又喜欢上德国诗人海涅、歌德的作品，它们浓厚的浪漫主义精神和创作风格，给予他很大启示和影响。1913年底赴日留学。1919年下半年和1920年上半年虽身居异邦，受印度泰戈尔、美国惠特曼的诗风影响，是他新诗创作的爆发期，“个人的郁积、民族的郁积，在这时找到了喷火口，我也找出了喷火的方式……”(《沸羹集·序我的诗》)于是写出了《凤凰涅槃》《地球，我的母亲》《晨安》《天狗》《匪徒颂》《炉中煤》《心灯》等著名诗篇，收入他的第一部新诗集《女神》(1921年8月由上海泰东书局出版)中。1921年6月下旬，他与成仿吾、郁达夫、田汉、郑伯奇、张资平

等人筹建了创造社,1922 年 3 月 15 日出版《创造季刊》,开展新文学运动,颇有贡献。1923 年 4 月回国,第二本诗集《星空》问世。1926 年参加北伐战争。1927 年参加南昌起义,在南下途中经周恩来、李一氓介绍,加入中国共产党。诗集《恢复》是这时的诗作。这时期郭沫若的文艺思想也开始有所转变,他清算了唯美派和精神分析派等文艺理论的影响,提出了“革命文学”的口号,认为“这种文艺在形式上是现实主义的,在内容上是社会主义的”(《文艺家的觉悟》)。但他不恰当地夸大文艺的作用,把浪漫主义与个人主义等同起来,把浪漫主义与现实主义对立起来,认为“浪漫主义文学已成为反革命的文学”(《革命与文学》)。1928 年 2 月又去日本,到 1937 年七七事变以后又回祖国。流亡日本十年间,他运用马克思主义思想方法研究中国古代历史和古文字学。抗日战争初期又出现了一个诗歌创作爆发期,他写的新诗与旧体诗词有 400 多首,分别收入《战声集》(1938 年 1 月广州战时出版社出版)、《蜩螗集》(1948 年上海群益出版社出版)、《潮汐集》(1959 年北京作家出版社出版)等诗集。这些诗集均以旧体诗词为主要形式,这种对民族诗歌旧形式的采用和增多,取得丰硕成果,反映了诗人在诗歌创作上的一个重大变化。1948 年冬,郭沫若与 30 余人由香港北上,经安东、沈阳,于 1949 年 2 月 25 日抵达北平。同年 7 月,当选为中华全国文学艺术工作者联合会主席。新中国成立后,历任中央人民政府委员、政务院副总理、中国科学院院长、中国科技大学校长、中国科学院哲学社会科学部主任、历史研究所第一所所长、中国文联第二、三届主席、中国共产党第九、十、十一届中央委员、全国人民代表大会常务委员会副委员长等职。著作极多,诗人在世时有自己结集由人民文学出版社出版的《沫若文集》17 卷本,1982 年后有人民文学出版社、人民出版社、科学出版社分别出版的《郭沫若全集》38 卷本，未发表的作品、书信等，也将于 38 卷之后陆续整理出版。

②十部诗集，指郭沫若一生创作的十三部诗集：《女神》《星空》《前茅》《瓶》《恢复》《战声集》《蜩螗集》《新华颂》《百花齐放》《长春集》《潮汐集》《东风集》《骆驼集》，此处用十部概称。在诗歌的革新与创造上郭沫若树立了榜样，他主张诗歌形式应“绝端的自由、绝端的自主”（详见《致宗白华》，原信载《三叶集》）。

叶绍钧

卅载从师涯，“教育小说家”①，规范纯洁汉语佳，“战场浏河”如话②。怎奈挥毫映霞，变徵风雅③，诗词冷静观察。

【注释】

①叶绍钧（1894—1988），字秉臣，后改字圣陶。江苏苏州人。1911 年中学毕业后，历任小学、中学、大学教师达三十多年之久，因此，他对中国教育界的各个侧面观察得细致入微，对大小知识分子的思想、生活、心态把握得深刻准确，在中国现代文学史上被誉为“教育小说家”。小说代表作有《晨》《校长》《潘先生在难中》《多收了三五斗》等，尤其是长篇《倪焕之》，完整地写出了知识分子从辛亥革命到 1929 年大革命失败期间的追求与遭遇，曾被茅盾赞誉为“扛鼎之作”（《读倪焕之》）。他在 1939 年曾当选为中华全国文艺界抗敌协会理事，1946 年出任中华全国文艺界协会总务部长。新中国成立后先后出任过中央人民政府出版总署副署长、教

育部副部长兼人民教育出版社社长、全国政协第六届副主席、中国民主促进会主席等职。

②③叶绍钧在新诗、散文、童话方面也有出色成就，尤其是300多行的长篇叙事诗《浏河战场》《雪朝》（新诗合集）第六集、旧体诗词《箧存集》（1960年作家出版社版）等，收存有新旧体诗词190多首。内容上坚持“冷静的谛视人生”（茅盾语），直面国统区的黑暗现实，讴歌抗日战争和解放战争期间的人民群众；形式上多用五、七言律绝和各种词调，音韵和谐，修辞讲究，继承和发展了《诗经》的现实主义传统。

茅　盾[①]

茅公诗词好，众体雅俗豪。国事家常赠友条，真语真情俏。讽刺幽默笑傲，生花笔妙，常常用典[②]高超。

【注释】

①茅盾（1896—1981），原名沈德鸿，字雁冰，浙江桐城乌镇人。1916年任职于上海商务印书馆编译所，开始文学活动。五四时期，主持《小说月报》“小说新潮栏”的编务工作。1921年1月与郑振铎、王统照、叶绍钧、周作人等成立文学研究会，主要从事文学理论探讨、文学批评和外国文学翻译的工作。同年7月加入中国共产党。中间脱党。1981年3月27日病逝后，中共中央根据他的请求和他一生的表现，决定恢复党籍，党龄从1921年算起。并以他的积蓄设立文学奖金，定名为“茅盾文学奖”，专门奖励优秀的长篇小说创作。新中国成立后他首任中央人民政府文化部长职务，主编《人民文学》。当选为历届全国人大代表、历届全国政协常务

委员和第四、五届全国委员会副主席。粉碎“四人帮”以后，在第四次文代会上当选为全国文联名誉主席、中国作家协会主席。茅盾的文学创作以小说著称于世，有顶峰长篇小说《子夜》《蚀》三部曲——《幻灭》《动摇》《追求》，农村三部曲——《春蚕》《秋收》《残冬》，以及《虹》《林家铺子》《腐蚀》等。文学和理论方面的著作有《鲁迅论》《徐志摩论》《冰心论》《茅盾论创作》《茅盾文艺评论集》《关于历史和历史剧》《夜读偶记》等。翻译、介绍外国文学作品和理论的有《雪人》《桃园》《茅盾译文选集》等。剧本有《清明前后》等。回忆录有《我走过的道路》。茅盾不仅是著名的小说家、散文家、评论家，而且还是一位优秀的诗人，著作有他生前亲自手订的《茅盾诗词集》(1985 年上海古籍出版社出版)，共收有 142 首诗词，同年稍后，人民文学出版社出版的《茅盾全集》第十卷诗词部分又增补了三首。《茅盾全集》40 卷本(人民文学出版社出版)则收录了他的全部文学著作。

②如《新疆杂咏》组诗之二：“藐姑仙子下天山”中的藐姑仙子，典出《庄子·逍遥游》：“藐姑射之山有神人居焉，肌肤若冰雪，绰约若处子。”《题白杨图》末句为：“愿与子同仇！”“与子同仇”语出《诗·秦风·无衣》：“修我戈矛，与子同仇。”这里充分表达了作者向往抗日根据地，决心与抗日军民一起将日寇驱出中国领土。《为曹辛汉题诗》末句为：“酒酣耳热歌乌乌。”“乌乌”是唱呼之声，象声词，语见《汉书·杨恽传》：“酒后耳热，仰天拊缶，而呼乌乌。”用在这里可谓传神之笔。

郁达夫[①]

澎湃激情荡，律绝美词章，可怜思想左右茫，自我愁怅怅。“神韵潇洒艳丽”,“三一律”②倡,真情放浪端庄。

【注释】

①郁达夫(1896—1945),原名郁文,浙江富阳人。现代小说家、散文家、旧体诗词家。幼年喜读唐诗,聪颖过人。1921 年留学日本期间,与郭沫若、成仿吾等筹建了创造社,倡导新文学。1930 年参加中国左翼作家联盟。1933 年初又加入宋庆龄、蔡元培主持的民权保障同盟。后在蒋介石政府白色恐怖的威慑下过着流连山水的隐居生活,政治上一度消沉。随着抗日救亡运动的高涨,他又重新振作精神,奔赴武汉参加抗日宣传工作。后因政治原因及家庭变故,由武汉而新加坡而印尼,数度迁徙流亡,但始终坚持抗日救亡的实际工作。1945 年 9 月 17 日被日寇秘密杀害于印尼荒野中。新中国成立后,他和他的长兄郁华均被人民政府追认为“为民族解放事业殉难的烈士”,并在家乡建亭纪念。其著作主要有小说《沉沦》《薄奠》《出奔》《迟桂花》等;散文《达夫日记》《达夫游记》等;诗词则自己从未编辑成册,在他殉难后由别人搜集整理,于 1981 年在海外出版,书名《郁达夫诗词抄》。直到 1988 年 10 月,国内才有浙江文艺出版社出版的《郁达夫诗词集》,该书按编年次序,从 1911 年起到 1945 年止,共收诗 587 首,词 11 阕,断句、对联、题词 37 则,集句 4 联,集句诗 1 首,歌词 5 首,德文诗 1 首。这是目前来说内容较全、错讹较少的版本。

②1939 年 3 月在《序〈不惊人草〉》中说:“我是始终以渔洋山人的神韵,晚唐与元诗的艳丽,六朝的潇洒为三一律。自家虽然做不好,但怪嗜与痂癖,总是偏重在这些地方。”

萧 三[①]

《和平之路》好,《友谊之歌》高,两个结合[②]神气标,敌我分明啸。左翼作家代表,驻苏[③]深造,诗歌全同子弹刺刀[④]。

【注释】

①萧三(1896—1982),现代诗人、翻译家。湖南湘乡人。1922年加入中国共产党。诗集有《和平之路》(1952年人民文学出版社出版)、《友谊之歌》(1959年作家出版社出版)、《萧三诗选》(1961年人民文学出版社出版)等。1959年编选并由中国青年出版社出版的《革命烈士诗抄》影响很大。

②他的诗歌在创作风格上力求革命现实主义和革命浪漫主义结合。

③20世纪30年代为中国左翼作家联盟苏联常驻代表,曾在莫斯科东方劳动者共产主义大学学习。

④他主张新诗"要向民歌学习,向古典诗歌学习","诗歌可比子弹和刺刀"。

徐志摩[①]

富豪深深印,欧美意矜矜,曾是"新月"盟主人,《再别康桥》[②]隽。本色情歌入沁,写实清峻,纯真个性那么氤氲。

【注释】

①徐志摩(1897—1931),现代诗人、散文家。浙江海宁人。曾留学美国、英国,1921 年开始新诗创作。1922 年由他提名成立了新月社。主要诗集有《志摩的诗》《猛虎集》等。

②此诗是徐诗名篇之一。康桥现在通译剑桥,英国的学术、文化、风景胜地。1928 年作者故地重游,于归国途中轮船上写成此诗。

王统照①

"爱""美"齐奔放,理想又悲凉,涩苦甜柔济世方,诗集《童心》唱②。探索人生骇浪,小诗鸣放,你踽踽独往前方。

【注释】

①王统照(1897—1957),山东诸城人。著作有《王统照文集》(1982 年山东人民出版社出版)以及《童心》《这时代》《夜行集》《鹊华小集》等十多种诗集。

②对"爱"与"美"的玄想,是王统照文学创作追求的中心,一面追求光明理想,一面思索人生悲苦,所以收入《童心》中的近 170 首小诗,呈现出一种既苦涩又甜柔的风格。

朱自清①

猛颂苏俄棒,"社会主义"煌,《毁灭》长诗三百行,步步土泥上。“刹那主义”倾向[2]，蕴藏希望，总是熠熠闪亮红光。

【注释】

①朱自清(1898—1948)，原名自华，字佩弦，江苏东海人，自称扬州人。1948年10月12日病逝前，嘱咐家人拒绝接受美援面粉，表现了高尚的民族气节和爱国反帝精神，受到毛泽东的赞扬。风神韵致的散文《背影》《荷塘月色》十分脍炙人口。抒情长诗《毁灭》是他的诗歌代表作。

②作者提倡“刹那主义”，是要作家努力把握现实，实现每一刹那的时空价值，这是一种充实生活、平凡务实的人生态度，当然也不免有些消极、伤感的成分。

【中吕·红绣鞋】

高长虹

狂飙社中主脑[1]，追求真理狂飙，梦境哀怨慨陶陶。狂妄加自傲，与鲁迅断交[2]，可怜文运渺。

【注释】

①高长虹(1898—1954?)，本名高仰愈，长虹是他的笔名。山西盂县人。青年时期组织“贫民艺术团”，创立狂飙社并出版《狂飙》周刊，开展了“狂飙运动”。诗集有《精神与爱的女神》《闪光》《献给自然的女儿》《给——》《延安集》等。

②1924年12月10日在北京首次拜访鲁迅,在鲁迅的关怀与支持下步入文坛,次年加入鲁迅组织的莽原社。1926年10月与鲁迅发生公开冲突,莫名其妙地绝了情断了交。

【仙吕·醉中天】

闻一多[1]

《死水》转向格律体,《红烛》思乡独凄凄,《七子之歌》痛鄙夷,《一句话》气势如霹雳[2]。"三美"[3]挥毫谁比?比喻奇异,每一首辞藻节奏猗猗!

【注释】

①闻一多(1899—1946),湖北浠水人。现代诗人、文学家。"五四运动"时期开始发表诗作。1946年7月15日因愤怒斥责国民党反动派被特务暗杀。著作有《闻一多全集》(1948年8月由开明书店出版)。

②《死水》《红烛》均为作者的两部诗集,《死水》写于1928年,《红烛》写于1923年。《七子之歌》《一句话》都是他的代表诗篇,以炽热的情感、完整的意象、和谐的音律,表现了诗人的爱国主义精神。

③"三美"即音乐美、绘画美、建筑美,是他在《诗的格律》中提出的新诗格律化的著名理论,他的诗歌从理论到实践都体现出来了。

老　舍[1]

多艺多才现，新诗《剑北篇》[2]，节奏潺潺韵脚连，口语随心嵌，旧体诗歌更冠。“京味儿”丰满，典型出自市民间。

【注释】

①老舍(1899—1966)，现代小说家、剧作家、通俗曲艺家，被国家授予“人民艺术家”的称号。原名舒庆春，字舍予，老舍是常用笔名。满族正红旗，北京市人。著作极多，一生写作有1000多篇(部)作品，字数约800万。代表作有小说《老张的哲学》《二马》《骆驼祥子》《四世同堂》《离婚》《赶集》《月牙儿》等；有童话《小坡的生日》《猫城记》等；有话剧《方珍珠》《龙须沟》《西望长安》《茶馆》等；还有曲剧《柳树井》、京剧《十五贯》等。20世纪80年代先后出版了《老舍诗选》(胡絜青编选，1980年香港九龙狮子会出版)《老舍论创作》《老舍曲艺文选》。由人民文学出版社编辑出版的《老舍文集》十六卷，是迄今为止老舍著作比较完整准确的汇编。其中第十三卷收入曲艺、新诗和旧体诗，分别按体裁，以发表时间先后编排，篇末注明发表年月与报刊名称。老舍在新中国成立后曾担任政务院文教委员会委员、北京市人民委员会委员、中国文联副主席、中国作协副主席及书记处书记、中国民间文艺研究会副主席等职务。

②《剑北篇》为新诗集，写于1940年2月至年底，共有27段3000多行，每行句句押韵，而每段又一韵到底。

俞平伯[1]

自由形式在，松散韵无哉，曾是新诗《冬夜》[2]才。写景抒情再，孤寂闲愁满怀，意境明快，你把人生锤炼的哀哀。

【注释】

①俞平伯（1900—1990），原名俞铭衡，字平伯。著名红学家、诗人、教授。浙江德清人。早年参加五四新文化运动，为新潮社、文学研究会、语丝社成员。1919 年毕业于北京大学。曾赴日本考察教育。历任上海大学、燕京大学、北京大学、清华大学教授。1947 年加入九三学社。新中国成立后，历任北京大学教授，中国社会科学院文学研究所研究员，九三学社中央委员、顾问，中国文联第一至四届委员，中国作协第一、二届理事。是第一、二、三届全国人大代表，第五、六届全国政协委员。

②作者最初以创作新诗为主。1918 年，以白话诗《春水》崭露头角。次年，与朱自清等人创办我国最早的新诗月刊《诗》。至抗战前夕，先后结集的有《冬夜》（1922）、《西还》（1924）、《忆》（1925）等诗集。

冰　心[1]

"爱"的哲学在[2]，怎脱母亲怀？《春水》《繁星》[3]小诗裁，充满深情爱。母爱童真大海，看着娇态，你有纯情秀美胸怀。

【注释】

①冰心(1900—1999),福建长乐人。原名谢婉莹,笔名冰心。现代诗人、作家、翻译家、儿童文学家。曾任中国民主促进会中央名誉主席,中国文联副主席,中国作家协会名誉主席、顾问,中国翻译工作者协会名誉理事等职,代表作品有《繁星》《春水》《寄小读者》等。主要著作有1982年上海文艺出版社出版的5卷本《冰心文集》,1983年出版的3卷本《冰心选集》。

②③《繁星》和《春水》是作者于1923年先后出版的诗集,包括300余首无标题的格言式的自由体小诗,始终贯穿着对于母亲、儿童和大自然的博爱,她在《冰心全集·自序》中说:"因着基督教义的影响,潜隐的形成了我自己的'爱'的哲学。"

李金发[1]

意象频频在,幻觉搅悲哀,于是人称"诗怪"[2]才。法国象征派,三部诗集贩来[3]。"之""兮"夹带,诗朦胧内容难猜。

【注释】

①李金发(1900—1976),原名淑良,广东梅县人。1919年赴法留学,专攻美术雕塑。1925年6月回国,直至1943年在国内各地从事美术教育工作。1976年12月25日客死于美国纽约。1920年开始写诗,1925年起,自选诗集《微雨》《为幸福而歌》《食客与凶年》先后出版。此外,还搜集整理了民歌集《岭东恋歌》,以及其

他译著《古希腊恋歌》《范伦纳诗选》《意大利艺术概要》《法国文学ABC》等。最新著作是1987年四川文艺出版社出版的北大教授周良沛作序的《李金发诗集》。李是为中国现代诗歌开辟象征主义创作道路的第一人,《微雨》是中国现代诗歌史上的第一部象征主义诗集。所以苏雪林说:"在新诗界中不能说他没有相当的贡献。"朱自清也说:"法国象征诗人的手法,李氏是第一个人介绍它到中国诗里。"

②黄参岛在刊于1925年第2期《美育》上的《〈微雨〉及其作者》中,首次称李金发为"诗怪"。1987年周良沛在《诗怪李金发——序〈李金发诗集〉》中,在文章题目上便直称"诗怪"。

③三部诗集指《微雨》(北新书店1925年11月出版,收有诗人1920至1923年间的诗作,为其代表作)、《为幸福而歌》(商务印书馆1926年11月出版)、《食客与凶年》(北新书店1927年5月出版)。

穆木天[1]

前期朦胧派,后期写实来,三部诗集译文裁[2]。句句歌谣爱,更喜声音美的太。叠句在在,诗的律动哈哈。

【注释】

①穆木天(1900—1971),原名穆敬熙,后改名穆慕天。吉林省伊通县靠山镇人。现代著名诗人、文学翻译家。1918年东渡日本留学。1921年加入创造社,开始写诗,崇拜法国象征派。1929年返回故乡,在吉林大学任教。吉林之行成为他创作生活的转折点,

从此告别了象征主义而走上了现实主义的创作道路。1931年在上海加入左翼作家联盟。1932年加入中国共产党。同年9月,与杨骚、蒲风、任钧等人发起成立了中国诗歌会。新中国成立后,在东北师范大学和北京师范大学任教授。主要著作有诗集《旅心》《流亡者之歌》《新的旅途》,评论集《怎样学习诗歌》(1938年生活书店出版)、《平凡集》(1936年新钟书局出版)等。

②指三部诗集《旅心》(1927年创造社出版部出版)、《流亡者之歌》(1937年乐华书局出版)、《新的旅途》(1942年重庆文座出版社出版)。同时翻译文学作品也很多,有《王尔德童话》、纪德的《窄门》、赛甫琳娜的《维里尼亚》、巴尔扎克的《欧也妮·葛朗台》《高老头》《幻灭》、苏联库列佐夫的长诗《琵琴》《新开河》、高尔基的《初恋》、普希金的《青铜骑士》、莱蒙托夫的《恶魔》等20多部。成就突出。

蒋光慈(又名光赤)①

《新梦》②新诗画,长短小说佳③,普罗诗派④紧紧抓,提倡新文化。怅惘抨击路岔,《哀中国》⑤吧!忠实时代的诗家⑥。

【注释】

①蒋光慈(1901—1931),安徽六安人。1920年加入上海社会主义青年团,后派往苏联留学,1922年在莫斯科劳动大学转为中国共产党正式党员。留苏期间开始创作新诗。

②《新梦》是留苏三年的诗集,情绪高昂,充满理想,热情歌颂

了十月革命和列宁。

③从1925年起，主要从事小说创作，先后出版了短篇《鸭绿江上》，中篇《少年漂泊者》《野祭》《短裤党》《菊芬》《最后的微笑》《丽莎的哀怨》，长篇《冲出云围的月亮》《田野的风》。

④1925年前后，以蒋光慈为代表的早期无产阶级诗歌流派，简称普罗诗派。此流派政治色彩很浓，内容大多取材重大政治事件，谱写工农革命运动，直接反映现实斗争。同派诗人还有钱杏邨、洪灵菲、孟超、殷夫等人，以及汽笛诗社、普罗诗社的成员。

⑤《哀中国》为从俄返国后所写的第二本诗集。诗的风格既有抨击和战斗，又有怅惘和失望。

⑥诗人在长诗《哭诉》的《后记》中说："倘若别的诗人矜持自己是超时代的艺术家，是美的创造者；那我就矜持我自己是时代的忠实儿子，是暴风雨的歌者。"

冯乃超①

生在日本岛，心向"母亲"掏，筹建"左联"革命豪②。《怒》③起新奇调，暗示象征彩雕，《红纱灯》④奥，更写得朦胧唯美飘飘。

【注释】

①冯乃超（1901—1983），中国现代诗人、作家、文艺评论家和翻译家，翻译作品常用笔名冯子韬。原籍广东省佛山市南海区。1926年三月开始，在《创造月刊》上发表组诗《幻想的窗》等具有象征色彩的诗歌，被称为象征派诗人。1927年成为创造社的中坚分

子。1928年1月发表在《文化批判》创刊号上的两首诗《上海》和《与街头上人》，标志其诗风从低沉到革命的转变。同年9月加入中国共产党。抗日战争期间，筹组中华全国文艺界抗敌协会，任文协常务理事，编辑《抗战文艺》。解放战争时期，任中共中央香港分局“工委”委员、“文委”书记，主管香港文化和统战工作，编辑《大众文艺丛刊》。新中国成立后，历任中共中央宣传部干部处处长、中山大学委员会第一书记、广东省委文教部副部长等职，1975年调离中山大学，任北京图书馆顾问。1983年在北京逝世。

②作者1901年出生于日本横滨，先后就读于京都帝国大学哲学系、东京帝国大学哲学系社会学科，后改学美学与美术史。1927年大革命失败后返回祖国，次年加入中国共产党，后与冯雪峰、沈端先等人于1930年3月2日在上海成立了中国左翼作家联盟。

③④《怒》《红纱灯》均为诗集，风格倾心于法国象征派诗歌。

【仙吕·太常引】

柯仲平①

你首倡朗诵诗歌，更唱街头歌，首首刺心窝，口语化叠词融合。〔幺篇换头〕旗手韩娃，王三毒蛇，李排长操戈。长诗《边区自卫军》②，谱写了边区的英雄赞歌。

【注释】

①柯仲平（1902—1964），原名柯维翰，云南广南县人。1924年考入北京政法大学法律系。1925—1926年，接受鲁迅先生指

教。1935年夏东渡日本。抗战开始回到武汉，从事救亡运动。1937年11月到达延安，曾任边区文协副主席，倡导朗诵诗和街头诗运动。新中国成立后曾任中国文联副主席、中国作家协会副主席、西北文联主席等职。著有诗集《海夜歌声》（1927年上海光华书局）、《边区自卫军》（1938年战时知识社出版）、《从延安到北京》（1950年人民文学出版社出版）等。

②《边区自卫军》为长篇叙事诗，1938年“五一”节前夜写毕，同年6月发表在延安《解放》杂志上。全诗共分四章，凡122节，约600多行。体现了抗战的、民族的、大众的文艺方向，形式上采用了民歌民谣和农民口语。塑造了忠诚、机智、勇敢、纯朴的英雄人物自卫军李排长和旗手韩娃，鞭挞了可耻的叛徒王三。

【中吕·红绣鞋】

胡　风

《胡风论诗》[①]妙语，七月诗派前驱，《全编》史诗五部曲[②]。怎知生党羽，倏忽被囚拘，含冤千万缕[③]?!

【注释】

①胡风（1902—1985），原名张光人，湖北蕲春人。花城出版社1988年11月出版《胡风论诗》，该书对诗歌进行了美学上的分析与探讨。

②指《胡风诗全编》，1992年7月由浙江文艺出版社出版。《全编》中收有新中国成立初期写的《时间开始了》一篇3000多行

的长诗。该长诗共分五个乐篇:第一乐篇《欢乐颂》,第二乐篇《光荣赞》,第三乐篇《青春颂》,第四乐篇《安魂曲》,第五乐篇《欢乐颂》。诗人在追求着"史诗"的规模,自信地称为"英雄史诗五部曲",实际存在着空泛化概念化的严重缺点。

③1955年六七月间,胡风和胡风分子被错误地定为"反党集团",后改为"反革命集团",继而在全国文艺界、教育界等单位开展了肃反运动,冤判了许多人,戴了帽子,蹲了监狱。胡风直到20世纪80年代才出狱。

【仙吕·醉中天】

汪静之[①]

半辈做生意,幼小即诗迷,《蕙的风》[②]集受诋諆,鲁迅支持励。歌唱劳工奋起,《寂寞的国》[③],敢投抛炸弹嬉犀。

【注释】

①汪静之(1902—1996),安徽绩溪人。16岁开始写新诗,湖畔诗社发起组织者之一。

②1922年诗集《蕙的风》出版,因受五四运动及西欧民主主义文艺思想的影响,写了大量反旧礼教的爱情诗,而受到封建遗老顽固派的攻击诋毁,鲁迅却指导、修改并给予支持。

③"五卅"运动后,读了《共产党宣言》等许多革命书籍,便决定不再写情诗、唱悲歌了。1927年由开明书店出版了第二本诗集《寂寞的国》,以强烈的爱憎观点歌颂工农,反对敌人。

胡也频

《诗稿》[1]风格在，未脱象征胎。曾学金发[2]体裁来，比喻新奇彩，可惜韵辙掩埋。诅咒世态，抨击黑暗不徘徊！

【注释】

①胡也频(1903—1931)，福建省福州市人。1931年2月7日，与殷夫、何孟雄等23位革命同志被国民党反动派暗杀于上海龙华警备司令部。著作有《胡也频诗稿》(1981年1月四川人民出版社出版)和长篇小说《到莫斯科去》《光明在我们的前面》等。诗歌共有108首，《诗稿》收有99首，其他《昨夜入梦》《我们是铁锚山上的大王》《歌》《雪里的回忆》《春天》《长风曲》《遗嘱》《死了和活着》《死之因》9首，散见于《民众文艺周刊》《晨报·副刊》《红与黑》等报刊。

②在艺术上，胡诗受象征诗派的影响很大，但又有独特的个性。沈从文在《记胡也频》书中评论："(胡也频)无疑地从李金发诗一种体裁得到暗示。……使他如李金发一样，在抒情形象的构成，艺术想象比喻的新奇，吟诵题材的取舍，以及文言虚词的运用等方面，都带上了簇新而不同寻常的特色。但是，他又不是对李金发简单的模仿，而具有自己的创造。"

冯雪峰[1]

造反生平骜，"湖畔社"[2]中骁，筹建"左联"革命豪。

母爱妻情皓，高尚精神面貌。右派[3]高帽，也削除不了你的情操。

【注释】

①冯雪峰(1903—1976)，原名福春，笔名雪峰、画室、洛阳等，文艺理论家、诗人、作家。浙江义乌人。1926年开始翻译文学作品及文艺理论专著。1927年加入中国共产党。1950年任上海市文联副主席。后调北京，先后任人民文学出版社社长兼总编、《文艺报》主编、中国作协副主席、党组书记。个人诗集有《真实之歌》(1943年)、《雪峰的诗》(1979年)。

②1922年春，他与潘谟华、汪静之、应修人结成湖畔诗社，出版了《湖畔》《春的歌集》等诗合集。他们在艺术上善于连类比喻、借物咏怀、拟人抒情，形成了流派风格。

③冯一生经历坎坷，1954年起政治上屡受挫折，先被解除《文艺报》主编，继因胡风事件受到批判，1957年被错划为右派。1966年又被关进牛棚。1976年患肺癌去世。1979年中共中央为他彻底平反并恢复名誉。

朱　湘

孤傲乖僻浪，愤慨自投江[1]。旧体新诗急就章，工整格律倡，幽婉清新韵响。《夏天》《草莽》[2]，更有《王娇》《猫诰》《还乡》。[3]

【注释】

①朱湘(1904—1933),字子沅,安徽太湖人。多才多艺,少年得志,1920 年入清华大学,参加清华文学社活动。1922 年开始在《小说月报》上发表新诗,并加入文学研究会。1925 年出版第一本诗集《夏天》,1926 年自办刊物《新文》,只刊载自己创作的诗文及翻译的诗歌,自己发行。因经济拮据,只发行了两期。1927 年第二本诗集《草莽》出版。1927 年 9 月至 1929 年 9 月,留学美国,回国后,他生活动荡,为谋职业到处奔走,家庭矛盾也日渐激化。其间曾任教于国立安徽大学(现安徽师范大学)外文系,但又与校方不和,1932 年夏天去职,漂泊辗转于北平、上海、长沙等地,以写诗卖文为生。终因生活窘困,愤懑失望,1933 年 12 月 5 日,他由上海乘船赴南京,深夜手捧英国海涅诗集,一面吟诵,一面喝酒,愤然投江自杀,年仅 29 岁。

②此为两部诗集,另有《石门集》《永言集》,终生留下四部诗集。其代表作有散文诗《小河》、有长达九百行的叙事诗《王娇》、有哲理小诗《早春》《秋》、有新格律诗《有一座坟墓》《雨景》《答梦》,以及 70 多首十四行体诗,被人称为“最有价值的一部分”。

③三部诗集均为长篇叙事诗。

【中吕·红绣鞋】

戴望舒[①]

流浪一生惆怅,《望舒诗稿》[②]悲伤,意象寂寞雾茫茫。
诗情散文状,旋律颇悠扬,用了残损手掌[③]。

【注释】

①戴望舒(1905—1950),浙江杭州人。1922年开始新诗创作,中国现代派象征主义诗人。1928年发表《雨巷》并与施蛰存、杜衡、冯雪峰创办《文学工场》。1929年4月,出版了第一本诗集《我的记忆》,这本诗集也是戴望舒早期象征主义诗歌的代表作,其中最为著名的诗篇就是《雨巷》,受到了叶圣陶的极力推荐,盛赞他"替新诗开创了一个新纪元",成为传诵一时的名作,因此他被誉为雨巷诗人。1936年10月,戴望舒与卞之琳、孙大雨、梁宗岱、冯至等人创办了《新诗》月刊,这是中国近代诗坛上最重要的文学期刊之一。1949年6月,参加在北平召开的中华文学艺术工作者代表大会。后担任新闻出版总署国际新闻局法文科科长,从事编译工作。1950年在北京病逝。

②《望舒诗稿》为作者诗歌代表作,它是由作者将第一部诗集《我的记忆》和第二部诗集《望舒草》合编而成。风格受西方象征派诗歌的影响很浓。还有梁仁编的《戴望舒诗全编》(1989年5月浙江文艺出版社出版)。

③1941年所作的《我用残损的手掌》是诗人在铁牢中唱出的属于"永恒的中国"的悲壮的歌,这里化用诗意来概括诗人的许多爱国诗篇如《延安集》等,这类诗歌从内容到创作方法,表明诗人从现代主义向着现实主义的转变。

【仙吕·醉中天】

王亚平①

亚平诗歌冠,风格自轩轩,多艺多才褒贬诠。明快朴实奠，后期深沉洗练。虽蒙冤案[②]，也坚持创作悠然。

【注释】

①王亚平(1905——1983)，字减之，原名王福全，笔名罗伦、李篁、白汀、大威等，河北威县人。1924年开始写诗，他的第一部诗集为《红蓼集》。1932年参加中国诗歌会。1934年在青岛创办《诗歌新辑》《现代诗歌》《诗歌季刊》等，并与老舍、王统照、臧克家等组成“避暑录话社”。这期间，他创作出版了《都市的冬》(1935年上海国际书店出版)。1937年7月由日本留学回国，创办了诗刊《高射炮》，参加战地服务队，在苏、浙、湘、鄂等省战地宣传抗日，创作和发表了大量的诗歌和通讯。1939年到重庆参加了“中华全国文艺界抗敌协会”。这个时期是他创作的丰收季节，创立了“春草诗社”，编辑出版了诗歌丛刊《春草集》《夏叶集》《诗家丛刊》《星群》《诗人》等；先后出版了《红蔷薇》《生活的谣曲》《中国，母亲的土地啊》《火雾》等诗集。1946年加入中国共产党。新中国成立后，任《人民日报》负责文艺版的编辑工作，历任《新民报》总编辑、北京市文联秘书长兼党组书记、中国曲艺研究会副主席、《说说唱唱》副主编。陆续出版了《黄河英雄歌》《穆林女献枪》《第一支颂歌》《青春的中国》等诗集。

②1955年遭受胡风冤案，被审查关押，1957年出狱，1981年冤案平反。在长达26年的漫长岁月中，他遭逢逆境，身陷囹圄，但始终相信党、热爱党，始终坚持写作，笔耕不辍，出版过《写在母亲像前》《灿烂的星辰》等诗集。“文革”结束后，被压抑了多年的创作激情像火山爆发一样喷射出来。他创作出版了大量的抒情诗和文章，写了追忆自己人生道路的三部曲《嘱咐》《期待》《火光》等诗50余首。1983年去世。1986年《王亚平诗选》出版，其子王渭编

选，臧克家作序，中国文联出版公司出版，全书分四辑，共选诗歌122首。

冯　至①

格律诗存半，印象派传承，习宋词唐诗意境涵。《十四行集》②曼，《昨日之歌》③雅淡，大多诗简，双声叠韵连绵。

【注释】

①冯至(1905—1993)，原名冯承植，字君培，河北涿州市人。1921年北大预科时开始写诗。1925年与友人创立沉钟社，1927年出版第一部诗集《昨日之歌》，1929年出版第二部诗集《北游及其他》，1930年底至1935年6月留学德国，1936年7月任同济大学教授兼附设高级中学主任。1939—1946年任昆明西南联合大学外文系德语教授，其间出版的诗集《十四行集》，是以现代主义为标志的西南联大诗人群的引导者。1946—1964年任教于北京大学西语系，1955年被选为首批中国科学院学部委员(中国科学院院士)，1956年加入中国共产党。历任北京大学西语系主任、中国社会科学院外国文学研究所所长、中国作家协会副主席、中国外国文学学会会长等多项社会科学学术团体领导职务。冯至还是瑞典、联邦德国、奥地利等国科学院外籍院士或通讯院士，获得过德国"大十字勋章"等奖项。

②诗集名，冯至1930年赴德国留学，其间受到德语诗人里尔克的影响，他采用西方十四行诗形式，实行了变体，没有严格遵守这种诗体的传统格律。朱自清说："可以说建立了中国十四行的基础，使得向来怀疑这种诗体的人也相信了它可以在中国诗里活下

去。”(《新诗杂话·诗的形式》)

③诗集名。上卷收抒情短诗,下卷收叙事长诗。像《我是一条小河》《蛇》《雨夜》《帷幔》《蚕马》《吹箫人的故事》,都堪称独步一时的代表作。

【中吕·红绣鞋】

施蛰存[①]

谁是盟头“现代派”[②],“四窗”[③]功力高才,诵读《桥洞》《祝英台》[④],抒情深在怀,意象浅中埋,五个“现代”新裁[⑤]!

【注释】

①施蛰存(1905—2003),原名德普,笔名有施青萍、安华、薛蕙、李万鹤、舍之、北山等,浙江杭州人。中国现代派作家、文学翻译家、学者、华东师大中文系教授。施蛰存的工作可以分为四个时期:1937年以前,除进行编辑外,主要创作短篇小说、诗歌及翻译外国文学;抗日战争期间进行散文创作;1950—1958年期间,主要翻译外国文学作品;1958年以后,告别文学创作和翻译工作,转而从事古典文学和碑版文物的研究工作。

②施蛰存自1932年起从事新诗创作,在翻译西方文学中,推崇现代意识的文学创作,受现代书局委托创办并主编《现代》月刊,所发表的诗歌被称为现代派。他在《现代》上发表的新诗引人注目,称为领军人物。

③所谓具有“四窗”功力，是说东窗指东方文化和中国古典文学的研究；西窗指西洋文学的翻译工作；南窗指文艺创作，他说：“我是南方人，创作中有楚文化的传统，故称南窗”；北窗指金石碑版的研究。

④⑤他写的《桥洞》《祝英台》《夏的小景》《银鱼》《卫生》等五题6首，是意象派的代表作。他主张“诗意不能一读即了解”，应当是“现代人在现代生活中所感受到的现代的情绪用现代的词藻排列成的现代的诗形。”见《〈现代〉杂忆》(一)。

【仙吕·太常引】

孙大雨[①]

“清华四子”[②]美名扬，每每吟诗行，更有商籁辞章[③]，读音步团团叠双。〔幺篇换头〕《自己的写照》[④]，“新月”格调，格律似严妆，那想象缤纷闪光！

【注释】

①孙大雨(1905—1997)，原名铭传，字守拙，号子潜，浙江省诸暨人，著名诗人和翻译家。1925年毕业于清华学校高等科，曾任《晨报》副刊《诗镌》编辑。1926年赴美留学，后考入耶鲁大学研究院，攻读英国文学。回国后，先后任武汉大学、北京大学、山东大学、复旦大学等校英国文学教授。“文革”期间受害入狱，整整耽搁了27年。著作有诗文合集的《孙大雨卷》(周良沛选编，长江文艺出版社1990年版)，《屈原诗选英译》《古诗文英译集》分别收集

了屈原诗赋、汉唐古诗文等译作,还有《英诗选译集》等。

②1919年发表诗作,与朱湘(子沅)、饶孟侃(子离)、杨世恩(子惠)合称“清华四子”,因都加入“新月社”,又称“新月四子”。

③即十四行诗,为流行欧洲各国的格律诗体,即中国人说的商籁体,此为意、英、法文的音译名词。孙诗如《诀绝》《回答》《老话》等均被收入陈梦家编选的《新月诗选》中。关于商籁体,闻一多认为:“有一个基本的原则非遵守不可,那便是在第八行的末尾,定规要一个停顿。最严格的商籁体,应以前八行为一段,后六行为一段;八行中又以每四行为一小段,末二行为一小段。总计全篇的四小段第一段起,第二承,第三转,第四合。……‘承’是连着‘起’来的,但‘转’却不能连着‘承’走,否则转不过了。大概‘起’‘承’容易办,‘转’‘合’最难,一篇精神往往得靠一转一合。总之,一首理想的商籁体,应该是个三百六十度的圆形;最忌的是一条直线。”详见《闻一多全集》(3)《谈商籁体》。

④《自己的写照》,首发在1931年4月至10月《诗刊》第2、3期上,但未发完。这首长诗多层次多侧面地描绘了20世纪二三十年代大都市的千姿百态,具有广阔而立体感的现代生活画卷,表现了诗人对“现代文明”“工业化”“现代化”的科学的认识。徐志摩说:“这三百多行诗,我个人认为是十年来(这就是说有新诗以来)最精心结构的诗作。”陈梦家说:“新的辞藻,新的想象,与那雄浑的气魄,都是给人惊讶的。”痖弦也认为《自己的写照》是“未完工的纪念碑”,“仅以这首诗的艺术手法论,个人甚至认为即使徐志摩、王独清也无法与之抗衡”。

臧克家[①]

半生乱跑北南颠，不忘撰诗篇，编刊映人间，诗集富有积似山。〔幺篇换头〕“诗论”《烙印》[②]，《罪恶的黑手》[③]，《宝贝儿》[④]均辞严，甘苦寸心剜，语工意新哀厉先。

【注释】

①臧克家(1905—2004)，字士光，号孝荃，曾用名承志、瑗望，笔名少全、何嘉，山东诸城人。1925年，首次在全国性刊物《语丝》上发表处女作《别十与天罡》，署名少全。1929年，在青岛《民国日报》上第一次发表新诗《默静在晚林中》，署名克家。1932年，在《新月》4卷7期发表第一首诗作《难民》，1936年，参加中国文艺家协会，是中国现实主义新诗的开山人之一。历任上海《侨声报》文艺副刊、《文讯》月刊、《创造诗丛》主编。1949年后历任华北大学文艺学院文学创作研究室研究员，新闻出版总署、人民出版社编审，《新华月报》编委，主编《新华月报》文艺栏。1957—1965年，任《诗刊》主编。全国人民代表大会第二、三届代表，全国政协第五、六、七、八届委员，第七、八届常务委员，中国作家协会第一、二届理事，第三届理事、顾问，第四届顾问，第五、六届名誉副主席，中国文联第三、四届委员，第六、七届荣誉委员，中国诗歌学会会长。著作有《臧克家诗选》(作家出版社1954年1月版，人民文学出版社1956年版、1978年版)等30部诗集，3部诗论。

②《烙印》为诗人第一部诗集，闻一多作序，1933年7月由师友资助自费印行，后由开明书店1934年3月出版，收有《难民》《烙

印》等22首诗，生活气息浓烈，表现了对劳动人民的同情，以现实主义为风骨，又从新月派、现代诗派中吸取了养料，并得到闻一多、王统照的帮助与鼓励，形成了自己的独特风格。

③《罪恶的黑手》为第二部诗集，1934年10月由生活书店出版。这是一篇反宗教意识、反帝国主义文化侵略的长诗，共分3章19节154行。据诗人说，本诗“1933年9月5日全夜写强半，6日完成于青岛”。可见写得很入情，很艰苦。

④《宝贝儿》诗集收有1943—1945年的诗，共17题34首，大多数是政治讽刺诗。1945年5月万叶书店出版。

李广田①

半耕半读自成才，小说散文赅，画意巧安排，“汉园诗人”②三骋怀。〔幺篇换头〕《诗的艺术》③，《一棵树》④栽，一曲《阿诗玛》⑤，《线秀》⑥再登台，终生在脱皮换胎。

【注释】

①②李广田（1906—1968），号洗岑，笔名有黎地、曦晨等。山东邹平人，本姓王，因家境贫寒，过继给舅父，改姓李。1923年曾因介绍中国进步文学与苏俄作品被捕入狱。1929年，考入北京大学外语系。1935年毕业后，先后在一些中学和大学任教。1936年与卞之琳、何其芳合写的诗集《汉园集》出版，以“汉园三诗人”著称。他写得最多、成就最高的还是散文。代表作有散文集《画廊集》（1936）、《雀衰记》（1939）、《灌木集》（1944）、《日边随想》（1948）、《散文三十篇》（1956），还有短篇小说集《金坛子》

(1946)、长篇小说《引力》、文学论著《文学枝叶》(1948)、《文艺书简》(1949)等。1983 年山东人民出版社出版的《李广田文集》是他的创作和论著比较完整的著作。

③《诗的艺术》(1943 年重庆开明书店出版)专门论述诗歌写作,颇有见地。

④此首诗写于 1957 年 5 月 1 日,全诗 10 段 20 行。仿信天游体。以“一棵树”做比喻,深刻地检讨总结了自己的生平思想和业绩,表现了虚怀若谷的境界,语言明白如话。此诗原载于《边疆文艺》1957 年 5、6 月合刊号。邹荻帆、谢冕主编,上海文艺出版社出版的《中国新文学大系》第十四集《诗卷》也收入。

⑤⑥这是李广田致力于少数民族文学的整理研究成果。前一种为彝族支系撒尼人的长篇叙事诗;后一种为傣族长篇叙事诗。

【中吕·红绣鞋】

阿　垅[①]

自学成才奇骏,悲喜苦乐情真,惊天地更泣鬼神,深沉而愤懑,且吟《无弦琴》[②],七月诗派的隼!

【注释】

①阿垅(1907—1967),原名陈守梅,又名陈亦门,浙江杭州人。幼年家贫,刻苦自学成才。1939 年到延安入抗大,长篇小说《南京》,经当时全国文协评奖,荣获第一名。新中国成立后任天津市作协编辑部主任。1955 年因胡风案被捕,定为“胡风反革命集团

骨干分子”,1967 年 3 月 15 日瘐死狱中,1980 年获平反。阿垅是七月派的重要诗人,也是中国新诗理论的系统研究者。新中国成立前出版有诗集《无弦琴》、诗论《人和诗》。新中国成立后到 1955 年入狱前出版有诗论《诗与现实》(三卷本)、《诗是什么》《作家底性格与人物的创造》等。平反后已出版的有周良沛编《无题》、罗洛编《人·诗·现实》、路莘编《垂柳巷文辑》等,人民文学出版社出版了《阿垅诗文集》。另有长篇小说《南京》(《南京血祭》)等。

②诗集名,为《七月诗丛》第一辑之一,1941 年 7 月南天出版社出版。内容主要抒写和歌颂中国人民奋起抗日救亡的英雄行动,同时揭示与抨击了社会生活中的污秽和出卖民族的卑劣无耻现象。为七月诗派中的顶峰之作。

【中吕·满庭芳】二首

赵朴初

朴初赵老[①],诗词曲赋,似酒滔瓢。少年村[②]里儿童笑;抗美援朝,捐募“中国佛教号”[③];借宗教开展邦交,肝胆照,和平友好,“民进”[④]更佼佼。

金刚怒目,从容大度,《某公三哭》[⑤],震惊世界拳头竖。《片石》《滴水》[⑥],词赋曲文情并注,癯清容慈祥恒驻,千秋祝,状元[⑦]后裔,光照夜明珠。

【注释】

①赵朴初(1907—2000),安徽太湖人。清光绪三十三年

(1907)11 月 5 日,出生在安庆一个四代翰林府第中,乳名小开,自称开翁。是中国社会活动家、宗教领袖、诗人、书法家、佛教居士。曾任中国佛教协会会长,此外还担任过中国作家协会理事,中日友好协会副会长、顾问,中国红十字会名誉会长,中国人民争取和平与裁军协会副会长。第一至第五届全国人大代表,第一、二、三届全国政协委员,第四、五届全国政协常务委员。赵朴初的诗词、书法也闻名遐迩。1926 年入东吴大学,苏雪林上诗词课,他开始创作古体诗词,著有《滴水集》《片石集》。逝世一周年之际,《赵朴初诗词曲手迹选》由上海古籍出版社隆重发行。这是赵朴初先生的书法作品选集,又是他的韵文作品选集,收有诗词曲等韵文作品 164 首。

②1940 年为安置百余难童,在上海成立了净业流浪儿童教养院,院址设在觉园内。抗战胜利后,在地下党的帮助下,教养院迁至大场宝华寺,更名少年村,设立董事会,赵朴初任村长,曾得到宋庆龄及其创办的中国福利会和国际战灾儿童义养会的资助。少年村从 1946 年创办到 1949 年停办,共教养儿童 3200 余名,其中有 40 多名参加了中国人民解放军。

③1950 年抗美援朝开始,赵朴初等人倡议募捐"中国佛教号"飞机,为保家卫国贡献力量。

④1945 年 12 月 30 日,中国民主促进会(简称民进)在上海爱麦虞路中国科学社正式宣告成立,赵朴初是民进的创始人之一,也是民进最卓越的领导人之一,在长期的革命和建设中,做出了重大贡献。

⑤1965 年 2 月 1 日《人民日报》发表的散曲作品即《哭西尼》《哭东尼》《哭自己》,分别嘲讽了美国总统肯尼迪、印度总理尼赫鲁、前苏联共产党总书记赫鲁晓夫,用中国传统的曲牌,嬉笑怒骂

地表达了作者的思想感情，在国内外反响很大。

⑥20世纪70年代，作者将他的部分诗作结成《滴水集》《片石集》，分别由作家出版社和人民出版社出版。后来上海古籍出版社又将赵朴初韵文作品搜集整理为《赵朴初韵文集》出版。

⑦赵朴初祖上出自宋朝赵氏皇室后裔，其太高祖赵文楷于嘉庆元年（1796）考中状元，子赵畇、孙赵继元、曾孙赵曾重相继考中进士，选翰林，光绪皇帝曾赐匾“四代翰林”。

【仙吕·醉中天】

殷　夫[①]

《孩儿塔》[②]呼啸，《血字》[③]组诗豪，气势磅礴音最高，爱的前驱纛，却与哥哥别了[④]，不怕暗探盯梢，人道是红色鼓动诗谣。

【注释】

①殷夫（1909—1931），原名徐柏庭，又名徐祖华、徐白、徐文雄，殷夫则是他较为常用的笔名。浙江象山人。中国现代文学史上著名的无产阶级革命诗人，中国共产党党员，1930年3月，以发起人之一加入中国左翼作家联盟，为《萌芽》等刊撰写诗歌、散文、随笔。1931年1月被捕，2月7日夜被国民党反动派暗杀于上海淞沪警备司令部。1984年2月由浙江文艺出版社出版了《殷夫集》。

②诗人将1929年以前的诗作65首自编成诗集《孩儿塔》，内

容交织着光明与黑暗，热烈与孤寂，记录着一种矛盾和交战的过程。今有《殷夫集》（丁景唐、陈长歌编，1984 年 2 月浙江文艺出版社出版）收入已发现的殷夫全部诗作。

③④《血字》为纪念“五卅”惨案四周年而写，是作者献给无产阶级革命事业的第一组政治抒情诗，其中《别了，哥哥！》是一首诗作。殷夫的大哥徐培根是国民党高级军官，“四一二”政变后曾营救下狱几被枪决的弟弟，但殷夫清醒地意识到，他们已经是属于两个阶级的人了。两个阶级正在交着战火，不可并存，所以他毅然决然地割舍了兄弟情谊和功业名利，与胞兄诀别。

【仙吕·太常引】

高 兰[①]

“朗诵诗人”美名传，朗朗诵诗篇，爆炸啊山峦，《祭礼》[②]在先生墓前。〔幺篇换头〕救亡抗日，绝无阴暗，《哭亡女》[③]黄泉，一曲《祭礼》鸣冤，千百万人民泪潸。

【注释】

①高兰（1909—1987），原名郭德浩，黑龙江省瑷珲县人。1928 年夏考入燕京大学国文系。“九·一八”事变，高兰参加北平学生卧轨南下的爱国请愿，本来他以晏殊、晏几道的词作为攻研方向，南京请愿归来，他放下对“二晏”的研究，在郭绍虞和郑振铎先生指导下撰写《李后主评传》（天津人文出版社 1933 年出版），“意借李煜的亡国之痛激励国人奋起抗日”。大学毕业后，高兰志愿到北

平义勇军指挥部秘书处工作。在此，结识了许多东北义勇军将领，在听到夏伯阳、天照应将军殉难时，高兰愤然命笔，立刻写成报告文学《记天照应》和悼亡诗《吊天照应》。写罢抬头望壁，凝视高尔基和罗曼·罗兰在莫斯科的合影，在诗文后面第一次署名“高兰”。高兰认为：战时应提倡诗歌朗诵，他与冯乃超、光未然、徐迟、蒋锡金等人一起，提出“用活的语言，作民族解放的歌唱”的朗诵运动。提倡“诗的朗诵与朗诵的诗”。1939 年 1 月 15 日，《大公报》为高兰举办诗歌朗诵晚会，请他朗诵在诗刊《五月》上发表的《我的家在黑龙江》。“更赢得了‘朗诵诗人’的美名”（详见臧克家《中国抗日战争时期大后方文学书系·诗歌第一集序》）。新中国成立后历任山东师范学院、华东大学、山东大学等校中文系教授、山东大学中文系主任、山东省作协第一至四届副主席等职。著作有《高兰朗诵诗集》（1938 年 2 月汉口大路书店出版）《高兰朗诵诗选》（上海新文艺出版社 1956 年出版）《高兰朗诵诗选》（山东文艺出版社 1978 年出版）等诗集。

②即代表作《我们的祭礼》，收入第一部诗集《高兰朗诵诗集》中，曾在“鲁迅先生周年祭上，由王莹女士朗读过，其余部分由汉口的广播电台逐一朗读了。有的更被制成谱子，变成了歌，或者做过抗战剧演出时序曲”（见《高兰朗诵诗集·自序》）。

③高兰 1932 年大学毕业后，先后在天津南开中学、武汉博爱中学、重庆实验歌剧学校等校任教。因宣传抗日救亡，支持学生正义斗争，受到校方的监视、警告，乃至解聘。1941 年，一家人贫病交加，高兰的爱女苏菲患疟疾，因无钱医治而夭亡，葬于重庆歌乐山下。次年，在纪念女儿去世一周年时，高兰写成他的朗诵诗代表作《哭亡女苏菲》。

艾　青[①]

平生坎坷夜难眠，唱着《大堰河》[②]新诗篇，举起《火把》[③]焰，《光的赞歌》[④]光耀天。〔幺篇换头〕“流放”的清算，人生的呐喊，闪现至情言，意象更熟娴，旋律似流水潺潺。

【注释】

①艾青（1910—1996），原名蒋世涵，字养源，号海澄，曾用笔名莪加、克阿、林壁等，浙江省金华人。1929 年赴法勤工俭学，专攻绘画艺术，接触欧洲现代派诗歌。1932 年初加入中国左翼美术家联盟，从事革命文艺活动，不久被捕入狱，1933 年第一次用艾青的笔名发表长诗《大堰河——我的保姆》，1935 年获释。抗日战争爆发后，任《文艺阵地》编委。1941 年赴延安任《诗刊》主编。出版了《北方》《向太阳》《旷野》《火把》《黎明的通知》《雷地钻》等 9 部诗集。新中国成立以后，担任《人民文学》副主编。著有《艾青诗选》《宝石的红星》《黑鳗》《春天》《海岬上》等 20 部诗集。另有论文集《诗论》《论诗》《新诗论》等著作。1957 年被打成右派，开除党籍，流放北大荒、新疆等地 17 年。1979 年平反，恢复党籍，增补为全国政协委员，并任中国作家协会副主席。创作有诗集《彩色的诗》《域外集》，出版了《艾青叙事诗选》《艾青抒情诗选》。1985 年获法国文学艺术最高勋章。

②《大堰河》指 1936 年上海群众杂志出版公司出版的第一部诗集，收有 1932—1934 年间的诗作。其中《大堰河——我的保姆》是诗人的代表作，此首抒情长诗凡 13 节 107 行，于 1933 年 1 月 14

日在狱中一气呵成。这首诗奠定了他诗歌的基本艺术特征和他在现代文学史上的重要地位。

③《火把》为叙事长诗,写于1940年5月,1941年6月由文化生活出版社出版。全诗共有872行,分为18章,内容写女知识青年唐尼参加规模很大的火炬游行中深受教育与投身抗日战争的故事。

④这是1979年发表的堪称“诗体哲学”的典型的宏观抒情诗,此诗从现实形象的微观推向象征对象的宏观,以象征对象的壮阔境界来充分映衬现实形象的多层次结构。

【中吕·红绣鞋】

林　庚[①]

探讨现代格律,九言四句惊吁,《夜》[②]诗《春野与窗》[③]隅,抒情生短语,创意总疾趋,《情歌》[④]高再举。

【注释】

①林庚(1910—2006),字静希。福建闽侯人,1928年考入清华大学物理系,1930年转入清华大学中文系,曾参与创办《文学月刊》。与吴组缃、李长之、季羡林成了清华园“四剑客”。1933年毕业后留校,同时担任《文学季刊》编委。1937—1947年,曾在厦门大学中文系任教,这十年中的诗稿全部散失。1947年返京任燕京大学中文系教授,1952年改任北京大学中文系教授,至1986年退休,仍任北京大学中文系博士生导师。曾参加中华全国文学艺术

工作者第一、二次代表大会及第四次中国文学艺术工作者代表大会。林庚的一生充满诗意,他说自己是“教书为业,心在创作”,先是诗人,后是教授。对于学生来说,他是出色的诗歌启蒙者和文学引路人。他又由诗人而学者,曾三度撰写中国文学史,对中国文学史的研究独树一帜,其中楚辞和唐诗研究是他的“双璧”。晚年的林庚又与吴组缃、王瑶、季镇淮并称“北大中文四老”。著有《春野与窗》《问路集》《空间的驰想》等六部诗集及《中国文学史》《诗人屈原及其作品研究》《天问论笺》《诗人李白》《唐诗综论》《新诗格律与语言的诗化》等11部文集。

②他从20世纪30年代开始写诗,《夜》是他的第一部诗集,也是清华大学中文系时的毕业论文。1933年开明书店出版。1985年由人民文学出版社出版自选诗集《林庚诗选》。

③《春野与窗》是第二部诗集,收入抒情诗57首,1934年开明书店出版。

④即《北平情歌》,为现代白话格律诗集,1935年起试写现代格律诗,先后发表了几十首以九言诗为体裁的格律诗和八九篇关于新诗格律的文章。1936年开明书店出版了《北平情歌》《冬眠曲及其他》两本现代格律诗集。被誉为给诗坛带来“一份晚唐的美丽”。

【仙吕·太常引】

公　木①

凶残政治暴风吹，老革命悲摧，何处酿诗醅？《棘之歌》②珍珠暗窥。〔幺篇换头〕诗集《崩溃》③，《岢岚谣》④最，万卷诗勒碑，曲曲民歌辉，大众化新辞夺魁。

【注释】

①公木（1910—1998），原名张永年，又名张松甫、张松如，笔名有公木、木农等，河北省束鹿（今属辛集市）人。20 世纪 30 年代参加中国左翼作家联盟，曾参与《文学杂志》的筹办。抗战初期在晋西北曾任《动员》编辑，敌后游击队宣传股长。1938 年到延安，在抗日军政大学工作，发起并组织延安诗社。1941 年主编《部队文艺》。抗战后期任教于“鲁艺”文学系。1945—1954 年任东北大学教育长。1954 年到北京，任中国作协文学讲习所所长等职。1957 年被错划为右派分子。1962 年后任吉林大学中文系教授、副校长。逝世后，其塑像矗立在吉林大学的校园内。著有诗集《鸟枪的故事》（1947 年东北书店出版）、《哈喽胡子》（1951 年五十年代出版社出版）、《黄花集》（1957 年作家出版社出版）、《崩溃》（1957 年 12 月作家出版社出版）、《公木诗选》（吉林人民出版社 1981 年出版）等，还有诗论集《谈诗歌创作》（1956 年新文艺出版社出版）。

②《棘之歌》写于"文革"期间的1973年,到1978年才得以公开发表。此诗展示了一种奉献精神和在艰难环境中的乐观态度,可看作是作者的精神志向的自况。

③诗集名称。其中最有影响最有特色的诗篇,要算《据说,开会就是工作,工作就是开会》(写于1956年3月),诗人以犀利的语言,或对话,或独白,尖锐地讽刺了"恶性的官僚主义!"(诗结语)

④这是一首长篇叙事诗,360多行,30多节,作于1938年5月,生动地描写了山西省岢岚县三丈湾的真人真事,热情歌颂了60岁的老贫农娄德明和日寇汉奸同归于尽的壮烈事迹。

卞之琳[①]

曾做新月诗家派,浪漫象征怀,《三秋》《鱼目》裁[②],化欧化古哲理开。〔幺篇换头〕《慰劳信集》[③],真人真事,礼赞抗倭才。廿首曲浅白,格律体情思巧排。

【注释】

①卞之琳(1910—2000),江苏海门人,曾用笔名季陵,曾是徐志摩的学生。现代诗人、翻译家、文学研究家。中学时代就对新诗发生兴趣,1929年考入北京大学英文系,较多地接近英国浪漫派、法国象征派诗歌,并开始新诗创作。就学期间曾师从徐志摩,深受赏识,受过"新月派"的影响,被公认为"新月派"的代表诗人。但他更醉心于法国象征派,并且善于从中国古典诗词中汲取营养,所以诗句喜欢欧化法、文言词,哲学理论融入其中,形成自己独特的风格。抗战时期曾随军生活,并在延安鲁迅艺术学院任教。1947

年应英国文化委员会之邀前往牛津从事研究。1949 年春回国，先后任北京大学西语系教授、北大文学研究所研究员、中国社科院外国文学研究所研究员。1956 年加入中国共产党。2000 年 1 月荣获首届“中国诗人奖——终生成就奖”。著作有诗集《三秋草》《鱼目集》《慰劳信集》《翻一个浪头》，自选诗集《雕虫纪历 1930—1958》；著译有《莎士比亚悲剧论痕》《英国诗选》等；此外还出版诗论集《人与诗：忆旧说新》。

②《三秋》即《三秋草》诗集，1933 年 5 月由新月书店出版，此书奠定了他的诗坛地位，被人视为新月派的后起之秀。《鱼目》即《鱼目集》，是他的第二部诗集，1935 年 12 月由文化生活出版社出版，内分五辑，共收诗作 29 首。

③1940 年香港明日出版社出版，1942 年又被收入桂林明日社出版的《十年诗草》中。用格律诗体写“慰劳信”，反映出他对民族解放战争的激情，歌颂了抗日战士和群众。

【仙吕·醉中天】

蒲　风[1]

试验诗歌样，隽永又豪爽，叠字叠词叠句章，吟诵民惨况。朗诵诗歌提倡，感情奔放，在《茫茫夜》[2]里昂扬。

【注释】

①蒲风（1911—1942），原名黄日华，广东省梅县人。1932 年春加入中国左翼作家联盟，同年秋，与杨骚、任钧等人发起组建中

国诗歌会，成为诗歌会的主将，出版《新诗歌》。1934 年去日本，与雷石榆等创办《诗歌生活》。抗战开始后，在广州主编《中国诗坛》。1938 年加入中国共产党。1940 年到皖南，随新四军转战华东各地。1942 年病逝于皖南天长县。他毕生从事新诗运动，提倡诗歌的大众化和诗歌朗诵，政治上坚持反帝反日。

②他的诗集及诗论著作极多，约有 20 多部。《茫茫夜》（收诗 25 首，1934 年 4 月国际编译馆出版）、《生活》（收诗 32 首，1936 年 9 月上海诗人俱乐部出版）、《钢铁的歌唱》（收诗 26 首，1936 年 10 月广州诗歌出版社出版），《街头诗选》《抗战诗歌讲话》是蒲风的代表作。新中国成立后，由北京作家出版社于 1957 年 1 月出版了《蒲风诗选》，反映了他一生所写的诗歌精华。

【中吕·齐天乐】

陈梦家[①]

多才美艺诗豪，成就功业昭，考古，歌谣。十六岁写诗风骚，主办的《新月》[②]哓哓。《野花》[③]天骄，《红果》《丧歌》[④]，泣诉更鼓噪，半纸情诗，盾牌长矛，人道是意境雕，韵律和谐巧，有谁能首首高超！

【注释】

①陈梦家（1911—1966），字梦甲，笔名陈梦哉，一说陈慢（漫）哉，浙江上虞市人。新月诗派后期的杰出代表之一。1931 年毕业于南京中央大学，1932 年初在上海参加十九路军，从事抗日救亡

工作。同年底,入燕京大学学习神学,1934—1936年间,攻读古文字学。1944年去美国芝加哥大学,收集中国铜器资料。1947年秋,回清华大学任教。1952年任中国科学院考古研究所研究员。学术著作丰硕,诗歌著作有:《梦家诗集》(1931年1月新月书店出版,20岁时出版的第一部诗集)、《陈梦家作诗在前线》(1932年北平晨报社出版)、《铁马集》(1934年1月开明书店出版)、《梦家诗存》(1936年3月上海时代图书公司出版)等,还主编有《新月诗选》(1931年9月新月书店出版),该书收入徐志摩、闻一多、朱湘等18人的诗歌80首,写有长篇《序言》。

②《新月》是新月社于1928年3月创办的月刊。在1927年春,原新月社的骨干胡适、徐志摩、余上沅等人筹办了新月书店。新月社是20世纪20年代末期一个影响较大的社团,它的前身是1923年北京的新月社,后来发展为俱乐部,参加者有梁启超、胡适、徐志摩、余上沅、丁西林、林徽因、陈梦家等人。社名是徐志摩依据印度泰戈尔诗集《新月集》而起的。1933年6月,《新月》杂志出至第4卷第7期后停刊,书店为商务印书馆接收,新月社即宣告解散。

③《野花》即《一朵野花》,写于18岁时,是诗人讴歌生命的最早诗作。

④《红果》的意境生动美丽,声音交织,情趣横生。《丧歌》以歌当哭,吊唁死者,表达出对劳苦人民的同情和敬意,对敌人的憎恨与诅咒。总之,陈梦家的诗篇,有气壮山河、可歌可泣的英雄气概,有青年学生对爱情的追求以及热恋的欢快与失恋的痛苦,有爷孙两代手执盾牌和长矛表现出抗击侵略者的大无畏精神,还有不少着意写景,描绘上海、西山和长江、黄河的景观诗作。

【仙吕·太常引】

何其芳[①]

现代格律诗传神，主张盛名振，《预言》细腻新，《夜歌》[②]又愆愆洗心。〔幺篇换头〕清词丽句，风格平淡，明快更情敦。做事写诗纯，毛主席彰称“认真”[③]。

【注释】

①何其芳(1912—1977)，原名永芳，四川万县人。力主建立现代格律诗，是学者型诗人的代表。1938年8月到延安，在鲁迅艺术文学院教书并任文学系主任。1944年随中共代表团赴重庆工作。后任中共四川省委委员和重庆《新华日报》社副社长。新中国成立后，历任中国文联历届委员，中国作家协会书记处书记，中国社会科学院哲学社会科学部学部委员、文学研究所所长，《文学评论》主编等职。20世纪20年代末期开始写诗。主要著作有《何其芳文集》(共分6卷：诗1卷，散文、小说2卷，文学评论3卷，均以写作时间先后编次。1982年人民文学出版社出版)，诗集三部：《预言》(共分3卷，收入1931—1937年的诗篇，1945年2月上海文化生活出版社版)，《夜歌》(收入1938—1942年间的诗篇)，《何其芳诗稿》(收入1952—1977年的诗作81首，共分两部分，第一部分新诗26首，第二部分旧体诗55首，1979年由上海人民出版社出版)。

②《夜歌》表现了他新旧矛盾、思想改造的情感，在《〈夜歌〉初

版后记》里，作者诉说了关于《夜歌》的命名、写作过程、思想内容和艺术倾向等问题。这部诗集最早由重庆诗文学社于1945年出版。第2版由文化生活出版社于1950年出版。第3版由人民文学出版社1952年出版，删改了部分诗作，并加入延安文艺整风后的3首，书名改为《夜歌和白天的歌》。

③详见《何其芳文集》第1卷周扬作于1980年11月15日的序。

辛 迪[①]

九叶诗手老大先，传统画诗禅，意境更无边，《风景》[②]诗光影顿添。〔幺篇换头〕“七情六感”[③]，同仇慨叹，炽烈更缠绵。《辛迪诗稿》刊，现代派风格汇编。

【注释】

①辛迪(1912—2004)，九叶诗派中年龄最大者。原名王馨迪，笔名辛迪、心迪、尔德、一民等，江苏省淮安人。1912年出生于天津，16岁时试写了第一首白话小诗。1935年毕业于清华大学外文系，在北京任中学教师一年，后去英国爱丁堡大学研究英国文学。抗日战争爆发，他在英国四处奔走，宣传募捐，支持抗战。1939年回国后曾任上海暨南大学、光华大学教授，兼任《中国新诗》月刊编委。1946年编辑诗刊《民歌》。新中国成立后，在上海先后担任过卷烟厂、啤酒厂、食品公司的副厂长、副经理等职。1979年重新创作诗歌。青年时期学过中国古典诗词，并对19世纪以来的西方诗歌有所了解，还深爱19世纪后半叶印象派的绘画和音乐，对他

形成现代派诗歌风格颇有影响。著有诗集《珠贝集》(1935 年与弟辛谷合著,为其第一本诗集)、《手掌集》(1948 年 1 月星群出版公司出版)、《辛迪诗稿》(诗选集,1983 年人民文学出版社出版)等。还有九人诗合集《九叶集》(1981 年江苏人民出版社出版,2000 年 7 月北京作家出版社再版),其中收入辛迪诗歌 21 首。

②此诗先收入《手掌集》,后又选入《辛迪诗稿》。手法是现代派的,意境却有中国诗画的传统,意象所表现的地理距离和心理距离重叠、互换和对峙,使诗意十分深长蕴藉。

③《辛迪诗稿·自序》中说:“诗歌要表达浓缩的真情实感,也可以说要有七情六感。”“六感”即:真理感、历史感、时代感、形象感、美感、节奏感。

纪　弦[①]

意形相彰猛歌讴,调侃诙谐幽。“槐叶”[②]思乡愁,“现代派”[③]你当为首。〔幺篇换头〕ABCD,阿拉伯字,标新立异秀[④],“六大信条”[⑤]胡诌,怎能把诗歌如此忽悠!

【注释】

①纪弦(1913—2013),原名路逾,字越公,曾用笔名路易斯(士)、青空律。祖籍陕西,生于河北,少年时期在北京、上海、扬州等地生活。1929 年以路易士笔名开始写诗。1933 年毕业于苏州美专。1934 年创办《火山》诗刊,翌年与杜衡合办《今代文艺》,并组织星火文艺社。1936 年与戴望舒、徐迟等在上海合办《新诗》月刊。后在苏州与严辰等组织菜花诗社,出版《菜花诗刊》和《诗

志》。抗战胜利后始用纪弦笔名写稿。1945年参与所谓“中产阶级运动”,1948年到台湾,先在《平言日报》当副刊编辑,后在台北成功中学任教,直至1974年退休。1976年移居美国。著有诗集《易士诗集》(1934)、《火灾的城》(1937)、《三十前集》(1945)、《在飞扬的时代》(1951)、《摘星的少年》(1954)、《隐者诗抄》(1963)、《槟榔树》甲乙丙丁戊五集(1967,台湾)《晚景》(1974,台湾)、《半岛之歌》(1993)、《第十诗集》(1996)、《宇宙诗钞》(2001)、《年方九十》(2008),此外还有《纪弦论诗》(1954)、《新诗论集》(1956)、《纪弦论现代诗》(1970)等。《槟榔树:我的同类》《我从小就想飞》《一片槐树叶》《阿富罗底之死》《船》《人间》《奋斗》《我来自那边》《6与7》等为他的代表作。20世纪50年代初,在台湾反共八股文艺盛行时写了一些反共诗。

②指《一片槐树叶》诗,全诗分两段,共14行,揭示了诗人思念故国的伤心和流泪。

③在20世纪五六十年代的台湾,出现了现代主义诗潮,1953年2月以纪弦为首创办了《现代诗》季刊,在1956年1月出满12期之际,纪弦在台北召开了现代诗人第一届年会,正式宣布成立“现代派”,最初加盟者83人,后又增至102人。

④他的诗篇出现了《SENALL—ER》《6与7》这样的诗题,以及“A = X + Y + Z而不等于A”,“2 = 3”,“手杖7 + 烟斗6 = 13之我”等离奇怪异的诗句。

⑤指1956年2月刊登在《现代诗》第13期封面上的《现代派信条释义》一文,纪弦把《现代诗 · 宣言》上的观点,概括为“现代派六大信条”,即第一条:我们是有所扬弃并发扬光大地包容了自波特来尔以降一切新兴诗派之精神与要素的现代派之一群。第二条:我们认为新诗乃横的移植,而非纵的继承。第三条:诗的新大

陆之探险,诗的处女地之开拓,新的内容之表现,新的形式之创建,新的工具之发现,新的手法之发明。第四条:知性之强调。第五条:追求诗的纯粹性。第六条:爱国·反共。拥护自由与民主。从1959年《现代诗》第22期起,纪弦不再负责而交由黄荷生主编,刊物内容也渐与现代派的主张无关。在各方面的严厉批评下,纪弦于1962年宣布解散"现代派",《现代诗》也一度停刊。

光未然[①]

教员店员共青团,缅甸又延安,朗诵诗流传,唱史诗滔滔世间。〔幺篇换头〕黄河滚滚,英雄儿女,将日寇氽歼。一曲《黄河大合唱》[②],气盖了山河顶尖!

【注释】

①光未然(1913—2002),原名张光年,湖北省光化县人,现代著名诗人,文学评论家。当过商店学徒、书店店员和小学、中学教员。20世纪30年代起从事进步戏剧活动和文学活动。1936年在武汉发表歌词《五月的鲜花》,谱曲后在抗日救亡活动中广泛传唱。1937年加入中国共产党。1939年初到延安。1940年在重庆进行革命文艺活动。"皖南事变"后他被迫出走缅甸,1942年回到云南。1944年与李公朴、闻一多一道从事民主运动和诗歌朗诵活动,与高兰同为朗诵诗派的代表人物。1945年10月,受到国民党政府的迫害,离开昆明。次年由北平进入华北解放区,先后在北方大学艺术学院、华北大学文艺学院主持教学工作。1949年后,一直在北京从事文艺活动。先后担任《剧本》《文艺报》《人民文学》

主编，以张光年署名发表了大量文学、艺术评论。曾任中国作家协会书记处书记、中国作家协会党组书记、中国作家协会副主席。出版的诗集有《五月花》(1960 年 5 月作家出版社出版)，共收录了作者新中国成立前后的代表作 30 余首，其中包括长诗《屈原》、组诗歌词《黄河大合唱》《三门峡大合唱》等名篇。

②此为作者著名的代表作。1939 年 3 月写于延安，经冼星海谱曲后，同年 5 月在延安首次上演，后又在全国各地巡演，非常受抗日军民欢迎。这一组诗由《黄河船夫曲》《黄河颂》《黄河之水天上来》《黄水谣》《河边对口曲》《黄河怨》《保卫黄河》《怒吼吧，黄河》共八首组成。每一首皆由朗诵词和歌词两部分构成。全诗呈现出气盖山河、磅礴雄健的风格，被誉为中华民族战斗的抗日的英雄史诗。此组诗收入 1960 年 5 月作家出版社出版的《五月花》中。

李白凤[①]

诗书篆剧样样行，授课更求精，广交尽群英，家驹亚子田汉亨[②]。〔幺篇换头〕右派帽摘，万分激动，笑殒梦魂惊。《北风》[③]《彩旗》[④]抨，境界似漫漫透明[⑤]。

【注释】

①李白凤(1914—1978)，原名李爱贤，笔名鹑衣小吏、李白朋、李逢、李木子、石山长。祖籍北京，生于四川，定居开封。我国现代著名学者、书法家、篆刻家、作家、诗人、教授。少年时在山东青岛铁路中学读书，后考到北京民国学院学习。从这时起，他就爱写新诗，经常在上海的《新诗》、北平的《小雅》等刊物发表诗歌。抗日

战争初期，他创作的著名剧本《卢沟桥的烽火》，影响甚大。1941—1944年在广西南宁、桂林任中学教师，经常同柳亚子、陈迩冬、田汉、端木蕻良等从事抗日文艺创作活动，创作出版了《白凤印册》《我怎样治印》、小说《小鬼》《韩国少年》《囚徒的爱与死》等，还发表了《寄奔星》诗歌、《诗与散文》评论等，宣传抗日，讽刺国民党反动派的腐败。1944年5月同田汉、千家驹、熊佛西等出席桂林市文化界庆祝柳亚子58寿辰大会。1946—1949年在上海财政局任职，经常在全国著名的《新诗》《文萃》《大公报》《文汇报》和《新民晚报》等报刊上发表作品，呼唤自由和光明，抨击国民党反动派统治的黑暗和腐朽。他还经常和臧克家等同志参加各大学的诗歌朗诵会。出版有诗歌集《北风辞》（潮锋出版社）、《彩旗谣》（上海黎明文艺社）、《凤之歌》（上海新诗社）、《春天·花朵的春天》（上海新诗人丛书）等。新中国成立后，先后在哈尔滨工业大学中文系、山西师范学院（现山西大学）中文系、河南开封师范学院（现河南大学）中文系任教授。（笔者为山西大学中文系53级学生，曾聆听过先生讲课，受益匪浅）。同时李白凤先后在《诗刊》《人民文学》发表诗歌，并出版了《苏联文学研究》专著。还有遗作《东夷杂考》《古铜韵语》二种，未出版。1957年被错划为右派，去职。致力于古文字学、古史和《周易》等研究。并继续坚持书法和篆刻。其篆刻尤精金方，出入周、秦之间，格调古雅。1978年，根据中央文件摘帽平反，当时，正式报告还未批复，郑州大学准备聘他任古文字学的课程时，由于激动万分，欣喜异常，引起脑血管痉挛，于1978年8月18日抢救无效去世。

②指著名学者、作家千家驹、柳亚子、田汉、陈迩冬、端木蕻良、熊佛西、尹寿石等人。

③④即《北风辞》《彩旗谣》两本诗集，勇于抨击时政。

⑤蓝棣之《现代派诗选·前言》中评价说：李白凤的诗具有“半是象征手法，半是浪漫抒情，境界是半透明的”，形式是散文的自由诗体等艺术特点。

徐　迟[①]

《哥德巴赫猜想》猜[②]，突破诗家怀，处处显奇才，现代派风格闪来。〔幺篇换头〕《我及其他》[③]，《隧道隧道》[④]，书写怪安排，意象创新开，怪不怪不该写来！？

【注释】

①徐迟(1914—1996)，原名徐商寿，笔名爽啁、龙八、史纲、唐琅等。浙江吴兴县人。1931 年秋入东吴大学文学院攻读外国文学。1932 年春就读于燕京大学，半年后返吴兴故乡，开始写诗。1933 年又返东吴大学学习，同年在《现代》刊物上发表作品。1936 年 10 月，他与戴望舒、路易士创办《新诗》月刊，1943 年任《中原》(郭沫若主编)执行编辑，1949 年任《人民中国》(英文版)编辑，1957 年任《诗刊》副主编。1960 年调湖北省文联从事专业创作，任中国作协理事、湖北省文联副主席。徐迟在 20 世纪 30 年代是现代派的一位重要诗人。诗集有《二十岁人》(上海时代图书公司 1936 年 10 月出版)、《最强音》(桂林白虹书店 1941 年出版)、《美丽，神奇，丰富》(作家出版社 1957 年出版)、《共和国的歌》(作家出版社 1958 年出版)等，诗论集有《诗歌朗诵手册》和《诗与生活》。此外还翻译了《托尔斯泰传》《巴黎的陷落》等作品。徐迟在报告文学领域做出了突出贡献，代表作有报告文学集《地质之光》

《哥德巴赫猜想》等,2002 年创立“徐迟报告文学奖”。

②这篇报告文学是描写数学家陈景润的,粉碎“四人帮”以后,他先后写下《地质之光》《哥德巴赫猜想》《生命之树常绿》《在湍流的漩涡中》,于 1978 年将此四篇与《石油头》《祁连山下》《向着二十一世纪》等一起收入并出版了报告文学集《哥德巴赫猜想》。激情与理智的统一,是徐迟报告文学的重要特色。应当说,诗歌创作实践,帮助他在报告文学上取得了独特的成就。

③《我及其他》这首诗书写排列都非常奇异古怪,请看:“我,日益扩大了。//我的风景。我!/倒立在你虹色彩圈的 IRIS(虹膜——著者)/我是倒了过来的我。//这‘我’一字的哲学啊。/桃色的灯下桃色的我。/向了镜中瞟瞟了时,/奇异的我,/忠实地爬上了琉璃别墅的窗子。//我安憩了——或是画梦吧,/我在深蓝的夜网中展侧。//于是,在梦中,在翌日,/我在恋爱中翻着筋斗。我我我我/我我我我我——/我已日益扩大了。”这首诗为《二十岁人》诗集的首篇。此诗集中其他作品又多侧面地表现了 20 世纪 30 年代青年人追求个性解放的奇异心绪。笔者对这种排列形式不赞赏。

④这首诗收入《二十岁人》诗集,也是徐迟 20 世纪 30 年代代表作之一,原题为《隧道隧道隧道》,是专写男女青年恋情内容的诗篇。

阮章竞①

出生广东在中山,小学文化四年,救亡著诗篇,有《圈套》②物随意迁。〔幺篇换头〕《漳河牧歌》③,颂三位妇女,叙事抒情渲,俚曲歌谣编,形象似漳河水欢!

【注释】

①阮章竞(1914—2002),笔名洪荒,广东香山(今中山)人。13岁当徒工,20岁失业到沪。1935年受冼星海、吕骥的教诲,参加抗日救亡运动。1937年底到太行山革命根据地参加游击队。1938年任八路军太行山剧团指导员、团长。1939年加入中国共产党。曾任中华全国文艺界抗敌协会晋东南分会常务理事。新中国成立后,历任中共华北局宣传部文艺处处长、宣传部副秘书长,《诗刊》第一副主编,北京市文联副主席,中国作协北京分会主席,中国文联第四届委员,中国作协第二至四届理事。著有《圈套》(1949年,新华书店)、《漳河水——漳河牧歌》(1950年,新华书店)、《阮章竞诗选》(1985年,人民文学出版社)等。

②《圈套》为俚歌故事型的长篇叙事诗,写黄河边槐树台农村的故事。长诗反映了当时解放区农村尖锐、复杂的阶级斗争,揭露了地主阶级的"变天"勾当,表现了斗争中涌现的新人新事,成功地塑造了李万开、英娥娘等人物形象。

③《漳河水——漳河牧歌》也是一部长篇叙事诗,是诗人的代表作。写于1949年3月,刊于同年5月出版的《太行文艺》。诗长近700行,分为"往日"、"解放"和"常青树"三部分,采用了流行漳河两岸的民间歌谣曲调《开花》《四大恨》《割青菜》等形式,非常形象地描绘了荷荷、苓苓、紫金英三个农村青年妇女在旧社会的悲苦遭遇,新中国成立后获得了自由幸福的生活,生动地刻画出了她们的个性。《漳河水》既富有地方的风味和情趣,又擅长把叙事、写景、抒情有机而完美地结合起来。

【中吕·红绣鞋】

鲁藜[①]

面对《醒来》[②]打仗,长诗《锻炼》[③]奔狂,玉骢嘶断夜苍茫,铮铮挺傲骨,夜夜祭国殇,但求神气爽!

【注释】

①鲁藜(1914—1999),原名许度地,或许图弟,笔名还有许流浪、许徒弟、鲁家等。福建同安人,童年时随父母侨居越南,1932年回国,在厦门发表处女作《母亲》。1933年加入反帝大同盟。1936年参加左联。同年加入中国共产党。1938年赴延安入抗大,发表震撼诗坛的《延安组诗》。1942年参加整风后在鲁迅艺术学院任教。抗战胜利后在晋冀鲁豫边区文联北方大学中文系工作。1949年随军到天津,任天津市文学工作者协会主席,主编《文艺学习》月刊。1955年因受胡风集团事件株连蒙冤入狱26年而中断创作。1980年平反后恢复了诗歌创作活动。鲁藜是“七月诗派”的代表,最擅长写作长短诗(包括叙事诗)、哲理诗,他的诗充满爱国主义激情,著有诗集《醒来的时候》《锻炼》《星的歌》《毛泽东颂》《英雄的母亲》《鲁藜诗选》等。

②《醒来》即指《醒来的时候》诗集,1941年7月初版于重庆南天出版社,其中组诗《延河散歌》是作者抗战时期的佳作之一。

③诗集《锻炼》1943年由桂林希望社出版。这是一篇叙事长

诗，近650行，共分9章，凡108节，写"我"被捕后的所想、所见、所为种种痛苦遭际，反映了爱国抗日志士一身正气、宁死不屈的高尚品格，揭露了日寇、汉奸残杀中国人民的罪行。艺术上的主要特点是：神形相得益彰，和而生辉，具有追求意境、富于哲理、热烈粗犷的风格。

【仙吕·太常引】

严　辰[①]

几多诗家宝塔夸，独有汝呱呱，抒情六章华[②]，颂理想边区国家。〔幺篇换头〕长篇叙事，《新婚》[③]最好，简朴又情洽。一曲《罕拜舞》[④]，描写得声涛形姱。

【注释】

①严辰(1914—2003)，原名严汉民，笔名有严翔、沈彦、厂民、A·M、安敏等，江苏武进人。1933年毕业于上海正风文学院文学系，1934年开始发表作品，后创办《当代诗刊》，参加中国诗人协会。抗战初期在武汉、重庆工作，加入中国全国文艺界抗敌协会，曾在《五月》《文艺阵地》《抗战文艺》等刊物发表诗作。1941年到延安，在延安文艺界抗敌协会从事创作，和艾青等人编辑《街头诗》。解放战争期间，任晋察冀联合大学、华北大学文学系教员。新中国成立后，历任《人民文学》编辑部主任、《新观察》主编、《诗刊》副主编、主编、人民文学出版社现代部主任、黑龙江省文联副主席、《北方文学》主编等职。著有诗集《唱给延安》(1950年5月文

化生活出版社)、《晨星纪》(1955年作家出版社)、《红岸》(1959年6月作家出版社)、《玫瑰与石竹》(1981年作家出版社)等。

②指抒情长诗《塔》,共分六章:第一章描绘塔的雄姿与感觉;第二章写山地人民对塔的顶礼膜拜;第三章写今天的塔已“作为美丽的理想的象征”,召唤着吸引着人们;第四章写青年像潮水一样涌在塔下,经过洗礼,然后又“投向血火交流的斗争里”;第五章写“旅人”辨不清要去的方向,“塔”指示着路人的去向;第六章写塔象征着“我们的意志和信念”,它是“真理和幸福的旗帜!”

③这是写于1947年秋的长篇叙事诗,分为四章,长240行,叙写了翻身农民小栓、黑妮的新婚喜事,反映出了农民翻身后的喜悦情绪。语言非常口语化大众化。

④这首诗写达斡尔族流行的集体舞,舞者多为妇女,春节时每夜差不多都举行。此诗收入《红岸》诗集。

袁水拍①

《山歌》②嬉笑怒骂讴,反抗与追求,《万税》③谐音投,寓讽刺于诗里头。〔幺篇换头〕题材政治,新诗新品种,鞭打寓吴钩,漫画手法优,歌谣曲如筝似篌。

【注释】

①袁水拍(1916—1982),原名袁光楣,笔名马凡陀。著名讽刺诗人。江苏吴县人。1934年毕业于苏州高中,翌年考入上海沪江大学,后肄业,入上海浙江商业银行、上海中国银行工作。抗日战争爆发后开始诗歌创作,先后辗转于重庆、香港等地,曾任重庆美

术出版社编辑、中华全国文艺界抗敌协会候补理事兼会刊主编，从事香港分会会务工作。1942 年在桂林加入中国共产党。1944—1948 年，在上海《新民报》《大公报》做副刊编辑，用马凡陀的笔名写了三百多首政治讽刺诗，1946 年编成诗集《马凡陀的山歌》在上海出版（后于 1955 年、1958 年又由人民文学出版社出版），1948 年又出版了《马凡陀山歌续集》。新中国成立后，在《人民日报》文艺部工作，并兼任《人民文学》《诗刊》编委。他的诗歌创作，前期深受欧洲诗歌的影响，形式不够大众化，也不讲究韵律，后期诗的内容和形式都进一步接近人民大众。著有诗集《人民》（1940 年新诗社）、《冬天，冬天》（1942 年远方书店）、《向日葵》（1943 年上海美学出版社）、《马凡陀的山歌》（1946 年生活书店）、《马凡陀山歌续集》（1948 年生活书店）、《解放山歌》（1949 年生活书店）、《诗四十首》（1954 年上海新文艺出版社）、《歌颂与诅咒》（1958 年作家出版社）、《春莺颂》（1959 年人民文学出版社）、《政治讽刺诗》（1964 年作家出版社）等，诗歌理论有《诗论集》（1958 年作家出版社）。此外，他还是一位出色的翻译工作者，译有英国汤姆生的《马克思主义与诗歌》（1950 年三联书店）、《聂鲁达诗文集》及《伐木者醒来吧》（1951 年、1958 年人民文学出版社先后出版）等十多种。

②指三部山歌诗集《马凡陀的山歌》《续集》《解放山歌》，详见注①。

③1947 年诗人用“万岁”的谐音写了《万税》一诗，对国民党反动派巧立名目、苛捐杂税、盘剥人民加以讽嘲，是一首生动典型的政治讽刺诗。诗云：这也税，那也税，/东也税，西也税，/样样东西都有税，/民国税，万万税！//最近新税则，/又添赠予税（原注：不仅做买卖要抽税，连赠送礼品，也要抽税）。/既有赠予税，当然还

有受赠税,//贿赂舞弊已公开,/不妨再来贿赂税和舞弊税。/强盗和小偷,/恐怕也要缴盗窃税。//实在没办法,/还好加几种:/抽了所得税,/再加所失税。//印花税,太简单,/印叶印枝也要税。/交易税不够再抽不交易税,/营业税不够再抽不营业税。//此外,抽不到达官贵人的遗产税和财产税,/索性再抽我们小百姓的破产税和无产税!//

【中吕·红绣鞋】

田　间[①]

号称时代鼓手[②],声声敲响街头,《未明》[③]吟过《诗抄》[④]讴。评说戎冠秀[⑤],《赶车》[⑥]赶潮流,政治概念吼!

【注释】

①②田间(1916—1985),原名童天鉴,安徽无为人。1933年考入上海光华大学外文系。1934年加入中国左翼作家联盟并从事新诗创作,参加《文学丛报》《新诗歌》的编辑工作。1935年任《每周诗歌》主编。1938年参加八路军西北战地服务团,同年8月加入中国共产党,并在延安倡导街诗运动,其诗作《假使我们不去打仗》传遍全国,闻一多在《时代的鼓手——读田间的诗》中评价:"没有'弦外之音',没有'绕梁三日'的余韵,没有半音,没有玩任何'花头',只是一句句朴质、干脆、真诚的话(多么有斤两的话)!"1941年任晋察冀边区文协副主任,1949年兼任察哈尔省文联主任,任中国作协党组成员、创作部部长、文学研究室主任、《诗刊》

编委等。1950年任全国文联研究会主任。1958年兼任河北省文联主席。“文革”后期，任河北省文艺组党组书记兼组长。著有《短歌》《抗战诗抄》《东风歌》《非洲游记》《田间诗选》《赶车传》等十几部诗集。

③④指1935年出版的第一部诗集《未明集》和1950年上海新华书店出版的《抗战诗抄》诗集。1943年直到全国解放，诗人在解放区与人民一起战斗生活的同时，努力向民歌民谣学习，致力于民族化大众化的追求。著名的《假使我们不去打仗》就收入《抗战诗抄》之第一首。

⑤⑥《戎冠秀》（子弟兵的母亲，晋察冀边区著名英雄模范）和《赶车传》（第一部），即1945年前后创作的两部长篇叙事诗。《赶车传》原是一部获得好评的民歌体叙事诗，后来适应“大跃进”、“公社化”的政治潮流，扩大发展成为《石不烂赶车》等七部鸿篇巨制，“探索”失败了，使自己的作品变为现成的政治概念和流行的社会观点的形象性说明。

【仙吕·太常引】

戈壁舟[①]

巴蜀才子戈壁舟，著诗赛民讴：《延河照样流》[②]，《别延安》[③]抒情迸游。〔幺篇换头〕每出创意，韵调欢快，比喻象征稠。《自卫军》[④]赳赳，更像那民歌荡游。

【注释】

①戈壁舟(1916—1986),原名廖耐难,四川省成都市人。1936年参加中华民族解放先锋队,1939年到延安,后入鲁迅文学院中文系学习,历任陕甘宁边区文协创作员、新华社随军记者,1946年任陕甘宁边区“文协”《群众文艺》编辑。新中国成立后,曾任西北文联创作室主任、作协秘书长、《延安》月刊主编、四川省文联秘书长等职。著有诗集《别延安》(1951年五十年代出版社)、《延河照样流》(1956年中国青年出版社)、《登临集》(1958年)、《三弦战士》(1959年)、十幕诗剧《山歌传》(1959年作家出版社)等。

②③诗集名,这两本书都是表现从延安时期跨入新生活的诗集。特别是《别延安》是他的力作,在质朴的抒情中,敢于袒露自己的灵魂,大多数诗篇是强调战争主题,歌颂革命英雄主义。

④《自卫军》一诗,写边区自卫军加紧操练和努力生产的热潮,发表于1946年11月4日的《解放日报》,突出地反映了小米加步枪这一主题思想的巨大的现实意义。

邹荻帆[①]

鄂省才子邹荻帆,抗日救亡坚,叙事抒情篇,战斗性非常刚健。〔幺篇换头〕中小教员,工人也当,《备忘录》[②]磨勘,《走向北方》[③]凝练,“五反”[④]潮扬鞭世间。

【注释】

①邹荻帆(1917—1995),湖北省天门市人。1936年开始写诗,1938年湖北师范毕业后,曾到大别山区文化工作团从事抗日

救亡工作。以后曾任小学、中学教员和报刊编辑。中间曾考入迁到重庆的复旦大学外文系。1948年到香港，在太平洋飞机修理厂当工人并任文艺副刊编辑。新中国成立后，先后任中国作家协会外委会委员、对外文化联络局办公室主任、《文艺报》编辑部主任、《诗刊》副主编和主编等职。著作有诗集《在天门》(1937年文化生活出版社)、《木厂》(1938年文化生活出版社)、《尘土集》(1939年文化生活出版社)、《雪与村庄》(1941年文化生活出版社)、《意志的赌徒》(1942年桂林天南出版社)、《青空与林》(1943年重庆新中国成立书店)、《总攻击令》(1949年新群出版社)、《跨过》(1949年三联出版社)、《布谷鸟与紫丁香》(1982年人民文学出版社)、《邹荻帆抒情诗》(1983年长江文艺出版社)等。诗论有《赠给18岁的诗人》《抒情诗的旋律》等。

②即政治讽刺诗集《恶梦备忘录》，署名史纽斯(1949年香港自费出版，三联书店代发行)，“是蒋家王朝末日到来种种丑态恶劣的写照，讽刺锋芒直接指向国民党统治集团的大人物”。

③这是一首抒情诗代表作，此诗刊于1938年11月《文艺阵地》第2卷第2期，抒发了广大爱国青年在抗战初期向往抗日民主圣地延安的心情，和南国北上、长途跋涉的种种感受。

④指解放战争时期掀起的“反内战、反暴行、反扶日、反迫害、反饥饿”的伟大斗争，在《中国学生颂歌》中，讴歌了青年学生那种英勇不屈、前仆后继的革命精神。

【中吕·红绣鞋】

胡 征[①]

《红军西征纪事》[②],新鲜大漠沙石,唱英雄战斗史诗,《主席台》[③]上交印,新村长眼泪疾驰,栩栩形象止。

【注释】

①胡征(1917—2007),原名胡秋平,祖籍湖北大梧,生于河南罗山县。1935 年在河南信阳《豫南民报》发表第一首抒情诗《Sonnet》。1936 年在河南信阳主编《春潮》诗刊。1938 年 1 月参加革命工作,1939 年入延安“鲁艺”文学系学习、工作。历任延安抗日军政大学学员、八路军 115 师团技术书记、延安鲁迅艺术学院教务处科长、延安《延市通讯》主编、晋冀鲁豫边区文联研究员、《北方杂志》编辑、刘邓大军随军记者、西南军区文化部创作组专业作家、《解放军文艺》小说组组长。1955 年春由部队转业至西安作协任驻会作家。不久,错定为胡风分子。1980 年平反改正,历任《延河》编辑室主任,宝鸡师院中文系教师,陕西省社科院研究员。著有诗集多种,以《胡征诗选》(1984 年)《诗的美学》(1984 年)为代表。

②该诗为叙事长诗,又名《我回来了》,全诗 230 多行,分为《沙漠的海》《夜风》《昨天,我们三个》《枪声》《我醒来》五章,记述了红军西征的故事,歌颂了红军战士英勇战斗、不怕牺牲的革命

精神。

③解放战争期间的诗作以长篇叙事诗为上品,《主席台》全诗也分五章,它写解放区武陵村人民选举庆山哥当村长掌大印的故事,反映了解放区劳动人民翻身坐天下做主人的欢乐情绪。

【仙吕·太常引】

穆　旦[①]

九叶诗派砥中流,最早断歌喉,创作总"搏求"[②],艾略特[③]风格勇讴。〔幺篇换头〕深刻辩证,谐和物我,爱与恨长流。《穆旦诗集》啁,首首诗深沉解剖。

【注释】

①穆旦(1918—1977),原名查良铮,浙江宁海人,生于天津。1940年毕业于西南联大外文系,后在抗日军队里工作,主办过报纸。上大学时听过英国诗人、评论家威廉·燕卜荪讲授的《现代诗歌》,因此他的诗歌创作一直受到西方现代诗人里尔克、艾略特等人的影响。1948年8月,入美国芝加哥大学英国文学系深造,于1951年获文学硕士学位,1952年底归国后在南开大学外文系任副教授。1957年被错划为右派分子,以后一直在南开大学图书馆工作。从20世纪50年代中期到70年代中期,20年间已不从事诗歌创作,而是用本名或笔名梁真,先后翻译出版了《拜伦抒情诗选》《普希金抒情诗集》《欧根·奥涅金》《雪莱抒情诗选》《艾略特诗选》等十多种。在"文革"中,由于身心遭受严重摧残,于1977年2

月逝世,是九叶派诗人中最早离开人间的一位。著有诗集《探险队》(1945 年昆明文聚社)、《穆旦诗集》(1947 年东北书局,2000 年人民文学出版社)、《旗》(1948 年文化生活出版社)等。

②九叶派理论代表人唐湜对他的评价,详见《穆旦论》或《新意度集·搏求者穆旦》(1990 年三联书店第 104 页)。

③艾略特(1888—1965),英国诗人、评论家,出生于美国密苏里州圣路易斯。父经商,母为诗人。1948 年因《四个四重奏》获诺贝尔文学奖。他自称在宗教上是英国天主教徒,政治上是保皇派,文学上是古典主义者。他的诗受法国象征派诗歌、文艺复兴后期英国剧作家和玄学派诗歌的影响,思想和感情融和,联想和暗示联系,形象具体准确。

蔡其矫①

数不尽责难批评,斥骂中坚挺,勇探索人性,更重视浪漫特征。〔幺篇换头〕什么"形式主义","唯美主义",统统被踩平。美丽大自然,你在在直抒臆胸!

【注释】

①蔡其矫(1918—2007),福建省晋江市人,华侨,幼年侨居印尼,11 岁时回国。20 世纪 30 年代开始文学创作。1938 年到延安鲁艺学习,1939 年随该校部分师生到达晋察冀边区,在华北文艺学院文学系任教,也当过随军记者。在 20 世纪五六十年代曾多次受到粗暴的批评。最初《红豆》等诗被认为是宣扬"资产阶级腐朽意识",继而《雾中汉水》《川江号子》被指责为"大跃进中的一面灰

旗”。到1959年,他的全部创作被批判定论为资产阶级的“形式主义”“唯美主义”,因此被迫离开北京回到故乡福建工作。十年动乱期间,又被打成“现行反革命”,流徙在闽西北山区达8年之久。1979年平反落实政策,恢复了创作权利,先后出版了《祈求》(1980)、《双虹》(1981)、《福建集》(1982)、《生活的歌》(1982,为1941—1979年诗作的自选集)、《迎风》(1984)、《醉石》(1986)以及《回声集》《回声续集》《涛声集》等诗集,并出版了钟嵘的《诗品今译》。他还是行吟诗人之群中的一个。他的创作,具有显著的浪漫主义诗歌特征。在思想感情和诗歌意象上表现了对大自然的倾慕;对奇丽景观的赞美;对贫困、落后、愚昧的不满;对受难、不幸的人们的同情;对剥夺人权尊严的抗争,而强烈的人道主义精神更是贯穿全诗。

郭小川①

“来呀”“唱吧”黄河波②,“战士与诗人”③哦!“郭小川体”④播,诗情迸层层心窝。〔幺篇换头〕复沓回环,句段排比,鼓动闪情波。《昆仑》与《秋歌》⑤,赞颂党如山似涡!

【注释】

①郭小川(1919—1976),原名郭恩大,笔名有郭苏、伟倜、健风、丁云、晓船等,河北省丰宁县人。14岁随家到了北平,一边求学,一边投入抗日救亡的爱国学生运动,同时开始写诗。1937年赴延安参加八路军,1939年11月参加中国共产党。1941年初至1945年夏,在延安马列学院学习。抗日战争胜利后,从事地方行

政工作和新闻工作，先后任《群众日报》副总编辑、《天津日报》编辑部主任等。新中国成立后，曾任中国作家协会秘书长、《人民日报》特约记者、《诗刊》编委等职。诗歌集有《平原老人》(1951)、《致青年公民》(1957)、《投入火热的斗争》(1956)、《月下集》(1959)、叙事诗《将军三部曲》(1961)、《甘蔗林——青纱帐》(1963)、《昆仑行》(1965)、《郭小川诗选》(1977)、《郭小川诗选续集》(1980)，此外，还有杂文和评论，著有《思想杂谈选集》(与陈笑雨、张铁夫合作，署名马铁丁，1956)及《针锋集》(1958)等。

②1940年5月4日诗人在陕北绥德写了《我们歌唱黄河——为绥德二百余人的"黄河大合唱"演出而作》，高呼"来呀""唱吧"，唱出了黄河的愤怒与悲哀，唱出了工农兵学商抗日救亡的心怀。此诗收入1956年作家出版社出版的《投入火热的斗争》诗集中。

③这是文学界对郭小川的誉称。他在《谈诗》中也说："诗人首先是战士，要纵观整个时代，眼光应敏锐，唤起人们斗争。"

④郭小川在诗体建设上有特别贡献，努力尝试各种体裁，不拘泥一种。如《致青年公民》采用马雅可夫斯基的楼梯式，《将军三部曲》采用了散曲体，在《厦门风姿》中采用辞赋体，在《白雪的赞歌》中采用半格律体，在《致大海》中采用自由体，在《海岸哨兵》等歌词中采用宋词格律体，《秋歌》则采用信天游民歌的变体。这种种探求很有特色，也很成功，所以被誉称为"郭小川体"。

⑤《昆仑》指《昆仑行》诗集，1965年2月作家出版社出版，收入《西出阳关》《伊犁河》《夜进塔里木》《雪满天山路》《喀什一条街》《大沙漠中间》《他们下山开会去了》《昆仑行》《春歌》之一、《春歌》之二等十篇诗作。《秋歌》(包括之一、之二、之三共三首)，收入《郭小川诗选》中，这首诗反映他面对林彪、江青集团的迫害，

坚守着战士的气节和诗人的诚实，和《团泊洼的秋天》一起在群众中引起了强烈的反响。

陈 辉[1]

“文武双才”[2]勇骁骁，战火觅诗豪，念四岁上树节操，《红高粱》[3]红色永飘。〔幺篇换头〕《十月的歌》[4]，五色品格[5]，你一手拿枪刀，一手写诗谣，风格似元白[6]淡描。

【注释】

①②陈辉(1920—1944)，原名吴盛辉，湖南省常德市人。1938年赴延安，开始写诗。1939年到晋察冀边区工作，曾任青救会主任、区委书记、武工队政委。1944年春，他因搞群众工作到达韩村，被敌伪包围在一间房子里，机警还击，打死打伤几个敌人，然后冲出门外，被预伏的两个特务环腰抱住，他立刻拉炸手榴弹，吓退了敌人，自己英勇牺牲，时年24岁。晋察冀边区群众曾赞誉他为“文武双才”，详见田间《十月的歌·引言》。

③这是一首专为纪念牺牲的战友而作的长篇叙事诗，可谓一幅色彩鲜明的战争图画。

④他的著作仅有一部诗集《十月的歌》，是田间为他整理编成的，收入遗诗40多首，于1958年由作家出版社出版。其中以《十月》《献诗——为伊甸园而歌》《为祖国而歌》《月光曲》为代表作。后二首又被收入《革命烈士诗抄》(萧三编，1959年中国青年出版社出版)。

⑤借《献诗——为伊甸园而歌》的最后六句话“那花儿呀——

红的是忠贞，黄的是纯洁，白的是爱情，绿的是幸福，紫的是顽强”，表彰陈辉及其诗歌的品格，宛如此五种花色。

⑥指唐代诗人元稹、白居易，他们的诗歌以浅俚、通俗著称。

魏　巍[1]

《谁是最可爱的人》[2]，激励代代人，军旅作家矜，写诗歌洋洋燿焜。〔幺篇换头〕《黎明风景》[3]、《两年》[4]《不断》[5]，情感势如吞，意境自然深，豪迈似云山远岑。

【注释】

①②魏巍(1920—2008)，著名军旅作家，现代诗人、散文家、小说家。笔名红杨树，河南郑州市人。抗日战争爆发后，到山西前线参加八路军。后到延安抗日军政大学学习，毕业后赴晋察冀边区，在部队从事宣传和文化工作。新中国成立后，曾任《解放军文艺》副主编，北京军区文化部部长等职。1939—1949 年，他主要从事诗歌创作，诗集有《两年》(1951)、《黎明风景》(1955)、《不断集》(1963)等。《黎明风景》长诗，曾获得抗日期间晋察冀边区文联颁发的“鲁迅文艺奖”；他曾于 1950 年、1952 年、1958 年三次赴朝鲜，写下了《谁是最可爱的人》，选入中学语文课本，以强烈的国际主义精神和革命情感，激励人民，传诵一时；长篇小说《东方》，从 1959 年动笔，到 1978 年出版，前后经历 22 年，艺术地再现了抗美援朝、保家卫国的英勇斗争，1982 年荣获首届“茅盾文学奖”。

③长诗《黎明风景》，写于 1942 年 6 月——敌后抗战最艰难的年份，全诗分为《小引》《夜》《帐内》《哨上》和《黎明》，共四章，勾

勒了抗日战争的一个侧面，塑造了一群一不怕苦、二不怕死的英雄形象，如连长、侦察员、二班长、三班长、四班长、牛二虎等人。

④⑤《两年》《不断集》，均为抒情短诗。

徐　放[1]

坡坡坎坎经风霜，意志总高昂，监狱当诗房，反省院吟诗万章。〔幺篇换头〕纪游怀旧，古诗今译，一曲“老妈妈”[2]，片羽仍吉光，惜诗句有时冗长[3]。.

【注释】

①徐放(1921—2011)，辽宁省辽阳人。中共党员，中国作家协会会员。抗战后期毕业于东北大学中文系。1944 年加入中华全国文艺抗敌协会，为川北分会理事及《文学期刊》编委，后主编过《东北文化》周刊，为春草诗社成员之一。1946 年到延安，先后任教于陕甘宁边区陇东中学、晋冀鲁豫边区北方大学文学系、华北解放区华北大学文学系教员，并兼文艺研究室研究员。1949 年调入人民日报社，曾任副刊、《星期文艺》《人民文艺》专版及文教版编辑。同严辰一起主编过《现实诗丛》。1955 年因胡风案件蒙冤入狱、劳改、遣返辽阳农村务农，前后达 22 年之久。1979 年调回人民日报社，1980 年彻底平反，任该报群工部副主任，后评为高级编辑、高级记者。同时在社会上兼任多所大学教授。著有诗集《南城草》《起程的人》《野狼湾》《赶路记》《徐放诗选》《情与爱之歌》等，以及《唐诗今译》《杜甫诗今译》《宋诗今译》《陆游诗今译》等。《在动乱的城记》《在归来的日子》《我和高粱的故事》《野狼

湾——转战生活手记之一》《老黄头》等是他的代表作诗篇。(徐老和笔者夫妇俩有深厚情谊，于1992年赠送了我们三件礼物：一本诗集《情与爱之歌》，一本《唐诗今译》，一副“春风杨柳朝看画，秋雨梧桐夜读书”的联墨)

②《野狼湾——转战生活手记之一》，此诗记录了一位革命老妈妈的英雄事迹，歌颂了她的革命情操。

③徐放的诗，总的特点是富有节奏鲜明的节奏感，参差错落的和谐感，直白自如的口语感。遗憾的是不少诗篇语句冗长，难以卒读，例如：“虽然不过是在劳动者们的白骨堆上用金堆玉砌起来的一座封建统治者们逞暴施威的最高官衙；但也正是，劳动者们用血肉筑造起来的一座埋葬整个封建统治阶级的最大的墓墟和陵厦！”(《游故宫》)“在今日之城中有谁敢预料——我们又将建造起多少人民的龙楼凤阁？有谁敢预料——我们又将建筑起多少人民的宝殿宫阙？”“胸怀阔落的伟大的社会主义祖国母亲的摇篮里，又将哺育和涌现出多少管领一代代风骚的无产阶级的仁人志士和英雄豪杰！”(《登景山》)“呵如果真是这样金华山上的那棵古老而又繁茂的桂树便应该是——伯玉先生你(陈子昂字)，因为一千多年来每到开花时节你浑身的芳香不仅会充满千家万户”(《臭石头》)等等。有的诗句竟然长达四十字。

李　季[①]

王贵帅哥与香香[②]，上品叙事长，比兴顺情张，信天游[③]民歌唱腔。〔幺篇换头〕爱情革命，联系紧紧，闹革命溯滂，斗恶霸“三边”慨慷。

【注释】

①李季(1922—1980),原名李振鹏,笔名有里计、李寄等,河南省唐河人。1938年在陕北洛川抗大分校学习,毕业后赴太行山区(靖边、安边、定边)工作,曾任八路军连指导员、小学教师、县政府秘书和《三边报》社长、主编等。1948年任《群众日报》副刊编辑。新中国成立后,历任《长江文艺》主编、中国作家协会创作委员会副主任、《人民文学》副主编、《诗刊》主编等。著有长篇叙事诗《王贵与李香香》、《短诗十七首》(均为1952年中南人民文学艺术出版社出版)、《菊花台》(1957年长江文艺出版社出版)等。

②《王贵与李香香》长诗中的男女主人公。此诗写于1945年12月,由《三边报》于1946年夏连载,同年9月22、23、24日延安《解放日报》又连载。1947年4月华北新华书店、香港海洋书屋、吕梁文化教育出版社、晋察冀新华书店等相继出版单行本,原题为《太阳会从西边出来吗?》,副标题为“三边民间革命历史故事”。全诗长744行,分为3部12章,抒写了一对青年农民的革命与爱情故事,生动而深刻地反映了陕北三边劳苦农民在党领导下所进行的革命斗争史实,表达了“不是闹革命穷人翻不了身,不是闹革命咱俩也结不了婚”的主题。

③又称顺天游,流行于陕北、晋绥一带的民歌形式。这种民歌体的主要特点,一是两行一首,表达一层意思;二是首句惯用比兴手法。李季在表现形式和手法上有所创新。

【中吕·红绣鞋】

绿　原[①]

歌颂劳工创造，赞扬革命如潮，《集合》《童话》[②]猛唠叨，抒情政治好，讽刺善藏刀，美诗三易稿。

【注释】

①绿原（1922—2009），原名刘仁甫，笔名刘半九，湖北黄陂人，1944年毕业于重庆复旦大学外文系。1941年在重庆《新华日报》发表处女诗作《送报者》。新中国成立后主要从事报刊编辑、国际宣传、外国文学出版编辑和翻译等工作。曾任职于《长江日报》社、中共中央宣传部等。1955年受“胡风事件”牵连，遭受隔离审查。期间自修德语。1962年起，在人民文学出版社从事德语文学编辑，以刘半九的笔名译介德国古典文艺理论和作品，同时创作了不少抒情诗。80年代出任人民文学出版社副总编辑。他是解放战争时期七月诗派的代表性诗人。

②《童话》《集合》是诗人的两部代表作诗集。《童话》为第一部诗集，《七月诗丛》之一，由南天出版社1941年7月出版。收入1940—1941年春的诗作，浪漫主义气息较重。《集合》为抗日后期和解放战争时期的诗作，内容上直面人生，闪耀着现实主义的光彩，艺术上注意口语化，音节自然，便于朗诵。还有《人之诗》（人民文学出版社1983年版）《人之诗续编》诗集等。

【仙吕·太常引】

闻　捷[①]

行吟诗群[②]且云游，吟遍大漠丘，海港大江头，看闻捷高歌猛讴。〔幺篇换头〕《天山牧歌》[③]，《复仇的火焰》[④]，“诗体小说”啾，格调牧歌优，政治与爱情混揉。

【注释】

①闻捷（1923—1971），原名赵文节，曾用名巫之禄，江苏丹徒人。抗战初期在武汉参加抗日救亡演剧工作。1940 年到延安，先后在陕北文工团、陕北公学工作、学习，并写作反映陕甘宁边区军民斗争生活的诗、散文、小说、剧本等。解放战争时期，作为记者参加解放西北的战斗，并随军到了新疆，任新华社西北总分社采访部主任。1952 年任新华社新疆分社社长。稍后，专门从事诗歌创作。1955 年《人民文学》先后发表了他的五个组诗（《吐鲁番情歌》《博斯腾湖畔》《水兵的心》《果子沟山谣》《撒在十字路口的传单》），还有一首叙事诗《哈萨克牧民夜送“千里驹”》。这些诗作，预示了他的诗歌创作题材和主题的两个走向：一是歌颂新疆少数民族生活的风情及其历史变化；一是紧密配合现实斗争的政治抒情。

②有评论家说，凡是漫游北国南疆，出访欧亚拉美，遍访民族历史遗迹，讴歌人类世纪风云的诗人，凡此种种统称为行吟诗群。

该诗群的成员有艾青、徐迟、田间、蔡奇娇、闻捷、戈壁舟、方纪、丁芒、孙静轩等。

③这是他最有代表性的第一部诗集，1956年9月作家出版社出版。集中的短诗写于1952年到1955年间，其主题正如作者在《序诗》中所说，为了“记载下各族人民生活的变迁”。其中《苹果树下》《夜莺飞去了》《舞会结束以后》《葡萄成熟了》《赛马》等为佳作，充分表现了他的柔和、轻快、明媚的基调。

④从1959年起，他开始发表长篇叙事诗《复仇的火焰》，原共分三部，第一部《动荡的年代》和第二部《叛乱的草原》已出版，第三部因“十年动乱”的冲击未能完成。内容是以新中国成立初期粉碎新疆东部巴里坤草原的叛乱为题材，写中国人民解放军贯彻党的民族政策，教育团结受蒙蔽群众，孤立了哈萨克民族中的反动派，取得了平叛的胜利。该诗具有宏伟的史诗性质。

【中吕·红绣鞋】

牛　汉[①]

《鄂尔多斯草原》[②]，诗心搏动诗坛，半个世纪驻人间。白描加意象，比喻更通圆，诗魂璀璨闪。

【注释】

①牛汉(1923—2013)，原名史承汉(因为上了两年小学，连自己的名字也写不对，总把“承”字写错，被父亲改为史成汉)。曾用笔名谷风。蒙古族，山西省定襄县人。从20世纪40年代初开始

诗歌创作，为“七月派”诗群成员。“七月派”为中国现代文学史上著名的进步文学流派，抗日战争初期，由长期担任“中华全国文艺界抗敌协会”领导工作的胡风组建，他先后主编《七月》《希望》杂志和《七月诗丛》《七月文丛》等，艾青、田间、邹荻帆、阿垅、路翎等一批青年作家，在他的指导帮助下崛起于文坛。新中国成立后，牛汉先后在华北大学、中国人民大学任教，1953年到人民文学出版社工作，历任现代文学编辑室主任、《新文学史料》主编、《中国》杂志执行副主编、中国诗歌学会副会长等。牛汉一生历尽坎坷，1955年5月，曾因“胡风反革命集团”案，第一个遭到拘捕，直到1980年才改正平反。他创作的诗歌《鄂尔多斯草原》《悼念一棵枫树》《华南虎》等被广为传诵。1998年3月应邀出席在日本板桥市举行的世界诗人大会。2003年访问中国的马其顿作家协会主席斯来列夫斯基在中国作家协会向牛汉颁发了“文学节杖奖”。2004年获首届“新诗界国际诗歌奖·北斗星奖”。2011年荣获中坤诗歌奖。

②这是一篇成名之作的长诗，写于1942年初，300多行，分为5章，热烈地歌颂了无垠的绿色的鄂尔多斯草原，后收入《彩色的生活》诗集，由上海泥土社1951年1月出版。

【仙吕·太常引】

贺敬之[①]

激情澎湃《回延安》[②]，《放声歌唱》[③]欢，《雷锋之歌》传[④]，政治情抒发顶尖。〔幺篇换头〕民歌调调，楼梯形式，具象满诗篇，无奈字句间，标语口号吟诵烦。

【注释】

①贺敬之(1924—),笔名艾漠,山东峄县人。1938年初流亡湖北,半年后西行入蜀,在梓潼县续读中学,此时开始写作诗歌散文。1940年长途跋涉来到延安,后考入鲁艺文学系第3期。1945年鲁艺集体创作了歌剧《白毛女》,文学剧本由贺敬之、丁毅执笔。抗战胜利后,在华北联合大学文艺学院工作。新中国成立后任《人民日报》文艺部副主任、《诗刊》编委、《剧本》编委,先后又担任中国作家协会、中国戏剧家协会理事、中国剧协书记处书记、文化部副部长、中共中央宣传部副部长等职。主要诗歌集有《笑》(1951)、《朝阳花开》(1954)、《乡村的夜》(1957)、《放歌集》(1961年初版,后多次再版,所收作品有增删)、《雷锋之歌》(1963)、《贺敬之诗选》(1979)等。

②1956年回延安参加西北五省青年工人造林大会,以信天游的民歌形式创作了著名抒情诗《回延安》,抒写作者对延安的真挚深沉的爱。收入《贺敬之诗选》。

③④这两部诗集,对当代诗歌的创作影响很大,是他的代表作。它们是能够反映时代重大问题,并以生活中提炼的某种思想作为谋篇布局的长篇政治抒情诗。在《放声歌唱》中,用近二十个问句来描写伟大祖国的巨大成就,描绘了伟大的中国共产党的形象,表达了人民对党的衷心热爱和高度信赖。《雷锋之歌》则试图站在时代的高度,从历史发展趋向上去阐发雷锋精神的时代特征和这一新人出现的意义,并回答了什么是真正的幸福,什么是青春的生活,什么是无愧无悔的英雄等等重大社会问题。但是,这些诗歌把流行的政治概念作为自己诗作的思想,把诗作为演绎某些政治命题的手段,致使一部分诗作存在标语口号、豪言壮语的严重

缺陷。

张志民[1]

“反江青”囚狱含冤，回顾边区山，领袖被挂冠，精英们频频草菅[2]。〔幺篇换头〕《天晴了》呀！《死不着》在，形象更光鲜。可怜诗句似谈禅，雷同得情节百般。

【注释】

①张志民（1926—1998），河北省宛平县（今属北京市）人。1938年参加革命工作，多年来在部队做政治工作。1946年开始诗歌创作，次年发表《王九诉苦》（共132行，分为“孙老财”、“王九的账”、“控诉”三章）、《死不着——五十七岁翻身农民死不着的回忆》（共260行，分为“五十七年阴间过”和“我活了”两部分），这两部长篇叙事诗，都是反映解放区农民反霸诉苦、翻身喜悦、踊跃参军、支前立功的故事。新中国成立后在群众出版社工作，曾任《诗刊》主编。“文革”期间，曾因“反江青”罪名被投入监牢。出狱后，以诗的形式作了回顾，于《诗刊》1986年第10期上发表了43首组诗，名《梦的自白》。他在《题记》中说：“为着子孙的安宁，不能不记下这段荒唐的历史。”著有《天晴了》（1949年4月，读者书店）、《死不着》（1950年，天津知识书店）、《边区的山》（1980年，江苏人民出版社）、《张志民诗选》（1981年，北京出版社）、《江南草》（1982年）、《今情·往情》（1984年）、《七月走关东》（1985年）等。

②诗集《边区的山》，其中一部分是记述“十年浩劫”中国家领导人刘少奇、彭德怀、罗瑞卿以及著名作家、劳动模范的业绩与悲

惨命运。

李　瑛[①]

军旅作家诗情怀，歌唱涌情才，双手扫阴霾，奔向那光明未来。〔幺篇换头〕抒情短章，讲究意境，诗句更明白，曲曲绚烂彩，《一月的哀思》[②]敞开。

【注释】

①李瑛（1926—），河北省唐山市丰润区人。20世纪40年代在北京大学学习期间，即在《文学杂志》《中国新诗》和《大公报》文艺副刊上发表诗歌。1949年春北平解放后，大学还未毕业的他便参加了人民解放军南下，30多年来，一直在部队从事文艺工作。1959年到1962年，诗人西行走过北国长城、内蒙牧场、天山雪线。他的诗作的最大部分，是写解放军战士生活的。“文化大革命”后期，有许多诗人曾努力适应和靠拢当时的政治思潮和创作模式，如李瑛、李学鳌、臧克家、严阵、顾工、张永枚、阮章竞、刘章、峭岩等人。在这些诗人中，李瑛在当时创作的数量最多，影响也较大。从1972年到1976年，他曾出版了《红花满山》《枣林村集》《北疆红似火》诗集。30多年间，他出版有20多种诗歌集，除上述三种外，还有《野战诗集》《战场上的节日》《天安门上的红灯》《早晨》《时代记事》《寄自海防前线的诗》《静静的哨所》《花的原野》《在燃烧的战场》《我骄傲，我是一棵树》《南海》《春的笑容》《友谊的花束》《站起来的人民》等。《颂歌》《难忘的一九七六》《进军集》《早春》是政治抒情诗集。《红柳集》《李瑛诗选》《李瑛抒情诗选》是他的

诗歌选集。

②这是一首悼念周恩来总理的诗，感情真挚，当时社会反响极大。

公　刘[1]

边陲军旅挑双肩，坎坷三十年，冀命运还原，封闭得何等凄惨[2]！〔幺篇换头〕“大哭大笑”[3]，设问排比，反思与批判，一首首诗篇，“诚实”被频频呼唤[4]！

【注释】

①公刘(1927—2003)，江西南昌人，1949年广州解放时参加了人民解放军，并随军来到云南。1954年借调北京编写电影剧本《阿诗玛》。1957年在“反右”斗争中被划为“右派”，发配山西，罹难而跌落在生活的底层，被新诗研究者与评论家们称为“青春历劫、壮岁归来”的诗群之一。1957年之前出版的诗集有《边地短歌》《神圣的岗位》《黎明的城》《在北方》；归来以后，先后出版了《尹灵芝》(1978)、《白花·红花》(1979)、《离离原上草》(1980)、《仙人掌》(1980)、《母亲——长江》(1983)、《骆驼》(1984)、《大上海》(1984)、《南船北马》(1986)、《公刘诗选》(1987)等诗集。

②1975年12月公刘在山西忻县写了一首题为《封闭》的诗歌，收入1987年3月江西人民出版社出版的《公刘诗选》中。内容为：“用制服封闭体形，用台词封闭心；用苦茶封闭失眠，用鸦噪封闭韵；用蛛网封闭鸣琴，用锈斑封闭刃；用云翳封闭穹窿，用块冰封闭笋……肯定是封闭不住的啊，因为它告诉你有一扇门。”这首诗

对于重大的政治性问题，对党、国家、民族的命运和对历史的曲折进程，表现出强烈的关注和深沉的反思。

③在20世纪七八十年代中所写的诗篇，常常采用一种“大哭大笑”的抒情方式，在修辞上经常出现设问、排比、呼唤、反诘等修辞格。

④诗人复出后对于诗的第一声呼唤便是“诚实”。详见《离离原上草·自序》(人民文学出版社1980年版)，《诗与诚实》(《文艺报》1979年第9期)。

余光中[1]

古今中外诗深究，现代诗头筹，意象鲜明优，题材广风格更牛。〔幺篇换头〕“多妻主义”[2]，中西融合，太白子瞻谋[3]，首首咏乡愁，写离恨篇篇痛抽！

【注释】

①余光中(1928—)，福建永春人，生于南京。1947年考入金陵大学外文系，翌年转入厦门大学外文系，开始在当地《江声》《星光》两家报纸副刊上发表诗作。1952年毕业于台湾大学外文系。1954年与覃子豪等人发起组织台湾现代诗三大支柱之一的“蓝星”诗社，主张维护新诗的抒情传统。1958年赴美留学。他著作丰富，自称“右手写诗，左手写散文”。从1952年第一部诗集《舟子的悲歌》出版问世，先后出版了近二十本诗集：《蓝色的羽毛》《天国的夜市》《钟乳石》《万圣节》《天狼星》《莲的联想》《五陵少年》《白玉苦瓜》《与永恒拔河》《余光中诗选》等，其中由刘登翰、

陈圣生选编、中国青年出版社出版的《余光中诗选》,选辑了作者1949—1985年的110首作品,可视为他的诗歌代表作,它生动地勾勒出了诗人的心灵世界和诗路历程。散文有代表作《逍遥游》《咦呵西部》《听听那冷雨》《我的四个假想敌》等。

②评论家们认为他的诗歌题材丰富,形式灵活,风格多样。从现代、古典到民歌,从政治抒情诗、新古典诗、咏史诗到乡愁离恨诗,在现代与传统、中国与西方之间走出一条富有独创性的艺术道路,所以被称为“多妻主义者”。

③太白是唐代浪漫主义诗人李白的字,他的文学创作继往开来,诗歌风格豪放,气势磅礴;子瞻是宋代文学革新运动的领袖之一苏轼的字,他把词“诗化”“散文化”,为一大特色。余光中非常倾慕李白、苏轼。

洛　夫①

“创世纪”活动最长,是“诗魔”宣扬,意象诡异彰,“新民族诗型”②主张。〔幺篇换头〕深悟禅道,心物二元,《石室之死亡》③,艰涩返明朗,“超现实主义”张扬。

【注释】

①洛夫(1928—),本名莫洛夫,湖南衡阳人。1948年入湖南大学外文系,次年赴台湾,入政工干校受训,毕业后在台湾海军服役20年。1952年开始发表诗作,1973年退役,专业从事创作。著有诗集《灵河》(1957)、《石室之死亡》(1965)、《外外集》(1967)、《天岸之河》(1970)、《魔歌》(1974)、《众荷喧哗》(1976)、《时间之

伤》(1981)、《酿酒的石头》(1985)、《洛夫诗选》(1988);另有诗论集《诗人之镜》(1969)、《洛夫诗论选》等。1954年成立"创世纪"诗社,洛夫是发起者领导者之一,并和张默、痖弦等人共同创办《创世纪》诗刊。在20世纪五六十年代,台湾诗坛曾出现过"现代""蓝星""创世纪"鼎足而三的局面。"创世纪"诗社及诗刊,是当时的军中青年诗人用自己的薪金自费筹办起来的。他们提出了"新民族诗型"和"超现实主义"的文学主张。洛夫一生致力于超现实主义诗歌的创作,因为他的诗歌意象诡异多变、艰涩难懂,所以被称为"诗魔",他在台湾诗坛曾经受到严厉的批评。

②见前注。

③这是一篇共有64节、600多行的长诗,用了将近五年的时间写成,是台湾诗坛上最引起争议的作品。这首诗写的是关于生与死同构的主题。它探讨人的存在,包括由此衍生出来的心物二元、自我存在、道德与历史、生命与不朽等等命题。诗人大量运用光明与黑暗的种种相关意象,如白色、白昼、太阳、火、向日葵、荷花、孔雀和黑色、夜、暗影、棺材、蝙蝠等,分别象征生命与死亡。他通过矛盾句法的运用,在意象的交错中,表现生与死的对立和认同。

邵燕祥[1]

新闻要素溢诗行,在矿山工厂,脚印到边疆,颂祖国志在四方。〔幺篇换头〕呼唤汽车,少盖礼堂[2],思想早领航。一曲《贾桂香》[3],怦怦然非常愤昂。

【注释】

①邵燕祥(1933—),原籍浙江,生于长于北京。1948年就读于北平中法大学,次年在华北大学短期培训后,到新华广播电台任职,先后为资料员、编辑、记者。创作开始于1947年,曾有诗歌、小说刊于《平明日报·文艺副刊》《大公报》等处。1951年出版第一部诗集《歌唱北京城》。1957年被错划为右派。20世纪70年代末平反后,诗人重新张开歌喉,不到十年间共出版了八部诗集:《献给历史的情歌》(1980)、《含笑向七十年代告别》(1981)、《在远方》(1981)、《为青春作证》(1982)、《如花怒放》(1983)、《迟开的花》(1984)、《邵燕祥抒情长诗集》(1985)《岁月与酒》一书则收录了作者1947—1983年大部分未发表过的、写在日记本上的诗。

②新文艺出版社1955年出版的诗集《到远方去》,收有反映节约资金反对铺张浪费的《多盖些工厂,少盖些礼堂!》和亟盼加快建设速度改善民生的《中国的道路呼唤着汽车》,体现了作者的先进意识。

③这是一首抨击社会弊病、无视法律的长诗,全诗共有19段100句,原写于1956年11月17日,发表于《人民日报》1956年12月16日。作者〔附白〕说:"佳木斯园艺示范农场青年女工贾桂香,受不住主观主义者和官僚主义者的围剿,在七月二十七日自杀。《黑龙江日报》记者王戈写有调查记,登在十月十一日《黑龙江日报》上。读之心怦怦然,因写这首诗呼吁:不许再有第二个贾桂香!"诗人也因此罹难,被打成右派。

【双调·沽美酒过快活年】

食 指[①]

生于革命的高干间，长于动乱的奈何天，直到教人怎样看，务农或入伍，插队汾酒之乡杏花村川。闲来乘兴写诗篇，新潮呈异端，开怀畅饮立寓言，多艺多才冠，住了福利院，仍然幽默欢。

【注释】

①郭路生(1948—)，笔名食指，以此表达自己的抗争与解嘲。原籍山东省鱼台县程庄寨，长于北京。父母均为老革命干部，曾在冀鲁豫边区工作，1953 年均调入北京一机部，母亲良好的中国古典文学教养对他影响很大。1965 年开始诗歌创作。1964—1966 年间，成为由牟敦白、郭世英、张郎郎、董沙贝组成的“地下诗人”沙龙成员之一。“文化大革命”爆发时，为北京第 56 中学高中学生。在红卫兵大串联时，曾去过广州、新疆、延安等地。与著名诗人何其芳及其女儿何京颉、著名导演陈凯歌，都有密切来往。1968 年 12 月赴山西汾阳杏花村插队，写出名诗《这是四点零八分的北京》，在知青中广泛传抄。1970 年转回家乡山东务农。1971 年参军，进入了野战部队舟山要塞直属通讯营永备架设连，为一排一班的排头兵。1972 年，因受强烈刺激导致精神分裂。1975 年在北京光电技术研究所工作期间，与李雅兰(李立三之女)结婚，七年后

离异。1990年42岁时,住进北京第三福利院(即精神病院)。食指的出现,为朦胧诗在20世纪70年代的兴起定下了基调,他被文学界称为“是‘文革’地下诗歌运动的第一人”(见金汉总主编《中国当代文学发展史》第六章第二节)。著有诗集《相信未来》(漓江出版社1987年版)。《食指黑大春抒情诗合集》(成都科技出版社1993年版)、《食指的诗》(人民文学出版社2000年版)等。《这是四点零八分的北京》《相信未来》《海洋三部曲》《鱼儿三部曲》是他的代表作。食指曾获2001年度第三届人民文学诗歌奖。

北　岛①

朦胧的诗代表,“文革”的逆思潮,浸透尼采②悲观调,冷峻与孤傲,“通感”“变幻”奇妙。海边谩谩访渔樵,《一切》在《宣告》③,诗家十大唯有你获全票④。一字或一句⑤,怎能算诗谣?! 人必笑。

【注释】

①北岛(1949—),原名赵振开,还有笔名石默、艾珊。祖籍浙江湖州,生于北京。1969年北京四中毕业后到建筑公司当过混凝土工、烘炉工。1970年在海边生活时开始写诗。1980年调入《中国文学》杂志社任编辑。20世纪80年代中期后出国,在欧美多国担任教职及驻校作家,现居美国。曾获诺贝尔文学奖提名,并获瑞典笔会文学奖,美国西部笔会中心自由写作奖,被选为美国艺术文学院终身荣誉院士。1997年1月出席香港国际诗歌节。著有诗集《陌生的海滩》(1978年)、《北岛诗选》(1986年)、《旧雪》(1991

年,英译本)、《在天涯》(1993 年香港版)、《零度以上的风景线》(1996 年,台湾版)等。

②尼采(1844—1900),德国唯意志论的代表人物之一,其先辈是叔本华(德国人,1788—1860)。唯意志论的特点是公开拒绝科学,宣扬神秘主义。尼采则更加发展,特别宣传权力意志、悲观主义、超人诞生,公开反对平等,竭力宣传男女不平等。

③《一切》和《宣告》,还有《回答》《白日梦》《履历》《结局或开始》《零度以上的风景》《钟声》等诗篇,是他的代表作。

④2010 年秋,江苏《钟山》杂志社公布了 30 年(1979—2009)十大诗人评选结果,北岛是唯一获得全票的诗人。其他入选的诗人依次是:西川、于坚、翟永明、昌耀、海子、欧阳江河、杨炼、王小妮、多多。

⑤详见《太阳城札记》组诗,共含 14 首,其中《生命》:"太阳也上升了"只一句,而《生活》只一个字"网",其他大部分为两句结构。

舒　婷①

"今天派"②的女成员,朦胧诗的美淑媛,女性传统能反叛,"橡树"③爱情观,首首诗直觉体验。柔情人道喊尊严,忧伤的敏感。前期辉煌后暗淡,意象叠加焕。"古典""象征"览④,多苒苒!

【注释】

①舒婷(1952—),原名龚佩瑜、龚舒婷,福建省泉州人。1967

年初中毕业，1969年即到闽西上杭县山村插队，1971年开始诗歌创作。1972年回城当临时工，做水泥工、挡车工、炉前工。1979年8月《诗刊》发表第一首诗《致橡树》，获得好评。全诗共38句，原作写于1977年3月27日。诗以强烈的女性人格独立意识向世界宣示作者的爱情观，表达了一种对女性人格独立与尊严的肯定。1981年成为福建省作家协会专业作家。《祖国啊，我亲爱的祖国》获中国作协"1979—1980年全国中青年优秀诗作奖"。诗集《双桅船》获中国作协第一届全国优秀新诗二等奖。1985年后，多次赴德国、美国访问。1977年前后，与北京几位朦胧诗人的结识，使她的艺术风格发生了质的变化。著有诗集《双桅船》（1982）、《舒婷文集》（三卷）（1997）、《舒婷的诗》（2000年7月人民文学出版社版）等。

②1978年12月，由"白洋淀诗群"的部分成员芒克、方含、北岛、江河、严力等人发起，有食指、舒婷、顾城、杨炼等人参加的《今天》杂志，在北京创刊。1980年停刊，该杂志共出了9期。随着几位朦胧诗人的出国，停办数年之后的《今天》，又在海外出版。《今天》以发表诗歌为主，也登载短篇小说、诗论、译诗等。在《致读者》发刊辞里，他们宣称：该刊是要"植根于过去古老的沃土里，植根于为之而生、为之而死的信念中。过去的已经过去，未来的尚且遥远，对于我们这代人来讲，今天，只有今天。"《今天》虽然是中国新诗史上一个短暂的刊物，它却造就了一个影响深远的诗派——朦胧诗群。

③指《致橡树》一诗，详见注①。

④指舒婷的诗，基本上是20世纪30年代现代派诗那种"古典派的内容，象征派的形式"的风格。许多从古典诗词中化来的诗歌意象，又运用现代派的表达方式，涌现在她不同时期的诗篇里，例如《致大海》《思念》《往事二三》《路遇》《墙》《这也是一切》等等。

论现当代诗歌流派

【仙吕·锦橙梅】

现实主义诗派

质朴朴的动感怀，"为人生"①的现实材，料必环境典型开，典型的形象在。文研会的《雪朝》②巧裁，朱自清的《煤》③已烧来，兀的不风格迥异岂衰？好乖乖，170多位同人的派！

【注释】

①1921年1月成立的文学研究会，是文学革命出现后的第一个纯文学社团。署名发起的有12个人：周作人、朱希祖、耿济之、郑振铎、瞿世英、王统照、沈雁冰、蒋百里、叶绍钧、郭绍虞、孙伏园、许地山，后来参加的还有朱自清、俞平伯、冰心、庐隐、鲁彦、老舍、丰子恺等人，会员有170多人。他们的文学主张是"为人生的艺术"，必须"真"。

②这是朱自清、周作人、俞平伯、徐玉诺、郭绍虞、叶绍钧、刘延陵、郑振铎八人的诗歌合集。朱自清是当时现实主义诗派的总代

表。他们写诗的共同原则是“真率”和“质朴”。

③《煤》是一首咏物诗，托物寄兴，抒发朱自清在黑暗社会中看到光明的欣喜之情，1920 年 1 月 9 日写于北京，收入《雪朝》诗集。另外，一首长达 246 行的抒情诗《毁灭》，写成于 1922 年 6 月至 12 月之间，时年 24 岁，收入他的诗文合集《踪迹》。《毁灭》是他全部诗作中最能表现诗歌造诣和思想动态的代表作。

浪漫主义诗派

情荡荡的幻想狂，美滋滋的语夸张，“太阳”“创造”①白璧双，想象的风格朗。蒋光慈的《新梦》②奋骧，沫若老的《凤凰》③高昂，兀的不澎湃铲除虎狼，响当当，他们把美的天堂创！

【注释】

①创造社于 1921 年 7 月在日本东京成立。太阳社于 1927 年秋在上海成立。两个社团互相呼应，彼此影响，都倡导无产阶级革命文学，反映工农大众的生活和斗争，都属于积极浪漫主义文学流派。

②蒋光慈是浪漫主义诗派的中坚人物之一，《新梦》是蒋光慈的诗集。

③指《凤凰涅槃》，郭沫若《女神》诗集中的代表诗篇之一，体现了创造与破坏的诗魂。郭老是中国现当代浪漫主义流派的总代表。

繁星诗派[1]

诗短短的字字娴，闪熠熠的吐心丹，学习短歌俳句泰戈尔[2]，组练成花绸缎。《春水》[3]编能写满痛砭，《繁星》[4]简有哲理格言，谁能说诗小不能问天，敢扬鞭，这小诗也能横磨剑。

【注释】

①繁星诗派的名称采用李旦初教授的研究结论，详见1992年10月山西高校联合出版社出版的《中国新诗流派》第32～33页。

②该派的诗人最善于借鉴日本的短歌、俳句和印度泰戈尔的短诗《飞鸟集》。著名作家有冰心、刘大白、朱自清、徐玉诺、王统照、宗白华、冯雪峰、应修人、潘谟华、汪静之等。

③④《春水》《繁星》为冰心的两本诗集，共收小诗346首。冰心是繁星诗派（即小诗派，又称冰心体）中最有权威和成就的代表诗人。有人民文学出版社2001年北京第9次印刷的《繁星春水》本。

湖畔诗派

钟友爱的四帅哥[1]，守“湖畔”[2]的美风格，欲把西子比西湖，每每的抒情可。笑眯眯的女子美德，约隐隐的心语谐和，兀的不情深意切猛遮，《春的歌》[3]《湖畔》[4]集纯情铭刻。

【注释】

①②指冯雪峰、应修人、潘谟华、汪静之四诗人，于1922年3月发起并在杭州成立湖畔诗社。此处双关西湖与诗社。

③④《春的歌集》是冯、应、潘的诗合集；《湖畔》是冯、应、潘、汪的诗合集；此处还有汪的个人诗集《蕙的风》和《寂寞的国》，朱自清说："真正专心致志做情诗的，是'湖畔'的四个年轻人，他们那时候差不多可以生活在诗里。潘谟华氏最凄苦，不胜掩抑之致；冯雪峰氏明快多了，笑中可也有泪；汪静之氏一味天真的稚气，应修人氏却嫌味淡些。"(《中国新文学大系·诗集导言》)

新月诗派

纤弱的月儿弯，软绵绵的《新月诗选》①，反苏反共纵情掀。就数它《诗镌》②。梁实秋的人性论言，新月社的"约法""人权"③，兀的不诋毁革命文坛。"三美"④专，却倒是革新创见。

【注释】

①1931年9月由陈梦家编，收入闻一多、徐志摩、朱湘、梁实秋等18位新月派诗人的作品。新月派成员复杂，思想各异，不断分化。

②1926年4月在北京《晨报》创办的副刊。

③新月社提出的社会问题，在《新月》杂志上开展关于"人权与约法"的讨论，批评国民党一党独裁，主张言论自由。

④"三美"即音乐美(指音节)、绘画美(指辞藻)、建筑美(指

节的匀称和句的整齐),这是闻一多在《诗的格律》中提出的主张,新月派诗人特别注重现代格律化。

象征诗派

含蓄蓄的脸衬霞,朦胧胧的日夕佳,要诗暗示个中花,吟诵的诗情画。波特莱尔的《恶之花》[1],莫雷亚斯的《宣言》[2]葩。兀的不《微雨》美诗“怪”煞,李金发[3],你逮住了诗白话。

【注释】

①1857年法国人波特莱尔发表的诗集,被认为是象征派文学的先驱。

②1886年法国人莫雷亚斯发表了《象征主义宣言》,第一次提出象征主义名称。

③李金发是中国象征诗派的代表人物,曾留学法国,他的诗集《微雨》《食客与凶年》《为幸福而歌》,获“诗怪”之称,是中国最早出现的象征主义新诗。

现代诗派

迷惘惘的隐曲怀,百忧忧的唱悲哀,《现代》[1]杂志聚英才,意象的诗情在。多元化的济世善才,非讲韵的诗语分开。兀的不追求“五个现代”[2],巧安排,吟诵趋明快。

【注释】

①②《现代》杂志(1932 年 5 月上海创刊)主要负责人施蛰存申明现代派诗歌的特点:“《现代》中的诗……它们是现代人在现代生活中所感受到的现代精神,用现代的辞藻排列成的现代的诗形。”(《现代》1934 年 4 卷 1 期《又关于本刊的诗》)

七月诗派

《七月》[1]扛的战斗旗,有胡风啊举依依,主观战斗[2]倍加犀,抗日的诗情意。活泼泼的创造妙奇,光闪闪的民族气息,兀的不风韵美煞也迷,笑嘻嘻,他们激励了人民胸臆。

【注释】

①《七月》为抗日初期在国民党统治区最早创办的进步文艺期刊,胡风主编。为了密切配合民族抗日斗争,《七月》注意发表迅速反映现实的各种文艺作品,像艾青、田间、鲁藜、绿原、胡风、阿垅、邹荻帆、艾漠(贺敬之)等人,形成了一个具有共同特色的诗歌流派。

②胡风在《置身在民主的斗争里面》、舒芜在《论主观》文中,分别提出了主观战斗精神问题,在当时文艺界引起热烈的论争。

新诗歌派

急嚷嚷的反帝先,乱哄哄的庶民间,诗歌革命任中坚,倡导的新诗变。穆木天的《发刊诗》[1],《新诗歌》[2]的刊卷同参，兀的不歌唱民主齿寒，向人间，一面战斗的红旗艳。

【注释】

①1932 年 9 月，左联领导下的第一个有组织有纲领的诗歌团体中国诗歌会成立，由发起人之一的穆木天执笔的《新诗歌》发刊诗发表，在内容方面提出“要捉住现实，歌唱新世界的意识”，在形式方面提出“要使我们的诗歌称为大众歌调”。

②《新诗歌》是中国诗歌会的会刊，创作队伍庞大，会员有 200 多人，还有日本人鹿地亘·绿川英子参加。

普罗诗派①

清楚楚的是非观，暖融融的友情欢，马列主义猛频传，普罗的文学观。蒋光慈的《战鼓》②领先，徐祖华的《孩儿塔》③刊，兀的不阶级斗争赫烜，好诗篇，都像那洒洒的林中箭。

【注释】

①英语 proletariate 的音译“毗罗列塔利亚”的简称，意为无产阶级，20 世纪 20 年代末，中国文艺界发生了热烈的革命文学论争，通过论争，各方的观点逐渐接近，一致同意提倡和发展普罗文学，并于 1930 年在上海成立了中国左翼作家联盟。普罗诗派的重要社团是普罗诗社和中国诗歌会等，代表人物是蒋光慈、殷夫、钱杏邨、穆木天等。

②《战鼓》系《新梦》和《哀中国》诗集的合集，上海北新书局 1929 年 6 月出版。原《新梦》《哀中国》均出版于 1925 年。《新梦》

是诗人留学苏联期间(1921－1924)所写诗篇的结集,是我国现代文学中第一部为十月革命和社会主义新生活放声歌唱的诗集。《哀中国》是诗人归国后于1924年至1926年所写,主题是打倒帝国主义和反对封建军阀,两部诗集,总的看来,思想性较高,艺术性较差,常常出现一些政治口号,诗意不浓,流于平直浅露。

③《孩儿塔》是殷夫(原名徐柏庭,学名徐祖华)在1930年间编成的抒情诗集,收入1924年至1929年间65首诗作,当时未能出版,直到1984年2月才由人民文学出版社根据鲁迅保存的原手稿排印出版,鲁迅曾为《孩儿塔》作序,评价很高。

民歌体诗派

民族化的信天游,讽嘲型的山歌讴[1],爱情与革命相逑,劳动者的翻身籀,陕三边的不死雎鸠[2],漳河水的千里沙鸥[3],兀的不风韵整齐语悠,赛珍馐,比兴和双关绣[4]。

【注释】

①指20世纪三四十年代出版的《马凡陀山歌》及《续集》的讽刺诗歌,也属此流派。马凡陀即袁水拍。

②指1946年9月李季发表的长篇叙事诗《王贵与李香香》,采用民歌信天游的形式,描写陕北三边(定边、靖边、安边三地,此处泛指陕北革命根据地)人民的爱情与革命、个人与阶级的血肉关系,着重刻画了两个革命儿女英雄和一个恶霸地主形象。

③指1949年3月阮章竞发表的长篇叙事诗《漳河水》,采用了漳河地区流行的《开花调》《四大恨》《割青菜》《牧羊小调》和《漳

河小曲》等民歌形式,描写了荷荷、苓苓、紫金英三位农村妇女日常生活和对人生价值的追求。

④这两部长诗,在向民歌学习,实践民族化、大众化方面为新诗发展提供了许多宝贵经验,是民歌体诗派中最优秀的代表作。

朗诵诗派①

一股股的朗诵诗,气昂昂的抗倭涛,恶毒的小鬼子欺凌,大地也疯狂啸!有高兰的朗诵诗骚②,光未然的“黄河”咆哮③,兀的不风韵美观意豪,看当朝,他们啊礼赞地呱呱叫。

【注释】

①抗日战争初期,在国统区和解放区的文艺家彼此呼应,为抗日救亡而高歌,提倡诗的朗诵和朗诵的诗,形成一股汹涌澎湃的诗潮。他们虽然没有成立社团明确宣言,但实际上他们的每首诗都是抗日救亡的号角,爱国主义的乐章,所以我把这个群体划归为“朗诵诗派”。赢得“朗诵诗人”美名的高兰和以歌颂黄河闻名的光未然,是这个诗派的代表人物,此处还有方殷(1939 年参加“作家战地访问团”活动和诗歌朗诵活动)、力云、臧云远、常任侠等有影响有成就的诗人。

②指高兰的许多朗诵诗集。1938 年 2 月汉口大路书店出版的《高兰朗诵诗新辑》(上下两册,1943 年重庆建中出版社出版)等多部。其中名篇《我们的祭礼》,曾在鲁迅先生周年祭上由著名影星王莹朗诵过;又一名篇《哭亡女苏菲》,由著名影星张瑞芳在一次全国文协召开的大会上朗诵过,这首诗朗诵的次数最多,反响巨

大,曾被广大的读者阅读、朗诵和传抄。

③光未然,原名张光年,其代表作是1939年3月写于延安的《黄河大合唱》,这一组诗由《黄河船夫曲》《黄河颂》《黄河之水天上来》《黄水谣》《河边对口唱》《黄河怨》《保卫黄河》《怒吼吧,黄河》等八首组成,内中每一首皆为朗诵词和歌词两部分构成。这组诗是中华民族战斗的英雄史诗,是抗日战争时代现实的悲壮图画。

九叶诗派

生罢罢的两个性[①],不相容的两个论[②],两种主义[③]再结合,现代的方法近。外文通的海外诗品,不忘本的民族传统,兀的不形象在在新颖,且流动,关不住诗风深蕴。

【注释】

①②③九叶诗派在20世纪40年代形成于国统区,代表作家包括九位诗人:辛迪、陈敬容、杜远燮、曹辛之、郑敏、唐祈、唐湜、袁可嘉、穆旦(查良铮)。袁可嘉在《西方现代诗与九叶诗人》中说:“一向被许多人认为水火不相容的事物——反映论与表现论,社会性与个人性,继承与创新,民族传统与外来影响,现实主义与现代主义——在他们那里得到了较好的虽然远不是完美的结合。”

新边塞诗派

沙莽莽的乱卷来,雪纷纷的满天白,语奇体峻咏边塞,李季与闻捷率。《玉门诗抄》[①]赞美干才,《天山牧歌》[②]风俗铺排，兀的不雄健悲壮满怀，扫尘霾，他们啊展翅风格豪迈！

【注释】

①《玉门诗抄》为李季（1922—1980，河南唐河人）的诗集之一。新中国成立初他以极大的热忱投身于石油工业的建设事业，为石油工人写诗，再现了大西北石油城的诞生和石油工人的生活情趣，因而被称为“石油诗人”。

②《天山牧歌》是闻捷（1923—1971，江苏丹徒人）的诗集之一。20世纪50年代，他在新疆、甘肃一带工作，所以熟悉西北风光，以优美的抒情笔调描绘了聚居在天山脚下、和硕草原、吐鲁番盆地和博斯腾湖畔的哈萨克、维吾尔、蒙古等兄弟民族的生活情景。在《天山牧歌》中爱情诗占有很大比例。

朦胧诗派[①]

寻觅觅的隐语咿，软怯怯的悱恻迷，怪客们吐尽痛凄凄，“极左”的流毒丕！气昂昂地举大旗，急煎煎地奔往晨曦，兀的不“三个浪潮”[②]互依，笑嘻嘻，年轻人枉费了屠龙技[③]。

【注释】

①朦胧诗派，或称新诗派、青年诗派，这是一个相当模糊的概念，在20世纪七八十年代，有一批年轻诗人自办诗刊，发表诗作，立异标新，形成了一个新诗潮流，在文艺界有褒有贬，引起了一场历时将近十年的大论争。这些诗作，自然而然地约定俗成地被称

为朦胧诗,其作者被称为朦胧诗派。这个诗派是一个多元的复杂的人数众多的群体,但他们并没有统一的组织和宣言,20世纪80年代先后出版有《朦胧诗选》(阎月君等选编、春风文艺出版社出版)、《朦胧诗精选》(喻大翔等选编、华东师大出版社出版)、《探索诗集》(上海文艺出版社编辑出版)等。

②1980年前后出现的北京《今天》诗派和吉林《赤子心》诗派为代表的,是为“第一个浪潮”;1985年前后出现的“现代史”诗派、“整体主义”诗派、“新传统主义”诗派为代表的,是为“第二个浪潮”;1986年以后兴起的“他们”诗派、“莽汉主义”诗派、“非非主义”诗派以及“倾向派”为代表的,是为“第三个浪潮”。朦胧诗派是我国改革开放时代的产物,他们对改革开放的成就和不足,做了极其深刻和广泛的反映。

③屠龙技,古人指高超的技艺或高超而无用的技艺。典故出自《庄子·列御寇》:“朱泙漫学屠龙于支离益,单千金之家,三年技成,而无所用其巧。”朱泙漫,姓朱泙,名漫。支离益,姓支离,名益。均为虚设人名。

【仙吕·太常引】

行吟诗群①

漫游北国与南疆,阅尽风云光,欧亚拉美航,谁领唱闻捷徜徉。〔幺篇换头〕壁舟静轩,艾青其娇,还有个丁芒,山巅到汪洋,颂祖国宫商远扬。

【注释】

①顾名思义，这个诗群作者走遍海内外，充满激情地在歌唱祖国的现实和世界的前景。这个诗群包括著名诗人艾青、徐迟、田间、蔡其娇、闻捷、戈壁舟、丁芒、方纪、孙静轩等。他们的代表诗篇有：艾青的《双尖山》《大西洋》和组诗《南美洲的旅行》，蔡其娇的《川江号子》《雾中汉水》，戈壁舟的《登临集》和诗剧《山歌传》，丁芒的诗集《欢乐的阳光》，孙静轩的诗集《海洋抒情诗》，闻捷则行吟之声遍布各地，从草原到海港，从革命老区到长江源头，他的代表作有诗集《天山牧歌》、组诗《吐鲁番情歌》和长篇叙事诗《复仇的火焰》。

军旅诗群[①]

转战南北着军装，诗歌在枪膛，情盛气昂昂，唱海岸也唱北疆。〔幺篇换头〕八路战士，解放军行，放哨或站岗，总有美诗行，光彩似旭日闪光。

【注释】

①军旅诗群，顾名思义是指军队诗人的创作现象，他们把“诗人”和“战士”的角色和谐地融合在一起，即某些研究者所说的“职业军人的诗人”。他们有的参加过新四军、八路军，有的参加过解放军。这个诗群包括很多诗人，比较成就大影响大的有：雁翼、韩笑、顾工、公刘（原名刘耿直、刘仁勇，笔名流萤、龙凤兮）、李瑛、陈辉、魏巍、白桦（陈佑华）、高平、周良沛、化铁（刘德馨）、未央（章开明）、张永枚（笔名黄桷树）、胡昭、梁上泉、柯原等，其中以公刘、李

瑛为代表。

“右派”诗群①

“出土文物”隐失埋,平反再归来,歌唱笑口开,思辨语宏观巧裁。〔幺篇换头〕抒情叙事,不减当年,寓意巧安排,一曲乐天牌,使命感凭何细猜。

【注释】

①20 世纪 50 年代,一批批老中青诗人先后在反右派、反右倾运动中隐失,党的十一届三中全会召开以后,他们在拨乱反正中终于得以平反,归来后重新创作。有的研究者评论者称此诗群为“归来者”诗群,我感到不够明确明显,为了直截了当和同情赞颂他们,我便直呼为“右派”诗群。而艾青同志曾以“出土文物”自况(详见《艾青全集》第三卷 455 页),形象而苦涩地道出了自己“归来”的感受,就这四个字比他的诗作都要耐人寻味,流芳百世。这是一个成员庞杂的创作群体,包括老一辈诗人艾青、苏金伞、公木、青勃、吕剑、蔡其矫、张志民等,七月诗派的鲁藜、邹荻帆、彭燕郊、冀汸、绿原、曾卓、牛汉、徐放、罗洛等,九叶诗派的辛笛、陈敬容、杜运燮、唐湜、郑敏、唐祈等,还有新中国成立初期步入诗坛的中青年诗人梁南、丁芒、公刘、孔孚、白桦、岑琦、胡昭、孙静轩、流沙河、邵燕祥、林希、昌耀、赵恺、任洪渊、彭浩荡等。在创作上,他们的共同点是有较强的社会责任感和历史使命感,能自觉地在创作中贯穿现实主义精神。

【仙吕·锦橙梅】

台湾诗歌现代派[①]

《现代诗》[②]哟来创刊,领头人是纪弦[③],紧接着个《蓝星周刊》[④],又有那《创世纪》[⑤],忒巍巍的队伍扩展,三诗社啊共成中坚。兀的不精神分析细言,现代主义,席卷了台湾诗坛。

【注释】

①这个诗歌流派有个复杂多变的发展过程。1925 年,张我军出版的《乱都之恋》是台湾现代文学史上的第一部新诗集。1950 年随着国民党政权退居台湾,海峡两岸经历了半个世纪的大隔绝,台湾出现了"反共文学"的泛滥局面,同时出现了着力表现亲情、乡情的乡土文学和以爱情婚姻为主题的纯情文学。台湾现代派文学对 20 世纪 50 年代反共的政治化文学是一个反动,它对新的艺术手法的探索,丰富了文学的表现力。由现代诗发端的台湾现代主义文学运动,在 20 世纪 60 年代已达到高潮。以纪弦、余光中、张默、洛夫、郑愁予等为代表而成为推动现代诗运动的中坚力量。

②③1953 年 2 月,纪弦创办了《现代诗》季刊,1956 年 1 月又在台北召开了第一届现代诗人大会,宣布成立"现代派",声称要"领导新诗的再革命,推动新诗的现代化"。

④⑤1954 年,余光中、覃子豪、钟鼎文等成立蓝星诗社,创办

《蓝星周刊》,同年,张默、洛夫、痖弦等又在左营成立了创世纪诗社,并出版《创世纪》诗刊,1959 年进行改组,吸收了一些“现代派”和“蓝星”的成员,从而成为推动台湾现代诗运动的中坚力量。

香港现代诗人派①

红闪闪的太平山,绿碧碧的浅水滩,现代主义思潮翻,合办的《诗朵》现②,中国笔会也远远扬帆,三种人③团结加冠,兀的不开创与实验煊,抒性灵,掩不住诗葩鲜。

【注释】

①②20 世纪 50 年代中期,现代主义文学思潮在香港兴起,给香港文学繁荣发展带来深远的影响。1955 年 8 月,由王无邪、昆南、叶维廉等人合办的诗刊《诗朵》出版。当时的诗人及其他文学作者,都以开创性和实验性的创作,用西方文学观念和艺术技巧来表现香港的社会问题和精神面貌,把香港现代主义文学推向了高潮,代表人物有刘以鬯、王无邪、蓝子(西西)等。

③1970 年以后,香港诗坛主要由三部分诗人组成:一部分是香港本土诗人,如也斯、西西、黄国彬等;一部分是南来诗人,如蓝海文、黄河浪、王一桃等;还有一部分是从台湾、澳门和海外移居香港的诗人,如余光中、钟玲、原甸等。他们创作的总倾向是现代主义向传统回归,既关注现实又抒写性灵,既有现代意识又有本土情怀。

天安门诗歌运动①

“四 · 五”运动诗如潮,英雄扬眉剑出鞘,倒下的是

“王张江姚”，总理站云霄。童怀周的《天安门诗抄》[2]，喝人血的鬼蜮魔妖，兀的不嬉笑怒骂传抄。堪骄傲，首首是战斗旗号！

【注释】

①发生在1976年清明之际的“四·五”运动，在中国现代史上是一次意义深远的政治事件。1976年1月8日，周恩来总理逝世。噩耗传来，举国悲痛。而“四人帮”及其党羽却要弹冠相庆，不择手段阻挠和压制人民群众对总理的悼念活动。4月5日清明节，千百万忍无可忍的人民群众，冲破“四人帮”的禁令，自发地聚集在天安门广场，祭奠悼念周总理。一时间，挽联、标语、诗词、祭文等贴满了人民英雄纪念碑周围，铺天盖地雪片似的撒遍天安门广场。这就是人民称谓的著名的“天安门诗歌运动”。

②1978年12月由人民文学出版社出版的《天安门诗抄》，署名童怀周编。童怀周即北京第二外国语学院汉语教研室16名教师的集体笔名。全书分三辑：第一辑收诗、词、曲、挽联；第二辑收新体诗；第三辑收悼词、祭词、誓词、散文诗等。作品的题目少数是原有的，大多则为编者所加；除极个别的字句稍有改动外，大都保持了原貌。

附：水调歌头·痛悼周恩来总理

痛悼复哀悼，未语泪先流。朔风料峭长吼，日月共人愁。暴动南昌匪地，巧斗巴渝敌首，塞外抗倭仇。真正经纶手，起舞理神州。

却私利，鞠躬瘁，谱春秋。主席亲密战友，砥柱正中流。国内仍需革命，边界还宿貔貅，反修更防修。鼎鼐凌云志，自有后来谋。

散曲阅读书目简介

经常有些高等院校的中青年教师、研究生，特别是社会上的许多散曲迷们，要我告诉他们怎样就能写好散曲？应当读哪些散曲类的书籍？这个问题很大很深，不是三言两语就能够说清的，需要长期坐冷板凳、下工夫。但一定要回答也很简单，即老生常谈的套语——理论联系实践，多读多写，边读边写，自然而然就有道行了。今天先来谈谈阅读哪些散曲类的书籍，分门别类给大家简要介绍一下。所介绍的书目，并不需要都读，每类读一二种即可，有些书是为查找资料用的。为了读者觅书方便，把同类的书介绍了若干种，假若要把全部介绍下来，恐怕上百种了。

散曲作品类

1.《全元散曲》　隋树森编纂。1964 年 2 月中华书局出版，上下两册。1981 年重版。汇集了今天可以读到的全部元人散曲，总计收有小令 3800 多首，套数 450 余套，还附有部分散曲残文。编者对所收得的散曲都是注明出处,有作家小传,并附有详细的校勘记、作家姓名别号索引、作品曲牌索引。若是专门研究散曲者此书则必读,若是一般阅读习作者,则可读《全元散曲简编》。

2.《全元散曲简编》 上海古籍出版社 1984 年 10 月出版。元曲作品浩瀚,菁芜杂陈,检阅不易。为方便读者起见,隋树森又在《全元散曲》的基础上,选录了小令 1080 首,套曲 124 套,还增补了几首新发现的作品,共选录了元好问、关汉卿、白朴、马致远、王实甫、张可久、无名氏等 129 人。《简编》前有导言,后有索引。《导言》写得非常全面扼要,简直就是一部元代散曲发展简史,内容共分八部分:一、曲、散曲;二、元人散曲的渊源;三、元人散曲发展概况;四、元人散曲中所反映的社会现实;五、元代散曲作家对政治的态度;六、元人散曲的艺术性;七、元人散曲的题材和流派;八、书目举要。《索引》按(一)作家作品索引,(二)曲牌及有关作品索引编排,查找起来也很方便,但因全书正文是用繁体字,所以《索引》也是繁体字,这就对不识繁体字的人来说有些困难。解决繁体字和简化字的对应关系,可查《新华字典》或《现代汉语词典》。

3.《元散曲选注》 王季思等五人选注,1981 年北京出版社出版。有王季思、洪柏昭合写的《前言》。本书以隋树森编的《全元散曲》为底本选录,个别地方做了一些校勘工作,全部改为新式标点,个别句逗也有所改动。全书共选了 76 人的 242 首小令和套数。

4.《元明清散曲选》 王起(季思)主编,洪柏昭、谢伯阳选注，1998 年人民文学出版社出版，中国古典文学读本丛书之一。《前言》中把元、明、清三代的主要作家及其作品，分别做了简要的分析，并有作家略传。选录元代散曲作家 48 人，作品 149 首；明代散曲作家 38 人，作品 139 首；清代散曲作家 39 人，作品 69 首。全书用简化字排印，注释也较通俗易懂。

5.《新校九卷本阳春白雪》　元杨朝英选辑，隋树森校，收录元散曲，1957 年中华书局出版。原书分前后集，除前集卷一收《唱论》及宋金词外，余均为散曲，大致以宫调曲牌为序编排。书前有延祐、皇庆间贯云石序。此书流传版本繁多，各本差异很大，读隋校本即可。

6.《朝野新声太平乐府》　元杨朝英选辑，九卷本，隋树森校订。收录元散曲，前五卷为小令，后四卷为套数，选录了关汉卿等 80 余家作品。1958 年中华书局出版。此书体例略同《阳春白雪》。前有至正十一年邓子晋序。元明间，抄本刻本很多。

7.《梨园按试乐府新声》，又简称《乐府新声》　元无名氏辑，三卷本。隋树森校订。收录元散曲。原书上卷为套数，中下卷为小令。除部分同《阳春白雪》《太平乐府》重复外，尚有许多不常见的作品，1958 年中华书局出版。

8.《乐府群珠》　明无名氏辑，卢前校，四卷，收录元明散曲。所收皆小令，共 26 调，1800 多首，作家 100 多人。1955 年商务印书馆出版。

9.《盛世新声》　明无名氏辑，共十二集，收元明散曲戏曲作品。大多为当时演唱之名作，计套数四百余套，小令五百余首，其中有不少时调小曲。1956年文学古籍刊行社影印出版。

10.《元人小令集》 陈乃乾辑，有三种版本：1935年上海开明书店出版；1958年古典文学出版社出版；1962年中华书局出版增订本。

除上述外，还有著名的散曲选集，如明人陈所闻选编的《南宫词纪》六卷、《北宫词纪》六卷、又合称《南北宫词纪》。选录标准以“典雅”为主，集中保存了许多前人所未注意或为他书未收的明人散曲，材料较为丰富。

散曲史论类

1.《散曲概论》 任讷著，一卷，1921年上海中华书局《散曲丛刊》本。

2.《元明散曲小史》 梁乙真著，1934年上海商务印书馆出版，1935年再版。

3.《中国散曲史》 罗锦堂著，1956年台北中华文化出版事业委员会出版。

4.《元人散曲论丛》 隋树森著，1986年齐鲁书社出版。

5.《散曲通论》 羊春秋著，1992年岳麓书社出版。全书33万字，共分十章：第一章绪论，第二章体制论，第三章声律论，第四章章句论，第五章辞采论，第六、七、八章为作家论，分别评论了元、明、清三代作家群，第九章流派论，第十章余论。卷末附录作者写的《迎旭轩曲存》，均为小令。

6.《元代文学史》　中国社会科学院文学研究所总纂、邓绍基主编，1991 年人民文学出版社出版。其中第十四章、十五章、十六章、详细论述、赏析了元代散曲主要作家及作品。

7.《中国文学史》（下）　章培恒、骆玉明主编，1996 年复旦大学出版社出版。此书共有上中下三卷，元代散曲属下卷第六编第三章。

散曲鉴赏评论类

1.《元明散曲鉴赏集》　人民文学出版社编辑部编，中国古典文学鉴赏丛刊之一，1989 年 1 月出版。此书把金元明三代 36 人的代表作品小令套数 78 首，从作品的意境、结构、技法、修辞、风格等艺术特点方面，均作了精辟的鉴赏评论。

2.《元曲鉴赏辞典》，蒋星煜主编，1990 年 7 月上海辞书出版社出版。此书包括散曲和杂剧两大部分条目，内容丰富，是一本实用性较强的工具书。附录中的《元曲释词简编》《读曲常识》《元北曲谱简编》，对于鉴赏、写作散曲很有帮助。

3.《元散曲欣赏》，毛炳身、周祺家著，1983 年中州书画社出版。

4.《元曲赏析》，徐征、刘庆国编，1985 年花山文艺出版社出版。收元杂剧和散曲，以赏析为主。

5.《全元散曲典故辞典》，吕薇芬著，1985 年湖北辞书出版社出版。

6.《元曲释词》，顾学颉、王学奇编，全二册，1983 年、1984 年中国社会科学出版社出版。

7.《元散曲》，徐中玉主编，谭帆、邵明珍注评。属中国古典文学精品选注汇评文库之一种，广东人民出版社 2003 年 1 月第 1 版。本书将元代散曲分为遣怀篇、叹世篇、情爱篇、咏景篇、嘲戏篇等五类编印，每首散曲有注释，有说明。

散曲格律类

1.《古代汉语》（全四册）　王力主编，1964 年 5 月北京中华书局出版。在下册第二分册第 14 单元中选录有白朴、马致远等七人的小令和套数。〔古汉语通论〕（三十二）专门论述了曲调、曲韵、曲字四声、衬字。〔附录四〕曲谱。〔附录五〕曲韵常用字表，对于当代人写散曲很有帮助。

2.《汉语诗律学》（增订本）　王力著。此书第四章就是专门讲曲律，在《曲谱举例》中，共列举了 151 首曲调谱式。1958 年新知识出版社第 1 版，1962 年上海教育出版社第1版,1979年第2版。

3.《元人小令格律》 唐圭璋撰。最早根据陈乃乾《元人小令集》,在1944年撰于重庆中央大学。1978年又据隋树森编《全元散曲》中之小令,反复比勘,重加校订,于1981年2月由上海古籍出版社出版。

4.《诗词曲格律纲要》 涂宗涛著,1982年8月天津人民出版社出版。这是一本专门研究诗词曲格律的专著,对于专门研究的专家学者也好,对于初学写作散曲或旧体诗词的同志也好,应当说是一本必读的书籍。

5.《诗韵新编》 中华书局上海编辑所编辑,上海古籍出版社1965年4月出版,以后继有1978年7月新版等。编辑者主张:“在今天形势下,不论新诗或旧体诗词,都要求用现代语音来押韵。……为了达到思想上艺术上的效果,更应该押用现代语音的韵脚。”“新编的诗韵当然要以现代语音为主要依据,并尽可能接受现代汉语音韵研究的科学成果,为协助推广普通话增加一分力量。在符合于这一要求的情形下,我们适当地吸收了一些有利于诗歌创作,同时在今天还有一定地位的其他音读。在每一韵部中,还着重分清了平声和仄声。在体例方面,我们采取‘按音分列’和‘同声字按常用罕用分先后排列’互相结合的办法,作为每一韵部各字的编排次序,字下并略举例词,供诗歌、戏曲作者创作时的联想和构词等方面参考之用。对于比较生僻的语词,并间有简略的解释。”全书共分18韵部,并附有《佩文韵府》,即平水韵,如有些散曲作者习惯于运用古音韵，即可参阅《佩文韵府》。

6.《钦定曲谱》 清人王奕清等编。1924年、1941年上海扫叶山房石印本。

7.《北词广正谱》 18卷，清人李玄玉著，明人徐于室原稿，后由李玉（即玄玉）更正。原线装四册，清代青莲书屋刻本。新中国成立前有北京大学石印本，后有台湾学生书局出版的王秋桂主编《善本戏曲丛刊第六辑·北词广正谱》共二册。此为曲谱专著，主要讲各种曲调的格律。初学者如果想研究某一宫调的套数，应该用哪些曲牌前后联结，或想了解哪些曲牌可以用来填写小令，此书都有说明。

图书在版编目(CIP)数据

论现当代诗人及诗歌流派 / 赵景瑜著. —太原：三晋出版社，2016.1
（赵景瑜文集）
ISBN 978-7-5457-1313-8

Ⅰ. ①论… Ⅱ. ①赵… Ⅲ. ①诗歌研究 – 中国 – 现代 ②诗歌研究 – 中国 – 当代 Ⅳ. ①I207.22

中国版本图书馆 CIP 数据核字(2016)第 023518 号

论现当代诗人及诗歌流派

著　　者：赵景瑜
责任编辑：落馥香

出 版 者：山西出版传媒集团·三晋出版社（原山西古籍出版社）
地　　址：太原市建设南路 21 号
邮　　编：030012
电　　话：0351-4922268（发行中心）
　　　　　0351-4956036（总编办）
　　　　　0351-4922203（印制部）
网　　址：http://www.sjcbs.cn

经 销 者：新华书店
承 印 者：山西天辰图文有限公司

开　　本：850mm × 1168mm　1/32
印　　张：38
字　　数：800 千字
版　　次：2016 年 1 月　第 1 版
印　　次：2016 年 1 月　第 1 次印刷
书　　号：ISBN　978-7-5457-1313-8
定　　价：200.00 元（全六册）

庆贺八十华诞

赵景瑜文集

紅樓夢面面觀

（下）

周汝昌题

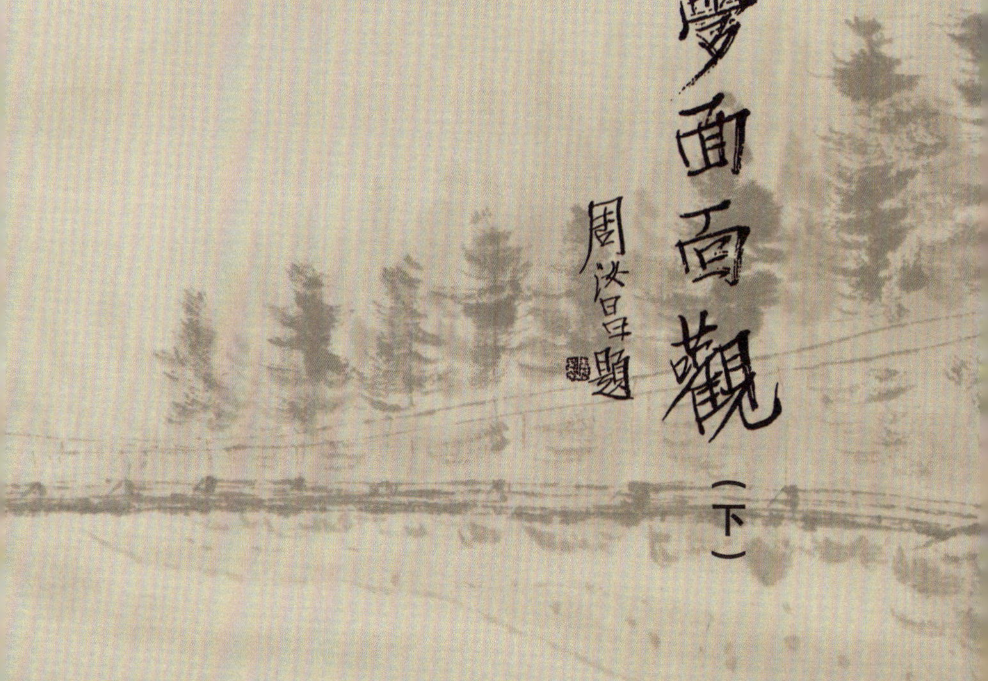

山西出版传媒集团
三晋出版社

与著名红学家蒋和森合影（1992年于扬州）

第五章　鉴赏编(二)

——《红楼梦》的艺术成就

(一)人物形象

人物数据

《红楼梦》最大的艺术成就，就是在广阔的社会背景上，以精雕细刻的功夫，为我们塑造了一大批形象鲜明、个性突出、栩栩如生的人物形象。《红楼梦》究竟写了多少人物？从清朝嘉庆以来直到现在不断有一些研究者作出统计，但由于取舍标准不一，统计粗细有异，所以数字不一。

(1)清嘉庆年间，青浦诸联(《红楼评梦》)说："总核书中人数，除无姓名及古人不算外，共男子 232 人，女子 189 人。"共 421 人。

(2)约嘉庆间，上海姜祺(《悼红吟草》抄本)说："其于人焉，男子 235，女子 213。"共 448 人。

(3)咸丰初，镇海姚燮在《红楼梦人索》结尾说："总计男 282 人，女 227 人。"共 509 人。

(4)同光间，寿芝编《红楼梦谱》，分类收入人名，男子 206 人，女子 192 人。共 398 人。

(5)民国初年,星白编《红楼梦人谱》,收男子 397 人,女子 324 人,共 721 人,人各为传,字数长短不一。此书中又收《红楼梦》所述及的古代帝王 23 人,古人 115 人,后妃 18 人,列女 22 人,仙子 24 人,神佛 47 人,故事人物 13 人,计 262 人,每人略考其生平及传说。与 721 人合计,共收 983 人。

(6)1920 年,颖川红光编有《红楼梦人名表》,共收入人物 470 人。

(7)1947 年,赵苕狂编《红楼梦人名辞典》,收主要人物,各撰小传,计男 42 人,女 64 人。共 106 人。

(8)1973 年,北京师范学院中文系编《红楼梦人名表》,收男 235 人,女 217 人,共 452 人。

(9)1974 年,南充师范学院中文系编《红楼梦人名总表》,收男子 323 人,女子 278 人,共 601 人。

(10)1974 年,南京大学中文系编《红楼梦人名索引》,收男子 282 人,女子 341 人,共 623 人。

到 1982 年,上海师范学院徐恭时决定试作新统计,在历年阅读《红楼梦》的过程中,先以庚辰本作底本,逐回逐段地把人名材料作成札记,广览诸家表谱,相互核对,最后把人物归类,做了比较科学严谨的统计,结果如下:

(一)宁荣两府本支:男 16 人,女 11 人,宁荣两府眷属女 31 人。

(二)贾家本族:男 34 人,女 8 人。

(三)贾府姻娅:男 52 人,女 43 人。

(四)两府仆人:丫环 73 人,仆妇 125 人,男仆 67 人,小厮 27 人。

(五)皇室人物:男 9 人,女 6 人,宫中太监 27 人,宫女 7 人。

（六）封爵人物：男 37 人，眷属女 14 人。

（七）官吏：有姓名及职名冠姓的男 26 人，只有职称的 38 人，胥吏男 3 人。

（八）社会人物：各阶层男 102 人，女 71 人。医生男 14 人。门客男 10 人。优伶男 6 人，女 17 人。僧道男 17 人，尼婆 49 人。连宗男 4 人，女 4 人。

（九）外国人：女 2 人。

（十）警幻天仙：女 19 人，男 6 人。

总计：男 495 人，女 480 人，合计 975 人。[①]

在这九百多个人物中，各阶级各阶层的人物无所不包。其中有鲜明性格的四五十人。在四五十人中，有典型性格的二三十人。这二三十人即书中的主要人物。就是通过这么多的人物的描写、塑造，表现了《红楼梦》巨大深刻的思想意义和卓越的艺术成就。

下面我们重点分析五个人物形象，即贾宝玉、林黛玉、薛宝钗、王熙凤、贾母。

贾宝玉论

《红楼梦》塑造了许许多多动人的艺术形象，而怡红公子贾宝玉则是最成功的一个。

贾宝玉一出场就非同一般，第 3 回中这样写着："头上戴着束发嵌宝紫金冠，齐眉勒着二龙抢珠金抹额；穿一件二色金百蝶穿花大红箭袖，束着五彩丝攒花结长穗宫绦，外罩石青起花八团倭缎排穗褂；登着青缎粉底小朝靴。面若中秋之月，色如春晓之花，鬓若刀裁，眉如墨画，面如桃瓣，目若秋波。虽怒时而若笑，即嗔视而有情。项上金螭璎珞，又有一根五色丝绦，系着一块美玉。"后来脱了出外的礼服，又换了一套在家的衣着打扮："头上周围一转的短发，都结成小辫，红丝结束，共攒至顶中胎发，总编一根大辫，黑亮如膝，从顶至梢，一串四颗大珠，用金八宝坠角；身上穿着银红撒花半旧大袄，仍旧带着项圈、宝玉、寄名锁、护身符等物；下面半露松花撒花绫裤腿，锦边弹墨袜，厚底大红鞋。越显得面如敷粉，唇若施脂；转盼多情，语言常笑。天然一段风骚，全在眉梢；平生万种情思，悉堆眼角。”好一副贵族公子的打扮，作者从头到脚从帽到鞋作了详尽的肖像描写，一位多么漂亮的年轻公子！风度翩翩，情思种种，简直像画儿上画的美少年一般。仅仅从这两段肖像描写的文字来理解宝玉，还是不深刻的、不准确的，只有通读了全书之后，才会产生一个完整的美的形象。贾宝玉是一个具有纯真的女性特点的男孩子，具有中国古典气质的东方美少年。皮肤白皙而细嫩，脸形既不是像棋子那么圆，也不像瓜子形那么尖，而是容长脸儿，所谓容长脸，就是一种美观的长型脸，不是过长过瘦的长型脸，是鸭蛋形的，很丰满。两只眼睛富有神气，经常闪动着含情的诱人的眸子。个子不高不矮、不胖不瘦，非常匀称，体形既不是膀大腰圆的运动健将，又不是骨瘦如柴的肺痨患者。总之，他的音容笑貌、举止坐卧都很美，心灵像少女一般柔而纯，长相如王子一般俊而美。在金陵十二钗和晴雯、袭人等女性的眼里是百分之百的男人，而在英豪阔大的男人眼里，又是富有“女孩儿一样的人品”的美少年（第15回凤姐语）。因此他博得了大观园内外男女老少的爱慕。

贾宝玉的美，不仅表现在外表上风度上，更主要的表现在思想上性格上。如果说，贾宝玉是中国文学艺术中第一次出现的萌芽状态的“新人”，那么他的“新”，就新在性格、思想、内心世界上，就新在民主主义和人文主义上，就新在反封建的叛逆性格上。第3回两首《西江月》便对宝玉的性格思想、终生命运，作了总论：

无故寻愁觅恨，有时似傻如狂。纵然生得好皮囊，腹内原来草莽。　　潦倒不通世务，愚顽怕读文章。行为偏僻性乖张，那管世人诽谤！

富贵不知乐业，贫穷难耐凄凉。可怜辜负好韶光，于国于家无望。　　天下无能第一，古今不肖无双。寄言纨绔与膏粱：莫效此儿形状！

还是那样，乍读到这两首词时，一时还弄不清作者对宝玉是褒？是贬？是赞？是骂？又在读者心目中留下了一个大大的“悬念”，用脂批的话来说，也叫“伏笔”“伏线”。只有读完全书，才能对宝玉的思想性格作出完整的准确的深刻的结论。曹雪芹的艺术手法实在令人惊羡，写许多主要人物的出场，像林黛玉、王熙凤、薛宝钗、史湘云、薛宝琴等总是各有各的特色。贾宝玉的出场就不同凡响，是在一片惊奇、误解、传闻、议论所造成的“悬念”之中出场的。在第 2 回中冷子兴讲了关于贾宝玉的异事新闻，做了铺垫，接着贾雨村又谈了甄宝玉的怪性格，起了陪衬作用。然后在第 3 回中宝玉才在黛玉面前做了两次不同的亮相。“无故寻愁觅恨，有时似傻如狂。”“行为偏僻性乖张，那管世人诽谤！”正说明了他的叛逆性格特点。

贾宝玉叛逆性格的特点之一，是反对男尊女卑的封建传统观念，把全部热情和理想寄托在那些被侮辱被损害的女子身上。他认为：“天地间灵淑之气，只钟于女子，男儿们不过是渣滓浊沫而已。”（第 20 回）“女儿是水做的骨肉，男子是泥做的骨肉，我见了女儿便清爽，见了男子便觉浊臭逼人。”（第 2 回）贾宝玉对丫头们是实行了自由、平等、博爱主义的。他和她们处交得很密切，他纵容怡红院里的丫头们越发没样子，任她们恣意玩笑，下棋抹牌，嗑了一地瓜子皮。他对她们不以主奴相待，倒以平辈相称。他对金钏的怀念，对司棋的同情，对芳官的赞颂，尤其是对平儿、鸳鸯、晴雯、袭人,表现了莫大的敬爱。为了纪念受迫害致死的晴雯,他别开生面地以“洒泪泣血,一字一咽,一句一啼”的真情,写出了长达1390字的《芙蓉女儿诔》。对一个女奴以金玉比喻其高贵,以冰雪比喻其纯洁,更把她比作伟大的神话人物治水英雄鲧和伟大的历史人物政治家贾谊。本来在封建社会里,诔、铭、传、志之类的文体,几乎都是用来为封建统治阶级称功颂德的,而宝玉却用这样一篇诔文悼念一个女奴,这本身就是对封建传统观念的大胆挑战。

贾宝玉叛逆性格的特点之二,就是蔑视功名反对科举,不喜欢读书。他平素深恶“八股时文”,认为那不过是一般“须眉浊物”的“饵名钓禄之阶”。他痛斥那些以科举求功名为官作宦的人为“国贼禄蠹”。他认定什么科举八股、“仕途经济”,都是“前人无故生事,立言竖辞”搞出来的。在大观园里,对科举功名、“仕途经济”的态度,也成了贾宝玉辨别人物好坏是非的一条重要标准。史湘云劝他:“如今大了,你就不愿读书去考举人进士的,也该常常的会会这些为官作宰的人们,谈谈讲讲些仕途经济的学问,也好将来应酬世务,日后也有个朋友。没见你成年只在我们队里搅些什么!”宝玉听了大觉逆耳,对湘云下了逐客令(第32回)。薛宝钗也常常劝导他注意立身扬名的话,引起反感,大骂宝钗说:“好好的一个清静洁白女儿,也学的钓名沽誉,入了国贼禄鬼之流。”(第36回)只有林黛玉从来不说这些“混账话”,而被他引为知己。对封建正统思想的叛逆,对科举功名的否定,正是宝黛产生爱情的重要思想基础。在《红楼梦》前八十回里,正面写到宝玉上学、读书统共只有两次。第一次是第9回,宝玉为了能与秦钟“常相聚谈”,才告诉贾母要秦钟和他一起入家塾读书,结果书当然没有读成,倒把家塾闹了个天翻地覆。第二次是第73回,宝玉为了应付贾政的“盘考”,临时抱佛脚,连夜读书,顾此失彼,不知如何读书,结果又是书没读好,却把个怡红院闹得人仰马翻。最后还是晴雯出了点子,让宝玉装病混了过去。其实贾宝玉根本不是不读书,是不要读那些宣扬孔孟之道的圣贤之书,却专门“杂学旁搜”,去读那些被封建统治阶级严令禁毁的“小说淫词”“异端邪说”。他把茗烟从市井书房买回来的“古今小说”“传奇脚本”,看成珍宝,“放在床顶上,无人时自己密看”(第23回)。他在沁芳桥边和林黛玉仔细诵读《西厢记》,宝玉对黛玉说:“好妹妹,若论你,我是不怕的。你看了,好歹别告诉别人去。真真这是好书！你要看了,连饭也不想吃呢。”一面说,一面递了过去。林黛玉接过书来瞧,从头看去,越看越爱看。看完了书,却只管出神,心内还默默记诵(第23回)。曹雪芹笔下的贾宝玉对四书五经那么厌恶,对小说传奇却那么爱好,一憎一爱,如此分明,岂不反映了他的反封建的进步思想吗？贾宝玉实际上读了很多书,汉赋唐诗宋词元曲无不去读,成语典故无不熟知,在第17回“大观园试才题对额”的描写中就写出了他的文学修养,表现了他的卓越才华。一个年轻的孩子,与贾政及其清客们展开了不同意见的争论,他处处以清新的意见,持之有故言之成理的见解,驳倒了那些陈词滥套,压倒了那帮老学究。他能在贾政一帮人的考问难为下,出口成章,即兴题词,真正了不起,如果在现代,完全可以获得文学博士的学位。他还懂得医学,晴雯病了,胡庸医乱用虎狼药,药方上开有紫苏、桔梗、防风、荆芥,后面又有枳实、麻黄,宝玉看了药方后说:“该死！该死！他拿着女孩儿们也像我们一样的治,如何使得！凭他有什么内滞,这枳实麻黄如何禁得。”(第51回)

贾宝玉叛逆性格的特点之三,是强烈要求个性解放、个性自由。他想怎么样就怎么样,完全不受封建礼教、宗法制度的束缚。锦衣玉食、珠围翠绕的贾府环境,压迫着他窒息着他,他简直就像关在金丝笼中的一只小鸟，拼命地要飞出来，飞向自由的世界。他痛恨自己的生活环境，厌弃封建贵族的富贵生活，轻视那些荒淫霸道低级庸俗的哥嫂，讨厌那批胁肩谄笑的清客相公。所以说，讨厌应酬、礼节、憎恶虚伪的人情世故，就是贾宝玉尊重个性解放的主要内容。

当他第一次见到秦钟时，竟慨叹说："可恨我为什么生在这侯门公府之家，若也生在寒门薄宦之家，早得与他交结，也不枉生了一世。我虽如此比他尊贵，可知锦绣纱罗，也不过裹了我这根死木头；美酒羊羔，也不过填了我这粪窟泥沟。'富贵'二字，不料遭我荼毒了。"（第 7 回）这段话就是贾宝玉思想中放射出来的灵光。因此，在胞姐元春封妃，宁荣两府里如何热闹，众人如何得意之时，"独他一个皆视有无，毫不曾介意"（第 16 回），表现得十分冷漠。他更反感封建社会的一切规矩典章，他本来就懒与士大夫诸男人接谈，又最讨厌峨冠礼服贺吊往还等事，挨了贾政的毒打后，更得了贾母的庇护，"越发得了意，不但将亲戚朋友一概杜绝了，而且连家庭中晨昏定省亦发都随他的便了，日日只在园中游卧，不过每日一清早到贾母王夫人处走走就回来了，却每每甘心为诸个丫环充役，竟也得十分闲消日月。"（第 36 回）他曾经冲破封建家庭的铜墙铁壁，去寻找冷清清的地方，呼吸新鲜空气，在第 43 回里就描写了这种情景，他偷偷地带着焙茗骑马走出了北门，找了个冷清清的地方去玩耍。他并不满足在大观园里的无拘无束的自由生活方式，他也有广泛的社交活动。《红楼梦》里写宝玉这方面的生活，几乎全是侧笔，用侧而又侧虚而又虚之笔，轻轻带过。第 28 回，宝玉到冯紫英家赴宴，同席的除薛蟠而外，还有唱小旦的蒋玉函（琪官），锦香院的妓女云儿等人。宝玉在席上发酒令，唱曲子，谈笑风生。这是唯一的正面写出宝玉社交活动的一次。还有第 24 回写到宝玉一早就往北静王府去了，到晚上才回到贾府。还有第26回宝玉和贾芸“说些没要紧的散话，又说道谁家的戏子好，谁家的花园好，又告诉他谁家的丫头标致，谁家的酒席丰盛，又是谁家有奇货，又是谁家有异物”。可见他平日社交活动之频繁，交游对象之广阔。这些交游活动，对他反封建的思想性格的形成，起着一定的作用。

贾宝玉叛逆性格特点之四，是表现在爱情上，反对封建婚姻制度，争取婚姻自主。宝玉婚姻问题矛盾的焦点为：是金玉良缘？还是木石前盟？薛宝钗以封建思想为基础的爱情，获得贾府整个封建力量的支持，而林黛玉的叛逆性的爱情受到了贾府整个封建力量的反对。贾宝玉在爱情问题上，在林、薛之间的选择，实际上就是在人生道路问题上，在叛逆道路和封建道路之间的选择。起初，宝玉曾经一度摇摆在宝钗和黛玉这两个爱情对象之间。后来终于对宝钗愈来愈淡漠，甚至在梦中也不忘反对“金玉良缘”之说。为什么呢？因为薛宝钗对他说了些“仕途经济”的“混账话”；与此相反，他和黛玉却愈来愈亲密，两心默契，忠贞不渝，结成了生生死死的爱情，原因就是黛玉从不劝他去立身扬名，走科举道路，说那些“混账话”。我们必须认识，宝黛的爱情，不是过去那种夫贵妻荣才子佳人式的爱情，也不是那种一见倾心、郎才女貌式的爱情。在我国文学史上，曾经出现过许多描写爱情的著名作品，如《西厢记》《牡丹亭》《梁山伯与祝英台》等等，但这些作品与《红楼梦》的爱情描写比较起来，不仅在艺术上逊色，而且在思想上也缺乏深厚的社会内容。决定宝黛爱情的主要条件，是他们思想倾向的相同，生活道路的一致。恋爱自由是人的觉醒的第一阵春风，人们总是从这儿开始感觉到做人的权利，感觉到封建制度的可恨可怕。我们知道，在宝玉所处的时代，为此而对抗封建制度对抗主宰命运的统治阶级，那是要天诛地灭的，而贾宝玉却有着这样坚定的叛逆精神，敢于挺身出来反抗，并且反抗到底。在小说的第33回中，就描写了叛逆者与顽固派的尖锐矛盾。代表封建势力的贾政想置宝玉于死地，“不肖种种大承笞挞”，宝玉遭了一顿毒打，几乎被打死，然而他并没有屈服，反而大大加深了他与封建势力的矛盾，进一步促进了他的反封建叛逆性格的发展和成熟，使他和黛玉之间的爱情也发展到了一个心灵默契的新阶段。

总之，作者成功地塑造了“富贵闲人”的一面，又刻画了“混世魔王”的一面。贾宝玉的叛逆思想性格是怎样形成的呢？这有种种原因：一是家庭环境。贾宝玉生在“钟鸣鼎食之家，翰墨诗书之族”，“花柳繁华地，温柔富贵乡”的封建贵族大家庭，这种家庭腐朽没落，矛盾重重。一方面是贾政的严加管教，另一方面是贾母的纵容溺爱，两股力量在撞击着。贾宝玉正是在这个环境中，萌生和发展着自己的叛逆精神。二是纯洁女性的启蒙。他住在独特的小天地大观园里，这是一个有着相对自由的“女儿国”。许多纯洁的女孩子，特别是那些出身卑贱被奴役被蹂躏的丫头们，她们都有着辛酸悲苦的经历，有着比较清新的市民思想意识，她们的一举一动都影响着宝玉的叛逆性格的形成。三是社会影响。广泛的社交活动，也促进了他反封建思想的成长，像素性豪爽不拘细事的柳湘莲，风流倜傥名驰天下的演员蒋玉函，潇洒俊逸不为官俗国体所束缚的北静王水溶，都是他的好朋友。四是优秀的文化传统。历史上的许由、陶潜、阮籍、嵇康、卓文君，文学作品中的张君瑞、崔莺莺、柳梦梅、杜丽娘这些“情痴情种、逸人高士”，都是贾宝玉所崇拜的人，他从这些偶像身上吸取精神上的营养，陶冶自己的性情。

贾宝玉是封建社会的贰臣逆子，封建家庭的“不肖”，敢于向旧思想旧传统挑战的“混世魔王”，是不是就可称为完美无缺的一代“新人”了呢？不能。贾宝玉出身于封建地主阶级，这不可避免地在他的某些思想、行动上，留下不好的烙印。例如，他对君权、亲权就表现出一定程度的尊重，对封建势力的反抗还偏于消极；他有时也要维护主奴之间的不可逾越的名分和礼节，不加区别地把奴婢们看成是愚蠢粗笨的俗物；他在人生道路上有着虚无命定的阴影，动不动就想死，想化烟化灰，离开红尘，有时用庄子、佛经的虚无思想来疗治他痛苦的灵魂。

林黛玉、薛宝钗比较论

我们再用比较的观点与方法分析一下林黛玉和薛宝钗。

《红楼梦》的读者，都喜欢谈论薛林二人的优劣，甚至出现了所谓“拥薛派”和“拥林派”。古人就有为此而争得面红耳赤，以致挥起老拳的记载。光绪五年（1879）春天，邹弢尊林而抑薛，许伯谦尊薛而抑林，两人评论到此，“一言不合，遂相龃龉，几挥老拳”，后经朋友调解开，两人发誓从此再不共同讨论《红楼梦》了。[③]到底这两个典型人物的根本差异在什么地方？谁优谁劣？只有通过对人物性格的分析，才能找到答案。

林黛玉是封建阶级的叛逆者，薛宝钗是封建阶级的淑女。

林黛玉出身于“清贵之家”，由于小时父母钟爱，比较任性，后因父母双亡，寄居外祖母家，寄人篱下，孤苦伶仃；薛宝钗出身于“珍珠如土金如铁”的皇商家庭，她受封建主义的影响很深，表现得罕言寡语，安分随时。

在曹雪芹的笔下，两位小姐都是美人儿，然而刻画得肖像不同，风度有别：一个是“两弯似蹙非蹙罥烟眉，一双似喜非喜含情目。态生两靥之愁，娇袭一身之病。泪光点点，娇喘微微。闲静时如姣花照水,行动处似弱柳扶风。心较比干多一窍,病如西子胜三分。”(第3回)——这说的是林黛玉。一个是“年岁虽大不多,然品格端方,容貌丰美,人多谓黛玉所不及。而且行为豁达,随分从时,不比黛玉孤高自许,目下无尘,故比黛玉大得下人之心”。(第5回)——这说的是薛宝钗。这里作者首次用对比手法写出两人。再看第28回,又是通过宝玉的视觉,对比地描绘了宝钗的肖像:“脸若银盆,眼似水杏,唇不点而红,眉不画而翠,比林黛玉另具一种妩媚。”宝玉看着看着就发呆了,不觉动了羡慕之心。仪表、风度往往体现一个人的思想性格,曹雪芹通过肖像描写已经向读者作了初步交代。

对待贾宝玉的爱情上,两人在观点、态度、方法方面也迥然不同。林黛玉对贾宝玉的爱情是由耳鬓厮磨、两小无猜的孩童之爱发展起来的。他们怀着共同的热情追求合理的生活理想,在共同的叛逆精神中扎下牢固的爱情基石。黛玉爱的是反对国贼禄蠹、爱自由、知情意的宝玉,不是贾府的继承权,所以他们的爱情是那么纯洁、真挚、强烈。而薛宝钗从贾宝玉身上想要得到的却是地位、金钱,按照封建礼教的规范去生活。她对宝玉并没有深厚的爱恋之情。对于宝玉的“痴”“狂”很不以为然,只是希望他安心读圣贤之书,踏上科举之途,她曾劝宝玉学些应酬世务,讲些仕途经济。她轻视宝玉的反世俗的性格,称他为“无事忙”、“富贵闲人”,结果她得到的是宝玉的冷漠和决绝,落了个守活寡的命运。

至于两人个性的差异,更是泾渭分明,两峰相峙。若论林黛玉:她有丰富的感情,超人的才华。她反对功名利禄,尊重自我,蔑视传统礼教,追求自由幸福。她“孤高自许,目下无尘”,是对虚伪的世俗的反抗。她一向心直口快,任性任情,有气便生,有话便说,有泪便流,从不圆滑处世,从不迁就体察讨好别人,笼络人心。她是纯真的直率的。所谓“刻薄”“小心眼儿”，正是由于她揭露贾府中不合理的现象而引起的微词。她的《葬花词》和《唐多令》为不幸的少女唱出了哀歌，更为她的不幸命运、生活道路、崇高理想唱出了凄凉的歌声。

在第 89 回“蛇影杯弓颦卿绝粒”，第 96 回“泄机关颦儿迷本性”和第 97 回“林黛玉焚稿断痴情”等几段故事中，生动地刻画了林黛玉的叛逆性格，当她的美好理想破灭时，她宁肯一死，不愿苟活，表现出一种“宁为玉碎，不为瓦全”的精神。不过她身体羸弱，多愁多病，猜疑好忌，忧郁、感伤的情绪笼罩了她的一生，这是她的软弱性，贵族小姐的烙痕。

再看薛宝钗：她主张“女子无才便是德”，这是她的人生信条。她劝人登仕宦之途，学经济之道；教人立身扬名，作国贼禄鬼。她“端庄凝重”“随分从时”是为了稳作三从四德、贤妻良母式的“宝二奶奶”。她不多说一句话，不多走半步路，不得罪任何人。事长辈看眼色行事，百般讨好；对下人巧用策略，不失和气。她明知此事，佯作不知。“怒于中而不形于外”，“心如城府之严”，就是她的处世哲学。她是虚伪的圆滑的。所谓“和蔼可亲”“宽宏豁达”，不过是拥护和信奉封建礼教的信徒们送给她的吹捧之词。那首咏柳絮的《临江仙》，说什么“好风凭借力，送我上青云”，正是她维护封建礼教向上爬的自白。

书中第 21 回套问袭人留神窥察的文笔，第 22 回关于讨好贾母的情节，第 27 回关于“金蝉脱壳”计的描写，第 32 回关于对金钏之死的表态，第 36 回关于“小惠全大体”的骗术，等等，都入木三分地刻画了薛宝钗的个性特点，揭露与批判了她的虚伪性、两面性。她是封建礼教的绝对拥护者，封建社会所要求的女性代表，然而她在吃人的封建宴席上，也逃不脱悲剧的命运，做了一个牺牲品。

不过在分析薛宝钗的形象时需要注意运用唯物辩证法，实事求是地做出结论。有一段时间为了批评俞平伯的“钗黛合一”的“二美合一论”，就把林黛玉捧的过分了，把薛宝钗贬得太低了。固然，俞平伯的二美合一论是属于唯心主义的美学观点，他抽掉了黛玉、宝钗两个典型人物所体现的社会内容，抹煞了两个典型人物所体现的对立的矛盾和冲突的目的。应当说这两个人物不能划等号，但是也不可否认在曹雪芹的笔下，既写了她们的优点，也写了她们的缺点，是否可以这样说呢？在基本肯定、歌颂林黛玉的前提下，也写了她的弱点；在基本否定批判薛宝钗的前提下，也写了她的优点。

薛宝钗也是一位美丽、娴雅、庄重、多才的少女。《红楼梦》从她一出场直到故事的结束，始终是注意到从外貌上来美化这个人物的。虽然她主张“女子无才便是德”，反对林黛玉阅读《西厢记》《牡丹亭》一类的杂书，实际上她是有才学的，从小就偷偷地读过《西厢记》《琵琶记》和元人百种（即《元曲选》）。她在大观园里也是写下了不少才情洋溢的诗篇，例如在第37回的拟咏菊花十二题，表现了她很富有逻辑思维和形象思维的能力，在第38回里的“螃蟹咏”，更是别具一格。那首“持螯赏桂”的七律诗，就是一首绝妙的讽刺诗，赢得了众人的好评，“众人看毕，都说这是食螃蟹绝唱，这些小题目，原要寓大意才算大才，只是讽刺世人太毒了些。”（第38回）薛宝钗不但会作诗，她还懂得绘画，常常系统地阐述有关作诗绘画的见解（分别见第37、42、64回）。薛宝钗博得了贾府中主子奴仆、男女老少、上下左右的好感，并非全是由于她的圆滑世故，倒是由于她对别人能够善意的关怀，细心的体贴所致，她注意搞好群众关系。例如她对史湘云回家的安排，对邢岫烟衣着的关怀，对薄命姑娘香菱的同情，所有这些都在她身上体现了中国女性的善于细心了解人、体贴人的善良性格。应当说，薛宝钗是大观园里一位出色的公关小姐。

王熙凤论

在《红楼梦》里，王熙凤也是一个写得非常生动的人物。她在哪里出现，哪里的空气就活跃起来，就常常有了热闹和欢笑，或者是悲哀和嚎叫。她是贾母最宠爱的孙媳妇，贾母又是她掌握权柄的后台。从表面上看，她很孝敬贾母，贾母也很疼爱这个孙媳妇；然而在她们这幼“孝”长“慈”的背后，却隐藏着一个互相利用的关系。贾母利用王熙凤来支持老大难的门户，来点缀晚景维持自己的享乐生活；王熙凤则利用贾母的地位来巩固自己的权势和私利，狐假虎威。

凤姐是“自幼假充男子教养的”，还起了个“学名叫王熙凤”，然而这个偏偏有学名的反倒不识字。她从小就有“杀伐决断”之气概，后来逐步形成了自己的一套思想模型。“凭是什么事，我说要行就行。”——这是她在铁槛寺和老尼净虚关于包打退婚官司的谈话。这句很有个性表现力的话，既表现了她罪恶愿望的决心和信心，又表现了她利令智昏、狂妄自大、自作聪明的弱点，最终不免落了个“反算了卿卿性命”的报应结局。

曹雪芹笔下的王熙凤，一出场就生龙活虎，不同凡响。第 3 回中写到她首次出场亮相，就使读者觉得这个人物声势非凡，她那神情活跃的举动，彩绣辉煌的衣饰，前呼后拥的媳妇丫环，都与众不同：

> 一语未了，只听后院中有人笑声，说：“我来迟了，不曾迎接远客！”黛玉纳罕道：“这些人个个皆敛声屏气，恭肃严整如

此,这来者系谁,这样放诞无礼?”心下想时,只见一群媳妇丫环围拥着一个人从后房门进来。这个人打扮与姑娘不同,彩绣辉煌,恍若神仙妃子:头上插着金丝八宝攒珠髻,绾着朝阳五凤挂珠钗;项上带着赤金盘螭璎珞圈;裙边系着豆绿宫绦,双衡比目玫瑰佩;身上穿着缕金百蝶穿花大红洋缎窄褙袄,外罩五彩刻丝石青银鼠褂;下着翡翠撒花洋绉裙。一双丹凤三角眼,两弯柳叶吊梢眉,身量苗条,体格风骚,粉面含春威不露,丹唇未启笑先闻。黛玉连忙起身接见。贾母笑道:“你不认得他,他是我们这里有名的一个泼皮破落户儿,南省俗谓作‘辣子’,你只叫他‘辣子’就是了。”

这真是未见其人,先闻其声,而且人人都屏息,她独放诞。作者更借贾母之口,道出了她的主要性格特征:辣。整部小说表现了她口辣、手辣、心辣。她的辣性,有的地方是泼辣,有的地方是辛辣,有的地方是毒辣。

《红楼梦》刻画王熙凤的性格特征,可说是淋漓尽致,面面俱到。她的辣性,充分表现在下列五个方面。

一是媚上压下,诡计多端——她看出贾母王夫人偏爱宝钗,就加倍铺张地为宝钗过生日;王善保家的怂恿着王夫人抄检大观园,她就两头不得罪,自己站在一边,消极参加,留给探春去给王善保家迎头痛击,既保住了自己当家奶奶的面子,又煞了王善保家的威风;她看王夫人器重袭人,便从各方面去厚待袭人。

二是残忍狠毒,两面三刀——逼死尤二姐最为典型,平时对平辈妯娌尤氏不是这般借端讹诈,就是那般撒泼撒赖。

三是唯利是图,贪得无厌——利用派贾蔷到江南采买女优伶的勾当索取贿赂;经常叫心腹奴才在外面放高利贷,甚至克扣上上下下的月钱,或挪用,或放利;贾琏要请鸳鸯偷取贾母的银器去典押，要她去为贾琏说句话，也得向丈夫要银子作报偿。

四是聪明机智，十分干练——李纨带领众姊妹找她加入诗社，她知道这是要她资助经费，她便答应担任“监诗御史”的职务，因为她缺乏文化教养，不会吟诗联句，只好当个虚衔，并拿出五十两银子，免得被人们唾骂；特别是秦可卿出殡，她协理宁国府，充分表现了她的才干和突出的组织管理才能。

五是伶牙俐齿，应对自如——王熙凤是很会说话的，她在各种场合说的话，都表现出她的心计和口才。话说得总是那样得体，有时说得很甜，第15回，宝玉接了北静王水溶的礼物后，凤姐对宝玉笑道：“好兄弟，你是个尊贵人，女孩儿一样的人品，别学他们猴在马上。下来，咱们姐儿两个坐车，岂不更好？”有时说得很泼辣，第14回，宁国府中婆娘媳妇闻得到齐，只见凤姐正与来升媳妇分派，众人不敢擅入，只在窗外听觑。只听凤姐与来升媳妇道：“既托了我，我就说不得要讨你们嫌了。我可比不得你们奶奶好性儿，由着你们去。再不要说你们‘这府里原是这样’的话，如今可要依着我行，错我半点儿，管不得谁是有脸的，谁是没脸的，一例现清白处治。”说着，便吩咐彩明念花名册，按名一个一个的唤进来看视。有时又说得很诙谐，第38回当贾母对王夫人薛姨妈等说了自己小时候在娘家碰破头长了伤疤的故事时，凤姐不等人说，先笑道：“那时要活不得，如今这大福可叫谁享呢！可知老祖宗从小儿的福寿就不小，神差鬼使碰出那个窝儿来，好盛福寿的。寿星老儿头上原是一个窝儿，因为万福万寿盛满了，所以倒凸高出些来了。”未及说完，贾母与众人都笑软了。有时则说得很粗野，第67回当凤姐察觉到贾琏在外偷娶尤二姐，便向旺儿拷问，旺儿说内中深情底里不知，不敢妄回，求奶奶问兴儿。凤姐听了旺儿的回话，下死劲啐了一口，骂道：“你们这一起没良心的混账忘八崽子！都是一条藤儿，打量我不知道呢。先去给我把兴儿那个忘八崽子叫了来,你也不许走。问明白了他,回来再问你。好,好,好,这才是我使出来的好人呢!"有时又很典雅,第16回写到贾琏陪同黛玉从苏州(为林父出殡)返回荣府后,凤姐见贾琏远路归来,少不得拨冗接待,房内没有外人,便笑道:"国舅老爷大喜!国舅老爷一路风尘辛苦。小的听见昨日的头起报马来报,说今日大驾归府,略预备了一杯水酒掸尘,不知赐光谬领否?"以上不过是略举数例,说明曹雪芹描写凤姐的语言最有个性,最为生动,最为丰富多彩。不信试试看,不用说出她的名字,只要把她的那些话念出来,我们就知道准是她。

王熙凤在《红楼梦》中自然是一个重要人物、典型形象。有人做过统计,全书中有一半以上的回次写到凤姐其人,其中第2回、第3回、第12回、第13回、第14回、第15回、第43回、第54回、第67、68、69回、第96回、第113、114回都是重点章回。在回目中先后出现过16次(其中前八十回11次,后四十回5次),在正文中出现过106次(其中前八十回72次,后四十回34次),可见在全书中仅次于贾宝玉、林黛玉,属第三位。所以说,她也是一个贯穿全书的主要人物,在作者的创作构思中占着显赫的位置。如果抽去了这位"台柱"式的人物,贾府将"忽喇喇似大厦倾",《红楼梦》的艺术结构、思想倾向也就失去了平衡。但是表现凤姐性格的最突出篇章就要数下列几回:第12回"毒设相思局",长期以来红学界评论"王熙凤毒设相思局,贾天祥正照风月鉴"这一情节时,认为凤姐太狠毒了,这是不公正的片面的观点。癞蛤蟆想吃天鹅肉,贾瑞起了淫心,想要玩弄凤姐,而凤姐早已察觉,便点兵派将,设下圈套,数九寒天,哗拉拉一桶尿粪从上面直泼下来,弄得贾瑞满头满脸都是尿粪,又冻得冰冷打战,不久便重病不治一命呜呼哀哉了。这不是写她的狠毒,正是写她的为了维护个人尊严和爱情不可辱的战略战术；第13、14两回“王熙凤协理宁国府”，写了她的杀伐果断，治家才干，一个二十来岁的少妇，每天东西两府之间来来去去，不辞辛苦，短短一个月里把宁国府上下管理得有条不紊，由乱到治，由散漫到凝聚，效果非常显著。王熙凤的管理术，颇有现代意识的特点。长期以来，人们分析王熙凤这个形象时，虽也承认她的才干，作者是在褒扬，而更多的成分则是认为是写她的“好卖弄才干”，或者写她狠毒的“烈货”性格。这是一种偏见。我们今天从当代意识、从管理学角度来分析，则自然应当肯定她，歌颂她。王熙凤所采用的一些管理方法和规定，不比美国的弗恩·泰勒，法国的亨利·法约尔，日本的松下幸之助等著名管理学家差。[4]毛泽东同志曾经说，王熙凤有总理之才。著名作家、评论家徐迟说王熙凤是一位了不起的经济学家。这样评价看来不无道理。

当然《红楼梦》里主要刻画了凤姐的脸酸心硬、歹毒狡诈的辣性和烈性，例如第15回“弄权铁槛寺”，就是写她贪财舞弊、刚愎自用，对金钱无厌地追求，为了贪得三千两银子的外快，一纸书信就害死了守备公子和张金哥两条人命。以后在第67、68、69三回中又写她弄小巧借剑杀人，软一套硬一套，害死了尤二姐。这里，我们重点分析一下“尤二姐之死”。

“尤二姐之死”一段，写得非常出色。作者通过尤二姐之死，着重刻画了王熙凤的思想性格。她心里歹毒，口里尖快，或啼或笑，软硬兼施。在审问贾琏的心腹小厮兴儿时，又打又骂，大耍淫威，是一副硬的面孔；在“拜访”尤二姐时，则是左一个妹妹，右一个妹妹，一片谎言蜜语，又是行礼，又是流泪，是一副软的面孔。曹雪芹把她软硬兼施的嘴脸，刻画得生动极了。

通过尤二姐之死，还表现了王熙凤善于施展阴谋诡计，借刀杀人的性格。她起初是用软办法把尤二姐骗入大观园居住，蒙蔽众人，落个“贤妻”名声，紧接着强令下人们在生活上百般刁难，使尤二姐有口难言，再就是千方百计策划二姐的未婚夫张华告状，通过大闹宁国府，巧妙地得到贾母、王夫人的主持，反过来为了斩草除根，保住自己的名声，“复又想了一条主意出来，悄命旺儿遣人寻着了他，或说他作贼，和他打官司将他治死，或暗中使人算计，务将张华治死。”（第69回）最后又借泼妇秋桐（贾赦赏赐贾琏的小老婆）的毒手，调三窝四地欺侮尤二姐，结果尤二姐受了暗气，四肢懒动，茶饭不进，患了重病。再加上怀孕期间，着了气恼，郁结内腑，无可奈何，终于在病危之际吞金自杀。王熙凤软硬兼施、剿抚并用，一箭三雕，全面得胜，她的捣鬼心术在曹雪芹的笔下暴露无遗。

这段故事情节十分复杂，矛盾纠葛的发展变化又那么曲折多样。作者在这儿又是遵循了生活真实的原则，在纷繁的事件和错综的人物矛盾关系中，刻画了王熙凤、贾琏、尤二姐、秋桐以及贾珍、尤氏、兴儿各色人物，特别是着重地揭露了王熙凤的全套阴谋诡计。作者正是在她的柔声笑影、鬼哭狼嚎里，深刻得刻画出她的贪婪、狠毒、阴险、狡诈的性格。王熙凤的这种性格，就是在那种封建末世和贵族家庭的环境中培养并发展起来的，是真正的典型环境中的典型性格。而作者正是通过此种人物性格的塑造，来完成“尤二姐之死”的悲剧美学意义的。

在艺术手法上，这一部分大量地运用了通过别人的对话、叙述来刻画凤姐及李纨、迎春、探春、惜春、宝钗、黛玉的性格特点，有详有略，恰到好处。此其一。用善姐儿的话再写凤姐的治家才干，这是侧面铺垫法。此其二。写到贾珍贾琏都到西院里调情尤氏二女的丑态时，作者不是明写撞车，而是采用了借喻的手法，插入了一个类似电影的镜头（或叫细节、场面），所谓“二马同槽，不能相容，互相蹶踢”。写得真正绝妙！此其三。

若问王熙凤的口碑如何，请听听贾府里主奴等人的评论。先听兴儿对尤二姐母女说的一番话："提起我们奶奶来，心里歹毒，口里尖快。我们二爷也算是个好的，那里见得他。倒是跟前的平姑娘为人很好，虽然和奶奶一气，他倒背着奶奶常作些个好事。小的们凡有了不是，奶奶是容不过的，只求求他去就完了。如今合家大小除了老太太、太太两个人，没有不恨他的，只不过面子情儿怕他。皆因他一时看的人都不及他，只一味哄着老太太、太太两个人喜欢。又恨不得把银子钱省下来堆成山，好叫老太太、太太说他会过日子，殊不知苦了下人，他讨好儿。估着有好事，他就不等别人去说，他先抓尖儿；或有了不好事或他自己错了，他便一缩头推到别人身上来，他还在旁边拨火儿。如今连他正经婆婆大太太都嫌了他，说他'雀儿拣着旺处飞，黑母鸡一窝儿，自家的事不管，倒替人家去瞎张罗'。若不是老太太在头里，早叫过他去了。"又说她："嘴甜心苦，两面三刀；上头一脸笑，脚下使绊子；明是一团火，暗是一把刀：都占全了。"又说到对待平儿的态度："这平儿是他自幼的丫头，陪了过来一共四个，嫁人的嫁人，死了的死了，只剩了这个心腹。他原为收了屋里，一则显他贤良名儿，二则又叫栓爷的心，好不外头走邪的。又还有一段因果：我们家的规矩，凡爷们大了，未娶亲之先都先放两个人伏侍的。二爷原有两个，谁知他来了没半年，都寻出不是来，都打发出去了。别人虽不好说，自己脸上过不去，所以强逼着平姑娘作了房里人。那平姑娘又是个正经人，从不把这一件事放在心上，也不会挑妻窝夫的，倒一味忠心赤胆伏侍他，才容下了。"（以上第 65 回）

此外，作者还借用冷子兴和刘姥姥的口，先后也给王熙凤作了准确而形象的鉴定结论。冷子兴说她"模样又极标致，言谈又爽利，心机又极深细，竟是个男人万不及一的。"（第 2 回）刘姥姥和周瑞家的谈话时说："这凤姑娘今年大还不过二十岁罢了，就这等有本事，当这样的家，可是难得的！"周瑞家的听了道："我的姥姥，告诉不得你呢！这位凤姑娘年纪虽小，行事却比世人都大着呢。如今出挑的美人一样的模样儿，少说些有一万个心眼子。再要赌口齿，十个会说话的男人也说他不过。回来你见了就信了。就只一件，待下人未免太严些个。"（第6回）

贾母论

贾母，这位封建贵族老妇人的形象，在红学界以及有关论著中，很少有专门评论，即使有之，大多是一笔带过的。笔者孤陋寡闻，所阅资料甚少，所见者除了清代某些札记式的论赞之外，大概专门分析、评价贾母的论著计有：

高语罕的《两个老太婆》，为《红楼梦宝藏》（1946年陪都书店出版）一书中的第五讲；

王昆仑的《宗法家庭的宝塔顶——贾母》，收入《红楼梦人物论》（1948年国际文化服务社出版）一书，修改稿又载于《光明日报》1963年1月19日和1月22日的《东风》副刊；

马瑞芳的《一个性格丰满的老妇人形象》，载《红楼梦学刊》1983年第2期；

洪广思的《"仁爱长者"，还是吃人的恶狼？——评〈红楼梦〉里的贾母》，载《北京文艺》1975年第2期；

《红楼梦人物评论专辑》收入的《是慈爱的"老母鸡"，还是凶残的老顽固——评贾母》，载浙江图书馆宣传组编《书刊评论》第24期，1975年5月印；

刘洪军的《在贾母"可怜见"的背后》，载《齐齐哈尔师院》1974

年第3—4期合刊；

辽宁第一师范学院中文系《红楼梦》评论组的《封建末世的伪善人——贾母》，载《辽宁日报》1974年10月16日，又见《辽一师院》1974年第3期；

姜岱东、刘增人的《虚伪残忍的封建制度的卫道者——贾母》，载《大众日报》1975年5月9日；

佟雪的《红楼梦人物论》中的论贾母，见江西人民出版社1978年10月版；

柳雨生的《贾母和张道士》，载《天地》第九期，1944年6月；等等。

这些论文，就其观点言大体可分作三类：一类是客观地分析了封建宗法家庭的"太上家长""老封君"的生活方式和思想性格特点，说理平和，不失片面。但美中不足的是只谈了"是什么"，却没有谈"为什么"；一类是口诛笔伐地批判了贾母，认为她是一个"反面人物"，"是巧于用生活化了的孔孟之道害人的伪君子，是个披着牧师服装的刽子手"，虽然评论激烈，似嫌极"左"，颇不符合小说实际，然也有其某些合理的内核，例如能指出她的"伪善"，她的"穷奢极欲，铺张靡费"所引起的"开衅造端"的作用；再一类是揭发贾母的"隐私"，在字里行间硬考证出了贾母与张道士有不正当的关系，这种观点实属节外生枝，读来未免使人忍俊不禁。

贾母在《红楼梦》中究竟是个怎样的形象呢？我以为她是主要人物之一，正面人物之一，成功的艺术形象之一。《红楼梦》里的人物有许多很难确定是正面人物或反面人物，简单地给贴上个标签是不能令人折服的，正像鲁迅指出的那样："和从前的小说叙好人完全是好，坏人完全是坏的大不相同，所以其中所叙的人物，都是真的人物。"⑤曹雪芹以他的艺术天才为我们塑造了一个"真的人物”,活生生的艺术典型——贾母。

贾母,这个光辉夺目的典型形象,在我国古代文学领域中,不仅《红楼梦》出现之前是没有的,就是在与曹雪芹同时代的外国大作家像笛福、狄德罗、卢梭、莱辛、歌德、哥尔多尼的作品中,也是没有的。单从这一点看,就值得大书特书曹雪芹的艺术经验。那么,贾母是具有什么性格特点的形象呢?作者是以什么感情、怎样的手法来塑造这个形象的呢?

多样而别致的称呼

贾母,原是金陵世勋史侯家的小姐,后来嫁到贾府作了荣国公长子贾代善的夫人,在贾史王薛四大家族中应当说是身兼两个家族权势的人物。这是一位封建贵族家庭太上家长的典型。是贾府中封建宗法制的最高统治者,是养尊处优、善于自乐、颐使气指、富贵寿考的享乐主义者,是惜老怜贫、雍容宽厚、风趣幽默、不摆架子的祖母形象。

别的暂且按下不表,先看书中对这位老妇人的称呼。作者写到贾母的称呼竟有八九种之多,这种写作技巧的特点在许多著名的文学作品中也是少见的。全书中,使用“贾母”和“老太太”的称呼最多。当曹雪芹行文时,即作者在直接叙写时每每写作“贾母”,而小说中的人物对话时,则往往写作“老太太”,这是一个极其本色的称呼。可是偏偏在第3回黛玉初进荣国府拜见了外祖母时,作者夹注道:“此即冷子兴所云史氏太君,贾赦贾政之母也。”这句话,在各种脂本《红楼梦》中都有。是正文?是批语?红学界还有争论。我认为不管是正文也罢,批语也罢,从写作技巧上来看,补此一笔,很有必要。一则与冷子兴的演说相呼应,突出贾母的身世地位;二则因书中人物太多,所以明注一笔,引起读者注意。

贾府中的最高统治者岂可忽略?!

在通常情况下,不论是主子、奴婢,面对贾母也好,背着贾母也好,一般都是称呼“老太太”的,例如贾赦、贾政、贾珍、贾琏、邢夫人、王夫人、尤氏、秦氏、李纨、凤姐、宝玉、黛玉、湘云、惜春、探春等主子和茗烟、昭儿、鸳鸯、袭人、赖大管家、奶妈李妈妈等奴仆等皆是。亲戚薛姨妈、宝钗等也称老太太。众所周知,“老太太”是对老年妇人的尊称,与称老太婆、老婆子的含义不同,后者就有厌恶、轻蔑的感情色彩。

凡读过《红楼梦》的人,总有深刻的印象,就是关于王熙凤对贾母的称呼。当王熙凤初见林黛玉时,便与众不同,称贾母不是老太太,而是左一个老祖宗、右一个老祖宗。书中这样写道:

> 这熙凤携着黛玉的手,上下细细打谅了一回,仍送至贾母身边坐下,因笑道:“天下真有这样标致的人物,我今儿才算见了! 况且这通身的气派,毫不象老祖宗的外孙女儿,竟是个嫡亲的孙女,怨不得老祖宗天天口头心头一时不忘。只可怜我这妹妹这样命苦,怎么姑妈偏就去世了!”说着便用手帕拭泪。贾母笑道:“我才好了,你倒来招我。你妹妹远路才来,身子又弱,也才劝住了,快再休提前话。”这熙凤听了,忙转悲为喜道:“正是呢! 我一见了妹妹,一心都在她身上了,又是喜欢,又是伤心,竟忘记了老祖宗。该打! 该打!”(第3回)

第43回写到凤姐过生日,贾母心血来潮,想了个新点子,学小户人家大家凑份子为凤姐祝生日,贾府里的老的少的上的下的无不高兴,这时王熙凤对贾母又是左一个老祖宗右一个老祖宗地奉承:

> 贾母方允了。凤姐儿又笑道:“我还有一句呢。我想老祖宗自己二十两,又有林妹妹宝兄弟的两分子。姨妈自己二十

两，又有宝妹妹的一分子，这倒也公道。只是二位太太每位十六两，自己又少，又不替人出，这有些不公道。老祖宗吃了亏了！”贾母听了，忙笑道：“倒是我的凤姐儿向着我，这说的很是。要不是你，我叫他们又哄了去了。”凤姐笑道：“老祖宗只把他姐儿两个交给两位太太，一位占一个，派多派少，每位替出一分就是了。”

“老祖宗”，这是从封建宗法角度发出的尊称，当时宁荣二府中存世的最老的一辈人就是贾母了，虽然族亲中同辈人还有贾代儒贾代修和两三个远房老妯娌，但都不是贾府中的“太上家长”。正如贾珍所说的“老太太原是老祖宗”。而且这位老祖宗又是福寿才德四字兼全的老者，贾府里的主奴老少怎敢不尊敬呢！由于管家少奶奶王熙凤深得掌权的奥秘，必须利用贾母的声望来巩固和加强自己的权势，所以时时处处极力讨好贾母，曲意承欢，狐假虎威。在特定的规定情境中，凤姐绝不称老太太，而一口一个老祖宗，这就充分说明她别有一番用心了。但是《红楼梦》中，是否唯有凤姐独称贾母为老祖宗呢？常常有些同志误以为曹雪芹的笔下，只有王熙凤称贾母为老祖宗，其实非也，称老祖宗的还大有人在。不过王熙凤称呼的为最多罢了。请看：

贾宝玉也称过老祖宗。在贾母另行安排宝黛住处时，宝玉曾说：“好祖宗，我就在碧纱厨外的床上很妥当，何必又出来闹的老祖宗不得安静。”（第3回）

秦可卿也称过老祖宗。当宁府请贾母、邢王二夫人到花园内赏梅之际，秦可卿便忙笑回道：“我们这里有给宝叔叔收拾下的屋子，老祖宗放心，只管交给我就是了。”（第5回）

贾珍也称过老祖宗。贾珍说：“老太太原是老祖宗，我父亲又是侄儿，这样日子，原不敢请他老人家；但是这个时候，天气正凉

爽，满园的菊花又盛开，请老祖宗过来散散闷，看着众孙儿热闹热闹，是这个意思。谁知老祖宗又不肯赏脸。”（第11回）

尤氏也称老祖宗。在荣府的一次中秋赏月时，尤氏不愿退席，对贾母笑道：“我今日不回去了，定要和老祖宗吃一夜。”“老祖宗说得太不堪了。……”（第76回）

有时，清虚观的老道张道士也称老祖宗：“无量寿佛！老祖宗一向福寿安康？众奶奶小姐纳福？一向没到府里请安，老太太气色越发好了。”（第29回）

地藏庵的尼姑，也称老祖宗，但不是面称，而是背称。（第71回）

口念“阿弥陀佛慈悲大菩萨”，暗地作祟害人的马道婆，也称过贾母为老祖宗。（第25回）

也有这样一种个别的特殊情况：偶然用“老祖宗”一词，并非专指贾母，而是泛指祖先老一辈人的。例如第45回赖妈妈对宝玉说的一席话里，“如今我眼里看着，耳朵里听着，那珍大爷管儿子倒也象当日老祖宗的规矩，只是管的到三不着两的。”

“老祖宗”称呼，在《红楼梦》中可以说是用于贾母的专词儿。奇怪的是在63回中却发现了贾蓉也称尤老娘为“老祖宗”。一般来说晚辈如此称呼老辈人，并不出格，但具体在《红楼梦》里是不可以这样写法，这就和贾母的“老祖宗”称呼混淆了，我揣想恐怕这是作者或者誊抄人的笔误。

从以上种种称老祖宗的实例可证，每当称谓人别有一番用心，表示讨好奉承之意的时候，便用这个称呼。

《红楼梦》中对贾母称呼的变换，因人因时因地的不同运用，对于塑造贾母和刻画称呼者的形象，都取得了很好的艺术效果，真是各尽其妙。写四大王府之一的北静王水溶称贾母则是老太夫人

(第 15 回),这一则表现出大官僚水溶的口吻,二则表示贾母是受袭封的公爵的妻子,在清代凡封宗室贝勒至辅国将军之妻的为“夫人”,一、二品官封之妻亦封为“夫人”,夫人前面冠以“老太”二字,更为表示尊敬。写胡作魇魔法的马道婆称贾母又是“祖宗老菩萨”(第 25 回),表现了这个嘴甜心辣的作祟人的丑恶嘴脸。而刘姥姥二进荣国府初见贾母时,却是福了几福,然后陪着笑说:“请老寿星安。”“老寿星”这种称呼只能出自一位淳朴、世故、有阅历的农村老妇人之口。而清虚观的张道士,一口气就换了三个称呼,先是无量寿佛,次是老祖宗,再是老太太,这称呼既有对贾母的祝福,又有对贾母的恭维,只能出自一位年龄大的出家人之口。第 29 回写到,宝黛拌嘴生气了,贾母得悉后气得自己抱怨着,边抱怨边哭了。在这儿,作者描叙时本来可以照例用“贾母”这个人称,但他没有,他偏偏改用为“老人家”。书中这样写道:“老人家急得抱怨说”。如此写法,既突出了祖孙辈分,又体现了贾母无可奈何的心境。用“老人家”比用“贾母”就富有感情色彩了。在通常的场合,贾政对贾母的称呼,无论是当面还是背后,一概称谓“老太太”。而在第 33 回写到宝玉被贾政笞挞的情景时,贾母前来做主,在贾政和贾母的全部对话中贾政都称“母亲”,前后四次称“母亲”。在这儿,倘把“母亲”改为“老太太”“老祖宗”,固然也不为错,但总不如用“母亲”的称呼好。因为“老太太”是最本色的称呼,不分主奴,不分辈分,谁都可以称谓;“老祖宗”则是符合封建宗法观念带有奉承气味的称呼,每每用于一种欢乐而欣慰的特定情境中。而宝玉挨打时的气氛,却是与其他情节迥然不同,是一种严肃、盛怒、冲突、哭闹、悲愤、论辩的气氛,在这种气氛中仍用“老太太”“老祖宗”,就显得十分不协调了。严肃的场合,需要用严肃的称呼。

一个人物形象身上,竟因人因时因地不同而运用了八九种称呼，微细之处，平中见奇，曹雪芹费了多少惨淡经营！

并非次要人物

贾母在《红楼梦》中的地位如何？不少研究者认为是次要人物。其实并非次要人物，应当说是贯穿全书的主要人物。文学作品中的人物形象，确定其是否主要人物或者次要人物，我想主要是看两条：一条是看其与情节发展的关系如何。如果是在情节发展过程中活动多，在结构中处于重要的地位，因而占的篇幅大，笔墨多，这就是主要人物；再一条是看其与揭示主题思想的关系如何。如果在表现主题思想方面作用大，明显，突出，那就是主要人物，反之就是次要人物。那么，贾母在《红楼梦》中究竟是主要人物呢？还是次要人物呢？让我们从下面三个方面来分析和考察。

从贾母在贾府中所居的地位说，她是贾府中钟鸣鼎食、颐指气使的最高当权派，是一座至尊无上的偶像。表面上她落得事事都不管，实际上她操纵一切指挥一切，她是精神领袖。贾府里的许多事情特别是重大事情，处理起来大半都是唯贾母之命是从的，正像王熙凤所说的："凡百大小事仍是照着老祖宗手里的规矩。"（第55回）孙子们的住处和薛姨妈进京后的落宿地是由她安排；晚辈们每天要向她昏定晨省，有了事要向她请示汇报；贾赦逼娶鸳鸯女是她阻挡了；贾政毒打宝玉是她解了围；贾琏、凤姐、平儿的一场混打，是她弹压住；皇帝赐给的春祭恩赏要由她过目处理；除夕祭宗祠也好，元宵开夜宴也好，也都是围着她转的；几个老仆老奶子放诞聚赌，别人不敢过问，是她洞悉弊端，严查追究，果断地做了处理；宫内探望元妃，入朝随祭老太妃，是她率领贾府老少前往；等等。

从贾母在全书中所占的篇幅说，按前八十回作统计，除去第1、2、4、6、13、14、15、19、20、21、26、27、32、34、45、48、55、60、61、62、

63、65、66、67、68、72、74、80等二十八回，未有贾母的描写和出场之外，作者竟有五十二回的篇章中写到了贾母，几乎占三分之二的篇幅，而且其中第3回的贾母出场，第18回迎接贾妃，第22回的听戏猜谜，第29回的清虚观打醮，第33回的责备贾政、庇护宝玉，第39回至41回的宴请刘姥姥，第44回的处理凤、琏、平的三角矛盾，第53、54回在元宵夜宴中破除陈套，第73回严处老婢聚赌一事，又都是刻画贾母形象的重点章回。总之，贾母或出场或侧写的地方在曹雪芹的笔下竟占到52回（或处）的篇幅，真可谓洋洋大观了。

从与主题思想的关系说。《红楼梦》的主题思想丰富而又复杂，历来为红学界所争论，因此很难用几句话表述得那样清晰、周延，但不论怎样分歧，说来说去，万变不离其宗，总离不开下列几个方面的内容：其一，通过封建贵族青年宝黛钗以及其他男女之间的恋爱和婚姻悲剧，从而揭示了民主主义思想和封建主义思想的矛盾；其二，通过贾史王薛封建贵族衰亡的典型概括，反映了封建社会的阶级压迫，揭露了封建制度的黑暗和腐朽，从而揭示了封建社会必然溃灭的历史趋势；其三，作者站在当时进步的思想高峰上，对于封建科举制度、奴婢制度、婚姻制度、纲常名教、道德法律、宗教寺院、文化教育以及风俗习惯诸方面，都做了不同程度的批判和否定。这就是《红楼梦》主题思想的所在。毋庸置疑，贾母在体现《红楼梦》主题思想的每个链条上，都是不可或缺的人物，都起着举足轻重的作用：封建贵族贾家的兴衰、腐朽、堕落与她有关；宝黛钗的爱情悲剧的发展和结局与她有关；在反封建礼教、主张平等博爱上她有表现；在宝玉反封建的叛逆思想和性格的形成上她有作用。

所以说，贾母在《红楼梦》中是贯穿全书的主要人物，并非次要人物。

一个特殊的典型人物

有的同志把贾母视为与贾政、王夫人同一类型的反面人物，未免有些过于简单化了。固然，从阶级地位阶级属性上来看，他们自是同一类型，但只要稍作具体分析，从作品中的形象出发，从作者的创作倾向来探讨，就知不能把贾母和贾政、王夫人等同视之。贾母，既不同贾政那样道貌岸然，迂腐无能，表面“宽柔待下”，实际虚伪庸俗；也不像王夫人那样吃斋念佛，冷若冰霜，寡欲好静，自私狠毒。

根据文学理论文学欣赏的通常惯例，判断文学作品中的人物形象究竟是正面的还是反面的，往往看其这个人物形象是否体现着作家的美好理想，是否反映着社会生活中进步的或革命的力量、思想和倾向，如是，就是正面人物形象，反之，便是反面人物形象。但是社会生活的复杂性，人物性格的复杂性，以及作家世界观和创作方法的复杂性，又决定了人物形象的复杂性。出现在文学作品中相当多的人物形象，往往不是用简单的框框能概括得了的，并非像黑白两色那样鲜明，不是白的就是黑的，不是黑的就是白的。

贾母就是贾母。她在《红楼梦》中是一个特殊的典型人物，正像恩格斯所说的那样：“每个人都是典型，但同时又是一定的单个人，正如老黑格尔所说的，是一个‘这个’。”⑥又如柏林斯基所云：“必须使人物一方面成为一个特殊世界的人们的代表，同时还是一个完整的、个别的人。只有在这种条件下，只有通过这种矛盾的调和，他才能够成为一个典型人物。”⑦贾母正是这种既有某种社会意义的普遍性，又有鲜明、生动的个别性的典型人物。纵观文学现象，在具体的文学作品中，如果人物的典型性描写得很全面也很丰满，就是典型人物。曹雪芹笔下的贾母，既是一个正面人物，又是一个成功的典型人物，而且是中国式的封建贵族老太太的典型人物。

贾母的性格特点，首先给人突出的印象是对小字辈的关怀备至，甚至是百般迁就，非常溺爱。她心疼幼年丧母的林黛玉，万般怜爱，一如宝玉，更疼爱嫡亲孙儿贾宝玉，深怕灯穗子招下灰来迷了他的眼睛和放爆竹吊下火纸来烧了；她关心重孙媳妇秦可卿的疾病，把自己常吃的枣泥馅山药糕送给秦吃；更宠爱当家的孙媳王熙凤，怂恿放任，不立规矩，任其所为；她喜欢英豪阔大的内侄孙女史湘云，总是留在贾府居住，更爱见稳重和平的宝钗和美貌聪明的宝琴，也照顾贫穷的本家孙女四姐儿和喜鸾；她常常怜顾青春丧偶罕言寡语的李宫裁，也偏疼“聪明细致”“心里嘴里也都来的”孙女探春……总之，通读《红楼梦》，经常看到的是年事已高的贾母无微不至地关怀着小字辈。请看：

黛玉初到荣国府时，是“贾母见雪雁甚小，一团孩气，王妈妈又极老，料黛玉皆不遂心省力的，便将自己身边的一个二等丫头，名叫鹦哥者与了黛玉。”（第 3 回）

在藕香榭里赏桂花吃螃蟹，是贾母“回头又吩咐湘云：‘别让你宝哥哥林姐姐多吃了。’”湘云答应着。又嘱咐湘云宝钗二人说：“你两个也别多吃。那东西虽好吃，又不是什么好的，吃多了肚子疼。”（第 38 回）

八月中秋赏月时，是贾母吃了半碗红稻米粥，便吩咐：“将这粥送给凤哥儿吃去。”又指着“这一碗笋和一盘风腌果子狸给颦儿宝玉两个吃去，那一碗肉给兰小子吃去。”（第 75 回）

宝玉跟着贾珍习射，是贾母关切他怕用力过度，损伤了身体。贾母告诫贾珍说：“这也够了，且别贪力，仔细努伤。”（第 7 回）

不过贾母疼爱小字辈，都没有超过对于宝玉的感情，那真是达到了百般迁就，非常溺爱的程度了。宝玉摔了“通灵宝玉”，急得老太太搂着宝玉，答应打人骂人容易，切不可摔那个命根子。宝玉听了紫鹃的一句玩话，说黛玉“要回苏州去”，便得了痰迷之症，休克了。这时贾母不问青红皂白，先是眼内出火，斥骂紫鹃，接着便拉住紫鹃叫宝玉狠打。林之孝家的来看望，宝玉听了一个“林”字，便提出“快打出去林家的人”，贾母听了，也忙说：“打出去罢！”宝玉哭着说：“凭他是谁，除了林妹妹，都不许姓林的！”贾母便吩咐众人：“以后别叫林之孝家的进来，你们也别说‘林’字。”（第57回）这简直是一出自欺欺人的喜剧，作者就运用了这种喜剧手法，活画出一位老祖母对心性乖张的孙孙的百般迁就的老妇性格，刻画的何等生动！宝玉挨打以后，由于贾母对贾政的责备，宝玉便把“峨冠礼服贺吊”等一套封建礼教的应酬事，一概谢绝，在大观园里自由自在地生活着。（第36回）贾政外出将归，宝玉怕父亲检查功课而慌了手脚，贾母也着了急，于是探春和宝钗出了个主意，让姐妹们代替宝玉写仿，贾母竟支持了这个向封建卫道者弄虚作假的办法。（第70回）贾母如此这般的非分溺爱，变成了宝玉抵制贾政封建压力的有力武器，变成了宝玉追求个性解放的法宝。贾母是宝玉赖以生存和成长的一把保护伞。

贾母为什么总是那样百般护持、非分溺爱宝玉呢？难道是因为她具有与宝玉同等的反封建的思想吗？不完全是。主要是由于：第一，贾母的人性本能所致。因为宝玉的形容身段，言谈举动，很像贾代善的幼年。正像张道士说的那样：“怎么就同当日国公爷一个稿子！”贾母也这样认为：“正是呢，我养的这些儿子孙子，也没一个像他爷爷的，就只这玉儿像他爷爷。”（第29回）第二，出于栽培贾家继承人的思想，出于维护封建制度的目的。像贾母这样有阅历的过来人,她深知贾家这个家族的前景不妙,儿孙竟是一代不如一代了。除了贾宝玉,几乎再也找不出什么有希望的人物来了。她选中的继业人贾宝玉,偏偏事与愿违,不但不成封建之器,反之时势使然,使他成为一个反封建的新人。贾母失败了,她的溺爱和护持,不但没有使贾宝玉走上封建主义的"正轨",反而使他的叛逆思想的性格,得到了长足的发展。不管贾母的主观动机如何,客观效果上是助长了宝玉叛逆性格的形成与发展,应当说,老太太办了一件好事。

贾母也很注意为宝玉择媳,她原不曾想到什么"木石前盟"啦,"金玉良缘"啦,"麒麟相配"啦。她为宝玉择媳的标准是:"不管他根基富贵,只要模样性格配得上就好,""便是那家子穷,不过给几两银子罢了。只是模样性格儿难得好的。"(第29回)这个不论贫富,不管门第的择媳标准,不能不说是有一定进步意义的。若与她的儿子贾赦相比,真是天地悬隔。贾赦为迎春选择东床,竟是不问人品,只要"家资饶富",又是"世交",更可鄙的是为了贪图孙家的五千两银子,便把一个善良而懦弱的小姐,卖给了一个"一味好色,好赌酗酒"的中山狼孙绍祖了。(第79、80回)

贾母虽为贾府最高统治者,但他慈祥善良,不摆架子,说话办事平易近人。她常常放下"太上家长"和祖母的架子,与儿孙们说说笑笑。她的风趣诙谐,往往给礼教森严的封建家庭增添了一种欢乐轻快的气氛。有一次中秋月夜团团围坐赏月,贾母要贾珍媳妇趁便回去和丈夫团圆,尤氏笑道:"我今日不回去了,定要和老祖宗吃一夜。"贾母笑道:"使不得,使不得。你们小夫妻家,今夜不要团圆团圆,如何为我耽搁了。"一席玩笑话,说得尤氏红了脸。(第76回)当黛玉初进贾府时,作为外祖母竟这样介绍孙媳妇凤姐:"你不认得他,他是我们这里有名的一位泼皮破落户儿,南省俗谓作‘辣子’，你只叫他‘凤辣子’就是了。”（第3回）而王熙凤呢，也常常是察言观色，投其所好，开贾母的玩笑。请看第38回中的一段生动描写：

凤姐不等人说，他先笑道：“那时要活不得，如今这大福可叫谁享呢？可知老祖宗从小儿的福寿就不小，神差鬼使碰出那个窝儿来，好盛福寿的。寿星老儿头上原是一个窝儿，因为万福万寿盛满了，所以倒凸出些来了。”未及说完，贾母与众人都笑软了。贾母笑道：“这猴儿惯的了不得了，只管拿我取笑起来，恨的我撕你那油嘴。”凤姐笑道：“回来吃螃蟹，恐积了冷在心里，讨祖宗笑一笑开开心，一高兴多吃了两个就无妨了。”贾母笑道：“明儿叫你日夜跟着我，我倒常笑笑觉的开心，不许回家去。”王夫人笑道：“老太太因为喜欢他，才惯的他这样。还这样说，他明儿越发无礼了。”贾母笑道：“我喜欢他这样，况且他又不是那不知高低的孩子，家常没人，娘儿们原该这样。横竖礼体不错就罢，没的倒叫他从神儿似的作什么。”

凤姐不识字，不会作文写诗，可讲出来的话却常常是一篇杰作。粗野的话，文雅的话，讨好贾母的话，责骂下人的话，无不是“红飞翠舞，玉动珠摇”。她的形象思维能力极强，堪称一位语言大师。这一席开玩笑的话，通过凤姐、贾母、王夫人三人的对话写出，既表现了凤姐的伶牙俐齿，投其所好，善于阿谀奉承的性格，又表现了贾母的不拘礼体，不摆架子的民主作风，作为封建宗法家庭的太上家长，在那“暴发专讲礼法”[8]时代，竟能容许孙媳妇如此放肆，怎能说贾母是在装着忠厚的面孔呢？是披着温情脉脉的面纱呢？是孔孟之道的虔诚信徒呢？

贾母更是怜贫惜老，体贴别人，富有人道主义精神。当刘姥姥二进大观园时，贾母不准凤姐、鸳鸯过分捉弄刘姥姥。刘姥姥咕冬一跤滑倒在潇湘馆的小径上，众人都开心地笑了，贾母虽也笑了，但同时骂丫环："小蹄子们，还不搀起来，只站着笑！"并且关切地询问："可扭了腰不曾？叫丫头们捶一捶。"（第40回）贾母八十大寿时，除了王公贵族们来庆贺，族中的穷亲戚也来拜寿，她千叮万嘱贾府中的人不许慢待了他们，对一个老婆子吩咐说："到园里各处女人们跟前嘱咐嘱咐，留下的喜姐儿和四姐儿虽然穷，也和家里的姑娘们是一样，大家照看经心些。我知道咱们家的男男女女都是'一个富贵心，两只体面眼'，未必把两个放在眼里。有人小看了他们，我听见可不依。"（第71回）这话说得多有分量！既批评了贾府那帮嫌贫爱富的势利恶习，又表现了贾母正直、善良、平等待人的心胸。在清虚观打醮时，狠毒的凤姐把一个十二岁的小道士，照脸扬手一打，打得翻了一个斤斗，吓得到处乱钻。贾母却阻止住，并且说："快带了那孩子来别唬着他。小门小户的孩子，都是娇生惯养的，那里见的这个势派。倘或唬着他，倒怪可怜见的，他老子娘岂不疼得慌？"接着告诉贾珍带走，给他些钱买果子吃，别叫人难为了他。（第29回）作者就是如此成功地运用了对比手法，褒扬了贾母，批评了凤姐。薛宝钗过生日时，贾母定了一班新出小戏，深爱那作小旦和作小丑的两个小戏子，便叫人拿些肉果与他们吃，又另外赏钱两串。（第22回）寒冷料峭的元宵之夜，贾母怕累着小演员们，他便有意将戏暂时停歇，给小演员们些滚汤滚菜吃了再唱，并把各色果子元宵等物拿些与他们吃去。（第54回）以上这些例证，分明表现了贾母怜贫惜老、体恤别人的思想性格，具有人道主义精神。而前几年有些同志评论贾母时，却硬要说成是"凶残的老顽固"，"吃人的恶狼"，岂不是闭着眼睛说瞎话吗？

贾母深深懂得年轻一代以及下人奴婢的色色要求和他们的思

想、性格、心理活动的奥秘。有时候她一反等级森严、长幼有序的封建礼教，带头破除陈腐旧套。第54回详细写到荣国府元宵摆家宴的盛况，出现了一种不分主奴，不论长幼，皆大欢喜的生动活泼的局面。作者的创作倾向是很明确的，是在歌颂贾母的作风，这回的回目上就鲜明地指出："史太君破陈腐旧套，王熙凤效戏彩斑衣"。第75回写到尤氏吃饭时，贾母指令要"鸳鸯琥珀来趁势也吃些，又作了陪客"，又指着尤氏和丫环银蝶说："这孩子也好，也来同你主子一块来吃，等你们离了我，再立规矩去。"更有趣的是作者通过贾母四代人同欢取乐进行猜谜的描写，分别揭示了老太太与小字辈们的心理活动，几次催促贾政离席，好让她们自由自在地欢乐一下。书中这样写着：

> 往常间只有宝玉长谈阔论，今日贾政在这里，便惟有唯唯而已。余者湘云虽系闺阁弱女，却素喜谈论，今日贾政在席，也自缄口禁言。黛玉本性懒与人谈，原不肯多语。宝钗原不妄言轻动，便此时亦是坦然自若。故此一席虽是家常取乐，反见拘束不乐。贾母亦知因贾政一人在此所至之故，酒过三巡，便撵贾政去歇息。贾政亦知贾母之意，撵了自己去后，好让他们姊妹兄弟取乐的。贾政忙陪笑道："今日原听见老太太这里大设春灯雅谜，故也备了彩礼酒席，特来入会。何疼孙子孙女之心，便不略赐以儿子半点？"贾母笑道："你在这里，他们都不敢说笑，没的倒叫我闷。"……且说贾母见贾政去了，便道："你们可自在乐一乐罢。"一言未了，早见宝玉跑至围屏灯前，指手画脚，满口批评，这个这一句不好，那一个破的不恰当，如同开了锁的猴子一般。（第22回）

看来贾母年轻时候也是很有才干的，理家的能力绝不亚于凤姐和探春，行将就木的老人偶然过问一下家事，也能显出当年的那种威风。当宝玉被贾政毒打时,她要和儿子决裂了,要回南京去,振振有词地训斥了贾政一顿,说他违背了祖训,不该如此下毒手。是的,贾政不如贾母高明,他听了贾环的谗言,便要将宝玉置于死地,以绝后患;而贾母对宝玉的态度却颇有理智,对孙儿是冷眼观察、仔细判断,不轻信诽谤,终于制服了儿子。(第33回)所以贾府的后代们都这样称赞贾母:"实在我们年轻力壮的人捆上十个也赶不上。"贾母也干练得很,很善于处理贾府中主子之间、主仆之间的错综复杂的矛盾。第44回描写了贾琏偷鸡摸狗、奸污鲍二家的丑事,为此事,凤姐、贾琏、平儿三人混打了一场,闹得乌烟瘴气。贾母对他们的这一场混打,没有简单化,和稀泥,而是采用了赔不是的办法,让三个人各自多作自我批评,最后皆大欢喜,和好了,她妥善地处理了内部矛盾。对贾赦逼娶鸳鸯的事,贾母处理得很好。作为妻子的邢夫人、儿子的贾琏曾亲自出马为之说媒,求贾母开恩,老太太一一回击了他们,总算保护了鸳鸯。(第46回)这位老太太,了不起,的确有一副高超的治家手腕!

贾母对一些文艺作品和某些生活现象,还能做出合乎美学原理的评论。谁都不会怀疑,她肯定没有学过美学原理,却有一套至今看来还是正确的美学观点。这是为什么呢?恐怕是她长期生活实践的结果,由于她从小就在珠围翠绕、观花赏月中生活,听说书,看戏曲,学刺绣,待宾客,陈设家庭,吃的穿的用的都不一般,因而见识就广了高了;再加上从小接受封建文化的熏陶,贵族家庭的教养,因而也有相当程度的文化,不然不会念出合辙押韵的"六桥梅花香彻骨"、"一轮红日出云霄"的诗句来。贾母究竟有些怎样的"美学评论"呢?请看:

(贾母走到潇湘馆,发现窗上糊的绿纱颜色旧了),便和王夫人说道:"这个纱新糊上好看,过了后来就不翠了。这个院子里头又没有个桃杏树，这竹子已经绿的，再拿这绿纱糊上反不配。”于是叫凤姐把库房里的“软烟罗”找出来换上。这种软烟罗有四种颜色：一种是雨过天晴，一种是秋香色，一种是松绿的，一种是银红的，这银红的又叫作“霞影纱”。最后在潇湘馆的窗户上一色换了银红的霞影纱，红纱配绿竹，色彩十分亮堂，环境就更优美了。这就是贾母的一种审美观——对比美。（第40回）

贾母走到蘅芜苑，发现宝钗的住处“雪洞一般，一色玩器全无，案上只有一个土定瓶中供着数支菊花，并两部书，茶奁茶杯而已”。这种环境陈设自然符合宝钗喜欢素净淡泊的性格，但贾母对此并不满意，直摇头。她认为：一则“来一个亲戚，看着不像”，显得寒酸；二则“年轻的姑娘们，房里这样素净，也忌讳”。于是吩咐鸳鸯把她十分珍惜的体己东西——石头盆景儿、一架纱桌屏、一个墨烟冻石鼎，以及水墨字画、白绫帐子都拿来，给了宝钗屋里用。这一布置，既保持了宝钗原来素净淡泊的风格，却又显得大方、富贵、不俗气。这就体现了贾母的又一种审美观——陪衬美和风格美。值得注意的是作者在这儿塑造贾母的形象并未损害宝钗性格的刻画，二者相辅相成，毫不相犯。（第40回）

惜春是贾府里的小画家，刘姥姥喜欢大观园的景色，贾母便命惜春给画一张，根据刘姥姥的要求，惜春原计划只画这园子——这是近景。贾母却不赞成，说“单画了园子成了房样子了”，要叫连人都画上，就像“行乐图”似的才好。可见贾母比小画家惜春还高一筹，她懂得中国画的传统和分类，她要人物风景并存，融山水、人物、界画三科为一体。这是何等高深的美学欣赏水平呢！这又表现了贾母的另一种审美观——主宾相称、情景交融。（第42回）

最可值得注意的是贾母关于说书艺术的一篇洋洋洒洒的评论。第54回写到两个女先生说《凤求鸾》新书时，贾母忙止住说道："怪道叫做《凤求鸾》。不用说，我猜着了，自然是这王熙凤要求这雏鸾小姐为妻。""这些书都是一个套子，左不过是些佳人才子，最没趣儿。把人家女儿说的那样坏，还说是佳人，编的连影儿也没有了。……可知那编书的是自己塞了自己的嘴。""怎么这些书上，凡有这样的事，就只小姐和紧跟的一个丫环？你们白想想，那些人都是管什么的，可是前言不答后语？"这一通议论是多么精辟的文艺批评！它的意义在于：指出文艺作品中的公式化概念化的弊病，这确乎符合那时的文艺实际，最没趣味，不受欢迎。如今我们打开古人留下的那份文艺遗产宝库，仍然可以看到明清时期的戏曲小说，不乏这种才子佳人式的作品。此其一。指出了文艺作品的胡编乱造，完全是由于缺乏生活的缘故，没有或不懂得世宦书香人家的生活，自然写出来就不真实。此其二。创作动机目的不纯正，或是污秽人家，或是自我扩张，为了编出来取乐。此其三。作者在这里借贾母之口阐发文艺批评意见，这样写虽然提高了贾母的形象，但总给读者留下了一种不协调的感觉。人们不禁要诧异得打个问号：贾母是否会有这样高这样好的文艺见解？这样写是否真实？当然读者也会从另一角度解释这个问题，这不过是作者借题发挥而已，是借贾母之口阐发自己的观点。是的，这样的解释倒也合情合理。因为这段议论与第1回关于撰写《红楼梦》的声明，相互照应，再次表示了曹雪芹的进步的文艺观。前人也曾经指出："会读者须另具卓识，单着眼史太君一席话，将普天下不近理之奇文，不近情之妙作，一齐抹倒，是作者借他人酒杯，消自己傀儡。"[9]虽然这段文艺评论本身是了不起，是有价值的，但是，我总认为这段不应安在贾母身上，倘若出自宝玉或黛玉之口就要妥帖多了。所以，从写作技巧上来看，应当说，这是败笔。

肯定中的否定

综观《红楼梦》，曹雪芹是以基本肯定和歌颂的态度塑造贾母形象的。但是如同塑造别的形象一样，他仍然遵循着严格的现实主义创作方法和美学原理，“追踪蹑迹，不敢稍加穿凿”，真实地再现现实生活和现实中的人。常常是有褒有贬，褒中有贬，贬中有褒，只不过是褒贬的程度不同而已。书中也写了贾母的缺点，也有对她的揭露与批判。

在全小说描写贾母的篇幅中，相当部分是暴露她过着珠围翠绕、佳肴美酒的奢侈生活。安富尊荣是她的生活目的。自觉地享福和行乐是她唯一的要求。她吃的是高级营养品牛乳蒸羊羔和茄鲞，连螃蟹馅儿的小饺儿都嫌油腻腻的；穿的是品服大妆，坐的是八抬大轿，住的是高屋大房，“配上大箱大柜大桌子大床，果然威武。”（刘姥姥语）那柜子比刘姥姥家的一间房子还大还高。高兴时则摆酒赏玩一下爱如珍宝的“慧绣”。[⑩]她整日价周旋于摆宴席、祝生日、观花卉、赏明月、听戏曲、猜谜语、打牌、行令、说笑话。清虚观打醮，主子们都懒怠去，连年纪轻轻的宝钗都辞退了凤姐的邀请，贾母却不嫌热不嫌累，要同凤姐一起去，并亲自动员了宝钗母女，还带了一大堆丫环去游逛，贾母对此排场越发喜欢得不得了。（第29回）芦雪庵赏雪联诗，本是李纨为首的年轻姊妹外加一个“渔翁”宝玉的联欢活动，贾母也不失时机地来凑个趣儿，不怕冷不怕倦，瞒着王夫人和凤姐来了，贾母对晚辈笑着说：“好俊梅花！你们也会乐，我来着了。”（第50回）贾母这种无节制的享福和行乐，促进了贾家的迅速崩溃，对贾府的老爷、少爷们的腐化堕落起了潜移默化的作用。贾母是罪魁祸首。要知道，贾母和一切主子们的穷奢极欲、铺张靡费，正是建筑在多少劳动人民倾家荡产、背井离乡的基础之上，真正是“朱门酒肉臭、路有冻死骨”！[11]

贾母喜爱晚辈及外人的标准，除了有它正确的一面外，也有自私、腐朽的一面。或因容貌过人，以貌取人，或因能为自己开心取乐，或因有特殊本事，能专心侍奉自己，总之是为了满足个人的享乐和寄生生活的目的。她喜欢秦钟、宝琴，是因为他俩：一个是“形容标致，举止温柔，堪陪宝玉读书”，因此贾母心中十分欢喜，与自己的重孙一般疼爱（第 8、9 回）；一个是水葱似的绝色人物，“贾母欢喜非常，连园中也不命住，晚上跟着贾母一处安寝”，把最珍贵的凫靥裘送给穿（第 49 回），意在为宝玉选作妻子。她喜欢族亲中的孙女儿喜鸾和四姐儿，也是以貌取人，因为她们长得漂亮。她对刘姥姥发生兴趣，不过是因为贵族式的生活过腻了，闲得无聊，想找个“积古的老人家说话儿”，把乡下的“新闻故事儿”说给她解闷儿（第 39 回）。她更喜欢年方十四五岁的丫头傻大姐，遇有错失，也不苛责，就是因为“他生得体肥面阔，两只大脚作粗活简捷爽利，且心性愚顽，一无知识，行事出言，常在规矩之外”，自己“常闷来便引他取笑一回”（第 73 回）。贾母如此对待刘姥姥和傻大姐，这是一种蔑视人权、专供自己取乐的封建贵族的人生观的表现。正因此，她才在处理凤、琏、平三人混打事件中，竟说出了有失体统的话。贾母笑道：“什么要紧的事！小孩子们年轻，馋嘴猫似的，那里保得住不这么着。从小世人都打这么过的。都是我的不是，他多吃了两口酒，又吃起醋来。”（第 44 回）这是什么话？难听！这是为贾琏的淫荡行为开脱罪责。

列宁在批判到葛伊甸伯爵及其一伙的“人道”时，曾借用屠格涅夫笔下的地主形象而指出：“他这个地主自己对仆人不打不骂，他只是远远地‘处理’，他不声不响，不吵不嚷，又不‘公开出面’……真像一个有教养的温和慈祥的人。”[12]用这段评论对照一下贾母,也多多少少有这些影子。曹雪芹的笔锋,虽然主要是肯定与歌颂了贾母的慈祥、人道的精神,但也揭露了她的不慈祥不人道的一面。例如:袭人和鸳鸯,都是贾母看重的丫环,这两个奴才伏侍贾府主子们也够竭力尽忠、克尽职责的了。袭人是“伏侍贾母时,心中眼中只有一个贾母;如今服侍宝玉,心中眼中又只有一个宝玉”(第 3 回);鸳鸯是“老太太在一日,我一日不离这里”(第 46 回),贾母认为她们比探春、李纨等还好还能干。可是当袭人热孝在身,不便前来参加元宵节之热闹,老太太竟不满地发了一通议论:“跟主子却讲不起这孝与不孝。若是他还跟我,难道这会子也不在这里不成?皆因我们太宽了,有人使,不查这些,竟成了例了。”明知鸳鸯的父母先后死在南京,“也没叫她家去走走守孝”。(第 54 回)贾府的主子们就是这样,一面大讲孝道,一面却不准奴婢们行孝。

贾母对尤二姐之死的态度,也够冷酷无情的了。固然凤姐善于施展阴谋诡计,借刀杀人,罪恶昭昭,然而贾母任由凤姐摆弄,上当受骗,也有不可推卸的责任。更可恨的是她轻信秋桐的挑唆告密,书中这样写道:“秋桐悄悄的告诉贾母王夫人等说:‘专会作死,好好的成天家号丧,背地里咒二奶奶和我早死了,他好和二爷一心一计的过。’贾母听了便说:‘人太生娇俏了,可知心就嫉妒。凤丫头倒好意待他,他倒这样争锋吃醋的。可是个贱骨头。’因此渐次便不大喜欢。众人见贾母不喜,不免又往下踏践起来,弄得这尤二姐要死不能,要生不得。”(第 69 回)就这样,尤二姐终于被逼得吞金自逝。死后贾母还一再吩咐贾琏不许送往家庙中,要他一烧了事,在乱葬地上埋了完事。

在第 73 回,作者又揭露了贾母的滥施权威。本来宝玉为了逃避贾政查问功课装病受惊,结果老太太大发雷霆,殃及池鱼,使主仆不宁，受了处罚。这又是贾母的可憎面目的大暴露。

后四十回中的贾母

心平气和地分析后四十回中的贾母形象的塑造，我们发现续书人还是基本上继承了曹雪芹的传统和风格。

从对贾母的称呼的运用上来说，虽然没有前八十回那样多样而别致，但称呼仍以“老太太”为主，间也有几处使用“老祖宗”的。例如：第84回，凤姐道：“老祖宗和太太们在前头，那里有我们小孩家说话的地方儿，况且姨妈过来瞧老祖宗，怎么提这些个，这也得太太们过去求亲才是。”第88回，李纨与贾母在议论贾兰时，李纨也是左一个老祖宗右一个老祖宗，一派奉承感激的口气。第101回，散花寺姑子大了也称老祖宗。第107回，写到贾母散余财明大义时，贾政主要称老太太，感恩时，却改变了称呼，说：“承受老祖宗这样恩德。”

从贾母在后四十回中所占篇幅来说，四十回中竟有二十五回写到了贾母，只有87、89、93、102、103、111至120回等，总共十五回没有写到，与前八十回相同，几乎也是占三分之二的篇幅。难道这是一个偶然巧合的现象吗？

前八十回中重点写了贾母的享福和行乐，吃喝玩乐，花样翻新，出现了许多以贾母为首的家庭行乐的精彩描写。后四十回的情节发展，已是贾府衰败的境况，自然不可能再出现同等精彩的行乐场面，然而续书者还是写了她强作欢笑的生活。怡红院的海棠，枯而复荣，又开花了，她兴高采烈要去观赏，于是预备酒席，大家赏花。（第94回）闲暇时，便和李纨打双陆，“李纨的骰子好，掷下去把老太太的锤打下了好几个去。鸳鸯抿着嘴儿笑”。（第88回）贾母说：“大凡一个人，有也罢没也罢，总要受得富贵耐得贫贱才好。”（第108回）又说：“我是极爱寻快乐的。”（第109回）“我落得都不管，说说笑笑养身子罢了，那知道家运一败到这样。”（第107回）这正是贾母的自我招供，供出了她的腐朽的人生观。

贾母的性格特点，还是那样诙谐幽默，常常跟晚辈们开玩笑。例如：第84回写到她与贾政议论宝玉、环儿哪个优劣时，指着贾政因说道：“你这会子也有了几岁年纪，又居着官，自然越历越老成。”说到这里，回头瞅着邢夫人和王夫人笑道：“想他那年轻的时候，那一种古怪脾气，比宝玉还加一倍呢。直等娶了媳妇，才略略的懂了些人事儿。如今只抱怨宝玉，这会子我看宝玉比他略还体些人情儿呢。”说的邢夫人王夫人都笑了。因说道：“老太太又说起逗笑儿的话来了。”贾母还诙谐地说凤姐儿是她的“给事中”，用这个官名，比喻王熙凤是她说话、办事的得力助手。（第85回）

写到贾母处理宝玉丢失通灵宝玉的事件，又是重人轻财，为了找回真玉，毫不吝惜银子，“有人拣的送来者，情愿送银一万两”，“有知人拣的送信找得者，送银五千两”。写到对待他人的态度呢，仍然表现了她怜贫、宽恕，不苛责别人的特点。当贾府人等发现拣玉者是个骗子，为了捞外快，拿了块假玉，贾琏等人极不满意，唯有贾母却重人轻财，深明大义。她认为拣玉者虽然骗人，“那也是穷极了的人没法儿了……他便想着赚几个钱也是有的。”她的做法是：“依着我不要难为他，把这玉还他，说不是我们的，赏他几两银子。外头的人知道了，才肯有信儿送来呢。若是难为了这一个人，就有真的，人家也不敢拿来了。”贾母的做法就和贾琏、贾政大不相同，贾琏则看重钱财，要去质问拣玉人；贾政则是首先考虑封建名教，深恐丢人败兴、有失封建体统。（以上见第95回）

贾母的深明大义、关心他人，还表现在处理贾府内务上，第106、107两回描写的贾母明断分析，分配余资，处理田产，安置奴仆的做法，一方面表现出老太太一不怨天二不忧人，一味体恤后辈的风格，另一方面体现了她的理家才干，有条不紊，何等干练！要知道此时的贾母已是八十三岁的耄耋之年了。

贾母对宝玉仍然是那样庇护、偏心、疼爱。当贾政说了几句宝玉"不良不莠"的坏话时，贾母便很是不高兴，对贾政说："也不知是我偏心，我看着横竖比环儿略好些，不知你们看着怎么样。"她更关心宝玉的亲事，她的主张一如既往，择婚的标准仍然是"不论远近亲戚，什么穷啊富的，只要深知那姑娘的脾性儿好模样儿周正的就好。"（第84回）不过，顺便应当指出的是后四十回对宝玉和黛玉思想性格的描写却是直接背道于前八十回的，一对反科举反八股的青年，倒热衷于功名利禄了，更奇怪的是宝玉竟去专心致志做起八股时文了，最后终于中了第七名举人，成为"沽名钓誉之徒"、"国贼禄蠹之流"。贾母对黛玉的态度也来了个一百八十度的大转弯，一下子由热变冷，而且变得那样冷酷无情，眼看黛玉病危万分，竟没有心肠给医治，贾母这种"近日比前疼黛玉的心差了些"的变化，连鸳鸯也猜度出来了。（第97回）

由此可见，宝玉中举和黛玉之死的情节，并不符合曹雪芹的原意。而续书者在后四十回所写的贾母对待宝玉中举和黛玉之死的态度呢，当然也是不合情理不合逻辑的。

总之，后四十回续书在塑造贾母这个形象上，基本上还是继承发展了前八十回的精神，作者笔下的贾母仍然是一个主要人物，正面人物。[13]

成功的人物塑造手法

《红楼梦》写了那么多人物，无论大人物、小人物，主要人物、次要人物,写得都很成功,因此完全有理由说,曹雪芹是世界一流的塑造人物形象的巨匠。他的塑造人物的方法是多种多样的,大体上成功地运用了五种手法。

第一,主要的是在日常生活矛盾斗争中描写人物,刻画性格。作者最善于把人物安置到生活冲突的漩涡里,用人物自己对生活的态度和行动,来表现他们的思想品质和性格。如在抄检大观园时,淋漓尽致地表现了各种人物的性格。(第74回)凤姐的两面讨好、隔岸观火、玩弄两面三刀的手法;王善保家的丑恶的奴才相,一心想往上爬,取得主子的欢心,并泄私愤,图报复,是封建主子迫害被奴役被剥削者的急先锋。小姐、丫环们也表现了她们各自的性格特点:袭人是泰然自若,毫不介意;晴雯是豁郎一声,把衣箱翻了个底儿朝天,以示抗议;紫鹃则冷静平和但平和中又有不满;探春满腔怒气,毫不留情,而且怒形于色,在王善保家的污蔑她时,啪一下给了她一个耳光;惜春胆小怕事、不敢多说乱动、生怕连累了自己;司棋敢做敢为、坚强自信,在箱子里翻出潘又安给她的情书时,既不惊惧,又不求饶,表现出一种惊人的镇静姿态。……作者就是这样在矛盾冲突中刻画人物性格,使人物活生生地跳跃在读者面前。在矛盾中完全用人物自己的行动表现性格。这是一条成功的艺术经验。行动是由思想性格决定的,在行动中写人物,更能揭示人物性格的每一个细微特色。如写探春理家时,充分地挖掘她的潜在的才能,不徇情、不枉私,对母亲、舅舅也不徇情。通过一系列的行动,刻画出她的封建的正统观念、等级观念。又如写睡态,"那林黛玉严严密密裹着一幅杏子红绫被,安稳合目而睡。那史湘云却一把青丝拖于枕畔,被只齐胸,一弯雪白的膀子撂于被外,又带着两个金镯子。"(第21回)确如脂评所说:"写黛玉之睡态,俨然就是娇弱女子,可怜;湘云睡态,则俨然是个骄态女儿,可爱。真是人人俱尽,个个活跳,吾不知作者胸中埋伏多少裙钗。”

第二,通过简洁而朴素、富有表现力的语言,特别是运用对话来塑造人物,可谓一大绝招。在《红楼梦》的许多章回中,差不多全是人物的对话,作者只用简洁的描写或叙述,而把对话连贯起来。这种例证在书中俯拾皆是,最突出的要数第 4 回了。在第 4 回中主要有贾雨村和门子两个人物出场,他们在书中并非主要人物,但作者也还是刻画得很出色。绝妙的是人物性格和故事情节不是由作者直接叙出,而是在人物对话中转述出来的,这样就要求写作时必须注意:人称不能紊乱;详略要得当,该详时则详,该略时则略;还要善于运用富有表现力的语言。例如门子在密室初见贾雨村时,连忙“上前请安”之后,便笑着道:“老爷一向加官进禄,八九年来就忘了我了?”寥寥几句,既恭维了老爷,又拉上了关系,表现了这个奴才圆滑世故的性格特征。门子本是生活在社会下层的人物,原为葫芦庙的小沙弥,后因庙中失火逃出,为图“轻省”,便当了小衙役。他在封建衙门里混了八九年,熟悉官场内幕和封建社会的人情世态,学了一肚子邪门歪道,养成了圆滑世故、帮凶帮闲的奴才性格。

贾雨村是个曾因贪酷而革职又重新补升的府尹,一上任就遇上处理一件人命官司,起初装出一副处事明决、刚正不阿的样子,大发雷霆,准备拿拷凶犯。但一见门子使眼色,便狐疑起来,于是签也不发,人也不拿,打了退堂鼓,退入密室,和门子商谈。当门子献出了“护官符”并介绍了案情始末之后,他才知道问题的严重性,凶犯就是“护官符”上的薛家。此时他考虑的不是如何“执法”,而是如何“徇情”了。既要“徇情”,又怕露出破绽,故意装成没主意的人,反问门子“这官司如何判断才好?”门子劝他“顺水行舟,做个人情”,他却假惺惺地说:“事关人命……岂可因私枉法,是实不忍为的。”表现了他的虚伪狡诈。当门子为他献了一个自欺欺人的妙计以后，他又笑着说：“不妥，不妥。等我再斟酌斟酌，压服得口声才好。”实际他并非不同意门子所云，而是故弄玄虚，希望干得十分牢靠。这就进一步表现了他的老奸巨猾。待到“胡乱判断了此案”之后，贾雨村“便急忙修书二封与贾政并京营节度使王子腾”，邀功请赏。“急忙”二字，生动地勾画了这个趋炎附势的走狗的嘴脸。后来，对于他的忠实奴才门子，再也不讲什么“贫贱之交”了，为了保住个人私利，“到底寻了他一个不是，远远的充发了才罢。”“到底”二字，又用得十分恰当，足见贾雨村为了寻门子的一个“不是”，是费尽心机的，充分暴露了他的阴险毒辣的本质。作者就是这样通过“葫芦案”情节的发展，两人的对话，把贾雨村由决断——狐疑——徇情——虚伪狡诈——老奸巨猾——趋炎附势到阴险毒辣的性格特征，刻画得淋漓尽致。

第三，运用心理描写，深刻揭示人物的内心活动和精神面貌，也是作者塑造人物的一种成功的艺术手法。小说的心理描写方式是多种多样的，有直接描写，有间接描写，间接描写可以通过人的行为在人与人的关系中显示心理活动。一个人的心理活动是一个人的行为的动力和基础，因此把握和描写人的心理活动，才能表现出人物的性格。写人物的语言、动作、性格，只有准确地抓住人物的心理活动，再在外部表现出来，才能达到卓越的艺术效果。《红楼梦》有不少心理描写的出色的篇章，但最细腻生动而深刻的要数表现林黛玉恋爱失败时的心理活动了，即第 82 回“病潇湘痴魂惊恶梦”。不过在这儿，关于黛玉恋爱婚姻的心理活动却是通过梦境手法描写的。我们知道，梦是愿望的满足，梦不是荒谬的，梦是有意义的心理活动现象，这就使得林黛玉的思想性格会刻画得更加生动而深刻。虽然这不是曹雪芹的手笔，而是续书者所作，但也不可感情用事，视而不见，应当给予实事求是的评价。梦是由宝钗屋里的老婆子说了“一番混话”——“怨不得我们太太说这林姑娘和你们宝二爷是一对儿，原来真是天仙似的”——引起的。这一番混话，甚是刺心，闹得她“千愁万绪，堆上心来”：一会儿“想起自己身子不牢，年纪又大了。看宝玉的光景，心里虽没别人，但是老太太、舅母又不见有半点意思”；一会儿“深恨父母在时，何不早定了这头婚姻”；一会儿“转念想道：‘倘若父母在时，别处定了婚姻，怎能够似宝玉这般人材心地，不如此时尚有可图。’心内一上一下，辗转缠绵，竟象辘轳一般。”这是做梦前的一段心理描写，先作铺垫，写出梦因。

紧接着写和衣睡下，进入梦境。梦见贾雨村来看她接她回南京去并给她道喜；梦见凤姐同邢夫人、王夫人、薛宝钗等都来道喜、送行；又梦见贾雨村做媒，把他许了继母的什么亲戚，还是续弦，大约一到家就要过门的：这一切说得黛玉恍恍惚惚，一身冷汗。写出贾府人等的假惺惺假关心。

然后又写二位舅母等人不言语，都冷笑而去；写黛玉哀求贾母作主，情愿在贾府做个奴婢过活，但贾母也不答应，尽管黛玉抱着贾母的腰痛哭、撞在怀里痛哭，都无济于事，终于把她赶走，于是想寻个自尽。这一层写出了贾母的冷酷无情。

接着又梦见宝玉站在面前，两个人互表衷心，争论去留一事。“宝玉道：‘我说叫你住下。你不信我的话，你就瞧瞧我的心。’说着，就拿着一把小刀子往胸口上一划，只见鲜血直流。黛玉吓得魂飞魄散，忙用手握着宝玉的心窝，哭道：‘你怎么做出这个事来，你先来杀了我罢！’宝玉道：‘不怕，我拿我的心给你瞧。’还把手在划开的地方乱抓。黛玉又颤又哭，又怕人撞破，抱住宝玉痛哭。宝玉道：‘不好了，我的心没有了，活不得了。’说着，眼睛往上一翻，咕冬就倒了。黛玉拼命放声大哭。”这一段情景，真是追神摄影之笔，写出丝丝相扣的两颗红心，生死不渝的爱情。

续书人就是如此一层一层、层层推进，最后达到高潮，一步一步深化、发展了林黛玉的心理活动。黛玉做的这个恶梦，非常切合她此时此地的忧虑、烦恼的情绪和追求幸福、追求真爱的意愿。

第四，成功的景物描写和环境描写，对表现人物性格起着互相映衬的作用。在大多数场合，景物描写和环境描写又是密不可分的两个翅膀。景物描写首先应当逼真，语言应当朴素，其次是为了衬托人物的心理，突现人物的性格。环境描写“不论是社会环境或是自然环境，都不是可有可无的装饰品，而是密切地联系着人物的思想和行动。作家常常要从各方来考虑在怎样的场合应该有怎样的环境描写。”[14]《红楼梦》在这方面的成功例证极多，例如关于黛玉住处的描写：第35回顺笔写了潇湘馆的环境，“一进院门，只见满地竹影参差，苔痕浓淡”。廊上养着鹦哥，还能模仿林黛玉的吁嗟音韵，念出她的《葬花吟》诗句来。“只见窗外竹影映入纱来，满屋内阴阴翠润，几簟生凉”。第40回中又先后描写了黛玉、探春、宝钗的住处。写黛玉住处仍然是“两边翠竹夹路，土地下苍苔布满，中间羊肠一条石子漫的路”。门上挂着“湘帘”，“窗下案上设着笔砚”，“书架上磊着满满的书”，窗上糊着陈旧的“绿纱”。所有这竹子、苍苔、湘帘、绿纱、鹦鹉、笔砚书籍以及一草一木等，都和人物的性格特征及心理状态紧扣着，都与主人公的柔情、悲哀、孀母弱弟俱无的孤独分不开。“凤尾森森，龙吟细细”，“湘帘垂地，悄无人声”，好一副清幽景象。尤其是竹子的描写，更衬托出林黛玉竹子似的品格。

写探春的住处秋爽斋是：“三间屋子并不曾隔断，当地放着一张花梨大理石大案，案上磊着各种名人的法帖，并数十方宝砚，各色笔筒,笔海内插的笔如树林一般。那一边设着斗大的一个汝窑花囊,插着满满的一囊水晶球的白菊。西墙上当中挂着一大幅米襄阳《烟雨图》,左右挂着一幅对联,乃是颜鲁公墨迹。……案上设着大鼎。左边紫檀架上放着一个大观窑的大盘,盘内盛着数十个娇黄玲珑的大佛手。右边洋漆架上悬着一个白玉比目磬,旁边挂着小锤。……东边便设着卧榻,拔步床上悬着葱绿双绣花卉草虫的纱帐。"这一切景物陈设的描写,体现出一大二满三雅的三个特色,这都为了写探春的素喜阔朗、精明志高、不甘人下的气派,表现她想跳出庶出的地位,一心要向男子学习的思想。

写到宝钗的住处蘅芜苑,则是"只觉异香扑鼻。那些奇花仙藤愈冷愈苍翠,都结了实,似珊瑚豆子一般,累垂可爱。及进了房屋,雪洞一般,一色玩器全无,案上只有一个土定瓶中供着数枝菊花,并两部书,茶奁茶杯而已。床上只吊着青纱帐幔,衾褥也十分朴素。"这显然是写宝钗喜欢雅淡素静的性格特征,那"愈冷愈苍翠"、"雪洞一般"、"玩器全无"的摆设,充分表现了她的装愚守拙、情薄意寡的冷血个性。

回头来再看第 5 回中写秦可卿的住处,则又是一番情景:"室宇精美,铺陈华丽";墙上贴的是劝人苦学的《燃藜图》和唐伯虎画的《海棠春睡图》;"案上设着武则天当日的镜室中设的宝镜,一边摆着飞燕立着舞过的金盘,盘内盛着安禄山掷过伤了太真乳的木瓜。上面设着寿昌公主于含章殿下卧的榻,悬的是同昌公主制的联珠帐。……展开了西子浣过的纱衾,移了红娘抱过的鸳枕。"这种香气袭人、华丽浓艳的环境,又充分表现了秦可卿贵夫人的神态和少妇的淫荡。

第五,作者还善于把关系十分亲近的人写得个性分明。例如,尤二姐和尤三姐是亲姊妹,但前者是忍受凌辱、懦弱善良的女子,后者却是锋芒凌厉、敢于反抗并大胆追求爱情的刚烈女性。薛蟠、薛宝钗是亲兄妹，但前者是个典型的满腹粪土的花花公子、呆霸王，后者却是标准的圆滑世故而又有才气的封建淑女、公关小姐。这一对姊妹一对兄妹，都处于同等家庭环境、同等父母教育，性格竟有如此大的差异。作者更善于在那些性别相同、年龄、性格又十分相近的人物中，把他们的细微的性格差别鲜明地表现出来。同是写孤傲清高，妙玉和黛玉的孤傲清高就不同：一种是出世的孤高；一种是入世的孤高。同样是豪爽，史湘云的豪爽和尤三姐的豪爽不同：前者憨直单纯；后者刚烈干练。同样是温顺，平儿的温顺中渗透着善良，袭人的温顺中表现出世故。同样是泼辣：凤姐的泼辣中暗藏着狡诈，探春的泼辣中体现着严正，夏金桂的泼辣，则非常粗野鄙俗。

作者塑造人物形象，能够写出若干人的面孔，若干人的性情，若干人的气质，若干人的声口，而且毫不雷同，这说明作者具有丰富的生活经验，非常熟悉生活中的人物，也善于剖析生活中的人物。[15]

【注释】

①《红楼梦究竟写了多少人物》，《上海师范学院学报》1982 年第 2 期。

②《中国小说的历史的变迁》，见《鲁迅全集》第 8 卷。

③邹弢《三借庐笔谈》卷十一。

④参阅本书《代序》或第七章《〈红楼梦〉与现代企业管理》。

⑤见《中国小说的历史的变迁》，《鲁迅全集》第八卷。

⑥见恩格斯：《致敏·考茨基》。

⑦见《别林斯基论文学·同时代人》新文艺出版社一九五八

年版。

⑧庚辰本第38回双行夹批有:“近之暴发专讲礼法,竟不知礼法,此似无礼而礼法井井,所谓整瓶不动半瓶摇,又曰习惯成自然,真不谬也。”

⑨见戚序本第54回总评。

⑩“慧绣”,又称“慧纹”,即“大红纱透绣花卉并草字诗词的璎珞”,原为一名唤慧娘的姑苏女子所绣,故名。此种真的物件,价值无限,凡世宦富贵之家,少有此物,纵有一两件,也都珍藏不用。“贾府之荣,也只有两三件,上年将那两件已进了上,目下只剩一副璎珞,一共十六扇,贾母爱如珍宝,不入在请客各色陈设之内,只留在自己这边,高兴摆酒时赏玩。”详见第53回。

⑪见杜甫《自京赴奉先咏怀五百字》。

⑫见列宁《论文学与艺术·纪念葛伊甸伯爵》。

⑬见庚辰本第21回句中夹批。

⑭作家出版社1959年版茅盾《鼓吹集·关于艺术的技巧》。

⑮本章所引《红楼梦》的全部引文,系据中国艺术研究院红楼梦研究所校注,人民文学出版社出版的《红楼梦》。

(二)情节结构

结构是一种艺术手段,在叙事性的作品中,结构主要表现在情节的安排和组织上,情节又是由一系列能显示人物与人物之间、人物与环境之间复杂的具体事件组成。正如高尔基所说,情节“即人物之间的联系、矛盾、同情、反感和一般的相互关系——某种性格、典型的成长和构成的历史”。[①]我们通常说“情节”,那是指的一个完整的概念,如果拆开来说,“情”就是故事情况,“节”就是生活细节，一部好的小说必须既有情又有节。凡是优秀的小说的情节结构，都不是单调的颜色，枯燥的声音，几根线条的图案，它的起伏波澜都是作家艺术才力的升华。

几种结构说

《红楼梦》的结构便很别致，它不同于此前的任何一部古典小说。它的结构极其庞大而细密，首尾相连而又前后左右各面贯通，层层有序而又上下里外纵横交错，众多的人物，众多的事件构成一个有机的整体。人物在同时活动，事件在同时发展，绝不是生活片断的缝缀，更不是呆板的单线发展，作者很善于剪裁布局，把结构处理得有条不紊，筋络联结。说到这儿，我想起了比曹雪芹小几岁的史学家、文学家赵翼，他有一首《论诗》绝句说："着色原资妙选材，也须结构匠心裁。可怜绝艳芙蓉粉，涂在无盐脸上来。"[②]这首诗说的就是选材和结构问题，作家要能够妙于选材，又能够匠心独运，安排结构，即使是丑女，也会使之变为靓女。曹雪芹正是具有这样水平的作家。也正由于他的妙于选材，善于结构，才把《红楼梦》的情节结构安排得天衣无缝。他以时间为线索把各种事物串联起来，把二十年的事情，按"现在——过去——将来"的程序调整，忽而把时针正拨，忽而把时针倒拨；同时又设计了一个一大群女性人物的活动场所大观园，组成了一个女儿国，就在这个小说空间，演出了一幕幕的悲剧。正因为《红楼梦》的情节结构非常别致，严谨而超凡，纵横又内外，再加上对总纲、主线、主题的不同理解，所以闹得红学界一直说法不一，聚讼纷纭，大约有十种情节结构说，现在分别介绍如下，请读者择善而从之。

一、双线结构说。全小说明显地贯穿着两条情节线索：一条是宝、黛、钗的恋爱婚姻情节；一条是贾府的盛衰变化情节；二者相辅相成，因而形成了双线结构。[③]这是20世纪50—70年代期间通行的观点。

二、大对称结构说。此说认为《红楼梦》“采用的是‘大对称’之结构法”。“宗旨是将‘真’隐去，以‘假’演真。人物是分‘甄’家‘假’家两姓门楣。风月宝鉴是‘正’面‘反’面分照两边。太虚幻境是‘无’为‘有’处，有亦成无。”这种奇特的“双面性”，是他内容上的“大对称”。说“雪芹真书，本分两‘扇’，好比一部册页的一张‘对开’，分别左右对半，合则前后一体，其折缝正在当中，似断隔而又实联整。”即“折缝正落在第54与55回之间”，这种独特的“两扇性”，是它格局上的“大对称”。说一部《石头记》，“三春”与“三秋”是“全书大关目”，也是“大对称”，“节序的春秋之对称，是文之相；贾府的盛与衰之对称，是事之质。”[④]在后四十回上、脂砚斋评语上和周汝昌的评红观点针锋相对、完全相反的徐迟，在结构的观点上却是相同的，他也认为“《红楼梦》的巨大结构，遵守着严格的建筑学的对称规律，其第116回是倒数第5回，正好与卷首第5回严谨对称。有如主体建筑物的两个侧翼，遥相呼应着。”[⑤]不过他阐述的简单罢了。

三、贾府盛衰主线结构说。此说认为“成为全书主线的，就只有贾府由盛到衰的过程，因为只有这个过程才能容纳得了书中已写的一切人物和事件。由于这是主线，还是一条很粗大的主线，其中就不免融汇了一切具体事物的发展过程，它们本身也各自可成大小长短不等的线。”其中“‘元妃省亲’、‘宝玉挨打’、‘探春理家’、‘抄检大观园’是《红楼梦》中具有特殊地位的四章，是脂批中说的那种‘乃通部书中之大过节、大关键’的地方。……从艺术结构来说，它是主线上面四个重要的环。这四个环的作用，一是组织故事高潮；二是承前启后的枢纽；三是归纳融合的作用”。“而这四个环之间，又具有完成作品主题的缺一不可的有机联系，它的最终结果，就使全书成为一部浑然一体的艺术珍品”。[⑥]这种结构说还是延续了“文革”期间“评红”中的观点，当时以洪广思的《阶级斗争的形象历史——评〈红楼梦〉》为代表，该书认为：“曹雪芹是以四大家族的兴衰为纲进行全书的艺术构思的，在安排《红楼梦》的整个结构时，他进一步把四大家族存在的几种基本矛盾作为联结全书的情节线索。从贾府的实际情况来看，主要存在三种矛盾：即以晴雯、鸳鸯等为代表的被压迫奴隶与以贾政、贾母、王夫人、王熙凤等为代表的封建统治阶级的矛盾，以贾宝玉、林黛玉为代表的具有初步民主主义思想的封建叛逆者与贾政、薛宝钗等为代表的封建正统势力的矛盾，以及封建统治阶级内部的争权夺利、钩心斗角。”“《红楼梦》的全部情节都是在四大家族这个总纲统照下，以这样几组基本矛盾为线索联结、贯通起来的。这三组矛盾错综复杂地发展，最后归结于四大家族的彻底败落——‘落了片白茫茫大地真干净’，使全书形成了一个庞大复杂而又严谨有序的艺术结构。”[⑦]

四、婚姻悲剧为主的多线结构说。“《红楼梦》在艺术上是采取的多线结构。它以贾宝玉作为全书的主人公，并以主人公的爱情婚姻悲剧作为贯穿全书的主要情节故事。当然，整个小说并不是仅仅沿着这条线索发展；还描写了以贾府为代表的封建四大家族的衰亡过程，其中又集中描写了荣国府。不妨说，这也是贯穿全书的一条线索。它与前一条线索互相穿插地交织在《红楼梦》里。从主人公的爱情婚姻悲剧来看，关于荣国府的各种描写，成为产生这一人物及其悲剧的典型环境。因此更确切地说，它是‘面’，而不是‘线’。”“在《红楼梦》中，数百个人物的频繁活动以及他们的音容笑貌、矛盾纠葛，就是这样彼此交织地呈现在读者的面前；有如登高纵目，只见万景千象呈于眼底，令人感到远山近水，目不暇接；然而又莫不蹊径相通、主峰时隐时现地连成浑然一体。曹雪芹如此多面地、主体式地把各种生活场面同时展现出来的表现艺术，其实不仅是一个艺术结构问题，也是一个有关生活本身的美学问题。”“总之，在这部作品里，许多情节的变换与运转，就像百道溪泉，时分时合地顺着一个方向蜿蜒流泻，只见奔流而不见它的生硬、中断或牵合之处。”⑧

五、网状结构说。此说的最早创始者是李希凡，早在20世纪50年代就提出来了。他说：“《红楼梦》是一本描写封建贵族家庭的作品，它所反映的生活是复杂的，它所描写的人物是众多的。因而，为了展开故事情节，真实地再现生活，就必须有精心的艺术安排，才能使它的结构依照生活的复杂性织成一个周密的艺术的网，刘姥姥的出场就是起了整体结构布置上的网结的作用。”“贯串首尾的刘姥姥的几次出场，一方面是创造了一个复杂的典型形象，同时，她也是一个‘第三者’——这部荣宁贵族兴亡衰败史的见证人。她的几次出场，在描写这个封建贵族生活的兴亡史里起了重要的结构作用。”⑨20世纪80年代，张春树、姜耕玉更加明确而详细地阐释了这种说法，并分别提出网状结构和自然转动网体的概念。张春树说：“在曹雪芹笔下，整个贾府就像一架大网，他在编织这架大网的时候，把千丝万缕同时抓在手上，尽管千头万绪，他却从容不迫，信手拈来，有条不紊，经纬分明，无丝毫乖舛疏漏。致使这样一部洋洋洒洒、浩无涯涘的长篇巨制，却结构得如此严谨而不失和谐，缜密而不失自然，有如天然浑成，实在令人惊叹！故此，我们不妨把《红楼梦》的结构形式，名之曰‘网状’。”⑩并且以贾府盛衰为主线作了详细论证。姜耕玉则以具体写作手法：“笔似游龙、变幻难测”，“一源万派、伏脉千里”，“筋动脉摇、穿插映带”，“路转峰回、山断云连”，“迷离烟灼、纵横隐现”，作了详细分析之后结论说：“只要从艺术感受出发，就可以看到各种情节之间互相依存、寄托、衬照的关系，可以从其他人物的故事中找到与情节主体的千丝万缕的联系。不难感受到《红楼梦》的整个情节结构，是以贾宝玉与金陵十二钗关系的情节主体为骨架的错综交织、绮密环妍的自然转动网体。”孙逊则以圆形的网状结构特点强调：“它是以贾府封建家族作为圆心，纵的方面，以贾府为代表的封建家族的兴衰史作为一根轴线，而这个家族与社会上的上下左右联系则形成了众多的经线；横的方面，以宝黛爱情悲剧作为轴线，而金陵十二钗及其他女子的爱情悲剧和命运悲剧则形成了众多的纬线；二者纵横交错，便构成了如同地球仪般的错综复杂的圆形网状结构形式；而这个由轴线和众多经纬线所支撑起来的圆面，则是整整一个历史时代的社会风貌。”[11]

六、均衡美结构说。此说认为“《红楼梦》艺术结构的主要特点是多‘三’；书中的‘四’一般也都不是由‘二二’组成，而是一种‘三正一闰’或‘一主三从’关系；‘奇’‘偶’相生，以奇数型为主，偶数型为辅，是其对称美的总体形态；最后又形成一个美丽的‘情节环’。”“作者以‘奇’、‘偶’相生，由‘四’、‘三’其数的法子，构成了一种于对称中有不对称、不对称中有对称的均衡美”。[12]

七、三段结构说。此说根据亚里士多德悲剧结构头、身、尾的理论，又结合乔吉关于乐府风头、猪肚、豹尾的理论，把《红楼梦》百二十回划作：前五回是头；第 6 回是颈，过渡段；第 7 回至 119 回为身；第 120 回为尾。这种观点相当肤浅简单，既没有区别前八十回和后四十回的差异，更没有揭示出《红楼梦》情节结构的实际和实质。

八、三线结构说。此说认为"《红楼梦》全书的人物、事件、情节、命意如此纷繁复杂而又条理井然、方寸不乱,原因在于它们很明确地是由三条大线索成麻花形交织串连组成,即:以封建皇朝衰败为表、封建家族衰败为里、王熙凤的权势地位变化为标志的发展线;以宝黛爱情为中心,金陵十二钗为主体,众多女儿们的命运为背景的发展线索;和贾宝玉的以'补天——济人'为核心的叛逆性格或叛逆事业的发展线索,将全书诸多头绪编串成一宏伟的整体。""三者之中,贾宝玉的叛逆性格的发展一线更占主位,它是《红楼梦》全书发展的中轴或主线!"⑬

九、三部曲结构说。此说认为"作者正是以刘姥姥的三进荣国府来划分贾府衰亡史的三个阶段,亦即作品的三个大段,构成《红楼梦》以三部曲为基调的结构形式;然后将各类重要事件,也以三部曲的形式来反映错综复杂的矛盾在不同阶段中的变化发展:这是我对《红楼梦》结构上一个基本规律的认识。"用此论点对前八十回作了分析,发现"确乎可以看到一些结构上的规律,比如:全书分三大段,每段可分三小段的规律;在第一大段的三个小段末尾,都以预示诸芳的命运作结,第二大段的三个小段末尾,都以豪华的家族作结;安排各种矛盾的发展,都往往分成三个步骤的规律,而这三个步骤的布局,或贯穿一个小节,或贯穿一个小段,或贯穿一个大段,或分属于全书三个大段,错落有致。"⑭

十、织锦式结构说。此说认为"《红楼梦》是以宝黛爱情为主线以四大家族兴亡为副线结构作品的。这种双线结构与其他小说的不同之处,就在于他摒弃了过去那种'花开两朵,各表一枝'的单向推进方式,而采取了多层次向前推进的'织锦'式结构。"这种"织锦"式艺术结构有三个显著特色:第一个"就是用结构主线结成结构网眼,开展情节";第二个"就是始终以人物性格为核心去组织生活和安排情节”；第三个“就是前呼后应，击首动尾，既悬念丛生，又丝丝入扣”，就像“苏绣、湘绣，它那富有立体感的艺术图案，是用好多彩线互相交织而成的。”[15]

对上述的十种结构说，笔者还是倾向于网状结构说，它符合《红楼梦》的艺术构思和故事情节的布局与发展。不论如何，属于叙事作品的长篇小说《红楼梦》情节的展开，自然也有段落，有过程，有它的整个故事情节的发展变化过程，即序幕、开端、发展、高潮、结局以至尾声。全书大体上可划分为六大部分：

第一部分（第1～5回），是红楼故事情节的序幕，又是阅读、分析、评论《红楼梦》的总纲。

第二部分（第6～18回）是开端，主要放在贾史王薛四大家族的介绍上，书中主要人物都出场了，只有史湘云未出场，是在第20回才出场。

第三部分（第19～40回）是发展，写宝、黛、钗爱情的消长过程，特别地写了宝玉、黛玉彼此在相互了解着默许着。同时继续写贾府的兴盛、奢侈和荒淫。

第四部分（第41～70回）是再发展，转向描写更广阔的社会面，除写了许多与恋爱婚姻相关的人物事件外，更深刻地揭露出贾府的重重矛盾，进一步走向衰败。

第五部分（第71～80回）是高潮，极写贾府的腐糜衰败，一天不如一天。

第六部分（第81～120回）是为总结局，写矛盾的解决和人物的结局。

前五部分为曹雪芹的原作，第六部分为别人的续作。

在《红楼梦》中，即使写一个不很重要的人物，也要考虑到情节结构的安排。请看那个“忽从千里之外，芥豆之微，小小一个人家”（第6回）走出来的刘姥姥，她三进荣国府在整个作品的情节结构上有着重要意义。一进荣国府（第6回），着重写的是贾府的势利和豪华，特别是刘姥姥在荣府门前的那种感受和她初见凤姐的场面，使人感到气势逼人，然而也暴露了“大有大的难处”。二进荣国府连续写了整整四回（第39、40、41、42回），引出了一大段热闹文字，通过刘姥姥的所见所闻，深入揭露了贾府统治者空虚无聊、奢侈靡费的腐朽生活。高鹗续后四十回中写的三进荣国府（第113回）时，贾府已经衰败不堪了。贾府被抄家，曾经大权独揽不可一世的王熙凤竟向这位村姥姥“托孤”，请求她帮助收拾残局。作者的这种安排，目的就是要从一个局外人的角度写出四大家族的兴衰变化，并用这样一个穷苦人的切身感受和实际对比，衬托出封建贵族的奢侈豪华和封建社会中的阶级对立。在《红楼梦》中，实际上刘姥姥进荣国府是六进，在百二十回本中共写了六次，除了前面谈的三进、重要的三次外，还有四进、五进、六进。不过这后三次都是极其简略的描写。四进（第119回）写刘姥姥救护巧姐，与王夫人、平儿商议，巧妙地设计送走了巧姐；五进（第119回）写刘姥姥到贾府为巧姐提亲的事。巧姐在刘姥姥家生活了一段时间，刘有意作伐为巧姐说媒，准备嫁给农村富户周家儿子作媳妇；六进（120回）写了贾府特邀刘姥姥到荣国府，这时贾府是再沐皇恩又延世泽，皇帝有旨，宁国荣国世职仍袭，所抄家产，全部偿还。刘姥姥与贾政、贾琏等商议，最终决定了巧姐的婚事，嫁与周家。

与《三国》《水浒》《西游》《儒林》四部小说结构比较

如果把《红楼梦》的情节结构，与其他著名长篇小说《三国演义》《水浒传》《西游记》《儒林外史》加以比较的话，非常有意趣，那确实是各有千秋，各有特色。对提高我们的欣赏水平、创作水平都是有意义的。

《三国演义》写的是魏蜀吴三大政治集团的军事斗争和政治斗争，自然围绕它的主要事件主要人物，就形成了三条情节线索，表现在艺术构思上作家就必须反映出威武壮烈的一系列的大大小小的战争。最突出的最成功的一次战争描写是赤壁之战，占了整整八回的篇幅（第42回至49回），矛盾错综复杂，势力盘根错节，形成一幅波澜壮阔的图画。所以总的看，《三国演义》的结构特点是三线并行式的，三支力量三条线索并行发展，始终有分有合，或是二比一，或是一比一、再比一。

《水浒传》的结构，则是围绕着每个主要英雄人物的性格发展和生活道路来结构小说的。好像人物传记，采用了单线发展的结构法，但全书又不仅仅是一条情节主线，而是由几十条单线，一环紧扣一环，环环勾连地叙述了一个又一个故事。作家把不同社会阶层的人物，写出他们不同的受迫害的独特遭遇，通过不同的途径走上了“逼上梁山”的反抗道路。第3回到第9回主要写鲁智深，但在第7回中林冲出场了，从第7回到第12回主要是写林冲。从第23回到32回又主要是写武松。而在每个人物性格发展过程中往往出现几个精彩的场面，这些场面的描写，又大量运用虚实交叉的写法，或者插叙、倒叙的手法。例如第8回鲁智深大闹野猪林之后，就只按林冲被逼走上梁山的线索写下去，一直到第17回，才由鲁智深对杨志追述自己与林冲分手以后的遭遇。总而言之，《水浒传》中的每个故事都有相对的独立性，但许多大大小小的故事之间又不是相互游离的，而是有着有机的联系。好像江河流过大地一样，许多支流形成主流，由分而合，汇入大海。所以说《水浒传》在结构上的最大特点就是百川汇海式的。

《西游记》可以说是许多短篇小说的连缀和组合,但它又和《儒林外史》的结构不同。作者在一百回的长篇章回当中,作了精心安排,以取经故事作为贯穿全书的中心事件,以唐僧、孙悟空、猪八戒、沙僧为贯穿全书的主要人物,把大闹天宫、唐僧出世、魏征斩龙、太宗入冥等故事和西天取经故事串联在一起,层层推进地描写,西天取经本身又包括了四十一个小故事,而这些大小故事在全书中又都具有相对的独立性。《西游记》大体可以划作四个部分,即前七回,写孙悟空大闹天宫;从 8 至 12 回,共五回,写如来说法、观音奉旨、唐僧出世、魏徵斩龙、太宗入冥,是为取经的前奏;第 13 回至 99 回,整整花了八十七回的浩大篇幅,写西天取经,写法雷同,一回一难,竟写了九九八十一难;最后一回,写取经归来,大功告成,是为尾声。所以说,《西游记》的结构特点是捻珠式的,大珠小珠相串联。

《儒林外史》的结构形式,则正如鲁迅所指出的那样:“虽云长篇,颇同短制”。虽然也是许多短篇小说的连缀与组合,但它却不是《西游记》式的,它的特点是:没有一个贯穿全书的主角,也没有一个贯穿全书的故事情节作主干,而是用一条反科举反封建的主题思想把许多短篇故事一一串联起来,就像是冰糖葫芦的形式一般。因而可称作冰糖葫芦式的结构特点。

【注释】

①《和青年作家谈话》(1934 年),见《文学论文选》,人民文学出版社 1958 年版第 297 页。

②《瓯北诗抄·绝句》卷三十六第 23 页。

③20 世纪 80 年代以王启忠为代表,他在《试论红楼梦的艺术结构》一文中说:“《红楼梦》中的家庭衰亡和爱情与婚姻悲剧两大

主线便是全书的中心事件。”“组成《红楼梦》艺术结构的基本素材是贾府的衰亡过程和恋爱与婚姻的悲剧事件，是与此相连而作者笔锋所及的广阔社会现实生活。作者用两大中心干线及其有关的次要线索，像银线穿珠，江河溶浪一样，把大大小小的家庭事件和微波细浪似的日常生活，有机地编排在一起。”详见黑龙江人民出版社 1982 年 2 月版《红楼梦新论》第 94 ~ 95 页。

④见周汝昌《曹雪芹独特的结构学》，载 1986 年哈尔滨国际红楼梦研讨会论文选《红楼梦大观》，又见《红楼梦与中华文化》一书。

⑤《红楼梦艺术论》，上海文艺出版社 1980 年版第 106 页。

⑥见曾扬华《红楼梦艺术结构初探》，载黑龙江人民出版社 1982 年 2 月版《红楼梦新论》第 80 ~ 88 页。

⑦人民文学出版社 1974 年版第 150 ~ 151 页。

⑧此说以蒋和森为代表，详见《红楼梦论稿》，人民文学出版社 1981 年版第 216、217、221 页。

⑨详见《性格、情节、结构和人物的出场》，《论中国古典小说的艺术形象》，上海文艺出版社 1982 年 8 月版第 43、44 页。

⑩详见《红楼梦结构简论》，载《红楼梦学刊》1981 年第 3 辑。

⑪姜文详见《草蛇灰线空谷传声》，载《红楼梦学刊》1983 年第 3 辑。孙文详见《古代文学作品鉴赏·〈红楼梦〉思想艺术成就概说》第 677 ~ 678 页。

⑫详见张锦池《红楼梦结构论》，载《红楼梦学刊》1990 年第 3 辑。又见《再谈曹雪芹的结构学》，《1992 中国国际红楼梦研讨会论文集》，文化艺术出版社 1995 年 9 月版第 340 ~ 355 页。

⑬详见丁淦《红楼梦的三线结构和三重旨意》，载《红楼梦学刊》1983 年第 2 辑。

⑭详见何宁《红楼梦结构初探》，载《红楼梦学刊》1982 年第 4 辑。

⑮详见《红楼梦鉴赏·〈红楼梦〉的结构艺术》，霍松林主编《中国古典小说六大名著鉴赏辞典》，华岳文艺出版社 1988 年 12 月版第 982、983 页。

（三）语言特色

《红楼梦》的语言特色继承了我国文学语言的优良传统，又大大地发展和丰富了它。不论是古典语汇的熔铸，口语俗谚的加工，还是修辞手法的运用，都达到了极高的水平。它多彩多姿，自然流利，雅俗共存，生动形象，富有浓厚的生活气息。可以说在语言运用上曹雪芹是进入语言自由王国的大师，要什么有什么，要怎样便怎样：描写上能够绚丽多彩，叙述上能够舒卷自如，议论上能够简约严谨，抒情上能够沁人心脾，嘲讽时能够嬉笑怒骂，引用时能够顺手拈来，修辞上更是灵活多变。真是神来之笔。

第一　简洁而富有表现力

如第 7 回中写焦大醉骂的语言，就显示出焦大的身份、地位和教养。在洋洋百万言的巨著中，仅仅占有极小的篇幅，焦大骂语连说带骂也只有二百六十多个字，加上别人的对话及叙事语言也不过才一千一百多字，但写得非常成功。当吃完晚饭天黑了，宁府准备送秦钟回家，“尤氏问：‘派了谁送去？’媳妇们回说：‘外头派了焦大，谁知焦大醉了，又骂呢！’”这里，一个“醉”字，点出了不是寻常的骂，一个“又”字，表明了焦大不是初骂而是惯骂。接着写焦大连骂三人，“先骂大总管赖二，说他不公道，欺软怕硬，‘有了好差事就派别人，象这等黑更半夜送人的事，就派我?！没良心的王八羔子！瞎充管家！你也不想想，焦大太爷跷跷脚，比你的头还高呢。二十年头里的焦大太爷眼里有谁？别说你们这一起杂种王八羔子们！”次骂宁府少爷贾蓉，而且是大喊大叫地赶着贾蓉骂：“蓉哥儿，你别在焦大跟前使主子性儿。别说你这样儿的，就是你爹、你爷爷，也不敢和焦大挺腰子！不是焦大一个人，你们就做官儿享荣华受富贵？你祖宗九死一生挣下这家业，到如今了，不报我的恩，反和我充起主子来了。不和我说别的还可，若再说别的，咱们红刀子进去白刀子出来！”这里有一点需要指出的是“咱们红刀子进去白刀子出来”一句，许多版本都改为“白刀子进去红刀子出来”了，例如甲戌、蒙府、戚序、甲辰、舒序、程甲、程乙本均是，红研所校注本《红楼梦》说点改句是错误的，独有己卯、梦稿本同底本原文一样，是正确的。红研所校注本的观点是对的，因为这儿是写焦大醉后骂人，把“白刀子、红刀子”说颠倒了，这样写才符合醉鬼的颠倒口吻。接着写再骂宁府老爷贾珍：当几个小厮把焦大“掀翻捆倒，拖往马圈里去”的时候，他越发较劲儿了，连贾珍都骂出来，“我要往祠堂里哭太爷去。那里承望到如今生下这些畜牲来！每日家偷狗戏鸡，爬灰的爬灰，养小叔子的养小叔子，我什么不知道？咱们‘胳膊折了往袖子里藏！’众小厮听他说出这些没天日的话来，唬的魂飞魄散，也不顾别的了，便把他捆起来，用土和马粪满满的填了他一嘴。”一串骂语，写活了一个老奴才焦大，音容笑貌历历在目；一串骂语，揭开了封建贵族的老底，奢靡腐败淫滥至极；一串骂语，显示了作者的语言魅力，字字生动神情毕肖。这一串骂语，凤姐骂不出，晴雯骂不出，薛蟠骂不出，夏金桂骂不出，连奶妈赵嬷嬷、小厮兴儿也骂不出，所有《红楼梦》中善骂人的人物都骂不出，只有焦大骂得出。为什么呢？因为他的身份、资历、年龄、处境与别人不同，"只因他从小跟着太爷们出过三四回兵，从死人堆里把太爷背了出来，得了命；自己挨着饿，却偷了东西给主子吃；两日没得水，得了半碗水给主子喝，他自己喝马溺。不过仗着这些功劳情分，有祖宗时都另眼相待，如今谁肯难为他去。他自己又老了，又不顾体面，一味吃酒，吃醉了无人不骂。"尤氏这一席话道出了真因实情。难怪鲁迅说："所以这焦大，实在是贾府的屈原，假使他能做文章，我想，恐怕也会有一篇《离骚》之类。"[①]作者能在一千一百多字的篇幅中，把焦大写得那么活灵活现，骂语那么有层次、有深意，一骂赖二，二骂贾蓉，三骂贾珍，越骂越气，越气越骂，越骂越凶，越凶越深，就是因为作者非常熟悉生活，心里装着这种人的模样和心理活动，又善于运用个性化、表现力强的精粹语言的原因。

又如第27回小丫环红玉（即小红）向凤姐回报事情，一口气说了十四个"奶奶"，"红玉道：'平姐姐说：我们奶奶问这里奶奶好。原是我们二爷不在家，虽然迟了两天，只管请奶奶放心。等五奶奶好些，我们奶奶还会了五奶奶来瞧奶奶呢。五奶奶前儿打发了人来说，舅奶奶带了信来了，问奶奶好，还要和这里的姑奶奶寻两丸延年神验万全丹。若有了，奶奶打发人来，只管送在我们奶奶这里。明儿有人去，就顺路给那边舅奶奶带去的。"一口气竟说出了五门子亲戚的奶奶，还要说她们之间的活动，说得李纨都听不懂，着急得只是"嗳哟哟"。这一席话表现了红玉口齿清楚，说话利落，口声简断，同时也刻画出她有意在主子面前卖弄才干以便向上爬的一种心理。果然不错，终于得到了王熙凤的赏识："好孩子，难为你说的齐全。别象他们扭扭捏捏的蚊子似的。……他们必定把一句话拉长了作两三截儿，咬文咬字，拿着腔儿，哼哼唧唧的，急得我冒火，他们那里知道！先时我们平儿也是这么着，我就问他，难道必定装蚊子哼哼就是美人了？说了几遭才好些儿了。”

第二　叙述语言异常凝炼准确

叙事时，作者最善于抓住所要叙述事件的特点，突出地描绘出人物在特定情况下所独有的行动。例如第23回写贾政叫宝玉去，宝玉“拉着贾母扭的好似扭股儿糖”，“一步挪不了三寸，慢慢地蹭到这边来”，“只得挨门进去”，然后“躬身”进去，接着贾政教训了半天，宝玉才“慢慢的退出去，向金钏儿笑着伸伸舌头，带着两个妈妈一溜烟去了”。这里通过叙述的语言，逼真地描绘出宝玉当时的神态，刻画出宝玉天真调皮而又胆怯害怕的心理。

第三　写景语言诗情画意

写景的语言又别具一番情趣，有着浓厚的诗情画意。例如写秦可卿的出殡情况：“一时只见宁府大殡浩浩荡荡、压地银山一般从北而至。”（第14回）是写豪华盛大。

写大观园的景色则是：“只见园中香烟缭绕，花影缤纷，处处灯光相映，时时细乐声喧，说不尽这太平景象，富贵风流。”（第17、18回）这是写繁华夜景。

写潇湘馆的竹林则是“凤尾森森，龙吟细细”，林黛玉正是在这样的环境中午休，“只见湘帘垂地，悄无人声”，贾宝玉“耳内忽听得细细的长叹了一声道：‘每日家情思睡昏昏’。”（第26回）通过竹林和黛玉细声长叹，写出了“静”的气氛，静得仿佛已经听出“静”的声音来了。

写花开就像“喷火蒸霞一般”（第17回），不但有鲜艳的颜色，而且还在闪烁耀眼；写花落则是“许多凤仙、石榴等各色落花，锦重重的落了一地”。（第27回）“锦重重”就是形容掉下的花瓣密密层层。

写大观园夏天中午之景：“（宝玉）忙进大观园来，只见赤日当空，树阴合地，满耳蝉声，静无人语。”（第30回）真是烈日炎炎似火烧，蝉也在噪鸣，烘托了宝玉的烦躁心情。

而写冬日雪景及芦雪庵的环境，又是这样描写：“（宝玉）只见窗上光辉夺目，心内早已踌躇起来，埋怨定是晴了，日光已出。一面忙起来揭起窗屉，从玻璃窗内往外一看，原来不是日光，竟是一夜大雪，下将有一尺多厚，天上仍是搓绵扯絮一般。”“出了院门，四顾一望，并无二色，远远的是青松翠竹，自己却如装在玻璃盒内一般。”（第50回）好一派白雪皑皑的雪景。这里不是“床前明月光，疑是地上霜”[②]，而是“一片绵絮雪，疑是太阳光”了。如果画出来不比北宋杰出的山水画家范宽的《雪景寒林图》《雪山萧寺图》逊色。当然，寒林图、萧寺图画的是北方雪景，群山积雪屏立，古木结林寒柯，雄伟的山河冰封雪裹寒气逼人；而芦雪庵的雪景则是南国风光，具体环境又是大观园内，不像范宽画的境界远大。周围都是芦苇四覆，青松翠竹，还有十几株如胭脂一般的红梅开着，所以是一种秀丽的风格。

第四　文备众体，一声两歌，一手二牍

《红楼梦》是一部文备众体的小说，不但诗词曲赋，满目琳琅，善写性骨；就是书信尺牍，也往往是事有重出，词无再犯。真正是做到了“一声也而两歌，一手也而两牍”。确乎“绛树两歌，一声在喉，一声在鼻；黄华二牍，左腕能楷，右腕能草。神乎技矣！”[③]

我们看，第37回一开始便写了两封信：一封是探春写给宝玉的，说的是组织诗社的事；一封是贾芸写给宝玉的，说的是孝顺两盆白海棠的事。两封信紧接着出现，语汇丰富却风格迥异。作者为了传达所要传达的思想感情和塑造鲜明的形象，因而运用语言也就不同。在简短的两封信中，不但语言是形象生动的、准确的和精炼的，而且还符合探春和贾芸的身份、性格和教养。

探春与宝玉是平辈，所以前款写“娣探谨奉”，上款为“二兄文几”，下款为“此谨奉”。“娣”即女弟，妹妹的意思；“文几”，即书桌。不直写“妹”字，又称“文几”，又云“谨奉”，都表现了探春对宝玉的特别尊敬和故作典雅。而宝玉与贾芸是叔侄关系，侄儿比叔叔还大五六岁，因贾芸长得容貌身材极像宝玉，所以宝玉曾把他认作自己的儿子。所以在信的前款写作“不肖男芸恭请”，上款为“父亲大人万福金安”，下款为“男芸跪书”。这就表现了贾芸攀附宝玉的一副奴才相。

同是书信体，曹雪芹则写来灵活多变，该雅则雅，该俗则俗。写探春的信，语言就很典雅，还用了不少典故，例如“采薪之患”④“投辖攀辕”⑤“棹雪而来”⑥等；更连用骈词偶句，别是一种兴味，例如“风庭月榭，惜未宴集诗人；帘杏溪桃，或可醉飞吟盏。孰谓莲社之雄才，独许须眉；直以东山之雅会，让余脂粉。”而写贾芸的信则是口语化，信中充斥着一种讨好奉承的庸俗气，说什么“男思自蒙天恩，认于膝下，日夜思一孝顺，竟无可孝顺之处。……故变尽方法，只弄得两盆。大人若视男是亲男一般，便留下赏玩。”多么俗气！

两封信，一为典雅，一为通俗；一为清高，一为平庸。两两相比，形成了鲜明的对比。无疑，作者是在表彰探春的“才自精明志自高”的思想和性格，“何我堂堂须眉，诚不若彼裙钗哉？”（第1

回)这岂不符合他的“女尊男卑”的创作思想吗?

曹雪芹不愧是运用语言的巨匠,即使是写两封短短的信札,也不忘人物性格的刻画和主题思想的表达。

第五 “故典”活用

先请读者不要见笑,“故典”就是“典故”,因为曹雪芹在《红楼梦》中多次提到“典故”时,用的就是“故典”这个概念(见第19回),所以我也就照搬了。

从语言学角度来看,故典又称故事、故实,它是“熟语”中的一种。“熟语”就是包括成语、谚语、格言、歇后语等概念的一种定型的词组或句子。广义的来说,凡诗文中引用的或有故事或有出处的词语,都叫故典。《红楼梦》中活用故典非常巧妙,其成就之卓越,可以说是登上了珠穆朗玛峰。现略举数例说明之。

有的加以改头换面,或使它符合人物身份、性格,或使它突出思想性。第27回描写薛宝钗扑蝶时偷听了红玉和坠儿关于丢手帕的谈话后,她心想:“况才说话的语音,大似宝玉房里的红儿的言语。他素昔眼空心大,是个头等刁钻古怪东西。今儿我听了他的短儿,一时人急造反,狗急跳墙,不但生事,而且我还没趣。”“人急造反,狗急跳墙”原来是“人急悬梁,狗急跳墙”的改造,在《三宝太监西洋记通俗演义》⑦第97回,《荡寇志》⑧第95回中,用的就是“人急悬梁,狗急跳墙”。这里曹雪芹把“人急悬梁”改为“人急造反”,对小丫头红玉、坠儿的性格刻画,就具有积极反抗的意义了。又如第42回,宝钗一五一十地说了一大篇画画儿用的东西,“黛玉笑着拉探春悄悄地编排说:‘你瞧瞧,画个画儿又要这些水缸箱子来了。想必他糊涂了,把他的嫁妆单子也写上了。’探春笑说道:

‘宝姐姐，你还不拧他的嘴？你问问他编排你的话。’宝钗笑道：‘不用问，狗嘴里还有象牙不成！’”现代汉语里通常用的是“狗嘴里吐不出象牙”，而这条成语最早出自《抱朴子·清鉴》，原本是象牙出自“鼠口”，不是“狗嘴”，即：“虎尾不附狸身，象牙不出鼠口。”后来就改变为“狗口”了，元朝高文秀《遇上皇》杂剧第一折，刘月仙对她父亲骂赵元说：“父亲，和这等东西有什么好话，讲出什么理来，狗口里吐不出象牙。”到了《红楼梦》里，既不是“鼠口里吐不出象牙”，又不是“狗口里吐不出象牙”，却是“狗嘴里还有象牙不成！”这么一变，语言就灵活了，表现了宝钗稳重和平但又不饶人的性格，是富有感情色彩的质问语气。此其一。

有的把逻辑思维的成语变为形象思维的描写语言。例如，第59回春燕转述她姨妈的歪行被宝玉嘲骂的一段话即是。曹雪芹这样写道：“女孩儿未出嫁，是颗无价之宝玉；出了嫁，不知怎么就变出许多的不好的毛病来，虽是颗珠子，却没有光彩宝色，是颗死珠了；再老了，更变的不是珠子，竟是鱼眼睛了。分明一个人，怎么变出三样来？”显然，这是把成语“鱼目混珠”形象化具体化了，而且竟包含了鱼目“混玉”的内容，由“宝玉”变“珠子”，再变“鱼眼睛”，层层递进，一深究，便进一步了解了作者的妇女观。又如第61回回目写的是“投鼠忌器宝玉瞒赃　判冤决狱平儿行权”，这是为了对称所需，所以用“投鼠忌器”，而在正文里则写作：“平儿笑道：‘这也倒是小事。如今便从赵姨娘屋里起了赃来也容易，我只怕又伤着一个好人的体面。别人都别管，这一个人岂不又生气。我可怜的是他，不肯为打老鼠伤了玉瓶。’说着，把三个指头一伸。袭人等听说，便知他说的是探春。”如此一写，就把“投鼠忌器”这句成语形象、具体了，而且还赋予了新的故事内容，又符合平儿的身份，十分贴切。此其二。

有时为了写作的某种需要,或更改一字,或把两句成语合并使用,绝非无意为之。例如,“高谈快论”(第1回),一般是“高谈阔论”;“美中不足,好事多魔”(第1回)就是把两句成语合并使用,并且把“磨”字改为“魔”字,看来不是传抄的讹误;还有“掩耳偷铃”(第9回),“千载希逢”(第16回),“唯利是命”(第59回),“水来伸手,饭来张口”(第61回),“欲令智昏”(第62回),特别是“朝更暮改”(第66回)显然是从“朝三暮四”“朝令夕改”脱化而来的。此其三。

有的则是自铸新词,纯属创新,既不出于“经传”,又不见于俗谚。例如,贾宝玉说的“女儿是水作的骨肉,男人是泥作的骨肉”(第2回);把热衷功名富贵的人一概斥之为“禄蠹”(第19回)等等。难怪脂砚斋曾评“禄蠹”一词说:“二字从古未见,新奇之至。”此其四。

还有,有时把成语俗变,使其口语化。例如第46回写到凤姐揣度鸳鸯嫁不嫁贾赦的一段心理描写,作者就用了这种手法:“那时太太又见了应了我的话,羞恼变成怒,拿我出起气来,倒没意思。”“羞恼变成怒”就是“恼羞成怒”的俗变、口语化。此其五。

第六　人物对话更是绝妙

谈到《红楼梦》的语言,其实在书中属于作家自己叙说的部分并不多,最多的还是他笔下的人物的语言。这是很值得注意的一个特点。所以阅读《红楼梦》要特别注意人物的对话。

中外的著名小说家,多以描写人物对话见长。高尔基就很叹服巴尔扎克小说里巧妙的对话。鲁迅曾指出:“中国还没有那样好手段的小说家,但《水浒》和《红楼梦》的有些地方,是能使读者由说话看出人来的。”[⑨]《红楼梦》通过对话不但把主要人物写得个性鲜明、活灵活现，就是次要人物也是如此。第4回的“葫芦案”故事就是一例。在前面“成功的人物塑造手法”中已经谈过，兹不赘述。这里再举另外一个例子。

在第17回中运用对话的写法更为成功。在整个大观园试才题对额的全过程中，通过贾宝玉和贾政及一帮清客相公之间的对话，作者竭力地刻画了宝玉的才华。宝玉从《离骚》《文选》汉魏大小赋到唐诗、宋文，都熟读如流，能够学以致用，直压倒读腐了四书五经的贾政之流，面对宝玉的才华，清客相公们瞠目口呆，贾政只有不断“拈须”而已。贾政本来想扼杀宝玉的才华，而宝玉却独立自主，不依附，不随俗，偏偏总有自己的独到见解。

除上述例证之外，还有很多，例如第9回“顽童闹学堂”的对话，就格调不同，显得粗俗活泼，符合少年儿童的声口性情，堪称一篇儿童文学佳作；第30回中写“宝钗借扇机带双敲”的故事，主要是写宝黛钗三个当事人的对话，在场的凤姐也插嘴，顺便就揭出了他们三人的心病；第44回中，贾母解决凤、琏、平三角矛盾的过程中，整个对话又是呈现出一种带有时代特征的表情达意方式；第61回，关于“厨房风波”中的对话，则通过奴仆之间的派系斗争，也反映了主子之间争权夺利的矛盾，透露了贾府面临的经济危机，小小的厨房也变成了封建社会的小小缩影，对话不是空虚的语言外壳，而是蕴藏着深刻的思想意义。等等等等，举不胜举。

第七　修辞丰富多彩

修辞现象是一种语言现象，在人类使用语言的过程中就产生了。修辞，就是修饰文辞，也是修辞学的一种简称，顾名思义，就是关于语言修饰的一门学问,研究如何运用各种语文材料及其表现方式,使语言表达的准确、鲜明而生动有力,用以指导说写听读的学问。但是修辞不是一成不变的,它也随着社会、时代的发展变化而发展变化。修辞又有广义、狭义之分:广义的是指语音、词语、句法、篇章、语体、文体以及语言风格方面的修辞,狭义的主要是指修辞格。我们通常说的修辞方法、修辞特点,就是指修辞格而言。《红楼梦》在修辞方面也是丰富多彩的,其例证无论是从广义的还是从狭义的角度,都可以举出许多范例来,堪称一部我国古代的出色的修辞教科书。这儿仅就修辞格方面谈谈它的特色。

其一,语言学家对修辞格的分类一直存在着不同意见,尽管如此,还是在大的方面取得了一致,特别是新时期以来,我国的汉语修辞学研究同别的许多学科一样,取得了较大进展,呈现出一片繁荣兴旺景象,仅修辞格的研究和发现,其总量已达到 110 多种,且有不断增加之势。去掉有争论的重复的同实异名的修辞格,例如较物、借用、闪避、移用、补正、易色、略示、诡谐等外,经常出现或运用的约有 80 种,而这 80 种在《红楼梦》中均能找到典型例证。由于篇幅所限,仅举 20 种加以说明。

1. 借代格。甲事物同乙事物不相类似,但有不可分离的关系,利用这种关系,以乙事物的名称来代替甲事物的,叫借代,也称换名、替代、代替。例如:"李氏道:'嗳呦!这硬的是什么?'平儿道:'钥匙。'李氏道:'什么钥匙?要紧梯己东西怕人偷了去,却带在身上。我成日家和人说笑,有个唐僧取经,就有个白骨精来送盔甲;有个凤丫头,就有个你。你就是你奶奶的一把总钥匙,还要这钥匙作什么。'"(第 39 回)这是以东西代替王熙凤的全部财物,以总钥匙代替平儿。

2. 映衬格。将两类相关、相对或相反的事物,或者同一事物相关、相对或相反的两个方面，放置在一起，使它们彼此相形相映相衬，用以表达一种意蕴深远的情景，或说明和强化一种道理，叫映衬。例如："宝玉说：'关院门罢。'袭人笑道：'怪不得人说你是"无事忙"，这会子关了门，人倒疑惑，越性再等一等。'"（第63回）这儿袭人说的"无事忙"原是在第37回中宝钗讥诮宝玉的话，当时宝玉和众姐妹组织了诗社，分别都起了稻香老农、蕉下客、潇湘妃子、蘅芜君等别号，宝玉着急了，说："我呢？你们也替我想一个。"宝钗笑道："你的号早有了，'无事忙'三字恰当的很。"李纨道："你还是你的旧号'绛洞花主'就好。""无事忙"在这儿属于一件事物上两种辞格两个观点的映衬。

3. 双关格。在一定的语言环境中，运用一个语音、语词或句子，同时关联两种不同的事物，表达双重含义即是。例如："这里宝玉又说：'不必温暖了，我只爱吃冷的。'薛姨妈忙道：'这可使不得，吃了冷酒，写字手打颤儿。'宝钗笑道：'宝兄弟，亏你每日家杂学旁收的，难道就不知道酒性最热，若热吃下去，发散的就快；若冷吃下去，便凝结在内，以五脏去暖他，岂不受害？从此还不快不要吃那冷的了。'宝玉听这话有情理，便放下冷酒，命人暖来方饮。黛玉磕着瓜子儿，只抿着嘴笑。可巧黛玉的小丫环雪雁走来与黛玉送小炉，黛玉因含笑问他：'谁叫你送来的？难为他费心，那里就冷死了我！'雪雁道：'紫鹃姐姐怕姑娘冷，使我送来的。'黛玉一面接了抱在怀中，笑道：'也亏你倒听他的话。我平日和你说的，全当耳旁风；怎么他说了你就依，比圣旨还快些！'宝玉听这话，知是黛玉借此奚落他……"（第8回）这显然是黛玉以"冷热"、"听话"为题，借题发挥，指桑骂槐，把两个对象关联在一起，暗指宝玉、宝钗。而第30回"龄官划蔷"的"蔷"字，却是同字双关，龄官面对盛开的蔷薇花，把满腹心思、深爱贾蔷的情感寄托在这个"蔷"字上，简单的一字二用,表现了人物的一种特殊心境。

4. 呼告格。在对话或自语中撇开听者或读者,突然直呼话中的人或物,并对其说话,即呼告格。例如:当薛蝌、薛宝琴、李纹、李绮进京后,"宝玉忙忙来至怡红院中,向袭人、麝月、晴雯等笑道:'你们还不快看人去!谁知宝姐姐的亲哥哥是那个样子,他这叔伯兄弟形容举止另是一样了,倒象是宝姐姐的同胞弟兄似的。更奇在你们成日家只说宝姐姐是绝色的人物,你们如今瞧瞧他这妹子,更有大嫂嫂这两个妹子,我竟形容不出了。老天!老天!你有多少精华灵秀,生出这些人上人来!'"(第49回)写宝玉和探春、岫烟、李纹、李绮一起钓鱼时,"刚有一个鱼儿在水边吐沫,宝玉把竿子一幌,又唬走了。急得宝玉道:'我是个性儿急的人,他偏性儿慢,这可怎么样呢?好鱼儿!快来罢!你也成全成全我呢!'说得四人都笑了。"(第81回)呼告是人们用来抒发强烈感情的修辞格,前例是对人呼告,后例是对物的呼告。

5. 夸张格。为了表达的需要,故意言过其实,对客观的人、事、物作扩大或缩小的描述即是,又称铺张、夸饰、增语等。这个修辞格,古人已经注意到了,如所谓"增语"、"增文"(详见王充《论衡》卷七卷八《语增》《儒增》《艺增》等篇)。所谓"夸饰"(刘勰《文心雕龙》卷八《夸饰》篇),所谓"激昂之言"(晁补之、胡仔《苕溪渔隐丛话》前集卷八引《诗眼》),便都是专论夸张修辞格的。《红楼梦》里的夸张地方极多,仅举两例:(1)雨村、士隐"二人归坐,先是款斟慢饮,次渐谈至兴浓,不觉飞觥限斝起来。……二人愈添豪兴,酒到杯干。"(第1回)这是超前夸张,把后起的现象"杯干"说成与先有的现象"酒到"的同一时间。(2)"刘姥姥带着板儿,先来见凤姐儿,说:'明日一早定要家去了。虽住了两三天,日子却不多,把古往今来没见过的,没吃过的,没听见过的,都经验了。

……’”(第 42 回)这是普通夸张,即在事物原来基础上直接夸张。

6. 避讳格。遇有犯忌讳的事物,不忍或不便直接说出,而改用其他说法来回避掩盖或装饰美化,称避讳,也称讳饰。例如,该修辞格在第 11 回中就出现了两次:一次在开头,宁府为贾敬寿辰设宴,特请贾母而却没来,贾珍尤氏探问,“凤姐未等王夫人开口,先说道:‘老太太昨日还说要来着呢,因为晚上看着宝兄弟他们吃桃儿,老人家又嘴馋,吃了有大半个,五更天的时候就一连起来了两次,今日早晨略觉身子倦些,因叫我回大爷,今日断不能来了,说有好吃的要几样,还要很烂的。’”这里把“泻肚”改用为“起来”,显得真切、文雅,一个词语的更换,表现了人物的谈话艺术。另一次是在结尾,当凤姐看望了秦可卿的病后,“到了尤氏上房坐下,尤氏道:‘你冷眼瞧媳妇是怎么样?’凤姐儿低了半日头,说道:‘这实在没法儿了。你也该将一应的后事用的东西给他料理料理,冲一冲也好。’尤氏道:‘我也叫人暗暗的预备了。就是那件东西不得好木头,暂且慢慢的办罢。’”“那件东西”,“后事用的东西”,就是指棺材、寿衣等,为了避讳而不直接说出。这是说法更换的避讳。

7. 析字格。把所有的字析为形、音、义三个方面,看别的字有一面同它相合相连,随即借来代替或推衍上去,叫析字格。析字分为化形析字、谐音析字和衍义析字三类。这三类在《红楼梦》中都有,现各举一例:(1)几张揭帖儿贴在荣国府的门上,上面写着:“西贝草斤年纪轻,水月庵里管尼僧。一个男人多少女,窝娼聚赌是陶情。不肖弟子来办事,荣国府内出新闻。”(第 93 回)这说的是贾芹在水月庵里和女尼沁香女道鹤仙勾搭上了。“西贝草斤”四字合起来就是贾芹,这是典型的化形析字法。(2)贾府四位小姐元春、迎春、探春、惜春的名字谐音“原应叹息”,詹光谐音“沾光”,卜固修谐音“不顾羞”,卜世仁谐音“不是人”等等,这是谐音析字法，脂砚斋批语中早已指出。(3)“宝玉道：‘想必是这个原故。等我回去问了是谁，教训教训他们就好了。’黛玉道：‘你的那些姑娘们也该教训教训，只是我论理不该说。今儿得罪了我的事小，倘或明儿宝姑娘来，什么贝姑娘来，也得罪了，事情岂不大了？’说着抿着嘴笑。”(第28回)“宝姑娘”是宝钗，“贝姑娘”并无此人，只因“宝”“贝”两字意义相连，于是随语牵涉推衍上去，由宝姑娘仿造出贝姑娘，以此嘲笑宝玉平日实爱宝钗，把宝钗当作“宝贝”。这是典型的衍义析字法。

8. 析词，又称拆词，即把多音节的词语临时拆开来用，以增强表达效果。这种修辞格在《红楼梦》中也出现了不少，例如：“于是尤氏一行人悄悄的来至窗下，只听里面称三赞四，要笑之音虽多，又兼有恨五骂六，忿怨之声亦不少。”(第75回)有时又把成语拆用。例如：“恼羞成怒”在王熙凤口里就变成了“羞恼变成怒”(详见第46回)，这就把成语拆用了。

9. 飞白格。故意运用白字，便是飞白格。其实“白”字就是“别”字，因为平常人们都叫作白字，所以修辞学家们就约定俗成，也把这种明知其错故意仿效，叫作“飞白”了。例如：湘云走来，笑道：“爱哥哥，林姐姐，你们天天一处玩，我好容易来了，也不理我一理儿。”黛玉笑道：“偏是咬舌子爱说话，连个‘二’哥哥也叫不出来，只是‘爱’哥哥‘爱’哥哥的。回来赶围棋儿，又该你闹‘幺爱三四五’了。”宝玉笑道：“你学惯了他，明儿连你还咬起来呢。”……湘云笑道：“这一辈子我自然比不过你。我只保佑着明儿得一个咬舌的林姐夫，时时刻刻你可听‘爱’‘厄’去。阿弥陀佛！那才现在我眼里！”(第20回)又如满腹粪土的薛蟠，把明代著名画家的落款念错时，宝玉便问薛蟠道：“你看真了是‘庚黄’？”薛蟠道：“怎么看不真！”宝玉将手一撒，与他看道：“别是这两字罢？其实与‘庚黄'相去不远。"众人都看时,原来是"唐寅"两个字,都笑道:"想必是这两字,大爷一时眼花了也未可知。"薛蟠只觉没意思,笑道:"谁知他'糖银''果银'的。"(第26回)"庚黄""糖银"便是飞白,一从字形,一从读音。

10. 节缩格。为了修辞上的需要而把多音节词语加以精简压缩的修辞手法,就叫节缩。节缩辞格和词语的紧缩不同,前者除协调音节外,重在造成某种情趣,以刻画人物性格,或表示某一种特定环境,而后者主要在于叙述简练明快。节缩都是音形上的变化,其意义并没有什么增减。例如第40回:林黛玉道:"我最不喜欢李义山的诗,只喜他一句'留得残荷听雨声'。偏你们又不留着残荷了。"宝玉道:"果然好句,以后咱们就别叫人拔去了。""别"字就是"不要"的节缩。

11. 返射格。把对方说的话,借用来为讥讽和戏谑对方的修辞手法,就叫返射。联想是返射格的心理基础。例如:第28回写林黛玉因昨夜晴雯不开门一事,错疑在宝玉身上,后来黛、宝、钗三人见面了,宝钗对宝玉"笑道:'你正经去罢!吃不吃陪着林姑娘走一趟,他心里打紧的不自在呢。'宝玉道:'理他呢,过一会子就好了。'……宝玉进来,只见地下一个丫头吹熨斗,炕上两个丫头打粉线,黛玉弯着腰拿着剪子裁什么呢。宝玉走进来笑道:'哦!这是做什么呢?才吃了饭,这么空着头,一会子又头疼了。'黛玉并不理,只管裁他的。有一个丫头说道:'那块绸子角儿还不好呢,再熨他一熨。'黛玉便把剪子一撂,说道:'理他呢,过一会子就好了。'宝玉听了,只是纳闷。只见宝钗探春等也来了,和贾母说了一回话。宝钗也进来问:'林妹妹做什么呢?'因见林黛玉裁剪,因笑道:'妹妹越发能干了,连裁剪都会了。'黛玉笑道:'这也不过是撒谎哄人罢了。'宝钗笑道:'我告诉你个笑话儿,才刚为那个药,我说了个不知道,宝兄弟心里不受用了。'林黛玉道:'理他呢,过一会子就好了。'"前后三次出现了"理他呢,过一会子就好了",宝玉的这句话是由宝钗的一句话引起。对此,黛玉极敏感精明,她绝不允许宝玉在宝钗面前如此对待她,因此首次引用宝玉的话,借题发挥,指桑骂槐,弄得宝玉直纳闷。后来宝钗来了,黛玉又运用返射战术,再次讥讽宝玉,这样就成功地表现了黛玉思维敏锐、毫不饶人的性格特征。因为两次引用都是同一句话,所以叫单项返射。

12. 谲辞格。为了刻画人物、安排情节、创造气氛、语言生动,因而需要说点儿假话,这叫谲辞。例如第32回写到宝玉呆站着出了神,把袭人当作黛玉,并对袭人说道:"好妹妹,我的这心事,从来也不敢说,今儿我大胆说出来,死也甘心!我为你也弄了一身的病在这里,又不敢告诉人,只好掩着。只等你的病好了,只怕我的病才好呢!睡里梦里也忘不了你!""这里袭人见他去了,自思方才之言,一定是因黛玉而起,如此看来,将来难免不才之事,令人可惊可畏。想到此间,也不觉怔怔的滴下泪来,心下暗度如何处治方免此丑祸。正裁疑间,忽有宝钗从那边走来,笑道:'大毒日头地下,出什么神呢?'袭人见问,忙笑道:'那边两个雀儿打架,倒也好玩,我就看住了。'"我们看袭人为了掩饰自己、保护宝玉、搪塞宝钗,她在感情激动和思维紧张的状态中应变自如,顺口说出一句假话,连聪明的宝钗也未识破其假。这是属于单句谲辞的修辞格。

13. 繁复格。运用众多的修饰性、形容性语句,细致、集中地描述同一事物或意思,就叫繁复。繁复和反复不一样,反复是为了突出某个意思,强调某种感情,特意重复某个词语或句子。有两种繁复,例如:(1)"这里林黛玉体贴出手帕子的意思来,不觉神魂驰荡:宝玉这番苦心,能领会我这番苦意,又令我可喜;我这番苦意,不知将来如何,又令我可悲;忽然好好的送来两块旧帕子来,若不是领我深意,单看了这帕子,又令我可笑;再想令人私相传递与我,又可惧;我自己每每好哭,想来也无味,又令我可愧。如此左思右想,一时五内沸然炙起。”(第34回)这是一种陈述性的繁复,作者运用了众多的形容语句,集中而细腻地描写了黛玉的复杂的内心世界,为她下面写题帕诗铺平了道路。(2)宝玉“遂提笔立占一偈云:你证我证,心证意证。是无有证,斯可云证。无可云证,是立足境。”(第22回)这是一种隔词繁复。

14. 体变格。即运用语体的变化来达到修辞上的目的的修辞方法。每种语体都有各自的特点和功能,在运用某一语体写作时,突然造成中断,而插入另一语体形式,然后再回复到原来语体上去,造成生动的表达效果,这便是体变。例如:“正值凤姐近日多事之时,无片刻闲暇之工,见贾琏远路归来,少不得拨冗接待,房内外无人,便笑道:‘国舅老爷大喜!国舅老爷一路风尘辛苦。小的听见昨日的头起报马来报,说今日大驾归府,略预备了一杯水酒掸尘,不知赐光谬领否?’贾琏笑道:‘岂敢岂敢,多承多承。’一面平儿与众丫环参拜毕,献茶。贾琏遂问别后家中的诸事,又谢凤姐的操持劳碌。凤姐道:‘我那里照管得这些事!见识又浅,口角又笨,心肠又直率,人家给个棒槌,我就认作“针”。脸又软,搁不住人给两句好话,心里就慈悲了。况且又没经历过大事,胆子又小,太太略有些不自在,就吓的我连觉也睡不着了。我苦辞了几回,太太又不容辞,倒反说我图受用,不肯学习了。殊不知我是捻着一把汗儿呢。一句也不敢多说,一步也不敢多走。……’”(第16回)开头接风的一段话是文言书面语体,后面的一段话即转成了白话口语体,这种对比和反差既是和谐统一的,又是生动活泼的,这样写,就很好地表现了凤姐的性格特征。

15. 示现格。将不是在眼前的事物说得如在眼前一样即示现。例如:第 16 回写到贾琏、凤姐和赵嬷嬷说到了元春省亲的时候,联想到了贾王二家从前接驾的故事。赵嬷嬷道:“嗳哟哟,那可是千载希逢的! 那时候我才记事儿,咱们贾府正在姑苏扬州一带监造海舫,修理海塘,只预备接驾一次,把银子都花的淌海水似的! 说起来……”凤姐忙接道:“我们王府也预备过一次。那时我爷爷单管各国进贡朝贺的事,凡有的外国人来,都是我们家养活。粤、闽、滇、浙所有的洋船货物都是我们家的。”赵嬷嬷道:“那是谁不知道的? 如今还有个口号儿呢,说‘东海少了白玉床,龙王来请江南王’,这说的就是奶奶府上了。还有如今现在江南的甄家,嗳哟哟,好势派! 独他家接驾四次,若不是我们亲眼看见,告诉谁谁也不信的。别讲银子成了土泥,凭是世上所有的,没有不是堆山塞海的,‘罪过可惜’四个字竟顾不得了。”

16. 反语格。使用与本意相反的语句,表达本意,这叫反语,也称反话、反辞。例如:“一时众人来了。探春故问何事。凤姐笑道:‘因丢了一件东西,连日访察不出人来,恐怕旁人赖这些女孩子们,所以越性大家搜一搜,使人去疑,倒是洗净他们的好法子。’探春冷笑道:‘我们的丫头自然都是些贼,我就是头一个窝主。既如此,先来搜我的箱柜,他们所有偷了来的都交给我藏着呢。’说着便命丫头们把箱柜一齐打开,将镜奁、妆盒、衾袱、衣包若大若小之物一齐打开,请凤姐去抄阅。”(第 74 回)这是用于表示愤怒的反语。而第 19 回写到宝玉要和黛玉躺在床上夺枕头时,“黛玉听了,睁开眼,起身笑道:‘真正你就是我命中的天魔星! 请枕这一个。’说着,将自己枕的推与宝玉,又起身将自己的再拿了一个来,自己枕了,二人对面倒下。”“天魔”,本是佛家障碍佛法、破坏善事的魔鬼,这里是缠人的冤家的意思,“天魔星”是反语,却用以表示亲昵。又如,贾环写了一首绝句,贾政看了遂不悦道:“可见是弟兄了。发言吐气总属邪派，将来都是不由规矩准绳，一起下流货。妙在古人中有‘二难’，你两个也可以称‘二难’了。只是你两个的‘难’字，却是作难以教训之‘难’字讲才好。哥哥是公然以温飞卿自居，如今兄弟又自为曹唐再世了。”（第75回）这又是把典故反用的反语修辞。“二难”原是指《世说新语·德行》所载关于陈元方、陈季方两兄弟的故事，兄弟二人才德俱优，难分高下。这里的“二难”是反其意而用之。

17. 婉转，即不直接道出本意，而用委婉含蓄的语言烘托暗示。由于这种辞格用语曲折，所以又称婉言、婉曲。例如，第56回写到宝钗协理探春理家的情节时，她和众婆子的谈话，不摆出小姐的架子，也不像探春那样严厉训斥，而是在委婉中晓之以理，动之以情，间接而又鲜明地警告了众婆子，达到了预期的目的。宝钗笑道：“妈妈们也别推辞了，这原是分内应当的。你们只要日夜辛苦些，别躲懒纵放人吃酒赌钱就是了。不然，我也不该管这事；你们一般听见，姨娘亲口嘱托我三五回，说大奶奶如今又不得闲儿，别的姑娘又小，托我照看照看。我若不依，分明是叫姨娘操心。你们奶奶又多病多痛，家务也忙。我原是个闲人，便是个街坊邻居，也要帮着些，何况是亲姨娘托我。我免不得去小就大，讲不起众人嫌我。倘或我只顾了小分沽名钓誉，那时酒醉赌博生出事来，我怎么见姨娘？你们那时后悔也迟了，就连你们素日的老脸也都丢了。这些姑娘小姐们，这么一所大花园，都是你们照看，皆因看得你们是三四代的老妈妈，最是循规遵矩的，原该大家齐心，顾些体统。你们反纵放别人任意吃酒赌博，姨娘听见了，教训一场犹可，倘若被那几个管家娘子听见了，他们也不用回姨娘，竟教导你们一番。你们这年老的反受了年小的教训，虽是他们是管家，管的着你们，何如自己存些体统，他们如何得来作践。所以我如今替你们想出这个额外的进益来，也为大家齐心把这园里周全的谨谨慎慎，使那些有权执事的看见这般严肃谨慎，切不用他们操心，他们心里岂不敬伏？也不枉替你们筹画进益，既能夺他们之权，生你们之利，岂不能行无为之治，分他们之忧。你们去细想想这话。”结果众婆子接受了理家规定，都欢声鼎沸，一致赞扬宝钗说的很是，并表态说：“从此姑娘奶奶只管放心，姑娘奶奶这样疼顾我们，我们再要不体上情，天地也不容了。”

18. 巧缀格。即对某一词语或某一事物加以曲解，随后趁势说出另一个意思与之相接，巧妙地形成一种特殊的语言情趣。这是一种修辞新格。《红楼梦》里也有例证。例如，第54回中写贾母讲了一个“一家子养了十个儿子娶了十房媳妇”的笑话，说最小的媳妇聪明伶俐，心巧嘴乖，公婆最疼，为什么单单这个最小的会是这样呢？是因为她吃了孙行者的尿。贾母“说毕，大家都笑起来。凤姐笑道：‘好的，幸而我们都笨嘴笨腮的，不然也就吃了猴儿尿了。’尤氏娄氏都笑向李纨道：‘咱们这里谁是吃过猴儿尿的，别装没事人儿。’薛姨妈笑道：‘笑话不在好歹，只要对景就发笑。’说着又击起鼓来。”凤姐的话之所以引人发笑，一是她用了巧缀辞格，把贾母的话先曲解为真事，然后就势说下去，巧妙地构成了情趣；二是像薛姨妈说的“笑话不在好歹，只要对景就发笑”。这里对景就是贾母说话有所指，而凤姐又有所应，这就构成了巧曲事理的巧缀。

19. 跳脱格。语言因为特殊的情境，比方心思的急转，事物的难言等等，于是故意半路中断了语路，造成语意不全或句子成分残缺，这就是跳脱。例如：“探春紫鹃正哭着叫人端水来给黛玉擦洗，李纨赶忙进来了。三个人才见了，不及说话。刚擦着，猛听黛玉直声叫道：‘宝玉，宝玉，你好……’说到‘好’字，便浑身冷汗，不作声了。"（第98回）遇到这种修辞现象，即呼告急收时，标点符号往往使用"……"或"——"，但一定要和省略格区别开来。所谓"省略"是指话中可以省略的语句省略了。这一呼告急收的跳脱，使多少读者感情回旋激荡，作过多少猜测，进行过多少想象！

20. 对偶，即用字数相等、句法相同或相似的语句表现相反或相关的意思，就是对偶格，也称对仗。这是修辞学上极普通的经常用的一种修辞方法，在《红楼梦》中俯拾皆是。例如，每回的回目，都是上下两联各以八字组成，一字一句对得非常工整，不仅讲究炼字炼句，而且还能提示故事内容，像第19回回目："情切切良宵花解语，意绵绵静日玉生香"；第29回回目："享福人福深还祷福，多情女情重愈斟情"；第76回回目："凸碧堂品笛感凄情，凹晶馆联诗悲寂寞"等等。

其二，由于《红楼梦》的修辞手法、修辞格运用之多之广之好，所以使这部小说呈现出一种绘画美、音乐美、对称美、意境美、风格美、哲理美、悲剧美诸方面综合起来的整体美，这个艺术特色值得大书特书，因为它不仅在中国小说领域里是空前的，就是在世界文学名著中也是罕见的。[⑩]

【注释】

①《言论自由的界限》，《鲁迅全集》，人民文学出版社1957年版，第5卷，第94页。

②李白《静夜思》。

③戚蓼生《石头记序》，见一粟编《红楼梦卷》中华书局1980年版，第一册第27页。

④出自《孟子·公孙丑下》，意思是有病不能打柴。后人引申用作自称有病的婉辞。

⑤出自《汉书·陈遵传》,记叙陈遵嗜酒好客,宴饮时常将客人的车辖投入井中,牵挽住车辕,使客人不得离去。此处极言留客殷切。

⑥出自《世说新语·任诞》,记叙王子猷冒雪访戴安道,乘兴而去,兴尽而返。此处意即乘兴而来。

⑦简称《西洋记》,明代罗懋登作。

⑧又称《结水浒传》,清代俞万春作。

⑨《看书琐记》,《鲁迅全集》第5卷第429页。

⑩本节所有例证均采用自红研所校注本《红楼梦》。

(四)梦境艺术

"梦"是属于心理学范畴的概念,是当人睡眠时局部大脑皮质还没有完全停止活动而引起的脑中的表象活动,往往出现一种幻象及错觉,形成一种十分离奇的梦境。做梦,几乎人皆有之,在人类的生活现象中是极普通的事实。可是当这种现象落入了作家尤其是那些天才的作家笔下,竟会撰写出丰采多姿、光怪陆离的文学作品来。古今中外的文学巨匠,通过梦境的艺术手法,描绘了多少杰出的生活画卷。像司汤达尔的《红与黑》、陀思妥耶夫斯基的《伯父的梦》、《白夜》、列夫·托尔斯泰的《安娜·卡列尼娜》、夏洛蒂·勃朗特的《简·爱》、詹姆斯·乔伊斯的《菲涅根的守灵》,我国明代汤显祖的《玉茗堂四梦》传奇剧、郭沫若的《残春》以及茅盾的《子夜》等,都是著名例子。

"文章中插入梦境的手法,这是文学家所惯用的。文学家所写的梦如是纯粹的纪实,那它的前尘、后影必能节节合拍,即经读者严密的分析,也不会寻出破绽来。文学家所写的梦如是出于虚构,那就非有精密的用意在梦前布置时,便会立地露出马脚。换句话说,就是不自然。在梦前布置是什么意思呢?就是梦境所经的现象或梦中的潜在内容都要在入梦前准备好,要把生理的和心理的材料一一布置起来,并且要把构成梦的中心意识拿稳。假如全无准备,全无布置,一场幽梦,突然而来,无论梦境如何离奇,愈离奇我们只好愈说它是失败之作。在作品中做梦的文学家,你们经过这道用意过没有?在天才的作者,本来他才既超凡,即使没有有意识的准备,而他在无意识中也能使他的作品合理。""文艺的创作比如在做梦。梦时的境地是忘却肉体、离去物界的心的活动。创作家要有极丰富的生活,并且要能办到忘我忘物的境地时,才能做得出好梦来。真正的文艺是极丰富的生活由纯粹的精神作用所升华过的一个象征世界。文艺的批评比如在做梦的分析,这是要有极深厚的同情或注意,极锐敏的观察或感受,在作家以上与作家同等的学殖才能做到。由一种作品的研究而言应该这么样,由一个作家的研究而言也应该这么样。一个作家的生活,无论是生理的或精神的,以及一个作家的环境,无论是时间的或空间的,都是他的梦(作品)的材料;非有十分的研究不能做占梦的兆人。"这是郭沫若同志在《批评与梦》[①]一文中说的话。这话说得很有见地,是创作经验之谈,用来分析《红楼梦》中关于梦境的描写十分剀切,所以我不嫌冗长把它引了出来。

伟大的小说《红楼梦》写梦之多之好之活,恐怕在世界文学宝库中也是罕见的。

在阅读《红楼梦》的过程中,前八十回我以庚辰本为准,后四十回以程乙本为准,又参阅了《红楼梦》校订出版小组搞的"征求意见稿"新校本《红楼梦》,作了一个不准确的统计,发现全书总共写了大大小小的梦三十二个,前八十回中共写了二十个梦,后四十回中共写了十二个梦。我将这三十二个梦境描写录出,作了索引,加了按语,从思想上和艺术上作了一些分析。这三十二个梦,前八十回的二十个系曹雪芹所写;后四十回的十二个系续书者所写。总的来说,虽各有千秋,都为自己所确定的创作思想、主题、结构、人物形象服务,但比较下来,还是以曹氏的为好。

不可忽视,作者开宗明义第 1 回便写梦。这里,通过甄士隐做梦,以梦幻写出了神瑛侍者和绛珠仙草的情缘。二物下凡就是贾宝玉和林黛玉。梦境写到"通灵宝玉",写到"太虚幻境",已为全部小说的情节做了铺垫,起了楔子的作用。首先写梦,在于说明作者的创作思想,表明作者是故意将真事隐去,而借"通灵"之说,撰此《石头记》,故有甄士隐云云。后面的"假语村言"更进一步证明作者为避免文字狱的灭顶之祸而为。

《红楼梦》里的梦境描写,该长则长,该短则短,真正做到了详略得当。全书中最长的要数第 5 回贾宝玉梦游太虚幻境,其次便是第 82 回林黛玉的一场恶梦和第 116 回贾宝玉再游真如福地;而最短的则是第 13 回贾宝玉在梦中听见说秦氏死了和第 89 回林黛玉睡梦中常听见有人叫宝钗为宝二奶奶,这两个梦都没有展开来写,而是用最简洁的语言,一笔带过。这些梦境的描写,长也好,短也好,详也好,略也好,都不是可有可无的,它们或者为深化主题思想服务,或者为刻画人物性格服务。

紧密地为深化作品的主题思想服务,这是《红楼梦》中梦境描写的一个特色。例如第 5 回,专写红楼之梦,是全书中写梦最长最充实也是最难懂的一次。以后出现的大大小小关于梦境的描写,盖源于此。全回中,若加上回目中的"梦"字,共出现了十六次。这一回的梦境是写贾宝玉随贾母到宁府赏梅,在秦氏房中睡午觉而做梦的内容。通过这个梦境的描写,一则预示了金陵十二钗的命运，以画册、歌曲概括影射之；二则表现出作者的卓越的创作才华，那种丰富的想象，奇特的夸张，令人惊羡。《红楼梦》全书是严格的现实主义创作方法，而这一回却特别地表现出浓重的浪漫主义色彩；三则点出了全书的辅线（或称副线），即关于爱情的描写。在爱情描写上，作者主张“意淫”，反对“乱淫”。意淫者，体贴、同情、尊重女子的一种特殊感情；乱淫者，一味调笑无厌、云雨无时的单纯性欲的一种表现。有一条脂评说：“宝玉一生心性，只不过是‘体贴’二字，故曰‘意淫’。”应当承认第5回这个梦境的描写，是为全书主要人物的活动作了引子，为小说的辅线作了开拓。固然，新旧红学家片面地把第5回作为全书的总纲是错误的，但也不应该完全否定这一条线。这一条线在全书中占的比重相当大，否定《红楼梦》中有爱情的描写，是无视客观存在的虚无主义观点。怎样把第4回和第5回有机地联系起来看，全面地辩证地分析，是阅读、分析、评论《红楼梦》的关键之一。把《红楼梦》的爱情主题和政治主题二者对立起来，或者将其中任何一种游离出来，不是马列主义的观点。在任何阶级社会中，爱情是从属政治的。《红楼梦》中关于爱情悲剧和政治矛盾的描写，像水乳一样地交融在一起。不应当完全否定小说中关于爱情的描写，而应当解释清楚爱情这个副主题怎样服从于政治这个正主题？不应当只承认阶级斗争一条线，而应当解释清楚主线、副线，两条线怎样相辅相成？[②]从警幻仙姑对贾宝玉讲解关于“意淫”的一段话，就可证明作者要使爱情的描写服从政治的主题这个创作意图。作者借警幻之口教诲宝玉：“而今后万万解释，改悟前情，留意于孔孟之间，委身于经济之道。”这种观点正是作者所反对的，从全书来看都如此，这不是作者的忏悔之言，更不是作者坚持的主张，而是借假隐真而已。反对孔孟之道是《红楼梦》政治主题中的一个重要侧面，宁荣二府视宝玉为贾府可以继业者,然宝玉却直接背叛祖宗,整日在内帏厮混,顽劣异常,不喜读书。可见此回梦境的描写,也为后来写宝玉反儒言行作了伏笔。又如第13回写王熙凤作梦,秦可卿托梦,在梦中秦氏对凤姐说的一席话,劝告凤姐治家的道理,也直接烘托了正主题,是为贾、史、王、薛四大家族兴衰变化这个主题服务的。同时影射了抄家之事,流露了作者对当时最高统治集团的不满。最有意趣的是第72回中写凤姐梦见宫里一位娘娘向她夺一百匹锦的梦。这儿不是直接写凤姐做梦,而是让凤姐在梦后说梦,这是一种手法写梦。这个梦,从思想上看,衬托了贾府走向衰败的景象,把它放在第72回中别具深刻意义。这时贾府为贾母祝八旬大寿,已经是日子不好过了,每况愈下,难以支持,经济亏空,不得不变卖旧存金银铜锡家具和太太、奶奶的头面衣裳了。贾府落到这个地步,一方面是由于内因所致,终年奢侈靡费,入不敷出;另一方面是别的统治阶级敲诈勒索的结果,例如夏太监、周太监之流。这个梦境写的虽不详细,但却很有深度,更加深化了主题。要知道,是宫里的一位娘娘向她夺一百匹锦呢!封建社会里阶级剥削的实质就是如此,大鱼吃小鱼,小鱼吃虾米。同时也表现了王熙凤的干练之才,善于应变。从艺术上看,这个说梦情节承上启下,为接转下面的情节而服务。作者紧接着就写:"一语未了,人回'夏太监打发了一个小内监来说话。'贾琏听了,忙皱眉道:'又是甚么话;一年他们也搬够了。'凤姐道:'你藏起来,等我见他,若是小事罢了,若是大事我自有话回他。'贾琏便躲入内套间去。"下面就接写夏太监买一所房子,要向贾府借二百两银子,并带了一笔"昨儿周太监来借一千两银子"的事。这明里是说借,实质是巧夺。这个梦明明是凶兆,预示着贾府更趋向衰亡,即将遭祸。而在此情节下,曾有脂评写道:"若必以此梦为凶兆套,非红楼之梦矣!"这评语是不对的,难道“红楼之梦”只是写贾、史、王、薛盛极一时的梦吗？只是写关于爱情婚姻方面的梦吗？《红楼梦》中的梦，本来内容就丰富多彩，写作手法也各异。这里，作者通过梦境揭示了现实生活中的矛盾，并非为写梦而写梦。俗语说：梦是心中想。正如旺儿媳妇所说的：“这是奶奶日间操心，惦记应候宫里的事。”

如果善于写梦，对于人物性格的刻画，特别是揭示人物的心理活动，就有着特殊的功能。《红楼梦》中梦境描写，成功地达到了这个目的。这是又一特色。例如第32回写宝黛爱情的梦，虽不是在写睡中之梦，但却是非梦似梦之写法，超出了俗套。在宝黛知己、二人真挚地表达了爱情之后，宝玉发呆了，怔住了，实际上进入了梦境。通过这种写梦手法进一步塑造宝玉的形象，描写他的心理活动，揭示他对黛玉的真挚爱情。真是肺腑之言，迷活宝玉。第69回中写尤二姐的一场梦，虽寥寥数语，却再次刻画了尤氏姐妹和凤姐的性格特点：二姐为人心痴意软，明知别人害己，理应报复，然而她却下不了毒手；三姐刚强自负，力劝二姐杀掉凤姐、秋桐，以雪冤恨；凤姐则花言巧语，外作贤良，内藏奸猾。小说作者把责任归咎于尤氏姐妹，却为珍、琏之流开脱罪责，这是不公正的，这正是作者的思想局限性。尤其是庚辰本中言及“你我生前淫奔不才，使人家丧伦败行，故有此报”，更把尤三姐诬蔑了。程乙本删去了“你”字，单指尤二姐，这一改，改得好。林黛玉多愁善感，心眼多。第82回中写黛玉做了一场恶梦，把黛玉细腻的心理活动，逼真地表现出来了。这个篇幅长长的梦境，是后四十回中出现的第一个梦境描写。这个梦写得十分凄惨，内容相当深刻：黛玉本是父母双亡，过着寄人篱下的生活，命运已够乖蹇，谁知梦中的黛玉，则父亲又娶了继母，并将她许配继母的一个亲戚，还是续弦。梦境中还写到贾母、舅母、姐妹们，平日相待她都是假的，而独宝玉不同，宝玉则进一步向他表心，把胸腔用一把小刀子剖开，捧出鲜血直流的心来给黛玉瞧。结果吓得黛玉拼命放声大哭，原来是一场恶梦。如此梦中的想象，十分合乎生活中的逻辑，正如护花主人（王希廉）所评："写黛玉梦境，恍恍惚惚，迷迷离离的是梦中境象，真传神入妙之笔。"此梦，为后四十回描写黛玉的结局，作了极好的伏笔和铺垫。

庚辰本第 24 回回末有朱批说："《红楼梦》写梦章法总不雷同，此梦更写的新奇，不知后文，不知是梦。"这段批语评论得很有道理。确实如此，《红楼梦》中写梦的章法变化莫测，简直像魔术师一样。这是《红楼梦》梦境描写上的又一特色。有时像是描绘一个真实的生活细节，结果是写梦，读者若不细心去读，就受骗了。第 24、25 两回中写到小红眷恋贾芸的梦，便是如此。先让我把这一段文字抄录下来：

> 这红玉虽然是个不谙事的丫头，却因他原有三分容貌，心内着实妄想痴心的向上攀高，每每的要在宝玉面前现弄现弄。只是宝玉身边一干人，都是伶牙利爪的，那里插的下手去。不想今儿才有些消息，又遭秋纹等一场恶意，心内早灰了一半。正闷闷的，忽然听见老嬷嬷说起贾芸来，不觉心中一动，便闷闷的回至房中，睡在床上暗暗盘算，翻来掉去，正没个抓寻。忽听窗外低低的叫道："红玉，你的手帕子我拾在这里呢。"红玉听了忙走出来看，不是别人，正是贾芸。红玉不觉的粉面含羞，问道："二爷在那里拾着的？"贾芸笑道："你过来，我告诉你。"一面说，一面就上来拉他，那红玉急回身一跑，却被门槛绊倒。……话说红玉心神恍惚，情思缠绵，忽朦胧睡去，遇见贾芸拉他，却回身一跑，却被门槛绊了一跤，唬醒过来方知是梦。

有时写梦又通篇不用一个“梦”字，倘不仔细看。不觉是写梦。例如第77回写宝玉睡梦中晴雯死时给他托梦，便是这种章法。这种章法唯独写在宝玉与晴雯的身上，可以看出作者是苦用匠心的。通过这个梦境的描写，表明晴雯对宝玉的尊重，宝玉对晴雯的同情，两人无论在晴雯生前或死后，他们之间的感情是真诚的纯洁的。这，给了大观园里那些造谣诽谤者当头一棒。

《红楼梦》中的梦境描写，绝大多数则为直接点明，从正面展开梦境的描绘。在这种直接点明的写法中，有时运用了一种十分奇特的技巧：曲曲折折地写梦中梦、写连环梦。请看第56回中专写甄宝玉和贾宝玉梦中相会的梦境：

> 宝玉心中便又疑惑起来：若说必无，然亦似有；若说必有，又并无目睹。心中闷了，回至房中榻上默默盘算，不觉就忽忽的睡去，不觉竟到了一座花园之内。宝玉诧异道：“除了我们大观园，更又有这一个园子？”正疑惑间，从那边来了几个女儿，都是丫环。宝玉又诧异道：“除了鸳鸯、袭人、平儿之外，也竟还有这一干人？”只见那些丫鬟笑道：“宝玉怎么跑到这里来了？”宝玉只当是说他，自己忙来陪笑说道：“因我偶步到此，不知是那位世交的花园，好姐姐们，带我逛逛。”众丫鬟都笑道：“原来不是咱家的宝玉。他生的倒也还干净，嘴儿也倒乖觉。”宝玉听了忙道：“姐姐们，这里也还有个宝玉？”丫鬟们忙道：“宝玉二字，我们是奉老太太、太太之命，为保佑他延寿消灾的。我叫他，他听见喜欢。你是那里远方来的臭小厮，也乱叫起他来。仔细你的臭肉，打不烂你的。”又一个丫鬟笑道：“咱们快走罢，别叫宝玉看见，又说同这臭小厮说了话把咱熏臭了。”说着一径去了。
>
> 宝玉纳闷道：“从来没有人如此涂毒我，他们如何更这样？

真亦有我这样一个人不成?”一面想,一面顺步早到了一所院落内。宝玉又诧异道:“除了怡红院,也更还有这么一个院落。”忽上了台矶进入屋内,只见榻上有一个人卧着,那边有几个女孩儿做针线,也有嘻笑玩耍的。只见榻上那个少年叹了一声。一个丫鬟笑问道:“宝玉,你不睡又叹什么?想必为你妹妹病了,你又胡愁乱恨呢。”宝玉听说,心下也吃惊。只见榻上少年说到:“我听见老太太说,长安都中也有个宝玉,和我一样的性情,我只不信。我才做了一个梦,竟梦中到了都中一个花园子里头,遇见几个姐姐,都叫我臭小厮不理我。好容易找到他房里头,偏他睡觉,空有皮囊,真性不知那去了。”宝玉听说,忙说道:“我因找宝玉来到这里。原来你就是宝玉?”榻上的忙下来拉住,“原来你就是宝玉?这可不是梦里了。”宝玉道:“这如何是梦?真而又真了。”一语未了,只见人来说:“老爷叫宝玉。”唬得二人皆慌了。一个宝玉就走,一个宝玉便忙叫:“宝玉快回来,快回来!”

袭人在旁听他梦中自唤,忙推醒他笑道:“宝玉在那里?”此时宝玉虽醒,神意尚恍惚,因向门外指说:“才出去了。”袭人笑道:“那是你梦迷了。你揉眼细瞧,是镜子里照的你影儿。”宝玉向前瞧了一瞧,原是那嵌的大镜对面相照,自己也笑了。

这里借梦境说明二位宝玉息息相通,“心有灵犀一点通”,不独贾宝玉一人,还有甄宝玉,他们是那个时代,那种社会出现的一代新人——封建叛逆者。这个梦境的写法,艺术手法更为别致。梦中写梦,梦中又梦。贾宝玉在梦中与甄宝玉相会,甄宝玉又在贾宝玉的梦中做梦,与贾宝玉相会。是在写梦,其实不纯是写梦,是“真而又真了”。梦中又梦,真是《红楼梦》,名实相符。从这里不难看出，曹雪芹是继承与发展了庄子的梦境艺术。《庄子·齐物论》中就写了“梦中梦”，说：“梦饮酒者，旦而哭泣；梦哭泣者，旦而田猎。方其梦也，不知是梦也，梦之中又占其梦焉，觉而后知其梦也。且有大觉，而后知此其大梦也。而愚者自以为觉，窃窃然知之。君乎？牧乎？固哉！丘也与汝皆梦也，予谓汝梦亦梦也。是其言也，其名须‘吊诡’。”（译文：梦见饮酒作乐的人，早晨起来却要［碰到倒霉的事］哭泣起来，梦见伤心痛哭的人，早晨起来却有一场田野打猎的快乐。人在梦中并不知道他在做梦，梦中还在验证那个梦，醒了之后才知道是做梦；而且有“大觉”之后才知道一辈子是一场大梦的。可是有些愚蠢的人自以为是醒着，好像什么都知道，整天价君呀，臣呀，贵呀，贱呀，真固执啊！孔丘和你都是在做梦。我说你们做梦我也是做梦。这些话，［人们听了认为荒唐怪诞］，给它起了个名儿叫作“吊诡”［极怪］。）

前呼后应，使两梦内容相印，这是又一种写梦章法。第116回再写贾宝玉又入太虚幻境（此时改作“真如福地”），又看了金陵十二钗正册、副册、又副册。见到了已经死去升天的鸳鸯、晴雯、尤三姐、黛玉、秦氏、迎春等人。此梦为《红楼梦》后四十回中的一大梦境，它与第5回相呼应，但写法不一，各有千秋。将两梦相比，差异如次。

第一，前为生时梦中做梦，对宝玉来说，一片新鲜、欢乐情绪；后为死而复生，假死中做梦，宝玉则已有出世、厌世思想。

第二，不论曹氏、高氏，他们写梦均是为自己确定的主题思想服务。雪芹是为兴盛而铺叙，起了引子作用；高鹗是为衰败而作结，起了总结作用。但都表现了因果报应宿命论，尤以续书之梦为严重，这是应该指出的。

第三，前者紧扣十二金钗，紧扣红楼梦十二支曲，对深化主题，开拓内容的作用颇大;后者有时梦中说梦,紧扣前梦,有时写入梦,有时写出梦,艺术手法高超。

第四,前梦用桂圆汤让宝玉饮,后梦也用桂圆汤让宝玉饮,都是为了定神镇静。由此可见续书者在写梦时,是联想到并且照应到第5回的梦境的。

总之,从故事情节发展上看,起于梦,结于梦。表面是写梦,实际并非写梦,作者借宝玉的口在梦中指出:"大凡人做梦,说是假的,岂知有这梦便有这事!"是的,贾宝玉所经历的生活,贾、史、王、薛四大家族的盛衰过程,宝、黛、钗以及其他许多对儿青年男女的爱情悲剧……《红楼梦》就是这些现实生活的艺术再现。前后两梦,正好表现了这个思想内容。如若把《红楼梦》中的梦境描写,视作可有可无,或视作虚无缥缈之说,或视作作者之文字游戏,那就说明没有读懂《红楼梦》,不懂得生活与艺术的辩证关系。

当然,《红楼梦》中的梦境描写,也有些败笔,糟粕。例如第16回写秦钟游地狱的梦,第69回写尤二姐的一场梦,第101回写秦氏鬼魂出现与凤姐对话的梦,等等,有的大肆渲染牛鬼蛇神,有的阐发因果报应,有的流露庸俗色情,无疑这些内容应予严肃的批判。

梦,并非纯属迷信而悖谬科学的心理现象。根据许多心理学家、生理学家、医学工作者进行科学研究,对做梦作了反复的观察试验后,发现一个人在入睡以前不论曾经想什么或干什么,不管是否有过兴奋或抑制的情形,只要他进入睡眠状态都要做梦,而且人人如此,夜夜如此。只不过有的人醒后仍记得梦境的内容,有的人则完全忘记了,便以为自己并未做梦。一个人在夜间做梦的时间有长有短,最长的大约总共一个半小时到两个小时的样子。作家描述梦境,也并非都是虚造幻影,故弄玄虚。事实上,在人类的生活实践中，尤其是在那科学史上，曾有不少有效地运用睡眠解决难题而传为佳话的事例。“先生们，让我们学做梦吧！”著名的德国化学家凯库勒（1829—1896）在一百多年前提出的忠告，后来几乎成了科学界的金玉良言。凯库勒长期以来试图为苯分子找出一个结构式，然而百思不得其解，没有获得答案。突然，在某个夜晚当他由苦思冥想导致睡眼朦胧的时候，似乎看到原子排列成蛇的形状，尖嘴大口咬着自己的尾巴，形成一个圆圈不断地旋转着，好像在火焰里跳舞。就在这一刹那间，他受到启示想出了一个环状结构式，就是用一个六角形来表示苯分子 C_6H_6。就在这个晚上，凯库勒趁着翩翩思维，接着又做出了这个假设的推论，从而奠定了芳族化合物结构式的基础，对有机化学理论做出了伟大贡献。还有法国笛卡儿（1596—1650）在一个异常生动的梦中想象到数学与哲学相结合的一种方法，因而创立了一种新的学科，即整个自然科学的“物理学”，这是古典的机械唯物论的代表。俄国门得列也夫（1834—1907）在半睡半醒的状态中，做了一个把元素按原子量大小排列成周期形式的梦觉幻象，发现在经过一定的元素数目后，元素的性质又周而复始，元素的质的特点和量的特点之间存在着依赖关系，于是他根据当时已知的六十三种元素，通过大量的实验事实的分析和概括，总结出了元素周期律。为什么许多科学家对某些百思不得其解的问题，忽然会在睡梦中顿然彻悟地得到解决呢？根据许多生理学家研究的结果证明：这是脑细胞的活动在起作用，人脑是由几十亿神经细胞组成的，这些脑细胞不但能接受“信息”，储存知识，而且还能制造“信息”。又有一些科学家认为：做梦是人的大脑的一种工作程序，能对储存的“信息”进行去芜存菁的筛选，使人们通过睡梦来重新安排自己已经知道的东西，使新的旧的知识合理地沟通和结合，从而获得更多、更新、更深的知识。

《红楼梦》中也写了符合这种规律和特点的梦境，例如第48回描写香菱学诗的情节，其中就写到香菱茶饭无心、坐卧不定地在读诗和作诗，为作一首咏月的诗，几次不成，终于在梦中得了八句，作成了一首新巧有意趣的诗。书里这样描写着：

香菱满心中还是想诗。至晚间，对灯出了一回神，至三更以后，上床卧下，两眼鳏鳏直到五更，方才朦胧睡去了。一时天亮，宝钗醒了，听了一听，他安稳睡了，心下想："他翻腾了一夜，不知可作成了？这会子乏了，且别叫他。"正想着，只听香菱从梦中笑道："可是有了，难道这一首还不好?"宝钗听了，又是可叹又是可笑，连忙唤醒了他问他："得了什么？你这诚心都通了仙了。学不成诗，还弄出病来呢！"一面说一面梳洗了，会同姊妹往贾母处来。原来香菱苦志学诗，精血诚聚，日间做不出，忽于梦中得了八句。梳洗完毕，便忙录出来，自己并不知好歹，便拿来又找黛玉。刚到沁芳亭，只见李纨与众姊妹方从王夫人处回来，宝钗正告诉他们说他梦中做诗，说梦话。

由此看来，曹雪芹着意写梦，是符合科学道理的。他不但有着文学家的头脑，而且还有着科学家的头脑，哲学家的头脑。请看他在小说《红楼梦》中阐发三教九流的哲理，阐发天地万物之间的阴阳二气，阐发人类历史的变迁，阐发医学规律，写了那么多的病例，开了那么多药方……不都充分地证明了这一点吗？我们阅读、研究《红楼梦》时，也要注意把曹雪芹以文学家、科学家、哲学家来看待，才会避免出现曲解这部伟大小说的毛病。[③]

【注释】

①收入《文艺论集》，人民文学出版社1979年9月第1版。

②关于这个问题，笔者写有《论总纲》一稿专门论述，故这里从略。

③拙作初稿原载于香港《抖擞》1980年3月（第37期）。

（五）细节描写

总　论

小说的主要特点之一，就是曲折、生动而完整地叙述故事情节，因此故事情节就成为小说不能缺少的具有重要意义的因素。而故事情节，又是由许许多多重大事件和生活细节所组成，可见反映和叙写生活细节的细节描写，在小说的创作中也非常重要。有人说《红楼梦》确实可称为中国艺术的百科全书，其中的艺术语言水平之高，感染力之强，至今仍可作为我们文学、戏剧、电影和绘画的学习范本。是的，《红楼梦》的故事情节，无论是“元妃省亲”、“宝玉挨打”、“宴请刘姥姥”、“抄检大观园”等重大事件，还是笑貌、哭貌、醉酒谩骂、心理试探等细节描写，都能起到“一石三鸟”的作用。作者往往只用一个简短的细节描写，就可以描写出典型环境、人物性格和带动故事发展。例如，在第40回中写宝玉、探春、宝钗的住处，就是通过细节描写，抓住几点自然景色的描绘，屋内的摆设，便把一个符合主人公思想性格的典型环境写出来了。（请参阅“成功的人物塑造手法”，这里就不再重复了。）一些成功的细节描写，还可以突现人物性格特征，并使这些个性特征成为人物全部性格的主导因素。这种成功的细节描写的例证，在《红楼梦》里俯拾即是，现在仅举数例加以说明：宝玉劝告龄官避雨，自己却淋了个落汤鸡还不觉得（第30回）；元春加封贤德妃，贾府“上下里外,莫不欣然踊跃,个个面上皆有得意之状,言笑鼎沸不绝”,而独宝玉一个“皆视有如无,毫不曾介意,因此众人嘲他越发呆了”(第16回)。这些细节描写便表现了宝玉的痴情怪僻的个性特征。而写宝玉和黛玉第一次见面,听说黛玉“无字”,就送她“颦颦”二字,探春便问何出。宝玉道:“《古今人物通考》上说‘西方有石名黛,可代画眉之墨。’况这林妹妹眉尖若蹙,用取这两个字,岂不两妙!”探春笑道:“只恐又是你的杜撰不成?”宝玉笑道:“除《四书》外,杜撰的太多,偏只我是杜撰不成?”(第3回)这寥寥数语的细节描写,既勾画出黛玉的形象,又表现了宝玉旁学杂收、反对儒学的思想,真是小小细节蕴涵千钧之力!又如在第17~18回中,通过元妃点戏的细节描写,暗示了故事情节的发展,正如脂砚斋评语所说:第一出《豪宴》,“《一捧雪》中,伏贾家之败”;第二出《乞巧》,“《长生殿》中,伏元妃之死”;第三出《仙缘》,“《邯郸梦》中,伏甄宝玉送玉”;第四出《离魂》,“乃《牡丹亭》中,伏黛玉之死。所点之戏剧伏四事,通部书之大过节、大关键。”[①]这样的细节描写如不十二分的认真阅读是不会引起注意的,然而就是这样的微小细节牵动了故事情节的发展变化,暗示了元妃暴亡、黛玉病死、贾家彻底衰败的结局,这显然是作者写作时的有意安排。

还有一些细节描写,令人读后留下了深刻的印象,永记不忘。请看第33回“宝玉挨打”中的一个小小插曲:

> 贾政喘吁吁直挺挺坐在椅子上,满面泪痕,一叠声:“拿宝玉!拿大棍!拿索子捆上!把各门都关上!有人传信往里头去,立刻打死!”……宝玉听见了贾政吩咐他不许动,早知多凶少吉,那里承望贾环又添了许多的话。正在厅上干转,怎得个人来往里头去捎信,偏生没个人,连焙茗也不知在那里。正盼望时,只见一个老嬷嬷出来。宝玉如得了珍宝,便赶上来拉

他,说道:"快进去告诉,老爷要打我呢!快去!快去!要紧!要紧!"宝玉一则急了,说话不明白;二则老婆子偏生又聋,竟不曾听见是什么话,把"要紧"二字只听作"跳井"二字,便笑道:"跳井让他跳去,二爷怕什么?"宝玉见是个聋子,便着急道:"你出去叫我的小厮来罢。"那婆子道:"有什么'不了的事'?老早的完了。太太又赏了衣服赏了银子,怎么'不了事的!'"

这个细节描写更是绝招儿,真是别开生面,在读者为宝玉即将挨打捏一把汗之际,却出现了一个聋老婆子打岔对话的细节,紧张氛围中平添了一种诙谐捧腹的喜剧气氛,这是细节描写的又一功能。

在整个《红楼梦》中,细节描写要数笑貌和哭貌写得最为成功最有特色了。

文学作品是写人的:写这个人,那个人;写这一代人,那一代人;写这个阶级的人,那个阶级的人。而人的精神生活又是复杂的具体的,所谓"喜怒哀惧爱恶欲"七情皆有,人情万般。现实生活中复杂的人物精神世界,又常常是反映在面部神色表情之中。优秀的文学作品就在于写出各种各样的人性与人情来。众所周知,曹雪芹在表现色色人情方面,绝妙无比,他不但善于写笑,绘出了一幅幅动人的笑貌图来,而且善于写哭,同样也绘出了一幅幅动人的哭貌图来。写哭,更是那么细腻、生动、逼真、感人。在某种意义上说,《红楼梦》堪称一章笑与哭的交响曲。真正是歌也有思,哭也有怀。

笑貌——世间原有万般笑

《红楼梦》里写到笑的地方可以说多得数也数不清。除了一般的写到“笑道”、“笑说”、“笑着”之外,他还勾画了各种人的各种笑貌。很不完整地统计一下,就有诸如“嘻嘻笑”、“欻欻笑”、“哈哈笑”、“呵呵笑”、“冷笑”、“陪笑”、“含笑”、“大笑”、“眉开眼笑”、“哄然大笑”、“嗐了一声笑”、“扑哧一笑”、“哧的一声笑”、“抿着嘴笑”、“咬着手帕子笑”、“用两手握着笑个不住”、“拿手帕子握着嘴笑”、“磕着瓜子儿只抿着嘴笑”、“摇着头笑”、“挤眼儿笑”、“砸嘴点头笑”、“指着鼻子晃着头笑”、“扒着院门笑”、“唏唏哈哈的说笑”、“失声笑”、“堆着笑”、“撑不住笑”、“哧的一声撑不住笑了”“伸舌笑”、“扎手笑”、“拍着手笑”、“直立在桌上拍着手儿乱笑”、“跑到炕上拍手笑”、“假意含笑”、“满面陪笑”、“似笑非笑”、“说说笑笑”、“鼻子里一笑”以及诸如“笑打”、“笑劝”、“笑软了”、“笑倒了”、“笑嘻嘻”、“笑的前仰后合”、“笑的喘不过气”、“笑的拍手打脚”、“笑在一处”、“笑个不住”、“笑的两手捧着胸口”……等等。它不是简单地或者仅仅写出笑的各种声音姿态来,而在于写出笑的普遍功能来。正如莱辛所指出的那样:“喜剧的真正的普遍功用就是在于笑的本身,在于训练我们的才能去发现滑稽可笑的事物;也就是说,在任何热情和风尚的掩盖之下,在任何更坏的或者良好的品质的混杂之中,甚至在那表现严肃情感的皱纹之间,都能够迅速地很容易地发现滑稽可笑的事。”[2]老舍也说:“个性引起对此人的趣味,普遍性引起普遍的同情。哭有多种,笑也不同,应依个人的特性与情形而定如何哭,如何笑;但此特有的哭笑须在人类的哭笑圈内。”[3]仔细赏析《红楼梦》里的笑貌描写,完全符合甚至超过了莱辛和老舍的论证标准，作家的写作技巧何等高明！

这一点在小说第40回的一段描写里表现得特别淋漓尽致。当时，凤姐和鸳鸯商议了拿刘姥姥取笑，单拿一双老年四楞象牙镶金的筷子与刘姥姥，让她在吃饭之前先站起来高声说道："老刘，老刘，食量大似牛，吃了一个老母猪不抬头！"这时刘姥姥鼓腮不语，众人却上上下下哈哈的大笑起来，接着小说描写了各人的笑貌：

> 史湘云撑不住，一口饭都喷了出来；林黛玉笑岔了气，伏着桌子嗳哟；宝玉早滚到贾母怀里，贾母笑的搂着宝玉叫"心肝"；王夫人笑的用手指着凤姐儿，只说不出话来；薛姨妈也撑不住，口里茶喷了探春一裙子；探春手里的饭碗都合在迎春身上；惜春离了座位，拉着他奶母叫揉揉肠子。地下的无一个不弯腰屈背，也有躲出去蹲着笑去的，也有忍着笑上来替他姊妹换衣裳的，独有凤姐鸳鸯二人撑着，还只管让刘姥姥。

这一段描写，真可谓历历如绘，琅琅如闻，传神摹影，精彩至极。不仅各种笑姿笑声被描绘出来，而且每人的笑都是那样贴切地符合人物的身份和性格。主子的笑不同于奴婢的笑：主子们笑得身滚揉肠，又喊又叫，奴婢们笑得虽然弯腰屈背，却不敢任意放肆；主子们的笑是随意的开怀的，奴婢们的笑则是受约束有克制的，而且她们在笑的时候，还要忍着笑替姊妹们换衣裳。就是主子们也因为在贵族大家庭中地位不同或思想性格不同，也有不同的笑法。薛姨妈和王夫人是亲姐妹，但薛姨妈是客人，王夫人是当家太太。"薛姨妈是吃过饭来的，不吃，只坐在一边吃茶"，所以写她"也持不住口里茶喷了探春一裙子"；而王夫人的特殊地位则使她不仅能看出这出戏的策划者导演者是谁，对此恶作剧略有不满，因而她"笑的用手指着凤姐儿，只说不出话来"。同是贾母膝下的儿孙,却只有一贯为老祖宗溺爱的宝玉才能笑得“早滚到贾母怀里”,贾母则“笑的搂着宝玉叫‘心肝’”。宝玉在兄弟姐妹中的特殊地位被烘托出来了。性格爽快的史湘云,在这种场合自然是撑不住的,于是作者首先写她“一口饭都喷了出来”,符合她的爱说爱笑的性格特点。林黛玉本来身体有病,弱不禁风,但由于她是大笑痛笑,所以写她“笑岔了气,伏着桌子嗳哟”,别人就不会发出“嗳哟”的声音。因为迎春姊妹三人是王夫人带着同桌吃饭,所以探春笑得把“手里的饭碗都合在迎春身上”。惜春是贾府姐妹中年龄最小的一个,长得又瘦小,带着更多的稚气和娇气,只有她离开了座位,“拉着他奶母叫揉一揉肠子”。不仅体现了她们的身体状况及个性特点,甚至把座位都写得非常真实,没有错位。这里唯独没有看到李纨、宝钗、迎春的笑貌。这是怎么回事儿,是作者把她们忘了吗?当然不会的,其实是不写之写。李纨是“竟如槁木死灰一般”的年轻寡妇,“是个厚道人”,本来就怕“老太太说”,她不但不理解鸳鸯和凤姐“如此这般的商议”取笑刘姥姥,而且还笑劝道:“你们一点好事也不做,又不是个小孩儿,还这么淘气,仔细老太太说。”自然此刻她是很难开怀大笑的。宝钗是一向被人称道的“仪态端庄”、“稳重和平”的小姐,当然她要保持不苟言笑的端庄样儿,既不去哈哈大笑,更不会东倒西歪、前合后仰。但是你真以为她是没有任何笑态吗?不会的,我想她是在微笑,或者是在偷笑。至于人称“二木头”的迎春姑娘,她绝不会像其他姐妹那样放声大笑的,抄检大观园,抄检到她的房间时都能鼾睡不起、不闻不问,何况是宴请刘姥姥的家宴呢,说不定此时此刻她正在低头诵读她的《太上感应篇》呢。

这是常常被人们提到或引证、或鉴赏、或对比的一个笑貌描写的典型例证,其实《红楼梦》中关于笑貌描写的成功例证还有很多。例如：第31回中写的两个笑貌细节：一个是“撕扇子作千金一笑”，虽然在场人物有宝玉、晴雯、麝月、袭人四个，但通过笑貌写晴雯撕扇的细节，却只是宝玉和晴雯。晴雯最爱听撕扇的响声，宝玉

> 便笑着递与他，晴雯果然接过来，嗤的一声，撕了两半，接着嗤嗤又听几声。宝玉在旁边笑着说：“响的好，再撕响些！”……宝玉赶上来，一把将他（麝月）手里的扇子也夺了递与晴雯。晴雯接了，也撕了几半子，二人都大笑。麝月道：“这是怎么说，拿我的东西开心儿？”宝玉笑道：“打开扇子匣子你拣去，什么好东西！”麝月道：“既这么说，就把匣子搬了出来，让他尽力的撕，岂不好？”宝玉笑道：“你就搬去。”麝月道：“我可不造这孽。他也没折了手，叫他自己搬去。”晴雯笑着，倚在床上说道：“我也乏了，明儿再撕罢。”宝玉笑道：“古人云‘千金难买一笑’，几把扇子能值几何！”一面说着，一面叫袭人。

这个细节的写法显然和取笑刘姥姥的笑貌写法不同，那里完全是用作者的叙述语言，这里却主要是通过对话、动作来写，也没有多少笑的姿态，但也深刻地表现了宝玉的进步的人文思想，人的价值超过了物的价值，主奴平等，亲密无间，同时也刻画了晴雯的性格——任性率真。

另一个是湘云二次到贾府带着四个绛纹戒指的细节。湘云

> 说着把四个戒指放下，说道：“袭人姐姐一个，鸳鸯姐姐一个，金钏姐姐一个，平儿姐姐一个：这倒是四个人的，难道小子们也记得这门清白？”众人听了都笑道：“果然明白。”宝玉笑道：“还是这么会说话，不让人。”林黛玉听了，冷笑道：“他不会说话，他的金麒麟会说话。”一面说着，站起身走了。幸而诸人都不曾听见，只有薛宝钗抿嘴一笑。宝玉听见了，倒自己后悔又说错了话，忽见宝钗一笑，由不得也笑了。

这里短短的几句话就写了众人的笑、黛玉的笑、宝钗的笑、宝玉的笑。通过一些具体的细节描写，表现出人物在同一时刻同一事件同一环境下的不同的心理状态：众人的笑是附和与赞赏的心理表现，黛玉的笑是嫉妒疑心的心理表现，宝钗的笑是幸灾乐祸的心理表现，宝玉的笑是无可奈何自我解嘲的心理表现。显然，这里的笑貌描写又和前两例的描写风格不同。

读者都熟习，凤姐在曹雪芹笔下是塑造得最成功的艺术形象之一，写了她的聪明漂亮，写了她的心狠手辣，写了她的贪财好利，写了她的能说会道，写了她的治家才干，写了她的公关能力，总之，不论哪个方面都活灵活现，跃然纸上。所以能如此，除了别的原因以外，就是因为成功地运用了细节描写，比如说笑貌的描写，可谓达到精雕细刻的地步。有人曾以中国艺术研究院红研所校注本《红楼梦》前八十回为蓝本，精细得做了统计：光“笑”的字眼就出现过 258 次，分布在 51 个章回中，而王熙凤出场共 60 次。她所“笑”的对象，上有贾母、王夫人等当权者，下有家人小厮、丫环、媳妇、老嬷嬷；外有太监、尼姑、道士等。对具体人物来说，最多的当数对贾母，计有 41 次（在众人场合笑，贾母在场的不计在内）；对平儿、刘姥姥的笑居于第二位，各计 19 次；第三位是宝玉，计 17 次；第四位是贾琏，计 15 次；对王夫人计 11 次，居第五位。在众人场合中凤姐的笑则有 27 次，但对象各异。她“笑”的类型也是十分丰富的：从面部表情说，有听到奉承时的“满脸是笑”（见 336 页）；有对贾琏愠怒时的“腮上似笑不笑”（见 318 页）。从声音上说，有不便出声的“悄笑”（见 594 页）；有边走边笑的“嗽嗽的笑”（见 699 页）；得意时的“嘻嘻的笑”（见 1059 页）。从动作上说，有乐犹不及的“拍手”而笑（见 412 页）；有发现隐情而当场“跳了进来”的在屋里笑（见 421 页）；还有隔窗而笑（见 339 页）、欲笑又止（见 489

页）、被别人怄笑了（见 959 页）、陪笑（见 632、1048、1055 页）、笑问、笑骂，以及咬着牙齿、笑中有恨的“冷笑”等等。[④]

前面曾经谈过，高明的作家在于能够写出笑的普遍功能来，能够根据个人的性格特征和情形而决定如何笑。《红楼梦》里王熙凤的笑，正准确、鲜明而生动地体现了这个特色。现举三例赏析之。

〔例一〕贾母是贾府中钟鸣鼎食、颐指气使的最高当权派，又是惜老怜贫、雍容宽厚、风趣幽默、不摆架子的祖母形象。凤姐为了紧握权柄，一生竭尽全力讨好贾母，总是左一个老祖宗、右一个老太太地取悦贾母。在第 43 回“闲取乐偶攒金庆寿”的场合，来了一个寻开心的出色表演，就在主奴商量如何凑份子出银子为凤姐过生日中间，共写笑二十七次，凤姐就占了十次。她首次便针对贾母替李纨出钱一事，“忙笑道：‘老太太别高兴，且算一算账再揽事。老太太身上已有两分呢，这会子又替大嫂子出十二两，说着高兴，一会子回想又心疼了。过后儿又说“都是为凤丫头花了钱”，使个巧法子，哄着我拿出三四分子来暗里补上，我还做梦呢。’说的众人都笑了。”“忙笑”一词写出了占先抢时机，接着一五一十清清楚楚算了一笔账，表示自己不能吃亏。后来又补充了一层意思，得到了贾母的夸奖、肯定。这是第三次“笑”。凤姐又“笑道：‘我还有一句话呢。我想老祖宗自己二十两，又有林妹妹宝兄弟的两分子。姨妈自己二十两，又有宝妹妹的一分子，这倒也公道。只是二位太太每位十六两，自己又少，又不替人出，这有些不公道。老祖宗吃了亏了！’贾母听了，忙笑道：‘倒是我的凤姐向着我，这说的很是。要不是你，我叫他们又哄了去了。’”请看，凤姐胆大机灵周全，说话讲究得体，讲究分寸，在又说又笑中便解决了问题，巴结了贾母，取得了皆大欢喜的效果。

〔例二〕更为精彩的是第67、68两回中，写凤姐听说贾琏在外暗娶尤二姐的秘事，于是严刑讯家童、大闹宁国府，在这两场戏中共写了五次“冷笑”。冷笑，就是含有讽刺、轻蔑、不满、无可奈何等心情的笑，是一种心理活动的外在表现。第一次“冷笑”，是当凤姐听到了“什么新奶奶旧奶奶的”消息，冷笑了一声，把旺儿叫进来；第二次“冷笑”，是在审问旺儿全然不知之后，不但“冷笑”，还“下死劲啐了一口，骂道：‘你们这一起没良心的混账忘八崽子！都是一条藤儿，打量我不知道呢。先去给我把兴儿那个忘八崽子叫了来，你也不许走。问明白了他，回来再问你。好，好，好，这才是我使出来的好人呢！’”第三次的“微微冷笑”，是在反复审讯兴儿的过程中，在边骂边啐边审的同时写了笑貌，而且还插写了兴儿自打嘴巴，“把凤姐儿倒怄笑了。两边的丫头也都抿着嘴儿笑。”凤姐的这次冷笑，不仅和前两次不一样，而且还在前面加了“微微”二字，这就说明凤姐早已心中有数，掌握了偷娶尤二姐的秘事，想再进一步印证和深入了解。第四、五次“冷笑”，则隔了很长时间才出现。凤姐用了一系列的软硬兼施的阴谋诡计，把“苦尤娘赚入大观园”，然后大闹宁国府。先是“冷笑”着告诉尤氏，贾琏此举是国孝、家孝、私娶、停妻再娶四罪齐备，张华告状的恶果，你尤氏母子罪责难逃。接着又以“冷笑”蔑视尤氏、贾蓉面对急难六神无主，自己作了一番“宽宏大量，足智多谋”的表演。对尤氏母子的冷笑，既表露了凤姐对他们的昏聩无能的鄙夷，又潜藏着把处理大权独揽于己的诡谲心理。一场大闹宁国府的目的都达到了。我们在这里确实可以看到曹雪芹创作艺术的高超。本来写凤姐儿审家童、闹宁府，对她来说是又气又愤的一件事，而就在这又气又骂又啐又喊的大怒气氛中，却插写了她的“怄笑”，别人的“抿嘴儿笑”的细节，真是别出心裁，一张一弛，意趣盎然。

〔例三〕凤姐确乎笑貌自如，随机应变，除了“冷笑”，还善于“陪笑”。“笑”而为“陪”着别人，这是凤姐笑中别有风味的一种。曹雪芹在74回中，也有两次成功的“陪笑”描写。一次是当王夫人气势汹汹地来质问凤姐关于绣春囊的丑事，她诧异不解，忙忙奉恭陪笑，这“陪笑”，表现了她的心虚疑惧，是一种勉强的笑。另一次是在抄检大观园时，查抄到探春住处，两次面对探春“陪笑”而言，而抄检到其他人的住处时，却一次陪笑也无，因为她深深“知道探春素日与众不同的”，是一朵带刺的玫瑰花，因此“只得陪笑道”。真是如脂批所说的“一处一样”。[5]这“陪笑”又是一种势利的笑，表现了她行事看人下菜的作风。

以上谈的都是在前八十回中关于笑貌细节的一些例证。这是一种正面描绘，以乐写乐。还有一种是反面描绘，以乐写哀，以乐写狠。请看在第96、97、98三回中，就是以反面相映的手法写了三种笑。第一种是黛玉的笑。凡是读过《红楼梦》的人都知道，林黛玉是多愁善感最爱哭的，然而自从她听了傻大姐的话，直至死，一直是笑、笑、笑。在悲哀、痛苦、绝望之际，一路来都是微微一笑，作者总共写了她十一次笑貌：听到宝玉娶宝钗的消息以后，恍恍惚惚由紫鹃搀着到怡红院，黛玉对紫鹃笑道：“我打量你来瞧宝二爷来了呢，不然怎么往这里走呢。”这是她第一次笑。到了怡红院，袭人出迎，黛玉笑着道：“宝二爷在家么？”这是第二次笑。见了宝玉，黛玉坐下，一直瞅着宝玉笑。这是第三次笑。“两个人也不问好，也不说话，也无推让，只管对着脸傻笑起来”。这是第四次笑。两人各说了一句话，袭人紫鹃忙岔开，“两个却又不答言，仍旧傻笑起来”。这是第五次笑。秋纹同紫鹃搀起黛玉，黛玉站起来，“瞅着宝玉只管笑”。这是第六次笑。说着，黛玉“便回身笑着出来了”。这是第七次笑。一路笑着随了紫鹃秋纹回到了潇湘馆。这是第八次笑。紫鹃雪雁守着黛玉在哭,黛玉笑道:“我那里就能够死呢。”这是第九次笑。贾母带着王夫人凤姐来探望,贾母说:“好孩子,你养着罢,不怕的。”“黛玉微微一笑,把眼又闭上了。”这是第十次笑。紫鹃一直苦劝黛玉别听瞎话,自己安心保重才好。黛玉又是“微微一笑,也不答言”。这是第十一次笑。从此以后,一直到直声叫道“宝玉,宝玉,你好……”而气绝,再没有写一次笑貌,也没有再写一个“哭”字。真妙!这是通过黛玉笑貌的细腻描写,来突显黛玉之死的惨状。这是第一种笑,是一种惨笑,痛极之时的苦笑。第二种是写宝玉的傻笑。宝玉见了黛玉后,也不站起来让坐,只瞅着嘻嘻的傻笑。当凤姐试探他的心理活动时,又是一阵似傻如狂的大笑。当袭人告诉了宝玉准备迎娶黛玉的假话后,他又是一阵嘻嘻的傻笑。为什么如此傻笑?是封建礼教把他逼成这样的。他和黛玉在傻笑当中做了最后的对话,问病答病,这是生离死别时的对话。这是爱情婚姻被扼杀之后不得已的疯笑。还有第三种就是写贾母、凤姐、袭人、林之孝家的笑。在黛玉悲笑、宝玉傻笑的全过程中,他们也老是在笑。这是一种冷酷的笑,狠心的笑,是狰狞得意的笑。这场惨痛无比的婚姻悲剧,就是在这一片笑声中演出的。通过笑貌写出悲剧,这是一种何等别致而又惊心动魄的写法呵!在这儿,书里所写的惨笑、傻笑和狠笑,又是深刻地表现了主题思想,充分地刻画了人物性格,有机地推进了故事情节。

哭貌——万种情怀万般泪

(一)

《水浒传》的作者,在写到淫妇潘金莲药鸩武大郎之后的假哭丑态时，曾有一段绝妙的议论："原来但凡世上妇人，哭有三样：有泪有声谓之哭，有泪无声谓之泣，无泪有声谓之号。"（第25回）世间原有万般哭。哭，自然要流泪，不管是眼眶噙着泪水，还是泪珠汪汪夺眶而出；不论是感动的泪，悲伤的泪，还是愤慨的泪；总之，这泪，是感情达到顶巅而化作的明珠，是心潮荡漾溅出的血滴。哭也，泣也，号也……这种种哭声哭貌，在《红楼梦》中可谓描写殆尽，神态百出。

《红楼梦》中写到哭声哭貌的地方，多得不可数计。除了一般常用的"哭声"、"泣说"、"落泪"、"流泪"、"含泪"、"暗哭"、"垂泪"、"拭泪"、"哭起来"、"自叹自泣"、"掩面涕泣"、"淌眼抹泪"、"用帕子拭泪"、"洒泪拜别"、"哭泣一番"、"滚下泪来"、"泪如雨下"、"一行哭一行说"、"一头走一头哭"、"哭个死去活来"、"哭得眼睛肿了"、"哭的泪天泪地"等语汇外，更有许多切合人物身份、年龄、性格、性别的生动描绘。同样在写哭，却用语灵活，各臻其妙。

写小孩的哭时，用语是"乱哭乱喊"、"泼哭泼闹"、"哭哭啼啼"等。例如，第52回："晴雯拿了一丈青向坠儿手上乱戳，坠儿疼的乱哭乱喊。"第60回："芳官挨了两下打那里肯依，便撞头打滚，泼哭泼闹起来。"第61回：（小丫环）"五儿唬的哭哭啼啼，给平儿跪着细诉芳官之事。"第71回："这两个小丫头子才七八岁，原不识事，只管哭啼求告。"

写老年人时，则多是搂着哭泣。第3回中写到黛玉初进荣国府时的情景，贾母一把把黛玉"搂入怀中，心肝儿肉叫着大哭起来"。贾母"说着，搂了黛玉在怀又呜咽起来"。第64回中写到贾敬宾天后，只听得宁府里哭声震天。当"贾母进入里面，早有贾赦贾琏率领族中人哭着迎了出来。他父子一边一个挽了贾母走至灵前,又有贾珍贾蓉跪着扑入贾母怀中痛哭。贾母暮年人见此光景,亦搂了珍蓉等痛哭不已”。第57回中,紫鹃开玩笑,说林姑娘要回苏州去,宝玉便当了真,痴病大作,休克过去了,惊动得奶母“李嬷嬷只说了一声‘可了不得了’,‘呀’的一声便搂着(宝玉)放声大哭起来。……李嬷嬷捶床捣枕说:‘这可不中用了!我白操了一世心了!’”所有这些都生动地刻画出了龙钟老太婆的哭貌。

写到体弱沉静的女性哭貌,或是极度气愤而又不便说明时,或是身患重病而十分悲伤时,曹雪芹便这样形容:“悲悲戚戚呜咽起来”、“一面悄悄地流泪”、“抽抽咽咽的一面哭一面问道”、“哽咽了半日,方说出半句话来”、“呜咽地说着,说毕又哭”、“只管呜咽对泣”、“越发抽抽噎噎的哭个不住”、“呜呜咽咽直哭了一夜”,等等。

如果描写对象是那种刚烈泼辣之人,或者是青年男子极度悲愤时,或者是泼妇骂街时,曹雪芹又用下列语言描绘:“放声恸哭”、“围着干哭”、“气得干哭”、“放声大哭……直哭的天亮喉咙都哑了方住”、“一面嚎哭,一面又大骂”、“湘莲反扶尸大哭一场”、“又俯棺大哭一场”、“(秋桐)越性走到尤二姐窗户根底下大哭大骂起来”、“贾琏进来搂尸大哭不止”、“(金桂)便益发嚎啕大哭起来”并“一面哭喊,一面滚揉,自己拍打”,等等。

有时状写哭貌,不直接点明“哭”字或“泣”字,往往用“不觉得眼圈一红”、“不禁失声”、“两眼微红,粉光融滑”等语来表示,非常含蓄,耐人寻味。这类描写法,在《红楼梦》里有两处写得极为巧妙。一处是第44回,写到凤姐过生日欢快之际,穿插了一段贾琏与鲍二家的交媾淫荡的情节。凤姐醋性大作,打了丫头,又打平儿,又和琏、鲍二人撕打,这个哭那个闹,一片哭闹声。书中这样写道:“凤姐见人来了,便不似先前那般泼了,丢下众人便哭着往贾母那边跑。此时戏已散出,凤姐跑到贾母跟前,爬在贾母怀里,只说:

‘老祖宗救我！琏二爷要杀我呢！’”这里描写凤姐向贾母诉怨时，虽未用一个“哭”字，实际上却写出了凤姐的嚎啕痛哭，从字里行间看，无疑是在向贾母又哭又喊地说话。再就是第67回，描写黛玉收到薛蟠从南方带回的礼物后，顿时触物伤情，异常悲伤，不禁喟叹自己孤身只影、寄人篱下的境遇。书中这样写着：“惟有林黛玉看见他家乡之物，反自触物伤情，想起父母双亡，又无兄弟，寄居亲戚家中，那里有人也给我带些土物？想到这里，不觉的又伤起心来了。”这里写黛玉的哭貌，不曾用“哭”“泣”“泪”等字样，而是用“不觉的又伤起心来了”。显然，“不觉的又伤起心来了”一句，就是在写黛玉的哭貌。何以见得？从后文的紫鹃劝语中“这如今才好些，又这样哭哭啼啼”，和宝玉“见黛玉泪痕满面”的叙述，就充分证明“又伤起心来”便是写哭。不，准确地说是在写泣。

文学家塑造人物形象，最忌讳千人一腔，千腔一调。优秀的文学作品都能够描绘出真实生动富有典型意义的性格来，写出其共性和个性，写出其对立、照应、补充的相互关系。巧夺天工的曹雪芹在《红楼梦》里的哭貌描写就是如此。写到单个人的哭貌时，有“掩面泣涕”、“独自垂泪”、“一面想，一面又滚下泪珠来”、“一面悄悄的流泪”、“呜呜咽咽直哭了一夜”、“自己气的夜间在被内暗哭”、“怔怔的滴下泪来”等写法。而写到二三人或四五人以至更多的人在同一场面的哭貌时，则又有“都忙忙接声嚎哭”、“哭声摇山振岳”、“哭闹了一阵”、“只围着干哭”、“说着也滴下泪来了”、“无言对泣”、“四只泪眼看他去了方回来”等描绘。热爱戏曲的人都知道，在戏曲舞台表演方面讲究亮相，曹雪芹笔下的人物哭貌，无论是单人哭的亮相，还是集体哭的亮相，都能做到相得益彰，调度有方。他，似乎还是一位卓越的导演艺术家呢！

说到集体哭貌的描写，在《红楼梦》中也有许多精彩的场面。

请看第33回“宝玉挨打”时贾母、贾政、王夫人等的哭貌描写：

那贾政喘吁吁直挺挺坐在椅子上，满面泪痕，一叠声“拿宝玉！拿大棍！拿索子捆上！把各门都关上！有人传信往里头去，立刻打死！”众小厮们只得齐声答应，有几个来找宝玉。

……王夫人一进房来，贾政更如火上浇油一般，那板子越发打下去的又狠又快。按宝玉的两个小厮忙松了手走开，宝玉早已动弹不得了。贾政还欲打时，早被王夫人抱住板子。贾政道：“罢了，罢了！今日必定要气死我罢！”王夫人哭道：“宝玉虽然该打，老爷也要自重。况且炎天暑日的，老太太身上也不大好，打死宝玉事小，倘或老太太一时不自在了，岂不事大！”（这时贾政冷笑着，要拿绳索勒死宝玉。）王夫人连忙抱住哭道：“老爷虽然应当管教儿子，也要看夫妻分上。……今日越发要他死，岂不是有意绝我。既要勒死他，快拿绳子来先勒死我，再勒死他。我们娘儿们不敢含怨，到底在阴司里得个依靠。”说毕，爬在宝玉身上大哭起来。贾政听了此话，不觉长叹一声，向椅子上坐了，泪如雨下。王夫人抱着宝玉，只见他面白气弱，底下穿着一条绿纱小衣皆是血渍，禁不住解下汗巾看，由臀至胫，或青或紫，或整或破，竟无一点好处，不觉失声大哭起来，“苦命的儿吓！”因哭出“苦命儿”来，忽又想起贾珠来，便叫着贾珠哭道：“若有你活着，便死一百个我也不管了。”此时里面的人闻得王夫人出来，那李宫裁王熙凤与迎春姊妹早已出来了。王夫人哭着贾珠的名字，别人还可，惟有宫裁禁不住也放声哭了。贾政听了，那泪珠更似滚瓜一般滚了下来。

（正没开交处，贾母来了。）贾母……厉声说道：“你原来是和我说话！我倒有话吩咐，只是可怜我一生没养个好儿子，却叫我和谁说去！”贾政听这话不象，忙跪下含泪说道：“为儿的教训儿子，也为的是光宗耀祖。母亲这话，我做儿的如何禁得起？”贾母听说，便啐了一口，说道：“我说一句话，你就禁不起，你那样下死手的板子，难道宝玉就禁得起了？你说教训儿子是光宗耀祖，当初你父亲怎么教训你来！”说着，不觉就滚下泪来。……贾母又叫王夫人道：“你也不必哭了。如今宝玉年纪小，你疼他，他将来长大成人，为官作宰的，也未必想着你是他母亲了。你如今倒不要疼他，只怕将来还少生一口气呢。”贾政听说，忙叩头哭道：“母亲如此说，贾政无立足之地。”贾母冷笑道：“你分明使我无立足之地，你反说起你来，只是我们回去了，你心里干净，看有谁来许你打。”……贾母一面说话，一面又记挂宝玉，忙进来看时，只见今日这顿打不比往日，又是心疼，又是生气，也抱着哭个不了。王夫人与凤姐等解劝了一会，方渐渐的止住。

……王夫人，“儿”一声，“肉”一声，“你替珠儿早死了，留着珠儿，免你父亲生气，我也不白操这半世心了。这会子你倘或有个好歹，丢下我，叫我靠那一个！”数落一场，又哭“不争气的儿”。贾政听了，也就灰心，自悔不该下毒手到如此地步。先劝贾母，贾母含泪说道：“你不出去，还在这里做什么！难道于心不足，还要眼看着他死了才去不成！”贾政听说，方退了出来。

“哀至则哭”⑥。贾政、王夫人、贾母，还有李纨，都因情感达到悲极、恨极的程度，所以流了泪，哀是够哀的，然而他们的哭却各有所因。贾政，这个贾府里的封建正统派，为了维护封建礼教，光宗耀祖，一听贾环诬告宝玉的坏话后，就气得面如金纸，气喘吁吁地直挺挺地坐在椅子上，“满面泪痕”。这眼泪是气急败坏、恨子不肖之泪。待到王夫人抱住宝玉又哭又诉,特别是说到绝根无后的话题时,贾政又长叹一声,“泪如雨下”。这眼泪,虽仍属维护封建礼教,但又是看在夫妻情分上的同情之泪。当王夫人又联想哭起贾珠的时候,贾政听了,“那泪珠更似滚瓜一般滚了下来”。这眼泪,仍是想到了光宗耀祖而不得的气愤之泪,但因贾珠远比宝玉“好”得多,不幸早夭。越想越凄凄然,于是“泪珠更似滚瓜一般滚了下来”,这又是哀极恨极的伤心之泪。贾母来了,老太太以旁敲侧击话里带刺的语气,一声声一句句的教训贾政,这时的贾政不是“忙跪下含泪说道”,就是“忙叩头哭道”。这眼泪,则表现了贾政的自悔认罪、孝敬母亲的心情。贾母,按理说她平时十分溺爱宝玉,面对这惨不忍睹的挨打现状,自然是要抱住或搂着“心肝儿肉”地痛哭一场的,老太太对宝玉的怜惜之情,总不会低于对黛玉初入荣府时的怜悯之情吧,然而曹雪芹没有这样描写。因为:此时此地贾母的心情,是“气贾政”而压倒“疼宝玉”,又是心疼,又是生气,哀怒交集,心情是复杂的。因而写到贾母的哭,只省笔俭墨地用了“不觉就滚下泪来”、“也抱着哭个不了”、“含泪说道”这些语言文字。作者这样描写,是符合此时此地的规定情景的,是符合贾母当时“气”压倒“痛”的情绪的。而王夫人的哭貌,作者则是予以重点描绘,先后写了七次。七次哭貌,七种写法,一次一种用词,从一般的“哭道”、“爬在宝玉身上大哭起来”到“儿”一声、“肉”一声地“数落一场”地大哭起来,很有层次地刻画了王夫人的悲痛心情。这眼泪,是母爱之泪,当然也内含了养儿防老,撑门立户的封建意识。她的哭,既与贾母不同,又与贾政不同,真是“泪迸天荒贵妇声”⑦啊!

宝玉的挨打,犹如一石击起千层浪,立刻牵动了荣府的主仆,形成一场大波动。李纨、凤姐、迎春三姊妹也出来了;薛姨妈、宝钗、香菱、袭人、湘云也都在现场；后来，掌灯时分，又有周瑞媳妇、吴新登媳妇、郑好时媳妇几个有年纪的老仆妇，也看望宝玉来了。然而作者并没有展开描写她们的反应，只是在写到“王夫人哭着贾珠的名字”时，顺手写了一笔：“惟有宫裁禁不住也放声哭了。”这儿，仅仅写了李纨一人的哭貌。是否其他人物都是铁石心肠、无动于衷呢？并非如此。这是因为：一来这场矛盾相当复杂，发生又很突然，父子冲突已经炽热化，又夹着夫妻冲突、母子冲突，在如此盘根错节的矛盾场合，其他人自然不好有所表示；二来她们又属或外戚或晚辈或奴仆，面对贾府中主要掌权者贾母、贾政、王夫人的冲突，面对宝玉的惨遭毒打，当然不好表态。更使人奇怪的是在这许多女性当中却没有林黛玉出场。是曹雪芹的疏忽吗？否！这是作者的精心布局，他把袭人、宝钗、黛玉对宝玉的关怀慰问，放在了后面详细写来。现实主义的作品就和现实生活一样，作者把本来那样丰富、复杂的生活和自然，艺术地再现出来时，总是显得那么逼真和生动，浑然天成而不露人工痕迹。这是《红楼梦》的一个非常显著的艺术特色。

袭人很会办事，虽然“满心委屈，只不好十分使出来”，而是等待贾母王夫人等主子去后，才走到宝玉身边坐下，一面含着泪问长问短，一面查看腿上的伤痕，并且一本正经地说：“你但凡听我一句话，也不得到这步地位，幸而没动筋骨，倘或打出个残疾来，可叫人怎么样呢！”进而趁此机会为王夫人进谏，吞吞吐吐说出宝玉挨打事由，建议把宝玉搬出大观园，在一套一套讲述封建大道理时，还不时地陪着王夫人流眼泪。这眼泪，不消说是别有用心，她是在讨好、巴结主子，是在为作准姨娘而下潜移默化的工夫呢。接着，稳重和平的宝钗手执丸药探望来了，她比袭人更有封建修养，毫无哭哭啼啼之态，只是一面说着堂皇正大的礼教之言，一面娇羞怯怯地说出“亲切稠密，大有深意”之话。她没滴一点廉价的眼泪，就换取了宝玉的“可玩可观，可怜可敬”的真情实感。她，比袭人更高一筹，不愧是忠实地执行封建礼教、妇女“四德”的群芳之冠。在探望的人群中，人们翘首以待而迟迟到来的却是林黛玉，而她的到来却最有吸引力。这位日夕只以眼泪洗面的林黛玉，在探望宝玉时又是怎样的呢？当然少不了流眼泪，然而她的眼泪别是一般滋味，她与旁人不同。作者用简练的几笔，就显示了更深更广的内容，渲染了非常浓重的感情氛围。书中这样写着：

宝玉半梦半醒，都不在意。忽又觉有人推他，恍恍惚惚听得有人悲戚之声。宝玉从梦中惊醒，睁眼一看，不是别人，却是林黛玉。宝玉犹恐是梦，忙又将身子欠起来，向脸上细细一认，只见两个眼睛肿的桃儿一般，满面泪光，不是黛玉，却是那个？

当宝玉说了一席深为关怀她的话后，“此时林黛玉虽不是嚎啕大哭，然越是这等无声之泣，气噎喉堵，更觉得利害。”十分感激宝玉对她的温暖和关心，心中有千言万语却说不出，半日才抽抽噎噎的说起话来。请看，黛玉的眼泪何等纯净！何等真挚！确是“任她点点与斑斑”，“暗洒闲抛却为谁”[⑧]？作者描写黛玉的哭貌，既不同于袭人的“谏劝”，又不同于宝钗的“心疼”，她们都在宝玉挨打的不幸时刻，表示了各自的感情，在感情中都有着爱的意蕴，然而表达方式却不同。作者紧扣三人的思想性格的个性特征来刻画。黛玉的哭，泪面虽无声，无声更胜有声。她不是哭，不是号，而是泣，泣得感人，满有“泣尽风檐夜雨铃”[⑨]之状。

（二）

古今中外凡是优秀的文学作品，总少不了关于哭声哭貌的描写，例如我国的优秀长篇小说《三国演义》《水浒传》《西游记》等，就有不少生动卓绝的哭貌描写的篇章，然而与《红楼梦》相比，则还逊一筹，都没有曹雪芹写得那样繁多，那样细腻，那样感人。世界是伟大而丰富的，生活是万象纷呈的，由于曹雪芹能够认识生活，观察生活，再现生活，他把多少人的哭声哭貌“烂熟于心”，所以才把他笔下的人物的哭貌，写得那么摇曳多姿，惟妙惟肖。他写哭并非简单地展览眼泪，更不是以固定的概念去写，而是以真实的感受和感情去描绘人物形象的哭貌。

《红楼梦》里流泪最多的要数林黛玉，她的悲可谓“泪添九曲黄河溢”，她的恨可谓“恨压三峰华岳低”[10]。我们可以想象得到曹雪芹就是在眼眶常常浮动着泪水的情形下，塑造出这个不朽的艺术形象来。难怪多少年来有多少读者读《红楼梦》时，每当林黛玉出场后，不禁使人变得沉默、深思而又不平静啊！人们就在那哀愁流泪的形象中，看到了她的性格特点。她的哭最能打动读者的感情。作者不但写出了她的封建叛逆精神，“也曾写到了她的性格的其他方面。写她冰雪一样聪明，写她孤高自许。写她有时候也心直口快，而且善于诙谐。写她对于爱情是那样执着，那样痴心。写她并不只是‘好弄小性儿’，对于她所爱的人有时也是很温柔的。然而她的性格上的最强烈的色彩却是悲哀和愁苦。这是一个中国封建社会的不幸的女子的典型”[11]，而如此活生生的艺术典型，就是通过泪水浸泡出来的。

现在，且让我们看看林黛玉的“悲哀和愁苦”，作者是怎样借泪水描绘的，有着怎样的特色，为什么会形成这样的性格。

《红楼梦》里描写黛玉的哭，大约有四十多处（按前八十回统计），只有两处是写“大哭大吐”：一处是第 29 回，宝黛二人假情试探，相互奚落，引起口角，宝玉将自己的通灵宝玉摘下来，狠狠地又摔又砸，黛玉又把玉上穿的穗子顺手抓起剪了几段。黛玉“一行啼哭，一行气凑，一行是泪，一行是汗”，直弄得大哭大吐；另一处是第57回，因为紫鹃说了句黛玉“要回苏州去”的玩话，引起了宝玉的昏迷休克，黛玉一听李妈妈说宝玉不中用了，于是也“哇的一声，将腹中之药一概呛出，抖肠搜肺炽胃扇肝的痛声大嗽了几阵，一时面红发乱，目肿筋浮，喘的抬不起头来”。虽然这里并未明写“哭”字，“嚎”字，实际上是一种又呕又嗽又哭的痛苦之貌。这是林黛玉式的大哭，它绝不同于王熙凤、夏金桂、秋桐式的大哭，前者由于体弱多病，性格纤细，即使由于某种激情所致的大哭，总是伴随着呕饭吐药的动作；后者的大哭固然也是某种激情生发，而在大哭声中却是夹着谩骂、撕打、嚎天动地、泼闹泼喊的丑态，这种大哭之貌，完全符合她们的泼妇性格特点。

但是书中更多的地方是写她的“泣”。她和宝玉难免时有求全之毁，不虞之隙，她便“气的独在房中垂泪”（第5回），或者“越发气起来，声咽气堵，又汪汪的滚下泪来”（第18回），或者赌气回房去，“只向窗前流泪”（第20回）。当宝玉的爱情激流冲击着她的心房时，她“不觉带腮连耳通红，登时直竖起两道似蹙非蹙的眉，瞪了两只似睁非睁的眼，微腮带怒，薄面含嗔”，“说到‘欺负’两个字上，早又把眼睛圈儿红了”（23回），这里用“眼睛圈红了”形容哭泣。宝玉挨打后，她去探望，宝玉竟忘却自己的疼痛，生怕黛玉伤心，影响健康，便硬推说自己装的，并安慰一番，之后还命晴雯送去两条旧手帕。黛玉从手帕上琢磨出了宝玉的用心，于是百感交集，产生了可喜、可悲、可惧、可愧的激动心情，信手就在帕上题了三首绝句[12]。三首绝句，通篇在写一个“泪”字，作者借主人公自己而又采用韵文，生动地描绘了黛玉的哭，抒发了黛玉对宝玉的爱，标志着她挣脱了封建礼教的枷锁，决心向封建的婚姻制度挑战。

这泪是她为宝玉苦遭毒打的不幸而流，宝玉的不幸才是她最大的悲痛，自然这泪也包含着为自身的不幸而伤感（34 回）。这是多么巧妙的艺术构思和艺术技巧啊！

有时黛玉面对自然景物而淌眼抹泪，听见窗外竹梢蕉叶之上，雨声淅沥，会滴下泪来（45 回）；中秋时节，夜静月明，赏月的人少了，她会对景感怀，一个人又去俯栏垂泪（76 回）；往往一些残花落瓣，也能勾起她的愁思，于是就感花伤己，哭哭啼啼起来。有一次她在暮春饯花时节，走向花冢，一边数落着，一边呜咽着，哭的非常伤感。这就是第 27 回关于《葬花吟》的描写。《葬花吟》是曹雪芹塑造林黛玉典型形象的一篇重要作品。它以落花自况，用五十二句诗咏叹了林黛玉的悲剧命运，展示了她的复杂的精神世界。花不语，泪如涌。在那声声泪、字字血的泣诉中，尽管有着哀伤凄恻的感伤色彩和虚无主义的悲观思想，但它的主导情调还是好的。"一年三百六十日，风刀霜剑严相逼"，写出了她备受摧残和折磨；"红消香断有谁怜"，"愁绪满怀无释处"，表现了她幼失怙恃、寄人篱下的苦楚；"柳丝榆荚自芳菲，不管桃飘与李飞"，寄托了她对世态炎凉人情冷暖的愤懑；"愿奴胁下生双翼，随花飞到天尽头"，则是她对美好理想的强烈追求；"未若锦囊收艳骨，一抔净土掩风流。质本洁来还洁去，强于污淖陷渠沟"，更刻画了她坚贞而纯洁的品质。这首诗在艺术上也是非常成功的，声、泪、情、景水乳一样地交融地合在一起，曹雪芹不但善于用散文章法描绘黛玉的哭貌，而且还善于使用韵文的语言写哭泣之状，怪不得甲戌本上有脂批说："余读《葬花吟》至再，至三四，其凄楚感慨，令人身世两忘，举笔再四，不能下批。"

读过《红楼梦》的人都会异口同声地得出这样的结论：林黛玉是一个"心细"、"心重"、多疑猜忌的少女。是的，这是她的性格特征之一。作者不但通过她的语言、动作来表现她的这种性格,值得注意的是许多地方更借助哭貌来刻画她的这种性格。紫鹃说玩话引起的一场风波,倒无意中考验了宝玉对黛玉的真情实感,黛玉听了紫鹃要她早拿主意,与宝玉成亲的一席话后,“心内未尝不伤感,……便直泣了一夜,至天明方打了一个盹儿”(57 回)。当宝钗在薛姨妈面前撒娇儿,薛姨妈用手抚摩着宝钗并跟黛玉说话的时候,她又流泪了,并说:“他偏在这里这样,分明是气我没娘的人,故意来刺我的眼”(57 回)。当宝玉来到潇湘馆看望黛玉时,二人彼此十分体贴,特别是黛玉见宝玉比先前大瘦了,想起那件作病傻闹的事儿来,不免又流下泪来,两人略微谈了谈,她便催宝玉去歇息调养(58 回)。请看她的感情多么细腻,想得多么周到。关于刻画林黛玉多疑猜忌性格方面最动人的描写,要数那个怡红院叩门不开的误会情节了。第 26、27 两回中这样写道:

> (黛玉)再往怡红院来,只见院门关着,黛玉便以手叩门。谁知晴雯和碧痕正拌了嘴,没好气,忽见宝钗来了,那晴雯正把气移在宝钗身上,正在院内抱怨说:“有事没事跑了来坐着,叫我们三更半夜的不得睡觉!”忽听又有人叫门,晴雯越发动了气,也并不问是谁,便说道:“都睡下了,明儿再来罢!”……晴雯偏生还没听出来,便使性子说道:“凭你是谁,二爷吩咐的,一概不许放人进来呢!”林黛玉听了,不觉气怔在门外,待要高声问他,逗起气来,自己又回思一番:“虽说是舅母家如同自己家一样,到底是客边。如今父母双亡,无依无靠,现在他家依栖。如今认真淘气,也觉没趣。”一面想,一面又滚下泪珠来。

黛玉正在叹息自己茕茕孑身,篱下寄生的境遇,忽听见宝玉和宝钗的阵阵笑语声,她怀疑宝玉及丫环们对自己另眼相看了,于是心中益发动了气，“越想越伤感起来，也不顾苍苔露冷，花径风寒，独立墙角边花阴之下，悲悲戚戚呜咽起来”。黛玉哭得好不凄惨！曹雪芹写到这里，并未停住。他立刻笔锋一转，借助客观景物——“柳枝花朵”和“宿鸟栖鸦”，进一步渲染、烘托黛玉的哭貌和哭情：

> 原来这林黛玉秉绝代姿容，具希世俊美，不期这一哭，那附近柳枝花朵上的宿鸟栖鸦一闻此声，俱忒楞楞飞起远避，不忍再听。

林黛玉的哭泣，感动了大自然：花魂默然，宿鸟惊飞。读到这里，使人不禁想起杜工部的“感时花溅泪，恨别鸟惊心”[13]两句名诗，似乎在这里有了新的疏解。也使人联想起了汤显祖关于杜丽娘的美貌描写：“不提防沉鱼落雁鸟惊喧，则怕的羞花闭月花愁颤。”[14]总之，无论是林黛玉因敏感多疑而产生的哭貌，还是杜甫对国家危难的痛心流泪，还是杜丽娘的追求个性解放、婚姻自主的要求，都体现着一种很高的美学意义。

一个镜头刚刚闪过，另一个镜头又已映出：

> 林黛玉正自悲泣，忽听院门响处，只见宝钗出来了，宝玉袭人一群人送了出来。待要上去问着宝玉，又恐当着众人问羞了宝玉不便，因而闪过一旁，让宝钗去了，宝玉等进去关了门，方转过来，犹望着门洒了几点泪。自觉无味，方转身回来，无精打彩的卸了残妆。……那林黛玉倚着床栏杆，两手抱着膝，眼睛含着泪，好似木雕泥塑的一般，直坐到二更多天方才睡了。

这个哭貌的描写，章法又变了，作者采用了雕塑和绘画的艺术技巧，表现林黛玉的含泪沉思的哭貌。孤身只影、依人为活的乖蹇命运，再度冲击着她的芳心洁脾。试想，少女的自尊心和“孤高自许”的个性，受到了严重的损害时怎能不极度伤心而落泪呢？在这儿，曹雪芹同样是在写林黛玉的哭，却产生了不同的艺术效果，它呈现出一种雕塑式的立体化的艺术美。

贴身丫环紫鹃和雪雁似乎还不十分了解黛玉的性情："无心闷坐，不是愁眉，就是长叹，且好端端的不知为了什么，常常的便自泪道不干的。"（27回）其实黛玉落泪总是有因。有时她的流泪，并非因为和别人闹什么矛盾，而常常是由于想到自己的不幸身世所致。当大观园一下来了六位新客——李纹、李绮、薛蝌、薛宝琴、邢岫烟、王仁——之际，探春和宝玉喜的眉开眼笑，不但人丁兴旺，而且还可以扩大诗社，以李纨为首，还有迎春、探春、惜春、宝钗、黛玉、湘云、李纹、李绮、宝琴、岫烟，再添上凤姐儿和宝玉，竟达十三个人了。大观园好不热闹，独有黛玉见了此情此景，"先是欢喜，次后想起众人皆有亲眷，独自己孤单无个亲眷，不免又去垂泪"（49回）。每每在吟诗作赋，有说有笑的热烈氛围中，偏偏黛玉常是哭哭泣泣。或者，有时睹物思乡，也不免哭泣。当薛蟠从南方带回一批土仪，分别赠送给姑娘们时，"惟有林黛玉看见他家乡之物，反自触物伤情，想起父母双亡，又无兄弟，寄居亲戚家中……不觉的又伤起心来了"（67回）。

有人说，林黛玉是"眼泪的化身"，"多愁的别名"[15]。这话说的再好不过了。落泪，伤感，是她每日的必修课，正如宝玉对她说的那样："每天好好的，你必是自寻烦恼哭一会子，才算完了这一天的事。"是什么原因使她常常"自泪不干"呢？幼失怙恃、篱下寄生的，像只无根的浮萍寄居在外祖母家，过着仰人鼻息的生活；追求纯真爱情，蔑视功名富贵的叛逆精神，受到了封建势力的摧残；再加上她出身于一个衰落的清贵之家，从小娇生惯养，自然就不会有晴雯那样的开朗、尤三姐那样的坚强。要言之，没落的阶级，没落的时代，造成她这个泪人儿的性格。她的哭泣，诅咒着封建末世的灭亡！浇灌着纯真爱情的花朵！洗劫着自己的悲酸而又流露出无可奈何的心境！

林黛玉的哭，正标志着她是一个悲剧社会中典型的悲剧性格。

（三）

《红楼梦》里的哭貌描写，不但章法千变万化，而且风格时有不同，由于哭者的身份、地位、教养不同，规定情境的不同，便异彩纷呈。

第18回中，写到贾妃回府省亲时，三代亲人的哭泣，绝没有“嚎啕恸哭”、“放声大哭”、“哭声震天”的描写。要说场面也并不寂寞，原是主仆人等乌压压一片，宏伟阔大；出场的人也并不比宝玉挨打、贾敬宾天、凤姐大闹宁国府时的人少。然而这一回的哭貌描写，却是一种哀伤肃穆的风格。请看：

> （贾妃）至贾母室，欲行家礼，贾母等俱跪止不迭。贾妃满眼垂泪，方彼此上前厮见，一手搀贾母，一手搀王夫人，三个人满心里皆有许多话，只是俱说不出，只管呜咽对泣。邢夫人、李纨、王熙凤、迎、探、惜三姊妹等，俱在旁围绕，垂泪无言。半日，贾妃方忍悲强笑，安慰贾母、王夫人道：“当日既送我到那不得见人的去处，好容易今日回家娘儿们一会，不说说笑笑，反倒哭起来。一会子我去了，又不知多早晚才来！”说到这句，不禁又哽咽起来。

从政治地位、君臣大礼来论，作为皇帝的贵妃贾元春，是贾府中的最高统治者，但倘从家庭地位、人伦之序来看，元春则上有祖母父母之辈，下有兄弟姊妹同行。因此这种特殊场合的哭貌描写最难掌握分寸，可想而知，低能的作家，不是写得偏于庄重，缺乏人情，就会写得只有家务私情而丢掉君臣仪礼。而曹雪芹“写元妃归省之礼仪,椒房入宫之体制,气象何等严肃,笔墨何其清华”[16]。这个哭貌描写就写得“严肃”“清华”。写得恰如其分,二者兼及,增一分则过,减一分则缺。我们看他写到女流各辈的哭貌。则用“满眼垂泪”、“呜咽对泣”、“垂泪无言”等词语;写到贾政“帘外问安”,则用“含泪启道”;写到宝玉进见,则是贾妃把宝玉“携手拦于怀内,又抚其头颈笑道:‘比先竟长了好些……’一语未终,泪如雨下”。这里应当特别注意的是关于贾妃哭貌的描写,寓意十分深刻。“九重金阙”、“三宫六院”,原来是人间地狱,“不得见人的去处”,虽富贵至极的生活,也比不上能叙天伦之乐的“田舍之家”,因为这种生活迫使“骨肉各方,然终无意趣”(贾妃语)!作者在这儿以浓重的笔墨渲染出的一派悲剧气氛,是对封建皇权的无情揭露。

曹雪芹写哭,真是匠心独运,走笔自如。该“严肃”“清华”则“严肃”“清华”,该撒泼辛辣则撒泼辛辣,该抽抽噎噎则抽抽噎噎。金圣叹评点《水浒传》曾说:“夫哭亦有雄有雌,情发乎中,不能自裁,放声一号,罄无不尽,此雄哭也。若夫展袂掩面,声如蚊蚋,借泪骂人,吱咽不已,此名雌哭,徒聒人耳,哭奚为也?”(第25回双行夹批)管家少奶奶王熙凤,不但举动爽利,言语痛快,而且要恼即恼,要哭即哭,真是哭笑由之,随机应变,曹雪芹笔下的王熙凤,不愧是一位出色的表演艺术家。别的不谈,且来仔细分析一下她的哭貌描写。

这位管家少奶奶确实是雄哭雌哭,二者皆具。第68回描写“酸凤姐大闹宁国府”时的哭貌,尤为生动。把一个伶牙俐齿、软硬兼施、心狠手辣的两面派少妇的哭,写绝了。当凤姐发现了贾琏偷娶尤二姐,原是珍蓉父子俩合伙帮衬的,于是她深入偷鸡摸狗的发源地宁国府中,大哭、大骂、大闹。先是把自己装扮成“凭人撮弄”“一片痴心”的伪善面孔，与二姐奴长奴短、倾心吐胆的谈话，并提出了什么“八同”誓词：“同居同处，同分同例，同侍公婆，同谏丈夫，喜则同喜，悲则同悲”。好一个情似姐妹，亲同骨肉的言谈！“说着便呜呜咽咽哭将起来”。善良痴心的尤二姐“见了这般，也不免滴下泪来”。从“谎赚尤娘”到“借剑杀人”——借秋桐之手百般折磨尤二姐，终于逼得尤二姐吞金自逝了。当二姐惨死后，合宅皆知，无不痛哭，凤姐此时此地，仍声色不露，也逢场作戏地假哭起来，说什么“狠心的妹妹，你怎么丢下我去了！辜负了我的心”。假惺惺地挤出几滴鳄鱼的眼泪。在暗设奇谋、谎赚尤娘的目的达到后，接着凤姐便大闹宁府，变以守为攻的战术为以攻为守的战术。随着战术的变化，凤姐的哭的花样也变了，曹雪芹是怎样描绘她的哭貌呢？请看：

凤姐一五一十地啐骂了尤氏后，“一面说，一面大哭，拉着尤氏，只要去见官”。

一面又骂贾蓉：“天雷劈脑子五鬼分尸的没良心的种子！不知天有多高，地有多厚，成日家调三窝四，干出这般没脸面没王法败家破业的营生。……”哭骂着扬手就打贾蓉。

然后，“凤姐滚到尤氏怀里，嚎天动地，大放悲声”，步步紧逼要挟尤氏，要贾府写休书。“说了又哭，哭了又骂，后来放声大哭起祖宗爹妈来，又要寻死撞头。把个尤氏揉搓成一个面团，衣服上全是眼泪鼻涕”。

凤姐儿更“哭着用两手搬着尤氏的脸紧对相问道”，一面哭一面数落着，说着还唾了尤氏几口。尤氏也哭着解释。

宁府的许多姬妾丫环媳妇，见凤姐如此大闹，便乌压压的跪了一地替尤氏贾蓉求情。有个丫环“说着，捧上茶来。凤姐也摔了，一面止了哭挽头发，又哭骂贾蓉”。

好一幅栩栩如生的哭貌图啊！小说创作讲究细节描写，细节描写是小说的基础。但细节描写不能游离于作品的主题，损害人物的性格。曹雪芹写王熙凤的哭，写得多么生动、鲜明而又准确，他一则紧扣《红楼梦》全书的主题，表现了贾府主子之间的你欺我诈，偷鸡摸狗的腐败堕落；二来也突现了凤姐的“机关算尽”，“心里歹毒，口里尖快”的阴谋家的特征。总之，曹雪芹暴露凤姐的假丑恶，不是在形象之外，而是在形象之中。

凤姐以大哭大闹的方式，征服了尤氏母子后，又以谎言的手段，换用另一副面孔赔礼软化，搞得母子二人又上圈套了。尤氏母子一齐笑着说：“到底是婶子宽宏大量足智多谋。等事妥了，少不得我们娘儿们过去拜谢。”“宽宏大量”是假，“足智多谋”是真。足智多谋，对王熙凤来说也就是诡计多端的同义语。读着《红楼梦》中关于凤姐诡计多端、哭笑由之的描绘，不禁使人联想起了《金瓶梅》中的潘金莲和英国小说《名利场》中的蓓基·夏普。她们通是脂粉堆里的阴谋家。捣鬼的手段，情态的变化，随着个人某种欲望的需要，时刻在花样翻新。潘金莲的嫉妒刻薄而又谄媚恭顺，凶残恶毒而又虚情假意，为与西门庆通奸竟药死亲夫武大；夏泼小姐善于投机、冒险，用诱骗、孤立、控制、榨取的手段，使纨绔子弟乔斯毁灭于她的手掌；王熙凤的肆逞淫威、奸险诡诈、嘴甜心苦、两面三刀，终于逼死了被侮辱被损害的尤二姐。三个艺术形象的塑造，确实具有异曲同工之妙。尽管她们的出身教养不同，生活道路不同，而她们的捣鬼心术，却可以说是并列第一的三个冠军。

【注释】

①见庚辰本第17至18回四出剧目下双行小字批。原《离魂》下的批语“乃《牡丹亭》中”五字系抄写误倒，应在“伏黛玉死”

句前。

②《汉堡剧评》第二十九篇。

③《老舍论创作》，上海文艺出版社 1980 年版，第 83 ~ 89 页。

④以上统计数据取自李醒骥的《王熙凤的“笑”》一文，载《红楼梦学刊》1987 年第 1 辑。在此条注释中我要特别多说几句，作者与我素不相识，根据文末作者简介，才得知他是天津人，1949 年生，为天津市南开区图书馆干部。我认为，他的这篇论文写得很好（当然有些词语的表达，论证的层次上，还需要再推敲）。好就好在研究方法上别开生面，以“笑”的细节描写来谈曹雪芹对凤姐的形象刻画，颇有见地。显然，这是运用了统计学和文学相结合的赏析方法，这样研究不架空，很扎实。我自己曾经总结了一套“五结合”的模式，即传统方法与现代科学方法相结合、定量分析和定性分析相结合、微观研究和宏观研究相结合、社会科学研究和自然科学研究相结合、国内研究与国外研究相结合的方法。根据此模式曾经写作并发表了关于说梦境、论贾母、析哭貌以及“红学专题”系列问卷调查的文章。我看李文正是符合“定量分析与定性分析相结合”“微观研究和宏观研究相结合”的模式，我们的见解是不谋而合。我遇到了一位知音，幸甚！幸甚！

⑤庚辰本第 74 回，“王善保家的又听见凤姐如此说，也只得罢了”句下夹批。

⑥引自一粟编《红楼梦卷》第一册·卷三季新《红楼梦新评》。

⑦敦诚《挽曹雪芹》诗。原句为“泪尽荒天寡妇声”，我引用时，因拙稿行文所需，将“寡”字改为“贵”字。

⑧引自《红楼梦》第 34 回手帕题诗三首。原诗其一：眼空蓄泪泪空垂，暗洒闲抛却为谁？尺幅鲛绡劳解赠，叫人焉得不伤悲！其二：抛珠滚玉只偷潸，镇日无心镇日闲；枕上袖边难拂拭，任他点点

与斑斑。其三:彩线难收面上珠,湘江旧迹已模糊;窗前亦有千竿竹,不识香痕渍也无?

⑨清人纳兰性德《南乡子·为亡妇题照》。

⑩"泪添九曲黄河溢,恨压三峰华岳低"二句,见王实甫《西厢记》第四本第三折。又元人李珏《题汪水云西湖类稿》诗有:"泪添东海水,愁压北邙低。"可能为王实甫所本。

⑪见1962年人民文学出版社版《红楼梦》,何其芳的《代序》。

⑫详见注⑧。

⑬杜甫五言律诗《春望》。

⑭《牡丹亭》第十出《惊梦》。

⑮蒋和森:《红楼梦论稿·人物赞·林黛玉》。

⑯转引自一粟编《红楼梦》第一册卷三·二知道人《红楼梦说梦》。

第六章　比较编

《忠义水浒传》《金瓶梅词话》《红楼梦》比较

这三种小说都是中国著名的古典长篇小说，体裁是章回体，语言是白话体。虽然产生的时间不同，《水浒传》成书于元末明初，《金瓶梅》成书于明朝万历年间，《红楼梦》成书于清初乾隆年间，首尾相距大约有四百多年（首算 14 世纪中叶，尾算 18 世纪中叶）的时间，反映的题材内容不同，然而从它们之间的文学传统来看，却有着一定的血缘关系，可以说是一脉相承的，其传统既有继承，又有发展和突破。可以说《水浒传》是奠基作品，《金瓶梅》是承上启下的过渡作品，《红楼梦》则是达到高峰的作品。

把这三部小说进行全面的系统的比较研究，找出它们之间的异同、特点及其继承发展关系，是饶有意趣的工作，也许能为当代的文艺创作及评论，提供点有益的经验吧。所谓“比较文学”不仅仅是比较而已，比较是手段、方法，不是目的。其目的也不能是原始的初级的，仅仅把要比较的作家或作品找出异同来，更重要的是要找出它们的文学关系史来，读者共同喜爱的作品的主体究竟有什么继承发展关系？有什么重要规律和特点？需要补充和更新什么？当然比较文学的范围有广狭之分，严格来说，相同民族的作家作品之比较研究，例如这三部小说的比较研究，并不属于比较文学的任务和范围。从本来意义上看,比较文学研究的对象及任务是:不同民族不同国家的文学之间的影响关系,此其一;对比地研究并无直接联系的两种或几种民族文学在主题、题材、文体、风格、发展趋势等方面的同异,此其二;研究文学和其他艺术形式如绘画、音乐,还有历史、哲学以及纯科学的相互关系和异同,此其三。比较文学的学派很多,最有代表性的是法国学派、美国学派和苏联学派三大学派。我们这里却把一种有内在传统联系的同一民族的文学作品放在一起加以比较研究,这是一种最广义的比较文学。

(一)三部小说的相同点

三部小说都是长篇章回体的白话小说,这是毋庸置疑的。还有几点共同点需要注意,这几点还给研究者带来了研究上的一定困难。

第一点,因为成书过程复杂,因而版本也就复杂化多样化了。《水浒传》有繁本、简本两个系统。简本包括了《水浒传》的全部故事,从排座次到受招安、征辽、征田虎、征王庆、征方腊以及宋江被毒死的情节全有。简本的特点是事繁文简,文字简单粗糙,细节描写少。繁本的特点是事文均繁,具体描写多。明万历年间在福建建安出版了110回、115回和124回本,这些书都是以明嘉靖郭勋本(百回本)为祖本的,将百回本的原文大加删节,除保留了征辽故事外,又凭空插入平田虎、灭王庆的故事,这就是所谓"文简事繁"的简本;现在能看到的"简本"《水浒传》有郭勋刻本、天都外臣序本、李卓吾评容与堂刻本、四知馆刻本(法国巴黎图书馆藏)、芥子园刻本,以上均为百回本。一百十五回本有明刊巾箱本、清金陵德聚堂刊本,坊刻一百二十四回本。"繁本"就是所谓"事文均繁"

本,“繁本”系统的《水浒传》比较重要的有明袁无涯原刻本百二十回本、明清间杨定见本百二十回本、宝翰楼刻百二十回本,以及七十回本的几种刻本:金圣叹评贯华堂刻本、坊刊王望如加评本、光绪十四年上海石印本、亚东图书馆排印本、中华书局影印金评本。

《金瓶梅》(一百回)的版本也是有两个系统:一是卷首有明万历四十五年东吴弄珠客序的《金瓶梅词话》系统,简称“词话本”系统,这个版本是1931年在山西发现的。一是天启、崇祯间的《原本金瓶梅》系统,因为每回前面的韵文多是诗,不是词,故称“诗话本”(又称说散本)系统。近年来北京大学影印出版的就是这个版本。这两个系统的主要不同之点表现在:1.“词话本”第1回起于景阳冈武松打虎,“诗话本”以西门庆热结十兄弟开始。“词话本”第84回后半回“宋公明义释清风寨”的内容,在“诗话本”中全删了。第53、54两回内容两本完全不同。2.“词话本”全书回目字数参差不齐,对仗不工,并运用了大量山东口语和市井行话,而“诗话本”回目对仗工整,文辞比较修饰,方言土语删改了不少。后来的《金瓶梅》,有1933年北京古佚小说刊行会影印本、1957年文学古籍刊行社影印本以及世界文库本、上海杂志公司本、中央书店本和1985年人民文学出版社出版的多种删节本,都属于“词话本”系统;明崇祯本《新刻绣像原本金瓶梅》、清张竹坡评本、清《新刻绣像金瓶梅》、上海卿云图书公司排印本《古本金瓶梅》等,都属于“诗话本”系统。此外,还有刊于康熙四十七年的满文《金瓶梅》。

《红楼梦》的版本更为复杂,由于作者“披阅十载,增删五次”,以手抄本八十回本流传于世,后来到了乾隆五十六年(1791),程伟元、高鹗第一次以活字版排印出版,为一百二十回本。从此就出现了排印本。这样也形成了两个系统的版本,即:有脂砚斋评语的八十回抄本系统和一百二十回的程高本系统。后四十回一般认为是高鹗续补的。续书者追踪原书情节，完成了宝黛爱情悲剧，使全书故事完整，有些章回也写得成功，但总的来看，思想性和艺术性都不及前八十回，尤其是贾家结局“终以兰桂齐芳”，宝玉、贾兰中举，十二金钗的命运结局等情节，都严重地违背了曹雪芹的本来艺术构思。

脂评抄本系统的本子，现在能看到的有十二种，即甲戌本、己卯本、庚辰本、梦稿本、戚序本、甲辰本、列宁格勒藏本、蒙王府本、戚宁本、戚张本、舒序本、郑藏本。程高系统的本子主要有六种，即程甲本、程乙本、程丙本、王希廉评本、张新之评本和姚燮评本。目前有一个比较完善的新读本，就是人民文学出版社出版、红楼梦研究所重新校注的一百二十回本《红楼梦》。

三部小说版本的复杂性，给比较研究带来了相当困难，为了能够全面而准确地进行比较研究，首先就要把版本弄清楚，尽可能依据接近原著面目的版本，才是正经途径。

第二点，从成书的过程来看，都有一个较长的衍变发展过程。《水浒传》应当说是集体创作，经过了无数作者的创作或整理，不应当把著作权归于某个个人，因为施耐庵、罗贯中就是在宋元以来广泛流传的民间口头传说、话本、杂剧的基础上，进行综合性的再创作而写定的。可以说是群众创作和文人创作相结合的产物。《金瓶梅》一般文人学者则认为是中国小说史上第一部文人创作的长篇小说，它的出现标志着我国古典小说进入一个崭新的发展阶段。其实这种观点不够准确，《金瓶梅》的故事主干还是脱胎于《水浒传》23 回至 27 回的武松杀嫂的故事，也吸收了话本小说、戏曲艺术的某些长处。作者署兰陵笑笑生，真实姓名和生平事迹都不可考。综观现有的研究结果，考证并推论《金瓶梅》的作者竟有三十个左右了：李卓吾、王世贞、李开先、汤显祖、薛应旂、赵南星、冯惟敏、沈德符、徐渭、卢楠、李渔、屠隆、贾三近、刘守、冯梦龙、谢榛、王稚登、陶望令、丁耀亢、丘志充、李先芳以及不确指的“绍兴老儒”、“王世贞门人”、“嘉靖间大名士”、“嘉靖间金吾戚里门客”、“某孝廉”、“浙江金华兰溪一带人”。对此,历代学者聚讼纷纭,迄今仍无定论,是中国文学史上的一个大悬案。不管作者是谁,留给我们的这部百回小说的故事体系、语言、风格,都告诉了我们《金瓶梅》不纯粹是文人的独立创作,也包含有民间集体创作的成果。

最早提出该书是“集体创作”的是潘开沛,他认为《金瓶梅》“不是哪一个‘大名士’、大文学家独自在书斋里创作出来的,而是在同一时间或不同时间里的许多艺人集体创造出来的,是一部集体的创作,只不过最后经过了文人的润色和加工而已。”[①]后来赵景深也提出了这个论断。他所以认为“《金瓶梅词话》是民间的集体创作”的理由是:

1. 像《金瓶梅词话》和宋人词话,其实都不是真正的词话。宋人词话,只是藏书家胡乱定的名称,实际上只是话本小说。《金瓶梅词话》以前,应该有一本金瓶梅说唱词话。后来把这一部金瓶梅说唱词话改写为《金瓶梅词话》,保留了几段小尾巴没有割掉。一般明清小说常夹有诗词和骈文,每每加上“但见”、“有诗为证”、“且听我道来”这类的话。这种诗词和骈文的内容,一般只是描写或称赞,故事并没有前进一步,去掉也不要紧。但真正的说唱词话,却是一面故事情节在发展,一面写出血肉相关的情节,倘若去掉这些真正的词话,故事就连接不起来了。例如以曲代言的例子很多,即对话是韵语,以韵语代替普通的语言有十八九处。

又如《陶庵梦忆·不系园》(明末张岱著)中记载说杨与民在小梧桐树下,用北调说《金瓶梅》一剧,这里说的“剧”不是指戏剧,而是指曲艺,很可能这就是《金瓶梅说唱词话》或《金瓶梅诸宫调》

一类的作品。

2. 今本《金瓶梅词话》,曾经引用了《雍熙乐府》中的套数和杂剧二十套。《雍熙乐府》序是嘉靖四十五年写的,比《金瓶梅词话》万历四十五年出版日期早五十一年。足证小说受了说唱文学的影响。即:

[梁州序]见 27 回(以下同,只写号码)　向晚来雨过南轩(曲文之第一句,下同)

[朝元歌]36 回　花边柳边

[斗鹌鹑]41 回　翡翠窗纱(又见元杂剧《两世姻缘》第三折)

[新水令]42 回　凤城佳节赏元宵

[南曲]43 回　繁花满月开

[醉花阴]46 回　雪月风花共裁剪

[好事近]46 回　东野翠烟消(南戏《子母冤家》)

[下山虎]46 回　中秋将至

[伊州三台令]52 回　思量你好辜恩

[芍药栏]52 回　新绿池边(又见《送别》第 2 册 37 页)

[新水令]55 回　小园昨夜放红梅

[一枝花]61 回　紫陌红径(又见《失约》16 册 11 页)

[端正好]70 回　享富贵受皇恩(又见《武臣皇福》第 3 册第 2 页)

[端正好]71 回　水晶宫绞绡帐(又见元杂剧《风云会》第三折)

[新水令]72 回　翠帘深小

[集贤宾]73 回　忆吹箫玉人何处也(陈铎《秋怀》第 14 册 9 页)

[玉交枝]73 回　彤云密布

[宜春令]74 回　第一来为压惊

[青衲袄]77 回　想多娇情性儿标(又见《别思重会》第 9 册 78 页)

[粉蝶儿]93 回　九腊深冬雪漫天

3. 日人尾上兼英在《成化说唱词话试说》一文(原载《东洋文化》58 号戏曲小说特集)也提出《金瓶梅词话》是下层的知识分子、胥吏的集体创作的观点。[②]

三十年后,徐朔方又重新提出这个问题,他从“词话”二字含义分析开始,认为《金瓶梅词话》与《大唐秦王词话》一样,应是“根据说唱艺术的底本而写定的”。徐文列举了十条内证加以说明:(1)《金瓶梅》每一回前都有韵文唱词。(2)大部分回目以韵语归结。(3)小说中多处保留着词话说唱者的语气,如“看官听说”等。(4)悲哀之处总唱《山坡羊》之类小曲。(5)几乎没有一回不插入诗、词、散曲,尤以散曲为多。(6)行文的粗疏、重复不像是作家个人创作风格。(7)书中主要人物的年龄和重大事件产生的时间有时颠倒错乱,十分严重。(8)对某些历史人物的描写有正邪颠倒的现象。(9)全书有“以十回作为一个大段落的倾向”,这是《金瓶梅》在早期流传过程中分大段说唱所留下的痕迹。(10)书中大量引用了前人词曲、杂剧、传奇、说唱等著作,仅借录的话本和拟话本小说就达九种之多。最后,他结论说:“它和《水浒》一样,都是民间说话艺人在世代流传过程中形成的世代累积型的集体创作,带有宋元明不同时代的烙印。”[③]

那么,究竟《金瓶梅》是民间集体创作呢?还是纯属文人独立创作的呢?哪种观点较为妥当呢?我说,上述两种看法都有点绝对化。准确地说,《金瓶梅》既不像《三国》《水浒》由民间传说、话本、戏曲逐渐丰富衍变而来,经文人加工写定,又不像《红楼梦》那样，纯属文人独立创作，而是介于二者之间的中间色的创作过程，两种成份都有，但以文人创作为主。从成书过程来看，《水浒传》《金瓶梅》《红楼梦》的文人加工创作和集体创作的消长比例，正好形成各自由强变弱、由弱变强的相反特色。

《红楼梦》的著作权，自然是由文人写定无疑，不存在什么先有民间传说、话本小说、戏曲艺术的基础了。从最初(1744)原稿问世到百二十回排印本(1791)的出现，中间也经历了四十七个年头，在这四十七个年头中，也不独是曹雪芹一个人的创作，从特定的角度说，也可以说是具有集体创作的因素，首先是脂评者参与了艺术构思并提出了一些修改意见，最明显的例证就是"秦可卿淫丧天香楼"内容的删改；其次是高鹗续补后四十回并与程伟元一起修改前八十回的内容。关于《红楼梦》的作者，绝大多数研究者的看法是前八十回为曹雪芹，后四十回为高鹗。《红楼梦》虽然不是在民间传说、话本小说、戏曲基础上加工写定的小说，但它也吸收其他姊妹艺术的营养，像神话传说、说书体例、戏曲表演、诗词曲赋、绘画理论等，更主要的是继承与发展了《水浒传》《金瓶梅》的优秀传统，这一点将在下面专门论述。综观三部小说的成书过程，都是经历了长期的复杂的演变过程，在母胎中充分成熟而后呱呱坠地的，所以才成为伟大的不朽的具有各自特色的名著。不论是创作者还是加工写定者，他们共同的特点是：善于向民间文艺学习；善于向现实生活学习；善于向姊妹艺术吸取营养；善于反复修改，精益求精；善于接受传统而又突破传统。这是极其宝贵的几条创作经验，值得我们今天搞文艺创作和评论的同志借鉴、学习。

第三点，都是有中国老百姓所喜闻乐见的中国作风和中国气派。在创作指导思想上都接受了现实主义、浪漫主义、人文主义的思潮的影响，都符合中国小说美学的基本原理。他们在创作态度上都有着强烈的感情,强烈的爱憎,所谓“发愤作书”“怨毒著书”。李贽就认为《水浒传》是“发愤之所作”[4],张竹坡认为《金瓶梅》是“泄愤之作”[5],脂砚斋也讲《红楼梦》是“滴泪为墨,研血成字”“哭成的”[6]。曹雪芹更自题诗说:“字字看来皆是血,十年辛苦不寻常”。其愤何来?来自封建压迫,旨在反封建;其愤所向?面向生活、面向社会、面向腐朽而抨击。他们在处理文学与生活的关系上,都把真实性和批判性放在第一位,强调作品要真实地再现生活、再现人情世态,敢于直面统治阶级进行批判;不但要写美的东西,而且也要写丑的东西;不但要写社会的生活面,而且也要写出社会的思想文化,写出社会的道德风尚,写出人与人之间的社会关系的准则。在情节结构上,都强调内容的完整性——故事有头有尾,注重时间顺序,讲究细节描写;都强调故事的传奇性——情节曲折、波澜起伏,以便吸引读者,但传奇性又不违背真实性,传奇性是从普通的平凡的现实生活中提炼和反映出来的;都强调合理性——人情事理都合情合理、近情近理。在语言上都体现了通俗化,“谐于里耳”[7],要使广大老百姓能听得懂、看得懂,因而三部小说的作者们都注意到了把握和适应读者的美感心理和美感要求。也就是说早已体现了“接受美学”的特点。这是因为中国古典小说的欣赏对象,与正统诗文相比较,有着更广泛的群众性,创作的距离和欣赏的距离不远。还有深深地渗透着中国古典诗词的韵味和意境,诗词曲赋每每成了三部小说的有机组织部分。在人物形象塑造上,都注重通过人物的对话和动作来刻画人物性格,冗长的独白或者作者的直接叙写很少。不论写了多少人物,正如叶昼所说,各色人等“各有派头,各有光景,各有家数,各有身份,一毫不差,半些不混,读者自有分辨,不必见其姓名,一睹事实,就知某人某人也。”[8]

第四点，三部小说的最终结局都是悲剧性的。《水浒传》反映的农民起义军，建立了梁山泊根据地，屡次战胜官军，打败地主武装，后来以宋江为首带头受了招安，反过来攻打以方腊为首的另一支农民起义军，在得胜还朝时，一百单八将只剩下了二十七人，宋江虽然博得一官半职，最后还是被皇帝用药酒毒死了。一场轰轰烈烈的农民革命事业，在一种非常凄凉悲惨的气氛下瓦解了，失败了。《金瓶梅》专门截取了与农民起义关系不大的西门庆和潘金莲的淫乱故事，以日常生活为主，曲尽人间丑态，拉开了明代后期社会的黑幕，它以官僚、恶霸、富商三位一体的西门庆的罪恶家庭为中心，揭示出不平常的社会意义。“一介乡民”的西门庆，虽然后来发迹变泰，加官晋爵，成为执掌一省刑狱的理刑官，但最终还是由于吃了过量的春药，纵欲暴亡。西门庆一死，全家妻妾主奴便陷入了混乱不堪之中，潘金莲出走待嫁，被武松杀死；庞春梅先是被卖给周守备做妾，后来又与前房儿子私通，亦以淫纵暴亡；李瓶儿在幼子被凶猫“雪狮子”吓死之后也伤心气恼死去；陈敬济先当了乞丐，后因与春梅通奸，被周府卫卒张胜杀死；孙雪娥也被卖入酒肆为娼；吴月娘带着儿子孝哥也出了家。总之，赫赫一时的西门庆一家终以家败人亡而告终。《红楼梦》的结局就更不用说了，以曹雪芹本来艺术构思的结局来看更为凄惨。封建贵族的没落破败，正像《红楼梦》十二支曲文那样，生动而形象地概括了贵族家庭的急剧变化，成了个“食尽鸟投林，落了片白茫茫大地真干净”的结局，这两句结语，明确而深刻地向读者揭示了贾府一败涂地、子孙流散的惨景。至于书中的主要女性人物十二金钗及晴雯、袭人、香菱、司棋、尤二姐、尤三姐等，也个个命运乖蹇，尤其是宝玉、黛玉、宝钗三位青年人的爱情婚姻，更是惨绝人寰的悲剧结局，而这悲剧的价值意义就在于不是一般才子佳人生离死别的悲剧，恰好是性格的悲剧,时代的悲剧。

第五点,在封建社会里同被统治阶级列为"禁书",认为是"诲淫诲盗"的书籍,禁止人民阅读。并且对作者编有许多诅咒的诽谤的故事,说什么罗贯中"其子孙三代皆哑,天道好还之报如此"。[9]说什么《金瓶梅》作者"负盛名,卒不第。己丑南宫,已定会元矣。……将填榜,则卷上点点血痕,盖鼠交其上而污之也,遂斥落。止一子,在江宁开茶室,后流为丐死。[10]又说:"世传作《水浒传》者三世哑。近时淫秽之书如《金瓶梅》等丧心败德,果报当不止此。"[11]说什么曹雪芹"每传地狱治雪芹甚苦,人亦不恤,盖其诱坏身心性命者,业力甚大,与佛经之升天堂,正作反对"。更造谣说曹雪芹的后人"以林清逆案,牵都司曹某,凌迟覆族"。[12]但是封建统治阶级实施一系列的禁毁法令,卫道文人的诋毁咒骂,都掩盖不住这几部名著的光芒,不但在人民群众中流传不绝,并且获得了历代文人的喜爱和研究,尤其是《红楼梦》还形成一门专门学问——红学。

(二)三部小说的血缘关系

无论从时间顺序上排列,还是从继承发展传统上着眼,《水浒传》《金瓶梅》《红楼梦》三部小说是朝着下列箭头前进的:《水浒传》→《金瓶梅》→《红楼梦》,青出于蓝胜于蓝。

古人有两句话值得注意和研究。一句是公安派袁中道在《游居柿录》卷九中说:"《金瓶梅》大约模写儿女情态,乃从《水浒传》潘金莲演出一支。"一句是脂砚斋在《红楼梦》(庚辰本)第13回有眉批道:"写个个皆到,全无安逸之笔,深得《金瓶》壶奥。"这就告诉了人们一个答案:三部小说之间存有内在的血缘关系,如果说《水浒传》与《金瓶梅》多明的关系的话,那么《金瓶梅》与《红楼梦》则多暗的联系。研究三本小说之间的血缘关系，是一件有意义有价值的工作。

众所周知，《金瓶梅》的故事从《水浒传》脱胎演出。即第23回至第27回中武松杀嫂的故事。为什么叫“金瓶梅”呢？作者有意从小说中三个主要女性潘金莲、李瓶儿、庞春梅的名字中，各取一字而拼成书名。《金瓶梅》吸收了武松杀嫂的故事而又发展丰富了这个故事：首先反应在人物形象上。主要人物西门庆、潘金莲及其他人物武松、武大、王婆、郓哥、何九叔、宋江、柴进、燕顺、王英、郑天寿、阎婆惜、殷天锡、刘高、张都鉴、张团练、蒋门神、施恩、王庆、田虎、方腊、张叔夜、高俅、蔡京、童贯、杨戬等都是同名同姓。其次就故事情节来看，除主干故事以外，两书相同或相似的描写地方就有十几处之多，今将《金瓶梅词话》与百回本《忠义水浒传》相对勘，有的被直接抄写，有的被改头换面，有的被移花接木。

例如：

1.《水浒传》（以下简称《水》）第16回关于暑热的描写，被《金瓶梅》（以下简称《金》）第27回吸取；

2.《水》第23～26回武松打虎、金莲偷情、武大被害等内容，被抄入《金》第1～6回；

3.《水》第26～27回武松斗杀西门庆到发配孟州，被《金》第9～10回改写为武松杀死李皂隶而刺配孟州；

4.《水》第27回武松杀嫂，被抄入《金》第87回；

5.《水》第32回刘知寨老婆被劫往清风寨事，被移入《金》第84回吴月娘身上；

6.《水》第33、66、72回关于元宵灯市的描写，被揉合移入《金》第15、42回中；

7.《水》第42回宋江梦见九天玄女娘娘，被《金》第84回移抄为吴月娘梦见神女；

8.《水》第52回关于殷天锡的描写，移入了《金》第84回；

9.《水》第59回宿太尉奉旨往西岳华山降香，移入《金》第66回黄太尉去泰安州进御香；

10.《水》第66回关于大名府的描写，就成了《金》第10回李瓶儿家世的来源。

再次，《金瓶梅》还从《水浒传》中直接抄袭了五十多处韵文，例如：《金》第1回中的“无形无影透人怀”、“景阳冈头风正狂”，见于《水》第23回；《金》第1回“叔嫂萍踪得偶逢”、“可怪金莲用意深”、“武松仪表甚温柔”、“泼贱操心太不良”、“雨意云情不遂谋”、“万里彤云密布”等，均见于《水》第24回；《金》第2回“开言欺陆贾”、“西门浪子意猖狂”，见于《水》第24回；《金》第27回“祝融南来鞭火龙”、“赤日炎炎似火烧”，均见《水》第16回；《金》第19回及94回中的“花开不择贫家地”，第15回“山石穿双龙戏水”，均见于《水》第33回；《金》第81回及100回中的“十字街荧煌灯火”，均见于《水》第31回。[13]

前面说过《金瓶梅》是承上启下的过渡作品，从《金瓶梅》可以看出与《水浒传》的血缘关系，而从《红楼梦》又可看出与《金瓶梅》的血缘关系。

《红楼梦》与《金瓶梅》的血缘关系多表现在暗的方面。首先，表现在继承发展了现实主义的传统，而摒弃了自然主义的东西。曹雪芹注重了细节的生动描写，注重了人物的心理刻画，注重了日常生活素材的提炼，从《金》那里吸取了某些营养，却又比《金》进步了许多。

其次，表现在妇女观、婚姻观上的改变，不再像《水浒传》不是坏女人就是女人坏。与《金瓶梅》不同的是：《金》的描写很淫秽，出现了许多赤裸裸的性描写，许多性器官、性动作的摄影式的描写；而《红》则是写度适中，大多是肯定“意淫”、歌颂纯真的爱情，否定滥淫，批判荒淫无耻。大多数的两性关系写的含蓄、严正而纯洁，既同情男女青年的婚姻自主、个性解放，又批判了贾珍、贾琏、贾蓉、薛蟠的乱淫行径。

再次，二者语言更加接近，口语化，文学化，文人化，不像《水》的语言那样粗犷质朴，更多地保留有“说话”、“话本”的痕迹。《红》的语言大家熟悉，前面有专节谈过，就不再啰嗦了。这里只谈谈《金》的语言。

《金》的作者不但善于吸收生活中的山东地区的方言俗语，间也有运河两岸地区的一些方言俗语，特别是描写潘金莲的语言更是生动传神，例如第 61 回写潘金莲听到西门庆在外鬼混回来编造了许多假话应付她，她所用的责怪语言，真是俗语如珠，连环而出。什么“腊鸭子煮在锅里，身子儿烂了，嘴头儿还硬”，什么“盐也是这般咸，醋也是这般酸”。又如第 21 回西门庆为孟玉楼的生日举办晚宴，宴后潘金莲与李瓶儿、孟玉楼与西门庆的对话：

> 刚走到仪门首，不想李瓶儿被地滑了一交。这金莲遂怪叫起来，说道：“这个李大姐，只相个瞎子，行动一磨趄子就倒了。我搊你去，倒把我一只脚踩在雪里，把人的鞋也踩泥了。”月娘听见，说道：“就是仪门首那堆子雪，我吩咐了小厮两遍，贼奴才，白不肯抬，只当还滑倒了。”因叫小玉：“你打个灯笼，送送五娘、六娘去。”西门庆在房里向玉楼道：“你看贼小淫妇儿，躧在泥里把人绊了一交，他还说人踹泥了他的鞋。恰是那一个儿，就没些嘴抹儿。恁一个小淫妇，昨日教丫头每平白唱‘佳期重会’，我就猜着他干的营生。”玉楼道：“‘佳期重会’是怎的说？”西门庆道：“他说吴家的不是正经相会，是私下相

会,恰似烧夜香有意等着我一般。"玉楼道:"六姐他诸般曲儿倒都知道,俺每却不晓的。"西门庆道:"你不知这淫妇,单管咬群儿。"

通过这一段对话,活画出了人物性格:潘金莲的乖巧、奸刁;李瓶儿的宽厚、忍让;吴月娘的仁慈、忠厚;西门庆的机智、敏感;孟玉楼的委婉、随和。

总之《金瓶梅》的语言入俗而爽利,富有表现力。《红楼梦》沿着此路向前迈进,但不是仿照和搬用,虽然吸收了《金》语言的许多长处,却是以北京口语为基础,在雅俗共赏方面有更高的成就。在运用大量现成文学材料上,吸收了《金》的文笔明白如话的长处,却又显示了文人作家独力创作小说的优势。

第四,《红》的色空说,正是由《金》的"情色"论脱胎发展而来。《金》开篇第 1 回即由"情色"上入笔,谈了项羽与虞姬、刘邦与戚氏的结局悲惨的爱情故事,并大发议论:"单说着'情色'二字,乃一体一用,故色绚于目,情感于心,情色相生,心目相视,亘古及今,仁人君子,弗合忘之。"故事写完,接着又总结道:"说话的,如今只爱说这'情色'二字做甚?故士矜才则德薄,女炫色则情放。若乃持盈慎满,则为端士淑女,岂有杀身之祸。今古皆然,贵贱一般。如今这一本书,乃虎中美女,后引出一个风情故事来。一个好色的妇女,因与了破落户相通,日日追欢,朝朝迷恋,后不免尸横刀下,命染黄泉,永不得着绮穿罗,再不能施朱傅粉。静而思之,着甚来由。况这妇人,他死有甚事!贪他的断送了堂堂六尺之躯,爱他的丢了泼天哄产业,惊了东平府,大闹了清河县。"(第 1 回)此外在第 51 回、第 65 回、第 66 回、第 88 回中都有关于"情色"的议论。《红楼梦》亦然,也是开宗明义第 1 回就阐发了色空观念:"因空见色,由色生情,传情入色,自色悟空。"这十六字真言正体现了曹雪芹创作思想的一个侧面。事实上全书也写了一些表现色空观念的人物与情节,这是不应掩饰的。

(三)三部小说比较研究的意义和价值

通过比较研究,不仅发现了中国文学传统的继承发展脉络,了解了中国古代长篇白话小说的规律和特点,为当代文艺创作提供了某些借鉴经验,而且还直接解决了三部小说之间或者各部小说长期存在的悬案问题,至少也提供了一些解决途径。

比如说,创作方法问题。通过三部小说的比较研究,可以发现与总结自然主义、现实主义、批判现实主义之间的关系和异同。

也可以解决继承与批判、传统与创新的理论问题、实践问题。举例分析,从小说的意境风格来看,《水浒传》与《红楼梦》就迥然不同:《水浒》简朴,《红楼》繁丽。《水浒》刚健,《红楼》旖旎。《水浒》雄快,《红楼》缠绵。《水浒》写山野英雄,直逼稼轩,《红楼》写深闺儿女,颇类清真。《水浒》愤贫民之流离失所,故为豪杰吐气,《红楼》痛风俗之腐败奢靡,故为贵族箴规。

也可以看出它们的社会影响来。不说别的,单说三部小说问世以后续补高潮,就可看出它们的水平高低。凡是留心中国古典小说的读者,大概都会发现一个奇怪的现象,几乎所有的名著都有续书补书。

《水浒传》的续书有:明末清初陈忱的四十回《水浒后传》、清俞万春的七十回《结水浒传》(即《荡寇志》)、青莲室主人写的四十五回《后水浒传》。到了 20 世纪初又有鸳鸯蝴蝶派掀起一个续《水浒传》的热潮。著名言情小说家陆士谔等人又写了三部《新水浒》。

《金瓶梅》的续书最早的一本是晚明时期的《玉娇李》（已佚），至今还未找到。到了清顺治年间又有丁耀亢的《续金瓶梅》64 回，以后又有无名氏的《隔花帘影》48 回，民国初年的《金屋梦》60 回。

而《红楼梦》的续书则更多，比《水浒传》和《金瓶梅》的续书要多出五六倍了。据冯其庸、李希凡主编的《红楼梦大辞典》统计，去其异名，同名书者竟有 47 种。举其重要者有：逍遥子著《后红楼梦》30 回、秦子忱著《续红楼梦》30 回、兰皋居士著《绮楼全梦》48 回、陈少海著《红楼复梦》100 回、梦梦先生著《红楼圆梦》31 回、归锄子著《红楼梦补》48 回、嫏嬛山樵著《补红楼梦》48 回、陶明濬著《红楼梦别本》120 回、花月痴人著《红楼幻梦》24 回、吴沃尧著《新石头记》40 回等。

著名小说为什么会出现续补高潮呢？这在中国文学史上是一种不可忽视的文化现象。续书，古已有之，今亦有之，将来也不可能断子绝孙。这是因为：其一，作品的艺术魅力撞击着续书人的心灵。主人公的命运、故事的曲折离奇、语言的独特风格，无不在续书人心中引起强烈的共鸣，因而激情所至不能不去续书。其二，中国古典小说与其它文学样式一样，有着“文以载道”的传统，这三种小说又都是发愤之作，正是“士之不得志于时而能文章者，乃著小说，以抒其愤”。[14]“《水浒传》则社会之小说也；《金瓶梅》则极端厌世观之小说也；《红楼梦》则社会小说也，种族小说也，哀情小说也。”[15]王钟麒就非常重视这三种小说，他曾在《中国三大家小说论赞》一文中说，他一生曾经读了数十百种小说，发现有好的有不好的，而其中最好的就要数《水浒传》《金瓶梅》和《红楼梦》了。但从接受美学原理来看，不同的读者对所载的“道”却有不同的领悟，甚至是大相径庭。就拿《红楼梦》来说，鲁迅早已指出过：“单是命意，就因读者的眼光而有种种：经学家看见《易》，道学家看见淫，才子看见缠绵，革命家看见排满，流言家看见宫闱秘事……”[16]读后感竟如此不同乃至对立，这种思想情绪必然影响到对小说主题的理解程度，或深或浅、或宽或窄，对人物形象的态度或褒或贬、或爱或憎，于是自然而然就产生出五花八门的续书来。其三，从效益观来说，无论是社会功利目的还是个人功利目的，续书者总是有利可图的。“大树底下好乘凉”，他们借助名人名作的东风，在文学名著的大纛下行进，自然是很风光又很省力的事情了。于是五花八门的续书便接踵出现。

【注释】

①《〈金瓶梅〉的产生和作者》，《光明日报》1954 年 8 月 29 日。又见《明清小说研究论文集》，人民文学出版社 1959 年版。

②《评朱星同志〈金瓶梅〉三考》，《上海师院学报》1980 年 4 期。

③《金瓶梅成书新探》，《中华文史论丛》1984 年第 3 辑。

④李贽《忠义水浒传序》：“《水浒传》者，发愤之所作也。”

⑤《第一奇书·卷首》《竹坡闲话》：“《金瓶梅》，何为而有此书也哉？曰：此仁人志士孝子悌弟，不能于时，上不能问诸天，下不能告诸人，悲愤呜咆，而作秽言以泄其愤也。”

⑥甲戌本第 1 回眉批：“能解者方有辛酸之目，哭成此书。壬午除夕，书未成，芹为泪尽而逝，余尝哭芹，泪亦待尽！……”

⑦冯梦龙《古今小说序》。

⑧见《水浒传》第 2 回回末总评。

⑨见明田汝成《西湖游览志余》卷二十五。

⑩见清徐谦《桂宫梯》卷四。

⑪见清申涵光《荆园小语》。

⑫见清毛庆臻《一亭杂记》。

⑬以上一段文字,参考了赵景琛、黄霖的论文观点,特此致谢。

⑭王钟麒《中国历代小说史论》,见江西人民出版社1985年版《中国历代小说论著选》下册(黄霖等选注)第311页。

⑮王钟麒《论小说与改良社会之关系》,见江西人民出版社1985年版《中国历代小说论著选》下册第306页。

⑯《〈绛洞花主〉小引》,《鲁迅全集·集外集拾遗》,人民文学出版社1958年版第7卷第419页。

无端笑哈哈 不觉泪纷纷

——《红楼梦》和《傲慢与偏见》比较

《红楼梦》在中国妇孺皆知,出现于18世纪初期,伟大的现实主义作家曹雪芹和高鹗所撰,全书120回,73万字。《傲慢与偏见》则是英国18世纪末叶现实主义女作家奥斯丁的代表作,全书共61章,29万字。

(一)从题材方面比较

两部小说写的都是上层人物、封建贵族或新兴资产阶级的生活,不是金戈铁马的战争场面,也不是什么重大政治活动或者历史事件,而是儿女之情,天天见的日常家庭生活。《傲慢与偏见》通过四对青年的爱情婚姻描写(即吉英和彬格莱、伊丽莎白和达西、丽迪雅和韦翰、夏绿蒂和柯林斯),以幽默讽刺的笔法,展开了当时英国社会的生动画面,细致地描写了封建社会伦理道德的解体,新兴资产阶级思想的产生与发展。作者对四对青年男女的爱情婚姻，一一对比批评，明确地表明了自己对婚姻的见解。虽然经过一些周折，但是最终成为眷属。《红楼梦》则更多地写了十几对青年男女的爱情婚姻，而他们的结局都是悲剧的。不论是主子间的婚姻——宝黛钗之间、贾琏与王熙凤、尤二姐之间、柳湘莲与尤三姐、薛蟠与夏金桂、贾蓉与秦可卿等，还是主子与奴婢之间的婚姻——薛蟠与香菱、贾环与彩云、贾芸与小红、贾蔷与龄官、秦钟与智能等，或是奴婢中司棋与潘又安之间的婚姻，都是不幸的结局，其中有几对儿更是令人酸楚。

但值得注意的是两位作者并非仅仅写婚姻爱情。《红楼梦》是在写儿女之情的同时，把笔触伸向广阔的社会，对宫廷官场的黑暗，封建贵族的腐朽，对科举制度、婚姻制度、奴婢制度、等级制度以及与它们相应的孔孟之道、伦理道德等等，都进行了深刻的批判。《傲慢与偏见》也一样，她是在“二寸象牙”[①]体积的作品中，通过形象的手法，说明爱情婚姻与之有关的诸多问题，在以金钱万能、财产为本的资本主义社会，自然就牵涉到了经济问题，而奥斯丁正是犀利地批判了没有爱情的婚姻、以金钱为本的婚姻。有人批评她“在英国对法国作战期间笔下没有触及拿破仑战争。”[②]也有人建议她放弃这个题材，写别的什么。她都婉言谢绝：“我不写传奇，我必须保持自己的风格，继续走自己的路。”[③]是的，一滴水可以反映太阳的光辉，小天地可以反映出大问题。例如，小说的第二十九章描写的关于罗新斯庄园的一次宴请和饭后的一桌牌，就说明了许多问题。德·包尔夫人仅凭自己的家产，便在柯林斯牧师夫妇面前那样骄横，柯林斯牧师竟对她那么卑佞，他为德·包尔夫人凑一桌牌而被邀请，便感到不胜荣幸，“他赢了要谢她一次，如果赢得太多，还得向她道歉。”其实这并非一般的阿谀奉承，要知道，柯林斯牧师的职务是德·包尔夫人提拔的，他把夫人视为“施主”,当然不好意思赢她的钱了。这么一个小小的细节,却反映了深刻的思想内涵,有趣而尖锐地反映了当时教会对地产的依附,写尽了两种不同身份的人之间复杂微妙的关系。又如第十二章在谈笑风生中挟带着“一个士兵挨了鞭子”的简单故事,虽然显得有些不协调,然而这种不协调的声音,提醒读者关于军队的存在。正像译者在《傲慢与偏见》的《前言》中所评论的那样:“看到这些,我们怎能不钦佩奥斯丁的‘两寸象牙’的巨大容量,怎能不承认《傲慢与偏见》没有写历史事件,可通篇字字句句不露痕迹地透露了历史社会的气息”④,可见,作品并不一定要写重大历史事件或者伟大的战争。

“单是题材好,是没有用的,还是要技术;更不好的是内容并不怎样有力,却只有一个可怕的外表,先将普通的读者吓退。”⑤“只要所写的是可以成为艺术品的东西,那就无论他所描写的是什么事情,所使用的是什么材料,对于现代以及将来一定是有贡献的意义的。为什么呢?因为作者本身便是一个战斗者。”⑥《红楼梦》便是这样,由于作者是一位反封建的战斗者,尽管没有写农民斗争和农民战争,却深刻地反映了封建社会的阶级矛盾和阶级斗争,揭露了封建社会末期的腐朽和黑暗。小说不是历史教科书,作家有写和不写的自由,不要走进“题材决定论”的死胡同,只要作家写得好,有一定的艺术价值与社会价值,写什么样的题材都可以。

《红楼梦》和《傲慢与偏见》都是写实性的小说,而不是传奇性的小说,这是两种不同类型、不同风格的小说。在西方,写实性的小说继承书信、日记、传记、历史等真实记载,重在写实。传奇性的小说继承史诗和中世纪的传奇故事,写的是令人惊奇的事,重在想象夸张。

《傲慢与偏见》的故事平淡无奇,情节都是些家常琐事,如邻友往来、茶叙、宴会、舞会，或驾车游览名胜，或到伦敦小住，或探亲访友等等，都是乡镇上有闲阶级的日常生活。奥斯丁认为乡镇上的人和大城市的人一样可供观察研究，都是有趣的题材。人物没有令人崇拜的英雄或模范，都是日常所见的人，那些有闲阶级的先生、夫人、少爷、小姐之流。看得出，奥斯丁显然是故意选择平凡的题材，创造写实的小说。不同于司格特善于写传奇性的小说。《红楼梦》亦然，也不同于中国的《三国演义》《水浒传》《西游记》，更不同于司格特的传奇小说，显然也是故意选择平凡的题材，创造写实的小说。

（二）从人物形象上比较

在人物形象方面，尽管两部小说一以大观园为中心，写出了以贾宝玉为主体的脂粉群；一以尼日斐花园为中心，描绘了由班纳特家族众女子组成的脂粉群。但是无论量与质，《傲慢与偏见》都比不上《红楼梦》。单说女性形象，前者只成功地塑造了伊丽莎白、吉英、丽迪雅、曼丽、班纳特太太、彬格莱小姐、夏绿蒂等几个，而后者却成功地塑造了一大群，竟达350多人，且不说上了岁数的长辈妇女贾母、刘姥姥、王夫人、邢夫人等，就是年轻貌美的女子便数不胜数，约略可分为三类：一类是纯洁高尚的，像黛玉、湘云、元春、迎春、探春、惜春、李纨、宝琴、香菱、妙玉、晴雯、鸳鸯、尤三姐等，从这类人物身上可以程度不同地感受到人性中许多美好的东西；一类是复杂的双重性的，她们身上既有可贵的一面，又存在某些缺陷，像王熙凤、秦可卿、宝钗、袭人、尤氏、尤二姐等；还有一类是作者憎恶而鞭挞的人物，像赵姨娘、夏金桂、宝蟾等。

《红楼梦》中的人物有血有肉，呼之欲出，仿佛就在我们身边，都是现实中活生生的人物。

而在《傲慢与偏见》中，即使像刻画最为成功的伊丽莎白，也是一种单一概念或某种性格的化身，没有给人以新奇感。著名的英国小说家、散文家、文艺评论家福斯特，他创造性地把人物分为扁平的和圆形的两种，他说："十七世纪时，扁平人物称为'性格'人物，而现在有时被称作类型人物或漫画人物。他们最单纯的形式，就是按照一个简单的意念或特性而被创造出来。""在奥斯丁的全部作品中，我们都可找到这类人物。显得既简单、又平庸，不用再作介绍，仍有其一定深度。——亨利·提尔尼、伍德豪斯先生、查劳特·劳卡士就是这样的人物。她尽可以在各式人物身上挂上'知觉'、'傲慢'、'敏感'、'偏见'等标志，但他们的为人并不受这些标志所局限。"⑦的确如此，《红楼梦》中塑造的圆形人物不少，而《傲慢与偏见》中塑造的扁平人物却太多了。

我们现在比较一下两本小说在塑造人物方面的特色：《傲慢与偏见》的人物塑造主要是通过"表现"的手法，就是说，人物的性格从一出场就基本上定型了，在故事情节展开的过程中，作者主要是通过各个人物对同一事件的不同态度进一步表现各自的性格。例如第十三章中，柯林斯在到班纳特家前写了一封信，班家五位小姐对此持什么态度呢？吉英说他是"一片好意"；伊丽莎白却说他"文笔浮夸"，对他的话感到怀疑；曼丽只是"就文章而论"；咖苔琳和丽迪雅则根本不关心，俩人都觉得那信"没一点儿意思"。其实吉英的温柔淡泊，伊丽莎白的敏锐观察力，曼丽的十足的书呆子气，咖苔琳和丽迪雅的单纯幼稚、只知道关心"红制服"，这些个性读者早已十分熟悉，此时描写就应当更进一层，而对这封信的反应，却非常表相，并没有加深人物的性格刻画。读者并不是从她们的态度中看到她们各自不同的性格，而是从她们的性格中知道她们必须那样做。所以在奥斯丁笔下，塑造人物的过程就变成了枯燥乏味的逻辑推理过程。至于彬格莱小姐更被塑造得简单化，是一个漫画式的人物。此人虚伪狡诈，不学无术，财迷心窍，矫揉造作，对朋友极不忠诚，背后嘀嘀咕咕，是个令人讨厌的女性形象。奥斯丁塑造这一人物形象采用了漫画式的粗线条的手法，缺乏细腻的心理刻画，也不是在情节发展中深化性格。请看在第十一章中的描写：

> 彬格莱小姐一面看达西读书，一面自己读书，两件事同时并做，都是半心半意。……她所以要挑选那一本书读，只不过因为那是达西所读的那本书的第二卷，她满想读得津津有味，不料这会儿倒读得精疲力尽了。她打了个呵欠说道："这样地度过一个晚上，真是多么愉快啊！我说呀，什么娱乐也抵不上读书的乐趣，无论干什么事都是一上手就要厌倦，读书却不会这样！将来有一天我自己有了家，要是没有个很好的书房，那会多么遗憾哟！"

彬格莱小姐真是个"扁平人物"，完全符合福斯特的观点。"描写人物最难的地方是使人物能立得起来。我们都知道利用职业、阶级、民族等特色帮忙形成特有的人格；可是，这些个东西并不一定能使人物活跃。反之，有的时候反因详细的介绍，而使人物更死板。我们应记住，要描写一个人必须知道此人的一切，但不要作相面式的全写在一处；我们须随时地用动作表现出他来。每一个动作中清楚的有力的表现出他一点来，他便越来越活泼，越实在。我们虽然详知他所代表的职业与地方等特色，可是我们仿佛更注意到他是个活人，并不专为代表一点什么而存在。这样，人物的感诉力才能深厚广大。"⑧

《红楼梦》的人物形象却避免了简单化的塑造，性格不是一下子定型的，而是通过情节的进展，人物的行动逐步展开的。作者用那既细致又洗练的笔墨，不只是能写出这一个人与另一个人的差别，而且还能写出某一个人自身在不同情势之下的差别。以林黛玉为例说明。当我们读到了第 8 回，林黛玉探望宝钗摇摇的走了进来，一见了宝玉，“便笑道：‘嗳哟，我来的不巧了！’宝玉等忙起身笑让坐，宝钗因笑道：‘这话怎么说？’黛玉笑道：‘早知他来，我就不来了。’……”后来当“宝玉道：‘取了我的斗篷来不曾？’黛玉便道：‘是不是，我来了他就该去了。’宝玉笑道：‘我多早晚儿说要去了？不过拿来预备着。’”在这里我们看到了黛玉的心眼狭小的性格，塑造林黛玉是从这儿才真正开始的。紧接着在后来随着故事情节的开展，她的天性聪颖、说话尖刻、博学多才、爱耍小性儿、孤高不群、多愁善感的性格，就一步步塑造了出来。而且她的性格绝不是单一的概念化的，正像造成其性格的社会原因、家庭原因、文化原因的复杂性一样，她的性格是多层次多侧面的。第 19 回写“黛玉因看见宝玉左边腮上有钮扣大小的一块血渍，便欠身凑近前来，以手抚之细看，又道：‘这又是谁的指甲刮破了？’宝玉侧身，一面躲，一面笑道：‘不是刮的，只怕是才刚替他们淘漉胭脂膏子，蹭上了一点儿。’说着，便找手帕子要揩拭。黛玉便用自己的帕子替他揩拭了。”在这儿我们看到的是黛玉温存体贴的一面。第 20 回又写黛玉“俏语谑娇音”，对宝玉说出许多无情的话，什么“你管我呢！”“我死，与你何干！”“偏说死！我这会子就死！你怕死，你长命百岁的，如何？”在这儿我们看到的是黛玉冰冷固执的一面。第 23 回写到《牡丹亭》中“良辰美景奈何天，赏心乐事谁家院”的词句，竟使她落泪不止。如果说以前看到的是尖刻外露的林黛玉，这一回则是柔情内向的林黛玉。在这儿，我们又充分地看到了她复杂心情的一面。总之，从 19 回“静日玉生香”、23 回“读曲”、27 回

"葬花"、29 回"情重愈斟情",到 32 回宝玉"诉肺腑"等著名篇章,都细致地描写了黛玉的复杂性格及心理活动,宝玉黛玉误会终于冰释,两人情感愈益深挚。《红楼梦》中林黛玉绝不是某种概念的化身。曹雪芹以他天才的艺术手腕,对那种"三日好了,两日恼了"的复杂微妙的恋爱心理,作了极其生动的描绘。就拿她的嫉妒性格来说吧,在她的心目中,宝钗是她爱情上的劲敌,这并不单在容貌性格方面,主要是因为宝钗的言谈举止稳重大方,符合"女子无才便是德"的封建礼教标准。准确地说,她的情敌绝不仅仅是宝钗一个人,而是整个社会,自然她便显得势单力薄,战胜起来必然手足无措。所以说,她的嫉妒性格的形成,有其深刻的社会背景,说嫉妒是她的缺点,不如说是她聪明之所在。

在奥斯丁的笔下,伊丽莎白在爱情上的对手,却是个无能的彬格莱小姐,甚至算不上什么对手,而且社会道德的舆论是在伊丽莎白这一方,她可以稳操胜券,击败对方,这就大大减弱了彬格莱小姐形象的艺术感染力。即使作者那样人为地制造一些误解,使情节曲折一些,但也无法挽回人物形象塑造的"扁平"结局。《傲慢与偏见》中的人物形象,大多刻画成了"扁平"人物,正像福斯特所下的定义一般:"扁平的人物的最简洁的形式就是他们环绕着一个单一的概念或品质塑造起来了。"[9]不过尽管《傲慢与偏见》中的人物不多,成功价值又比不上《红楼梦》,但某些女性人物形象,也还塑造得较为生动与有个性。例如,奥斯丁也刻画了像黛玉一样性格孤僻且有叛逆性的伊丽莎白,温柔敦厚如宝钗的吉英,愚蠢狡诈而粗俗如宝蟾的彬格莱小姐,荒淫放荡如秦可卿的丽迪雅,事不关己高高挂起如惜春的曼丽,等等。奥斯丁写女主角的偏见怎样造成,怎样消释,是从人物的浮面逐步深入内心,捉摸他们的品性、修养和心理上的种种状态。西方的评论家常常称赞奥斯丁的人物细致入微，但画面只有二寸宽的象牙那么大，可见她用的是工笔细描手法。她的全部作品写的都是平常人，而个个特殊，没一个重复，显然都是创造而不是临摹真人。

（三）从风格方面比较

《红楼梦》是悲剧，《傲慢与偏见》则是喜剧，这种不同的风格是怎样造成的呢？根本原因取决于作品的主题和题材的处理。前者要表现一个封建大家庭中年轻人美好理想的不可挽回的破灭，并从中折射出整个社会的没落，这是典型的悲剧题材。而后者则在一种善意的揶揄情调之下，让年轻人美好理想的本色逐渐显露出来，披沙见金，在误解之中撞击出情感的火花，最终导致幸福的喜剧结局。

"风格就是本人"[10]，这是法国博物学家、作家布封论风格的一句名言。作家的创作风格，既决定于他选取题材的角度，也决定于他处理和表现题材的方法与风格。曹雪芹沉郁悲愤地悲金悼玉、哀悯世人，因此整个作品的结构框架处于一种幽邃神秘的象征体系之中，那个"游幻境指迷十二钗"的神秘册子便是随作品而逐渐展现，人物仿佛是棋子，无论怎样的移摆、挣扎，最终归于毁灭。这样一种不可捉摸、不可逆转的命运感，正是曹雪芹对社会前途的天才预感。而奥斯丁的世界观人生观则是明朗而乐观的，她肯定了现存的社会秩序，通过班纳特太太的口阐明了"有钱的单身汉总要娶位太太"的真理，这条真理在作品中最终一一兑现。这无异于说：生活就是这样，而且只能这样，无论有多少误会与偏见，生活的逻辑是不可抗拒的。这自然也是一种宿命，不过它是激进而乐观的。

在曹雪芹的眼中,《红楼梦》所表现的那个世界注定要毁灭的,美好善良的人们终成粪土,“只落得白茫茫大地真干净”;而在奥斯丁眼中,《傲慢与偏见》所表现的那个世界终究是美好的,连骗子韦翰、庸俗的牧师柯林斯也不能在他们前额上抹上一丝阴暗。难道说当时的英国社会果真如此美好、如此令人振奋吗?否!奥斯丁作为一个现实主义大师没有表现出拿破仑战争中,英国充当旧秩序的维护者的那种根本的腐朽与没落,然而何以她竟会有愈来愈高的美誉呢?显然这得从作家的创作风格中寻找答案。应该说,奥斯丁的时代远不是美好的时代:鸦片战争使英国的海外殖民主义充满了血腥;拿破仑战争中英国充当了旧秩序维护者的不光彩的角色;在国内,工业革命促进了无产阶级和工业资产阶级的诞生,又造成日益尖锐的贫富悬殊、两极分化;官场贪污贿赂公行,选举制度十分腐败;上流社会的奢侈、投机、纵饮、豪赌成为一时风尚。然而这一切,却都不属于奥斯丁的关注点,她所着意表现的是贫与富的门第观,青年人与老年人的代沟,少男与少女的爱情价值,机智、高雅与庸俗、鄙陋的区分,以及人性的机智与盲目的等差,这些正是她要揭示的主题所在。因而这里没有鲜明的社会阶级烙印,是一片世外桃源,世界是封闭的,人物是扁平的。这部作品便是作者把人物放在光洁的平面上,透过艺术之镜所观察到的人性的结晶。但是,由于世界读者具有某些相同的人性基础,于是这种结晶,自然能够穿透地域与时代的隔膜,散发出悠久而高雅的艺术光辉。而曹雪芹笔下的宁荣二府却是一架封建机器的完整缩影和封建制度的总体。在这里,贾母是封建家族的宝塔顶,贾政是封建社会的执政者,凤姐是封建家庭的掌权人,宝玉则是格格不入的“混世魔王”,他们统摄一切,自私专横而不可抗拒,示之以仁则皇恩浩荡，示之以权则天理所容，一切的一切，都是封建制度的标本。因此说，写出了宁荣二府，也就写出了大清王朝。

由此可见，两位现实主义作家都着眼于亲见亲闻的现实，所关注的天地人生却大相径庭，从而给作家的艺术表现提供了不同的土壤。曹雪芹写了天地人生的春夏秋冬，最后以万木萧疏、大地茫茫的冬天作结；而奥斯丁则只讲了一个春天的故事，即使有情感的涟漪，生活的波折，也只是误会与冰释而已。

尽管两部小说的风格各呈异端，但由于他们所描写的都是身边琐事，日常生活中的人与事，运用的又都是现实主义手法，逼真如画，细腻感人，于是他们都取得了同等的艺术水平：发幽探微，化腐朽为神奇。和奥斯丁同时的著名的英国历史小说家司格特，在读了三遍《傲慢与偏见》之后说："这位年轻女士擅长描写平凡生活的各种纠葛、感受及人物，她这种才干我以为最是出色，为我前所未见。大喊大叫的笔调我本人也能为之，并不比现在的任何人差。但是那种细腻的笔触，由于描写真实，情趣也真实，把平平常常的凡人小事勾勒得津津有味，我就做不到。"[11]这话套在曹雪芹头上也不无合适。倘把曹雪芹和奥斯丁加以对比，无疑可见出一种深刻的差异。两位作家处理近似的题材，艺术视野及风格却大异其趣，犹如二水分流，终入大海，令人深思。

曹雪芹艺术功力之深刻处在于：作者先取大观园一方天地，虽无政治历史的风云变幻，却具有封建制度的总解剖框架，而大清帝国则像僵死的"百足之虫"成为全书的背景，从而达到以小见大的艺术效果，此其一；宝玉、黛玉具有鲜明的资产阶级民主主义思想，强烈要求个性解放，反对封建礼教，高张"平等自由博爱"的旗帜，超出了中国古代文学作品中的任何男女主人公，此其二；透露出封建末世即将没落消亡的信息，显示出时代历史发展的必然趋势，足证曹氏抓住了时代的脉搏,此其三。而奥斯丁则完全相反,并不以此见长。她没有能透过平凡的人物与事件,反映出时代的风云和历史的本质;人物的自我意识和行动是盲目的,精心刻画的正面形象伊丽莎白不仅受了韦翰的欺骗,而且辨不清达西对自己、自己对达西的感情的性质与位置……所有这些,奥斯丁与曹雪芹绝不可同日而语。

总之,从两部小说的风格基调来说,《红楼梦》是悲剧性的,《傲慢与偏见》是喜剧性的,但并非完全绝对的。前者不是彻头彻尾的悲剧,其中包含了相当浓厚的喜剧色彩,它是以悲为主,悲喜结合,寓悲于喜,以喜衬悲;后者也不是彻头彻尾的喜剧,其中包含了相当深刻的悲剧因素,它是以喜为主,喜悲结合,寓喜于悲,以悲衬喜。记得《桃花扇》中有个老赞礼,曾经说了这样几句话:“演得快意,演得伤心。无端笑哈哈,不觉泪纷纷。”[12]这些见解,固然是针对中国戏曲悲剧的特点而言,但也可以用于《红楼梦》。“伤心”与“快意”的巧妙结合,悲剧中混杂喜剧因素,适当利用喜剧手法,不但不冲淡悲剧的气氛,破坏风格的统一,相反地却取得相反相成的艺术效果。《红楼梦》正是这样的作品。

(四)从书名和创作历程比较

墨子说:“同异交得,放有无。”[13]这是说任何事物同中有异,异中有同,如同有和无的关系一般。可见,要把《红楼梦》和《傲慢与偏见》的同异优劣,说得一丝不苟,毫厘不爽,实在是难于上青天了。这两部长篇巨制均被各自的国家誉称为伟大的现实主义小说,而且都是文学史上最复杂的作品,仁者见仁,智者见智,评价分歧极大。奇怪的是这两部小说,在起书名和创作历程上,竟有惊人的相似之处。

《红楼梦》前八十回出现于1754年(乾隆十九年),红学界均认为曹雪芹所撰;后四十回最早出现的是卷前有程伟元序的百二十回抄本(即蒙古王府本),可能早于1791年(乾隆五十六年)木活字排印本之前,红学界通认为程伟元、高鹗所续。可惜,后四十回原稿早已迷失。原稿在曹雪芹手中,呕心沥血地整整增删修改了十年,如果加上雪芹谢世以后程伟元、高鹗等人的修改定稿,竟经历了四十八个年头呢。小说的书名也曾经八易其名,当作者在世时便出现过五种名字:《石头记》《情僧录》《风月宝鉴》《红楼梦》《金陵十二钗》;作者去世后又先后出现过三种名字:《金玉缘》《大观琐录》《情界真铨》。若干年来,八种书名改来换去,最终以《红楼梦》一名约定俗成,闻名于世。

英国女作家简·奥斯丁的代表作《傲慢与偏见》,则最早写于1796—1797年,为书信体长篇小说,书名称《第一个印象》(中文又译作《初次印象》),后于1810—1812年之间,接受了许多亲友的建议,经过改动和压缩,重新改写为《傲慢与偏见》,并用这个书名于1813年正式发表。据研究奥斯丁的西方专家称,《第一个印象》的原稿也早已遗失。书名是书的符号的标志,思想本质的体现,如同眼睛一般,是人类心灵的窗户,摄取一切的动因,因此伟大的作家从来是重视为自己的杰作认真取名的。曹雪芹是如此,奥斯丁亦然。《傲慢与偏见》这个书名,就是得自英国作家芳尼·勃尼的感伤小说《西西丽亚》中的一句话。小说的末尾有一句著名的警语:“整个这个不幸事件是傲慢与偏见的结果。”同时,“傲慢与偏见”(Pride and Prejudice)几个字用大号字型在同一页上重复出现。

(五)从语言成就上比较

《红楼梦》的语言成就,代表了中国古典小说语言艺术的高峰。作者只需用三言两语就可以勾画出一个活生生的具有鲜明个性的形象;作者笔下每一个典型形象的语言,都具有自己独特的个性,读者仅仅凭借一些对话就可判别为谁;作者的叙述语言以及诗词歌赋等各色韵文,也具有高度的艺术表现力,不仅能与小说的叙事溶为一体,也能为塑造典型性格服务。而且人物语言是动态的,在运用语言的同时没有忽视人物举止的表现,更能把人物的心理状态天衣无缝地从语言中表现出来。比如王熙凤的语言、林黛玉的语言、焦大的语言、刘姥姥的语言、薛蟠的语言、小丫环红玉的语言,还有写景的语言,等等,都是突出的例证。

《傲慢与偏见》的语言,总的来说是生硬的粗描的,其人物总是像在坐着谈话,人人都变成了会交谈的机器人。过于繁冗的对话并不能贴切地表现人物的性格,喋喋不休的闲话却没有《红楼梦》中的闲话吸引人,那么诙谐幽默、妙趣横生!当然,《傲慢与偏见》的语言艺术也并非一无可取之处,某些人物的语言还是可以和《红楼梦》媲美的。例如班纳特太太和王熙凤的语言风格便各有千秋,两位女性虽然都没有文化,但却都是语言大师,说话高手。王熙凤的说话艺术以"辣巧"著称,而班纳特太太的说话艺术却以"拙巧"出众。

读过《傲慢与偏见》的人就会感觉到,从班纳特太太口中说出的话语,给人一种拙劣而流利、矛盾而谐趣的感觉,老妇人拙劣的乖巧,也形成了一种美的风格。她的话像一颗橄榄,乍一咀嚼似乎是苦涩的,可是细细品味,才知别具风格。她的话往往是模棱两可、拐弯抹角却又抑扬顿挫。最为显著的特色是她挖空心思贬低卢卡斯家的几位小姐，抬高女儿吉英的一段精彩演说：

“我的女儿就不是像人家那样教养大的(按：贬吉英)，可是一切要看各人自己(按：转弯)，告诉你，卢卡斯家里的几个姑娘倒全是些很好的女孩子(按：褒卢卡斯小姐)，只可惜长得不漂亮(按：又转弯)，当然并不是我个人以为夏绿蒂(按：即卢卡斯小姐)长得很平常，她究竟是我们家要好的朋友(按：欲扬却抑)。”“是呀，可是你得承认，她的确长得很平常，卢卡斯太太本人也那么说，她还羡慕我的吉英长得很美呢(按：又褒吉英)。我并不喜欢夸耀自己的孩子(按：欲盖弥彰)，可是说老实话，提起吉英，比她长得更好看的人也就不多见了(按：大实话，庐山真面)。谁都那么说，这并不是我说话有偏心(按：又是欲盖弥彰)。”(第九章)

班纳特太太对别人家的女儿是先褒后贬，对吉英则是先贬后褒，她的每一句话往往是用自己的手打自己的嘴巴，读后使人忍俊不禁。

关于笑的描写，两部小说孰优孰劣？杨绛先生曾作过比较，做了夸大其词的结论。她说：“奥斯丁对她所挖苦取笑的人物没有恨，没有怒，也不是鄙夷不屑。她设身处地，对他们充分了解，完全体谅。她的笑不是针砭，不是鞭挞，也不是含泪同情，而是乖觉的领悟，有时竟是和读者相视目逆，会心微笑。”接着举了第十一章关于伊丽莎白挖苦达西笑的描写。

伊丽莎白挖苦达西，说他是取笑不得的。达西辩解说：“一个人如果一味追求笑话，那么，就连最明智、最好的人——就连他们最明智、最好的行为，也可以说成笑话。”

伊丽莎白说：“当然有人那样，我希望自己不是那种人。

我相信，明智的、好的，我从不取笑；愚蠢、荒谬、任性、不合理的，老实说，我觉得真逗乐，只要当时的场合容许我笑，我看到就笑了。不过，那类的事，大概正是你所没有的。”

“谁都难保吧。不过我生平刻意小心，不要犯那一类的毛病，贻笑大方。”

“譬如虚荣和骄傲。”

“对啊，虚荣确是个毛病；骄傲呢，一个真正高明的人自己会有分寸。”

伊丽莎白别过脸去暗笑。

伊丽莎白当面挖苦了达西，当场提出他的骄傲虚荣，当场就笑了。可是细心的读者会看到，作者正也在暗笑。伊丽莎白对达西抱有偏见，不正是因为达西挫损了她的虚荣心吗？她挖苦了达西洋洋自得，不也正是表现了骄傲不自知吗？读者领会到作者的笑而笑，正是梅瑞狄斯所谓“从头脑里出来的、理智的笑”。

笑，包含严肃不笑的另一面。刘易斯在他《略谈珍妮·奥斯丁》一文里指出，坚持原则而严肃认真，是奥斯丁艺术的精髓。心里梗着一个美好、合理的标准，一看见丑陋、不合理的事，对比之下会忍不住失笑。心里没有那么个准则，就不能一眼看到美与丑、合理与不合理的对比。奥斯丁常常在笑的背面，写出不笑的另一面。……这样来领会世界，并不是把不顺眼、不如意的事一笑置之。笑不是调和；笑是不调和。内心那个是非善恶的标准坚定不移，不肯权宜应变，受到外界现实的冲撞或摩擦，就会发出闪电般的笑。奥斯丁不正面教训人，只用她智慧的聚光灯照出世间可笑的人、可笑的事，让聪明的读者自己去探索怎样才可笑，怎样才是好的和明智的。梅瑞狄斯认为喜剧的笑该启人深思。奥斯丁激发的笑就是启人深思的笑。[14]

实际不然,《傲慢与偏见》中关于笑的描写,与《红楼梦》中关于笑的描写,无论在数量上还是质量上都差得很远。世界上研究笑的图书很多,据说在法国巴黎国立图书馆就有二百多种。西方早有人预言:"总有一天,也许统计学家就得论公斤来秤算这些'笑',或者,把世界各国作家的有关论述一行一行衔接起来,计算它们能够环绕地球多少圈。"[15]《红楼梦》中关于笑的描写就可以说多得数也数不清,假如把它有关笑的字句一行一行衔接起来,说不定便能绕地球一圈。除了一般地写到"笑道"、"笑说"、"笑着"外,据不完全统计竟写了五六十种笑貌,诸如:嘻嘻笑、哈哈笑、呵呵笑、冷笑、陪笑、含笑、大笑、眉开眼笑、哄然一笑、嗤的一声笑、扑哧一笑、嗨了一声笑、抿着嘴笑、咬着手帕子笑、拿手帕子握着嘴笑、嗑着瓜子儿只抿着嘴笑、取笑一回、那边一阵笑声、笑嘻嘻、摇着头笑、挤眼儿笑、咂嘴点头笑、只管笑、指着鼻子晃着头笑、扒着院门笑、嘻嘻哈哈的说笑、失声笑、堆着笑、撑不住笑、嗤的一声撑不住笑了、伸手笑、扎手笑、拍着手笑、假意含笑、满面陪笑、直立在桌上拍着手儿乱笑、跑到炕上拍手笑、说说笑笑、似笑非笑、鼻子里一笑以及笑打、笑倒、笑软、笑得前仰后合、笑得拍手打脚、笑在一处、笑得喘不过气、笑得两手捧着胸口、笑得弯了腰,等等。老舍说:"个性引起对此人的趣味,普遍性引起普遍的同情。哭有多种,笑也不同,应依个人的特性与情形而定如何哭,如何笑;但此特有的哭笑须在人类的哭笑圈内。"[16]《红楼梦》在描写人物的笑貌时总是注意各人的身份、地位和性格,便是依照"个人的特性与情形而定"的,这一点在第40回中宴请刘姥姥的笑貌描写表现得最为淋漓尽致。凤姐和鸳鸯商量好如何如何捉弄刘姥姥，其他人用的都是乌木镶银筷子，单拿一双老年四楞象牙镶金的筷子与刘姥姥。刘姥姥见了说："这叉爬子比俺那里铁锨还沉，那里犟的过它。"接着刘姥姥又高声说道："老刘，老刘，食量大似牛，吃一个老母猪不抬头。"这时刘姥姥鼓腮不语，众人却上上下下哈哈的大笑起来，接着小说描写了各人的笑貌。

史湘云撑不住，一口饭都喷了出来；林黛玉笑岔了气，伏着桌子嗳哟；宝玉早滚到贾母怀里，贾母笑的搂着宝玉叫"心肝"；王夫人笑的用手指着凤姐儿，只说不出话来；薛姨妈也撑不住，口里茶喷了探春一裙子；探春手里的饭碗都合在迎春身上；惜春离了坐位，拉着他奶母叫揉一揉肠子；地下的无一不弯腰屈背，也有躲出去蹲着笑去的，也有忍着笑上来替他姊妹换衣裳的，独有凤姐鸳鸯二人撑着，还只管让刘姥姥。刘姥姥拿起箸来，只觉不听使，又说到："这里的鸡儿也俊，下的这蛋也小巧，怪俊的。我且肏攮一个。"众人方住了笑，听见这话又笑起来。贾母笑的眼泪出来，琥珀在后捶着。

这是人们所熟知的经常列举的一个例证，其描写的生动精彩，可谓传神摹影，音容俱备；其声琅琅如闻，其形栩栩如见。每人的笑容都是那样贴切地符合人物的身份、地位和性格。且不说笑的原因、性质和功能如何，是否符合欧美"笑论"专家所探讨的 80 种论点，[17]我们只需从小说美学的视角，扫描一下作者和读者对此笑貌描写的美学反应，让读者得到高尚的精神享受就够了。"笑"是我们日常生活所不可缺少的东西，也是人类体现社会功能的感情释放。笑，不但能使自己快乐，别人愉悦，也能使人与人之间的距离缩短。因此《红楼梦》中许多惹人发笑的场面和角色，正是在如实地反映人生的艺术，这种艺术被法国“笑论”专家阿兰称作“逗笑艺术”。这种“逗笑艺术乃是最精细、最大胆、最谨慎、最有分寸，而又是最巧妙的艺术”。[18]

大凡吸引读者的小说，除了必须富有生动曲折的故事情节和细节描写之外，还必须具有使读者姑妄听之，一下慑住他们兴趣的语言技巧。《傲慢与偏见》的开端是卓有声誉的。它以一场生动活泼的对话开始，在十来句对白中揭示出读者关心的问题：一个可以选作结婚对象的青年男子出现在一个有五个待嫁女儿的母亲面前，一下子推出了笼罩全书的综结。用对话写出人物，奥斯丁是大师。欧美评论家把她和莎士比亚并称。[19]奥斯丁无论写对话或叙述事情都不加解释，都只由读者自己领会，让读者直接由人物的言谈行为来了解他们，听他们怎么说，看他们怎么为人行事，从而认识人物的思想性格。同样，用对话写出人物，曹雪芹也是大师。《红楼梦》中许多篇章写对话就很成功，例如 17、18 回“大观园试才题对额”、第 4 回“葫芦僧乱判葫芦案”等，就是用对话描绘人物、发展情节的成功例证。文笔简练，用字恰当，可以说是《红楼梦》和《傲慢与偏见》两部小说的共同特色。

曹雪芹“于悼红轩中，披阅十载，增删五次”[20]，滴泪如墨，研血成文而写成《红楼梦》，所以其语言具有震撼人心的魅力。小说的语言特别富有一种诗化的倾向，它诗化了生活，诗化了环境，诗化了人物的感情与性格。这种抒情写意的特点，集中地表现在对意境的追求上。作者将叙事与抒情、再现与表现、写实与写意、人物塑造与意境创造相统一、相融化，这自然是继承和发展了我国古典诗词意境创造的宝贵经验。请看《红楼梦》是怎样描写雪景的：

宝玉因心理记挂着这事,一夜没好生得睡,天亮了就爬起来。掀开帐子一看,虽门窗尚掩,只见窗上光辉夺目,心内早踌躇起来,埋怨定是晴了,日光已出。一面忙起来揭起窗屉,从玻璃窗内往外一看,原来不是日光,竟是一夜大雪,下将有一尺多厚,天上仍是搓棉扯絮一般。宝玉此时欢喜非常,忙唤人起来,盥漱已毕,只穿一件茄色哆罗呢狐皮袄子,罩一件海龙皮小小鹰膀褂,束了腰,披了玉针蓑,戴上金藤笠,登上沙棠屐,忙忙的往芦雪庵来。出了院门,四顾一望,并无二色,远远的是青松翠竹,自己却如装在玻璃盒内一般。于是走至山坡之下,顺着山脚刚转过去,已闻得一股寒香拂鼻。回头一看,恰是妙玉门前栊翠庵中有十数株红梅如胭脂一般,映着雪色,分外显得精神,好不有趣!宝玉便立住,细细的赏玩一回方走。(第49回)

在这儿,作者把白雪红梅这一传统文学的意境,融入小说的故事情节和人物性格的创造之中。这十数枝红梅又单单从栊翠庵中绽出,“如胭脂一般,映着雪色,分外显得精神,好不有趣”!尤其是宝玉折回来的梅花,“原来这枝梅花只有二尺来高,旁有一横枝纵横而出,约有五六尺长,其间小枝分岐,或如蟠螭,或如偃蚓,或孤削如笔,或密聚如林,花吐胭脂,香欺兰蕙,各各称赏。”(第50回)显然这是在象征妙玉。妙玉是一个品性才学都极高的女子,与势利场中俗人毫无共同语言。所以宝玉很尊敬妙玉,在他心中是个天性怪僻、不合时宜的好高过洁之人。妙玉虽然带发修行,自称槛外人,与红尘断绝,青灯佛殿的生活葬埋了她的青春本性,但她毕竟是一个二九妙龄的女子,她深知天下唯有超然物外的宝玉理解她,因此,当她灵犀一旦被触发,便人性复苏,尘心萌动,青春觉醒,默默地追求着什么。把红梅比作妙玉,真是再合适不过了。这一回描写了红梅白雪，由于彼此映衬，从而使梅更红，雪更白。所有在这白雪红梅世界中生活的众女子，在宝玉心目中都是美丽的纯洁的，而栊翠庵里的主人妙玉，则是白雪世界中更美丽更纯洁的一朵红梅。

再看《傲慢与偏见》，其语言则是充满着讽刺幽默的特色，这特色又包容了欧洲 18 世纪理性主义的精神和女性的纤细。小说的语言常常含有反讽的意味，巧妙的对话又描绘了活脱脱的人物性格以及正在变化中的关系，并把情节引向高潮。请看威廉·卢卡斯爵士请达西与伊丽莎白跳舞那一段对话：

> 那时，伊丽莎白朝他们走来，他灵机一动，想乘此献一下殷勤，便对她说："亲爱的伊丽莎白小姐，你干吗不跳舞？——达西先生，让我把这位年轻的小姐介绍给你，这是位最理想的舞伴。——有了这样一位美人儿做你的舞伴，我想你总不会不跳了吧！"他拉住了伊丽莎白的手，预备往达西面前送，达西虽然极为惊奇，可亦不是不愿意接住她那只手，不料伊丽莎白立刻把手缩了回去，好像还有些神色仓皇地对威廉爵士说："先生，我的确一点儿也不想跳舞。你可千万别以为我是跑到这边来找舞伴的。"达西先生庄重礼貌地要求她赏光，跟他跳一场，可他白白地要求了。伊丽莎白下定了决心就不动摇，任凭威廉爵士怎么劝说也没有用。"伊丽莎白小姐，你跳舞跳得那么高明，可是却不肯让我享享眼福看你跳一场，这未免太说不过去了吧。再说，这位先生虽然平常并不喜欢这种娱乐，可是要他赏我们半个钟头的脸，我相信他也不会不肯的。"伊丽莎白笑着说："达西先生太客气了！""他真的太客气了——可是，亲爱的伊丽莎白小姐，看他这么求你，我们总不会怪他多礼吧。谁不想要这

样一个舞伴?”伊丽莎白调皮地瞟了他们一眼,转身走开了。

“达西先生太客气了”这句话,具有多层戏弄的含义。达西的客气是由“庄重礼貌”表现出来,也就是说,他表现出合乎绅士身份的礼貌。但是“庄重礼貌”是一种非常有限的客气方式,不禁使人想起达西以前的行为。他当初在舞会上庄重得咄咄逼人,令人生厌,那次舞会上他伤害了伊丽莎白。“庄重礼貌”四个字,具有双关意义,照应了前后两次而揶揄了达西先生。这显然是指对世界上最傲慢最讨厌的人的一种勉强客气。所以说,伊丽莎白的恭维话含有暗讽的转折,于是她笑着,调皮地瞟了他一眼。“太客气了”还有一层意思。达西不是不愿意接受伊丽莎白那只手,他的客气不只是表面那层意思,更含有深刻的意蕴,达西的姿态已说明他对伊丽莎白怀有好感。对于读者来说,她的调皮和笑,又是一种反讽——伊丽莎白对达西的偏见态度可能全错了。最后是威廉爵士的行动,起了媒介作用,产生了广义的滑稽反讽的意味。“他灵机一动,想乘此献一下殷勤,”他高高兴兴地做了一件好事,却不知道自己实际上做的是什么事,也不明了伊丽莎白的话对他和达西是什么本意。

仅举上述两个例证,便可窥出《红楼梦》和《傲慢与偏见》的语言特征大不相同:前者具有深邃的意境美,后者则充满了机智、诙谐的幽默感。

(六)从小说结局方面比较

爱情婚姻的描写,在两部小说中都占有极其重要的篇幅。从某种角度、某种意义上来说,两部书都是爱情小说,但两位作家的艺术构思不同,写作手法不同,因而赋予的结局也不同。鲁迅说:“悲剧将人生的有价值的东西毁灭给人看。讥讽又不过是喜剧的变简的一支流。”[21]可见无价值的东西的毁灭不是悲剧,有价值的东西的毁灭才是悲剧,价值愈高悲剧度愈大。《傲慢与偏见》是喜剧性的小说,作者给四对青年男女安排的都是大团圆的结局;而《红楼梦》则是悲剧性的小说,婚姻爱情几乎全是悲剧的结局。在《红楼梦》中,作者把一对对恋人从愉悦引向痛苦,把读者从明朗的气氛引向沉郁悲壮的氛围,人们最担心、不希望的结局终于发生了。《红楼梦》的悲剧结局,所以那样震撼人心,就是因为它充分写出了被毁灭的女性不仅有外形的美,更有着内心的美。就拿林黛玉来说,她与整个社会对抗本身就具有苍凉的悲剧性,再加上作者充分写出了她的高尚品格,她的进步思想,她的不同流俗的行止见识,她的幻想和追求,便拉近了她与读者的感情距离,使读者恨她之所恨,爱她之所爱,和她同忧同乐,同啼同笑。正像德国著名戏剧家席勒所说的:“悲剧是对一系列彼此联系的事故(一个完整无缺的行动)进行的诗意的摹拟,这些事故把身在痛苦之中的人们显示给我们,目的在于激起我们的同情。”[22]席勒认为悲剧要引起足够的感动,就必须具备生动性、真实性、完整性、持续性的悲剧四要素,也就是必须使观众或读者对剧中的苦境产生生动、真实、完整、持续的想象。《红楼梦》无疑正是这样性质的一部作品,林黛玉死时的惨局,既激起了读者的眼泪,又赢得了读者的掌声。眼泪献给女主人公,掌声献给伟大的作家,这就是艺术的胜利。

《傲慢与偏见》却恰恰相反,作者把一对对恋人从痛苦引向愉悦,正是“山重水复疑无路,柳暗花明又一村,”[23]四对男女青年无不获得美满的结局。此时此景,作者的心情是平和的,读者的感情是舒畅的。奇怪而有趣的是:中国作家曹雪芹完全违背了中国文学传统的大团圆的喜剧模式，英国作家奥斯丁又违背了西方文学传统的惯用的悲剧模式。个中深意，不能不使人深思。这自然并不是说悲剧比喜剧要崇高，要绝对的好，但是曹雪芹把揭露封建礼教，写成悲剧结局，无疑是真实的深刻的。因为悲剧的时代只能产生悲剧型的人物。宝黛爱情的毁灭，正是时代的悲剧，性格的悲剧。

为什么两本小说的故事结局截然不同呢？这一方面是由于两位作家所处的国度国情、社会环境不同；另一方面是由于两位作家的爱情价值观不同、悲剧意识强弱有别的原因造成的。本来，在《傲慢与偏见》一开始的时候，第一句话便宣称："凡是有财产的单身汉，必定需要娶太太，这已经成了一条举世公认的真理。"读者从这句话中自然会体会到伊丽莎白和达西的结合，门不当户不对，应该是悲剧式的。因为在当时的英国，恋爱是为了结婚，结婚是为了成家立业，就得考虑双方的社会地位和经济基础。门户不相当还可以通融，经济基础却不容忽视。然而伊丽莎白和达西却没有产生财产悲剧，作者却从人物的相貌举止、才德品行上竭力玉成好事。傲慢的男子不再傲慢了，偏见的女子不再偏见了，于是二人皆大欢喜，终成眷属。这其实是理想中的婚姻。这种摆脱"经济关系"而单纯从感情、举止的和谐而结合，自然不符合历史的真实，也不符合艺术的真实。《傲慢与偏见》的结局处理和《红楼梦》相比不大感人，这不能不说是一个缺憾。

伊丽莎白和达西的爱情是先恨后爱逐步产生的，俗语说"不打不成交"，中间有个相当长的误解，最后两人才相互理解，结为伉俪。黛玉和宝玉的爱情属于一见钟情式的，又是相互理解的，黛玉对宝玉的偏见是短暂的，二人的爱情是在耳鬓厮磨，日则同行同坐，夜则同止同息的基础上逐步深化的，最后却生离死别走上了绝路。他们爱情破灭的原因主要的不是由于财产，而是由于礼教。林黛玉和伊丽莎白都是具有独到见解、劲节孤高、凌云不俗的女子。她们都有强烈的叛逆性，然而两人的结局却截然相反。但是，尽管两部小说在爱情描写上表现形式截然不同，曹雪芹和奥斯丁却同样是伟大的现实主义大师，他们用自己的如椽之笔，栩栩如生地描写了社会众生相，揭露和批判了两种不同社会中的矛盾，肯定与歌颂了进步的爱情婚姻观。两部小说的各自价值，不容否定。应当说，这是现实主义的胜利。

【注释】

①简·奥斯丁致侄女爱德华·奥斯丁的一封信（1816 年 12 月 16 日）中自称。转引自朱虹编《奥斯丁研究》第 362 页。

②④王科一译本《傲慢与偏见》《前言》。

③1816 年致克拉克先生的信。转引自朱虹编《奥斯丁研究》第 364 页。

⑤《鲁迅全集》第 10 卷第 206 页，《致陈烟桥》。

⑥《鲁迅全集》第 4 卷第 292 页，《关于小说题材的通信》。

⑦详见《小说面面观》“第四章人物（下）”。

⑧《老舍论创作》“人物的描写”部分。上海文艺出版社 1980 年版第 83 页。

⑨详见《小说面面观》“第四章人物（下）”。

⑩《论风格——在法兰西学士院为他举行的入院典礼上的演说》（1753），转引自《译文》1957 年 9 月号。

⑪《瓦尔特·司格特日记：1825—1826》J·G·泰特编。转引自朱虹编选《奥斯丁研究》第 26 页。

⑫孔尚任《桃花扇》“加二十一出孤吟”。

⑬《墨子·经说上》。

⑭杨绛《关于小说》中《有什么好?——读奥斯丁的〈傲慢与偏见〉》。

⑮让·诺汉《笑的历史》第15页。

⑯《老舍论创作》,上海文艺出版社1980年版,第83~85页。

⑰美国埃德蒙德·伯格勒的《短命的理论——永恒的笑》一文,曾把欧美各国古今“笑论”专家的观点列举了80种,从哲学的、生理的、心理的、医学的、美学的等各个领域予以阐明。详见《笑声与幽默感》第一章。转引自《喜剧理论在当代世界》,新疆人民出版社1989年6月版。

⑱详见《艺术体系》一书。转引自《喜剧理论在当代世界》。

⑲沃特《评论珍妮·奥斯丁文选》“引言”4~5页。

⑳《红楼梦》第1回。

㉑《再论雷峰塔的倒掉》,《鲁迅全集》第1卷第297页。

㉒《论悲剧艺术》,转引自伍蠡甫、胡经之主编《西方文艺理论名著选编》上卷462页。

㉓陆游《游山西村》。

《红楼梦》与外国著名小说《源氏物语》《飘》《名利场》《安娜·卡列尼娜》《十日谈》比较

《红楼梦》在我国古典文学遗产中,是一部思想性与艺术性结合得最好的小说,由于它的思想内容的丰富深广和文学表现的隐微含蓄,引起了历代红学家的探究,经过二百年,直到今天还有说不完的千言万语。正如当代大戏剧家曹禺所说,西方有说不尽的莎士比亚，我们中国则有说不尽的曹雪芹。因此说，《红楼梦》是中国文化的结晶，好比是中国的“文化长城”；它又是世界文学的瑰宝，宛如一座金字塔，矗立在世界文学的田园间。我们能有这部小说，应当说是我们中华民族的骄傲，中国的骄傲。

《红楼梦》还是一部百科全书式的小说，书中关于中国封建社会的政治、经济、文化、教育、道德、法律、科举、婚姻、奴婢、租佃、吏治、宗教以及园林建筑、工艺美术、医药卫生、饮食衣着、风俗习惯等等，无不包括，无不描写。所以把《红楼梦》和外国的许多著名小说放在一起，是容易找到一些可比性、可比点的。用比较文学的方法研究《红楼梦》，将会发现200多年前曹雪芹的文艺创作成就，在某些方面早已远远超越了世界水平，我们说曹雪芹及其《红楼梦》是我们中华民族的骄傲，中国的骄傲，绝不是自我吹嘘的炫耀之词。当代著名红学家周汝昌研究红学，成绩斐然，他用的是中国传统的方法之一——考证，《红楼梦新证》就是他的一部力作，但他现在也意识到用比较文学研究《红楼梦》的价值了。他说：“用这一方法来研究《红楼梦》，如果真能精通中西两个方面，做出精彩的比照和阐释，确实能使人耳目一新，开阔‘脑界’，对中外的文学艺术都会有很大的教益，因此是值得重视的一条研红道路。”“当然，如果不是真的精通中外，对《红楼梦》和西洋小说文学并无透彻理解，只凭看到一些表面的‘共通’点，便强作牵合，其结果自然会浮光掠影，似是而非，毫厘千里。”①

下面，我们就把《源氏物语》的情节结构和《红楼梦》的情节结构加以比较，把《飘》里的奥哈拉（另译名为郝思嘉）、《名利场》中的蓓基·夏普与《红楼梦》中的王熙凤加以比较，把《安娜·卡列尼娜》的心理描写与《红楼梦》的心理描写加以比较，把《十日谈》的妇女观与《红楼梦》的妇女观加以比较（某些具体写作手法都可以做有价值的比较研究）。

（一）关于情节结构方面

关于《红楼梦》的情节结构，在红学界是有争论的，大体上有十种说法，这在前面的“情节结构”中已有详细介绍。对《红楼梦》的情节结构，无论主张哪一种说法，都可以和《源氏物语》进行比较。因为二者之间存在着可比较的前提：（一）一为中国小说，一为日本小说，虽然创作时间相距七百多年。《红楼梦》写于18世纪中叶（即清代乾隆王朝），《源氏物语》写于11世纪初期（即日本平安时期、中国北宋时期），但是两部小说都是各自国家民族的最优秀的古典长篇小说，《红楼梦》被誉为中国古典文学的高峰，《源氏物语》被誉为日本古典文学的高峰，在世界文学史上都占有非常重要的位置。（二）内容写的都是封建贵族的日常生活，都以主人公的一系列活动和所维系的事件为中心，展现了相当广阔的贵族生活画面，暴露了封建贵族的腐朽堕落，揭示了必然崩溃的历史趋势。（三）小说的作者一为曹雪芹，一为紫式部，虽然性别不同，一为男一为女，但他们都经历过贵族宫廷生活，生存年龄相差不多，生卒年月及生平事迹大都不详，然而他们却都是出生于书香世家的有理想有才华的文人。紫式部的真名已不可考，因为她的父亲藤原为时和哥哥藤原惟规都做过“式部丞”这种官，所以按宫中女官的称呼习惯，她被称为藤式部。又因为《源氏物语》的男主人公是绰号“光君”的源氏，第一女主人公是紫姬（穆拉沙基），因而这部小说又叫作《紫之物语》，物语就是故事,或杂谈,而紫式部就是“紫之物语的作者藤式部”的简称。

然而两部小说的情节结构却迥然不同。按照系统论学说的观点来审视,小说可分为语言意义的符号系统和形式的结构系统。两部小说在情节结构方面究竟各有什么特色呢?

前面已经介绍过几种关于《红楼梦》的情节结构观点,在这里我们取其中的任何一种观点进行比较,都显然和《源氏物语》的不一样。为了能够准确把握《源氏物语》的结构特色,首先需要了解它的故事情节发展的全貌。《源氏物语》共 54 回,近 100 万字。故事涉及三代,经历七十多年,出场人物四百余人。前半部 44 回以源氏为主人公,后半部 10 回以薰君为主人公。主要写了以源氏及其岳父左大臣为代表的皇室一派同以弘徽殿女御及其父右大臣为代表的外戚一派之间权力斗争的主线,又通过源氏的生活经历和爱情故事,铺陈复杂的纠葛和纷繁的事件,描写当时贵族社会政治的腐败,生活的奢侈和一夫多妻制下妇女的悲惨命运。最后以悲剧结局告终:源氏特别钟爱的藤壶、紫姬相继去世,与柏木有私的三公主妻子也出家为尼,最后源氏也看破红尘,削发出家当了和尚。

仔细品评《源氏物语》的结构,很像工企管理法中的鱼刺图:

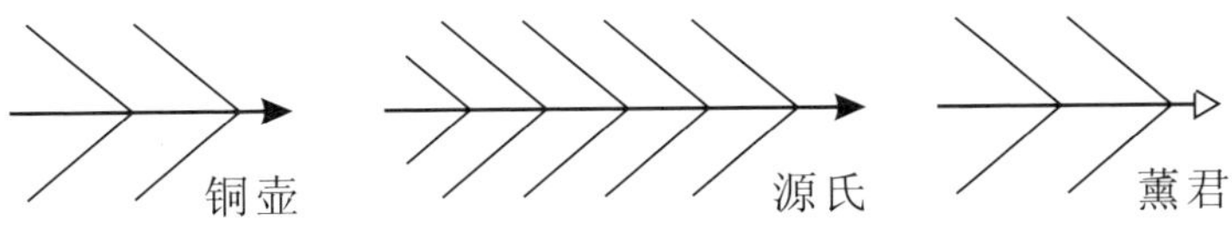

因而可以把它称作鱼刺形结构。这种图示恰好反映了作品的以源氏三代人的故事为主线,以此主线作为母系统,这个母系统又牵动着与三代人相关的政治、婚姻的每一个事件和人物,而这个事件和

人物又构成为子系统，并朝着一个方向发展，形成了一个整体结构。《红楼梦》也是一个有机的整体结构，然而它是圆形网状结构。以贾府为代表的封建家族兴衰史作为一根纵轴线，这个家族又与社会上的上下左右形成许多经线；以宝黛钗的爱情悲剧作为横轴线，又有其他女子的爱情和命运悲剧穿插进来形成不少纬线；二者纵横交错、时隐时现，便构成了错综复杂的圆形网状结构形式，如图所示：

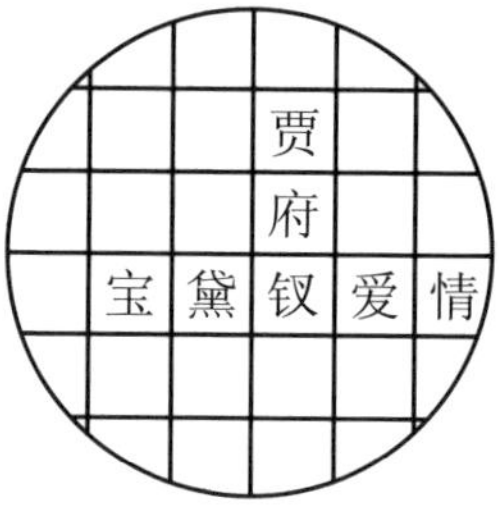

两部小说，从揭露封建社会腐朽黑暗，揭示这种社会必然走向崩溃灭亡的趋势来看是相同的，有共性的，可见相同的主题在不同的民族不同的作家手里，却可以构建出不同的情节结构系统。这是因为：《红楼梦》是写整个封建制度从各个方面伸出无形的手，对主人公真挚、纯洁、崇高的爱情的扼杀；《源氏物语》是写主人公把他的爱情欲望和快乐，建立在对许多妇女的无情摧残上；主题接近而又各自具有特殊性，即个性，这就决定了各自的情节结构的特殊性。所以，《红楼梦》呈现出圆形网状结构的形式美；《源氏物语》则呈现出鱼刺形结构的形式美。不同的结构，却又能产生出同等高度各有千秋的功能。这是为什么呢？系统论学说认为，结构决定功能，物质系统有什么样的结构，就必然表现出相应的功能来，而功能又是活跃因素，功能与结构相互制约，在一定条件下二者都可以导致对方的变化，同时结构与功能的相互制约性又是复杂多样的,它可以是同构异功,也可以是异构异功,还可以是异构同功。《红楼梦》与《源氏物语》的结构功能美,正好是属于异构同功类型,它们的情节结构特色,完全印证了系统论关于结构功能的原理。

(二)关于人物形象方面

世界文豪高尔基说,文学即人学。

著名的人民作家老舍曾说:"写作时,首先要想到人物,然后再安排故事,想想让主人公代表什么,反映什么,用谁来陪衬,以便突出这个人物。……一定要根据人物的需要来安排事件,事随着人走,不要叫事件控制着人物。"[②]作家还要善于写出人物形象的最独特的阶级的、习惯的、个性的特征来,使人物要形象地立起来,具有立体感。

《红楼梦》里的王熙凤和《飘》里的奥哈拉都达到了这样的水平。一个是18世纪东方中国的女性,一个是19世纪西方美国的女性,但其性格、音容笑貌和为人处事何其相似乃尔,都是脂粉队里的英雄。王熙凤本人就是地地道道的高利贷者,奥哈拉也是大洋彼岸原始资本积累的一员骁将。她们都是黄金拜物教的信徒。《红楼梦》大家比较熟悉,无须赘言。《飘》这部小说也许大家陌生,不妨给大家略微介绍一下。《飘》是美国女作家米切尔创作的一部长篇小说,发表于1936年,由于小说适合于一般市民读者趣味,出版后风行一时,成为美国文学中最畅销的书籍之一。1937年获普利策奖。后改编为电影,曾以《乱世佳人》的片名在我国上映。这部小说取材于美国南北战争的历史,女主人公斯卡雷特·奥哈拉为具有南方农奴主思想感情的代表人物。作者站在同情农奴主的立场,歌颂奥哈拉,赞美农奴制。奥哈拉听说她的意中人艾希礼要和媚兰结婚,大受打击。“原来她生就了一副脾气,绝不能容忍人家爱别的女人而不爱她。”她是当地第一美人,跳起舞来数她好。她知道如何笑法能使自己的酒窝儿跳动,看着男人的脸庞时怎样低着头、垂下眼,显示神情。她向艾希礼吐露心曲,却不料碰了钉子。后来决心报复艾希礼,便嫁给了媚兰的弟弟察尔斯,不久丈夫在军中病死,成了寡妇。1864 年夏天,她回到了老家,发现好大庄园被北军洗劫一空。奴隶逃光,田园荒芜,母亲死去,父亲变疯。她下决心挑起重整家业的担子,她开始干各种粗活,挤奶、劈柴、种菜,什么都干。她自从用手枪打死一个北军抢劫犯后什么都不怕了。为了获得金钱,向船长瑞德表示,只要付她一大笔钱,就愿做他的情妇。不久,奥哈拉知道瑞德妹妹的未婚夫弗兰克手里有钱,马上略施小计,抢了过来,结婚后用弗兰克的钱付了税,把生意都抓在自己手里,事业开始发达起来。她想:“我相信没有男人帮忙,女人也能完成世界上的每一件事——除了生孩子。”在劳力奇缺的情况下,她不顾舆论反对,雇了工资低出活多的囚犯来干活儿。这时黑人酗酒作恶,地方上很不平静,奥哈拉为了生意东奔西跑,遭抢劫。就在这次抢劫中,弗兰克被三 K 党员打死了。奥哈拉又作了寡妇。后来瑞德来向她求婚,两人婚后过着花天酒地的生活。她发现瑞德是个能在乱世中生存的强者。两个人铢两悉称,一样的贪婪、残忍和冷酷。

《红楼梦》写了大大小小九百多个人物,绝大多数的肖像描写是粗描淡勒,而对王熙凤这个美人胚子,却有多次肖像重笔彩绘。米切尔也注重塑造奥哈拉的外貌美,写的别有风格。两部小说都善于通过美的躯壳,揭示丑的灵魂,美与丑辩证地统一在一起,使读者更感到她们的灵魂之丑恶。美是她们的物质基础,争权夺利的依据。美的外衣,掩盖着她们那贪婪、狠毒、残忍、自私的本性。两位女主人公都具有男性的气质,作者竭力使其男性化,这是作者塑造人物的又一着力点。作者似乎意识到:性格是社会的产物。试想,在男性为主的统治一切的社会里,妇女整日价羞答答、慢腾腾、温良恭俭让的作风,还能跻身进去大显身手吗?不行,她们为了求得生存和发展的可能,就必得像男子那样行事。不但如此,还必须具备杀伐决断的泼皮作风。"泼皮",归根到底是一种手段,一种武器。我们知道,资本主义是对封建主义的反动,是一种进步,当资本主义来到古老的中国,来到美洲新大陆时,它必然带着血污和脓疮,不择手段地进行原始资本积累,于是像王熙凤、奥哈拉式的人物便应运而生,而泼皮的性格作风就必然成为她们的有力武器。所有这些人物形象的思想性格,在《红楼梦》和《飘》里都做了淋漓尽致的描写。

再把王熙凤和另一个女性蓓基·夏普进行一番比较。英国有一部小说《名利场》,为19世纪40年代英国讽刺小说家萨克雷所写,副题是《没有英雄的小说》。书中不以出类拔萃的英雄为主角,连正面人物也很少。女主人公蓓基·夏普,就是萨克雷塑造的一个英国资本主义社会的女冒险家的典型。她出身贫寒,父母双亡,在学校中遭受歧视,感到愤懑不平,离校后便开始投机冒险的生活。她靠自己的美貌和机智,利用一切手段猎取金钱,力图进入上流社会。小说揭露了封建贵族和资产阶级社会中的权势和腐朽堕落的风尚。

《名利场》的故事梗概是这样的:

爱米丽亚·赛特立在平克顿女子学校上了六年学。她爸爸很有钱,是个证券经纪人,难怪校长平克顿小姐对她另眼相看。爱米丽亚是个招人疼爱的女孩子，她既爱笑又爱哭，心地厚道、器量大，所以学校里上自校长下至洗碗丫头，没一个不爱她。她的好朋友蓓基·夏普和她一同离开学校。蓓基打算到爱米丽亚家去做一阵客人，然后去担任家庭女教师的职务。

蓓基身材瘦小，脸色苍白。她的母亲是个唱歌剧的法国女人，早已死去。父亲是个图画教师，因饮酒过度犯了酒癫症死了。蓓基在学校半读半教，过着穷困屈辱的日子。她说自己没有做过孩子，从八岁起就是成年妇人了。

蓓基在爱米丽亚家里认识了她的哥哥乔斯。他生性懒惰，爱吃爱喝，看见女人就羞怯得无地自容，可是又比女孩子还爱虚荣。蓓基一见面就打定主意要嫁给这位少爷。爱米丽亚很愿意这门亲事成功，她的男朋友乔治·奥斯本可不同意乔斯娶个没有地位的女人。就在蓓基以为乔斯要开口求婚的那个晚上，乔斯喝了一大碗五味酒，发起酒疯来，第二天他没脸再见蓓基的面，便离开了伦敦。蓓基空欢喜了一场，只得辞别了爱米丽亚，前去毕脱·克劳来爵士府上当两个小女儿的家庭教师。

毕脱爵士外号“老剥皮”，是个吝啬鬼。他的同父异母姐姐克劳来小姐是个老处女，有一笔可观的财产。毕脱看在财产份上，处处讨好姐姐。而老处女最喜欢的人是毕脱的二儿子，当骑兵军官的罗登·克劳来。罗登是个名副其实的纨绔子弟，凡是英国贵族喜欢的玩意像拳击、跑马、赌钱、决斗之类，他都精通。

蓓基到克劳来府上不久，就博得了府里个个人的欢心。她替毕脱爵士写信、办事、算账，陪他玩纸牌；她放任两个女孩子，让她们自由任性，有了过失也不禀告夫人。她最大的胜利是获得了克劳来老处女对她的宠爱。每当老处女到毕脱府上做客，蓓基最能给她解闷。晚宴完毕，她准会到老处女房里陪她说话。她加盐添醋，把宴会上每个人都模仿得淋漓尽致，那些太太小姐们更被她挖苦得一钱不值，引得老处女哈哈大笑，百听不厌。当然，蓓基顺手牵羊地便俘虏了老处女的宠儿罗登的心。罗登先是佩服她的机智，觉得她了不起，渐渐喜欢上了她，后来就发狂似地迷恋着她了。

老处女回自家时总把蓓基带了去，为她做伴，形影不离。毕脱办完了妻子丧事，马上就到姐姐家里找蓓基，向她求婚。蓓基却不慌不忙地对毕脱说，自己已经嫁了人，已经跟罗登结了婚。毕脱爵士气得破口大骂。蓓基住进了罗登给她租的新居，对罗登说："我来替你挣一份家私。"这小两口一个会花言巧语哄人，一个会赌博赢钱，他们就这样兴致勃勃地过起了舒适生活。

爱米丽亚，她在这个时候遭遇不幸。她的父亲破了产。乔治的父亲奥斯本先生过去得到爱米丽亚父亲许多的好处，现在反目为仇激烈反对他父亲。还命令乔治和爱米丽亚断绝往来，让乔治去追求从西印度回来的一位有钱的小姐。乔治是个军官，花起钱来大手大脚，全靠老子供养，所以不好拒绝父亲的命令。另一方面，过去爱米丽亚对他崇拜得五体投地，他都安然领受，现在要和她断绝，不由得又想起她的许多好处，心里不忍。乔治有个好朋友都宾上尉，是个不爱说话的老实人。其实他家里也很有钱，在军队里还是乔治的上级。都宾早就爱着爱米丽亚，觉得她温柔可爱得像天使一样。他不忍心看着爱米丽亚伤心，就说服了乔治，让他和爱米丽亚私奔。两人的私下结婚,使得奥斯本先生大为恼怒,他把儿子赶出家门,剥夺了他的继承权。

这时候,在欧洲上空掀起了战争的乌云。欧洲各国纷纷派出军队准备围攻拿破仑。乔治和都宾的队伍奉调到了布鲁塞尔。乔治和爱米丽亚在布鲁塞尔遇见了乔斯,也遇到了罗登和蓓基。

乔治结婚不久,就腻烦了百依百顺的爱米丽亚,迷上了活泼有趣的蓓基。她在舞会上撇下爱米丽亚,只找蓓基跳舞,后来竟偷偷递给她一张纸条,约她私奔。他还没得到蓓基的回信儿,就接到出发的命令,上了前线。

拿破仑的军队逼近了布鲁塞尔,满城的人都寻找车辆马匹准备逃难。蓓基把罗登留给她的马高价卖给急着逃命的乔斯,发了一笔小财。爱米丽亚拒绝跟哥哥逃命,独自留在布鲁塞尔等待丈夫归来。可是,乔治已经在滑铁卢战场上中弹身亡。都宾把爱米丽亚送回娘家。乔治死后身无分文,都宾又拿出一笔钱,假说是乔治留下的,把钱交给爱米丽亚。几乎神经失常的她,直到生下长得很像乔治的遗腹子,才渐渐恢复了健康。她把全副精神贯注在儿子身上,一点也没有注意到都宾对她的爱情和关怀。

蓓基和罗登在战后去了巴黎,过着豪华的生活。她生了一个儿子,但是对孩子漠不关心,交给乡下奶娘抚养,可罗登很亲儿子。巴黎虽好,不是久留之地,蓓基在那里欠下大量的债务,和罗登回了英国。从此,蓓基的客厅又成了英国首都上流人士欢度黄昏的地方。秃头的斯丹恩勋爵成了蓓基的追求者,善于卖弄风情的蓓基瞒着丈夫从勋爵处得到了一大笔现金和许多贵重的首饰。两人为了经常私会,设下一计，让人以欠债的名把罗登逮捕入狱。蓓基假装凑不出钱，迟迟不把罗登赎出监狱。好心的嫂子当天就把罗登救出了监狱。夜晚，罗登回家后，发现盛妆艳粉的蓓基和勋爵两人正在饮酒取乐。罗登明白了一切，狠命把勋爵推倒在地。不久，他抛下妻子到海外去了。斯丹恩也恼恨蓓基，认为这是他们夫妇设下的圈套，从此和蓓基一刀两断。结果，蓓基枉费心机，落了个人财两空，身价一落千丈，只好到外地行骗谋生。

奥斯本先生一直不认儿媳，爱米丽亚的儿子乔杰渐渐长大，见了可爱的孙孙才回心转意，愿意把孙子领回去抚养。乔杰一到祖父身边，就成了有钱的继承人，养尊处优，过着比父亲乔治小时还要阔气的生活。

爱米丽亚的运气也开始好转了。她的哥哥乔瑟夫退休回到英国，这时父母双双去世，她成了单身汉哥哥家里的主妇，有了自备的马车，出入于上流社会，过着不愁温饱的舒适生活。这时，都宾也从海外回到英国，向她求婚。爱米丽亚没有答应。然后她带着儿子，和都宾、乔瑟夫出国旅游，在一个赌场遇见了潦倒的蓓基。爱米丽亚觉得她孤苦无依，想把她接回家去。都宾坚决反对，并向爱米丽亚再次求婚。他说，如果再不答应，便将永远离开她。蓓基很佩服都宾的坚决、挚情，就拿出乔治求她私奔的手迹，这才打破了爱米丽亚心目中的偶像。爱米丽亚终于和都宾结婚了。

蓓基又迷上了乔瑟夫。乔瑟夫买了很大一笔人寿保险金，指定送给蓓基。过了几个月，乔瑟夫不明不白地去世了。蓓基后来常年在温泉和避暑地居住。她的丈夫罗登一直没有回国，死在海外。她的儿子跟着伯父过活，拒绝和母亲见面。

不少人为蓓基求情说好话，说她这辈子受尽了冤屈。为了赎罪，她热心办起了宗教慈善事业，在为穷人举办的义卖会上总能看到她的身影。

《名利场》比《红楼梦》晚出大约一个世纪，它的女主人公蓓基却和凤姐一样，也是一个惯于捣鬼的阴谋家。世界上的事情，真是奇怪，从蓓基捣鬼的手段等方面来看，和凤姐简直是同出母腹的一对双胞胎。不但她俩的生存时间不同，生存国度不同，连生长的家庭也差别很大，她的出身卑贱得不能与凤姐相比。凤姐出身于封建大贵族，她出身于一个穷画家家庭；凤姐在荣国府为当家少奶奶，她却是活动在舞台酒吧的普通歌女。所以她连滚带爬，一心要挤进上流社会，社会经历就比凤姐要复杂得多。蓓基和凤姐一样，捣鬼心术花样翻新，都集中体现了剥削阶级损人利己的思想意识。凤姐诱骗、孤立、控制、毁灭尤二姐，为的是维护她的既得利益。蓓基毁灭纨绔子弟乔斯，也运用了诱骗、孤立、控制对方的手段，竭力剥夺乔斯的钱财，为自己的向上爬服务。被毁灭的男人乔斯和被毁灭的女人尤二姐一样，连摆脱控制的勇气也丧失殆尽，只好束手待毙。两个女人都不只是“上头一脸笑，脚下使绊子；明是一盆火，暗是一把刀”。而且竟敢当面撒谎，几乎是在强迫对方相信她的鬼话，或者至少是要让第三者把她的鬼话当作真话。《名利场》里描写都宾少佐当面揭露了蓓基的老底：“你已经和你丈夫分居，旅行的时候又不用自己的真姓名，又常到赌场赌钱……”意思是说，你是一个女光棍、女流氓。蓓基倒打一耙，反而给对方扣上欺负弱者的大帽子。这使人联想起凤姐大闹宁国府时那恶人先告状的情形来。不过蓓基不像凤姐那么大哭大吵，而是装出一副可怜相，说是对方欺她穷苦，没有怜悯心。至于蓓基为了操纵乔斯，榨取财产，捞取一笔人寿保险金的目的，热心成全女主人爱米和都宾的婚事，不过是骗人的假象，真是黄鼠狼给鸡拜年，不怀好意。这正像凤姐害死尤二姐一般，在得知贾琏偷娶二姐后，特意拜访尤二姐去，左一个妹妹，右一个妹妹，一片谎言蜜语，不是行礼，便是流泪，然后赚入大观园居住，紧接着强令下人们在生活上百般刁难，再就是千方百计策划二姐的未婚夫告状，又通过大闹宁府，得到贾母、王夫人的支持。凤姐的这一连串举动，神不知鬼不觉，“并无露出一点坏形来”，迷惑了不少人，“园中姐妹和李纨、迎春、惜春等人，皆以为凤姐是好意”。曹雪芹写凤姐弄鬼的这种曲折方式，和萨克雷写蓓基弄鬼的手法，确是异曲同工。尽管两位大家的艺术风格大不相同，萨克雷比曹雪芹好发议论，更喜欢用夸张的笔法，更喜欢用冷嘲热讽的语言，然而刻画二人的撒谎、撒泼、捣鬼害人的性格，却是取得了同样的极生动极可信的艺术效果。

（三）关于心理描写方面

人物的心理描写是构成文学创作的一项重要内容。人与自然、与社会的矛盾，人的自我矛盾，人与人之间的矛盾，首先在人的心理上反映出来。人的心理活动是一个很广阔很丰富的世界，社会生活里的各种因素都会在人的心理上得到反映。从一定的意义来说，把握和描写人的心理活动，是作家的带有根本性质的任务，显示了人的心理活动，才能表现出人物的性格。文学如果不能描写出人的心理活动，不能准确地进行心理描写，就等于没有文学。作品中的人物性格、情节都是受心理活动支配的。当然，这是通过作者的观点与态度，通过作者对生活的美学判断来体现的。例如，人的某种行为,人的喜怒哀乐的感情,就是人的心理活动的外在表现。作者表现和评价这些又不能主观地形而上学地进行,必须符合人的心理活动的基本规律,否则写出来的人物性格和故事情节就会是不真实、不可信的。

中外许多著名作家创作的著名小说,都能掌握上述理论并有出色的心理描写。由于曹雪芹与托尔斯泰,不仅具有洞察社会与时代的哲学家头脑,还有一副善于揭示人的心灵奥秘的心理学家的手段,所以心理描写很有特色。现将《红楼梦》与《安娜·卡列尼娜》的心理描写加以比较。

先说两位大师所运用的心理描写方法。

一种是倾泻式的。作者让人物的心理活动、思想感情像江河、瀑布那样一泻千里,打动读者的视官和感官。例如《安娜·卡列尼娜》的第三部的十三、十四、十五三章中,全部用来描写卡列宁和安娜·卡列尼娜的心理活动,这时安娜与渥伦斯基的爱情的全部隐私,已被卡列宁掌握,安娜也毫不掩饰,把私情全盘托出。作者将卡列宁对安娜的憎恨、报复心理,到设法摆脱安娜丑事影响前途的障碍,为排遣烦恼而对政治事务的关切,以及居然能够怡然自得的心情,整整用了两节的篇幅作了细致的描写,把这个人的自私、冷酷、怯懦的心灵深处,暴露无遗。而安娜尽管不能完全满足爱欲,心情十分痛苦,但她觉得非常高兴,因为"现在一切都弄清楚了,至少不会再有虚伪和欺骗了"。但是第二天"最可怕的念头就浮上了她的心头,她幻想着管家立刻就会把她赶出屋子,幻想着她的可耻的事情会传遍整个世界"。她想的更多更重要的是个人命运和儿子的前途怎样?渥伦斯基的态度怎样?会不会变心?总之,一个追求真诚爱情、充满生活憧憬、要求个性解放的妇女的心理活动,与当时整个俄国上流社会的庸俗、虚伪、冷酷的现实,发生了深刻的矛盾,忠于封建操守和追求个人幸福这两种思想,在她心里形成激烈的冲突,作者把这种矛盾作了正确而犀利的表现与评价。

有关列文的大段大段的心理描写也很突出。列文有作家托尔斯泰的影子。他是一个死抱宗法制度的贵族地主,赞扬自给自足的农村,憎恨都市文明,但他又不得不承认俄国农奴制崩溃、资本主义成长的事实。为了挽救贵族地主的没落,他实行农业改革,结果失败了。只好在"博爱"和"善"的精神法则中寻求平静,终于皈依宗教,鼓吹无为主义和"不以暴力抗恶"。因此小说中有关列文爱情和幸福家庭的追求,对农村生活农民问题的看法,对社会重大政治事件的认识,以及生死问题的哲学思考,大都是以倾泻式的心理描写来表现的。

《红楼梦》中这类倾泻式的心理描写也很多,但不像《安娜·卡列尼娜》中的篇幅那么长、那么集中。例如,黛玉对于自己寄人篱下的身世的感叹,对于"金玉良缘"的猜忌,对于宝玉真挚爱情的揣度;宝玉对黛玉的爱情,对其他女子的关心,对人生问题的思考;袭人对宝玉的担心,等等,都是用的这种手法。而篇幅较长、描写较集中的就要算第 82 回"病潇湘痴魂惊恶梦"那一段了。先是由送蜜饯荔枝的老婆子的"一番混话"——"这林姑娘和你们宝二爷是一对儿,原来真是天仙似的!"促使黛玉进一步考虑自己的婚姻问题,"深恨父母在时,何不早定了这头婚姻"。这些想法,引出了一场恶梦:梦见南京将有人来接她回苏州;梦见凤姐等人来给她道喜、送行;说她父亲升了官,将她许给继母的亲戚,作了续弦;梦见二位舅母不言语,都冷笑而去;向贾母求救,遭到无情的拒绝,说着撞在贾母怀里痛哭,并被赶走;最后黛玉完全绝望,只得向宝玉直率地谈到爱情。宝玉为了证明自己对黛玉爱的真诚,剖开胸膛,要掏出心来给她看。吓得哀痛不绝的黛玉抱住贾宝玉,保护贾宝玉。这里关于宝黛爱情的描写,虽然没有采取毫无顾忌的公开斗争的方式,但她是表面冷静而实际热烈地追求着意愿的实现。这些特点,使得她和环境的冲突不是以公开的而是以隐蔽的形式进行着。这个恶梦,较之其他部分所描写的林黛玉心理、性格和她与环境的冲突,其表现形式更加感人。这种通过恶梦描写心理活动的方法,就特别具有倾泻式的特色。

第二种是交叉对话式的心理描写,这种写法是通过人物对话展开的,往往同时写出对话双方的心理活动。人物的内心活动与人物语言的行进方向或统一,或背离,或时分时合。有的人把这种方法称为内心剖析或内心独白。例如《安娜·卡列尼娜》第六部分,写到达丽亚去看望安娜时在四个小时乘车的空闲,回顾自己不幸的婚后生活,想到丈夫的朝三暮四,不由得完全理解了安娜,但是当她进入安娜与渥伦斯基组织的新家庭后,透过高贵豪华的表象,觉得安娜的爱情生活中仍存在着空虚、虚伪和危机。此时此情此景,达丽亚不敢推心置腹与安娜交谈,只能在心里责备安娜,同时小心翼翼地选择言词,提醒安娜要使自己的地位合法化。安娜对达丽亚的心情有所察觉,感到话不投机,由于自尊心和虚荣心作梗,所以始终不愿暴露自己的内心,更不愿正视自己的尴尬处境。于是两人的思想和谈话沿着相背的方向而进行,谈话没有达到预期的效果,相反,心理距离却加大了。

《红楼梦》也有这种对话交叉式的心理描写,例如第29回"痴情女情重愈斟情",写宝玉黛玉二人本是同心相爱,却难剖心相示,于是相互猜疑,各自试探。书里这样写着:

原来那宝玉自幼生成有一种下流痴病，况从幼时和黛玉耳鬓厮磨，心情相对；及如今稍明时事，又看了那些邪书僻传，凡远亲近友之家所见的那些闺英闺秀，皆未有稍及林黛玉者，所以早存了一段心事，只不好说出来，故每每或喜或怒，变尽法子暗中试探。那林黛玉偏生也是个有些痴病的，也每用假情试探。因你也将真心真意瞒了起来，只有假意，我也将真心真意瞒心起来，只用假意，如此两假相逢，终有一真。其间琐琐碎碎，难保不有口角之争。即如此刻，宝玉的心内想的是："别人不知我的心，还有可恕，难道你就不想我的心里眼里只有你！你不能为我烦恼，反来以这话奚落堵我。可见我心里一时一刻的有你，你竟心里没我。"心里这意思，只是口里说不出来。那林黛玉心里想着："你心里自然有我，虽有'金玉相对'之说，你岂不是重这邪说不重我的。我便时常提这'金玉'，你只管了然自若无闻的，方见得是待我重，而毫无此心了。如何我只一提'金玉'的事，你就着急，可知你心里时时有'金玉'，见我一提，你又怕我多心，故意着急，安心哄我。"

看来两个人原本是一个心，但都多生了枝叶，反弄成两个心了。那宝玉心中又想着："我不管怎么样都好，只要你随意，我便立刻因你死了也情愿。你知也罢，不知也罢，只由我的心，可见你方和我近，不和我远。"那林黛玉心里又想着："你只管你，你好我自好，你何必为我而自失。殊不知你失我自失。可见是你不叫我近你，有意叫我远你了。"如此看来，却都是求近之心，反弄成疏远之意。如此之话，皆他二人素习所存私心，也难备述。

后来二人进而口角，越发严重，竟闹到一个砸玉、一个剪穗子的地步。真是俗语说的，"不是冤家不聚头"。接着二人又悔恨不该生气拌嘴，彼此不见面，然而一个在潇湘馆临风洒泪，一个在怡红院对月长吁，岂不是人居两地，情发一心吗？

第三种是点滴伏笔式。这是指用三言五语把人物的短暂心理活动写出，点点滴滴，瞬息即逝，但想不到在后来的什么重要情节中却呼应出来，相当于一条小小伏线。两本小说中关于这种心理描写的方法都不少。例如：

《安娜·卡列尼娜》第四部分写到渥伦斯基听到安娜的召唤，一刹那间他觉得有点奇怪：她为什么不理丈夫的禁令，而请他一直到他家里去呢？这一瞬间的想法，渥伦斯基的心理活动，并没有也无需展开描写，却不是可有可无的文字，对后来的情节发展至关重要，在后来的情节中得到了照应：渥伦斯基和卡列宁碰上了，由此引起了两个男人命运的彻底改变。

《红楼梦》中这类点滴伏笔式的心理描写更多更好，这是由于和曹雪芹的草蛇灰线结构法的特点相一致。例如第1、2回写贾雨村困顿之时，在甄家因娇杏回头看了他两次，他自以为这女子有意于他，是个风尘知己。偶生此念，竟成了后来的事实。后来贾雨村作了知府，娶了娇杏，还扶侧作了正室夫人。第67回写凤姐要弄权威，讯问家童贾琏偷娶尤二姐的情节，用的也是这类方法。当她从旺儿、兴儿口里得知一切后，作者写道：

> 这里凤姐才和平儿说："你都听见了？这才好呢。"平儿也不敢答言，只好陪笑儿。凤姐越想越气，歪在枕上只是出神，忽然眉头一皱，计上心来，便叫："平儿来。"平儿连忙答应过来。凤姐道："我想这件事竟该这么着才好。也不必等你二爷回来再商量了。"

这儿并没有直接写出凤姐的全部心理活动，只用"凤姐越想越气，歪在枕上只是出神，忽然眉头一皱，计上心来"一句，便埋下了伏笔,后面用了整整两回的篇幅(即第68、69回),直到写出尤二姐吞金自逝才把凤姐的心计全部揭露出来。计上心来,来的什么计?不是脱身计,也不是调包计,而是苦赚尤娘、借剑杀人、软硬兼施的限谋诡计。

第四种是梦幻式的心理描写。梦境艺术是古今中外文学作品中不可或缺的内容和手段。曹雪芹和托尔斯泰,都善于写梦境,其中有些又是着笔于心理活动,但比较起来《安娜·卡列尼娜》却远逊于《红楼梦》。《红楼梦》的梦境艺术无论是量还是质,都是罕见的。从量上说,全书共写了三十二个梦,从质上来说,"一部大书起于梦,宝玉情是梦,贾瑞淫是梦,秦之家计长策又是梦,今作诗也是梦,一并风月宝鉴亦从梦中所有"。[③]章法多样,功能不少,或暗示结局,或深化主题,或刻画人物,都很成功。最显著的梦幻式的心理描写例证,就要算第82回林黛玉做恶梦的例子了,前面已述,这里就不再重复了。

《安娜·卡列尼娜》中也有一些梦幻式的心理描写,例如第4部第2章、第3章分别写到渥伦斯基和安娜做了一个同样的梦,梦到一个衣衫褴褛正在摸索着的农民,这个梦在整个小说中反复强调,成为一个不祥的预兆。

两部小说在心理描写的主要方法上,有惊人的相似之处,但由于文化背景和美学思想不同,于是出现了迥然不同的美学风格和特色。

表现在语言方面,虽然两本小说常常采用第一人称或第三人称的叙述手法,也都有倾泻式的心理描写,但相比之下,《安娜·卡列尼娜》出现的频率高,而且常常是长篇大论,浓墨重彩,例如安娜的爱与憎的激情倾吐,列文的清教徒式的忏悔等等,都属此类心理描写,而《红楼梦》则多用白描速写法,仅用片言只语就勾勒出一个人的心理。例如:贾环见“邢夫人又百般摩挲扶弄(宝玉),早已心中不自在了”,“凤姐听了一篇话,心下又是得意又是欢喜”,都是明显的例证。

或者运用一石击数鸟的手法,例如第49回写到邢夫人把内侄女邢岫烟交给凤姐照管的情节,不仅写了凤姐的八面玲珑、左右逢源的心理活动,还写了邢岫烟的处境、地位和品行,更写了邢夫人及其兄嫂的为人刻薄,不够忠厚。仅用百二十来字,既不华丽,也不冗长,便把几个人的心理活动表现出来了。这种语言纯属白描勾勒。又如,第29回中有这样一段描写:

> 且说宝玉在楼上,坐在贾母傍边,因叫个小丫头子,捧着方才那一盘子贺物,将自己的玉带上,用手翻弄寻拨,一件一件的挑与贾母看。贾母因看见有个赤金点翠的麒麟,便伸手拿了起来,笑道:“这件东西,好像我看见谁家的孩子也带着这一个的。”宝钗笑道:“史大妹妹有一个,比这个小些。”贾母道:“原来是云儿有这个。”宝玉道:“他这么往我们家去住着,我也没看见。”探春笑道:“宝姐姐有心,不管什么他都记得。”黛玉冷笑道:“他在别的上还有限,惟有这些人带的东西上越发留心。”宝钗听说,便回头装没听见。

这里又出色地刻画了五个不同人物的复杂心理状态。贾母由无意识的状态转化成了有意识的心理活动。湘云是否是宝玉选偶的对象,贾母的心里是复杂的。宝钗虽然只说了极其简单的一句话,却反映了一明一暗的复杂心理活动。宝玉、黛玉、探春都在场,谁都没开口,偏偏稳重的不干己事不张口的人抢先发了言。先张口既有明的想法,又有暗的用意。明是借机向贾母献殷勤,暗是不忘金玉良缘。宝玉的心理由偶然状态进入必然境界,就是因为宝钗说了湘云带着金麟麟的缘故,他才意识到这不仅仅是欣赏工艺品，而包含着更重要的事情，他明明知道，却偏说："我也没看见。"这句话既是说给宝钗听的，也是说给黛玉听的，含有怪怨宝钗的意思。探春是最精明的人，明知贾母的心思，宝钗的用意，宝玉的想法，却说了句模棱两可的话，表现了她的一种复杂心理——既不敢惹贾母，又不想碰宝玉，更不想引起宝钗的误解。黛玉的话锋芒毕露，作者用"冷笑道"三字写她的心理活动，冷笑的核心不是笑而是冷。一句矛头直指宝钗的话，贾母听了很不舒服，但无可奈何，宝玉听了，暗暗赞许却不好公开附和，宝钗虽心内不满，却假装没听见。

《红楼梦》还善于运用诗词韵文描写心理活动，这种咏怀式的韵文手法，更是独一无二，在《安娜·卡列尼娜》中是绝对没有的。就是在其他西方外国小说中也是罕见的。林黛玉的一系列的韵文大作《咏白海棠》《菊花诗》，特别是《葬花吟》《秋窗风雨夕》《五美吟》《桃花行》等，都是感人肺腑的血泪文字，是她心灵的呼唤，也是作者塑造这一悲剧人物的最重要的手段之一。比如《葬花吟》，就是一首彻底的言志剖心之作，是性格及生命的折射，是悠悠凄楚的哀音。那孤标傲世的林姑娘，她明白地表示着"柳丝榆荚自芳菲，不管桃飘与李飞"，纤弱的身躯并不妨碍她挺起那高昂的头，这是她对炎凉世态的庄严宣告。但她究竟不能逃脱封建枷锁的桎梏，她对冷酷的现实流露出"一年三百六十日，风刀霜剑严相逼"的沉痛号呼！有"桃李明年能再发，明年闺中知有谁"的凄凉叹息！有"质本洁来还洁去，不教污淖陷渠沟"那不凡的气节！也有"天尽头！何处有香丘？"那切切心怀的祈望！总之，这里是一片情感的世界，种种意识的总汇。不仅封建叛逆的林黛玉是这样，就是那个认为女孩儿家只该做些针线纺织之事的薛宝钗，一做起诗来，分明也透露出一反常态的性灵之光。她在咏讽菊花诗时，手掐桂蕊，扔向水面，引得那游鱼浮上来唼喋，她那沉思中显得凝注的眼神，又分明透露出此时此刻的意识和心理正流淌在诗歌的动脉上。

表现在情节结构方面，《安娜·卡列尼娜》关于心理描写的篇幅几乎占全书的四分之一，大多是整节整节地集中地倾泻式地描写，而且集中在几个主要人物身上——安娜、渥伦斯基、卡列宁、列文、吉提身上，很多情节是通过人物的心理活动进行，心理描写往往成为某些情节的主干。而《红楼梦》的心理描写除极少数外，大多篇幅较短，往往与各种事件、各种动作紧密联系在一起，不仅在主要人物身上有心理描写，就是一些小人物例如丫环、仆妇、尼姑等，根据需要也有成功的心理描写。心理活动绝不是情节的主干，而是自然而然地揉在情节之中，时隐时现，潜移默化。

表现在美学思想、意识流动上，《红楼梦》是在在有序，是有明显的规律性；《安娜·卡列尼娜》却是头头无序，是散乱而跳动的。例如，《红楼梦》第11回，贾瑞误把凤姐的假话当作真诚的贴心话，书中这样写着："贾瑞听了，身上已木了半边，慢慢的一面走着，一面回过头来看。"仅用二十五个字便把贾瑞听了凤姐的假意撩逗之后，心理变化的规律性生动地表现出来了，"听了"、"木了"、"走着"、"看"，一连串的动作在在有序，一种半是清醒半是迷惘，半是欣慰半是难熬的心理活动被表现出来了。《安娜·卡列尼娜》第七章最后几节关于安娜临终前的大段心理描写，就呈现出了意识的散乱和跳动。当安娜沉溺在痛苦的精神折磨中，以呆痴的神情回顾往事展望景象之际，或者一件什么东西，或者一个什么人，都会引起她的某种意念。"公司和百货商店……牙科医生……面包店……米辛基的泉水，还有薄烤饼"等等，勾起她对少女时代的回忆；突然间她又看见"三个男孩子奔跑着，玩赛马的游戏"，由此又想起自己的儿子,想起自己对儿子的失职。从以上所举两部小说的心理描写例证完全可以看出:《红楼梦》的方法基本上属于古典美学的范畴,而《安娜・卡列尼娜》的方法则更多地属于现代美学的范畴。

(四)关于妇女观方面

这个问题,我们以意大利卜伽丘的《十日谈》和曹雪芹的《红楼梦》做比较,颇有意味。

《十日谈》创作出版于1348—1353年之间。作品开头有段"序曲"式的故事,叙述公元1348年佛罗伦萨发生了一场可怕的瘟疫。短短四个月里,夺去了数十万人的生命。昔日繁华的佛罗伦萨,如今十室九空,几乎成了一座空城。一个礼拜二的早晨,七个年轻女子和三个青年男子在圣马利亚・诺维拉教堂邂逅。他们都长得非常俊美,富于热烈的感情,又具有良好的教养。他们相约去郊区一座别墅居住,以躲避瘟疫,排除忧愁。别墅筑在一座小山上,环境幽静,景色可爱。他们每天必定祈祷,此外不是散步、玩耍,便是唱歌、跳舞。在天气最热的时候,他们围坐在荫凉之处举行故事会,每人每天讲述一个动听的故事,题目不限。十天共讲了100个故事,故名《十日谈》。这些故事,有的取材于历史事件、有的取材于中古行吟诗人的传说、有的取材于东方故事集(如《一千零一夜》《七哲人书》)。

两部巨著创作时间相距四个世纪,14世纪中叶出现了《十日谈》,18世纪中叶出现了《红楼梦》,而对于妇女的同情和尊重,却有异曲同工之妙。《红楼梦》之中对女性的热烈歌颂,反对男尊女卑的观点是有口皆碑的。"潦倒不通庶务,愚顽怕读文章",一心只在女儿队里厮混的贾宝玉，竟说出了惊天动地的名言："女儿是水作的骨肉，男人是泥作的骨肉。我见了女儿，我便清爽；见了男子，便觉浊臭逼人。"以至慨叹道："老天！老天！你有多少精华灵秀，生出这些人上之人来！"作者不仅借宝玉之口说出了自己的观点，更直截了当地在第1回中声明："今风尘碌碌，一事无成，忽念及当日所有之女子，一一细考较去，觉其行止见识，皆出于我之上。何我堂堂须眉，诚不若彼裙钗哉？实愧则有余，悔又无益之大无可如何之日也！"同样，卜伽丘在《十日谈序言》中也声明这部小说是为妇女们写的。就是要"给怀着相思的少女少妇一点安慰和帮助——为的是，针线、卷线杆和纺车并不能满足天下一切的妇女。"在书中许多故事里，他歌颂了女性的勇敢、机智、善良、忠诚。在第四天故事开始前的《序言》中，卜伽丘写下了父子俩——父亲腓力和十八岁的儿子的生动对话。当父子俩遇到了一群衣服华丽、年轻漂亮的姑娘，那老子不愿意让儿子知道他们是女人，生怕会唤起他的邪恶的肉欲，骗他说叫作"绿鹅"。儿子说："让我带一只绿鹅回去吧。"父亲回答说："别闹啦……它们全都是祸水。"接着儿子驳斥其父关于女人是祸水的教导说："我不懂你的话，也不知道为什么它们是祸水；我只觉得，我还没看见过这样美丽、这样逗人爱的东西。它们比你时常给我看的天使的画像还要好看呢。"在这篇序言里，卜伽丘左一个"贤明的女士们"，右一个"亲爱的女士"、"尊贵的女士们"，并对妇女们坦诚地说："要知道我天生是个多情种子、护花使者，从我小时候懂事起，就立誓要把整个儿心灵献给你们——我怎么能禁得住你们那明亮的眼波，甜蜜的柔语，以及那一声声回肠荡气的叹息呢？只有那种丧失了人性的家伙，不懂得，也感受不到热情的力量，才会这样谴责我；对于这种人，我不屑一理。"

卜伽丘与曹雪芹和贾宝玉，多么相似！他们在时间与空间上虽然相隔甚远，但是他们实际上是处在相类似的历史发展阶段，从封建社会向资本主义社会的过渡时期，不同的是中国在帝国主义的洋枪洋炮下沦落为半封建半殖民地的社会形态。

两位作者对女性的崇拜，都有强烈的反封建主义倾向。可以说，在曹雪芹笔下，对一位女性形象的歌颂程度，是与女性离开封建主义思想的距离成正比例的。林黛玉的柔而苦，晴雯的刚而纯，尤三姐的烈而贞，其中都深藏着一颗反封建的核心。卜伽丘笔下的妇女形象，绝不是中世纪诗人所赞叹的那些“超人”式的烈女，多数是极近人性的平常人。例如第二天的故事中，商人贝纳卜的妻子及那个法律家的妻子，都是如此。正如茅盾所说：“卜伽丘表示了他的妇人观，就是既非天神也非魔妖而是富有中庸人性的活人。这种妇人观正与那时的新兴工商业市民的思想意识相符合，而且也是卜伽丘以前的文学作品中所没有表现过的。”④

反封建主义的倾向还体现在对妇女的平等博爱上。贾宝玉不但对男仆没上没下，坐着卧着，只管随便，而对姐姐妹妹、奴婢丫头们则更进一步。袭人患了重感冒，宝玉守着她，安慰她，亲自端药喂她。麝月说了句头上痒痒的慌，宝玉就拿了篦子替她梳头（见第20回）。司棋被赶出大观园时，在路上碰见宝玉了，宝玉便问长问短，对司棋的不幸遭遇深表同情，怒目相视赶走司棋的老婆子们，并指着鼻子骂她们（见第77回）。晴雯被赶出大观园回到兄嫂家后，宝玉曾悄悄地探望她，送礼物送钱让她看病，为她端水、扶坐、捶背，晴雯死后他写了血泪文字《芙蓉女儿诔》，专门悼念祭祀。（第77、78回）《十日谈》对此也是表现得痛快淋漓。在第四天第一个故事中，郡主绮思梦达爱上了出身微贱但人品高尚的侍从纪斯卡多，因此受到她父亲的指责。绮思梦达义正词严、慷慨激昂地反驳了父亲。她宣称:“我们人类是天生一律平等的,只有品德才是区分人类的标准,那发挥大才大德的才当得起一个‘贵’;否则就只能算是‘贱’。”在这儿,卜伽丘通过爱情表达了资产阶级思想中进步的平等观念。

(五)关于写作手法方面

法国新小说家在进行探索与创新时,并没有离开法国文学的传统,他们继承和发展前辈作家的某些技巧,借鉴其他艺术的表现手法,丰富了小说的表现力。他们使用得较多较成功的是“密藏那笔墨”手法。所谓“密藏那笔墨”手法是法文 laMiseenabyme 的音译,原意是放在中间,比通常所说的“伏笔”含义广得多。它在法国新小说中呈现的形式是多种多样的,就其作用来说,它可能是整个小说的梗概和缩影,也可能提示小说故意避而不提的重要情节,也可能暗示故事的结局,或与主要故事形成反衬或对比,也可能就是整个故事的主题本身。这种手法在法国前辈作家中早有运用,例如司汤达的《红与黑》在作品的开头,就向读者暗示了于连的悲惨结局。

在《红楼梦》中也可以找到许多“密藏那笔墨”手法的例子。不过我们中国叫作“伏笔”“伏线”。如《石头记》《情僧录》书名的由来,第 5 回贾宝玉梦游太虚幻境,甄宝玉形象的设置等等,或暗示全书的结构和结局,或作为主要人物的反衬、对比。曹雪芹运用这类手法要比欧美作家早一、二百年。

因此,我们应当注意,第一,对外国现代小说技巧的盲目捧场,或排他性的闭锁型的贬抑,都是极端而错误的,不能只知道外国文学作品的一些皮毛,盲目崇拜,对祖国的文化遗产又不甚了了而全盘否定;第二,对《红楼梦》研究中出现的判断上的失误,要随时纠正,不要推而广之,对于所有文学作品的价值判断,既要用社会学的尺子去衡量,也要用美学的尺子去衡量,还要借鉴其他社会科学的研究成果,以便丰富我们的批评手段。

这一节所谈的内容,虽然简单,又是限于写作技巧的,但是从精神上来看,姑且算作"比较编"的结束语吧!

【注释】

①《美红散记》,载《战地》1980 年第 5 期。

②《人物、语言及其他》,见《出口成章》,作家出版社 1964 年版第 12 页。

③庚辰本《石头记》第 48 回末尾脂砚斋双行墨批。

④《世界文学名著杂谈》,百花文艺出版社。

第七章 应用编

公关艺术在大观园

有人认为,中国根本没有公共关系学,它纯系舶来品,在20世纪80年代改革开放之前,根本没有听说过公共关系一词,也没有这种学问,当然就谈不上有这种职业了。也有人认为,中国虽然也有过一些公共关系活动,但是它处于不自觉的、盲目的状态,从未有过公关理论作指导,即使有实践活动,也是难以达到理想效果的。这些观点都是不科学的、缺乏根据的。殊不知在中国的传统文化中,蕴藏着丰富的公关思想和公关实践。像先秦诸子(特别是儒家经典)、古代史书、兵书、笔记、话本,以至《三国演义》《红楼梦》之类的古典小说中,几乎无处不可发掘出关于公关的智慧与思想。被称为"公关之父"的现代国际公关先驱丹尼尔·爱德曼,就多次强调说,世界最早的公关理论和活动源于中国,二千五百年前的战国时期的说客、纵横家苏秦、张仪,便是卓越的公关专家。

"公共关系学"正式形成学科较晚,是19世纪末20世纪初在资本主义国家逐渐发展起来的一门综合性的实践性的应用学科,同时形成一种新型的社会职业,很快地流传到资本主义世界各国,被广泛应用。随着我国改革开放的实践,新时期,它也由南至北传入中国大陆,并成为人们的热门话题。但是这并不意味着公共关系学是一门外来学科。公共关系学主要研究一个社会组织如何运用各种信息传播,双向沟通的手段,为自己创造良好的社会关系环境和社会舆论环境,使自己和环境之间相互适应,同步发展。这是现代社会组织内求团结完善,外求和谐发展的经营管理艺术。同理,中国古今的社会组织的存在与发展也是如此,而且早在两千年前就已被我们的祖先认识到了,并且取得了光辉的实践成果。例如孔子的"仁"、"孝"、"中庸"、"和为贵"的思想,孟子的"天时不如地利,地利不如人和"、"得人心者得天下"的哲学,荀子的"君者,舟也;庶人者,水也。水则载舟,水则覆舟"的理论以及"荣辱观"、"谈说"、"辞辩"之术,等等,都深刻而形象地揭示了公共关系的基本原理。要言之,公共关系就是协调各种公众关系,争取社会舆论支持的一种实践活动,而这种实践活动及其经验、理论,在我国传统文化中俯拾皆是。可见,公共关系学并不是欧美各国人的专利,我们所引进的只是一个具有经济意义的狭义内涵的公共关系,并不是公共关系学的全部。那么,在我国具有与西方公共关系学精神内核相同的传统公共关系学,究竟是怎样一个面貌,又是怎样被历代人自觉或不自觉地运用的呢?我们不妨以传统文学名著《红楼梦》为例剖析一下。

薛宝钗的"孝"与"和"

笔者早在十几年前就说过,薛宝钗是大观园里的一位公关小姐,颇善处理上下左右的关系。我们且不去管曹雪芹当初对她的创作倾向是褒是贬,我们只管从宝钗在大观园里对自我形象塑造的效应来看,就可知她是怎样一位不可多得的公关人物了。

在薛宝钗的思想意识中,存在着自觉或不自觉的公关理论与行为。她的精神世界完全渗透在儒家的那一套思想体系中,儒学比较重视人与人之间的关系，而忽视人与自然的关系；强调实践理性的直觉思维，而轻视技艺与自然。所以她在处理人际关系时，也是自觉不自觉地用儒家思想来要求自己、规范自己，特别是“孝”与“和”的儒家思想贯穿了她的整个公关思想，并在实践中体现出积极的意义。

我们知道，公共关系活动是由“主体”、“对象”及联结二者的“媒介”三个要素所构成。所谓主体，即谁搞公共关系？所谓对象，即和谁搞公共关系？所谓媒介，即通过各种信息传播、双向沟通的手段，为自己创造一个生存发展的良好环境。而宝钗在大观园里的全部活动，正体现了这三要素。

“孝”，是她体现在对上关系的公关思想。孝中包括“无违”与“悦亲”两种含义：“无违”为孝，就是指生前死后都要依礼去侍奉祭祀父母亲长；“悦亲”为孝，就是要使父母无时无刻地感到精神高兴，生活满意。这在儒家思想中被看得很重。《孝经·广要道章》说：“礼者，敬而已矣。故敬其父，则子悦；敬其兄，则弟悦；敬其君，则臣悦；敬一人，而千万人悦；所敬者寥，而悦者众：此之谓要道也。”孟子还断言说：“事前不悦，弗信于友矣。”“不得乎亲，不可以为人，不顺乎亲，不可以为子。”（《孟子·离娄章上》）在《红楼梦》中，真正领悟并实践了孔孟孝道的只有宝钗一人。有时，“宝钗因见天气凉爽，夜复渐长，遂至母亲房中商议打点些针线来。日间至贾母处王夫人处省候两次，不免又承色陪坐闲话半时，园中姊妹处也要度时闲话一回。”（第45回）所谓“承色”，就是顺承迎合父母长辈以博欢心的意思。当贾母捐资为她做生日，问她“爱听何戏，爱吃何物”时，她“便总依贾母素喜者说了一遍”，贾母自然欢喜，无怪乎贾母慷慨捐资二十两银子为她做生日，并称赞道：“不是我当着姨太太的面奉承，千真万真，从我们家里四个女孩儿算起，全不如宝丫头。”(第35回)当元妃从宫中送灯谜让大家猜时,“宝钗等听了,近前一看是一首七言绝句,并无甚新奇,口中少不得称赞,只说‘难猜’,故意寻思,其实一见就猜着了。”(第22回)她这一内心世界虽有其虚伪的一面,但是也正是她虚伪的表演满足了贾妃的虚荣,让贾妃自觉灯谜出得高明,从而使贾妃在众人中挣足了面子,也正因如此,她也为自己在贾妃面前树立了一个美好形象,得到了与众姑娘不同而独与宝玉相同的赏赐。在第32回所描写的金钏跳井事件里,从宝钗对王夫人的安慰中,我们的确不难看出宝钗性格中有颠倒是非、诬蔑死者的丑陋的一面,但是从客观效果来看,她使王夫人安了心,并且解决了为金钏的装裹而头疼的问题,毫无忌讳地拿出自己的两件新衣给金钏作了装裹,使死者入土为安。宝钗这大有深意的言行举止,我们以为是她作为一个晚辈对长辈的悦亲、博爱以及有教养的惯性活动,并非贬薛派们所云的是她为了“爬上宝二奶奶的宝座”,而时时处处刻意去巴结逢迎。试想,在生日宴上,尽要大家都不爱吃唯独自己爱吃的,不去照顾大家的情绪,难道就能表明自己并无野心吗?很快地猜出灯谜来,难道于己于人就觉得有趣吗?不去安慰王夫人,不给死者装裹,作为一个有人情味儿的人,难道就会心安理得吗?把宝钗诸如此类自觉不自觉的行为说成是她实现野心的手段,把她一举一动一颦一笑都看得大有心计,这对于一个只有十几岁的少女来说,岂不是有点苛求?应当说,她对长辈的恭顺逢迎体现了儒家孝道在她思想中的渗透,这一自觉不自觉地实践儒家公关思想的效应,自然博得了长辈们的欢心和疼爱。

“孝”是儒学的核心,也是重要的公关思想。儒家专著之一的《孝经》便强调要有“诤子”的精神,认为“父有诤子,则不陷于不义。故当不义,则子不可以不诤于父,臣不可以不诤于君。故当不义,则诤之。从父之令,又焉得为孝乎?”(《谏诤章第十五》)即在关键时刻还必须反对父母的错误意见,否则一味盲从,这恰恰走向了孝的反面,使父母因做错事而陷入不义之境。宝钗在公关实践中也正是如此,很辩证地继承了这一精神。她在处理两代人带有原则分歧的观念冲突时,也算是一个“诤子”。就以“呆霸王调情遭苦打”这一回为例,薛姨妈出于对儿子的偏袒心疼,不问青红皂白地执意报复柳湘莲,想借贾府权势,去擒拿柳湘莲。当时还是宝钗明智地劝道:“这不是什么大事,不过他们一处吃酒,酒后反脸常情。谁醉了,多挨几下子打也是有的。况且咱们家无法无天,也是人所共知的。妈不过是心疼的缘故……如今妈先当件大事告诉众人,倒显得妈偏心溺爱,纵容他生事招人,今儿偶然吃了一次亏,妈就这样兴师动众,倚着亲戚之势欺压常人。”(第47回)宝钗在此以她惯有的冷静豁达、明智达理进行了有力的劝谏。她理智客观地判明了事件的性质、诱因,以及对家庭利害的考虑,认定再不能偏心纵容薛蟠“生事招人”了,从而警醒糊涂的薛姨妈,制止了不义的报复,化解了一场冲突,其结果不仅没有化友为敌,甚至还产生了化敌为友的远距离的公关效果。

总之,“孝”在宝钗的交际活动中起着积极作用,从客观效果来说,为她在大观园中给最高统治者的脑海里树立了完美的个人形象。

“和”,是薛宝钗又一重要公关手段,它依然来自于浸透她灵魂的儒家思想。《论语》曰,“礼之用,和为贵”,“恭则不侮”,“宽则得众”,“信则民任”,“惠则足以使人”,“敏则有功”(均见《阳货篇》),孔子提出了恭、宽、信、惠、敏五种美德,做到了五种美德也就达到了“和”的目的。“和”以现代意识来解释就是团结、友好、和睦。所以“和”这个道德标准,在公关理论与实践中具有非常重大的意义。

贾府是一个显赫的封建贵族之家,但又是一个正在走向全面崩溃的没落之家,它的内部已日趋没落、腐朽,宗派倾轧,嫡庶纷争,主奴矛盾充斥其间,再加上那些一代不如一代的不肖子孙,穷奢极侈,偷鸡摸狗,安富尊荣,养妓畜娼,秘事丑闻乃至逼死人命之事层出不穷,把个堂堂的国公府闹得像个污秽不堪的臭泥塘一样。照理说,在这样一个龌龊不堪、充满罪恶的社会细胞中,一个十几岁的少女很难适应,但宝钗却能以"和为贵"的处世哲学,在如此复杂的人事关系中,显示出她的一番能耐,体现出她的公关才能。

这首先表现为宝钗对待平辈中姑娘小姐们的态度上。她能体谅父母双亡、依靠婶母过活的史湘云的苦衷,主动提出代她做针线活。并能考虑到湘云的经济状况,代她出资筹办别具特色的螃蟹宴。她对人真是体贴入微,怕损伤了湘云的自尊心,于是,告诉湘云"千万别多心",此举使得湘云十分感动,心直口快地表示要把她"当作亲姐姐一样看"。家道贫寒的邢岫烟,一来贾府宝钗就对她很好,考虑到她的家庭状况,推心置腹地劝告她要"从实守分","该省的就省了",又为岫烟赎棉衣,让她早晚好穿。就是对刻薄多忌的林黛玉,宝钗也以"和"为法宝,容忍退让时居多。当黛玉借雪雁送手炉一事指桑骂槐之时,宝钗明知是在奚落她和宝玉,但"素知黛玉如此惯了,也不去睬她"。对此,她表现得宽厚大度,避免了一次难堪的冲突。宝钗对于林黛玉的琐屑繁复的猜疑中伤,采取的就是这样一种"浑然不觉"、装聋作哑、故作糊涂的姿态,因而在"金兰契互剖金兰语"(45 回)中,使黛玉感动不已,追悔不已,并自我检讨说:"你素日待人,固然是极好的,然我最是个多心的人,只当你心里藏奸。从前日你说看杂书不好,又劝我那些好话,竟大感激你。往日竟是我错了,实在误到如今。细细算来,我母亲去世的早，又无姊妹兄弟，我长了今年十五岁，竟没一个人像你前日的话教导我。怨不得云丫头说你好，我往日见他赞你，我还不受用，昨儿我亲自经过，才知道了。比如若是你说了那个，我再不轻放过你的；你竟不介意，反劝我那些话，可知我竟自误了。”在这一回中，宝钗还流溢出她与黛玉肝胆相照的善心与气量。可见，以和为原则，浑然不觉，退避礼让，肝胆相照，是宝钗消除误会、解决棘手的人际关系的最好的公关手段。

她在对待丫头婆子们时，也完全没有一点皇商小姐的骄横之气，不是以势压人，而是以“和”为重，时时处处庇护着下人。她保护着“平生遭际实堪伤”的香菱，使香菱幸运地逃脱了第二次被卖的悲惨命运。为求得一个安定团结的生存空间，她总是以温和儒雅的聊天式的公关手段处理事情。第 56 回描写的“贤宝钗小惠全大体”的故事，便体现了她的公关活动水平。谈话中，她不摆出小姐的架子，也不像探春那般严厉训斥，而是在委婉中晓之以理，动之以情，间接而又鲜明地达到了警告众婆子的目的，使众婆子自觉自愿地接受了她的劝告，从而既保全了双方的面子，不伤和气，又达到了严肃治家的理想效果。难怪“便是那些丫头们，亦多喜与宝钗去顽”呢！

即便对待人格低下、人人厌恶的贾环和赵姨娘，宝钗也采取了一视同仁的态度，既不排斥歧视他们，又不拉拢纵容他们。就连送土仪也没有忘记他们，难怪赵姨娘感激地说：“怨不得别人都说宝丫头好，会做人，很大方。”宝钗这种“待人接物不疏不亲，不远不近，可厌之人亦未见冷淡之态形诸声色，可喜之人亦未见醴蜜之情形诸声色”（第 21 回，庚辰本夹评），煞是她处理人际关系时公关手段的高明之处。宝钗就是这样以“和”为手段和目的，与那些最难相处的人物在人际关系上求得和谐，进而为自己创造出一个宁静和睦的生活环境。

其次,薛宝钗的“和”的公关思想,还表现为对大观园中诸种事端采取息事宁人的态度,以及对信息的掌握与运用。比如第62回中写到宝玉问宝钗为何锁门一事时,我们且看宝钗如何回答,就知道她是如何掌握信息、运用信息并处理信息的。书中这样写着:

> 一进角门,宝钗便命婆子将门锁上,把钥匙要了自己拿着。宝玉忙说:“这一道门何必关,又没多的人走。况且姨娘、姐姐、妹妹都在里头,倘或家去取什么,岂不费事。”宝钗笑道:“小心没过逾了。你瞧你们那边,这几日七事八事,竟没有我们这边的人,可知是这门关的有功效了。若是开着,保不住那起人图顺脚,抄近路从这里走,拦谁的是?不如锁了,连妈和我也禁着些,大家别走。纵省了事,就赖不着这边的人了。”宝玉笑道:“原来姐姐也知道我们那边近日丢了东西?”宝钗笑道:“你只知道玫瑰露和茯苓霜两件,乃因人而及物。若非因人,你连这两件还不知道呢。殊不知还有几件比这两件大的呢。若以后叨登不出来,是大家的造化,若叨登出来,不知里头连累多少人呢。你也是不管事的人,我才告诉你。平儿是个明白人,我前儿也告诉了他,皆因他奶奶不在外头,所以使他明白了。若不出来,大家乐得丢开手,若犯出来,他心里已有稿子,自有头绪,就冤屈不着平儿了。”

由此可见,宝钗清楚一切而不介入,她用“关门主义”来求得自身的清白与太平。但又不是完全不介入,她把一切情况告诉了平儿,这样,宝钗既发挥了自己的聪明才智与信息灵通的能量,又没有因为自己的信息传播挑起新的事端,得罪更多的人,更没有卷入什么矛盾纠葛,而是与这位善搞平衡、颇有人望的平儿结盟。应当说,在贾府各种关系冲突中,她起着健康的作用,在获得信息方面她是独占鳌头的。而获取信息，对于具有现代意义的公共关系活动来说是非常重要的。因为只有迅速地获取信息，才能更好地掌握和运用信息。宝钗就是在充分地掌握信息之后，根据自己在贾府中的地位，制定了其行动的准则，即知之不厌其多，行之不厌其少，行当所行，止当所止。确乎“行为豁达，随分从时，不比黛玉孤高自许，目下无尘。”在行动上，她是时时处于守势，以守为攻，但在掌握信息上却是处于攻势，以利明哲保身和自我保护，否则，既锁上门，又管门外事作甚？不论有意无意，注重信息的获取与沟通，表明她在公关实践活动中对于中介的重视。这种息事宁人、明哲保身的处理方式，则又表明了她公关手段的高明。

在那样一个个像乌眼鸡似的主人奴仆中，在那些可厌可鄙的纨绔子弟中，薛宝钗得到了合府上下的交口称赞，她之所以能有如此成功的公众关系，是离不开儒家的“孝”与“和”的公关理论指导的。儒学的传统公关理论与薛宝钗的公关实践对我们今人来说，也不无参考价值。如果我们今人能像薛宝钗一样把儒家的公关思想正确地恰到好处地运用到我们的实际工作中去，“争取在双方沟通的基础，通过与公众的敏感的交流活动，得到相互的理解和好感”（美国 H·弗雷齐尔·穆尔、弗兰克·卡鲁帕:《P. R 学》），并通过信息交流和关系协调规律的运用，为求得自身的存在与发展，创造良好的外部和内部环境，那么，今天又何愁在市场竞争的大潮中，没有立锥之地呢？所以说，薛宝钗是我国文学作品中较早具有公关意识的女性之一，也是一位成功的具有中国特色的公关小姐。

平儿的“礼”与“仁”

清代青山山农在《红楼梦广义》中说：“平儿不矜才，不使气，不恃宠,不市恩,不辞劳怨,有古名臣事君之风。要其本领在积之以诚,而行之以礼,诚至而物无不动,礼至而人莫能陵。”在贾府中,赞美平儿的更是有口皆碑,有兴儿评说荣国府为证:“倒是(王熙凤)跟前的平姑娘为人很好,虽然和奶奶一气,他倒背着奶奶常作些好事。小的们凡有了不是,奶奶是容不过的,只求求他去就完了。”(第65回)她那善良、忠厚,在主人面前不卑不亢,待下人不骄不躁,处理事情通情达理的品格,在《红楼梦》中俯拾皆是。在矛盾斗争复杂的大观园内外,作为一个管家婆凤姐的“一把总钥匙”的平儿,为什么会有与主子浑然不同的社会舆论呢?这就要从公共关系学的角度探讨了。

“礼”与“仁”,在儒家来说,仁礼一体,仁包括了礼,仁是礼的精神支柱。礼首先是一种社会政治制度,其次才是伦理规范。“仁而不仁,如礼何?人而不仁,如乐何?”(《论语·八佾》)人如果不具备仁的观念和品德,就不能正确对待礼仪制度和音乐。孔子认为只有“克己复礼”,才能实现仁,因此,克制自己,使视、听、言、动都符合礼,才算体现了仁。孔子曾说:“克己复礼为仁,一日克己复礼,天下归仁焉。”又说:“非礼勿视,非礼勿听,非礼勿言,非礼勿动。”(《论语·颜渊篇》)可见仁和礼是融为一体的,二者互为因果。在现代社会,任何个人或组织的生存和发展,都离不开公众舆论的支持。公共关系就是协调各种公众关系,争取社会舆论支持的一种实践活动。我们看平儿,是如何为自己创造良好的社会关系环境和社会舆论环境,使自己和环境之间相互适应、同步发展的呢?她用的就是“礼”和“仁”的理论和手段。在大观园里,处境最险,做人最难的恐怕是平儿。她处于妻非妻、妾非妾的通房丫头的尴尬境地,她的女主人是闻名府内的“醋坛子”,男主人是“唯知淫乐以悦己”的无耻之徒,而她的容颜又不次于王熙凤,她要在这二人的夹缝中求生存，就必须小心谨慎。对贾琏，她极力避免相亲近，不与凤姐争宠，但是又不能完全躲开，每每为他遮掩丑事来博取他的好感。对凤姐，她只能按主奴有别之礼，恪守奴仆的本分，不惜屈从以维护封建秩序。第44回，在“变生不测凤姐泼醋，喜出望外平儿理妆”的故事中，写凤姐酒后泼醋拿平儿撒气，她为顾全主子的面子违心地给凤姐磕头道歉，忍辱负重。有时，凤姐为表示同平儿的亲近，要她不必拘于礼法，“过来坐下，横竖没人来，咱们一处吃饭是正经。说着，丰儿等三四个小丫头子进来放小炕桌。平儿屈膝于炕沿之上，半身犹立于炕下，陪着凤姐吃了饭，伏侍漱盥。”（第55回）平儿一方面接受主子的“施恩”，另一方面又不逾越森严的等级界限。平儿正是这样注意生活的细节，用“礼”来严格要求自己，并尽心竭力地帮助凤姐，才使自己没有沦落到像其他陪嫁丫头一样或死或卖的悲惨境地。平儿平儿，特别的公正和平，通情达理，在贾琏之欲、凤姐之威下，她竟能周全妥帖。可见，儒家的“礼”是保全自身的有效的公关手段。

以“仁”待人，笼络人心，是平儿对待下人的重要的公关思想和行为。她对下人，凡能周全的总要为对方说些好话，把人家从困境中解脱出来，而绝不利用主子的信任，狗仗人势，为虎作伥，落井下石。她在效忠主子的同时，并不以损害其他奴仆的利益作代价，相反，在尽可能的情况下，站在奴隶的一边，保护他们免遭祸殃。第61回平儿行权“判冤决狱”就是她在这方面最生动最突出的表现。她首先对事件本身进行深入细致的调查研究，既弄清了失物的来龙去脉，又顾全了“好人的体面”，既不伤和气又不失公正地处理了这件事，保护了无辜的柳家母女，也挽救了彩云难逃的厄运。可见平儿行权的立脚点是仁。行权中，为了使自己的行动不为封建主子所阻拦，她都必然找出一些所谓为维护主子利益的“正当”理由来。当凤姐欲用残酷的家法来逼问丢失玫瑰露时，平儿劝阻道：“何苦来操这心！‘得放手时须放手’，什么大不了的事，乐得不施恩呢。依我说，纵在这屋里操上一百分的心，终久咱们是那边屋里去的。没的结些小人仇恨，使人含怨。况且自己又三灾八难的，好容易怀了一个哥儿，到了六七个月还掉了，焉知不是素日操劳太过，气恼伤着的。如今趁早儿见一半不见一半的，也倒罢了。”一席话说的凤姐倒笑了，并说：“凭你这小蹄子发放去罢。我才清爽了些，没的淘气。”一场大灾难就被聪明机灵的平儿几句话给打消了。这番话不仅说得有情有理，而且还巧妙地劝诫了凤姐凡事要适可而止、息事宁人，不可做得太过太绝太辣，同时也表现了她“乐得施恩”的公关思想。

在《红楼梦》中，平儿宽厚待人之事也是比比皆是：看门小厮的父亲有病，但不敢告假，是平儿瞒了凤姐悄悄放他出去的；迎春的奶妈偷当了小姐的首饰，也是平儿瞒了主子，只叫她快点赎回来，就一字不提；宝玉成亲之夜，紫鹃要伺候黛玉，林之孝家的遵凤姐和贾母的命，要把紫鹃叫到宝玉房中使唤使唤。就在为难之际，是平儿做主叫雪雁代替紫鹃，给紫鹃和林之孝家的解决了难题，并自己带走了雪雁；芦雪庵联诗活动，大雪天只有“邢岫烟仍是家常旧衣，并无避雪之衣”，然而“人人都是有的，不是猩猩毡就是羽缎羽纱的，十来件大红衣裳，映着大雪好不齐整。就只他穿着那件旧毡斗篷，越发显的拱肩缩背，好不可怜见的。”（第 51 回）又是平儿擅自做主把凤姐的大红羽缎送给了邢姑娘；“俏平儿情掩虾须镯”（第 52 回）的故事，更表现了平儿的宽容平和。平儿的镯子被宝玉房中小丫头坠儿偷走，她明知底细而不愿声张，为的是体谅宝玉在女儿身上的良苦用心，也为顾全宝玉房中大丫头们的体面，更怕病中的晴雯生气发作。总之，由于平儿在大观园里运用了施仁政的公关手段,所以才使得她在主仆间树立了很高的威望。平儿非常细心,着重客观,能照顾大局,讲究工作方法,因而深得人心,没有那个憎恶她。试想,我们今天的某一个社会组织,如果有这样一位有才有貌、忠于职业的公关小姐,作为组织的枢纽运行,何愁该组织没有巩固发展的前途?又何愁该组织失却良好的公关形象呢?

结　语

走出大观园,回到我们公共关系学的话题上来。我们深感公共关系学并不像有些人想象的那样神秘而深不可测,也并不像有些人认为是一种不正派的作风和行为。是的,伴随着改革开放的步伐,在公关活动中难免泥沙俱下,出现误区:有的将公关庸俗化、低级化,请客送礼,吃喝玩乐;有的打着"公关"牌子,走后门,拉关系,行贿受贿;有的甚至用公关小姐三陪,把公关和色情挂上了钩。对此现象,必须批判和抵制,相信在社会主义精神文明的实践过程中,公关事业会走向正确的轨道。我们必须充分认识到:公关不仅存在于组织与公众之间,更存在于人与人之间;它不仅存在于资本主义国家,也存在于我们社会主义国家,以至于存在于中国的传统文化中。本来在我们中国古代不仅有公关的实践,还有公关的理论,只不过我们没有用公共关系学的原理,加以概括、总结罢了。我们倘从当代意识的视角去看,发现宝钗和平儿为人处世的言行,似乎也能悟出一些我国公关理论的实质,那就是以儒家的学说来规范着人们的行为,并协调着人们的关系。可见中国儒家的传统公关理论,对我们今天的公关理论与实践仍然有一定的参考价值。我们不可无端地没来由地视而不见。

《红楼梦》与现代企业管理

《红楼梦》(以下简称《红》)与现代企业管理从表面上看似是两个互不相关、风马牛不相及的内容:一个归属文学,一个研究经济。但我们若仔细分析一下,《红》的作者不仅是伟大的文学巨匠,也是一位自觉不自觉的古代管理学家。在《红》中不仅匠心独具地刻画出贾府这个封建末世的贵族大家庭中众多的各具特色的人物形象,而且通过具体人物及其活动的描写,还反映和表达出一系列的管理思想和方法。面对今天我国改革的深入和开放的扩大,计划经济向市场经济的接轨转型,中国企业面临严重的挑战,特别是许多国有大中型企业,由于管理体制和管理方法的落后,再加上拜金主义、享乐主义和极端个人主义的侵袭,使企业濒临破产和倒闭的危机。邓小平同志早在 1978 年即指出:“我们要学会用经济方法管理经济。自己不懂就要向懂行的人学习,向外国的先进管理方法学习。”“当前大多数干部还要着重抓紧三个方面的学习:一个是学经济,一个是学科学技术,一个是学管理。学习好,才可能领导好高速度、高水平的社会主义现代化建设。”[①]学习国外先进的管理思想和管理经验,师夷长技以制夷,固然刻不容缓;而研究独具民族特性的中国古代的管理思想和管理方法,古为今用,则更加适合中国国情,更具有现实的社会意义和指导作用。但是要使传统文化与现代化之间搭上一座通行无阻的桥梁,关键是在“与”字上做文章。

《红楼梦》中的管理思想

《红》是一部古典文学名著,毕竟不同于管理学专著,因此,笔者不可能通过《红》全面地系统地分析研究企业的管理思想和管理模式。因为体现在小说中的管理思想是分散的,个别的点而已。有如宇宙中群星之光,以不同的光度,从不同的方向向不同的角度射来。其中不仅包含有成熟的家长式领导类型,还具有不成熟的专家集团式领导类型。具体来说,《红》中的管理思想主要体现在四个方面,即领导作用,法治观念,体制改革,人际关系。

一、领导作用。强有力的领导集团和领导权威是实现管理职能的基础,管理一般具有五种职能,即规划、组织、指导、控制和决策。

曹雪芹在《红》中,主要描写的是一个拥有五百多人口的宁、荣二府。这是一个庞大的贵族家庭组织。在今天来说,这个贾府也抵得上一个中型企业了。如此庞杂、人口众多的组织,没有一个强有力的领导核心和围绕这个核心而形成的组织机构,后果将不堪设想。从曹雪芹的管理思维模式看,宁、荣两府各自独立又相互依附。说其独立,是指各有自己的领导核心和组织机构。宁国府围绕贾珍形成以尤氏、贾蓉为代表的组织体系;荣国府围绕贾母形成以贾政、王夫人、贾琏、凤姐为代表的组织体系:他们在各自的权力范围内发挥着自己应有的作用。所谓依附,是指宁、荣二府上下主奴人等都把贾母视为整个贾府的灵魂或领袖,都把贾府的整体形象和声誉视为自己的光荣和耻辱。因此,在一定意义上讲,荣国府的领导权威和领导集团成为贾府这个整体组织的核心力量,在这个大家族组织中,有着中流砥柱的巨大作用。这种情形,颇像国外时髦的一种独裁管理模式,即凡是企业重要的决定都由企业领导人专断,要求部属人人服从,个个照章执行。这就是国外一部分企业领导人采取的管理态度和管理方式。打个比方讲,荣府作为一个纷繁庞杂的家族组织,领导机构分层设立,呈金字塔型的体制结构。位于金字塔顶端的人物是否具有权威性和号召力,对这个组织的生存和发展具有强大的震慑力量。在荣国府的高层管理者中,主要分作两个层次:"决策者层"和"执行者层"。贾母、贾政、王夫人便是对整个家族活动中的一切重大事务进行决策的"决策层",是一个强有力的高级领导集团。贾母则是家族中资格最老威望最高并有较强能力的领导者,她凭借着自己的地位和聪明智慧,凭借着做儿媳时代所积聚的丰富经验,把贾府的一切权力牢固地控制在自己的手中。后来虽然老态龙钟,一天天力不从心,退居二线,但她并没有放弃自己的权柄。最高的决策仍需她颔首点头。因而可以说,贾府之中,贾母具有擎天大柱的作用。而贾政呢,在《红》中俨然是一位理想丈夫和严厉父亲的形象,更是一位做官要博清名的信徒,但实际上他却扮演着一种"冷面杀手"的角色。重大决策必须和他商量执行,仅次于贾母,位居第二。比较观之,王夫人的管理才能稍许逊色,庸懦无能,但她也并非等闲之辈,她有她的精明之处:把精明强干的内侄女王熙凤选为"执行者",代她发号施令。难怪王熙凤每执行一项任务,几乎都要请示王夫人。总之,围绕贾母组成的这个"决策层"是一个极有权威的领导班子,在某些事务上还要干预宁国府。众所周知,管理学认为领导者和一般的管理者并非同义语。领导者的精力不花费在个别部门或功能性的具体事务上,而是掌握战略性的目标,是一位具有权威性、创造性、预见性的全方位的领导者。

"执行者"主要由王熙凤、贾探春分期担任,并辅以李纨和薛宝钗。曹雪芹的管理思想在凤姐、探春这两个人物身上体现得最为充分。作为一个执行者,既要有勇有谋,胆大心细,又要敢于创新,坚持原则。王熙凤既有管理才能,又能得到上层领导的信赖和宠爱,正在于她“少说些有一万个心眼子”、“从小就有杀伐决断”的本领,且是一个“粉面含春威不露,丹唇未启笑先闻”的特殊角色。身为一个执行者,她对主奴是不讲辈分和情面的。人们所熟知的突出例证便是“协理宁国府”的故事了。在第13、14两回中,作者十分成功地写了她的杀伐果断,治家才干,组织管理水平。一个二十来岁的少妇,每天东西两府之间来来去去,不辞劳苦,颇有领导才能。短短的一个月里把宁国府上下管理得有条不紊,由乱到治,由散漫到凝聚,效果非常显著。在她承担了协理宁国府的任务之后,第一步骤便是“我须先理出一个头绪来”,首先找出宁国府的问题症结来,这很像咨询人员到企业开展咨询活动一样。她把宁国府治家混乱的弊病总结为五点:“头一件是人口混杂,遗失东西;第二件,事无专执,临期推诿;第三件,需用过费,滥支冒领;第四件,任无大小,苦乐不均;第五件,家人豪纵,有脸者不服钤束,无脸者不能上进。”面对此等现状,王熙凤采取了三种有效措施。第一种是树立一个管理者的权威形象,威重令行,说了话算数,不管是谁,有了过失,有脸的没脸的,一例清白处治,毫不殉情。这是一种对症下药的“公正”原则。把“公正”作为管理的一条原则,是现代法国管理学家亨利·法约尔提出的,为十四条管理原则之一。这对一个单位保持一种正常的公平的和团结的工作气氛是十分必要的。对于犯了错误的,不论是谁一视同仁地严肃处理,不搞和稀泥,也不搞“下不为例”。只有这样,才能是非分明,人人服气,管理者领导者的威信才能树立起来。事实正是如此,书中这样写道:“彼时宁国荣国两处执事领牌交牌的,人来人往不绝,那抱愧被打之人含羞去了，这才知道凤姐厉害。众人不敢偷闲，自此兢兢业业，执事保全。”第二种措施是建立宁国府各类人员岗位责任制，把任务落实到人头上。她根据举办丧事和家务活动的各项任务加以分类安排，从四人、八人、十人到四十人各分为一组，各负各责：有的“单管人客来往倒茶”，有的“单管本家亲戚茶饭”，有的“单在灵前上香添油，挂幔守灵，供饭供茶，随起举哀”，有的“单管监收祭礼”，有的“单管多处灯油、蜡烛、纸札”，有的“每日轮流多处上夜，照管门户，监察火烛，打扫地方”，等等。除规定任务之外，别的事不管，但是对分内之事，凤姐却不允许半点马虎，杯碟茶具或酒饭器皿，若少一件，必须照原样赔偿。就这样建立了一套管理制度，赏罚分明的措施，事事奏效。正像书中描写的：“一面交发，一面提笔登记，某人管某处，某人领某物，开得十分清楚。众人领了去，也都有了投奔，不似先时只拣便宜的做，剩下的苦差没个招揽。各房中也不能趁乱失迷东西，便是人来客往，也都安静了，不比先前一个正摆茶，又去端饭，正陪举哀，又顾接客。如这些无头绪、荒乱、推托、偷闲、窃取等弊，次日一概都蠲了。”这充分说明经过一番整顿，混乱没有了，正常的管理秩序建立起来了。凤姐所动用的第二种措施，完全符合现代化管理的“整分合原则”。现代高效率的管理必须在整体规划下明确分工，在分工基础上进行有效的综合，这就是整分合原则。这个原则也就是现代科学管理创始人弗温·泰勒理论的实践与总结。第三种措施是确定各种上下班时间，严格要求，不准迟到早退，分秒不误，要求上上下下必须树立强烈的科学的时间观念，并且自己首先带头执行。她对大家说：“如今都有定规，以后那一行乱了，只和那一行说话。素日跟我的人，随身自有钟表，不论大小事，我是皆有一定的时辰。横竖你们上房里也有时辰钟。卯正二刻我来点卯，巳正吃早饭，凡有领牌回事的，只在午初刻。戌初烧过黄昏纸,我亲到各处查一遍,回来上夜的交明钥匙。”凤姐所采用的第三种措施,又完全吻合日本著名企业家、管理学家松下的100条“领导秘诀”中的一些原则,即第2条严厉而敢言(领导者应严厉些,该说的就要说);第16条慑人的气魄(领导者要有断然成事的气魄);第53条率先垂范(领导者应用各种方法,将自己的信念传述给众人,同时要躬身垂范,率先实践)等。由此可看出王熙凤的管理行为有三严的特点,即严密的部署,严格的要求和严肃的处理。她把三严方法有机地结合起来,便很快使宁国府由乱走向治的局面。毛泽东同志曾说,王熙凤有总理之才。著名作家评论家徐迟又说,王熙凤是一位了不起的经济学家。这些评价看来并不过分。我们今天以当代意识看,从管理学角度来分析,王熙凤所采用的一些管理方法和规定,对我们今天改进工作作风,提高管理水平,具有相当的参考价值。除此以外,还有第90回写的紫菱洲事件:邢岫烟与看守花果的婆子发生冲突时,王熙凤对婆子断然厉声道:“你少在我跟前唠唠叨叨的!你在这里照看,姑娘丢了东西,你就该问哪?怎么说出这些没道理的话来。把老林叫了来,撵出他去。”丫头们答应了。凤姐接着又说:“他们这种人我知道,他除了我,其余都没上没下的了。”岫烟再三替婆子讨饶,只说自己的丫头不好。凤姐道:“我看着邢姑娘的分上,饶你这一次。”婆子才起来,磕了头,又给岫烟磕了头,才出去了。凤姐的威严和震慑力量,在这儿又一次得到了充分显示。而她的地位得以很好地巩固,获得贾府上下的钦服、畏惧,则不能不说是由于她累累出现如此行为所致。

贾探春却是另一种典型人物。平心而论,她的管理才能并不比王熙凤逊色,甚至更高一筹。比如第55回中她在处理亲娘舅赵国基死后的赏银问题,不徇私情,铁面无私,旗帜鲜明地树立了个人威严,展现了一个女强人的灿烂风采。具体表现在对待吴新登家的、赵姨娘、王熙凤等三人异曲同工的态度上。先是对吴新登家的笑道:“你办事办老了的,还记不得,倒来难我们。你素日回你二奶奶也现查去?若有这样道理,凤姐姐还不算厉害,也就是算宽厚了!还不快找来我瞧。再迟一日,不说你们粗心,反像我们没主意了。”给以厉声斥责。接着以尊严而又不安、干练而又痛苦的心绪,针锋相对地和生母赵姨娘辩论了一通,并说:“我但凡是个男人,可以出得去,我必早走了,立一番事业,那时自有我一番道理。偏我是女孩儿家,一句多话也没有我乱说的。太太满心里都知道。如今因看重我,才叫我照管家务,还没有做一件好事,姨娘倒先来作践我。”后来,当平儿转告凤姐的处理意见时,探春又带怒色地斩钉截铁地数落凤姐说:“你主子真个倒巧,叫我开了例,他做好人,拿着太太不心疼的钱,乐的做人情。你告诉他,我不敢添减,混出主意。他添他施恩,等他好了出来,爱怎么添了去。”真是有法必依,一视同仁;公正严明,令出必行;刚强果断,绵里藏针。与此同时,任用李纨和薛宝钗协助探春理家,又是曹雪芹全面管理思想的反映。这正如现代企业管理一样,不仅要有厂长经理,还要有各种专职副厂长副经理。任用李纨正是看中她贤妻良母式的群众威信:“众人先听见李纨独办,各各心中暗喜,以为李纨素日原是个厚道多恩无罚的。”(见55回)亦正如解庵居士所云:“李纨者,守礼之完人也。字曰宫裁者,作者自谓秉公裁定者也,亦犹《琵琶记》中张大公之义。”[②]这是以张太公的诚挚之情、正义之感表彰李纨。管理学原理认为:对一个领导集团来说,笼络人心,树立威信,产生巨大的凝聚力是非常重要的。任用薛宝钗则是相中她的公关才能,她能很好地处理组织与组织之间、个人与组织之间、个人与个人之间等各方面的人际关系。在大观园里是一位“会做人,很大方"，"品格端方"，"深得人心"的公关小姐。对一个组织、集团或单位来说，这种上通下达、左右逢源的才能，也是必不可少的。何况在薛府，宝钗就是一个得力的"谋士"呢。

二、法治观念。国有国法，家有家规，强有力的法治是一个组织维系生存和发展的必要手段。没有法治，就不可能有真正的民主；没有法治，任何一个组织只能是一团乱麻、一盘散沙。

在《红》中，体现着"人治"和"法治"的对立思想，分别不同程度地表现于贾政、王熙凤和贾探春的言行之中。贾政是儒家消极思想的化身，伪君子的典型。表面"谦恭厚道"、"风声清肃"，实际虚伪庸懦、横行霸道，是个典型的无能辈。他治理贾府只能依靠"人治"的手段，死板地搬用消极的腐朽的那一部分儒家理论。最突出的表现就是第 17、18 回"大观园试才题对额"中，组织一帮相公清客刁难压抑宝玉的才华；第 33 回"手足耽耽小动唇舌，不肖种种大承笞挞"，亲手抡起大板和绳子要镇压贾宝玉。尽管他在贾府内关门逞霸，装得威风凛凛，主奴皆怕，实质上，他在偌大一个贾府，一切不能指挥，一切不能调动，面对现实，一筹莫展，落得个极端孤立的孤家寡人的境遇。而王熙凤，在书中写了她的贪婪狠毒，例如第 15 回"弄权铁槛寺"的贪赃害命，第 67、68、69 三回"弄小巧用借剑杀人"对尤二姐的暗害，第 39 回写到营利盘剥、放利生息的罪证等等，都深刻地反映了王熙凤推行"人治"的一面，不得人心的一面。但在秦可卿出殡、凤姐协理宁国府一局，则写了她"法治"的一面，表面看似"人治"，实则是"法治"。为什么这样说呢？这是因为她总是严于律己，率先垂范，不怕辛劳；天天卯正二刻便点卯理事，并建立了一套严格的赏罚分明的规章制度，体现了管理上的"三严"特点。因此说，《红》中主要表现了她"法治"的一面。至于探春，则完全是"法治"的代表，在《红》中表现得更为充分。

例如,55 回中处理亲娘舅赵国基死后的赏银一事;56 回写她"兴利除宿弊",开源节流,理家有方:一方面蠲免了哥儿们学里费用和姑娘们头油脂粉的重复开支,另一方面从大观园动植物生产中补给生息,分给众婆子承包管理;73 回中主动帮助迎春辖治奴仆。如此等等,不胜枚举。贾探春称得上是一位理家能手,一位改革型的管理家,堪称大观园里推行"法治"的楷模。难怪清代文人曾说:"以家喻国言,此书首在探春。何也? ……论事,则此书又为凤姐希宠弄权兴刺,故以探春摄政为点睛。""作者以小喻大,于探春一身寓此书千古兴亡无限感慨在内。""以探春之刚毅果断,才德兼施,贾氏之家政其能败乎?"[3]

由此可证,曹雪芹的管理思想是从"人治"到"法治"渐趋成熟,并更加尊崇"法治"的。"敏探春兴利除宿弊"这一情节的设置,正是基于这种目的和需要。

三、体制改革。一个组织能否具有强大的生命力,不断地进行体制的改革和完善是其重要因素之一。

《红》中,曹雪芹把两种管理体制都端到读者面前:一种是过去集中统一的封建集权专制,一种是以"经济承包责任制"为代表的集权分权相结合的改革体制。起初,贾府实行高度集权的家长独裁式体制,责、权、利集中统一于贾母、凤姐为代表的高级领导阶层。在相当时期内维护了贾府的尊荣和华贵,在奴才仆从面前,充分显示了主子的冷酷和威严,无人敢有任何越轨行为。但是,这只不过是表面现象而已,骨子里却潜藏着严重的体制危机。这在小说中的焦大醉酒骂街(第 7 回),抄检大观园(第 74 回),开夜宴异兆发悲音(第 75 回),凤姐处理贾母丧事力诎失人心(第 110 回)的众生相展示中,或怨或恨,或怒或骂,或忧或惧,已经反映得淋漓尽致。这种体制,直接导致了上下左右钩心斗角、贪赃枉法、愚民渔利的不正之风恶性发展。以专权作为支撑组织或集团生存的做法，一旦失势，贾府将濒临灭顶之灾。面对此情此景，贾探春推行的“经济承包责任制”模式，便是非常进步和可取的了。凡是读过《红》的人都知道，探春面对一个封建大家族形成的复杂关系网，随时随地会得罪人，会遭到某些主奴的反对，但她前不怕狼后不怕虎，果敢地推行了“经济承包责任制”，下放权力，调动各方面的积极性，使大观园由单纯“消费型”变成了既消费又生产的形式。请看小说中是怎样描写的④：

探春因说道：“我想的事不为别的，因想着我们一月有二两月银外，丫头们又另有月钱。前儿又有人回，要我们一月所用的头油脂粉，每人又是二两。这又同才刚学里的八两一样，重重叠叠，事虽小，钱有限，看起来也不妥当。”“因此我心中不自在。钱费两起，东西又白丢一半，通算起来，反费了两折子，不如竟把买办的每月蠲了为是。此是一件事。第二件，年里往赖大家去，你也去的，你看他那小园子比咱们这个如何？”平儿笑道：“还没有咱们这一半大，树木花草也少多了。”探春道：“我因和他家女儿说闲话儿，谁知那么个园子，除他们带的花、吃的笋菜鱼虾之外，一年还有人包了去，年终足有二百两银子剩。从那日我才知道，一个破荷叶，一根枯草根子，都是值钱的。”

探春因又接说道：“咱们这园子只算比他们的多一半，加一倍算，一年就有四百银子的利息。……不如在园子里所有的老妈妈中，拣出几个本分老诚能知园圃的事，派准他们收拾料理，也不必要他们交租纳税，只问他们一年可以孝敬些什么。一则园子有专定之人修理，花木自有一年好似一年的，也不用临时忙乱；二则也不至作践，白辜负了东西；三则老妈妈们也可借此小补,不枉年日在园中辛苦;四则亦可以省了这些花儿匠山子匠打扫人等的工费。将此有余,以补不足,未为不可。”……(宝钗)便笑道:“善哉,三年之内无饥馑矣!”李纨笑道:“好主意。这果一行,太太必喜欢。省钱事小,第一有人打扫,专司其职,又许他们去卖钱。使之以权,动之以利,再无不尽职的了。”

探春听了,便和李纨命人将园中所有婆子的名单要来,大家参度,大概定了几个。……众人听了,无不愿意,也有说:“那一片竹子单交给我,一年工夫,明年又是一片。除了家里吃的笋,一年还可交些钱粮。”这一个说:“那一片稻地交给我,一年这些顽的大小雀鸟的粮食不必动官中钱粮,我可以交钱粮。”……又共同斟酌出几人来,俱是他四人素昔冷眼取中的,用笔圈出。……一面探春与李纨明示诸人:某人管某处,按四季除家中定例用多少外,余者任凭你们采取了去取利,年终算帐。探春笑道:“我又想起一件事:若年终算帐归钱时,自然归到帐房,仍是上头又添一层管主,还在他们手心里,又剥了一层皮。这如今我们兴出这事来派了你们,已是跨过他们的头去了,心里有气,只说不出来;你们年终去归帐,他们还不捉弄你们等什么?再者,这一年间管什么的,主子有一全分,他们就得半分。这是家里的旧例,人所共知的,别的偷着的在外。如今这园子里是我的新创,竟别入他们手,每年归帐,竟归到里头来才好。”(第56回)

探春列举三件措施,从开源、节流、除弊三方面着手改革,得到众多人等的称赞,充分显示了一个改革者的魄力和胆识,正如王昆仑所说:“探春是黑暗腐朽统治层中一个‘有志、有为、有守’的开明人物。”⑤如此进步的改革思想、管理措施在当时来说,确实难能可贵。所以说,任何一个组织当以不断进行的改革求生存、求发展,才有可能在激烈的社会竞争中取得优势,领有一席之地。贾府由盛变衰,伤得很惨很重,并非探春等改革不对,而是因来自社会各方面的阻力太大,也缺乏科学理论的指导使然。当然,其根本原因是社会发展规律的必然趋势。

四、人际关系。人际关系在社会生活中的地位和作用,直接影响着管理职能的发挥。管理的主要对象是人,通过管人去管物管事。因此作为一个组织或企业来讲,必须妥善地处理好组织内部的上下级、干群、职工之间的关系,以及组织外部的各方面的关系。用现代术语来说,公共关系也是一种重要的管理方式,特别在今天由计划经济体制向市场经济体制的转型期中,地位和作用更加显得重要。不消说,没有公关理论指导和有效的公关行为,有些组织或企业就难得存在和发展。

在《红》中,薛宝钗的一言一行堪称为公关的楷模,她为我们当代企业现代化,提出了许多可供借鉴的经验。且看小说中对她协助探春理家是怎样描写的(在银钱出纳方案上,她比探春又高一筹,书中写着):

宝钗笑道:“依我说,里头也不用归帐。这个多了那个少了,倒多了事。不如问他们谁领这一分的,他就揽一宗事去。不过是园里的人的动用。我替你们算出来了,有限的几宗事:不过是头油、胭粉、香、纸……再者,各处笤帚、撮簸、掸子并大小禽鸟、鹿、兔吃的粮食,不过这几样,都是他们包了去,不用帐房去领钱。你算算,就省下多少来?”“虽然还有敷余的,但他们既辛苦闹一年,也要叫他们剩些,粘补粘补自家。虽是兴利节用为纲,然亦不可太啬。纵再省上二三百银子,失了大体统也不象。所以如此一行,外头帐房里一年少出四五百银子,也不觉得很艰啬了，他们里头也得些小补。这些没营生的妈妈们也宽裕了，园子里花木，也可以每年滋长蕃盛，你们也得了可使之物。”（第56回）

当宝钗站在贾府主子立场上发了一通议论后，“众婆子听了这个议论，又去了帐房受辖制，又不与凤姐儿去算帐，一年不过多拿出若干贯钱来，各各欢喜异常。”但婆子们又不好意思不费气力而稳得多方钱财，于是宝钗又笑着劝说：

“妈妈们也别推辞了，这原是分内应当的。你们只要日夜辛苦些，别躲懒纵放人吃酒赌钱就是了。不然，我也不该管这事……我原是个闲人，便是个街坊邻居，也要帮着些，何况是亲姨娘托我。……这些姑娘小姐们，这么一所大花园，都是你们照看，皆因看得你们是三四代的老妈妈，最是循规道矩的，原该大家齐心，顾些体统。……所以我如今替你们想出这个额外的进益来，也为大家齐心把这园里周全的谨谨慎慎，使那些有权执事的看见这般严肃谨慎，且不用他们操心，他们心里岂不敬伏。也不枉替你们筹画进益，既能夺他们之权，生你们之利，岂不能行无为之治，分他们之忧。你们去细想想这话。”（第56回）

宝钗这一席话又是站在奴婢利益方面说的，说得个个奴婢欢声鼎沸，点头称是，并表态说：“从此姑娘奶奶只管放心，姑娘奶奶这样疼顾我们，我们再要不体上情，天地也不容了。”薛宝钗如此适应上下左右，使之以权，动之以利，施小惠，全大体，正是高水平的公关艺术。她正是以其出色的公关艺术获得贾府内外诸多人等的一致赏识。“会做人，很大方”，“稳重和平”，“宽厚待人”，“行为豁达、随分从时”，宝钗的这些特点正决定了她善于待人接物，善于理财治家。不仅憨直爽快的史湘云说她好，就是几乎忌恨一切人的赵姨娘,也由衷地赞美她,连最为尖刻挑剔、心胸狭窄的林黛玉也竟大感激她,承认"往日竟是我错了,实在误到如今"。(分别见第45、67回)难怪在探春理家时,把她列入三大"常委"之一(即"镇山太岁"之一)。由此可见,曹雪芹注意到了人际关系在管理中的重要作用。善于妥善协调人际关系也是一种很好的管理行为,在现代各行各业的管理上更是不容忽视。

综上所述,关于现代化管理的某些思想已经在《红》中有所体现,笔者认为,具有现代意识、企望把传统文化与现代化很好地结合起来的人们,是不应当忽视这一点的。

《红楼梦》中的管理思想和现代企业管理思想之比较

一切思想家的管理思想和管理主张,很大程度上取决于他本人所处的历史条件、社会地位和思维方法,要求回答历史上管理方面的一切问题,或者回答若干年后社会上提出的新问题,那是绝对不可能的。毋庸置疑,现代企业管理思想是在总结古今中外管理思想精华的基础上形成的。因而,作为古代管理思想的一部分,《红》中的管理思想与现代企业管理思想出现交融和接轨是历史的必然,但同时,时势的变迁使它们产生很大的差异也是理所当然的。那么,二者之间究竟有什么区别和联系呢?

首先,二者体现的经济模式不同。《红》之管理思想产生于18世纪中叶自给自足的封建经济基础之上,其政治上层建筑主要是以等级制为特点的封建制度。虽然已经有了一些资本主义生产关系的萌芽和商品经济的发展,但还是封建社会自给自足的封建自然经济,这时仍然占据着主要地位。"农民不但生产自己需要的农产品,而且生产自己需要的大部分手工业品。地主和贵族对于从农民剥削来的地租,也主要地是自己享用,而不是用于交换。那时虽有交换的发展,但是在整个经济中不起决定的作用。”⑥因此,它所体现的是“生产——消费”的单线条经济模式。生产的目的就是为了满足自己消费的需要,仅仅具有使用价值而已,而抹煞了社会价值观念和人文价值观念,可见价值取向不同。尽管有“敏探春兴利除宿弊”的大胆改革尝试,但始终未能摆脱这种经济模式。这是与封建集权专制紧密相关的。由此可见,《红》之管理思想也是相当保守、相当封闭的。而现代企业管理,则与之大相径庭。由于它是社会主义性质和科学技术现代化的,是建立在劳动分工更加细致,劳动协作更加严密,生产社会化空前提高的基础之上,所以它呈现出“生产——交换——消费——再生产”循环往复的复杂经济模式。这种模式是商品化的,既具有使用价值,又具有社会价值和人文价值,是三者的统一体。因此,它的管理思想也就不再局限于职工和产品,而虑及顾客和市场,充分体现供求关系的经济发展规律。普列汉诺夫曾经说:“一个民族的文化,都是由它的精神本性所决定,它的精神本性是由该民族的境况造成的,而它的境况归根到底是受生产力状况和它的生产关系所制约的。”⑦由于生产力状况及其生产关系的不同制约,所以表现在《红》中的管理思想,和现代企业中的管理思想,就产生明显的差异:前者市场观念和竞争意识比较薄弱,后者市场观念和竞争意识则特别强烈。

其次,二者表现方式不同。《红》之管理思想和群星荟萃,杂糅于文学艺术当中,是适应作者人生经历的体验,小说构思的需要,分散而不系统地显现的;是在没有科学理论指导下不自觉地在实践经验基础上形成的。而现代企业管理思想是在古典管理论、行为科学、系统论、权变论等科学管理理论的基础上形成和发展的。它表现出很强的严密性、系统性、开放性和民主性。《红楼梦》的管理理论是不能与其相提并论的。

再次，二者目的不同。《红》之管理思想和方式的提出，完全符合儒家“修身齐家治国平天下”的总方针总政策，所以在《红》中表现出来的许多人物与情节，其目的首先在考虑“修身、齐家”，贾政、元春、探春、秦可卿等人物多次提出的反对奢侈、崇尚节俭的主张，便是明证。而现代企业管理运用的管理模式，则是把现代化的科学技术成果综合地全面地运用于企业管理中来。特别重视管理思想现代化、管理组织现代化、管理方法现代化、管理手段现代化和管理人才现代化。二者所以有此区分，是由于中国传统的价值观念是一种整体的意识，强调群体、共性，重视“天道”与“人道”的和谐，人与自然的统一。

那么，我们是否要把二者截然分开呢？绝对不是。我们知道，管理本身是科学，也是艺术，当然也是一种文化。古今中外的管理实践都说明，社会文化（包括传统文化）总是要影响企业领导者和企业广大职工的价值观体系的。现代企业管理具有如前所述的“四性”特点，摆脱了古代管理思想那种“浑然一体”的拙朴的态势，真正形成独立完整的理论体系，固然在现代社会愈显重要，但是，它又不能孤立于古代那些原始的分散的朴素的管理思想之外，而是在总结这些进步管理经验的基础上形成和完善的。在管理科学化与民族化的关系问题的实践中，西方著名的管理学家、企业家们告诉我们：“要承认民族、传统、宗教、道德观等文化要素对管理的影响。”因此“应用管理原理必须反映文化差异，（否则）往往欲速则不达”，“借鉴管理必须注意同中存异，异中存同”，[8]只有这样，才能建设具有中国特色的社会主义的现代企业管理模式。

古为今用，为现代企业管理服务

自然，《红楼梦》的管理理论不能等同于现代企业管理学，但某些思想观点和方法，我们却是可以加工改造而借鉴，或者直接应用于现代企业管理中为之服务。例如：

一、人才管理思想在现代企业管理中具有相当重要的作用，能否正确估价各个人的价值，对领导者来说是一门高深的艺术。录用谁或重用谁，用的好与坏，直接关系到整个企业的兴衰。科学需要人才，管理更需要人才。贾府中，以老祖宗贾母为核心的高层领导集团任用凤姐理家的决策，以及后来让探春、李纨、宝钗共同理家时的主次之别，职权之分，虽说不脱封建伦理的束缚，但不能不说它存在着人才价值的判断。作为企业，人才就是金钱、效益和声誉，就是一个企业能否在社会竞争中站稳脚跟的决定因素之一。当前世界之竞争，企业之竞争，以至综合国力之竞争，说到底就是人才的竞争。事业成败的关键就是能不能发现人才，重用人才。但是，实际上目前中国许多企事业单位，就存在着不够尊重知识、不够尊重人才的弊端，阻碍改革开放的势力还不小。尽管如此，笔者坚信：随着计划经济向市场经济的接轨转型，必然会逐渐消除这种弊端，因为中国企业要想走向世界，在国际竞争中取胜，不消除这种病根是难以建成现代化企业的。

二、集权领导在当今中国的企业管理中仍有一定的积极意义。邓小平同志曾经指出："在管理制度上，当前要特别注意加强责任制。现在，各地的企业事业单位中，党和国家的各级机关中，一个很大的问题就是无人负责。名曰集体负责，实际上等于无人负责。一项工作布置之后，落实了没有，无人过问，结果好坏，谁也不管。

所以急需建立严格的责任制。”[9]《红》中详尽地写了“王熙凤协理宁国府”和“敏探春兴利除宿弊”的故事,便都体现了定任务、定人员、定数量、定质量、定时间的五定制度,通过加强责任制和赏罚分明的规定,很快在贾府中形成你追我赶、奋发向上的风气。这些和现代企业管理中推行的“目标管理”模式极相类似。因而说,在当今中国的企业管理中,有一个集权领导核心仍是十分必要的。

三、现代企业管理是全方位的集体管理,要想在市场经济竞争中独领风骚,就必须充分调动一切积极因素,发挥集体的凝聚力。曹雪芹已初步探索了这一思想,小说中关于探春、李纨、宝钗三人小组协理荣国府的故事,便生动地体现了这一点。这对当代的企业管理颇有启发。这种管理体系所取得的卓越成效,体现了它的蓬勃生机和鲜明活力,而最后的失败,也正如探春所言:“这样的大族人家,若从外头杀来,一时是杀不死的。……必须先从家里自杀自灭起来,才能一败涂地呢!”别说凤姐、贾琏、贾政、邢夫人等上层人物之间矛盾重重,时有爆发危机的可能,就是在探春理家的中兴时期,也潜藏着严重的危机。没有形成向心的“合力”作用,反而产生了很大的离心作用。探春大胆改革,却没有一个人光明正大地站出来支持。使她后来总是缩手缩脚,生怕触及贾母、凤姐等人的利益。她妥协了,也在为自己留一点退路。可见,“改革者”就怕“枪打出头鸟”,因而总是寻寻觅觅,左顾右盼,伺机而行。后来贾府出现的忧患局面,表现得更为突出。贾府被抄,革了两个世职,更是家计萧条,入不敷出。此时尽管还有贾政、王熙凤支撑家务,然而他们已是处于树倒猢狲散,力诎失人心的境界了。三十多个奴仆,难以点派差使,主子们也是隔岸观火的隔岸观火,出难题的出难题,尤其是邢夫人、贾琏,更是挑唆埋怨,处处为难王熙凤。真是群龙无首,乱了套了。殊不知,改革就是一场革命,“改革者”

就是要大胆地撕破面皮，打开局面，有魄力，有毅力，并且还要有一整套正确的战略和战术。《红楼梦》从反面告诉我们：一个好的管理体制只有管理者齐心协力，充分发挥集体的力量，才能产生良性的整体效应。

【注释】

①⑨邓小平《解放思想，实事求是，团结一致向前看》，1978 年 12 月 13 日在中央工作会议闭幕会上的讲话。

②引自一粟编《红楼梦卷》第一册 192 页。

③西园主人《红楼梦论辨·探春辨》，转引自一粟编《红楼梦卷》第一册 203 ~ 204 页。

④本文所引《红楼梦》文，均依据中国艺术研究院红楼梦研究所校注本，下同，不另注。

⑤《红楼梦人物论》，三联书店，1983 年 1 月版 76 页。

⑥毛泽东《中国革命与中国共产党》。

⑦《没有地址的信》见《普列汉诺夫美学论文集》第一卷。

⑧《国际科学管理学会 1964 年年会纪要》，转引自虞祖尧等主编《管理思想探源》61 页。

第八章 求疵编

——《红楼梦》的缺点

《红楼梦》也不是十全十美的，我不赞成红学界的某些不实谀辞，更不能接受“文革”期间“评红运动”中的偏激评价，那时，《红楼梦》几乎可以和马、恩、列、斯、毛的著作并列，位居第六了。我们应当实事求是地给予评价。

一、思想内容方面

总的倾向曹雪芹写了封建家族的衰亡，揭示了反封建的主题，但另一方面也表现了作者对封建贵族之家留恋惋惜的感情，从某种角度说，《红楼梦》可以说是为贵族之家的衰亡唱出的一首挽歌。他慨叹自己无才补天的创作意图时有流露，这从第 1 回自我表白和探春理家等情节都可以看出。而且对封建统治阶级的抨击，往往流露出“恨铁不成钢”的情绪。在具有叛逆性格的正面人物身上，也渲染了虚无主义的色彩，如宝玉出家当和尚，表现了出世解脱思想。另外也宣扬了封建等级制度，把奴婢分成三等九级的描写，虽然它符合那个时代的实际，是真实的，但总是错误的不好的制度，作者对这种现象并不是采取明确的批判态度。

从全书看，贯穿着唯物主义和辩证法的思想，但在具体描写上又充满了宿命论和悲观主义。如林黛玉是作者极力歌颂的叛逆者形象，但在她身上也有"富贵在天""听天由命"的天命论。这是与她的反封建叛逆性格不协调的。还有，一方面描写了农民的反抗，虽然是粗线条的、简单的，但另一方面又污蔑农民起义。如第78回中贾政让贾宝玉、贾兰等去写"姽婳词"，其内容就是污蔑农民起义，歌颂镇压农民起义的刽子手林四娘的，暴露了作者的思想局限性。一方面同情被压迫者，描写劳动人民，另一方面在描写他们的形象时又写成可悲可笑的样子。如对刘姥姥的描写，贾府的主子们，就经常拿她当笑料耍弄，有时还把这些情节安排在正面人物身上。第42回描叙惜春画大观园时，林黛玉讥讽刘姥姥是"母蝗虫"，要在惜春画的大观园里画上"携蝗大嚼图"，来讥笑刘姥姥吃饭时的情态。这就暴露出作者对劳动人民的蔑视。

对于他精心刻画、倾力歌颂的宝玉、黛玉两位主角的弱点，也是欣赏有加，不去批评，正像毛泽东同志所指出的那样："《红楼梦》里两位主角，一位是贾宝玉，一位是林黛玉。依我看来，这两位都不大高明。贾宝玉不能料理自己的生活，连吃饭、穿衣都要丫头服侍，这种全不肯劳动的公子哥儿，无论如何是不会革命的！林黛玉多愁善感，常常哭脸。她脆弱，她多病，只好住在潇湘馆，吐血、闹肺病，又怎么能够革命呢！我们不需要这样的青年！我们今天需要的青年是有活力，有热情，有干劲的革命青年！"①

二、艺术形式方面

从故事情节的发展来看，《红楼梦》究竟写了多少年的故事呢？这就需要根据《红楼梦》的章回，一回一回地编个年表才能说清，这是一件相当繁琐而又不得马虎的工作。最早有大某山民（姚夑)评点《红楼梦》时,在每回后批注说明"此回是某年某月事",但并没有把故事与时间和书中人物年纪联系起来。后来又有苕溪渔隐(范锴)在《痴人说梦》中,写有一篇《槐史编年》,做法则是以年份干支为纲,起于"己酉",止于"丙辰",统系回目,在回目下注明是几月几日之事。这两种编年纪事都是以百二十回本《红楼梦》为依据的,周汝昌先生对此编法不满,他又根据《脂砚斋重评石头记》作为底本,写了一篇《红楼纪历》,收入《红楼梦新证》一书中。周绍良先生对此编法也有异议,他说:"它只对《红楼梦》中某些岁月可以为编年的胪举出来,而没有把故事经过大略编入,而且是以《脂砚斋重评石头记》作底本的,称为《石头纪历》倒更恰切些。"于是他根据一百二十回本中的故事,大致择出,排比起来,编写了一篇《红楼梦系年》,以红楼纪元,红×年排比起来,人物以宝玉、黛玉、宝钗为纲,贯穿始终,时间从红元年庚子起,至红二十年己未年止,整整写了20年的事情,[②]这样编写很别致,很科学。

总之,《红楼梦》就前八十回看,写了十五年的事情,就后四十回看,写了五年的事情,全书总共写了二十年的事情。在这二十年的事情发展中,有时在情节安排上、人物塑造上,出现了一些前后矛盾或者疏漏的现象,自然这是不可避免的失误,无伤大体,但是我们也应当指出来。

例如,有些回目与正文不合。第7回回目标"送宫花贾琏戏熙凤,宴宁府宝玉会秦钟",却没有贾琏戏熙凤的详细情节,只有极其简单的几句话:"正说着,只听那边一阵笑声,却有贾琏的声音。接着房门响处,平儿拿着大铜盆出来,叫丰儿舀水进去。"大量写的是周瑞家的送宫花的情节。

有些事件,先后所写,似有矛盾。第12回回末写贾琏送黛玉回南方看望林如海时说:"谁知这年冬底,林如海的书信寄来,却为身染重病,写书特来接林黛玉回去。……作速择了日期,贾琏与林黛玉辞别了贾母等,带领仆从,登舟往扬州去了。”在第14回中昭儿被贾琏打发回来,又说:“林如海老爷是九月初三日巳时没的。二爷带了林姑娘同送林姑老爷灵到苏州,大约赶年底就回来。二爷打发小的来报个信请安……叫把大毛衣服带几件去。”仔细读来,就出现了一系列的漏洞:林如海于九月初病故,那么接黛玉的书信就应在七八月间,不应迟到“冬底”;自然贾琏冬底起身赴南,大毛衣服就该当时带去,何必又派昭儿来取;再是年底才启程到扬州,中间又要送灵到苏州,到年底岂能赶回贾府?

有时又把岁数写的不合逻辑。按第39回所写算下来贾母已七十八岁了,当贾母问刘姥姥年纪时,刘姥姥回答说:“我今年七十五岁了。”贾母向众人道:“这么大年纪了,还这么硬朗。比我大好几岁呢……”此对话于理甚谬,哪有七十五岁还比七十八岁大几岁的道理呢!应改为刘姥姥八十几岁才合理。又如第7回写到凤姐见了秦钟时,“慢慢地问他:几岁了,读什么书,弟兄几个,学名唤什么”等话,初次见面当然要问长问短,但连弟兄几个、学名叫什么也不知道,岂不奇怪?因为凤姐和秦可卿关系亲密,秦氏又是宁府少奶奶,哪有凤姐一切不明的道理呢?再如巧姐的年龄,大部分篇幅写得她很小,大约在七、八岁以下,总是在大人怀中抱着,而刘姥姥三进大观园时就要出嫁了,一下子就长了那么大,十几岁了。不真实。

有时人物排行、兄弟姊妹究竟几个,交代的不很明确。例如,第2回中冷子兴演说荣国府时,说:“老姊妹四个,这一个是极小的,又没了。”无疑,这里“极小的又没了”是指贾敏,黛玉的母亲,那么老姊妹四个就有问题了。如果按男女排行说,则只有三个:贾赦、贾政、贾敏;如果按女性排行,则只有贾敏一个,其他三个姊妹,也就是贾母的其他三个女儿又是谁呢？书中从未写清。冷子兴又说："若问那赦公，也有二子，长名贾琏"的话，那么次子是谁，名叫什么，也毫无交代。而书中大量称呼为琏二爷，琏二叔，又作何解释呢？有些版本则作"也有二子，次名贾琏"，那么长子又是谁呢？书中也没有明确写出。如果是以大排行解释，以贾珍或贾珠为老大，贾琏是琏二爷、琏二叔自然能说通，可是贾宝玉和贾环的排行又出问题了，贾宝玉就不能称宝二爷、宝二叔，贾环就不能称环三叔了，必须称宝三叔、环四叔了，书中却绝对没有出现过这样的称呼。红研所校注本《红楼梦》是主张"长名贾琏"的，但在第 14 回中，又称贾琏为二爷，称凤姐为"西府里琏二奶奶"，岂不是前后发生了矛盾？

史湘云是被列入十二金钗的，也是小说描写的主要人物之一，她也久住大观园，结社联吟。而在第 12 回之前，始终没有描写，没有出场，按照程高本突然在第 13 回秦氏出殡时，写忠靖侯史鼎夫人来吊，带着侄女史湘云来了，而脂本和红研所校注本《红楼梦》，则是在第 20 回才出场："且说宝玉正和宝钗顽笑，忽见人说：'史大姑娘来了！'"他来得很突然，按理说，她初到贾府时，也应当叙明她的来历和肖像等。

在人物塑造上最不近情理的要数贾宝玉和贾珍的一席对话了。如第 13 回中，写秦可卿死后，宝玉和贾珍的对话，一点也不像个小孩子说的话，幼小年龄与大人言行不相吻合。请看 13 回中的描写：

（贾珍）当下正忧虑时，因宝玉在侧问道："事事都算妥贴了，大哥哥还愁什么？"贾珍见问，便将里面无人的话说了出来。宝玉听说，笑道："这有何难，我荐一个人与你，权理这一个月的事，管必妥当。"贾珍忙问："是谁？"宝玉见座间还有许多亲友,不便明言,走至贾珍耳边说了两句。贾珍听了,喜不自禁,连忙起身,笑道:"果然妥贴。如今就去。"说着拉了宝玉,辞了众人,便往上房里来。

这时的宝玉仅仅是个十一岁的小孩子,竟比四十上下的堂兄贾珍还要老谋深算,口气如此老练,考虑如此周到,行动如此老成。而在第23回写到贾政要见宝玉的描写,则是:"宝玉听了,好似打了个焦雷,登时扫去兴头,脸上转了颜色,便拉着贾母扭的好似扭股糖,杀死不敢去。""宝玉只得前去,一步挪不了三寸,蹭到这边来。""宝玉答应了,慢慢的退出去,向金钏儿笑着伸伸舌头,带着两个嬷嬷一溜烟去了。"显得他又非常小,很不成熟,所有言行都表现出一种天真、调皮而又胆怯的神情,这时贾宝玉十三岁了。总之,在贾宝玉的年龄性格特征上,写得忽而大忽而小。

还有语言的运用,有时也不够丰富、形象,例如,写主子们睡觉,总是"歪"在那里,"歪"在炕上,"歪着歪着",千篇一律。

总之,《红楼梦》中情节疏漏、照应不合、语言先后有矛盾的地方,确实不少。形成这种现象的原因,可能是:一、由于别人的传抄、修改所致;二、几种稿本修改拼凑造成的;三、就是作者的败笔。因此,我们对于《红楼梦》要作一分为二的分析,做出实事求是的正确评价。

【注释】

①引自《新体育》1959年第1期。

②见周绍良《红楼梦研究论集》首篇《红楼梦系年》,山西人民出版社1983年版。

附 录

周汝昌评语

赵景瑜教授1992年发于《学术论丛》的《说不尽的红楼梦——兼谈红楼梦的研究方向与方法》,是我(目坏人)近几年所得而见的十分罕觏的高层次论《红》的好文章。我读后很感动,甚至有些激动。

作者高瞻远瞩,环览六合,提出了他对红学研究的意见,学力识力,都不一般——异于"老生常谈"。从红学史况与现状得出了他自己的看法与倡议,有见识,有分量,也更有新意。

这些年来,红研工作由于"人"的原因,并未正常发展,相反,是堕落了。红学是"国宝",应为国为民造福,而不容把它变成行私利己的"工具",把争鸣变成了谩骂,把学术变成了"权术"——这是中华民族文化学术的悲剧。由这点看,赵教授的本篇论文的地位就更显得异常得突出了。我基本同意他的看法与论点。

我也欣幸地回忆起:1986年第二届国际红研会上,我答《光明日报》采访时,提出了红研方向今后是其文化含量(大意)。现在看来我与赵教授倡导的,实在是同一个巨大的课题,"分别"只在他强调"大科学",我强调"大文化",其实质精神却正是一回事。

这是一篇非常重要的论文,虽然我尚不知1992年此文发表后曾受到"红界"专业者的何等评价与反响,何所受教与实施,但我认为它在海内外有识之士的心目中，绝不会是漠然无动于衷的——也必然会发生长远的影响。

祝贺（太迟了）此文的问世。

总起来说，美国的余英时，以粗暴的言辞态度，傲慢的心理表情，将过去红研一齐否定，而其所谓“红学革命”，无非还是一个“回到文学上来”。“文学上”又怎么样呢？难道那是“一切”吗？形象呀，性格呀，描写呀，刻画呀，生动呀，“艺术性高”呀…… 这就是“文学”了？我们应当“回到”的绝不是这些——相与比照，赵教授的论述就高明得太多了。

红学界什么时候能多出几位赵景瑜？我拭目刮目，翘企祷祝。

（目坏人书写十分困难，也即十分草率，请多体谅。）

周汝昌 95.4.28

黄肃秋评语

《论贾母》一文我感到极有说服力。作者倾诉绵密，以比较文学的方法，用演绎的综合手段，把贾母这一特定的历史人物放在千万个红学论者的杠杆上，予以剖析，有声有色，论古喻今，可说为红学界又放异彩。但稍有不足之处，论中引用了五十年代文艺界围剿胡风的政治术语“自我扩张”一词，我认为提法不妥。

《万种情怀万般泪——〈陋室评红〉之十五》，是红学评论中难得的优秀作品。可见作者倾注了很大的心血，特别是有关《红楼梦》里的一些“哭泣故事”，都是罗列了很多的事例加以分析，思路清晰，观点透彻，有独到之处。

1985 年 12 月 12 日

冯其庸评语

《万种情怀万般泪》,本文着重分析《红楼梦》中为了塑造不同人物而用不同的手法,不同的描写来写同一对象:人在痛苦哭泣时的眼泪。

《红楼梦》所写的人物很多,差别也很大,有相当数量的人物都有过"哭"的这种情况,而不同的人的哭又完全不一样,而且就是同一个人的哭,在不同场合,因不同事情的哭也不一样。本文作者对《红楼梦》中凡涉及哭的描写,作了较为系统的细致的分析,揭示出曹雪芹写人的手段非常丰富,就是在"哭"这样一个细节上,也能写出人与人的千差万别,从而显示出各自的个性来。

本文作者的观察和分析比较深入细致,有新意,见解也是正确的,我认为这是一篇很有功夫的很好的文章。可见作者在科研上是有成就的,有新见解的。他的红学论文在红学界是有很大影响的。

1985 年 12 月 15 日

蒋和森评语

赵景瑜同志研究《红楼梦》多年,治学勤奋,思路开阔,曾取得相当成绩。这篇《说不尽的红楼梦》,对研究方法这一重要问题提出自己的见解,主张博采众长,联系实际,破旧立新,这个意见是正确的,对推动《红楼梦》研究的深入发展很有意义。

1995 年 5 月 20 日

傅憎享评语

景瑜先生的《说不尽的〈红楼梦〉》及《第一次“红学专题”调查的启示》,两篇论文确实给红学界以新的启示。前者是讨论《红楼梦》的研究方向与方法的。作者突破旧框框,拓宽新领域,把传统方法与现代科学方法结合、定量定性结合、微观宏观结合、社科与自然科学结合等等,无疑是行之有效的新方法。不仅作者如此主张,而且致力于实践。他的论文与专题调查,便是这实践的实证。《说不尽》的论文中反映五个结合的例证颇多,不必赘引。在专题调查中也充分地体现了研究方向与方法的创新,使《红楼梦》研究获得新的生机。这是值得赞扬的。红学研究,近年来所以沉寂,作者追思其内因,导致于“中国传统思维方式始终是崇拜意识,而缺少怀疑、否定、批判精神,因而也不可能产生创造性思维”。作者的“专题调查”便是一个例证。作者运用了社会学的问卷方法,对大四九〇级进行了调查。所调查的皆是《红楼梦》的敏感和热点问题。通过调查而后研究青年学子的文学观与价值观。对红楼人物进行了新的认识与评价。这是对传统文化进行理性的思辨,以便科学地肯定与否定。对处于十字路口的青年人是一个正确的引导,导引他们继承民族美德与文化传统的优秀内涵,以达到用“红学”来培育新人。这种“专题调查”的新举,无疑对重新设计教学内容(特别是古典文学的教学)具有开创意义。景瑜先生是新的教学内容的设计者、新的教学方法的创新者。他的《说不尽》论文,与专题调查相辉映,论文是调查的纲领,表明了作者创新的主张,特别是五个结合,对红学界具有启示意义。

因病住院,在病床上写此简见。

1994 年 9 月 17 日于沈阳

沈天佑评语

赵景瑜教授在 1994 年第七届全国红学会议上提交的论文《一次“红学专题”调查的启示》,引起了与会代表的普遍关注和浓厚兴趣。有些代表赞扬该文是“别开生面,方法创新,观点新颖”。

《一次“红学专题”调查的启示》与一般论文很不一样,其特点是紧密结合《红楼梦》教学实践,结合当今大学生在文学观、婚姻观、审美情趣上所发生的深刻变化,在客观调查研究的基础上写成的,因而给人以别开生面的感觉。

文章分四个部分:(一)信息总汇;(二)百家争鸣,论据迭出;(三)这是为什么;(四)敲起警钟。包含的内容比较丰富,材料详尽具体,视角新颖,分析也比较细腻、深入。如第三部分“这是为什么”中,作者先指出“红学专题”问卷调查结果,方方面面令人深思,紧接着对这一结果,从“思维灵活了”、“婚姻观变了”和“价值观变了”等三个方面作了剖析,富于说服力和启发性。

调查报告的对象是山西大学中文系的部分学生,我想如果选择几个更有代表性的大学来进行调查,其结果可能与这不同,会具有更高的典型性,不过这些都是题外话。

1994 年 9 月 13 日

马瑞芳评语

景瑜教授:

近好!

你从全国红学会上提前离开后,大约不知道你在会上的发言已经引起了强烈的反映。因为你带来的论文不够多,许多同志都到会务组去讨,一时掀起了赵景瑜热!我得到张庆善的特别照顾,连夜给送一份来,因为我开玩笑地说:如果你不给我找一份,我一定和你没完!这位小老弟只好借了一份去复制了。

1980年全国第二次红学会在济南开时,小张还是一个小喽啰,现在人家已经是红楼梦研究所的副所长了,我们怎么会不感到日月如梭呢?赵兄的学术研究成果累累,如日中天,尤其在红学研究上更是令人瞩目,当然倒不曾虚度岁月。

我们那个组"两京"任组长(南京吴新雷、北大沈天佑),是所谓艺术分析组。包括李希凡和蒋和森二位被刘宏彬叫作"红学界艺术分析的主帅和主将",也都说到对你的发言的看法,李希凡就不肯把他手中的赵兄宏文借我一看,大约是怕我借了不还。大家统一的认识是:观点新颖、论据丰富、角度有独创性。我回到学校后还向其他未与会的人介绍,认为是今年莱阳红学会上最好的论文之一。

记得十年前我在南京会上发言,讲的是外国留学生对《红楼梦》的看法,今年你讲中国学生而且讲得那么好,我们可以说是"同志"了。我觉得你的文章之所以好是因为:你让学生去判断《红楼梦》中贾宝玉等五位男性哪个可以作丈夫、林黛玉等五位女性哪个可以作妻子,这是一个巧妙的提问。如果学生不看深看透

《红楼梦》,他们的判断从何而来？此其一。你的学生做出那样独出心裁的判断,正如你发言引起的强烈反应,这说明,你的《红楼梦》研究课上得深入,而他们反映的是当代大学生在道德和艺术欣赏上的普遍现象,此其二。用古典文学和当前人们的生活相联系,不能不说是一种学以致用的良好学风,此其三。

你寄来的一份,因我早已搞到一份,恰好去开省作协主席团会议,就当人情送了人,大受欢迎。

说了半天,主要目的是:很乐意看您的红学宏文,快把其他文章自动寄来！地址仍为山东大学中文系。

祝笔健!

马瑞芳

1994 年 10 月 6 日

姚北桦评语

景瑜同志:

大作收到了,谢谢。

一口气读完之后,我仿佛听到了《红楼梦》当代青年读者的心声与脉搏,这是不少“闭门著书”、不问世事的红学家不关心、不了解(甚至不愿了解的)大问题。从表面上看,红学界舌枪唇剑,你来我往,仿佛很热闹,而实际上,在青年读者中反响并不强烈。究其故,这恐怕是主要原因。

谢谢您做了一件很有意义的工作。“红学调查”,是一件很有意义的学术活动,所撰写的专题报告,材料真实,论点鲜明,分析透辟,文字生动。这样的调查报告,不仅红学研究工作者可以从中得到启示,就是当前从事青年思想工作的同志,也不无参考意义。

江苏红学会有意步您的后尘，在更广泛的社会阶层中，进行一次多视角的读者调查。题目已初步拟出，待研究通过后，当寄给您请指教，并欢迎给予支持。

专此即颂

教安

姚北桦

1994年9月22日

后　记

这本拙著总算出版了！它是21世纪第十五个年头的产儿。

说起来，这本书的成书过程也够长的了，没料到，竟从20世纪跨越到21世纪，差不多相当于我现在年龄的三分之一。那是1980年，我拟了二十来个题目，准备写一本评论《红楼梦》的专著，起名曰《陋室评红》。为什么叫《陋室评红》呢？因为十年来（1971—1981）一直住的是筒子楼，其环境就是影视剧上常常出现的那种画面，当时的情绪极为不佳，一方面由于受过极“左”势力的迫害，另一方面又因为家庭处于吵闹、矛盾、即将崩溃的状态。回忆那时的我，彷徨，焦躁，沉郁，伤感，但又总是被十分自信自豪的心绪主宰着，或许我就是这个典型环境中的“这个”典型人物了。就在此情此景中，我重新捧起了《红楼梦》，一遍又一遍地阅读，作卡片，写随笔，搞评点，书中的一系列问题不时地闪现在我的脑海中：《红楼梦》究竟写了多少个梦？每个梦是怎样写的？究竟“总纲”是哪一回？某个人物出场了多少次？作者是如何刻画的？该当如何评价？语言究竟有什么特色？哪些方面不同于或超过了其他著名小说？笑貌描写得怎样？哭貌描写得如何？等等问题，都引起了我的极大兴趣。后来，研究成果先后发表了一些，副标题都署“《陋室评红》之××”。记得是在开全国红学研讨会的时候，北师大的邓魁英教授、文化部红研所的吕启祥研究员对我说：“近来拜读了阁下的几篇论《红》大作，很好，很长见识，想送你一个雅号，不知可否？既然书名《陋室评红》，作者姓名何不署仙龙居士？”我会心地微笑了，我知道她们这是在跟我开玩笑，因为那时我旧家庭已经解体，新家庭还未组成，过着鳏居的生活。两位女才子用兼及双关、旁逸、类比、借代的修辞语言，把一个典故用到我身上了，倒真的使我顿开茅塞，“假作真时真亦假”，真作假时假亦真。不久，我组成了新家庭，便把我的新居名为“仙龙斋”，并请著名书法家冯其庸先生题写了书斋名。这是1993年的事情了。

提起书名来，已经四易其名。最早是《陋室评红》，继而是《说梦录》，有了书斋名后就想把自己的所有论著都改名为“仙龙斋论什么”的。这中间，曾经出版过一本《仙龙斋论剧》，接着想再出版一部《仙龙斋论〈红〉》，以后依此类推下去，但是一想，如果这样推下去，那《传统文化与现代化概论》《本色当行论》《中外小说戏剧比较》《当代青年的红学观》等书稿，又该如何系列化呢？怎样套在这个“仙龙斋论×”的框架里呢？其结果不是书名冗杂，便是题不对文。于是有人建议干脆就叫《红楼梦研究》吧，又本色，又直接。我说，可不行，开设课程时可以叫“《红楼梦》研究”，出版专著时绝对不行，“研究”桂冠那是红学专家戴的，我是而且永远是红学界的一名红小兵，怎么敢戴这顶桂冠呢?！左思右想，翻来覆去，最后才定名为《红楼梦面面观》。“面面观”者，体现《红楼梦》为一部百科全书型的小说也。窃以为，它从哪个角度哪个方面都有阅读头、鉴赏头、研究头、应用头。因此书中有些观点可能有龃龉，例证可能有重复，也就不改动了。我喜欢这个书名。于是我请了著名红学家、古典文学研究家周汝昌先生题签，请著名红学家、敦煌学家、藏书家周绍良先生作序，这本书方算是大功告成。

至于“红学”成果的发表以及本书的形成，又与红学界的专家学者的积极支持、热情鼓励、精心指导分不开。这儿，需要首先提出的是李希凡、胡文彬、邓庆佑三位先生，是他们最早领我步入“红楼”、登上“红坛”，出席了首次全国《红楼梦》学术讨论会（哈尔滨）；三十年来我在大观园里漫游，曾有吴组缃、周绍良、周汝昌、冯其庸、蒋和森、黄肃秋、蔡义江、陈毓罴、刘世德等先生，给予口头的或书面的指引；特别是当我“冒险”进行“红学专题”问卷调查之际，更有马瑞芳、姚北桦、傅憎享、沈天佑等先生，专门赐函给予坚定的支持与热情的鼓励；还有不能忘怀的是《红楼梦学刊》杂志社张庆善副社长、《名作欣赏》编辑部张仁健主编，对我爱护有加，常常主动约稿，辟出版面，刊载拙稿，使得我的观点和方法，能有机会在实践中去检验。

因此，我有责任有义务向以上这些“大仁者”，致以真挚的谢忱！我更要感谢我的学生张继红、落馥香（三晋出版社）和梁平（希望出版社）三位出版界的精英，是他们积极筹划，认真编审，抢时间尽快出版拙著。

我的这本书能够出版问世，还包括夫人王欣欣的辛勤之劳。整个春节期间，是她帮助我翻检资料，核对原文；是她昼夜加班，用电脑打印书稿；是她发现并帮助我纠正了一些引用或行文上的舛误。所以说，我的著书立说，正像一首歌词所唱的那样：“丰收果里，有我的甘甜，也有你的甘甜。军功章啊！有你的一半，也有我的一半。”

金无赤金，书无完书。《红楼梦面面观》虽然出版了，个中心情却喜忧参半：喜的是成果问世了，可以向世人表明我的观点和方法；忧的是错漏一定不少，我将等待着“《红》内汉”和“《红》外汉”批评指正。

2001年2月18日写
2015年12月3日定稿 于山西大学仙龙斋

图书在版编目(CIP)数据

红楼梦面面观 / 赵景瑜著. —太原：三晋出版社，2016.1
（赵景瑜文集）
ISBN 978-7-5457-1313-8

Ⅰ. ①红… Ⅱ. ①赵… Ⅲ. ①《红楼梦》研究
Ⅳ. ①I207.411

中国版本图书馆 CIP 数据核字(2016)第 023501 号

赵景瑜文集 · 红楼梦面面观

著　　者：赵景瑜
责任编辑：落馥香
出 版 者：山西出版传媒集团·三晋出版社（原山西古籍出版社）
地　　址：太原市建设南路 21 号
邮　　编：030012
电　　话：0351-4922268（发行中心）
0351-4956036（总编办）
0351-4922203（印制部）
网　　址：http://www.sjcbs.cn
经 销 者：新华书店
承 印 者：山西天辰图文有限公司
开　　本：850mm × 1168mm　1/32
印　　张：38.25
字　　数：1000 千字
版　　次：2016 年 1 月　第 1 版
印　　次：2016 年 1 月　第 1 次印刷
书　　号：ISBN　978-7-5457-1313-8
定　　价：200.00 元（全六册）

庆贺八十华诞

赵景瑜文集

紅樓夢面面觀

周汝昌题

（上）

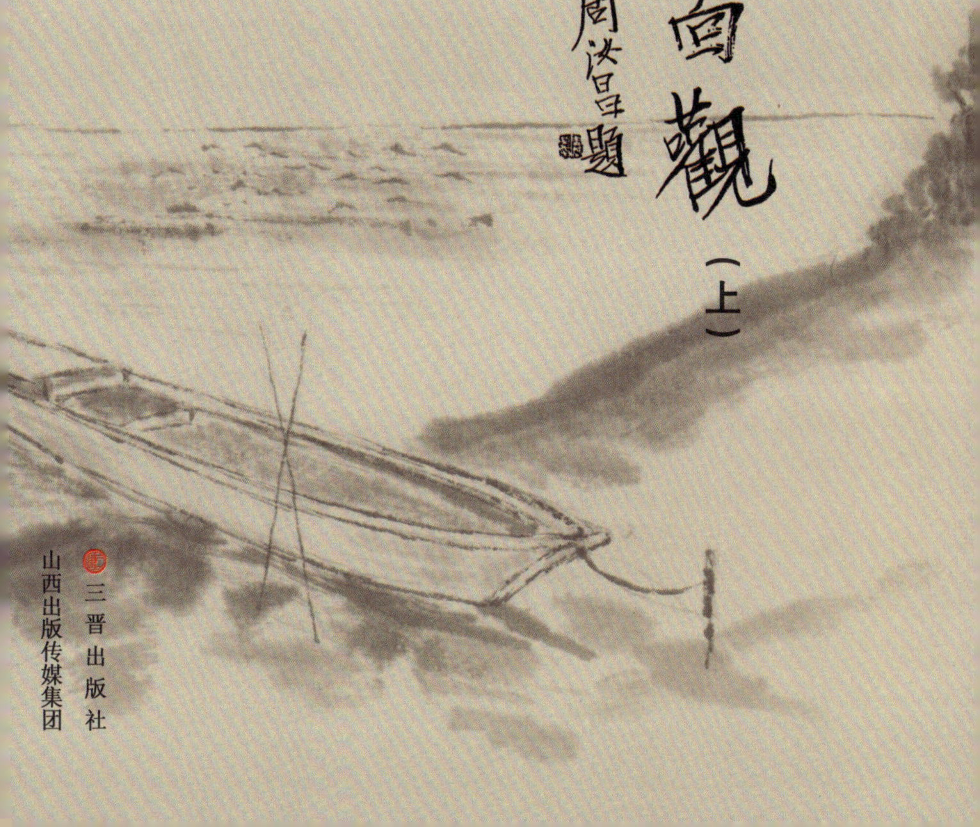

三晋出版社
山西出版传媒集团

与著名敦煌学家、红学家周绍良合影（1998年5月26日摄于北京美术馆，时应邀出席冯其庸画展）

与著名红学家、小说作家吴组缃先生合影（1982年5月初于山西大学专家楼）

与著名红学家、书法家冯其庸合影（1998年5月26日傍晚）

与学者专家在一起（从左至右：北大沈天佑、上海师院孙逊、美国周策纵、河北师院韩进廉、台湾皮术民、山西大学赵景瑜、台湾罗德湛，1992年扬州国际《红楼梦》研讨会时摄）

与著名红学家李希凡合影（1997年7月31日摄于中国艺术研究院）

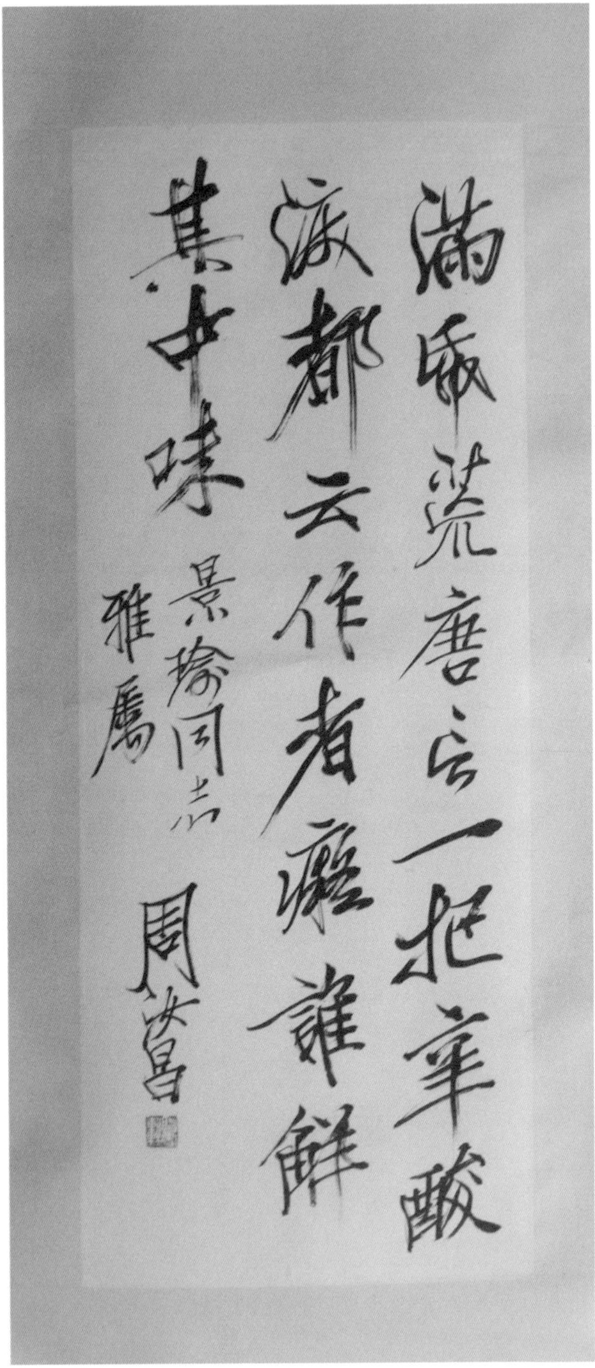
滿紙荒唐言一把辛酸淚
都云作者癡誰解
其中味
景瑜同志
雅屬
周恩來

序

周绍良

我认识景瑜教授大约是在哈尔滨市举办第一次全国《红楼梦》研讨会期间，那是1980年的夏天。以后便不断有书信往来，或者每当他来首都出差时，总要抽空看望我。每次看望我的时候，从不说长道短，总是提出学术问题和我讨论，讨论最多的就是关于《红楼梦》和中国古代戏曲的问题了。他给予我深刻的印象是：谦虚，好学，尊重老学者，读书较多，时有独到见解。

他最近要出两本关于红学的专著：一本是关于红楼梦研究的成果，书名《红楼梦面面观》。新时期以来，他先是将“《红楼梦》研究”作为选修课给山西大学中文系本科生开设，后来他指导硕士研究生，又作为必修课开设，因为研究方向为元明清小说及戏曲，自然开设“《红楼梦》研究”课就很有必要了。此书共分八章：导读编；评点编；调查编；鉴赏编（一、二）；比较编；应用编；求疵编。基本上全面而系统地把自己二十几年来的研究成果都体现出来了。另一本是关于《红楼梦》问卷调查的系列专题，他就十个专题进行了1500人次的问卷调查，历时6年，写出了十篇调查报告，先后在国家级核心期刊《红楼梦学刊》和《名作欣赏》上刊载，发表后反响很大，不仅在红学界，甚至在全国社会科学界都引起了反应。这十个调查专题分别是：一、你娶薛宝钗？还是娶林黛玉？——第一次《红楼梦》问卷调查；二、究竟哪种书名好——第二次《红楼梦》问卷调查；三、你喜欢不喜欢阅读《红楼梦》？为什么？——第三次《红楼梦》问卷调查；四、袭人和晴雯：你招聘哪个做保姆——第四次《红楼梦》问卷调查；五、世上哪种母亲好——第五次《红楼梦》问卷调查；六、还是这个媳妇好——第六次《红楼梦》问卷调查；七、两个老太太，舍其谁也——第七次《红楼梦》问卷调查；八、这个嬷嬷最生动——第八次《红楼梦》问卷调查；九、为了维护妇女的尊严——第九次《红楼梦》问卷调查；十、改变思维方式 振兴科学学派——第十次《红楼梦》问卷调查。他现在把这十个专题调查报告辑集成册出版，书名为《当代青年的红学观》，并把一些重要的反响、评价文字，也附录于书后，我读了后很受启发。作者即将出版这两本专著，请我为其书作序，情谊难却。不过由于我年事已高，头晕目眩，就不能分别为两书写序了，只好合二而一，一序两用。这样做，对作者和读者来说实在抱歉得很。

《红楼梦》要认真地研究起来，颇费精力，几乎从微观到宏观，从作者、版本到思想、艺术，大大小小的领域都有争论，有些问题通过争论可以得到解决，有些问题恐怕争论十年八年、几十年以至几个世纪，也解决不了。那怎么办呢？只能依靠新文献、新文物的发现，而这些新文献、新文物还必须是确凿无疑、真实可靠的。景瑜同志面对那样纷繁复杂的红学争论，从不盲目参与，胡乱发表意见，而能独辟蹊径，写出颇有见地的文章，又能别出心裁地运用新方法去研究，实属难能可贵！他常常在各种场合宣称自己是红学界的一个“红小兵”，我倒认为不管是“红小兵”还是“红大兵”以至“红老兵”，研究《红楼梦》都应当谦虚谨慎，持之有故，言之成理。

景瑜的治学精神与方法,值得肯定。

读了书稿后,我觉得他的这两本书很有特色。

其一,从研究方向和方法上来看,有创意,有突破,有深度。通读两部书稿后,确有如此印象:导读编中的《步入“红楼”的一把钥匙》,用深入浅出的方法,告诉青年人怎样阅读《红楼梦》,言简意赅,重点难点突出;评点编运用了传统的评点方法,就一个问题,或一个词语、或人物、或情节、或伏笔、或思想观点、或诗词曲赋……一一加以评点,既可看出作者的功底,又可看出作者的现代意识;鉴赏编则从书名到语言,篇篇俱佳,尤其是《〈红楼梦〉的写梦艺术》一文写得缜密深邃,能把全小说的每一个“梦”摘出,以自然科学和文学相结合,加以比勘分析,首次给曹雪芹得出一个新的结论:“他不但有着文学家的头脑,而且还有着科学家的头脑,哲学家的头脑。请看他在小说《红楼梦》中阐发三教九流的哲理,阐发天地万物之间的阴阳二气,阐发人类历史的变迁,阐发医学规律,写了那么多病例,开了那么多药方……不都充分地证明了这一点吗?我们阅读、研究《红楼梦》时,也要注意把曹雪芹以文学家、科学家、哲学家去看待,才会避免出现曲解这部伟大小说的毛病。”又如比较编中的文章,则把《红楼梦》与其他外国著名小说进行比较。比较文学研究方法本是一种不可或缺的重要的方法,虽然19世纪初产生于资本主义发达的欧洲,但后来遍及世界各国。这种研究很有特色很有价值,没有这种研究,国别文学史以及世界文学史是不会完善的。这一编中以《无端笑哈哈　不觉泪纷纷——〈红楼梦〉和〈傲慢与偏见〉比较》一文,写得较为出色。作者把这两部小说从选取题材、塑造人物、艺术风格、语言特色、爱情描写以至起书名诸方面加以比较后,认为有相同之处,而就整体艺术水平来衡量,以大量的凿凿例证,论证了《红楼梦》远比《傲慢与偏见》好:一部是"圆形"人物多,另一部是"扁平"人物多;一部是悲剧风格,另一部是喜剧风格;一部是语言具有深邃的意境美,另一部充满了机智、诙谐的幽默感;因而在揭示社会生活的深度和广度上,前者也显而易见地超过了后者。这个比较结论,的确令人首肯。应用编的成果虽然不算突出,数量少却质量较高,例如《公关艺术在大观园》一文,首发于《红楼梦学刊》1997年第2辑,接着他又在山西大学专题讲座中讲演过多次,被校方推荐刊载于《中国大学人文启思录》第二卷(华中理工大学出版社1998年2月出版),此书由周远清、季羡林任顾问,杨叔子任主任的编委会编审而成,是一本很有影响很有价值的书,是一本高层次、高品位的文化精品。第二卷中共收录40篇讲演稿,讲演者当中,有享誉海内外的著名学者杨振宁、钱学森、季羡林、杨叔子、厉以宁、杜维明等。景瑜的这篇讲演稿也被收入,其价值就不言而喻了。

至于采用问卷调查的方式进行学术研究,那更是别出心裁,既具有群众性和实践性,又不失学术性和理论性,比关在书斋里从书本走向书本,不知要好多少倍。运用问卷式的社会调查研究法,早在社会学、法学、政治学、伦理学、教育学等学科领域里出现了,而在文学领域特别是中国古代文学领域里却还是少见,景瑜能够把此方法运用于红学研究中,而且取得了意想不到的效果,这不能不叫人拊掌叫绝。正像《名作欣赏》(1998年第1期)《编后记》所说:"同某些'红学家'、'曹学家'一味在故纸堆中堆故纸的治学方法完全不同,山西大学中文系赵景瑜教授以《红楼梦》问卷调查的方式,在接受美学的范畴,从当代以青年为主体的读者中获取了大量的令人耳目一新的鲜活信息。本刊将其两个主题的调查报告发表以来，编辑部及作者，先后收到了近百封来函来稿，其中有著名红学家，也有全国各地的中青年红学爱好者，他们一致高度赞扬赵教授红学研究的新方向与新方法。有的说：‘作者突破旧框框，拓宽新领域，体现研究方向与方法的创新，使《红楼梦》研究获得新的生机。’有的说：‘一口气读完之后，我仿佛听到了《红楼梦》当代青年读者的心声与脉搏，这是不少“闭门著书”、不问世事的红学家不关心、不了解（甚至不愿了解）的大问题。从表面看，红学界舌枪唇剑，你来我往，仿佛很热闹，而实际上，在青年读者中反响并不强烈。’有些青年人则强烈要求参与问卷调查，一位中学教师说：‘倘蒙不弃，乞得“问卷”，使我聊附骥尾，则从古至今天上人间第一件畅心满意的事。’回族女作家马瑞芳教授，还把赵教授的专题问卷调查活动直接写进了她的‘新儒林长篇小说系列’《天眼》中。”

他的红学问卷调查活动，也把我的一些红学观点做了检验和印证。20年前，我曾经在《红楼梦研究论集·后记》中说：“《红楼梦》这部伟大著作，已经赢得两个世纪人们的喜爱，我相信它将是人们永远所喜爱的。它在世界上是一部被最多的人们阅读的文学作品，在过去和现在研究这部书的人为它写过不少专书，发表过很多从各个角度研究它的文章，恐怕这在作品研究方面应该数第一位。杜甫诗是大家喜欢的，俗有‘千家注杜’之说，似乎也未必赶得上《红楼梦》吧！”没想到20年后景瑜在第三次《红楼梦》问卷调查中，得出了如下结论：在146份有效答卷中，喜欢阅读《红楼梦》的共有136人，竟占到总人数的93%强。不少读者还说：“不但是喜欢，而且是非常喜欢，简直喜欢到不能再喜欢的地步。”

红学研究向何处去？这的确是值得人们思考和探索的一个问

题。作者主张用封闭型和开放型相结合的方法研究，他说多年来他在研究《红楼梦》的过程中，探索出一套“五结合”的模式，即：“传统方法与现代科学方法相结合，定量分析与定性分析相结合，微观研究与宏观研究相结合，社会科学研究与自然科学研究相结合，国内研究和国外研究相结合。”我看这个模式基本上是科学的、可行的。

其二，从研究内容来看，也是体现了他的“五结合”模式，每种模式都有反响强烈的突出的研究成果与应证。他很善于抓住《红楼梦》中的尖端问题或者激烈争议问题进行研究，不去炒冷饭，不去人云亦云。例如，关于《红楼梦》的书名问题，红学圈内人人尽知在曹雪芹生前即出现过五种书名，死后又出现了两种书名，共七种，然而景瑜同志却又发现了第八种，即《情界真铨》，并比较了各种书名优劣、出现原因，最后确认还是“红楼梦”这个书名“比其他名称更概括、更全面、更生动”。还有对“红楼”及“梦”的考证阐发，也很有见地。又如，关于《红楼梦》的总纲问题，也是历代权威说法不一，有的人主张第一、二回是阅读研究的总纲，有的人主张第四回是阅读研究的总纲，有的人主张第五回是阅读研究的总纲，景瑜则敢于碰硬，批评了上述三种“总纲说”的不足之处，而提出了前五回才是阅读研究《红楼梦》的总纲。再如，关于《红楼梦》人物的评价，他说：“曹雪芹笔下精心刻画的重要人物之一的贾母、薛宝钗、王熙凤，一直作为彻头彻尾的反面人物进行评析，就不符合作者的创作实际，应当重新评价。”他用定量分析和定性分析、微观研究和宏观研究相结合的方法，对贾母作了深入的全面的分析之后，把贾母定位为《红楼梦》中的“主要人物之一，正面人物之一，成功的艺术形象之一。……曹雪芹以他的艺术天才为我们塑造了一个‘真的人物’，活生生的艺术典型。”关于薛宝钗，他说：“倘若用当代意识去赏析，似乎他很懂得公共关系学，颇善处理上下左右的关系，堪称大观园里的公关小姐。”关于王熙凤，他以“王熙凤协理宁国府”的故事为例证，联系国际管理学的理论与原则，详细论证，加以比较，最后得出这样的结论：“王熙凤的管理学有三严的特点，即严密的布署，严格的要求和严肃的处理，把三严方法有机地结合起来，便很快使宁国府由乱走向治的局面。毛泽东同志曾说，王熙凤有总理之才。著名作家、评论家徐迟又说，王熙凤是一位了不起的经济学家。这样评价看来并不过分。可是长期以来，人们分析王熙凤这个形象时，虽然也承认作品是在褒扬她的才干，但更多的人则认为是批评她的卖弄才干，或是写她的狠毒性格。这是一种偏见，是简单化了的社会学评论观点。我们今天以当代意识看，从管理学角度来分析，则应当肯定她、歌颂她。王熙凤所采用的一些管理方法和规定，对我们今天改进工作作风，提高管理水平，具有相当的参考价值。”以上这些观点，很有说服力，确是发前人所未发的创见。

其三，从发表后的成果反响来看，可以说波及国内外，打动了读者的心，只需列出一些数据，毋需评头论足，即可看出其水平和价值了。

请看“梦境艺术”的内容。曾以《说梦——〈陋室评红〉之十二》一文，在香港《抖擞》(1980 年 3 月号)杂志首发，之后的反响非同寻常：1980 年 7 月因此文的发表，哈尔滨全国第一次《红楼梦》研讨会特邀他出席并作了发言，同时《光明日报》登载照片；1980 年第 5 期《战地》(人民日报社主办)全文转载，并加按语；1980 年第 3 期《晋阳学刊》(山西社科院主办)再次全文转载；1980 年第

12期《语文教学通讯》(山西师院主办)发表详细摘要;1981年3月1日《中国青年报·星期刊》又转载详细摘要;1981年9月16日《山西广播电视报》摘要转载;1982年2月第1版《红楼梦新论》(黑龙江人民出版社出版)一书全文收入,将文章改为《谈〈红楼梦〉写"梦"的艺术》;1982年7月1日《上海文学报》摘要刊载;1983年4月21日《山西日报·黄河副刊》摘要刊载;1983年第9期《山西青年》又摘要刊载;1985年1月15日《社科新书目》(人民出版社编)再登详细摘要;1989年第2期《晋图学刊》以《名著〈红楼〉撷谈》摘发;此外澳门、台湾亦有转载,日本、美国、英国、加拿大等国均有翻译,大陆红学界还有一些人引用了该文的论点。

《红楼梦》系列专题问卷调查,则更引起了大陆上各个角落各行各业人们的关注,特别是当代青年人的参与,使得《红楼梦》更加家喻户晓、深入人心了。不需多说,只要一读《当代青年的红学观》一书的《附录》也就够了,那些红学圈内圈外的评价,可谓无一不中其肯綮。

这部红学专著并非十全十美,有些地方还值得再思考再研究,例如《〈红楼梦〉与现代企业管理》中的观点,是否有些牵强比附?当然仁者见仁,智者见智,这仅是个人之见。

愿景瑜教授在未来的岁月里,保持自己的研究特色及传统,更加弃伪存真,写出更多更好的"红文",结出更大更美的"红果"来!

以上杂谈,权作为序。

2000年10月10日

时年八十有四

说不尽的《红楼梦》(代序)

——兼谈《红楼梦》的研究方向与方法

自从18世纪中叶(乾隆十九年,1754)《红楼梦》问世以来,屈指一算至今已有238个年头了,在漫长的中国历史长河中,时间并不算长,然而它的影响却很大,吸引力却很强,一出世便广为传抄,家家喜看,处处争购,成为一本畅销书。据说在乾隆嘉庆年间的北京城里,家家案头必备一本《红楼梦》[①],那时还出现了一种"开谈不说《红楼梦》,读尽诗书是枉然"[②]的社会风气。直到建国前夕,还有一种"做了一个人,不可不读《红楼梦》"[③]的说法。就这样在各阶级各阶层的人们手中传抄,甚至有许多文人进行专门性的评点、研究,形成了一门专门学问,叫做"红学"。当今《红楼梦》更跨越了国界,传遍五湖四海,变成世界性的"红学",先后被翻译为日文、朝鲜文、泰国文、缅甸文、罗马尼亚文、匈牙利文、捷克斯洛伐克文、俄文、德文、英文、法文、希腊文、荷兰文、意大利文、西班牙文等16种文字,流传于日本、加拿大、澳大利亚、美国、德国、英国、法国、前苏联等大小二三十个国家。美人阿瑟·韦利高度赞扬说:"《红楼梦》是世界文学的财富,它的出现给世界文学增加了荣誉,它使世界文学创作者受益不浅。"[④]法国《快报》周刊于1981年12月31日发表评论说:"全文译出中国五部古典名著最华美、最动人的这一巨著,无疑是1981年法国文学界的一件大事。""现在出版这部巨著的完整译本，从而填补了长达两个世纪的令人痛心的空白。这样一来，人们就好像突然发现了塞万提斯和莎士比亚。”[5]

《红楼梦》的的确确是一部了不起的著作，是中国文学史上思想性和艺术性结合得最好的一部小说，是中国文化的结晶，是世界文学的瑰宝。我们能有这部小说，是我们中华民族的骄傲，我们中国的骄傲，我们应当引以自豪。因此说，作为一名中国人，不管你是学文的、学理的、学工的、学医的、搞评论的抑或搞创作的，都应当认真地阅读它、研究它。著名的文艺评论家、原全国文联党组书记、中国作家协会副主席冯牧同志曾经强调指出：当代的青年作家要好好阅读《红楼梦》，“开卷不读《红楼梦》，纵当作家也枉然！”[6]

朋友们，你们领略过大观园内外所展现的洋洋大观的艺术世界吗？那里的建筑雕甍绣槛，高楼插空；那里的山石崚嶒纵横，曲径通幽；那里的奇花异草，更是如喷火蒸霞一般。

就在那大观园的围墙之内，一方面是主子们吃着山珍海味，穿着绫罗绸缎，用着玉盘金碗，坐着八抬大轿，过着骄奢淫逸的生活；另一方面是奴隶们受蹂躏、受侮辱，在忍无可忍之下起而反抗。一方面是封建礼教桎梏着青年男女；另一方面是要求个性解放，要求婚姻自主的呼声频频喊出。一方面是贪污纳贿，高利盘剥，为所欲为；另一方面是旱涝不收，盗贼蜂起，家破人亡。《红楼梦》的思想意义可谓深邃远见，最先全面地宣布了自由、平等、博爱的理想。

就在那大观园的里里外外，你可以看到形形色色的九百多个人物，有帝王、后妃、皇亲、国戚、王爷、兵丁、太监、官吏、老爷、太太、小姐、丫鬟、仆役、管家、小厮、市侩、村媪、伶人、娼妓、道婆、道士、尼姑、和尚等等，《红楼梦》可谓写出了整个封建社会末世各种人的总体。

就在那大观园的里里外外，你可以了解到关于中国封建社会的政治、经济、文化、教育、道德、法律、科举、婚姻、奴婢、租佃、吏治、宗教，以及饮食衣着、医药卫生、园林建筑、经营管理、风俗习惯许多方面的感性知识，《红楼梦》不愧是一部百科全书型的小说。

二百年以来，《红楼梦》以如此神奇的魅力吸引着人们孜孜不倦地探究它的艺术堂奥。研究者形形色色：有封建达官贵人在探究它，例如清宗室永忠、弘旿、敦诚、敦敏等；有各种文人也在探究它，例如评点派护花主人王希廉、太平闲人张新之、索隐派大教育家蔡元培，新红学派胡适、顾颉刚、俞平伯，著名学者王国维，爱国民主人士山西老乡景梅九，现代著名作家林语堂等；不仅这些人物在研究，还有革命导师毛泽东、革命文豪鲁迅、著名政治活动家王昆仑等也在研究它；就是汪精卫、陈独秀、目林彪、江青也在研究它。这是为什么？这难道不是值得深思的一种“红学现象”吗？这真是红学史上的一个值得研究的奇特现象。

同样值得探讨的另一个奇特现象是《红楼梦》的仿作续补之书极多，《红楼梦》一出世以后，就有逍遥子著的《后红楼梦》30 回、秦子忱著的《续红楼梦》30 回、兰皋居士著的《绮楼重梦》48 回、陈少海著的《红楼复梦》100 回、梦之先生著的《红楼圆梦》31 回、归锄子著的《红楼梦补》48 回、嫏嬛山樵著的《补红楼梦》48 回及《增补红楼梦》32 回、吴沃尧著的《新石头记》40 回等等，竟有 47 种之多，比其他著名小说《水浒传》《西游记》《金瓶梅》的续书要多出六七倍来。现代著名作家茅盾、巴金、林语堂、路翎、老舍的《子夜》《家·春·秋》《京华烟云》《财主底儿女们》《四世同堂》等长篇小说，就是直接吸收《红楼梦》营养，模仿《红楼梦》风格写出来的。中国古代著名小说为什么会出现续书补书仿作的高潮呢？这在中国来说是一种不可忽视的文化现象。续书，古已有之，今亦有之，将来也不可能断子绝孙。难怪有的红学研究者得出这样的结论:《红楼梦》既是伟大的问号(?),又是伟大的惊叹号(!),也是伟大的删节号(……)。

近几年来有人说,《红楼梦》研究早已走向低谷,山穷水尽,没有什么研究头了。我说不是,仍然大有研究头。这就看你的研究方向和方法是否有效。红学研究向何处去?这的确是值得人们思考和探讨的一个问题。要想妥善地解决好这个问题,关键在于解决好研究方向与方法问题。关于研究方向和方法问题,在红学界一直存在着分歧、争论,这是一个专门性的问题,这里不去赘述。长期以来,《红楼梦》研究存在一种不良倾向,脱离现实,脱离人民的需求,起不到古为今用的作用。我认为毛泽东同志一贯强调的"古为今用、洋为中用"的观点并没有过时,在今天来说,仍然是正确的重要的,具有现实意义和指导意义。简单来说,不管是用闭锁型的方法,还是用开放型的方法,都必须首先考虑到研究《红楼梦》本身,为现实服务,应当是从"大观园"走进去,从"大观园"走出来,万变不离其宗。目前当务之急是要突破过去的旧框框,勇于创新,敢于实验。根据我个人的多年来研究《红楼梦》的经验来看,我感到大方向要一致,不能独出心裁,不能偏离党中央制定的"一个中心、两个基本点"的基本路线,善于抓住有利时机,用改革开放的超前精神,拓宽研究领域,为建设具有中国特色的社会主义文化事业服务。在方法上,尽可以多种多样、百花齐放、百家争鸣、八仙过海、各显其能。用闭锁型的传统方法也可以,例如评点、索隐、考证、探佚等,就属于闭锁型的方法;用开放型的新型方法也允许,例如评论、赏析、比较文学、以及交叉学科就属于开放型的方法。现在从研究方法上讲,我国的红学研究基本上还是属于闭锁型的。我主张我们的研究方法应当是闭锁型和开放型相结合的方法，多年来我在研究《红楼梦》的过程中探索出一套“五结合”的模式，即传统方法与现代科学方法相结合、定量分析与定性分析相结合、微观研究与宏观研究相结合、社会科学研究与自然科学研究相结合、国内研究与国外研究相结合。这个模式基本上是行之有效的。因此我深深感到在研究方法上，不能固步自封，作茧自缚，要敢于大胆吸收和借鉴人类社会创造的一切文明成果，敢于大胆吸收和借鉴当今世界各国包括西方发达国家的先进研究理论和方法，不要动不动不问青红皂白就当作资产阶级自由化的东西否定掉。随着科学技术的突飞猛进，社会生活的日新月异，人们认识和研究客观世界的方法论，也有了很大的发展和变化。因此，我们在研究《红楼梦》时不能抱残守缺，只要传统方法，拒绝现代方法。传统方法和现代方法并非截然对立，互不相关，两者之间是相互统一、相互补充的关系，只要唯物辩证地解决好两者之间的关系，就不会出偏差。目前，世界上出现的研究文学的现代方法很多，大约有二十几种，其中最主要的有系统论、信息论、控制论、数学方法、心理批评、原型批评、形式主义批评、结构主义批评、社会学批评，法国、美国、前苏联流行的比较文学方法等。这许多方法各有各的个性，自不待说，但其共性却是注重多样化和精确性。因为文学的批评与研究对象是一个包含多种因素、不同层次的复合体，因而就必须采用多种多样的研究方法，并要求达到十分精确的目的。而文学研究要做到精确，就必须对各种概念、范畴做出科学的界说，就必须针对文学现象的内在规律做出逻辑的解释，只有这样，才可以移植或运用自然科学的精密方法、手段和程序。

举一个运用数学方法的概率论来研究《红楼梦》的例证吧：第27回里写了“宝钗扑蝶”和“黛玉葬花”的重要故事情节，而这两件事都发生在阴历四月二十六日这一天。这天正是交芒种节的日子，按照中国的传统风俗，这一天都要摆设各色礼物，祭饯花神。稍有天文气象知识的人都知道，阴历二十四个节气交节的日子并不是年年固定，往往有几天的摆动幅度。那么《红楼梦》里写的这个芒种节究竟属于哪一年的芒种节呢？只要做一个简单的减法即可推算出。做这个推算首先遇到一个麻烦就是关于曹雪芹的生卒年问题。尽管曹雪芹的生卒年在红学界尚有争论，有主张死于1763年（乾隆二十七年）的，有主张死于1764年（乾隆二十八年除夕）的，还有主张1764年初春（乾隆二十九年甲申岁首）死的，但并不妨碍我们研究这个课题。如果取死于1763年享年40岁的说法，则1723年就是他的生年（即雍正元年），那么乾隆元年（1736年）他是几岁呢？再做一次减法，1736年减去1723年，得数是十三岁，这一年曹雪芹十三岁。妙就妙在这里，为什么要特别提到乾隆元年呢？原来经过仔细推算，又检阅了《万年历》，果然这一年交芒种节的日子，正是小说中写的阴历四月二十六日。更使人感到吃惊的是这一年曹雪芹十三岁，而小说里的主人公贾宝玉的年龄也恰巧是十三岁[7]。这一切，难道用“纯属巧合”来解释，可以解释通吗？从数学上概率论的观点来看，“巧合”的概率小得实在不能使人相信了。由此可见，搞文学考据的人也要懂得些新观点，新方法。那些表面上看来与文学风马牛不相及的天文知识、数学知识，有时候也可能助你一臂之力，解决一个文学研究课题。

再举一个例子。借用电脑研究《红楼梦》在我国已经取得了一批成果，深圳大学中文系就研究出了一套《红楼梦》电脑多功能检索系统，为此事我曾两次走访深圳大学取经，对我进行《红楼梦》研究启迪不小。这个检索系统已经编成三十个专题二百多个项目，其中成语、修辞、饮食、服装、陈设、用具、诗词、戏曲、音乐、绘画、对联、谜语、教育、古代典籍、爱情描写、心理描写、外貌描写、医药保健等十八个专题,已经编为丛书出版。人们第一次得到了《红楼梦》中一系列的重要数据,研究起来就方便多了。比如问:《红楼梦》用了多少汉字呢?精确的字数是七十三万一千零一十七个,使用频率最多的是"了"字;全书有多少个成语呢?有一千六百二十三个不同的四字格成语,用的最多的是"不在话下";全书采用了二十四种修辞手法,用的最多的是比喻格。总之,《红楼梦》研究工作者想要运用什么资料,不必一页页一行行地翻书寻找,只要几秒到几十秒钟的时间,你便能获得满意的答案。

红学研究成果尽管二百多年来硕果累累,特别是十一届三中全会以后的新时期以来,可以说是红学研究历史上出成果出人才的最佳时期,但是认真地客观地总结一下,仍有许多翻案文章可做。

随便举几个例子就可说明。例如,《红楼梦》里的工艺美术品就值得研究。书中竟记述了十六大类四百二十多个品种的工艺美术品,这不说明乾隆年间正是中国工艺美术业发展的极盛时期吗?有时借用书中工艺美术品的研究,还可以纠正某些学术观点上的错误,或者历史记载的错误。中国绸伞的创制年代究竟是何年某月呢?研究轻工业史的人一直认为是1932年。事实并非如此,当你读了《红楼梦》之后,才发现原来早有记载,在第49回就有关于绸伞的描写:"见探春正从秋爽斋来,围着大红猩猩毡斗篷,戴着观音兜,扶着小丫头,后面一个妇人打着青绸油伞。"第15回又有描写:"远远见贾母围了大斗篷,带着灰鼠暖兜,坐着小竹轿,打着青绸油伞,鸳鸯琥珀等五六个丫环,每个人都是打着伞,拥轿而来。"这两个例证完全说明清初中国已有绸伞了,这就纠正了原为1932年中国才有绸伞的说法,提前了178年。但是绸伞绝不是曹雪芹写《红楼梦》那年才有的,一定会早若干年的,姑且就按早二三十年计算吧，那就一下提前了二百多年的样子。

又如，整个小说笔下的贾府人物或者其他人物，都是逢老大的就不好，逢老二的便好，或者总是逢老二的掌权。《红楼梦》写了贾府五代人物，宁国府为老大，荣国府为老二，重点是代字辈、文字辈、玉字辈三代人物。代字辈的贾代化、贾代善为叔伯兄弟俩，重点是写荣国府的贾代善（贾母的丈夫）一支，代善虽为荣国府的长子，但与代化排行，又是老二，在贾府里权势大于宁国府。文字辈又是重点写贾政（老二），不是贾赦（老大），贾母器重贾政。对玉字辈更是倾心注血地写宝玉（老二），而不是贾珠（老大），宝玉不但是贾母、王夫人的心肝宝贝儿，而且是大观园里的“小皇帝”。宁国府中虽然写了老大贾珍，但他是坏人，曹雪芹在贬他，同时并没有描写行二行三的弟弟。荣国府中也写了反面人物贾琏，又是行二，在玉字辈中却是握有实权的人物。这种现象和写法，是否有反封建的意义？是否在皇权上要突破长子长孙世袭的传统？是作者的精心构思还是偶然的巧合？对于这种现象和写法，至今没有专题研究，还是一项空白。

即使在熟套的人物分析评论方面，也有倾斜，天平称得不公。比如曹雪芹笔下精心刻画的重要人物贾母、薛宝钗，一直作为彻头彻尾的反面人物进行评析，就不符合作者的创作实际，应当重新评价。关于贾母，我曾做了一篇翻案文章，发表在《山西大学学报》（1985 年第 2 期）上。关于薛宝钗，也累有翻案文章出现，但也还是没有说尽。倘若用当代意识去赏析，似乎她很懂得公共关系学，颇善处理上下左右的关系，堪称大观园里的公关小姐。

关于姑表、姨表缔姻的观点，即贾琏与凤姐、宝玉与宝钗、宝玉与黛玉、潘又安与司棋的婚姻恋爱，按照中国传统的婚姻观点来看无可厚非，而且还讲究亲上加亲，可是按照现代科学的观点来看，特别是从我国新婚姻法禁止近亲结婚的法律规定来看,就必然要引起对《红楼梦》中婚姻制度的重新评价。现在的中老年人以及青年人还不以为奇,到若干年以后,五十年、一百年后,新的一代就完全不理解了,必然要批判这种腐朽落后的婚姻观。不仅《红楼梦》如此,中国古代的许多戏曲,小说作品,大多为姑表、姨表兄妹缔姻亲上加亲的题材。这个研究课题就将会引起连锁反应,涉及对整个《红楼梦》及其他有关作品思想意义的评价了。

再如医药卫生、园林建筑、饮食文化等,都是有价值的研究课题。《红楼梦》中写了不少医生看病,说了许多中医术语和中成药名,开了许多中药方剂,符不符合科学原理?现在还能不能使用?书中描写的园林建筑更具有浓厚的民族特色,东方大国的气派,假如在中国的一些地方模仿大观园的建筑,搞一些旅游设施,再配以红楼名宴,什么“茄鲞”、“鹿脯”、“松瓤鹅油卷”,什么“枫露茶”、“碧粳粥”、“合欢花浸的酒”,应有尽有,岂不是对发展我国的旅游事业很有帮助吗?既为中外文化交流、贸易往来提供了条件,又为我国赚了外汇,获得了经济效益。如何把我国的传统文化的精华与国外先进的经营管理方法相结合,建设具有中国特色的社会主义企业文化,都可以看作红学研究的重点课题。然而为了达到这个目的,就必须对《红楼梦》做深入的细致的全面的研究。

此外,《红楼梦》对当前文艺创作的现实意义和价值;《红楼梦》的某些缺点和败笔等等,都是亟待深入研究的课题,就不一一详谈了。

借鉴古代文学作品为经济建设服务,为改革开放服务,为企业现代化服务,是不是有点牵强附会呢?否!当然有些是直接的,有些是间接的,大量的东西是属于间接的。但不管直接也好,间接也好,只要坚持“古为今用”的原则总不会落空的。日本人在这方面已经取得了成功经验，而我们中国则缺乏这方面的经验，从来不去发掘、注意，实行改革开放政策以后好多了，开始注意使死的古的东西为活着的人和事服务了。比如说《红楼梦》第13、14两回写“王熙凤协理宁国府”的故事，就成功地写了她的杀伐果断、治家才干，组织管理水平。一个二十来岁的少妇，每天东西两府之间来来去去，不辞劳苦，颇有领导才能。用当代意识来看，似乎她很懂得经营管理学。短短的一个月里把宁国府上下管理得有条不紊，由乱到治，由散漫到凝聚，效果非常显著。在她承担了协理宁国府的任务之后，第一步骤便是“我须先理出一个头绪来”，首先找出宁国府的问题症结来，这很像咨询人员到企业开展咨询活动一样。她把宁国府治家混乱的弊病总结为五点：“头一件是人口混杂，遗失东西；第二件，事无专执，临期推诿；第三件，需用过费，滥支冒领；第四件，任无大小，苦乐不均；第五件，家人豪纵，有脸者不服钤束，无脸者不能上进。”（14回）面对此等现状，王熙凤采取了三种有效措施。第一种是树立一个管理者的权威形象，威重令行，说了话算数，不管是谁，有了过失，有脸的没脸的，一律清白处治，毫不徇情。这是一种对症下药的“公正”原则。把“公正”作为管理的一条原则，是现代法国管理学家亨利·法约尔提出的，为十四条管理原则之一。这对一个单位保持一种正常的公平的和团结的工作气氛是十分必要的。对于犯了错误的，不论是谁一视同仁地严肃处理，不搞和稀泥，也不搞“下不为例”。只有这样，才能是非分明，人人服气，管理者领导者的威信才能树立起来。事实正是如此，书中这样写道：“彼时宁国荣国两处执事领牌交牌的，人来人往不绝，那抱愧被打之人含羞去了，这才知道凤姐的厉害。众人不敢偷闲，自此兢兢业业，执事保全。”（14回）第二种措施是建立宁国府各类人员岗位责任制，把任务落实到人头上。她根据举办丧事和家务活动的各项任务加以分类，从四人、八人、十人到四十人各分为一组，各负各责：有的“单管人客来往倒茶”，有的“单管本家亲戚茶饭”，有的“单在灵前上香添油，挂幔守灵，供饭供茶，随起举哀”，有的“单管监收祭礼”，有的“单管多处灯油、蜡烛、纸扎”，有的“每日轮流多处上夜，照管门户，监察火烛，打扫地方”，等等。除规定任务之外，别的事不管，但是对份内之事，凤姐却不允许半点马虎，杯碟茶具或酒饭器皿，若少一件，必须照原样赔偿。这样建立了一套管理制度，赏罚分明的措施，事事奏效。正像书中描写的：“众人领了去，也都有了投奔，不似先时只拣便宜的做，剩下的苦差没个招揽。各房中也不能趁乱失迷东西。便是人来客往，也都安静了，不比先前一个正摆茶，又去端饭，正陪举哀，又顾接客。如这些无头绪、荒乱、推托、偷闲、窃取等弊，次日一概都蠲了。”（14 回）这充分说明经过一番整顿，混乱没有了，正常的管理秩序建立起来了。凤姐所动用的第二种措施，完全符合现代化管理的“整分合原则”。现代高效率的管理必须在整体规划下明确分工，在分工基础上进行有效的综合，这就是整分合原则。这个原则，也就是现代科学管理学创始人弗温·泰勒[8]理论的实践和总结。他曾经指出：在详细了解一件工作如何完成并如何分解成一个个基本要素的基础上，对劳动加以适当的组织，才能提高效率。所谓“详细了解”就是充分了解整体全貌及其活动规律；“分解”就是明确各个问题的功能和明确分工；“适当的组织”就是按照科学规律进行最佳效益的综合协作。第三种措施是确定各种上下班时间，严格要求。不准迟到早退，分秒不误。要求上上下下必须树立强烈的科学的时间观念，并且自己首先带头执行。她吩咐大家说：“不论大小事，我是皆有一定的时辰。横竖你们上房里也有时辰钟。卯正二刻我来点卯，巳正吃早饭，凡有领牌回事的，只在午初刻。戌初烧过黄昏纸,我到各处查一遍,回来上夜的交钥匙。”(14回)凤姐所采用的第三种措施,又完全契合日本著名企业家、管理学家松下的一百条“领导秘诀”中的一些原则,即第2条严厉而敢言(领导者应严厉些,该说的就要说);第16条慑人的气魄(领导者要有断然成事的气魄);第53条率先垂范(领导者应用各种方法,将自己的信念传述给众人,同时,要躬身垂范,率先实践)等。

由此可看出王熙凤的管理学有三严的特点,即严密的部署,严格的要求和严肃的处理,把三严方法有机地结合起来,便很快使宁国府由乱走向治的局面。毛泽东同志曾说,王熙凤有总理之才。著名作家评论家徐迟又说,王熙凤是一位了不起的经济学家。这样的评价看来并不过分。可是长期以来,人们分析王熙凤这个形象时,虽然也承认作品是在褒扬她的才干,但更多的人则认为是批评她的“卖弄才干”,或是写她的狠毒性格。这是一种偏见,一种简单化了的社会学评论观点。我们今天以当代意识来看,从管理学角度来分析,则应当肯定她、歌颂她。王熙凤所采用的一些管理方法和规定,对我们今天改进工作作风,提高管理水平,具有相当的参考价值。

说到借鉴古代文学作品为经济建设服务,为改革开放事业服务,更令人吃惊的是日本企业界竟把《三国演义》作为必读书和研究课题了。他们如醉如痴地精心研究《三国演义》,以此为主题的管理学专著就有:城野宏编著的《三国志的人际关系学》,中野直祯撰写的《三国志的智慧》等;以企业家为主要读者对象的日本《愿望》月刊,就曾编辑出版了《三国志——商业学的宝库》专辑[9]。这些书籍、杂志风靡日本,商界人士争相购阅。日本企业界为什么要如此推崇《三国演义》呢?据称,企业界人士指出:“就是认为书中有宝。在当今激烈的商业角逐中,读读《三国演义》大有裨益。”

有一位大学教授说："诸葛亮的机智多谋，给日本企业家提供了有益的启迪，松下电器公司的显赫成功，正是松下幸之助善于适用诸葛亮的战略眼光的结果。"[10]据说松下电器公司，从董事长、经理、车间主任到每个职员、工人，人手一部《三国演义》，活学活用，作为考核项目之一。松下幸之助就是凭中国和日本的古代文化、哲理和原则，来领导松下电器公司的，一跃而成为世界闻名的大企业家。他曾经以中国和日本的古圣先贤为中心，将领导者所应具备的条件，分为100条经验来加以说明，写成一本驰名世界的专著《松下幸之助的领导秘诀》，在100条经验中，竟引用中国古代文化的例证33条。他说："身为领导者，当然不只限于此。但我所说明的这100项，都是领导者不可或缺的条件。……依我有限的体验和见闻，我认为身为领导者，在言行上都以践履它为上策。即使有的项目仅能做到八成，有的仅能做到三成，但这100条，条条不可忽略。"[11]前几年我们中国学术界引进西方的新三论、老三论来研究中国的文学作品，或者研究中国的经营方式和管理方式，曾经时髦了一阵子。其实关于"信息论"的问题，在《三国演义》里早已提到了。诸葛亮的神机妙算，制胜于敌，除了别的因素以外，就是依靠了"信息论"。诸葛亮之所以取得斗争胜利的预期效果无非在于应变的成功，成功的应变又由于预测的正确，而他的预测与应变，则取决于信息获得的及时和准确。"信息"一词虽通行于现代欧美，但《三国志通俗演义》一书早已有之。例如卷十六《玉泉山关公显圣》写到关羽父子死后，吴将马忠、潘璋获胜，"孙权尽收荆襄之兵，将关公父子信息招安各处人民"；[12]又如卷二十《孔明智败司马懿》写孔明三出祁山时，司马懿问郭淮、孙礼说："汝等曾与蜀兵对敌否？"二人答曰："未也。"懿曰："蜀兵千里而来，利在速战；今来此不战，必有谋也。陇西诸路，曾有信息否？"淮曰："已有细作探得各郡十分用心，日夜提防，并无一事。只有武都、阴平此二城，未曾回报。”⑬可见吴、魏两国都重视信息的作用。至于诸葛亮，则更加重视，他的“隆中对”就是建立在对信息的掌握与分析基础上的战略决策。而他下山作为刘备军师的第一件事，就是建议与安排猎取信息情报的工作。然后书中写了诸葛亮如何善于捕捉和利用信息情报，如何掌握自然规律与技术，如何把握心理活动规律，最终克敌制胜。另外，在中国传统文化中使用“信息”概念的大有人在，例如《水浒传》第33回写了宋江在清风寨两次被刘高捕获的情节，叶昼在回末总评中写道：“刘高妻子是个淫悍之妇，不消说了。独是花知寨太莽，宋公明亦欠细密，临去时着几个人护送，也好讨个信息，缘何如此托大？”这里便明确地使用了“信息”二字。又如《红楼梦》第14回写到林如海病故后，贾琏陪黛玉到苏州送殡，昭儿也陪着去，当昭儿提前回到贾府后，书中写到：“（凤姐）少不得耐到晚上回来，复令昭儿进来，细问一路平安信息。”曹雪芹又明确地使用了“信息”概念。

由上面的粗浅论述，我们完全有理由说：《红楼梦》还没有说尽，而且永远也说不尽。《红楼梦》与改革开放有缘，能够为改革开放事业服务，为经济建设服务。这就看你的思维方式、研究方向、研究方法有没有新套套、新点点。改革开放，是时代的潮流，历史的必然，人民的愿望，改革开放，荡涤着贫穷落后，也荡涤着愚昧和腐朽的习惯势力。改革开放，将把思想僵化、因循守旧的懦夫懒汉世界观送进历史博物馆，为奋斗开拓、积极进取、从不固步自封的勇士提供大显身手的天地。红学研究不能继续停留在自然经济基础产生的小生产方式上，也必须运用“大科学”的理论和方法。“大科学”的理论和方法是由美国科学家普赖斯首先提出的。后来联邦德国的贝希曼对“大科学”作了进一步的阐明。他认为：大科学不仅是指规模大,而且是指解决大问题。所谓“大问题”,就是那些只有依靠科学才能真正解决的涉及国计民生的主要课题。贝希曼还把大科学分作三种类型,即基础理论研究,定向研究和多学科协同配合研究。我想,《红楼梦》研究也可以如此,也应当如此。

歌德,就是那位德国的大诗人、大戏剧家,他的一生就不仅从事文学创作,还研究自然科学,并参与政治活动。他在1826年为纪念英国大文豪莎士比亚写过一篇论文,题目就叫《说不尽的莎士比亚》。自然这篇论文是针对戏剧而言的。莎翁二十多岁时闻名于世,到这时已有二百三十多年岁月,“莎学”早已定论,研究莎剧的成果也早已硕果累累,但是歌德却在这篇论文里分析了舞台剧和其他艺术样式的区别,特别强调了戏剧的舞台性。他认为莎士比亚是伟大的,但由于才华太盛,诗人气质太过,因此他的戏剧便忽略了舞台性,朗读起来是一部非常优美的剧作,但表演起来则存在着不少缺点。歌德在褒扬莎士比亚的同时,明显地批评了莎剧艺术上的某些缺点。因此他得出结论说,无论从正面看或从反面看,莎士比亚是永远说不尽的。我认为曹雪芹及其《红楼梦》也是如此,现在尚未说尽,永远也说不尽。因此,我这篇文章的题目,便模仿歌德,起了个《说不尽的〈红楼梦〉》。

1992年3月写于山西大学仙龙斋

【注释】

①详见郝懿行《晒书堂笔录》,转引自一粟编《红楼梦卷》355页。

②得舆《京都竹枝词》,转引自一粟编《红楼梦卷》354页。

③俞平伯《红楼梦简论》，详见《红楼梦研究参考资料选辑》第二辑207页。

④英译本《红楼梦》卷首《序言》，1929年伦敦出版。

⑤大事指1981年由法国出版的法文120回本《红楼梦》，〔中国〕李治华和〔法国〕雅克琳·阿雷札伊斯合译。

⑥1980年7月在哈尔滨全国首届《红楼梦》学术讨论会上的讲话。

⑦采用周汝昌《红楼梦新证》的说法。

⑧弗温·泰勒，美国人，1856年生，22岁时入美国米德韦尔钢铁公司工作，40岁时考入伯利恒钢铁公司任职，对工厂管理方法有深入研究。1911年曾写了《科学管理原理》，1930年出版《工厂管理论》。由于泰勒锐意倡行科学管理及其卓越的贡献，故被誉为“科学管理之父”。

⑨日本人所称的《三国志》是指《三国志演义》，并非指陈寿撰的史书《三国志》。

⑩转引自《光明日报》1986年1月23日《日本企业界研究〈三国演义〉》一文。

⑪《松下幸之助的领导秘诀·前言》，香港龙门出版社出版。

⑫依据毛本校订出版的《三国演义》第77回“玉泉山关公显圣”中则无“信息”一词。

⑬依据毛本校订出版的《三国演义》第99回“诸葛亮大破魏兵”中则见“信息”一词。

目　录

上　册

第六章　比较编

第一章　导读编

步入"红楼"的一把钥匙

——怎样阅读《红楼梦》

《红楼梦》,的确是一部博大精深、艺术卓越的百科全书型的长篇小说,对初读此书的青年人来说是有一定的困难,甚至某些章回非常困难,但是只要方法对头,善于抓住难点、突破难点,也是容易读懂读通的。清人周春说:"阅《红楼梦》者,既要通今,又要博古;既贵心细,尤贵眼明。"[①]这话是有道理的。怎样阅读《红楼梦》?

首先,要认真弄懂弄通前五回。

能不能弄懂弄通前五回,这是阅读、研究《红楼梦》的关键,特别是第1、2、5回,比较难懂。其中列举了大量的历史人物、文物典故,第5回又是通过梦幻的景象来写的,出现了大量的诗词曲赋。所以读前五回时要放慢速度,要有蚂蚁啃骨头的精神。前五回无论在全书的思想内容上还是艺术结构上,都有着特殊的位置与意义。因此,对初读《红楼梦》的读者来说,如果不理解前五回,便不可能深刻地理解全书。读懂了前五回,后面从第6回读起便可迎刃而解。清光绪年间有个号梦痴学人的读者,根据自己阅读《红楼梦》的经验总结说："每见人谈说《红楼》，拘文泥字，猜拟谁家事，谁家人，甚至某某为谁，皆指实之，一唱百和，播瘟扬疫，传染流毒。更有一等人，一团骄傲，满口高谈，直欲目空四海，横行天下，此种样子，每见于我辈同业，可怜可笑。梦痴本立意不谈，但此书观者甚多，大都以小说轻视开篇缘起，被其寓言瞒过，所以义旨难悉，不免陷于幻阵。梦痴非自谓能别真假，不过因自幼读此书，稍识其旨趣，举一知半解之见，以佐同志。所说是否，仍望高明教正。若将前五回打透，其全部意义自显。"②现在阅读《红楼梦》比过去更加麻烦的原因，是由于 1974 年、1975 年"四人帮"插手了评《红》工作，使真伪掺杂、鱼目混珠、真理与谬误混淆在一起，一时难以辨清。就拿《红楼梦》的总纲来说吧，从古至今，说法就有多少种，翻来覆去，更迭不已。

什么叫总纲？总纲者，总其指导作用之纲领也。就《红楼梦》来说，无非是指作者的创作思想和倾向，这创作思想和倾向又体现在艺术构思、写作计划、情节结构、形象塑造、语言运用等各个方面。那么阅读、评论《红楼梦》的总纲是什么呢？二百年来一直聚讼纷纭。最早提出"总纲说"的是写脂砚斋评语的人，可简称脂评人。甲戌本《红楼梦》第 1 回中，就在"瞬息间则又乐极生悲，人非物换，究竟是到头一梦，万境归空"四句旁，侧批说："四句乃一部之总纲。"此一句真顶一万句，在《红楼梦》研究史上影响颇大。后来的许多新旧红学家们关于《红楼梦》主题思想的论述，盖源于此。于是周春确认为《红楼梦》"全书之微旨"，就在于阐发"情欲肆则天理灭"，"天理"必胜于"情欲"的《易》理。③于是二知道人归纳出《红楼梦》的"孤愤"，就是作者以过来人的体验，劝诫人们不要堕入儿女风情的深渊。把大观园里的婚姻爱情之争，不分青红皂白一律看作"醋海"之争④。于是梦痴学人明确指出："自'说来虽近荒唐’起，至‘亦可以喷饭供酒’止，留为高明注释，此乃全书总纲关键。”[5]于是胡适在详细考证了曹雪芹生平家世之后，又根据一、二回的内容，断定“《红楼梦》这部书是曹雪芹的自叙传”。[6]于是俞平伯提出第1、2“两回书正是全书的关键、提纲，一把总钥匙。看不懂这个，再看下去便有进入五花八门迷魂阵的感觉”。[7]总之，这是把第1、2回看作是《红楼梦》的总纲。这是第一种总纲说。

第二种总纲说是认为第5回是全书的纲领。最早提出此论的是评点派的王希廉，他把《红楼梦》一百二十回的结构层次，分作二十一段，其中说：“（第）五回为四段，是一部《红楼梦》之纲领。”接着又提出阅读《红楼梦》的关键：“《红楼梦》一书，全部最关键是‘真假’二字。”[8]另一个评点派姚燮也说：“秦，情也。情可轻，而不可倾，此全书纲领。”[9]新红学派的俞平伯也明确指出，作者是在“为十二钗作本传”，“雪芹意思是要使闺阁昭传”。[10]因此，他们把第5回作为《红楼梦》的总纲，于是便得出了这样的结论：《红楼梦》是描写“闺友闺情”的爱情小说，内容仅仅是写宝黛的恋爱悲剧。

第三种说法，认为第4回是全书的总纲，它为全书揭开了阶级压迫、阶级斗争的序幕，因此《红楼梦》是一部政治历史小说。这个观点是毛泽东同志提出的。徐迟在他的《红楼梦艺术论》中首先披露道：毛泽东同志曾经说过，什么人看《红楼梦》都不注意第4回，其实这一回是《红楼梦》的总纲。最先写四大家族的是曹雪芹。

据此，徐迟分析说：《红楼梦》中，四大家族都写到了，重点写了贾家。通过金陵四大家族，《红楼梦》展开了中国封建社会末期，即中国资本社会黎明的各阶级阶层以及它们用各种方法和形式进行阶级斗争的长卷图画。不把《红楼梦》单纯看作爱情小说，注意到了它的社会意义和政治价值的，并非始自今日，远在清末就有人说《红楼梦》可谓之"政治小说"、"伦理小说"、"社会小说""哲学小说"、"道德小说"。这段话是侠人《小说丛话》中讲的。[11]又见于阙名《乘光舍笔记》中："《红楼梦》为政治小说，全书所记皆康雍年间满汉之接构，此意近人多能明。"[12]徐珂在《清稗类钞·著述类》中也说："或曰：《红楼梦》可谓之政治小说。"[13]后来在民国初年又有索隐派的代表之一蔡元培指出："《石头记》者，清康熙朝政治小说也。作者持民族主义甚挚，书中本事在吊明亡，揭清之失，而尤于汉族名士仕清者寓痛惜之意。"[14]是的，索隐派的观点与毛泽东同志的论断当然有本质之别，但不能把《红楼梦》看作仅仅是描写爱情的小说，而注意到揭示其深刻的政治意义却是一致的，只不过索隐派的观点是主观臆断、穿凿附会罢了。

阅读、评论《红楼梦》究竟要不要提出总纲呢？我想这是用不着争论的。任何一部文学作品，尤其是伟大的作家撰写的长篇巨制，必然有其表现思想和艺术的总纲，那么阅读和评论文学作品时，如无纲领可循，也就无从下手。打鱼要网，撒网就必须有纲可提；衣服要穿，穿衣就必须有领可挈。毫无疑义，博大精深的《红楼梦》怎能没有它的纲领呢？问题是在哪一回？孤立地把第1、2回，或者第4回，或者第5回抽出来，作为一部书的总纲来对待，总是有一定的局限性的。我们最好是少一点唯心论和形而上学，不要总把问题绝对化了。多年来，我总觉得在文艺评论中有一股歪风，就像赵树理笔下的张得贵那样，总是看风使舵，别人说个"长"，他就说"不短"；别人说个"方"，他就说"不圆"；别人说"砂锅能捣蒜"，他就说"捣不烂"；别人说"公鸡能下蛋"，他就说"亲眼见"。张得贵之流应当休矣！我曾经反复地思考着《红楼梦》的总纲问题,我以为应当是前五回。因为前五回是一个密切不可分割的整体,它体现了作者的创作思想和倾向以及全书情节结构中的作用。

下面我们就把前五回一回一回地做一简要分析。详细分析请参阅本书第二编《红楼梦》前五回的评点文字,这里就不再重复了。

第1回,借梦幻、神话传说说出了作者创作《红楼梦》的意图和方法。这里要注意三点:一是表现了作者先进的妇女观,反对“男尊女卑”,主张男女平等。二是表现作者创作方法的谨严,一丝不苟。作者自己表白小说的创作是现实主义的。在这一回里,作者就明确地表示在创作方法上赞成什么,反对什么,不借“汉唐名色”去写小说,而是按自己的事体、情理去创作;摒弃了那种淫秽污臭、最引诱坏人子弟的风月笔墨;批判了开口文君、满篇子建、千部一腔、千人一面的才子佳人作品的写法;更厌恶那种“之乎者也,非理即文,大不进情,自相矛盾”的封建道统文学。而明确地采用“俱是按迹循踪、不敢稍加穿凿,至失其真”的现实主义创作方法。三是要注意“好了歌”及“注解”的深刻寓意。

第2回,是全书情节的提要。首先交代了林黛玉的身世,接着通过古董商冷子兴的演说,把荣、宁两府的情况做了交代,把贾家主要人物做了概括介绍,为小说后面的描写埋下了伏笔。在一般的介绍中,重点介绍了贾宝玉和林黛玉的特殊性格。特别是通过甄宝玉的介绍作为贾宝玉的陪衬,两人是同一类型的人物。要注意,贾雨村长长的说教,点出了许多历史人物,表现了他的历史唯心主义,但他评价的人物还是发展的,多多少少有点辩证法,使人看到了历史的发展轨迹。同时人物众多,无不涉及,一口气就评论了五十五个人。所以要一分为二地看,把这些各色各样的历史人物的时代、背景、特点、作用搞清楚。

第3回，写黛玉从苏州进京来到贾府。通过贾母、王熙凤、邢夫人、王夫人、李纨、老仆人、丫鬟的迎接，写出了贾府的豪华奢侈，交代了主要人物的概貌，初步表现了宝、黛之间的爱慕，不过这种爱慕是孩提之情的性质，还谈不上什么爱情。这一回，运用肖像描写手法比较多，把人物的特征写出来了。王熙凤一出现，就与众不同，此时王熙凤十六岁。丫环中主要写了袭人。这一回可以看作整个故事开端的开端，也是为后面描写四大家族衰亡、宝黛爱情悲剧做铺垫的，是整个小说不可缺少的一回。

第4回，主要写薛家的进京，拜望贾府，交代了薛蟠、宝钗这条线索。还有一个重要的情节"护官符"，通过贾雨村的胡乱判案，为以后各种矛盾的发展提供了线索，把四大家族的豪华和权势写了出来。一方面在揭露封建司法制度的腐朽，同时，又揭露了封建上层统治阶级与司法制度的肮脏关系，封建衙门是四大家族对广大人民实行政治压迫和经济剥削的工具。

第5回，语言比较难懂，大量地运用了古典诗词、歌赋，需要认真读，仔细分析。全篇用浪漫主义手法，写了宝玉神游太虚幻境，警幻仙姑曲演《红楼梦》的情节。写贾宝玉在宁国府赏花后，在秦可卿房中睡午觉，做了个长梦，这是书中写的最长的一个梦。红楼十二曲，每曲写一个女子，依序即为宝钗、黛玉、元春、探春、湘云、妙玉、迎春、惜春、凤姐、巧姐、李纨、秦可卿。这是金陵十二钗正册。副册中只标出一个香菱。又副册中又标出了两个，晴雯和袭人。

为了便于大家掌握记忆，我们把前五回的内容再归纳概括一下：

第1回，通过一块顽石幻化通灵的神话故事，和葫芦庙甄士隐的人间故事，表述了作者写作《红楼梦》的思想和方法，这是创作思想的纲领。

第2回,是全书故事情节的提要,为读者勾画出一张人物谱系表。如此介绍,便于作者叙述,便于读者阅读。首先交代了林黛玉的身世,接着借古董商冷子兴的口演说了宁荣二府的情况,并把贾府的主要人物都做了概略介绍,中间又补叙了甄宝玉的故事,以甄宝玉陪衬贾宝玉,加深了思想内容。这一回是描写贾府兴衰变化、子孙不肖的纲领。

第3回是以林黛玉进贾府为线索,通过她的所见所闻所感来具体介绍出贾府这个典型环境。就是在如此这般的典型环境中,形成了贾宝玉、林黛玉、薛宝钗的不同性格,又是在这个环境中,活动着贾史王薛四大家族的主要人物,勾画了封建社会末世的图景。这一回又是描写四大家族赖以生存的具体环境的纲领。

第4回是以贾雨村乱判葫芦案为中心,来介绍整个封建社会的大环境。一张"护官符",引出了四大家族,揭露了封建统治阶级"一损皆损,一荣皆荣,扶持遮饰,俱有照应"的反动本质。这一回又是描写四大家族赖以生存的社会环境的纲领。

第5回是以贾宝玉梦游太虚幻境为线索,以金陵十二钗册子和红楼梦十二支曲文为中心,介绍了大观园里的重要人物及其归宿,预示了四大家族的全面崩溃和宝、黛、钗爱情的悲剧结局。可见,第5回是描写全书主要人物性格和命运的纲领,也是整个红楼故事情节发展的纲领。

总之,前五回绾冠着全书,以后许许多多的人物、事件的发展变化,就在这里埋下了伏笔,藏下了源头。要言之,前五回从创作思想上为整个小说奠定了理论基础,从情节发展上、形象塑造上、结构布局上,为全书画出了蓝图。所以说,前五回才是阅读、分析、评论《红楼梦》的总纲。

其次，要弄清人物关系。

要一边读一边把人物关系弄清楚，这对掌握小说的思想性和艺术性有很大的帮助。《红楼梦》人物众多，要想全面地准确地掌握实属困难。究竟写了多少人物？历来说法不一。通常认为是四百多人，其实非也。从清朝嘉庆年间直到20世纪80年代，不断有人做出统计，从三四百到五六百、七八百，最新最准确的数字是975人，其中男性495人，女性480人，这个数字包括了有名姓的、无名姓的、外国人以及天上的神仙。如何才能弄清书中的人物关系呢？最好的办法是列人物表。按照人物出场先后，按一定的辈分、亲属关系、身份、地位排列起来，并注明什么版本、第几回、第几页，便于查对。比如说，金陵十二钗指的是哪些人呢？按照第5回中"判词"的次序是：薛宝钗、林黛玉、元春、探春、史湘云、妙玉、迎春、惜春、王熙凤、巧姐、李纨、秦可卿。为了易记，我编了一个口诀：元迎探惜，钗黛凤巧，李秦史妙。

还要摸出小说人物安排的规律性。首先弄清楚贾家。例如，书里所写的是贾府就是指宁国府和荣国府，而更多的篇幅是写荣国府。两府都写了五代人，都是从水字旁辈写到草字头辈，中间有代字辈、文字辈、玉字辈。

如图示：

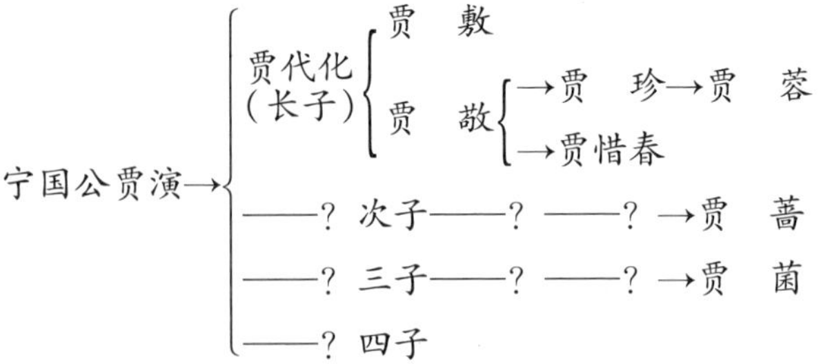

- 荣国公贾　源→
  - 贾代善×贾　母
    - →贾　赦
      - 贾　琏（次子）→贾巧姐
      - 贾迎春
      - 贾　琮
    - →贾　政
      - 贾　珠→贾　兰
      - 贾元春
      - 贾宝玉
      - 贾探春
      - 贾　环
    - →长　女
    - →次　女
    - →三　女
    - →贾　敏（四女）× 林如海 →
      - 林黛玉
      - ？（子）
  - ——？次子——？——？→贾蔷
  - ——？三子——？——？→贾菌
  - ——？四子

这里应当特别注意一下贾母的形象。贾母的丈夫贾代善（代字辈）和宁国公贾演、荣国公贾源虽然都提到了，但他们都是死去的人了，作者并没有写他们的活动，只写了贾母。小说中一直写到第110回，贾母去世，享年83岁，实际上根据第71回贾母过八十大寿，推下来这时应当是85岁，写错了，少写了两岁。贾母是在小说中作为贾府中的最高统治者出现的，是小说中主要人物之一，典型形象之一。贾母在全书中所占的篇幅很多。按前八十回做统计，竟有52回的篇章中写到了贾母，几乎占三分之二的篇幅，其中

第3回的贾母出场，第18回的迎接贾妃，第22回的听戏猜谜，第29回的清虚观打醮，第33回的庇护宝玉、责备贾政，第39回至41回的宴请刘姥姥，第44回的处理凤、琏、平的三角矛盾，第53、54回在元宵夜宴中破除陈套，第73回严处老婢聚赌一事，都是刻画贾母形象的重点章回。从后四十回中看，也竟有25回中写到了贾母，像84回、85回、88回、94回、95回、97回、106回、107回、108回、109回、110回，也都是重点章回。她是林黛玉的姥姥，史湘云的姑奶奶，又因娘家系金陵世勋史侯，外面的人又都称她"史老太君"，表示对她的尊崇，一般都称她老太太，唯有王熙凤为了巴结讨好，常称她"老祖宗"。

小说中人物主要写了"文"字辈以下的几代。

宁国府：文字辈有贾敷、贾敬，贾代化的两个儿子。长子贾敷八九岁上就死了，由次子贾敬继权，但他不关心家事，喜欢道学，家事全由他的儿子贾珍来管。贾敬在全书中占的篇幅不多，只在第10回、13回、53回、63回中写到。在第63回中写到他"宾天"，请大夫一看，原来是玄教中吞金服砂烧胀而死。作品中没有写贾敬的母亲，而且三代人贾敬、贾珍、贾蓉，都失去了原配。

贾珍世袭三品威烈将军，是宁国府的长孙，贾敬之子。在书中主要情节有：第7回焦大骂他"爬灰"，暗示他与儿媳秦可卿的乱伦关系。第10回同尤氏谈秦氏的病，准备请张友士诊治。第13回，秦氏病死，贾珍哭得泪人一般，为出殡，恣意奢华。第17回，导引游赏大观园。第29回，清虚观打醮，训斥子侄辈。第53回，除夕祭祖，乌庄头来缴租，贾珍嫌少。63、64回贾敬归天，贾珍居丧，趁空同小姨子鬼混。65回贾珍、贾琏被尤三姐奚落痛骂。75回中秋之夜带领妻妾赏月，忽听墙下有长叹之声，扫兴而散。后四十回中的有关情节为：88回鞭打悍仆。102回珍、蓉、尤氏相继中邪得病。

117 回贾珍被抄家问罪，革去世职，派往海疆效力赎罪。119 回贾珍获释，仍袭世职。

贾珍妻尤氏是续弦，应是贾蓉的继母。按凤姐的说法，是一个“又没才干又没口齿”，“只会一味瞎小心图贤良名儿”的女人（见 68 回）。始见于第 5 回，还在第 10 回、13 回、43 回、68 回、71 回、74 回、75 回、76 回、107 回中，写了尤氏的有关情节。

贾蓉，贾珍之子。名字初见于第 2 回，正式出场在第 6 回，以刘姥姥的视觉写出肖像，是一个面目清秀，身材俊俏，轻裘宝带，美服华冠的十七八岁的少年。以后在 12 回、13 回、29 回、53 回、63 回、64 回、68 回、102 回、107 回中都有描写，都在写他的恶德，特别是在 63 回、64 回中写父子二人与尤氏姐妹有聚麀之诮的情节。

贾蓉之妻秦可卿，小名可儿，又名兼美。秦钟的姐姐。贾母十分疼爱她，是重孙媳妇中第一个得意之人。始见于第 5 回，宝玉梦游太虚幻境，就是在她的住处。宝玉和她是堂叔和侄媳妇的关系，在封建社会里是不允许长辈人在下辈妇女住处睡觉的，但宝玉、秦氏不在乎，表现了作者反封建礼教的精神。从第 10 回、11 回、12 回、13 回、14 回，连续五回极写秦氏的病症、丧耗、丧礼。秦氏之死，是《红楼梦》创作上的一大疑案，脂批中有若干重要段落，可作参考。秦氏死后，贾蓉续娶胡氏。

小说作者对宁国府中的人物、事件描写较少，着笔重点放在荣国府。荣国府，最高写到贾母，而且写了她的许多活动。贾母生了两个儿子，贾赦、贾政，四个女儿，政、敏之间还有三个女儿，但不明情况，只写了最小的一个女儿贾敏，即黛玉的母亲。荣府中实际掌权的是贾政，贾母看不起贾赦。

贾赦，贾代善、贾母的长子，现袭一等将军，在第 24 回才正式登场。主要故事在 46 回，写利诱威逼，企图强娶鸳鸯；48 回从平儿口中叙出，讹诈石呆子的古扇；75回中秋家宴，说笑话影射贾母偏心；后四十回，在105、107、117、119几回中也都写到了贾赦。

贾赦之妻邢夫人初次出场在第3回，主要故事一为出面替丈夫讨鸳鸯（第46回）；一为拾取绣春囊借机闹事（第73回）。后四十回中，只有118回、119回有描写。

贾琏是贾赦的亲儿子，是长子，但书中人们又称琏二爷、琏二叔，书中没有明确交代，因而出现了两种说法：一是贾赦在贾琏前还生有一子；一是贾琏就是长子，依贾珍或贾珠排行均为老二，故有琏二爷、琏二叔之称。贾琏是个不爱读书，长于机变应对的好色之徒，既爱女色，又爱男风，常搞同性恋。无德无才，只能用钱买了个同知官名。与凤姐虽为夫妇，却同床异梦，各怀鬼胎。日常二人都在贾政这边执掌家务。在《红楼梦》中也是个相当重要的人物，因而占的篇幅也不少。姓名始见于第2回，以后在第7回、16回、21回、44回、64回、65回、69回、72回、106回、114回、119回等回中，都有贾琏的故事出现。

贾琏与王熙凤生了一个女孩儿叫巧姐，刘姥姥给起的名字，取吉利的意思，寓意能长大。凤姐死后，被凤姐的哥哥王仁出卖做了妓女，后被刘姥姥搭救，嫁给农村周财主的儿子。命运也是悲惨的，为“金陵十二钗”之一。

王熙凤是小说中既被批判又有肯定的反面形象之一，主要人物之一，典型形象之一。小名“凤哥”，王子腾的侄女，王夫人的内侄女。平辈人称她“凤姐”、“琏二嫂子”，奴婢们称她“琏二奶奶”，背后称她“巡海夜叉”。贾母叫她“凤辣子”、“我的给事中”（官职名，说明她的才华）。王熙凤在《红楼梦》中，无论从思想内容或者艺术形式方面看，都是极其重要的人物，难怪著名艺术家王朝闻就凤姐其人，写了一本近50万字的《论凤姐》。小说中一半以上的回次写到她，回目中见名的即有11处之多。第2回中约略介绍，第3回正式登场，未见其人，先闻其声，历来被红学家引为出场亮相的惊人之笔。12回毒设相思局和15回弄权铁槛寺，写她的权术计谋。13、14回写她协理宁国府，突出表现其才干魄力，威重令行，是一位了不起的管理学家。从67回到69回中集中地很有层次地写出她怎样害死尤二姐。43回“攒金庆寿”和54回“斑衣戏彩”，可以看出她在贾母心目中的地位和作用。44回写到她因贾琏与鲍二家的偷情，相互厮打。此外，追权夺利，偷放高利贷，机智诙谐，善于玩笑，都有生动的描写，大部分是在同姑嫂姐妹等人的言谈中显露出来。小说中往往通过旁人之口，长辈如贾母，同辈如李纨，仆人如周瑞家的、兴儿，都对凤姐的个性特征有生动的描写和概括的介绍。后四十回中，92回、94回、96回、101回、106回、110回、113回、114回等篇章中，也都有描写凤姐的情节。王熙凤在贾府中是实权派，实际掌权的人。作者对她的刻画主要是批判和否定，但也有肯定的地方，特别是写了她的治家才干和公关能力。

贾政，贾代善、贾母的次子，任工部员外郎。荣国府中主要人物之一，贾政与贾宝玉父子之间的矛盾冲突，是全书的主要线索之一。有关贾政的主要情节有：第3回初会贾雨村；第9回教训宝玉，只消把“四书”讲明背熟，最是要紧；第17回大观园试才题对额，考核宝玉，压抑人才，语语呵斥，在在批驳，宝玉的题咏却直压倒贾政及一帮清客相公之流，显示了宝玉的聪明才智；第18回元春归省，贾政唯知感戴皇恩；第22回众姐妹猜谜语，谜底尽是不祥之物，贾政深思悲戚，夜不能寐；第33回是重点章回，由于贾环谗言，宝玉挨打，几乎命丧，直待王夫人、贾母劝责后才罢手；第37回，钦点学差，出门去了；第75回，中秋家宴说了个舔老婆洗脚水的庸俗笑话；77、78回寻秋赏桂，表彰林四娘，命宝玉、环、兰叔侄各吊一首挽词。后四十回也有十回的篇章中写到了贾政，即第81回、84回、94回、99回、102回、105回、107回、116回、118回、120回，在最后一回中写他归家途中，忽见雪影里有一老态赤足的人，披着大红猩猩毡斗篷，向贾政倒身下拜。迎面一看，正是宝玉。始悟宝玉下凡历劫，劝告合家不必想念。

贾政有一妻二妾。王夫人为妻，赵姨娘、周姨娘为妾。王夫人又是薛姨妈的姐姐，王子腾的妹妹。是在荣国府中联结贾、王、薛几个家族的重要人物。始见于第2回，第3回正式出场。全书中，许多场面都少不了王夫人，但独立的故事情节却不多，重要的章回也仅有七回，例如第30回写她撵逐金钏，金钏被逼跳井；第32回，依宝钗之劝，多赏银两，新衣装裹，以尽主仆之情，以保慈善之名；33回宝玉挨打，向贾政哭求死劝；34回更加器重袭人，感受"成全我娘儿两个声名体面"；36回提高袭人月钱，一如姨娘之例；74回因绣春囊事件，诘问凤姐，听从王善保家的谗言，辱骂晴雯，并抄检大观园；77回，发落园中丫环，将司棋、晴雯、四儿、芳官一一逐出。在后四十回中，虽仍存在，但更无独立的重要情节。

周姨娘为次要人物，常与赵姨娘一起出现于侍奉长上的场合，在全书中仅有64回中探春以对比赵姨娘提到她，表彰她安分知礼，112、113回中写到她肯于照料暴病的赵姨娘，伤感做妾的遭遇。赵姨娘因为生了探春、贾环，在小说中自然比周姨娘的地位要好一些，因而篇幅就略多一点，不过仍属于次要人物，在22回、25回、55回、60回、112回、113回中都写到了她。

贾政共有三子二女。长子贾珠，娶妻李纨，生子贾兰。贾珠14岁进学，不到20岁便死了，小说中仅仅在第2回、第33回中一笔带过。贾珠的妻子李纨，字宫裁，人称"菩萨奶奶"，自号"稻香老农"。始见于第3回，全书中写到李纨的地方不少，但比较分散：

第4回叙其家世教养,勾勒性格面貌,青春丧偶,只知侍亲养子;第5回判词及[晚韶华]曲文,写她的命运结局。其他重要的情节在37回、39回、45回、55回中,都写到了李纨,而在后四十回中却看不到李纨的结局。

贾政的儿子贾宝玉则是《红楼梦》中最主要的人物之一,最典型的形象之一,他贯穿全书始终,是荣国府中的嫡孙,贾母最宠爱的小字辈,林黛玉的姑表兄,薛宝钗的姨表弟。王夫人说他是"混世魔王",薛宝钗说他是"富贵闲人",自称"绛洞花主"、"怡红公子"。这个人物,在贾府中犹如天之骄子,人中凤凰,是作家着墨最多,寄托最深的主人公。在开卷第1回有关石头和神瑛侍者的神话故事中、第2回的冷子兴演说中、第3回的《西江月》两首词中、第5回的梦境中,都有宝玉思想性格、前途命运的总概括和总提示。从第6回具体故事情节展开描写之后,作者分别从各个侧面刻画了宝玉:表现父子矛盾冲突的主要章回为17、18回的"大观园试才题对额",33、34回的"不肖种种大承笞挞"。表现宝黛爱情的有第3回宝黛初会,19回意绵绵说故事,23回共读《西厢》,27回同悼落花,29回相互试探,产生纠葛,两人情重愈斟情,到32回"诉肺腑",知己知音得到了印证。表现宝玉"爱博而心劳"的人道主义精神,进步的妇女观,则有36回对龄官,43回对金钏,44回对平儿,62回对香菱,63回"寿怡公群芳开夜宴"中众女子为宝玉祝寿,犹如众星拱月,更是达到高潮。66回中借兴儿的转述,尤二姐、尤三姐的对话,也证明了宝玉的个性特征。在众丫环中,尤其对晴雯更为敬重,除"撕扇"(31回)、"补裘"(52回)之外,主要在77、78两回中,集中描写了宝玉与晴雯的纯洁而高尚的关系。一篇《芙蓉女儿诔》,抒发了宝玉的愤懑情怀和对晴雯的歌颂。与薛宝钗的婚姻描写,也不应一笔抹煞,是小说的客观存在。主要表现在第8回、20回、22回、28回、34回、36回、62回、97回、118回、120回中，特别是在28回中的描写，宝玉要瞧瞧宝钗的红麝串子，宝钗生的肌肤丰泽，不容易褪下来。宝玉在旁看着雪白一般酥臂，不觉动了羡慕之心，“再看看宝钗形容，只见脸若银盆，眼似水杏，唇不点而红，眉不画而翠，比林黛玉另有一种妩媚风流，不觉就呆了，宝钗褪了串子来递与他也忘了接。”说明宝玉也非常喜欢宝钗。

在宝玉之前，贾政与王夫人还生有元春。前面已说过贾府中姊妹写了“四春”：元春、迎春、探春、惜春。“四春”谐音“原应叹息”。只有四姑娘惜春是宁国府中的。元春，因为生在大年初一，故名元春。下面的女孩儿便依“春”字起名。元春被选为贵妃，继又被封为贤德妃，她活了43岁。第95回便写她死了。死后谥号“贤淑贵妃”。作品通过她省亲来揭露封建朝廷的丑恶。在她选入宫后，看到宫内并非人们所想象的那么美好，尝不到人生的快乐，实际上是守了活寡。元春名始见于第2回，书中最重要的情节为17回、18回“荣国府归省庆元宵”，此外，22回、28回中也有关于她的描写。

迎春是贾赦的庶出女儿，某姨娘所生。性格好静，外号“二木头”，懦弱无能，息事宁人，喜看《太上感应篇》。后嫁给“中山狼”孙绍祖，被折磨至死，是悲惨结局。名字初见第2回，出场在第37回，65回、73回、79回、109回中写到了她。

“四春”中最美而又有才干的是探春，她“才自精明志自高”，小说中写她的活动比其他三春都多。她是贾政的三女儿，排行老三，庶出，为赵姨娘所生，贾环的胞姐。名字初见于第2回，出场在第3回。全书中描写到她的故事情节很多，可看27回、37回、40回、55回、56回、60回、65回、73回、74回、76回、81回、99回、100回、102回、119回等。她的性格很厉害，绰号为“带刺的玫瑰花”。

她和李纨、宝钗被贾府中人称为“镇山太岁”，今人评论称为“三驾马车”，因为三人在凤姐病后理过家。探春理家，企图振兴贾府，她颇有管理能力，才志不凡，精明干练。据程高本《红楼梦》，探春最后远嫁周琼之子，下场如何不详，终归是不美妙的。有人则根据脂评和第5回题咏曲子，推测她当了海外王妃。

惜春是宁府中贾珍的胞妹，人称四小姐。名字初见于第2回，出场在第3回。她性情孤僻，从不过问家中的矛盾。长得瘦小，长于绘画。有关情节和主要故事在书中只有三处：一处是40、42回中画大观园行乐图；二处是74回，她“矢孤介杜绝宁国府”，被嫂子尤氏指责为“心冷口冷心狠意狠的人”；三处是115、118回写她出家为尼，带发修行，但仍住大观园。

史家：

作品中写史家的活动并不多，人物也少。在第54回中提到史湘云的爷爷已死了。参加秦可卿丧礼的是湘云之叔史鼎，封号“忠靖侯”。史湘云在书中是史家的代表人物，活动较多，但在第20回才出场。她从小生活在贾府，父母早逝，是贾母的侄孙女。绰号“诗疯子”。心直口快、英豪阔大，身材也很魁梧，是个乐天派。也是年轻守寡，命运不佳。她也是小说中的重要人物之一，是可与黛、钗鼎足而三的小姐。有关湘云的重要情节有：22回说黛玉像戏子，惹出一场风波；31回同翠缕讲说阴阳之理，在大观园中拾得一个金麒麟；32回劝宝玉走仕途经济道路，宝玉反感；37回作海棠诗两首，众人赞赏；49回雪天围火烧吃鹿肉，饮酒联诗；62回“憨湘云醉眠芍药裀”，香梦沉酣，仍说酒令；76回“凹晶馆联诗悲寂寞”，湘黛二人感叹身世，发兴联句。在后四十回叙写湘云十分简略，例如106、110、118回中，都是一笔带过。说她嫁后不久，丈夫得痨病死去。按脂评或者第31回目“因麒麟伏白首双星”等材料判断，或说早卒,或说夫妻偕老,百年和好。究竟嫁给了谁,有多种说法,没有定论。

王家:

活动较多的是王子腾、王子胜、王仁。王子腾是王熙凤的大爷,王夫人、薛姨妈的胞兄,曾做京营节度使、九省都检点、内阁大学士。但王家最后也被抄家了,走向衰败。王子腾死后家中亏空,由王子胜赔了亏空。王子胜是王子腾的胞弟,王熙凤的二叔。作品没有写到王熙凤的父亲,只写了她和王仁是兄妹两个,王仁为凤姐胞兄,第49回出场,后来凤姐死后,曾图谋出卖外甥女巧姐。

薛家:

在书中活动的人物也不少。薛家的最高统治者自然是薛姨妈,和王夫人是亲姐妹,宝玉等辈称她“薛姨妈”。薛家是“百万富商”“金陵一霸”。薛姨妈生了个儿子薛蟠,字文龙,绰号“呆霸王”“薛大傻子”。出场在第4回,对他的家世出身、性情行为,都有概括叙述。他什么也不懂,第28回写他和宝玉等人行酒令,喝门杯唱的是“一个蚊子哼哼哼,两个蝇子嗡嗡嗡”,还说这叫“哼哼韵”。他还把明朝很有名的画家“唐寅”说成“庚黄”,引起一场笑话。每天吃、喝、贪色、赌博、打架,好搞同性恋,因调情柳湘莲,遭顿苦打(见47回)。作品中对这个人是写得很成功的,写出了一个“满腹粪土”的花花公子的面目。

宝钗是薛姨妈的女儿,王夫人的外甥女,宝玉的姨表姐。绰号“冷美人”,诗社别号“蘅芜君”。她是《红楼梦》的主要人物之一,典型形象之一。作品中既写了她维护封建制度及礼教的一面,也写了她的才华和性格豁达等长处。她很善于处理上下左右的人际关系,堪称大观园里的公关小姐。她与宝玉的爱情是从贾母、王夫人等家长利益出发的。她与林黛玉品貌才华足堪对举,而思想性格却成对照。所以和宝玉的婚姻是按“金玉良缘”写的，终因人生态度大相径庭而抱恨终身，正与宝玉黛玉的“木石前盟”形成对照，以生死不渝做了反衬。宝钗在第4回正式出场，随母兄进入贾府。以后的故事情节主要有：8回与宝玉互赏金锁、宝玉；28回元妃赐物与宝玉相同，暗示“金玉良缘”；34、36回劝宝玉立身扬名，因而两人话不投机，思想异趣；42回、45回对黛玉也多有封建的规诫；在22回、27回、37回、57回中，对宝钗藏愚守拙，避嫌远祸，会做人，善应付的出世哲学，都有生动细致的描写。特别是第56回中写她参与理家，施小惠全大体，表现出很高的公关水平。小说中不但通过衣妆淡雅、居室素净、常服冷香丸，暗示宝钗个性“冷”的特点，更通过对金钏投井、三姐自刎、柳湘莲出家等事件，刻画出“冷美人”之冷，达到漠然、冷酷的地步。在后四十回中则情节不多，主要是97回写“薛宝钗出阁成大礼”，120回宝玉中举出家，宝钗守了活寡，有了遗腹子，宗祧可续，复兴有望。

薛姨妈始见于第3回。第4回正式登场，与子女住在贾府梨香院中。全书中重要的情节在第8回、34回、47回、57回、80回、84回、85回、97回、98回、120回中都有。

另外还有薛蝌、薛宝琴，是薛姨妈的侄儿、侄女。始见于第49回。薛姨妈来到贾府，他们二人来探亲，也就住下了。薛蝌娶了邢岫烟（57回），作品对他的描写，主要是在薛蟠打死人后，他为蟠四处周旋（分见85、86回）。薛宝琴长得很漂亮，品貌才学，不逊宝钗，也能作诗（见50、51回），同辈人昵称“薛小妹”。后来嫁给梅翰林之子。这兄妹俩比薛蟠都很强，都长得漂亮又有才华。

薛家的另一个人物是“河东吼”“母老虎”，“桂花夏家”的独生女儿夏金桂，即薛蟠的妻子。79、80、83回中写她发号淫威，搅得家庭不和；第90回、91回、100回写这个女人调戏薛蝌，自讨没趣；

第103回中写了她自己害自己的下场，欲毒死香菱而误毒死自身。这个人是作者全面地彻底地否定的人物。

《红楼梦》还写了贾府的不少外戚：

林家，这是贾府的至亲，但并没有详写，原因就是因为林家权钱均小，不及贾史王薛四大家族。林黛玉之母贾敏，是贾母唯一的女儿，很年轻便去世。林如海，黛玉之父，官至兰台寺大夫、巡监御史。贾敏死后不久，他也死去。林如海夫妇生有一子一女，儿子三岁夭亡，只剩下女儿黛玉。这里应当重点介绍的是林黛玉。

她是小说中的主人公之一，典型形象之一，在贾府里成为一个锋芒毕露、争强好胜的出众女子，是中国古代的一个特有的悲剧典型。诗社别号"潇湘妃子"，宝玉送她的字叫"颦颦"。别人有时称"颦儿""林姑娘"。她的故事构成全书的主线之一。黛玉父母双亡，寄居贾府，孤高自许，敏感多疑，多愁善感，常常以泪洗面。第1回绛珠仙草还泪的故事，第5回中所写的判词、[终身误][枉凝眉]曲文，都含寓她的性格和命运。她的家世在第2回已叙出，但正式登场却在第3回。以后接着写她和宝玉的爱情，从第8回"探宝钗黛玉半含酸"、19回"意绵绵静日玉生香"、28回"互悟禅机"、23回"共读西厢"、26回"潇湘馆春困发幽情"、23和27两回写的"葬花"、29回"痴情女情重愈斟情"等篇章，都写了宝黛之间萌生的情爱，或而恼了，或而好了，情感越来越真挚越深化，直到第32回"诉肺腑"印证了二人确为知己，爱情弥笃，然而前景不妙，世俗难容。后四十回中就写了她的不幸命运，泪尽夭亡。黛玉的失败就因为她太"真"了太"纯"了。在她的整个生命里找不出一丝虚假成分，她想说什么，就毫无忌惮地说，她要做什么，就痛快地去做，从不顾虑事情的后果，更不在乎别人的反应如何，所以她得罪了宝钗、湘云、袭人，又不会讨好贾母，巴结凤姐。在书中黛玉的故事结束于第98回,82回写痴魂惊恶梦,86回写绝食,96至98回写“焚稿断痴情”、“魂归离恨天”。《红楼梦》在刻画黛玉的卓越才华,也占了不少回次,在诗词的创作上可谓首屈一指,被认为博学多才的宝钗也要礼让三分。一些酒令、联句、谜语且不说,只说重要作品,例如《葬花吟》(27回)、《题帕三绝句》(34回)、《咏白海棠》(37回)、《咏菊》《问菊》《菊梦》《螃蟹咏》(38回)、《风雨词》(45回)、《五美吟》(64回)、《桃花行》(70回)、《柳絮词·唐多令》(70回)等等,便是绝好的例证。

邢家(邢夫人娘家):邢夫人的胞弟邢忠、邢德全都是作者笔下的批判对象。

李家(李纨娘家):李纨的父亲李守中。李婶娘,李纨的寡婶,生有李纹、李绮姐妹俩。李绮由王夫人做媒,嫁给了甄宝玉。这两个人即使很次要,但作者都描写得很细。贾母很喜欢她们,因为她们长得很秀气。

秦家(秦可卿娘家):秦业,程高本作秦邦业,秦可卿的养父,秦钟生父。秦钟,秦可卿的弟弟,具有宝玉之貌,宝玉之才,是分析贾宝玉的一个很重要的陪衬人物。出场不多,但作者还是精心刻画的。写了他和小尼姑智能儿的爱情,也是书中重要内容。主要故事见于第7回、9回、15回、16回。在16回中就萧然长逝了。

关于族亲,书中写了有将近40来人。其中重要的有:贾代儒,和贾母是同辈,贾瑞的爷爷,书房老秀才,当先生管不住学生。文字辈的贾敕、贾效、贾敦。玉字辈,贾瑞,第12回写他在后花园里碰见了王熙凤,就想和凤姐偷情,结果被王熙凤用计谋治死。这里可见作者是完全站在保护王熙凤的角度上来揭露贾瑞的,表现了作者进步的妇女观。从全书来看,作者是歌颂、肯定真正的婚姻爱情,批判那种不正当的色情和淫乱,所以在分析《红楼梦》列举王熙凤的阴险毒辣时,不应举这个例子。玉字辈的还有贾琛、贾珩、贾璜、贾瑞、贾琼、贾璘、贾璎、贾喜鸾、贾四姐等 12 人。草字头辈的有贾芸、贾芹、贾蔷等 16 人。

书中还写到了皇室、王公伯侯,可看出四大家族与皇家的关系。这里也做一介绍:有太上皇、皇太后、吴贵妃、周贵妃(以上见 16 回)、老太妃(脂本 55 回、程本 58 回)、北静郡王、南安郡王、西宁郡王等。此外还有清客相公,均为批判、否定的形象。他们的姓名都是谐音的,如詹光谐沾光;单聘仁谐善骗人;卜固修谐不顾羞;胡斯来谐胡来,等等。

妙玉是尼姑里的重点形象,是金陵十二钗之一。书香门第家的孩子,得病出家,为反抗污辱而死。

市民农户则有刘姥姥一家。刘姥姥在作品情节发展上是很重要的一个人物,起了枢纽的作用。她三进大观园的情节描写,反映了四大家族的兴衰变化。在后四十回中还写了三进,实际上是六进。

各个主子房中的丫环小厮,也做一简略介绍:

贾母房中有:鸳鸯、琥珀、鹦鹉、珍珠、翡翠、玻璃、靓儿、傻大姐。(后二人是小丫环,小丫环月银一吊,大丫环月银一两。)

王夫人房有:金钏、玉钏(姐妹二人,皆大丫环)和绣鸾、绣凤、彩云、彩凤、彩霞(此五人皆二等丫环)、小霞(三等丫环)。

元春的丫环抱琴,后随元春带入宫中。

凤姐的丫环:平儿(初为丫环,后被封为妾)、彩明、彩哥、小红、善姐(皆二等丫环),丰儿(小丫环),还有一些没写出名字的,共七八个。小厮有:王信、住儿、兴儿、旺儿、隆儿、庆儿、昭儿,主要是侍候贾琏的。

宝玉房中有:袭人,在她身上有宝钗的影子,原叫蕊珠,贾母的丫环,后给了宝玉,侍候宝玉,是个准姨娘。绰号“西洋花点子哈巴儿”。很会巴结主子,和宝玉有不正常的关系,一直想嫁给宝玉。宝玉出家后,她嫁给了蒋玉函。晴雯,身上有黛玉的影子。原也是贾母房中的丫环,后到了宝玉房中。虽是大丫环,但月钱一吊,比其他大丫环少。王夫人骂她“狐狸精”。在作品中是一个思想崇高、敢于反抗斗争的正面形象。另外还有媚人、麝月、秋纹、碧痕(皆一等丫环)、檀云、绮霞、佳蕙(皆二等),茜雪、小红、四儿(又名芸香、蕙香)、柳五儿、春燕、坠儿、定儿(皆三等)。小厮有:焙茗,原名茗烟,宝玉给改为此名。扫红、锄药、双瑞、伴鹤、墨雨、王荣、钱启、双寿等等。平素常跟着宝玉的是焙茗。

贾珍和尤氏房中:丫环万儿、银蝶儿、炒豆儿,小厮有喜儿、寿儿、兴儿。

李纨房中:素云、碧月(皆二等丫环)。

迎春房中:司棋(大丫环),王善保家的外孙女,因与表兄潘又安相爱而被撵,撞墙自杀。还有绣橘、莲花。

探春房中:侍书(大丫环)、翠墨(二等)、小蝉(三等)。

惜春房中:入画(二等)、彩屏、彩儿。

秦可卿房中:瑞珠、宝珠。

赵姨娘房中:小吉祥儿(二等)、小鹊。

史湘云房中:翠缕(二等)。

薛姨妈房中:同喜、同贵。

薛宝钗房中:莺儿(原名金莺)、文杏。

林黛玉房中:紫鹃,原贾母房中的二等丫环,叫鹦哥,黛玉给改名紫鹃,黛玉死后,随惜春当了道姑。雪雁,是黛玉从林府中带来的。还有春纤(小丫环)。

贾府中还有许多上等管家奴仆,这是一帮转变了阶级地位的人,也介绍一下。

赖大,荣府中的大管家。赖大家的,女仆的头目。林之孝,荣府中的二管家,是世代奴仆(家生子),主管地和房子。林之孝家的,是总管家务的女头目。吴兴登,专管仓库的头目。吴兴登家的,和林之孝家的身份地位一样。乌进孝,宁府的黑山村的庄头。庄头就是清代为贵族地主经营田庄的代理人,二地主,专管佃户生产,催收地租,摊派劳役等事。管八九个庄的收入,第53回写到账单子就是他送来的。余信,专管荣府中的寺庙、和尚、道士、尼姑。余信家的,女仆的小头目。王信,王熙凤的亲信奴才。周二爷、詹会是贾政官衙里的总管,后一个是贾政粮房里的书办。

下面介绍一下陪房一类的奴仆。陪房就是富贵人家女儿出嫁,随嫁到夫家的男女仆婢,是与主子非常亲近,可靠的奴仆。周瑞,荣府中专管收地租的。周瑞家的,王夫人的陪房,冷子兴的岳母,是荣府中女仆的头目。来旺(旺儿),王熙凤的亲信奴才。来旺家的,王熙凤的陪房,也是女仆的头目。王善保家的,邢夫人的陪房,司棋的姥姥,是四大家族的帮凶,抄检大观园的打手。以上这些人都是贾府主子的爪牙。

在《红楼梦》中还有一种奴婢,和主子关系极好,主子便娶为妾,即"姬妾"一类:嫣红,五十两银子买来的17岁的丫头,后变为贾赦的小老婆。翠云也是贾赦的妾。佩凤、偕鸾、文花是贾珍的妾。尤二姐、尤三姐,其母尤老娘,此二人和尤氏是同父异母姐妹,尤二姐被贾琏偷娶为妾。秋桐,本是贾赦屋里的小丫头,后被贾琏娶为妾。平儿,本是王熙凤房中的丫头,很有才干,经常调处凤姐与贾琏之间的矛盾,后经凤姐批准,与贾琏同居,凤姐死后,又扶正了。香菱,原叫英莲。宝钗给改名为香菱。薛蟠抢占为妾,夏金桂又改名为"秋菱"。夏死后,被薛蟠扶为正妻。宝蟾,夏金桂的陪房大丫头，后被薛蟠娶为妾，这是一个心地狠毒的女人。

第三，把诗词曲赋等韵文搞清楚。

《红楼梦》中写了大量的诗词曲赋，其中大多数是直接为刻画人物、深化主题思想、发展故事情节服务的。扫除阅读《红楼梦》的文字障碍，也是理解与欣赏《红楼梦》的先决条件之一，因为《红楼梦》是一部“文备众体”的小说，诗词曲赋，绚丽多采地出现，仅在前八十回中就有140多首。如果把后四十回的30多首也加上，大约就有170多首。形式有诗、词、曲、谣、歌、谚、赞、诔、灯谜、对联、酒令、偈语、辞赋、骈文，诗中又有古体近体，近体中又有律诗和绝句，曲中又有小令和长调，几乎应有尽有。数量如此之多，形式如此之广，都是我国古代其他长篇小说所无法相比的。艺术表现手法呢，又是多种多样：有的借题发挥，伤时骂世；有的按头制帽，追踪蹑迹；有的谶语微言，寄托遥深。对于这些艺术特点，必须了解它、掌握它，才能有助于理解和欣赏《红楼梦》全书。

举例来说：反面的如第78回的《姽婳词》。姽婳，即形容女子的娴静美好。贾政让他的子孙宝玉和环、兰来写姽婳词，旨在对明代镇压农民起义的女刽子手林四娘进行歌颂，把巾帼英雄的英勇无畏和统治阶级的软弱无能对比着写，全诗带有浓重的悲剧情调。对这段情节，红学界评价向来不一：有的认为，竭力歌颂镇压农民起义的林四娘，正说明作者对农民起义是仇视的，对塑造贾宝玉的叛逆形象是败笔；有的认为小说描写的流寇暗指清兵，由于作者怕触犯朝廷，因而不敢明说，这又是将真事隐去；还有的认为，主要是歌颂妇女在政治生活中胜过须眉男子，以此来批判封建纲纪，具有一定的进步意义；甚至有人说，《姽婳词》在小说结构安排上另有用意，因为它安排在晴雯之死、宝玉祭悼晴雯之际，因而又出现两种说法：一说主张作者的意图在于以林四娘之死的悲壮气氛来衬托晴雯；另一说则主张，借林四娘捐躯报恒王之事，明影晴雯而暗射黛玉为酬知己而死的结局，以此为黛玉之死作铺垫。这首词，不管怎样说，在塑造宝玉形象上是个败笔。

正面的如《芙蓉女儿诔》，共1390字，同样安排在78回，同样是宝玉写的。宝玉对晴雯的高洁品格给以热烈的赞颂，以“金玉”、“冰雪”、“星日”、“花月”比喻；对她的悲惨遭遇和不幸命运，寄予深切的同情，以贾谊被贬、烈鲧被杀比喻；对残害她的人间鬼蜮则进行了愤怒的谴责和无情的诅咒。这真是一篇血泪文字。正如宝玉在诔文挽词所写“必须洒泪泣血，一字一咽，一句一啼，宁使文不足悲有余，万不可尚文藻而反失悲戚。况且古人多有微词，非自我今作俑也。”这篇诔文正反映了宝玉的反封建主义的精神。

但这一正一反的韵文，从艺术成就上来看都写的出类拔萃，表现了作者的盖世才华。所以阅读《红楼梦》时要搞清全部诗词歌赋等韵文，这样对小说的本义就好懂了。

第四，把文物、典章、典故搞清楚。

清末民初有个研究《红楼梦》的王梦阮就说过：“不熟清初掌故，不可读《红楼》，不知当时大事，何能看得亲切。”[15]例如，弄清官职名称，就可判断他的阶级地位，才干高低，政绩好坏。

鹾政：红研所新校注本作此，程高本作盐政。即掌管盐务的官吏，清代叫盐运使。下文又说“今钦点出为巡盐御使”，即皇帝亲自派出巡查盐务的钦差大臣。这在封建社会里被视为肥缺之官，极易发财致富。清初在扬州曾设立两淮盐运使，由皇帝从内务府中选派亲信充任此职。曹雪芹的祖父曹寅及其祖舅李煦曾兼任淮扬盐政多年。现在是由林黛玉之父林如海担任盐政。

外班：中进士而分发京外任职的官，俗称外班。班是指官员补缺的班次。这里指贾雨村中了进士，做了知府。

同知：在宋代，凡主管一事而不授正官之名者，称之为知某事，其副职则称同知。到清代，府、州及盐运等所设的同知名称各异，府称同知，州称州同，盐运称运同。清代同知（相当于今天的专员、厅局级干部）为正五品官。书中说“这位琏爷身上现捐的是个同知”，是说贾琏花钱买了个同知，说明卖官鬻爵，正好暴露了封建政治的腐败。

以上官职举例，均见第2回。

又如第5回写到秦可卿房中，只见铺陈华丽，“上面设着寿昌公主于含章殿下卧的榻，悬的是同昌公主制的连珠帐”。这用的是什么文物典故呢？寿昌公主，无论从史书还是从小说戏曲作品去查，都是查无其人的。原来寿昌公主是寿阳公主的讹误。寿阳公主就是南朝宋武帝刘裕的女儿。《太平御览》卷三十“时序部”引《杂五行书》说：“宋武帝女寿阳公主人日卧于含章殿檐下，梅花落于公主额上，成五出花，拂之不去。皇后留之，看得几时，经三日洗之乃落。宫女奇其异，竟效之，今梅花妆是也。”宋代程大昌《演繁露》有“含章梅妆”条，所记内容与此全同，不过文字稍简些。可见曹雪芹所写的“寿昌公主于含章殿下卧的榻”，就是从寿阳公主梅花妆的故事蜕化而来。这榻高贵华美，却没有专门名称。至于“连珠帐”则出自唐代苏鹗的《杜阳杂编》，书中这样记载：“同昌公主堂中设连珠之帐，却寒之帘。……连珠帐，续真珠以成也。”同昌公主即唐懿宗的女儿。这个帐子是由真珠编制而成的，大概真珠是帐子上的装饰品。曹雪芹就是用这两个典故极力形容夸饰秦可卿房中陈设的豪华高雅，同时暗中讽嘲秦可卿的糜烂生活。

再如第53回中写的“几上设炉瓶三事”，什么是“炉瓶三事”？就是古代的一套焚香用具，包括香炉、香盒和一个放香箸、香铲的瓶子。现在北京故宫博物院便收藏有乾隆时期的一套完整的剔红

炉瓶三事。炉瓶三种有优劣,质量款式也不等。大体图形如下:

香瓶　　香炉　　香盒

此外还有“玻璃绣球灯”、“什锦钻心盒”、驮轿子、套杯等等,都是《红楼梦》里描写的器用,这些东西大部分都保留了下来。平时在参观文物古迹时就要留心看,或者多查一查一些历史文献,就会解决。弄清楚这些文物器用,对理解、鉴赏《红楼梦》故事情节、人物塑造,很有帮助。

第五,要以革命的正确的“古为今用”的理论作指导,用当代意识去阅读去评论去研究。例如,《红楼梦》中有丰富的管理学理论与实践,第13、14回王熙凤协理宁国府的一整套做法,并不比世界著名企业家、管理学家法约尔、泰勒、松下幸之助等人逊色。贾母作为贾府中的最高领导人,关心晚辈生活,革除陈腐旧套,善于处理内部矛盾,在第38回、40回、44回、46回、54回、75回中都有令人折服的描写;第56回关于探春理家的故事,实行园林承包责任制,公私方面都有利,开源节流,解决了部分财政困难;至于薛宝钗、平儿更是大观园里的公关小姐,善于处理上下左右的人际关系,把许多棘手的难题都妥善地解决了,公关水平实在不低啊!这些事例，如果我们把它和实现现代化事业联系起来看，难道不是值得借鉴和学习吗？

【注释】

①《阅读红楼梦随笔·评例》。

②⑤光绪十三年管可寿斋刊本《梦痴说梦》。

③《阅红楼梦随笔》“红楼梦约评”第17条。

④嘉庆十七年解红轩刊本《红楼梦说梦》。

⑥1973年人民文学出版社编辑部编《红楼梦研究参考资料选辑》第一辑《〈红楼梦〉考证(改定稿)》。

⑦1973年人民文学出版社编辑部编《红楼梦研究参考资料选辑》第二辑《〈红楼梦〉简论》。

⑧《新评绣像红楼梦全传》卷首《红楼梦总评》第一、二条。

⑨《增评补像全图金玉缘》光绪十年上海同文书局石印本，《大某山民总评》第24条。

⑩1973年人民文学出版社版《红楼梦辨》中卷《作者底态度》。

⑪转引自一粟编《红楼梦卷》第二册570页。

⑫⑬均转引自一粟编《红楼梦卷》第二册412、425页。

⑭见《石头记索隐》，原载1916年《小说月报》第7卷第1～6期。此转引自一粟编《红楼梦卷》第一册319页。

⑮见《红楼梦索隐提要》，原载1914年《中华小说界》第一年第6～7期。此转引自一粟编《红楼梦卷》第一册301页。

第二章 评点编

引 言

几个世纪以来,《红楼梦》以特别神奇的魅力吸引着人们孜孜不倦地去探究它的艺术堂奥,以致使有的探究者得出这样的结论:《红楼梦》既是伟大的问号(?),又是伟大的惊叹号(!),也是伟大的删节号(……)。

是的,这部伟大的小说确有许多令人捉摸不定、迫人思考的问题,诸如贾宝玉、林黛玉等一代新人的出现意味着什么?《红楼梦》的"命意"究竟是什么?"'易'乎?'淫'乎?'缠绵'乎?'排满'乎?'宫闱秘事'乎?"① 直至今天红学界仍有如斯争论:谈情乎?谈政乎?四回为总纲乎?五回为总纲乎?

是的,这部伟大的小说,实在令人惊叹不已:它以精雕细刻的笔触从整个社会的结构上揭露并批判封建制度的腐朽;以包罗万象的布局,旁敲侧击、前呼后应的技巧,形成一个严密而完整的艺术结构;以细描粗勒、疏密相间的手法,塑造了成群的人物形象;而在语言运用上,则无论叙述和对话,雅俗共赏,骈散相杂,既简洁又生动,既干脆又含蓄,因人而异,因时而异。

是的,这部伟大的小说是一个还没有完全揭开的"谜",还没有全部开垦完的艺术沃土。由于它对封建社会的批判、解剖,是采取了“将真事隐去”，用“假语村言”的形式折光地表达出来的，因而被巧妙地掩埋起来的宝藏需要深入细致地加以开掘！

《名作欣赏》编辑部的同志要我用评点的方式写点关于《红楼梦》的评论，来辅导青年读者阅读《红楼梦》。殊不知，待到要下笔时我却倍觉力不胜任，感到不知所措了。问题就在于：要把高而深的名著，俗而浅地欣赏一番，对我来说确非易事。我之所以不自量力，勉为其难，无非是想投石问路，试一试传统的评点方式，在普及化阅读欣赏文学名著的领域内，是否尚有“复活”的价值。

在着笔评点之前，有几个问题须向读者交代一下。

评点，首先遇到的一个问题便是《红楼梦》的版本。《红楼梦》的版本很多，一般来说是分为两个系统：一为脂评八十回抄本系统；一为程伟元、高鹗整理补缀、某人续写了后四十回的一百二十回印本系统。脂评抄本目前已发现的有十二种，其中以甲戌本、庚辰本为较好。程高系统的印本也有七八种，其中较为流行的是程乙本。从 1953 年直到现在，多次排印出版的百二十回本《红楼梦》，就是以程乙本为底本校点整理的。1959 年 11 月印第二版时，曾作为“中国古典文学读本丛书”的一种。而这个版本并不好，它被程伟元、高鹗修改了不少，与原作的思想和艺术相差甚多。但是，目前它在我国又是一个流传极广的通行本，特别是经过 1974 年、1975 年热闹非凡的“评红”后，更把这个版本推销到许多读者手里了。那么，今天评点《红楼梦》，仍旧依据这个版本，就必然会失之毫厘谬以千里，闹出一些笑话来；倘依据影印的脂评抄本吧，又无句读标点，笔迹斑斑，难以辨认，而且对一般青年读者来说，也无必要。欣喜的是文化部文学艺术研究院红楼梦研究所已经搞出一个新校注百二十回《红楼梦》。这个稿本前八十回以庚辰本为底本，以其他脂本为主要校本，以程高本为参考校本；后四十回以程甲本为底本,以藤花本、王评本为主要校本,以程乙本、梦稿本、蒙府本为参考校本。据可靠消息云,这个版本不久就可问世。因此我们在评点《红楼梦》并附原文时,便依据这个稿本了。

评点《红楼梦》应当选择哪些回目着笔为好,这也是令人颇为踟蹰的一个问题。《红楼梦》是一部长篇巨著,要对它从头到尾加以评点,无论客观和主观的条件均不具备。为了有效地利用《名作欣赏》为我提供的有限而宝贵的篇幅,使读者首先能从整体上对《红楼梦》有个提纲挈领式的了解,经再三考虑,我决定先从前五回着手。因为,我认为,前五回无论在全书的思想内容上还是艺术结构上,都有着特殊的位置与意义。因此,对初读《红楼梦》的青年读者来说,如果不理解前五回,便不可能深刻地准确地理解全书。前五回,是有着内在规律的密切不可分割的一个整体,它才是铺叙故事的源头,它才是阅读、分析、评论《红楼梦》的总纲。

再次,对青年读者来说,扫除阅读《红楼梦》的文字障碍,也是理解与欣赏《红楼梦》的先决条件之一。因为《红楼梦》是一部“文备众体”的小说,诗词曲赋,绚丽多采地出现,仅在前八十回中就有140多首。形式有诗、词、曲、谣、歌、谚、赞、诔、灯谜、对联、酒令、偈语、辞赋、骈文,诗又有古体、近体,近体中又有律诗和绝句,曲中又有小令和长调,几乎应有尽有。数量如此之多,形式如此之广,都是我国古代其他长篇小说所无法比拟的。艺术表现方法呢,又是多种多样:有的借题发挥,伤时骂世;有的按头制帽,追踪蹑迹;有的谶语微言,寄托遥深。对于这些艺术特点,必须了解它、掌握它,才能有助于理解和欣赏《红楼梦》全书。但因篇幅所限,我的评点,不可能在这些方面花较多的笔墨为读者做详尽的解释。近几年来,关于这方面的资料和著作颇多,敬请读者择善而阅。在《红楼梦》诗、词、曲、赋的注释方面,我觉得,蔡义江同志编著的

《红楼梦诗词曲赋评注》(北京出版社出版)有较大的参考价值,值得向读者推荐。

《红楼梦》第一回评点

甄士隐梦幻识通灵　贾雨村风尘怀闺秀

此开卷第1回也。作者自云:"因曾历过一番梦幻之后,故将真事隐去,而借'通灵'之说,撰此《石头记》一书也。"故曰"甄士隐"云云。但书中所记何事何人?又因何而撰是书哉?自又云:"今风尘碌碌,一事无成,忽念及当日所有之女子,一一细考较去,觉其行止见识,皆出于我之上。何我堂堂须眉,诚不若彼裙钗哉?实愧则有余,悔又无益,真大无可如何之日也!当此,则自欲将已往所赖天恩祖德,锦衣纨绔之时,饫甘餍肥之日,背父兄教育之恩,负师友规训之德,以至今日一技无成、半生潦倒之罪,编述一记,以告天下人。虽我之罪固不能免,然闺阁中本自历历有人,万不可因我之不肖,自护己短,一并使其泯灭也。虽今日之茅椽蓬牖,瓦灶绳床,其风晨月夕,阶柳庭花,亦未有妨我之襟怀笔墨者。虽我未学,下笔无文,又何妨用假语村言,敷演出一段故事来,亦可使闺阁昭传,复可悦世之目,破人愁闷,不亦宜乎!"故曰"贾雨村"云云。

乃是第1回题纲正义也。开卷即云"风尘怀闺秀",则知作者本意原为记述当日闺友闺情,并非怨世骂时之书矣。虽一时有涉于世态,然亦不得不叙者,但非其本旨耳。阅者切记之。诗曰：

浮生着甚苦奔忙，盛席华筵终散场。
悲喜千般同幻渺，古今一梦尽荒唐。
漫言红袖啼痕重，更有情痴抱恨长。
字字看来皆是血，十年辛苦不寻常。

［段评］这四百多字的一大段，本来是甲戌本卷首“凡例”的第五条。这段文字并非小说正文，显然是批语。然其价值，却不可抹煞。它点明了作者的身世和创作思想，可看出《红楼梦》的写作目的和方法。“字字看来皆是血，十年辛苦不寻常”，正与后文“曹雪芹于悼红轩中披阅十载，增删五次”相印证。足见创作何等严肃和艰苦！所谓“原为记述当日闺友闺情，并非怨世骂时之书矣”和后文“无朝代年纪可考”、“毫不干涉时世”的声明，都不过是为避嫌而故作之反语。

作者为了避免再遭意外的灾难，不得不自作回护之辞。我们知道曹雪芹本生长在“昌明隆盛之邦，诗礼簪缨之族”，从曾祖父曹玺起，经祖父曹寅、父辈曹颙、曹頫，三代世袭江宁织造竟达七十年之久，成为煊赫一时的贵族之家。但好景不长，伴随宫廷内部的激烈斗争，雍正皇帝借口屡忤“圣意”，便把他的父亲曹頫革职获罪，家产抄没。从此曹家由南京迁到北京，家道走向衰败。到了乾隆初年，也就是曹雪芹十六七岁的时候，可能又遭了一次更大的祸变，致使曹家彻底破产。晚年，他在北京西郊过着“蓬牖茅椽，绳床瓦灶”的极端贫困的生活。生活是创作的源泉，茂盛的花木植根于肥沃的土壤。曹雪芹生活经历的巨大变化，无疑，提供了他创作《红楼梦》的思想基础和生活基础。

清初屡兴文字狱，文人往往因为一字一语触犯了封建统治者，便株连九族，受到残酷的迫害。因而曹雪芹将“真事隐去”，用“假语村言,敷演出一段故事来”,他不得不用此巧妙策略。这个特点,读者必须牢牢记住。

列位看官:你道此书从何而来?说起根由虽近荒唐,细按则深有趣味。待在下将此来历注明,方使阅者了然不惑。

原来女娲氏炼石补天之时,于大荒山无稽崖炼成高经十二丈、方经二十四丈顽石三万六千五百零一块。娲皇氏只用了三万六千五百块,只单单剩了一块未用,便弃在此山青埂峰下。谁知此石自经锻炼之后,灵性已通,因见众石俱得补天,独自己无材不堪入选,遂自怨自叹,日夜悲号惭愧。

一日,正当嗟悼之际,俄见一僧一道远远而来,生得骨格不凡,丰神迥异,说说笑笑,来至峰下,坐于石边,高谈快论;先是说些云山雾海、神仙玄幻之事,后便说到红尘中荣华富贵。此石听了,不觉打动凡心,也想要到人间去享一享这荣华富贵;但自恨粗蠢,不得已,便口吐人言,向那僧道说道:“大师,弟子蠢物,不能见礼了。适闻二位谈那人世间荣耀繁华,心切慕之。弟子质虽粗蠢,性却稍通;况见二师仙形道体,定非凡品,必有补天济世之材,利物济人之德。如蒙发一点慈心,携带弟子得入红尘,在那富贵场中、温柔乡里受享几年,自当永佩洪恩,万劫不忘也。”二仙师听毕,齐憨笑道:“善哉,善哉!那红尘中有却有些乐事,但不能永远依恃;况又有‘美中不足,好事多磨’八个字紧相连属,瞬息间则又乐极悲生,人非物换;究竟是到头一梦,万境归空,倒不如不去的好。”这石凡心已炽,那里听得进这话去,乃复苦求再四。二仙知不可强制,乃叹道:“此亦静极思动,无中生有之数也。既如此,我们便携你去受享受享,只是到不得意时,切莫后悔。”石道:“自然,自然。”那僧又道:“若说你性灵,却又如此质蠢,并更无奇贵之处。如此也只好踮脚而已。也罢,我如今大施佛法助你助,待劫终之日,复还本质,以了此案。你道好否?”石头听了,感谢不尽。那僧便念咒书符,大展幻术,将一块大石登时变成一块鲜明莹洁的美玉,且又缩成扇坠大小的可佩可拿。那僧托于掌上,笑道:“形体倒也是个宝物了!还只没有实在的好处,须得再镌上数字,使人一见便知是奇物方妙。然后好携你到那昌明隆盛之邦,诗礼簪缨之族,花柳繁华地,温柔富贵乡去安身乐业。”石头听了,喜不能禁,乃问:“不知赐了弟子那几件奇处,又不知携了弟子到何地方?望乞明示,使弟子不惑。”那僧笑道:“你且莫问,日后自然明白的。”说着,便袖了这石,同那道人飘然而去,竟不知投奔何方何舍。

后来,又不知过了几世几劫,因有个空空道人访道求仙,忽从这大荒山无稽崖青埂峰下经过,忽见一大块石上字迹分明,编述历历。空空道人乃从头一看,原来就是无材补天,幻形入世,蒙茫茫大士、渺渺真人携入红尘,历尽离合悲欢炎凉世态的一段故事。后面又有一首偈云:

无材可去补苍天,枉入红尘若许年。

此系身前身后事,倩谁记去作奇传?

诗后便是此石坠落之乡、投胎之处,亲自经历的一段陈迹故事。其中家庭闺阁琐事,以及闲情诗词倒还全备,或可适趣解闷;然朝代年纪、地舆邦国却反失落无考。

空空道人遂向石头说道:“石兄,你这一段故事,据你自己说有些趣味,故编写在此,意欲问世传奇。据我看来,第一件,无朝代年纪可考;第二件,并无大贤大忠理朝廷治风俗的善政,其中只不过几个异样女子,或情或痴,或小才微善,亦无班姑、蔡女之德能。我纵抄去,恐世人不爱看呢。”石头笑答道:

“我师何太痴耶！若云无朝代可考，今我师竟假借汉唐等年纪添缀，又有何难？但我想，历来野史，皆蹈一辙，莫如我这不借此套者，反倒新奇别致，不过只取其事体情理罢了，又何必拘拘于朝代年纪哉！再者，市井俗人喜看理治之书者甚少，爱适趣闲文者特多。历来野史，或讪谤君相，或贬人妻女，奸淫凶恶，不可胜数。更有一种风月笔墨，其淫秽污臭，屠毒笔墨，坏人子弟，又不可胜数。至若佳人才子等书，则又千部共出一套，且其中终不能不涉于淫滥，以致满纸潘安子建西子文君，不过作者要写出自己的那两首情诗艳赋来，故假拟出男女二人名姓，又必旁出一小人其间拨乱，亦如剧中之小丑然。且鬟婢开口即者也之乎，非文即理。故逐一看去，悉皆自相矛盾、大不近情理之话，竟不如我半世亲睹亲闻的这几个女子，虽不敢说强似前代书中所有之人，但事迹原委，亦可以消愁破闷；也有几首歪诗熟话，可以喷饭供酒。至若离合悲欢，兴衰际遇，则又追踪蹑迹，不敢稍加穿凿，徒为供人之目而反失其真传者。今之人，贫者日为衣食所累，富者又怀不足之心，纵然一时稍闲，又有贪淫恋色、好货寻愁之事，那里有工夫去看那理治之书！所以，我这一段故事，也不愿世人称奇道妙，也不定要世人喜悦检读；只愿他们当那醉余饱卧之时，或避事去愁之际，把此一玩，岂不省了些寿命筋力？就比那谋虚逐妄，却也省了口舌是非之害，腿脚奔忙之苦。再者，亦令世人换新眼目，不比那些胡牵乱扯，忽离忽遇，满纸才人淑女、子建文君红娘小玉等通共熟套之旧稿。我师意为何如？”

空空道人听如此说，思忖半晌，将《石头记》再检阅一遍，因见上面虽有些指奸责佞贬恶诛邪之语，亦非伤时骂世之旨；及至君仁臣良父慈子孝，凡伦常所关之处，皆是称功颂德，眷眷无穷,实非别书之可比。虽其中大旨谈情,亦不过实录其事,又非假拟妄称,一味淫邀艳约、私订偷盟之可比。因毫不干涉时世,方从头至尾抄录回来,问世传奇。从此空空道人因空见色,由色生情,传情入色,自色悟空,遂易名为情僧,改《石头记》为《情僧录》。[夹评]什么叫作“色、空”? 这本是佛教用语。按照佛学《般(读 bō)若经》的解释,把整个宇宙分成“色”和“心”两部分,“色”就是客观世界的万事万物,即物质世界,“心”则指精神世界。而无论“色”或“心”,都是不真实的,虚幻的,是“空”的。所以“色即是空”。如果在玄学上来说,“色空”也就是“有无”。由此可见,“色空”是唯心主义的哲学概念。“色空”概念后来就由本义发展成引申义,到明清时期,“色”就有了美色、色情的意思,指人的性欲表现出来的情绪,这种情绪是客观存在的东西。“空”仍旧是虚无、幻影、渺茫的意思。新红学派曾经把《红楼梦》归结为宣扬“色空观念”的作品,这是片面的错误的。但是也必须承认在《红楼梦》中这种观念时有流露,例如在第 5 回写到太虚幻境时有一副对联说:“假作真时真亦假,无为有处有还无。”意思就是说:假的当作真的,真的也是假的;没有作为有,有也变成了没有。太虚幻境是这样,人世间也是这样。宝玉最后出家,走向空门,就是写“空”,至于美色、色情的描写,在《红楼梦》中就更历历在目。这些都是作者虚无主义、消极出世思想的表现。我们在阅读《红楼梦》时,对“色空观念”应当做出实事求是的分析。

至吴玉峰题曰《红楼梦》。东鲁孔梅溪则题曰《风月宝鉴》。后因曹雪芹于悼红轩中披阅十载,增删五次,纂成目录,分出章回,则题曰《金陵十二钗》。并题一绝云:

满纸荒唐言，一把辛酸泪！

都云作者痴，谁解其中味？

至脂砚斋甲戌抄阅再评，仍用《石头记》。

[段评]这一段才是正文的第一部分。不过严格来说，这一部分也非红楼故事的正文，而是“入话”部分。“入话”是宋元话本小说的一种特殊结构，当时说话人为了等候更多的听众，稳定已有听众的情绪，或者启发听众增加兴趣，导入下面故事境界，便往往加说一个小故事。曹雪芹继承了唐宋传奇和宋元话本的创作传统，同时又有所发展。这里的神话故事和紧接着的甄士隐的故事，便都相当于“入话”，起着引子的作用。这个具有浪漫主义色彩的神话故事，不是可有可无的。它是作者故作的曲笔，其作用不经仔细琢磨便难以理解。其实作者把神话作为引线穿插到红楼故事中来，一则是为了造成障眼法，巧妙地瞒骗反动统治阶级；二则是影射贾宝玉（那块剩下的石头就是贾宝玉的前身），暗示爱情的悲剧，把神话作为表现主题思想的手段。

还有一点需要特别提及的是关于这部小说的名称。正文中曾经提到先后出现过五个名字，即《石头记》《情僧录》《红楼梦》《风月宝鉴》《金陵十二钗》。五个名称出现的来龙去脉如何？有何价值？这是个比较复杂的问题，可暂且不管。我们只消了解究竟为什么叫《红楼梦》？本来这五种名字均有所据。甲戌本“凡例”中曾有详细说明：“是书题名极多：一曰《红楼梦》，是总其全部之名也；又曰《风月宝鉴》，是戒妄动风月之情；又曰《石头记》，是自比石头所记之事也。此三名，皆书中曾已点睛矣。如宝玉做梦，梦中有曲，名曰《红楼梦》十二支，此则《红楼梦》之点睛。又如贾瑞病，跛足道人持一镜来，上面即錾‘风月宝鉴’四字，此则《风月宝鉴》之点睛。又如道人亲眼见石上大书一篇故事，则系石头所记之往来,此则《石头记》之点睛处。然此书又名曰《金陵十二钗》,审其名则必系金陵十二女子也。然通部细搜检去,上中下女子岂止十二人哉?若云其中自有十二个,则又未尝指明白系某某。乃至《红楼梦》第1回中,亦曾翻出金陵十二钗之簿籍,又有十二支曲可考。[②]”

五种书名曾换来换去,但最后还是以《红楼梦》一名盛行。这个现象值得注意。就字面上解释,“绿窗是贫女之室,红楼是富女之居。”[③]“红楼梦”意即大家闺秀如梦似幻的人生悲欢。“红楼”的概念,大约始于唐朝,那时帝王将相多建红楼。大诗人李白的《侍从宜春苑》诗句“紫殿红楼觉春好”,沈佺期的《红楼院应制诗》中所写的红楼,都是指帝王所居的地方。同时,民间也建筑红楼,这民间当然是指封建统治阶级达官贵人之流,一般劳动人民是绝不会盖此楼的。韦庄的“长安春色本无主,古来尽属红楼女”[④],和白居易的“到一红楼家,爱之看不足”[⑤]等诗句,便是指的一般封建贵族。从初唐经盛唐、中唐到晚唐,“红楼”这个概念便逐渐流行,约定俗成。从此以后凡富贵人家女子的居处,便称“红楼”。据此,我们便不难理解,此本小说为什么终以《红楼梦》而定名。还是为甲辰本作《序》的梦觉主人深得堂奥,他的解释颇有意趣,他说:“辞传闺秀而涉于幻者,故是书以‘梦’名也。夫梦曰‘红楼’,乃巨家大室儿女之情,事有真不真耳。红楼富女,诗证香山,悟幻庄周,梦归蝴蝶。作是书者借以命名,为之《红楼梦》焉。”请看,此人已把小说所以叫作《红楼梦》的理由讲得清清楚楚了。不过他说取名借了《庄子》的“梦归蝴蝶”的典故,那是主观臆断,曹雪芹的创作思想并非如此。《庄子·齐物论》说:“昔者庄周梦为蝴蝶,栩栩然蝴蝶也。自喻适志欤,不知周也。俄然觉,则蘧蘧然周也。不知周之梦为蝴蝶欤?蝴蝶之梦为周欤?周与蝴蝶则必有分矣。此之谓物化。”这个典故是说明生死变化、“万物与我为一”的主观唯心主义，是把客观存在与主观精神合二为一的。庄子认为，人生如梦，而且是一场恶梦，人死了才是大觉。《红楼梦》中的“梦”，有时虽也流露这种思想，但主要的不是这种思想。作序者解释“红楼”一词，倒颇有见地。他说“红楼富女，诗证香山”，是说唐代大诗人白居易的诗《秦中吟·议婚》中曾有这样的话：“红楼富家女，金缕绣罗襦；见人不敛手，娇痴二八初。”同时对比地写出：“绿窗贫家女，寂寞二十余；荆钗不值钱，衣上无珍珠。”由此可见，“红楼”就是富贵人家闺阁绣楼的代词；“梦”就是这样巨家大室中儿女们的思想、生活、感情等等的表现。《红楼梦》中写了贾史王薛四大家族的许多妇女和奴婢，主要人物更是少年女子，她们居住在富丽堂皇的大观园里。同时又写了许多梦，用写梦境的艺术手法，折光地反映封建社会的现实生活。全小说中，前八十回写了二十个梦，加上后四十回的十二个梦，总共写了大大小小三十二个梦（粗略统计）。《红楼梦》中的“梦境”描写，颇有成就和特色，它不但深化了主题思想，而且章法也变化多端。有一段脂批说得好：“一部大书起是梦，宝玉情是梦，贾瑞淫又是梦，秦之家计长策又是梦，今作诗也是梦，并‘风月宝鉴’亦从梦中所有，故《红楼梦》也。余今批评亦在梦中，特为梦中之人特作此一大梦也。”⑥这就更加充分地说明这部小说所以叫作《红楼梦》的原因了。

那么这部长篇巨制是称《红楼梦》好呢？还是称其他名字好呢？乍一听来，似乎有点吹毛求疵。一个书名叫什么都好，反正实同名异罢了，就跟一个人有大名、乳名、笔名、表字、雅号一样，总之实质上就是那个人。我却以为不然。小说名称的多次改动，定有原因，笔者将另文探究。不管如何，有一点倒是毋庸置疑而可作结论的：实践是检验真理的唯一标准，二百多年来，“红楼梦”名称被无数的抄者、评者、阅者承认并肯定下来，就说明它是被历史检验过而筛选定的较好的名称。我以为，这个名称比其他名称更切题、更概括、更形象、更全面。其他名称则都有管中窥豹的缺点，没有抓住整个小说的要害。甲戌本上所云，《红楼梦》是“点睛”之名，是“总其全部之名”，说得深中肯綮。

出则既明，且看石上是何故事。按那石上书云：

当日地陷东南，这东南一隅有处曰姑苏，有城曰阊门者，最是红尘中一二等富贵风流之地。这阊门外有个十里街，街内有个仁清巷，巷内有个古庙，因地方窄狭，人皆呼作葫芦庙。庙傍住着一家乡宦，姓甄，名费，字士隐。嫡妻封氏，情性贤淑，深明礼义。家中虽不甚富贵，然本地便也推他为望族了。因这甄士隐禀性恬淡，不以功名为念，每日只以观花修竹、酌酒吟诗为乐，倒是神仙一流人品。只是一件不足：如今年已半百，膝下无儿，只有一女，乳名唤作英莲，年方三岁。

一日，炎夏永昼，士隐于书房闲坐，至手倦抛书，伏几少憩，不觉朦胧睡去。梦至一处，不辨是何地方。忽见那厢来了一僧一道，且行且谈。只听道人问道：“你携了这蠢物，意欲何往？”那僧笑道：“你放心，如今现有一段风流公案正该了结，这一干风流冤家，尚未投胎入世。趁此机会，就将此蠢物夹带于中，使他去经历经历。”那道人道：“原来近日风流冤孽又将造劫历世去不成？但不知落于何方何处？”那僧笑道：“此事说来好笑，竟是千古未闻的罕事。只因西方灵河岸上三生石畔，有绛珠草一株，时有赤瑕宫神瑛侍者，日以甘露灌溉，这绛珠草始得久延岁月。后来既受天地精华，复得雨露滋养，遂得脱却草胎木质，得换人形，仅修成个女体，终日游于离恨天外，饥则食蜜青果为膳，渴则饮灌愁海水为汤。只因尚未酬报灌溉之德，故其五内便郁结着一段缠绵不尽之意。恰近日这神瑛侍者凡心偶炽，乘此昌明太平朝世，意欲下凡造历幻缘，已在警幻仙子案前挂了号。警幻亦曾问及，灌溉之情未偿，趁此倒可了结的。那绛珠仙子道：'他是甘露之惠，我并无此水可还。他既下世为人，我也去下世为人，但把我一生所有的眼泪还他，也偿还得过他了。'因此一事，就勾出多少风流冤家来，陪他们去了结此案。"那道人道："果是罕闻。实未闻有还泪之说。想来这一段故事，比历来风月事故更加琐碎细腻了。"那僧道："历来几个风流人物，不过传其大概以及诗词篇章而已；至家庭闺阁中一饮一食，总未述记。再者，大半风月故事，不过偷香窃玉、暗约私奔而已，并不曾将儿女之真情发泄一二。想这一干人入世，其情痴色鬼、贤愚不肖者，悉与前人传述不同矣。"那道人道："趁此何不你我也去下世度脱几个，岂不是一场功德？"那僧道："正合吾意。你且同我到警幻仙子宫中，将蠢物交割清楚，待这一干风流孽鬼下世已完，你我再去。如今虽已有一半落尘，然犹未全集。"道人道："既如此，便随你去来。"

却说甄士隐俱听得明白，但不知所云"蠢物"系何东西。遂不禁上前施礼，笑问道："二仙师请了。"那僧道也忙答礼相问。士隐因说道："适闻仙师所谈因果，实人世罕闻者。但弟子愚浊不能洞悉明白，若蒙大开痴顽，备细一闻，弟子则洗耳谛听，稍能警省，亦可免沉沦之苦。"二仙笑道："此乃玄机不可预泄者。到那时只不要忘了我二人，便可跳出火坑矣。"士隐听了，不便再问。因笑道："玄机不可预泄，但适云'蠢物'，不知为何，或可一见否？"那僧道："若问此物，倒有一面之缘。"说着，取出递与士隐。士隐接了看时，原来是块鲜明美玉，上面字迹分明，镌着“通灵宝玉”四字，后面还有几行小字。正欲细看时，那僧便说已到幻境，便强从手中夺了去，与道人竟过一大石牌坊，上书四个大字，乃是“太虚幻境”。两边又有一副对联，道是：

假作真时真亦假，无为有处有还无。

士隐意欲也跟了过去，方举步时，忽听一声霹雳，有若山崩地陷。士隐大叫一声，定睛一看，只见烈日炎炎，芭蕉冉冉，所梦之事便忘了大半。又见奶母正抱了英莲走来。士隐见女儿越发生得粉妆玉琢，乖觉可喜，便伸手接来，抱在怀内，斗他顽耍一回，又带至街前，看那过会的热闹。方欲进来时，只见从那边来了一僧一道：那僧则癞头跣脚，那道则跛足蓬头，疯疯癫癫，挥霍谈笑而至。及至到了他门前，看见士隐抱着英莲，那僧便大哭起来，又向士隐道：“施主，你把这有命无运、累及爹娘之物，抱在怀内作甚？”士隐听了，知是疯话，也不去睬他。那僧还说：“舍我罢，舍我罢！”士隐不耐烦，便抱女儿撤身要进去，那僧乃指着他大笑，口内念了四句言词道：

惯养娇生笑你痴，菱花空对雪澌澌。

好防佳节元宵后，便是烟消火灭时。

士隐听得明白，心下犹豫，意欲问他们来历。只听道人说道：“你人不必同行，就此分手，各干营生去罢。三劫后，我在北邙山等你，会齐了同往太虚幻境销号。”那僧道：“最妙，最妙！”说毕，二人一去再不见个踪影了。士隐心中此时自忖：这两个人必有来历，该试一问，如今悔却晚也。

这士隐正痴想，忽见隔壁葫芦庙内寄居的一个穷儒——姓贾名化、字表时飞、别号雨村者走了出来。这贾雨村原系湖州人氏，也是诗书仕宦之族，因他生于末世，父母祖宗根基已尽,人口衰丧,只剩得他一身一口,在家乡无益,因进京求取功名,再整基业。自前岁来此,又淹蹇住了,暂寄庙中安身,每日卖字作文为生,故士隐常与他交接。当下雨村见了士隐,忙施礼陪笑道:"老先生倚门伫望,敢是街市上有甚新闻否?"士隐笑道:"非也。适因小女啼哭,引他出来作耍,正是无聊之甚,兄来得正妙,请入小斋一谈,彼此皆可消此永昼。"说着,便令人送女儿进去,自与雨村携手来至书房中。小童献茶,方谈得三五句话,忽家人飞报:"严老爷来拜。"士隐慌的忙起身谢罪道:"恕诳驾之罪,略坐,弟即来陪。"雨村忙起身亦让道:"老先生请便,晚生乃常造之客,稍候何妨。"说着,士隐已出前厅去了。

这里雨村且翻弄书籍解闷,忽听得窗外有女子嗽声,雨村遂起身往窗外一看,原来是一个丫鬟,在那里掐花:生得仪容不俗,眉目清明,虽无十分姿色,却亦有动人之处。雨村不觉看得呆了。那甄家丫鬟掐了花,方欲走时,猛抬头见窗内有人:敝巾旧服,虽是贫窘,然生得腰圆背厚,面阔口方,更兼剑眉星眼,直鼻权腮。这丫鬟忙转身回避,心下乃想:"这人生得这样雄壮,却又这样褴褛,想他定是我家主人常说的什么贾雨村了,每有意帮助周济,只是没甚机会。我家并无这样贫窘亲友,想定是此人无疑了。怪道又说他必非久困之人。"如此想来,不免又回头两次。雨村见他回了头,便自为这女子心中有意于他,便狂喜不尽,自为此女子必是个巨眼英雄,风尘中之知己也。一时小童进来,雨村打听得前面留饭,不可久待,遂从夹道中自便出门去了。士隐待客既散,知雨村自便,也不去再邀。

一日,早又中秋佳节。士隐家宴已毕,乃又另具一席于书房，却自己步月至庙中来邀雨村。原来雨村自那日见了甄家之婢曾回顾他两次，自为是个知己，便时刻放在心上。今又正值中秋，不免对月有怀，因而口占五言一律云：

未卜三生愿，频添一段愁。
闷来时敛额，行去几回头。
自顾风前影，谁堪月下俦？
蟾光如有意，先上玉人楼。

雨村吟罢，因又思及平生抱负苦未逢时，乃又搔首对天长叹，复高吟一联曰：

玉在椟中求善价，钗于奁内待时飞。

恰值士隐走来听见，笑道："雨村兄真抱负不浅也！"雨村忙笑道："岂敢，不过偶吟前人之句，何敢狂诞至此。"因问："老先生何兴至此？"士隐笑道："今夜中秋，俗谓'团圆之节'，想尊兄旅寄僧房，不无寂寥之感，故特具小酌，邀兄到敝斋一饮，不知可纳芹意否？"雨村听了，并不推辞，便笑道："既蒙厚爱，何敢拂此盛情。"说着，便同士隐复过这边书院中来。

须臾茶毕，早已设下杯盘，那美酒佳肴自不必说。二人归坐，先是款斟漫饮，次渐谈至兴浓，不觉飞觥限斝起来。当时街坊上家家箫管，户户弦歌，当头一轮明月，飞彩凝辉，二人愈添豪兴，酒到杯干。雨村此时已有七八分酒意，狂兴不禁，乃对月寓怀，口号一绝云：

时逢三五便团圆，满把晴光护玉栏。
天上一轮才捧出，人间万姓仰头看。

士隐听了大叫："妙哉！吾每谓兄必非久居人下者，今所吟之句，飞腾之兆已见，不日可接履于云霓之上矣。可贺，可贺！"乃亲斟一斗为贺。雨村因干过，叹道："非晚生酒后狂言，若论时尚之学，晚生也或可去充数沽名，只是目今行囊路费一概无措，神京路远，非赖卖字撰文即能到者。”士隐不待说完，便道：“兄何不早言。愚久有此意，但每遇兄时，兄并未谈及，愚故未敢唐突。今既及此，愚虽不才，‘义利’二字却还识得。且喜明岁正当大比，兄宜作速入都，春闱一战，方不负兄之所学也。其盘费余事，弟自代为处置，亦不枉兄之谬识矣！”当下即命小童进去，速封五十两白银，并两套冬衣。又云：“十九日乃黄道之期，兄可即买舟西上，待雄飞高举，明冬再晤，岂非大快之事耶！”雨村收了银衣，不过略谢一语，并不介意，仍是吃酒谈笑。那天已交了三更，二人方散。

士隐送雨村去后，回房一觉，直至红日三竿方醒。因思昨夜之事，意欲再写两封荐书与雨村带至神都，使雨村投谒个仕宦之家为寄足之地。因使人过去请时，那家人去了回来说：“和尚说，贾爷今日五鼓已进京去了，也曾留下话与和尚转达老爷，说：‘读书人不在黄道黑道，总以事理为要，不及面辞了。’”士隐听了，也只得罢了。

真是闲处光阴易过，倏忽又是元宵佳节矣。士隐命家人霍启抱了英莲去看社火花灯，半夜中，霍启因要小解，便将英莲放在一家门槛上坐着。待他小解完了来抱时，哪有英莲的踪影？急得霍启直寻了半夜，至天明不见，那霍启也就不敢回来见主人，便逃往他乡去了。那士隐夫妇，见女儿一夜不归，便知有些不妥，再使几人去寻找，回来皆云连音响皆无。夫妻二人，半世只生此女，一旦失落，岂不思想，因此昼夜啼哭，几乎不曾寻死。看看一月，士隐先就得了一病；当时封氏孺人也因思女构疾，日日请医疗治。

不想这日三月十五，葫芦庙中炸供，那些和尚不加小心，致使油锅火逸，便烧着窗纸。此方人家多用竹篱木壁者，其大抵也因劫数，于是接二连三、牵五挂四，将一条街烧得如火焰山一般。彼时虽有军民来救，那火已成了势，如何救得下？直烧了一夜，方渐渐的熄去，也不知烧了多少人家。只可怜甄家在隔壁，早已烧成一片瓦砾场了。只有他夫妇并几个家人的性命不曾伤了。急得士隐惟跌足长叹而已。只得与妻子商议，且到田庄上去安身。偏值近年水旱不收，鼠盗蜂起，无非抢田夺地，鼠窃狗偷，民不安生，因此官兵剿捕，难以安身。士隐只得将田庄都折变了，便携了妻子与两个丫鬟投他岳丈家去。

他岳丈名唤封肃，本贯大如州人氏，虽是务农，家中却还殷实。今见女婿这等狼狈而来，心中便有些不乐。幸而士隐还有折变田产的银子未曾用完，拿出来托他随分就价薄置些须房地，为后日衣食之计。那封肃便半哄半赚，些须与他些薄田朽屋。士隐乃读书之人，不惯生理稼穑等事，勉强支持了一二年，越觉穷了下去。封肃每见面时，便说些现成话，且人前人后又怨他们不善过活，只一味好吃懒作等语。士隐知投人不着，心中未免悔恨，再兼上年惊唬，急忿怨痛，已有积伤，暮年之人，贫病交攻，竟渐渐的露出那下世的光景来。

可巧这日拄了拐杖挣挫到街前散散心时，忽见那边来了一个跛足道人，疯癫落拓，麻屣鹑衣，口内念着几句言词道是：

世人都晓神仙好，
惟有功名忘不了！
古今将相在何方？
荒冢一堆草没了。

世人都晓神仙好，
只有金银忘不了！
终朝只恨聚无多，
及到多时眼闭了。

世人都晓神仙好，
只有娇妻忘不了！
君生日日说恩情，
君死又随人去了。

世人都晓神仙好，
只有儿孙忘不了！
痴心父母古来多，
孝顺儿孙谁见了？

士隐听了，便迎上来道："你满口说些什么？只听见些'好''了''好''了'。"那道人笑道："你若果听见'好''了'二字，还算你明白。可知世上万般，好便是了，了便是好。若不了，便不好；若要好，须是了。我这歌儿，便名《好了歌》。"士隐本是有宿慧的，一闻此言，心中早已彻悟。因笑道："且住！待我将你这《好了歌》解注出来何如？"道人笑道："你解，你解。"士隐乃说道："陋室空堂，当年笏满床；衰草枯杨，曾为歌舞场。蛛丝儿结满雕梁，绿纱今又糊在蓬窗上。说什么脂正浓、粉正香，如何两鬓又成霜？昨日黄土陇头送白骨，今宵红灯帐底卧鸳鸯。金满箱、银满箱，展眼乞丐人皆谤。正叹他人命不长，那知自己归来丧！训有方，保不定日后作强梁。择膏粱，谁承望流落在烟花巷！因嫌纱帽小，致使锁枷扛，昨怜破袄寒，今嫌紫蟒长；乱烘烘你方唱罢我登场，反认他乡是故乡。甚荒唐，到头来都是为他人作嫁衣裳！”

那疯跛道人听了，拍掌笑道：“解得切，解得切！”士隐便说一声：“走罢！”将道人肩上褡裢抢了过来背着，竟不回家，同了疯道人飘飘而去。当下哄动街坊，众人当作一件新闻传说。封氏闻得此言，哭个死去活来，只得与父亲商议，遣人各处访寻，那讨音信？无奈何，少不得依靠着他父母度日。幸而身边还有两个旧日的丫鬟伏侍。主仆三人，日夜作些针线发卖，帮着父亲用度。那封肃虽然日日抱怨，也无可奈何了。

这日，那甄家大丫鬟在门前买线，忽听得街上喝道之声，众人都说：新太爷到任。丫鬟于是隐在门内看时，只见军牢快手，一对一对的过去；俄而，大轿抬着一个乌帽猩袍的官府过去。丫鬟倒发了个怔，自思这官好面善，倒象在哪里见过的。于是进入房中，也就丢过不在心上。至晚间，正待歇息之时，忽听一片声打的门响，许多人乱嚷，说：“本府太爷差人来传人问话。”封肃听了，唬得目瞪口呆，不知有何祸事。

[段评]这一段是正文的第二部分，就全回来说属于第三部分。这一部分仍然是引子，不过与前一部分不同。这里讲的不是神话，而是现实中的人与事了。甄士隐的故事，虽写得十分简略，但颇有涵义。一个廉洁自守、助人为乐、不以功名为念的乡宦，偏偏半生遭际坎坷，祸不单行，家败人亡，逼得最后走入空门。这是一个悲剧性的插曲。这个插曲又是整个《红楼梦》某个方面的缩影，这个插曲及其与之相应和的《好了歌》和《好了歌注》，把封建社会的世态炎凉，人生道路的变幻无常生动地写出来了。使我们折光地看到了作者晚年生活的影子，也约略地想到了贾宝玉的终局。从艺术结构上来看，它引出贾雨村，带出英莲来，点出神瑛侍

者和绛珠仙子的未了情缘,都为后文埋下了伏笔。英莲就是后来的香菱,是小说中的重要人物之一;贾雨村则是第4回中的主要人物,也是作者重点批判的对象之一;而神瑛侍者和绛珠仙子就是下凡人间的贾宝玉和林黛玉,他们是被作者同情、歌颂的体现儿女真情的化身。仔细读了第1回,我们便会觉得关于甄士隐的故事不可或缺,它是串联其他情节的情节。

[总评]

如前所述,这一回全文可划作三个部分。除第一部分为批语外,第二、三部分均为"入话"故事。在这儿,作者借用神话故事和梦境描写,以及甄士隐、贾雨村交往的情节,全面地阐述了自己创作《红楼梦》的观点、态度和方法,表现了一个真正的艺术家的勇敢精神。此回可视作创作思想的纲领。

他反对男尊女卑,主张男女平等,提高妇女地位。此其一。他将要通过形象思维的途径,树起一面宣扬个性解放、反抗封建礼教的光辉旗帜,并在这面旗帜上写上"自由、平等、博爱"六个大字。这是了不起的思想！这已是属于资产阶级民主主义的范畴了,尽管它还处于原始的、幼稚的、萌芽的状态。请听,作者自己的毫不掩饰的自白:"今风尘碌碌,一事无成,忽念及当日所有之女子,一一细考较去,觉其行止见识,皆出于我之上。何我堂堂须眉,诚不若彼裙钗哉？实愧则有余,悔又无益,真太无可如何之日也!"

他的创作态度和方法,十分谨严而一丝不苟。此其二。作者自云在悼红轩中,"披阅十载,增删五次",然后"纂成目录,分出章回",而成功了这部巨著。据许多红学专家考证,这并非曹雪芹自我吹嘘之辞,他确乎如此做的。《红楼梦》的创作方法是严格的现实主义,同时又有浪漫主义因素。从整个小说来看,自是无疑。我们从第1回中石头和空空道人的一段对话,便可看得一清二楚。

那是一篇创作宣言,明确交代出他赞成什么创作方法,反对什么创作方法。第一,他不取野史方法,按照朝代死搬硬套,因为“历来野史,皆蹈一辙,莫如我这不借此套者,反倒新奇别致”;第二,他摒弃了那种“淫秽污臭,屠毒笔墨,坏人子弟”的“风月笔墨”,而在写人之“真情”;第三,他批判了那种“千部共出一套”,“逐一看去,悉皆自相矛盾,大不近情理之话”的佳人才子等书的陈俗滥套。他坚决反对反现实主义创作方法,而自觉地明确地采用了真实地再现现实的现实主义创作方法。请听,他的几句精辟的创作宣言:“至若离合悲欢,兴衰际遇,则又追踪蹑迹,不敢稍加穿凿,徒为供人之目而反失其真传者。”

不过,曹雪芹也并非那样的彻底革命。他在愤世嫉俗中也掺杂着“出世”“解脱”的邪念;在诅咒封建制度的腐朽之际也惋惜自己贵族世家的破败;在为资产阶级民主主义唱赞歌的同时又给封建主义唱了挽歌:这一切正暴露了他世界观中的矛盾,既有进步性或革命性,又有落后性或反动性。这种矛盾现象奇怪吗?不,这正表明他是处于封建社会末世腐朽和新生的交替时期的生动的真实的“这个”。他的时代,他的阶级,不可能不在他身上烙下印痕。

这种世界观的矛盾现象,首先在《好了歌》和《好了歌注》中就有所表现。《歌》及《注》是两首深刻而又优美的讽刺韵文。它以犀利的笔锋,形象的语言,勾画出了封建社会末世统治阶级内部兴衰荣枯迅速变化的历史图景,揭示了封建伦理道德的全面崩溃。《好了歌》总共一十六句,第一个四句是说“功名”,批判“忠”;第二个四句是说“金银”,批判“义”;第三个四句是说“娇妻”,批判“节”;第四个四句是说“儿孙”,批判“孝”。请看,孔孟之道的一切,何等虚伪!现实的生活告诉了人们忠在哪里?义在何方?谁来守节?谁在行孝?这一切的一切,都在伴随着权势利欲的争夺而变化。封建统治阶级赖以生存的精神支柱早已坍塌了。至于甄士隐作注解的那首俗曲歌谣,并非作者心血来潮的凭空捏造,它是以小说的具体情节为依据的,是书中某些人物结局的艺术概括。甲戌本上在这首俗曲的上下左右,曾写有详细的眉批和行间批,对此我们虽不可胶柱鼓瑟,但它对理解俗曲的真正涵义还是略有参考价值。开头四句"陋室空堂,当年笏满床;衰草枯杨,曾为歌舞场",是说以贾府为首的四大家族的衰败。笏是封建时代文臣武将朝见皇帝时手里拿的板子,用来记事,为象牙或竹片制成。笏满床,形容一家人做大官的很多。这四句的意思是:如今的陋室空堂,就是当年达官贵人们笏板摆满的华屋大宅;如今的长满衰草枯杨的地方,就是从前的歌舞演出所在。"蛛丝儿结满雕梁,绿纱今又糊在蓬窗上"两句,是说豪门富户已经破败,指大观园里的潇湘馆、绛红轩等处;贫穷的人却又暴发成新贵,指贾雨村一干人等。"说什么脂正浓、粉正香,如何两鬓又成霜?"泛指大观园里一些女子的不幸遭遇。"昨日黄土陇头送白骨,今宵红灯帐底卧鸳鸯",是指黛死钗婚,更广泛一点说,指封建贵族家庭妻妾满屋,迎新送死不断,忽恩忽爱忽痛忽悲的情绪变化无常。"金满箱,银满箱,展眼乞丐人皆谤",是指贾宝玉后来沦为乞丐,这与庚辰本第 19 回脂批说宝玉后来"寒冬噎酸,雪夜围破毡"是一致的,真是风露草霜,转眼就变了。"正叹他人命不长,那知自己归来丧!"指薛蟠的罪有应得。"训有方,保不定日后作强梁。"指柳湘莲的侠义行为,但最后的结局究竟如何? 是在干什么行当? 书中并无交代。"择膏粱,谁承望流落在烟花巷!"有人说指巧姐,原是可以选择富贵人家子弟作女婿,结果因家道衰败被狠舅奸兄卖于烟花巷,倒做了妓女。"因嫌纱帽小,致使锁枷杠",是指贾赦、贾雨村一干人因贪财作恶而获重罪。"昨怜破袄寒,今嫌紫蟒长",则是说贾兰、贾菌一干人后来官运亨通，穿了紫蟒，做了大官。“乱烘烘你方唱罢我登场，反认他乡是故乡。甚荒唐，到头来都是为他人作嫁衣裳！”最后四句是总收作结，指出宦海浮沉，沧桑易变，人生舞台就是如此，总是纷纷扰扰，没完没了。在这争权夺利的角斗中，到头来是落得一场空，不过是“为他人作嫁衣裳”罢了。《歌》和《注》，在一定程度上表现了曹雪芹的朴素的辩证法思想，指出了封建社会必然崩溃灭亡的趋势；但也流露了一种虚无主义和宿命论的思想，认为“好便是了，了便是好”，这正是作者世界观中佛道思想的反映，这些糟粕在整个小说中不时有所表现，所以阅读《红楼梦》时必须随时注意剔除。

还有一点值得注意的是交代了小说的社会背景。此其三。书中写道：“偏值近年水旱不收，鼠盗蜂起，无非抢田夺地，鼠窃狗偷，民不安生，因此官兵剿捕，难以安身。”虽然寥寥几句，但毕竟还是指出了所谓“昌明隆盛之世”，并不昌明隆盛。广大的农村处于水深火热之中，天下大乱，灾难深重。封建社会的崩溃与灭亡是在所必然的了。

一九八〇年九月初稿

十二月改定

【注释】

①鲁迅在《集外集拾遗·（绛洞花主）小引》中曾指出：“经学家看见《易》，道学家看见淫，才子看见缠绵，革命家看见排满，流言家看见宫闱秘事……”

②甲戌本“凡例”漏洞百出，问题复杂，对此冯其庸先生有详细论证，颇有精辟见解。见《论〈脂砚斋重评石头记〉甲戌本“凡

例"》,载《红楼梦学刊》1980 年第 4 辑。本处仅是就五种题名的依据和优劣来谈,其它了不涉及。

③《幼学琼林》卷二。

④韦庄《长安春》。

⑤白居易《梦游春》。

⑥庚辰本《石头记》第 48 回双行批。

《红楼梦》第二回评点

贾夫人仙逝扬州城　冷子兴演说荣国府

诗云:

一局输赢料不真,
香销茶尽尚逡巡。
欲知目下兴衰兆,
须问旁观冷眼人。

却说封肃因听见公差传唤,忙出来陪笑启问。那些人只嚷:"快请出甄爷来!"封肃忙陪笑道:"小人姓封,并不姓甄。只有当日小婿姓甄,今已出家一二年了,不知可是问他?"那些公人道:"我们也不知什么'真''假',因奉太爷之命来问,他既是你女婿,便带了你去亲见太爷面禀,省得乱跑。"说着,不容封肃多言,大家推拥他去了。封家人个个都惊慌,不知何兆。

那天约二更时分,只见封肃方回来,欢天喜地,众人忙问端的。他乃说道:“原来本府新升的太爷姓贾名化,本贯湖州人氏,曾与女婿旧日相交。方才在咱门前过去,因见娇杏那丫头买线,所以他只当女婿移住于此。我一一将原故回明,那太爷倒伤感叹息了一回;又问外孙女儿,我说看灯丢了。太爷说:‘不妨,我自使番役务必探访回来。’说了一回话,临走倒送了我二两银子。”甄家娘子听了,不免心中伤感。一宿无话。

至次日,早有雨村遣人送了两封银子、四匹锦缎,答谢甄家娘子;又寄一封密书与封肃,转托问甄家娘子要那娇杏作二房。封肃喜的屁滚尿流,巴不得去奉承,便在女儿前一力撺掇成了。乘夜只用一乘小轿,便把娇杏送进去了。雨村欢喜,自不必说,乃封百金赠封肃,外又谢甄家娘子许多物事,令其好生养赡,以待寻访女儿下落。封肃回家无话。

却说娇杏这丫鬟,便是那年回顾雨村者。因偶然一顾,便弄出这段事来,亦是自己意料不到之奇缘。谁想他命运两济,不承望自到雨村身边,只一年便生了一子;又半载,雨村嫡妻忽染疾下世,雨村便将他扶侧作正室夫人了。正是:

偶因一着错,便为人上人。([夹评]《红楼梦》的语言,真是雅俗共赏,该雅则雅,该俗则俗。甲戌本脂批说:“从来只见集古、集唐等句,未见集俗语者,此又更奇之至。”奇得好!这是与众不同的创新。)

[段评]这一段与前回照应,补叙贾雨村和娇杏的关系,进一步刻画了贾雨村的飞黄腾达和封肃的势利。下回开头承接上回的故事情节,使其环环相扣,这是我国古代章回小说的章法老套。在上回末尾故意留下悬念,而在下回才说明发展或结局;有时作为过渡,转向另一情节。这个衔接部分可长可短,可详可略。这种写法是继承了话本小说的传统。说话人为了吸引观众,引人入胜,便有

意采用这种技巧。

原来,雨村因那年士隐赠银之后,他于十六日便起身入都,至大比之期,不料他十分得意,已会了进士,选入外班,今已升了本府知府。虽才干优长,未免有些贪酷之弊;且又恃才侮上,那些官员皆侧目而视。不上两年,便被上司寻了个空隙,作成一本,参他"生性狡猾,擅纂礼仪,且沽清正之名,而暗结虎狼之属,致使地方多事,民命不堪"等语。龙颜大怒,即批革职。该部文书一到,本府官员无不喜悦。那雨村心中虽十分惭恨,却面上全无一点怨色,仍是嘻笑自若;交代过公事,将历年做官积的些资本并家小人属送至原籍,安排妥协。却是自己担风袖月,游览天下胜迹。

那日,偶又游至维扬地面,因闻得今岁盐政点的是林如海。这林如海,姓林名海,字表如海,乃是前科的探花,今已升至兰台寺大夫,本贯姑苏人氏,今钦点出为巡盐御史,到任方一月有余。原来这林如海之祖,曾袭过列侯,今到如海,业经五世。起初时,只封袭三世,因当今隆恩盛德,远迈前代,额外加恩,至如海之父,又袭了一代;至如海,便从科第出身。虽系钟鼎之家,却亦是书香之族。只可惜这林家支庶不盛,子孙有限,虽有几门,却与如海俱是堂族而已,没甚亲支嫡派的。今如海年已四十,只有一个三岁之子,偏又于去岁死了。虽有几房姬妾,奈他命中无子,亦无可如何之事。今只有嫡妻贾氏,生得一女,乳名黛玉,年方五岁。夫妻无子,故爱如珍宝,且又见他聪明清秀,便也欲使他读书识得几个字,不过假充养子之意,聊解膝下荒凉之叹。

雨村正值偶感风寒,病在旅店,将一月光景方渐愈。一因身体劳倦,二因盘费不继,也正欲寻个合式之处,暂且歇下。

幸有两个旧友，亦在此境居住，因闻得盐政欲聘一西宾，雨村便相托友力，谋了进去，且作安身之计。妙在只一个女学生，并两个伴读丫鬟，这女学生年又小，身体又极怯弱，工课不限多寡，故十分省力。

堪堪又是一载的光阴，谁知女学生之母贾氏夫人一疾而终。女学生侍汤奉药，守丧尽哀，遂又将辞馆别图。林如海意欲令女守制读书，故又将他留下。近因女学生哀痛过伤，本自怯弱多病的，触犯旧症，遂连日不曾上学。雨村闲居无聊，每当风日清和，饭后便出来闲步。

这日，偶至郭外，意欲赏鉴那村野风光。忽信步至一山环水旋、茂林深竹之处，隐隐的有座庙宇，门巷倾颓，墙垣朽败，门前有额题着“智通寺”三字，门旁又有一副旧破的对联，曰：

身后有余忘缩手，

眼前无路想回头。

雨村看了，因想到：“这两句话文虽浅近，其意则深。我也曾游过名山大刹，倒不曾见过这话头，其中想必有个翻过筋斗来的亦未可知，何不进去试试。”想着，走入看时，只有一个龙钟老僧在那里煮粥。雨村见了，便不在意。及至问他两句话，那老僧既聋且昏，齿落舌钝，所答非所问。

[段评]这一段，首先写四大家族之外的一个不大不小的家族——林家。写黛玉之母贾敏之死，为黛玉速入荣国府作了铺垫。未写荣府主人，先写外戚，这种由远及近、由小至大的写法，才显得有波澜，不呆板。

雨村不耐烦，便仍出来，意欲到那村肆中沽饮三杯，以助野趣。于是款步行来，将入肆门，只见座上吃酒之客有一人起身大笑，接了出来，口内说：“奇遇，奇遇。”雨村忙看时，此人是都中在古董行中贸易的，号冷子兴者，旧日在都相识。[夹评]古董商冷子兴出场了，从下面他讲的一席话可以看出：旁观者清。雨村最赞这冷子兴是个有作为大本领的人，这子兴又借雨村斯文之名，故二人说话投机，最相契合。雨村忙亦笑问道："老兄何日到此？弟竟不知。今日偶遇，真奇缘也。"子兴道："去年岁底到家，今因还要入都，从此顺路找个敝友说一句话，承他之情，留我多住两日。我也无甚紧事，且盘桓两日，待月半时也就起身了。今日敝友有事，我因闲步至此，且歇歇脚，不期这样巧遇！"一面说，一面让雨村同席坐了，另整上酒肴来。二人闲谈漫饮，叙些别后之事。

雨村因问："近日都中可有新闻没有？"子兴道："倒没有什么新闻，倒是老先生你贵同宗家，出了一件小小的异事。"雨村笑道："弟族中无人在都，何谈及此？"子兴笑道："你们同姓，岂非同宗一族？"雨村问是谁家，子兴道："荣国府贾府中，可也不玷辱了先生的门楣了。"雨村笑道："原来是他家。若论起来，寒族人丁却不少，自东汉贾复以来，支派繁盛，各省皆有，谁能逐细考查得来？若论荣国一支，却是同谱。但他那等荣耀，我们不便去攀扯，至今故越发生疏难认了。"子兴叹道："老先生休如此说。如今的这荣宁两门，也都萧疏了，不比先时的光景。"雨村道："当日宁荣两宅的人口也极多，如何就萧疏了？"冷子兴道："正是，说来也话长。"雨村道："去岁我到金陵地界，因欲游览六朝遗迹，那日进了石头城，从他老宅门前经过，街东是宁国府，街西是荣国府，二宅相连，竟将大半条街占了。大门前虽冷落无人，隔着围墙一望，里面厅殿楼阁，也还都峥嵘轩峻；就是后一带花园子里面树木山石，也还都有蓊蔚洇润之气，那里像个衰败之家？"冷予兴笑道："亏你是进士出身，原来不通！古人有云‘百足之虫，死而不僵’，如今虽说不及先年那样兴盛，较之平常仕宦之家，到底气象不同。如今生齿日繁，事务日盛，主仆上下，安富尊荣者尽多，运筹谋画者无一；其日用排场费用，又不能将就省俭，如今外面的架子虽未甚倒，内囊却也尽上来了。这还是小事。更有一件大事：谁知这样钟鸣鼎食之家，翰墨诗书之族，如今的儿孙，竟一代不如一代了！”雨村听了，也纳罕道：“这样诗礼之家，岂有不善教育之理？别门不知，只说这宁、荣二宅，是最教子有方的。”（[夹评]这是反语，读完全书自明。）

子兴叹道：“正说的是这两门呢。待我告诉你：当日宁国公与荣国公是一母同胞弟兄两个。宁公居长，生了四个儿子。宁公死后，贾代化袭了官，也养了两个儿子：长名贾敷，至八九岁上便死了，只剩了次子贾敬袭了官，如今一味好道，只爱烧丹炼汞，余者一概不在心上。幸而早年留下一子，名唤贾珍，因他父亲一心想作神仙，把官倒让他袭了。他父亲又不肯回原籍来，只在都中城外和道士们胡羼。这位珍爷倒生了一个儿子，今年才十六岁，名叫贾蓉。如今敬老爹一概不管。这珍爷那里肯读书，只一味高乐不了，把宁国府竟翻了过来，也没有人敢来管他。再说荣府你听，方才所说异事，就出在这里。自荣公死后，长子贾代善袭了官，娶的是金陵世勋史侯家的小姐为妻，生了两个儿子：长子贾赦，次子贾政。如今代善早已去世，太夫人尚在，长子贾赦袭着官；次子贾政，自幼酷喜读书，祖父最疼，原欲以科甲出身的。不料代善临终时遗本一上，皇上因恤先臣，即时令长子袭官外，问还有几子，立刻引见，遂额外赐了这政老爹一个主事之衔，令其入部习学；如今现已升了员外郎了。这政老爹的夫人王氏，头胎生的公子，名唤贾珠，十四岁进学，不到二十岁就娶了妻生了子，一病死了。第二胎生了一位小姐，生在大年初一，这就奇了。不想后来又生一位公子，说来更奇，一落胎胞，嘴里便衔下一块五彩晶莹的玉来，上面还有许多字迹，就取名叫做宝玉。你道是新奇异事不是?”([夹评]与前面甄士隐梦境相应，作者时时不忘前后呼应。这位衔玉而生的公子，对别人来说果然奇异，对贾母来说则是溺爱的原因之一。)

雨村笑道:“果然奇异，只怕这人来历不小。”子兴冷笑道:“万人皆如此说，因而乃祖母便先爱如珍宝。那年周岁时，政老爹便要试他将来的志向，便将那世上所有之物摆了无数，与他抓取。谁知他一概不取，伸手只把些脂粉钗环抓来。政老爹便大怒了，说:‘将来酒色之徒耳!’因此便大不喜悦。独那史老太君还是命根一样。说来又奇，如今长了七八岁，虽然淘气异常，但其聪明乖觉处，百个不及他一个。说起孩子话来也奇怪，他说:‘女儿是水作的骨肉，男人是泥作的骨肉。我见了女儿，我便清爽;见了男子，便觉浊臭逼人。’你道好笑不好笑?将来色鬼无疑了!”雨村罕然厉色忙止道:“非也!可惜你们不知道这人来历。大约政老前辈也错以淫魔色鬼看待了。若非多读书识事，加以致知格物之功、悟道参玄之力者，不能知也。”

[段评]在介绍了林家之后，这一段紧接着分层介绍了宁、荣二府的概况，使读者心中先有一个轮廓，知道了红楼故事出现的主人及环境所在。值得注意的是点出封建贵族世家的腐朽没落的征兆。这几笔不可忽视，它是《红楼梦》思想内容的极其重要的一个方面。甲戌本有一条脂批说得很好:“作者之意原只写末世，此已是贾府末世了。”

子兴见他说得这样重大，忙请教其端。雨村道：“天地生人，除大仁大恶两种，余者皆无大异。若大仁者，则应运而生，大恶者，则应劫而生。运生世治，劫生世危。尧、舜、禹、汤、文、武、周、召、孔、孟、董、韩、周、程、张、朱，皆应运而生者。蚩尤、共工、桀、纣、始皇、王莽、曹操、桓温、安禄山、秦桧等，皆应劫而生者。大仁者，修治天下；大恶者，扰乱天下。清明灵秀，天地之正气，仁者之所秉也；残忍乖僻，天地之邪气，恶者之所秉也。今当运隆祚永之朝，太平无为之世，清明灵秀之气所秉者，上至朝廷，下及草野，比比皆是。所余之秀气，漫无所归，遂为甘露、为和风，洽然溉及四海。彼残忍乖僻之邪气，不能荡溢于光天化日之中，遂凝结充塞于深沟大壑之内，偶因风荡，或被云摧，略有摇动感发之意，一丝半缕误而泄出者，偶值灵秀之气适过，正不容邪，邪复妒正，两不相下，亦如风水雷电，地中既遇，既不能消，又不能让，必至搏击掀发后始尽，故其气亦必赋人，发泄一尽始散。使男女偶秉此气而生者，在上则不能成仁人君子，下亦不能为大凶大恶。置之于万万人中，其聪俊灵秀之气，则在万万人之上；其乖辟邪谬不近人情之态，又在万万人之下。若生于公侯富贵之家，则为情痴情种；若生于诗书清贫之族，则为逸士高人；纵再偶生于薄祚寒门，断不能为走卒健仆，甘遭庸人驱制驾驭，必为奇优名倡。如前代之许由、陶潜、阮籍、嵇康、刘伶、王谢二族、顾虎头、陈后主、唐明皇、宋徽宗、刘庭芝、温飞卿、米南宫、石曼卿、柳耆卿、秦少游，近日之倪云林、唐伯虎、祝枝山，再如李龟年、黄幡绰、敬新磨、卓文君、红拂、薛涛、崔莺、朝云之流，此皆易地则同之人也。”

[夹评]贾雨村关于“正邪二气”的长篇大论，虽是一段插叙文

字,但很重要。作者借贾雨村之口表述了他的哲学思想和政治观点。一口气数了历史人物五十五个,何其多也！可看出作者的博学多识。这里以“正气”、“邪气”为哲学命题,认为天地间的万物(包括人类)都产生于“气”。“气”,在我国古代哲学范畴中,唯物主义者认为是物质,是产生天地万物的本原。唯心主义者则认为“理”是产生天地万物的本原。曹雪芹的这个唯物论,就直接驳斥了程朱理学的唯心论。(南宋朱熹就曾说:“天道流行,发育万物,有理而后有气,虽是一时都有,毕竟以理为主,人得之以有生。”这就是说人类是由绝对精神的“理”产生出来的。)作者还认为正邪二气若发生矛盾斗争,“必至搏击掀发后始尽”,然后“使男女偶秉此气而生”,便产生了一种新人。这种新人“其聪俊灵秀之气,则在万万人之上;其乖辟邪谬不近人情之态,又在万万人之下”。这种观点直接与程朱理学而对立,并否定了儒家的“定位不易”的思想。作者就是用这种哲学思想分析了社会历史人物,把他们分作三类:一类是秉正气而生的“大仁者”——尧、舜、禹、汤、文、武、周、召、孔、孟、董、韩、周、程、张、朱等十六人,他们“清明灵秀”,“修治天下”;一类是秉邪气而生的“大恶者”——蚩尤、共工、桀、纣、始皇、王莽、曹操、桓温、安禄山、秦桧等十人,他们“残忍乖僻”、“扰乱天下”;还有一类是那些“情痴情种”、“逸士高人”、“奇优名倡”——许由、陶潜、阮籍、嵇康、刘伶、王谢二族、顾虎头、陈后主、唐明皇、宋徽宗、刘庭芝、温飞卿、米南宫、石曼卿、柳耆卿、秦少游、倪云林、唐伯虎、祝枝山、李龟年、黄幡绰、敬新磨、卓文君、红拂、薛涛、崔莺、朝云等二十八人。不过所举历史人物分类并不确当,例如共工、始皇、曹操怎能与蚩尤、安禄山、秦桧相提并论?而修治天下的大仁者一类,也是龙蛇混杂。这,一方面说明作者运用虚敲旁击之文、反逆隐回之笔,故意布下真真假假、好好坏坏的疑阵，以避免文字之祸；另一方面也暴露了作者在历史观点上还残存有封建正统思想。在三类人物中，作者所同情和赞赏的实际上是第三类，从整个《红楼梦》内容来看，他所塑造的正面人物就属于第三类。

子兴道："依你说，'成则王侯败则贼'了。"雨村道："正是这意。你还不知，我自革职以来，这两年遍游各省，也曾遇见两个异样孩子。所以，方才你一说这宝玉，我就猜着了八九亦是这一派人物。不用远说，只金陵城内，钦差金陵省体仁院总裁甄家，你可知么？"子兴道："谁人不知！这甄府和贾府就是老亲，又系世交。两家来往，极其亲热的。便在下也和他家来往非止一日了。"

雨村笑道："去岁我在金陵，也曾有人荐我到甄府处馆。我进去看其光景，谁知他家那等显贵，却是个富而好礼之家，倒是个难得之馆。但这一个学生，虽是启蒙，却比一个举业的还劳神。说起来更可笑，他说：'必得两个女儿伴着我读书，我方能认得字，心里也明白；不然我自己心里糊涂。'又常对跟他的小厮们说：'这女儿两个字，极尊贵、极清净的，比那阿弥陀佛、元始天尊的这两个宝号还更尊荣无对的呢！你们这浊口臭舌，万不可唐突了这两个字要紧。但凡要说时，必须先用清水香茶漱了口才可；设若失错，便要凿牙穿腮等事；其暴虐浮躁，顽劣憨痴，种种异常。只一放了学，进去见了那些女儿们，其温厚和平，聪敏文雅，竟又变了一个。因此，他令尊也曾下死笞楚过几次，无奈竟不能改。每打的吃疼不过时，他便'姐姐''妹妹'乱叫起来。后来听得里面女儿们拿他取笑：'因何打急了只管叫姐妹做甚？莫不是求姐妹去说情讨饶？你岂不愧些！'他回答的最妙。他说：'急疼之时，只叫"姐姐""妹妹"

字样，或可解疼也未可知，因叫了一声，便果觉不疼了。遂得了秘法：每疼痛之极，便连叫姐妹起来了。'你说可笑不可笑？也因祖母溺爱不明，每因孙辱师责子，因此我就辞了馆出来。如今在这巡盐御史林家做馆了。你看，这等子弟，必不能守祖父之根基，从师长之规谏的。只可惜他家几个姊妹都是少有的。"

[段评]此段笔锋一转，补叙了甄宝玉的故事，一真（甄）一假（贾），一南一北，处处紧扣反逆隐回之笔，不忘其创作意图。由甄宝玉陪衬，印证贾宝玉，可见当时此种人此种事，并非个别，而是普遍存在，新生事物如同茁壮的幼苗已破土而出。

一个说："女儿是水作的骨肉，男人是泥作的骨肉。我见了女儿，我便清爽；见了男子，便觉浊臭逼人。"

一个说："这女儿两个字，极尊贵、极清静的，比那阿弥陀佛、元始天尊的这两个宝号还更尊荣无对的呢！你们这浊口臭舌，万不可唐突了这两个字要紧。但凡要说时，必须先用清水香茶漱了口才可；设若失错，便要凿牙穿腮等事。"

这两段话两两相比，真乃奇谈怪论！然而奇得高超，怪得有理。这要和清代满族皇朝统治下的中国政治、经济制度和思想意识领域的特殊性联系起来理解。那时一方面已经出现了资本主义因素，出现了资产阶级意识形态的萌芽，而同时又保留有满族的落后的"夫权奴隶制"，不但那些为人服役的女奴婢受的压迫最深，即使主人阶层中的妇女，也不过是男子的玩物而已。这些奇谈怪论，深刻地反映了作者的妇女观，他反对男尊女卑，主张男女平等，虽然话说得有点过头，似乎矫枉过正了一些。

子兴道："便是贾府中，现有的三个也不错。政老爹的长女，名元春，现因贤孝才德，选入宫中作女史去了。二小姐乃赦老爹之妾所出,名迎春;三小姐乃政老爹之庶出,名探春;四小姐乃宁府珍爷之胞妹,名唤惜春。因史老夫人极爱孙女,都跟在祖母这边一处读书,听得个个不错。”雨村道:“更妙在甄家的风俗,女儿之名,亦皆从男子之名命字,不似别家另外用这些‘春’‘红’‘香’‘玉’等艳字的。何得贾府亦乐此俗套?”子兴道:“不然,只因现今大小姐是正月初一日所生,故名元春,余者方从了‘春’字。上一辈的,却也是从弟兄而来的。现有对证:目今你贵东家林公之夫人,即荣府中赦、政二公之胞妹,在家时名唤贾敏。不信时,你回去细访可知。”雨村拍案笑道:“怪道这女学生读书凡书中有‘敏’字,皆念作‘密’字,每每如是;写字遇着‘敏’字,又减一二笔。我心中就有些疑惑,今听你说的,是为此无疑矣。怪道我这女学生言语举止另是一样,不与近日女子相同,度其母必不凡,方得其女。今知为荣府之外孙,又不足罕矣。可伤其母上月竟亡故了。”子兴叹道:“老姊妹四个,这一个是极小的,又没了。长一辈的姊妹一个也没了。只看这小一辈的,将来之东床如何呢?”

雨村道:“正是。方才说这政公,已有衔玉之儿,又有长子所遗一个弱孙。这赦老竟无一个不成?”子兴道:“政公既有玉儿之后,其妾又生了一个,倒不知其好歹。只眼前现有二子一孙,却不知将来如何。若问那赦公,也有二子,长名贾琏,今已二十来岁了,亲上作亲,娶的就是政老爹夫人王氏之内侄女,今已娶了二年。这位琏爷身上现捐的是个同知,也是不肯读书,于世路上好机变,言谈去得,所以,如今只在乃叔政老爷家住着,帮着料理些家务。谁知自娶了他令夫人之后,倒上下无一人不称颂他夫人的,琏爷倒退了一射之地。说模样又极标致,言谈又极爽利,心机又极深细,竟是个男人万不及一的。”

雨村听了，笑道：“可知我前言不谬。你我方才所说的这几个人，都只怕是那正邪两赋而来一路之人，未可知也。”子兴道：“邪也罢，正也罢，只顾算别人家的帐，你也吃一杯酒才好。”雨村道：“正是，只顾说话，竟多吃了几杯。”子兴笑道：“说着别人家的闲话，正好下酒，即多吃几杯何妨。”雨村向窗外看道：“天也晚了，仔细关了城。我们慢慢的进城再谈未为不可。”于是，二人起身算还酒帐。方欲走时，又听得后面有人叫道：“雨村兄，恭喜了！特来报个喜信的。”雨村忙回头看时，——要知是谁，下回分解。[夹评]最后一段，继续叙述贾家、林家，这样就完整了。

[总评]

这一回是全书故事中心情节的提要。也是描写贾府兴衰变化，子孙不肖的纲领。首先交代了林黛玉的身世；接着通过古董商冷子兴的演说，把宁、荣二府的情况及主要人物，做了极概括的介绍；中间又补叙了甄宝玉的故事。这种手法类似现在故事片电影的片头序幕一般，先把整个故事的主要人物和关键情节用几个精彩的镜头表现出来。如此处理，就会在读者脑海里造成一系列的悬念，使读者欲罢读而不能。

说话也好，写作也好，“剪不断，理还乱”，可不行。我们看曹雪芹在介绍宁、荣二府时，并非漫无边际，而是经纬交织，重点突出。所谓经，从宁国公、荣国公说起，到草字头辈，一直说了五代人物；所谓纬，不但说了贾家，还旁及了林家、甄家。而在那么众多的人物中又是抓住了主要点，突出地介绍了林黛玉、贾宝玉和王熙凤三人的特殊性格。你看，林黛玉是生得“聪明清秀”，“身体极怯弱”，“言语举止另是一样，不与近日女子相同”；贾宝玉是衔玉而生,周岁时他父亲试他的志向,便将世上所有的东西摆了叫他抓,伸手抓些脂粉钗环玩弄,其他一概不取,到十来岁时,“虽然淘气异常,但其聪明乖觉处,百个不及他一个”,说出的话尽是奇谈怪论;王熙凤则是“模样又极标致,言谈又极爽利,心机又极深细,竟是个男人万一不及的”。

假如我们是粗心地去读此回,就会觉得第四段(关于“正邪二气”的长篇大论)和第五段(关于甄宝玉的故事)的文字是个赘疣。其实不然,无论从篇章结构还是从思想意义看,这两段文字很重要。第四段是务虚,是理论,在阐明作者对古往今来的人物的看法,表明作者将要在全书中精心塑造第三类人物,即正邪二气矛盾斗争而产生的新人。正如后来贾雨村对冷子兴笑着说的那句话:“你我方才所说的这几个人,都只怕是正邪两赋而来一路之人,未可知也。”“这几个人”是谁?当你读完《红楼梦》后,答案自然就会出来。而第五段则是务实,是例证,以现实生活中的人物来印证前边的理论,这就是甄宝玉故事的意义所在。

体现在思想意义方面,这一回也紧扣《红楼梦》的主题思想。《红楼梦》的主题思想本不是单一的,它包括着广阔而深刻的思想内容,硬要说只是反映阶级斗争的主题,或者只是反映婚姻爱情的主题,或者只是反对封建科举制的……岂不是只见树木不见森林吗?阅读《红楼梦》时,我以为要时刻注意它的主题的广阔性和深刻性。

《红楼梦》第三回评点

金陵城起复贾雨村　荣国府收养林黛玉

却说雨村忙回头看时，不是别人，乃是当日同僚一案参革的号张如圭者。他本系此地人，革职后家居，今打听得都中奏准起复旧员之信，他便四下里寻情找门路，忽遇见雨村，故忙道喜。二人见了礼，张如圭便将此信告诉雨村，雨村自是欢喜，忙忙的叙了两句，遂作别各自回家。冷子兴听得此言，便忙献计，令雨村央烦林如海，转向都中去央烦贾政。雨村领其意，作别回至馆中，忙寻邸报看真确了。[夹评]贾雨村、张如圭原为一路货色，眼看东山再起之时机已到，于是“四下里寻情找门路”，忙得走起后门来了——通过林如海的举荐，依附贾府而发迹。贾雨村做事奸诈、深沉，并不轻信小道消息，还要把邸报看个清楚才放心。邸报者，政府官报也。又名“邸钞”、“阁钞”、“宫门钞”。即封建时代由官方或者民间传抄的诏令、奏章、公文等为内容的文件。

次日，面谋之如海。如海道：“天缘凑巧，因贱荆去世，都中家岳母念及小女无人依傍教育，前已遣了男女船只来接，因小女未曾大痊，故未及行。此刻正思向蒙训教之恩未经酬报，遇此机会，岂有不尽心图报之理，但请放心。弟已预为筹画至此，已修下荐书一封，转托内兄务为周全协佐，方可稍尽弟之鄙诚，即有所费用之例，弟于内兄信中已注明白，亦不劳尊兄多虑矣。”雨村一面打恭，谢不释口，一面又问：“不知令亲大人现居何职？只怕晚生草率，不敢骤然入都干渎。”如海笑道：“若论舍亲，与尊兄犹系同谱，乃荣公之孙：大内兄现袭一等将军，名赦，字恩侯；二内兄名政，字存周，现任工部员外郎，其为人谦恭厚道，大有祖父遗风，非膏粱轻薄仕宦之流，故弟方致书烦托。否则，不但有污尊兄之清操，即弟亦不屑为矣。”雨村听了，心下方信了昨日子兴之言，于是又谢了林如海。如海乃说：“已择了出月初二日小女入都，尊兄即同路而往，岂不两便？”雨村唯唯听命，心中十分得意。如海遂打点礼物并饯行之事，雨村一一领了。

那女学生黛玉，身体方愈，原不忍弃父而往；无奈他外祖母致意务必去，且兼如海说：“汝父年将半百，再无续室之意；且汝多病，年又极小，上无亲母教养，下无姊妹兄弟扶持，今依傍外祖母及舅氏姊妹去，正好减我顾盼之忧，何反云不往？”黛玉听了，方洒泪拜别，随了奶娘及荣府几个老妇人登舟而去。雨村另有一只船，带两个小童，依附黛玉而行。

有日到了都中，进入神京，雨村先整了衣冠，带了小童，拿着宗侄的名帖，至荣府门前投了。彼时贾政已看了妹丈之书，即忙请入相会。见雨村相貌魁伟，言谈不俗，且这贾政最喜读书人，礼贤下士，济弱扶危，大有祖风；况又系妹丈致意，因此优待雨村，更又不同，便竭力内中协助。题奏之日，轻轻谋了一个复职候缺，不上两个月，金陵应天府缺出，便谋补了此缺，拜辞了贾政，择日上任去了。不在话下。

[段评]这是一段。人以群分，物以类聚。贾政喜欢的就是贾雨村之流。“题奏之日，轻轻谋了一个复职候缺”，“轻轻”二字，揭示得多么尖锐而又深刻！贾政倘与宫廷没有非常关系，岂能轻而

易举地就为贾雨村谋了官职，做了金陵应天府府尹呢！？贾雨村的奸雄面目不也是一清二楚的吗？作者寥寥几笔就写出了他的心机，他的虚伪，他的狡诈。甲戌本在“雨村一面打恭，谢不释口，一面又问……”等句旁，有行间批语说：“奸险小人，欺人语。”“全是假，全是诈。”这批语说得好，说得对。

且说黛玉自那日弃舟登岸时，便有荣国府打发了轿子并拉行李的车辆久候了。这林黛玉常听得母亲说过，他外祖母家与别家不同。他近日所见的这几个三等仆妇，吃穿用度，已是不凡了，何况今至其家。因此步步留心，时时在意，不肯轻易多说一句话，多行一步路，惟恐被人耻笑了他去。自上了轿，进了城中，从纱窗向外瞧了一瞧，其街市之繁华，人烟之阜盛，自与别处不同。又行了半日，忽见街北蹲着两个大石狮子，三间兽头大门，门前列坐着十来个华冠丽服之人。正门却不开，只有东西两角门有人出入。正门之上，有一匾，匾上大书“敕造宁国府”五个大字。黛玉想道：这必是外祖之长房了。想着，又往西行，不多远，照样也是三间大门，方是荣国府了。却不进正门，只进了西边角门。那轿夫抬进去，走了一射之地，将转弯时，便歇下退出去了。后面的婆子们已都下了轿，赶上前来；另换了三四个衣帽周全十七八岁的小厮上来，复抬起轿子。众婆子步下围随至一垂花门前落下。众小厮退出，众婆子上来打起轿帘，扶黛玉下轿。林黛玉扶着婆子的手，进了垂花门：两边是抄手游廊，当中是穿堂，当地放着一个紫檀架子大理石的大插屏。转过插屏，小小的三间内厅，厅后就是后面的正房大院。正面五间上房，皆是雕梁画栋，两边穿山游廊厢房，挂着各色鹦鹉、画眉等鸟雀。台矶之上，坐着几个穿红着绿的丫头，一见他们来了，便忙都笑迎上来，说：“刚才老太太还念呢，可巧就来了。”于是三四个人争着打起帘笼，一面听得人回话：“林姑娘到了。”[夹评]初写典型环境——贾府。伟大的现实主义作品就在于写出典型环境中的典型性格。曹雪芹并没有以此高超的文艺理论武装自己的头脑，然而在他笔下的人物却是如此这般。林黛玉本出身于四大家族之外的林家，却生长和死亡于四大家族中为首的贾府。她从小就常听母亲说“外祖母家和别家不同”。不同在哪里？不同在“大”上。请看贾府的建筑：三间兽头大门，蹲着两个大石狮子，有一大匾大书五个大字——这是宁国府；往西行又是三间大门，穿堂当地放着一个紫檀架子大理石的大插屏，厅后又是正房大院，从下文可以看出，贾政所居地方，更是轩昂壮丽，与贾母居处又不同：一个大院落，五间大正房，一条大甬路，直接出大门；堂屋中悬着上写斗大的三个大字“荣禧堂”的大匾；中间摆的是大紫檀雕螭案，案上放着三尺来高青绿古铜鼎，壁上挂着待漏随朝墨龙大画，一边是金蜼（音 wèi）彝，一边是玻璃盒（音 hǎi）；地下又摆着两溜十六张楠木交椅——这是荣国府。“大”必富，吃穿用度自然不凡，且不说居住的院落是雕梁画栋，摆设的物件是古玩玉器，就是那从主子到奴仆的穿着也与众不同，都是华冠丽服。富从何来？“敕造宁国府”、“书赐荣国公贾源”几行嵌金大字和“万几宸翰之宝”[①]便把底儿交了。读者固当揣摩到其中的奥妙。在封建社会中，受到皇帝的宠信而下诏建造住宅、赐书题字的事，屡见不鲜。

黛玉方进入房时，只见两个人搀着一位鬓发如银的老母迎上来，黛玉便知是他外祖母。方欲拜见时，早被他外祖母一把搂入怀中，心肝儿肉叫着大哭起来。当下地下侍立之人，无不掩面涕泣，黛玉也哭个不住。一时众人慢慢的解劝住了，黛玉方拜见了外祖母。——此即冷子兴所云之史太君，贾赦贾政之母也。（［夹评］这句话，在各种脂本《红楼梦》中都有。是正文？是批语？红学界还有争论。笔者认为不管是正文也罢，批语也罢，从写作技巧上来看，补此一笔，很有必要。因书中人物太多，所以明注一笔，引起读者注意。贾府中的最高统治者岂可忽略？）当下贾母一一指与黛玉："这是你大舅母；这是你二舅母；这是你先珠大哥的媳妇珠大嫂子。"黛玉一一拜见过。贾母又说："请姑娘们来，今日远客才来，可以不必上学去了。"众人答应了一声，便去了两个。

不一时，只见三个奶嬷嬷并五六个丫鬟，簇拥着三个姊妹来了。第一个肌肤微丰，合中身材，腮凝新荔，鼻腻鹅脂，温柔沉默，观之可亲。第二个消肩细腰，长挑身材，鸭蛋脸面，俊眼修眉，顾盼神飞，文彩精华，见之忘俗。第三个身量未足，形容尚小。其钗环裙袄，三人皆是一样的妆饰。黛玉忙起身迎上来见礼，互相厮认过，大家归了坐。丫鬟们斟上茶来。不过说些黛玉之母如何得病，如何请医服药，如何送死发丧。不免贾母又伤感起来，因说："我这些儿女，所疼者独有你母，今日一旦先舍我而去，连面也不能一见，今见了你，我怎不伤心！"说着，搂了黛玉在怀，又呜咽起来。众人忙都宽慰解释，方略略止住。

众人见黛玉年貌虽小，其举止言谈不俗，身体面庞虽怯弱不胜，却有一段自然的风流态度，便知他有不足之症。因问："常服何药，如何不急为疗治？"黛玉道："我自来是如此，从会吃饮食时便吃药，到今日未断，请了多少名医修方配药，皆不见效。那一年我三岁时，听得说来了一个癞头和尚，说要化我去出家,我父母固是不从。他又说:'既舍不得他,只怕一生也不能好的了。若要好时,除非从此以后总不许见哭声;除父母之外,凡有外姓亲友之人,一概不见,方可平安了此一世。'疯疯癫癫,说了这些不经之谈,也没人理他。如今还是吃人参养荣丸。"贾母道:"正好,我这里正配丸药呢。叫他们多配一料就是了。"

一语未了,只听得后院中有人笑声说:"我来迟了,不曾迎接远客!"黛玉纳罕道:"这些人个个皆敛声屏气,恭肃严整如此,这来者系谁?这样放诞无礼?"心下想时,只见一群媳妇丫鬟围拥着一个人从后房门进来。这个人打扮与众姑娘不同,彩绣辉煌,恍若神妃仙子:头上戴着金丝八宝攒珠髻,绾着朝阳五凤挂珠钗;项上带着赤金盘螭璎珞圈;裙边系着豆绿色宫绦双衡比目玫瑰佩;身上穿着缕金百蝶穿花大红洋缎窄褙袄,外罩五彩缂丝石青银鼠褂;下着翡翠撒花洋绉裙。一双丹凤三角眼,两弯柳叶吊梢眉,身量苗条,体格风骚,粉面含春威不露,丹唇未启笑先闻。([夹评]这里,自来被评红者认为是精彩之笔。闻声如见其人,使人物形象浮现在读者的脑海之中,这才是塑造人物形象所达到的艺术效果。写脂批者曾不禁对此啧啧赞叹说:"试问诸公,从来小说中可有写形追象至此者?!"[2]未见其人,先闻其声,王熙凤的出场,犹如戏曲舞台表演中主角的亮相,在一群丫环佣人的围拥中又说又笑地走来了。独有她如此放诞无礼,这就为以后刻画王熙凤的个性,做了极好的铺垫。《红楼梦》中写了数百多个人物,绝大多数没有肖像描写。而在这一回中却对迎春、探春、惜春、凤姐、宝玉五人分别作了生动的肖像描写。鲁迅曾指出:"自有《红楼梦》出来以后,传统的思想和写法都打破了。"[3]曹雪芹的肖像描写也别于他作，在明清的许多小说中，有一百个女子便一百个都是如花似玉，一副面容。在《红楼梦》中，对凤姐曾有两次肖像的重点描绘。这些描绘不仅服饰切合她的身份地位，而且加上她的“一双丹凤三角眼，两弯柳叶吊梢眉”，更突现了她的泼妇性格。我国民间流行一种说法，长着一双三角眼、两条吊梢眉的妇女，便蛮横、险诈，说话办事不饶人。曹雪芹对王熙凤的描绘，在肖像上并不是一味地写成妖艳的丑旦，而是极力写出她美丽的外貌，恍若神仙妃子，在行动上则极力写出她的恶毒心肠和泼皮性格。作者是在有意识地通过她那美的外貌的描绘，来表现她那丑恶的灵魂。你看，她见了黛玉后，一阵哭来一阵笑，悲也罢，喜也罢，完全是为了讨好贾母而已。）黛玉连忙起身接见。贾母笑道：“你不认得他，他是我们这里有名的一个泼皮破落户儿，南省俗谓作‘辣子’，你只叫他‘凤辣子’就是了。”黛玉正不知以何称呼，只见众姊妹都忙告诉他道：“这是琏嫂子。”黛玉虽不识，亦曾听见母亲说过，大舅贾赦之子贾琏，娶的就是二舅母王氏之内侄女，自幼假充男儿教养的，学名王熙凤。黛玉忙陪笑见礼，以“嫂”呼之。这熙凤携着黛玉的手，上下细细打量了一回，仍送至贾母身边坐下，我今儿才算见了！况且这通身的气派，竟不像老祖宗的外孙女儿，竟是个嫡亲的孙女，怨不得老祖宗天天口头心头一时不忘。只可怜我这妹妹这样命苦，怎么姑妈偏就去世了！说着，便用帕拭泪。贾母笑道：“我才好了，你倒来招我。你妹妹远路才来，身子又弱，也才劝住了，快再休提前话。”这熙凤听了，忙转悲为喜道：“正是呢！我一见了妹妹，一心都在他身上了，又是喜欢，又是伤心，竟忘记了老祖宗。该打，该打！”又忙携黛玉之手，问：“妹妹几岁了？可也上过学？现吃什么药？

在这里不要想家，想要什么吃的、什么玩的，只管告诉我；丫头老婆们不好了，也只管告诉我。”一面又问婆子们：“林姑娘的行李东西可搬进来了？带了几个人来？你们赶早打扫两间下房，让他们去歇歇。”

说话时，已摆了茶果上来。熙凤亲为捧茶捧果。又见二舅母问他：“月钱放过了不曾？”熙凤道：“月钱已放完了。才刚带着人到后楼上找缎子，找了这半日，也并没有见昨日太太说的那样的，想是太太记错了？”王夫人道：“有没有，什么要紧。”因又说道：“该随手拿出两个来给你这妹妹去裁衣裳的，等晚上想着叫人再去拿罢，可别忘了。”熙凤道：“这倒是我先料着了，知道妹妹不过这两日到的，我已预备下了，等太太回去过了目好送来。”王夫人一笑，点头不语。

[段评]从“且说黛玉”起，至“王夫人一笑，点头不语”止，是又一段。这一段本来是总写贾府女性老少对黛玉的迎接。妙就妙在当熙凤亲为捧茶捧果之际，插了一笔问月钱的事。月钱，就是贾府中主人、奴仆每月的津贴补助费用。这一笔，似闲笔，非闲笔，说明王熙凤还掌握着财权。

当下茶果已撤，贾母命两个老嬷嬷带了黛玉去见两个母舅。时贾赦之妻邢氏忙亦起身，笑回道：“我带了外甥女过去，倒也便宜。”贾母笑道：“正是呢，你也去罢，不必过来了。”邢夫人答应了一声“是”字，遂带了黛玉与王夫人作辞，大家送至穿堂前。出了垂花门，早有众小厮们拉过一辆翠幄青绸车，邢夫人携了黛玉，坐在上面，众婆子们放下车帘，方命小厮们抬起，拉至宽处，方驾上驯骡，亦出了西角门，往东过荣府正门，便入一黑油大门中，至仪门前方下来。众小厮退出，方打起车帘，邢夫人挽着黛玉的手，进入院中。黛玉度其房屋院宇，必是荣府中花园隔断过来的。进入三层仪门，果见正房厢庑游廊，悉皆小巧别致，不似方才那边轩峻壮丽；且院中随处之树木山石皆在。一时进入正室，早有许多盛妆丽服之姬妾丫鬟迎着，邢夫人让黛玉坐了，一面命人到外面书房去请贾赦。一时人来回话说："老爷说了，'连日身上不好，见了姑娘彼此倒伤心，暂且不忍相见。劝姑娘不要伤心想家，跟着老太太和舅母，即同家里一样。姊妹们虽拙，大家一处伴着，亦可以解些烦闷。或有委屈之处，只管说得，不要外道才是。'"黛玉忙站起来，一一听了。再坐一刻，便告辞。邢夫人苦留吃过晚饭去，黛玉笑回道："舅母爱惜赐饭，原不应辞，只是还要过去拜见二舅舅，恐领了赐去不恭，异日再领，未为不可。望舅母容谅。"邢夫人听说，笑道："这倒是了。"遂令两三个嬷嬷用方才的车好生送了姑娘过去。于是黛玉告辞。邢夫人送至仪门前，又嘱咐了众人几句，眼看着车去了方回来。

一时黛玉进了荣府，下了车。众嬷嬷引着，便往东转弯，穿过一个东西的穿堂，向南大厅之后，仪门内大院落，上面五间大正房，两边厢房鹿顶耳房钻山，四通八达，轩昂壮丽，比贾母处不同。黛玉便知这方是正经正内室，一条大甬路，直接出大门的。进入堂屋中，抬头迎面先看见一个赤金九龙青地大匾，匾上写着斗大的三个大字，是"荣禧堂"，后有一行小字："某年月日，书赐荣国公贾源"，又有"万几宸翰之宝"。大紫檀雕螭案上，设着三尺来高青绿古铜鼎，悬着待漏随朝墨龙大画，一边是金蜼彝，一边是玻璃𬍡。地下两溜十六张楠木交椅，又有一副对联，乃是乌木联牌，镶着錾银的字迹，道是：座上珠玑昭日月，堂前黼黻焕烟霞。下面一行小字道是："同乡世教弟勋袭东安郡王穆莳拜手书。"

原来王夫人时常居坐宴息,亦不在这正室,只在这正室东边的三门耳房内。于是老嬷嬷引黛玉进东房门来。临窗大炕上猩红洋罽,正面设着大红金钱蟒靠背,石青金钱蟒引枕,秋香色金钱蟒大条褥。两边设一对梅花式洋漆小几。左边几上文王鼎匙箸香盒;右边几上汝窑美人觚——觚内插着时鲜花卉,并茗碗唾壶等物。地下面西一溜四张椅上,都搭着银红撒花椅搭,底下四副脚踏。椅之两边,也有一对高几,几上茗碗瓶花俱备。其余陈设,自不必细说。老嬷嬷们让黛玉炕上坐,炕沿上却有两个锦褥对设,黛玉度其位次,便不上炕,只向东边椅子上坐了。本房内的丫鬟忙捧上茶来。黛玉一面吃茶,一面打量这些丫鬟们,妆饰衣裙,举止行动,果亦与别家不同。

茶未吃了,只见一个穿红绫袄青缎掐牙背心的丫鬟走来笑说道:"太太说,请林姑娘到那边坐罢。"老嬷嬷听了,于是又引黛玉出来,到了东廊三间小正房内。正面炕上横设一张炕桌,桌上磊着书籍茶具,靠东壁面西设着半旧的青缎靠背引枕。王夫人却坐在西边下首,亦是半旧的青缎靠背坐褥。见黛玉来了,便往东让。黛玉心中料定这是贾政之位。因见挨炕一溜三张椅子上,也搭着半旧的弹墨椅袱,黛玉便向椅上坐了。王夫人再四携他上炕,他方挨王夫人坐了。王夫人因说:"你舅舅今日斋戒去了,再见罢。只是有一句话嘱咐你:你三个姊妹倒都极好,以后一处念书认字学针线,或是偶一顽笑,都有尽让的。但我不放心的最是一件:我有一个草根祸胎,是家里的'混世魔王',今日因庙里还愿去了,尚未回来,晚间你看见便知了。你只以后不要睬他,你这些姊妹都不敢沾惹他的。"

黛玉亦常听得母亲说过,二舅母生的有个表兄,乃衔玉而诞，顽劣异常，极恶读书，最喜在内帏厮混；外祖母又极溺爱，无人敢管。今见王夫人如此说，便知说的是这表兄了。因陪笑道："舅母说的，可是衔玉所生的这位哥哥？在家时亦曾听见母亲常说，这位哥哥比我大一岁，小名就唤宝玉，虽极憨顽，说在姊妹情中极好的。况我来了，自然只和姊妹同处，兄弟们自是别院另室的，岂得去沾惹之理？"王夫人笑道："你不知道原故：他与别人不同，自幼因老太太疼爱，原系同姊妹们一处娇养惯了的。若姊妹们有日不理他，他倒还安静些，纵然他没趣，不过出了二门，背地里拿着他的两个小幺儿出气，咕唧一会子就完了。若这一日姊妹们和他多说一句话，他心里一乐，便生出多少事来。所以嘱咐你别睬他。他嘴里一时甜言蜜语，一时有天无日，一时又疯疯傻傻，只休信他。"

黛玉一一的都答应着。只见一个丫鬟来回："老太太那里传晚饭了。"王夫人忙携黛玉从后房门由后廊往西，出了角门，是一条南北宽夹道。南边是倒座三间小小的抱厦厅，北边立着一个粉油大影壁，后有一半大门，小小一所房室。王夫人笑指向黛玉道："这是你凤姐姐的屋子，回来你好往这里找他来，少什么东西，你只管和他说就是了。"这院门上也有四五个才总角的小厮，都垂手侍立。王夫人遂携黛玉穿过一个东西穿堂，便是贾母的后院了。于是，进入后房门，已有多人在此伺候，见王夫人来了，方安设桌椅。贾珠之妻李氏捧饭，熙凤安箸，王夫人进羹。贾母正面榻上独坐，两边四张空椅，熙凤忙拉了黛玉在左边第一张椅上坐了，黛玉十分推让。贾母笑道："你舅母你嫂子们不在这里吃饭。你是客，原应如此坐的。"黛玉方告了座，坐了。贾母命王夫人坐了。迎春姊妹三个告了座方上来。迎春便坐右手第一，探春左第二，惜春右第二。

旁边丫鬟执着拂尘、漱盂、巾帕。李、凤二人立于案旁布让。外间伺候之媳妇丫鬟虽多,却连一声咳嗽不闻。寂然饭毕,各有丫鬟用小茶盘捧上茶来。当日林如海教女以惜福养身,云饭后务待饭粒咽尽,过一时再吃茶,方不伤脾胃。今黛玉见了这里许多事情不合家中之式,不得不随的,少不得一一改过来,因而接了茶。早见人又捧过漱盂来,黛玉也照样漱了口。盥手毕,又捧上茶来,这方是吃的茶。贾母便说:"你们去罢,让我们自在说话儿。"王夫人听了,忙起身,又说了两句闲话,方引李、凤二人去了。贾母因问黛玉念何书,黛玉道:"只刚念了《四书》。"黛玉又问姊妹们读何书,贾母道:"读的是什么书,不过是认得两个字,不是睁眼的瞎子罢了!"

[段评]本段层次分明,逐层写来。先写黛玉见大舅贾赦——因身上不好,又怕彼此伤心,故未相见。是为略写。再写去见二舅贾政——因带宝玉斋戒去了,亦未见上。贾政虽未出场,却把他的居食行止的环境,作了详尽的描绘。写了典型环境。此地无人胜有人,是为详写。然后作者突然把笔锋一转,又写贾宝玉。通过亲生母亲和亲姑妈评论宝玉的缺点(不,应当说是优点),比旁人去指责要真实动人得多。这个贾府里的"混世魔王","顽劣异常,极恶读书,最喜在内帏厮混",这正是他反对封建礼教和封建科举的表现。宝玉敢于如此,一是时代使然,二是贾母庇护,因极溺爱,无人敢管。读到此段,读者必然诧异:贾府里的最高封建家长史太君为什么要溺爱、庇护这位"不肖"子孙呢?熟读《红楼梦》后,自然明白。最后接写黛玉去贾母房中吃晚饭。由吃饭写到读《四书》,可见作者写书时,心中了了,始终不忘主题。

一语未了,只听外面一阵脚步响,丫鬟进来笑道:"宝玉来了!"黛玉心中正疑惑着:"这个宝玉,不知是怎生个惫赖人物、懵懂顽童？——倒不见那蠢物也罢了。”心中想着，忽见丫鬟话未报完，已进来了一位年轻的公子：头上戴着束发嵌宝紫金冠，齐眉勒着二龙抢珠金抹额；穿一件二色金百蝶穿花大红箭袖，束着五彩丝攒花结长穗宫绦；外罩石青起花八团倭缎排穗褂；登着青缎粉底小朝靴。面若中秋之月，色如春晓之花，鬓若刀裁，眉如墨画，眼似桃瓣，睛若秋波。虽怒时而若笑，即瞋视而有情。项上金螭璎珞，又有一根五色丝绦，系着一块美玉。黛玉一见，便吃一大惊，心下想道：“好生奇怪，倒象在那里见过一般，何等眼熟到如此！”只见这宝玉向贾母请了安，贾母便命：“去见你娘来。”宝玉即转身去了。一时回来，再看，已换了冠带：头上周围一转的短发，都结成小辫，红丝结束，共攒至顶中胎发，总编一根大辫，黑亮如漆，从顶至梢，一串四颗大珠，用金八宝坠角；身上穿着银红撒花半旧大袄，仍旧带着项圈、宝玉、寄名锁、护身符等物；下面半露松花绿撒花绫裤腿，锦边弹墨袜，厚底大红鞋。越显得面如敷粉，唇若施脂；转盼多情，语言常笑。天然一段风骚，全在眉梢；平生万种情思，悉堆眼角。看其外貌最是极好，却难知其底细。后人有《西江月》二词，批宝玉极恰，其词曰：

无故寻愁觅恨，有时似傻如狂。纵然生得好皮囊，腹内原来草莽。　　潦倒不通世务，愚顽怕读文章，行为偏僻性乖张，那管世人诽谤！

富贵不知乐业，贫穷难耐凄凉，可怜辜负好韶光，于国于家无望。　　天下无能第一，古今不肖无双。寄言纨绔与膏粱：莫效此儿形状！（［夹评］对宝玉又是细腻的肖像描写，无论身穿外出的礼服，还是换成在家的常服，何等英俊！何等蕴藉！黛玉“心下想道：‘好生奇怪，倒象在那里见过一般，何等眼熟到如此！'"心有灵犀一点通，宝黛之间是心心相印的，但作者并未象一般才子佳人小说写成一见钟情，这时尚是纯洁无邪的孩提之情。不过应当指出，这里隐约地含有天命注定的宿命论色彩。《西江月》二词看来似嘲，其实是赞，读时切莫上当。你以为宝玉是那种"金玉其外，败絮其中"的人物吗？他的"草莽"、"愚顽"、"行为偏僻性乖张"、"无能"、"不肖"，都不过是作者的反语。意在用反面文章揭示他的反封建的叛逆的思想与性格。"于国于家无望"的宝玉，正如同一颗夜明珠，散发出奇特的光彩。王夫人骂他是"孽根祸胎"，正说明他虽是封建社会的破坏者，却是新兴的民主主义的产儿。《西江月》词包含着曹雪芹对封建势力和儒教孔学的深刻批判。)

贾母因笑道："外客未见，就脱了衣裳，还不去见你妹妹！"宝玉早已看见多了一个姊妹，便料定是林姑妈之女，忙来作揖。厮见毕归坐，细看形容，与众各别：两弯似蹙非蹙罥烟眉，一双似喜非喜含情目。态生两靥之愁，娇袭一身之病。泪光点点，娇喘微微。闲静时如姣花照水，行动处似弱柳扶风。心较比干多一窍，病如西子胜三分。宝玉看罢，因笑道："这个妹妹我曾见过的。"贾母笑道："可又是胡说，你又何曾见过他？"宝玉笑道："虽然未曾见过他，然我看着面善，心里就算是旧相识，今日只作远别重逢，亦未为不可。"贾母笑道："更好更好，若如此，更相和睦了。"([夹评]黛玉的肖像描写与宝玉、凤姐、迎探惜三姊妹的肖像描写完全不同。作者没有写她的服饰装扮，而是抓住她的容貌、姿态来揭示她的性格特征，通过宝玉的双目所察写出她的奇眉妙目，在奇眉妙目中再现她的奇思妙想。这是一位多愁善感、身娇体弱、尖刻心多的多情姑娘。这儿虽无更多的情节表现出来，但从这十句骈文中，却已奠定了全书刻画黛玉形象的总倾向。鲁迅曾说过:“要极省俭的画出一个人的特点,最好是画他的眼睛。”[4]曹雪芹不写黛玉服饰妆扮,却抓住音容姿态来刻画,为的是符合宝玉的审美观点,那些衣物服饰哪怕再如何华丽,也不过是宝玉眼中的不屑之物,宝玉品评的标准是心,是情感。更为精细的是作者在描绘到二人相见时的用字十分准稳:“黛玉见宝玉写一‘惊’字,宝玉见黛玉写一‘笑’字,一存于中,一发乎外。可见文子下笔,必推敲的准稳,方才用字。”[5])宝玉便走近黛玉身边坐下,又细细打量一番,因问:“妹妹可曾读书?”黛玉道:“不曾读,只上了一年学,些须认得几个字。”宝玉又道:“妹妹尊名是那两个字。”黛玉便说了名。宝玉又问表字。黛玉道:“无字。”宝玉笑道:“我送妹妹一妙字,莫若‘颦颦’二字极妙。”探春便问:“何出?”宝玉道:“《古今人物通考》上说,‘西方有石名黛,可代画眉之墨’,况这林妹妹眉尖若蹙,取用这两个字,岂不两妙!”([夹评]谁说宝玉“腹内原来草莽”,他多么学博才富啊!不但贾赦、贾珍、贾琏、贾蓉、薛蟠之流比他不过,就是正人君子的贾政、贾雨村以及清客相公之流,又何足挂齿!《古今人物通考》本无此书,是贾宝玉信口臆造的书名,他多么机灵!如果再联系着读一读第17回“大观园试才题对额”那段故事,贾政不但没有难住宝玉,反而显示了宝玉的天分高超,才情深远。他旁征博引,总有新意,直压倒“读腐了书的”贾政及其一帮清客。)探春笑道:“只恐又是你的杜撰。”宝玉笑道:“除《四书》外,杜撰的太多,偏只我是杜撰不成?”又问黛玉:“可也有玉没有?”众人不解其语,黛玉便忖度着因他有玉,故问我有也无,因答道:“我没有那个,想来那玉是一件罕物,岂能人人有的。”宝玉听了,登时发作起痴狂病来，摘下那玉，就狠命摔去，骂道："什么罕物，连人之高低不择，还说'通灵'不'通灵'呢！我也不要这劳什子了！"吓的地下众人一拥争去拾玉。贾母急的搂了宝玉道："孽障！你生气，要打骂人容易，何苦摔那命根子！"宝玉满面泪痕泣道："家里姐姐妹妹都没有，单我有，我说没趣；如今来了这么一个神仙似的妹妹也没有，可知这不是个好东西。"贾母忙哄他道："你这妹妹原有这个来的，因你姑妈去世时，舍不得你妹妹，无法可处，遂将他的玉带了去了：一则全殉葬之礼，尽你妹妹之孝心；二则你姑妈之灵，亦可权作见了女儿之意。因此他只说没有这个，不便自己夸张之意，你如今怎比得他，还不好生慎重带上，仔细你娘知道了。"说着，便向丫鬟手中接来，亲与他带上。宝玉听如此说，想一想，竟大有情理，也就不生别论了。

[段评]从"一语未了"至"也就不生别论了"是为一段。这一段重点在写宝黛会面。两人不但容貌般配，才华比并，更重要的是有一种"通感"——它暂时还是隐蔽的，看不清摸不着，却又使你触及到了。这就是一种巧妙的人物分析表现法。宝玉眼中的黛玉，自然和大观园中的其他人眼中的黛玉大不相同了。该段中较难理解的是宝玉说的那句话："除《四书》[⑥]外，杜撰的太多，偏只我是杜撰不成?"表面看来，作者似乎在肯定《四书》，其实不然，这是对儒家经典的公开亵渎。何据？因为在清朝，《四书》《五经》[⑦]以及官方哲学程朱理学都被封建统治阶级规定为必读教科书，那么除了《四书》之外，岂不是把《五经》和程朱理学都视为"杜撰"的了吗？在第19回中袭人又转述宝玉的话："只除'明明德'[⑧]外无书。"这就又把除《大学》之外的《中庸》《论语》《孟子》三书给否定了。在第36回中，贾宝玉又说："因此祸延古人，除《四书》外，竟将别的书焚了。"所有这些，宝玉都是在肯定一点，攻讦其余，最后

全盘否定。我们联系整个小说中关于宝玉的思想和性格来看，贾宝玉并非在肯定宣扬孔孟之道的《四书》，而是在极力反对和批判。

当下，奶娘来请问黛玉之房舍。贾母便说："今将宝玉挪出来，同我在套间暖阁儿里，把你林姑娘暂安置碧纱厨里。等过了残冬，春天再与他们收拾房屋，另作一番安置罢。"宝玉道："好祖宗，我就在碧纱厨外的床上很妥当，何必又出来闹的老祖宗不得安静。"贾母想了一想说："也罢了。"每人一个奶娘并一个丫头照管，余者在外间上夜听唤。一面早有熙凤命人送了一顶藕合色花帐，并几件锦被缎褥之类。

黛玉只带了两个人来：一个是自幼奶娘王嬷嬷，一个是十岁的小丫头，亦是自幼随身的，名唤雪雁。贾母见雪雁甚小，一团孩气，王嬷嬷又极老，料黛玉皆不遂心省力的，便将自己身边的一个二等丫头，名唤鹦哥者与了黛玉。外亦如迎春等例，每人除自幼乳母外，另有四个教引嬷嬷，除贴身掌管钗钏盥沐两个丫鬟外，另有五六个洒扫房屋来往使役的小丫鬟。当下，王嬷嬷与鹦哥陪侍黛玉在碧纱厨内，宝玉之乳母李嬷嬷，并大丫鬟名唤袭人者，陪侍在外面大床上。

原来这袭人亦是贾母之婢，本名珍珠。贾母因溺爱宝玉，生恐宝玉之婢无竭力尽忠之人，素喜袭人心地纯良，克尽职任，遂与了宝玉。宝玉因知他本姓花，又曾见旧人诗句上有"花气袭人"之句，遂回明贾母，更名袭人。这袭人亦有些痴处：伏侍贾母时，心中眼中只有一个贾母，如今伏侍宝玉，心中眼中又只有一个宝玉。只因宝玉性情乖僻，每每规谏，宝玉不听，心中着实忧郁。

是晚，宝玉李嬷嬷已睡了，他见里面黛玉和鹦哥犹未安歇，他自卸了妆，悄悄进来，笑问："姑娘怎么还不安歇？"黛玉忙让："姐姐请坐。"袭人在床沿上坐了。鹦哥笑道："林姑娘正在这里伤心呢，自己淌眼抹泪的说：'今儿才来，就惹出你家哥儿的狂病，倘或摔坏了那玉，岂不是因我之过！'因此便伤心，我好容易劝好了。"（[夹评]注意：这是第二次写到黛玉的哭，如此写来，倒也别致。黛玉进入荣府后，本来就很自尊自贵，处处留心。却不料偏偏就惹出宝玉摔命根子的狂病来。她的哭，一方面是为宝玉而伤感；一方面是怕惹是生非，承担责任。通过写哭，刻画出了黛玉的多心眼儿，确是妙文。）袭人道："姑娘快休如此，将来只怕比这个更奇怪的笑话儿还有呢！若为他这种行止，你多心伤感，只怕你伤感不了呢！快别多心！"黛玉道："姐姐们说的，我记着就是了。究竟那玉不知是怎么个来历？上面还有字迹？"袭人道："连一家子也不知来历，听得说，落草时是从他口里掏出来的，上头还有现成的穿眼。等我拿来你看便知。"黛玉忙止道："罢了，此刻夜深了，明日再看也不迟。"大家又叙了一回，方才安歇。

[段评]荣国府中的丫环、奴仆，何其多也！这回中仅为迎接黛玉而忙活的就有一百多人：赴苏州迎黛玉的几个老妇人（也许就是"这几个三等仆妇"）；宁国府门前列坐着十来个华冠丽服之人；轿夫；三四个衣帽周全十七八岁的小厮；坐着几个穿红着绿的丫头（贾母处的，起码是六七个）；两个搀着贾母的人；簇拥着三姊妹的三个奶嬷嬷并五六个丫环；围拥着王熙凤走来的一群媳妇丫环；随同邢夫人的众小厮、众婆子；许多盛妆丽服的姬妾丫环和迎春（贾赦处的）；两三个嬷嬷（邢夫人的）；本房内的丫环忙捧上茶来（王夫人处的）；一个穿红绫袄青缎掐牙背心的丫环（王夫人处的）；一个来回话的丫环（王夫人处的）；王熙凤住处四五个才总角的小

厮;贾母院中伺候晚饭执着拂尘、漱盂、巾帕的丫环;外间伺候的媳妇丫环;用小茶盘捧茶的丫环;报宝玉来了的丫环;一个名唤鹦哥的二等丫头;四个教引嬷嬷;两个掌管钗钏盥沐的贴身丫环;五六个洒扫房间来往使役的小丫环;此外,还有随黛玉来的奶娘王嬷嬷和十岁小丫头雪雁;以及宝玉的乳母李嬷嬷和大丫环袭人。上面这一长串的丫环、奴仆,读起来是够烦人的了,然而正是在这一长串极为次要的人物形象的画廊里,窥出了曹雪芹的艺术匠心。《红楼梦》的写法的确是"万法俱备,毫无脱漏"[9],真是千变万化之文。在这一百多个芥豆之微的小人物中,大都为一笔带过,甚至连姓名都未写出,稍详一点的仅仅写出了他(她)们的性别、老少及所干差使,而独独把名唤袭人的大丫环,作了比较详细的描写。这个号称花大姐姐、被同伙骂作"西洋花点子哈巴儿"(见第37回)的袭人,在丫环群中是个特殊人物。她确实是一条媚上的走狗,对主子克尽职责,"服侍贾母时,心中眼中只有一个贾母,如今服侍宝玉,心中眼中又只有一个宝玉'。她正象鲁迅所描绘的那样:哈巴儿虽然"是狗,又很象猫,折中、公允、调和、平正之状可掬,悠悠然摆出别个无不偏激,唯独自己得了中庸之道似的脸来"。[10]更象骆宾王讨武则天时形容的一般:"掩袖工谗,狐媚偏能惑主。"[11]

次日起来,省过贾母,因往王夫人处来,正值王夫人与熙凤在一所拆金陵来的书信看,又有王夫人之兄嫂处遣了两个媳妇来说话的。黛玉虽不知原委,探春等却都晓得是议论金陵城中所居的薛家姨母之子姨表兄薛蟠,倚财仗势,打死人命、现在应天府案下审理。如今母舅王子腾得了信息,故遣他家内的人来告诉这边,意欲唤取进京之意。

[段评]花开两朵,各表一枝。在爱情纠葛中的第一女主角林黛玉登场以后,接住就是爱情纠葛中的第二女主角薛宝钗出场了。

荣国府好不热闹,一个姑表外甥女刚到,另一个两姨外甥女也即将进府。这又是承上启下的一个段落,将引出另一条情节线索。

[总评]

这一回,通过林黛玉进荣府,逐个介绍出贾母、邢夫人、王夫人、李纨、迎春、探春、惜春、凤姐和宝玉等主要人物,在这一系列人物中又给予凤姐和宝玉以特写镜头,生动地表现了他们的受宠地位和个性特征。这两个人物出场后的一言一行,实际上也就是后来全书中塑造他们的形象的提纲。这,谁又能说不是为整个作品展现的矛盾冲突而作的铺垫?因此,这一回可视作描写四大家族赖以生存的具体环境的纲领。

这一回的写法新颖而别致,显示了作者巧妙的艺术构思和高度概括的表现能力。首先表现在环境描写上。文学作品中要写人物,就必须写环境。环境描写就是指人物所处的时代社会背景和具体生活场所以及自然景物。曹雪芹写贵族之家的生活环境,不是由作者直接叙述,而是借助林黛玉一双俊眼,通过她的所见所闻所感,来写出贾府及其主要人物。如果说在第 2 回中是借冷子兴之口用逻辑思维的语言概括地介绍宁荣二府的话,那么在第 3 回中便是借林黛玉的耳目,用形象思维的语言把宁荣二府加以具体化。《红楼梦》的环境描写,可谓达到炉火纯青的地步,可以和法国巴尔扎克的《高老头》比美。恩格斯多次称赞过的巴尔扎克,就非常重视环境的描写,他在长篇小说《高老头》中,把伏盖公寓、日耳曼区以至整个巴黎社会的大小环境,都写得非常细致、逼真。巴尔扎克重视环境描写,主要是为了提供人物性格发展的基础,烘托人物性格;而典型人物的活动,反过来又使环境具有典型特征。就是在这样的典型环境中,让出身于没落贵族家庭的大学生拉斯蒂涅,通过“人生三课”,后来才逐渐形成资产阶级野心家的典型性格。曹雪芹在《红楼梦》中描绘赫赫扬扬、安富尊荣的贾府环境，却是为了塑造一代不如一代的子孙。这子孙中有声色犬马、骄奢淫逸、胡作非为之徒；有明争暗斗，仍在垂死挣扎之徒；有兴利除弊，企图挽回败局之徒；也有离经叛道，主张平等情爱，要求个性解放的新人……尽管这些儿孙们所走的人生道路不同，然而通过他们各自典型性格的塑造，却展现了封建制度的行将灭亡。这些封建贵族的成员正是生长并死亡在这赫赫扬扬、安富尊荣的典型环境中。如此成功的生动的典型环境的描写，不仅表现在第3回中，在第17回、第40回、第41回中都有。它们较之《三国演义》中的“赤壁之战”，《水浒传》中的“三打祝家庄”的描写，更胜一筹。其特点是一为集中、二为细腻、三为幅度大、四为紧扣人物性格。这些创新的特点，在前代小说中是不曾有过的。例如“大观园试才题对额”一回中，既集中而细腻地写出了崇阁巍峨、层楼高起、佳木茏葱、奇花烂漫的大观园景色，又对比地刻画了贾宝玉的才华和性格。在“刘姥姥二进荣国府”的整整四回中，却又是通过刘姥姥的感官，大幅度地把大观园的居室内外一一写出：缀锦阁、沁芳亭、潇湘馆、秋爽斋、藕香榭、荇叶渚、蘅芜苑……都各有特色，又一次写出了贵族之家的生活环境，在一大段声情并茂的热闹文字之内，深刻地揭露了贾府统治者空虚无聊、暴殄天物的腐朽生活。作者对这些五光十色的外景和内景，写得很有层次，不是呆板地描写，而是从动中写静，在或行或止，或说或笑的过程中写出的。当我们读着小说的时候，就像在看立体电影似的，美丽的画面映入了你的眼帘，朗朗的笑声飞进了你的耳膜。

能否写出典型人物所拱围的典型环境，是衡量是否为现实主义优秀作品的重要条件之一。根据恩格斯的话来看[12]，真正的充分的现实主义的作品，必须具备三个因素：真实的细节，典型的环境和典型的人物。从这个角度来评价《红楼梦》,它是一部当之无愧的伟大的现实主义作品,因为它深刻而生动地体现了现实主义三要素的有机结合。

其次,巧妙地运用伏笔(或称伏线),也是第3回写法上的一个显著特色。所谓伏笔,系指作者为将要在作品中出现的人物或事件,预作提示或暗示,以求前后呼应。这种手法有助于全文达到结构谨严,情节发展合理的效果。在戏剧创作中又称伏线。整个《红楼梦》就是一部大伏笔的小说,它把“真事隐去”,以“假语村言”来揭示主题思想,这一点,在第1回评点中已经说过。至于具体地运用伏笔的地方,比比皆是,历来的评红者尤其是熟知曹雪芹创作甘苦的脂砚斋等人早已详尽指出。这里,关于全书的伏笔运用例证暂且不论,先把1至3回的伏笔特点分析一下。我做了一个粗略统计,前三回的伏笔例证竟有二十一处。对于这二十一处伏笔的作用及其特点,让我借用著名翻译家和桐城派古文家的林纾在《春觉斋论文》“用笔八则”中关于伏笔的论述,加以分析。虽然他后来堕落为反对辛亥革命和五四运动的封建遗老,他的论述又是以桐城派文论为纲,纵论古代散文的,但由于他翻译过一百六十多种外国小说,并曾从事小说、戏曲创作,因而对于伏笔的见解还是有一定的参考价值。他说:“行文有伏笔,犹行军之设伏。……故用伏笔,须在人不着意处,又当知此不是赘笔才佳。”[13]《红楼梦》中有许多伏笔便是如此。例如第1回中的“隆盛昌明之邦”——伏京城;“诗礼簪缨之族”——伏荣国府;“花柳繁华地”——伏大观园;“温柔富贵乡”——伏绛芸轩,即怡红院中宝玉的卧室。这些伏笔处,都言简意赅,读了实不见有其形迹。有时则“无意阅过,当是闲笔,后经点眼,才知是有用者”。[14]《红楼梦》中有些伏笔,正是有这种特色。例如第2回中冷子兴演说荣国府,实虽写而却未写,使读者已有一个荣府轮廓隐隐在心；又“这珍爷那里肯读书，只一味高乐不了，把宁国府竟翻了过来，也没有人敢来管他”的几句话，便伏下了后文描写贾珍件件丑事的笔墨。有时曹雪芹运用牵前摇后之伏笔，把故事情节写得伏应相连，断续不隔。例如第2回中，前面写到贾雨村“却是自己担风袖月，游览天下胜迹”，后面就在同回中接写了去金陵游览的一段情节。而更多的伏笔，则是“阳断而阴联，不是伏下此一处，便抛却去经营彼处”⑮，而总是应其所伏，使伏笔“阴引而下，不必在在求显，东云出鳞，西云露爪，使人扪捉，亦足见文心之幻”。⑯例如第3回中写到王夫人和王熙凤关于“放月钱”的对话，粗心看来是闲闲着笔处，认真推敲却是扼要吃紧处，它为后面多次描写凤姐掌握财权，放钱盘剥，以至滥施淫威，埋下了重要筋脉。特别是关于薛蟠“倚财仗势，打死人命，现在应天府案下审理”的几句话，更是摇前映后之笔，为第4回、第62回、第79回、第80回描写香菱的不幸遭遇，做了很好的铺垫，好像杭州美景九溪十八涧之水，明漪绝底，根下伏流，前溪后溪相连续。因此，读到《红楼梦》的伏笔处，读者务须了解并掌握一个“藏”字诀，看它是怎样“藏”法。

【注释】

①万几，指皇帝日理万机。宸翰，皇帝的笔迹。“万几宸翰之宝”，就是上面写有“万几宸翰”四字的皇帝印章。

②⑤见甲戌本第3回朱笔眉批。

③《中国小说的历史的变迁》，见《鲁迅全集》第八卷。

④《我怎么做起小说来》，见《鲁迅全集》第四卷。

⑥《四书》包括《大学》《中庸》《论语》《孟子》。“四书”之称始于南宋理学家朱熹，他把这四种书分章断句，加以注释，题称《四书

章句集注》。

⑦《五经》即《易》《尚书》《诗》《礼》《春秋》。“五经”之称始于西汉。

⑧此语出自《大学》:“大学之道,在明明德。”这里是指代《大学》一书。

⑨见庚辰本第44回双行夹批。

⑩《论“费厄泼赖”应当缓行》,见《鲁迅全集》第一卷。

⑪见《为徐敬业讨武曌檄》。

⑫恩格斯在《致玛格丽特·哈克奈斯的信》中说:“现实主义的意思是,除了细节的真实外,还要真实地再现典型环境中的典型人物。”见《马克思恩格斯全集》第三十七卷。

⑬⑭⑮⑯均见郭绍虞、罗根泽主编“中国古典文学理论批评专著选辑”中《春觉斋论文》“用伏笔”条。

《红楼梦》第四回评点

薄命女偏逢薄命郎　葫芦僧乱判葫芦案

题　捐躯报国恩,未报身犹在

曰　眼底物多情,君恩或可待

[评]这四句是回前题诗。据《乾隆抄本百二十回红楼梦稿》增。有些脂本系统《红楼梦》中某些回前有题诗,回后有诗联。程高本系统的《红楼梦》则把题诗和诗联全删去了。这些题诗或诗联是谁作的呢?目前尚难确定。其中有的是曹雪芹所作,如第2

回回前的一首七绝:“一局输赢料不真,香销茶尽尚逡巡。欲知目下兴衰兆,须问旁观冷眼人。”而有的题诗和诗联则可能是批者所加。这一回的题诗比较深刻,可看作一首政治讽刺诗。在甲辰本此回回末又有诗联,写作“正是:渐入鲍鱼肆,反恶芝兰香”。则为逊色。

却说黛玉同姊妹们至王夫人处,见王夫人与兄嫂处的来使计议家务,又说姨母家遭人命官司等语。因见王夫人事情冗杂,姊妹们遂出来,至寡嫂李氏房中来了。

原来这李氏即贾珠之妻,珠虽夭亡,幸存一子,取名贾兰,今方五岁,已入学攻书。这李氏亦系金陵名宦之女,父名李守中,曾为国子监祭酒,族中男女无有不诵诗书者。到李守中承继以来,便说“女子无才便有德”,故生了李氏时,便不十分令其读书,只不过将些《女四书》《烈女传》《贤媛集》等三四种书,([夹评]这几种书乃是封建社会束缚妇女的精神枷锁。什么“烈女”“贤媛”,正是使李纨成为槁木般人的毒饵。所谓《女四书》,即清初王相仿照朱熹编注《四书》的方法,把《女诫》(东汉班昭著)、《女论语》(唐代宋若莘宋若昭合撰)、《内训》(明成祖朱棣之后徐氏著)、《女范捷录》(王相之母刘氏著)四种编在一起,加以笺注,因均为女性所著,又为妇女所读,故称《女四书》。《烈女传》为西汉刘向编著。《贤媛集》(不详。)使他认得几个字,记得前朝这几个贤女便罢了;却只以纺绩井臼为要,因取为李纨,字宫裁。因此这李纨虽青春丧偶,居处于膏粱锦绣之中,竟如槁木死灰一般,一概无见无闻,惟知侍亲养子,外则陪侍小姑等针黹诵读而已。今黛玉虽客寄于斯,日有这般姐妹相伴,除老父外,余者也就无庸虑及了。

[段评]真是别出心裁!按照一般写章回小说的常规,这一回

一开头，应是接写上回回末的情节，展开来写薛家的情况。作者却偏偏笔锋一转，补叙了李纨一家。这种写法真个是峰回路转，出人意料。这里勾画了李纨的出身家世，青春丧偶，平时只知纺绩井臼，侍亲养子，竟如槁木死灰一般。这就为全书提出了一个刻画李纨寡妇形象的提纲。小寡妇的音容，已经深印在读者脑海之中。薛家进京的情节却挪在了本回的回末去写了。

如今且说贾雨村，因补授了应天府，一下马，就有一件人命官司详至案下，乃是两家争买一婢，各不相让，以至殴伤人命。彼时雨村即传原告之人来审。那原告道："被殴死者乃小人之主人。因那日买了一个丫头，不想是拐子拐来卖的。这拐子先已得了我家的银子，我家小爷原说第三日方是好日子，再接入门。这拐子便又悄悄的卖与薛家，被我们知道了，去找拿卖主，夺取丫头。无奈薛家原系金陵一霸，倚财仗势，众豪奴将我小主人竟打死了。（[夹评]）与前回"倚财仗势，打死人命"相照应，并不重复。又给戴了一顶"金陵一霸"的大帽子，就把薛家的社会地位及欺压百姓的本质一语道破。摇前映后，处处照应，这种写法在《红楼梦》中俯拾皆是。）凶身主仆已皆逃走，无影无踪，只剩了几个局外之人。小人告了一年的状，竟无人作主，望大老爷拘拿凶犯，剪恶除凶，以救孤寡，死者感戴天恩不尽！"

[段评]以上为"葫芦案"故事的第一段，写死者的奴仆告状，简介案情。

雨村听了大怒道："岂有这样的放屁的事！打死人命就白白的走了，再拿不来的！"因发签差公人立刻将凶犯族中人拿来拷问，令他们实供藏在何处；一面再动海捕文书。（[夹评]贾雨村倒也处事明决。新官上任三把火，他先施个官威刑怒。)正要发签时,只见案边立的一个门子使眼色儿——不令他发签之意。([夹评]一副帮闲面孔,何等活脱!)雨村心下甚为疑怪,只得停了手,即是退堂,至密室,侍从皆退去,只留门子一个伏侍。([夹评]贾雨村接着便狐疑罢手。)这门子忙上来请安,笑问:"老爷一向加官进禄,八九年来就忘了我了?"雨村道:"却十分面善得紧,只是一时想不起来。"那门子笑道:"老爷真是贵人多忘事,把出身之地竟忘了,不记得当年葫芦庙里之事了?"雨村听了,如雷震一惊,方想起往事。原来这门子本是葫芦庙内一个小沙弥,因被火之后,无处安身,欲投别庙去修行,又耐不得清凉景况,因想这件生意倒还轻省热闹,遂趁年纪蓄了发,充了门子。雨村那里料得是他,便忙携手笑道:"原来是故人。"又让坐了好谈,这门子不敢坐。雨村笑道:"贫贱之交不可忘,你我故人也;二则此系私室,既欲长谈,岂有不坐之理?"这门子听说,方告了座,斜签着坐了。

雨村因问方才何故有不令发签之意。这门子道:"老爷既荣任到这一省,难道就没抄一张本省的'护官符'来不成?"雨村忙问:"何为'护官符'? 我竟不知。"门子道:"这还了得!连这个不知,怎能作得长远!如今凡作地方官者,皆有一个私单,上面写的是本省最有权有势、极富极贵的大乡绅名姓,各省皆然;倘若不知,一时触犯了这样的人家,不但官爵,只怕连性命还保不成呢!所以绰号叫作'护官符'。方才所说的这薛家,老爷如何惹得他!他这件官司并无难断之处,皆因都碍着情分脸面,所以如此。"一面说,一面从顺袋中取出一张抄写的"护官符"来,递与雨村,看时,上面皆是本地大族名宦之家的俗谚口碑。其口碑排写得明白,下面皆注着始祖官爵并房次。石头亦曾抄写了一张,今据石上所抄云:

贾不假,白玉为堂金作马。

宁国荣国二公之后,共二十房分,除宁荣亲派八房在都外,现原籍住者十二房。

阿房宫,三百里,住不下金陵一个史。

保龄侯尚书令史公之后,房分共十八,都中现住者十房,原籍现居八房。

东海缺少白玉床,龙王来请金陵王。

都太尉统制县伯王公之后,共十二房,都中二房,余在籍。

丰年好大雪,珍珠如土金如铁。

紫薇舍人薛公之后,现领内府帑银行商,共八房分。

雨村犹未看完,忽听传点,人报:“王老爷来拜。”雨村听说,忙具衣冠出去迎接。有顿饭工夫,方回来细问。这门子道:“这四家皆连络有亲,一损皆损,一荣皆荣,扶持遮饰,俱有照应的。今告打死人之薛,就系丰年大雪之薛。也不单靠这三家,他的世交亲友在都在外者,本亦不少。老爷如今拿谁去?”雨村听如此说,便笑问门子道:“如你这样说来,却怎么了结此案?你大约也深知这凶犯躲的方向了?”([夹评]以俗谚口碑、谐音的隐语揭出了一张“护官府”,其深刻性、生动性焉可忽视!一张“护官符”是葫芦僧乱判葫芦案的全部秘密所在,不但为贾雨村枉断官司张了本,更以贾、史、王、薛四大家族的豪富和权势,突出地显示了封建社会的政治背景和社会基础,他们上达朝廷,下连州县,多方勾结,结党营私,利用各自的社会关系来维护他们共同的存在。通过“护官符”作为纽带,把贾府大观园和应天府公堂联系起来,这样便使小说的典型环境更有深度和广度了。如果说第3回是介绍宁荣二府具体环境,那么第4回便是介绍整个社会环境了。)

门子笑道:“不瞒老爷说,不但这凶犯躲的方向我知道,一并这拐卖之人我也知道,死鬼买主也深知道。待我细说与老爷听:这个被打之死鬼,乃是本地一个小乡绅之子,名唤冯渊,自幼父母早亡,又无兄弟,只他一个人守着些薄产过日子。长到十八九岁上,酷爱男风,最厌女子。这也是前生冤孽,可巧遇见这拐子卖丫头,他便一眼看上了这丫头,立意买来作妾,立誓再不交结男子,也不再娶第二个了,所以三日后方过门。谁晓这拐子又偷卖与薛家,他意欲卷了两家的银子,再逃往他省。谁知又不曾走脱,两家拿住,打了个臭死,都不肯收银,只要领人。那薛家公子岂是让人的,便喝着手下人一打,将冯公子打了个稀烂,抬回家去三日死了。这薛公子原是早已择定日子上京去的,头起身两日前,就偶然遇见这丫头,意欲买了就进京的,谁知闹出这事来。既打了冯公子,夺了丫头,他便没事人一般,只管带了家眷走他的路。他这里自有弟兄奴仆在此料理,也并非为此些些小事值得他逃走的。这且别说,老爷你当被卖的丫头是谁?”雨村道:“我如何得知。”门子冷笑道:“这人算来还是老爷的大恩人呢!他就是葫芦庙旁住的甄老爷的小姐,名唤英莲的。”雨村罕然道:“原来就是他!闻得养至五岁被人拐去,却如今才来卖呢?”

门子道:“这一种拐子单管偷拐五六岁的儿女,养在一个僻静之处,到十一二岁,度其容貌,带至他乡转卖。当日这英莲,我们天天哄他玩耍;虽隔了七八年,如今十二三岁的光景,其模样虽然出脱得齐整好些,然大概相貌,自是不改,熟人易认。况且他眉心中原有米粒大小的一点胭脂痣,从胎里带来的,所以我却认得。偏生这拐子又租了我的房舍居住,那日拐子不在家,我也曾问他。他是被拐子打怕了的，万不敢说，只说拐子系他亲爹，因无钱偿债，故卖他。我又哄之再四，他又哭了，只说：‘我原不记得小时之事！’这可无疑了。那日冯公子相看了，兑了银子，拐子醉了，他自叹道：‘我今日罪孽可满了！’后又听得冯公子令三日之后过门，他又转有忧愁之态。我又不忍看其形景，等拐子出去，又命内人去解释他：‘这冯公子必待好日期来接，可知必不以丫环相看。况他是个绝风流人品，家里颇过得，素习又最厌恶堂客，今竟破价买你，后事不言可知。只耐得三两日，何必忧闷！’他听如此说，方才略解些，自为从此得所。谁料天下竟有这等不如意事，第二日，他偏又卖与薛家。若卖与第二个人还好，这薛公子的混名人称‘呆霸王’，最是天下第一个弄性尚气的人，而且使钱如土，遂打了个落花流水，生拖死拽，把个英莲拖去，如今也不知死活。这冯公子空喜一场，一念未遂，反花了钱，送了命，岂不可叹！”

雨村听了，亦叹道：“这也是他们的孽障遭遇，亦非偶然。不然这冯渊如何偏只看准了这英莲？这英莲受了拐子这几年折磨，才得了个头路，且又是个多情的，若能聚合了，倒是件美事，偏又生出这段事来。这薛家纵比冯家富贵，想其为人，自然姬妾众多，淫佚无度，未必及冯渊定情于一人者。这正是梦幻情缘，恰遇一对薄命儿女。且不要议论他，只目今这官司，如何剖断才好？”门子笑道：“老爷当年何其明决，今日何反成了个没主意的人了！小的闻得老爷补升此任，亦系贾府王府之力；此薛蟠即贾府之亲，老爷何不顺水行舟，作个整人情，将此案了结，日后也好去见贾王二公的面。”雨村道：“你说的何尝不是。但事关人命，蒙皇上隆恩，起复委用，实是重生再造，正当殚心竭力图报之时，岂可因私而废法？是我实不能忍为者。”门子听了,冷笑道:“老爷说的何尝不是大道理,但只是如今世上是行不去的。岂不闻古人有云‘大丈夫相时而动’,又曰‘趋吉避凶者为君子’。依老爷这一说,不但不能报效朝廷,亦且自身不保,还要三思为妥。”([夹评]请看,前后写门子为贾雨村讲人生哲学,并出谋划策,一副帮凶面孔,又是何等活脱!)

雨村低了半日头,方说道:“依你怎么样?”门子道:“小人已想了一个极好的主意在此:老爷明日坐堂,只管虚张声势,动文书发签拿人,原凶自然是拿不来的,原告固是定要将薛家族中及奴仆人等拿几个来拷问。小的在暗中调停,令他们报个暴病身亡,令族中及地方上共递一张保呈,老爷只说善能扶鸾请仙,堂上设下乩坛,令军民人等只管来看。老爷就说:‘乩仙批了,死者冯渊与薛蟠原因夙孽相逢,今狭路既遇,原应了结。薛蟠今已得了无名之病,被冯魂追索已死。其祸皆因拐子某人而起,拐之人原系某乡某姓人氏,按法处治,余不略及’等语。小人暗中嘱托拐子,令其实招。众人见乩仙批语与拐子相符,余者自然也都不虚了。薛家有的是钱,老爷断一千也可,五百也可,与冯家作烧埋之费。那冯家也无甚要紧的人,不过为的是钱,见有了这个银子,想来也就无话了。老爷细想此计如何?”雨村笑道:“不妥,不妥。等我再斟酌斟酌,或可压服口声。”二人计议,天色已晚,别无话说。([夹评]贾雨村惧怕权势,保官保命,便准备如此如此,徇情枉法。)

[段评]以上为“葫芦案”故事的第二段,包括第二部分的第二到第九小节。这一段是中心部分,又可分作四层:第一层包括二、三小节,写贾雨村审理人命官司时态度的变化。同时介绍了门子的来历;第二层包括四、五小节,写门子使眼色的原因,交代了“护

官符”,点明了贾史王薛四大家族的豪富与权势,为贾雨村“徇情枉法,胡乱判案”埋下了伏线;第三层包括六、七小节,补充交代案情始末,这样再具体补充一下,既使读者对案情有了进一步了解,又加深了对封建社会的揭露;第四层包括八、九小节,写门子的帮凶,雨村的狡诈,两人分析案情,商量判案方案。

> 至次日坐堂,勾取一应有名人犯,雨村详加审问,果见冯家人口稀疏,不过赖此欲多得些烧埋之费;薛家仗势倚情,偏不相让,故至颠倒未决。雨村便徇情枉法,胡乱判断了此案。冯家得了许多烧埋银子,也就无甚话说了。雨村断了此案,急忙作书信二封,与贾政并京营节度使王子腾,不过说“令甥之事已完,不必过虑”等语。此事皆由葫芦庙内之沙弥新门子所出,雨村又恐他对人说出当日贫贱时的事来,因此心中大不乐业,后来到底寻了个不是,远远的充发了他才罢。

[段评]以上为“葫芦案”故事的第三段。这一段写贾雨村胡乱判案、急忙修书、充发门子的狰狞面目,撕下了他“正人君子”的外衣。

到此,“葫芦案”故事结束。“葫芦提”本是古代俗语,意思是糊里糊涂,不明不白。这里作者连用“葫芦”字样,表面看来似乎在说门子糊涂,贾雨村糊涂,案情也不清楚,其实通过小说的情节去看,全然不是。那个曾经做过小和尚的门子,那个起初革职后来补授了应天府尹的贾雨村,原本对案情了解得一清二楚,是非曲直并无半点含糊。然而他们为了维护四大家族的权势,保住个人利益,保官保命,竟可徇情枉法,胡乱判了此案。甲戌本在“后来到底寻了个不是,远远的充发了他才罢”句旁,有批语道:“至此了结葫芦庙文字。又伏下千里伏线。起用葫芦字样,收用葫芦字样,盖云一部书皆系葫芦提之意也。此亦系寓意处。”这话说得有道理,可见批语者也深得作者原意。小说回目上连用“葫芦”字样，固然是为了对仗需要，但更主要的是作者有意借此二字讽刺封建政治，同时也是暗示“葫芦里有文章”。

当下言不着雨村。且说那买了英莲打死冯渊的薛公子，亦系金陵人氏，本是书香继世之家。只是如今这薛公子幼年丧父，寡母又怜他是个独根孤种，未免溺爱纵容，遂至老大无成；且家中有百万之富，现领着内帑钱粮，采办杂料。这薛公子学名薛蟠，字表文龙，五岁上就性情奢侈，言语傲慢。虽也上过学，不过略识几字，终日惟有斗鸡走马，游山玩水而已。虽是皇商，一应经济世事，全然不知，不过赖祖父之旧情分，户部挂虚名，支领钱粮，其余事体，自有伙计老家人等措办。寡母王氏乃现任京营节度使王子腾之妹，与荣国府贾政的夫人王氏，是一母所生的姊妹，今年方四十上下年纪，只有薛蟠一子。还有一女，比薛蟠小两岁，乳名宝钗，生得肌骨莹润，举止娴雅。当日有他父亲在日，酷爱此女，令其读书识字，较之乃兄竟高过十倍。自父亲死后，见哥哥不能依贴母怀，他便不以书字为事，只留心针黹家计等事，好为母亲分忧解劳。近因今上崇诗尚礼，征采才能，降不世出之隆恩，除聘选妃嫔外，凡仕宦名家之女，皆亲名达部，以备选为公主郡主入学陪侍，充为才人赞善之职。（［夹评］金陵一霸、百万皇商之薛家的小姐薛宝钗出场了。奇妙得很！这里写她和前回写黛玉的笔法迥然不同，一为冷笔，一为热笔。宝钗进京，贾府并未兴师动众地热烈欢迎，可她的进京却别有一番用心：既为兄长薛蟠逃避人命官司，又为自己“备选为公主郡主人学陪侍，充为才人赞善之职”——才人赞善者，宫廷中教习公主等念书习礼的女官也。我们看作者对她的描绘，尽管没有过多的关于肖象和性格的刻画,却冷中寓热,冷中见热。我们似乎预测到了这位符合封建礼教的标准女性,将会占据宝二奶奶的宝座,赢得大观园里大小主子们的欢心。黛玉进京,虽是一派热烈氛围,然而她的进入贾府之目的却很单纯,只因自幼失母,体弱多病,为减少父亲照料之忧,去依傍外祖母及舅氏姊妹,不过是寄人篱下而已。作者鉴于此,才用了热笔,而那热笔真是力透纸背,热中寓冷,热中见冷,我们似乎也觉察到了黛玉的不幸命运。这是为什么呢?前后对比地阅读,难道不是看得很分明吗?薛、林两家的政治地位、经济条件不是有天壤之别吗?)二则自薛蟠父亲死后,各省中所有的买卖承局、总管、伙计人等,见薛蟠年轻,不谙世事,便趁时拐骗起来,京都中几处生意,渐亦消耗。薛蟠素闻得都中乃第一繁华之地,正思一游,便趁此机会,一为送妹待选,二为望亲,三因亲自入部销算旧帐,再计新支,——其实则为游览上国风光之意。因此早已打点下行装细软,以及馈送亲友各色土物人情等类,正择日已定起身,不想偏遇见了那拐子重卖英莲。薛蟠见英莲生得不俗,立意买他,又遇冯家来夺人,因恃强喝令手下豪奴将冯渊打死。他便将家中事务一一的嘱托了族中人并几个老家人,他便同了母妹竟自起身长行去了。人命官司一事,他竟视为儿戏,自为花上几个臭钱,没有不了的。

在路不记其日。那日将入都时,却又闻得母舅王子腾升了九省统制,奉旨出都查边。薛蟠心中暗喜道:“我正愁进京去有个嫡亲的母舅管辖着,不能任意挥霍挥霍;偏如今又升出去了,可知天从人愿。”因和母亲商议道:“咱们京中虽有几处房舍,只是这十来年没人进京居住,那看守的人未免偷着租赁与人,须得先着几个人去打扫收拾才好。”他母亲道:“何必如此招摇！咱们这一进京，原该先拜望亲友，或是在你舅舅家，或是你姨爹家。他两家的房舍极是便宜的，咱们先能着住下，再慢慢的着人去收拾，岂不消停些。”薛蟠道：“如今舅舅正升了外省去，家里自然忙乱起身，咱们这工夫一窝一拖的奔了去，岂不没眼色。”他母亲道：“你舅舅家虽升了去，还有你姨爹家。况这几年来，你舅舅姨娘两处，每每带信捎书，接咱们来。如今既来了，你舅舅虽忙着起身，你贾家姨娘未必不苦留我们。咱们且忙忙收拾房屋，岂不使人见怪？你的意思我却知道——守着舅舅姨爹住着，未免拘紧了你，不如你各自住着，好任意施为。你既如此，你自去挑所宅子去住，我和你姨娘姊妹们别了这几年，却要厮守几日，我带了你妹子投你姨娘家去，你道好不好？”薛蟠见母亲如此说，情知扭不过的，只得吩咐人夫一路奔荣国府来。

那时王夫人已知薛蟠官司一事，亏贾雨村就中维持了结，才放了心。又见哥哥升了边缺，正愁又少了娘家的亲戚来往，更加寂寞。过了几日，忽家人传报：“姨太太带了哥儿姐儿，合家进京，正在门外下车。”喜的王夫人忙带了女媳人等接出大厅，将薛姨妈等接了进去。姊妹们暮年相会，自不必说悲喜交集，泣笑叙阔一番。忙又引了拜见贾母，将人情土物各种酬献了。合家俱厮见过，忙又治席接风。

薛蟠已拜见过贾政，贾琏又引着拜见了贾赦、贾珍等。贾政便使人上来对王夫人说：“姨太太已有了春秋，外甥年轻不知世路，在外住着恐有人生事。咱们东北角上梨香院一所十来间房，白空闲着，打扫了，请姨太太和哥儿姐儿住了甚好。”王夫人未及留，贾母也就遣人来说“请姨太太就在这里住下，大家亲密些”等语。薛姨妈正要同居一处，方可拘紧些儿子；若另住在外，又恐他纵性惹祸，遂忙道谢应允。又私与王夫人说明："一应日费供给一概免却，方是处常之法。"王夫人知他家不难于此，遂亦从其愿。从此后薛家母子就在梨香院住了。

原来这梨香院即当日荣公暮年养静之所，小小巧巧，约有十余间房屋，前厅后舍俱全。另有一门通街，薛蟠家人就走此门出入。西南有一角门，通一夹道，出夹道，便是王夫人正房的东边了。每日或饭后，或晚间，薛姨妈便过来，或与贾母闲谈，或与王夫人相叙。宝钗日与黛玉、迎春姊妹等一处，或看书下棋，或作针黹，倒也十分乐业。只是薛蟠起初之心，原不欲在贾宅居住，生恐姨父管约拘禁，料必不自在的；无奈母亲执意在此，且贾宅中又十分殷勤苦留，只得暂且住下，一面使人打扫出自家的房屋，再移居过去的。谁知自在此间住了不上一月的光景，贾宅族中凡有的子侄，俱已认熟了一半，凡是那些纨绔气习者，莫不喜与他来往，今日会酒，明日观花，甚至聚赌嫖娼，渐渐无所不至，引诱的薛蟠比当日更坏了十倍。(［夹评］近朱者赤，近墨者黑。所谓"诗礼簪缨之族"的贾府，不过是淫秽腐臭、坏人子弟的大染缸。本为斗鸡走马、满腹粪土的"呆霸王"薛蟠，再结交上了会酒观花、聚赌嫖娼的贾府子侄们，便同流合污，形成了一个更坏的弟兄集团，使他走向了更危险的罪恶深渊。以此而论，贾府也是四大家族中的首恶者。)虽说贾府训子有方，治家有法，一则族大人多，照管不到这些；二则现任族长乃是贾珍，彼乃宁府长孙，又现袭职，凡族中事，自有他掌管；三则公私冗杂，且素性潇洒，不以俗务为要，每公暇之时，不过看书着棋而已，余事多不介意。况且这梨香院相隔两层房舍，又有街门另开，任意可以出入，所以这些子弟们竟可以放意畅怀的闹。因此把薛蟠移居之念渐渐打灭了。

［段评］这一段是全回中的第三部分，重点是在较为详细地介绍薛家。曹雪芹故作回荡，不是紧接上回回末的情节一气呵成，而是在中间穿插了一件曲折离奇、骇人听闻的人命官司，然后才分别介绍了薛姨妈及其子女薛蟠和宝钗。这种写法如同绘画上的横云断岭法，在那山连山、川接川的背景上却有片片白云缭绕，云岭相衬，隐约互见，仍然可以看出山岭之间的联系。这里所勾画的薛蟠兄妹的轮廓：薛蟠"性情奢侈，言语傲慢"，"终日惟有斗鸡走马、游山玩水而已"；宝钗"生得肌骨莹润，举止娴雅"，自父死后，她"便不以书字为事，只留心针黹家计等事"。这就是后来全书塑造他们形象的提纲。

［总评］

这一回的情节结构，在安排上别具特色。共分三部分，各叙一个故事：第一部分写了李纨故事；第二部分是全回的中心篇幅，重点写"葫芦案"的故事，而"护官符"又是重点中的重点；第三部分却又转接第3回的情节，写薛家进京的故事。作者将三个故事故作跌宕，交错移位，采用的是倒叙、插叙的手法，特别是把薛家进京摆在了贾雨村徇情枉法、胡乱判案之后，摆在了一张"护官符"上所揭露的封建贵族"一损皆损，一荣皆荣"的社会环境中。曾记否？一张"护官符"在《红楼梦》研究领域内以至社会上，曾经引起了一场"革命"。那就是1973年、1974年"评红"运动中提出的总纲问题。关于阅读、评论《红楼梦》哪里是"总纲"的问题，二百年来一直聚讼纷纭，更迭不已。最早提出"总纲说"的是脂评者。甲戌本第1回中，就在"瞬息间则又乐极悲生，人非物换，究竟是到头一梦，万境归空"四句旁，侧批道："四句乃一部之总纲。"此一句真顶万句,在《红楼梦》研究史上影响颇大。后来的许多新旧红学家们关于《红楼梦》主题思想的论述,盖源于此。于是周春确认为《红楼梦》"全书之微旨",就在于阐发"情欲肆则天理灭亡","天理"必胜于"情欲"的《易》理。[①]于是二知道人归纳出《红楼梦》的"孤愤",就是作者以过来人的体验,劝诫人们勿再堕入儿女风情的深渊。把大观园里的婚姻爱情之争,不分青红皂白一律看作"醋海"之争[②]。于是胡适在详细考证了曹雪芹生平家世之后,又根据第1、2回的内容,断定"《红楼梦》这部书是曹雪芹的自叙传"[③]。于是俞平伯也提出第1、2"两回书正是全书的关键、提纲,一把总钥匙"[④]。总之,这是把第1、2回看作是《红楼梦》的总纲。此其一。

其二是认为第5回是全书的纲领。最早提出此论的是评点派的王希廉,他把《红楼梦》一百二十回的结构层次,分作二十一段,其中说:"五回为四段,是一部《红楼梦》之纲领。"接着又提出阅读《红楼梦》的关键:"《红楼梦》一书,全部最关键是'真假'二字"[⑤]。另一个评点派姚燮也说:"秦,情也。情可轻,而不可倾,此全书纲领。"[⑥]新红学派的俞平伯也明确地指出,作者是在"为十二钗作本传","雪芹意思是要使闺阁昭传"[⑦]。如此,把第5回作为《红楼梦》的总纲,便得出了这样的结论:《红楼梦》是描写"闺友闺情"的爱情小说,内容仅仅是宝黛的恋爱悲剧。

其三,认为第4回是全书的总纲,它为全书揭开了阶级压迫、阶级斗争的序幕,因此《红楼梦》是一部政治历史小说。据说,这个观点是毛泽东同志提出的。徐迟在他的《红楼梦艺术论》中披露道:"毛泽东同志曾经说过:什么人看《红楼梦》都不注意第4回,其实这一回是《红楼梦》的总纲。最先写四大家族的是曹雪芹。"

据此,徐迟分析说:"《红楼梦》中,四大家族都写到了,重点写了贾家。通过金陵四大家族,《红楼梦》展开了中国封建社会末期,即中国资本社会黎明期的各阶级阶层以及它们用各种方法和形式进行阶级斗争的长卷图画。"不把《红楼梦》单纯看作爱情小说,注意到了它的社会意义和政治价值的,远在清末就有人说《红楼梦》可谓之"政治小说"、"伦理小说"、"社会小说"、"哲学小说"、"道德小说"[8]。后来在民国初年又有索隐派的代表之一蔡元培指出:"《石头记》者,清康熙朝政治小说也。作者持民族主义甚挚,书中本事在吊明亡,揭清之失,而尤于汉族名士仕清者寓痛惜之意。"[9]索隐派的另一人物邓狂言,更直言《红楼梦》是一部"为国变沧桑之感"的"明清兴亡史"[10]。索隐派的观点与毛泽东同志的论断当然有本质之别,但不把《红楼梦》看作仅仅是描写爱情的小说,而注意到揭示其深刻的政治意义却是一致的,只不过索隐派的观点是主观臆断、穿凿附会罢了。

阅读、评论《红楼梦》究竟要不要提出总纲呢?我想这是用不着争论的。任何一部文学作品,尤其是伟大的作家撰写的长篇巨制,必然有其表现思想和艺术的总纲,那么阅读和评论文学作品时,如无纲领可循,也就无从下手。打鱼要网,撒网就必须有纲可提;衣服要穿,穿衣就必须有领可挈。毫无疑义,博大精深的《红楼梦》怎能没有它的纲领呢?问题是在哪一回?孤立地把第1、2回,或者第4回,或者第5回抽出来,作为一部书的总纲来对待,总是有一定的局限性的。我们最好是少一点唯心论和形而上学,不要总把问题绝对化了。多年来,我总觉得在文艺评论中有一股歪风,就像赵树理笔下的张得贵那样[11],总是看风转舵,别人说个"长",他就说"不短";别人说个"方",他就说"不圆";别人说"沙锅能捣蒜",他就说"捣不烂";别人说"公鸡能下蛋",他就说"亲眼见"。

张得贵之流应当休矣！我曾经反复地思考着《红楼梦》的总纲问题，我以为应当是前五回。因为前五回是一个密切不可分割的整体，它体现了作者的创作思想和在全书情节结构中的作用。不是吗？第1回，通过一块顽石幻化通灵的神话故事和葫芦庙甄士隐的人间故事，表述了作者写作《红楼梦》的思想和方法，这是创作思想的纲领。第2回，是全书故事情节的提要，为读者勾画出一张人物谱系表。如此介绍，便于作者叙述，便于读者阅读。首先交代了林黛玉的身世，接着借古董商冷子兴的口演说了宁荣二府的情况，并把贾府的主要人物都做了概略介绍，中间又补叙了甄宝玉的故事，以甄宝玉陪衬贾宝玉，加深了思想内容。这一回是描写贾府兴衰变化、子孙不肖的纲领。第3回是以林黛玉进贾府为线索，通过她的所闻所见所感来具体介绍出贾府这个典型环境。就是在如此这般的典型环境中形成了贾宝玉、林黛玉的叛逆性格，又是在这个环境中，活动着四大家族的主要人物，勾画了封建社会末世的图景。其典型意义何等深刻！这一回又是描写四大家族赖以生存的具体环境的纲领。第4回是以贾雨村乱判葫芦案为中心，来介绍整个封建社会的大环境。一张"护官符"，引出了贾史王薛四大家族，揭露了封建统治阶级"一损皆损，一荣皆荣，扶持遮饰，俱有照应"的反动本质。这一回是描写四大家族赖以生存的社会环境的纲领。第5回以贾宝玉梦游太虚幻境为线索，以金陵十二钗册子和红楼梦十二支曲文为中心，介绍了大观园里的重要人物及其归宿，预示了四大家族的全面崩溃和宝、黛、钗爱情的悲剧结局。可见，第5回是描绘全书主要人物性格和命运的纲领，也是整个红楼故事情节发展的纲领。总之，前五回统冠着全书，以后许许多多的人物、事件的发展变化，就在这里埋下了伏笔，藏下了源头。要言之，前五回从创作思想上为整个小说奠定了理论基础，从情节发展上、形象塑造上、结构布局上为全书画出了蓝图。所以说，前五回才是阅读、分析、评论《红楼梦》的总纲。

通过人物对话刻画人物形象，发展故事情节，是这一回的又一特色。鲁迅曾指出："《红楼梦》有些地方，是能使读者由说话看出人来的。"[12]这一回中的"葫芦案"故事就是一例。在这个故事中出场的主要人物是贾雨村和门子，他们在整个小说中并非主要人物，但作者也还是刻画得很出色。作者就是运用对话手法刻画的。贾雨村，他是个曾因贪酷而革职又重新补升的府尹，一上任就遇上处理一件人命官司，起初装出一副处事明决、刚正不阿的样子，大发雷霆，准备拿拷凶犯。但一见门子使眼色，便狐疑起来，于是签也不发，人也不拿，退入密室，和门子商谈。当门子献出了"护官符"并介绍了案情始末之后，他才知道问题的严重性，凶犯就是"护官符"上的薛家。此时他考虑的不是如何"执法"，而是如何"徇情"了。既要"徇情"，又怕露出破绽，故意装成没主意的人，反问门子"只目今这官司，如何剖断才好?"门子劝他"顺水行舟，做个整人情"，他却假惺惺地说："事关人命……岂可因私而废法，是我实不能忍为者。"表现了他的虚伪狡诈。当门子为他献了一个自欺欺人的妙计以后，他又笑着说："不妥，不妥。等我再斟酌斟酌，或可压服口声。"实际他并非不同意门子所云，而是故弄玄虚，希望干得十分牢靠。这就进一步表现了他的老奸巨猾。待到"胡乱判断了此案"之后，贾雨村便"急忙作书信二封，与贾政并京营节度使王子腾"，邀功请赏。"急忙"二字，生动地勾画了这个趋炎附势的走狗的嘴脸。后来，对于他的忠实奴才门子，再也不讲什么"贫贱之交"了，为保住个人私利，"到底寻了个不是，远远的充发了他才罢"。一个"到底"，一个"寻"字，又用得十分恰当，足见贾雨村为了寻门子的"不是"，是费尽心机的，充分暴露了他的阴险毒辣本质。作者就是这样通过“葫芦案”情节的发展，运用对话手法，把贾雨村由决断——狐疑——徇情——虚伪狡诈——老奸巨猾——趋炎附势——阴险毒辣的性格特征，刻画得淋漓尽致。又如刻画门子也很生动，当门子在密室初见贾雨村时，连忙“上来请安”之后，便笑着问道：“老爷一向加官进禄，八九年来就忘了我了？”寥寥几句，既恭维了老爷，又拉上了关系，表现了这个奴才圆滑世故的性格特征。

我们不仅应当发掘“葫芦案”和一张“护官符”的特殊思想意义，还应当注意到作者在写“葫芦案”时艺术构思上的特色。葫芦案的文字为薛家进京做了铺垫，而薛家的进京，大半又是因发生了葫芦案所致，二者互为因果，相辅相成。但巧妙的是小说中叙述葫芦案的全部过程时，不是由作者直接叙出，而是在人物对话中由门子转述出来的。这一段文字既写得委婉曲折，又层次分明，紧扣读者心弦，迫人寻根究底。如此写来，不但要注意人称不能紊乱，还要做到详略得当，该详处则详，该略处则略。

【注释】

①见《阅红楼梦随笔》“红楼梦约评”第十七条。转引自一粟编《红楼梦卷》第一册卷三。周春，浙江海宁人，乾隆十九年进士，岑溪知县，生于雍正七年，卒于嘉庆二十年。

②见《红楼梦说梦》。转引自一粟编《红楼梦卷》第一册卷三。二知道人，事迹不详，只知为嘉庆年间人。

③见《红楼梦考证》。引自人民文学出版社编辑部编《红楼梦研究参考资料选辑》第一辑。

④见《红楼梦简论》第二部分“红楼梦的独创性”。引自人民文学出版社编辑部编《红楼梦研究参考资料选辑》第二辑。

⑤见《新评绣象红楼梦全传》卷首,《红楼梦总评》第一条、第二条。

⑥见《红楼梦总评》。

⑦见《红楼梦辨》中卷·(六)作者的态度。

⑧见侠人《小说丛话》。又有阙名和徐珂也提出《红楼梦》是一部政治小说。阙名《乘光舍笔记》中说:"《红楼梦》为政治小说,全书所记皆康、雍年间满汉之接构,此意近人多能明。"徐珂《清稗类钞·著述类》中说:"或曰:《红楼梦》可谓之政治小说。于其叙元妃归省也,则曰:'当初既把我送到那不得见人的去处。'于其叙元妃之疾也,则曰:'反不如寻常贫贱人家娘儿兄弟们常在一块儿。'绝不及皇家一语,而隐然有一专制君主之威在其言外,使人读之而自喻,此其关系于政治上者也。"以上均转引自一粟编《红楼梦卷》第二册卷四、卷六。

⑨见《石头记索隐》,转引自一粟编《红楼梦卷》第一册卷三。

⑩见《红楼梦释真》,转引自一粟编《红楼梦卷》第一册卷三。

⑪张得贵是赵树理小说《李有才板话》中的人物,一副奴才性格,身任阎家山村的农会主席,却没有骨气,没有主见,是地主、老村长阎恒元的尾巴。

⑫见《花边文学·看书琐记》,《鲁迅全集》第五卷。

《红楼梦》第五回评点

游幻境指迷十二钗　饮仙醪曲演红楼梦

题云　春困葳蕤拥绣衾，
　　　恍随仙子别红尘。
　　　问谁幻入华胥境，
　　　千古风流造孽人。

［夹评］这首回前题诗，概括了宝玉神游太虚幻境的情节，与下面正册判词之十一和《好事终》曲子相印证。贾府的衰败，坏事的开端，实出于宁国府。造孽人就是指秦可卿。秦可卿“擅风情，秉月貌”，固然充当了败家根本的人物，自有她的罪责，然而一个被弃于养生堂的孤儿，成长于寒儒薄宦的秦邦业之家，进入贾府后没有多久就死去，怎能承担起贾府衰败堕落的全部罪责呢？公平地说首恶者应是贾珍、贾蓉这些衣冠禽兽。她走上绝路正是贾府主子们糜烂腐朽生活的恶果。

第四回中既将薛家母子在荣府内寄居等事略已表明，此回则暂不能写矣。

如今且说林黛玉自在荣府以来，贾母万般怜爱，寝食起居，一如宝玉，迎春、探春、惜春三个亲孙女倒且靠后；便是宝玉和黛玉二人之亲密友爱处，亦自较别个不同，日则同行同坐，夜则同息同止，真是言和意顺，略无参商。不想如今忽然（［夹评］“忽然”一词用得好，荣府和宝玉、黛玉生活中，又添一波澜。）来了一个薛宝钗，年岁虽大不多，然品格端方，容貌丰美，人多谓黛玉所不及。而且宝钗行为豁达，随分从时，不比黛玉孤高自许，目无下尘，故比黛玉大得下人之心。便是那些小丫头子们，亦多喜与宝钗去顽。因此黛玉心中便有些悒郁不忿之意，宝钗却浑然不觉。那宝玉亦在孩提之间，况自天性所禀来的一片愚拙偏僻，视姊妹弟兄皆出一意，并无亲疏远近之别。其中因与黛玉同随贾母一处坐卧，故略比别个姊妹熟惯些，既熟惯，则更觉亲密；既亲密，则不免一时有求全之毁，不虞之隙。这日不知为何，他二人言语有些不合起来，黛玉又气的独在房中垂泪，宝玉又自悔言语冒撞，前去俯就，那黛玉方渐渐的回转来。

［段评］本回全文为两大部分构成。这一部分总写宝、黛、钗三者间的关系，特别用对比手法写出了钗、黛的不同性格特点；而第二部分则是全回的中心，通过贾宝玉梦游太虚幻境的情节，粗笔勾勒了秦氏的淫荡，详细揭示了金陵十二钗及晴雯、袭人、香菱共十五个女子的命运和结局，着重点出了警幻仙子要宝玉“改悟前情，留意于孔孟之间，委身于经济之道”的说教。这一回在写作章法上又有新套套，可看出作者剪理素材、布局结构的匠心，真乃裁剪妙手。由于第3回已将黛玉进贾府详写，第4回又把宝钗进贾府表过，如果这回再续写薛家寄居情况，就显得冗复了，可是宝、黛、钗三者的爱情纠葛，又是《红楼梦》的重要情节线索之一，所以作者在此总写三人关系，特别地写出宝钗与黛玉的性格特点。有谁能否定，这儿岂不暗藏着三角爱情的隐约提示？

因东边宁府中花园内梅花盛开，贾珍之妻尤氏乃治酒，请贾母、邢夫人、王夫人等赏花。是日先携了贾蓉夫妻二人来面请。贾母等于早饭后过来，就在会芳园游玩，先茶后酒，不过皆是宁荣二府女眷家宴小集，并无别样新文趣事可记。（［夹评]首写家宴,却不详写,一笔带过,为的是留出篇章,专写太虚幻境。)

一时宝玉倦怠,欲睡中觉,贾母命人好生哄着,歇一回再来。贾蓉之妻秦氏便忙笑回道:“我们这里有给宝叔收拾下的屋子,老祖宗放心,只管交与我就是了。”又向宝玉的奶娘丫环等道:“嬷嬷、姐姐们,请宝叔随我这里来。”贾母素知秦氏是个极妥当的人,生的袅娜纤巧,行事又温柔和平,乃重孙媳中第一个得意之人,见他去安置宝玉,自是安稳的。

当下秦氏引了一簇人来至上房内间。宝玉抬头看见一副画贴在上面,画的人物固好,其故事乃是《燃藜图》,也不看系何人所画,心中便有些不快。又有一副对联,写的是:

世事洞明皆学问,
人情练达即文章。

及看了这两句,纵然室宇精美,铺陈华丽,亦断断不肯在这里了,忙说:“快出去!快出去!”([夹评]六个字喊得好。喊出了宝玉十分厌恶封建说教的性格和思想。然而这个强烈的反封建的倾向,却是在细节描写中流露出来。一幅《燃藜图》立即引起了他的不快情绪;一副对联逼得他要尽快离开此地。这是什么缘故?因为这些字画都是宣扬勤学苦读而走“仕途经济”的腐朽内容,劝诫人们把封建的世事彻底弄通,把庸俗的人情做到老练通达,这才是真学问真本领。何谓《燃藜图》?原来它画的内容是:西汉人刘向在天禄阁深思熟虑而专心致志地校书,夜间有位身穿黄衣手持青藜拄杖的老人敲门进见,刘向正暗中独坐背书,老人便吹杖头出火照明,于是看见了他,然后教给他许多古书,直到天明才去。[①])秦氏听了笑道:“这里还不好,可往哪里去呢?不然往我屋里去吧。”宝玉点头微笑。有一个嬷嬷说道："那里有个叔叔往侄儿房里睡觉的礼?"秦氏笑道："嗳哟哟,不怕他恼,他能多大了,就忌讳这些个! 上月你没看见我那个兄弟来了,虽然与宝叔同年,两个人若站在一处,只怕那个还高些呢。"宝玉道："我怎么没见过? 你带他来我瞧瞧。"([夹评]重要伏笔,伏下了秦钟。)众人笑道："隔着二三十里,往那里带去,见的日子有呢。"说着大家来至秦氏房中。刚至房门,便有一股细细的甜香袭人而来。宝玉觉得眼饧骨软,连说："好香!"入房向壁上看时,有唐伯虎的《海棠春睡图》,两边有宋学士秦太虚写的一副对联,其联云:

嫩寒锁梦因春冷,

芳气袭人是酒香。

案上设着武则天当日镜室中设的宝镜,一边摆着飞燕立着舞过的金盘,盘内盛着安禄山掷过伤了太真乳的木瓜。上面设着寿昌公主于含章殿下卧的榻,悬的是同昌公主制的联珠帐。宝玉含笑连说："这里好!"秦氏笑道："我这屋子大约神仙也可以住得了。"说着亲自展开了西子浣过的纱衾,移了红娘抱过的鸳枕。于是众奶母伏侍宝玉卧好,款款散了,只留袭人、媚人、晴雯、麝月四个丫环为伴。秦氏便吩咐小丫环们,好生在廊檐下看着猫儿狗儿打架。

[段评]从"因东边宁府中花园内梅花盛开"至"好生在廊檐下看着猫儿狗儿打架",是第二部分的第一段落。此段主要是描绘秦可卿的居住环境,从甜香袭人的空气,直写到墙上挂的美人图,桌上摆的舞盘和木瓜,以及睡用的卧榻、联珠帐、纱衾、鸳枕,都是古代香艳典故中的器物。作者在这儿连用这么多古代的香艳故事,极力夸饰陈设器物的豪华高雅,旨在暗示秦氏的糜烂生活,借以讽

刺她的淫荡。《红楼梦》中关于人物居住环境的描写，总是能够很好地烘托出主人的性格和气质。例如潇湘馆的描写，翠竹、苍苔、湘帘、鹦鹉、悄无人声的绣房、透出幽香的碧纱窗，一草一木都紧扣着林黛玉的柔情、伤感和孤高的性格。蘅芜苑的雅淡、素静，“雪洞一般，一色玩器全无，案上只有一个土定瓶中供着数枝菊花，并两部书，茶奁茶杯而已”，表现了薛宝钗的装愚守拙、情薄意寡的虚伪性格。而秋爽斋的摆设，则是案上堆着名人法帖、各色笔砚，墙上挂着各种名画、墨迹，还有什么大型的古董鼎磬之类，这些又都衬托了探春的阔朗、干练和一洗脂粉气息的性格，体现了她不服庶出、模仿男子、企图掌权的风貌。(关于林黛玉、薛宝钗、贾探春居住环境的描写，分别见第26、27回、第40回和第52回)。

那宝玉刚合上眼，便惚惚的睡去，犹似秦氏在前，遂悠悠荡荡，随了秦氏，至一所在。但见朱栏白石，绿树清溪，真是人迹稀逢，飞尘不到。宝玉在梦中欢喜，想道：“这个去处有趣，我就在这里过一生，纵然失了家也愿意，强如天天被父母师傅打呢。”([夹评]又一重要伏笔，已经伏下了叛逆性格，伏下了出家结局。)正胡思之间，忽听山后有人作歌曰：

春梦随云散，飞花逐水流；
寄言众儿女，何必觅闲愁。

([夹评]这是警幻仙姑唱出的一首《春梦歌》，作者借仙子唱出的歌词，对大观园中许多儿女青春易逝、欢乐难存的命运作了预言。可惜的是对于“闲愁”一概否定，没有做出本质的具体的分析。“闲愁”，在阶级社会中不是抽象的超阶级的，作者把青年男女追求自己的美好的生活理想，也视为闲愁，这就表现了他的虚无主义思想。附译文：欢乐随着浮云消散，青春跟着流水漂走；奉劝许多青年男女，何必寻找无谓忧愁。②)

宝玉听了是女子的声音，歌音未息，早见那边走出一个人来，蹁跹袅娜，端的与人不同。有赋为证：

方离柳坞，乍出花房。但行处，鸟惊庭树；将到时，影度回廊。仙袂乍飘兮，闻麝兰之馥郁；荷衣欲动兮，听环佩之铿锵。靥笑春桃兮，云堆翠髻；唇绽樱颗兮，榴齿含香。纤腰之楚楚兮，回风舞雪；珠翠之辉辉兮，满额鹅黄。出没花间兮，宜嗔宜喜；徘徊池上兮，若飞若扬。蛾眉颦笑兮，将言而未语；莲步乍移兮，待止而欲行。羡彼之良质兮，冰清玉润；慕彼之华服兮，闪灼文章。爱彼之貌容兮，香培玉琢；美彼之态度兮，凤翥龙翔。其素若何，春梅绽雪。其洁若何，秋菊被霜。其静若何，松生空谷。其艳若何，霞映澄塘。其文若何，龙游曲沼。其神若何，月射寒江。应惭西子，实愧王嫱。奇矣哉！生于孰地，来自何方；信矣乎！瑶池不二，紫府无双。果何人哉？如斯之美也！（[夹评]这是一篇赞颂警幻仙姑的赋，走出来的那个蹁跹袅娜与凡人不同的人，就是警幻仙姑。这篇赋从容貌到气质高歌猛颂了这位仙姑。作者一方面借仙姑身影，歌颂了她的外形美和内在美，这和全书中尊重妇女、主张男女平等的思想一致；但另一方面又写成仙姑是太虚幻境的主宰者、统治者，虽是一个虚构的形象，作者却借此说彼，借仙姑执行封建统治者的说教任务。在本回中反复写到她依据宁荣二公之灵的嘱托，警诫宝玉的痴顽，规引入正，让他在仙闺幻境中领略情欲声色，然后“改悟前情，留意于孔孟之间，委身于经济之道”，以便成为贾府中有做为的继业者。警幻仙姑，何许人也？从小说中看，作者笔下的仙姑显然是天上的封建卫道者，倘使让她降临人间，则必定是宝钗、湘云、袭人一流主张“仕途经济”的封建闺范了。可见天上人间，彼此彼此。有人说，曹雪芹如此精细描绘警幻仙子及其“人迹稀逢，飞尘不到”的境界，是寄托了作者的一种美好理想。否！这里恰恰暴露了作者创作思想中的落后面，暴露了他先进的现实主义创作方法与其所处时代和阶级地位的局限性之间的严重矛盾。同时，此赋在写作上又没有完全摆脱我国古典章回小说描写人物和风景时所惯用的老套。旧小说中，每遇此境，必来一段可有可无的赞赋闲文。请读者留心，只要你将此赋与曹植的《洛神赋》稍一对比，就会发现不少取喻和句式都很相似。例如《洛神赋》中有“云髻峨峨”、“皓齿内鲜”、“婉若游龙”、“含辞未吐”、“若将飞而未翔”，而此赋中便有“云堆翠髻”、“榴齿含香”、“影度回廊”、“将言而未语”、“待止而欲行”等语，何其相似乃尔！又有人说，如此模拟，并非作者的短才。我的看法却相反，一部伟大的作品并非一定处处天衣无缝，句句语言高超出众。我们毋需护短！连熟悉曹氏创作情况的脂砚斋也曾指出：“此赋则不见长”[③]。我倒认为这篇赋无论从思想性和艺术性评价，正是作者的败笔。附译文：

仙姑刚刚离开了柳树堡，
轻盈翩翩忽又走出花房。
只见那仙姑走过的地方，
庭前树上鸟儿都要惊慌；
美丽的仙姑将要来到时，
身影移动在曲折的走廊。
仙姑的衣袖刚刚飘起啊，
就闻见麝兰的浓郁芳香；
仙姑的荷衣将要飘动啊，
就听到佩玉声叮叮作响。

她的笑窝美似桃花般啊，
乌黑的发髻像堆云一样；
她的小嘴微张如樱桃啊，
石榴般的牙齿含着芬芳。
她细腰袅娜服装鲜明啊，
像雪花伴随着微风飘荡；
那珍珠翠玉多么耀眼啊，
满额上还涂饰鲜艳鹅黄。
在百花丛中时隐时现啊，
一怒一喜,诱得你心痒；
在水池湖畔流连徘徊啊，
像在飞舞,又像在飘扬。
细长的眉毛或皱或展啊，
要说未说没有丝丝声响；
美人的脚步忽而移动啊，
待要停步而又走向前方。
羡慕美人的优良姿质啊，
透明的冰洁白的玉一样，
仰慕美人的华丽衣服啊，
好比灿烂花纹闪烁发光。
爱慕美人的容貌啊，
就像香料塑形玉石雕状；
欣赏美人的态度啊，
就像凤凰高飞青龙腾翔。
她的白净像是什么？
像早春的梅花带雪开放；

她的纯洁像是什么？
像秋天的菊花披上淡霜。
她的庄重像是什么？
像青松长在空山谷一样。
她的娇艳像是什么？
像彩霞映在明净的池塘。
她的文采像是什么？
犹如长龙在曲沼中游荡。
她的精神像是什么？
恰似月光照射清澈的江。
这样的美人，远点说：
西施也感到羞愧难当；
这样的美人，近点讲：
昭君更是远远比不上。
奇怪呀！
美人你生在什么地点？
美人你又是来自何方？
真的呀！
王母瑶池中独你一个，
仙境紫府中绝对无双。
难道还有什么样人啊？
能有你如此般的漂亮！）

宝玉见是一个仙姑，喜的忙上来作揖笑问道："神仙姐姐不知从那里来，如今要往那里去？我也不知这是何处，望乞携带携带。"那仙姑笑道："吾居离恨天之上，灌愁海之中，乃放春山遣香洞太虚幻境警幻仙姑是也：司人间之风情月债,掌尘世之女怨男痴。因近来风流冤孽,缠绵于此处,是以前来访察机会,布散相思。今忽与尔相逢,亦非偶然。此离吾境不远,别无他物,仅有自采仙茗一盏,亲酿美酒一瓮,素练魔舞歌姬数人,新填《红楼梦》仙曲十二支,试随吾一游否?"宝玉听了,喜跃非常,便忘了秦氏在何处,竟随了仙姑至一所在。有石牌横建,上书"太虚幻境"四个大字,两边一副时联,乃是:

假作真时真亦假,
无为有处有还无。

([夹评]虽是一副对联,却包含了全书寓意。真真假假,有有无无,正体现了作者狡猾之笔。)

转过牌坊,便是一座宫门,也横书四个大字,道是"孽海情天"。又有一副对联大书云:

厚地高天,堪叹古今情不尽;
痴男怨女,可怜风月债难偿。

宝玉看了,心下自思道:"原来如此。但不知何为'古今之情?又何为'风月之债'?从今倒要领略领略。"宝玉只顾如此一想,不料早把些邪魔招入膏肓了。当下随了仙姑进入二层门内,只见两边配殿皆有匾额对联,一时看不尽许多,惟见有几处写的是:"痴情司"、"结怨司"、"朝啼司"、"夜怨司"、"春感司"、"秋悲司"。看了,因向仙姑道:"敢烦仙姑引我到那各司中游玩游玩,不知可使得?"仙姑道:"此各司中皆贮的是普天之下所有的女子过去未来的簿册,尔凡眼尘躯,未便先知的。"宝玉听了,那里肯依,复央之再四。仙姑无奈,说:"也罢,就在此司内略随喜随喜罢了。"宝玉喜不自胜,抬头看这司的匾上,乃是"薄命司"三字,两边对联写的是:

春恨秋悲皆自惹，
花容月貌为谁妍。

宝玉看了，便知感叹。进入门来，只见有十数个大厨，皆用封条封着。看那封条上，皆是各省的地名。宝玉一心只拣自己的家乡封条看，遂无心看别省的了。只见那边厨上封条上大书七字云："金陵十二钗正册。"宝玉问道："何为'金陵十二钗正册'？"警幻道："即贵省中十二冠首女子之册，故为'正册'。"宝玉道："常听人说，金陵极大，怎么只十二个女子？如今单我家里，上上下下，就有几百女孩子呢。"警幻冷笑道："贵省女子固多，不过择其紧要者录之。下边二厨则又次之。余者庸常之辈，则无册可录矣。"宝玉听说，再看下首二厨上，果然写着"金陵十二钗副册"，又一个写着"金陵十二钗又副册"。宝玉便伸手先将"又副册"厨门开了，拿出一本册来，揭开一看，只见这首页上画着一幅画，又非人物，也无山水，不过是水墨滃染的满纸乌云浊雾而已。后有几行字迹，写的是：

霁月难逢，彩云易散。心比天高，身为下贱。风流灵巧招人怨。寿夭多因诽谤生，多情公子空牵念。

（[夹评]这首判词是写晴雯的，册上的画比喻晴雯处境的险恶。读它时可与第52回、第77回、第78回中关于晴雯与宝玉的几段故事合读。在大观园的女奴中，晴雯是最引人瞩目的一个。她心灵手巧，纯洁无邪，性情爽利，口角锋利，不但敢于同封建主子进行面对面的斗争，同时也不放松对巴结逢迎主子的无耻奴才们的揭露。她是最富有反抗精神的女奴形象。这首判词和78回中的《芙蓉女儿诔》，是作者用血和泪凝结成的感情写出的。附译文：霁月风光实难逢，风吹彩云易消散。秉性刚强比天高，身为奴婢居下贱。美丽活泼又聪明，惹人妒忌招祸怨。短命全因流言害,多情宝玉空怀念。)

宝玉看了,又见后面画着一簇鲜花,一床破席,也有几句言词,写道是:

枉自温柔和顺,空云似桂如兰;

堪羡优伶有福,谁知公子无缘。

([夹评]写袭人。画面上的鲜花、破席,音谐"花袭"二字。这首判词嘲讽了袭人驯服而又向上爬的奴才性格。后两句还暗示了她后来嫁给蒋玉涵的结局。她原想争做宝二爷的美妾,但终因没有缘分,只能成为一个暗地勾搭的准姨娘而已。袭人的奴颜媚骨、卑鄙灵魂,与晴雯的思想性格形成了鲜明的对照。附译文:白生得她性格温柔和顺,空显得品德像秋桂春兰;实羡慕演戏人倒还有福,哪知她和宝玉却没因缘。)

宝玉看了不解。遂掷下这个,又去开了副册厨门,拿起一本册来,揭开看时,只见画着一株桂花,下面有一池沼,其中水涸泥干,莲枯藕败,后面书云:

根并荷花一茎香,平生遭际实堪伤。

自从两地生孤木,致使香魂返故乡。

([夹评]写香菱,她是甄士隐的女儿,原叫甄英莲,后来被拐又被卖,做了薛蟠的丫头和小妾,受尽折磨,一生遭遇极苦。甄英莲其实就是"真应怜"的谐音,可见作者取名都有用意。这首判词概括了香菱一生的悲惨遭遇,暗示了她的结局是被夏金桂虐待致死。"两地生孤木",即二"土"加一"木",就是"桂"字,寓意夏金桂;"致使香魂返故乡"是说香菱被害而死。册上的画面也是这些意思。按照曹雪芹的本来构思,是要写香菱被金桂折磨而死,但在高鹗续书中却把香菱"扶正",当了奶奶,最后难产一死,这就违背了作者的原意。附译文:莲子荷花同根同茎一般香,一生的遭遇实在可怜悲伤。自从薛蟠娶了泼妇夏金桂,致使香菱惨死魂灵返故乡。)

宝玉看了仍不解。便又掷了,再去取“正册”看。只见头一页上便画着两株枯木,木上悬着一围玉带;又有一堆雪,雪下一股金簪。也有四句言词,道是:

可叹停机德,堪怜咏絮才。

玉带林中挂,金簪雪里埋。

([夹评]这首判词是写林黛玉和薛宝钗的。从画上看即一目了然。从诗中看第一句是说薛宝钗。这里借用《后汉书·列女传》乐羊子妻割断织绢要丈夫谋取功名的故事,比喻宝钗力劝宝玉走“仕途经济”的道路。第二句是说林黛玉。又借用“咏絮才”的典故,称道黛玉有谢道蕴那样的诗才。东晋人谢安,一天与子侄们赏雪咏诗,问下雪像什么?道蕴说:“未若柳絮因风起。”于是谢安大加赞赏。后来便称赞能诗善文的女子为有“咏絮之才”或“咏雪之才”④。第三句“玉带林”,“带”谐音“黛”,倒过来念即林黛玉,此句既点出林黛玉的名字,又暗示了她的悲惨命运;第四句“金簪”即宝钗意,“雪”谐音“薛”,此句既点出了薛宝钗的名字,也同样暗示了她是封建礼教的殉葬品。该当注意的是作者故意把这两个完全对立的艺术典型,合在一起描述。一个是天真直率、寄人篱下的孤儿,一个是圆滑世故、皇家大商的女儿;一个是封建贵族的叛逆者,一个是封建制度的卫道者。作者用双关、谐音、对比的技巧,把两个性格和思想截然相反的女子写在一起,正表现了作者用心良苦、爱憎分明。何谓“一声而两歌”?此即一例。而新红学派却只看现象不看本质,由此得出“钗黛合一”的论断,显然是错误的。附译文:可惜她有停机劝夫的贤德,可怜她有谢氏道蕴的诗才。然而洁玉带子白白在树林悬挂,还有黄金簪儿徒然在雪里深埋。)

宝玉看了仍不解。待要问时,情知他必不肯泄漏;待要丢下,又不舍。遂又往后看时,只见画着一张弓,弓上挂着香橼。也有一首歌词云:

二十年来辨是非,榴花开处照宫闱。

三春争及初春景,虎兔相逢大梦归。

([夹评]写贾元春。画上的"弓"寓"宫"字,"香橼"寓元春的"元"字。这首判词写元春进入宫廷后目睹了宫廷内部的腐朽与矛盾,虽然她曾荣耀一时,比三个妹妹多获得了荣华富贵,但不过是一场大梦而已,失去了人伦之乐,终于死在"虎兔相争"的宫廷恶斗之中。由于"虎兔相逢大梦归"一句原意不明,长期以来引起红学界的争鸣,或此或彼,众说纷纭。我以为紧扣作者及作品本身进行必要的考证,是有益的,但若属于太平洋此岸却去索隐大西洋彼岸的内容,大搞"红外学",以至争得不可开交,岂不是"可怜无补费精神"吗[5]?附译文:二十年来懂得了人间是非,榴花开放时烘照豪华宫闱;三春景色怎及初春的美好,虎和兔相逢她便梦尽魂归。)

后面又画着两人放风筝,一片大海,一只大船,船中有一女子,掩面泣涕之状。也有四句写云:

才自精明志自高,生于末世运偏消。

清明涕送江边望,千里东风一梦遥。

([夹评]写探春。画面上的"风筝、大海、大船"和后两句诗意,都暗示了探春的结局是远嫁海疆,一去不返贾府。而后四十回中所写探春结局,却与曹雪芹原意不合。这首判词一方面赞赏探春的"补天"才志,同情她庶出地位的不幸,另一方面对她生于封建社会的末世，企图挽救封建家族的衰亡而失败，最终远嫁之结局而惋惜。《红楼梦》中的探春，是个极为复杂极为矛盾的活生生的典型形象，我们很难简单地将她判为正面人物或者反面人物，在某些方面表现了她是有理想有才干的封建叛逆者，而在另一些方面又表现了她是不同流俗的封建正统派。附译文：才智本来就很精明志向也高，生于衰败时代命运偏偏不妙。清明时节家人送别流泪江边，梦魂难见啊远离家乡路迢迢。）

后面又画几缕飞云，一湾逝水。其词曰：

富贵又何为，襁褓之间父母违。

展眼吊斜晖，湘江水逝楚云飞。

（［夹评］写史湘云。这首判词写湘云虽出于金陵世勋史家，但家势已败，父母早死，年轻守寡，最后的结局也是悲惨的。画面及“湘江水逝楚云飞”一句，都暗切“湘云”二字，与后面《红楼梦曲·乐中悲》“云散高唐，水涸湘江”同义，隐喻着湘云家势败亡和夫妇生离死别的事实。附译文：生在富贵家庭又有何用，还是幼儿时期父母已亡。转眼之间凭吊落日残辉，湘水无情流去楚云飞扬。）

后面又画着一块美玉，落在泥垢之中。其断语云：

欲洁何曾洁，云空未必空。

可怜金玉质，终陷淖泥中。

（［夹评］写尼姑妙玉。这首判词写官宦小姐妙玉出家为尼，想按照佛教要求做到“洁净”“空门”，然而到头来还是陷于污泥浊水之中。妙玉的“太高”和“过洁”，不过是矫情做作罢了。这里既有讥讽，又有同情。附译文：想要洁净何曾真的洁净，说要进入空门未必真空。可怜那如金似玉的小姐，终于陷进污泥浊水之中。）

后面忽见画着个恶狼，追扑一美女，欲啖之意。其书云：

子系中山狼，得志便猖狂。

金闺花柳质，一载赴黄粱。

（[夹评]这首判词写迎春。借中山狼典故⑥，隐喻迎春的悲惨遭遇，嫁了个狠毒的丈夫，一年多便被折磨而死。在大观园中，迎春是封建包办婚姻的牺牲品的一个典型代表。懦弱的迎春，被贾赦作为抵债五千两银子嫁给孙绍祖。孙不但是个恩将仇报、忘恩负义之徒，还是个把“家中所有的媳妇丫头将及淫遍”的流氓。“子系”二字相合就是繁体字“孫”字，暗指孙绍祖。附译文：你是那险恶狠毒的中山狼，一旦得意你就逞猖狂。高门绣闺的小姐如花似柳，一年就被你践踏身亡。）

后面便是一所古庙，里面有一美人在内看经独坐。其判云：

勘破三春景不长，缁衣顿改昔年妆。

可怜绣户侯门女，独卧青灯古佛傍。

（[夹评]写惜春。这首判词写惜春从三个姐姐的不幸命运中看破了红尘，她是个“心冷嘴冷的人”，处世哲学就是“我只能保住自己就够了”（第 74 回）。因此当贾府一败涂地的时候，她便出家为尼。据曾见过下半部佚稿的脂批者透露，惜春为尼后过着“缁衣乞食”的生活，境况极苦。但是续书写成进了栊翠庵过着闲逸生活，还有紫鹃丫头自愿跟着服侍她，完全背离了曹雪芹的本来构思。三春，本为孟春、仲春、季春，这里语带双关，是指元春、迎春、探春三姐妹。附译文：看破了三春的好景不能久长，黑色僧衣顿改换了往年艳妆。可怜这豪门贵族的千金小姐，孤独睡在灯光微弱的古佛旁。）

后面便是一片冰山，上面有一只雌凤。其判曰：

凡鸟偏从末世来，都知爱慕此生才。

一从二令三人木，哭向金陵事更哀。

（[夹评]写王熙凤。画上的“雌凤”象征王熙凤，“一片冰山”象征她所依靠的封建制度及贾府大族，如同冰山不会久长。向来红学界对此判词争论很大，由于“甲戌本”上只写了朱批“拆字法”三字，于是出现了种种猜测。拆字自然有一定依据，例如“凡鸟”相合即组成繁体字“鳳”字，并有出处[7]。“人木”相合又为“休”字，“一从二令三人木”全句的意思，一般的说法是指贾琏对王熙凤态度的三变：始则听从，继而使令，最后休弃。不过，对此判词如果胶柱鼓瑟，未免可笑。最好的方法还是联系雪芹笔下的凤姐究竟是个什么样的形象来理解。应当说，这首判词旨在概括她的一生，她有才干，在总管荣国府、协理宁国府的全过程中，一手抓权，一手抓钱，企图挽回四大家族的垂死命运，然而这只落在冰山上的雌凤，极尽能事也不可能挽回她所属的封建阶级及封建制度的崩溃。封建大厦必然倾倒的客观规律并不依照她的个人意志而转移，所以到头来“哭向金陵事更哀”，自食恶果。根据脂批透露，贾府“事败”后，她曾获罪坐牢，出狱后“身微运蹇”，在大观园执帚扫雪，最后被丈夫休弃，短命而死。而续书描写却有很大出入，在阅读《红楼梦》时务须注意！注意！附译文：凤鸟偏在衰败时代飞来，谁都会爱慕她多智多才。她一生顺从专横被休弃，哭回金陵啊结局更悲哀。）

后面又是一座荒村野店，有一美人在那里纺绩。其判云：

势败休云贵，家亡莫论亲。

偶因济刘氏，巧得遇恩人。

（[夹评]巧姐判词。写巧姐在家败人亡后被狠舅王仁、奸兄贾芸出卖,为刘姥姥救出,远居荒村野店,纺绩为生。续书把她写成嫁给一个“家财万贯,良田万顷”的大地主家,与作者原意不符。从贵族小姐下降为自食其力的农妇,作者在庆幸她,说明作者具有一定进步思想;然后他把巧姐跳出火坑的结局,又看作是凤姐“济困扶穷”“积得阴功”的结果,这又是错误的。参阅后面《留余庆》一曲。附译文:家势衰败别提当年富贵,财产破落莫谈谁疏谁亲。偶因接济了一位刘姥姥,巧姐才遇到那救命恩人。)

后面又画着一盆茂兰,傍有一位凤冠霞帔的美人。也有判云:

桃李春风结子完,到头谁似一盆兰。

如冰水好空相妒,枉与他人作笑谈。

([夹评]李纨判词。第一句中暗藏李纨姓名,“桃李”寓“李”字,“完”与“纨”谐音,指李纨青春丧偶,得子贾兰。第二句指贾兰后来“爵禄高登”,母亲也跟着显贵,贾府子孙有谁能比得上贾兰呢!最后两句是说李纨一生奉行“三从四德”,死守封建节操,品行如冰清水洁,尽管如此也不过是成为人家的笑谈资料。作者对李纨的不幸是同情的,人品是赞扬的,而对那种虚伪的封建礼教却是否定的。附译文:桃李经过春风开花结果便凋残,到头哪个比得上她有这盆香兰。荣华虽好品行贞洁空遭人妒忌,徒然给人当作无谓的话柄笑谈。)

后面又画着高楼大厦,有一美人悬梁自缢。其判云:

情天情海幻情身,情既相逢必主淫。

漫言不肖皆荣出,造衅开端实在宁。

([夹评]写秦可卿。这首判词着重揭露封建贵族家庭的糜烂生活,指出宁国府特别是秦可卿是淫乱的罪魁祸首。按原稿第13回回目本为“秦可卿淫丧天香楼”,作者的长辈亲友在批语中还指出,这回内容原写了贾珍与其儿媳秦氏私通,被丫环撞见,有"遗簪""更衣"等情节。后来又企图勾引宝玉,这两个情人相遇的暧昧关系在第5回中就是通过幻境来描写的。秦氏丑行败露后,羞愤得无地自容,于是缢死于天香楼。脂批者出于维护封建贵族利益的立场,因命作者删去淫丧天香楼文字四、五页,为秦氏隐恶。但有些地方总归没有删尽,仍然留下了不少痕迹,例如画面上的"高楼大厦,有一美人悬梁自缢",和判词中的头两句,就是极明显的地方。现在我们读到的文字与作者的原稿有较大的不同。附译文:广如天深如海的爱情境界中有个秦可卿,两个情人碰到一起必定导致无耻的荒淫。只道那些寡廉鲜耻的人都出自荣府,其实罪魁祸首都是宁府中那帮坏人。)

宝玉还欲看时,那仙姑知他天分高明,性情颖慧,恐把仙机泄漏,遂掩了卷册,笑向宝玉道:"且随我去游玩奇景,何必在此打这闷葫芦!"

[段评]至此为第二部分的第二段。在这段中贾宝玉恍恍惚惚的合眼睡去,已经进入梦境。警幻仙姑领着宝玉参观了"薄命司",自古红颜多薄命,这里着重通过图画及判词,暗示了十二金钗和晴雯、袭人、香菱的命运和结局,不论是反对封建礼教的叛逆者,抑或是维护封建制度的卫道者,她们的命运都是悲惨的。一般来说,作者在安排次序时理应先写正册,次写副册,再写又副册。而恰恰相反,他先写归入又副册的女奴晴雯、袭人;次写归入副册的香菱,香菱出身官宦人家,后沦落为丫头和小老婆;最后才写归入正册的贵族小姐奶奶。如此安排,作者自有用意,体现了他同情妇女解放妇女的先进思想。不过也应当指出,虚无主义和宿命论在字里行间时有流露。从艺术性上论,通过画册和判词,使我们了解

到作者对人物的态度，以及她们在全书情节发展中的轮廓，倘和后面十四支《红楼梦曲》的内容联系起来看，完全可以看作是一个完整的艺术构思提纲。

宝玉恍恍惚惚，不觉弃了卷册，又随了警幻来至后面。但见珠帘绣幕，画栋雕檐，说不尽那光摇朱户金铺地，雪照琼窗玉作宫。更见仙花馥郁，异草芬芳，真好个所在。又听警幻笑道："你们快出来迎接贵客！"一语未了，只见房中又走出几个仙子来，皆是荷袂蹁跹，羽衣飘舞，姣若春花，媚如秋月。一见了宝玉，都怨谤警幻道："我们不知系何'贵客'，忙的接了出来！姐姐曾说今日今时必有绛珠妹子的生魂前来游玩，故我等久待。何故反引这浊物来污染这清净女儿之境？"

宝玉听如何说，便吓得欲退不能退，果觉自形污秽不堪。警幻忙携住宝玉的手，向众姊妹道："你等不知原委：今日原欲往荣府去接绛珠，适从宁府所过，偶遇宁荣二公之灵，嘱吾云：'吾家自国朝定鼎以来，功名奕世，富贵传流，虽历百年，奈运终数尽，不可挽回。故遗之子孙虽多，竟无一可以继业。其中惟嫡孙宝玉一人，禀性乖张，生情怪谲，虽聪明灵慧，略可望成，无奈吾家运数合终，恐无人规引入正。（[夹评]也是贾母溺爱宝玉原因之一。）幸仙姑偶来，万望先以情欲声色等事警其痴顽，或能使彼跳出迷人圈子，然后入于正路，亦吾兄弟之幸矣。'如此嘱吾，故发慈心，引彼至此，先以彼家上中下三等女子之终身册籍，令彼熟玩，尚未觉悟。故引彼再至此处，令其再历饮馔声色之幻，或冀将来一悟，亦未可知也。"

说毕，携了宝玉入室。但闻一缕幽香，竟不知其所焚何物，宝玉遂不禁相问。警幻冷笑道："此香尘世中既无，尔何能知！此香乃系诸名山胜境内初生异卉之精，合各种宝林珠树之油所制,名为'群芳髓'。"宝玉听了,自是羡慕。已而大家入座,小丫鬟捧上茶来。宝玉自觉清香异味,纯美非常,因又问何名。警幻道:"此茶出在放春山遣香洞,又以仙花灵叶上所带之宿露而烹,此茶名曰'千红一窟'。"宝玉听了,点头称赏。因看房内,瑶琴、宝鼎、古画、新诗,无所不有;更喜窗下亦有唾绒,奁间时渍粉污。壁上也见悬着一副对联,书云:

幽微灵秀地,无可奈何天。

宝玉看毕,无不羡慕。因又请问众仙姑姓名:一名痴梦仙姑,一名钟情大士,一名引愁金女,一名度恨菩提,各各道号不一。少刻,有小丫鬟上来调桌安椅,设摆酒馔。真是:琼浆满泛玻璃盏,玉液浓斟琥珀杯。更不用再说那肴馔之盛。宝玉因闻得此酒清香甘冽,异乎寻常,又不禁相问。警幻道:"此酒乃以百花之蕊,万木之汁,加以麟髓之醅、凤乳之曲酿成,因名为'万艳同杯'。"宝玉称赏不迭。

饮酒间,又有十二个舞女上来,请问演何词曲。警幻道:"就将新制《红楼梦》十二支演上来。"([夹评]点题,照应书名。参看第1回评点。)舞女们答应了,便轻敲檀板,款按银筝,听他歌道是:

开辟鸿蒙……

方歌了一句,警幻便说道:"此曲不比尘世中所填传奇之曲,必有生旦净末之则,又有南北九宫之限。此或咏叹一人,或感怀一事,偶成一曲,即可谱入管弦。若非个中人,不知其中之妙。料尔亦未必深明此调。若不先阅其稿,后听其歌,翻成嚼蜡矣。"说毕回头命小丫鬟取了《红楼梦》原稿来,([夹评]又是点题,更切合,小说所以称《红楼梦》,此处证据凿凿。因而我主张书名还是叫《红楼梦》好。)递与宝玉。宝玉揭开,一面目视其文，一面耳聆其歌曰：

［红楼梦·引子］开辟鸿蒙，谁为情种？都只为风月情浓。趁着这奈何天、伤怀日、寂寥时，试遣愚衷。因此上，演出这怀金悼玉的《红楼梦》。

（［夹评］这组《红楼梦曲》正曲十二支，加上“引子”和“飞鸟各投林”共十四支。“引子”是乐曲的序曲，反映了曹雪芹创作本书的时代背景及个人境遇，借用“情种”“风月”的狡猾之笔，掩盖更深刻的政治内容——以贾史王薛四大家族为代表的封建社会必然灭亡的历史命运。“飞鸟各投林”是尾声，也是总结，它概括而形象地写出了封建末世贵族大家庭中发生的急剧变化，表现了四大家族一败涂地、子孙流散的彻底溃灭的惨淡图景。中间十二支曲，分咏金陵十二女子，与前面《金陵十二钗正册图咏》一样，都是暗寓各人的身世结局和对她们的评论，为全书的情节发展、人物塑造提供了重要线索。但是这十二支曲文，绝非前面“图册判词”的简单重复，而是放在更广阔的社会背景上联系四大家族的衰亡，揭示了十二金钗的悲惨结局，揭示了宝玉始终痴迷不悟、反对规引入正的反封建精神。可惜由于作者本身具有不可克服的时代与阶级的局限，因而对于十二金钗的悲惨命运，对于历史发展的客观规律，都找不到探本索源的科学解释，所以在整个曲子中便蒙上了浓重的宿命论的悲观主义色彩。不过整个组曲的艺术手法还是十分高超的：对比、双关灵活运用，想象、比喻非常丰富，忽而排比，忽而对偶，忽而死典活用，忽而俗语珠玑，读起来音调铿锵，语言流畅，真是一组绝妙的乐章！）

［终身误］都道是金玉良姻，俺只念木石前盟。空对着，山中高士晶莹雪；终不忘，世外仙姝寂寞林。叹人间，美中不

足今方信。纵然是齐眉举案,到底意难平。([夹评]这支曲子表明了贾宝玉对薛、林的两种态度:怀念黛玉,不满宝钗。而重点是写宝钗。“金玉良姻”象征着钗、玉的封建婚姻;“木石前盟”象征着宝、黛的自由恋爱。)

[枉凝眉]一个是阆苑仙葩,一个是美玉无瑕。若说没奇缘,今生偏又遇着他;若说有奇缘,如何心事终虚化?一个枉自嗟呀,一个空劳牵挂。一个是水中月,一个是镜中花。想眼中能有多少泪珠儿,怎经得秋流到冬尽,春流到夏!([夹评]写林黛玉泪尽而逝。这是因为宝黛爱情理想不能实现,他们共同反抗封建礼教而造成的悲剧。)

宝玉听了此曲,散漫无稽,不见得好处;但其声韵凄惋,竟能销魂醉魄。因此也不察其原委,问其来历,就暂以此释闷而已。因又看下面道:

[恨无常]喜荣华正好,恨无常又到。眼睁睁,把万事全抛。荡悠悠,把芳魂消耗。望家乡,路远山高。故向爹娘梦里相寻告:儿命已入黄泉,天伦呵,须要退步抽身早!([夹评]写贾元春。)

[分骨肉]一帆风雨路三千,把骨肉家园齐来抛闪。恐哭损残年,告爹娘,休把儿悬念。自古穷通皆有定,离合岂无缘?从今分两地,各自保平安。奴去也,莫牵连。([夹评]写贾探春。)

[乐中悲]襁褓中,父母叹双亡。纵居那绮罗丛,谁知娇养?幸生来,英豪阔大宽宏量,从未将儿女私情略萦心上。好一似,霁月光风耀玉堂。厮配得才貌仙郎,博得个地久天长,准折得幼年时坎坷形状。终久是云散高唐,水涸湘江。这是尘寰中消长数应当,何必枉悲伤!([夹评]写史湘云。)

［世难容］气质美如兰，才华阜比仙。天生成孤癖人皆罕。你道是啖肉食腥膻，视绮罗俗厌；却不知太高人愈妒，过洁世同嫌。可叹这，青灯古殿人将老；辜负了，红粉朱楼春色阑。到头来，依旧是风尘肮脏违心愿。好一似，无瑕白玉遭泥陷，又何须，王孙公子叹无缘。（［夹评］写妙玉。）

［喜冤家］中山狼，无情兽，全不念当日根由。一味的骄奢淫荡贪还构。觑着那，侯门艳质同蒲柳；作践的，公府千金似下流。叹芳魂艳魄，一载荡悠悠。（［夹评］写贾迎春。）

［虚花悟］将那三春看破，桃红柳绿待如何？把这韶华打灭，觅那清淡天和。说什么，天上夭桃盛，云中杏蕊多。到头来，谁见把秋挨过？则看那，白杨村里人呜咽，青枫林下鬼吟哦。更兼着，连天衰草遮坟墓。这的是，昨贫今富人劳碌，春荣秋谢花折磨。似这般，生关死劫谁能躲？闻说道，西方宝树唤婆娑，上结着长生果。（［夹评］写贾惜春。）

［聪明累］机关算尽太聪明，反算了卿卿性命。生前心已碎，死后性空灵。家富人宁，终有个家亡人散各奔腾。枉费了，意悬悬半世心，好一似，荡悠悠三更梦。忽喇喇似大厦倾，昏惨惨似灯将尽。呀！一场欢喜忽悲辛。叹人世，终难定！（［夹评］写王熙凤。）

［留余庆］留余庆，留余庆，忽遇恩人；幸娘亲，幸娘亲，积得阴功。劝人生，济困扶穷，休似俺那爱银钱忘骨肉的狠舅奸兄！正是乘除加减，上有苍穹。（［夹评］写凤姐之女巧姐。）

［晚韶华］镜里恩情，更那堪梦里功名！那美韶华去之何迅，再休提绣帐鸳衾。只这带珠冠，披凤袄，也抵不了无常性命。虽说是，人生莫受老来贫，也须要阴骘积儿孙。气昂昂头戴簪缨，气昂昂头戴簪缨，光灿灿胸悬金印；威赫赫爵禄高登，

威赫赫爵禄高登，昏惨惨黄泉路近。问古来将相可还存？也只是虚名儿与后人钦敬。（[夹评]写李纨。）

[好事终]画梁春尽落香尘。擅风情，秉月貌，便是败家的根本。箕裘颓堕皆从敬，家事消亡首罪宁。宿孽总因情。（[夹评]写秦可卿。）

[收尾·飞鸟各投林]为官的，家业凋零；富贵的，金银散尽；有恩的，死里逃生；无情的，分明报应。欠命的，命已还；欠泪的，泪已尽。冤冤相报实非轻，分离聚合皆前定。欲知命短问前生，老来富贵也真侥幸。看破的，遁入空门；痴迷的，枉送了性命。好一似食尽鸟投林，落了片白茫茫大地真干净！（[夹评]全曲总结。最后两句，把封建贵族分崩离析、彻底破败的结局，做了非常形象而深刻的描绘。）

[段评]至此，是为第二部分的第三段。此段仍属梦境。着重写了十二个舞女为宝玉演唱《红楼梦曲》，曲中既有爱情的悲剧图景，又有封建贵族及其依附的社会制度衰亡的写照；既有个人身世的描述，又有重大事件的总括，哪里仅仅是描写爱情的“情场忏悔”，“为十二钗作本传”呢?！警幻仙姑秉承宁荣二公嘱托，“先以情欲声色等事警其痴顽，或能使彼跳出迷人圈子，然后入于正路”，然而宝玉对仙女演唱深觉无味，急忙止住不许再唱。“痴儿竟尚未悟”一语，正从反面说明了宝玉反封建的坚定性，他追求的是个性解放、博爱平等、婚姻自主的理想。

歌毕，还要歌副曲。警幻见宝玉甚无趣味，因叹：“痴儿竟尚未悟！”那宝玉忙止歌姬，不必再唱，自觉朦胧恍惚，告醉求卧。警幻便命撤去残席，送宝玉至一香闺绣阁之中，其间铺陈之盛，乃素所未见之物。更可骇者，早有一位女子在内，其鲜艳妩媚，有似乎宝钗，风流袅娜，则又如黛玉。（[夹评]这位女子即秦可卿的幻身，借她的容貌又引出宝钗、黛玉的妩媚风流，这儿又在暗示宝黛钗之间的三角爱情。这种写法何等绝妙！此乃"一击两鸣法"，"草蛇灰线语"也。）正不知何意，忽警幻道："尘世中多少富贵之家，那些绿窗风月，绣阁烟霞，皆被淫污纨绔与那些流荡女子悉皆玷辱。更可恨者，自古来多少轻薄浪子，皆以'好色不淫'为饰，又以'情而不淫'作案，此皆饰非掩丑之语也。好色即淫，知情更淫。是以巫山之会，云雨之欢，皆由既悦其色、复恋其情所致也。吾所爱汝者，乃天下古今第一淫人也。"

宝玉听了，唬的忙答道："仙姑差了。我因懒于读书，家父母尚每垂训饬，岂敢再冒'淫'字？况且年纪尚小，不知'淫'字为何物。"警幻道："非也。淫虽一理，意则有别。如世之好淫者，不过悦容貌，喜歌舞，调笑无厌，云雨无时，恨不能尽天下之美女供我片时之趣兴，此皆皮肤淫滥之蠢物耳。如尔则天分中生成一段痴情，吾辈推之为'意淫'。'意淫'二字，惟心会而不可口传，可神通而不可语达。汝今独得此二字，在闺阁中，固可为良友，然于世道中未免迂阔怪诡，百口嘲谤，万目睚眦。今既遇令祖宁荣二公剖腹深嘱，吾不忍君独为我闺阁增光，见弃于世道，是以特引前来，醉以灵酒，沁以仙茗，警以妙曲，再将吾妹一人，乳名兼美字可卿者，许配于汝。今夕良时，即可成姻。不过令汝领略此仙闺幻境之风光尚如此，何况尘境之情景哉？而今后万万解释，改悟前情，留意于孔孟之间，委身于经济之道。"说毕便秘授以云雨之事，推宝玉入帐，将门掩上自去。

那宝玉恍恍惚惚，依警幻所嘱之言，未免有儿女之事，难以尽述。至次日，便柔情缱绻，软语温存，与可卿难解难分。

因二人携手出去游玩之时，忽至一个所在，但见荆榛遍地，狼虎同群，忽尔大河阻路，黑水淌洋，又无桥梁可通。宝玉正自徬徨，忽见警幻后面追来，告道："快休前进，作速回头要紧！"宝玉忙止步问道："此系何处？"警幻道："此即迷津也。深有万丈，遥亘千里，中无舟楫可通，只有一个木筏，乃木居士掌舵，灰侍者撑篙，不受金银之谢，但遇有缘者渡之。尔今偶游至此，如堕落其中，则深负我从前一番以情悟道、守理衷情之言。"话犹未了，只听迷津内水响如雷，竟有许多夜叉海鬼将宝玉拖将下去。吓得宝玉汗下如雨，一面失声喊叫："可卿救我！可卿救我！"吓得袭人辈众丫鬟忙上来搂住，叫："宝玉别怕，我们在这里！"

［段评］从"歌毕，还要歌副曲"起到此，为第二部分的第四段，至此梦境终结。这段值得注意的是阐明了"淫"的涵义，作者假借警幻之口将"淫"分作两种：一为"乱淫"（也即色淫），一为"意淫"。乱淫者，一味调笑无厌、云雨无时的单纯性欲的一种表现。秦可卿即是。此外，贾赦、贾珍、贾蓉、贾琏、薛蟠之流，都是这种"乱淫"的淫棍。意淫者，体贴、同情、尊重女子的一种特殊感情。有一条脂批说："宝玉一生心性，只不过'体贴'二字，故曰'意淫'。"这话说得极有道理。《红楼梦》中描写宝玉的意淫特点，其真实、生动、细腻、感人，真是无以复加了。还有柳湘莲、蒋玉函、秦钟、薛蝌、潘又安等人，也属意淫人。

却说秦氏正在房外嘱咐小丫头们好生看着猫儿狗儿打架，忽听宝玉在梦中唤他的小名，因纳闷道："我的小名这里从没人知道的，他如何知道，在梦里叫出来？"正是：

一场幽梦同谁近，千古情人独我痴。

［段评］此为第二部分的第五段。写宝玉梦醒。怪哉！此梦

由秦氏引梦，又由秦氏出梦，所以如此立意，是与秦可卿的淫荡相照应，想必删去的“淫丧天香楼”几页文字中，不但有秦氏与贾珍的私通情节，很可能还有对宝玉的诱惑奸情。因而在这回中写到秦氏与宝玉的云雨之事，是用的梦境手法，是隐晦曲折似明似暗的语言，既是现实的又是虚幻的。这也许就是脂批中所说的“事则实事，然亦叙得有间架，有曲折，有顺逆，有映带，有隐有见，有正有闰……明修栈道、暗度陈仓，云龙雾雨、两山对峙……诸奇书中之秘法”吧。

［总评］人有五官，耳目口鼻身，哪样可以缺少？五官七窍，彼此沟通，相辅相成，为着人的生理运动各自执行着自己的使命。《红楼梦》的前五回，相互之间的关系以及在全书中的地位与作用，也宛如五官七窍然。此意已在第 4 回总评中说过，这里就不再啰嗦了。这儿单表一下第 5 回在全书中的地位与意义。

此回专写红楼之梦，是全书中写梦最长最充实也最难懂的一次。通过这个梦境的描写，把天上与人间融为一体，把虚幻与现实互为表里，既预示了金陵十二钗的命运和结局，又表现出作者的卓越才华，他那丰富的想象，奇特的夸张，或雅或俗的语言，实在令人惊叹啊！《红楼梦》全书是严格的现实主义创作方法，而这一回却特别地表现出浓重的浪漫主义色彩。何谓现实主义与浪漫主义的结合？你在这一回就可找到充足的根据。这是第一点。其次，第 5 回还点出了全书的辅线（或称副线），即关于爱情的描写。有谁能否定，在这回中多次出现过宝黛钗三角爱情的暗示。应当承认这回关于梦境的描写也好，诗词曲赋的吟咏也好，都为全书主要人物的活动和结局作了引子，为小说的辅线作了开拓。固然，新旧红学家片面地把第 5 回作为全书的总纲是错误的，但也岂能完全否定这一条线？这一条线在全书中占的比重相当大，否定《红楼梦》

中有爱情的描写，是无视客观存在的虚无主义观点。怎样把第4回和第5回有机地联系起来看，全面地辩证地分析，是阅读、分析、评论《红楼梦》的关键之一。倘把《红楼梦》的爱情主题和政治主题二者对立起来，或者将其中任何一种游离出来，不是马列主义的观点。《红楼梦》中关于爱情悲剧和政治矛盾的描写，像水乳一样地交融在一起。例证极多，俯拾皆是，第5回中亦然。因此说，不应当完全否定小说中关于爱情的描写，而应当解释清楚爱情这个副主题怎样服从于政治这个正主题？不应当只承认阶级斗争一条线，而应当解释清楚主线、副线，两条线怎样相辅相成？从警幻仙姑对贾宝玉讲解关于“意淫”的一段话，就可证明作者要使爱情的描写服从政治的主题这个创作意图。反对孔孟之道是《红楼梦》政治主题中的一个重要侧面，宁荣二府视宝玉为贾府可以继业者，然宝玉却直接背叛祖宗，整日在内帏厮混，顽劣异常，不喜读《四书》《五经》，不去科举，不愿做官，坚持着三不主义的信仰。可见此回文字，也为后来写宝玉反儒言行埋下了伏笔。

做梦，几乎人皆有之，在人类的生活现象中是极普通的事实。可是当这种现象落入了作家尤其是那些天才的作家笔下，竟会撰写出丰采多姿、光怪陆离的文学作品来。作品中插入梦境的手法，这是文学家所惯用的。梦，并非纯属迷信而悖谬科学的心理现象。作家描写梦境，也并非都是虚造幻影，故弄玄虚。如果是写了真实的生活，甚至就是作家曾经做过的梦，或者是从别人那里听来的梦的纪实，那么梦境的情节，必与某种思想和生活节节合拍，读者无论进行怎样严密的分析，也不会寻出破绽来。如果梦境描写全出于虚构，那么作家就必须事先做好精心的构思，巧妙的布局，而且要把握住梦境的中心思想，否则梦境描写愈离奇，愈游离作品主题，愈是失败之作。一个作家在文学作品中，要写出成功的梦境来,就非有极丰富的生活阅历不可。而一个读者想要读懂文学作品中的梦境,也就对作家和作品非有极深厚的同情、极敏锐的观察、极认真的研究不可。而要读懂读准《红楼梦》中的“梦”,那就更须如此。《红楼梦》中写梦之多之好之活,在世界文学宝库中也是罕见的。它总共写了多少梦?我作了一个不精确的统计,发现全书共写了大大小小的梦三十二个。这三十二个梦境描写,该长则长,该短则短,真正做到了详略得当。全书中最长的要数第5回贾宝玉梦游太虚幻境了,其次便是第82回林黛玉的一场恶梦和第116回宝玉再游真如福地的梦境;而最短的则是第13回宝玉在梦中听见说秦氏死了和第89回林黛玉睡梦中常听见有人叫宝钗为宝二奶奶,这两个梦都没有展开来写,而是用最简洁的语言,一笔带过。《红楼梦》中梦境的描写,长也好,短也好,详也好,略也好,都不是可有可无的,它们或者为深化主题思想服务,或者为刻画人物性格、揭示人物心理活动服务。

《红楼梦》中写梦章法总不雷同,往往变化莫测,简直像魔术师一样。有时像是描绘一个真实的生活细节,结果是写梦,读者若不细心去读,就受骗了。第24、25两回中写到小红眷恋贾芸的梦即是。有时写梦又通篇不用一个“梦”字,倘不仔细看,不觉是写梦。例如第77回写宝玉睡梦中晴雯死时给他托梦,便是这种章法。《红楼梦》中的梦境描写,绝大多数则为直接点明,从正面展开梦境的描绘。在这种直接点明的写法中,有时又运用了一种十分奇特的技巧:曲曲折折地写梦中梦,写连环梦,梦中写梦,梦中又梦。请读第56回中甄、贾宝玉梦中相会的梦境,真妙极了!有时又在梦境中,生动地揭示出人物的心理活动,例如第32回写到宝黛爱情的梦,虽不是在写睡中之梦,但却是非梦似梦的写法,超出了俗套。通过这种写梦手法进一步塑造了宝玉的形象,描写了他的心理活动。第82回中林黛玉做了一场恶梦,这个梦写得十分凄惨,内容相当深刻,把黛玉细腻的心理活动,也逼真地表现出来了。有时又把现实生活和梦境描写结合起来,来刻画人物个性,例如第48回中描写香菱苦志学诗,真是"精血诚聚,日间不能做出,忽于梦中得了八句"咏月的诗句,堪称佳笔。

总之,《红楼梦》中的梦境描写(即以第5回为例也是如此),表面是写梦,实际并非写梦,作者借宝玉的口曾明确指出:"大凡人做梦,说是假的,岂知有这梦便有这事!"是的,贾宝玉所经历的生活,贾史王薛四大家族的盛衰过程,宝黛钗以及其他许多对儿青年男女的爱情悲剧……这些现实生活都在《红楼梦》中得到了真实的生动的艺术再现。读者若把《红楼梦》中的梦境描写,视作可有可无,或视作虚无缥缈之说,或视作文字游戏,那就说明没有读懂《红楼梦》,不懂得生活与艺术的辩证关系。当然,《红楼梦》中的梦境描写,也有些败笔和糟粕,阅读时务必注意剔除,在第5回中的梦境,就时有因果报应、庸俗色情的流露。

众所周知,《红楼梦》是一部"文备众体"的小说,单以诗词曲赋的运用而论,不但绚丽多彩,数量繁多,就是内容与形式也颇有创新之处。在小说中穿插运用诗词韵文,早在唐人传奇、宋元话本里已出现,并非始自《红楼梦》。然而《红楼梦》中的诗词曲赋,数量之多,形式之广,成就之高,却是我国古代其他小说所无法比拟的。论数量,仅在前八十回中就有一百四十多首,加上后四十回的三十多首,竟有一百七十多首了。论形式,有诗、词、曲、赋、歌、谣、赞、诔、灯谜、俗谚、对联、偈语、酒令、骈文,诗中又有古体、近体,近体中又有律诗和绝句,曲中又有小令和长调,几乎应有尽有。论运用,作者又非为了卖弄才华,使诗词韵文游离于主题思想和人物形象,而成为一种装饰品或附加物。

这里且不说全书如何,仅就第5回来看,诗词韵文便有三十九首之多。其特点与作用为:摆脱了古旧小说什么"有诗为证""后人有诗叹曰""赞曰"之类的陈俗滥套,而从情节的需要出发,成为故事情节发展的有机组成部分。我们读了那些判词和曲语,便可了解各个人物的命运和结局,从而可以推断出某些具体情节。此其一。有的则按头制帽,量体裁衣,表现了人物的思想和性格,还可窥察出作者的爱憎感情的倾向来。例如晴雯的判词和袭人的判词,褒谁贬谁判若分明;《终身误》和《枉凝眉》两支曲子,亲谁疏谁一目了然。此其二。既能继承中国古代诗词韵文的传统,又能依据创作的实际需要有所创新。在十四支《红楼梦曲》中,假如照搬旧有的曲牌,就很难完全谱写出十二金钗的身世命运,于是作者写了《聪明累》《虚花语》《晚韶华》之类的自度曲,分别描述了凤姐的机关算尽,惜春的削发为尼,李纨的守寡育子等内容。曹雪芹这种有意别开生面的艺术手法,正像警幻仙姑向宝玉解说的那样:"此曲不比尘世中所填传奇之曲,必有生旦净末之则,又有南北九宫之限。此或咏叹一人,或感怀一事,偶成一曲,即可谱入管弦。若非个中人,不知其中之妙。"此其三。

【注释】

①详见六朝无名氏所著《三辅黄图》卷六"阁"条下。

②本回所附诗词曲赋的译文,均采用江西大学中文系所著《红楼梦诗词译释》一书中的译文,我觉得他们译得很有特色,有助于青年读者阅读,但也偶有不妥之处,或因所据版本不同,因而做了一些修改,特作声明并向原译释者致谢。

③甲戌本上有朱笔眉批说:"按此书凡例,本无赞赋闲文。前有宝玉二词,今复见此一赋,何也?盖此二人乃通部大纲,不得不

用此套。前词却是作者别有深意，故见其妙；此赋则不见长，然亦不可无者也。”“前有宝玉二词”指第3回中《西江月》词二首。

④详见《世说新语·言语》或《晋书·王凝之妻谢氏传》。

⑤元遗山《论诗绝句三十首》之二十九。

⑥详见明代马中锡《中山狼传》。或参阅康海《东郭先生误救中山狼》杂剧及王九思《中山狼院本》。

⑦《世说新语·简傲》说：“嵇康与吕安善，每一相思，千里命驾。安后来，植康不在，喜出户延之。不入，题门上，作‘鳳’字而去。喜不觉，犹以为欣。故作凤字，凡鸟也。”

第三章　调查编

——“红学专题”调查的启示

第一次《红楼梦》问卷调查

捧读《红楼梦》，跟着曹雪芹款款而入大观园，你看到的不仅是“崇阁巍峨，层楼高起，面面琳宫合抱，迢迢复道萦纡，青松拂檐，玉兰绕砌，金辉兽面，彩焕螭头”（第 17—18 回）的辉煌境界，若信步游来，许多佳景往往是走一亭，穿一桥，一高一矮，一山一水，在一抬头、一转身之间，便步移景异，突然发现了一幅幅天然画图。而青年们关心的却是那一群群光彩夺目的小姐、丫头，特别是那潇湘妃子林黛玉，蘅芜君、冷美人薛宝钗，蕉下客、玫瑰花贾探春，以及红楼二尤姐妹，个个丰姿绰约，钟灵毓秀，娇美可人，呼之欲出。还有那一伙伙逗人情思的公子哥儿，尤其要数怡红公子、绛洞花主贾宝玉，侠义冷二郎柳湘莲，呆霸王薛蟠，以及秦钟、贾环两个笔墨不多的人物，个个性格鲜明，各有短长，都是“真”的人物，特别是那贾宝玉、柳湘莲，他们潇洒自如，容貌秀美，各以独特的性格占据着读者的心灵，吸引着少女的芳心。

（一）信息总汇

粉碎“四人帮”以后特别是改革开放以来，我一直给大学本科生和硕士研究生讲授一门“红楼梦研究”(选修课)。在十多年的讲授过程中,发现青年学生的价值观、婚姻观、文学观……发生了重大变化,你若按传统的思想性、艺术性的简单模式去分析《红楼梦》,根本满足不了他们的需求。首先应当说明的一点是,大学生们非常喜欢《红楼梦》,每届几乎是百分之百的人选修这门课,在课堂讨论、课下作业或者考查中,每每有些独到的见解、惊人的评论出现。他们新潮的思维法,敏捷的应变力,实惠的观察点,或使你瞠目结舌,或使你顿开茅塞,或使你赞扬开心,或使你哀叹不已,总之驱使你不得不反思自己阅读研究《红楼梦》的整个历程,不得不重新设计教学内容和教学方法。鉴于此,我便产生了进行系列调查的动因。于是 1993 年下半年在大四 90 级毕业生中做了一次“红学”问卷调查:

调查主题——第一题为:在《红楼梦》中,贾宝玉、贾环、秦钟、薛蟠、柳湘莲五个男子,哪个形象塑造得最好最美?思想性格各有什么特色?假如让你择偶的话,你选择哪个?为什么?

第二题为:在《红楼梦》中,林黛玉、薛宝钗、贾探春、尤二姐、尤三姐五个女子,哪个形象塑造得最好最美?思想性格各有什么特色?假如让你求婚的话,你选择哪个?为什么?

调查对象——90 级本科毕业生 100 人,其中女生 55 人,做第一题;男生 45 人,做第二题;他们年龄均在 22 岁至 24 岁之间,未婚。

调查结果——共发问卷 100 份。因答非所问或其他原因而作废者 6 份,这 6 份废卷均出自女生之手。实际获得明确而准确答案共 94 人份。其中女生占 49 人份,在 49 人中确认作者塑造形象最好最美者分别为:贾宝玉 23 人,柳湘莲 6 人,薛蟠 1 人,秦钟、贾环则得零分。而形象塑造得好与坏,与是否择偶作夫并非成正比例，坚定地择偶的表态分别为：主宝玉者仅13人，而主湘莲者竟有17人，主薛蟠者也有3人，秦钟、贾环则无人选择。此外，集宝玉、湘莲之优点于一身者，或集五人之优点于一身者才选的各为1人；认为时代变了，不合标准，谁也不配为择偶者的有16人；而认为五个男子塑造得都好，非玉即宝，各有千秋者，达17人之多。

男生占45人份。在45人中认为作者塑造形象最好最美者，分别为：林黛玉21人，薛宝钗6人，贾探春5人，尤三姐3人，五个女子塑造得都好，千红万艳，各有妙处，有10人，尤二姐则得零分。同样，确认作者塑造得形象最好最美者，并不等于就是自己的求婚对象。许多学生的表态差距很大，求婚作妻的数据则分别是：选宝钗做妻的为25人，而选黛玉做妻的却只有8人，选探春的3人，选尤三姐的3人，选尤二姐的1人，左思右想好生难选，最后谁也不选者，有5人。

（二）百家争鸣　论据迭出

综观94人份答卷，发现有如下特色：

首先，对《红楼梦》的思想深度和艺术成就，特别是人物形象的塑造，思想性格的刻画，不论是主要人物还是次要人物，他们都众口一词称颂："博大精深，誉满全球"。有的说："写女子千红万艳，各有情韵"；有的说："写男士非玉即宝，各有妙处"，因而"令人表态，好生为难"。据了解，他们为了表示自己的观点，从塑造功力上看，哪个女子或哪个男士名列榜首？自己将择婿哪位？将求婚哪位？常常争得是面红耳赤，子夜不眠，只是没有挥动拳头罢了。由于他们个个爱读《红楼梦》，平时我又特别强调必须三番五次读原著，至少在回答问卷调查时要读一次原著，千万不要舔人余唾。

因此从作业来看，有90%的学生能准确、明确而熟练地回答问题，看得出他们对小说的人物、情节相当熟悉，甚至有人还能把某些言谈某些细节出自哪一回指出来。

其次，由于各人的家庭处境、社会地位、思想性格、审美情趣的不同，因而对命题中的人物形象的评价和择偶、求婚的标准，便迥然有异，真可谓“百家争鸣，论据迭出”。现在择其有代表性的有特色而又有充分论据的列举如下：

“娶妻当如薛宝钗”——“娶妻当如薛宝钗”这句话便出自学生之口，持此观点态度的有25人，占总人数的26.7%，占男生人数的55.5%。凡是选宝钗做妻的人，个个都摆出了充分的理由，联系自己，全面权衡，说得十分纯真、直率。尽管他们认为在小说中塑造得最精细最感人的首推林妹妹，或曰贾探春、尤三姐也不逊色，但若作为终身伴侣标准求婚的话，便毫不犹豫，宝钗为最佳人选。有一位男生把五位女子作了横向比较后说：

> 先说黛玉吧。“世外仙姝寂寞林”，乃绛珠仙草转世，当然的人间绝色。而才学更是第一等的，吟诗对联，才思敏捷。更有用情最专，若是她中意之人，那是绝对忠贞不贰的。黛玉是一名彻头彻尾的“爱情至上”的信奉者。所以，如果选择黛玉做女朋友，那你将会充分品尝到爱情的甜蜜。但是，如果你选择黛玉做终身伴侣，整天生活在一起，该是多么痛苦！试想，一个成天生病，耍小心眼，言辞尖酸，还时不时要吃点醋的女子做了你的爱人，和你长久厮守，动不动就掉泪，整日价以泪洗面，而你又不得不面对她，你能受得了吗？所以，尽管林黛玉在书中是那么美丽的一个艺术形象，但在现实生活中，却不是理想的伴侣。
>
> 探春呢？放在今天，将是以一副女强人的面孔出现的。

虽然条件样样都不错,但娶这种女人做妻子你就得在家做妻子。她每天为所谓的“事业”而忙,你就必须将诸如收拾家务、看管孩子等事情全部承担起来。你若心甘情愿,那可以;如果你也想有更大的作为,你和探春女士的家庭生活必将岌岌可危。

再说尤二姐,她身上有中国妇女所应有的许多优秀品质,如温柔、善良、多情、美貌,用现代的话来说即“贤妻良母”型。娶了她,你就可以享受日本大男子的待遇。不过,这一切取决于你得有钱有势。如果你一穷二白,还想消受二姐这等佳人,很可能有一天你突然发现头上多了顶帽子,帽子泛着绿油油的光芒。

尤三姐呢,倒不像二姐那样贪财爱物,且美貌多情不亚于二姐。又自尊自爱,不受人欺。那么,就娶尤三姐做老婆好了,只要平时多注意控制情绪,不拌嘴,不生气,特别是将厨房的菜刀、水果刀等一切利器收在最保险的地方,料不会发生太大意外。可是,如果你出于自身安全的需要,那就绝对不要向尤三姐求婚。

看过《红楼梦》的男人都会说出这么一句话:“娶妻当若薛宝钗”。宝姑娘的确是无可挑剔:面目娇媚,体态风骚,琴棋书画无一不精,刺绣女工样样都能,性格温柔稳重,待人接物宽厚得体,非常恪守妇道。比较下来,薛宝钗这样的姑娘是你求婚的上上人选。她有黛玉之美丽而无黛玉之乖僻,有探春之才气而无探春之势利,有二姐之温柔而无二姐之水性,有三姐之骨气而无三姐之暴烈。像这样有气质,有风度,有品位,德智体美全面发展的姑娘,怎能不是我终身伴侣的理想人选。许多学生都明确表态:凡是注重现实的人,从现实主义出发,将钗黛认真比较之后，必然会选宝钗做妻。因为，第一，宝钗善理家，勤针线，且温柔敦厚，善解人意，和她的结合，能得到一个温柔舒适的家庭；第二，宝钗促使并支持你成才立业。书中写宝玉骂她是“国贼禄蠹”，那毕竟是封建社会的事情，而在我们的现实生活中，人生在世，总不能鬼混一世，这样做终归有益无害，尤其是现代青年更应当积极上进才是；第三，宝钗豁达大度，不计小隙，随分从时，端庄凝重，这会使夫妻和睦相处，相互理解，相互信任。

“择婿定为柳湘莲”——这是主张择婿柳湘莲的女生的共同心声。持此观点者有 17 人，占女生人数的 31% 弱，占总人数的 18% 强。她们所以择婿柳湘莲，主要是因为他具有男子汉气概，终身相托，十分可靠。她们认为，柳湘莲比其他四人更有鲜明的独特的个性，超越别人的优点：其一，敢作敢为，胸怀大志，远走他乡，闯荡世界，办事干练果断，为的是“日后做强梁”，做个传奇式的英雄。其二，是个勇敢而多情的青年，他“年纪又轻，生得又美”，相貌堂堂，英俊潇洒，又具有阳刚之气，“酷爱要枪舞剑……吹笛弹筝，无所不为”，具有男子汉的刚健、威武而洒脱的气概，和他在一起，有一种安全感、愉悦感，他可以像大哥哥一样保护你。其三，珍爱友情，注重侠义。如为秦钟修坟，能够仗义疏财。又如，他一面为维护自己的尊严和人格，毫不畏惧薛蟠的财势、权势，痛打了呆霸王，另一方面又不计前嫌，当薛蟠遭贼抢劫时，他又挺身相救，结拜为生死兄弟，这种品德行为在《红楼梦》其他人物身上很少看到。真正有男子汉气概，有一股凛然阳刚之气，实为重真弃伪之至情者，在《红楼梦》中仅柳湘莲一人而已，其他大都是泡在脂粉堆里的假男儿。哀哉惜哉，何堪以择偶？

“多情公子非宝玉莫属”——有 13 位女生表态要选贾宝玉作丈夫，她们都语言爽快，态度坚定。占女生人数的 23% 强，占总人数的 14% 弱。一篇题为《永远的贾宝玉——我的择偶观》的答卷中写道："我择偶侧重其性格，更深深迷恋其中的柔情款款、善解人意的一种性格。宝玉即属此类。黛玉向宝玉耍小性，在于人性存在的发泄。人，特别是女人，背负十字架太久太久的时候，偶尔可以由爱人背负过去，每次的温柔，可以使自己感动许久。……择偶必须有爱情，宝黛的爱情才是一种理想的纯粹的爱情。也许可以要求对方的其他物质条件，但爱情的最初产生，确实是一种莫名其妙的感动。……所以，对我来说，我会选宝玉，甚至在他最后'贫穷难耐凄凉'的时候，我也会因此而感谢上苍！"

还有一篇题为《多情公子当被择——浅析〈红楼梦〉中的五位青年男子形象》的答卷，则对贾宝玉、贾环、薛蟠、秦钟、柳湘莲作了全面分析，横向比较，然后指出："贾环，这个虽也是贾府的少爷，但远没有宝玉尊贵得宠，其性格的阴暗自然不宜作择偶对象"；"秦钟，明显有严重的同性恋倾向，显然，有此心理表现的男子也不宜作择偶对象"；像"薛蟠这样顽劣蛮横的纨绔子弟公子哥儿，更不能作择偶对象"；独有"宝玉对'人'的尊重，特别是对女性的价值的认同，已与我们当代人的人生观、妇女观比较接近。这是他特别值得肯定的一个主要方面，尤其是宝玉对黛玉的坚贞不渝的知音知心的真挚爱情，无论在封建社会的贵公子还是现代青年中，都是很难得的，他的'爱情至上论'与我们今天强调人的自我价值、注重感情的自由发展，也是有着共同点的。贾宝玉，作为中国封建社会末期的母腹中开始孕育的'新人'形象，他既有先于当时人们的进步思想，也有凡人所具有的弱点，是个生活中实实在在的有血有肉的'活人'，因而具有永久的光辉，吸人的磁力。当然作为一个当代女性，择偶标准显然不能同 18 世纪的女性相比，但从实际出发，贾宝玉身上所具有的优点和魅力，仍然能够得到我们当代女性的青睐，因此，他当然可以成为一个标准的择偶对象。”

“宁嫁薛蟠，不嫁宝玉”——在49份女生答卷中，有三人认为《红楼梦》中对薛蟠塑造得最好。其中有一张答卷说：“这五人中，除了秦钟因过早夭折因而形象有点单薄外，其余四人则各有千秋，难分高下，一定要说出哪个形象塑造得最好，似乎作者对柳湘莲着墨不是太多，薛蟠塑造得可以说是很成功，活灵活现，跃然纸上，非常逼真，典型的圆形人物。”因而某女生直言不讳地亮相说：“在这众多的‘混账蠢物’中，我却发现一个敢爱敢恨、真诚率直的真男儿，其可亲可爱的程度当推须眉之首。他就是表字文龙的薛蟠。”说到他们对女性的爱，也唯有薛蟠是个爱憎分明、有血有肉的真男儿，于是该女生总结说：“宝玉痴情，是一种超越物质利益的泛爱，对黛玉虽情有独钟，但却总又难以割舍许多妙龄女子。这一点别说是‘心较比干多一窍’的林妹妹了，就是换成不谙世事的傻大姐，恐怕也会因他情滥而争风吃醋了。贾环不懂得爱，是个道地蠢物。秦钟只爱自己，一切为自身的利益着想，况且他在私塾的行为令人想起当代西方的同性恋者，太恶心。柳湘莲倒懂爱想爱，却不负责任，是个‘银样蜡枪头，中看不中用’。比较而言，独有薛蟠是个重情重义有真心的爽快人，和他在一起，会有较多的真实感和信赖感。最重要的是他虽生活在书香门第之家，有百万皇商之富，但毕竟从生理心理上还都正常，是活生生的真正的男人。这一点对于一个寻求真爱的女子恐怕是最重要的了。”“而贾宝玉虽然他没有受到封建士大夫趋炎附势、沽名钓誉的恶浊感染，可在那兰风蕙露、蘅芷清芬的大观园女儿堆中，他已被浸泡得酥了皮肉，软了筋骨，变成了一个徒有其表的假男儿。按照西方弗洛伊德的精神分析学说来解释，贾宝玉是典型的俄狄浦斯王情结的中方代表。他虽未杀父娶母，但其恶男恋女，一棍子打死男子的绝对见解，足以使我认为他的心理已经扭曲,甚至变态。相比之下,薛蟠要正常得多。”另一位女生则客观而又率直地表明:“如果在众多男子中还有选择余地的情况下,当然薛蟠不是最佳配偶,因为观其整体性格,‘恶’多于‘善’,以他为丈夫,将整天为他操不完的心,担不完的忧。……如果是在他与宝玉之间选择自己的配偶的话,我宁可选择薛蟠,而不是人人称赞的宝玉。因为在他身上颇有一些男子汉的气概,一个敢去打架的男子总比一个趁天价钻在女人堆里的男儿好一些。”

“我只能娶尤二姐”——在44份的男生答卷中,一致评价尤二姐容貌秀美,性格温顺而懦弱,又被衣冠禽兽的贾珍、贾琏等蹂躏,令读者深深同情,然而由于她水性杨花却万万不能娶她做妻。可是世界真奇妙,香油拌韭菜,各有各的爱,就偏有那么一位男生,在比较了五位女子的特点之后,决定择娶尤二姐。他的理由不无道理,论据颇能发人深省。他说:

这五位女子漂亮美貌是她们的共性,而又各有风韵,各有特点。但如让我择偶,那么我认为黛玉体弱多病,性情孤傲,多愁多疑,恐怕造成双方的心理隔膜。宝钗虽温顺老练,持家有方,但缺乏少女气息,有些老气横秋。探春却工于心计,尽管有治家立业之才,但利欲熏心,缺乏人之常情,试想连她的卑微的亲生母亲都不认,怎么可能侍奉我的父母呢?何况我的父母不是有钱有势之人。那么尤三姐呢,性格太烈,动不动出口大骂,刀兵相见,饧涩淫浪有余,稳健温柔不足,她与柳湘莲本不是不可解决的误会,却因不善解决致使白白断送性命。

我喜欢尤二姐,正由于她柔弱的性格,恰如《源氏物语》中源氏所说:“柔弱,就女子而言是可爱的。自作聪明,不信人言的人,才叫人不快。我自己性格柔弱,没有决断,所以喜欢柔弱的人。这种人虽不小心会受男子欺骗,可是本性谦恭谨慎,善于体贴丈夫的心情,所以可喜。倘能随心所欲地加以教养,正是最可爱的性格。”这段话足可以说明我选择尤二姐的原因。有人说她作风不正,而她几次三番与人私通,正是由于她地位低下,性格柔弱,被人欺负的结果。倘能真正对待她,而且竭力保护她,尤二姐肯定会恪守贞洁,忠心于你的。”

因此,他毫不犹豫地实实在在地说:“我只能娶尤二姐。”

(三)这是为什么

“红学专题”问卷调查的结果,方方面面令人深思,对于“红学”教学与研究工作者颇有启示。为什么会出现如此现象呢? 原因何在呢?

其一,思维灵活了。

思维方式是人类文化现象的本质表现,是对人类文化行为起支配作用的稳定因素。换句话说,思维方式是一切文化的主体设计者和承担者。中国传统思维方式在形成和发展过程中,始终是历史的崇拜意识占主导,而缺乏怀疑、否定和批判精神,因而也就缺乏超前思维和创造性思维。所以如此,究其根本原因:一是由于儒家的“述而不作”“言必称三代”的思维原则,道家的返回原始状态的“真人”文化,庄子的否定一切文明的思想在作祟;二是由于多少年来唯上唯书、教条主义、本本主义、形而上学以至“阶级斗争为纲”的“左”的东西在影响。当前影响我们转换思维方式的根本问题,还是根深蒂固的“左”的东西。“左”往往带有革命色彩,人们习惯于“左”,认为越“左”越革命。改革开放以来,由于邓小平建设有中国特色社会主义的理论的深入人心,改革开放和现代化建设事业的蓬勃发展,经济建设和社会进步的大大改观,促使人们的思维灵活了,转变了,尤其是大学生们,更是捷足先登,快马领先。他们力求突破传统思维的模式和缺陷,而培养、树立超前思维和创造性思维的模式,不再以圣人之是非为是非,以权威的结论为信条,而是一方面对于传统文化及观念进行合理的不断的怀疑批判和否定,另一方面又运用理性、想象和科学信念,不断提出新的假设、新的理论,敢于求异和探索,敢于想象和预见。

例如,有一位女生对贾宝玉的评价便一反传统,颇有新意。她批判道:贾宝玉是一个衣来伸手、饭来张口的少爷,只能挥霍财富,创造不了财富;他不读书不做官,确乎背离了家庭教导,但他并没有另辟道路,走向新生,也没有悄然隐退,自食其力,而只会"在内帏厮混",享受封建家庭给予他的一切;在爱情上,遍观全书,贾、林的爱情只限于贾府统治者们首肯这个大框架。既然如此,想凭借"苗而不秀,是个银样蜡枪头"的爱情手段,来冲破封建樊篱,在贾宝玉是不可能的;至于尊女贱男,他并不是对一切女性都尊重,既骂史、薛,更恨一切婚后的"女人"。他是只浪费而不创造,只腐朽而不革新。形而上学,极"左"到底,这便是宝玉尊女贱男的秘密,也是他整个为人的秘密。接着这位女生总结说:"因此,贾宝玉思想中占主导地位的,绝不是民主主义、启蒙主义等进步思潮。他不过是腐朽的贾府中一个独特的破坏者,他身上充满了破坏的因素,他的破坏方式是与贾府一起腐烂,同归于尽,而绝不是想在旧废墟上重建新大厦,这种奇特的破坏性,这种貌似新潮的腐朽,正是贾宝玉形象的主要方面。"

其二,婚姻观变了。

爱情与婚姻,是永恒的社会现象,任何时代任何民族任何阶级都不能回避。爱情是一种崇高、圣洁、复杂的感情活动,它关系到事业和人生。爱情婚姻要美好，要高尚，要纯洁，要持久，与理想、事业、性格、感情、志趣、气质、容貌等因素有密切关系。从某种视角和意义上说，《红楼梦》是一部爱情的颂歌和婚姻的挽歌。回答什么叫爱情？评论《红楼梦》中婚姻如何？不同的人有着不同的答案：有的人把爱情同理想、事业联系起来看；有的人寻求高尚、纯洁的心灵；有的人讲究金钱和地位；有的人单纯迷恋于外形美；有的人从自身的实际出发考虑；有的人则以欧美西方的爱情模式权衡好坏；等等。有两篇答卷最有典型性，一为选宝玉作婿的女生答卷，一为选宝钗作妻的男生答卷，不妨举出来读读：

“爱情是美妙的，是双方情感强烈撞击的火花。没有感情的爱情是不幸的爱情。贾宝玉是个重感情的人，他对家庭、社会给他的一切好处，根本不重视，反而迫切需要感情，既需要感情的温暖，也需要感情的奉献。宝玉虽然与众女性的厮混中不乏狎昵乃至越轨之处，但毕竟他与贾珍、贾琏、贾蓉、贾瑞、薛蟠等有本质的区别。他非常尊重这些女孩儿，而不是像那些人那样仅仅把异性当作泄欲工具，当作鸡犬猫马一类的有生命的财物来占有，来践踏。他对女性的整个态度比较纯，比较重视精神文明。是爱欲的升华，不是性欲的膨胀，这在封建社会中是难能可贵的。

贾宝玉在泛爱中有真爱，随着宝玉和黛玉进一步接触，逐渐意识到黛玉才是自己的知音、知己，于是就专心爱起来。在压抑爱欲的封建社会，在不准爱的环境中，爱导致了宝、黛的病，宝玉爱得深，也病得深。痴病如此，至诚如此，一往情深，着实令人泪下！这种爱我们一生中能得到一次，也就足够了。

爱情是两个人彼此之间的相互理解，相互信任，但没有一定的物质基础也是不行的。贾宝玉才情并茂，又是贾府的唯

一继承人。在当今重身份、地位、钱财的社会，这样一位男性对大多数女孩来说，最具有吸引力。”（女生答卷）

“五位女子都是佼佼者，但相比起来说，薛宝钗才情德貌俱佳，如果让我求婚的话，自然非宝钗莫属。在许多评论家眼里，宝钗是一个不受欢迎的封建淑女，然而除却了阶级的烙印，温良恭俭让，聪明能干，才貌双全，更是她的优点，不仅在那时，延至今日，宝钗依然更受人们的欢迎，为最佳选择。

在传统的阶级分析影响下，评论一个人往往是以其所属阶级、所处社会环境以及一整套代表进步阶级利益还是落后阶级利益的所谓政治观点加以评论，即使对文学作品中的人也不例外。但在实际中我们看一个人，尤其是一个女子，往往与之截然相反。我们根本不重视什么阶级属性，而是重视其传统意义上的品行才貌之类。其他四女子虽也各有引人之处，但比起宝钗来，各人还有所不足，只有宝钗才是集中国传统美于一体的光辉形象。”（男生答卷）

也有的女生说，必须是集宝玉、湘莲优点于一身，或集五人优点于一身者，绣球才会抛给他。这也许是理念中的婚姻吧！

其三，价值观变了。

价值本为商品经济范畴的概念，原指商品中体现的社会必要劳动，价值量的大小决定于生产这一商品所需的社会必要劳动时间的多少。后来广泛地被引申到各个领域中使用，泛指对人与社会所起的积极作用的大小、多少的度量。不同的国家不同的民族有不同的价值观，即使同一国家同一民族在不同的历史阶段，也会出现不同的价值观，价值观往往会发生重大变化。人文科学的价值不可忽视，以哲学等文化观念为核心的价值观，是衡量某国家民族理论思维水平和素质高低的重要标志，也是规范并反作用于经济发展的重要文化动力之一。从这次“红学专题”结果的五花八门来看，便足以证明上述理论了。请听，当代青年的呼声：

甲：在曹雪芹传神笔下，宝玉、秦钟、薛蟠、贾环、湘莲五个青年男子形象，一个个形象丰满，性格鲜明。200年过去了，他们给读者的审美愉悦不仅没有丝毫减弱，而且在女士们今天的择偶问题上，仍有着非常实用的参考价值和借鉴意义。——这位女学生如此总论。

乙：“贾宝玉虽然生得花容月貌，风流俊俏，也尊重爱护女性，但他是公子哥儿，从小娇生惯养，衣来伸手，饭来张口，被丫环伺候惯了，既没有念好书，又没有实际劳动能力，更不会当官作宰，如选他作丈夫，养家糊口根本不可能，连他自己也会饿死的。所以，这种人没有实际生存能力，只是一个绣花枕头而已。”——一位女生如是说。

丙：也许有人会说柳湘莲萍踪浪迹，不可靠。但我认为他的云游四方，一方面是因为打了薛蟠，惧祸远走他乡，一方面一个有作为的年轻人就应该走出去，开开眼界，锻炼才干。中国人不是常说“好男儿志在四方”吗？其实他对美好的爱情，温柔的家庭，安定的生活，也是非常向往的。一旦有了个温馨的家庭，他就会一心一意过家庭生活的。——一位女生这样看。

丁：薛蟠是个“吃着碗里的看着锅里”的“贪夫”，不懂得怜香惜玉，夫妻问题上不识好歹。但他是个“呆大爷”，正因为他呆，又性格爽直，无心计，交际上还有些够朋友。如果是一个性格刚强又有心计的女子，择偶上倒是可以考虑呆大爷，施点手腕，即可招之即来，挥之即去，玩弄其于股掌之间。如果是个柔弱善良的女子，千万别“偶因一着错”，成为“阶下囚”。——一位女生更加率直地说。

戊:宝钗是个“贤内助”,有才貌,遇事沉着冷静,待人宽厚平和,处理家务更是精干有方。在大观园里如此,现代生活中也是如此。记得有人说:“每一个成功的男人背后都有一位伟大的女性。”这句话告诉我们,如果一个男人要有所成就,必得有外界的许多帮助,而这种帮助最重要直接的莫过于妻子了。这就如带兵打仗,后方不稳,哪能谈得上打胜仗呢? 有人说,宝钗有心计、奸滑,然而生活中没有心计的人,常遭人欺,就是从自卫的角度考虑,我觉得也是有心计的好! 因为这个社会是很复杂的,往往是善人遭人欺,恶人受人举。又有人说,宝钗有点虚伪,人无虚伪,不成其人。商品的包装不讲究,好商品也因之身价大跌。何况人呢? 虚伪点,装潢一下,从审美学上也讲得通,更何况从实用价值上讲,宝钗确是青年人的最佳配偶。——许多男生作如是观。

(四)敲起警钟

教育改革和发展的根本目的是提高民族素质,多出人才,出好人才。我们社会主义教育的任务就是要培养社会主义的建设者和接班人,就是要培养有理想、有道德、有纪律、有文化的人才,因此对于传统文化和西方文化,吸收什么,摒弃什么,如何更好地融会中西文化,是需要认真细致研究的。

有一份答卷颇令人吃惊和深思,它系统、全面而又率真地写道:

> 若在黛、钗、探、尤氏姐妹五人中择妻的话,薛宝钗会是我的最佳选择,其他四人,只能作为或朋友,或情人,或知己。
>
> 林妹妹,我选择她作红粉知己,而不是妻子。她很值得深交,也算是个性情中人,她会为你保守秘密烂于心中,在你失

意伤心的时候，她会陪着你一起掉泪，安慰你，所以你有什么事只管向她倾诉。

探春姑娘，我选择她作为我的"铁哥儿们"。她那种好强而不固执，不达目的誓不罢休的坚强性格；她那种办事精明，泼辣，有才能，放得开的气质，我就非常欣赏。若是在现代社会，无论经商、从政或是其他职业，相信她会是非常成功的女士。找她作"铁哥儿们"，有什么事情都可以替你办得到，而且值得信赖。

楚楚动人的尤二姐，选择她做情人最合适。她几乎没有个性，柔弱无能，逆来顺受，任人摆布，是个彻底依靠男人过活的女人，但她能够理解你，体贴照顾你，你可以和她互吐衷肠，也可以朝她发脾气，她不会反抗的。所以，她会是个很好的情人。

尤三姐和尤二姐截然不同。她虽也美艳动人，风情万种，但她是株带刺的玫瑰，只能远观，不能近赏。可我又十分敬佩她的敢爱敢恨、爱憎分明、有主见、不苟活的那种做人的痛快劲儿，真令人叹服。不过，我想我是怎么也达不到她那种境地了，只能和她做朋友，有事彼此帮忙。

至于宝钗，在她身上却有着民族美德和传统文化的闪光，有着端庄凝重、典雅大方的气质，有着随分从时、豁达大度的性格，总之，她是个冷与热、情与理、淡与艳的统一，冷得出奇而又美得出众的女子，所以选宝钗这样的女子做妻子，是令人满足了。

显然，这位男性大学生思想开放，视角实在，明显的是受了欧美恋爱婚姻观的影响，不过其中也不乏辩证的方法，纯真的感觉，闪光的语言，看得出，他既向往西方生活方式，又仍然崇拜民族美德和传统文化，思维和信念正处于十字路口，如果我们能够正确地引导他,也不会走上邪路。

红学界的同仁们,以上所述方方面面,立此存照,让我们共同朝着社会主义现代化的方向,为了跨世纪的青年一代,认真思考吧![1]

(写于1994年7月下旬)

第二次《红楼梦》问卷调查

第一次红学问卷调查取得了始料不及的成功效应,于是我又在山西大学中文系九一级本科生中进行了第二次问卷调查。

(一)

第二次问卷调查的题目是:《红楼梦》有几种书名?为什么会出现几种书名的现象?你认为哪一种书名最好?为什么?

问卷调查不是简单的举手赞成什么、反对什么的表决机器,这样做太一般化简单化了。我的目的是想通过此次问卷调查,增加当代青年阅读《红楼梦》的兴趣浓度,加深他们的理解、思辨能力,培养和增强他们的研究、鉴赏和写作能力。回答问卷者,为九一级大学本科毕业生,共122人,其中汉语言文学专业的64人,师范专业的57人,信息管理系旁听生1人。就总体来看答卷情况比较满意,他们绝大部分能够按照要求回答问题,个别答卷还有独到见解。他们在回答问题时列举了书中人物、情节、语言的例证,并引用或驳斥了某些红学论著观点,可见他们是在阅读原著和有关文献资料的前提下回答问题的。不过在答卷中也有5份回答得不能令人满意:有的大而无当,没有明确答案;有的不合问题要求,胡乱涂鸦,不知所云;有的竟然出现常识性错误。因此,在撰写这篇调查报告时,就把这五份答卷作为废卷处理了。确切地统计,此次发出问卷调查提纲共 122 份,收回 122 份,废卷 5 份,有效答卷 117 份。

(二)

《红楼梦》这部小说究竟有多少个书名?综合答卷出现了五种答案:一种是“八种说”,即《石头记》《情僧录》《红楼梦》《风月宝鉴》《金陵十二钗》《情界真铨》《金玉缘》《大观琐录》,持此说的有 114 人,占总人数的 97.4%;一种是“七种说”,即缺《情界真铨》一种,答卷人不知或不承认此种书名,持此说的有 2 人,占总人数的 1.6%;一种是“九种说”,即八种说再加上《红楼梦十二支》一种,持此说者的根据是甲戌本《石头记》凡例云:“如宝玉做梦,梦中有曲名曰‘红楼梦十二支’,此则《红楼梦》之点睛。”实际这是误读了,把曲名误作书名了,持此说者仅 1 人,占总人数的 0.85%;一种是“五种说”,只承认抄本甲戌本上提到的五种书名,持此说者也是 1 人;一种是不明该小说究竟有多少种书名,可谓不知数说,持此说者有 5 人,占总人数的 4%强。

主张五、七、八、九四种数目的书名的答卷人,尽管综合书名多寡时略有差异,但他们对“是书题名极多”的现象,却取得了共识。他们一致确认:一部小说,竟有五种以上书名,这在中国文学史上乃至世界文学史上实属罕见。这部最伟大而又最复杂的作品,且不说它那博大精深的思想内容,也不说它那熠熠生辉的艺术魅力,单是它那名目繁多的书名,就足以让读者深深思索、大书特书一番了。

有位青年的答卷,正体现了一种新的思索。他把八种书名用一种别致的思维逻辑,划分为三种情况:第一种是与故事内容紧密相关的《石头记》《金陵十二钗》《大观琐录》《金玉缘》,这些书名平淡无奇、朴素本色;第二种是有劝诫之意或明示主题的《情僧录》《风月宝鉴》《情界真铨》,这些书名都有佛道观点、因果报应的影子;第三种则是既契合原书主旨又隐喻深刻哲理的《红楼梦》,这个书名较其他七种显得境界更高,情趣更雅。

然而需要说明的是,在答卷中几乎没有一人能够准确地排列出八种书名的顺序来。这个问题非常专门而复杂,红学专家们都感到棘手,自然不可责怪青年读者了。记得在1980年哈尔滨举办首届全国《红楼梦》研讨会期间,我和著名红学家吴世昌先生讨论《红楼梦》书名问题之时,他对我说:"五种名称的次序很难确定,看来《风月宝鉴》较早,早于《石头记》。但脂郑本残稿上正页题《石头记》,中缝却题《红楼梦》,为什么两个名字同时出现在一个抄本上呢?看来曹雪芹披阅十载的底本,依据的是《石头记》,将《红楼梦》与《石头记》掺合在一起而成后来的样子。《金陵十二钗》这个名称一定是后人妄改的,曹雪芹不会起这样的名字,蹩足得很!"现在我把故吴老的这段话写出来,一来作为参考,二来作为纪念。那么《红楼梦》的书名次序究竟是怎样的呢?如果按据依序排列应当是这样的:《石头记》《情僧录》《红楼梦》《风月宝鉴》《金陵十二钗》(详见甲戌本第一回及"凡例")。这是曹雪芹在世时出现的五种书名。曹氏谢世后又先后出现过三种书名:一是《情界真铨》,为野鹤(真实姓名及生平不可考,大约生于光绪、宣统年间)在《读红楼梦札记》抄本中提出;二是光绪年间,许多书商为了赢利,回避禁书的祸端而改名《大观琐录》或《金玉缘》。

（三）

这部小说为什么会出现一书多名的现象呢？答卷中各抒己见，颇有价值。

有的回答说：一，艺术表现手法的需要。例如，《石头记》和《情僧录》，小说的作者为了吻合“真事隐去”和“假语村言”的写作特点，既要增强真实感，又要依从这种表现手法，因此在行文上便杜撰了这两个名字。二，内容的博大精深，使读者产生了不同理解和鉴赏的结果。例如《风月宝鉴》和《情界真铨》就是把小说视作写儿女私情的琐屑之书，故有此名。《红楼梦》则是因为“宝玉做梦，梦中有曲名曰‘红楼梦十二支’，此则《红楼梦》之点睛。”（甲戌本《凡例》）而“红楼十二支”曲正是小说内容的一个重要概括。又庚辰本第四十八回末有一条行间脂批说：“一部大书，起是梦，宝玉情是梦，贾瑞淫又是梦，秦之家计长策又是梦，今作诗也是梦，并风月宝鉴亦从梦中所有，故《红楼梦》也。”因而“至吴玉峰题曰《红楼梦》。”这便是书名《红楼梦》的来由。至于《金陵十二钗》是因小说刻画的主要人物为妇女而命名，《金玉缘》是以宝玉、宝钗的“金玉良缘”来命名，《大观琐录》则是以事件发生的地点来命名。

有的回答说：首先是文化方面的原因，这是所有原因中最重要的一条原因。《红楼梦》不是当时文坛上的应时作品，而是作者一生呕心沥血，“披阅十载，增删五次”的巨帙，由于它具有极高的思想性和艺术性，不仅吸引着一般百姓欣赏，而且引起众多学者的研究，长期以来被手抄流传，反复刻印，于是在保存和传播过程中，因时而异，因人而异，便出现了许多书名。其次是经济方面的原因，由于作者家势衰败，晚年穷愁潦倒，不能一心致力于创作，客观上延长了成书时间，在成书过程中，作者及批语者，各持己见，而形成了多种书名。再加上某些书商出于赢利目的，故意更改书名以吸引读者，平添了许多新书名。再次是政治方面的原因。清初满族统治者大兴文字狱，作者家庭又两次被革职抄家，再由于这部小说富有深刻的反封建思想内容，封建统治者便斥为“淫书”、“邪说”，惨遭禁毁，因此，只有改动书名才能逃避迫害。

有的回答说：除了政治、经济原因之外，还有一条不可忽视的原因就是为了迎合市民口味，满足他们的趣味而易名。但更重要的是故事本身所反映的相当复杂、多元化，并非仅仅“大旨谈情”，实际上涉及了18世纪中叶中国社会的一系列问题，对于这些内容是无法说尽无法说清的，于是传抄者、评阅者、刻印者根据自己的理解改换着书名。

有的则从传统与现代关系的角度，从创作方法的角度做了分析：《红楼梦》问世于我国封建社会末期，中国文化已有了2000多年的积淀，曹雪芹的创作，正是建立在深厚的文化根基之上，同时又对传统予以大胆的突破。正如鲁迅在《中国小说的历史的变迁》中所言：“自有《红楼梦》出来以后，传统的思想和方法都打破了。”内容上具有中国古典文化的气韵，形式上又是创新的，既不是志怪小说那样重记事轻记人，也不是传奇小说那样多浪漫少写实、多抒情少叙事，而是记人记事抒情议论，面面俱有。主题、情节不是单一的，而是多主题、多线索的；人物不是千人一面、一家一户，而是包罗社会各行各业、各个阶层的；语言不是干瘪呆板、千部一腔，而是用笔缜密，着色繁丽，具有神工鬼斧之力。正是这种丰富性、多面性、复杂性，造成读者审美角度审美标准的不同，因而出现了一书八名的现象。

(四)

第三问是:这部小说你认为哪一种书名最好?为什么?

在117份有效答卷中,认为《红楼梦》名称为最好者有95份,占81.2%;认为《石头记》名称为最好者有16份,占13.7%;认为《石头记》《红楼梦》两种书名俱佳、难分轩轾者有4份,占3.4%;还有一人确认《风月宝鉴》名称最好,另有一人则确认《金玉缘》名称最好,各占0.85%。答卷人都就自己的观点,陈述了充分的理由。主张《红楼梦》书名为最好的理由可谓形形色色,表述别致。下面仅把有代表性的答卷列举出来:

[例一]一部书的题目是一对明亮的眼睛,是一幢艺术大厦的小轩窗,是全书主题的集中体现。一个好的书名,寥寥数字,必能透露出作者的创作匠心,传神地揭示该书的思想内容,深刻地反映作者的创作意图,从而引导读者曲径通幽,渐入佳境。"红楼梦",顾名思义就是上演的一幕红楼富家儿女如梦似幻人生的悲剧。一个"梦"字更见作者匠心,当你把小说一页一页地翻阅时,你便不知不觉随同宝玉一道走入红楼,走入梦境,其间梦中套梦,梦中释梦,梦中悟梦,昏昏沉沉,痴痴呆呆,直到看完最后一页,你才如梦方醒,真正认识了万恶的封建社会。

"红楼梦"这个名字除典雅、形象外,"红楼"本身在视觉上给人一种庄严肃穆、富贵雍容之感,"红楼"里的悲欢离合、嘻笑怒骂的人物和故事,无不关照着人生如梦之感,"红楼"与小说深邃的内容,又非常贴切,给人以一种想象的空间。还是红学家冯其庸先生说得好:"《石头记》是名,《红楼梦》是字,字是代表名的,所以它对名有点解释的作用。因此它比《石头记》要更具体、更有内涵些。这并不是要说《石头记》这个名字好还是《红楼梦》这个名字好,名和字是一体的,互为表里的,不存在好坏问题,只存在功能问题。由于《红楼梦》这个'字'较富有内涵、较有吸引力,所以这个'字'就代替'名'而风行天下了。时至今日,《红楼梦》这个名字,几乎可以说是'红'遍全世界了。"(书目文献出版社出版《甲辰本红楼梦·序》)

[例二]梦是《红楼梦》全书之灵魂。红楼处处有梦,时时有梦。我认为红楼之梦首先当分之为"实梦"与"虚梦"。所谓"实梦"者,就是写之于笔端,露之于文外的梦境描写。实梦多为情节发展的推动因素,例如"甄士隐梦幻识通灵"、"王熙凤梦会可卿魂""贾宝玉梦游太虚幻境"等,这些梦境无一不是对故事情节的一种演义。所谓"虚梦"者,就是作家并没有称道和实写梦境,而是以梦幻的特征去构建故事,使之披上梦的色彩。我理解这个"梦",绝非佛家之"空",道家之"虚无"、"无为",这种梦,更多包含着一种希望的追求,情感的寄托。

著述文章,"真"字为先。艺术的真实是艺术生命之所在。写"真"莫过于写"情",雪芹寒窗十年,伏案投情于笔端,"满纸荒唐言,一把辛酸泪",所谓"荒唐言"者,正是封建卫道士所恶所惧的"真情真言"。此真情是自由的,真挚纯洁的,发自肺腑的,如同那璞玉,天真而就,无雕无琢。而那个时代是毁灭一切真言一切真情的时代。真情只能变为幻情,变为梦,梦便是真情真言的投射和隐现。这些红楼女儿们,一度曾在这块大观园"乐土"里尽情吐露自己的芳心痴情,可惜这是短暂的“光明”。随着“惑奸谗抄检大观园”后，乐土湮没了，红楼女儿的“梦”线一条一条被无情地斩断：潇湘馆里焚烟伴着斑竹泪，紫禁宫中金玉裹着元妃愁，栊翠庵里钟鼓击落冷红梅，纵然是宝钗也是敲断宝钗守活寡，等等，等等。在这红楼里岂止是这些女儿们梦断泪尽，我觉得“梦”更有其他所指。难道贾母没有“梦”？她总希望儿孙满堂，子贵孙贤，而事实上是贾赦的淫乱，贾政的虚伪，贾琏的浪荡，宝玉的出家，就连她万般宠幸的孙媳妇王熙凤也不过是唯利是图、诎失人心，可谓此梦难圆。难道贾政没有“梦”？他梦的是贾府子弟高官厚禄，光宗耀祖，而结果是革职抄家，一损俱损，又一此梦难圆。就在这红楼大观园里建构着诸多之梦：情梦、官梦、金钱梦、权势梦、滥淫梦。真真假假，虚虚实实，一切希望，一切幻梦，都归终于这座红楼。这一切的一切便是《红楼梦》书名的奥妙所在。

主张“石头记”为最好书名的答卷，有2份最具有代表性，也照录如下：

［例一］《石头记》是作者最初使用的书名。石头自女娲炼石补天以来，就常被用作政治人才的象征。苏轼说：“君看道旁石，尽是补天余”。（《儋耳山》）辛弃疾说：“补天又笑女娲忙，却将此石投闲处。”（《归朝欢》）根据敦诚《题芹圃画石》诗，也可以看出曹雪芹很喜欢石头。“石头记”三字竟包含了三个典故：一是“石破天惊”。典出李贺《李凭箜篌引》一诗：“女娲炼石补天处，石破天惊逗秋雨。”谓《石头记》是石破天惊之奇书，而作者为石破天惊之奇才。二是“石能言”。典出《左传·昭公八年》，原典是说晋侯从谏改变构筑宫室方案的故事，这里是说作者写女娲补天未用之石“灵性已通”，围

绕顽石所记的故事说古论今,故得"石头记"之名。三是"曹娥碑"。典出《世说新语·捷语》,借指顽石幻形入世变成通灵宝玉,正反两面均有文章。《石头记》正如"曹娥碑"一样,正面是诔"女儿"之词,所谓"千红一窟","万艳同杯",反面却是"绝妙好辞",《石头记》正是印证封建社会走向没落的一块巨碑。从整部作品来看,在内容情节上描写"石"的成分比"梦"要多得多。从开篇女娲补天所遗一块顽石开始,直到94回丢玉为止,"玉"一直作为重要情节出现,如对玉、摔玉、失玉反复出现,玉即石。从顽石一生二,亦石亦玉;二生三,因宝玉而黛玉而宝钗;三生万物,而引出其他"风流冤家",引出贾史王薛四大家族,引出官场、皇室,写出了整个封建社会各个层面上的人生悲剧。

[例二]从作品的主题来看,"石头记"名称具有明显的丰富性和多义性:从"家史"角度看,是一曲封建社会"末世"的挽歌;从宝黛钗"眼泪还债"、"金玉姻缘"的主体故事看,表达了反抗礼教,争取个性解放的主题;从贾宝玉的人生道路看,写出了"梦醒了无路可走"的先知先觉者的悲哀;从原著的哲理内涵看,又表现了人类命运在历史中的异化和荒谬,以及人对异化的悲壮反抗。可见作品有探究人类命运的本源色彩,正是基于这一点,我认为《石头记》最能体现作者理性的色彩和思想的深邃。正像红学家周汝昌先生所说的那样:"如果用我们今天的话来表达,那么他分明考虑过宇宙、世界、人生、国家、社会、政治、道德、宗教、伦理、制度、风俗……。他确实考虑得极多极多,而且似乎想要得到一个哲学的理解和解决。他把小说的开头引到娲皇炼石补天的神话上,'说来虽近荒唐,细语则深有趣味',说明了他落笔之先,已然有了一种思想

认识,而其中之味,是须要读者细语才能理会的。”(《曹雪芹小传·十一正邪两赋》)以上正是笔者认为书名为《石头记》最好的原因之一。

有的青年在答卷时,把一个个书名做了详细的论证、对比后说:“实际上每个书名各有千秋,取某个名字,自有它合理的一面。对于某个读者来说,只要书中某一故事某一人物触动了他自己,他便会赞同这个书名。经反复比较和筛选后,笔者则偏爱于《石头记》和《红楼梦》两个书名,这两个书名,实在难分高下。‘一千个人眼中必有一千个哈姆雷特’,一种书名便是一个‘哈姆雷特’。若从艺术结构、主题思想、创作意图以及它们之间的关系而论,‘红楼梦’书名在提示内容上胜,‘石头记’在结构小说上胜;而在主题思想和创作意图的揭示上则平分秋色,‘红楼梦’是表,‘石头记’是里,因此说两种书名各有千秋,不可抹煞一个。”此可谓《石头记》《红楼梦》两种书名俱佳说。

有一位青年则把“红楼梦”与“风月宝鉴”两个书名作了对比,理直气壮地认为“风月宝鉴”题目最好。他的理由是:“风月宝鉴”中的“风月”二字反映了小说的内容,而“宝鉴”又明确道出了写这部小说的惩戒目的。曹雪芹写《红楼梦》正是要通过描写贾府的荒淫无耻生活以及形形色色的事件,来达到其反封建的目的。以人物论,贾宝玉实为全书结构之最重要的核心,涂瀛在《贾宝玉赞》中曾说:“宝玉之情,人情也,为天地古今男女共有之情,为天地古今男女所不能尽之情。……惟圣人为能尽性,惟宝玉为能尽情。……孟子曰:‘伯夷,圣之清者也;伊尹,圣之任者也;柳下惠,圣之和者也。’读花人曰:‘宝玉,圣之情者也。’”(《红楼梦论赞》)若把《红楼梦》的结构比为车轴,则宝玉犹如轴心,在八面撒开的辐条上,最接近的是林黛玉、薛宝钗,其次是其他少女少妇,拓开去是宁荣两府,再外围是整个社会,而写贾宝玉又主要写他与多位女性的风月场里的生活。从故事情节论,小说贯通始终的是贾宝玉经历的婚姻恋爱故事。与贾宝玉相联的人物极多,而其中尤以女性为主,他们之间发生的曲折多变情节,是整个小说文字推进的主要线索,这根主线形成了全书始终不竭而层层加深的悬念。何况曹氏旧有《风月宝鉴》一书,《红楼梦》正是在它的基础上扩充删改而成。之所以说"风月宝鉴"书名比"红楼梦"更好一点,正在于当我们读完这部小说时,我相信对每个人影响最大的不是贾府的衰败,而是贾宝玉与林黛玉的爱情悲剧,其中有的人还会沉溺于这种悲痛之中而不能解脱。正是"风月宝鉴"适合了这一点,它告诉读者这部小说的主题并不局限于男女之情,而是借男女之情扩而大之涉及到政治、社会、经济、文化、习俗等各个方面,说明封建制度必然走向衰亡的原因。总之,"风月宝鉴"可更好地起到"点题"的作用,这部小说还是用这个书名好。

还有一位青年则认为"金玉缘"书名最好。他写道:

"红楼梦"是被公认的最恰当的书名,并且经受了时间的考验,我不反对它。但我认为"金玉缘"这个书名,与"红楼梦"相比也毫不逊色。如果说,"红楼梦"是全书内容抽象概括出来的名字,而"金玉缘"则是更具体地反映了主要人物主干故事的名字。原因是多方面的,其中最主要的有两点:其一,"金玉缘"是全书故事情节的基本线索。读完《红楼梦》,我们发现,这部书所描写的不是"洞房花烛,金榜题名"的爱情故事,而是封建贵族青年贾宝玉、林黛玉、薛宝钗之间的恋爱婚姻悲剧,贯穿悲剧始终的是代表宝黛爱情的"木石前盟"与代表玉钗婚姻的"金玉良缘"的斗争,"木石前盟"到黛玉死后就不存在了,作为封建正统婚姻的"金玉良缘"却贯穿了全书的始终。书中第八回写了宝玉和宝钗互换护身符观看，两人发现通灵宝玉和项圈上的题字竟是互相照应的，自此以后，情节便紧紧围绕着这一线索发展下去。小说生动而深刻地描写了“木石前盟”与“金玉良缘”的百折不挠的斗争，最后“木石前盟”终以失败告终。这是命运的悲剧，也是时代的悲剧。小说的深刻之处就在于它不是孤立地去描写这个爱情悲剧，而是把三人的恋爱婚姻悲剧置于贾史王薛四大家族的兴衰、封建制度的种种丑恶背景下揭示的。所以说，作为全书主干线索的“金玉缘”成为书名，并不为过。

其二，“金玉缘”三字符合百二十回《红楼梦》的内容，并有突出主题的作用。如果我们深刻分析全书，我们就会发现“木石前盟”代表的是情，而“金玉良缘”代表的是理。“金玉良缘”在战胜了“木石前盟”之后，宝玉中了举人，生了儿子，完全符合封建大家族的愿望，然而最终也避免不了悲剧的厄运。书末所写，宝玉的出家，家境的败落，都足以证明“金玉良缘”的失败，也就是封建制度的溃灭。从这里可以发现，按照封建社会常理，金玉良缘，高中举人，喜得贵子，均是兴家旺族的喜兆，然而作者却出人意料地一反常理写了贾家的败落，这种反差正表现了作者对社会认识的深刻性。贾宝玉的出家，带来的是“白茫茫大地真干净”，表明了贾府中子孙虽多，竟无一人可以继业，不可能重振家业，封建社会必然溃灭的趋势；薛宝钗作为唯一被选中配当宝二奶奶的人选，用尽了全部力气维护自己的封建淑女形象，恪守封建规范，而得到的却是更为悲惨的命运。她的悲剧结局，说明了末期封建统治者已无法维护自己的制度，以至连维护封建礼教的人也得不到好的结局。这样创作便更深刻地揭露了封建道德的罪恶本质，主题得到了升华。相比较，我认为其他几种书名都不免失之片面：《石头记》失于笼统，不能表现书中内容的意义，《风月宝鉴》只看到男女风月之事，《金陵十二钗》只注重对女子的赞美，《情僧录》《情界真铨》又易使读者局限在“情”中，《大观琐录》则太平淡，缺乏吸引力。因此，我不反对《红楼梦》书名的同时，更倾向于《金玉缘》的书名。

（五）

综合分析，这次问卷调查有如下特点：

首先，在122份答卷中，绝大部分答卷人态度认真，书写工整，翻阅了不少文献资料，其中除5份废卷外，有60份是根据问题、逐问回答，写得简单明确；有57份写成了小型论文，其中22份写得相当好，论点明确，论据周密，布局合理，行文流畅，时有新颖观点。例如，有一篇答卷这样写道：

> 我认为，“红楼梦”一名最能代表曹氏这部旷世之作，选此名称为书名是最恰当不过了。
>
> 我觉得一个书名的恰当与否，要从两点着眼：一是暗含在文中的创作主旨与意图，以及作品体现出的思想性；一是作品外在即外现的文字内容。客观地讲，名字应当是出于作品之后，作者夹杂着深厚的生活基础与情感体验，在一种热烈的创作冲动激发下，洋洋洒洒倾吐心中无数郁积之语，以求其心理大快，把实际生活中遭受的苦痛，心灵的创伤，难以实现的凌云之志，在作品中尽兴展露。这也就是中国古代文论里经常提到的“孤愤说”。书名的雏形隐约出于创作之前，而随创作之情的抒发又日臻完善，作品成熟而书名的喷薄欲出成为作

者殚思竭虑地高度概括作品的最后阶段。作者心中欲吐之情凝于作品,作品揭示之言凝于题目,所以作者在选择书名时,必定是要最凝练最生动最深刻地把自己的创作告知读者。当然这种创作欲望是一种意识化的东西,如果书名是一个纯属思维形态中的范畴,必定掐断了与内容的联系,陷入互不相干的尴尬中,所以好的书名必定要和书的内容相切合,选取与书密切相关的一人、一物、一事,再与作者的创作心理紧密相融,这样的书名方为最佳。

而"红楼梦"三字作为此书之名,完全符合了最佳的标准。无论红楼、红、楼、梦这几个字怎样搭配,都切入了书中的描写,《红楼梦》入木三分地写了情、钱、权、欲。红楼乃奢华的宁荣二府的指代,红即怡红院、怡红公子,楼即大观楼、缀锦阁、含芳阁、天香楼,梦乃醉生梦死、昙花一现,红楼梦即秦可卿领宝玉梦游太虚幻境、妙悟人生、顿悟世情。而"红楼梦"三字又无不凝聚着作者心中诸多情愫:往日浮华的眷恋,亲情爱情的难圆,家道中落的愤慨,世态炎凉的嗟叹,人生苦短,好梦难圆,一切温馨都只能变为冷酷无情,一切繁华都是过眼烟云,好无奈好凄凉好痛心的一片心中世界、眼前世界。如此理解,"红楼梦"三字便真的是一部旷世奇书的最佳书名了。

其次,初生牛犊不怕虎,有两位答卷青年敢于向红学权威开火。尽管他们红学功底还差,需要坐下来多读书多思索,进一步研究《红楼梦》,但他们的那种在改革开放的氛围中,敢于跳出窠臼,推陈出新,哪怕是微小的成果,也是值得老一辈学者关注和扶植的。因为不论是大人物或者小人物,不论是红学圈内人还是红学圈外人,在真理面前应该是一律平等的。

有一位青年写道:

我很喜欢做这个题目，不仅仅是品评比较小说名称的问题，而要做这样的问卷调查，你必须仔细阅读原著，广泛参考文献，深入探讨作者的艺术构思及成书过程，方能获得满意的答案。我翻检了一些有关红学论著，发现几乎是众口一辞，认为这部小说总共有七个书名。红学家刘梦溪先生在《红楼梦新论》中有一篇专论《论〈红楼梦〉的书名及其演变》，我拜读之后，受益匪浅。但遗憾的是竟发现几处不该出现的小疵：一是他确认这部小说只有七个书名，却不知还有《情界真铨》一名。赵老师在给我们讲授"红楼梦研究"课程时，曾经讲到这个书名，并指明大约在光绪、宣统年间，有个叫野鹤（真实姓名及生平不可考）的在《读红楼梦札记》中，列为第六种名称。后来我查阅了一粟编的《红楼梦卷》第一册285页，果然不错，查有实据。二是解释《石头记》是本名的问题。刘先生依据甲戌本第一回，在"空空道人听如此说，思忖半晌，将这《石头记》再检阅一遍"句旁，注明《石头记》是"本名"。紧接着解释道："'本名'者，基本之名也。"这是从何说起？！本名者，应该是本来、原来之名的意思。《广雅·释诂一》说："本，始也。"《吕氏春秋·无义》说："故义者百事之始也，万利之本也。"高诱为此注说："本，原也。"可见，"本"是原来、起初的意思，怎么能解释成"基本之名"呢？

著名红学家周汝昌先生在其大作《红楼梦新证》"第八章文物杂考六'红楼梦'解"一段文字中写道："'红楼梦'，原只是小说第五回中的一套曲子的名称。""就'红楼梦'和'石头记'两个名字本身来说，那'意味'和'气味'上的分别也是很大的。前者，毕竟是'文绉绉'得多。作为专门要用'假语村言'来写的小说，取上这般一个文里文气的名字，细品起来，就越品越觉得不甚对头，因为它们并不'合套';倒是'石头记'三个字,显得平实、谐调,和通俗小说的体例更能配合得好。"偏偏有位青年针对周先生的观点,做了针锋相对的辩驳。请看这位青年是怎样辩驳的:

"红楼梦",并非只是小说第五回中一套曲子的名称。在较早的抄本中,无论正文还是批语中,都有这个书名的明确记载。例如目前能看到的最早的抄本甲戌本上便有如下记载:《红楼梦》旨义。《红楼梦》是总其全部之名也。至吴玉峰题曰《红楼梦》。第五回中有行间夹批:"此结是读《红楼》之要法。"并有眉批:"妙,设言世人亦应如此法看此《红楼梦》一书,更不必追究其隐寓。"第七回眉批云:"一部《红楼梦》淫邪之处,恰在焦大口中揭明。"又如:己卯本第三十四回回末题有"红楼梦第三十四回终"九个字。庚辰本第二十一回回前总批说:"有客题《红楼梦》一律……"还有明义写有《题红楼梦》诗二十首,收在他的《绿烟琐窗集》里,明义为乾隆年间人,这题《红》诗大约写于曹雪芹死前。由此可证,小说命名"红楼梦",证据确凿,怎能说是"原只是小说第五回中的一套曲子"的名称呢?又怎能说"'红楼梦'名字比'石头记'的名字,要'意味''气味'不佳"呢?

我以为,《红楼梦》重在一"梦"。梦者,梦幻也,乃虚无渺茫、无法实现之物。一部《红楼梦》述说了无数幻灭的悲剧,人物的梦碎,家庭的衰败,爱情、亲情、友情的破灭,正是作者理想破灭的表现。在揭示充满矛盾的现实生活和塑造人物的过程中,在追求理想而又找不到有效途径的探索中,作者不得不以色空思想来表达自己的迷惘和失落。一部《红楼》,其实只讲了一个"大梦"。宝黛的爱情之梦,玉钗的婚姻之梦,贾母贾政的兴家之梦,贾赦贾珍贾琏薛蟠的滥淫之梦,凤姐的占有之梦，大小妻妾的钻营之梦，丫环奴仆的自由之梦……，哪一个人无梦？又有哪个梦曾经实现？作者已经看到了抗争之门，却一直没有勇气没有能力踏进门槛，因而只好归于一梦。

作者以现实主义手法，按照生活本来逻辑展示人物家族命运时，他所不愿看到的“千红一窟（哭），万艳同杯（悲）”的悲剧出现了，他所哀挽的贵族家庭没落的悲剧出现了，这对于一个封建贵族出身的旧时文人，因看不到社会发展的本质规律而皈依天台宗门，正是作者的一大悲剧，也是历史的一大悲剧。红楼之梦，正是这一悲剧的集中表现。《红楼梦》写梦多达三十二个，由始至终，贯穿全书，这些梦并非无缘而作，都是对创作意图的诠释，若无这些梦的解释，恐怕会使作品失色许多！由是而言，怎能说“意味”和“气味”不佳呢？所以说，“红楼梦”书名能够很好地概括出作品主题，涵盖整个世间的兴衰成败、悲欢聚散。三个字既有隐喻，又有象征，境界更高，情趣更雅，实在是一个再好不过的书名。

再次，回答问卷调查时，他们不仅就书名论书名，而且采取了比较方法仔细筛选，更可贵的是能从社会背景、历史角度、文化内涵、语言功能各个方面，加以论证分析。一部小说有这么多书名，不同时期的不同读者，有着不同的命名与评价，或褒或贬，褒此贬彼，真是仁者见仁，智者见智。为什么会产生这种现象呢？其实，这正好印证了接受美学的原理。有些答卷中不自觉地包含了用接受美学的方法去鉴别书名优劣，只是没有正面用接受美学的理论去阐释。我们知道，接受美学又称接受理论，或接受研究，或读者反应批评，它的理论核心是突出读者在文学发展过程中的作用，一部文学作品以至一个文学术语的生命力，没有读者的参与是不可想象的。接受美学是当代西方文学批评中的一种新兴理论，仍在不断完善和发展中。其代表人物是德国的姚斯、伊塞尔和瑙乌曼。该理论主要是阐明作者、作品与读者之间的相互关系,特别强调读者对文学作品的理解和接受理论时,有许多差异,但在作者、作品和读者在文学过程中的关系方面却是一致的。他们确认:一个完整的文学过程是由创作过程(作者—作品)和接受过程(作品—读者)联合构成的,即作者→作品→读者和读者→作品→作者。但是三者之间不是分离脱轨的,而是相互能动地起作用的:作者为读者创作作品,作品对读者发生影响,反过来读者阅读作品,对作品自我诠释,诠释的正负效应又深刻敏锐地创造作家、影响作家的创作。

姚斯理论中提出了一个别致而重要的概念,就是"期待视野"。所谓"期待视野"就是读者在纵横接触面上所构成的接受前提下对作品向纵深发展的理解和期待。也就是读者在阅读作品时由自己的阅读经验构成的思维定向。而阅读经验又与读者的世界观、身份地位、文化素质、艺术修养、审美需要、个人经历以及年龄、性别等因素有关。由于读者的社会和个人基础不同,便形成不同的阅读动机、需要和兴趣,因而对某个问题的诠释也就出现差异。伊塞尔对这个理论则作了补充和修正,他在《阅读现象学》中又创造了一个"流动视点"的概念,认为阅读视点是内在的,从作品内部产生的。阅读经验是一种形象创作活动,不同读者的阅读,同一读者不同时间的阅读,创造出的形象也是不同的,无所谓准确或误差。在伊塞尔看来,没有经过读者阅读和检验的作品称为"本文",经过读者阅读和检验的才称为"作品"。作品本文的结构中已经暗含着读者可能实现的种种解释的萌芽,已经隐藏着一切读者的可能性。正如他在《阅读活动:审美反应理论》中所说:"读者的作用根据历史和个人的不同情况可以以不同方式来完成,这一事实本身就说明本文的结构允许有不同的完成方式。”我国具有五六十年创作历史的著名作家巴金，也曾经作了经验总结，他在《巴金全集·自序》中说：“任何一部作品发表以后就不再属于作家个人。它继续存在，或者它消灭，要看它的社会效益，要根据读者的需要和判断来决定。所谓不属于个人，并非说它就是‘社会财富’，只是因为它已经产生了社会影响，好的或坏的影响，作者便不能推卸责任，比如欠债要偿还。”接着在深刻剖析自己之后又说：“我将用《全集》来检查自己，解剖自己。读者也可以用《全集》对照我的言行来判断我究竟是什么样的人。”巴老的这段话，也完全符合接受美学理论的观点。现在以接受美学的理论，来观照关于《红楼梦》一书多名的解释、争论，便豁然开朗了：一，这部小说出现一书多名的现象是不可避免的，不同的读者由于主客观条件的差异，总会有不同的诠释；二，仁者见仁，智者见智，无所谓准确或误差，这部小说的书名，只有功能上的相对差异，却没有性质上的绝对优劣；三，研究《红楼梦》，必须正确诠释作者、作品、读者三者的关系，忽略任何一方都会导致片面或错误。

（写于1996年4月上旬）

第三次《红楼梦》问卷调查

（一）

这次问卷调查的题目，是根据著名红学家蒋和森先生的建议拟定的。那是在1995年五一节前后，我几次去府上拜访蒋先生并请教一些有关“红学”及明清小说的问题，在谈叙中，他对我进行的“红学专题问卷调查”系列工作非常感兴趣。他笑眯眯地细声细语地说:“在莱阳会议期间我未能收到您的宏文,深感遗憾。您能走出红学圈,面向青年,采用调查研究的方法,对《红楼梦》进行系列调查,这别开生面,颇有价值。我建议您要扩大调查对象,不要仅仅局限于高等学府的大学生中,能不能到社会上各行各业的青年读者中进行调查,首先了解他们喜欢不喜欢阅读《红楼梦》。”我连连点头称是,并禀告先生我准备了这方面的题目,但放在序列的后面了。同时,我又请求先生为我这本拙著写一篇序文,他愉快地答应了。我返回太原后,立刻把已经拟好的七个题目,重新调整了次序,把“你喜欢不喜欢阅读《红楼梦》? 为什么?”这个专题放在第三次问卷调查时进行,因为第一、二次专题调查早木已成舟,不好更改了。本来这个题目应列为第一次较为合适,但现在依照实际情况,只能列为第三次了。不久,蒋先生又来函谆谆嘱咐:“承赠有关《红楼梦》阅读的调查,很有意思。建议以后再作此种调查时,调查对象尽可能广泛一些,其中人物也不妨增加一些(如袭人、史湘云、贾母等),另外如《红楼梦》是否还有阅读吸引力等等,似可都作调查,不知您以为如何?”

天有不测风云,人有旦夕祸福。万万没想到当我整理第三次问卷调查报告时,突然收到了中国红楼梦学会秘书处的急电。电文通知:蒋先生于1996年4月23日病逝于京。惊悉噩耗,中心震悼,我从此又失去了一位良师益友,于是立马写了一封唁函和一副挽联,请秘书处转交蒋夫人张晓萃女士。挽联云:梦渺渺也子夜书,“贾宝玉”功名视腐鼠;《风萧萧》兮《黄梅雨》,《红楼梦论稿》传千秋。尽管如此,也未能完全表达我的沉痛心情啊! 自然规律,谁能抵抗? 我只好用功把这篇调查报告写好作为回报,以慰蒋先生在天之灵。

（二）

此次调查问卷共发出180份，最后收回148份，短缺32份。在收回答卷中发现有两份答卷完全雷同，显系抄袭之作，为山西沁水两位社会青年所作，故作废，因而有效答卷为146份。此次调查对象虽然比前两次扩大了一些，但仍不理想，属于社会上其他行业的对象，比例仍然不大。这180份问卷中包括：向92级大学本科生发出93份，收回90份（男45人，女45人，年龄20—24岁）；向在读研究生发出15份，收回15份（男2人，女13人，年龄21—40岁）；向大学青年教师发出7份，收回4份（男3人，女1人，年龄30—35岁）；向中专学生发出15份，收回13份（男无，女13人，年龄17—19岁）；向社会各行各业青年发出50份，收回26份（男13人，女13人，年龄从20岁到34岁）。社会青年从职业看有农民1人，待业者1人，编辑1人，律师1人，党政干部11人，中小学教师11人；从文化程度看，有初中肄业1人，高中或中专5人，大专4人，大学本科16人。

从146份有效答卷看，对《红楼梦》无论喜欢不喜欢阅读，答卷人都能列出充分的理由来，从情态和观点上看，大致可分为五类读者：

第一类是非常喜欢的，有68人，占总人数（以收回的有效答卷为准，即146人）的46.6%。不少青年读者说："不但是喜欢，而且是非常喜欢，简直喜欢到不能再喜欢的地步。"一位女大学生说："只有《红楼梦》才称得上是一部永远读不完的书。不论你从哪一页翻起来读，都能很快进入角色；也不论你读过多少遍，再捧起来读，都能找到与前不同的新鲜感觉。我从初中便开始读《红楼梦》,以后几乎每年暑假都读一遍,我从来不曾把一本书,读得如此投入,因为没有哪一本书,能使我读的时候好像进入了作家笔下的天地。这样的不朽之作,只有不断地读,经常地读,才能熟悉它,了解它,积累到一定的程度,才可能有更深入的体会。”一位男大学生说:“本人性格豪爽,似应只读‘大江东去’,但偏爱这‘风花雪月’,而我绝非故作娇柔。因为这部百科全书型的小说正是百读不厌之奇书。读之思之,你可以增阅历、丰知识、长才干、明事理、伸正义,所以《红楼梦》值得细读。”

第二类是一般喜欢的,有 67 人,占总人数的 45.8%。他(她)们总结说:《红楼梦》确是一部伟大的作品。其伟大首先是社会性,读《红楼梦》犹如读一个大社会,小说家把一个广阔的时代画卷浓缩在一个家庭的兴衰变迁中,通过它可以了解到封建社会的方方面面;其次是哲理性,小说家看社会,观兴衰,看得十分透彻,一曲《好了歌》及《解注》,几乎把世事揭露无遗;第三是文学性,小说家学识渊博,技巧高超。诗词歌赋,众体皆备,就连灯谜、酒令、书启、楹联等等,也都高人一筹;第四是知识性,小说家杂学旁收,三教九流,无所不写,书中茶文化、酒文化、服饰文化、饮食文化、医疗卫生、佛道宗教等等无所不及;第五是深邃性,读《红楼梦》不像其他作品一览无余,再读无味,而是每读一遍都有一次新的感受;第六是悬案性,《红楼梦》后四十回原稿遗失,应该说这是本书作者和读者的一个不可弥补的缺憾,但也正是这个缺憾才给人留下不尽的思索、考证;第七是现实性,《红楼梦》不啻是封建社会的一部腐败史,今天从反腐倡廉角度研读它,更有现实意义,可谓 90 年代的一部《甲申三百年祭》式的警书。

在这类读者群中,有三位男性青年提出了独特见解。一位是硕士生,他说他是受毛泽东主席的影响而喜欢读《红楼梦》的。毛泽东把《红楼梦》当历史读，除了正确地借鉴运用外，还把它列为我国的一大发明，与四大发明纸、印刷术、指南针和火药相并列。这位硕士生没有把《红楼梦》看作是阶级斗争史，而是看作为一部思想史、文化史，并从中发现有两种文化的存在与对立，这两种文化就是民主性和腐朽性的文化。由此及彼，联系国内外实际考察，可以看出西方人乱了，但乱中有革命，有制度的更新；我们中国乱了，却不是新事物为战胜旧事物而乱，而是混乱，是封建流毒的泛滥，例如吸毒、卖淫、贪污受贿、假冒伪劣等等。因而要找出其中原因，就得从记录民族文化生活的文献中去找，《红楼梦》就是一部最好的文献。

另一位是本科生。他说，读书和交友一样，喜欢则读，不喜欢就退避三舍。必读书目之中，《红楼梦》自然首当其冲。他认为，现在红学研究存在许多错误的导向，大多凭一己之意去揣测作品，揣测作者的衣冠鞋袜、子嗣妻妾、祖上荫福甚至遗传因子，主观臆断的倾向很严重，这样就不可避免地走入误区，对青年人导读失误。所以读《红楼梦》关键不在于喜欢不喜欢，而在于该如何读。

还有一位是社会待业青年。他说，他喜欢阅读《红楼梦》，至于为什么喜欢，他总觉得生活中真正的喜欢是说不出子丑寅卯的，假如说了出来，那一定是掺了沙子的。喜欢只是感觉，正如一首歌所唱的："读你千遍也不厌倦，读你的感觉像三月。"退一步讲，假如硬要说出它的好处来，其实也是走了样的，不过把一些甲乙丙丁等等已经枯朽了的标签贴上而已，其目的也仅仅是为了给别人表演。我不想表演，我认为对待《红楼梦》，还是不要给它张贴标签的好，不要把它糟践化妆成花花绿绿的吉卜赛女郎，失去小说的本来意义。正确对待它的方法是：实实在在地熟读《红楼梦》。

第三类是不喜欢的，有 9 人，其中女性 2 人，占总人数的 6%。

综合分析这类读者不喜欢阅读《红楼梦》的原因,几乎一致。从读者主观原因看,均为性格使然,他们性格外向,好动不好静,豪爽,热烈,不喜欢缠绵悱恻,哭哭啼啼。因而他们喜欢看《三国演义》《水浒传》那样的小说,这类小说故事情节扣人心弦,人物性格阳刚激励。其中有一位曾是专攻元明清小说的硕士生现为讲师的答卷人慨叹地写道:“不喜欢,我看了两遍,都是硬着头皮看的。50岁以后,我想我会重新认识《红楼梦》的。”另一位也曾是攻读唐宋文学的硕士生现为讲师的答卷人,也有理有据地陈述不喜欢的原因,他说:“作为一名读者,我很不喜欢《红楼梦》,原因是可读性差,缺乏吸引人的故事情节,太细碎,太无聊。文学有两大功能,一是教育功能,一是娱乐功能。教育功能是潜在的,外加的;娱乐功能是直接的,主动的。从这个角度讲,《红楼梦》正缺乏这种娱乐消遣功能。本人喜欢读《三国演义》《水浒传》这样故事性强的小说,尽管它里面的人物性格简单化、类型化,但能让人读下去,能得到审美享受,能轻松愉快。同样,在电视剧中,本人喜欢看武打片、喜剧片,而不喜欢看严肃片、纯文学片。能把二者结合起来的小说、影视,本人更喜欢看。”

从客观原因来看,他们对《红楼梦》的成就价值虽然并未全盘否定,但他们认为阅读它、研究它、分析它,完全是为了教学工作的需要,并不是由于它有多大的艺术魅力吸引着。有一位沁水中学的青年教师,情不自禁地发出了如下疑问:一,既然是一部世界名著,为什么大多数人读不懂?二,内容尽是些婆婆妈妈、吃吃喝喝的事,哪里能比得上《水浒传》《三国演义》中的英雄业绩呢?三,人物太多,关系复杂,生活琐碎,情感腻烦而又凄凄惨惨戚戚,大量的活动总是在狭小的家庭大院里,怎么能说是反映了广阔的封建社会呢?

第四类是先喜欢而后不喜欢的,有 1 人,占总人数的 0.6%。这位答卷人是一位具有大学本科程度的已婚男性青年律师。他说,上大学期间很喜欢读《红楼梦》,但进入社会后,却不喜欢读了。主要原因与个人的成长及命运相关。作为大学生的年龄及心理特征,那时有着强烈而特殊的爱情追求,希望自己能转化为书中的贾宝玉,在众多的少女中寻求自己的理想情侣。那时的他,着重点在于书中的风花雪月,卿卿我我,随着小说人物哭而哭,笑而笑,骂而骂,对于其深刻的社会内容却视而不见。所以不但很喜欢读,而且还少不了写心得体会。但当他进入社会奋斗了十几年的岁月后,整日价为生活为前途而奔波,过分的劳碌,非分的欲望,都使自己从幻想中的空中楼阁跌落到现实中来。这时他再读《红楼梦》,忽然觉得很无聊,写来写去不过是一群少男少女打情骂俏,不种田,不做工的内容,他(她)们不问生活如何,整日喜怒无常。甚至十二三岁的小孩都能大谈人生哲理,大谈万物阴阳,大谈诗词书画,大谈医药卫生,而且总是高人一筹,实在是可笑至极,不通至极。

第五类是先不喜欢而后喜欢的,有 1 人,占总人数的 0.6%。这是一位大学本科程度的 25 岁的未婚男性青年。他说,起初他从所谓"四大名著"之称誉对《红楼梦》产生了极大的兴趣,而当他几次打开阅读时总是几次放下,读不下去,只觉得《红楼梦》写得太乱太杂,读起来十分劳累,简直晕了他的头。以后随着年龄的增长,同时又翻阅了不少红学研究著作,再看这本小说时就变了,他觉得《红楼梦》的确是字字血泪,篇篇珠玑,真是百看不厌的好书,每看一遍,就增加一些新的认识,就有新的提高。

（三）

此次问卷调查活动的动向，值得注意的有如下几个特征：

首先，答卷普遍写得真实可信，不浮夸，不做作，不空洞，都能说出自己喜欢不喜欢阅读《红楼梦》的理由，或者发展变化过程。只有极个别的答卷说得有些夸张，不真实。有一位20岁的女大学生，说她翻来覆去把《红楼梦》看了40多遍，这就不可能了。我们假定她从10岁看起，那么10年来当是平均每年要看四遍了，似乎有点天方夜谭。不过这位女大学生对《红楼梦》确实非常喜欢，从平时接触及答卷来看，对小说中的情节、人物相当熟悉。

其次，从答卷的回答质量来看，在146份答卷中，还是以大部分在校的大学本科生和中专生的为最好。好的标志可概括为：一是态度认真，一丝不苟，书写也工整；二是语言流畅生动，段落层次合理，观点明确准确，显然是精心构思的；三是能紧密联系个人实际，阐述起来持之有故，言之成理。例如有一位男性大学本科生，他非常喜欢阅读《红楼梦》，把自己的心得体会，写成一篇《七读红楼》的小结，颇为别致，显然是精心构思的。兹将全文引录如下：

“开谈不说《红楼梦》，读尽诗书是枉然”。世为传抄，不胫而走。这样的重量与质量，怎能不一读？

开篇伊始，奇情奇景奇闻奇人即出；峰回路转，天文地理政治经济扑面；高山仰止，爱情人生社会宇宙说遍。如此的内涵，怎能不二读？

“红学”石破天惊，历久不衰；“曹迷”错综复杂，扑朔迷离。入中文系，读《红楼》自当强于常人才是，又恰似钻探求宝，如获至宝，怎能不三读？

宝、黛、钗，如三潭印月；探、湘、琴，似苏堤春晓；平、袭、鹃，像南屏晚钟；再睹贾母、凤、王、薛、政、赦、珍、琏、蟠，还有尤氏姐妹、晴雯、焦大，更是一言难尽。乐尔！悲尔！怒也，恶也！怎能不四读？

时光荏苒，年纪随长。生活中几多风雨，对照古今中外，寻知己共鸣，必问于《红楼》，怎能不五读？

猜拳、行令、作诗、题词、吃药、宴请、养优、唱戏、偷情、乱伦、争宠、打骂、金钱、权势、剥削、压迫、反抗、斗争、生死、荣辱、亲情、爱情等等，错落有序，引人三思；用语如行云流水，雅不忘俗，令人三叹。细品《红楼》，如饮醇酒，怎能不六读？

为求经济天下，为求人生真谛，为求创作悟性，为求公关艺术，一入红楼，诸皆可获，怎能不七读？

总之，如此之人，怎能不作一世交？如此之事，怎能不作一世探？如此之理，怎能不作一世明？如此之书，怎能不作一世读？

相对来说，倒是一些大学青年教师和在读研究生写得差，他们漫不经心，敷衍了事。竟有一位青年教师，由于忙于下海赚钱，认为做这样的事儿，价值不大，一份答卷就要七八百到千把字，若回答三五份答卷时，就相当于写一篇小型论文了，太费精力了，于是他把问卷给退了回来。

再次，凡是喜欢阅读《红楼梦》的答卷人，都是在少年阶段受了这样那样的影响而产生了兴趣：有的是从父母亲友长辈那里听说《红楼梦》是一部奇书，一部世界名著，于是背着大人偷偷地读起来的；有的是从观看电影或电视剧《红楼梦》引起的，于是迫不及待地借来小说阅读；有的是因小时接触了一些关于《红楼梦》的小人书，总觉得和强盗大王之类的小人书不一样，俨然是两个不同的世界，于是产生了一种朦胧的美感；极少数年岁大一点的读者则是“文化大革命”中“评红运动”给予的影响，尽管今昔评价迥异，但不可否认留在他(她)们头脑里的印象，《红楼梦》是一部了不起的小说，于是非读不可；大部分则是从中学语文课本上学了第三回、第四回以后引起的兴趣，于是从中学阶段便开始阅读少儿版《红楼梦》了；还有的是因为情感因素在起作用，他们认为红楼女子的妩媚多姿，才情殊异，足可以为当代小伙子谈恋爱提供宝贵的经验，于是有暇就翻阅翻阅。

有一位男性大学生写到自己为什么喜欢读《红楼梦》的发展变化过程时，说得非常真实细致，这份答卷颇有代表性，现将答卷内容摘要如下：

很小的时候，我愿意收藏连环画册，其中有关《红楼梦》的不少，比如《宝黛初会》《宝玉受笞》《抄检大观园》《金桂之死》等等。翻阅以后，得到的概念，只是凤姐真狠、夏金桂该死、探春挺好，而惜春为什么那么无情？难以理解。这时还谈不上喜欢，只是糊里糊涂地想着。随着年龄增长，上了初中，借来小说看，有些地方还是看不太懂，只知道作者开头神奇，讲贾家世系倒也独特，忽然出现了许多不认识的人物。到了高中，特别是第一年高考失败后的暑假里，我专心地看了几遍《红楼梦》，可惜都是读到抄检大观园时心就很灰了，努力看到林黛玉之死，就再也不愿看下去了。想着高考的失败，女友的背叛，我的屈辱结合着主人公的悲惨遭遇，一些虚无主义的东西，完全统治了多愁善感年龄幼小的我。当时想，不管怎样，还是作家的成功。如果让我选择一种最喜爱的小说，我选择《红楼梦》，如果让我选择一位最崇拜的作者，我选择曹雪芹。上大学以来，我确实没有什么更大的长进，我总是很恼火多事的红学家，非得七嘴八舌地来指导别人，把好端端的作品弄得支离破碎，胡猜乱想，反而自以为是。大家聒噪一番，谁也不能彼此说服，也不可能得出众口一词的答案。假如这些问题都能用 A、B、C、D 来选择回答，那真是时代和民族的悲哀。这种怪现象影响我很长的一段时间，不过我既未愚蠢地因此对《红楼梦》有所冷漠，也没有让红学家瞎指挥我一通，我有我的主见。如今，我更喜欢阅读《红楼梦》了。[②]

（1996 年五一节定稿）

第十次《红楼梦》问卷调查

（一）

这是第十次，也是系列专题中的最后一次问卷调查了。

问卷调查的题目是：关于《红楼梦》的研究方向和方法，大体可以归纳为以下十种：1. 突出古为今用，按“百科全书型的长篇小说”多方位多元化进行本体研究；2. 按纯文学作品去研究艺术成就，为当代文艺创作服务；3. 考证曹雪芹家世，兴起“曹学”；4. 以脂砚斋评语为准，单纯搞探佚学；5. 为探讨作者的创作实际，单纯考证版本；6. 从索隐到破译进行想象研究；7. 彻底否定后四十回；8. 高度肯定后四十回；9. 着重发现并考证有关红学文物；10. 以“阶级斗争的形象历史”为纲，去研究《红楼梦》的思想意义和艺术成就。你认为上述方向与方法哪一种对或可行？为什么？

这次问卷调查所拟的题目，实质上是关于红学学派的问题，可以说是全部系列问卷调查中难度、深度、广度最大的一次，因此，在发出问卷调查提纲的时候，特意附加了一条说明：“答卷人必须是读过《红楼梦》并关心研究的人。”

(二)

本次问卷调查的特点是:其一,由于问题的专业性、学术性很强,考虑到一般的读者是回答不来的,所以最早发放的范围极小,只是在部分文科研究生和大学青年教师中发放。不久,大约1996年的上半年,先后收到两封素不相识者的来函,一封来自东北边陲黑龙江农垦师专某教师,一封来自湖北枣阳市医院某医生,接着1996年下半年又陆续收到山西各地的来函约20封,其中有农民、编辑、中学教师、师范学校高年级学生等,他(她)们都一致赞扬“红学问卷调查活动有价值、有新意”,表示要积极参与,希望寄给他(她)们问卷调查提纲。例如,黑龙江省阿城市农垦师范专科学校王菊艳讲师,她在信中说,她主讲“红楼梦专题”课,模仿我的做法,向本校学生也进行了一次问卷调查,共发出180份,收回178份,合格卷170份,答卷人分属于下列各类专业:中文62人,政史23人,外语13人,数学24人,物理13人,化学19人,生物15人,体育1人。她说:“从第一次调查问卷,到中间介绍赵老师的文章,一直到最后一次总结问卷课,学生始终情绪饱满,表现出浓厚的兴趣。问卷满足了他们的主动性、积极性,那种满堂灌的教学方式急待改革。”“如何将中国古典文学课讲得既有深度又生动精彩,一直是我们这些青年教师感到困惑的问题。”“当代大学生对中国古典名著仍然比较珍爱,他们喜欢传统文化。……赵老师发表在《名作欣赏》上的两篇文章(按:指我写的《红学问卷启示录》和《袭人和晴雯:你招聘哪位做保姆?》)给了我极大的启发。”

因而这次问卷调查提纲先后竟发放了六次,从1995年1月起到 1997 年 5 月止，将近两年半的岁月，延续时间比以前的任何一次都长。

其二，发出问卷调查提纲的数目和收回答卷的数目之多，也是十次中最多的一次。从文化程度来看：

属于硕士研究生的发出 33 份，收回 28 份，在中间又有 2 人属于自动来函要求答卷的，所以实际共 30 份。

属于本科毕业班的学生为 91 级汉语言文学专业的 60 人，师范专业的 50 人，共发出 110 份，收回 65 份；92 级汉语言文学专业的 92 人，共发出 92 份，收回 92 份；93 级汉语言文学专业的 65 人，新闻专业的 18 人，共发出 83 份，收回 83 份。

属于大学专科学生的有 95 级新闻专业双招班 10 人，发出 10 份，收回 10 份。

属于初中、高中、后师的有 20 人，其中包括农民 10 人，师范生 5 人，编辑 2 人，记者 1 人，中学教师 2 人，这 20 人全属自动索卷回答者，共发出 20 份，收回 20 份。

从年龄大小来看，最小的 18 岁，最大的 43 岁，其中以 18—25 年龄段的居绝大多数，35 岁以上的仅有 7 人。

总计：共发出问卷 328 份，收回 278 份，加上 22 人自动索卷并交回者，则有效问卷为整 300 份。

其三，对于《红楼梦》的研究方向与方法，拟写出调查的问题来，实在比读一遍《红楼梦》或者写一篇评《红》论文还要难得多，文字既不能烦琐，又不能不得要领，必须抓住某学派研究方向与方法的精髓，从倾向上主流上表述。在拟题时，尽管我力求客观、真实，希望包罗殆尽，但结果还是出现了失误，我要感谢几位答卷人的诚挚的批评与建议。比如有两份答卷（王之元、高长宝）说，这十种研究方向和方法是从不同角度进行归纳的，怎么可以笼而统之一、二、三、四……并列呢？比如第二种和第七种、第八种方法之间并无本质冲突，某人在把《红楼梦》“按纯文学作品去研究艺术成就，为当代文艺创作服务”的同时，他也可以“彻底否定后四十回”，或者“高度肯定后四十回”。显然，这种提法不太合理，何况“红学”研究课题并不仅仅这十种，当代就有人在研究《红楼梦》的各种续书。

又有两份答卷（毛淑荣、白慧新）说，除了老师所归纳的十种研究方向和方法外，还有一种更重要的方法即比较文学的研究方法也应当提出。是的，对于我们中国学者来说，运用比较文学的研究方法，把《红楼梦》放在宏观背景上，打破国家和民族的界限，去与别国别族的文学以至于哲学、历史、宗教、艺术诸门类去比较研究，是非常有价值有意义的：它能够扩大文学视野，促进文化交流，开拓文学研究领域。事实上，近十多年来我就开设了“中外小说戏剧比较研究”课程，也在《山西大学学报》和《名作欣赏》上发表了关于《红楼梦》和《傲慢与偏见》的比较论文，而在起草第十次《红楼梦》问卷调查提纲时，竟忘记了这一招，真是千思百虑，或有一失，愧哉愧哉！

（三）

综合分析300份有效问卷，发现各种观点态度有十种：

（1）完全赞扬第一种方向和方法的有158人，占总人数的52.6%。此卷答卷中包括硕士研究生24人，大学本科生119人，大专文化程度的社会青年15人。

持此观点的绝大多数都是全面而认真地把十种方向与方法加以比较之后，确认第一种才是最趋于科学、合理、有用的研究方向和方法。其中有六份答卷最具有代表性,写的论点明确,论据充分,论证周密,语言也条理流畅。答卷人分别为:现在上海师大攻读博士学位的副教授许并生,现为山西忻州地委办公室主任、本科程度的原晋平,现为黑龙江农垦师专女讲师的王菊艳,现为山西大学中文系93级新闻专业本科毕业班的柴杰良、郎勇、张祺同学。他们一致认为:这是因为同其他的几种方法相比,此方法既全面又有所侧重,基本上囊括了其他几种方法;既是多元化多方位的整体性研究,同时又突出了古为今用的特点和重点,而其他的研究方向和方法,难免以偏概全,捉襟见肘,尤其是第七种和第八种,彻底否定或高度肯定后四十回都是不可取的。《红楼梦》后四十回的价值,越来越受到学者们的重视,续书不仅续写得成功,而且其中还蕴含了原书的某些信息。同时从接受美学的角度看,中国的老百姓接触的是百二十回本《红楼梦》,其产生影响的深度和广度相当大,这种文化现象决不能忽视。

从价值和社会意义来看,《红楼梦》代表了封建社会小说的最高水平,是思想性和艺术性结合得最好的作品,确实是一部"百科全书型"的小说,它所涉及的内容可谓无所不包,应有尽有,大到政治制度、哲学思想,小到琴棋书画、风土人情等等,真可以说作者对封建社会末世生活进行了全方位全景式的展示。是的,正像王蒙同志所指出的那样:"作者未明确声明但实际给自己提供的任务中,似还有求全与炫己两项。求全即搞一部百科全书式的小说,所谓'家庭琐事,闺阁闲情,诗词谜语,倒还全备'。其实不仅这些,作者不放过机会细写园林、烹调、医药、戏曲、僧尼、巫祝、典制、礼数、服装、首饰、陈设、工艺、书画,以至红白喜事种种,不但求真求味求情而且求全。炫己则是既炫耀自己的才学知识包括杂学知识,又炫耀自己有而别人难有的封建上层生活经历体验。"(《红楼梦启示录》第57页)总之,曹雪芹的创作选择是多向的多元的,从第一回声明中便一目了然,既要“怀旧”、“纪实”,又要“解闷”、“警世”,一眼之间把整个世界看尽。正是由于这一“百科全书型”的特点,决定了我们对《红楼梦》应当进行多方位多元化的本体研究,研究它的思想、艺术和社会的种种价值,而且又强调了古为今用,这就必然使《红楼梦》的研究,具有时代意义和现实意义,否则耗费心血去研究《红楼梦》有何价值?

从作品在社会结构中的位置和关系来看,《红楼梦》作为一种社会意识形态,绝不是孤岛独存的自生物,它本身就是一种生动的社会实践,同社会肌体存在着广泛的联系,因此它必然反映了多棱镜一样的复杂的社会生活。如果单从某一个层面去研究《红楼梦》,其成果必然是狭窄的偏颇的甚至走入误区。笔者整理到此处,颇有感想,突然想起了著名的法国史学家兼艺术理论家丹纳的名言,他在《艺术哲学》的“第一章”中阐述道:“我的方法的出发点是在于认定一件艺术品不是孤立的,在于找出艺术品所从属的,并且能解释艺术品的总体。”“艺术家本身,连同他所产生的全部作品,也不是孤立的。有一个包括艺术家在内的总体,比艺术家更广大,就是他所隶属的同时同地的艺术宗派或艺术家家族。”“这个艺术家家族本身还包括在一个更广大的总体之内,就是在它周围而趣味和它一致的社会。因为风俗习惯与时代精神对于群众和对于艺术家是相同的,艺术家不是孤立的人。”不谋而合,第一种研究方法正符合丹纳的理论体系和方法体系。

从读者的角度来看,《红楼梦》拥有一批数量庞大的读者群,每位读者在阅读《红楼梦》时,都总是要受到个人的经济、社会、政治地位和兴趣爱好的影响。每个人读《红楼梦》时都会有独特的感受,甚至同一个人每次读的感受都有差别,因此,从多元化、多层面、多视角来研究《红楼梦》,也是一种读者群的需求。这个观点又是丹纳早已揭示无遗。他生动地阐释道:"我们隔了几世纪只听到艺术家的声音,但在传到我们耳边来的响亮的声音之下,还能辨出群众的复杂而又无穷无尽的歌声,像一大片低沉的嗡嗡声一样,在艺术家四周齐声合唱。只因为有了这一片和声,艺术家才能成其为伟大。"(同上)丹纳的这段话给人以深刻的启示,又一次证明了第一种研究方向和方法的优越性。

持此类观点的答卷人,有的是批评了其他九种,而唯独赞成第一种;有的是完全否定了其中某一种或几种(例如第四、第六、第七、第八、第十种)之后,而赞扬第一种的。有的答卷人则以尖锐警拔的语言指出:"理论联系实际","学以致用",这是挂在人们口边的常话,我们搞一切研究,无论是自然科学还是社会科学,都有一个重要的共同的目的,那就是为了应用。只有研究方向是为应用的红学家,才称得起是真正的称职的红学家,那些穷索于旁门左道的所谓红学家,一辈子寻章摘句主观臆断,即使有所进展,于社会又有何益!岂不是害人误己!有的答卷人则以平和的口吻辩证地指出:研究学问,注意古为今用,毫无疑问这是绝对正确的,符合马列主义、毛泽东思想、邓小平理论的指导准则,但是又不能把古为今用变为功利性十足的实用主义。如何划清"古为今用"和"实用主义"的界限,固然很难,但如果红学研究能够避免这种倾向,才不会走上歧路。

(2)完全赞扬第二种方向与方法的有 30 人,占总人数的 10%。其中包括硕士研究生 5 人,大学本科生 24 人,高中文化程度的农民 1 人。

持这种观点的答卷人,也大多数是把十种方法加以分析后,确认为"从纯文学作品去研究艺术成就,为当代文艺创作服务"是最有现实意义的方向与方法。山西大学中文系92级本科生赵有合写得最为全面认真,他在尖锐地批评了其他九种方法后,表了自己的态。他说:

研究学术问题,切忌放下门帘,关上窗户,把自己束缚在一方尺牍之内。历史上有出息、有成就的学人都是学以致用,反对读死书、死读书、读书死的。以考据著名的乾嘉学派为例,其成果是最大的,然不能面向现实,一心皓首穷经却无济于人类社会。有人说过三种做学问的典型:一是像只沙漏,一面装一面漏,一点也不留;二是像海绵,挤出来的东西比吸进去的少了,也脏了;三是验金石,沙子留下,闪光的金子捡起来。我们研究学问就应当是做验金石,红学家也不能例外。所以一个有责任感的作家或评论家都应考虑,研究成果是荫庇后世,还是遗害无穷。根据以上三种典型三种方法,让我们仔细考察一下这十种红学研究方向和方法:

第一种貌似公允,其实是很难做到的,个人的能力有限,多方位、多元化地按百科全书型的方法研究是不切合实际的。

第三种考证曹雪芹家世,兴起"曹学",我简直想笑。不用说众人,我想,就是曹姓也不会因此就感激他们。据说有的红学家把曹雪芹的先祖,考到了宋朝的曹彬,甚至三国时的曹操,即使弄得很是清楚,又有何用?这些人在这人生苦短的旅途中,耗费精力,实在可悲!

第四种以脂砚斋批语为准,单纯搞探佚学。这本是想让重新"探"出来的《红楼梦》更接近曹氏原著,但我想,这怕是永远不可能的。鲁迅先生曾因看了梅兰芳博士的"黛玉葬花"而"想不到林妹妹的嘴唇竟这么厚",同理,很多人也会因看了重新"探"出来的《红楼梦》而"想不到……"据了解,许多看了电视连续剧《红楼梦》的观众,正是如此呐喊着。这种方向与方法,于现实生活实在无益。

第五种、第六种更是“无事忙”。由于太多的好事者,使得“单纯考证版本”有困难,退一步真的考证出来了,也不好办,曹雪芹早已仙逝了,死不能言,无从对质,这样探讨出来的作家的创作实际,自己尽可以想象,错了亦不至于坑害别人,不幸他偏又要写给大家看,贻害无穷,真是罪莫大焉。

第七种、第八种:一个是要一脚把后四十回踩进地下,一个是要双手把后四十回托到天上。一眼看出这是形而上学的偏激观点。我们看事物要用辩证的眼光,要坚持两点论和重点论。

第九种本来是有利于深入挖掘作家底蕴的一种做法,然而在红学界却存在一种不正之风,不少红学家在伪造文物,或者强词夺理为我所用,甚至闹得沸沸扬扬,相互诋毁。我觉得这种红学家是最危险的,最可怕的。

第十种呢,处在阶级社会里,自然需要用阶级分析和阶级方法去看问题,但这并不意味着要以阶级斗争为纲,“以阶级斗争为纲”的提法在社会主义的初级阶段是不宜提倡的。这是一种“极左”的错误观点。

排除其他,我们回头看看第二种观点才是正确的,也是现实的。首先,在商品经济浪潮冲击下文坛需要一种新的艺术。文艺在等待,文艺将在等待中爆发。其次,作家们在一番摸索之后,一定会重返古典文化,从中吸取精华。这时,从事这个方向与方法的红学家们应当帮助他们,使他们少走些弯路,多收些效益。第三,这种工作可能要在很长时间以后才能见效,但是功德无量,红学家们何乐而不为呢?

所以，我认为十种观点中的第二条最有效、最直接，也最有价值。

(3)赞成把第一种、第二种的方向与方法结合起来研究《红楼梦》。持此观点的有29人，占总人数的9.6%，其中28人为大学本科生，1人为师范中专生。持此类观点的答卷者，大部分都是在否定了第四种和第六种的研究方法之后，确立了第一、二种的结合观。

例如，答卷人王亚虎(山西大学中文系93级应届毕业生)说：

我的观点用我自己的话概括就是：一个原则，两个方向。一个原则就是要坚持古为今用的研究态度，我们搞研究必须服务于今天的社会。两个方向：一个是向前看，从新的角度审视《红楼梦》；另一个是向下挖，让它的精华服务于今天的文学创作。坦率地说，我非常反感文学研究中那种过于琐细的考证。“红学”研究也需要在方向、方法上有所革新。因为这第一第二两种方法并不是矛盾的，而是包容与被包容的关系，因此两种方法可以水乳交融地结合起来。

答卷人赵丽彬(山西大学中文系92级应届毕业生)这样回答：

研究事物的方向与方法是由该事物的本质属性决定的。《红楼梦》首先是一部小说，然后才能有它作为文学载体所反映的历史、社会、人文、地理、风俗等内容。《红楼梦》留给历史和社会最多最辉煌的也在文学方面，真正彻底地发掘其艺术成就，加以学习借鉴，这将促进当代社会主义文艺创作的繁荣。另一方面，《红楼梦》毕竟是一部与众不同的文学著作，它是一部涵盖量十分丰富的“百科全书型”的小说，因此如果只从文学去研究文学，就显得远远不够了。这样，就要求研究者必须从小说的各个方位，各个角度，多层次、多元化地进行本体研究，循着《红楼梦》中所提到的各种线索，真正挖掘这部小说具有的“百科全书型”特点的深刻内涵，从而更好地为建设社会主义现代化的伟大事业服务。

因此，他们批评说，诸如考证曹雪芹的家世，单纯搞探佚学，单纯考证版本以及从索隐到破译进行想象研究，除能为读者理解《红楼梦》或多或少提供有限的帮助外，实在没有多大的意义。再说，这些研究很大程度上脱离了文学本体，研究者的主观因素介入太多，让人觉得脱离实际，不要说一般的读者，即使具有一定文化水平的读者，对这些研究成果也很少关心，没有几个读者在读《红楼梦》前后去吸收这些成果，可见这些研究又是严重脱离群众的经院式的。所以，他们认为这类研究，可由少数学者去做，没有必要投入太多精力，有关红学研究机构及权威，更不必故意引导。

(4)赞成第三种方向与方法的有 15 人，占总人数的 5%。其中有五人的论证最为典型，这五人均为山西大学中文系 92、93 级本科应届毕业生，他们是韩建英、岳燕林、刘春宇、刘红霞、段融。这五份答卷都写得比较好，他们不评论其他九种研究方向与方法之优劣，开门见山便表态：“我赞同第三种研究方向与方法。因为《红楼梦》是一部在一个特殊的时代，作者经历了一番特殊经历之后，用独特的艺术手法写出来的具有划时代意义的伟大作品，他的内容包罗万象，艺术表现手法也多种多样，一切描叙都与作者生活环境和成长经历分不开，因此要想更深层地研究《红楼梦》，必须首先对作者及其家世有一个深入透彻的了解，只有对此进行充分的了解，才能帮助我们解开书中的许多不解之谜，更全面地更深层地理解《红楼梦》。对于作者曹雪芹本人，有据可查的资料实在很少，由此引发了一系列曹雪芹身世之谜，正是曹学家们待以解决的课题。因此，曹学不仅有存在的理由，而且是红学发展的必要前提，读《红楼梦》，就应知道曹雪芹，研究《红楼梦》，就需要探究曹雪芹的生平家世。总之一句话，红学离不开曹学。”

(5)完全赞扬第四种研究方向及方法的只有2人，占总人数的0.6%。答卷人(梁江华、李晓东，山西大学中文系93级)均为大学本科文化程度，他们对探佚学评价极高。他们认为：由于脂砚斋和曹雪芹是关系异常密切的亲戚朋友，在曹雪芹还在世时，脂批就和《红楼梦》一同流传了，某些脂批也得到了曹雪芹的肯定。所以脂砚斋评语可以说是研究《红楼梦》的第一手资料，它不仅为探佚《红楼梦》的全璧提供了依据，而且在艺术鉴赏和美学思想上也给人们以启示，帮助人们认识作者独特的艺术创作方法，如谐音法、映射法、谶语法等，都在脂批中一一道破。脂砚斋作为曹雪芹的长辈和全书中的首阅者，对前八十回所作的大量而且精当的评语，更可使我们解开“红楼”之谜，还其庐山真面目，把80回以后的人物故事发展趋势作出考辨、推断、想象，将原著的大体轮廓完整地勾勒出来。

但在300份有效答卷中，竟有一半以上是明确地批评、否定探佚学的，尤其是在肯定第一种或第二种方法的答卷中，特别尖锐地批评了第四种研究方向与方法。持此观点最有代表性的是刘纪昌(33岁，大学讲师兼律师)、刘媛媛(31岁，研究生班)、李军(24岁，大学中文系本科生)、赵海香(21岁，大学中文系本科生)等人。他们有的说：

> 单纯搞探佚学，未免有写科幻小说之嫌。书说到底是一种工具，可以用于生产斗争，也可以用于养性移情，目的就是有用。书没有用，失去了流传的价值；研究没有用，也失去了存在的权利。因而突出古为今用，多方位、多元化进行本体研究，才可以找出《红楼》真谛，为今天的改革开放服务，为今天

经济大潮中的人找一块用武之地。我们的精神文明建设最需要这种“硬件”，否则，那些色情凶杀低劣之作又怎能不充斥大街小巷？

他们有的说：

探佚学曾经盛行一时，一开始，作为一种新方法我觉得挺新鲜，挺佩服，但后来研究者却越走越远，自以为是，主观臆测，如证明薛宝钗嫁给贾雨村就因为贾有一联：“玉在椟中求善价，钗于奁内待时飞”，便探佚出如此情节，荒唐之极。至于有些立论，纯粹是“皇帝的新衣”，好像天下人都没有读懂《红楼梦》，只有搞探佚学的那么一两个人读懂了，自封为王，目空一切。有些立论更是胡说八道，自相矛盾，如用娥皇、女英的典故证明黛玉、湘云都和宝玉有爱情关系，但我也同样可以用这个典故证明二人同时嫁给宝玉，或者同时自杀云云，不会像他们考证的那样黛玉早死，湘云后来与宝玉结合。

(6)在300份答卷中，除有18人承认第六种研究方向与方法有一定的合理性外，竟有282人完全否定，但也有3人高度赞扬第六种，占总人数的1%。其中本科程度的2人(辛文斌、侯立睿)，大专程度的1人(95级新闻专业吕慧)，以山西忻州师专讲师辛文斌写的最有代表性。他认为，“《红楼梦》本身是一座复杂的迷宫，具有立体的思想(儒道佛，天地人)和圆形的艺术(草蛇灰线，魔幻变形)，文本自身的‘无穷性’和‘测不准’，必然会带来研究的‘无穷性’和‘永远性’，因此永远存在‘索隐’和‘破译’的必要，而且每次‘索隐’和‘破译’，都是对《红楼梦》世界的一次发掘和开拓。从某种意义上讲，每个读者或研究者都有自己所理解的《红楼梦》，都已进行了不同时空点和不同心理状态下的二度、三度……创作，都加进了想象的因素，这种想象就是再创造，再理解，就是主体与客体的相遇，这无疑会把《红楼梦》研究引入了一个新的境界。”

(7)在300份有效答卷中，绝大部分答卷人认为“第七种彻底否定后四十回”和“第八种高度肯定后四十回”的观点，都失之偏颇，形而上学，主张实事求是地评价，作出一分为二的结论。但也出现15份答卷，完全赞成第八种方向与方法的，占总人数的5%。其中以硕士研究生薛娅玲和大学本科生李登凯写的最具有代表性。他们认为：《红楼梦》后四十回的作者不论是哪一位，都是一位求真意、抒真情、写真景而毫不矫揉造作的语言大师，多少年来连同前八十回合成百二十回本流传于世，为广大读者所接受确是铁的事实。作为文学阅读与小说赏析，到底应该以什么样的价值标准来评判后四十回呢？

首先，前八十回之伟大，自然使读者为后四十回之佚散而长叹！反过来，如果没有高鹗的后四十回，曹雪芹的《红楼梦》就是残本，不可能得到广泛流传，达到今天这种妇孺皆知的效果，它的伟大价值和独特的艺术魅力就要受到一定程度的影响。而且，小说的最大底蕴也正是小说本身，古今中外，杰出的长篇小说的结局部分，写得成功的何其少也！《水浒传》《西游记》《红与黑》都是如此。对于《红楼梦》，我们也不能排除作者收笔困难的问题，前八十回叙写得越是感人、可信，环境与人物越独特越生动，就越会先入为主，既成事实，难以再翻出新景新意，而后四十回的续写，却翻出了令人满意的新景新意。

其次，某些红学家指责后四十回改变了原作“白茫茫大地真干净”的结局，成为“兰桂齐芳”、“沐皇恩贾家延世泽”的俗套。实际上，高鹗的续作还是基本上遵循了曹雪芹的创作思路，例如“十二钗”的不幸命运，贾府的抄家败落，宝玉的出家，贾母的殡仪冷清等，都是和原作思路相符的。同时，也没有把“遍被华林”的“悲凉之雾”写得让人喘不过气来，这正是高作的妙处。贾府虽有“金玉其外”的外表，却是“败絮其中”，所有的人都已“心死”，这不正是最大的悲哀吗？

再次，从语言艺术来看，后四十回显示了卓越的真实美，人物语言的个性化和雕塑般的浮雕美，意趣横生的诗情画意美，以及文字的简洁、谐趣、含蓄等，特别是“黛玉焚稿”、“宝玉哭灵”、“黛死钗婚”的重要情节，都续写得毫不逊色。

(8)赞成第十种研究方向与方法的有 4 人，占总人数的 1.3%，其中太原师范中专生 1 人(庞俊萍)，太原师范大专生 1 人(李艳华)、山西大学中文系 92 级本科生 2 人(柴文军、赵丽慧)，年龄段为 18—21 岁之间。无可否认，凡是经过“文化大革命”的人，都自觉不自觉地参与了当时的“评红运动”，然而这四位答卷人都是“文革”以后才出生的，当他们懂事的时候，已经是实行“改革开放”政策的邓小平时代了，那么他们为什么还会坚持赞成“以阶级斗争的形象历史为纲，去研究《红楼梦》的思想意义和艺术成就”呢？原因可能是多种多样的：一是受了老一辈亲友的影响；二是中学语文课本中选入第四回“薄命女偏逢薄命郎　葫芦僧乱判葫芦案”的影响；三是课外阅读有关著作的影响；还有其他等等。由此看来，想要完全抹煞这种观点是绝对不可能的，作为一家之说是具有一定合理性和科学性的。这四份答卷一致认为：

> 可以说阶级斗争的色彩充满了整部小说，无处不在，无处不有。小说中许许多多生动、活泼、可爱的人物，都变成了封建阶级斗争的牺牲品。阶级斗争的残酷性是我们在小说中体会最深刻的。曹雪芹以一个目睹者和经历者的身份揭示了阶级斗争的残酷和实质。人性和亲情在此时被金钱、权力、私欲

所代替。成为封建阶级的附属品。贵族家庭内部的明争暗斗,奴婢之间的斗争,贵族与奴婢之间的斗争,还有在生活上他们穷奢极侈,挥霍无度,衣食住行都非常讲究,浪费惊人,所有这些难道不是阶级斗争的表现吗?

从文学理论来说,文学的阶级性,就是指文学作品中所表现出的一定阶级的思想、情感、意志和理想,这是人类社会进入阶级社会后文学的一种普遍倾向。在所有的艺术中,文学是最不纯粹的艺术。因此研究《红楼梦》时,就应该以"阶级斗争的形象历史"为纲加以剖析。

(9)此外,还有赞成1+3的(即主张把第一、三种方向与方法相结合),1+6的(即主张把第一、六种方向与方法相结合),1+10的(即主张把第一、十种方向与方法相结合)。持此类观点的答卷各4份,共12人,占总人数的4%。具体理由,前边已大略谈过,故不赘述。

值得注意的一个事实是,在300份答卷中唯独没有一人赞成第九种研究方向与方法的,即"着重发现并考证有关红学文物"的。究其原因,恐怕与下列情形有关:一是答卷人缺乏这方面的知识和信息;二是红学界屡屡出现假文物,或者证据不足便草率做出主观臆测的结论,使人产生逆反心理,于是答卷人置若罔闻。

(10)认为十种研究方向与方法都各有所长,各有所短,每一种方法都有其合理性,任何一种方法具体到每个研究者面前都是很艰难且神圣的选择。问题的关键不是选择或淘汰某种研究方法,而是如何把握各种研究方向与方法的科学性,不要让它流向冷僻、古怪、繁琐、无用的地步。持此观点的有32人,占总人数的10.6%。在32人中具有硕士学位的有9人,具有大学本科文化程度的有23人,其中以刘达科(硕士学位,山西大学中国古代文学研

究所副教授)写得比较明确、深刻,兹摘录如下:

根据当代西方的阐释学和接受美学理论,可以把一部文学作品分为艺术成品和美学客体,批评家的任务是帮助读者把艺术成品提升为美学客体。作品一问世,其命运便完全掌握在读者手中。作者的创作意图和思想倾向,对读者固然有巨大的导向作用,但读者对作品的接受,受自己的世界观、人生观、经济地位、文化素质、生活阅历、性格爱好等方面的影响。

不同的读者会对同一部作品产生许多不同的认识和评价,同时,社会思潮和时代精神也会对认识、评价一部文学作品产生巨大影响。因此,接受美学特别关注文学与现实以及读者的关系、文学的社会功能与效益、文学的传播与接受诸问题。这种理论恰好给我们在研究《红楼梦》时以启迪。从《红楼梦》问世以来,直到现在,已有许多不同的诠释和结论,可见批评家们在研究时的切入角度不同,自然便出现“横看成岭侧成峰”的现象。我认为每一个历史时期批评家的诠释都是“相对真理”,而“绝对真理”便是这无数相对真理的总和。《红楼梦》研究永远不可能达到“终极真理”,今后,在这十种研究方向与方法之外,必将还会有新的方向和方法出现。

(四)

当笔者把300份问卷调查归类整理并分析之后,感到特别欣慰。

欣慰的是这次问卷调查活动又取得了始料不及的效应:有不少答卷人说,在参与系列问卷调查之后,他们对《红楼梦》的兴趣与日俱增，自觉地投入到《红楼梦》的多方位多元化的本体研究之中了；也有不少答卷人提出了诚恳的希望，他们说，研究《红楼梦》是一项巨大而细致的工程，单靠个人的力量是不可能完成的，而只能让每位研究者在各自所熟知的感兴趣的领域进行深入细致的发掘，如果单纯地指出哪种对，哪种错，哪种可行，哪种不可行，必然导致研究者都往一个方向挤，形成一窝蜂，给红学研究留下了空白区。因此，他们认为上述十类观点中，还是第一类说得全面辩证，体现了"百家争鸣"的愿望。正如答卷人许晓川（硕士生）希望的那样："有一点千万应注意，就是要摒弃门户之见，相互尊重，携手共进，真正开创一个红学研究的新天地！"

有的答卷更别开生面地用美国文艺理论家艾布拉姆斯《镜与灯》中的理论，去论证《红楼梦》研究的现象与过程。山西大学中文系本科生马旺生这样写道："一部文学作品的完成，都离不开文学四要素——作品、作者、宇宙（或社会）、读者。不管对哪一部文学作品的研究，若要全面彻底的话，绝对不能离开此四要素。因此应提倡对《红楼梦》研究的研究。"是的，不同的历史时期根据此四要素进行研究，无论是有意识或无意识的，已经形成一部《红楼梦》研究发展史了，因而认真进行关于《红楼梦》研究的研究，总结得失，就至为必要。但是目前在这方面还是十分薄弱的，关于红学史的论著还少，即使有一两本，也是简略的纵向叙述，缺乏横向比较，总结得失，对当前的红学研究尚无指导意义，对未来的红学研究又不敢大胆预测。

本次问卷调查的内容及其性质，实质上是关于学派问题的探讨，关于中国思维模式和偏向问题的探讨。不过不是广泛的探讨，而仅仅是具体到《红楼梦》的研究领域里。草拟的十种研究方向和方法中，有的早已形成红学学派，出现了学派领袖，拥有红学成果，有的则尚未形成学派，属于萌芽状态。我们希望改变思维模式，振兴科学学派。学派是人才的精华，学说是科学的精华。科学学派的出现、形成和繁荣，对于我国完成“科教兴国”的伟大事业，推动整个人类社会进步起着巨大的作用。那种把“红学圈子”越划越小的现象，并不是好事。所以出现这种不利于红学繁荣发展的事实，恐怕与中国人的长期形成的传统思维方式有关，即唯圣思维方式和大一统论的观念在作怪。在中国封建社会里，一方面是唯圣人之知才是“真知”，唯圣人之法才是“真法”，一切以圣人之说为指导而建立起来的学问才是“真学问”；另一方面是权力就是真理，一切服从所谓虚构的“统一”。皇帝金口玉牙，高度集权，众臣民必须服从统一的政治和统一的思想。先秦时期早已形成的“百家争鸣”局面，到汉代以后便逐渐消失了，以至于发展到“舆论一律”、“一元化”思维方式的顶峰；从整个文化背景看，这两种思维方式又都具有独尊、封闭和保守的特征，这正是中国人思维的偏向。因此，为使中国尽快地健康地走向现代化，对此种思维方式，正视并运用正确的方式予以转换是非常必要的，《红楼梦》的研究也不能例外。

21 世纪社会的新趋势是知识经济时代。党的十五大重申并强调的“科教兴国”，就是应对知识经济的到来对我们国家的挑战和机遇的重大战略措施。什么叫“知识经济”？1990 年联合国研究机构提出了这个概念，明确了这种新型经济的性质，即“人类正在步入一个以智力资源占有、配置，知识的生产、分配、使用（消费）为最重要因素的经济时代”（转引自吴季松著《知识经济》第 3 页，北京科学技术出版社 1998 年 5 月版），换言之，就是“科学技术是第一生产力”的时代。因此，为了适应知识经济浪潮的挑战，《红楼梦》的研究方向和方法，也必须注意创新，如果永远是固步自封,一成不变,唯我独尊,打击一切,是不会有生命力的。因为创新是知识经济的灵魂,创新更是一个民族进步的灵魂。

(1998 年 9 月修改并定稿)

【注释】

①第一次问卷调查《名作欣赏》编者按语:“赵景瑜教授写的这篇红学专题调查报告,据知 1994 年在山东莱阳全国红学会议上发言后,引起了十分热烈的反响,许多红学家认为该文‘观点新颖、论据丰富、角度有独创性’。堪称一篇红学奇文。奇在哪里? 一为方法奇——运用问卷调查的方式,联系实际提出巧妙的命题;二为答案奇——仿佛听到了当代青年读者的心声与脉搏,令人深思。赵教授此举,并非猎奇哗众。应当说,这是一个别开生面的很有意义的学术活动,对于‘红学’教学与研究工作者颇有启示。据悉,赵教授将就《红楼梦》做出系列问卷调查,现在我刊先将此篇发表,以飨读者。”

②第三次问卷调查《名作欣赏》编后记:“同某些‘红学家’、‘曹学家’一味在故纸堆中堆故纸的治学方法完全不同,山西大学中文系赵景瑜教授以《红楼梦》问卷调查的方式,从接受美学的范畴,向当代以青年为主体的读者中获取了大量的令人耳目一新的鲜活信息。本刊将其两个主题的调查报告发表以来,编辑部及作者,先后收到了近百封来函来稿,其中有著名红学家周汝昌、蒋和森、李希凡、沈天佑、傅憎享、姚北桦等人,也有全国各地的中青年红学爱好者,更有年逾古稀的武汉朱逢春、黑龙江郭树文二位老先生,他们一致高度赞扬赵教授红学研究的新方向和新方法。有的说:‘作者突破旧框框,拓宽新领域,体现研究方向与方法的创新,使《红楼梦》研究获得新的生机。’有的说:‘一口气读完之后,我仿

佛听到了《红楼梦》当代青年读者的心声与脉搏,这是不少“闭门著书”,不问世事的红学家不关心、不了解(甚至不愿了解)的大问题。从表面看,红学界舌枪唇剑,你来我往,仿佛很热闹,而实际上,在青年读者中反响并不强烈。’有些青年人则强烈要求参与问卷调查,一位中学教师说:‘倘蒙不弃,乞得“问卷”,使我聊附骥尾,“则从古至今天上人间第一件畅心满意的事”’。回民女作家马瑞芳教授,还把赵教授的专题问卷调查活动直接写进了她的‘新儒林长篇小说系列’《天眼》中。本期发表的专题调查报告,是按蒋和森先生的生前建议将调查题由某一类人物形象的取舍扩为对全书的整体品评;将调查对象也由山西大学中文系的学生、研究生延伸到学校园墙以外的各色人等。如果本刊的读者愿意接受调查的话,不妨将你们的答卷惠寄本刊,我们将在‘读书俱乐部之页’栏内择发或综合编发。如此这般,岂不将赵教授的调查范围大为扩展了吗?”

第四章 鉴赏编(一)

——书名及意义

(一)小说《红楼梦》的名称

那是1974年全国掀起评论《红楼梦》的热潮之际,不少同志多次向我提出一个问题:这部小说的名称究竟叫什么呢?是叫《红楼梦》还是叫《石头记》?为什么叫《红楼梦》呢?这个提问引起了我研究这部小说名称的兴趣。

《红楼梦》和《石头记》原是一回事,不过是同书异名罢了,但又不尽是一回事,这就需要从头说起。

这部小说的名称很多,先后出现过八种:《石头记》《情僧录》《红楼梦》《风月宝鉴》《金陵十二钗》《情界真诠》《金玉缘》和《大观琐录》。当曹雪芹在世的时候,前五种名称就存在。无论是较早的脂批本(如甲戌本、庚辰本等),或是后来印刻的通行本(如程甲本、程乙本、红研所校注本等),都有下列一段文字:

空空道人听如此说,思忖半晌,将《石头记》再检阅一遍……因毫不干涉时世,方从头至尾抄录回来,问世传奇。从此空空道人因空见色,由色生情,传情入色,自色悟空,遂易名为情僧,改《石头记》为《情僧录》。东鲁孔梅溪则题曰《风月宝鉴》。后因曹雪芹于悼红轩中披阅十载,增删五次,纂成目录,

分出章回，则题曰《金陵十二钗》。（第1回）

惟甲戌本的文字稍有不同，在“改石头记为情僧录”后面多出九字：“至吴玉峰题曰《红楼梦》。”在“满纸荒唐言，一把辛酸泪，都云作者痴，谁解其中味”一诗后，又有一段增文共十五字：

至脂砚斋甲戌抄阅再评，仍用石头记。

由此看来，本书自言小说名称就有五种。现存的甲戌本、庚辰本《石头记》，都是曹雪芹在世时即已流行的抄本，可见这五种名称，当时就有，中间易来易去，最后仍名《石头记》。《红楼梦》原名《石头记》，全称叫《脂砚斋重评石头记》，这是无疑的。证据是：

一、甲戌本、庚辰本、己卯本、戚序本、蒙府本、戚宁本、列藏本等七种抄本，均题书名为《石头记》。

二、甲戌本第1回在“将这石头记再检阅一遍”句的“石头记”三字旁，夹批“本名”二字。

三、甲戌本第1回中还有一句，说“至脂砚斋甲戌抄阅再评，仍用石头记”。甲戌是乾隆十九年（1754），这就说明原叫“石头记”，到甲戌年经脂砚斋又誊抄再评点，中间曾经换过几次书名，现在仍用“石头记”的名称。

四、程甲本、程乙本、道光壬辰本的程伟元序中都写着“红楼梦小说本名石头记”一语。

为什么叫《石头记》呢？小说的第1回，已作了详细的交代。以女娲炼石补天的神话故事，说到一块顽石识通灵性，幻形入世，“枉入红尘若许年”的人间故事，从而演绎成这部小说。正如石头对空空道人所说：“历代野史，皆蹈一辙，莫如我这不借此套者，反倒新奇别致，不过只取其事体情理罢了，又何必拘拘于朝代年纪哉！……至若离合悲欢，兴衰际遇，则又追踪蹑迹，不敢稍加穿凿，徒供人之目而反失其真传者。今之人，贫者日为衣食所累，富者又怀不足之心，纵然一时稍闲，又有贪淫恋色、好货寻愁之事，那里去有工夫看那理治之书？所以我这一段故事，也不愿世人喜悦检读，只愿他们当那醉淫饱卧之时，或避世去愁之际，把此一玩，岂不省了些寿命筋力？就比那谋虚逐妄，却也省了口舌是非之害，腿脚奔忙之苦。”[①] 甲戌本《凡例》也明确指出：“作者自云因曾历过一番梦幻之后，故将真事隐去，而借‘通灵’之说，撰此《石头记》一书也。故曰‘甄士隐’云云。”又说：“《石头记》是自比石头所记之事也。”关键就在于作者是“将真事隐去”，借石头的故事来反映封建社会现实生活的矛盾斗争，这便是《石头记》的缘起。

而《情僧录》《风月宝鉴》《金陵十二钗》的名称，并没有被读者评者所通过，所以也就没有流传开来。小说为什么又称这三种名字呢？书中均有明确的回答。

《石头记》为什么改为《情僧录》呢？这在第 1 回中也说得很清楚：“空空道人听如此说，思忖半晌，将《石头记》再检阅一遍，……因毫不干涉时世，方从头至尾抄录回来，问世传奇。从此空空道人因空见色，由色生情，传情入色，自色悟空，遂易名为情僧，改《石头记》为《情僧录》。”[②] 这一段话已明确交代了改名《情僧录》的原因，是点睛之笔。这情僧就是宝玉的托身，宝玉一生知情、钟情，但后来因为不得志，竟远走高飞出家当和尚了。《石头记》改为《情僧录》，正是含蓄地影射了这一点。这个书名独独在甲戌本《凡例》中没有评论到，其他四种都提到了，可见脂砚斋和曹雪芹对这个书名都不满意，该书名确实是拙劣的名称。

“东鲁孔梅溪则题曰《风月宝鉴》。”东鲁孔梅溪，不知何许人也。脂批中有一条批语，下面署名梅溪，当为同一人。据俞平伯猜想，“梅溪大约是雪芹的弟弟棠村”，亦无得力证据。甲戌本

第1回开头有一条朱色眉批说："雪芹旧有《风月宝鉴》之书，乃其弟棠村序也。今棠村已逝，余睹新怀旧，故仍因之。"为什么叫《风月宝鉴》呢？从字面上解释，就是训诫人们不动男女淫情的宝镜。

按甲戌本《凡例》所言："是戒妄动风月之情。""又如贾瑞病，跛道人持一镜来，上面即錾'风月宝鉴'四字，此则《风月宝鉴》之点睛。"这就是说，因为小说中第12回写了"王熙凤毒设相思局贾天祥正照风月鉴"的情节，对于这种不正当的"爱情"作者是否定的，书名即因此而起。

至于《金陵十二钗》之名，在甲戌本《凡例》中是否定的，它说"审其名则必系金陵十二女子也，然通部细搜检去，上中下女子，岂止十二人哉？若云其中自有十二个，则又未尝指明白系某某。"这个质疑没有道理。其实题此书名也是有根据的，显然它是因金陵十二女子而得名的。金陵即今南京市的别称，南京又有建康、江宁、归化、白下等别名，而最早在战国楚威王七年（前333年）时置金陵邑。钗，本为妇女的头饰，古时称女子为"裙钗"或"金钗"。此书所以题名《金陵十二钗》，就是由于第5回"册子"上所写的十二个女子而得名。小说的第5回写宝玉梦游太虚幻境时，看到了《金陵十二钗正册》《金陵十二钗副册》《金陵十二钗又副册》，每册都是记载着十二个女子。饮酒间，又有十二个舞女上来，将新制的《红楼梦》十二支曲调演出。并不能因为书里描写的不止十二个女子，便说这书名端的没有来由。金陵十二钗究竟包括有多少个女子呢？有人主张是六十人，这主要是根据一条脂批而来的。在庚辰本第17、18回有一段朱笔眉批说："树（疑或"数"字之误）处引十二钗总未的确，皆系漫拟也。至末回警幻情榜，方知正副再副及三四副芳讳。壬午季春畸笏。"由于对这批语的标点、释义不同，于是对解释十二钗的总数也就有了分歧。如果把"正副再副及三四副"句标点为"正、副、再副及三、四副"的话,那就是正册、副册、再副册、三副册、四副册了,那就成为五个"十二金钗"了,五乘以十二不正好是六十个女子吗?[③]又有人主张是三十六人。如果把"正副再副及三四副"句标点为"正副、再副及三(四)副"的话,那就是三个"十二金钗",三乘以十二岂不正好是三十六个女子吗?这种标点法,是把"副"作为"套"(量词)解释的,并不是作为"正副"相对涵义理解的,而"正""再""三"就作为序数词对待了。这样,"正副"即"第一套"册子,"再副"即"第二套"册子,"三副"便是"第三套"册子。而"四"字是衍文,当该删去。于是,如此解释,就吻合书中描写的三套册子的女子的数目了。[④]这第二种解释虽然能够达到比较吻合书中情节的自圆其说的逻辑,但是也有捉襟露肘之弊,例如"四"字就无法说通,于是只好说成是衍文,由于抄书人抄错所致。如此解释,仍嫌牵强,不能令人首肯,当然比六十人之说是"言之成理"的多了。我认为三十六人之说者把"副"作为"套"(量词)来解释是"持之有故"的,但把"四"字作为衍文看就不妥当了。

我主张把"正副再副及三四副"一句标点为"正副、再副及三、四副",如此就有四套册子了,四套乘以十二便是四十八个女子了。"四"字不作为衍文看也能说得通,因为这段朱笔眉批并非针对书中原文而批,它是针对同回中"今年才十八岁,法名妙玉"的正文下的一段双行墨批而批的。我们完全可以肯定墨批在先,朱批在后。根据是:朱批语意很明确,指出墨批所指"十二钗总未的确,皆系漫拟也"。所谓"漫拟"者,就是随便拟定的意思,并未认真核对,精心坐实。确实墨批对于十二钗女子的总人数,有揣想成分。请看墨批原文:

妙卿出现。至此细数十二钗,以贾家四艳再加薛、林二冠有六,去秦可卿有七,再凤有八,李纨有九,今又加妙玉,仅得十人矣。后有史湘云与熙凤之女巧姐儿者,共十二人。雪芹题曰《金陵十二钗》,盖本宗《红楼梦十二曲》之义。后宝琴、岫烟、李纹、李绮皆陪客也,《红楼梦》中所谓副十二钗是也。又有又副册三断词,乃晴雯、袭人、香菱三人而已,余未多及,想为金钏、玉钏、鸳鸯、茜云(有正本作素云,可能是茜雪之误)、平儿等人无疑矣。观者不待言可知,故不必多费笔墨。

此段批语为脂砚斋所写。从这段墨批看,确实得知批者是在"漫拟",而且可以看出批语所言与小说正文情节不尽相同。正文中出现副册女子是香菱一人,而墨批却说有宝琴、岫烟、李纹、李绮;正文中出现又副册女子是晴雯和袭人,而墨批却说"又副册三断词(即判词,有正本改为'三段词',不必要),乃晴雯、袭人、香菱三人而已",这里把香菱划入"又副册"之列了,另外再加上金钏、玉钏、鸳鸯、茜雪、平儿等人。由此看来,还应当以畸笏的朱批为准,他指出墨批是"漫拟",而他则是根据"末回警幻情榜"的原来面目而定。此其一。从时间上来说,是畸笏朱批在"壬午季春",而双行墨批的最晚时间可定为"庚辰",同时,这段墨批在己卯本上亦有,而现存的庚辰本又是根据现存的己卯本过录的。三个年代的先后排列次序是:己卯(乾隆二十四年、1759);庚辰(乾隆二十五年、1760);壬午(乾隆二十七年、1762)。这时期曹雪芹还在世,畸笏曾去过雪芹家里,而当时曹雪芹向他"索书甚急",这从畸笏在庚辰本上的几条批语可证:25 回有两条署"壬午夏、雨窗、畸笏"的批语,26 回又有"壬午孟夏、雨窗"的批语,21 回又有"壬午九月,因索书甚迫,姑志于此……"的大段批语。这些都证明乾隆二十七年从春天到重阳节前后,《石头记》的原稿一直在畸笏手里,不久便归还给曹雪芹了。此其二。

综上所述,解释金陵十二钗的女子的数目,倒不一定非要符合第5回三套册子上所指的女性形象,何况第5回中实际描写的也非是整整三十六个女子呢?副册只有香菱一个,又副册只有晴雯、袭人两个,这样研究问题未免削足适履、胶柱鼓瑟了。如果一定要考证出十二金钗的女子总数,那还是以朱批所提供的"末回警幻情榜"所写的女子总数为好,即四十八人。现将末回情榜中四等册子上所列的"芳讳"(女子名字)揭示于下:

正册:林黛玉(据甲戌本第3回朱笔眉批"一点黛玉为正十二钗之冠"一语)、薛宝钗、贾元春、贾探春、史湘云、妙玉、贾迎春、贾惜春、王熙凤、巧姐、李纨、秦可卿。

副册:甄英莲(即香菱,据甲戌本第3回朱笔眉批"甄英莲乃副十二钗之首"一语)、平儿、娇杏、尤二姐、尤三姐、尤氏、夏金桂、林小红、薛宝琴、邢岫烟、李纹、李绮。

三副册:晴雯、袭人、鸳鸯、金钏、玉钏、茜雪、麝月、紫鹃、莺儿、抱琴、司棋、侍书。

四副册:从第5回中写了十二个舞女演唱红楼梦十二支曲,和书中反复写了从姑苏买来的十二个女戏子的情节来看,这四套册子中的十二钗自然是芳官、龄官、藕官、文官、宝官、玉官、蕊官、葵官、豆官、艾官、茄官、药官了。

虽然说,一省女子固然很多,《红楼梦》中的确描写的也不仅十二个女子,写了成百个,但我们从书中的具体内容来看,作者还是有所主次,选择其最紧要的女子来刻画。即从曹雪芹所拟定的四等册子的"芳讳"来看,亦复如此,人物的身份地位及情节中的活动,就区分得相当细致、明确,大体上可以看得出第一类即正册中的冠首女子,第二类即副册中的侍妾与近亲亲戚,第三类即三副册中的大丫环，在奴婢中略有权势，月例银也较多，第四类即四副册中的女戏子，她们在红楼情节中也有一定的活动，有头脑，有反抗精神，作者是同情她们的，因而这十二个女孩儿会列入第四套册子中。

脂评说“凡用十二字样，皆照应十二钗。”[⑤]一副冷香丸，需用牡丹花蕊十二两，白荷花蕊十二两，白芙蓉花蕊十二两，白梅花蕊十二两，雨水十二钱，露水十二钱，霜十二钱，雪十二钱，再加上十二钱蜂蜜，十二钱白糖，发病服时用十二分黄柏煎汤送下，竟用了十一个“十二”。那块女娲氏的炼石也是高经十二丈，方经二十四丈，又是“十二”的数据，不过一为明数，一为暗数罢了。薛姨妈赠送贾府小姐、少奶奶的礼物又是十二支宫花。“作者包括地扼要地将这‘十二钗’给点醒了。打破了呆板的每人一支的方式，用笔变化而意无不周，可谓神妙矣。”[⑥]俞平伯的这个观点是有道理的，所以他说：“我以为本书第7回‘送宫花贾琏戏熙凤’，即金陵十二钗之点睛也。”他又引用了第7回回前题诗（十二花容色最新，不知谁是惜花人。相逢若问名何氏，家住江南姓本秦）后说：“足证冷香丸送宫花不特为十二钗之点睛，且为金陵十二钗之点睛，不然，他为什么说‘家住江南姓本秦’呢。”[⑦]

值得注意的是《金陵十二钗》这个书名，是由曹雪芹亲自题名的。第1回中明确这样写着：“后因曹雪芹于悼红轩中批阅十载，增删五次，纂成目录，分出章回，则题曰《金陵十二钗》。”而这个作者自题的书名，却为什么偏偏不翼而飞了呢？这个问题，难以做出满意的答案，从现在的资料查阅，无论当时或者后世，并没有被大家所公认而流传下来，其原因无从得知，只好悬案。现在尚有一点蛛丝马迹可以透露消息的是下面一段脂批：

若云雪芹披阅增删，然后开卷至此，这一篇楔子又系谁撰？足见作者之笔，狡猾之甚。后文如此处者不少。这正是作者用画家烟云模糊处。观者万不可被作者瞒蔽了去，方是巨眼。（甲戌本第1回眉批）

这一段眉批是针对石头神话故事而写的，指明作者有意搞成真真假假，使读者不明真相，所以作者运用了“画家烟云模糊处”的方法。我认为题曰《金陵十二钗》云云，正是作者的狡猾之笔，他在声东击西，书中确实重点写了金陵十二钗即正册上题的十二个女子的思想、生活，而通过这十二个女子的描写深刻地反映了封建社会的现实，由于怕引起“干涉时世”的祸端，所以最后仍用“石头记”，这既有作者的用意，也包括有至亲密友的评者抄者的意见。

一部小说，题了这么多名字，而独有《石头记》《红楼梦》流传开来，为众人公认，尤其是“红楼梦”这个名称流传得更广更久。这是为什么呢？这是因为：

第一，“红楼梦”比其他名称更切题，更概括，更形象，更全面。其他名称都有管中窥豹、只见一斑的缺点，也没有抓住整个小说的要害。

第二，“红楼梦”名称之约定俗成，由来已久。较早的抄本，无论正文还是批语中，都有这个名称的明确记载。例如甲戌本：

红楼梦旨义。

红楼梦是总其全部之名也。

至吴玉峰题曰《红楼梦》。

第5回的第三支曲《枉凝眉》后有一句行间墨批：“此结是读《红楼》之要法。”同时上有朱笔眉批：“妙，设言世人亦应如此法看此《红楼梦》一书，更不必追究其隐寓。”

第7回眉批云：“一部《红楼》淫邪之处，恰在焦大口中揭明。”

又如，己卯本第34回回末题有“红楼梦第三十四回终”九个字。

再如，庚辰本第21回回前总批云："有容题《红楼梦》一律，失其姓氏，惟见其诗意骇警。……"

我们知道，甲戌是乾隆十九年，己卯是乾隆二十四年，庚辰是乾隆二十五年，此时作者还在世，这就充分证明曹雪芹生前曾用过"红楼梦"书名的。

稍后的甲辰本，即1953年在山西发现的梦觉主人序本，书名已正式题为《红楼梦》，在目录前、正文前及中缝均题《红楼梦》，梦觉主人并在《序》中详尽地阐发了名叫"红楼梦"的道理。从此以后，《石头记》这个书名就渐渐被《红楼梦》取代了。甲辰为乾隆四十九年（1789），原有八十回，有己酉年舒元炜作的《序》，现仅存第1至40回。抄本目录前及正文的书名都题作《红楼梦》。据有的学者考证，此抄本的抄写时间，下限最远当是乾隆四十一年丙申（1776），或者还要早些，己酉年绝非抄写本时间。

出现于乾隆六十年（1795）至道光十二年（1832）的列藏抄本（即苏联亚洲人民研究所列宁格勒分所所藏的抄本），全八十回。此抄本没有书前题页，各回所题的书名多作《石头记》，但第14回回首标题作"红楼梦第十回"；第63、64、72回的回末又题为"红楼梦六十三回终"、"红楼梦六十四回终"、"红楼梦七十二回终"。说明该抄本也有《红楼梦》书名的出现。

关于"红楼梦"这一书名的使用时间，还可以从一些笔记体著作中得到佐证：

明义在他的《绿烟琐窗集》里，有二十首《题红楼梦》诗，诗题下有小序说："曹子雪芹出所撰《红楼梦》一部，备记风月繁华之盛。……惜其书未传，世鲜知者，余见其抄本焉。"明义为乾隆间人，这二十首题《红》诗，大约写于乾隆二十三、四年。

《延芬室稿》稿本第十五册中，载有永忠（满族宗室诗人）的一首诗，题为《因墨香得观红楼梦小说吊雪芹三绝句姓曹》，诗的上端还有弘旿（即固山贝子瑶华）眉批说："此三章极妙。第《红楼梦》非传世小说，余闻之久矣，而终不欲一见，恐其中有碍语也。"墨香是敦诚、敦敏之叔父，名额尔赫宜，而敦诚、敦敏和永忠都是曹雪芹的亲密朋友，永忠在乾隆三十三年看到的《红楼梦》，就是由墨香才看到的。这时永忠也好，弘旿也好，都称此书是《红楼梦》而不是《石头记》了。

其他诸如陈康祺的《燕下乡脞录》卷五、俞樾的《小浮梅闲话》、张维屏的《国朝诗人征略》二编、袁枚的《随园诗话》卷二、王梦阮沈瓶庵合著的《红楼梦索隐》、梦痴学人的《梦痴说梦》、周春的《阅红楼梦随笔》等著作里，均已称此书为《红楼梦》了。

综上所述，结论自然得出：在曹雪芹生前死后，《红楼梦》已经作为小说的正式名称多次出现，但在初期尚未确定，几种名称换来换去，特别是《石头记》名称在与它争胜。但在乾隆五十六年（1791）和乾隆五十七年（1792）由萃文书屋两次活字排印的百二十回本，便定名为《新镌全部绣像红楼梦》，胡适称前为程甲本，后为程乙本。从此也就结束了《红楼梦》的传抄时代，开辟了刊印时代。以后，刊印本百二十回《红楼梦》的版本很多，极为流行，几乎垄断了社会文坛。自从程甲本问世后，重刻程本的《红楼梦》到了洛阳纸贵的地步，到同治年间，粗略统计其版本就有近四十种之多。如此反复刊印，广泛流传，自然便把小说的名称搞得尽人皆知了。可见程甲本的刊印问世，对《红楼梦》的书名演变和流传都起了划时代的作用。

这部小说为什么要题名为《红楼梦》呢？总不会没有原因的。古往今来，一位作家写首诗词也好，撰部戏剧、小说也好，总要起个名字，名字必须是要符合作者的创作意图，切合作品的主题思想，何况是一部伟大的作品呢？更何况是由曹雪芹“十年辛苦不寻常”写出的“字字看来皆是血”的长篇巨制呢！？

书名所以称《红楼梦》，就字面上解释，“绿窗是贫女之室，红楼是富女之居”（《幼学琼林》卷二）。“红楼”的概念，大约始于唐朝，那时帝王将相多建红楼。诗人李白《侍从宜春苑》诗句“紫殿红楼觉春好”，和沈佺期（一说僧广宣作）的《红楼院应制》诗中所写的“红楼疑见白毫光，寺逼宸居福盛唐”，此处的“红楼”都是指帝王所居的地方。同时，民间也建筑红楼，这民间当然是指封建统治阶级达官贵人之流，一般贫苦的劳动人民是绝不会盖此楼的。像韦庄的“长安春色本无主，古来尽属红楼女”（《长安春》）和白居易的“到一红楼家，爱之看不足”（《梦游春》）等诗句，所谓“红楼女”“红楼家”，便是指的一般封建贵族。到晚唐，李商隐的“红楼隔雨相望冷，珠箔飘灯独自归”（《春雨》）的“红楼”，郑谷的“低飞绿岸和梅雨，乱入红楼拣杏梁”（《咏燕》）中的“红楼”，更是指的一般富贵人家。可以看出，从初唐经盛唐到中唐再到晚唐，“红楼”这个概念便逐渐流行，约定俗成了。凡富贵人家女子所住的地方就称“红楼”。但是，也不尽然，在宋元以后，“红楼”亦非尽指封建贵族妇女所居之处，有时是专指歌妓所居的地方。比如南宋范成大《晚入盘门》一诗中的“一簇红楼压女墙”；元人萨都剌《题扬州驿》七律说：“金缕款款来枕上，银瓶索酒到亭前。明朝走马燕山道，赢得红楼说少年。”《金瓶梅》第10回，有一首诗曰：“紫阳春光好，红楼醉管弦。人生能有几，不乐是徒然！”这里的“红楼”便是指歌妓所居了。到了清朝，徐昆《雨花台》传奇中，第三出“劝桩”中老鸨唱的［桃李争春］里有“红楼稳居，养成娇女，未知东风何日作主”的曲词，这里的“红楼”一词显然也是指妓院。但紧接着念白中老鸨又说“你既身在青楼”一语，无疑，此处“青楼”是指妓院。在这儿，徐昆并非用错，古时候一般指妓院为青楼。徐昆是乾隆间人，在同一处却又偏偏用了“红楼”一词，可见清初人说妓女所居之地也叫“红楼”。不过《红楼梦》所云“红楼”，绝非专指妓女所居，这一点就不必饶费口舌了。

这本小说为什么终以《红楼梦》而定名呢？还是为甲辰本作《序》的梦觉主人深得堂奥，他的解释颇有意趣，他在《序》中说：“辞传闺秀而涉于幻者，故是书以‘梦’名也。夫梦曰‘红楼’，乃巨家大室儿女之情，事有真不真耳。红楼富女，诗证香山；悟幻庄周，梦归蝴蝶。作是书者借以命名，为之《红楼梦》焉。”请看，此人已把小说所以叫《红楼梦》的理由讲得一清二楚了。不过他说取名借了《庄子》的“梦归蝴蝶”的典故，那是主观臆断，曹雪芹的创作思想并非如此。《庄子·齐物论》说：“昔有庄周梦为胡蝶，栩栩然胡蝶也。自喻适志欤，不知周也。俄然觉，则蘧蘧然周也。不知周之梦为胡蝶欤？胡蝶之梦为周欤？周与胡蝶则必有分矣。此谓之物化。”这个典故是说明生死变化、“万物与我为一”的主观唯心主义，是把客观存在与主观精神合二而一了。庄子认为，人生如梦，而且是一场恶梦，人死了才是大觉。《红楼梦》中的“梦”，有时虽也流露这种思想，但主要的不是这种思想。作序者解释“红楼”一词，倒颇有见地。他说“红楼富女，诗证香山”，是说唐代诗人白居易的诗《秦中吟·议婚》中曾有这样的话：“红楼富家女，金缕绣罗襦；见人不敛手，娇痴二八初。”同时对比地写出：“绿窗贫家女，寂寞二十馀；荆钗不值钱，衣上无珍珠。”由此可见，“红楼”就是富贵人家闺阁绣楼的代词；“梦”就是这样巨家大室中儿女们的思想、生活、感情等等的表现。《红楼梦》中写了贾、史、王、薛四大家族的许多妇女和奴婢，主要人物更是少年女子，她们居住在富丽堂皇的大观园里。同时又写了许多梦，用写梦境的艺术手法，折光地反映出封建社会的现实生活。笔者曾作过统计，全书中，前八十回中写了二十个梦，后四十回中写了十二个梦，总共写了大大小小三十二个梦。《红楼梦》中的“梦境”描写，颇有成就和特色，它不但深化了主题思想，而且手法也变化多端。有一段脂批说得好：“一部大书起是梦，宝玉情是梦，贾瑞淫又是梦，秦之家计长策又是梦，今作诗也是梦，并‘风月宝鉴’亦从梦中所有，故‘红楼梦’也。”⑧这就更加充分地说明这部小说所以叫作《红楼梦》的原因了。

那么这部长篇巨著究竟是称《红楼梦》好呢？还是称《石头记》好呢？乍一听来，似乎有点吹毛求疵。一个书名叫什么都好，反正实同名异罢了，就跟一个人有大名、乳名、笔名、表字、雅号一样，总之实质上就是那个人。我却以为不然。这部小说名称的多次改动，一定有原因。不管如何，有一点倒是无须犹豫而可作结论的：实践是检验真理的唯一标准，二百多年来，《红楼梦》书名被无数的抄者、评者、阅者承认并肯定下来，就说明它是被历史检验过而筛选定的较好的名称。在这一点上我非常同意俞平伯先生的观点，他说：“作者不愿意把‘红楼梦’当作书名吗？不是的。他大概不愿把它当作中名用，不愿把它排列在‘情僧’‘风月’‘十二钗’这个系列里，因为这些名字都非正式之名。试问您，能在任何书店买到一部‘情僧录’么？一部‘风月宝鉴’么？一部‘金陵十二钗’么？这些假想中的名字只用来表示本书某种的涵义因素，本不是书名。但‘红楼梦’却与此不同。它不但是书名，而且是人人口头的、真实的书名。若排在一起，便混而不清。我想为了这个缘故，所以作者要删。删却之后，‘红楼梦’即非中名，只剩了一个小名，跟一个大名。下面申说它应该是包括了‘石头记’，为全书之总称。《凡例》上说‘红楼梦’‘总其全部之名’这话可谓再明白没有了。这也有两个解释:(一)它包括本书一切的内容。(二)它统一了本书的许多异名;正因异名太多,所以必须有一个名字来统一他们。'红楼梦'跟'风月宝鉴''石头记'有大小广狭之分,这在《凡例》上亦说明白了。可见其他种种异名只是局部的书中的名目。'红楼梦'才是包括一切的大名,是人世间、社会上流传的称呼。"[9]所以说,"红楼梦"比其他名称更概括、更全面、更生动。其他名称,都有管中窥豹的缺点,也没有抓住整个小说的要害。甲戌本《凡例》中所云:"《红楼梦》是总其全部之名也。"在卷五回又有行间批写道:"点题。盖作者自云所历不过红楼一梦耳!"这些话都说得深中肯綮。

这部小说,除曾有《石头记》《情僧录》《红楼梦》《风月宝鉴》《金陵十二钗》五种名字以外,在光绪年间先后印行的版本,又有题名《大观琐录》的,光绪初年上海广百宋斋出版的王希廉、姚燮评语汇集铅印本即是。光绪十年上海同文书局出版的王、张、姚评语合印本,有石印七种、铅印二种,又都用了《金玉缘》的书名。辛亥革命前后,又有什么《情界真铨》[10]的名字。这三种书名更是自郐以下,与曹雪芹的创作思想更加悖谬千里了。这时期,为什么不用《红楼梦》或《石头记》的名称,而改称为《大观琐录》或《金玉缘》《情界真铨》呢?这是因为清政府当时把《红楼梦》列入禁书,书商为赢利而又避免引起祸端,于是改名翻印。这些书名,都起得平平,无甚意义,微不足道。

【注释】

①②见红研所校注本《红楼梦》第1回。

③徐恭时《芹红新语》,载《红楼梦学刊》1980年第1辑。

④尚友萍《畸笏批语"三四副"的"四"字是衍文》,载《红楼梦

学刊》1983 年第 3 辑。

⑤甲戌本第 7 回"冷香丸配料十二两"之夹批。

⑥⑦俞平伯《读〈红楼梦〉随笔·送宫花与金陵十二钗》，人民文学出版社《红楼梦研究参考资料选辑》第二辑。

⑧庚辰本《石头记》第 48 回双行批。

⑨《红楼梦研究·红楼梦正名》。

⑩此书名出现于辛亥革命前后，见野鹤《读红楼梦札记》抄本。转引自一粟编《红楼梦卷》第一册卷三。

（二）《红楼梦》的思想意义

《红楼梦》的思想意义是伟大的卓越的深刻的，这个结论和总前提，是当今红学界一致公认的。但是其伟大、卓越、深刻体现在哪些方面呢？或者说主要的方面体现在什么内容上呢？这就有严重的分歧了。综合新中国成立以来红学研究成果，主要的观点，大体上有如下几种：

有的说，《红楼梦》是反映了封建主义与民主主义的尖锐矛盾，出色地发挥了一个贯穿全书的基本思想——反封建主义[①]。后来，在粉碎"四人帮"之后，他们又把此说修改为：《红楼梦》所描写的不是"洞房花烛、金榜题名"的爱情故事，而是写出封建贵族的青年贾宝玉、林黛玉、薛宝钗之间的恋爱婚姻悲剧。小说的巨大的社会意义在于它不是孤立地去描写这个爱情悲剧，而是以这个恋爱、婚姻悲剧为中心，写出了当时具有代表性的贾王史薛四大家族的兴衰，其中又以贾府为中心，揭露了封建社会后期的种种黑暗和罪恶，及其不可克服的内在矛盾，对腐朽的封建统治阶级和行将崩溃的封建制度作了有力的批判，使读者预感到它必然要走向覆灭的命运。同时小说还通过对贵族叛逆者的歌颂,表达了新的朦胧的理想。这种观点可概括为"反封建主义说"。[2]

有的说,曹雪芹就是属于贵族官僚家庭出身而受了新兴的市民思想影响的一个典型人物。曹雪芹究竟是站在什么立场上来反封建的呢?应该说他基本上是站在新兴市民立场上来反封建的。必须从这一点来分析,才能更清楚地认识《红楼梦》的历史意义。因此《红楼梦》应该被认为是代表十八世纪上半期的中国未成熟的资本主义市民文学的作品。李希凡、蓝翎也说:"《红楼梦》中所反映出的这种带有解放个性的性质的新命题,就其社会性质讲,只可能是属于当时新兴的市民社会意识的反映。"[3]这种观点可概括为"市民说"。

有的说,18 世纪上半期中国社会的主要矛盾还是地主与农民的矛盾。曹雪芹是封建社会的叛徒,是官僚地主的逆子,他在《红楼梦》中,对于那由荣华而至没落的官僚地主家庭的荒淫腐朽的生活和必然崩溃的命运,作了无情的揭露和深刻的描写。《红楼梦》的思想基础,是建筑在农民力量的基础上,是建筑在农民的生活思想的基础上。这种观点可概括为"农民说"。[4]

有的说,《红楼梦》只是老老实实地描写了曹家这一个坐吃山空、树倒猢狲散的自然趋势,所以说《红楼梦》是一部自然主义的杰作,是曹雪芹的自叙传。作者的态度"总不过是身世之感,牢骚之语。即后来底忏悔了悟,以我从楔子里推想,亦并不能脱去东方思想的窠臼;不过因为旧欢难拾,身世飘零,悔恨无从,付诸一哭,于是发而为文章,以自怨自解。"(俞平伯语)因此说,主旨是"谈情",是"为十二钗作本传",《红楼梦》是一本道地的爱情小说,自传小说。持此观点的主要是胡适、俞平伯等人,可概括为"自传说"或者"爱情说"。[5]

有的说，它深刻地暴露了封建统治阶级的丑恶和腐败，封建主义的残酷和虚伪，封建社会的男女不平等；而在这个黑暗、污秽和罪恶的世界里，它又描写了青年男女的纯洁的美丽的爱情，描写了封建社会的叛逆者们和奴隶们的反抗，描写了他们对于合理的幸福生活的追求；这些描写是这样重要，它们成为全书的突出的内容，并从而使全书闪耀着诗和理想的光辉。……它的总的意义和效果就不能不是对于整个封建社会的批判和否定。这种观点可概括为“封建社会总批判说”。[6]

有的说，《红楼梦》是写封建社会末期的政治斗争。作者通过对贾史王薛四大家族，特别是对贾府这个典型的封建贵族世家的深刻揭露和尖锐批判，生动地、形象地展开了封建社会末期的错综复杂的阶级矛盾和阶级斗争，展示了封建社会末期的历史画面，宣告了封建制度的已经衰朽和行将灭亡，因此说《红楼梦》是一部政治历史小说。这种观点可概括为“政治历史小说说”或“阶级斗争说”。[7]此说盛行于20世纪70年代初的“评红热”中。

有的说，《红楼梦》的反儒倾向，首先在于它以艺术的形式，从贾史王薛四大家族特别是贾家的衰败，揭露了封建社会必然走向崩溃的历史趋势，批判了儒家“天不变，道亦不变”的形而上学思想；其次是撕下了作为三纲之本、五常之首的“仁”的画皮；还反映了要不要走儒家的“学而优则仕”道路的矛盾和斗争；再次是精心刻画了一系列富有聪明才智的妇女形象，特别是具有反抗精神的叛逆者和女奴隶的形象，有力地批判了儒家男尊女卑的思想。所以说，《红楼梦》是一部强烈反儒的小说。这种观点可以概括为“反儒小说说”。[8]

有的说，作为《红楼梦》主题的核心问题，是封建统治阶级子孙不肖、后继无人的问题，这个问题贯串并主宰全书，它有如一种放射性的物质，无形而深刻地渗透在全书一切形象描绘和性格塑造当中。书中种种描写，诸如封建贵族日常生活的铺张奢靡，封建政治的黑暗腐败，纲纪的倾圮，伦常的乖丧，道德的堕落，叛逆者的爱情婚姻悲剧，等等，都无不与封建统治阶级子孙不肖、后继无人这个核心问题息息相通。把《红楼梦》的主题概括一下，那就是：以封建贵族阶级子孙不肖、后继无人问题为核心，展开了贵族阶级各个生活侧面的描写，无情地揭露和鞭挞地主阶级的种种罪恶，热烈地讴歌和赞美新兴力量的叛逆精神，全面地批判了封建制度，深刻地揭示出封建社会和地主阶级必然崩溃和没落的历史命运。这种观点可以概括为“后继无人说”。⑨

有的说，《红楼梦》是一部交响乐，它的两个主题：诗的、悲哀的、青春的与深情的第一主题与争斗的、紧张的、险恶的与错综复杂的第二主题是轮番出现、再现、发展和变奏的。在第一个主题中，我们听到嘹亮的小号，宁静的双簧管，鸣咽的大提琴，扣人心弦、令人心碎、上天入地无所依傍的小提琴的疯狂、寻觅和失落。在第二主题中，我们时而听到急促的锣鼓，时而听到诡巧的乐器弹拨与木琴、扬琴的敲打，时而听到各种乐器任意发声的不谐和音与乐器与非乐器一同震响的噪音。这两个主题纠缠反复，互相抵牾而又互相补充，显示了人生的种种色彩与情绪，显示了大观园生活的全景与贾宝玉的全部体验与遐思。两个主题的反复同样还起着调剂欣赏心态的作用；情意绵绵，沉迷失度，或嫌滥于柔弱；唇枪舌剑，钩心斗角，或嫌失于鄙俗。二者结合，二者交替，才收到相辅相成、相得益彰的阅读效果。这种观点可以概括为“交响乐说”。⑩

总之，《红楼梦》的思想内容或曰主题思想，丰富而又复杂，很难用几句话表述得那样清晰、周延，但不论怎样分歧，什么说法，说来说去，万变不离其宗：一是封建贵族的兴衰；二是男女青年的爱情悲剧；三是腐朽的封建伦理道德。我们认为，《红楼梦》的思想意义就在于：它以宝玉、黛玉、宝钗的恋爱婚姻悲剧为中心事件，通过贾史王薛四大家族兴衰过程的典型概括，联系着广阔的社会背景，形象而深刻地、集中而充分地反映了封建社会残酷的阶级压迫和阶级剥削，揭露了封建制度的黑暗和腐朽，特别是揭露了封建婚姻制度的腐朽，从而揭示了封建社会必然崩溃灭亡的历史趋势。作者站在当时进步的思想高峰上，对于封建的科举制度、奴婢制度、婚姻制度、儒家思想、道德法律、宗教寺院、文化教育、土地制度、司法制度、举放利债以至医药卫生、风俗习惯等等，都做了不同程度的批判与否定，在批判与否定的同时也透露了自由、博爱、平等的民主主义思想。所以说，《红楼梦》是对中国封建社会末期的总解剖，是一部关于中国封建社会的百科全书，是一部思想性和艺术性结合得最好的现实主义杰作。

下面我们就从三个方面加以分析《红楼梦》的思想意义。

第一方面，对于封建社会的总批判。

《红楼梦》首先通过宁国府荣国府的兴衰变化，曲折地反映了那时的社会现实。贾府是由少数封建主子和几百个奴仆所组成的封建贵族大家庭。有人统计大观园内的主子才 25 人，而奴隶却有 300 多个，形成了一与十二的比例。“护官符”上的四句俗谚口碑“贾不假，白玉为堂金作马。阿房宫，三百里，住不下金陵一个史。东海缺了白玉床，龙王来请金陵王。丰年好大雪，珍珠如土金如铁”，便向读者介绍了四家腐朽寄生的封建家族，他们是大官僚、大地主、大皇商、大高利贷者，彼此联系，相互依存。不过四大家族的腐朽没落，在小说中主要是通过宁荣二府的全部生活来反映的。在贾府的围墙里，发生着种种矛盾和冲突：私有制度使得人与人之间的关系成了互相仇视、猜忌、欺诈、倾轧、争夺的现象。这种现象每时每地都发生着,主子与主子,主子与奴仆,奴仆与奴仆之间的矛盾,主子与围墙外社会上的种种矛盾,还有婆媳、妻妾、妯娌、兄弟、姐妹、父子、母女之间的矛盾,通过大大小小的矛盾事件,来反映封建社会的腐朽本质。贾府中的主子,他们成天考虑的是如何享乐,贾家的奢侈是很惊人的,为了迎接元春省亲,光是到姑苏"聘请教习,采买女孩子"等就化了五万两银子。在第39、40回中反映的最为典型。当刘姥姥二进大观园时,十分生动地真实地反映了封建统治阶级过着纸醉金迷、花天酒地的生活。刘姥姥二进时是贾府最兴盛的时期,吃顿螃蟹竟要化去二十多两银子,相当于一户农民一年的生活费用。正如刘姥姥说的那样:"这样螃蟹,今年就值五分一斤。十斤五钱,五五二两五,三五一十五,再搭上酒菜,一共倒有二十多两银子。阿弥陀佛!这一顿的钱够我们庄稼人过一年了。"(第39回)吃一种名叫茄鲞的菜就要用去多少素油荤肉作为佐料煨泡:首先把新鲜的茄子皮削了,只要茄子肉,切成碎钉子,用鸡油炸了,再用鸡脯子肉和香菌、新笋、蘑菇、五香付干、各色干果子,都切成碎钉子,然后再用鸡汤煨干,加香油一收,外加糟油一拌,盛在瓷罐子里封严,要吃时拿出来,再用炒的鸡爪一拌就是茄鲞了。连天天吃茄子的刘姥姥也吃得愣了,她说:"别哄我了,茄子跑出这个味儿来了,我们也不用种粮食,只种茄子了。"于是又吃了一口,细嚼了半天,笑着说:"虽有一点茄子香,只是还不象是茄子。告诉我是个什么法子弄的,我也弄着吃去。"(见41回)大家想一想,刘姥姥能吃得起吗?封建贵族的这一切,生活来源从何而来?无非是剥削人民压榨人民的血汗而来。所以在《红楼梦》里作者也明确地写了实物地租和货币地租的剥削方式,向农民以及其他小生产者除每年榨取大量的实物外,还要榨取大量的货币。许多庄园收入的租银,"每年也有三五十万来往",如果以乾隆年间的米价计算，合大米三十万石左右，约够十万人全年的口粮了。第53回里写到黑山村庄头乌进孝上交的交租清单，就生动地深刻地反映了这个情景。书中这样写道：

贾珍道："这个老砍头的今儿才来。"说着，贾蓉接过禀帖和账目，忙展开捧着，贾珍倒背着手，向贾蓉手内只看红禀帖上写着："门下庄头乌进孝叩请爷、奶奶万福金安，并公子小姐金安。新春大喜大福，荣贵平安，加官进禄，万事如意。"贾珍笑道："庄家人有些意思。"贾蓉也忙笑着说："别看文法，只取个吉利罢了。"一面忙展开单子看时，只见上面写着："大鹿三十只，獐子五十只，狍子五十只，暹猪二十个，汤猪二十个，龙猪二十个，野猪二十个，家腊猪二十个，野羊二十个，青羊二十个，家汤羊二十个，家风羊二十个，鲟鳇鱼二个，各色杂鱼二百斤，活鸡、鸭、鹅各二百只，风鸡、鸭、鹅二百只，野鸡、兔子各二百对，熊掌二十对，鹿筋二十斤，海参五十斤，鹿舌五十条，牛舌五十条，蛏干二十斤，榛、松、桃、杏穰各二口袋，大对虾五十对，干虾二百斤，银霜炭上等选用一千斤、中等二千斤，柴炭三万斤，御田胭脂米二石，碧糯五十斛，白糯五十斛，粉粳五十斛，杂色粱谷各五十斛，下用常米一千石，各色干菜一车，外卖粱谷、牲口各项之银共折银二千五百两。外门下孝敬哥儿姐儿玩意：活鹿两对，活白兔四对，黑兔四对，活锦鸡两对，西洋鸡两对。"

由于几个庄子连遭旱涝雹灾，年成不好，不得不少交些地租。对此，贾珍还很不满意地说："这够做什么的！""这一、二年倒赔了许多，不和你们要，找谁去！"这充分说明贾府主子们的生活奢侈，全靠对农民的剥削。

《红楼梦》还揭示了封建社会里的阶级分化，阶级关系的变化。例如赖大家本为贾府的世家奴才，原为被奴役被剥削的人，赖妈妈原为贾政的奶妈，后来她的儿子赖大成了荣府的大总管家，赖大家的成了荣府总理家务的女仆头目，孙子赖尚荣花钱买了个县官，飞黄腾达了，于是全家摇身一变而成为奴役人和剥削人的人了。请看，赖家"那花园虽不及大观园，却也十分齐整宽阔，泉石林木，楼阁亭轩，也有好几处惊人骇目的"（第47回）。他们家里也分别使用着奴仆。赖尚荣作了县官，还摆酒唱戏，庆贺了三天。（第45回）从贾母口里也说赖大之母这些老奴仆家"都是财主，分位虽低，钱却比他们（指邢王二夫人）多"，要他们几家为凤姐生日出份子钱，与邢王二夫人一例才行。（第43回）还有老奴仆周瑞和王善保家，也是如此，有一定的权势，另立门户，有小丫环，在主子面前说话颇有作用。

在宁荣二府外边，也是此起彼伏地发生着农民起义、农民暴动和灾荒。"偏偏近年水旱不收，鼠盗蜂起"，到处是"抢田夺地，鼠窃狗偷，民不安生，因此官兵剿捕，难以安身"（第1回）。整个社会动荡不安。就连宁国府的农庄，不也连遭天灾吗？大涝数月，连阴不晴，九月又下了一场碗大的雹子，方近一千三百里地，连人带房并牲口粮食，打伤了上千上万的，所以才这样的。（第53回）不但农民无法生活，就连他们的豪华奢侈的生活也难以维持。表面上贾府是膏粱锦绣、昌明隆盛，实际上是一条"死而不僵的百足之虫"，外强中干，空虚腐朽。丫头红玉曾说："俗话说的好，'千里搭长棚，没有个不散的筵席'，谁守谁一辈子呢？不过三年五载，各人干各人的去了。那时谁还管谁呢？"（第26回）管家少奶奶凤姐儿也感到了前景不妙，总是感叹地说："家里出去的多，进来的少。凡有大小事仍是照着老祖宗手里的规矩，却一年进的产业又不及先时。多省俭了，外人又笑话，老太太、太太也受委屈，家下人也抱怨刻薄；若不趁早儿料理省俭之计，再几年就都赔尽了。"（第55回）

其次,《红楼梦》通过日常的生活现象,揭露封建统治者的腐败糜烂。书中大量地描写了日常生活细节,表现封建贵族的腐败,整日价饮酒作乐,赏花观月。就说生辰寿日吧,在贾府就是颇为关注的日常大事。贾府的上下几百人当中,一年十二个月,月月就有几个生日,还有几个人同一天生日的。从先后生日的举办情况,不但可看出生活的腐糜透顶,也可看出贾府的兴衰变化。第11回宁国府为贾敬祝寿的盛况何等讲究!到第43回为凤姐过生日则是凑份子,主奴凑钱去办;到71回为贾母筹划八十寿辰就更不行了。如果拿秦可卿的送殡(第13回)和贾母的八十大寿相比,真是有天壤之别。为了老太太的千秋,贾琏手上所有的几千两银子都花光了,紧接着又要给南安府里送礼,又要预备元妃的重阳节礼,还有几家红白大礼,至少还得二三千两银子用,此时此刻竟接不上了,于是贾琏向鸳鸯借当,央求鸳鸯暂且把贾母查不着的金银家伙偷出一箱子,暂押千数两银子支腾一下。此时此刻连王夫人也窘困得无法下礼了,她着急了两个月,后来才把后楼上那些没要紧的大铜锡家伙四五箱子,弄了三百两银子,才把老太太的遮羞礼儿搪塞过去。即便王熙凤,也只好把她的那个金质自鸣钟卖了五百六十两银子才算了结(第72回)。

再次,《红楼梦》还揭露了高利贷剥削活动。这一点最突出地体现在管家少奶奶王熙凤身上。王熙凤,从某种意义上来看,她又是一个高利贷者的典型形象。高利贷者具有一种统治欲和占有欲。她贪得无厌地捞钱,不择手段地讹诈。她公开放债,秘密放债,成批量地放债,甚至扣压挪用老太太、太太以及丫头们的月钱,再加上自己的公用月例钱,拿去放利生息,三两五两慢慢攒起来,从而积累了大量的财产。在第39回中平儿就揭了她的这个老底。贾府里的银子上千上万,每日都从她一个手、一个心、一个口里调度。连她的丈夫,善于挖空心思弄钱的贾琏,竟一点也不知道自己的老婆藏有一箱子的借券文书。当贾琏向鸳鸯借当时,请凤姐帮着说一句话,还要一二百两银子作利钱,也算劳务费吧,足见她的每个细胞每条神经都是用金钱包裹着的。王熙凤的体己钱上渗透着多少眼泪和血污,因而落了个“放账破落户,天下人都被她算计了”(李纨语)的臭名声。还有百万之富的薛家,更是放高利贷的豪商地主。薛家在京城都有几处生意,各省又有买卖承局,还开有许多当铺。所谓当铺,就是收取抵押品而发放高利贷,买空卖空的封建剥削的行业。薛蝌的未过门的媳妇邢岫烟就曾把自己的薄绵衣服,当进了薛家自己开设的“恒舒”当铺里。多么富有讽刺意味的事件啊!

第二方面,爱情悲剧的社会意义。

爱情悲剧对于揭示《红楼梦》的主题有重大的意义。通过宝、黛、钗三者之间的爱情婚姻过程,可看出是两种思想、两种生活道路的矛盾斗争。作者歌颂肯定了宝黛的爱情,对宝钗的婚姻却持否定批判的态度。宝黛的爱情是建立在反封建礼教的基础上,情投意合、理想一致。宝玉不喜科举和读四书五经,黛玉支持他。宝钗是个封建礼教的信徒、卫道者,对宝玉是从封建观点上希望他科举作官,走仕途经济之路。因此宝玉对宝钗没有好感,但是也有个认识发展过程,起初也有爱她的一面,爱她的美貌、才华,常常是见了宝姐姐就忘了林妹妹。虽然封建家长们都支持宝钗,力主宝玉、宝钗成婚,但是仍然避免不了她的婚姻的悲剧结局——守了活寡的命运。小说描写爱情悲剧的意义在于:宝玉、黛玉是封建主义的叛逆者,正因为叛逆,才把他们更深地引向爱情,同时又正是为了高尚纯洁的爱情,才更加深了他们的叛逆精神。这种以反对封建礼教、追求民主平等为主要内容、主要基础的爱情描写,在中国古代文艺作品中要以《红楼梦》写得水平最高。在这以前的描写男女青年爱情题材的作品，无非是郎才女貌，一见钟情，夫贵妻荣罢了。书中除了写宝、黛、钗之间的爱情婚姻外，还穿插了许多对儿爱情事件，像秦钟和智能儿，司棋和潘又安，尤三姐和柳湘莲，尤二姐和贾琏，小红和贾芸，薛蝌和邢岫烟，贾环和彩霞，龄官和贾蔷，等等，他们的爱情也都是悲剧的结局，虽然表现的程度不同，方式不同，但共同的结局，都深刻地表明了封建社会里是不允许有真正的独立自主的真挚无邪的爱情存在的。因而说，《红楼梦》的爱情描写更具有广阔的社会意义。

小说还揭示了宝黛爱情悲剧的原因，绝不是某种偶然因素（例如调包计）造成的。造成悲剧的根本原因，是因为当时的中国社会，还缺乏一种正义的革命的精神支柱，缺乏一种正确的舆论导向，所以说，这一爱情的悲剧是性格的悲剧、时代的悲剧，是反封建的力量还敌不过封建恶势力的悲剧。

《红楼梦》中的爱情描写也有不足之处。恋爱至上带来不健康的倾向，贾宝玉等人没有把爱情和事业心妥善地结合起来。宝、黛、钗等人都是贵族儿女，过着一种寄生生活，饭来张口，衣来伸手，有着很大的依赖性。在思想上还有一种梦一般的空虚的哀愁，经常出现闲愁绮恨的情绪，动不动就眼圈红了，两泪汪汪，爱情显然过分琐细和缠绵，不够刚健和清新。

第三方面，强烈的反儒倾向。

不能因为“文革”期间，“四人帮”插手了“评红运动”，便全盘否定一切评论、一切观点、一切例证，泼脏水连小孩儿一起泼掉。“四人帮”在“评红”中的罪恶，一是借“评红”制造舆论，旨在篡党夺权；二是借机打倒一批老革命干部；三是思维为极端的片面的绝对的模式，要好绝对的好，要坏绝对的坏，几乎没有一丝辩证法。

如果把这些背景去掉的话，或者说划清两种界限，各算各的账的话，就事论事，就《红楼梦》论《红楼梦》，那就不能不承认小说中是写了阶级斗争，写了几十条人命案，写了反儒思想。说到此，我对我们中国人近半个世纪以来的思维偏向，感到十分困惑不解，为什么有些人在“左倾”思潮中比谁都更“左”？在“右倾”思潮中又比谁都更“右”？总是在极端尖上审视一切，结论一切，而且这种人往往吃香走红，可是历史实践证明，国家和人民却大大遭殃。这是不是由于中国人因为思想统一而忘掉差别了呢？独尊儒术确立了儒家思想在中国的统治地位，儒家思想成了中华民族的精神主干，于是在思维方式上形成了中华民族的特殊风格。必须明确，“政权统一、国家统一，跟思想学术、理论观点多样化是两回事，也不互相矛盾。”“历史上利用政治权力搞思想统治的都不得人心，诸如秦始皇的焚书坑儒，东汉的党锢之祸，明末的东林党事件，清初的文字狱，都是被后人唾骂的罪恶行为。”可见，“用政权去统一思想总是要徒劳的。但是，思想要不要统一呢？要统一的。要统一于真理，而不能统一于权力，因为权力和真理并不是一致的。”[11]

因此，我认为《红楼梦》具有强烈的反儒倾向。

首先，通过四大家族的兴衰变化，用铁的事实批判了儒家“天不变，道亦不变”的形而上学思想，形象地说明封建社会天在变，道在变，整个社会也在变。第1回的《好了歌》和《注》中，虽表现出作者对人生的虚无主义态度，但也体现了封建制度不能不变的思想，否定了忠义节孝、功名利禄等儒家传统道德，揭示了“三纲五常”等天理在实际生活中必然走向溃灭。

《好了歌》和《注》是两首深刻而又优美的讽刺韵文。它以犀利的笔锋，形象的语言，勾画了封建社会末世统治阶级内部兴衰荣枯迅速变化的历史图景，揭示了封建伦理道德的全面崩溃。《好了歌》总共一十六句，第一个四句："世人都晓神仙好，惟有功名忘不了！古今将相在何方？荒冢一堆草没了。"是说"功名"，批判"忠"；第二个四句："世人都晓神仙好，只有金银忘不了！终朝只恨聚无多，及到多时眼闭了。"是说"金银"，批判"义"；第三个四句："世人都晓神仙好，只有娇妻忘不了！君生日日说恩情，君死又随人去了。"是说"娇妻"，批判"节"；第四个四句："世人都晓神仙好，只有儿孙忘不了！痴心父母古来多，孝顺儿孙谁见了？"是说"儿孙"，批判"孝"。请看，孔孟之道的一切，何等虚伪！现实的生活告诉了人们忠在哪里？义在何方？谁来守节？谁在行孝？这一切的一切，都在伴随着权势利欲的争夺而变化。封建统治阶级赖以生存的精神支柱早已坍塌了。

至于甄士隐作注解的那首俗曲歌谣，并非作者心血来潮的凭空捏造，它是以小说的具体情节为依据的，是书中某些人物结局的艺术概括，它形象地哲理地告诉人们封建社会中的人与事都在变，越变越坏。开头四句"陋室空堂，当年笏满床；衰草枯杨，曾为歌舞场"，是说以贾府为首的四大家族的衰败。笏是封建时代文臣武将朝见皇帝时手里拿的板子，用来记事，为象牙或竹片制成。"笏满床"，形容一家人做大官的很多。这四句的意思是：如今的陋室空堂，就是当年达官贵人们笏板摆满的豪华住宅（暗用了郭子仪家事的典故）；如今长满衰草枯杨的地方，就是从前的歌舞演出所在。"蛛丝儿结满雕梁，绿纱今又糊在蓬窗上"两句，是说豪门富户已经破败，指大观园里的潇湘馆、绛红轩等处；像贾雨村一干贫穷的人等又暴发成新贵。"说什么脂正浓、粉正香，如何两鬓又成霜？"是泛指大观园里的一些女子的不幸遭遇。"昨日黄土陇头送白骨，今宵红灯帐底卧鸳鸯"，是指黛死钗婚，更广泛一点说，是指封建贵族家庭妻妾满屋，迎新送旧生死不断，忽恩忽爱忽痛忽喜的情绪变化无常。“金满箱,银满箱,展眼乞丐人皆谤”,是指贾宝玉后来沦为乞丐,这与庚辰本第 19 回脂批说宝玉“寒冬噎酸齑,雪夜围破毡”是一致的,真是风露草霜,转眼就变了。“正叹他人命不长,那知自己归来丧!”是指薛蟠的罪有应得。“训有方,保不定以后作强梁”,是指柳湘莲的侠义行为,但最后的结局究竟如何?是在干什么行当?书中并没有交代。“择膏粱,谁承望流落在烟花巷”,是指巧姐,本来是可以选择富贵人家子弟做女婿,结果因家道衰败被狠舅奸兄卖于烟花巷,倒做了妓女。“因嫌纱帽小,致使锁枷杠”,是指贾赦、贾雨村一干人因贪财作恶而获重罪。“昨怜破袄寒,今嫌紫蟒长”,则是说贾兰、贾茵一干人后来官运亨通,穿了紫蟒,做了大官。“乱烘烘你方唱罢我登场,反认他乡是故乡。甚荒唐,到头来都是为他人作嫁衣裳!”这最后四句是总收作结,指出宦海浮沉,沧桑易变,人生舞台就是如此,总是纷纷扰扰,没完没了。在这争权夺利的角斗中,到头来是落得一场空,不过是“为他人作嫁衣裳”罢了。《歌》和《注》在一定程度上表现了曹雪芹的朴素的辩证法思想,指出了封建社会必然崩溃灭亡的趋势;但也流露了一种虚无主义和宿命论的思想,认为“好便是了,了便是好”,这正是作者世界观中佛道思想的反映,这些糟粕在整个小说中不时有所表现,所以阅读《红楼梦》时必须随时注意剔除。

其次,撕破了假仁假义的画皮,书中写出的几十条人命就是仁者吃人的见证。四大家族任意鱼肉人民,草菅人命,令人惨不忍睹。前后惨受迫害的有名有姓的共 47 人之多,致死的就有 32 人,其中属于下层人物的奴婢 15 人。

如冯渊被薛蟠打死,冯家告状一年无人过问,薛蟠闲游无事,逍遥法外。(第 4 回)

司棋与潘又安姑舅姐弟俩因正当恋爱,触犯了贾府禁律,被迫

双双自杀，一个撞墙而死，一个刎颈相殉。（第71、72、74、92回）

晴雯是个心比天高、心灵手巧的女孩子，在怡红院当了丫环，侍候宝玉，与宝玉始终保持着洁白无邪的关系，但却遭残害，在抄检大观园事件中，王夫人竟以勾引宝玉的罪名赶出大观园，不顾她病得四五日水米不沾牙，从炕上拖起来，赶回姑舅兄嫂多浑虫及灯姑娘家寄居，不久悲惨地死去。这是个最有头脑最有反抗精神的丫环。（第8、31、37、74、77、78数回）

老色鬼贾赦故作风雅，看中石呆子二十把古扇，就串通贾雨村"讹他拖欠官银"而抢走扇子，弄得石呆子家破人亡。（第48、107回）

王熙凤为了捞取三千两银子的外快，一纸书信勾通节度云光，一下子就断送了张金哥和守备公子未婚夫妻的性命。女的上吊自杀，男的投河自尽。（第15、16回）

衣冠禽兽的贾珍、贾琏、贾蓉狼狈为奸，百般折磨、欺辱尤家二姐妹，终于害得她们含愤身亡。一个是吞金自逝，一个是拔剑自刎。（第13、63、64、65、66、67、68、69各回）

一向以菩萨面目出现的王夫人，平时满口仁义道德，不问青红皂白，竟一巴掌打的金钏儿投井而死。实际上是宝玉调笑金钏，王夫人却一口咬定金钏教坏了爷们。（第30、32、33回）

至于男性的淫乱，爬灰的爬灰，养小叔子的养小叔子，以及婆媳、父子、嫡庶之间钩心斗角的丑剧，更暴露了儒家宣扬的孝悌忠恕的虚伪性。

整个封建贵族就是如此，纲常名教，假仁假义，十分虚伪腐朽，正像尤氏所揭发的那样："我们家下大小的人只会讲外面假礼假体面，究竟作出来的事都够使的了。"又如傻大舅邢德全醉后真情拍案而说的那样："怨不的他们视钱如命。多少世宦大家出身的，若

提起‘钱势’二字,连骨肉都不认了。”(以上见第75回)

再次,《红楼梦》以贾宝玉为典型,写了宝玉的偏僻乖张的言行,他“懒与士大夫诸男人接谈”,骂读四书的人为“禄蠹”,骂时文八股等书为“杜撰”,骂科举制度为钓饵之阶,骂一切主张“仕途经济”的话为混账话。不容否认,《红楼梦》正反映了贾宝玉反科举、反孔孟之道的鲜明倾向。他的那种“三不主义”——不喜读四书五经,不肯搞科举,不愿当官,确实具有进步意义。

第四,曹雪芹还通过一系列富有聪明才智的妇女形象,特别是那些具有反抗精神的女奴形象,批判了男尊女卑思想。在封建社会里,妇女最受歧视最受压迫,孔子说:“惟女子与小人为难养也,近之则不逊,远之则怨。”[12]《红楼梦》中的大量描写直接反对这个观点。小说通过甄、贾宝玉的口阐明了作者自己的观点,贾宝玉说:“女儿是水做的骨肉,男儿是泥做的骨肉。我见了女儿,我便觉得清爽;见了男子,便觉得浊臭逼人。”甄宝玉说:“这女儿两个字,极尊贵、极清净的,比那阿弥陀佛、元始天尊的这两个宝号还更尊荣无对的呢!”(以上均见第2回)这两段话鲜明地批判了孔子的错误观点。

在其他许多人物形象和事件的描写上,也体现出这个思想,如对晴雯、司棋、鸳鸯的形象塑造,都反映出作者是以鲜明而真挚的赞颂态度刻画的。晴雯身为下贱,却心比天高,古今评论家说她有林黛玉的影子,说话尖刻,思想高尚,富有反抗性。司棋以进取姿态,大胆果断地追求幸福,和表弟潘又安私通的情书情物,在抄检大观园时抄出后,表现出惊人的镇静,最后撞墙一死。鸳鸯较为稳重、坚定而又温顺,在贾赦逼婚时,机智地利用主子间的矛盾,巧避险境,保持了高尚的节操,在贾母死后,上吊自尽,表现了宁死不屈的精神。

对鸳鸯这个敢于反抗的女婢,在第46回里作者是倾注了全部心血去塑造的。以刻画鸳鸯为主,同时把平儿、袭人摆在一起用相辅相成的手法描绘,深化了她的精神面貌。“这十来个人,从小儿什么话儿不说？什么事儿不作”的丫环,如今都大了,各自干各自的去了,独鸳鸯心里却是仍旧,有话有事并不瞒她们。心地何等坦然！何等纯洁！她对贾赦的无耻行为,坚决抵制。先是表态,制造正确舆论:“别说大老爷要我做小老婆,就是太太这会子死了,他三媒六聘的娶我去作大老婆,我也不能去。”不但不嫁贾赦,还敢诅咒邢夫人死去。接着鸳鸯又向平儿、袭人进一步表态,冷笑着说:“老太太在一日,我一日不离这里;若是老太太归西去了,他横竖还有三年的孝呢,没个娘才死了他先纳小老婆的！等过三年,知道又是怎么个光景,那时再说。纵到了至急为难,我剪了头发作姑子去;不然,还有一死。一辈子不嫁男人,又怎么样？乐得干净呢!”继而又啐又骂她嫂子来拉皮条。当势利的嫂子,想借机行事,讨好贾赦夫妇,劝说鸳鸯就婚,而鸳鸯却站起身来,照她嫂子脸上下死劲啐了一口,指着骂道:“你快夹着屄嘴离了这里,好多着呢！什么‘好话’！宋徽宗的鹰,赵子昂的马,都是好画儿。什么‘喜事’！状元痘儿灌的浆儿又满是喜事。怪道成日家羡慕人家女儿作了小老婆,一家子都仗着他横行霸道的,一家子都成了小老婆了！看的眼热了,也把我送在火坑里去。我若得脸呢,你们在外头横行霸道,自己就封自己是舅爷了。我若不得脸败了时,你们把王八脖子一缩,生死由我。”啐得好！骂得好！这一招儿鸳鸯又胜利了。当贾赦一再逼她哥金文翔说服鸳鸯从婚未成时,鸳鸯又机智而坚定得用了先发制人的斗争策略,让贾母表态,将太太的军,取得贾母的支持。鸳鸯陪同嫂子去见贾母,在贾母面前诉怨告状,把邢夫人、嫂子、哥哥如何轮番诱惑,贾赦如何威胁,把缘由始末一五一十讲了一遍,并当众发表严正声明:“我是横了心的,当着众人在这里,我这一辈子莫说是‘宝玉’，便是‘宝金’‘宝银’‘宝天王’‘宝皇帝’，横竖不嫁人就完了！就是老太太逼着我，我一刀抹死了，也不能从命！若有造化，我死在老太太之先；若没造化，该讨吃的命，伏侍老太太归了西，我也不跟着我老子娘哥哥去，我或是寻死，或是剪了头发当尼姑去！若说我不是真心，暂且拿话来支吾，日后再图别的，天地鬼神，日头月亮照着嗓子，从嗓子里头长疥烂了出来，烂化成酱在这里！”多么坚决！掷地有声！鸳鸯抗婚，终于取胜，贾赦邢夫人以失败告终。

即使在被批判的女性中，也不是一边倒，也是尽量歌颂她们的才干。例如，探春是庶出，补天派。但她偏要争权，疏远生身母亲赵姨娘和胞弟贾环，更不承认赵××是自己的亲舅舅。在第56回中就写了她“以兴利节用为纲”，管理大观园，提出兴利除弊的治家方法。三件大事处理得颇有水平，即：1. 把置办采买头油脂粉的事免去，直接交与姑娘们，堵塞了“钱费两起，东西又丢了一半”的漏洞；2. 把大观园里的竹地稻田花草果树分别承包给几个本分老诚懂得园圃业务的老妈妈们收拾料理，实行了农田承包责任制；3. 年终算账归钱时，防止别人再剥一层皮，免去了账房管辖，简化了财务手续。探春虽是个维护封建制度的人，但作者对她“补天”的积极性与失败，持的还是同情和惋惜的态度。

最突出的是凤姐，在作者笔下虽然阴险毒辣，两面三刀，自私霸道，不正派，但作者还是赞扬了她的才干及公关能力。正像冷子兴所说：“模样又极标致，言谈又爽利，心机又极深细，竟是个男人万不及一的。”（第2回）馒头庵老尼净虚称道：“这点子事，在别人的跟前就忙的不知怎么样，若是奶奶的跟前，再添上些也不够奶奶一发挥的。”（第15回）一个二十岁左右年纪的少妇，就主管三四百口人的贾府，一日少说，大事也有一二十件，小事三五十件，可谓应对内外，日理万机，果断杀伐（详见第13、14回），件件事情处理得井然有序。所以毛泽东同志说王熙凤有国家总理之才。徐迟同志说她是一个懂得经济学的女人，不是夸张之词。

书中还写到宝玉对女奴的尊重、关怀与同情，更体现了作者的民主主义思想。例如，袭人患了重感冒，宝玉守着她，安慰她，不让坐起来，怕招风受凉，亲自端药喂给袭人。麝月一人在灯下抹骨牌，宝玉就让她出去和别的丫环们玩儿，麝月说："没有钱。"宝玉说："床底下堆着那么些钱，还不够你输的？"麝月说了句头上痒痒的慌，宝玉就拿了篦子替她梳头。（以上均见20回）这些都体现了宝玉身上的民主平等思想。还有在73回也写到了宝玉对丫环们的同情关怀。有一个小丫环陪着他温习功课，困了，坐着直打盹，一头撞到墙壁上，从梦中惊醒。小丫环怔怔的只当是晴雯打了她一下子，于是哭着央求说："好姐姐！我再不敢了！"其他丫环们都笑起来。这时，宝玉忙劝说："饶她去罢。原该叫他们都睡去才是。你们也该替换着睡去。"麝月给宝玉端来一杯茶润舌，发现麝月只穿着短袄，宝玉便关心地说："夜静了，冷，到底穿一件大衣裳才是。"第77回写到司棋被赶出大观园时，有周瑞家的和两个老婆子领着，在路上碰见宝玉了，宝玉便问长问短，对司棋的不幸遭遇深表同情，怒目相视赶走司棋的老婆子们，并且愤慨地指着她们说："奇怪！奇怪！怎么这些人只嫁了汉子，染了男人的气味，就这样混账起来，比男人更可杀了！"守园门的婆子反问宝玉说："这样说，凡女儿个个是好的了，女人个个是坏的了？"宝玉点头说："不错，不错！"晴雯被赶出大观园，回到兄嫂家后，宝玉曾悄悄地去探望她，送礼物送钱让她看病，为她端水、扶坐、捶背；晴雯死后他还专门写了《芙蓉女儿诔》，以血泪般的感情祭祀她、悼念她。（第77、78回）

以上这些例证,都体现了作者对男尊女卑封建思想的批判。

【注释】

①游国恩、王起等主编旧版《中国文学史》和蒋和森《红楼梦论稿》均主此说。

②游国恩、王起等主编,1979年修订本《中国文学史》,仍主此说。

③邓拓、翦伯赞、李希凡和蓝翎均主此说。分别见《论〈红楼梦〉的社会背景和历史意义》,《论十八世纪上半期中国社会经济的性质》《论〈红楼梦〉中所反映的社会经济情况》,《关于〈红楼梦〉的思想倾向问题》等文。

④刘大杰主此说,见《红楼梦的思想与人物》中的《红楼梦引论》。

⑤胡适、俞平伯等主此说,分别见胡著《红楼梦考证》、俞著《红楼梦辨·作者底态度》。

⑥何其芳主此说,见《论红楼梦》。

⑦洪广思、徐迟等主此说,分别见洪著《阶级斗争的形象历史——评〈红楼梦〉》,徐著《红楼梦艺术论》。

⑧北京师范学院评论组和上海李力等主此说,分别见《〈红楼梦〉的反儒倾向》和《一部反孔的古典小说》。

⑨朱彤主此说,见《论〈红楼梦〉的主题》,载黑龙江人民出版社1982年版《红楼梦新论》。

⑩王蒙主此说,见《红楼梦启示录》。

⑪张岱年、成中英等著《中国思维偏向》第60~61页,中国社会科学出版社1991年5月版。

⑫《论语·阳货》。

庆贺八十华诞

赵景瑜文集

當代青年的紅學觀

周汝昌題

三晋出版社

山西出版传媒集团

与著名红学家周汝昌合影（1987年6月3日晚于周府客厅）

与著名敦煌学家、红学家周绍良合影（1998年5月26日摄于北京美术馆，时应邀出席冯其庸画展）

序

周绍良

我认识景瑜教授大约是在哈尔滨市举办第一次全国《红楼梦》研讨会期间，那是1980年的夏天。以后便不断有书信往来，或者每当他来首都出差时，总要抽空看望我。每次看望我的时候，从不说长道短，总是提出学术问题和我讨论，讨论最多的就是关于《红楼梦》和中国古代戏曲的问题了。他给予我深刻的印象是：谦虚，好学，尊重老学者，读书较多，时有独到见解。

他最近要出两本关于红学的专著：一本是关于红楼梦研究的成果，书名《红楼梦面面观》。新时期以来，他先是将"《红楼梦》研究"作为选修课给山西大学中文系本科生开设，后来他指导硕士研究生，又作为必修课开设，因为研究方向为元明清小说及戏曲，自然开设"《红楼梦》研究"课就很有必要了。此书共分八章：导读编；评点编；调查编；鉴赏编（一、二）；比较编；应用编；求疵编。基本上全面而系统地把自己二十几年来的研究成果都体现出来了。另一本是关于《红楼梦》问卷调查的系列专题，他就十个专题进行了1500人次的问卷调查，历时6年，写出了十篇调查报告，先后在国家级核心期刊《红楼梦学刊》和《名作欣赏》上刊载，发表后反响很大，不仅在红学界，甚至在全国社会科学界都引起了反应。这十个调查专题分别是:一、你娶薛宝钗?还是娶林黛玉?——第一次《红楼梦》问卷调查;二、究竟哪种书名好——第二次《红楼梦》问卷调查;三、你喜欢不喜欢阅读《红楼梦》?为什么?——第三次《红楼梦》问卷调查;四、袭人和晴雯:你招聘哪个做保姆——第四次《红楼梦》问卷调查;五、世上哪种母亲好——第五次《红楼梦》问卷调查;六、还是这个媳妇好——第六次《红楼梦》问卷调查;七、两个老太太,舍其谁也——第七次《红楼梦》问卷调查;八、这个嬷嬷最生动——第八次《红楼梦》问卷调查;九、为了维护妇女的尊严——第九次《红楼梦》问卷调查;十、改变思维方式 振兴科学学派——第十次《红楼梦》问卷调查。他现在把这十个专题调查报告辑集成册出版,书名为《当代青年的红学观》,并把一些重要的反响、评价文字,也附录于书后,我读了后很受启发。作者即将出版这两本专著,请我为其书作序,情谊难却。不过由于我年事已高,头晕目眩,就不能分别为两书写序了,只好合二而一,一序两用。这样做,对作者和读者来说实在抱歉得很。

《红楼梦》要认真地研究起来,颇费精力,几乎从微观到宏观,从作者、版本到思想、艺术,大大小小的领域都有争论,有些问题通过争论可以得到解决,有些问题恐怕争论十年八年、几十年以至几个世纪,也解决不了。那怎么办呢?只能依靠新文献、新文物的发现,而这些新文献、新文物还必须是确凿无疑、真实可靠的。景瑜同志面对那样纷繁复杂的红学争论,从不盲目参与,胡乱发表意见,而能独辟蹊径,写出颇有见地的文章,又能别出心裁地运用新方法去研究,实属难能可贵!他常常在各种场合宣称自己是红学界的一个“红小兵”,我倒认为不管是“红小兵”还是“红大兵”以至“红老兵”,研究《红楼梦》都应当谦虚谨慎,持之有故,言之成理。

景瑜的治学精神与方法,值得肯定。

读了书稿后,我觉得他的这两本书很有特色。

其一,从研究方向和方法上来看,有创意,有突破,有深度。通读两部书稿后,确有如此印象:导读编中的《步入"红楼"的一把钥匙》,用深入浅出的方法,告诉青年人怎样阅读《红楼梦》,言简意赅,重点难点突出;评点编运用了传统的评点方法,就一个问题,或一个词语、或人物、或情节、或伏笔、或思想观点、或诗词曲赋……一一加以评点,既可看出作者的功底,又可看出作者的现代意识;鉴赏编则从书名到语言,篇篇俱佳,尤其是《〈红楼梦〉的写梦艺术》一文写得缜密深邃,能把全小说的每一个"梦"摘出,以自然科学和文学相结合,加以比勘分析,首次给曹雪芹得出一个新的结论:"他不但有着文学家的头脑,而且还有着科学家的头脑,哲学家的头脑。请看他在小说《红楼梦》中阐发三教九流的哲理,阐发天地万物之间的阴阳二气,阐发人类历史的变迁,阐发医学规律,写了那么多病例,开了那么多药方……不都充分地证明了这一点吗?我们阅读、研究《红楼梦》时,也要注意把曹雪芹以文学家、科学家、哲学家去看待,才会避免出现曲解这部伟大小说的毛病。"又如比较编中的文章,则把《红楼梦》与其他外国著名小说进行比较。比较文学研究方法本是一种不可或缺的重要的方法,虽然19世纪初产生于资本主义发达的欧洲,但后来遍及世界各国。这种研究很有特色很有价值,没有这种研究,国别文学史以及世界文学史是不会完善的。这一编中以《无端笑哈哈　不觉泪纷纷——〈红楼梦〉和〈傲慢与偏见〉比较》一文,写得较为出色。作者把这两部小说从选取题材、塑造人物、艺术风格、语言特色、爱情描写以至起书名诸方面加以比较后,认为有相同之处,而就整体艺术水平来衡量，以大量的凿凿例证，论证了《红楼梦》远比《傲慢与偏见》好：一部是“圆形”人物多，另一部是“扁平”人物多；一部是悲剧风格，另一部是喜剧风格；一部是语言具有深邃的意境美，另一部充满了机智、诙谐的幽默感；因而在揭示社会生活的深度和广度上，前者也显而易见地超过了后者。这个比较结论，的确令人首肯。应用编的成果虽然不算突出，数量少却质量较高，例如《公关艺术在大观园》一文，首发于《红楼梦学刊》1997 年第 2 辑，接着他又在山西大学专题讲座中讲演过多次，被校方推荐刊载于《中国大学人文启思录》第二卷（华中理工大学出版社 1998 年 2 月出版），此书由周远清、季羡林任顾问，杨叔子任主任的编委会编审而成，是一本很有影响很有价值的书，是一本高层次、高品位的文化精品。第二卷中共收录 40 篇讲演稿，讲演者当中，有享誉海内外的著名学者杨振宁、钱学森、季羡林、杨叔子、厉以宁、杜维明等。景瑜的这篇讲演稿也被收入，其价值就不言而喻了。

至于采用问卷调查的方式进行学术研究，那更是别出心裁，既具有群众性和实践性，又不失学术性和理论性，比关在书斋里从书本走向书本，不知要好多少倍。运用问卷式的社会调查研究法，早在社会学、法学、政治学、伦理学、教育学等学科领域里出现了，而在文学领域特别是中国古代文学领域里却还是少见，景瑜能够把此方法运用于红学研究中，而且取得了意想不到的效果，这不能不叫人拊掌叫绝。正像《名作欣赏》（1998 年第 1 期）《编后记》所说：“同某些‘红学家’、‘曹学家’一味在故纸堆中堆故纸的治学方法完全不同，山西大学中文系赵景瑜教授以《红楼梦》问卷调查的方式，在接受美学的范畴，从当代以青年为主体的读者中获取了大量的令人耳目一新的鲜活信息。本刊将其两个主题的调查报告发表以来，编辑部及作者，先后收到了近百封来函来稿，其中有著名红学家，也有全国各地的中青年红学爱好者，他们一致高度赞扬赵教授红学研究的新方向与新方法。有的说：‘作者突破旧框框，拓宽新领域，体现研究方向与方法的创新，使《红楼梦》研究获得新的生机。’有的说：‘一口气读完之后，我仿佛听到了《红楼梦》当代青年读者的心声与脉搏，这是不少“闭门著书”、不问世事的红学家不关心、不了解（甚至不愿了解）的大问题。从表面看，红学界舌枪唇剑，你来我往，仿佛很热闹，而实际上，在青年读者中反响并不强烈。’有些青年人则强烈要求参与问卷调查，一位中学教师说：‘倘蒙不弃，乞得“问卷”，使我聊附骥尾，则从古至今天上人间第一件畅心满意的事。’回族女作家马瑞芳教授，还把赵教授的专题问卷调查活动直接写进了她的‘新儒林长篇小说系列’《天眼》中。”

他的红学问卷调查活动，也把我的一些红学观点做了检验和印证。20年前，我曾经在《红楼梦研究论集·后记》中说：“《红楼梦》这部伟大著作，已经赢得两个世纪人们的喜爱，我相信它将是人们永远所喜爱的。它在世界上是一部被最多的人们阅读的文学作品，在过去和现在研究这部书的人为它写过不少专书，发表过很多从各个角度研究它的文章，恐怕这在作品研究方面应该数第一位。杜甫诗是大家喜欢的，俗有‘千家注杜’之说，似乎也未必赶得上《红楼梦》吧！”没想到20年后景瑜在第三次《红楼梦》问卷调查中，得出了如下结论：在146份有效答卷中，喜欢阅读《红楼梦》的共有136人，竟占到总人数的93%强。不少读者还说：“不但是喜欢，而且是非常喜欢，简直喜欢到不能再喜欢的地步。”

红学研究向何处去？这的确是值得人们思考和探索的一个问

题。作者主张用封闭型和开放型相结合的方法研究,他说多年来他在研究《红楼梦》的过程中,探索出一套“五结合”的模式,即:“传统方法与现代科学方法相结合,定量分析与定性分析相结合,微观研究与宏观研究相结合,社会科学研究与自然科学研究相结合,国内研究和国外研究相结合。”我看这个模式基本上是科学的、可行的。

其二,从研究内容来看,也是体现了他的“五结合”模式,每种模式都有反响强烈的突出的研究成果与应证。他很善于抓住《红楼梦》中的尖端问题或者激烈争议问题进行研究,不去炒冷饭,不去人云亦云。例如,关于《红楼梦》的书名问题,红学圈内人人尽知在曹雪芹生前即出现过五种书名,死后又出现了两种书名,共七种,然而景瑜同志却又发现了第八种,即《情界真铨》,并比较了各种书名优劣、出现原因,最后确认还是“红楼梦”这个书名“比其他名称更概括、更全面、更生动”。还有对“红楼”及“梦”的考证阐发,也很有见地。又如,关于《红楼梦》的总纲问题,也是历代权威说法不一,有的人主张第一、二回是阅读研究的总纲,有的人主张第四回是阅读研究的总纲,有的人主张第五回是阅读研究的总纲,景瑜则敢于碰硬,批评了上述三种“总纲说”的不足之处,而提出了前五回才是阅读研究《红楼梦》的总纲。再如,关于《红楼梦》人物的评价,他说:“曹雪芹笔下精心刻画的重要人物之一的贾母、薛宝钗、王熙凤,一直作为彻头彻尾的反面人物进行评析,就不符合作者的创作实际,应当重新评价。”他用定量分析和定性分析、微观研究和宏观研究相结合的方法,对贾母作了深入的全面的分析之后,把贾母定位为《红楼梦》中的“主要人物之一,正面人物之一,成功的艺术形象之一。……曹雪芹以他的艺术天才为我们塑造了一个‘真的人物’，活生生的艺术典型。”关于薛宝钗，他说：“倘若用当代意识去赏析，似乎他很懂得公共关系学，颇善处理上下左右的关系，堪称大观园里的公关小姐。”关于王熙凤，他以“王熙凤协理宁国府”的故事为例证，联系国际管理学的理论与原则，详细论证，加以比较，最后得出这样的结论：“王熙凤的管理学有三严的特点，即严密的布署，严格的要求和严肃的处理，把三严方法有机地结合起来，便很快使宁国府由乱走向治的局面。毛泽东同志曾说，王熙凤有总理之才。著名作家、评论家徐迟又说，王熙凤是一位了不起的经济学家。这样评价看来并不过分。可是长期以来，人们分析王熙凤这个形象时，虽然也承认作品是在褒扬她的才干，但更多的人则认为是批评她的卖弄才干，或是写她的狠毒性格。这是一种偏见，是简单化了的社会学评论观点。我们今天以当代意识看，从管理学角度来分析，则应当肯定她、歌颂她。王熙凤所采用的一些管理方法和规定，对我们今天改进工作作风，提高管理水平，具有相当的参考价值。”以上这些观点，很有说服力，确是发前人所未发的创见。

其三，从发表后的成果反响来看，可以说波及国内外，打动了读者的心，只需列出一些数据，毋需评头论足，即可看出其水平和价值了。

请看“梦境艺术”的内容。曾以《说梦——〈陋室评红〉之十二》一文，在香港《抖擞》（1980年3月号）杂志首发，之后的反响非同寻常：1980年7月因此文的发表，哈尔滨全国第一次《红楼梦》研讨会特邀他出席并作了发言，同时《光明日报》登载照片；1980年第5期《战地》（人民日报社主办）全文转载，并加按语；1980年第3期《晋阳学刊》（山西社科院主办）再次全文转载；1980年第

12期《语文教学通迅》(山西师院主办)发表详细摘要;1981年3月1日《中国青年报·星期刊》又转载详细摘要;1981年9月16日《山西广播电视报》摘要转载;1982年2月第1版《红楼梦新论》(黑龙江人民出版社出版)一书全文收入,将文章改为《谈〈红楼梦〉写"梦"的艺术》;1982年7月1日《上海文学报》摘要刊载;1983年4月21日《山西日报·黄河副刊》摘要刊载;1983年第9期《山西青年》又摘要刊载;1985年1月15日《社科新书目》(人民出版社编)再登详细摘要;1989年第2期《晋图学刊》以《名著〈红楼〉撷谈》摘发;此外澳门、台湾亦有转载,日本、美国、英国、加拿大等国均有翻译,大陆红学界还有一些人引用了该文的论点。

《红楼梦》系列专题问卷调查,则更引起了大陆上各个角落各行各业人们的关注,特别是当代青年人的参与,使得《红楼梦》更加家喻户晓、深入人心了。不需多说,只要一读《当代青年的红学观》一书的《附录》也就够了,那些红学圈内圈外的评价,可谓无一不中其肯綮。

这部红学专著并非十全十美,有些地方还值得再思考再研究,例如《〈红楼梦〉与现代企业管理》中的观点,是否有些牵强比附?当然仁者见仁,智者见智,这仅是个人之见。

愿景瑜教授在未来的岁月里,保持自己的研究特色及传统,更加弃伪存真,写出更多更好的"红文",结出更大更美的"红果"来!

以上杂谈,权作为序。

2000年10月10日

时年八十有四

自　序

老实说，对我来说，认真地仔细地一字一句一章一回去阅读研究《红楼梦》，那还是“文革”期间的“评红”阶段，至于在中学、大学学习期间，那时自己尚幼稚浅薄，在班里是年龄最小的学生，记得1953年按周岁统计，还差几个月才够18周岁，因而没有选举权和被选举权，没有获得选民证。那时，对于古典名著《红楼梦》根本谈不上什么研究，只不过是浮光掠影地翻翻而已。

我是1957年于山西大学中文系本科毕业留校任教的，被分配在中国古典文学教研室，搞元明清文学。后来又在杭州大学中文系进修，有幸在著名教授夏承焘、胡士莹、王驾吾、徐朔方先生的教诲下，面壁苦读。当时，杭州大学中文系的学术空气很浓，教师们不分男女老少，无论职称高低，都很注重科研工作，均以出成果为荣，我自然也受到了些许熏陶，我真正懂得进行科学研究是从这儿开始的。

1976年粉碎“四人帮”以后，特别是改革开放以来，我一直给大学本科生和硕士研究生讲授一门“红楼梦研究”（或为选修课，或为必修课）。在二十年来的讲授过程中，发现青年学生的价值观、婚姻观、文学观……发生了重大变化，你若按传统的思想性、艺术性的简单模式去分析《红楼梦》，根本满足不了他们的需求。值得注意的一个现象是，大学生们非常喜欢阅读《红楼梦》，每届几乎是百分之百的人选修这门课，他们在课堂讨论、课下作业或者考查中，每每有些独到的见解、惊人的评论出现。他们那种新潮的思维法，敏捷的应变力，实惠的观察点，或使你瞠目结舌，或使你顿开茅塞，或使你赞扬开心，或使你哀叹不已，总之驱使你不得不反思自己阅读研究《红楼梦》的整个历程，不得不重新设计教学内容和教学方法。鉴于此，我便产生了系列问卷调查的动因。

从 1993 年下半年起，到 1998 年下半年止，历时 5 年，我就十个系列专题进行了近 1500 人次的问卷调查，调查对象由少到多，从大学校园延伸到社会上的各色人等，逐步扩充之。从年龄上说，最小的为 17 岁，最大的为 47 岁，但以 20 岁 ~24 岁年龄段的答卷人居多。从职业上说，有大学生、研究生、大专生、中专生、大中学校教师、党政干部、编辑记者、解放军、企业人员、青年农民以及医务工作者等等。从地区上说，起初只是太原市，后来逐渐扩展到山西省的各市县各行业中，更使人激动的是，在参与问卷调查活动的青年人中，竟有 22 人是主动强烈要求索卷回答的，他(她)们分别来自黑龙江、湖北、安徽、河北、河南、广西、陕西等地区，我都一一给他(她)们复了信，寄去了调查提纲，满足了他(她)们的要求。

第一次《红楼梦》问卷调查取得了始料不及的成功效应之后，便巩固了我的信心和决心，我一定要把十个系列专题的问卷调查活动进行到底。那是 1994 年的事了，当时因故不幸患了失语症，住进山西省人民医院诊治，由于大夫、护士们的精心治疗和护理，较短时间即恢复到结结巴巴说话了，于是大夫们劝告家属抽暇陪着我到外地玩玩，散散心，尽量让我有讲话的机会，越多讲话失语症疗效越好。恰逢本年度的八月初，中国红楼梦学会在山东莱阳召开第七届红学研讨会，夫人和小女儿便陪同我一同赴会并游览了青岛主要名胜地。此次会议规模，相对往届来说并不算大，好像会议主题就是换届选举和在红学研究上打假。会务组原决定我第二日大会发言，我因故要提前离开莱阳经青岛返太原，便请求会议主席世德兄准我提前发言。万万没想到，当我宣读完《一次“红学专题”调查的启示》论文之后，竟引起了十分热烈的反响，经久不息的掌声。会后，不少没有收到拙文的同志，纷纷向我索取，不是会务工作的问题，那是因为我交给大会的论文就少，所以不够分发每位与会者，我非常抱歉，便答应返晋后再复印一些一一奉寄。索取者大概有马瑞芳、姚北桦、沈天佑、傅憎享等十几位专家，他们曾在会上会下都给予我热情的鼓励和支持，让我借此机会再次致以衷心的感谢！闭会后，据说《红楼梦学刊》的许多编辑同志要求在学刊上公开发表此文，以飨读者，但不知何故，始终未能采用。又是出人意料，翌年，《名作欣赏》主编张仁健编审特将拙稿勇敢地坚定地发表在1995年第5期上，并加了令人心动的“按语”，并把原题《一次“红学专题”调查的启示》改为《红学问卷启示录》，我很赞赏这个题目。不久，中国人民大学书报资料中心《中国古代近代文学研究月刊》1996年第2期全文复印转载，更加扩大了读者面。仁健先生的此举可敬可佩，不愧为一位有胆识有思想有气魄的办刊人！

万象更新，新春伊始，我于1996年1月初又收到庆善同志（当时任红楼梦研究所副所长、《红楼梦学刊》副主编）的大函，函云：“经编辑部研究，《一次红学专题调查的启示》一文拟采用，拖了这么长时间，望能体谅，只是我想知道文章是否在它处发表过，望尽快来信告知为盼。”并附言：“如在贵校学报发表，学刊仍可使用。”

看过信后,我真不知如何是好,确是啼笑皆非。我不怪庆善老弟,他有他的难处。我一再自责,由于本人学识浅陋,问卷调查报告质量低,不宜在《学刊》发表,我也不能给自家的权威刊物抹灰,因为本人当时既是中国红楼梦学会的理事,同时又任山西省红楼梦研究会副会长兼秘书长,理应维护学会刊物的权威性。所以我抱的态度是顺其自然:发也好,不发也好。又是一个出人意料,庆善同志在一次电话上说,今后凡是红学系列专题的其他文章,都寄《学刊》照发,我回答说不行,因为我和《名作欣赏》主编已有口头协议了。以后我便采取了这样的原则和方式:凡是超过8000字以上的问卷调查报告寄《学刊》发,8000字以下的则由《名作欣赏》发。特别应当申明并感谢的是,在庆善同志的热情关怀下,后来还是连续在《学刊》上刊载了三篇调查报告:《究竟哪种书名好——第二次〈红楼梦〉问卷调查》、《还是这个媳妇好——第六次〈红楼梦〉问卷调查》、《改变思维模式　振兴科学学派——第十次〈红楼梦〉问卷调查》,此三文发表后,也曾引起红学界及人文科学界的特别关注,频频收到不少鼓励的信函,也算心安理得了。

还有一点始料不及的是对一些大中学校中国古代文学教学工作的影响。第一次问卷调查发表以后,我便接二连三地收到了不少中青年教师的来信,例如安徽师范大学中文系俞晓红副教授、黑龙江农垦师专共教部王菊艳讲师、河南新乡市第二中学刘玥莪老师、山东省工会管理干部学院文化艺术系马银华副教授等,她们的来信,热情洋溢,诚恳虚心,一致认为:“如何改革传统的教学方法,将传统文化与当代大学生现实生活有机联系起来,增强教学方法的开放性和实践性,以活跃学生积极思维,提高教学质量,从应试教育转向素质教育,这是至关重要的一个研究课题。赵教授的问卷调查方法为我们青年教师的教学与研究,做出了新示范,开拓了新境界。”她们还套用了问卷调查模式,将问卷调查和讨论总结相结合,导入课程,组织教学,结果都取得了很好的效果。不但听课人数与日俱增,而且许多学生强烈要求购买《名作欣赏》和《红楼梦学刊》,并要求参与其他红学专题的问卷调查。还有文化部艺术研究院红楼梦研究所胡文彬研究员,在多次“红学讲座”中,也采用了问卷调查的结论,取得了很好效果。

关于书名问题,几经反复,改来改去,仍用《当代青年的红学观》,但我还是不够满意。最早想把《名作欣赏》修改的文章题目“红学问卷启示录”用作书名,一想,著名作家王蒙先生曾有一本红学大作即名《红楼启示录》,用此书名,有邯郸学步之嫌;便改成正标题为《红学问卷启示录》,再加个副标题“当代青年的红学观”,仍觉不好;继而又改为《文化心态几重多——红学问卷启示录》,又觉得此书名有点隐晦,还不如就直白《当代青年的红学观》,而且此书名已由著名红学家、书法家周汝昌先生题签了。

说到此书的出版,竟拖了这么长时间。本来此书早在2000年便编就脱稿,准备出版,当时有几位书商多次和我联系,想要出版此书,他们认为会是一本畅销书,赔不了钱,我便提出了一个条件,出版此书必须同时出版另一本学术性较强的专著《红楼梦面面观》(约40万字),他们不同意,只答应单出这一本问卷调查书(约13万字)。为了体现出版事业的纯洁性,维护知识分子的骨气,保护专著的学术性,我坚决不答应,于是就搁浅了,便形成了现在的局面。写到这儿,我真感慨万端,不知该说什么。近几年平庸的书、同质的书充斥市场,而知识分子的科研成果却难以面世,越是学术性强的著作越是无人问津,悲哉忧哉!由于我是门外汉,不知其症结所在，只能在门外忧虑、感叹以至愤慨而已。面对社会上如此尴尬的境遇和挑战，而三晋出版社却推出了这套丛书，特别是张继红、落馥香同志有胆有识地承担了此项工作，从组织书稿，到题签、序言、附录乃至封扉、内文版式的设计，无论从哪个角度看，都体现了党的“双百方针”精神，值得表扬！权为序。

写于2015年岁末

目 录

你娶薛宝钗，还是娶林黛玉？

——第一次《红楼梦》问卷调查

捧读《红楼梦》，跟着曹雪芹款款而入大观园，你看到的不仅是“崇阁巍峨，层楼高起，面面琳宫合抱，迢迢复道萦纡，青松拂檐，玉兰绕砌，金辉兽面，彩焕螭头”（第17—18回）的辉煌境界，若信步游来，许多佳景往往是走一亭，穿一桥，一高一矮，一山一水，在一抬头、一转身之间，便步移景异，突然发现了一幅幅天然画图。而青年们关心的却是那一群群光彩夺目的小姐、丫头，特别是那潇湘妃子林黛玉，蘅芜君、冷美人薛宝钗，蕉下客、玫瑰花贾探春，以及红楼二尤姐妹，个个丰姿绰约，钟灵毓秀，娇美可人，呼之欲出。还有那一伙伙逗人情思的公子哥儿，尤其要数怡红公子、绛洞花主贾宝玉，侠义冷二郎柳湘莲，呆霸王薛蟠，以及秦钟、贾环两个笔墨不多的人物，个个性格鲜明，各有短长，都是“真”的人物，特别是那贾宝玉、柳湘莲，他们潇洒自如，容貌秀美，各以独特的性格占据着读者的心灵，吸引着少女的芳心。

（一）信息总汇

粉碎“四人帮”以后特别是改革开放以来，我一直给大学本科生和硕士研究生讲授一门“红楼梦研究”（选修课）。在十多年的讲授过程中，发现青年学生的价值观、婚姻观、文学观……发生了重大变化，你若按传统的思想性、艺术性的简单模式去分析《红楼梦》，根本满足不了他们的需求。首先应当说明的一点是，大学生们非常喜欢《红楼梦》，每届几乎是百分之百的人选修这门课，在课堂讨论、课下作业或者考查中，每每有些独到的见解、惊人的评论出现。他们新潮的思维法，敏捷的应变力，实惠的观察点，或使你瞠目结舌，或使你顿开茅塞，或使你赞扬开心，或使你哀叹不已，总之驱使你不得不反思自己阅读研究《红楼梦》的整个历程，不得不重新设计教学内容和教学方法。鉴于此，我便产生了进行系列调查的动因。于是 1993 年下半年在大四 90 级毕业生中做了一次“红学”问卷调查：

调查主题——第一题为：在《红楼梦》中，贾宝玉、贾环、秦钟、薛蟠、柳湘莲五个男子，哪个形象塑造得最好最美？思想性格各有什么特色？假如让你择偶的话，你选择哪个？为什么？

第二题为：在《红楼梦》中，林黛玉、薛宝钗、贾探春、尤二姐、尤三姐五个女子，哪个形象塑造得最好最美？思想性格各有什么特色？假如让你求婚的话，你选择哪个？为什么？

调查对象——90 级本科毕业生 100 人，其中女生 55 人，做第一题；男生 45 人，做第二题；他们年龄均在 22 岁至 24 岁之间，未婚。

调查结果——共发问卷 100 份。因答非所问或其他原因而作废者 6 份，这 6 份废卷均出自女生之手。实际获得明确而准确答案者共 94 人份。其中女生占 49 人份，在 49 人中确认作者塑造形象最好最美者分别为：贾宝玉 23 人，柳湘莲 6 人，薛蟠 1 人，秦钟、贾环则得零分。而形象塑造得好与坏，与是否择偶作夫并非成正比例,坚定地择偶的表态分别为:主宝玉者仅 13 人,而主湘莲者竟有 17 人,主薛蟠者也有 3 人,秦钟、贾环则无人选择。此外,集宝玉、湘莲之优点于一身者,或集五人之优点于一身者才选的各为 1 人;认为时代变了,不合标准,谁也不配为择偶者的有 16 人;而认为五个男子塑造得都好,非玉即宝,各有千秋者,达 17 人之多。

男生占 45 人份。在 45 人中认为作者塑造形象最好最美者,分别为:林黛玉 21 人,薛宝钗 6 人,贾探春 5 人,尤三姐 3 人,五个女子塑造得都好,千红万艳,各有妙处,有 10 人,尤二姐则得零分。同样,确认作者塑造得形象最好最美者,并不等于就是自己的求婚对象。许多学生的表态差距很大,求婚作妻的数据则分别是:选宝钗做妻的为 25 人,而选黛玉做妻的却只有 8 人,选探春的 3 人,选尤三姐的 3 人,选尤二姐的 1 人,左思右想好生难选,最后谁也不选者,有 5 人。

(二)百家争鸣　论据迭出

综观 94 人份答卷,发现有如下特色:

首先,对《红楼梦》的思想深度和艺术成就,特别是人物形象的塑造,思想性格的刻画,不论是主要人物还是次要人物,他们都众口一词称颂:“博大精深,誉满全球”。有的说:“写女子千红万艳,各有情韵”;有的说:“写男士非玉即宝,各有妙处”,因而“令人表态,好生为难”。据了解,他们为了表示自己的观点,从塑造功力上看,哪个女子或哪个男士名列榜首?自己将择婿哪位?将求婚哪位?常常争得是面红耳赤,子夜不眠,只是没有挥动拳头罢了。由于他们个个爱读《红楼梦》,平时我又特别强调必须三番五次读原著,至少在回答问卷调查时要读一次原著,千万不要舔人余唾。

因此从作业来看,有90%的学生能准确、明确而熟练地回答问题,看得出他们对小说的人物、情节相当熟悉,甚至有人还能把某些言谈某些细节出自哪一回指出来。

其次,由于各人的家庭处境、社会地位、思想性格、审美情趣的不同,因而对命题中的人物形象的评价和择偶、求婚的标准,便迥然有异,真可谓"百家争鸣,论据迭出"。现在择其有代表性的有特色而又有充分论据的列举如下:

"娶妻当如薛宝钗"——"娶妻当如薛宝钗"这句话便出自学生之口,持此观点态度的有25人,占总人数的26.7%,占男生人数的55.5%。凡是选宝钗做妻的人,个个都摆出了充分的理由,联系自己,全面权衡,说得十分纯真、直率。尽管他们认为在小说中塑造得最精细最感人的首推林妹妹,或曰贾探春、尤三姐也不逊色,但若作为终身伴侣标准求婚的话,便毫不犹豫,宝钗为最佳人选。有一位男生把五位女子作了横向比较后说:

先说黛玉吧。"世外仙姝寂寞林",乃绛珠仙草转世,当然的人间绝色。而才学更是第一等的,吟诗对联,才思敏捷。更有用情最专,若是她中意之人,那是绝对忠贞不贰的。黛玉是一名彻头彻尾的"爱情至上"的信奉者。所以,如果选择黛玉做女朋友,那你将会充分品尝到爱情的甜蜜。但是,如果你选择黛玉做终身伴侣,整天生活在一起,该是多么痛苦!试想,一个成天生病,耍小心眼,言辞尖酸,还时不时要吃点醋的女子做了你的爱人,和你长久厮守,动不动就掉泪,整日价以泪洗面,而你又不得不面对她,你能受得了吗?所以,尽管林黛玉在书中是那么美丽的一个艺术形象,但在现实生活中,却不是理想的伴侣。

探春呢？放在今天，将是以一副女强人的面孔出现的。虽然条件样样都不错，但娶这种女人做妻子你就得在家做妻子。她每天为所谓的“事业”而忙，你就必须将诸如收拾家务、看管孩子等事情全部承担起来。你若心甘情愿，那可以；如果你也想有更大的作为，你和探春女士的家庭生活必将岌岌可危。

再说尤二姐，她身上有中国妇女所应有的许多优秀品质，如温柔、善良、多情、美貌，用现代的话来说即“贤妻良母”型。娶了她，你就可以享受日本大男子的待遇。不过，这一切取决于你得有钱有势。如果你一穷二白，还想消受二姐这等佳人，很可能有一天你突然发现头上多了顶帽子，帽子泛着绿油油的光芒。

尤三姐呢，倒不像二姐那样贪财爱物，且美貌多情不亚于二姐。又自尊自爱，不受人欺。那么，就娶尤三姐做老婆好了，只要平时多注意控制情绪，不拌嘴，不生气，特别是将厨房的菜刀、水果刀等一切利器收在最保险的地方，料不会发生太大意外。可是，如果你出于自身安全的需要，那就绝对不要向尤三姐求婚。

看过《红楼梦》的男人都会说出这么一句话：“娶妻当若薛宝钗”。宝姑娘的确是无可挑剔：面目娇媚，体态风骚，琴棋书画无一不精，刺绣女工样样都能，性格温柔稳重，待人接物宽厚得体，非常恪守妇道。比较下来，薛宝钗这样的姑娘是你求婚的上上人选。她有黛玉之美丽而无黛玉之乖僻，有探春之才气而无探春之势利，有二姐之温柔而无二姐之水性，有三姐之骨气而无三姐之暴烈。像这样有气质，有风度，有品位，德智体美全面发展的姑娘，怎能不是我终身伴侣的理想人选。

许多学生都明确表态：凡是注重现实的人，从现实主义出发，将钗黛认真比较之后，必然会选宝钗做妻。因为，第一，宝钗善理家，勤针线，且温柔敦厚，善解人意，和她的结合，能得到一个温柔舒适的家庭；第二，宝钗促使并支持你成才立业。书中写宝玉骂她是“国贼禄蠹”，那毕竟是封建社会的事情，而在我们的现实生活中，人生在世，总不能鬼混一世，这样做终归有益无害，尤其是现代青年更应当积极上进才是；第三，宝钗豁达大度，不计小隙，随分从时，端庄凝重，这会使夫妻和睦相处，相互理解，相互信任。

“择婿定为柳湘莲”——这是主张择婿柳湘莲的女生的共同心声。持此观点者有 17 人，占女生人数的 31% 弱，占总人数的 18% 强。她们所以择婿柳湘莲，主要是因为他具有男子汉气概，终身相托，十分可靠。她们认为，柳湘莲比其他四人更有鲜明的独特的个性，超越别人的优点：其一，敢作敢为，胸怀大志，远走他乡，闯荡世界，办事干练果断，为的是“日后做强梁”，做个传奇式的英雄。其二，是个勇敢而多情的青年，他“年纪又轻，生得又美”，相貌堂堂，英俊潇洒，又具有阳刚之气，“酷爱耍枪舞剑……吹笛弹筝，无所不为”，具有男子汉的刚健、威武而洒脱的气概，和他在一起，有一种安全感、愉悦感，他可以像大哥哥一样保护你。其三，珍爱友情，注重侠义。如为秦钟修坟，能够仗义疏财。又如，他一面为维护自己的尊严和人格，毫不畏惧薛蟠的财势、权势，痛打了呆霸王，另一方面又不计前嫌，当薛蟠遭贼抢劫时，他又挺身相救，结拜为生死兄弟，这种品德行为在《红楼梦》其他人物身上很少看到。真正有男子汉气概，有一股凛然阳刚之气，实为重真弃伪之至情者，在《红楼梦》中仅柳湘莲一人而已，其他大都是泡在脂粉堆里的假男儿。哀哉惜哉，何堪以择偶？

“多情公子非宝玉莫属”——有13位女生表态要选贾宝玉做丈夫，她们都语言爽快，态度坚定。占女生人数的23%强，占总人数的14%弱。一篇题为《永远的贾宝玉——我的择偶观》的答卷中写道：“我择偶侧重其性格，更深深迷恋其中的柔情款款、善解人意的一种性格。宝玉即属此类。黛玉向宝玉要小性，在于人性存在的发泄。人，特别是女人，背负十字架太久太久的时候，偶尔可以由爱人背负过去，每次的温柔，可以使自己感动许久。……择偶必须有爱情，宝黛的爱情才是一种理想的纯粹的爱情。也许可以要求对方的其他物质条件，但爱情的最初产生，确实是一种莫名其妙的感动。……所以，对我来说，我会选宝玉，甚至在他最后‘贫穷难耐凄凉’的时候，我也会因此而感谢上苍！”

还有一篇题为《多情公子当被择——浅析〈红楼梦〉中的五位青年男子形象》的答卷，则对贾宝玉、贾环、薛蟠、秦钟、柳湘莲作了全面分析，横向比较，然后指出：“贾环，这个虽也是贾府的少爷，但远没有宝玉尊贵得宠，其性格的阴暗自然不宜作择偶对象”；“秦钟，明显有严重的同性恋倾向，显然，有此心理表现的男子也不宜作择偶对象”；像“薛蟠这样顽劣蛮横的纨绔子弟公子哥儿，更不能作择偶对象”；独有“宝玉对‘人’的尊重，特别是对女性的价值的认同，已与我们当代人的人生观、妇女观比较接近。这是他特别值得肯定的一个主要方面，尤其是宝玉对黛玉的坚贞不渝的知音知心的真挚爱情，无论在封建社会的贵公子还是现代青年中，都是很难得的，他的‘爱情至上论’与我们今天强调人的自我价值、注重感情的自由发展，也是有着共同点的。贾宝玉，作为中国封建社会末期的母腹中开始孕育的‘新人’形象，他既有先于当时人们的进步思想,也有凡人所具有的弱点,是个生活中实实在在的有血有肉的‘活人’,因而具有永久的光辉,吸人的磁力。当然作为一个当代女性,择偶标准显然不能同18世纪的女性相比,但从实际出发,贾宝玉身上所具有的优点和魅力,仍然能够得到我们当代女性的青睐,因此,他当然可以成为一个标准的择偶对象。”

“宁嫁薛蟠,不嫁宝玉”——在49份女生答卷中,有三人认为《红楼梦》中对薛蟠塑造得最好。其中有一张答卷说:“这五人中,除了秦钟因过早夭折因而形象有点单薄外,其余四人则各有千秋,难分高下,一定要说出哪个形象塑造得最好,似乎作者对柳湘莲着墨不是太多,薛蟠塑造得可以说是很成功,活灵活现,跃然纸上,非常逼真,典型的圆形人物。”因而某女生直言不讳地亮相说:“在这众多的‘混账蠢物’中,我却发现一个敢爱敢恨、真诚率直的真男儿,其可亲可爱的程度当推须眉之首。他就是表字文龙的薛蟠。”说到他们对女性的爱,也唯有薛蟠是个爱憎分明、有血有肉的真男儿,于是该女生总结说:“宝玉痴情,是一种超越物质利益的泛爱,对黛玉虽情有独钟,但却总又难以割舍许多妙龄女子。这一点别说是‘心较比干多一窍’的林妹妹了,就是换成不谙世事的傻大姐,恐怕也会因他情滥而争风吃醋了。贾环不懂得爱,是个道地蠢物。秦钟只爱自己,一切为自身的利益着想,况且他在私塾的行为令人想起当代西方的同性恋者,太恶心。柳湘莲倒懂爱想爱,却不负责任,是个‘银样镴枪头,中看不中用’。比较而言,独有薛蟠是个重情重义有真心的爽快人,和他在一起,会有较多的真实感和信赖感。最重要的是他虽生活在书香门第之家,有百万皇商之富,但毕竟从生理心理上还都正常,是活生生的真正的男人。这一点对于一个寻求真爱的女子恐怕是最重要的了。”“而贾宝玉虽然他没有受到封建士大夫趋炎附势、沽名钓誉的恶浊感染，可在那兰风蕙露、蘅芷清芬的大观园女儿堆中，他已被浸泡得酥了皮肉，软了筋骨，变成了一个徒有其表的假男儿。按照西方弗洛伊德的精神分析学说来解释，贾宝玉是典型的俄狄浦斯王情结的中方代表。他虽未杀父娶母，但其恶男恋女，一棍子打死男子的绝对见解，足以使我认为他的心理已经扭曲，甚至变态。相比之下，薛蟠要正常得多。”另一位女生则客观而又率直地表明：“如果在众多男子中还有选择余地的情况下，当然薛蟠不是最佳配偶，因为观其整体性格，‘恶’多于‘善’，以他为丈夫，将整天为他操不完的心，担不完的忧。……如果是在他与宝玉之间选择自己的配偶的话，我宁可选择薛蟠，而不是人人称赞的宝玉。因为在他身上颇有一些男子汉的气概，一个敢去打架的男子总比一个趁天价钻在女人堆里的男儿好一些。”

“我只能娶尤二姐”——在45份的男生答卷中，一致评价尤二姐容貌秀美，性格温顺而懦弱，又被衣冠禽兽的贾珍、贾琏等蹂躏，令读者深深同情，然而由于她水性杨花却万万不能娶她做妻。可是世界真奇妙，香油拌韭菜，各有各的爱，就偏有那么一位男生，在比较了五位女子的特点之后，决定择娶尤二姐。他的理由不无道理，论据颇能发人深省。他说：

> 这五位女子漂亮美貌是她们的共性，而又各有风韵，各有特点。但如让我择偶，那么我认为黛玉体弱多病，性情孤傲，多愁多疑，恐怕造成双方的心理隔膜。宝钗虽温顺老练，持家有方，但缺乏少女气息，有些老气横秋。探春却工于心计，尽管有治家立业之才，但利欲熏心，缺乏人之常情，试想连她的卑微的亲生母亲都不认，怎么可能侍奉我的父母呢？何况我

的父母不是有钱有势之人。那么尤三姐呢,性格太烈,动不动出口大骂,刀兵相见,饧涩淫浪有余,稳健温柔不足,她与柳湘莲本不是不可解决的误会,却因不善解决致使白白断送性命。

我喜欢尤二姐,正由于她柔弱的性格,恰如《源氏物语》中源氏所说:"柔弱,就女子而言是可爱的。自作聪明,不信人言的人,才叫人不快。我自己性格柔弱,没有决断,所以喜欢柔弱的人。这种人虽不小心会受男子欺骗,可是本性谦恭谨慎,善于体贴丈夫的心情,所以可喜。倘能随心所欲地加以教养,正是最可爱的性格。"这段话足可以说明我选择尤二姐的原因。有人说她作风不正,而她几次三番与人私通,正是由于她地位低下,性格柔弱,被人欺负的结果。倘能真正对待她,而且竭力保护她,尤二姐肯定会恪守贞洁,忠心于你的。

因此,他毫不犹豫地实实在在地说:"我只能娶尤二姐。"

(三)这是为什么

"红学专题"问卷调查的结果,方方面面令人深思,对于"红学"教学与研究工作者颇有启示。为什么会出现如此现象呢?原因何在呢?

其一,思维灵活了。

思维方式是人类文化现象的本质表现,是对人类文化行为起支配作用的稳定因素。换句话说,思维方式是一切文化的主体设计者和承担者。中国传统思维方式在形成和发展过程中,始终是历史的崇拜意识占主导,而缺乏怀疑、否定和批判精神,因而也就缺乏超前思维和创造性思维。所以如此,究其根本原因:一是由于儒家的"述而不作""言必称三代"的思维原则,道家的返回原始状态的“真人”文化，庄子的否定一切文明的思想在作祟；二是由于多少年来唯上唯书、教条主义、本本主义、形而上学以至“阶级斗争为纲”的“左”的东西在影响。当前影响我们转换思维方式的根本问题，还是根深蒂固的“左”的东西。“左”往往带有革命色彩，人们习惯于“左”，认为越“左”越革命。改革开放以来，由于邓小平建设有中国特色社会主义的理论的深入人心，改革开放和现代化建设事业的蓬勃发展，经济建设和社会进步的大大改观，促使人们的思维灵活了，转变了，尤其是大学生们，更是捷足先登，快马领先。他们力求突破传统思维的模式和缺陷，而培养、树立超前思维和创造性思维的模式，不再以圣人之是非为是非，以权威的结论为信条，而是一方面对于传统文化及观念进行合理的不断的怀疑批判和否定，另一方面又运用理性、想象和科学信念，不断提出新的假设、新的理论，敢于求异和探索，敢于想象和预见。

例如，有一位女生对贾宝玉的评价便一反传统，颇有新意。她批判道：贾宝玉是一个衣来伸手、饭来张口的少爷，只能挥霍财富，创造不了财富；他不读书不做官，确乎背离了家庭教导，但他并没有另辟道路，走向新生，也没有悄然隐退，自食其力，而只会“在内帏厮混”，享受封建家庭给予他的一切；在爱情上，遍观全书，贾、林的爱情只限于贾府统治者们首肯这个大框架。既然如此，想凭借“苗而不秀，是个银样镴枪头”的爱情手段，来冲破封建樊篱，在贾宝玉是不可能的；至于尊女贱男，他并不是对一切女性都尊重，既骂史、薛，更恨一切婚后的“女人”。他是只浪费而不创造，只腐朽而不革新。形而上学，极“左”到底，这便是宝玉尊女贱男的秘密，也是他整个为人的秘密。接着这位女生总结说：“因此，贾宝玉思想中占主导地位的，绝不是民主主义、启蒙主义等进步思潮。他不过是腐朽的贾府中一个独特的破坏者，他身上充满了破坏的因素，他的破坏方式是与贾府一起腐烂，同归于尽，而绝不是想在旧废墟上重建新大厦，这种奇特的破坏性，这种貌似新潮的腐朽，正是贾宝玉形象的主要方面。”

其二，婚姻观变了。

爱情与婚姻，是永恒的社会现象，任何时代任何民族任何阶级都不能回避。爱情是一种崇高、圣洁、复杂的感情活动，它关系到事业和人生。爱情婚姻要美好，要高尚，要纯洁，要持久，与理想、事业、性格、感情、志趣、气质、容貌等因素有密切关系。从某种视角和意义上说，《红楼梦》是一部爱情的颂歌和婚姻的挽歌。回答什么叫爱情？评论《红楼梦》中婚姻如何？不同的人有着不同的答案：有的人把爱情同理想、事业联系起来看；有的人寻求高尚、纯洁的心灵；有的人讲究金钱和地位；有的人单纯迷恋于外形美；有的人从自身的实际出发考虑；有的人则以欧美西方的爱情模式权衡好坏；等等。有两篇答卷最有典型性，一为选宝玉作婿的女生答卷，一为选宝钗作妻的男生答卷，不妨举出来读读：

> “爱情是美妙的，是双方情感强烈撞击的火花。没有感情的爱情是不幸的爱情。贾宝玉是个重感情的人，他对家庭、社会给他的一切好处，根本不重视，反而迫切需要感情，既需要感情的温暖，也需要感情的奉献。宝玉虽然与众女性的厮混中不乏狎昵乃至越轨之处，但毕竟他与贾珍、贾琏、贾蓉、贾瑞、薛蟠等有本质的区别。他非常尊重这些女孩儿，而不是像那些人那样仅仅把异性当作泄欲工具，当作鸡犬猫马一类的有生命的财物来占有，来践踏。他对女性的整个态度比较纯，比较重视精神文明。是爱欲的升华，不是性欲的膨胀，这在封

建社会中是难能可贵的。

贾宝玉在泛爱中有真爱，随着宝玉和黛玉进一步接触，逐渐意识到黛玉才是自己的知音、知己，于是就专心爱起来。在压抑爱欲的封建社会，在不准爱的环境中，爱导致了宝、黛的病，宝玉爱得深，也病得深。痴病如此，至诚如此，一往情深，着实令人泪下！这种爱我们一生中能得到一次，也就足够了。

爱情是两个人彼此之间的相互理解，相互信任，但没有一定的物质基础也是不行的。贾宝玉才情并茂，又是贾府的唯一继承人。在当今重身份、地位、钱财的社会，这样一位男性对大多数女孩来说，最具有吸引力。”（女生答卷）

“五位女子都是佼佼者，但相比起来说，薛宝钗才情德貌俱佳，如果让我求婚的话，自然非宝钗莫属。在许多评论家眼里，宝钗是一个不受欢迎的封建淑女，然而除却了阶级的烙印，温良恭俭让，聪明能干，才貌双全，更是她的优点，不仅在那时，延至今日，宝钗依然更受人们的欢迎，为最佳选择。

在传统的阶级分析影响下，评论一个人往往是以其所属阶级、所处社会环境以及一整套代表进步阶级利益还是落后阶级利益的所谓政治观点加以评论，即使对文学作品中的人也不例外。但在实际中我们看一个人，尤其是一个女子，往往与之截然相反。我们根本不重视什么阶级属性，而是重视其传统意义上的品行才貌之类。其他四女子虽也各有引人之处，但比起宝钗来，各人还有所不足，只有宝钗才是集中国传统美于一体的光辉形象。”（男生答卷）

也有的女生说，必须是集宝玉、湘莲优点于一身，或集五人优点于一身者，绣球才会抛给他。这也许是理念中的婚姻吧！

其三,价值观变了。

价值本为商品经济范畴的概念,原指商品中体现的社会必要劳动,价值量的大小决定于生产这一商品所需的社会必要劳动时间的多少。后来广泛地被引申到各个领域中使用,泛指对人与社会所起的积极作用的大小、多少的度量。不同的国家不同的民族有不同的价值观,即使同一国家同一民族在不同的历史阶段,也会出现不同的价值观,价值观往往会发生重大变化。人文科学的价值不可忽视,以哲学等文化观念为核心的价值观,是衡量某国家民族理论思维水平和素质高低的重要标志,也是规范并反作用于经济发展的重要文化动力之一。从这次"红学专题"结果的五花八门来看,便足以证明上述理论了。请听,当代青年的呼声:

甲:在曹雪芹传神笔下,宝玉、秦钟、薛蟠、贾环、湘莲五个青年男子形象,一个个形象丰满,性格鲜明。200 年过去了,他们给读者的审美愉悦不仅没有丝毫减弱,而且在女士们今天的择偶问题上,仍有着非常实用的参考价值和借鉴意义。——这位女学生如此总论。

乙:"贾宝玉虽然生得花容月貌,风流俊俏,也尊重爱护女性,但他是公子哥儿,从小娇生惯养,衣来伸手,饭来张口,被丫鬟伺候惯了,既没有念好书,又没有实际劳动能力,更不会当官作宰,如选他做丈夫,养家糊口根本不可能,连他自己也会饿死的。所以,这种人没有实际生存能力,只是一个绣花枕头而已。"——一位女生如是说。

丙:也许有人会说柳湘莲萍踪浪迹,不可靠。但我认为他的云游四方,一方面是因为打了薛蟠,惧祸远走他乡,一方面一个有作为的年轻人就应该走出去,开开眼界,锻炼才干。中国人不是常说

“好男儿志在四方”吗？其实他对美好的爱情，温柔的家庭，安定的生活，也是非常向往的。一旦有了个温馨的家庭，他就会一心一意过家庭生活的。——一位女生这样看。

丁：薛蟠是个“吃着碗里的看着锅里”的“贪夫”，不懂得怜香惜玉，夫妻问题上不识好歹。但他是个“呆大爷”，正因为他呆，又性格爽直，无心计，交际上还有些够朋友。如果是一个性格刚强又有心计的女子，择偶上倒是可以考虑呆大爷，施点手腕，即可招之即来，挥之即去，玩弄其于股掌之间。如果是个柔弱善良的女子，千万别“偶因一着错”，成为“阶下囚”。——一位女生更加率直地说。

戊：宝钗是个“贤内助”，有才貌，遇事沉着冷静，待人宽厚平和，处理家务更是精干有方。在大观园里如此，现代生活中也是如此。记得有人说：“每一个成功的男人背后都有一位伟大的女性。”这句话告诉我们，如果一个男人要有所成就，必得有外界的许多帮助，而这种帮助最重要直接的莫过于妻子了。这就如带兵打仗，后方不稳，哪能谈得上打胜仗呢？有人说，宝钗有心计、奸猾，然而生活中没有心计的人，常遭人欺，就是从自卫的角度考虑，我觉得也是有心计的好！因为这个社会是很复杂的，往往是善人遭人欺，恶人受人举。又有人说，宝钗有点虚伪，人无虚伪，不成其人。商品的包装不讲究，好商品也因之身价大跌。何况人呢？虚伪点，装潢一下，从审美学上也讲得通，更何况从实用价值上讲，宝钗确是青年人的最佳配偶。——许多男生作如是观。

（四）敲起警钟

教育改革和发展的根本目的是提高民族素质，多出人才，出好人才。我们社会主义教育的任务就是要培养社会主义的建设者和接班人，就是要培养有理想、有道德、有纪律、有文化的人才，因此对于传统文化和西方文化，吸收什么，摒弃什么，如何更好地融会中西文化，是需要认真细致研究的。

有一份答卷颇令人吃惊和深思，它系统、全面而又率真地写道：

若在黛、钗、探、尤氏姐妹五人中择妻的话，薛宝钗会是我的最佳选择，其他四人，只能作为或朋友，或情人，或知己。

林妹妹，我选择她作红粉知己，而不是妻子。她很值得深交，也算是个性情中人，她会为你保守秘密烂于心中，在你失意伤心的时候，她会陪着你一起掉泪，安慰你，所以你有什么事只管向她倾诉。

探春姑娘，我选择她作为我的“铁哥儿们”。她那种好强而不固执，不达目的誓不罢休的坚强性格；她那种办事精明，泼辣，有才能，放得开的气质，我就非常欣赏。若是在现代社会，无论经商、从政或是其他职业，相信她会是非常成功的女士。找她作“铁哥儿们”，有什么事情都可以替你办得到，而且值得信赖。

楚楚动人的尤二姐，选择她做情人最合适。她几乎没有个性，柔弱无能，逆来顺受，任人摆布，是个彻底依靠男人过活的女人，但她能够理解你，体贴照顾你，你可以和她互吐衷肠，也可以朝她发脾气，她不会反抗的。所以，她会是个很好的情人。

尤三姐和尤二姐截然不同。她虽也美艳动人，风情万种，但她是株带刺的玫瑰，只能远观，不能近赏。可我又十分敬佩她的敢爱敢恨、爱憎分明、有主见、不苟活的那种做人的痛快劲儿，真令人叹服。不过，我想我是怎么也达不到她那种境地了，只能和她做朋友，有事彼此帮忙。

至于宝钗，在她身上却有着民族美德和传统文化的闪光，有着端庄凝重、典雅大方的气质，有着随分从时、豁达大度的性格，总之，她是个冷与热、情与理、淡与艳的统一，冷得出奇而又美得出众的女子，所以选宝钗这样的女子做妻子，是令人满足了。

显然，这位男性大学生思想开放，视角实在，明显的是受了欧美恋爱婚姻观的影响，不过其中也不乏辩证的方法，纯真的感觉，闪光的语言，看得出，他既向往西方生活方式，又仍然崇拜民族美德和传统文化，思维和信念正处于十字路口，如果我们能够正确地引导他，也不会走上邪路。

红学界的同仁们，以上所述方方面面，立此存照，让我们共同朝着社会主义现代化的方向，为了跨世纪的青年一代，认真思考吧！

（写于 1994 年 7 月下旬）

究竟哪种书名好?

——第二次《红楼梦》问卷调查

第一次红学问卷调查取得了始料不及的成功效应,于是我又在山西大学中文系九一级本科生中进行了第二次问卷调查。

(一)

第二次问卷调查的题目是:《红楼梦》有几种书名?为什么会出现几种书名的现象?你认为哪一种书名最好?为什么?

问卷调查不是简单的举手赞成什么、反对什么的表决机器,这样做太一般化简单化了。我的目的是想通过此次问卷调查,增加当代青年阅读《红楼梦》的兴趣浓度,加深他们的理解、思辨能力,培养和增强他们的研究、鉴赏和写作能力。回答问卷者,为九一级大学本科毕业生,共122人,其中汉语言文学专业的64人,师范专业的57人,信息管理系旁听生1人。就总体来看答卷情况比较满意,他们绝大部分能够按照要求回答问题,个别答卷还有独到见解。他们在回答问题时列举了书中人物、情节、语言的例证,并引用或驳斥了某些红学论著观点,可见他们是在阅读原著有关文献资料的前提下回答问题的。不过在答案中也有5份回答得不能令人满意:有的大而无当,没有明确答案;有的不合问题要求,胡乱涂鸦,不知所云;有的竟然出现常识性错误。因此,在撰写这篇调查报告时,就把这五份答卷作为废卷处理了。确切地统计,此次发出问卷调查提纲共122份,收回122份,废卷5份,有效答卷117份。

(二)

《红楼梦》这部小说究竟有多少个书名?综合答卷出现了五种答案:一种是"八种说",即《石头记》《情僧录》《红楼梦》《风月宝鉴》《金陵十二钗》《情界真铨》《金玉缘》《大观琐录》,持此说的有108人,占总人数的92.3%;一种是"七种说",即缺《情界真铨》一种,答卷人不知或不承认此种书名,持此说的有2人,占总人数的1.6%;一种是"九种说",即八种说再加上《红楼梦十二支》一种,持此说者的根据是甲戌本《石头记》凡例云:"如宝玉做梦,梦中有曲名曰'红楼梦十二支',此则《红楼梦》之点睛。"实际这是误读了,把曲名误作书名了,持此说者仅1人,占总人数的0.8%;一种是"五种说",只承认抄本甲戌本上提到的五种书名,持此说者也是1人,占总人数的0.8%;一种是不明该小说究竟有多少种书名,可谓不知数说,持此说者有5人,占总人数的4.3%。

主张五、七、八、九四种数目的书名的答卷人,尽管综合书名多寡时略有差异,但他们对"是书题名极多"的现象,却取得了共识。他们一致确认:一部小说,竟有五种以上书名,这在中国文学史上乃至世界文学史上实属罕见。这部最伟大而又最复杂的作品,且不说它那博大精深的思想内容,也不说它那熠熠生辉的艺术魅力,单是它那名目繁多的书名,就足以让读者深深思索、大书特书一番了。

有位青年的答卷,正体现了一种新的思索。他把八种书名用一种别致的思维逻辑,划分为三种情况:第一种是与故事内容紧密相关的《石头记》《金陵十二钗》《大观琐录》《金玉缘》，这些书名平淡无奇、朴素本色；第二种是有劝诫之意或明示主题的《情僧录》《风月宝鉴》《情界真铨》，这些书名都有佛道观点、因果报应的影子；第三种则是既契合原书主旨又隐喻深刻哲理的《红楼梦》，这个书名较其他七种显得境界更高，情趣更雅。

然而需要说明的是，在答卷中几乎没有一人能够准确地排列出八种书名的顺序来。这个问题非常专门而复杂，红学专家们都感到棘手，自然不可责怪青年读者了。记得在1980年哈尔滨举办首届全国《红楼梦》研讨会期间，我和著名红学家吴世昌先生讨论《红楼梦》书名问题之时，他对我说："五种名称的次序很难确定，看来《风月宝鉴》较早，早于《石头记》。但脂郑本残稿上正页题《石头记》，中缝却题《红楼梦》，为什么两个名字同时出现在一个抄本上呢？看来曹雪芹披阅十载的底本，依据的是《石头记》，将《红楼梦》与《石头记》掺和在一起而成后来的样子。《金陵十二钗》这个名称一定是后人妄改的，曹雪芹不会起这样的名字，蹩足得很！"现在我把故吴老的这段话写出来，一来作为参考，二来作为纪念。那么《红楼梦》的书名次序究竟是怎样的呢？如果依序排列应当是这样的：《石头记》《情僧录》《红楼梦》《风月宝鉴》《金陵十二钗》（详见甲戌本第一回及"凡例"）。这是曹雪芹在世时出现的五种书名。曹氏谢世后又先后出现过三种书名：一是《情界真铨》，为野鹤（真实姓名及生平不可考，大约生于光绪、宣统年间）在《读红楼梦札记》抄本中提出；二是光绪年间，许多书商为了赢利，回避禁书的祸端而改名《大观琐录》或《金玉缘》。

（三）

这部小说为什么会出现一书多名的现象呢？答卷中各抒己

见,颇有价值。

有的回答说:一,艺术表现手法的需要。例如,《石头记》和《情僧录》,小说的作者为了吻合"真事隐去"和"假语村言"的写作特点,既要增强真实感,又要依从这种表现手法,因此在行文上便杜撰了这两个名字。二,内容的博大精深,使读者产生了不同理解和鉴赏的结果。例如《风月宝鉴》和《情界真铨》就是把小说视作写儿女私情的琐屑之书,故有此名。《红楼梦》则是因为"宝玉做梦,梦中有曲名曰'红楼梦十二支',此则《红楼梦》之点睛。"(甲戌本《凡例》)而"红楼十二支"曲正是小说内容的一个重要概括。又庚辰本第四十八回末有一条行间脂批说:"一部大书,起是梦,宝玉情是梦,贾瑞淫又是梦,秦之家计长策又是梦,今作诗也是梦,并风月宝鉴亦从梦中所有,故《红楼梦》也。"因而"至吴玉峰题曰《红楼梦》。"这便是书名《红楼梦》的来由。至于《金陵十二钗》是因小说刻画的主要人物为妇女而命名,《金玉缘》是以宝玉、宝钗的"金玉良缘"来命名,《大观琐录》则是以事件发生的地点来命名。

有的回答说:首先是文化方面的原因,这是所有原因中最重要的一条原因。《红楼梦》不是当时文坛上的应时作品,而是作者一生呕心沥血,"披阅十载,增删五次"的巨帙,由于它具有极高的思想性和艺术性,不仅吸引着一般百姓欣赏,而且引起众多学者的研究,长期以来被手抄流传,反复刻印,于是在保存和传播过程中,因时而异,因人而异,便出现了许多书名。其次是经济方面的原因,由于作者家势衰败,晚年穷愁潦倒,不能一心致力于创作,客观上延长了成书时间,在成书过程中,作者及批语者,各持己见,而形成了多种书名。再加上某些书商出于赢利目的,故意更改书名以吸引读者,平添了许多新书名。再次是政治方面的原因。清初满族统治者大兴文字狱,作者家庭又两次被革职抄家,再由于这部小说富有深刻的反封建思想内容，封建统治者便斥为“淫书”、“邪说”，惨遭禁毁，因此，只有改动书名才能逃避迫害。

有的回答说：除了政治、经济原因之外，还有一条不可忽视的原因就是为了迎合市民口味，满足他们的趣味而易名。但更重要的是故事本身所反映的相当复杂、多元化，并非仅仅“大旨谈情”，实际上涉及了18世纪中叶中国社会的一系列问题，对于这些内容是无法说尽无法说清的，于是传抄者、评阅者、刻印者根据自己的理解改换着书名。

有的则从传统与现代关系的角度，从创作方法的角度做了分析：《红楼梦》问世于我国封建社会末期，中国文化已有了2000多年的积淀，曹雪芹的创作，正是建立在深厚的文化根基之上，同时又对传统予以大胆的突破。正如鲁迅在《中国小说的历史的变迁》中所言：“自有《红楼梦》出来以后，传统的思想和方法都打破了。”内容上具有中国古典文化的气韵，形式上又是创新的，既不是志怪小说那样重记事轻记人，也不是传奇小说那样多浪漫少写实、多抒情少叙事，而是记人记事抒情议论，面面俱有。主题、情节不是单一的，而是多主题、多线索的；人物不是千人一面、一家一户，而是包罗社会各行各业、各个阶层的；语言不是干瘪呆板、千部一腔，而是用笔缜密，着色繁丽，具有神工鬼斧之力。正是这种丰富性、多面性、复杂性，造成读者审美角度审美标准的不同，因而出现了一书八名的现象。

（四）

第三问是：这部小说你认为哪一种书名最好？为什么？

在117份有效答卷中，认为《红楼梦》名称为最好者有95份，占81.2%；认为《石头记》名称为最好者有16份，占13.7%；认为

《石头记》《红楼梦》两种书名俱佳、难分轩轾者有 4 份，占 3.4%；还有一人确认《风月宝鉴》名称最好，另有一人则确认《金玉缘》名称最好，各占 0.85%。答卷人都就自己的观点，陈述了充分的理由。主张《红楼梦》书名为最好的理由可谓形形色色，表述别致。下面仅把有代表性的答卷列举出来：

[例一]一部书的题目是一对明亮的眼睛，是一幢艺术大厦的小轩窗，是全书主题的集中体现。一个好的书名，寥寥数字，必能透露出作者的创作匠心，传神地揭示该书的思想内容，深刻地反映作者的创作意图，从而引导读者曲径通幽，渐入佳境。"红楼梦"，顾名思义就是上演的一幕红楼富家儿女如梦似幻人生的悲剧。一个"梦"字更见作者匠心，当你把小说一页一页地翻阅时，你便不知不觉随同宝玉一道走入红楼，走入梦境，其间梦中套梦，梦中释梦，梦中悟梦，昏昏沉沉，痴痴呆呆，直到看完最后一页，你才如梦方醒，真正认识了万恶的封建社会。

"红楼梦"这个名字除典雅、形象外，"红楼"本身在视觉上给人一种庄严肃穆、富贵雍容之感，"红楼"里的悲欢离合、嬉笑怒骂的人物和故事，无不关照着人生如梦之感，"红楼"与小说深邃的内容，又非常贴切，给人以一种想象的空间。还是红学家冯其庸先生说得好："《石头记》是名，《红楼梦》是字，字是代表名的，所以它对名有点解释的作用。因此它比《石头记》要更具体、更有内涵些。这并不是要说《石头记》这个名字好还是《红楼梦》这个名字好，名和字是一体的，互为表里的，不存在好坏问题，只存在功能问题。由于《红楼梦》这个'字'较富有内涵、较有吸引力，所以这个'字'就代替'名'而风行天下了。时至今日，《红楼梦》这个名字，几乎可

以说是‘红’遍全世界了。”（书目文献出版社出版《甲辰本红楼梦·序》）

［例二］梦是《红楼梦》全书之灵魂。红楼处处有梦，时时有梦。我认为红楼之梦首先当分之为“实梦”与“虚梦”。所谓“实梦”者，就是写之于笔端，露之于文外的梦境描写。实梦多为情节发展的推动因素，例如“甄士隐梦幻识通灵”、“王熙凤梦会可卿魂”“贾宝玉梦游太虚幻境”等，这些梦境无一不是对故事情节的一种演义。所谓“虚梦”者，就是作家并没有称道和实写梦境，而是以梦幻的特征去构建故事，使之披上梦的色彩。我理解这个“梦”，绝非佛家之“空”，道家之“虚无”、“无为”，这种梦，更多包含着一种希望的追求，情感的寄托。

著述文章，“真”字为先。艺术的真实是艺术生命之所在。写“真”莫过于写“情”，雪芹寒窗十年，伏案投情于笔端，“满纸荒唐言，一把辛酸泪”，所谓“荒唐言”者，正是封建卫道士所恶所惧的“真情真言”。此真情是自由的，真挚纯洁的，发自肺腑的，如同那璞玉，天真而就，无雕无琢。而那个时代是毁灭一切真言一切真情的时代。真情只能变为幻情，变为梦，梦便是真情真言的投射和隐现。这些红楼女儿们，一度曾在这块大观园“乐土”里尽情吐露自己的芳心痴情，可惜这是短暂的“光明”。随着“惑奸谗抄检大观园”后，乐土湮没了，红楼女儿的“梦”线一条一条被无情地斩断：潇湘馆里焚烟伴着斑竹泪，紫禁宫中金玉裹着元妃愁，栊翠庵里钟鼓击落冷红梅，纵然是宝钗也是敲断宝钗守活寡，等等，等等。在这红楼里岂止是这些女儿们梦断泪尽，我觉得“梦”更有其他所指。难道贾母没有“梦”？她总希望儿孙满堂，子贵孙贤，而事实上是贾赦的淫乱,贾政的虚伪,贾琏的浪荡,宝玉的出家,就连她万般宠幸的孙媳妇王熙凤也不过是唯利是图、诎失人心,可谓此梦难圆。难道贾政没有“梦”?他梦的是贾府子弟高官厚禄,光宗耀祖,而结果是革职抄家,一损俱损,又一此梦难圆。就在这红楼大观园里建构着诸多之梦:情梦、官梦、金钱梦、权势梦、滥淫梦。真真假假,虚虚实实,一切希望,一切幻梦,都归终于这座红楼。这一切的一切便是《红楼梦》书名的奥妙所在。

主张“石头记”为最好书名的答卷,有2份最具有代表性,也照录如下:

[例一]《石头记》是作者最初使用的书名。石头自女娲炼石补天以来,就常被用作政治人才的象征。苏轼说:“君看道旁石,尽是补天余”。(《儋耳山》)辛弃疾说:“补天又笑女娲忙,却将此石投闲处。”(《归朝欢》)根据敦诚《题芹圃画石》诗,也可以看出曹雪芹很喜欢石头。“石头记”三字竟包含了三个典故:一是“石破天惊”。典出李贺《李凭箜篌引》一诗:“女娲炼石补天处,石破天惊逗秋雨。”谓《石头记》是石破天惊之奇书,而作者为石破天惊之奇才。二是“石能言”。典出《左传·昭公八年》,原典是说晋侯从谏改变构筑宫室方案的故事,这里是说作者写女娲补天未用之石“灵性已通”,围绕顽石所记的故事说古论今,故得“石头记”之名。三是“曹娥碑”。典出《世说新语·捷语》,借指顽石幻形入世变成通灵宝玉,正反两面均有文章。《石头记》正如“曹娥碑”一样,正面是诔“女儿”之词,所谓“千红一窟”,“万艳同杯”,反面却是“绝妙好辞”,《石头记》正是印证封建社会走向没落的一块巨碑。从整部作品来看,在内容情节上描写“石”的成分比

“梦”要多得多。从开篇女娲补天所遗一块顽石开始，直到94回丢玉为止，“玉”一直作为重要情节出现，如对玉、摔玉、失玉反复出现，玉即石。从顽石一生二，亦石亦玉；二生三，因宝玉而黛玉而宝钗；三生万物，而引出其他“风流冤家”，引出贾史王薛四大家族，引出官场、皇室，写出了整个封建社会各个层面上的人生悲剧。

［例二］从作品的主题来看，“石头记”名称具有明显的丰富性和多义性：从“家史”角度看，是一曲封建社会“末世”的挽歌；从宝黛钗“眼泪还债”、“金玉姻缘”的主体故事看，表达了反抗礼教，争取个性解放的主题；从贾宝玉的人生道路看，写出了“梦醒了无路可走”的先知先觉者的悲哀；从原著的哲理内涵看，又表现了人类命运在历史中的异化和荒谬，以及人对异化的悲壮反抗。可见作品有探究人类命运的本源色彩，正是基于这一点，我认为《石头记》最能体现作者理性的色彩和思想的深邃。正像红学家周汝昌先生所说的那样：“如果用我们今天的话来表达，那么他分明考虑过宇宙、世界、人生、国家、社会、政治、道德、宗教、伦理、制度、风俗……他确实考虑得极多极多，而且似乎想要得到一个哲学的理解和解决。他把小说的开头引到娲皇炼石补天的神话上，‘说来虽近荒唐，细谙则深有趣味’，说明了他落笔之先，已然有了一种思想认识，而其中之味，是须要读者细谙才能理会的。”（《曹雪芹小传·十一正邪两赋》）以上正是笔者认为书名为《石头记》最好的原因之一。

有的青年在答卷时，把一个个书名做了详细的论证、对比后说：“实际上每个书名各有千秋，取某个名字，自有它合理的一面。对于某个读者来说，只要书中某一故事某一人物触动了他自己，他便会赞同这个书名。经反复比较和筛选后,笔者则偏爱于《石头记》和《红楼梦》两个书名,这两个书名,实在难分高下。‘一千个人眼中必有一千个哈姆雷特’,一种书名便是一个‘哈姆雷特’。若从艺术结构、主题思想、创作意图以及它们之间的关系而论,‘红楼梦’书名在提示内容上胜,‘石头记’在结构小说上胜;而在主题思想和创作意图的揭示上则平分秋色,‘红楼梦’是表,‘石头记’是里,因此说两种书名各有千秋,不可抹煞一个。”此可谓《石头记》《红楼梦》两种书名俱佳说。

有一位青年则把“红楼梦”与“风月宝鉴”两个书名作了对比,理直气壮地认为“风月宝鉴”题目最好。他的理由是:“风月宝鉴”中的“风月”二字反映了小说的内容,而“宝鉴”又明确道出了写这部小说的惩戒目的。曹雪芹写《红楼梦》正是要通过描写贾府的荒淫无耻生活以及形形色色的事件,来达到其反封建的目的。以人物论,贾宝玉实为全书结构之最重要的核心,涂瀛在《贾宝玉赞》中曾说:“宝玉之情,人情也,为天地古今男女共有之情,为天地古今男女所不能尽之情。……惟圣人为能尽性,惟宝玉为能尽情。……孟子曰:‘伯夷,圣之清者也;伊尹,圣之任者也;柳下惠,圣之和者也。’读花人曰:‘宝玉,圣之情者也。’”(《红楼梦论赞》)若把《红楼梦》的结构比为车轴,则宝玉犹如轴心,在八面撒开的辐条上,最接近的是林黛玉、薛宝钗,其次是其他少女少妇,拓开去是宁荣两府,再外围是整个社会,而写贾宝玉又主要写他与多位女性的风月场里的生活。从故事情节论,小说贯通始终的是贾宝玉经历的婚姻恋爱故事。与贾宝玉相联的人物极多,而其中尤以女性为主,他们之间发生的曲折多变情节,是整个小说文字推进的主要线索,这根主线形成了全书始终不竭而层层加深的悬念。何况曹氏旧有《风月宝鉴》一书,《红楼梦》正是在它的基础上扩充删改而成。之所以说“风月宝鉴”书名比“红楼梦”更好一点，正在于当我们读完这部小说时，我相信对每个人影响最大的不是贾府的衰败，而是贾宝玉与林黛玉的爱情悲剧，其中有的人还会沉溺于这种悲痛之中而不能解脱。正是“风月宝鉴”适合了这一点，它告诉读者这部小说的主题并不局限于男女之情，而是借男女之情扩而大之涉及到政治、社会、经济、文化、习俗等各个方面，说明封建制度必然走向衰亡的原因。总之，“风月宝鉴”可更好地起到“点题”的作用，这部小说还是用这个书名好。

还有一位青年则认为“金玉缘”书名最好。他写道：

> “红楼梦”是被公认的最恰当的书名，并且经受了时间的考验，我不反对它。但我认为“金玉缘”这个书名，与“红楼梦”相比也毫不逊色。如果说，“红楼梦”是全书内容抽象概括出来的名字，而“金玉缘”则是更具体地反映了主要人物主干故事的名字。原因是多方面的，其中最主要的有两点：其一，“金玉缘”是全书故事情节的基本线索。读完《红楼梦》，我们发现，这部书所描写的不是“洞房花烛，金榜题名”的爱情故事，而是封建贵族青年贾宝玉、林黛玉、薛宝钗之间的恋爱婚姻悲剧，贯穿悲剧始终的是代表宝黛爱情的“木石前盟”与代表玉钗婚姻的“金玉良缘”的斗争，“木石前盟”到黛玉死后就不存在了，作为封建正统婚姻的“金玉良缘”却贯穿了全书的始终。书中第八回写了宝玉和宝钗互换护身符观看，两人发现通灵宝玉和项圈上的题字竟是互相照应的，自此以后，情节便紧紧围绕着这一线索发展下去。小说生动而深刻地描写了“木石前盟”与“金玉良缘”的百折不挠的斗争，最后“木石前盟”终以失败告终。这是命运的悲剧，也是时代的悲剧。小说的深刻之处就在于它不是孤立地去描写这个爱情悲剧，

而是把三人的恋爱婚姻悲剧置于贾史王薛四大家族的兴衰、封建制度的种种丑恶背景下揭示的。所以说,作为全书主干线索的“金玉缘”成为书名,并不为过。

其二,“金玉缘”三字符合百二十回《红楼梦》的内容,并有突出主题的作用。如果我们深刻分析全书,我们就会发现“木石前盟”代表的是情,而“金玉良缘”代表的是理。“金玉良缘”在战胜了“木石前盟”之后,宝玉中了举人,生了儿子,完全符合封建大家族的愿望,然而最终也避免不了悲剧的厄运。书末所写,宝玉的出家,家境的败落,都足以证明“金玉良缘”的失败,也就是封建制度的溃灭。从这里可以发现,按照封建社会常理,金玉良缘,高中举人,喜得贵子,均是兴家旺族的喜兆,然而作者却出人意料地一反常理写了贾家的败落,这种反差正表现了作者对社会认识的深刻性。贾宝玉的出家,带来的是“白茫茫大地真干净”,表明了贾府中子孙虽多,竟无一人可以继业,不可能重振家业,封建社会必然溃灭的趋势;薛宝钗作为唯一被选中配当宝二奶奶的人选,用尽了全部力气维护自己的封建淑女形象,恪守封建规范,而得到的却是更为悲惨的命运。她的悲剧结局,说明了末期封建统治者已无法维护自己的制度,以至连维护封建礼教的人也得不到好的结局。这样创作便更深刻地揭露了封建道德的罪恶本质,主题得到了升华。相比较,我认为其他几种书名都不免失之片面:《石头记》失于笼统,不能表现书中内容的意义,《风月宝鉴》只看到男女风月之事,《金陵十二钗》只注重对女子的赞美,《情僧录》《情界真铨》又易使读者局限在“情”中,《大观琐录》则太平淡,缺乏吸引力。因此,我不反对《红楼梦》书名的同时,更倾向于《金玉缘》的书名。

（五）

综合分析，这次问卷调查有如下特点：

首先，在122份答卷中，绝大部分答卷人态度认真，书写工整，翻阅了不少文献资料，其中除5份废卷外，有60份是根据问题、逐问回答，写得简单明确；有57份写成了小型论文，其中22份写得相当好，论点明确，论据周密，布局合理，行文流畅，时有新颖观点。例如，有一篇答卷这样写道：

我认为，“红楼梦”一名最能代表曹氏这部旷世之作，选此名称为书名是最恰当不过了。

我觉得一个书名的恰当与否，要从两点着眼：一是暗含在文中的创作主旨与意图，以及作品体现出的思想性；一是作品外在即外现的文字内容。客观地讲，名字应当是出于作品之后，作者夹杂着深厚的生活基础与情感体验，在一种热烈的创作冲动激发下，洋洋洒洒倾吐心中无数郁积之语，以求其心理大快，把实际生活中遭受的苦痛，心灵的创伤，难以实现的凌云之志，在作品中尽兴展露。这也就是中国古代文论里经常提到的“孤愤说”。书名的雏形隐约出于创作之前，而随创作之情的抒发又日臻完善，作品成熟而书名的喷薄欲出成为作者殚思竭虑地高度概括作品的最后阶段。作者心中欲吐之情凝于作品，作品揭示之言凝于题目，所以作者在选择书名时，必定是要最凝练最生动最深刻地把自己的创作告知读者。当然这种创作欲望是一种意识化的东西，如果书名是一个纯属思维形态中的范畴，必定掐断了与内容的联系，陷入互不相干的尴尬中，所以好的书名必定要和书的内容相切合，选取与书密切相关的一人、一物、一事，再与作者的创作心理紧密相融，这样的书名方为最佳。

而“红楼梦”三字作为此书之名,完全符合了最佳的标准。无论红楼、红、楼、梦这几个字怎样搭配,都切入了书中的描写,《红楼梦》入木三分地写了情、钱、权、欲。红楼乃奢华的宁荣二府的指代,红即怡红院、怡红公子,楼即大观楼、缀锦阁、含芳阁、天香楼,梦乃醉生梦死、昙花一现,红楼梦即秦可卿领宝玉梦游太虚幻境、妙悟人生、顿悟世情。而“红楼梦”三字又无不凝聚着作者心中诸多情愫:往日浮华的眷恋,亲情爱情的难圆,家道中落的愤慨,世态炎凉的嗟叹,人生苦短,好梦难圆,一切温馨都只能变为冷酷无情,一切繁华都是过眼烟云,好无奈好凄凉好痛心的一片心中世界、眼前世界。如此理解,“红楼梦”三字便真的是一部旷世奇书的最佳书名了。

其次,初生牛犊不怕虎,有两位答卷青年敢于向红学权威开火。尽管他们红学功底还差,需要坐下来多读书多思索,进一步研究《红楼梦》,但他们的那种在改革开放的氛围中,敢于跳出窠臼,推陈出新,哪怕是微小的成果,也是值得老一辈学者关注和扶植的。因为不论是大人物或者小人物,不论是红学圈内人还是红学圈外人,在真理面前应该是一律平等的。

有一位青年写道:

我很喜欢做这个题目,不仅仅是品评比较小说名称的问题,而要做这样的问卷调查,你必须仔细阅读原著,广泛参考文献,深入探讨作者的艺术构思及成书过程,方能获得满意的答案。我翻检了一些有关红学论著,发现几乎是众口一词,认为这部小说总共有七个书名。红学家刘梦溪先生在《红楼梦新论》中有一篇专论《论〈红楼梦〉的书名及其演变》,我拜读之后,受益匪浅。但遗憾的是竟发现几处不该出现的小疵:一是他确认这部小说只有七个书名，却不知还有《情界真铨》一名。赵老师在给我们讲授“红楼梦研究”课程时，曾经讲到这个书名，并指明大约在光绪、宣统年间，有个叫野鹤（真实姓名及生平不可考）的在《读红楼梦札记》中，列为第六种名称。后来我查阅了一粟编的《红楼梦卷》第一册285页，果然不错，查有实据。二是解释《石头记》是本名的问题。刘先生依据甲戌本第一回，在“空空道人听如此说，思忖半晌，将这《石头记》再检阅一遍”句旁，注明《石头记》是“本名”。紧接着解释道：“‘本名’者，基本之名也。”这是从何说起？！本名者，应该是本来、原来之名的意思。《广雅·释诂一》说：“本，始也。”《吕氏春秋·无义》说：“故义者百事之始也，万利之本也。”高诱为此注说：“本，原也。”可见，“本”是原来、起初的意思，怎么能解释成“基本之名”呢？

著名红学家周汝昌先生在其大作《红楼梦新证》“第八章文物杂考六‘红楼梦’解”一段文字中写道：“‘红楼梦’，原只是小说第五回中的一套曲子的名称。”“就‘红楼梦’和‘石头记’两个名字本身来说，那‘意味’和‘气味’上的分别也是很大的。前者，毕竟是‘文绉绉’得多。作为专门要用‘假语村言’来写的小说，取上这般一个文文气气的名字，细品起来，就越品越觉得不甚对头，因为它们并不‘合套’；倒是‘石头记’三个字，显得平实、谐调，和通俗小说的体例更能配合得好。”偏偏有位青年针对周先生的观点，做了针锋相对的辩驳。请看这位青年是怎样辩驳的：

“红楼梦”，并非只是小说第五回中一套曲子的名称。在较早的抄本中，无论正文还是批语中，都有这个书名的明确记载。例如目前能看到的最早的抄本甲戌本上便有如下记载：《红楼梦》旨义。《红楼梦》是总其全部之名也。至吴玉峰题曰《红楼梦》。第五回中有行间夹批:“此结是读《红楼》之要法。”并有眉批:“妙,设言世人亦应如此法看此《红楼梦》一书,更不必追究其隐喻。”第七回眉批云:“一部《红楼梦》淫邪之处,恰在焦大口中揭明。”又如:己卯本第三十四回回末题有“红楼梦第三十四回终”九个字。庚辰本第二十一回回前总批说:“有客题《红楼梦》一律……”还有明义写有《题红楼梦》诗二十首,收在他的《绿烟琐窗集》里,明义为乾隆年间人,这题《红》诗大约写于曹雪芹死前。由此可证,小说命名“红楼梦”,证据确凿,怎能说是原只是小说第五回中的一套曲子的名称呢?又怎能说“‘红楼梦’名字比‘石头记’的名字,要‘意味’‘气味’不佳”呢?

我以为,《红楼梦》重在一“梦”。梦者,梦幻也,乃虚无渺茫、无法实现之物。一部《红楼梦》述说了无数幻灭的悲剧,人物的梦碎,家庭的衰败,爱情、亲情、友情的破灭,正是作者理想破灭的表现。在揭示充满矛盾的现实生活和塑造人物的过程中,在追求理想而又找不到有效途径的探索中,作者不得不以色空思想来表达自己的迷惘和失落。一部《红楼》,其实只讲了一个“大梦”。宝黛的爱情之梦,玉钗的婚姻之梦,贾母贾政的兴家之梦,贾赦贾珍贾琏薛蟠的滥淫之梦,凤姐的占有之梦,大小妻妾的钻营之梦,丫环奴仆的自由之梦……哪一个人无梦?又有哪个梦曾经实现?作者已经看到了抗争之门,却一直没有勇气没有能力踏进门槛,因而只好归于一梦。

作者以现实主义手法,按照生活本来逻辑展示人物家族命运时,他所不愿看到的“千红一窟(哭),万艳同杯(悲)”的悲剧出现了,他所哀婉的贵族家庭没落的悲剧出现了,这对于一个封建贵族出身的旧时文人,因看不到社会发展的本质规律而皈依天台宗门，正是作者的一大悲剧，也是历史的一大悲剧。红楼之梦，正是这一悲剧的集中表现。《红楼梦》写梦多达三十二个，由始至终，贯穿全书，这些梦并非无缘而作，都是对创作意图的诠释，若无这些梦的解释，恐怕会使作品失色许多！由是而言，怎能说“意味”和“气味”不佳呢？所以说，“红楼梦”书名能够很好地概括出作品主题，涵盖整个世间的兴衰成败、悲欢聚散。三个字既有隐喻，又有象征，境界更高，情趣更雅，实在是一个再好不过的书名。

再次，回答问卷调查时，他们不仅就书名论书名，而且采取了比较方法仔细筛选，更可贵的是能从社会背景、历史角度、文化内涵、语言功能各个方面，加以论证分析。一部小说有这么多书名，不同时期的不同读者，有着不同的命名与评价，或褒或贬，褒此贬彼，真是仁者见仁，智者见智。为什么会产生这种现象呢？其实，这正好印证了接受美学的原理。有些答卷中不自觉地包含了用接受美学的方法去鉴别书名优劣，只是没有正面用接受美学的理论去阐释。我们知道，接受美学又称接受理论，或接受研究，或读者反映批评，它的理论核心是突出读者在文学发展过程中的作用，一部文学作品以至一个文学术语的生命力，没有读者的参与是不可想象的。接受美学是当代西方文学批评中的一种新兴理论，仍在不断完善和发展中。其代表人物是德国的姚斯、伊塞尔和瑙乌曼。该理论主要是阐明作者、作品与读者之间的相互关系，特别强调读者对文学作品的理解和接受理论时，有许多差异，但在作者、作品和读者在文学过程中的关系方面却是一致的。他们确认：一个完整的文学过程是由创作过程（作者—作品）和接受过程（作品—读者）联合构成的，即作者→作品→读者和读者→作品→作者。但是三者之间不是分离脱轨的，而是相互能动地起作用的：作者为读者创作作品,作品对读者发生影响,反过来读者阅读作品,对作品自我诠释,诠释的正负效应又深刻敏锐地创造作家、影响作家的创作。

姚斯理论中提出了一个别致而重要的概念,就是“期待视野”。所谓“期待视野”就是读者在纵横接触面上所构成的接受前提下对作品向纵深发展的理解和期待。也就是读者在阅读作品时由自己的阅读经验构成的思维定向。而阅读经验又与读者的世界观、身份地位、文化素质、艺术修养、审美需要、个人经历以及年龄、性别等因素有关。由于读者的社会和个人基础不同,便形成不同的阅读动机、需要和兴趣,因而对某个问题的诠释也就出现差异。伊塞尔对这个理论则作了补充和修正,他在《阅读现象学》中又创造了一个“流动视点”的概念,认为阅读视点是内在的,从作品内部产生的。阅读经验是一种形象创作活动,不同读者的阅读,同一读者不同时间的阅读,创造出的形象也是不同的,无所谓准确或误差。在伊塞尔看来,没有经过读者阅读和检验的作品称为“本文”,经过读者阅读和检验的才称为“作品”。作品本文的结构中已经暗含着读者可能实现的种种解释的萌芽,已经隐藏着一切读者的可能性。正如他在《阅读活动:审美反应理论》中所说:“读者的作用根据历史和个人的不同情况可以以不同方式来完成,这一事实本身就说明本文的结构允许有不同的完成方式。”我国具有五六十年创作历史的著名作家巴金,也曾经作了经验总结,他在《巴金全集·自序》中说:“任何一部作品发表以后就不再属于作家个人。它继续存在,或者它消灭,要看它的社会效益,要根据读者的需要和判断来决定。所谓不属于个人,并非说它就是‘社会财富’,只是因为它已经产生了社会影响,好的或坏的影响,作者便不能推卸责任,比如欠债要偿还。”接着在深刻剖析自己之后又说:

“我将用《全集》来检查自己，解剖自己。读者也可以用《全集》对照我的言行来判断我究竟是什么样的人。”巴老的这段话，也完全符合接受美学理论的观点。现在以接受美学的理论，来观照关于《红楼梦》一书多名的解释、争论，便豁然开朗了：一，这部小说出现一书多名的现象是不可避免的，不同的读者由于主客观条件的差异，总会有不同的诠释；二，仁者见仁，智者见智，无所谓准确或误差，这部小说的书名，只有功能上的相对差异，却没有性质上的绝对优劣；三，研究《红楼梦》，必须正确诠释作者、作品、读者三者的关系，忽略任何一方都会导致片面或错误。

（写于 1996 年 4 月上旬）

你喜欢不喜欢阅读《红楼梦》？为什么？

——第三次《红楼梦》问卷调查

（一）

这次问卷调查的题目，是根据著名红学家蒋和森先生的建议拟定的。那是在1995年五一节前后，我几次去府上拜访蒋先生并请教一些有关"红学"及明清小说的问题，在谈叙中，他对我进行的"红学专题问卷调查"系列工作非常感兴趣。他笑眯眯地细声细语地说："在莱阳会议期间我未能收到您的宏文，深感遗憾。您能走出红学圈，面向青年，采用调查研究的方法，对《红楼梦》进行系列调查，这别开生面，颇有价值。我建议您要扩大调查对象，不要仅仅局限于高等学府的大学生中，能不能到社会上各行各业的青年读者中进行调查，首先了解他们喜欢不喜欢阅读《红楼梦》。"我连连点头称是，并禀告先生我准备了这方面的题目，但放在序列的后面了。同时，我又请求先生为我这本拙著写一篇序文，他愉快地答应了。我返回太原后，立刻把已经拟好的七个题目，重新调整了次序，把"你喜欢不喜欢阅读《红楼梦》？为什么？"这个专题放在第三次问卷调查时进行，因为第一、二次专题调查早木已成舟，不好更改了。本来这个题目应列为第一次较为合适，但现在依照实际情况，只能列为第三次了。不久，蒋先生又来函谆谆嘱咐："承赠有关《红楼梦》阅读的调查，很有意思。建议以后再作此种调查时，调查对象尽可能广泛一些，其中人物也不妨增加一些（如袭人、史湘云、贾母等），另外如《红楼梦》是否还有阅读吸引力等等，似可都作调查，不知您以为如何？”

天有不测风云，人有旦夕祸福。万万没想到当我整理第三次问卷调查报告时，突然收到了中国红楼梦学会秘书处的急电。电文通知：蒋先生于1996年4月23日病逝于京。惊悉噩耗，中心震悼，我从此又失去了一位良师益友，于是立马写了一封唁函和一副挽联，请秘书处转交蒋夫人张晓萃女士。挽联云：梦渺渺也子夜书，“贾宝玉”功名视腐鼠；《风萧萧》兮《黄梅雨》，《红楼梦论稿》传千秋。尽管如此，也未能完全表达我的沉痛心情啊！自然规律，谁能抵抗？我只好用功把这篇调查报告写好作为回报，以慰蒋先生在天之灵。

（二）

此次调查问卷共发出180份，最后收回148份，短缺32份。在收回答卷中发现有两份答卷完全雷同，显系抄袭之作，为山西沁水两位社会青年所作，故作废，因而有效答卷为146份。此次调查对象虽然比前两次扩大了一些，但仍不理想，属于社会上其他行业的对象，比例仍然不大。这180份问卷中包括：向92级大学本科生发出93份，收回90份（男45人，女45人，年龄20—24岁）；向在读研究生发出15份，收回15份（男2人，女13人，年龄21—40岁）；向大学青年教师发出7份，收回4份（男3人，女1人，年龄30—35岁）；向中专学生发出15份，收回13份（男无，女13人，年龄17—19岁）；向社会各行各业青年发出50份，收回26份（男13人，女13人，年龄从20岁到34岁。社会青年从职业看有农民1

人，待业者1人，编辑1人，律师1人，党政干部11人，中小学教师11人；从文化程度看，有初中肄业1人，高中或中专5人，大专4人，大学本科16人。）

从146份有效答卷看，对《红楼梦》无论喜欢不喜欢阅读，答卷人都能列出充分的理由来，从情态和观点上看，大致可分为五类读者：

第一类是非常喜欢的，有68人，占总人数（以收回的有效答卷为准，即146人）的46.6%。不少青年读者说："不但是喜欢，而且是非常喜欢，简直喜欢到不能再喜欢的地步。"一位女大学生说："只有《红楼梦》才称得上是一部永远读不完的书。不论你从哪一页翻起来读，都能很快进入角色；也不论你读过多少遍，再捧起来读，都能找到与前不同的新鲜感觉。我从初中便开始读《红楼梦》，以后几乎每年暑假都读一遍，我从来不曾把一本书，读得如此投入，因为没有哪一本书，能使我读的时候好像进入了作家笔下的天地。这样的不朽之作，只有不断地读，经常地读，才能熟悉它，了解它，积累到一定的程度，才可能有更深入的体会。"一位男大学生说："本人性格豪爽，似应只读'大江东去'，但偏爱这'风花雪月'，而我绝非故作娇柔。因为这部百科全书型的小说正是百读不厌之奇书。读之思之，你可以增阅历、丰知识、长才干、明事理、伸正义，所以《红楼梦》值得细读。"

第二类是一般喜欢的，有67人，占总人数的45.8%。他（她）们总结说：《红楼梦》确是一部伟大的作品。其伟大首先是社会性，读《红楼梦》犹如读一个大社会，小说家把一个广阔的时代画卷浓缩在一个家庭的兴衰变迁中，通过它可以了解到封建社会的方方面面；其次是哲理性，小说家看社会，观兴衰，看得十分透彻，一曲《好了歌》及《解注》，几乎把世事揭露无遗；第三是文学性，小说家学识渊博，技巧高超。诗词歌赋，众体皆备，就连灯谜、酒令、书启、楹联等等，也都高人一筹；第四是知识性，小说家杂学旁收，三教九流，无所不写，书中茶文化、酒文化、服饰文化、饮食文化、医疗卫生、佛道宗教等等无所不及；第五是深邃性，读《红楼梦》不像其他作品一览无余，再读无味，而是每读一遍都有一次新的感受；第六是悬案性，《红楼梦》后四十回原稿遗失，应该说这是本书作者和读者的一个不可弥补的缺憾，但也正是这个缺憾才给人留下不尽的思索、考证；第七是现实性，《红楼梦》不啻是封建社会的一部腐败史，今天从反腐倡廉角度研读它，更有现实意义，可谓90年代的一部《甲申三百年祭》式的警书。

在这类读者群中，有三位男性青年提出了独特见解。一位是硕士生，他说他是受毛泽东主席的影响而喜欢读《红楼梦》的。毛泽东把《红楼梦》当历史读，除了正确地借鉴运用外，还把它列为我国的一大发明，与四大发明纸、印刷术、指南针和火药相并列。这位硕士生没有把《红楼梦》看作是阶级斗争史，而是看作为一部思想史、文化史，并从中发现有两种文化的存在与对立，这两种文化就是民主性和腐朽性的文化。由此及彼，联系国内外实际考察，可以看出西方人乱了，但乱中有革命，有制度的更新；我们中国乱了，却不是新事物为战胜旧事物而乱，而是混乱，是封建流毒的泛滥，例如吸毒、卖淫、贪污受贿、假冒伪劣等等。因而要找出其中原因，就得从记录民族文化生活的文献中去找，《红楼梦》就是一部最好的文献。

另一位是本科生。他说，读书和交友一样，喜欢则读，不喜欢就退避三舍。必读书目之中，《红楼梦》自然首当其冲。他认为，现在红学研究存在许多错误的导向，大多凭一己之意去揣测作品，揣测作者的衣冠鞋袜、子嗣妻妾、祖上荫福甚至遗传因子，主观臆断的倾向很严重，这样就不可避免地走入误区，对青年人导读失误。所以读《红楼梦》关键不在于喜欢不喜欢，而在于该如何读。

还有一位是社会待业青年。他说，他喜欢阅读《红楼梦》，至于为什么喜欢，他总觉得生活中真正的喜欢是说不出子丑寅卯的，假如说了出来，那一定是掺了沙子的。喜欢只是感觉，正如一首歌所唱的："读你千遍也不厌倦，读你的感觉像三月。"退一步讲，假如硬要说出它的好处来，其实也是走了样的，不过把一些甲乙丙丁等等已经枯朽了的标签贴上而已，其目的也仅仅是为了给别人表演。我不想表演，我认为对待《红楼梦》，还是不要给它张贴标签的好，不要把它糟践化妆成花花绿绿的吉卜赛女郎，失去小说的本来意义。正确对待它的方法是：实实在在地熟读《红楼梦》。

第三类是不喜欢的，有 9 人，其中女性 2 人，占总人数的 6%。综合分析这类读者不喜欢阅读《红楼梦》的原因，几乎一致。从读者主观原因看，均为性格使然，他们性格外向，好动不好静，豪爽，热烈，不喜欢缠绵悱恻，哭哭啼啼。因而他们喜欢看《三国演义》《水浒传》那样的小说，这类小说故事情节扣人心弦，人物性格阳刚激励。其中有一位曾是专攻元明清小说的硕士生现为讲师的答卷人慨叹地写道："不喜欢，我看了两遍，都是硬着头皮看的。50岁以后，我想我会重新认识《红楼梦》的。"另一位也曾是攻读唐宋文学的硕士生现为讲师的答卷人，也有理有据地陈述不喜欢的原因，他说："作为一名读者，我很不喜欢《红楼梦》，原因是可读性差，缺乏吸引人的故事情节，太细碎，太无聊。文学有两大功能，一是教育功能，一是娱乐功能。教育功能是潜在的，外加的；娱乐功能是直接的，主动的。从这个角度讲，《红楼梦》正缺乏这种娱乐消遣功能。本人喜欢读《三国演义》《水浒传》这样故事性强的小说，尽管它里面的人物性格简单化、类型化，但能让人读下去，能得到审美享受,能轻松愉快。同样,在电视剧中,本人喜欢看武打片、喜剧片,而不喜欢看严肃片、纯文学片。能把二者结合起来的小说、影视,本人更喜欢看。”

从客观原因来看,他们对《红楼梦》的成就价值虽然并未全盘否定,但他们认为阅读它、研究它、分析它,完全是为了教学工作的需要,并不是由于它有多大的艺术魅力吸引着。有一位沁水中学的青年教师,情不自禁地发出了如下疑问:一,既然是一部世界名著,为什么大多数人读不懂?二,内容尽是些婆婆妈妈、吃吃喝喝的事,哪里能比得上《水浒传》《三国演义》中的英雄业绩呢?三,人物太多,关系复杂,生活琐碎,情感腻烦而又凄凄惨惨戚戚,大量的活动总是在狭小的家庭大院里,怎么能说是反映了广阔的封建社会呢?

第四类是先喜欢而后不喜欢的,有 1 人,占总人数的 0.6%。这位答卷人是一位具有大学本科程度的已婚男性青年律师。他说,上大学期间很喜欢读《红楼梦》,但进入社会后,却不喜欢读了。主要原因与个人的成长及命运相关。作为大学生的年龄及心理特征,那时有着强烈而特殊的爱情追求,希望自己能转化为书中的贾宝玉,在众多的少女中寻求自己的理想情侣。那时的他,着重点在于书中的风花雪月,卿卿我我,随着小说人物哭而哭,笑而笑,骂而骂,对于其深刻的社会内容却视而不见。所以不但很喜欢读,而且还少不了写心得体会。但当他进入社会奋斗了十几年的岁月后,整日价为生活为前途而奔波,过分的劳碌,非分的欲望,都使自己从幻想中的空中楼阁跌落到现实中来。这时他再读《红楼梦》,忽然觉得很无聊,写来写去不过是一群少男少女打情骂俏,不种田,不做工的内容,他(她)们不问生活如何,整日喜怒无常。甚至十二三岁的小孩都能大谈人生哲理,大谈万物阴阳,大谈诗词书画，大谈医药卫生，而且总是高人一筹，实在是可笑至极，不通至极。

第五类是先不喜欢而后喜欢的，有1人，占总人数的0.6%。这是一位大学本科程度的25岁的未婚男性青年。他说，起初他从所谓“四大名著”之称誉对《红楼梦》产生了极大的兴趣，而当他几次打开阅读时总是几次放下，读不下去，只觉得《红楼梦》写得太乱太杂，读起来十分劳累，简直晕了他的头。以后随着年龄的增长，同时又翻阅了不少红学研究著作，再看这本小说时就变了，他觉得《红楼梦》的确是字字血泪，篇篇珠玑，真是百看不厌的好书，每看一遍，就增加一些新的认识，就有新的提高。

（三）

此次问卷调查活动的动向，值得注意的有如下几个特征：

首先，答卷普遍写得真实可信，不浮夸，不做作，不空洞，都能说出自己喜欢不喜欢阅读《红楼梦》的理由，或者发展变化过程。只有极个别的答卷说得有些夸张，不真实。有一位20岁的女大学生，说她翻来覆去把《红楼梦》看了40多遍，这就不可能了。我们假定她从10岁看起，那么10年来当是平均每年要看四遍了，似乎有点天方夜谭。不过这位女大学生对《红楼梦》确实非常喜欢，从平时接触及答卷来看，对小说中的情节、人物相当熟悉。

其次，从答卷的回答质量来看，在146份答卷中，还是以大部分在校的大学本科生和中专生的为最好。好的标志可概括为：一是态度认真，一丝不苟，书写也工整；二是语言流畅生动，段落层次合理，观点明确准确，显然是精心构思的；三是能紧密联系个人实际，阐述起来持之有故，言之成理。例如有一位男性大学本科生，他非常喜欢阅读《红楼梦》，把自己的心得体会，写成一篇《七读红楼》的小结，颇为别致，显然是精心构思的。兹将全文引录如下：

“开谈不说《红楼梦》，读尽诗书是枉然”。世为传抄，不胫而走。这样的重量与质量，怎能不一读？

开篇伊始，奇情奇景奇闻奇人即出；峰回路转，天文地理政治经济扑面；高山仰止，爱情人生社会宇宙说遍。如此的内涵，怎能不二读？

“红学”石破天惊，历久不衰；“曹迷”错综复杂，扑朔迷离。入中文系，读《红楼》自当强于常人才是，又恰似钻探求宝，如获至宝，怎能不三读？

宝、黛、钗，如三潭印月；探、湘、琴，似苏堤春晓；平、袭、鹃，像南屏晚钟；再睹贾母、凤、王、薛、政、赦、珍、琏、蟠，还有尤氏姐妹、晴雯、焦大，更是一言难尽。乐尔！悲尔！怒也，恶也！怎能不四读？

时光荏苒，年纪随长。生活中几多风雨，对照古今中外，寻知己共鸣，必问于《红楼》，怎能不五读？

猜拳、行令、作诗、题词、吃药、宴请、养优、唱戏、偷情、乱伦、争宠、打骂、金钱、权势、剥削、压迫、反抗、斗争、生死、荣辱、亲情、爱情等等，错落有序，引人三思；用语如行云流水，雅不忘俗，令人三叹。细品《红楼》，如饮醇酒，怎能不六读？

为求经济天下，为求人生真谛，为求创作悟性，为求公关艺术，一入红楼，诸皆可获，怎能不七读？

总之，如此之人，怎能不作一世交？如此之事，怎能不作一世探？如此之理，怎能不作一世明？如此之书，怎能不作一世读？

相对来说，倒是一些大学青年教师和在读研究生写得差，他们漫不经心，敷衍了事。竟有一位青年教师，由于忙于下海赚钱，认为做这样的事儿，价值不大，一份答卷就要七八百到千把字，若回答三五份答卷时，就相当于写一篇小型论文了，太费精力了，于是他把问卷给退了回来。

再次，凡是喜欢阅读《红楼梦》的答卷人，都是在少年阶段受了这样那样的影响而产生了兴趣：有的是从父母亲友长辈那里听说《红楼梦》是一部奇书，一部世界名著，于是背着大人偷偷地读起来的；有的是从观看电影或电视剧《红楼梦》引起的，于是迫不及待地借来小说阅读；有的是因小时接触了一些关于《红楼梦》的小人书，总觉得和强盗大王之类的小人书不一样，俨然是两个不同的世界，于是产生了一种朦胧的美感；极少数年岁大一点的读者则是“文化大革命”中“评红运动”给予的影响，尽管今昔评价迥异，但不可否认留在他（她）们头脑里的印象，《红楼梦》是一部了不起的小说，于是非读不可；大部分则是从中学语文课本上学了第三回、第四回以后引起的兴趣，于是从中学阶段便开始阅读少儿版《红楼梦》了；还有的是因为情感因素在起作用，他们认为红楼女子的妩媚多姿，才情殊异，足可以为当代小伙子谈恋爱提供宝贵的经验，于是有暇就翻阅翻阅。

有一位男性大学生写到自己为什么喜欢读《红楼梦》的发展变化过程时，说得非常真实细致，这份答卷颇有代表性，现将答卷内容摘要如下：

> 很小的时候，我愿意收藏连环画册，其中有关《红楼梦》的不少，比如《宝黛初会》《宝玉受笞》《抄检大观园》《金桂之死》等等。翻阅以后，得到的概念，只是凤姐真狠、夏金桂该死、探春挺好，而惜春为什么那么无情？难以理解。这时还谈不上喜欢，只是糊里糊涂地想着。随着年龄增长，上了初中，借来小说看，有些地方还是看不太懂，只知道作者开头神奇，

讲贾家世系倒也独特，忽然出现了许多不认识的人物。到了高中，特别是第一年高考失败后的暑假里，我专心地看了几遍《红楼梦》，可惜都是读到抄检大观园时心就很灰了，努力看到林黛玉之死，就再也不愿看下去了。想着高考的失败，女友的背叛，我的屈辱结合着主人公的悲惨遭遇，一些虚无主义的东西，完全统治了多愁善感年龄幼小的我。当时想，不管怎样，还是作家的成功。如果让我选择一种最喜爱的小说，我选择《红楼梦》，如果让我选择一位最崇拜的作者，我选择曹雪芹。上大学以来，我确实没有什么更大的长进，我总是很恼火多事的红学家，非得七嘴八舌地来指导别人，把好端端的作品弄得支离破碎，胡猜乱想，反而自以为是。大家聒噪一番，谁也不能彼此说服，也不可能得出众口一词的答案。假如这些问题都能用A、B、C、D来选择回答，那真是时代和民族的悲哀。这种怪现象影响我很长的一段时间，不过我既未愚蠢地因此对《红楼梦》有所冷漠，也没有让红学家瞎指挥我一通，我有我的主见。如今，我更喜欢阅读《红楼梦》了。

（1996年五一节定稿）

袭人和晴雯，你招聘哪个做保姆？

——第四次《红楼梦》问卷调查

（一）

这次问卷调查的题目是："作者刻画袭人和晴雯，你认为哪位最成功？假如你招聘保姆的话，你要哪个？为什么？"

这次问卷调查，在答卷人的性别、年龄上放宽了条件，不分性别，中青年均可，但都必须写出为什么来，字数在 600—900 字之间。

这次调查的问卷，发出及收回数据分别为：研究生及大学中青年教师，共发出 20 份，收回 15 份；92 级中文系本科生，共发出 70 份，收回 60 份；社会各行业青年（包括干部、编辑、记者、中小学教师及农民），共发出 30 份，收回 20 份。总计发出 120 份，收回 100 份。

答卷人的基本情况是：从年龄上看，研究生及中青年教师为 23—45 岁，本科生为 20—25 岁，社会各行业青年为 19—34 岁；从是否结婚来看，已婚者 25 人，占总人数的 1/4，未婚者 75 人，占总人数的 3/4；从文化程度来看，具有硕士研究生学历的 9 人（其中副高职称者 1 人，中级职称者 8 人），具有大学本科学历的 72 人，大专学历的 9 人，高中以下学历的 10 人，从总体来看，答卷人的文化程度不算低。

这次问卷调查的特点是：年龄、学历、职业多样化了。年龄小到19岁，大到45岁；学历最低初中肄业，最高硕士研究生；职业上有大中小学教师、党政干部、编辑记者以及农民，增强了群众性和普及性。此其一。在100份答卷中发现有两份答卷一字不差，显然是相互抄袭的，除此之外，全部答卷都做得很认真。其中有80%的答卷能运用比较手法指出两个丫鬟的个性特点、精神气质，并从语言行动、细节描写上举出作者刻画人物形象的例证来，可见他们是读过原著的。经我仔细核实，原来这些答卷人都接受过第三次的问卷调查。第三次的题目是："你喜欢不喜欢阅读《红楼梦》？为什么？"而占95%的答卷人回答喜欢。所以，此次问卷调查回答得真实、准确，可能与此有关。此其二。许多答卷人能够结合个人实际，以及现代家庭的结构、条件和需求回答问题，已婚者与未婚者有着明显的差异。此其三。

（二）

在100份问卷调查中，观点形形色色，确是百家争鸣，经综合整理竟有十种之多，现在分别披露如下：

第一种，认为袭人和晴雯在小说中作者刻画得都很成功，都很出色，孰优孰劣，难分高下，只能说都是典型形象，个性鲜明，各有千秋，但是若让他（她）们招聘保姆的话，哪个也不要。因为：一，在目前情况下，一般中等经济水平的家庭也招聘不起，那是大富人家的事，何况本人就根本没有招聘保姆的要求呢？只需要有位与二人性格相同的女子做知己即可。两位已婚的中年男子这样回答。二，袭人太俗气，婆婆妈妈的，私心太重，时时事事有着爬上姨娘宝座的明确目的。试想，身边放上这么一个有心机的保姆，时时处处讨好勾引男主人，倘不常常提防着，作为女主人的地位就会岌岌可危。而晴雯呢，则太美丽、太聪慧，性格又太暴烈，深恶奴性，稍不注意她就会和主人爆发“战争”，天天处于战备状态，甚至于和邻居、收水电费的、打扫卫生的人吵了起来。三，晴雯和袭人还有一个不宜条件，最不适合到已婚家庭做保姆，因为二人太美丽，太娇淫，用不了几天，她俩就会因“破坏他人家庭”、“第三者插足”的罪名，走上道德法庭。

有一位23岁男性青年的大学本科生，回答得更为生动，现把全文引录如下：

> 我认为袭人和晴雯都刻画得很成功。《红楼梦》中大大小小的人物刻画都相当高超，这并非我对它的迷信，而这是事实，包括寥寥几笔的王善保家的这些仆人都是入木三分，活灵活现。假如袭人和晴雯出现在劳务市场上，让我选择保姆的话，我哪个也不会选择，因为欣赏和实用是两回事。从作品的欣赏角度出发，袭人和晴雯都是美的典型形象。而从实用角度出发，都不太如意。比如选择袭人，固然伺候得尽心尽力，但是让我也同她“同领警幻所授云雨之事”（第6回），那么我老婆会同意吗？恐怕家庭矛盾要风起云涌，弄不好，还会家破人亡。现代的伦理道德是不同于清代的，而且袭人做事是八面玲珑，她还会授计王夫人“进宫请后”，取宝钗弃黛玉，完全为我出发，根本不替主人考虑，所以聘袭人做保姆是不合适的。
>
> 再如晴雯，嘴角麻利，性格倔强，敢怒敢骂，恐怕她的出现，会产生不少矛盾。搞不好，她会跳楼、摸电门、出人命官司的。因而选晴雯做保姆也是不合适的。其实，真正要选保姆，最合适的是鸳鸯姑娘，她和顺、聪明、贞烈、尽心尽力，不为钱

财、地位所动，实在是难得的好保姆。

持此观点的有12人，占总人数的12%，其中已婚男子6人，未婚男女青年6人。

第二种，认为袭人和晴雯两个形象，作者刻画得都很成功，难分伯仲，而且个性各有所长，各有所短，所以招聘保姆时都可以要。如果家里有父母老人，或者病人，或者襁褓中的婴儿，自然要招聘袭人。由于袭人温顺善良，对人体贴入微，又很忠厚圆通，这种性格的保姆是再合适不过的了。况且袭人并非仅仅奴性十足，而是一个有心机有智谋的女子。让她照顾老年人、病患者和婴儿，会使主人有安全感。她的工于心计，并未写在脸上，这也不至于影响被照料人的情绪。现代社会越来越发达，物质文明与精神文明都大大提高了，保姆可能成为一种新兴职业。袭人式的保姆一定是称职的保姆。她迎来送往，客人会满意而去；她精打细算，一心向主，财务收支也会平衡，甚至还会小有节余。晴雯在《红楼梦》中的结局是极其悲惨的，那是因为她所处的时代使然。她性格上的特殊性及闪光点，如果处于当代社会却是非常可贵的。众所周知，当代社会是一个高速发展、高速变革、高度文明的社会，这样的社会正适合晴雯那种反传统、能创新、敢爱敢恨、个性解放的人。倘若我们请保姆是为了少年儿童的成长，则非晴雯莫属。如果请袭人做保姆，说不定会陶冶出事事循规蹈矩、缺乏创新精神的庸才，或者宠溺出衣来伸手饭来张口的寄生虫。所以说，在袭人或晴雯之间招聘保姆的话，应视具体情况而定，不可简单从事。

持此观点的有6人，其中硕士程度已婚的青年5人，大专程度未婚的青年1人。占总人数的6%。

第三种，同样认为两个丫环刻画得都很成功，但若招聘保姆，却毫不犹豫地选择袭人。为什么呢？有一位持此观点的已婚女青年回答说：

如果袭人和晴雯两名应聘者同时敲响我的家门，我会热情地迎前者款款地进来，而礼貌地送后者静静地走开。晴雯的风流俊俏，心比天高，阅读《红楼梦》时已沁人心脾。然而，我并非举行选美比赛，也不是评选谁最冰清玉洁。因为，作为一个保姆，从她一踏进主人家门起，就有洗衣、做饭、看孩子、收拾房间等许多琐碎事务在等着她。我丝毫不怀疑晴雯在大观园里训练出来的料理家务的能力，然而我最不能忍受的是她那变化无常、性格暴烈的个性：我无法忍受她一边做着家务，一边骂骂咧咧，指桑骂槐；我无法忍受她拧着我孩子的耳朵高声训斥；我无法忍受她撕碎我苦心经营的文章像撕扇子时快意而病态般的笑；我无法忍受我的家让她搅个天翻地覆，猫嚎狗跳，甚至后院起火；我更无法忍受本该是女主人的我，却被她吆来喝去。本想下班后在我的小天地中舒展身心，获得自由和愉悦，如果聘请晴雯来做保姆，实在是自讨苦吃。若作为朋友或邻居，我倒欢迎她常来坐坐，增添一点我的生活乐趣。

如果让我招聘保姆，我会毫不犹豫地选择袭人。因为她会哼着歌曲将一堆脏衣服洗净、熨好、叠整齐；她会温柔地抚着我孩子的头，教育他什么是对什么是错；她会准时地提醒我什么时间召开会议，什么时间有亲友要来……总之，我家中弥漫着轻音乐，散发着米兰花的芳香，洋溢着家庭的温馨，这都是她的随意点染。我相信，她极尊重我的意见，事前征求，事后汇报，上一天班回来，我吃着可口的饭菜，同她亲热地聊天。邻居们都羡我福气不浅，同事们都说我越发年轻漂亮，精力充沛。平心说，这都得力于我有一个好保姆。有人说，袭人有野心，自私，时刻在想做主人的老婆。是的，《红楼梦》中写了她的这些缺点，不必为此担心。因为社会主义的中国实行一夫一妻制，与封建社会断然不同，何况她很明智，我丈夫为人又很自律。所以，招聘袭人做保姆，是每一个都市人的最佳选择！

持此观点的有22人，占总数的22%。

第四种，同样认为两个丫环刻画得都很成功，但若招聘保姆的话，却毫不犹豫地要晴雯。持此观点的有10人，占总人数的10%，尽管他（她）们占的比例不算太大，然而态度却很坚定。他（她）们在把两个形象细致比较之后，都斩钉截铁地说："毫不犹豫地招聘晴雯做保姆！"原因何在？请听他（她）们的呼声：

到劳务市场找保姆，两个皆是好选手，但面对当前的我，在现代化的今天，我只会选晴雯而弃袭人。因为：

她张扬人性，自尊、自爱、自励；她珍惜的是相互尊重和真诚相待；她不太计较个人得失成败，坦白无私；她情怀爽朗、热情、勇敢，美丽而不淫邪，有骨气，有主体意识；她追求人权平等，有强烈的人生追求，爱憎分明，疾恶如仇，可谓德信工貌，皆称上流。而袭人则为了自己往上爬，每一步都有明确的目的，处处要控制主人，深谋老算，难以对付。尽管我们一再强调社会主义精神文明，但其心态、其手段，在当今社会风气不正之下，必然会陷入低级市侩的泥沼。泼辣的晴雯并非耳不聪目不明，《红楼梦》中写到她的心目中也只有一个宝玉，为了宝玉的前途利益，关心体贴出自一片忠诚，"温书学习"、"病中补裘"，谁能不感动！招聘如此的女子做保姆实为大幸。在当今个性自由、人权平等的社会里，"俊袭人"的市场怕不大了吧！

找保姆如找袭人，主人岂不觉得疑忌和担心？卧榻旁边怎能安宁？不是做了柔情的俘虏，也会被牵着鼻子走。哪如找一个爽朗善良而又无心计的晴雯，永远使主人平平坦坦活得实在。从现代心理学、伦理学角度衡量，选晴雯做保姆皆强袭人矣。

第五种，认为袭人和晴雯的刻画上，并非平分秋色，还是袭人胜过一筹，塑造得最成功，因而招聘保姆自然是袭人了。持此观点的有16人，占总人数的16%。他们在答卷上分别写道："平心而论，作者刻画袭人和晴雯都有独到之处，确实是两个鲜活的艺术形象：一个温柔敦厚，工于心计又善解人意；一个性格刚直、娇俏任性而又不失温柔。但从艺术塑造的多样性、复杂性来看，袭人比晴雯刻画得更为细腻，更富有立体感，因而更加丰满，是一个真正的人物。"——一位长治市的青年党政干部这样说。

"我是家庭主妇，选保姆自然是为了分担一些家庭负担，照顾老人和孩子，需要的是细心周到。如果选晴雯做保姆，我在紧张的工作之余要考虑怎样管理她，使用她，甚至去照顾她，那又何苦呢！但是从另一个方面来说，晴雯作为一个保姆，对稍大点的孩子的思维启动、个性培养又颇有好处。"——一位《忻州日报》社的女记者这样说。

这种观点有相当的普遍性，在太原某大学、晋东南某中学、沁水某乡镇，都有答卷人不约而同地写出了与此相同的共识，真是人同此心、心同此理啊！

"我以为招聘保姆，袭人为最佳人选。因为其一，袭人相貌端庄美丽，但又不像晴雯过于拔尖，因而不至于招惹是非。其二，袭人性格温顺，举止稳重，不毛毛草草，她作为保姆使人放心。晴雯虽口齿爽利，针线活好，但性子刚烈，稍不如意发起脾气来，就会使家里乱成一团，且做事不稳重，使人不放心。其三，袭人行事大方，善解人意，这最为难得。让袭人式的女子当保姆，不仅能够照顾好孩子、老人，还能使主人的家庭和睦相处。尤其现代家庭，人们之间缺乏理解和忍让，由于世风日下，往往因为一些鸡毛蒜皮之类的事情，弄得夫妻不和，甚至家庭破裂。倘让袭人当了保姆，情况就会不一样，她会善意地委婉地化解你和妻子的矛盾，使你得到家庭的温馨，而当夫妻矛盾烟消云散、恩爱如初时，她却又默默地干起家务活儿了。其四，袭人虽然温柔和顺，却并不糊涂庸俗，她不但要强过人，而且心计更胜晴雯。这种保姆不至于上当受骗，受人之欺。她会用自己的智慧对付一切意外的麻烦。我们知道现代社会里，保姆虽是一种正当而合法的职业，但保姆的合法劳动和人身权利却有时得不到保障。不少保姆时常受到主人的奸污、虐待，甚至残害。由于袭人工于心计，善于公关活动，柔中有刚，使主人不敢对她放肆。总之，袭人是最佳人选，是现代社会的理想保姆。但我又总觉得，将这样的好人用做保姆，实在有些大材小用。如果让袭人做秘书，或做妻子，岂不更能发挥她的特长吗？”——一位男性大学生，则作了如此全面的分析论证。

第六种，同样认为袭人刻画得最成功，但招聘保姆时，却应是晴雯。持此观点的人并不多，仅有 4 人，占总人数的 4% 。之所以聘请晴雯为保姆的原因，如同第四种观点，总之“看得如意，用得放心”，这里不再赘述。

第七种，认为作者在袭人和晴雯的刻画上，还是晴雯写得最光辉、最动人，尤其是“撕扇子作千金一笑”（第 31 回）和“勇晴雯病补雀金裘”（第 52 回），是感人肺腑的篇章。因而招聘保姆时自然也非晴雯莫属。例如，一位 21 岁的男性大学生这样回答：“我希望出现在自家地板上的是一个活生生、极富个性和魅力的女孩子，而非一位言听计从、城府极深的机器女管家。保姆除了做好分内工作外，应以一个人性的全部所有平等地参与我的家庭生活，真诚地与主人相处，并成为挚友。该笑就笑，该怒就怒，这才是一个有灵性的人。当然，我不会怂恿我的保姆撕我家的扇子，顶撞我的父母，但是，我至少会尊重她，让她有一种家庭温暖的感觉，从而，使保姆把我的家当作自己的家一样来看护。果真如此，即便写千百篇《芙蓉女儿诔》，也难以言尽现代人的主仆之情。”

持此观点的有 14 人，占总人数的 14%。

第八种，也是认为作者刻画晴雯要比袭人更成功，但这是从文学鉴赏而言，如果结合现实，从实用观点出发，招聘保姆则是袭人了。持此观点的有 14 人，占总人数的 14%。其中包括讲师、硕士生、本科生和农民。例如，一位具有高中文化程度的 20 岁的男性农民，非常精练地述说他所以招聘袭人的三条原因：“一、能够周到地服侍别人；二、能够经常劝人走‘正道’；三、能够以仁慈之心待人。”

第九种，认为作者刻画袭人和晴雯，一样的成功，一样的精彩，但是要招聘她们做保姆的话，都不称心。如果能集二人之所长于一人，则再好不过了，这才是理想的保姆。持此观点的只有一人，占总人数的 1%。

第十种，则认为招聘保姆需要有一定的条件及需求，我及我家不需要，因而无从谈起。持此观点的也只有一人，占总人数的 1%。

（三）

在 100 份答卷中，有三份回答得很别致，令人深思。笔者虽然不敢苟同他们的观点，但作为青年一代敢于独立思考，提出自己的见解，我一向是敬佩的，应予表彰。“师不必贤于弟子”，为了表示对他们的尊重和鼓励，特摘要发表如下：

一位女大学生说：“曹雪芹以彪炳千古的传神之笔，在《红楼梦》中刻画了众多从纸上活跳出来的性格鲜明的悲剧形象。作为宝玉贴身的两个大丫环袭人和晴雯，是联袂出现的，她们以不同的气质互相对比，互相映衬，以不同的悲剧命运强烈地震撼着读者的心灵。……对于这两个艺术形象的塑造，是不能简单地说哪个比哪个塑造得更成功，如果一定要将其塑造分一高低，只会破坏其整体性。”尽管如是说，但她却郑重声明，假如招聘保姆时还是袭人妥当。

一位男大学生说：“关于招聘保姆，这个问题也不易解答，因为此问有几处疑点。如果是给自己找保姆，因为自己正值年少求学，没必要；如果是给子女找保姆，则尚未婚配，哪来子嗣。况且现在的时代和小说中大不相同，宝玉生于大封建贵族家庭，在好多情况下，与其说是保姆、侍从，不如说是童养媳、陪学人，他们年龄相仿，感情容易交流。而现在的社会里，除了学龄前儿童和古稀老人外，似乎不需要什么保姆。并且现在的保姆也较容易和男主人有感情瓜葛，很难与儿童有沟通。不过要选，还是以晴雯为好，至少不像袭人那样容易出事。”

另有一位男大学生则说：“我们非常喜欢阅读《红楼梦》。对每个人物的评价，我们往往是从个人性格以及好恶出发的。晴雯是《红楼梦》中我们最喜欢的人物，但要找保姆，肯定是袭人。……其实，老师没问，如果让学生在晴雯和袭人之间选一个做妻子，选一个做保姆，那倒合适极了。娶晴雯做妻子，正是理想中的配偶；同时聘袭人做保姆，简直是锦上添花。这样解决了家务之忙，我们便可以放开手脚去干一番事业了。”

（四）

根据100份问卷中对袭人和晴雯的两次投票结果统计，数据如下：

认为两人刻画都很成功的有52人；认为刻画袭人很成功的有20人；认为刻画晴雯最成功的有28人。从招聘保姆来看，则认为袭人为最佳人选者65人，而认为晴雯为最佳人选者才35人。

这些数据难道不值得红学界认真研究、加以分析吗？为什么100个读者都一致认为袭人和晴雯的塑造，在艺术上都是成功的，都是典型形象，都是活生生的“这一个”，而在选聘保姆上，却分歧甚大：一贯被人们批判否定的袭人获得65票，而一贯被人们赞扬肯定的晴雯才获得35票？这究竟是什么原因？是曹雪芹的问题，还是读者的过错？毋庸置疑，是读者的评价问题。因为曹雪芹早已作古，岂知后人如何！《红楼梦》白纸黑字早已写定，岂能修改！应当说是读者的思维方式变了，价值观念变了，文学评论标准变了，以至于伦理精神和个体人格也都变了。中国目前正进行着社会主义现代化的伟大事业，在中国人走向现代化的过程中，传统的农业社会将被现代化的工业社会取代，传统文化将会向现代型的文化转型，而社会主义现代化的核心是人的现代化。中国人的现代化，就是要从“传统人”走向“现代人”的过渡阶段。在这过渡阶段，于是出现了开放性、重叠性和多元性的思维方式，在这种思维方式的功能上，又受着各种因素的制约，首先是受传统思维方式遗留因素的制约，始终打不破那种“天人合一”和“人际和谐”的思维定式。这种思维定式又是经过世世代代的积淀，已经渗透到每个人的深层心理结构之中。谁都承认，在各种社会形态的发展变革过程中，中国曾经经历了世界上几乎最长久、最开明、最兴隆昌盛的封建社会时期,商品经济虽然发祥甚早,但始终未能充分发展起来,资本主义一直处于难产之中,自给自足的自然经济却根深叶茂,附着于经济基础的上层建筑,却开出了艳丽的花朵。这花朵便是包括高尚的伦理道德在内的优秀的传统文化。

古代有男仆女婢,为主人服务,现在及将来,也会有保姆存在。所不同的是社会主义制度下的保姆,享有同主人一样的劳动保障、人身权利、各种相关法律的保护和处罚,为主人家付出正当的劳动量并索取相应的报酬。除此以外,保姆还应当具备一定的文化素质、思想道德素质、管理技能素质。因为保姆这个职业需要有超常的心理承受能力,需要处理各种关系,需要承担并完成各种家庭事务。不少答卷人正是从这个标准出发,考虑招聘谁做保姆的。有一位具有硕士学位的已婚男性大学讲师这样写道:"如果让招聘保姆的话,我当然选择袭人。她会体贴人,劝服人,性情温顺,勤劳克己,任劳任怨。我决不会选择晴雯,她过于刚烈,过于任性,是当主子的料,不是当保姆的料。现在《红楼梦》研究中有一种不好的风气,就是一味歌颂反抗,谁敢反抗谁就是具有叛逆性格。所以对晴雯、黛玉等形象评价较高,认为她们具有反封建思想。这就大错特错了,不能令人折服。从过去到现在,人们都还是喜欢具有传统美德的女性形象,如宝钗、平儿、袭人之类。传统文化的力量是难以战胜的。"

(1996 年 10 月 19 日定稿)

世上哪种母亲好?

——第五次《红楼梦》问卷调查

(一)

这是第五次《红楼梦》问卷调查了。问卷调查的题目是:《红楼梦》里写了王夫人、邢夫人、薛姨妈、赵姨娘四种类型的母亲形象,作家写得如何? 你喜欢哪种类型的母亲? 为什么?

调查要求仍同前几次,但在调查对象上又有所调整、扩大。主要是注意到社会性,再扩大调查对象,突破大学中文系师生的范围。

这次问卷共发出150份,收回101份。综合收回之问卷,基本情况如下:

从性别上看,男46人,女55人。

从年龄上看,最小的17岁,最大的47岁。

从文化程度看,硕士研究生15人(包括中文、历史、化学三个专业的),大学本科生44人,大专生17人,高中或中专生25人。

从职业上看,大学教师8人,中学教师8人,党政干部16人,军人10人,农民10人,企业人员11人,各级各类学生38人。

在收回的101份答卷中,有一份回答得很不切题,答非所问,所以作为废卷处理,有效答卷实为100份。

（二）

在100份有效答卷中，根据回答的内容分类，可分为七种观点及态度，以票数多寡为序排列如下：

第一种认为作家把这四位母亲写得都很成功，栩栩如生，各有个性，他们在对比了四位母亲的身份地位、个性思想、待人接物之后，一致表态最喜欢薛姨妈。持此观点的人有42人。

第二种认为从艺术上讲，作家写得都非常好，好就好在写出了不同类型的母亲。俗语说："儿不嫌母丑"，用时髦话说，"世上只有妈妈好"，因而母亲是不能选择的，母亲是自己的生命之源，爱与恨、喜欢与不喜欢都不由自主。因此，要说自己喜欢哪种类型的母亲，实在不好表态，也不能表态。因为不管怎么说，母亲是伟大的，母亲的儿子不会说自己的母亲不好。有一位拥有硕士学位的男性大学讲师说："对此问题我考虑了三周，也仍无太明确的结果。"持此观点的有20人。

第三种认为写得都成功，都具有审美价值，但用现代意识审视，则都不喜欢。有一位山西沁水县的行政干部（男性，31岁，中专文化程度）的观点，颇有代表性。他说："四位母亲形象作者刻画得都很好。不过，这几种类型的母亲形象都不是我们现代人所喜欢的。现代母亲形象应是热情、大方、正直、有进取精神，对子女理解而不去娇纵，严厉而不失温柔，而在这四位妇女身上并不完全具备。"持此观点的有14人。

第四种也是认为四位母亲刻画得都很生动形象，各有个性，但比较下来，还是喜欢王夫人类型的母亲。山西沁水县一位纪检委干部说："王夫人教子有方，孝敬公婆，对丈夫也很好，是一位温良恭俭让的母亲，因此令人尊敬爱戴。"持此观点的有8人。

第五种观点是：四位母亲形象中赵姨娘塑造得最好，最能表现个性，但此人刁钻、歹毒，爱挑拨离间，搬弄是非，虽塑造得好，并不等于读者就喜欢这种特殊类型的母亲，相比下来，还是喜欢薛姨妈。持此观点的有 7 人。

第六种观点是：在四位母亲中赵姨娘刻画得最好，“她是写得最为深刻的一个女性，相比之下，她也是最优秀的母亲。”因此他们最同情、最喜欢赵姨娘。持此观点的有 3 人。

第七种观点则出自山西沁水县委办公室的两位男性年轻干部。他们认为四位母亲均为成功的文学形象，活生生的生活中人，都是特定环境中的特定人物。作者写王夫人之正统，又有其无情狠毒的一面；写邢夫人之庸俗，又不失其地位名分；写薛姨妈之皇商风度，但具有圆滑的个性；写赵姨娘位卑命苦、争取人权，却不忘揭示其低劣素质。虽然母亲不可选择，但王夫人之爱子，邢夫人之高贵，薛姨妈之富有，赵姨娘之美貌，都有令人羡慕喜欢之处。持此观点的有 2 人。

（三）

作者对四位母亲形象写得怎样呢？综合 100 份答卷，绝大部分确认写得都很成功，个性鲜明，跃然纸上。持此观点的有 86 人。

答卷人一致认为在这四位母亲形象中，都渗透着作者的心血，表现出独特的匠心，四位母亲都具有永恒的审美价值和艺术生命力。王夫人，是贾府掌权者贾政之妻，主人公贾宝玉之母，薛姨妈之胞姐，王子腾之胞妹，是联结贾、史、王、薛几个大家族的重要人物，活动贯穿全书。她的性格威严、沉静而又冷酷，在一般情况下，其威严是隐而不露的，甚至给人以心善、仁慈、好静、宽厚的印象，只有到关键时刻，例如抄检大观园时才表现出她十足封建卫道士的贵夫人的本性。在王夫人身上,反映出了封建制度、封建文化的深层特质。

邢夫人是老色鬼贾赦之妻,出身寒微,没有亲生儿子,禀性懦弱愚犟,又十分贪财吝啬。她本是荣府长房媳妇,理应执掌家政大权,但由于贾母不喜贾赦,结果大权旁落于弟媳手中,而王夫人又是依靠侄女凤姐施政的,于是她对王氏姑侄恨之入骨,经常给她们出难题。特别是贾母死后,任性所为,刁难凤姐,逼走巧姐。还有为贾赦骗娶鸳鸯四处活动,自轻自贱,更是令人作呕。作品入木三分地刻画出她贪吝、庸俗、忌妒、愚顽而又刚愎自用的性格特征。

薛姨妈作为皇商太太出现,但并不骄横,她有独特的处世哲学和做人准则。她和蔼慈祥,善于理家,言谈举止,优雅得体,遇事总是设身处地为别人着想,尤其对宝玉、宝钗、黛玉辈的孩子们,更是关怀体恤,确是一位良母典型。其女宝钗接受了她温柔善良的一面,发展成随分从时、藏锋不露的特点,其子薛蟠也由于她过分宠爱,成为一个为非作歹的花花公子。

赵姨娘是贾政之妾,生有探春和贾环,但也没有给她带来多少实惠,在贾府中是既无权势又讨人嫌的母亲形象。所以如此,很大程度上是由她所处的时代、环境所造成,并非完全由她个人原因负责。因为,作为侧室在等级森严的封建社会里,是不会得到人们的正视的。美国心理学家马斯洛曾经提出人有五个需求层次,其中第四个便是受人尊重的需求。赵姨娘为了满足这个需求,就不顾一切地去争取。尽管她的一些做法不明智,甚至心术不正,但她的所作所为是对当时社会的反抗,这种反抗精神是她人性中可贵的一面,我们应该承认这一点,虽然不喜欢她这种母亲。必须肯定,作家成功地写出了她的复杂个性。

在 100 份有效答卷中,认为四位母亲形象中赵姨娘写得最成功的有 14 人。他们说:赵姨娘在曹雪芹的笔下,无疑是把她作为一个被否定被批判的人物来写的,正因为被作为反面人物加以揭露,才更揭示出了她的精神实质。她是四个母亲形象中写得最为深刻最为真实的人物。作者写了她的'姨娘'地位及舆论环境,她代表'庶'的一方参与贾府中的权利之争,她不甘落后,积极上进,设法改变被人瞧不起的'偏房'地位,争取做真正母亲真正妻子真正主人的权利。她忌恨王夫人和凤姐的专权,到处找碴儿,她敢拆女儿的台,责骂芳官等人并撕打在一起……所有这些都是为了争取人权而斗争。然而这种权利的争夺,使赵姨娘经历了斗争——失败——再斗争——再失败的过程,从侧面也看出了赵姨娘的韧性的战斗精神。

也有的答卷人为赵姨娘鸣不平,他们说,细想《红楼梦》的读者们,又有谁真正设身处地地为赵姨娘想过呢!?她又吵又闹,训斥环儿时,却被凤姐责骂一顿;她为兄弟赵国基争丧葬费,又被亲生女儿探春抢白一通;她甚至去谋害宝玉、凤姐,都是因为她深恨自己不如下等丫头的地位,深恨自己母子不被重视的处境。她也是一个好母亲,她爱她的儿女们,自己拼命争人权,正是为了儿女能有一个同宝玉、元春同等的平等地位,为了给予儿女一种真正有价值的爱与精神的宝贵财富。因此,可以说赵姨娘是比宝玉、黛玉、晴雯更热烈追求人权的先进思想的代表者。有一位 23 岁的女性大学生(山西大学中文系 92 级本科应届毕业生)写得非常别致,见解独到,语言生动,不妨把全文摘引如下:

> "母亲"一词对人类具有特殊的意义,这是一个伟大的字眼。我想:母亲的不可选择性必然成为这种特殊意义的前提。俗语说得好:"狗不嫌家贫,儿不嫌母丑。"其中当然含有孝的成分,但也有些许无奈,为母亲的神圣不可选择性作了很好的

注脚。

但在这里,老师别开生面地给我们提供了这么一个“前无古人,后无来者”的好机会——自己选母亲,何不一试?

《红楼梦》中的四位母亲形象虽非主要人物,但作者也塑造得各具特色,同是母亲毫无雷同之处。综观四位母亲人选,我比来挑去,最后选中赵姨娘这位母亲大人。也许有人会问:在《红》中许多母亲形象中最不地道、不值一提的就是这位姓赵的,你怎么偏偏挑上她?!责问自有道理,我挑她也显然有我的根据,并且是经过慎重考虑的。

薛姨妈是很多人公认的典型的好母亲形象,她温柔敦厚,办事得体,书中有名的“公关小姐”就是她一手调教出来的。她有着和宝钗一样的才能,察言观色,周旋于大观园上上下下的各色人中间,博得声声赞誉。但她在教养出如此知书达礼、符合当时社会规范的淑女的同时,也抚育了一个“呆霸王”薛蟠,不能不令人遗憾痛心。即使把这些都归罪于薛蟠的无能平庸,不堪教养,薛姨妈的责任似乎还可减轻,但最不可理解的是她连自己所终身信赖,视为后半生依托的宝姑娘,也为了自己的某种虚荣心,眼睁睁地送进了“活寡”的火坑。是可忍,孰不可忍?作为母亲,假惺惺地钟爱自己的女儿,到关键时刻,只不过为了一点点蝇头小利,竟毫不负责地轻易断送了女儿的前程,这种母亲怎么能选她?能爱她?

众所恭维的第二位母亲是王夫人了吧。她又有地位,又有身份,又有权势,况且还生了一个王妃和一个宝贝疙瘩宝玉。母亲做到这份上,似乎是无可挑剔了。先不说她对宝玉的过分溺爱害了宝玉,单就她处理宝玉戏金钏一事就令人发指。她颐指气使,爱听奉承话,一切以自己为中心,不顾别人死活。逼死金钏一事使王夫人从母亲人选中必然一降到底。如果遭逢这样的母亲,对自己当然有利,能得到溺爱,可对别人、邻里都将是一大祸害,最终导致自己也不得安宁。

再说邢夫人,根本不配做一个合格的母亲,且不说她不会生养这点,单就她不冷不热地对待邢岫烟,就可看出这人缺乏人情人性,压根就没有爱,像个稻草人。对逼婚鸳鸯一事更把她暴露无遗。她极力撮合贾赦与鸳鸯这根本不相称的婚姻。选这样的人做母亲,不但自己得不到母爱,甚至由于这位"可爱"母亲的搅和,说不定自己还会多上那么一位与自己年岁相当的"母亲"呢!

我选赵姨娘做母亲决非出于一时冲动。我认为《红》中,赵是受侮辱、受损害的母亲形象。虽然她有时心术不正地搞些歪门邪道,但这些都是被逼的。如果她处于王夫人的地位,她就绝不会是这样。应当说,那些不必要的伎俩正是小人物得以生存的手段。赵姨娘是妾的身份,便决定了她的地位卑下,不受人尊敬。虽然她也有极有才干的女儿和极不争气的儿子,这点与薛姨妈何其相似,但不幸的是"鸡窝里飞出金凤凰",自己养的女儿反过来看不起娘、贬低娘。赵姨娘不仅忍受着外界加给她的屈辱,更痛心的是,还有自己的亲生女儿也给自己气受。这样的母亲怎能不引起人们的同情、保护和爱戴呢?

赵姨娘不但不是一位坏母亲,恰恰是一位合格的母亲。她忍受如此多的屈辱,却还能安守本分,从不觊觎别人的尊贵地位和金钱。如果我是赵姨娘的女儿,我一定力劝环儿读书,求取功名,来振兴家族,即使被宝玉骂为"禄蠹"也是无所谓的事。因为这毕竟是小人物立身扬名的一条必经之途,我们今天尚是如此，何况清初？赵姨娘啊赵姨娘！我为您的不幸遭遇而悲痛，我为您的力争人权而鼓掌！

许多答卷人认为，曹雪芹刻画赵姨娘最生动、最深刻、最成功。写她动怒生气时，便说："赵姨娘便气得瞪着眼粗了筋，一五一十说个不清。"当贾环激将她去找三姐姐探春时，作者写道："只这一句话，便戳了他娘的肺，便喊说：'我肠子爬出来的，我再怕不成！这屋里越发有的说了。'一面说，一面拿了那包子，便飞也似往园中去。"多么生动，富有动作性！写赵姨娘骂贾环时，这样写道："呸！你这下流没刚性的，也只好受这些毛崽子的气！平白我说你一句儿，或无心中错拿了一件东西给你，你倒会扭头暴筋瞪着眼蹾摔娘。这会子被那起屄崽子耍弄也罢了。你明儿还想这些家里人怕你呢。你没有屄本事，我也替你羞。"接着写指着芳官骂道："小淫妇！你是我银子钱买来学戏的，不过娼妇粉头之流！我家里下三等奴才也比你高贵些的，你都会看人下菜碟儿。宝玉要给东西，你拦在里头，莫不是要了你的了？拿这个哄他，你当他不认得呢！好不好，他们是手足，都是一样的主子，那里有你小看他的！"（以上所引，均见红研所校注本《红楼梦》第60回）曹雪芹写赵姨娘的骂语，真妙！非常符合她的身份和教养。

在100份有效答卷中，认为刻画四位母亲形象，既有成功处，也有不足处，持此观点的有20人。他们认为：四位母亲自然属于女性，因而作为男性视角来看，生动地写出了她们女性的基本特征，是多性格的复合，而不是单一的扁平人物。此其一；由于四位母亲在贾府中所处的地位不同，因而她们各自的所作所为都是必然的，尽管有些做法让人赞同，有些做法让人反感，但是对于子女来说，无论如何都可以说是尽到了母亲的职责。因而从写作上来讲，都写得好，好就好在写出了四种不同类型的母亲。此其二；但是用今天的眼光看,着眼于当今的社会需求,应当说,四位母亲在教育子女上都是失败的。处于现代家庭中的母亲,根本要求是培养教育子女成才,成为社会栋梁,而不是单纯着眼于肉体的抚养的职责而已。此其三。

(四)

问卷调查的最后一问是:你喜欢哪种类型的母亲?为什么?答卷人在回答这个问题时颇有意趣,各抒己见,观点纷呈。按照100份有效答卷来统计,分别为:都不喜欢者有14人,都喜欢者有2人,“儿不嫌母丑”,实在不好表态者有20人,喜欢王夫人的有8人,喜欢赵姨娘的有7人,邢夫人则得零票,没有一个喜欢的,而表态最喜欢薛姨妈的,竟有51人,得51票,占总人数的51%。当代青年人为什么如此喜欢薛姨妈呢?请看他(她)们的论据:山西忻州商校的一位20岁的男学生说:“我最喜欢薛姨妈。首先,从个性来讲,她温和、娴雅、知书达礼、善解人意、善良、宽厚、富于同情心,集中国女性典型的美德于一身。她代表了我们几千年来传统文化培养下的典型的母亲形象。她对黛玉、香菱等人的体贴关怀,充分表现了这一点。其次,薛姨妈非常有民主意识,在礼教森严的封建社会,从不以长者和皇商贵夫人自居,而和一帮女孩子们平起平坐,和蔼可亲,像一个年长的大朋友一样。不仅是那时,就是今天,这样的母亲也是很难得的。因为年轻人和长一辈老人之间,由于生活观点与人生观念的不同,因而总是相互很难理解,总是存有代沟。而薛姨妈在大观园中,和女孩子们在一起时,总是以一颗敏感细腻而感人肺腑的心,去抚慰着他们,因而深得女孩子们的信任和尊重。对于宝钗更是顺其自然,适当引导,决不专横独断。看得出宝钗性格的完善,对舆论环境的周旋自如,对人生的豁达开朗,随分从时，莫不与母亲的教导有关。总之，由于她温和善良，自然能使儿女充分享受母爱；由于她贤惠有教养，循循善诱教育儿女，便能使他们正常成长；由于她精明善交际，故能打开局面，给儿女们创造一个良好的发展环境。”

太原房地产开发公司的一位 25 岁的男职工说：“在作家笔下，王夫人对宝玉就如同老鸡护仔一般，只知保护，却未教给儿子一丝生存之道；邢夫人虽为贵族夫人之列，却自卑自贱，没有做人之尊严，庸俗不堪；赵姨娘心胸偏窄，要求别人尊敬自己，却不从自身的素质提高，而是钩心斗角，陷害他人，结果是引火烧身；相比较之下，还是薛姨妈较好，她知情达理，贤惠仁爱，既会处理各色人物关系，更会处理家务纠葛，能忍则忍，能让则让，总是心平气和、庄谐得体。这样的母亲，怎能不让人喜欢爱戴呢？”

山西大学中文系 92 级本科一位 23 岁的女大学生，对四位母亲形象作了认真比较后，表态最喜欢薛姨妈这类母亲了，不过她说：“喜欢薛姨妈，只是相对而言。要让我选择最心爱的母亲，我想我还是选择生我养我的白发亲娘，这一份人生的亲情是我生命的一部分。要说我的至爱，只能是我的妈妈。薛姨妈，她只是我喜欢的一个艺术形象，她绝对取代不了我心目中亲爱的妈妈！”

（五）

此次问卷调查的特点是：

第一，调查对象扩大了，增加了军人、农民和企业工作人员，这样便增加了观点的多样性，多角度，多侧面，为全面而辩证地欣赏和评论《红楼梦》提供了有利条件。

第二，所有答卷都是认真加以对比四位母亲形象，仔细掂量，然后表态，尽管意见极其分歧，但答卷人的态度却是好的，很认真，很负责。许多答卷说:“掂来量去,薛姨妈是个最完美的母亲形象,她给读者的感觉是那样真实、贴近,犹如慈母就在眼前,很是感人,与我们心目中的母亲最为接近。”又例如,忻州师专一位24岁的未婚女大学生来稿,能够突破窠臼,从母子亲情方面分析四位母亲的形象,颇有特色。她说:

通常,在对贵族夫人这一类人物形象的分析研究中,着重注意的,往往是其共性之中的阶级实质,而常忽略她们人情性的方面。我认为,这四位母亲都是上层统治阶级中的当权人物。王、邢二人是贾府的正主子,薛姨妈气势略差一些,亦是不可小瞧的薛府掌权人物,至于赵姨娘地位较为低下,只能称作贾府的半个主子。这四人都是贵族老爷的妻或妾,她们是封建礼法规范忠实的维护者。同时,她们在作品中也都是作为母亲形象出现的。王夫人和贾宝玉,邢夫人和贾琏,薛姨妈和薛蟠、薛宝钗,赵姨娘和探春、贾环,这几对母子关系在《红楼梦》中都有相当程度的描述,王夫人和薛姨妈是人所公认的“慈母”形象,邢夫人则是一个“庸母”形象,而赵姨娘只能是一个“枭母”形象。

在过去的封建社会中,女人没有任何价值,也无地位可言。她们只能在“妻以夫贵”和“母以子贵”中才能显出自己的贵。对于这四位上层贵妇而言,下一代,主要是儿子的成器与否,直接决定了她们在封建家族中的地位。王夫人是贾府统治集团的当权人物,思想僵化、顽固专横,她不了解宝玉,说他“有天没日、疯疯傻傻”是一个“孽根祸胎”、“混世魔王”。她爱宝玉,只是因为贾珠死了,自己只有这么一个亲生儿子而已。在贾府,贾政的小老婆赵姨娘是有贾环这个“子”作依靠的。如没有宝玉,王夫人也将就沦落到不如赵姨娘的地步,这是她万万不可忍受的。她“爱”宝玉实质就是“爱”自己。

薛姨妈的“慈母”形象特别突出地表现在她与薛宝钗的母女关系上。因为唯一的儿子薛蟠胡作非为,难以指望,她就把希望寄托在宝钗身上,亲自陪女进京选妃,入宫不成,又投靠声势显赫的贾府,不惜以联姻为名取得富贵声名。她对女儿的教导处处表现出自己的本质思想。而对儿子薛蟠,她无力管教,放任自流,只要自己保全即可,不寄予“母以子贵”的希望,因此常责骂薛蟠的不成器。

邢夫人在贾府中权势弱于王夫人,而儿媳凤姐又与王夫人一气,婆媳矛盾很深。对于儿子贾琏,她是想管教也不容她管,只能慑于王夫人的气势和凤姐的淫威之下,与贾琏名为母子,实际关系淡漠。

至于赵姨娘,由于其地位的低下,再加上个性的阴暗,她无时无刻不在嫉恨、算计别人,因此正应了俗话“有其母必有其子”,贾环也为了自己的庶出身份而嫉恨宝玉,时时处处想着阴谋暗算他人。赵姨娘实在不能说是一个称职的母亲。

这四种类型的母亲形象本性相通,因而无一可取。她们作为母亲的人之常情的一方面都带上了一定的阶级色彩。在封建社会里,亲情关系也被各种形式的利己思想所覆盖,这不能不是封建社会中人性的一大悲哀!

第三,有些答卷能够联系实际,更能联系自己,以当代意识去审视母亲形象,这样便有了一定的深度。例如,一位20岁的高中文化程度的男性农民,直言不讳地说:“本人最喜欢薛姨妈这种类型的母亲。因为,她作为一个封建礼教束缚下的母亲形象,完全遵守封建礼教,是一个标准的‘贤妻良母’形象,特别是作为一个名门大家的贵族夫人具有仁慈之心,平等之范,岂不是更令人喜

欢?!”还有一位忻州商校17岁的女学生,她能紧密联系自己的心态评价薛姨妈,她说:

我喜欢薛姨妈这种类型的母亲。因为我喜欢温柔、善良、坚强、又通情达理的母亲。她可以在我不开心或遇到不如意的时候开导和安慰我,不会整天在我耳边叨叨。我一直希望和母亲会像朋友那样相处,有什么事都可以商量,不是用长辈的威严来镇住我。我们年轻人处在新的时代,思想比较开放,往往做的想的与父母亲不一样:他们认为是对的,在我们看来是错的;他们认为是错的,在我们看来又是对的。一个人一个思想、一个人一个处世之法,父母没有权利把他们的思想强加于我们头上,虽然他们是我的父母,我是他们的女儿,这样做只会使我产生逆反心理,去做与他们相反的事,这样一来父母与我之间就会产生一道鸿沟,这是我不想看到的,但是又无可奈何。母亲不想放下做母亲的架子,我不想放弃我的理想和追求,那么事情就会越来越糟。如果母亲通情达理那事情就不同了,她能体谅我,理解我,即使我做错了,她会给我讲道理,我想在这种情形下我会很乐意接受批评的;在我做对时,她会表扬我、夸奖我,让我感到无比快乐,对自己充满信心。同时,我也希望母亲具有善良的性格,教我怎样做人,教我怎样处世,我相信世上还是好人多,善良的人永远不会被人讨厌的,我也希望我周围的人都是善良的,特别是我的母亲。我还希望母亲具有温柔的一面,她关心我、爱护我,让我感到母亲的温暖,说话柔柔的让我听着很舒服,而不是整天的唠叨。

人们都说每个母亲都爱她们的孩子,其实每个孩子也爱她们的母亲,只不过爱的方式不同而已;不在乎吃得好,穿得好,只在乎母亲是否能理解我、关心我、爱护我。因为爱是比任何一种东西都珍贵的。我再希望的就是母亲很坚强,她可以教会我在这个满是竞争的社会中如何生存下去,跌倒了怎样爬起来,怎样为自己创造一片天空,做任何事都不气馁。当然,这样完美的母亲很少,但薛姨妈却是这样的形象,所以我喜欢她。

(写于1998年暑假中)

还是这个媳妇好

——第六次《红楼梦》问卷调查

这次问卷调查的题目是:“王熙凤、李纨、尤氏、平儿、夏金桂、香菱六个少妇,哪个塑造得最好?主要性格特征是什么?假如让你组织家庭的话,你认为哪个或哪种类型的女人最理想?为什么?”发出问卷调查的时间,分别为1995年和1996年,但整理报告的时间,却因故推迟到1999年的暑假期间,实在无可奈何。

(一)

此次调查共发出问卷100份,收回80份,缺20份,但有自动索卷参与者20人,把这20份计算在内,正好有效答卷100份。在这100份有效问卷中,从各个角度来统计,基本情况如下:

从性别来看,男性91人,女性9人。本来问卷中附有一条说明:“答卷人中青年均可,但必须是男性。”而意料之外,有几位二十几岁的女大学生(含正在攻读硕士学位者一人)对此问题饶有兴趣,强烈要求做此答卷,我考虑从女性的角度审视六位少妇,可能观点要别致一些,于是特批了。

从年龄来看,绝大多数为青年,少数为中年,最大岁数为45岁,最小的为18岁。

从结婚与否来看，已婚者 15 人，均为男性，未婚者 85 人。

从职业来看，有高等院校教师 8 人，中等学校教师 4 人，机关干部 14 人，农村青年 1 人（为高中文化程度），城市待业青年 2 人，大中学生（含研究生）71 人。

从文化程度来看，硕士学位的 12 人，大学本科的 69 人，大学专科的 10 人，高中（含中专）的 9 人。

（二）

由于此次问卷提问较多，被提的人物形象又是六个少妇，因而归纳出来的观点便纷繁多样，竟有十种，现在分述如下：

第一种，认为王熙凤塑造得最好，作者把美丽绝伦的外貌，超凡脱俗的风度，惊世出众的机变，善于管理的才能，熔铸为一体，充分显示出她性格的主体性、丰富性和多元性。尽管她有时势利谄媚、贪财爱色、心狠手辣，但如果组织家庭的话，还是王熙凤最为理想，因为我们正处在商品经济为主的时代，面临着现代化高节奏的生活。有一位 35 岁的某地委办公室干部说：

> 我所以选择王熙凤类型的人做妻子，其理由有四：
>
> 首先，她聪明漂亮、性格开朗。从遗传的角度讲，父母聪明漂亮，性格开朗，子女一般也智商高，英俊可爱。爱美是人类的天性，谁不愿意自己的妻子尽可能漂亮些。然而由于长期封建的传统的内向的民族心理，抑制着某些中国人，为避免社会舆论，将这颗爱美之心埋藏于心底，表面做出假象，殊不知，我们的祖先早在几千年前就吟咏“窈窕淑女，君子好逑”了。这是人类文明进化的结果和历史的必然。
>
> 其次，她在错综复杂的人际关系中，善于左右逢源，上下协调，具有一种特殊的公关艺术才能。时至今日，妻子的含义

不应再是单纯意义的传宗接代的工具，而应是与时代新潮吻合的全新标准，只有那种自强不息、精明干练的妻子，才会使作为社会细胞的家庭，在现代社会中得到巩固和发展。

再次，她有较高的组织管理才能。例如，在刘姥姥一进二进荣国府时，她的应酬就非常得体，既表现了大家风度，又颇具人情味。在协理宁国府时，有条不紊，得心应手，奖罚分明，严肃整治，很快就出现了由乱到治的良好局面。试想，作为男子汉如若有这样一位妻子为你内助，岂不省却多少锅碗瓢盆的烦恼，而将充分的时间投入自己所钟爱的事业呢！现代生活重在管理，没有一流的管理，就没有一流的效益，兴盛发展只会变成一句空话，家庭亦然。作为一个家庭主妇，如果"温柔"、"善良"得一塌糊涂，什么事情俱无主见，求于他人，不懂理财，这样的家庭有什么意义呢！

第四，对于王熙凤性格上的缺点，也要一分为二地辩证地看。比如，她"嘴甜心苦，两面三刀；上头一脸笑，脚下使绊子。"实际上是女人的一种自我保护意识，当自己的丈夫整日寻花问柳，作为妻子自然是难以容忍的，由此而产生的报复行为，实质上是一种爱与恨、爱情与占有不可分的情感。作为丈夫容不得妻子背叛自己；作为妻子同样也不愿与别人分享爱情。又比如，说她势利，巴结贾母，看眼色行事，这不是个人品德问题，而是特定环境的产物。说到底她不过是反应较快、善于领会上司意图的人物，这只能说明她的精明，不能看作是她的势利。在现代家庭中，女人，就是要树立一种强者的形象。

持此观点的有 16 人，其中 4 位是已婚的中年人，9 位是 22 岁的大学生，还有 3 位是 18 岁的中专生。

第二种，也是认为王熙凤塑造得最好，持此观点的人一致认为

“王熙凤泼辣能干，人物风流，容貌彩绣辉煌，恍若神妃仙子，是典型的女人形象。她是治家理政的好手。性格中虽然有阴暗的一面，但这是次要的，毫不影响她的光辉。我们非常喜欢这个人物形象，她代表着一种精神，一种向上的力量，一种进取心。”答卷人分别评价六个少妇说，欣赏王熙凤，讨厌夏金桂，同情香菱，对李纨、尤氏则感觉平平。至于要组织家庭嘛，凤姐未免太凶狠了些，如果不想得“妻管严”的话，最好不要找她。李纨是贾府中最寂寞的人了，确实使人同情，但同情不等于爱情，与如此老成持重、心如死水的女人组织家庭，恐非幸事。至于尤氏，能眼看着自己的丈夫和儿子同自己的妹妹(尽管不是同胞姐妹)鬼混在一起而无动于衷，甚至还为他们拉皮条，这样的女人还是避而远之为佳。要是夏金桂入门呢，保险家中鸡犬不宁，老爸老妈不给气死才怪，自己呢，难免要戴一顶又一顶的绿帽子。香菱娇弱善良，勤恳好学，很是不错，但诸事对人言听计从，毫无主见，娶做老婆不免要跟着受窝囊气。比来比去，还是平儿是理想中人。平儿有熙凤之才而无熙凤之凶狠，有李纨之稳重而无李纨之槁木死灰，有香菱之钟情而无香菱之痴呆，总之，她容貌秀美，性格温柔，言谈举止，彬彬有礼，处事公正和平，为人知情达理，因此，选择平儿组织家庭，实为佳偶。

持此观点的有28人，占总人数的28%，其中已婚1人，未婚的27人(内含6人为女性)，年龄最大的为38岁，最小的为18岁。

第三种，仍然认为六个少妇中塑造得最好的是王熙凤，而组织家庭的话，最理想的却是香菱，请听听她们的声音：

谈组合家庭的理想，俗谓之口味对劲，雅谓之志同道合，或者如一则谜语：“红口袋，绿口袋，有人怕，有人爱”。于读书人而言，大都倾向于香菱，恐少有爱“凤辣子”的。

——一位已婚的讲师如是说。

在《红楼梦》中，除了林黛玉、薛宝钗之外，其余的姑娘、少妇却让人有一种不满意的感觉……组织家庭，主要是为了生活的幸福，所以香菱最合适。在家庭中，需要女人具备的是柔弱、和善、勤劳、理解，最不需要的是尔虞我诈，争权夺利。一个安稳温馨的家庭，既可以使人们得到生活上的幸福，又可以支持人们在事业上有所成就。

——一位已婚地委宣传部干部如是说。

我所以毫不犹豫地选中香菱，就是因为她天生丽质，体贴温柔，善良真诚，有了她可以获得无限的抚慰。最重要的是她的那股呆劲儿，捧了一册诗书，花前月下，喃喃地细细地拈来吟去，其憨态可掬可爱，如果有这样的妻子守在家中，朝夕相伴，岂不其乐融融！尤其她那种苦志学诗，终得佳句的精神，真令人仰慕，若和这个能写出好诗而又满怀谦逊的小姑娘生活在一起，相互吟诗联句，这正合了我学习中文喜爱吟诗诵词的胃口。

——一位未婚的21岁的大学生如是说。

持第三种观点的有10人，占总人数的10%，其中已婚的2人，未婚的8人(含一名女性)，最大年龄为38岁，最小年龄为21岁。

第四种观点，仍然确认塑造得最成功最好的少妇还是王熙凤，但如果让他们组织家庭的话，却认为李纨是最佳人选。他们一致认为，首先她是一位贤妻良母型的少妇，虽然早年丧夫守寡，却能教子成人。她处事谨慎、任劳任怨，从不斤斤计较个人得失。尊老爱幼，兼顾各方，很善于处理人际关系，出身名宦家庭，却不摆架子，组织诗社又显出了她的才气，是一个有文化有教养的女子。总之，她在大观园里颇有人缘，处处起表率作用，所以娶这种具有传统美德的女人作妻,何乐而不为?

持这种观点的有 8 人,占总人数的 8%。答卷人均为未婚青年。

第五种,从人物形象的塑造上来看,仍然确认王熙凤最好最生动,但是假如从组织家庭上看,则哪一个也不是理想人选。他们说:她们有的心如槁木死灰,只知遵从三从四德,对世事不闻不问;有的虽颇有姿色,但性格凶悍,恣意胡为,不分老幼,唯我独尊;有的笑里藏刀,口蜜腹剑,心狠手毒……六个少妇一个一个既不符合我们做人的准则,又不能适应当代文明社会的需要。

持这种观点的有 9 人,占总人数的 9%,其中已婚男子 2 人(一为 27 岁的青年,一为 42 岁的中年),未婚的 7 人均为青年学生。

第六种观点则认为平儿塑造得最好最生动,从组织家庭上也是娶平儿为妻最理想。持此观点的有 6 份答卷,这 6 份答卷写得篇篇俱佳,论证充分,语言流畅,甚至诙谐有趣。请让笔者选择其中一篇,共同欣赏之:

> 平心而论,雪芹手下无弱兵,六位少妇塑造得个个真而又真,个性鲜明,有血有肉。若硬要分出个冠亚军来,只能从自己的喜好出发,把桂冠戴到平儿头上。何以如此?正是双星辉映之法:凤辣子已经是比肩宝、钗、黛,光彩夺人,平儿要在凤姐的光环笼罩下再显出自己的光芒来绝非易事。仅从这一点看,平儿已在立足点的高度上超过了袭人、鸳鸯之辈,平儿是行星与恒星的较量。平儿所处地位看似富贵,实则险恶之极:常伴于雌虎色狼之间,得用多大的忍性韧性去周旋。就是在这种环境中才显出她独特的性格特征:人如其名。她像个砝码一样,处处在保持着一种平衡:“倒是跟前的平姑娘为人

很好，虽然和奶奶一气，他倒背着奶奶常作些个好事。小的们凡有了不是，奶奶是容不过的，只求求他去就完了。”这种平衡不是一种投机，而是一种人格力量的放射。所以叫“平儿”，莫非作者赋予了它中国传统文化中“平为福”的思想内涵吗？

其二是平儿善解人意。善解人意绝非易事，要不现在还说“理解万岁”呢。善解人意是一种至高能力释放的表现，是一种生命力的释放，是一种对他人负责的表现。在今天那就是志同道合心心相印的可人儿、知音者。“原叫平儿哄他，平儿便笑着向环儿道：‘你二哥哥的玉丢了，你瞧见了没有？’……平儿见这样子，倒不敢再问，便又赔笑道：‘不是这么说，怕三爷要拿了去吓他们，所以问问瞧见了没有，好叫他们找。’……平儿道：‘我的爷，好轻巧话儿！上头要问为什么砸的呢，他们也是个死啊。’”平儿平和柔顺而又不卑不亢，有心计而又不失本色。现在说来那也是懂得公关、文秘、心理学，最重要的还是善良。懂风情，有风趣，多幽默，不需小鸟依人，而可当白领丽人。若有这样的佳人相伴，自会少几分精力去操心琐屑，多几分精力去学习工作，平时生活中也会别有情趣。

“女子于归，宜室宜家”，夫妻也不是两个人的事，平儿作为夫人让人舒心。好平儿，够味！

持第六种观点的有18人，占总人数的18%，其中已婚者1人，33岁，某武警指挥学院训练部参谋，其他17位均为未婚青年，有硕士生、大学本科生和中专生等人。

第七种，认为六个少妇塑造得都非常成功，从艺术上来讲，很难说出哪个塑造得最好，只能说是各有特色。如果组织家庭的话，认为平儿最理想，因为：“对内，平儿感情细腻，聪明能干，能胜任一个优秀家庭妇女的职责；对外，平儿也能独当一面，待人接物有分有寸，应变有方，善于保全自己而又顾全大局。这样的女子，在现实生活中虽说不上凤毛麟角，也算是万里挑一了。相信和平儿这样的女子生活在一起，家庭一定是美满幸福的。”

持此观点的有5人，占总人数的5%，其中已婚者1人，44岁，大学讲师，未婚者4人，均为大学生。

第八种，则有两份答卷确认六个少妇塑造得都很成功，栩栩如生，假如组织家庭让选择哪个做妻子的话，认为“都不理想，六个夫人俨如六个梦”。持此观点的4人，均为青年教师，三人为中学语文教师，1人为大学古代文学讲师。占总人数的4%。

第九种观点只有一份答卷，占总人数的1%。答卷人为某师专学生，男，23岁，未婚。观点十分别致，他认为：“王熙凤塑造得最好。曹雪芹笔下的王熙凤像生活中的真人一样丰富、复杂、自然、和谐，不显斧凿痕迹。作者追求的艺术是‘天然图画’，像王熙凤形象的塑造正是这种艺术追求的完善体现”，但是要组织家庭的话，那就“只有王熙凤和李纨的合成型才是最为理想的妻子，因为现代社会是一个平等、自由、竞争的社会。在这样的社会中，一个人必须具有开拓进取、不甘落后、敢于迎难而上的精神，才能生存下去。而李纨、尤氏、平儿、夏金桂、香菱，都不具备这种内在精神，只有王熙凤能适应竞争，成为把握时代风向的弄潮儿。但从家庭的角度来看，王熙凤又显得太‘刚’，如果娶她做妻，必然导致家无宁日，所以从‘安居稳定’的要求出发，李纨又是入选的最佳目标。一言以蔽之，百分之七十李纨加上百分之三十凤姐的混合型女人，便是最理想的‘一位’。”

第十种观点也是只有一份答卷，答卷人为具有高中文化程度20岁的未婚农民。他的观点也很独特，他说：“六位少妇中香菱塑造得最好。主要性格特征是文雅、宽厚、贤惠。假如让我组织家庭的话，我认为香菱这种类型的女人最理想。因为她虽然命运多舛，但不失大家风范，是一个很有教养的女子，悲惨的幼童生活使她学会了保护自己努力生存的方法。有过这种苦难经历的女子，在处理各种人际关系时，经验丰富，能力强。此其一。有一定文化基础，善于自学，刻苦自励，尤其是虚心请教的精神更令人钦佩。我在农村务农，倒需要这类女子做老婆。此其二。待人礼貌，宽容厚道，虽多次遭受薛蟠和夏金桂的责打，却能不计前嫌，以维持家庭安定为重。这种品德对组织家庭至关重要。此其三。”

（三）

此次问卷调查的特色是：

其一，因为提出问题所包括的内容比较多，人物囊括六个少妇，且又提问“哪个塑造得最好？哪个性格特征是什么”这就要求答卷人必须读过《红楼梦》，又比较熟悉六个少妇在曹雪芹笔下是怎样写的，还要对六个少妇的性格特征加以比较，还要写出“为什么”来，才能回答好。综观100份有效答卷，应当说是非常满意的，有90%的答卷写得认真、全面，而且能够按四问分层有序地回答，不管持什么观点，论点明确，论证有理有据，语言也比较流畅、规范。只有10%的答卷潦草成文，敷衍塞责，令人失望。

例如，一位中专文化程度、某县县委办公室干部的已婚青年就写得一目了然，言简意赅。他写道：“王熙凤玲珑八面，心狠手辣，所以号称‘凤辣子’；李纨三从四德，贞节自守，所以表字‘宫裁’；尤氏人物平常，庸俗低能；平儿聪明清俊，善机变，会周全；夏金桂蛮不讲理，刁毒淫赖，堪称‘河东吼’；香菱天性懦弱，逆来顺受，一生遭际‘真应怜’。假如让我组织家庭，我觉得倒是平儿或者香菱比较理想。因为平儿善解人意，香菱上进好学，更为重要的一点，二人均出身寒门,没有豪门贵胄、金枝玉叶之骄娇二气,想必终身伴侣贫贱之交情更真。”

其二,相当人份的答卷,能够联系自己的家庭和社会的实际,来认真思考,回答第三、四问:“假如让你组织家庭的话,你认为哪个或哪种类型的女人最理想? 为什么?”现举四个例证以明示:

一位年龄 18 岁的中专生的答卷颇有意趣,他的观点、分析值得做政治思想工作的、搞青少年工作的、搞司法工作的,以至搞心理咨询、婚姻爱情、文艺创作的等等圈内人士深思。为了保持本来面目,特照录如下:

在六个少妇中,王熙凤塑造得最好。她的主要性格特征是泼辣、爽快、曲迎奉承、阴险狠毒、媚上欺下,属于女强人型。假如让我组织家庭的话,我认为王熙凤最理想。原因是:当今社会,改革已成为不可扭转的历史趋势,王熙凤这种人必定不甘寂寞,决心要干一番大事业。现代社会,贤妻良母已很难寻觅,而女强人比比皆是,这个社会需要女强人。在家庭生活中,我不会像贾琏那样窝囊,我会努力树立自己的形象,只要自己有知识、有才学,那就不会受冷遇。有人会认为找一个女强人做妻子,那真是活受罪,辱没了男子汉的形象。我不那么认为,这个社会是由男人和女人组成的,我们应该尊重女性。王熙凤这样的人在事业上一定会大有作为的。她不像林黛玉那样多愁善感,也不像薛宝钗那样追求名分,她追求的是事业上的成功。虽说王熙凤有阴险狠毒、曲迎奉承之弊,但人无完人,瑕不掩瑜。在家庭生活中,王熙凤是一个很能干的人,她理财有道,人际关系特别好。她对人爽快,有幽默感,妙语连珠,家庭生活一定会和谐、融洽、充满生气的。王熙凤在事业上的追求是永远不改初衷的,这比起有些人来说是强之百倍的。所以我选择她做妻子。

还有一位年龄24岁的某师专中文系的大学生，也是从个人实际到社会实际分析了自己，决心找王熙凤类型的爱人。他说：

我从懂事之初至今，一直没有离开过书本，可谓一介书生。对现在日新月异、变化莫测的社会真有点应接不暇、无法应付之感。本来，我对自己的前途、事业也是一片迷惘，若要再给我加上一个不能自立依赖性相当强的女性，我将无法承受。如果我们能在事业上互相扶持，家庭中彼此安慰，那将是最理想最幸福的。在当今市场经济的激烈竞争中，改革开放浪潮的激烈冲击下，现代的女性，必须是家庭和事业兼顾的女性。只能顾及家庭的女性，很难在社会上生存和发展，即使我们把妇女地位提得再高，那也不过是空谈而已。所以，我觉得王熙凤式的女性比较易于适应现代社会，同时也有利于我的事业成功。因此，这种类型的女性对我来说最为理想。

还有一位则是具有硕士学位的男性大学讲师，现在42岁，家庭不幸，因故离异。此人专业水平较高，热衷于教学与科研工作，专门研究元明清文学，也许是由于此种特殊原因吧，他毅然决然地在答卷上写道："假如让我组建家庭，我认为六个少妇哪个也不理想，因为我认为不组建家庭最好。"以上三位均是男性，而下面此人为一女性，年龄23岁，92级中文系本科生，她能站在独特的角度提出一个独特的观点。这位答卷人的观点倒要大书特书。她认为六位少妇中王熙凤塑造得最好，但如果让她站在男子立场上组织家庭的话，她认为"只有平儿这种类型最好"。她说：

论长相，她花容月貌；论性格，她只一个"俏"字；论才干，虽非才高八斗学富五车，却也能把凤姐之威、贾琏之俗周全妥帖。在宝玉眼中，她就是个极聪明极清俊的上等女孩。当今人们都叫喊“女人不是月亮”，可是我个人认为月亮并非没有伟大作用，自然界中少了月亮照样不行，假如天空同时有两颗太阳争辉，世界也许就乱了。妇女固然应该摆脱去附庸于男人的地位，但不可抹去其特定的社会角色。平儿正是一轮光辉脉脉的月亮，她在当代社会里是一个接近于完美的女人。

上述四位答卷人，真是奇思妙想，写得何等好啊！

其三，综合统计答卷人不同观点的数据，竟出现一个有趣的现象。从确认六个少妇中哪个塑造得最成功的标准来看，将得票票数依次排列为：王熙凤 80 票，平儿 19 票，香菱 1 票，其他三人均为 0 票。而从组织家庭审视，让答卷人选择哪位做妻子的话，则普遍认为是平儿最为理想，竟得 51 票，其他依次是王熙凤 16 票，都不选的 13 票，香菱 11 票，李纨 8 票，将王熙凤和李纨合二而一的 1 票。这个现象很值得人们认真反思、剖析、研究，特别是红学界的朋友们更应当关注，否则，总按老观点老方法去讲解《红楼梦》、去研究《红楼梦》，能行吗？

（1999 年暑假写成）

两个老太太，舍其谁也？

——第七次《红楼梦》问卷调查

这次问卷调查的题目是：《红楼梦》里成功地塑造了贾母、刘姥姥两个老太太形象，在艺术手法上有什么特色？你喜欢不喜欢这个奶奶和姥姥？为什么？

（一）

此次问卷调查，仍然是关于人物形象的内容，但和第一次、第四次、第五次、第六次、第八次等几次的提法不太一样，以上五次对人物形象的塑造，都要求做出优劣好坏的比较，然后再回答主要性格特征是什么，你喜欢哪一个？而这次问卷的题目，则开门见山、一语道破，笔者对两个老太太的看法是作者“成功地塑造了贾母、刘姥姥两个老太太形象”，在此基础上要求答卷人回答“在艺术手法上有什么特色？”这就加深了一步，不是简单地评论哪个优劣的问题，而是着重进行艺术手法的分析，从而再表态喜欢不喜欢哪个老太太，并要回答出“为什么”来。这样一做，答卷人必然要深入思考，掌握艺术分析，答案便有深度了。

这次问卷调查发放于 1997 年 2—5 月之间，6 月初收回，共发放 140 份，收回 140 份，有效答卷为 140 份。

发放的对象比较单一,主要是山西大学在读大学生。其中包括93级汉语言文学专业本科毕业班68人,93级新闻专业本科毕业班26人,96级影视专业大专一年级18人。此外,还有社会上自动索卷者28人(含青年农民、记者、编辑、中学教师、党政机关干部等)。

发放问卷调查提纲时的序列原为第九次,因笔者整理分析推迟了时间,而第九次和第十次又提前整理并发表了,所以,此次问卷调查的序列,就改为第七次了。

(二)

这次问卷调查的答卷,就总体来看不甚满意,回答比较满意的仅有16份,占11%强。绝大部分没有就两个老太太塑造的艺术手法加以分析,而在“喜欢与不喜欢”及“为什么”上,却100%的表了态。大体上可分为下列七种:

第一种,对两个老太太都非常喜欢者有5人,占总人数的3.5%。他们一致认为:

贾母这位老奶奶,身为豪门望族的一家之长,又是在礼教森严的封建社会,却十分开明灵活,有时候像个老顽童。她最疼爱孙子和年轻人,甚至是溺爱,但又最爱热闹取乐,常不顾身份,打破惯例,领着孙子们要闹。尽管如此,但她在大是大非上却决不糊涂,心里十分明白。虽然她将许多事务托给凤姐,但有些大事难事仍然免不了她亲自过问。处理事情,贾母也讲原则,但却很讲究方式方法,不死板不教条,不像一些典型的封建家长那样总是板起面孔训人,她往往从当事人尤其“犯错误”的人的立场出发,以大事化小、有利团结为宗旨去解决纠纷,常常把一些看似了不起的事儿轻松地解决了。贾母还十分善待和照顾身边的下人,这才使得贾府的丫环们同她们的小姐、少爷们有一个宽松的环境可以“厮混”。

她善解人意又体恤下情，处处呵护孙男孙女。我若是摊上这么个奶奶，当然高兴，所以非常喜欢贾母这个形象。

对刘姥姥最欣赏她的“真”。一个没有文化没有权势的乡下老婆婆，居然三进贾府且能博得上下一致欢心，就凭一个“真”。面对身份地位相当悬殊的一群，刘姥姥既不装出一副贱样，也不装作不屑一顾，她碰上新鲜事物该惊奇就惊奇，该失态就失态，决不来半点“矫情”，绝对真情流露，绝对顺其自然，这要比贾雨村、周瑞家的一干人等真实得多，诙谐得多。

刘姥姥再一个令人喜欢之处，就是她的待人真诚、不计较。她第二次进贾府，陪众人吃酒席逛大观园，被众人取笑了个够，却没心没肺地全不当回事儿，从不讲什么面子，反而热心肠真诚待人。正因贾府众人平日相互提防，虚假惯了，见了刘姥姥这样直爽憨厚的村妪，才越发放心地开她的玩笑，由衷地被她逗得大笑，也正因为刘姥姥豁达乐观，热心热肠，对贾府主奴对她的戏弄不恼，才换来众人对她的真心款待，玩笑归玩笑，刘姥姥告别贾家时，竟有那么许多人实心实意送她礼物，堆了一炕，套了一车，纵然是施舍周济，毕竟没有一个是虚情假意。总之，刘姥姥的“真”“实”，说她傻也罢，说她贱也罢，却是《红楼梦》中光彩照人、栩栩如生的最可爱的一位人物形象，不像有些形象是五彩晶莹的肥皂泡，胀得再大，也是空虚的，终有“嘭”的一声消破得无影无踪的时候。

第二种，对两位老太太都喜欢者有33人，占总人数的23.5%。他们认为：当我们把两位老太太放在一起进行比较的话，尽管二人身份地位不同，但都是久经世故的老妇人，她们的思想性格却有相似之处。

一、心地都那么善良宽厚：贾母多次免去奴婢的赎身钱，刘姥姥在贾府危难时全力救助巧姐；贾母酷爱小字辈，尤其是溺爱宝玉,刘姥姥则十分疼爱板儿,等等。

二、都有豁达乐观、平易近人的风采。刘姥姥在贾府尽管颇受礼遇,但也常常被人当作笑料,受主子奴婢们的捉弄,她却很自然,毫不做作,能和贾府主子们融洽相处。贾母比起刘姥姥来生活安逸、恣情享乐,整日价和晚辈取乐玩笑,不知要超过多少倍,但也并非没有烦恼,例如贾赦、贾琏的淫乱,总是弄得贾府鸡犬不宁,然而她都能妥善处理,以大局为重,注意容忍。这都是由于二位老太太对人事的豁达无为,对人生的积极态度所致。

三、对生活和现实有着清醒的认识和把握。刘姥姥是一位农村老妇,她家境贫困,度日艰难,在这种情况下,她以偌大年纪竟儿进荣国府,为了生活而来回奔波,这种勇于承担生活重担、不苟且图生存的生活勇气,即使放到今天也具有积极的人生意义,显示了下层人民的坚韧品格。贾母则生活在另一种环境中,过着安富尊荣、福寿双全、子孙满堂的贵族生活,她能乐天知命,将权力下放给儿孙,由他们理家,对人也不算苛求,颇有些“达则兼济天下”的味道。这种对生活和现实的清醒认识和积极把握,正是两位老太太的过人之处。

第三种,对两位老太太都不喜欢,持此观点的有 12 人,占总人数的 8.5% 。他们的理由是:在艺术上是非常成功的典型形象,把两位老太太的一富一贫、一尊一贱、一雅一俗,刻画得淋漓尽致。但站在当代青年人的立场上来看,则对她们都不喜欢。他们有的说:“作为一名大学生,和潇湘妃子、蘅芜君一干人应该是感情思维最相近的,而觉得贾母太知‘礼’,而刘姥姥太不知‘礼’。和她们却亲近不得。”有的说:“对贾母我只是叹其权势如流水,恨其无情如冰雪,痛其生活只知豪华奢侈享乐不已;对刘姥姥,我只能引用鲁迅先生的名言:‘哀其不幸,怒其不争’。读到刘姥姥的时候,一面忍俊不禁，一面心酸意楚，就会让人想起古往今来忙碌于人世间的种种小人物来。”更有一位女同学说：“不但我不喜欢她们，我想曹雪芹也一定不喜欢她们。从人性人权角度来说，我觉得个人的需要与满足，不应建立在损害他人的基础之上。贾母等人取笑刘姥姥，已经违背了这一原则，践踏了刘姥姥做人的尊严，是不公道的。对于刘姥姥的甘心为人取笑，竭力攀附上流阶层，我同样嗤之以鼻。依我个人来看，人在穷困潦倒时，应主要依靠个人的奋斗来拯救自我，而以自己做人的尊严换取别人的施舍是最可耻可悲的事情，固然以古代社会环境决定了她们的性格如此是不足为奇的，但以当代人的观念来看，无论如何也不会喜欢她们。”

第四种是，两个老太太中喜欢刘姥姥，持此观点的有 38 人，占总人数的 27%。其中有 10 人对比两个老太太后更加喜欢刘姥姥而厌恶贾母。持此观点的人认为，作者把两个年龄相仿、身份迥异的老太太刻画得非常成功，一庄一谐、相映成趣。刘姥姥天真、粗俗，具有艺术家的气质，她给宝玉讲的抽柴的故事和观音菩萨托梦的故事，特别是那几句酒令：“大火烧了毛毛虫”，“一个萝卜一头蒜”，“花儿落了结个大倭瓜”，都超过了我们今天许多侃爷、写家的水平。刘姥姥确是个大艺术家，不仅如此，她还是个大笑星，尽管她的幽默中不乏被捉弄的成分，但丝毫不损刘姥姥的幽默才华。

有的答卷运用比较法，比较了贾母与刘姥姥之后，得出结论说：一、刘姥姥出身寒门之田间老妇，勤劳质朴，吃苦耐劳，始终保持着劳动人民的优良品质；而贾母生于贵族，从小娇生惯养，养尊处优，无丝毫劳作之绩，却安享世间之荣华，从本质上说，她代表着封建社会统治者的利益。二、刘姥姥有慈祥善良的心地，“忏宿冤凤姐托村妪”，凤姐对刘姥姥说：“姥姥，我的命交给你了。我的巧姐儿也是个千灾百病的，也交给你了。”刘姥姥一口承诺下来，可见姥姥是个有情有义知恩报恩的人。而贾母呢？她对宝黛爱情的无情扼杀，就足以证明她为维护封建统治者的利益而不惜牺牲他人的幸福，何等凶残！三、刘姥姥心眼灵活，极善言辞，是一个富有生活阅历的人，她既是一位久经风霜老于世故的村妪，同时又不失农家妇女的淳朴善良本性；而贾母则既精通人情世故，又长于统治权术，是一个只知一味享乐的老祖宗，作者抓住了贾母的个性特征，将她的仁慈与冷酷、平易与虚伪完美地结合在一起。因此，他们对姥姥的遭遇予以深深的同情，对贾母的虚伪冷酷却极端地厌恶。不少年轻人说，“如果我有这样一位姥姥，我会觉得生活有趣味，很轻松、很快乐，太幸福了！”

第五种是喜欢贾母，不喜欢刘姥姥，持此观点的有 11 人，占总人数的 7.8%。他们认为，两个老太太的个性特征，同中有异，异中有同，比如都和蔼慈祥，爱逗乐儿，但在言谈举止、待人接物上却大相径庭，一雅一俗，一秀一笨，显然贾母恪守封建礼教，是封建宗法制的维护者体现者，应当批判，但她却是一位了不起的领导者，一个几百人的大家族在她的“垂帘听政”下有条不紊地运转着，办事果断，善于处理各种矛盾，有管理者的卓越风范，性格又爽朗乐观，平易近人，虽老而不失童心，有见识，有情趣。而刘姥姥却追于富家，攀附权贵，不惜借酒装傻，把自己扮成一个小丑以讨大观园主人的欢心，一副媚态，毫不自尊，读时实在使人不舒服。

第六种观点则认为，在艺术形象上塑造得都非常真实饱满，栩栩如生，都是典型人物，因此对两位老太太都非常喜欢；但从现实生活的角度来看，若让家中出现这样一位奶奶或姥姥，对她们的性格举止都不喜欢。因为，贾母带有浓重的封建家长作风，改革开放以后的社会现实肯定使她觉得什么都格格不入，必然整天挑三剔四，横眉冷对；刘姥姥则眼光短浅，不甚自重，被人捉弄也浑然不觉，真是奴性十足，自家如有这样一位姥姥，实在是莫大羞辱。持此观点的仅有 2 人，占总人数的 1.4%。

第七种认为，两位老太太塑造得十分成功，很难轩轾优劣，都有可喜处和不可喜处。可喜的地方是贾母的沉着冷静、干练果断，刘姥姥的善良淳朴、幽默本色；不可喜的地方是贾母的骄奢享乐、冷酷无情，刘姥姥的巴结奉承、奴性十足。持此观点的仅有 4 人，占总人数的 2.8%。

（三）

此次问卷调查的第一问，即“在艺术手法上有什么特色?”能够正确地全面地结合小说内容而回答的极少，大约有 10% 的人能够切题作答，综合起来，有下列三个方面：

第一，作者善于运用对比手法，写出了她们的同中有异，异中有同。刻画出她们的一慈一憨，一庄一谐，一雅一俗，一骄奢一贫贱的不同风采，特别是由于作者巧妙地掌握了这些特征，又运用贴切的语言刻画刘姥姥，于是刘姥姥的喜剧风格，与大观园的悲剧氛围，形成了强烈的反差。

第二，贾母更多的是侧面描绘，借别人之口加以烘托；刘姥姥则是多以自己的言语行为直接描写并夸张地表现，通过许多细节描写，写了她的土气。

第三，塑造贾母是或而白描勾勒，或而重彩渲染，或而侧面映衬；而塑造刘姥姥则是通过三进荣国府的叙事，不断地调整摄像机的镜头，一层层、一次次对其性格进行揭示，人物形象就在这一次次的定格中得以塑造。

（四）

通观《红楼梦》,可看出作者塑造两位老太太形象时的态度,和两位老太太的思想性格各有什么特色。可以得出如下结论:

尽管两位老太太身份地位不同:一个原为金陵世勋史侯家的小姐,后来嫁到贾府做了荣国公长子贾代善的夫人,在贾史王薛四大家族中应当说是身兼两个家族权势的人物。这是一位封建贵族家庭太上家长和封建宗法制的最高统治者。她在小说中既是一个正面人物,一个成功的典型人物,又是一个中国式的封建贵族老太太的典型人物,而且也是贯穿全书的主要人物。另一个是从“千里之外,芥豆之微,小小一个人家”走出来的乡村老妇人刘姥姥,“这刘姥姥乃是个积年的老寡妇,膝下又无儿无女,只靠两亩薄田度日。今日女婿接来养活,岂不愿意,遂一心一计,帮衬着女儿女婿过活起来。”(第六回)女婿狗儿娶刘氏为嫡妻,生有儿子板儿、女儿青儿,一家四口,仍以务农为业。可以看出,刘姥姥是一个一无钱二无权的久经世故的老寡妇,她在整个小说中并非一个主要人物,但却仍然是一个成功的艺术典型。她在整个作品的结构上有着重要的意义,在六进荣国府中,是为让她以局外人的身份充当贾府由兴盛到衰亡的见证人,在情节结构上是一个不可或缺的人物。应当说,作者的创作倾向和态度是相同的,对两位老太太都是肯定、赞美、同情的。

两位老太太的思想性格各有什么特色呢?贾母是一个养尊处优、善于自乐、颐指气使、富贵寿考的享乐主义者,也是一个怜贫惜老、雍容宽厚、风趣幽默、不摆架子的祖母形象。不过小说中也写了她自私、腐朽、不人道、滥施权威的一面。刘姥姥则是一个村气十足、憨厚有余,滑稽多智,能说会道,但又在世事洞明的奸猾中,糅合了一些扭捏的趣味，她为了生存的权利，从不自怨自艾，为了图利图恩，又颇有义气，能够为人排忧解难，不仅仅是一个丑角而已。总之，两个老太太描绘得逼真生动，淋漓尽致。

作者在塑造这两个老太太形象时，总是善于在同一时间、同一空间中去对比地写，通过刘姥姥的所闻所见所感，写出了封建贵族的奢侈豪华，对比出了劳动人民的苦难生活。这在一进、二进荣国府中描写得最为细腻、深刻。特别是刘姥姥说出的许多话，堪称绝妙辞章。

(1999 年 11 月间写成)

这个嬷嬷最生动

——第八次《红楼梦》问卷调查

(一)

第八次问卷调查的题目是:《红楼梦》写了李嬷嬷、赵嬷嬷、宋嬷嬷、赖嬷嬷等几个女性奴仆形象,各有什么性格特征?你认为作者刻画得如何?

这次问卷调查的要求和说明,因为问题特殊而又简单,所以就和前几次略有不同,没有要求回答“喜欢不喜欢”和“为什么”。同时考虑到她们在小说中又是特别次要的人物,未占主要篇幅,因此在她们的出场地方有所提示:李嬷嬷分别见于第3、8、9、17、19、20、26、36、57九回中;赵嬷嬷仅见于第16回中;宋嬷嬷见于第37、52、57、77四回中;赖嬷嬷见于第43、45、77三回中。

《红楼梦》中的青年男女主子们,甚至连赖嬷嬷的孙子(见第45回),本来都有奶妈,宝玉一个人就有过李、赵、张、王四个奶妈(见第62回),但其中以李嬷嬷出场最多,描写最细;其次就是贾琏的奶妈赵嬷嬷,虽然出场仅有一次,但对于揭示主题思想却有极重要的意义,而巧姐的奶妈虽然也出场较多(第7、29、42、92、101、118回)但都是一笔带过;至于迎春、探春、惜春(均见第3、73回)、贾兰(第73回)、黛玉(王嬷嬷,第3、26、97回)、湘云(周奶妈,第

31回）、英莲（第1回）等人的奶妈，仅是提及而已；然而宝钗却根本没有提到奶妈，按理说，薛家本是书香继世之家，又是皇商，宝钗是应当有奶妈的，小说中却一字未写，不知何故。根据故事推理，赖嬷嬷可能是贾政的奶妈，宋嬷嬷则看不出是谁的奶妈，但也是有年纪的在贾府待久了的老奴仆。按贾府的规矩，她们都是被器重的享受特殊待遇的人。

本次问卷发放时间是在1997年第二季度，共发出150份，收回118份，加上自动索卷者22份，有效答卷共140份。

从发放对象看，有山西大学中文系93级汉语言文学专业66份，新闻专业34份，96级影视专业18份，各行各业自动索卷者22份。

从文化程度看，大学本科的有108人，大专的22人，中学的10人。

从年龄看，最大的30岁，最小的19岁，其中以21至23岁年龄段的居多。

从职业看，绝大部分为在读学生，只有22人为全国各地的中学教师、报刊编辑、干部、农民，其中河南新乡第三中学语文教师刘月娥，黑龙江农垦师专王菊艳讲师答卷写得最为认真细致，请看刘月娥的答卷：

生活是复杂多样的，万事万态，千人千面。《红楼梦》表现的就是封建大家族的日常生活，因此，在刻画人物时绝不脸谱化，而是让人感到活泼泼的就是生活中的“这一个”。重要人物如公子小姐、老爷太太自是个性鲜明，即使是丫鬟奴仆也性格迥异，下面就说一说《红楼梦》中四位嬷嬷的性格特征。李嬷嬷是贾宝玉的奶妈，她对自己奶大的孩子是有亲情的，她很关心宝玉的痛痒，虽然告老解事，却常来问诸如“宝玉如今一顿吃多少饭”、“什么时辰睡觉”这些日常饮食起居琐事。当薛姨妈让宝玉喝酒时李嬷嬷竭力劝阻说“他性可恶,吃了酒更弄性”。酒过三杯,她又上来拦阻,宝玉不听,她就拿“老爷今儿在家呢”来吓唬,生恐宝玉小孩家喝了酒不受用,当然也是怕在老太太那里担不是。宝玉被紫鹃一句试探的谎话急痛得不省人事,丫鬟们将李嬷嬷请来,书中写道:“(李嬷嬷)用手向他脉门摸了摸,嘴唇人中上边着力掐了两下,掐的指印如许来深,竟也不觉疼。李嬷嬷只说了一声‘可了不得了’,‘呀’的一声便搂着大哭起来。”而且捶床捣枕说:“这可不中用了!我白操了一世的心了!”这些动作、语言如果没有亲情是无论如何也表现不出来的。但是,这个李嬷嬷却无自知之明,她倚老卖老,又贪嘴好吃。到了宝玉那里看见丫头们玩闹就唠叨:“只从我出去了,不大进来,你们越发没个样,别的嬷嬷们越不敢说你们了……”好像只有她最有威严最重要似的。她来到宝玉这里就好像到了自己的家,见到一些吃食,就说“怎不送与我去?我就吃了罢”。常常因为她随便又吃又拿使得宝玉大发雷霆,还因此撵走了茜雪。当别人不让她吃宝玉给袭人留下的酥酪时,她说:“我不信他(宝玉)这样坏了……我的血变成了奶,吃的长这么大了,如今我吃了他一碗牛奶,他就生气了?我偏吃了,看怎么样!”在宝玉面前完全忘了奴仆的身份,过分以功臣自居,她要让宝玉和大家都牢记她的功劳,别人略有不敬,她就骂个不休。她最恼恨的是有人越过她取代在宝玉心中的地位。袭人辈以“无价宝珠”的青春美占领了宝玉的心,这使得李嬷嬷愤愤不平,尤其对袭人出口便是“那是我手里调理出来的毛丫头,什么阿物!”动辄就排揎袭人:“忘了本的小娼妇,我抬举起你来,这会子我来了,你大模大样的躺在炕上,见我来了也不理一理。一心只想妆狐媚子哄宝玉,哄得宝玉不理我,听你们的话……好不好拉出去配个小子,看你还妖精似的哄宝玉不哄!”这简直就像是极没教养的婆媳之间争斗。李嬷嬷这颗“死鱼眼睛”显然是无法和袭人辈抗衡的,宝玉的一些话更令她生气,于是指责宝玉道:“你只护着那起狐狸,那里认得我了……把你奶了这么大,到如今吃不着奶了,把我丢在一旁,逞着丫头们要我的强。”又是哭又是说,分明是母亲训斥娶了“媳妇”忘了“娘”的不孝之子的口声,使李奶妈喋喋不休、唠唠叨叨、居功自傲、争斗好强又心无算计的性格跃然纸上。实际上她在大家心目中是没有地位的,丫头们说她是“讨厌的老货”,连她的奶儿子宝玉也跳骂道:“不过仗着小时候吃过他几日奶便罢了,如今逞的他比祖宗还大,如今我又吃不着奶了,白白养着这个祖宗作什么,快撵出去,大家干净。”这固然表现贾宝玉公子哥的任性尚气,但也不能不说是嬷嬷自作自受。李嬷嬷太好争“礼”。相比之下,赖嬷嬷就精明多了。她可能是贾政的奶母,贾政是贾母偏爱的儿子,而且现为贾府房主,自然她的地位就要高出同辈,但是赖嬷嬷却不爱当着人的面表功劳。她深知贾母对贾政的感情,所以从不说贾政的不是,而是时时赞美贾政,教育宝玉时就拿贾政做榜样:“老爷小时,何曾像你这么天不怕地不怕的……”凡老太太所喜者,她都竭力奉承,只从为凤姐“攒金庆寿”一事就可以看出赖嬷嬷心机不爽。邢王二位太太各出一份,贾母要出四份,凤姐说:“老太太吃了亏了。”于是说了一大堆让老太太出钱的逗乐话。赖嬷嬷忙站起来笑道:“这可反了!我替二位太太生气。在那边(指邢夫人)是儿子媳妇,在这边(指王夫人)是内侄女,倒不向着婆婆姑娘,倒向着别人，这儿媳妇成了陌路人，内侄女儿成了外侄女儿了。"这一席话说得风趣得体，既是替两位太太抱不平，二位太太听了很乐意；对凤姐明贬实褒，极力夸赞了凤姐对贾母的孝心，迎合了贾母。因此，贾母与众人都大笑起来。她不仅会说话，也会行事，等少奶奶们说出了钱数后，她才说要低少奶奶们一等，可见是个很明白自己身份的人。之后，又领着众嬷嬷去给凤姐敬酒。"贾府风俗年高服侍过父母的家人，比年轻主子还体面"。赖嬷嬷是很有体面的，可以和贾母坐着说话，她坐着时，尤氏凤姐们还得站着。凤姐已经将周瑞的儿子撵走了，赖嬷嬷三言两语，合情合理的一解劝，凤姐又将他放了进来。不仅是有体面，更重要的是她为自己谋到了许多实惠：大儿子赖大做了荣府的管家，二儿子赖二做了宁府的管家，儿媳也是在内总领家事的。这些权力都非同小可，所以，尽管还是奴才身份，却也成了一个小财主，家里也是楼房厦厅，轩榭花园，呼奴唤婢，连探春看了都要效法她家的管理办法。这个赖嬷嬷的性格是好强的，她的好强不同于李嬷嬷的泼闹，而是深藏于心。她的孙子赖尚荣一落胎胞，他们一家就求主子恩典，放了出来，也像公子哥似的读书认字。她教训孙子时说："长了这么大，你哪里知道'奴才'两个字是怎么写的，只知道享福，也不知道你爷爷和你老子受的那苦恼。"因这话是当着凤姐的面前转述的，里面自然有"托主子洪福……孝敬主子"之类的奉承，但从上面几句话可以看出赖嬷嬷是不安于奴隶地位的。尽管她已凭着资历得到了如许的荣耀，但在她的潜意识里充满压抑，充满痛苦，她感到倍受煎熬，总希望有出头之日，因此，她管子教孙都很严厉，孙子不争气时，她常把儿子叫来训骂一顿。她的孙子赖尚荣到了二十岁，又求主子恩典，捐了一个前程，过了十年，再求主子，结果被选了出来做了州官。到后来，贾家势败，贾政扶贾母灵柩南行途中，因盘费不继，派人去向任上的赖尚荣借银五百两，赖尚荣却只给了五十两，还诉了许多苦处。“贾政看了生气，即命家人立刻送还……”赖尚荣知事办得不周，心下不安“立刻修书到家，回明他父亲，叫他设法告假赎出身来。”于是赖家连忙托人要乞恩放出，再也不提什么“孝敬主子”的话了。赖家以他们一心向上爬不甘为奴的心机和搜求来的钱财，最终竟能与主子分庭抗礼，赖嬷嬷的功劳应该是最大的。但是，从封建礼教、主仆之情方面看，赖嬷嬷是够“赖”的了。

在这些嬷嬷里面，赵嬷嬷怕是最没本事的一个了。她是贾琏的乳母，从她大谈主家“接驾”诸事中可见她也是个老奴了。但是，赖嬷嬷可以在贾母那里就座，赵嬷嬷即使到了“儿媳”——凤姐那里也执意不肯坐，脸面不知差到哪里去了。再者，贾母本不喜贾赦，对其子贾琏也就不大在意，乳母更不会有出头露面之事，所以，她在文中出场的次数也最少。她既不会像李嬷嬷那样居功撒泼，更没有赖嬷嬷的心机打算。因此，她的两个儿子“至今还闲着无事”。她曾再四的求贾琏，无情无义的贾琏哪里把这放在心上。她不会说话。听说贾琏从苏州回来了，一进凤姐的门就直截了当的说：“我这会子跑了来，倒也不为饮酒，倒有一件正经事，奶奶好歹记在心里，疼顾我些罢。我们这爷只是嘴里说的好，到了跟前就忘了。幸亏我从小奶了你这么大。我也老了，有的是那两个儿子，你就另眼照看他们些，别人也不敢呲牙儿的……这如今又从天上跑出这一件大事来（指省亲），那里用不着人？所以倒是来和奶奶说是正经，靠我们这爷，只怕我还饿死了呢。”这番话说得很不高明，不会逗笑，也不含蓄，责怪了贾琏的无情义，求得太直白。这也难怪这位赵嬷嬷，遇到了贾琏这主也毫无办法。后来贾琏、凤姐、贾蓉、贾蔷商议省亲之事时，赵嬷嬷干坐着，一句话也插不上，呆头呆脑，直到推她时才醒悟过来。最后还是凤姐顺便给了她两个儿子一个外出跑腿的小差使。赵嬷嬷老实昏聩，只会求人“照看”。

至于宋嬷嬷，书中写得很少。她是宝玉处当差的一个老妇人。她办事很妥帖。袭人遣她去给湘云送东西时，她说：“姑娘只管交给我，有话说给我。”当袭人吩咐完事后，她还一再问：“宝二爷不知还有什么说的，姑娘再去问问去，回来又别说忘了。”可见做事比较细心、周到。她对自己做下人的地位身份心安理得，做事安分守己。当平儿的镯子丢了，凤姐传园里各路嬷嬷们小心查访，宋嬷嬷就按主子的吩咐查访起本处的丫头，书上没有写是如何查访的，反正末了是宋嬷嬷拿了这镯子去回了二奶奶了。偷镯子的坠儿被晴雯抓住打起来，并给宋嬷嬷说即刻打发坠儿出去，宋嬷嬷知镯子事发，上层人不明说，她也不说破，只说：“也等花姑娘回来知道了再打发她。”在宋嬷嬷眼里，做事不但要恪尽职守，而且要尊卑有序。坠儿的母亲来领坠儿被晴雯麝月排场了一顿。那媳妇赌气带了坠儿就走，宋嬷嬷忙道：“怪道你这嫂子不知规矩，你女儿在这屋里一场，临去时，也给姑娘们磕个头，没有别的谢礼——便有谢礼，她们也不稀罕——不过磕个头，尽了心，怎么说走就走？”她害了坠儿，坠儿被打被撵，她还要别人心存感激——典型的奴才性格：对主子尽心尽力，对同辈没有同情。宋嬷嬷只配供人使唤，“送”东“送”西。

以上就是《红楼梦》中的四位嬷嬷。由于各人身份不同，位置不同，性格不同，使得她们的说话行事差异很大，这是符合生活实际的。只从这一点我们就可以真切地感受到《红楼梦》对生活深刻的洞察，传神的描写；对人物准确的把握，生动的再现。

（二）

对四位老嬷嬷的评价，答卷者一致认为：她们在《红楼梦》中是次要人物，作者虽然着墨不多，但都刻画得栩栩如生，惟妙惟肖，写了她们的共性，也写了她们的个性，同中有异，异中有同，值得对比地鉴赏。山西大学中文系影视专业学生贾瑞明这样回答道：

> 李、宋、赖、赵四位嬷嬷在《红楼梦》中是作为一个特殊阶层出现的。首先，出身的卑微决定了她们不得不是一个奴才，并且同贾府其他的奴才一样，从生到死，一切围绕着主子团团转，一切唯主子之命是从，这是她们卑微的一面。但是，作为老嬷嬷，她们又有其自视高贵的一面：李嬷嬷、赵嬷嬷分别是宝玉和贾琏的乳母，赖嬷嬷是贾府管家赖大的母亲，而宋嬷嬷也是在贾府多年劳作的老妈妈。这些因素，足以使她们觉得自己和别的奴才是不一样的，是比他们高一等的。这一点连掌贾府权柄的王熙凤也得承认，如第十六回赵嬷嬷求见时，王熙凤曾有让坐之举。以上分析的是四位老妈妈的社会基础，作者站在这个基础上对人物性格进行刻画，处理得非常成功。对于李嬷嬷，我们虽然觉得她对宝玉十分关心，但主要的印象却是：尖酸、刻薄。这是因为“自视高贵的一面”在她身上体现得比较明显，尤其第二十回中她因吃茶、酥酪等事大骂袭人，就更让人觉得可厌。
>
> 相较于李嬷嬷，赖嬷嬷和赵嬷嬷应该算是两位成功者。她们充分利用了自己对于贾府的这点苦劳得以“封荫家庭”，

又没有超出必要的限度引起他人的反感。赵嬷嬷给她的两个儿子找到了差使,而赖嬷嬷,由于赖大的关系获得的成功更大一些,她的孙子甚至作了朝廷命官。这两个人物,赵嬷嬷显得比较畏缩、谨小慎微而奴才性较重;赖嬷嬷则上下圆通、神采奕奕,处处透出了对自己地位的得意之情,连举手动足之间,也有了一股小地主的颐使之气。

宋嬷嬷的形象较为正统,她性格温柔,和下层的丫头们关系较好,能互相体谅、帮助,给读者以敦厚的长者印象。如第五十二回中她就曾替坠儿向晴雯求情。

同是嬷嬷,四个人的境遇、性格又是这样的不同。《红楼梦》在性格刻画上抓住她们各自的特点进行描述,使人物形象显得非常丰满而又各具特色,让人读来如亲见其面、亲闻其声。四个活脱脱的封建等级制度下的奴才形象跃然纸上,让我们从一个侧面对封建社会人与人的关系有所认识。

有的答卷能够指出作者运用的刻画手法:一是成功地使用了传统的白描手法,因为她们毕竟是下层人物,出场和说话的机会不是太多,这就要求作者必须在不多的场合准确地抓住她们的个性特征,把她们的一言一行都真实地表现出来,让读者自己去体会;二是注意了侧面描写,从其他人物的眼神中语言中行为中来刻画她们;三是采用了对比手法,将这四位身份、地位相同而所说所为却截然不同的老婢,进行了对比描写,既写了共性,又写了个性。总之,四位老妈妈形态各异、语言各异、命运各异、作用各异。

有的答卷还能指出:作者对这几位嬷嬷虽然着墨不多,但在故事情节中穿插她们的言语和行为,对小说的情节发展起了铺垫作用,为其他人物形象的塑造作了很好的衬托。当对比地分析到李嬷嬷和赵嬷嬷时,还引用了脂砚斋批语:“宝玉之李嬷嬷,此处偏又写赵嬷嬷,特犯不犯。先有梨香院一回,今又写此一回,两两遥对,却无一笔相重,一事合掌。”①

更有不少答卷,在用对比方法详细地分析四位老嬷嬷形象时,情不自禁地表示了自己的爱憎。有的认为李嬷嬷塑造得最成功,是一个值得同情的老奶妈,而更多的人则认为是一个自私、霸道、仗势欺人、爱占小便宜的“老不死”形象,令人生厌;有的认为赖嬷嬷塑造得最成功,她老成持重、左右逢源、能说会道,敢于批评主子,是个非常典型的奴性十足的二地主形象,但有个别人却认为比起其他三位嬷嬷来性格十分模糊,作者刻画得并不成功;有的则认为宋嬷嬷在小说中虽然占的篇幅极少,而在作者的笔下是一个敦厚老实、任劳任怨、比较和善的老妈妈,正因为着墨不多竟能写出鲜明个性,这正表现了作者的高超艺术,但有一份答卷却认为:“作为一个被剥削被压迫者,她不但没有认清自己可怜的命运,甚至为虎作伥地千方百计驱赶同样身份的小丫鬟坠儿。对于她,我只有厌恶的份了,哀其不幸,怒其不争。”也有不少答卷认为贾琏奶母赵嬷嬷刻画得最为成功最为生动,“这种奴才形象很容易让我们联想起曹禺笔下的鲁贵,在《红楼梦》中,她是嬷嬷中的‘王熙凤’,作者将其善于见风使舵、阿谀奉承的秉性暴露得一览无余。通过她的刻画,也从另一个方面衬托了王熙凤的玲珑剔透,圆滑绝顶。”

(三)

这次问卷调查的特点有四:

其一,在140份答卷中,就总体来看,大学本科文化程度的比大专文化程度的要好一些,汉语言文学专业的要比新闻专业的好一些。除了6份答卷写得较差外,其余134份都写得很认真、细致、全面:有的做了对比分析;有的指出了刻画手法;有的表示了爱憎态度……其中有一份答卷最有代表性，即山西大学中文系汉语言文学专业93级的崔继锋的答卷，兹将原文照录如下：

李嬷嬷是宝玉的奶娘，又是个公认的"久经老妪"，已经"告老解事出去"，所以在一般婆子中身份地位都比较特殊。她老于人情世故，如果平日检点安分一些，就不会受到年轻丫环们的嫌弃，而安享天年。但那样一来，她就只能作为一个面貌模糊的人出现在《红楼梦》中，所以作者故意让她倚老卖老，和下等丫环赌气，大骂年辈比她小的袭人，从而在大观园形形色色小姐公子之外，多了这么个多少有些可笑的人物，便使全书的生活气息极为浓厚。其实按人品说，李氏还是不错的。一则太太辈的夫人都让她几分面子，她对宝玉身边以外的丫环似乎也很和蔼可亲，再则，她对宝玉的确是有真情的，不过她到底没文化，跟宝黛钗这些文采超凡而心性不俗的小主子之间有着深深的代沟，所以每每为宝玉所厌弃，她的一腔热情也付诸东流。在这种貌合神离的人际关系当中，展示了不同生存方式的众生相彼此之间的陌生与无奈。

赵嬷嬷虽然在书中出场机会很少，但也是个有血有肉的丰满形象。作为贾琏的乳母，她受到了应当有的尊敬。她很清楚自己作为奴仆的地位，与李氏不同的是：她不倚老卖老，而是婉转陈词，表达自己的愿望；她很谦恭，同时又很适当地强调了自己昔年的身份，并很有耐心，所以也能因人成事。

宋嬷嬷好像是个爱告密、替姑娘大丫环们跑小路的一号人。作者对她着墨更是不多，但一个小心谨慎做事勤快，甚至多少有点讨好上头的形象却跃然纸上。作者没有必要对每一个老妈子都施以浓脂厚墨，但寥寥几笔，也很传神地刻画了宋妈妈的性情行为。其中，受袭人之托几次看望被逐出大观园的晴雯，也显示了她的同情心。

赖嬷嬷是书中出现多次的人物。平儿过生日她送礼，平时孝敬贾母又殷勤，她孙子在贾府提携下，放了一任县官，从此摆脱了作奴仆的家声，而后反过来成了别人的主子。所以书中的赖嬷嬷总是那么心安理得，胸有城府。

就全书而言，这几个老妈子的篇章不算多，但作者熟悉生活，故人物也写得血肉丰满。四个老嬷嬷，从某种程度上说，她们也是大观园里一直活动的角色，与贾府盛衰有一种记录人的意义，作者特意标示出来，其用心或许就在于此吧。

其二，《红楼梦》中写了许许多多的人物，从皇帝王妃到一介小民，从封建主子到老少奴婢，从中国人到外国人，有名有姓的，无名无姓的男男女女，老老少少，竟出现了975人。[②]不仅几位主人公和几十位主要人物形象，塑造得生动鲜明、栩栩如生，就是对李嬷嬷、赵嬷嬷、宋嬷嬷、赖嬷嬷等几位着墨不多的人物，也都给人留下了深刻的印象。

我们知道，文学是语言的艺术，文学就是用语言来塑造形象、刻画性格的。可以说，没有艺术语言就没有艺术作品，而文学的语言，就是加工提炼了的人民口头语言和书面文字语言。曹雪芹塑造四位嬷嬷就是靠的文学语言。他能注意到把同类型的人物的各自个性及音容举动刻画出来，而绝不雷同。比如，四位嬷嬷都是女性的老年的在贾府有资历的奴婢，但在具体刻画时却四个人四副面孔，活灵活现，跃然纸上。写李嬷嬷时，既写了她对宝玉的关怀体贴，又写了她爱占小便宜；既写了恃功傲物的蛮横神态，也写了敢于和贾府里的"富贵闲人"、"混世魔王"贾宝玉顶嘴申辩。写赵嬷嬷时，主要是写她通过和贾琏、王熙凤的对话，就把为两个儿子谋事的目的达到了，写出了她的恪守封建礼教，善于表达心曲，委婉批评贾琏而又拉拢凤姐，因此便用了一些“阿弥陀佛”“嗳哟哟”等语气词。写宋嬷嬷时，由于她是宝玉房里干杂活儿的老妈子，不同于做奶妈的李嬷嬷和赵嬷嬷，因此她的语言行为就必须符合她的身份、地位，办事跑腿可靠，说话善于奉迎。至于写到赖嬷嬷，她分位虽低，却是财主，家里有后花园，孙子又捐了个官，因而财大气粗，既能连摆三日的酒席，连老太太、太太、老爷、爷们都请去赴宴，当然替周瑞家的儿子求情于凤姐，就更不在话下了，因而在写到她的语言时，便是成套成套的“演说”，说得那样得体，既没有丢了自己的面子，还感恩戴德地奉承了主子。

《红楼梦》中人物语言，无论是对话还是独白，它们或文或野，或长或短，无不切合某个人物的言行气质，正像鲁迅指出的那样：“《水浒》《红楼梦》的有些地方，是能使读者由说话看出人来的。”③如闻其声，如见其人，这正是《红楼梦》刻画人物的一大艺术特色，即使是着墨不多极为次要的小人物也是如此。为什么会出现这种现象呢？就是因为作者坚持了严格的现实主义创作方法，即便对小人物的刻画，也是追踪蹑迹，不敢稍加穿凿，按照生活的本来面貌去再现她们。

其三，四位嬷嬷究竟哪位塑造得最成功呢？不少答卷回答了这个问题。绝大多数人认为都成功，但也有不少答卷认为仔细比较下来，还是有差异的：或曰李嬷嬷最成功；或曰赵嬷嬷最成功；或曰赖嬷嬷最成功。笔者认为还是数李嬷嬷最成功：一是由于她出场次数多，占的篇幅也重，所以作者尽可以淋漓尽致地予以描写；二是刻画人物“任其本色，犹得保其不雕不凿之天”，这是道光年间涂瀛在《红楼梦论赞》中说的话，他紧接着撰写了 72 条人物赞，共赞论了 76 个人物，除主子亲朋之外，有奴婢 33 人，主要的奴婢几乎都有，唯独四个嬷嬷中仅有一条“李嬷嬷赞”。涂瀛说：“李嬷嬷龙钟潦倒,度其年纪,在贾母之上,不足为宝玉乳也。至其老而不死,尤当叩胫者耳。然袭人一生隐恶,从无发其覆者,独此老借题发挥,一泄无余,比陈琳讨操檄尤为淋漓痛快,亦愈头风之良剂也。昔苏子美读汉文至博浪沙一椎,击节叫快,浮一大白,用以此赏之。"[4]这一则"赞论"主要说了两层意思:一层是说李嬷嬷龙钟老态,年纪很大,怎么会有乳汁喂养宝玉呢? 的确,当李嬷嬷出场时,贾宝玉不过才十二三岁,若以倒计时计算,这时李嬷嬷已年过半百了,怎么还会有乳汁呢!? 指出描写不真实。大约又过 50 年的样子,即光绪年间,有个名叫谢鸿申者,在《与惺斋书》中详细评论了《聊斋志异》与《红楼梦》的创作优点之后,特意指出:"(《红楼梦》)惟于乳母,说得龙钟老朽,与贾琏、宝玉、黛玉年纪太相悬殊,是其第一短处。"[5]二层是借用两个典故(一为孔子骂原壤,一面骂,一面用拐杖打原壤的小腿;一为建安七子陈琳声讨曹操,十分淋漓痛快),赞美李嬷嬷借题发挥,大骂袭人好得很。因此,他告诉读者要像北宋文学家苏舜钦阅读《史记》张良椎刺秦始皇于博浪沙时的激动心情,去欣赏李嬷嬷大骂袭人的一段故事才是。由此可见,古人也是认为李嬷嬷塑造得最成功。再由此可见,评论《红楼梦》也应当实事求是,一分为二,斯洵为文艺批评之优良传统。

其四,有个别答卷还能指出,四位嬷嬷在《红楼梦》中尽管是极次要的人物,占的篇幅也不大,但对主题思想的揭示,故事情节的发展起着一定的作用。答卷人虽然未能有理有据地展开论证,但说得却很有道理。确实如此,例如,赵嬷嬷的"讨情"文字,在整个小说中仅出现在第 16 回中的少量篇幅,但对揭示主题思想,交代社会背景,起承故事情节,都是有实际意义的,绝不是可有可无的文字。正如脂评所云:"赵妪讨情闲文,却引出通部脉络,所谓由小及大，譬如登高必自卑之意。细思大观园一事，若从如何奉旨起造，又如何分派众人，从头细细直写，将来几千样细事如何能顺笔一气写清？又将落于死板拮据之乡，故只用琏凤夫妻二人一问一答上，用赵妪讨情作引，下文蓉蔷来说事作收，余者随笔顺笔略一点染，则耀然洞彻矣。此是避难法。"⑥曹雪芹正是运用了这种避难手法，来构思故事情节、刻画赵嬷嬷思想性格的，匠心独具，何等奥妙！

（1999 年 10 月写成）

【注释】

①见甲戌本或庚辰本第十六回夹批。

②徐恭时统计数据，见《上海师院学报》1983 年第 2 期。

③《花边文学·看书琐记(一)》。

④引自一粟编《红楼梦卷》第一册 139 页。

⑤一粟编《红楼梦卷》第二册 385 页。

⑥甲戌本《石头记》第 16 回回前批语。

为了维护妇女的尊严

——第九次《红楼梦》问卷调查

（一）

这是第九次《红楼梦》问卷调查，调查的题目是：你对“王熙凤毒设相思局”怎样评价？为什么？这个题目所指的故事内容，出自第11回“庆寿辰宁府排家宴　见熙凤贾瑞起淫心”和第12回“王熙凤毒设相思局　贾天祥正照风月鉴”。这份调查问卷发出的时间是1996、1997两个年度内。共发出134份，最后收回129份，缺5份。这129份答卷，分别来自下列单位的青年人：山西大学中文系93级汉语言文学专业本科生64人份；93级新闻专业本科生（含双招班数人）27人份；96级影视专业专科生18人份；山西省各地自动来函索卷者，包括农民、编辑、中学教师、党政机关干部等20人份。在129份的有效答卷中，归纳起来有如下几种观点：

第一种是完全理解、肯定、赞扬王熙凤毒设相思局的举动，甚至为此“勇敢之举，拍手称快”，在整个“毒设相思局”的情节中，可谓“凤辣子的辣味十里飘香”。持此观点的人有58人，占总人数的44%强。他们一致认为：“王熙凤毒设相思局”，一般评价都以为足以表现王熙凤的心狠手辣，口蜜腹剑，正应了“最毒不过妇人心”的古话。这诚然是有它一定的道理，但我们认为，如果仅仅局限于这一点,就不太公平了。事实上,王熙凤这种行为是对封建男权社会一着有力的鞭挞,她“毒害”的并非贾瑞一人,而是对整个封建社会男性阶层的控诉。试看《红楼梦》中的王熙凤,风华绝代,处事果断,大有“巾帼压倒须眉”之势,她曾独掌宁荣二府权柄,两府主奴,上上下下,莫不折服。然而就是这样一位叱咤风云的女子,对其夫贾琏一次又一次无休止的寻花问柳之举,做出的反应也虽不过是在贾母面前哭诉一番,求得一时的安宁罢了。在封建贵族世界里,像贾琏玩弄女性,像多姑娘、鲍二媳妇、尤二姐等被蹂躏的女性,她也见得多了,也只好作罢。在强大的男权社会里,她其实也不过是一介弱女子,又能做出什么别的反应呢?所以在这样的情况下,针对贾瑞对她的淫心,她内心的火山喷发了,她最终整死了贾瑞。然而,她心底流淌出的却是一个弱女子的悲声:为什么为什么生在这样一个男权至上的社会?为什么为什么女子是这样一种地位?这种心态显然是埋藏在她的心底里,从未能也不敢说出来,但她为了维护自己的尊严,不得不毒设相思局,让想吃天鹅肉的癞蛤蟆贾瑞死于自己的手下,这明显地是她的“变相”反抗的印迹。从这个角度来看,王熙凤毒设相思局具有一定的进步意义,她代表了一种女性的觉醒,力图在男权至上的社会中为女性争得一点立足之地,不甘做男性的玩偶。作为封建时代的女性,王熙凤具有超出那个时代和社会制度的思想,她精明强干,左右逢源,与中国传统女性的温良恭俭让不同,她具有强烈的自我意识,具有强烈的反叛和斗争精神,她敢于回击那些对她人身、人格进行侮辱的人,因此站在新时代的立场以当代的眼光来看,王熙凤是一个现代女强人的形象。她的“毒”,是作者以封建的价值观和道德观来界定的,应当重新审视。

第二种是完全批判并否定王熙凤毒设相思局的。在“毒设相思局”中，凤姐一本正经地将好色之徒贾瑞戏弄了一番，这并不能说明王熙凤真的很正经。持此观点的有 38 人，占总人数的 29% 强。他们的看法是：王熙凤在曹雪芹笔下，是一个彻头彻尾的反面形象。她追求权势，贪婪爱财，肆无忌惮地追求享乐，在私生活方面也纵情无度，与贾蓉、贾蔷也有暧昧关系。她的“毒设相思局”并不能增加其清白。在贾府中，除贾母是她掌权的靠山，尚能尊重外，其他主子在她心目中，皆不屑一顾，“凭什么事，我说行就行。”因此，凤姐便确立了她在贾府中的实权地位，也助长了她为所欲为、说一不二的气焰。而贾瑞只不过是一名破落子弟，劣等书生，与凤姐出身名门、得宠专权的地位相比，实在是有天壤之别。在等级森严的贾府中，贾瑞的行为自然是对凤姐的大不敬，于是她处心积虑，毒设机关，置贾瑞于死地。而贾瑞只不过是一名自不量力、色迷心窍的登徒子而已，罪不该死。凤姐却一计紧接一计，采用了非常男性化的方法——“诱而陷之”让贾瑞步步上钩，足见其凶狠毒辣的本性。王熙凤的确是一条美丽的毒蛇。可以设想，如果凤姐平时生活作风比较严肃而正派，那贾瑞再好色，他也不敢公然拦路调戏贾府里的当家少奶奶。从全过程来看，她对他不是正言厉色地批评，也不是好言相劝，循循善诱，却是调情、挑逗，使贾瑞在邪恶的道路上越走越远，这不能不说是一种卑劣的行径。

第三种是认为有对的一面，也有错的一面，对“王熙凤毒设相思局”的评价，应持一分为二的观点。持此观点的有 31 人，占总人数的 24% 强。答卷人有的说：王熙凤是个正邪两赋之人，既是女儿国里的英雄，又是女儿国里的毒蛇。有的说：“毒设相思局”虽然表现了王熙凤性格中狠的一面，但不能称其为“毒”，只能说是王熙凤争强好胜、泼辣个性的极致发挥。为什么这样说呢？因为通览《红楼梦》，王熙凤的性格总特征是一个“辣”字，但“辣”既含有泼辣干练、争强好胜的褒义，又含有心狠手辣、歹毒阴险的贬义。我们虽然说凤姐对贾蓉有暧昧之情，可那是人家凤姐的私事，不能因此就说她风流淫荡。既然凤姐不是那种水性杨花之人，又素有威仪，那么你贾瑞去调戏招惹，岂不是自讨苦吃？至于贾瑞之死，顶多问王熙凤个"防卫过当"之罪，不能因此而指责她"毒"，更何况贾瑞之死也有自己的责任，挨冻受惊之后，不好好养病，偏要照那个"风月宝鉴"，且不听道士之言，非要照正面不可，于是泄精丢神，招致呜呼哀哉。有的认为脂砚斋批语说得好："阿凤之为人，岂有不着意于'风月'二字之理哉？若直以明笔写之，不但唐突阿凤声价，亦且无妙文可赏，若不写又万万不可，故只用'柳藏鹦鹉语方知'之法，略一皴染，不独文字有隐微，亦且不致污渎阿凤之英风俊骨，所谓此书无一不妙。"（见第七回双行夹批）"毒设相思局"的情节，也正体现了这种创作特色。因此，我们对王熙凤"毒设相思局"的评价，不能一边倒。

第四种是两份批评作者写法的答卷，他们认为在"毒设相思局"的描写上有败笔，虽然在刻画王熙凤的思想性格方面，栩栩如生，但在情节设计上具体写法上，却不能令人满意。他们说：首先，从凤姐的整个性格来看，有许多不合情理的地方，例如，贾瑞向凤姐求爱，凤姐完全可以以封建卫道者的面孔对其斥责，如是，则贾瑞谅他也不敢想入非非，凤姐为何要背负一个暗害别人的罪名呢？其次，凤姐在毒设相思局的全过程中，一直未让他人得知自己的计划，而是以淫欲诱人，步步得逞。与贾瑞有约，假使贾瑞一旦自愿或者被迫说出凤姐与他有亲诺约会，那时岂不凤姐也是有口难辩了吗？精明干练出众的凤姐，却为何要冒如此大的风险而做出于己无益的事情呢？再次，尤其是贾瑞反复照专治邪思妄动之症的"风月宝鉴"，这种构思更落俗套，宝鉴正面是骷髅即空，背面是美人即色，且跛足道人又规劝贾瑞只照正面，莫照反面。说到底，这个情节的设计带有“存天理，灭人欲”的理学色彩，更有色即是空的佛教虚无主义，而且描写得又那样露骨粗俗，这就把中国小说传统的含蓄美丢掉大半，因此对“王熙凤毒设相思局”的描写，实在不该肯定。持此观点的只有2人。

（二）

此次问卷调查的结果，综合一观，发现有如下特色：

第一，不论持什么观点的答卷，对“王熙凤毒设相思局”的艺术成就，都一致肯定，评价极高。他们认为：

这一章回的描写具有极高的艺术价值和社会价值。从艺术价值来看，曹雪芹对王熙凤的刻画是相当成功的。作者通过丝丝入扣的细节描写，将一个封建贵族妇女阴险毒辣、工于心计的性格特征表现得入木三分。但作为一个女人，特别是一个长得漂亮、有才干、掌实权的贵妇人，为了维护自己的地位和尊严，她没有把这件事交由贾琏、贾政去处理，也没有痛斥贾瑞令其悔改，而是设下一条“明修栈道、暗度陈仓”的计策，通过不断给贾瑞期望，然后再捉弄、迫害之，用挨冻、勒索、泼粪等手段将其推向死亡的边缘，最后又用几钱人参末子去敷衍前来讨药的贾代儒，却又去向王夫人谎报是二两上佳的人参，用此方式断了贾瑞的生路。王熙凤的形象，活灵活现，跃然纸上。

从社会价值来看，这一故事情节又深刻地揭示了封建贵族家庭腐朽没落、道德沦丧、人伦败坏的现实，反映了人与人之间尔虞我诈、相互迫害的人际关系；同时也看到了王熙凤不甘心沦为另一个封建贵族的玩物，为了维护女性的尊严和地位，给予男尊女卑不平等的封建制度以猛烈一击，这正是封建社会里女性反抗精神的一种表现。如此描写,正体现了曹雪芹创作思想的一个重要方面,即主张男女平等,反对男尊女卑。

第二,在完全理解、肯定、支持王熙凤毒设相思局的答卷中,有2份答卷写得语言流畅,论证有理。这两位答卷人,在全面详细地分析评论了王熙凤和贾瑞的思想性格之后,指出:

这个情节写得非常出色非常成功。凤姐的安排极为稳妥,既斩断了贾瑞的非分之想,也保全了自己的名节,更维护了贾府的尊严。整个过程中除了她的几个亲近而不敢外传的人了解内情外,贾府里的其他主奴都是一无所知的。王熙凤能够智勇双全地巧设相思局,实在是为女性解放树立了一面光辉的旗帜。因而他们认为回目应改为“巧设”或“智设”。笔者认为这个建议不无道理,颇为独到。

第三,不少答卷人,能够联系个人实际或社会实际加以评价。例如,有一位女性青年如是说:

> 王熙凤作为女性,面临这样尴尬局面,采取这种方法保护自己,而又不张扬出去有失体面,如此安排,真正十分得体。她的行为只是为了惩戒贾瑞,因他屡教不改才逐步加重处罚,否则面对死缠活绕的贾瑞,凤姐怎能保全自己的清白呢?对于色欲熏心、卑劣无耻的人,这样的处罚毫不过分,而且还能警诫世人,至少可以警诫贾府里的男人们。现代女性虽然现在能和男性一样公平参加社会竞争,但在日常生活中工作中不免会有来自方方面面的骚扰或侮辱,对于当代女性来说,王熙凤的处理方法确有可借鉴的地方。

(三)

那么,究竟如何评价王熙凤“毒设相思局”的举动呢?是耶?

非耶？首先就要弄清楚王熙凤在《红楼梦》中的地位及影响。学名王熙凤的凤姐，人称“凤辣子”。她是贾琏的夫人，贾母的嫡孙媳妇，王夫人的内侄女，荣国府的当家奶奶。是小说中最主要的人物之一，全书竟有一半以上的回次写到她，回目见名的就有 16 处之多。其中 11 次属于前 80 回，5 次属于后 40 回。首先在第 2 回中便有约略介绍，第 3 回正式出场，未见其人，先闻其声。第 5 回“凡鸟偏从末世来”一首判词和“红楼梦”曲(聪明累)一支，概括了她的身世及命运归宿。因为她有“男人万不及一”的才能，“模样又极标致，言谈又爽利，心机又极深细”(2 回)和“少说些有一万个心眼子”(6 回)，所以才有“王熙凤毒设相思局，贾天祥正照风月鉴”的描写(11、12 回)。她是“脂粉队里的英雄，连那些束带顶冠的男子也不能过”她，从小“就有杀伐决断”的气概(13 回)，曾经治理荣国府，协理宁国府，“威重令行，心中十分得意”(14 回)，充分表现了她的才干魄力。第 15 回“弄权铁槛寺”，可看出其权术计谋，心狠手辣，闹得“张李两家没趣，真是人财两空”，她却坐享了赃银三千两(16 回)。贾府里的管家奶奶们，个个难缠，“坐山观虎斗”，“借剑杀人”、“引风吹火”、“站干岸儿”、“推倒油瓶不扶”，都是全挂子的武艺，而王熙凤却敢“闹了个马仰人翻”。“王熙凤正言弹妒意”，贾环只有“唯唯”，赵姨娘也不敢则声(20 回)。就是她的丈夫贾琏，也要让她一射之地，她软硬兼施，管得贾琏服服帖帖，所以才能上演一出“俏平儿软语救贾琏”的故事(21 回)。哪怕是唱戏摆酒、组织诗社，宴请刘姥姥等，都少不了凤姐的插手(22 回和 24 回)，甚至“贾芹管十二个小沙弥并十二个小道士”，贾芸管种大观园中的花木等，走的都是凤姐的后门，求贾琏没用(23、24 回)。第 43 回“攒金庆寿”和 54 回“斑衣戏彩”，可以看出凤姐在老祖宗贾母心目中的地位和作用。谁知在大家凑份子为她做寿之际,却发生了贾琏与鲍二家的丑事,于是“变生不测凤姐泼醋”,又是贾母做主让贾琏赔了不是(44 回)。从 67 到 69 数回,集中地描写了凤姐摆布害死尤二姐的全过程,包括“讯家童”、“大闹宁国府”、“借剑杀人”等重要情节,更加充分生动地揭露了她“明是一盆火,暗是一把刀”的心机和手腕。是的,在贾府里上上下下,没有不恨王熙凤的,邢夫人、尤氏、林之孝家的、赵姨娘、费婆子等都以不同的方式表示了不满。“魇魔法姊弟逢五鬼”,赵姨娘要借马道婆之手除掉凤姐(25 回),“辱亲女愚妾争闲气”时她已无力处理,还被人咒为“巡海夜叉”(51 回),“嫌隙人有心生嫌隙”,连她正经婆婆邢夫人都嫌弃她(71 回)。从此以后,王熙凤急剧地从权位的顶峰滑到低谷,即便如此,“天天还是察三访四,自己不再肯看破些且养身子”(72 回)。在参与了“抄检大观园”(74 回)的大举动之后,便一蹶不振,走向败亡了。以及后四十回中因坐利放债而致祸抱惭,和家族败落心劳力拙等情节,都表现了她的遭际和结局是十分悲惨的。此外,机智、幽默、诙谐也是凤姐性格中的一个鲜明特色,在她与无论是姑嫂姐妹,以至长幼尊卑各色人等的言谈交际当中,在整个《红楼梦》中俯拾皆是。

我们在上面把王熙凤在小说中的地位和影响,做了个梗概叙述,可以明确地说:她是一个贯穿全书的主要人物,是贾府里年轻的当权派,是小说中女性人物群体里与男性世界关联最多的人物,是写得最复杂、生动、新鲜的女性形象,也是《红楼梦》塑造得异常成功的人物之一。因此任何一个读者读了小说之后,都认为凤姐是全书很引人注目、深刻脑海的一个代表趋于没落的封建阶级的典型形象,作者对她那做什么和怎样做的描绘,是最最出色和最最成功的。可见,在作者的创作构思中王熙凤占着显赫的位置,如果抽去了这位“台柱式”的人物,贾府将“忽喇喇似大厦倾”,《红楼梦》的艺术结构和思想倾向也就失去了平衡。那么,曹雪芹对王熙凤究竟是褒还是贬?是赞美还是批判?是作为正面人物来写,还是作为反面人物来写?长期以来,在红学界尤其是一个时期在整个社会上,是把王熙凤当作彻头彻尾的丑恶的个性鲜明的反面人物的典型看待的,当然也有少数人坚持王熙凤是正面人物典型的观点。我们认为,这种只见森林,不见树木,或者只见树木,不见森林的观点,都是片面的,因而也是错误的。笔者在长期的《红楼梦》教学与研究中,也曾是持前一种观点的,经过此次问卷调查的整理、综合、分析、研究之后,发现当代青年的红学观,颇为发人深思,他们提出的某些观点值得借鉴。平心而论,就全书来看,作者刻画王熙凤不是为了某种观念的东西而忘掉了现实主义的东西,他没有把王熙凤的思想性格简单化、脸谱化、概念化、漫画化,而是用语言和行动体现在形象之中而不是形象之外。因此,就形象的总体看,作者基本上是贬不是褒,是批判不是赞美,但有时又贬中有褒,批判中有赞美,具体到某个场合某种事件上又是全褒全赞美。通览《红楼梦》,可看出作者表现了她的"辣"性,她口辣、手辣、心辣。但她的"辣"性,有的地方是泼辣干练,有的地方是辛辣幽默,有的地方则是毒辣残忍。那么,针对"王熙凤毒设相思局"这段故事情节来说,应当如何评价呢?笔者完全赞成第一种观点,答卷人的见解相当深刻,也很有说服力。最后,还是借用伟大的文学家、思想家鲁迅的话来作结:"至于说到《红楼梦》的价值,可是在中国的小说中实在是不可多得的。其要点在敢于如实描写,并无讳饰,和从前的小说叙好人完全是好,坏人完全是坏的,大不相同,所以其中所叙的人物,都是真的人物。总之自有《红楼梦》出来以后,传统的思想和写法都打破了。"(《中国小说的历史的变迁》)王熙凤,就是这样塑造出来的"真的人物"。

（四）

王熙凤，作者描写她时“如实描写，并无讳饰”，好中有坏，坏中有好，这是一个“真的人物”。既是真的人物，我们就应当按真的艺术来评价，笔者兴之所至，情不自禁，于是，写下了下面的“真的人物赞”：

你自幼假充男儿教养，还起了个“学名王熙凤”，你的绰号真多，什么“凤姐”、“泼皮破落户”、“凤辣子”、“给事中”、“巡海夜叉”、“破落户”、“辣子”、“烈货”等等，每个绰号都有深刻的意蕴。

论你的外貌，模样非常标致，“身量苗条，体格风骚，粉面含春威不露，丹唇未启笑先闻”，平时打扮总与各位姑娘不同，“彩绣辉煌，恍若神妃仙子”，是一位出挑的美人。

论你的口才，伶牙利齿，十个会说话的男人也说不过你。不管什么场合说的话，总是说得那样得体：有时说得很甜蜜；有时说得很泼辣；有时说得很诙谐；有时说得很粗野；有时又说得非常典雅。你堪称十八世纪的语言大师。

论你的气质和思想，你“嘴甜心苦，两面三刀；上头一脸笑，脚下使绊子；明是一盆火，暗是一把刀：都占全了。”“凭是什么事，我说要行就行。”说一是一，说二是二，没有人敢拦你，这就是你的思维模式。

论你的才能，确是“脂粉队里的英雄”，“心机又极深细”，无论是在“王熙凤毒设相思局，贾天祥正照风月鉴”（第12回）中，还是在“尴尬人难免尴尬事，鸳鸯女誓绝鸳鸯偶”（第46回）中，都体现了你是贾府里的精英，事情处理得可谓应对进退，有理有节，举措得体，料事如神，化险为夷，无懈可击。尤其是“协理宁国府”那样纷繁复杂、困难重重的大事，一个20来岁的少妇，你竟然处理得得心应手,很快使宁国府由乱走向治的局面,充分显示出你的组织管理才能。难怪伟大的历史人物毛泽东曾经赞赏说:“王熙凤有总理之才。”

论你的欲望,却是五毒俱全,沟壑难填。一是媚上压下,诡计多端;二是唯利是图,贪污受贿;三是残忍狠毒,两面三刀;四是剿抚两用,应对自如;五是放荡市侩,极度权势。一言以蔽之,你确是治世之能臣,乱世之奸雄啊!

总之,在大观园里,你在哪里出现,哪里的空气就活跃起来,就常常有了热闹和欢笑,或者是悲哀和嚎叫。作者用如椽大笔把你刻画得宛如真的人物,奇呀,真奇呀!“其描绘人情,雕刻物态,真能抉肺腑而肖化工,以为文章之奇,莫奇于此矣!”(孙桐生《妙复轩评石头记叙》)是的,曹雪芹是一位“奇人”,《红楼梦》是一部“奇书”,王熙凤则是一位“奇妇”。人们爱你,人们又恨你!

(写于1997年岁末)

改变思维模式　振兴科学学派

——第十次《红楼梦》问卷调查

(一)

这是第十次,也是系列专题中的最后一次问卷调查了。

问卷调查的题目是:关于《红楼梦》的研究方向和方法,大体可以归纳为以下十种:1. 突出古为今用,按“百科全书型的长篇小说”多方位多元化进行本体研究;2. 按纯文学作品去研究艺术成就,为当代文艺创作服务;3. 考证曹雪芹家世,兴起“曹学”;4. 以脂砚斋评语为准,单纯搞探佚学;5. 为探讨作者的创作实际,单纯考证版本;6. 从索隐到破译进行想象研究;7. 彻底否定后四十回;8. 高度肯定后四十回;9. 着重发现并考证有关红学文物;10. 以“阶级斗争的形象历史”为纲,去研究《红楼梦》的思想意义和艺术成就。你认为上述方向与方法哪一种对或可行?为什么?

这次问卷调查所拟的题目,实质上是关于红学学派的问题,可以说是全部系列问卷调查中难度、深度、广度最大的一次,因此,在发出问卷调查提纲的时候,特意附加了一条说明:“答卷人必须是读过《红楼梦》并关心研究的人。”

（二）

本次问卷调查的特点是：其一，由于问题的专业性、学术性很强，考虑到一般的读者是回答不来的，所以最早发放的范围极小，只是在部分文科研究生和大学青年教师中发放。不久，大约1996年的上半年，先后收到两封素不相识者的来函，一封来自东北边陲黑龙江农垦师专某教师，一封来自湖北枣阳市医院某医生，接着1996年下半年又陆续收到山西各地的来函约20封，其中有农民、编辑、中学教师、师范学校高年级学生等，他（她）们都一致赞扬“红学问卷调查活动有价值、有新意”，表示要积极参与，希望寄给他（她）们问卷调查提纲。例如，黑龙江省阿城市农垦师范专科学校王菊艳讲师，她在信中说，她主讲“红楼梦专题”课，模仿我的做法，向本校学生也进行了一次问卷调查，共发出180份，收回178份，合格卷170份，答卷人分属于下列各类专业：中文62人，政史23人，外语13人，数学24人，物理13人，化学19人，生物15人，体育1人。她说：“从第一次调查问卷，到中间介绍赵老师的文章，一直到最后一次总结问卷课，学生始终情绪饱满，表现出浓厚的兴趣。问卷满足了他们的主动性、积极性，那种满堂灌的教学方式急待改革。”“如何将中国古典文学课讲得既有深度又生动精彩，一直是我们这些青年教师感到困惑的问题。”“当代大学生对中国古典名著仍然比较珍爱，他们喜欢传统文化。……赵老师发表在《名作欣赏》上的两篇文章（按：指我写的《红学问卷启示录》和《袭人和晴雯：你招聘哪位做保姆?》）给了我极大的启发。”

因而这次问卷调查提纲先后竟发放了六次，从1995年1月起到1997年5月止，将近两年半的岁月，延续时间比以前的任何一次都长。

其二,发出问卷调查提纲的数目和收回答卷的数目之多,也是十次中最多的一次。从文化程度来看:

属于硕士研究生的发出 33 份,收回 28 份,在中间又有 2 人属于自动来函要求答卷的,所以实际共 30 份。

属于本科毕业班的学生为 91 级汉语言文学专业的 60 人,师范专业的 50 人,共发出 110 份,收回 65 份;92 级汉语言文学专业的 92 人,共发出 92 份,收回 92 份;93 级汉语言文学专业的 65 人,新闻专业的 18 人,共发出 83 份,收回 83 份。

属于大学专科学生的有 95 级新闻专业双招班 10 人,发出 10 份,收回 10 份。

属于初中、高中、后师的有 20 人,其中包括农民 10 人,师范生 5 人,编辑 2 人,记者 1 人,中学教师 2 人,这 20 人全属自动索卷回答者,共发出 20 份,收回 20 份。

从年龄大小来看,最小的 18 岁,最大的 43 岁,其中以 18—25 年龄段的居绝大多数,35 岁以上的仅有 7 人。

总计:共发出问卷 328 份,收回 278 份,加上 22 人自动索卷并交回者,则有效问卷为整 300 份。

其三,对于《红楼梦》的研究方向与方法,拟写出调查的问题来,实在比读一遍《红楼梦》或者写一篇评《红》论文还要难得多,文字既不能烦琐,又不能不得要领,必须抓住某学派研究方向与方法的精髓,从倾向上主流上表述。在拟题时,尽管我力求客观、真实,希望包罗殆尽,但结果还是出现了失误,我要感谢几位答卷人的诚挚的批评与建议。比如有两份答卷(王之元、高长宝)说,这十种研究方向和方法是从不同角度进行归纳的,怎么可以笼而统之一、二、三、四……并列呢? 比如第二种和第七种、第八种方法之间并无本质冲突,某人在把《红楼梦》"按纯文学作品去研究艺术成就,为当代文艺创作服务”的同时,他也可以“彻底否定后四十回”,或者“高度肯定后四十回”。显然,这种提法不太合理,何况“红学”研究课题并不仅仅这十种,当代就有人在研究《红楼梦》的各种续书。

又有两份答卷(毛淑荣、白慧新)说,除了老师所归纳的十种研究方向和方法外,还有一种更重要的方法即比较文学的研究方法也应当提出。是的,对于我们中国学者来说,运用比较文学的研究方法,把《红楼梦》放在宏观背景上,打破国家和民族的界限,去与别国别族的文学以至于哲学、历史、宗教、艺术诸门类去比较研究,是非常有价值有意义的:它能够扩大文学视野,促进文化交流,开拓文学研究领域。事实上,近十多年来我就开设了“中外小说戏剧比较研究”课程,也在《山西大学学报》和《名作欣赏》上发表了关于《红楼梦》和《傲慢与偏见》的比较论文,而在起草第十次《红楼梦》问卷调查提纲时,竟忘记了这一招,真是千思百虑,或有一失,愧哉愧哉!

(三)

综合分析300份有效问卷,发现各种观点态度有十种:

(1)完全赞扬第一种方向和方法的有158人,占总人数的52.6%。此类答卷中包括硕士研究生24人,大学本科生119人,大专文化程度的社会青年15人。

持此观点的绝大多数都是全面而认真地把十种方向与方法加以比较之后,确认第一种才是最趋于科学、合理、有用的研究方向和方法。其中有六份答卷最具有代表性,写的论点明确,论据充分,论证周密,语言也条理流畅。答卷人分别为:现在上海师大攻读博士学位的副教授许并生,现为山西忻州地委办公室主任、本科程度的原晋平，现为黑龙江农垦师专女讲师的王菊艳，现为山西大学中文系93级新闻专业本科毕业班的柴杰良、郎勇、张祺同学。他们一致认为：这是因为同其他的几种方法相比，此方法既全面又有所侧重，基本上囊括了其他几种方法；既是多元化多方位的整体性研究，同时又突出了古为今用的特点和重点，而其他的研究方向和方法，难免以偏概全，捉襟见肘，尤其是第七种和第八种，彻底否定或高度肯定后四十回都是不可取的。《红楼梦》后四十回的价值，越来越受到学者们的重视，续书不仅续写得成功，而且其中还蕴含了原书的某些信息。同时从接受美学的角度看，中国的老百姓接触的是百二十回本《红楼梦》，其产生影响的深度和广度相当大，这种文化现象决不能忽视。

从价值和社会意义来看，《红楼梦》代表了封建社会小说的最高水平，是思想性和艺术性结合得最好的作品，确实是一部"百科全书型"的小说，它所涉及的内容可谓无所不包，应有尽有，大到政治制度、哲学思想，小到琴棋书画、风土人情等等，真可以说作者对封建社会末世生活进行了全方位全景式的展示。是的，正像王蒙同志所指出的那样："作者未明确声明但实际给自己提供的任务中，似还有求全与炫己两项。求全即搞一部百科全书式的小说，所谓'家庭琐事，闺阁闲情，诗词谜语，倒还全备'。其实不仅这些，作者不放过机会细写园林、烹调、医药、戏曲、僧尼、巫祝、典制、礼数、服装、首饰、陈设、工艺、书画，以至红白喜事种种，不但求真求味求情而且求全。炫己则是既炫耀自己的才学知识包括杂学知识，又炫耀自己有而别人难有的封建上层生活经历体验。"（《红楼梦启示录》第57页）总之，曹雪芹的创作选择是多向的多元的，从第一回声明中便一目了然，既要"怀旧"、"纪实"，又要"解闷"、"警世"，一眼之间把整个世界看尽。正是由于这一"百科全书型"

的特点，决定了我们对《红楼梦》应当进行多方位多元化的本体研究，研究它的思想、艺术和社会的种种价值，而且又强调了古为今用，这就必然使《红楼梦》的研究，具有时代意义和现实意义，否则耗费心血去研究《红楼梦》有何价值？

从作品在社会结构中的位置和关系来看，《红楼梦》作为一种社会意识形态，绝不是孤岛独存的自生物，它本身就是一种生动的社会实践，同社会肌体存在着广泛的联系，因此它必然反映了多棱镜一样的复杂的社会生活。如果单从某一个层面去研究《红楼梦》，其成果必然是狭窄的偏颇的甚至走入误区。笔者整理到此处，颇有感想，突然想起了著名的法国史学家兼艺术理论家丹纳的名言，他在《艺术哲学》的"第一章"中阐述道："我的方法的出发点是在于认定一件艺术品不是孤立的，在于找出艺术品所从属的，并且能解释艺术品的总体。""艺术家本身，连同他所产生的全部作品，也不是孤立的。有一个包括艺术家在内的总体，比艺术家更广大，就是他所隶属的同时同地的艺术宗派或艺术家家族。""这个艺术家家族本身还包括在一个更广大的总体之内，就是在它周围而趣味和它一致的社会。因为风俗习惯与时代精神对于群众和对于艺术家是相同的，艺术家不是孤立的人。"不谋而合，第一种研究方法正符合丹纳的理论体系和方法体系。

从读者的角度来看，《红楼梦》拥有一批数量庞大的读者群，每位读者在阅读《红楼梦》时，都总是要受到个人的经济、社会、政治地位和兴趣爱好的影响。每个人读《红楼梦》时都会有独特的感受，甚至同一个人每次读的感受都有差别，因此，从多元化、多层面、多视角来研究《红楼梦》，也是一种读者群的需求。这个观点又是丹纳早已揭示无遗。他生动地阐释道："我们隔了几世纪只听到艺术家的声音，但在传到我们耳边来的响亮的声音之下，还能辨出群众的复杂而又无穷无尽的歌声,像一大片低沉的嗡嗡声一样,在艺术家四周齐声合唱。只因为有了这一片和声,艺术家才能成其为伟大。”(同上)丹纳的这段话给人以深刻的启示,又一次证明了第一种研究方向和方法的优越性。

持此类观点的答卷人,有的是批评了其他九种,而唯独赞成第一种;有的是完全否定了其中某一种或几种(例如第四、第六、第七、第八、第十种)之后,而赞扬第一种的。有的答卷人则以尖锐警拔的语言指出:“理论联系实际”,“学以致用”,这是挂在人们口边的常话,我们搞一切研究,无论是自然科学还是社会科学,都有一个重要的共同的目的,那就是为了应用。只有研究方向是为应用的红学家,才称得起是真正的称职的红学家,那些穷索于旁门左道的所谓红学家,一辈子寻章摘句主观臆断,即使有所进展,于社会又有何益!岂不是害人误己!有的答卷人则以平和的口吻辩证地指出:研究学问,注意古为今用,毫无疑问这是绝对正确的,符合马列主义、毛泽东思想、邓小平理论的指导准则,但是又不能把古为今用变为功利性十足的实用主义。如何划清“古为今用”和“实用主义”的界限,固然很难,但如果红学研究能够避免这种倾向,才不会走上歧路。

(2)完全赞扬第二种方向与方法的有 30 人,占总人数的 10%。其中包括硕士研究生 5 人,大学本科生 24 人,高中文化程度的农民 1 人。

持这种观点的答卷人,也大多数是把十种方法加以分析后,确认为“从纯文学作品去研究艺术成就,为当代文艺创作服务”是最有现实意义的方向与方法。山西大学中文系 92 级本科生赵有合写得最为全面认真,他在尖锐地批评了其他九种方法后,表了自己的态。他说:

研究学术问题，切忌放下门帘，关上窗户，把自己束缚在一方尺牍之内。历史上有出息、有成就的学人都是学以致用，反对读死书、死读书、读书死的。以考据著名的乾嘉学派为例，其成果是最大的，然不能面向现实，一心皓首穷经却无济于人类社会。有人说过三种做学问的典型：一是像只沙漏，一面装一面漏，一点也不留；二是像海绵，挤出来的东西比吸进去的少了，也脏了；三是验金石，沙子留下，闪光的金子捡起来。我们研究学问就应当是做验金石，红学家也不能例外。所以一个有责任感的作家或评论家都应考虑，研究成果是荫庇后世，还是贻害无穷。根据以上三种典型三种方法，让我们仔细考察一下这十种红学研究方向和方法：

第一种貌似公允，其实是很难做到的，个人的能力有限，多方位、多元化地按百科全书型的方法研究是不切合实际的。

第三种考证曹雪芹家世，兴起“曹学”，我简直想笑。不用说众人，我想，就是曹姓也不会因此就感激他们。据说有的红学家把曹雪芹的先祖，考到了宋朝的曹彬，甚至三国时的曹操，即使弄得很是清楚，又有何用？这些人在这人生苦短的旅途中，耗费精力，实在可悲！

第四种以脂砚斋批语为准，单纯搞探佚学。这本是想让重新“探”出来的《红楼梦》更接近曹氏原著，但我想，这怕是永远不可能的。鲁迅先生曾因看了梅兰芳博士的“黛玉葬花”而“想不到林妹妹的嘴唇竟这么厚”，同理，很多人也会因看了重新“探”出来的《红楼梦》而“想不到……”据了解，许多看了电视连续剧《红楼梦》的观众，正是如此呐喊着。这种方向与方法，于现实生活实在无益。

第五种、第六种更是“无事忙”。由于太多的好事者，使得"单纯考证版本"有困难,退一步真的考证出来了,也不好办,曹雪芹早已仙逝了,死不能言,无从对质,这样探讨出来的作家的创作实际,自己尽可以想象,错了亦不至于坑害别人,不幸他偏又要写给大家看,贻害无穷,真是罪莫大焉。

第七种、第八种:一个是要一脚把后四十回踩进地下,一个是要双手把后四十回托到天上。一眼看出这是形而上学的偏激观点。我们看事物要用辩证的眼光,要坚持两点论和重点论。

第九种本来是有利于深入挖掘作家底蕴的一种做法,然而在红学界却存在一种不正之风,不少红学家在伪造文物,或者强词夺理为我所用,甚至闹得沸沸扬扬,相互诋毁。我觉得这种红学家是最危险的,最可怕的。

第十种呢,处在阶级社会里,自然需要用阶级分析和阶级方法去看问题,但这并不意味着要以阶级斗争为纲,"以阶级斗争为纲"的提法在社会主义的初级阶段是不宜提倡的。这是一种"极左"的错误观点。

排除其他,我们回头看看第二种观点才是正确的,也是现实的。首先,在商品经济浪潮冲击下文坛需要一种新的艺术。文艺在等待,文艺将在等待中爆发。其次,作家们在一番摸索之后,一定会重返古典文化,从中吸取精华。这时,从事这个方向与方法的红学家们应当帮助他们,使他们少走些弯路,多收些效益。第三,这种工作可能要在很长时间以后才能见效,但是功德无量,红学家们何乐而不为呢?

所以,我认为十种观点中的第二条最有效、最直接,也最有价值。

(3)赞成把第一种、第二种的方向与方法结合起来研究《红楼梦》。持此观点的有29人,占总人数的9.6%,其中28人为大学本科生,1人为师范中专生。持此类观点的答卷者,大部分都是在否定了第四种和第六种的研究方法之后,确立了第一、二种的结合观。

例如,答卷人王亚虎(山西大学中文系93级应届毕业生)说:

我的观点用我自己的话概括就是:一个原则,两个方向。一个原则就是要坚持古为今用的研究态度,我们搞研究必须服务于今天的社会。两个方向:一个是向前看,从新的角度审视《红楼梦》;另一个是向下挖,让它的精华服务于今天的文学创作。坦率地说,我非常反感文学研究中那种过于琐细的考证。"红学"研究也需要在方向、方法上有所革新。因为这第一第二两种方法并不是矛盾的,而是包容与被包容的关系,因此两种方法可以水乳交融地结合起来。

答卷人赵丽彬(山西大学中文系92级应届毕业生)这样回答:

研究事物的方向与方法是由该事物的本质属性决定的。《红楼梦》首先是一部小说,然后才能有它作为文学载体所反映的历史、社会、人文、地理、风俗等内容。《红楼梦》留给历史和社会最多最辉煌的也在文学方面,真正彻底地发掘其艺术成就,加以学习借鉴,这将促进当代社会主义文艺创作的繁荣。另一方面,《红楼梦》毕竟是一部与众不同的文学著作,它是一部涵盖量十分丰富的"百科全书型"的小说,因此如果只从文学去研究文学,就显得远远不够了。这样,就要求研究者必须从小说的各个方位,各个角度,多层次、多元化地进行本体研究,循着《红楼梦》中所提到的各种线索,真正挖掘这部小说具有的"百科全书型"特点的深刻内涵,从而更好地为建设社会主义现代化的伟大事业服务。

因此，他们批评说，诸如考证曹雪芹的家世，单纯搞探佚学，单纯考证版本以及从索隐到破译进行想象研究，除能为读者理解《红楼梦》或多或少提供有限的帮助外，实在没有多大的意义。再说，这些研究很大程度上脱离了文学本体，研究者的主观因素介入太多，让人觉得脱离实际，不要说一般的读者，即使具有一定文化水平的读者，对这些研究成果也很少关心，没有几个读者在读《红楼梦》前后去吸收这些成果，可见这些研究又是严重脱离群众的经院式的。所以，他们认为这类研究，可由少数学者去做，没有必要投入太多精力，有关红学研究机构及权威，更不必故意引导。

(4)赞成第三种方向与方法的有 15 人，占总人数的 5%。其中有五人的论证最为典型，这五人均为山西大学中文系 92、93 级本科应届毕业生，他们是韩建英、岳燕林、刘春宇、刘红霞、段融。这五份答卷都写得比较好，他们不评论其他九种研究方向与方法之优劣，开门见山便表态："我赞同第三种研究方向与方法。因为《红楼梦》是一部在一个特殊的时代，作者经历了一番特殊经历之后，用独特的艺术手法写出来的具有划时代意义的伟大作品，他的内容包罗万象，艺术表现手法也多种多样，一切描述都与作者生活环境和成长经历分不开，因此要想更深层地研究《红楼梦》，必须首先对作者及其家世有一个深入透彻的了解，只有对此进行充分的了解，才能帮助我们解开书中的许多不解之谜，更全面地更深层地理解《红楼梦》。对于作者曹雪芹本人，有据可查的资料实在很少，由此引发了一系列曹雪芹身世之谜，正是曹学家们待以解决的课题。因此，曹学不仅有存在的理由，而且是红学发展的必要前提，读《红楼梦》，就应知道曹雪芹，研究《红楼梦》，就需要探究曹雪芹的生平家世。总之一句话，红学离不开曹学。"

(5)完全赞扬第四种研究方向及方法的只有 2 人，占总人数的

0.6%。答卷人(梁江华、李晓东,山西大学中文系93级)均为大学本科文化程度,他们对探佚学评价极高。他们认为:由于脂砚斋和曹雪芹是关系异常密切的亲戚朋友,在曹雪芹还在世时,脂批就和《红楼梦》一同流传了,某些脂批也得到了曹雪芹的肯定。所以脂砚斋评语可以说是研究《红楼梦》的第一手资料,它不仅为探佚《红楼梦》的全璧提供了依据,而且在艺术鉴赏和美学思想上也给人们以启示,帮助人们认识作者独特的艺术创作方法,如谐音法、映射法、谶语法等,都在脂批中一一道破。脂砚斋作为曹雪芹的长辈和全书中的首阅者,对前八十回所作的大量而且精当的评语,更可使我们解开"红楼"之谜,还其庐山真面目,把80回以后的人物故事发展趋势作出考辨、推断、想象,将原著的大体轮廓完整地勾勒出来。

但在300份有效答卷中,竟有一半以上是明确地批评、否定探佚学的,尤其是在肯定第一种或第二种方法的答卷中,特别尖锐地批评了第四种研究方向与方法。持此观点最有代表性的是刘纪昌(33岁,大学讲师兼律师)、刘媛媛(31岁,研究生班)、李军(24岁,大学中文系本科生)、赵海香(21岁,大学中文系本科生)等人。他们有的说:

> 单纯搞探佚学,未免有写科幻小说之嫌。书说到底是一种工具,可以用于生产斗争,也可以用于养性移情,目的就是有用。书没有用,失去了流传的价值;研究没有用,也失去了存在的权利。因而突出古为今用,多方位、多元化进行本体研究,才可以找出《红楼》真谛,为今天的改革开放服务,为今天经济大潮中的人找一块用武之地。我们的精神文明建设最需要这种"硬件",否则,那些色情凶杀低劣之作又怎能不充斥大街小巷?

他们有的说：

探佚学曾经盛行一时，一开始，作为一种新方法我觉得挺新鲜，挺佩服，但后来研究者却越走越远，自以为是，主观臆测，如证明薛宝钗嫁给贾雨村就因为贾有一联："玉在椟中求善价，钗于奁内待时飞"，便探佚出如此情节，荒唐之极。至于有些立论，纯粹是"皇帝的新衣"，好像天下人都没有读懂《红楼梦》，只有搞探佚学的那么一两个人读懂了，自封为王，目空一切。有些立论更是胡说八道，自相矛盾，如用娥皇、女英的典故证明黛玉、湘云都和宝玉有爱情关系，但我也同样可以用这个典故证明二人同时嫁给宝玉，或者同时自杀云云，不会像他们考证的那样黛玉早死，湘云后来与宝玉结合。

(6)在300份答卷中，除有18人承认第六种研究方向与方法有一定的合理性外，竟有282人完全否定，但也有3人高度赞扬第六种，占总人数的1%。其中本科程度的2人(辛文斌、侯立睿)，大专程度的1人(95级新闻专业吕慧)，以山西忻州师专讲师辛文斌写的最有代表性。他认为，"《红楼梦》本身是一座复杂的迷宫，具有立体的思想(儒道佛，天地人)和圆形的艺术(草蛇灰线，魔幻变形)，文本自身的'无穷性'和'测不准'，必然会带来研究的'无穷性'和'永远性'，因此永远存在'索隐'和'破译'的必要，而且每次'索隐'和'破译'，都是对《红楼梦》世界的一次发掘和开拓。从某种意义上讲，每个读者或研究者都有自己所理解的《红楼梦》，都已进行了不同时空点和不同心理状态下的二度、三度……创作，都加进了想象的因素，这种想象就是再创造，再理解，就是主体与客体的相遇，这无疑会把《红楼梦》研究引入了一个新的境界。"

(7)在300份有效答卷中，绝大部分答卷人认为"第七种彻底否定后四十回"和"第八种高度肯定后四十回"的观点，都失之偏颇,形而上学,主张实事求是地评价,作出一分为二的结论。但也出现15份答卷,完全赞成第八种方向与方法的,占总人数的5%。其中以硕士研究生薛娅玲和大学本科生李登凯写的最具有代表性。他们认为:《红楼梦》后四十回的作者不论是哪一位,都是一位求真意、抒真情、写真景而毫不矫揉造作的语言大师,多少年来连同前八十回合成百二十回本流传于世,为广大读者所接受确是铁的事实。作为文学阅读与小说赏析,到底应该以什么样的价值标准来评判后四十回呢?

首先,前八十回之伟大,自然使读者为后四十回之佚散而长叹!反过来,如果没有高鹗的后四十回,曹雪芹的《红楼梦》就是残本,不可能得到广泛流传,达到今天这种妇孺皆知的效果,它的伟大价值和独特的艺术魅力就要受到一定程度的影响。而且,小说的最大底蕴也正是小说本身,古今中外,杰出的长篇小说的结局部分,写得成功的何其少也!《水浒传》《西游记》《红与黑》都是如此。对于《红楼梦》,我们也不能排除作者收笔困难的问题,前八十回叙写得越是感人、可信,环境与人物越独特越生动,就越会先入为主,既成事实,难以再翻出新景新意,而后四十回的续写,却翻出了令人满意的新景新意。

其次,某些红学家指责后四十回改变了原作"白茫茫大地真干净"的结局,成为"兰桂齐芳"、"沐皇恩贾家延世泽"的俗套。实际上,高鹗的续作还是基本上遵循了曹雪芹的创作思路,例如"十二钗"的不幸命运,贾府的抄家败落,宝玉的出家,贾母的殡仪冷清等,都是和原作思路相符的。同时,也没有把"遍被华林"的"悲凉之雾"写得让人喘不过气来,这正是高作的妙处。贾府虽有"金玉其外"的外表,却是"败絮其中",所有的人都已"心死",这不正是最大的悲哀吗?

再次,从语言艺术来看,后四十回显示了卓越的真实美,人物语言的个性化和雕塑般的浮雕美,意趣横生的诗情画意美,以及文字的简洁、谐趣、含蓄等,特别是"黛玉焚稿"、"宝玉哭灵"、"黛死钗婚"的重要情节,都续写得毫不逊色。

(8)赞成第十种研究方向与方法的有4人,占总人数的1.3%,其中太原师范中专生1人(庞俊萍),太原师范大专生1人(李艳华)、山西大学中文系92级本科生2人(柴文军、赵丽慧),年龄段为18—21岁之间。无可否认,凡是经过"文化大革命"的人,都自觉不自觉地参与了当时的"评红运动",然而这四位答卷人都是"文革"以后才出生的,当他们懂事的时候,已经是实行"改革开放"政策的邓小平时代了,那么他们为什么还会坚持赞成"以阶级斗争的形象历史为纲,去研究《红楼梦》的思想意义和艺术成就"呢?原因可能是多种多样的:一是受了老一辈亲友的影响;二是中学语文课本中选入第四回"薄命女偏逢薄命郎　葫芦僧乱判葫芦案"的影响;三是课外阅读有关著作的影响;还有其他等等。由此看来,想要完全抹煞这种观点是绝对不可能的,作为一家之说是具有一定合理性和科学性的。这四份答卷一致认为:

> 可以说阶级斗争的色彩充满了整部小说,无处不在,无处不有。小说中许许多多生动、活泼、可爱的人物,都变成了封建阶级斗争的牺牲品。阶级斗争的残酷性是我们在小说中体会最深刻的。曹雪芹以一个目睹者和经历者的身份揭示了阶级斗争的残酷和实质。人性和亲情在此时被金钱、权力、私欲所代替。成为封建阶级的附属品。贵族家庭内部的明争暗斗,奴婢之间的斗争,贵族与奴婢之间的斗争,还有在生活上他们穷奢极侈,挥霍无度,衣食住行都非常讲究,浪费惊人,所有这些难道不是阶级斗争的表现吗?

从文学理论来说，文学的阶级性，就是指文学作品中所表现出的一定阶级的思想、情感、意志和理想，这是人类社会进入阶级社会后文学的一种普遍倾向。在所有的艺术中，文学是最不纯粹的艺术。因此研究《红楼梦》时，就应该以“阶级斗争的形象历史”为纲加以剖析。

(9)此外，还有赞成1+3的(即主张把第一、三种方向与方法相结合)，1+6的(即主张把第一、六种方向与方法相结合)，1+10的(即主张把第一、十种方向与方法相结合)。持此类观点的答卷各4份，共12人，占总人数的4%。具体理由，前边已大略谈过，故不赘述。

值得注意的一个事实是，在300份答卷中唯独没有一人赞成第九种研究方向与方法的，即“着重发现并考证有关红学文物”的。究其原因，恐怕与下列情形有关：一是答卷人缺乏这方面的知识和信息；二是红学界屡屡出现假文物，或者证据不足便草率做出主观臆测的结论，使人产生逆反心理，于是答卷人置若罔闻。

(10)认为十种研究方向与方法都各有所长，各有所短，每一种方法都有其合理性，任何一种方法具体到每个研究者面前都是很艰难且神圣的选择。问题的关键不是选择或淘汰某种研究方法，而是如何把握各种研究方向与方法的科学性，不要让它流向冷僻、古怪、繁琐、无用的地步。持此观点的有32人，占总人数的10.6%。在32人中具有硕士学位的有9人，具有大学本科文化程度的有23人，其中以刘达科(硕士学位，山西大学中国古代文学研究所副教授)写得比较明确、深刻，兹摘录如下：

根据当代西方的阐释学和接受美学理论，可以把一部文学作品分为艺术成品和美学客体，批评家的任务是帮助读者把艺术成品提升为美学客体。作品一问世，其命运便完全掌握在读者手中。作者的创作意图和思想倾向，对读者固然有巨大的导向作用，但读者对作品的接受，受自己的世界观、人生观、经济地位、文化素质、生活阅历、性格爱好等方面的影响。

不同的读者会对同一部作品产生许多不同的认识和评价，同时，社会思潮和时代精神也会对认识、评价一部文学作品产生巨大影响。因此，接受美学特别关注文学与现实以及读者的关系、文学的社会功能与效益、文学的传播与接受诸问题。这种理论恰好给我们在研究《红楼梦》时以启迪。从《红楼梦》问世以来，直到现在，已有许多不同的诠释和结论，可见批评家们在研究时的切入角度不同，自然便出现“横看成岭侧成峰”的现象。我认为每一个历史时期批评家的诠释都是“相对真理”，而“绝对真理”便是这无数相对真理的总和。《红楼梦》研究永远不可能达到“终极真理”，今后，在这十种研究方向与方法之外，必将还会有新的方向和方法出现。

（四）

当笔者把300份问卷调查归类整理并分析之后，感到特别欣慰。

欣慰的是这次问卷调查活动又取得了始料不及的效应：有不少答卷人说，在参与系列问卷调查之后，他们对《红楼梦》的兴趣与日俱增，自觉地投入到《红楼梦》的多方位多元化的本体研究之中了；也有不少答卷人提出了诚恳的希望，他们说，研究《红楼梦》是一项巨大而细致的工程，单靠个人的力量是不可能完成的，而只能让每位研究者在各自所熟知的感兴趣的领域进行深入细致的发掘，如果单纯地指出哪种对，哪种错，哪种可行，哪种不可行，必然导致研究者都往一个方向挤，形成一窝蜂，给红学研究留下了空白区。因此，他们认为上述十类观点中，还是第一类说得全面辩证，体现了“百家争鸣”的愿望。正如答卷人许晓川（硕士生）希望的那样：“有一点千万应注意，就是要摒弃门户之见，相互尊重，携手共进，真正开创一个红学研究的新天地！”

有的答卷更别开生面地用美国文艺理论家艾布拉姆斯《镜与灯》中的理论，去论证《红楼梦》研究的现象与过程。山西大学中文系本科生马旺生这样写道：“一部文学作品的完成，都离不开文学四要素——作品、作者、宇宙（或社会）、读者。不管对哪一部文学作品的研究，若要全面彻底的话，绝对不能离开此四要素。因此应提倡对《红楼梦》研究的研究。”是的，不同的历史时期根据此四要素进行研究，无论是有意识或无意识的，已经形成一部《红楼梦》研究发展史了，因而认真进行关于《红楼梦》研究的研究，总结得失，就至为必要。但是目前在这方面还是十分薄弱的，关于红学史的论著还少，即使有一两本，也是简略的纵向叙述，缺乏横向比较，总结得失，对当前的红学研究尚无指导意义，对未来的红学研究又不敢大胆预测。

本次问卷调查的内容及其性质，实质上是关于学派问题的探讨，关于中国思维模式和偏向问题的探讨。不过不是广泛的探讨，而仅仅是具体到《红楼梦》的研究领域里。草拟的十种研究方向和方法中，有的早已形成红学学派，出现了学派领袖，拥有红学成果，有的则尚未形成学派，属于萌芽状态。我们希望改变思维模式，振兴科学学派。学派是人才的精华，学说是科学的精华。科学学派的出现、形成和繁荣，对于我国完成“科教兴国”的伟大事业，推动整个人类社会进步起着巨大的作用。那种把“红学圈子”越划越小的现象，并不是好事。所以出现这种不利于红学繁荣发展的事实，恐怕与中国人的长期形成的传统思维方式有关，即唯圣思维方式和大一统论的观念在作怪。在中国封建社会里，一方面是唯圣人之知才是“真知”，唯圣人之法才是“真法”，一切以圣人之说为指导而建立起来的学问才是“真学问”；另一方面是权力就是真理，一切服从所谓虚构的“统一”。皇帝金口玉牙，高度集权，众臣民必须服从统一的政治和统一的思想。先秦时期早已形成的“百家争鸣”局面，到汉代以后便逐渐消失了，以至于发展到“舆论一律”、“一元化”思维方式的顶峰；从整个文化背景看，这两种思维方式又都具有独尊、封闭和保守的特征，这正是中国人思维的偏向。因此，为使中国尽快地健康地走向现代化，对此种思维方式，正视并运用正确的方式予以转换是非常必要的，《红楼梦》的研究也不能例外。

21 世纪社会的新趋势是知识经济时代。党的十五大重申并强调的“科教兴国”，就是应对知识经济的到来对我们国家的挑战和机遇的重大战略措施。什么叫“知识经济”？1990 年联合国研究机构提出了这个概念，明确了这种新型经济的性质，即“人类正在步入一个以智力资源占有、配置，知识的生产、分配、使用（消费）为最重要因素的经济时代”（转引自吴季松著《知识经济》第 3 页，北京科学技术出版社 1998 年 5 月版），换言之，就是“科学技术是第一生产力”的时代。因此，为了适应知识经济浪潮的挑战，《红楼梦》的研究方向和方法，也必须注意创新，如果永远是故步自封，一成不变，唯我独尊，打击一切，是不会有生命力的。因为创新是知识经济的灵魂，创新更是一个民族进步的灵魂。

（1998 年 9 月修改并定稿）

附录一

周汝昌评语

赵景瑜教授1992年发于《学术论丛》的《说不尽的红楼梦——兼谈红楼梦的研究方向与方法》，是我（目坏人）近几年所得而见的十分罕觏的高层次论《红》的好文章。我读后很感动，甚至有些激动。

作者高瞻远瞩，环览六合，提出了他对红学研究的意见，学力识力，都不一般——异于"老生常谈"。从红学史况与现状得出了他自己的看法与倡议，有见识，有分量，也更有新意。

这些年来，红研工作由于"人"的原因，并未正常发展，相反，是堕落了。红学是"国宝"，应为国为民造福，而不容把它变成行私利己的"工具"，把争鸣变成了谩骂，把学术变成了"权术"——这是中华民族文化学术的悲剧。由这点看，赵教授的本篇论文的地位就更异常地凸现了。我基本同意他的看法与论点。

我也欣幸地回忆起：1986年第二届国际红研会上，我答《光明日报》采访时，提出了红研方向今后是其文化含量（大意）。现在看来我与赵教授倡导的，实在是同一个巨大的课题，"分别"只在他强调"大科学"，我强调"大文化"，其实质精神却正是一回事。

这是一篇非常重要的论文，虽然我尚不知1992年此文发表后曾受到"红界"专业者的何等评价与反响，何所受教与实施，但我认为它在海内外有识之士的心目中绝不会是漠然无动于衷的——也必然会发生长远的影响。

祝贺（太迟了）此文的问世。

总起来说，美国的余英时，以粗暴的言辞态度，傲慢的心理表情，将过去红研一起否定，而其所谓"红学革命"，无非还是一个"回到文学上来"。"文学上"又怎么样呢？难道那是"一切"吗？形象呀，性格呀，描写呀，刻画呀，生动呀，"艺术性高"呀……，这就是"文学"了？我们应当"回到"的绝不是这些——相与比照，赵教授的论述就高明得太多了。

红学界什么时候能多出几位赵景瑜？我拭目刮目，翘企祷祝。

（目坏人书写十分困难，也即十分草率，请多体谅。）

（1995 年 4 月 28 日）

冯其庸评语

《万种情怀万般泪》，本文着重分析《红楼梦》中为了塑造不同人物而用不同的手法，不同的描写来写同一对象：人在痛苦哭泣时的眼泪。

《红楼梦》所写的人物很多，差别也很大，有相当数量的人物都有过"哭"的这种情况，而不同的人的哭又完全不一样，而且就是同一个人的哭，在不同场合，因不同事情的哭也不一样。本文作者对《红楼梦》中凡是涉及哭的描写，作了较为系统的细致的分析，揭示出曹雪芹写人的手段非常丰富，就是在"哭"这样一个细节上，也能写出人与人的千差万别，从而显示出各自的个性来。

本文作者的观察和分析比较深入细致，有新意，见解也是正确的，我认为这是一篇很有功夫的很好的文章。

（1985 年 11 月）

黄肃秋评语

《论贾母》一文我感到极有说服力。作者倾诉绵密，以比较文学的方法，用演绎的综合手段，把贾母这一特定的历史人物放在千万个红学论者的杠杆上，予以剖析，有声有色，论古喻今，可说为红学界又放异彩。但稍有不足之处，论中引用了 50 年代文艺界围剿胡风的政治术语“自我扩张”一词，我认为提法不妥。

《万种情怀万般泪——〈陋室评红〉之十五》，是红学评论中难得的优秀作品。可见作者倾注了很大的心血，特别是有关红楼梦里的一些“哭泣故事”都是罗列了很多的事例加以分析，思路清晰，观点透彻，有独到之处。

（1985 年 12 月 12 日）

蒋和森评语

赵景瑜同志研究《红楼梦》多年，治学勤奋，思路开阔，曾取得相当成绩。这篇《说不尽的红楼梦》，对研究方法这一重要问题提出自己的见解，主张博采众长，联系实际，破旧立新。这个意见是正确的，对推动《红楼梦》研究的深入发展很有意义。

（1995 年 5 月 20 日）

傅憎享评语

景瑜先生的《说不尽的〈红楼梦〉》及《第一次“红学专题”调查的启示》，两篇论文确实给红学界以新的启示。前者是讨论《红楼梦》的研究方向与方法的。作者突破旧框框，拓宽新领域，把传统方法与现代科学方法结合、定量定性结合、微观宏观结合、社会科学与自然科学结合等等，无疑是行之有效的新方法。不仅作者如此主张，而且致力于实践。他的论文与专题调查，便是这实践的实证。《说不尽》的论文中反映五个结合的例证颇多，不必赘引。在专题调查中也充分地体现了研究方向与方法的创新，使红楼梦研究获得新的生机。这是值得赞扬的。红学研究，近年来所以沉寂，作者追思其内因，导致于“中国传统思维方式始终是崇拜意识，而缺少怀疑、否定、批判精神，因而也不可能产生创造性思维。”作者的“专题调查”便是一个例证。运用了社会学的问卷方法，对大四九〇级进行了调查。所调查的皆是红楼梦的敏感和热点问题。通过调查而后研究青年学子的文学观与价值观。对红楼人物进行了新的认识与评价。这是对传统文化进行理性的思辨，以便科学地肯定与否定。对处于十字路口的青年人是一个正确的引导，导引他们继承民族美德与文化传统的优秀内涵，以达到用“红学”来培育新人。这种“专题调查”的新举，无疑对重新设计教学内容（特别是古典文学的教学）具有开创意义。景瑜先生是新的教学内容的设计者、新的教学方法的创新者。他的《说不尽》论文，与专题调查相辉映，论文是调查的纲领，表明了作者的创新的主张，特别是五个结合对红学界具有启示意义。

因病住院,在病床上写此简见。

(1994 年 9 月 17 日于沈阳)

沈天佑评语

赵景瑜教授在 1994 年第七届全国红学会议上提交的论文《一次“红学专题”调查的启示》,引起了与会代表的普遍关注和浓厚兴趣。有些代表赞扬该文是“别开生面,方法创新,观点新颖。”

《一次“红学专题”调查的启示》与一般论文很不一样,其特点是紧密结合《红楼梦》教学实践,结合当今大学生在文学观、婚姻观、审美情趣上所发生的深刻变化,在客观调查研究的基础上写成的,因而给人以别开生面的感觉。

文章的四个部分:(一)信息总汇;(二)百家争鸣,论据迭出;(三)这是为什么;(四)敲起警钟。包含的内容比较丰富,材料详尽具体,视角新颖,分析也比较细腻、深入。如第三部分:“这是为什么”中,作者先指出“红学专题”问卷调查结果,方方面面令人深思,紧接着对这一结果,从“思维灵活了”、“婚姻观变了”和“价值观变了”等三个方面作了剖析,富于说服力和启发性。

调查报告的对象是山西大学中文系的部分学生,我想如果选择几个更有代表性的大学来进行调查,其结果可能与这不同,会具有更强的典型性,不过这些都是题外话。

(1994 年 9 月 13 日)

马瑞芳评语

景瑜教授：

近好！

你从全国红学会上提前离开后，大约不知道你在会上的发言已经引起了强烈的反映。因为你带来的论文不够多，许多同志都到会务组去讨，一时掀起了赵景瑜热！我得到张庆善的特别照顾，连夜给送一份来，因为我开玩笑地说：如果你不给我找一份，我一定和你没完！这位小老弟只好借了一份去复制了。

1980年全国第二次红学会在济南开时，小张还是一个小喽啰，现在人家已经是红楼梦研究所的副所长了，我们怎么会不感到日月如梭呢？赵兄的学术研究成果累累，如日中天，尤其在红学研究上更是令人瞩目，当然倒不曾虚度岁月。

我们那个组"两京"任组长（南京吴新雷、北大沈天佑），是所谓艺术分析组。包括李希凡和蒋和森二位被刘宏彬叫作"红学界艺术分析的主帅和主将"，也都说到对你的发言的看法，李希凡就不肯把他手中的赵兄宏文借我一看，大约是怕我借了不还。大家统一的认识是：观点新颖、论据丰富、角度有独创性。我回到学校后还向其他未与会的人介绍，认为是今年莱阳红学会上最好的论文之一。

记得十年前我在南京会上发言，讲的是外国留学生对红楼梦的看法，今年你讲中国学生而且讲得那么好，我们可以说是"同志"了。我觉得你的文章之所以好是因为：你让学生去判断《红楼梦》中贾宝玉等五位男性哪个可以做丈夫、林黛玉等五位女性哪个可以做妻子，这是一个巧妙的提问：如果学生不看深看透《红楼梦》,他们的判断从何而来？此其一;你的学生做出那样独出心裁的判断,正如你发言引起的强烈反映,说明,你的红楼梦研究课上得深入,而他们反映的是当代大学生在道德和艺术欣赏上的普遍现象,此其二;用古典文学和当前人们的生活相联系,不能不说是一种学以致用的良好学风,此其三。

你寄来的一份,因我早已搞到一份,恰好去开省作协主席团会议,就当人情送了人,大受欢迎。

说了半天,主要目的是:很乐意看您的红学宏文,快把其他文章自动寄来！地址仍为山东大学中文系。

祝笔健!

马瑞芳

(1994 年 10 月 6 日)

姚北桦评语

景瑜同志:

大作收到了,谢谢。

一口气读完之后,我仿佛听到了《红楼梦》当代青年读者的心声与脉搏,这是不少“闭门著书”、不问世事的红学家不关心、不了解(甚至不愿了解的)大问题。从表面上看,红学界舌枪唇剑,你来我往,仿佛很热闹,而实际上,在青年读者中反响并不强烈。究其故,这恐怕是主要原因。

谢谢您做了一件很有意义的工作。“红学调查”,是一件很有意义的学术活动,所撰写的专题报告,材料真实,论点鲜明、分析透辟,文字生动。这样的调查报告,不仅红学研究工作者可以从中得到启示,就是对当前从事青年思想工作的同志,也不无参考意义。

江苏红学会有意步您的后尘,在更广泛的社会阶层中,进行一次多视角的读者调查。题目已初步拟出,待研究通过后,当寄给您请指教,并欢迎给予支持。

专此即颂

教安

姚北桦

(1994 年 9 月 22 日)

附录二

“红学问卷调查”的真价值

贾瑞民　俞晓红　王菊艳

《名作欣赏》发表了山西大学赵景瑜教授的几次关于《红楼梦》问卷调查的文章,引起了我们的极大兴趣,并取得了强烈的共鸣。我们三人不管是高等院校的教师,还是大学里的莘莘学子,可以说,都不满足于古老而僵化的填鸭式的满堂灌的教学,特别是广大青年学生,迫切要求高等院校对课程设置、教学内容、教学方法进行改革,以便“培养适应社会主义现代化要求的一代又一代有理想、有道德、有文化、有纪律的公民”(江泽民语)。我们认为《名作欣赏》能够连续发表赵教授的《红楼梦》问卷调查报告,切合时宜,非常好,尤其是在1995年第5期《红楼问卷启示录》前加的《编者按语》,和1998年第1期《你喜欢不喜欢阅读〈红楼梦〉?为什么?》后加的《编后记》,说得都很肯綮、真实、深刻,由此可见编辑先生们深知青年读者的阅读与欣赏心态。不!据我们所知,相当多的中老年读者对此种做法也非常感兴趣。

现在,且把我们的共识综合如下:

首先,据说全国不少大学开设了“《红楼梦》研究”选修课,选修人数还不算少,但基本上是采用“满堂灌”的教学方法,以教师演讲为主,学生被动接受,内容则不外是老模式:作者介绍、主题思想、人物分析、语言特色等等,讲来讲去,千人一腔、千人一面,皆蹈一辙,毫无新奇别致之处。如何改革传统的教学方法,将传统文化与当代大学生现实生活有机地联系起来,增强教学方法的开放性和实践性,以活跃学生积极思维,提高教学质量,从应试教育转向素质教育,这是至关重要的一个研究课题。赵教授的问卷调查方法为我们青年教师的教学与研究,做出了新示范,开拓了新境界。这是应当首先肯定的。

正如著名作家兼教授的马瑞芳先生给赵教授的信中所言:“我觉得你的文章(笔者按:指《红学问卷启示录》)之所以好是因为:你让学生去判断《红楼梦》中贾宝玉等五位男性哪个可以做丈夫、林黛玉等五位女性哪个可以做妻子,这是一个巧妙的提问:如果学生不看深看透《红楼梦》,他们的判断从何而来?此其一;你的学生做出那样独出心裁的判断,正如你发言引起的强烈反映,说明你的“红楼梦研究”课上得深入,而他们反映的是当代大学生在道德和艺术欣赏上的普遍现象,此其二;用古典文学和当前人们的生活相联系,不能不说是一种学以致用的良好学风,此其三。”马教授还把这项活动写进她的长篇小说《天眼》中。

其次,俞晓红和王菊艳(据悉,全国还有不少中青年教师套用模拟赵教授的问卷调查方法进行教学和研究)在读了《名作欣赏》刊载的《红楼问卷启示录》之后,便套用赵教授的问卷模式,将问卷调查和讨论总结相结合,导入课程,组织教学,结果她们都取得了始料不及的效果。不但听课人数与日俱增,而且许多学生强烈要求购买《名作欣赏》杂志,并要求参与其他红学专题的问卷调查。据说,问卷实践收效十分显著。“从实践看,借助问卷调查和讨论评点相结合的方法组织教学,是非常有意义的。意义之一,通过教学方法的改革,能更好地了解当代大学生的情感心态、人生观念,拉近当代人与古典名著的心理距离,进一步激发学生的参与意识,提高古典文学名著的价值,促进学生更深层地理解名著;意义之二,古为今用,借古鉴今,深化教育主题,促使学生既要汲取宝贵的民族精神,又不泥古盲从,培养健康向上的道德素质,锻炼并提高他们分辨是非、认识解决实际问题的能力。为此,授课教师就必须探索和总结一套行之有效的教学方法和教学内容:首要的是教书育人,在传授古典文学名著时,应注重中华民族优秀传统的选取与讲授,应注重价值观、人生观、婚姻观、文学欣赏观的正确评点与引导,而增强人们认识世界、改造世界的能力。"

令人惊奇而值得注意的一个事实是:两位女教师都开设"《红楼梦》研究"选修课,她们共进行了五次《红楼梦》问卷调查,人数多达 479 人。她们设计的问卷题目除个别地方有所发展变化外,基本上与赵教授的内容相同,她们在综合问卷答案时,调查结果与赵教授的统计结果几乎完全相似。在男性青年求婚的答卷和女性青年择偶的答卷上,显示出的资料分别如下:在男性形象中塑造最好的首推贾宝玉,得票占女生总人数的 62%,但择偶对象却以选柳湘莲的票最多;在女性形象中,普遍认为林黛玉和王熙凤塑造得最鲜明丰满,但择偶对象却以薛宝钗得票最多,占男生总人数的 50%。这种社会现象难道不值得世人深思吗?! 难怪老师们不禁感慨地说:"今人若许青春梦,知在红楼第几层?"如是也。

再次,从现代化的角度审视,在当前国际思潮中,传统与现代,传统文化与现代化,已经是谈论不已的热门话题了。现在日新月异的高科技和复杂多变的社会使我们了解到:传统中有许多优秀的东西可为我们借鉴,但也有不少观念过于简单落后,绝对不能再适用于今天了。五四运动提出的“德先生、赛先生”的口号、观点一点也没有错，错的是虚无主义，把传统说得一无是处。然而传统也决不会自动现代化，必须经过我们的实践探索，认真努力，与中国国情配合起来，重新解释它的真精神，才能在实现社会主义现代化事业上发生影响。赵教授的红学问卷调查系列，正是有效的实践探索行为之一，所以在国内外引起强烈反响，实属理所当然。据了解，他运用这种方法并非今日始，远在80年代初，就在山西大学80级大学生和工人、农民、战士、干部、商人各行各业的青年当中，进行了问卷调查，写出了《戏剧观众调查给我们的启示》论文；1994年电视连续剧《三国演义》播映后，他又与山西省广播电视台文艺部合作，就其得失以及曹操、刘备、关羽、诸葛亮、孙权、周瑜等艺术形象，对各行各业收视观众3000人进行了广泛调查，并在电台作了赏析播讲；而今，他又用这种方法为红学研究独辟蹊径，受到了红学圈内外认识的高度评价。每每校内外请他去专门讲学时，总是座无虚席，人山人海。由于他对红学研究角度新、观点新、方法新，因而他撰写的《公关艺术在大观园》讲演稿，被收入了闻名海内外的权威著作《中国大学人文启思录》第二卷中，该书由华中理工大学著名学者、科学院院士杨叔子任主编，由国家教委副主任周远清，北京大学著名教授季羡林任顾问，许多著名学者均称该书是一本“高层次、高品位的文化精品”。由此可见，赵教授的红学研究已经具有显著特色，形成一个学派了。科学学派是人才的精华，是代表一个民族理论思维的重要标志。它的研究已经远离“红尘”，不参与红学界的学阀、派系之争，不受弄虚作假、相互攻讦“混战”的影响，而是独树一帜，走自己的路，因而受到了全国许多纯正的红学家和红学工作者的爱戴，例如年过古稀的著名红学家、江苏省红楼梦学会会长姚北桦先生便是如此，从他给赵教授的一封信函即可看出：

大作(笔者按：指《红学问卷启示录》)收到了，谢谢。一口气读完之后，我仿佛听到了《红楼梦》当代青年读者的心声与脉搏，这是不少‘闭门著书’、不问世事的红学家不关心、不了解(甚至不愿了解的)大问题。从表面看，红学界舌枪唇剑，你来我往，仿佛很热闹，而实际上，在青年读者中反响并不强烈。究其故，这恐怕是主要原因。谢谢你做了一件很有意义的工作。……这样的调查报告，不仅红学研究工作者可以从中得到启示，就是对当前从事青年思想政治工作的同志，也不无参考意义。

据悉，赵教授的红学问卷调查系列专题(共10个)现在全部脱稿，已公开发表六篇，我们祈盼尽快成册梓行问世，以飨读者。

(原载1999年1月9日《山西日报》)

开谈不说《红楼梦》　纵读诗书也枉然

——记红学家赵景瑜先生

纪昌　姚望

1994年，在山东莱阳举行的全国《红楼梦》学术研讨会上，当山西大学中文系教授赵景瑜先生宣读完他的论文《红学问卷启示录》，立即引起了强烈的反响。围绕这篇论文，会议展开了热烈的讨论。许多红学家认为该文观点新颖，论据丰富，角度有独创性，堪称一篇红学奇文。著名红学家周汝昌、马瑞芳、李希凡、蒋和森等专门致函赵教授,对该文给予高度的评价,一时间,赵景瑜教授成了红学界谈论的一个重要人物。这篇文章为什么会引起这么大的轰动呢?一是它的方法奇——运用问卷调查的方式,联系实际巧妙地出题,比如,第一题调查主题为:在《红楼梦》中,贾宝玉、贾环、秦钟、薛蟠、柳湘莲5个男子,哪个形象塑造得最好最美?思想性格各有什么特色?假如让你择偶的话,你选择哪一个?为什么?第二题调查的主题为:在《红楼梦》中,林黛玉、薛宝钗、贾探春、尤二姐、尤三姐5个女子,哪个形象塑造得最好最美?假如让你求婚的话,你选择哪个?为什么?调查的对象是90级本科毕业生。二是答案奇。在45名男生的答卷中,认为《红楼梦》人物形象塑造得最好最美者,林黛玉20人,薛宝钗6人,贾探春5人,尤三姐3人。然而问及择偶对象,则有55%的男同学选择了薛宝钗。“娶妻当如薛宝钗”,就是出自学生之口的警句。为什么呢?学生的理由很充分:第一,宝钗善理家,勤针线,且温柔敦厚,善解人意,和她的结合,能得到一个温馨舒适的家庭。第二,宝钗促使并支持你成才立业,书中写宝玉骂她是“国贼禄蠹”,那毕竟是封建社会的事情,而在我们的现实生活中,人生在世,总不能碌碌无为;这样做终归有益无害,尤其是现代青年更应该积极上进才是。第三,宝钗豁达大度,不计小隙,随分从时,端庄凝重,会使夫妻间和睦相处,相互理解,相互信任。

至于女同学的答卷,也同样地出人意料。在49人中,大家公认贾宝玉塑造得最好最美,但让择婿,得票最多的不是宝玉却是柳湘莲,认为他敢作敢为,胸怀大志,而且勇敢多情,相貌堂堂,英俊潇洒,有男子汉的威武、阳刚之气,和他在一起,有一种安全感。至于贾宝玉则位居其次。

谈及这次调查情况时，赵教授不无感慨地说："粉碎'四人帮'以后特别是改革开放以来，我一直给大学生讲授'《红楼梦》研究'课。在10多年的讲授过程中，我发现青年学生的价值观、婚姻观、文学观、审美观等等发生了重大变化，你若按传统的思想性、艺术性的简单模式去分析《红楼梦》，根本满足不了他们的需求。对于《红楼梦》他们往往有许多独到的见解，惊人的评论，甚至是许多红学家想都想不来的。他们新潮的思维方法，敏捷的应变能力，驱使你不得不反思总结自己阅读研究《红楼梦》的整个历程，不得不重新设计教学内容和教学方法。鉴于此，我便产生了进行系列调查的动因，并于1993年下半年在毕业生中开始了调查。"

这次调查取得了丰硕的成果。赵教授据此完成了一篇篇红学论文，《说不尽的红楼梦》，又一次在学术界打响。随着调查的进一步深入，他的红学著作《红楼面面观》也即将问世。赵教授用自己的辛勤劳动将红学研究引入到一个崭新的领域。这是他十几年前用一篇《说梦》奠定了自己在红学界的地位后，又一次用自己的劳动成果证明了自己的实力。

赵教授说："我每写一篇文章，都是经过缜密思考的，都有扎实的基础，态度很认真。我不会说假话、空话，也不会突发奇想、哗众取宠。我敢对我的每一个文字负责。调查研究是我最喜欢的学术研究方法之一。"

他说这话时，态度十分诚恳。他认为，只有通过调查研究，才能把握广大读者的心态，才能了解他们的心声，学术研究才具有永久的生命力。

是的，调查研究可以说是赵教授最喜欢同时也最擅长的研究方法之一。十几年前，当戏剧界对地方剧种都怀着还能生存多久的疑惑时，他通过对城乡干部、工人、学生的调查，认为地方戏曲虽然存在着危机，但仍有丰厚坚实的基础，通过各方面的共同努力，地方戏曲是可以振兴发展的。1994 年，电视连续剧《三国演义》牵动了万人之心，如何评价它，对它的得失、经验与教训以及对曹操、关羽、刘备、诸葛亮等艺术形象的认识，成为广大观众关注的焦点。为此，赵教授精心设计了一整套调查表，对各行各业进行了广泛调查。当他把调查结果公布之后，广大的电视观众以及电视评论者莫不对他的求实、严谨的学风表示由衷的敬佩。而今，他又用这种方法为红学研究打开了一扇新的大门。

赵教授不仅醉心于红学研究，而且在山西地方戏研究上也倾注了大量心血。从 20 世纪 60 年代起，他就积极参与山西地方戏的发展和提高，对一些新剧目他总是给予热情的指点，并积极撰写文章给以鼓励和支持，并与一些著名的编剧和演员建立了深厚的友谊。这在山西戏剧界是有目共睹的。

赵教授曾师事著名学者夏承焘、胡士莹、徐朔方、王驾吾等先生。他亦年届花甲，然而，宝刀不老，雄心常在，不仅给大学本科生授课，而且还经常指导着几名研究生。1993 年，经过认真分析考察，他终于向有关部门写出了“关于成立传统文化与现代化研究中心”的请示报告。他说：“市场经济下的教育与计划经济下的教育相比较，已经发生了根本变化。无视经济规律，无视社会的现实需要，学校教育只会走入死胡同。目前一些传统学科面临生源危机，毕业分配危机，就充分说明了这个问题。并不是社会抛弃了传统学科，而是传统学科远离了社会现实。”他认为任何民族在走向现代化的过程中，决不能忽视本民族文化，总是在此基础上加以改造，而黄河流域文化是我国古代文化的中心，研究黄河流域文化的历史与现状，以及黄河流域的自然经济特点和人文地理特点，对决策机构依据资料，兴晋富民有着重大的现实意义。他提出该研究中心的主要课题之一，就是以山西为中心，辐射三晋周边，研究这个地域在古代、近代、现代的政治状况、经济状况、文化状况以及民情民俗，以便为山西的精神文明和物质文明建设服务。

这个报告提呈后，立即受到有关部门的高度重视，并很快得以落实。此后，赵教授便以极大的热情投入到这个工程中。他所带的研究生，主攻方向就是传统文化与现代化的研究，而且，在外界产生了很大影响，去年，报考他的研究生有30多人。今天，先生的心境正可用一首古诗来表达：

随世功名非所望，居家丰俭不求裕；
青山出指论奇事，白发挑灯写细书。

（原载1996年1月26日《山西日报》）

附录三

马瑞芳著新儒林长篇小说《天眼》，第四章《一种特殊选择》中载：

原来，不是南琦教授上课，而是学生讨论。讨论题是前两周就布置了的：假如从《红楼梦》里找终身伴侣，你找谁？

南琦布置这个讨论时说："全世界每一分钟都有人演奏贝多芬的曲子，全世界每一分钟都有人看《红楼梦》，凡有华人的地方就有《红楼梦》！可是怎么样深入学《红楼梦》？我想在这里引用爱因斯坦的一段话，爱因斯坦说过：'自由行动和自我负责的教育，比起那种依赖训练、外界权威和追求名利的思想的教育来要优越得多。对于像我这样的爱好沉思的人来说，大学教育并不总是有益的。无论多好的食物强迫吃下去，总有一天会把胃口和肚子搞坏的。认为用强制和责任感就能增加观察和探索的乐趣，那是一种严重的错误，我想，即使是一头健康的猛兽，当它不饿的时候，如果有可能用鞭子强迫喂给它食物，让它不断地吞食，特别是当人们强迫喂给它吃的食物是经过适当选择的时候，也会使得它丧失其贪吃的习惯的。'让同学们学各种古典名著，老师给同学们细细地讲名著，当然是必要的。尤其是作者家世、经历、作品版本，老师讲的往往是很多学者多年研究的结果。思想艺术的分析也是如此。但是如果全让教师讲，满堂灌，岂不成了让不饿的人吃最美好的食物？让你们感到索然无味？还不如让大家自己讨论。所以想出这样一个讨论题。因为如果同学们不熟读《红楼梦》，就不可能做出选择。希望大家试一试，好不好？”

“好！”学生们很有兴趣。

准备两周后，这个讨论就在这个星期四的下午进行了。

台上一会儿是男同学，一会儿是女同学。南琦坐在第一排，一只手托着腮，一只手拿支笔时不时记一下。南琦讲《红楼梦》，分析史太君宴大观园各种各样的笑，讲得全班一次次地哄堂大笑。女教授爱笑，学生都知道。

两个小时，南琦一直在笑。因学生的发言内容而笑。一会儿，是满脸堆笑；一会儿，是脸上的小酒窝带着笑；一会儿，是嘴角挂着一丝微笑；一会儿，是眼睛带着一丝浅笑；一会儿，是亲切而会意的笑；一会儿，是温和地摇着头笑；一会儿，是忽有所思的笑；一会儿，是忍俊不禁的笑；一会儿，干脆仰头哈哈大笑；一会儿，笑得眼泪都出来了。南琦的学生是怎样讨论的，内容不详，难以杜撰。传说那天特别热烈的掌声是这样两个发言后：一位男生要选择秦可卿为妻，说因为她乳名“兼美”，并确实兼有薛宝钗、林黛玉之美；一位女生要选北静王为夫，说他有怡红公子之柔美却又有王爷之威仪。

小说作者却知道山西大学赵景瑜教授搞过同样的红学专题问卷调查。赵教授让选《红楼梦》研究课的男女各50名学生从《红楼梦》人物中找出自己认为可以做丈夫和妻子的。

供男生选择的是：林黛玉、薛宝钗、贾探春、尤二姐、尤三姐。

供女生选择的是：贾宝玉、柳湘莲、贾环、秦钟、薛蟠。

男生选薛宝钗的最多，选黛玉的意外地少。

女生选择柳湘莲的最多,选贾环的一个没有。

据赵教授的文章说,这个问卷调查百家争鸣、论据层出。

而"娶妻当如薛宝钗"、"择婿定为柳湘莲"的论点各占多数。

赵教授在文章中说,如今中文系大学生,90%对《红楼梦》情节相当熟悉,但他们不再像"文革"前的大学生,以权威的结论为信条,缺少超前思维和创造性思维。他们一方面对传统文化做出不断的怀疑、批判和否定,另一方面不断提出新的假设,新的理论,敢于求异和探索。20世纪90年代大学生的爱情观、价值观和五六十年代甚至七八十年代大学生很不相同,有的学生思想开放,明显受到欧美恋爱婚姻观影响,却也崇拜民族美德和传统文化。赵教授的文章说:

"红学界的同仁们,以上所述方方面面,立此存照,让我们共同朝着社会主义现代化的方向,为了跨世纪的青年一代,认真思考吧!"

南琦让学生讨论从《红楼梦》择偶,想做什么认真思考,不得而知。

俞晓红著《形象:文化的投影》一书第十章阐释接受《知在红楼第几层——关于〈红楼梦问卷〉的实践和评价》,其中写道:

> 《红楼梦》研究作为一门选修课,在我校中文系已开设多年,它历来是选修人数最多的一门课程。授课对象是中文系四年级本科生,一般讲20-30课时不等,基本上采取"灌输式"的教学方法,以教师演讲为主,学生被动接受。如何改革传统的教学方法,将传统文化与当代大学生现实生活有机联系,增强教学方法的开放性和实践性,以活跃学生思维,提高教学质量,突出学生的作用和人才的素质培养,这是我们一直

思索着的问题。

读了山西大学中文系教授赵景瑜先生在1994年莱阳全国红学会上交流的《红学问卷启示录》一文，笔者深受启发，开始套用赵先生的问卷模式，将问卷调查和讨论总结相结合，导入课程，组织教学。首次使用于我系92级本科生选修课（时间是1996年3月至1996年6月，选课人数102人，占该年级学生总数的82%）。

根据需要，我对赵先生的问卷内容稍作变通，设计了以下几个题目：

1.《红楼梦》你一共读过几遍？

2. 你最感兴趣的内容是什么？

3. 阅读《红楼梦》令你联想到哪部外国文学作品？

4. 在贾宝玉、柳湘莲、贾琏、薛蟠、贾环、秦钟六个形象中，你认为哪个形象塑造得最好？为什么？如果让你择偶，你会选择谁？为什么？（此题女生做）

5. 在林黛玉、薛宝钗、王熙凤、贾探春、史湘云、尤二姐六个形象中，你认为哪个形象塑造得最好？为什么？如果让你求婚，你会选择谁？为什么？（此题男生做）

问卷收上后作了统计归纳。阅读过1遍和2遍的居多（约占1/3），3遍以上者少，个别人有未曾读完的。“最感兴趣的内容”依次是：宝黛爱情；尤三姐个性；凤姐弄权；错综复杂的感情关系；十二钗命运；木石传说；黛玉葬花；刘氏进府；焚稿；爱情与神话的关系；神游与曲演；撕扇；大观园生活等等。“联想到的外国名著”则有《安娜·卡列尼娜》《约翰·克利斯朵夫》《傲慢与偏见》《人间喜剧》《十日谈》《罗密欧与朱丽叶》《根》《百年孤独》《追忆似水年华》《源氏物语》《茵梦湖》。以上答案相对而言比较集中。至于后两个问题，答案与赵先生的问卷调查结果十分相似：塑造最好的男性形象首推贾宝玉，得票占女生数的62%，但择偶的对象却以选柳湘莲为多；在女性形象中，普遍认为林黛玉和王熙凤塑造得最鲜明丰满，但择偶对象却以薛宝钗得票最多，占男生数的50%。

同样的问卷调查后来又在93级（授课时间：1996年11月至1997年1月）和94级（授课时间：1997年11月至1998年1月）进行。对答案的统计归纳表明：当代高校中文系对以上五个问题的看法竟惊人的相似。他们对古典名著并不是非常熟悉，但他们很感性地又很准确地将《红楼梦》列置于世界文学名著之林；与他们的年龄特点密相关涉，他们较少关注《红楼梦》中关于封建贵族政治经济教育诸文化形态、行为准则等的情节叙述，而将兴趣倾注于书中少男少女们青春亮丽的精神生活、真切缠绵的爱情追求；作为《红楼梦》第一男女主人公贾宝玉和林黛玉，在面临今人“择偶”问题时，其命运连续三年没有得到改观；而对男性最好兼具宝湘优长、女性最好兼具钗黛优长的要求，却一年比一年显得强烈。今人若许青春梦，知在红楼第几层？

……

从实践看，借助问卷调查和讨论评点相结合的方法组织教学，是非常有意义的。意义之一是，通过教学方法的改革，能更好地了解当代大学生的情感心态、人生观念，拉近当代人与古典名著的心理距离，进一步激发学生的参与意识，提高古典名著“教”与“学”的积极性，促进学生更深层地理解名著；意义之二是，古为今用，借古鉴今，深化教育主题，促使学生既要汲取宝贵的民族精神养分，又不泥古，不盲从，培养健康向上的人格和道德认知力，锻炼并提高他们分辨是非、认识解决实际问题的能力。要做到这一点，除了以学生为主体，鼓励学生积极参与、畅所欲言之外，授课教师先须目的明确：教书育人，在传授古典文学名著知识时，应注重民族精神内容的选取与讲授，正确价值观、人生观、婚恋观的评点与引导，为更好地弘扬民族文化，继承文学遗产做出应有贡献。

问卷实践收效显著。93 级一学生数年后说：古典文学课程印象最深的便是“红楼梦研究”，问卷形式的新奇激发了大家的研读兴趣。经过两轮问卷评点之后，我系 94 级学生 102 人，除 1 人因病休学外，选课者达 99 人，占全部人数的 98.88%。如何将古典文学名著与现代人精神生活接轨并产生深刻影响，是高校中文系教学中一大课题。日益丰富活跃的现代生活促使改革教学方法势在必行。如能在实践中成功地研究出一套行之有效的教学方法，必将对提高教学质量、改善传统思维、增强素质培养起重要作用；而新思维、新方法也势将推广普及开去。

赵建忠著《红学管窥》一书，在《文本的回归与超越——首届全国中青年红楼梦学术研讨会述评》中写道：

由天津师范大学中文系、《红楼梦学刊》杂志社联合举办的“首届全国中青年红楼梦学术研讨会”，于 1998 年 10 月 18 日在天津师范大学隆重举行。

……

本次会议的特邀代表、山西大学赵景瑜教授应邀在会议期间介绍了不久前他在全国进行的《红楼梦》问卷调查活动，引起了代表们很大兴趣。

直到2011年3月3日,还有一位素不相识的先生,北京市朝阳区劲松八区818楼的刘晓安,寄来一封信:

赵教授:您好。

恕我冒昧,给您写这封信。

“红楼梦问卷调查”(一)(八)(九)未查到刊登出处,如蒙告知,则不胜感激。

我孙女的信箱 LiuxUEMZ@163.com.

祝文安

刘晓安

三月三日

附录四

(一)第一次问卷调查《名作欣赏》(1995年第5期)编者按语

赵景瑜教授写的这篇红学专题调查报告,据知1994年在山东莱阳全国红学会议上发言后,引起了十分热烈的反响,许多红学家认为该文“观点新颖,论据丰富,角度有独创性”,堪称一篇红学奇文。奇在哪里?一为方法奇——运用问卷调查的方式,联系实际提出巧妙的命题;二为答案奇——仿佛听到了当代青年读者的心声与脉搏,令人深思。赵教授此举,并非猎奇哗众。应当说,这是一个别开生面的很有意义的学术活动,对于“红学”教学与研究工作者颇有启示。据悉,赵教授将就《红楼梦》做出系列问卷调查,现在我刊先将此篇发表,以飨读者。

(二)第三次问卷调查《名作欣赏》(1998年第1期)编后记

同某些“红学家”、“曹学家”一味在故纸堆中堆故纸的治学方法完全不同,山西大学中文系赵景瑜教授以《红楼梦》问卷调查的方式,在接受美学的范畴,从当代以青年为主体的读者中获取了大量的令人耳目一新的鲜活信息。本刊将其两个主题的调查报告发表以来，编辑部及作者，先后收到了近百封来函来稿，其中有著名红学家周汝昌、蒋和森、李希凡、沈天佑、傅憎享、姚北桦等人，也有全国各地的中青年红学爱好者，更有年逾古稀的武汉朱逢春、黑龙江郭树文二位老先生，他们一致高度赞扬赵教授红学研究的新方向和新方法。有的说："作者突破旧框框，拓宽新领域，体现研究方向与方法的创新，使《红楼梦》研究获得新的生机。"有的说："一口气读完之后，我仿佛听到了《红楼梦》当代青年读者的心声与脉搏，这是不少'闭门著书'，不问世事的红学家不关心、不了解（甚至不愿了解）的大问题。从表面看，红学界舌枪唇剑，你来我往，仿佛很热闹，而实际上，在青年读者中反响并不强烈。"有些青年人则强烈要求参与问卷调查，一位中学教师说："倘蒙不弃，乞得'问卷'，使我聊附骥尾，'则从古至今天上人间第一件畅心满意的事'。"回民女作家马瑞芳教授，还把赵教授的专题问卷调查活动直接写进了她的"新儒林长篇小说系列"《天眼》中。

本期发表的专题调查报告，是按蒋和森先生的生前建议将调查题由某一类人物形象的取舍扩为对全书的整体品评：将调查对象也由山西大学中文系的学生、研究生延伸到学校园墙以外的各色人等。如果本刊的读者愿意接受调查的话，不妨将你们的答卷惠寄本刊，我们将在"读书俱乐部之页"栏内择发或综合编发。如此这般，岂不将赵教授的调查范围大为扩展了吗？

图书在版编目(CIP)数据

当代青年的红学观 / 赵景瑜著. —太原：三晋出版社，2016.1

(赵景瑜文集)

ISBN 978-7-5457-1313-8

Ⅰ. ①当… Ⅱ. ①赵… Ⅲ. ①红学 – 文集
Ⅳ. ①I227.411-53

中国版本图书馆 CIP 数据核字(2016)第 023507 号

赵景瑜文集 · 当代青年的红学观

著　　者：赵景瑜
责任编辑：落馥香

出 版 者：山西出版传媒集团·三晋出版社（原山西古籍出版社）
地　　址：太原市建设南路 21 号
邮　　编：030012
电　　话：0351-4922268（发行中心）
　　　　　0351-4956036（总编办）
　　　　　0351-4922203（印制部）
网　　址：http://www.sjcbs.cn

经 销 者：新华书店
承 印 者：山西天辰图文有限公司

开　　本：850mm × 1168mm　1/32
印　　张：38.25
字　　数：1000 千字
版　　次：2016 年 1 月　第 1 版
印　　次：2016 年 1 月　第 1 次印刷
书　　号：ISBN　978-7-5457-1313-8
定　　价：200.00 元（全六册）

庆贺八十华诞

赵景瑜文集

本色当行论

张庚题

三晋出版社
山西出版传媒集团

与著名戏剧家王起教授合影（1987年1月14日晨于广州中山大学东北区十号王寓客厅摄）

与著名戏剧家张庚、张玮夫妇合影（1998年5月27日下午于张府客厅）

与著名戏剧家郭汉城合影（1998年5月26日摄于北京美术馆，时应邀出席冯其庸书画展）

与著名戏剧家赵寻合影（1998年5月28日下午于北京协和医院高干病房6楼3床）

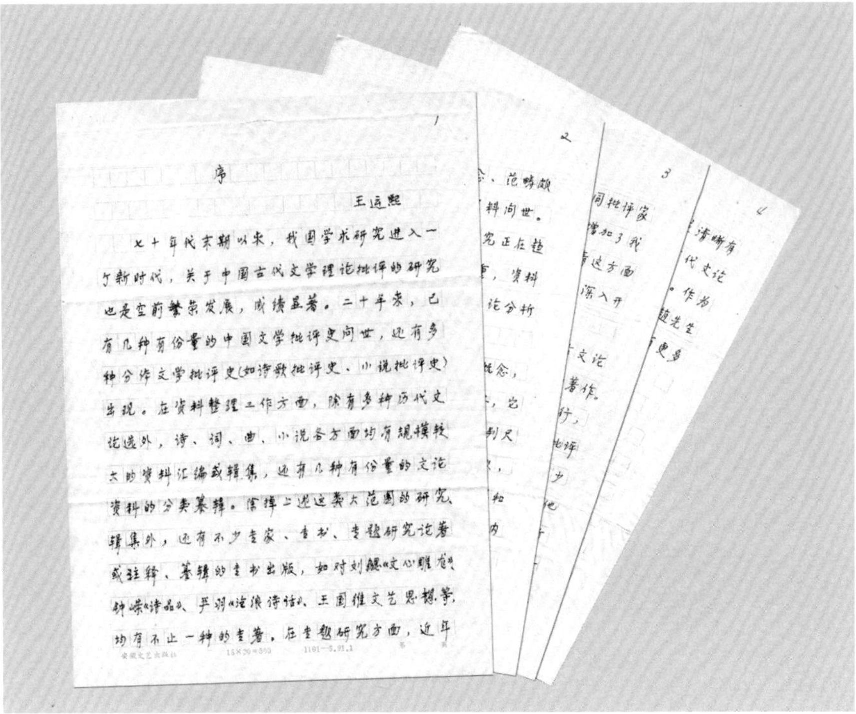

王运熙先生序手稿

序

王运熙

20世纪70年代末期以来，我国学术研究进入一个新时代，关于中国古代文学理论批评的研究也是空前繁荣发展，成绩显著。20年来，已有几种有分量的中国文学批评史问世，还有多种分体文学批评史（如诗歌批评史、小说批评史）出现。在资料整理工作方面，除有多种历代文论选外，诗、词、曲、小说各方面均有规模较大的资料汇编或辑集，还有几种有分量的文论资料的分类纂辑。除了上述这类大范围的研究、辑集外，还有不少专家、专书、专题研究论著或注释、纂辑的专著出版，如对刘勰《文心雕龙》、钟嵘《诗品》、严羽《沧浪诗话》、王国维文艺思想等，均有不止一种的专著。在专题研究方面，近年来学术界对古文论的许多术语、概念、范畴颇为注意，已经有好几种有关论著或资料问世。这些现象说明：关于中国古文论的研究正在趋向细致深入，理论分析与资料整理并重，资料整理为理论分析打下了坚实的基础，理论分析为资料整理照明了工作的方向。

中国古文论中的一部分重要术语、概念，如比兴、风骨、意境、神韵等，十分重要，它们不但内涵丰富，而且体现了批评家的评判尺度和美学理想；不弄清这些概念的确切含义，就难以对批评家的言论做出准确深入的理解和评价。更令人感到麻烦的是，这些概念不但内涵丰富，而且具有复杂性。这些概念的内涵，虽有基本的核心的一面，但批评家在运用它们时，着重点会有所不同，有时还会加进一些新的内容。这样，同是一个概念，在不同批评家的言论中，其含义会有所变化，这就增加了我们今天研究的难度。因此可以说，弄清这方面的问题，对于推动中国古代文论研究的深入开展，具有十分重要的意义。

赵景瑜先生的《本色当行论》，在中国古文论概念研究园地中是一部很有意义、价值的著作。本色、当行这两个概念，宋元以来十分流行，运用遍及于各种文学体裁，而在词、戏曲批评中更见频繁和重要。它们是宋元明清时代不少批评家评价作家作品的重要标准，也寄寓着他们对文艺美的理想和追求。赵著分为三大部分，第一部分为理论探讨，论述本色、当行两概念的衍变，它们在各种文体批评中的运用及其兴盛原因、价值贡献等；第二部分则为分体的资料辑集；第三部分为运用此概念对具体作品的分析。全书资料翔实丰富，论述清晰有序，颇见功力。此书的问世，对中国古代文论研究领域是一项饶有意义、价值的成果。作为一个古文论的爱好者与研究者，我感谢赵先生在这方面的辛勤劳动，同时希望今后能有更多的这类论著出版。

1998 年 5 月于上海

自　序

中国古代文学理论遗产非常丰富,诸如关于艺术构思方面的虚静说、神思说、感兴说、物化说、发愤著书说;关于艺术形象方面的意象说、兴象说、意境说、情境说、物境说;关于艺术辩证法方面的出入论、言辞意念论、形似神似论;关于文学语言或风格方面的神韵说、风骨说、气象说、风格说、文采说、本色说、本色当行说;关于文艺功能方面的兴观群怨说、温柔敦厚说、文以载道说、古文义法说、诗言志说、美刺说等等。对这一系列的问题,都值得从多方位多角度进行深入细致的探讨,其中既有不少和西方文学理论相通的东西,也有不少是西方文学理论所没有的东西。因此,我们如果能够认真研究我国古代文学理论,批判继承,推陈出新,那对于丰富世界文学理论宝库和提高民族自信心,特别是对于建立民族化的中国式的文学理论体系,繁荣社会主义文艺创作,都是十分重要的。

我几十年来主要从事元明清文学特别是戏曲和小说的教学与研究,发现“本色当行”说是值得探讨和总结的一个重要课题,于是从1990年开始进行这项工作,翻检了一些重要文献资料,结果越翻检越复杂,越复杂越深入,越深入越生兴趣,越生兴趣越难收尾,而后来竟弄得力不从心了。于是动员内子王欣欣参与,因为她是在山西大学图书馆古籍部工作,借阅文献,翻检资料,摘录卡片,比较方便，但由于我们的家庭结构特殊，上有老，下有小，她得一面坚持上班，积极履行本职工作，一面还要承担繁重的家务劳动。我呢，内有指导研究生任务，外有多头的社会活动，且常常生病住院治疗。所以，这项课题研究工作总是动一动停一停，停一停动一动，直到现在才算最后定稿。回顾一下，这本书竟拖了十年的时间才写成，真是“十年辛苦不寻常”啊，这是千真万确的，但却不敢说是“字字看来皆是血”，因为如此便唐突冒犯了伟大的作家曹雪芹了。

中间我又组织并指导几位硕士研究生，协助完成这项工作，先后有艾钧、梁海、潘莉等三位同学，或检索抄录资料，或撰写毕业论文，在整个课题研究进程中，他们表现得都很出色，能够做到尊重导师，服从指导，这是应该肯定和表扬的。

今天能够顺利地出版这本小册子，我还要感谢著名戏曲专家、博士生导师、原文化部中国艺术研究院院长张庚教授，在重病中为我题写书名，并谆谆教诲说：“这个研究课题很好，很有价值，一定要搞好，一定要出版。”还要感谢著名中国文论专家、博士生导师、复旦大学王运熙教授为此书作《序》，予以中肯的评价。总之，由于二老给予我积极的支持和热情的鼓励，我才敢于拿出这块璞石来献丑。

对于“本色当行”说的探讨，现在总算有了个初步总结，但由于水平有限，理论方面的阐述一定错误不少，又由于文献多多，资料方面的摘录必然挂一漏万，请读者和专家批评指正。

本书在撰写过程中，最后确定为四大部分，即上、中、下三篇及附录。上篇着重探讨“本色当行”的理论；中篇为辑录历代关于“本色当行”的资料；下篇为评论几部当代具有本色当行特征的戏剧作品。附录有二：一是《山西古代戏曲作家知多少》，二是《怎样阅读、赏析中国古代戏曲》，意在为读者提供一些戏曲知识及赏析经验。

撰写并出版《本色当行论》的夙愿实现了，如果有条件有可能的话，我还想把久已思谋的《改编论》一书完成，不过这个课题就更大了，可谓是一项庞大的系统工程，它的前期工作量很大，要阅读大量的古代小说、元杂剧、明清传奇、各种地方戏以及搬上银屏的电影电视剧，才能总结出几条像样的改编经验或者创作规律来。也许这是纸上谈兵吧，自己不能完成，但愿有人去完成，所以我特借此机会写出，公诸同好。

赵景瑜

2000 年 12 月晦日

写于仙龙斋

目　录

下　篇

附　录

上 篇

我国古代文论的遗产极其丰富,它的表现形式又是多样而复杂化的,它通过感知、理解、想象、情感四要素的和谐而自由的结合,形成了一种独特的审美理论,这种美学理论具有独特的民族内容和形式,许多术语都是前人从文艺创作实践经验中概括出来的。"本色当行"便是其中的一个重要组成部分,尤其在宋、元以后,是我国戏曲及诗文理论中最常使用的概念之一。

关于本色当行,中国古代并没有专门论述的专著,而是散见于各种书中的单篇诗、文和笔记中。为了理清楚本色当行概念的出处、演变、释义等等,我曾经翻阅了《论语》《庄子》《史记》《论衡》《典论论文》《文心雕龙》《诗式》《司空图诗品》《沧浪诗话》《唐音癸签》《诗薮》、吴景旭《历代诗话》《教坊记》《南词叙录》、王氏《曲律》、徐氏《曲论》、祁氏《曲品》、吕氏《曲品》《顾曲杂言》《谭曲杂札》《雨村曲话》《剧说》《中国古代戏曲序跋选》等三十种文献,也曾细读了《窦娥冤》《西厢记》《汉宫秋》《赵氏孤儿》《李逵负荆》《倩女离魂》《薛仁贵》等百种元人杂剧,才发现本色当行概念之内涵外延,十分复杂,远非近人所论之简单划一。古人云:作诗难,论诗尤难。笔者说:宗本色当行难,论本色当行更难。

一、本色当行概念的衍变

本色当行，有时写作“当行本色”，徐复祚《曲论》：“《拜月亭》宫调极明，平仄极叶，自始至终，无一板一折非当行本色语。”有时又作“当家本色”，胡震亨《唐音癸签》（卷三）：“词贡家非当家本色，虽丽语博学无用，况此道乎？”或作“本色当家”，刘熙载《艺概·词曲概》：“余谓观此则南北剧中之本色当家处，古人早透消息矣。”说的都是同一概念。本色当行，最早并非二词连用，连用是后来的事。明人王骥德在《曲律·杂论》（第三十九）中首将二词连用，他说：“当行本色之说，非始于元，亦非始于曲，盖本宋严沧浪之说诗。”近人郭绍虞先生曾说：“案本色之说，始见陈师道《后山诗话》。”（见《沧浪诗话校释》第111页）其实非也，“本色”一词最早出自《晋书·天文志》，《志》云：“凡五星有色，大小不同，各依其行而顺时应节，色变有类：凡青皆比参左肩，赤比心大星，黄比参右肩，白比狼星，黑比奎大星。不失本色而应其四时者，吉；色害其行，凶。”继有唐人崔令钦《教坊记》云：“圣寿乐舞衣，襟皆各绣一大窠，皆随其衣本色制纯缦衫。”宋代孟元老《东京梦华录》云：“士农工商，诸行百户，衣装多有本色，不敢越外，谓如香铺里裹香人，即顶帽披背；质库掌事，即着皂衫角带不顶帽之类。”显然，在这儿都是指本来的颜色、本来的样子。“本色”释义，自然还有其他种种，例如：

其一，《唐律·名例》：“犯徒者准无兼丁例，加杖还依本色。”长孙无忌疏议：“还依本色者，工乐还掌本业……给使散使，各送本所。”这里指本行、本业言。

其二，唐顺之《答茅鹿门知县二》：“秦汉以前，儒家有儒家本色，至如老、庄家有老、庄本色，纵横家有纵横本色，名家、墨家、阴阳家皆有本色，虽其为术也驳，而莫不皆有一段千古不可磨灭之见。是以老家必不肯剿儒家之说，纵横必不肯借墨家之谈，各自其本色而鸣之为言。其所言者，其本色也。”黄宗羲《胡子藏院本序》：“诗降而为词，词降而为曲，非曲易于词，词易于诗也，其间各有本色，假借不得。”这说的是本来面目、本来思想。

其三，李斗《扬州画舫录·草河录上》：“余每爱此地人家，本色清言，寻常茶饭，绝俗离世，令人怃然。”直到现代汉语中还说：“劳动人民本色”、“穿的本色”、“演的本色”等。这又是形容人的作风质朴自然，不加矫饰。

其四，唐元稹《当州两税地》：“臣今便于当州近城县纳粟，官为变碾，取本色脚钱。”王船山《噩梦》：“边粮有本色、折色之异。本色：粮料草束，就近截解以省飞挽。”《明史·食货志五》：“所收税课，有本色，有折色。”这里是专指古代规定征收的实物田赋称为本色，而改征其他实物或货币，则称折色。

本色释义，如此繁多。然而最早将“本色”运用于文艺领域来品评作家作品风格的，却是南朝梁代的刘勰。他在《文心雕龙·通变篇》中，把先秦至魏晋的“文体”、“文气”论述之后，指出：“今才颖之士，刻意学文，多略汉篇，师范宋集，虽古今备阅，然近附而远疏矣。夫青生于蓝，绛生于茜，虽逾本色，不能复化。”这里虽仍指本来颜色，但已经有引申义了。《通变》主要是阐述文学发展变化的客观规律，但也涉及文辞风格的实质问题。他进一步明确指出：“故练青濯绛，必归蓝茜，矫讹翻浅，还宗经诰。斯斟酌乎质文之间，而隐括乎雅俗之际，可与言通变矣。”足证他已把本色这一概念，运用于文学语言的“质文”、“雅俗”的标准了。因此说，理解刘勰言“本色”内涵的关键，在于它不单单是说明客观物体之本来颜色，而是用借喻的手法，形容或界定文学的文辞风格了。刘勰之简单的初步的模糊的本色说，与后来宋元明清所发展形成的本色理论，并非泾渭分明，了无所涉。

到了南宋，严羽在《沧浪诗话》中则更为自觉明确地使用“本色”“当行”概念了，连连出现四次来品评唐宋诗歌；他在《诗辨》中说：“大抵禅道惟在妙悟，诗道亦在妙悟。且孟襄阳学力下韩退之远甚，而其诗独出退之之上者，一味妙悟而已。惟悟乃为当行，乃为本色。”（第四节）在《诗法》中说：“须是本色，须是当行。”（第三节）又说：“诗难处在结裹，比如番刀，须用北人结裹，若南人便非本色。”（第十二节）在《诗评》中说：“韩退之《琴操》极高古，正是本色，非唐贤所及。”（第三十六节）

“当行”一词后出。释义大约有三：一为宋制，官府于平时将工匠登记入册，应官府回买与差使的行业就叫当行。岳珂《愧郯录·京师木工》云：“今世郡县官府营缮创缔，募匠庀役，凡木工率计在市之朴斲规矩者，虽居椳之技无能逃。平时皆籍其姓名，鳞差以俟命，谓之当行。”二为言本行、内行、行家之义。严羽《沧浪诗话·诗辨》所说“大抵禅道惟在妙悟，诗道亦在妙悟……惟悟乃为当行，乃为本色”即是。元人彭寿之《八声甘州》套曲：“偷方觅便俏家风，当行识当行。”亦然。“当行”有时又作“当行家”。赵令畤《侯鲭录》卷八载：“黄鲁直间为小词，固高妙，然不是当行家语，乃着腔子唱好诗也。”何良俊《曲论》中评论到《虎头牌》的“落梅风”曲词时也说：“此等词，情真语切，正当行家也。”三为用来品评诗文词曲的风格成就。这种例证极多，要之有王骥德在明万历间香雪居刻本《新校注古本西厢记》附《评语》云：“董解元倡为北词，初变诗余，用韵尚间俗词体。独以俚俗口词谱入弦索，是词家所谓本色当行之祖。实甫再变，粉饰婉媚，遂掩前人。大抵董质而俊，王雅而艳。千古而后,并称两绝。”又如徐复祚在《曲论》中也说:“王弇州取《西厢》‘雪浪拍长空’诸语,亦直取其华艳耳,神髓不在是也。语其神,则这字字当行,言言本色,可为南北之冠。”

“当行”的“行”,本指工商业团体。我们现在所见的最早记载“行”这一名称的文献是唐代韦述的《两京新记》。书中在描述隋代手工业工场、店铺时说:“东都丰都市,东西南北,居二坊之地,四面各开三门,邸凡三百一十二区,资货一百行。”“大业六年,诸夷来朝,请入市交易。炀帝许之。于是修饰诸行,葺理邸店,皆使门市齐正,高低如一,环货充积,人物甚盛。”“行”的名称虽见于隋代,但类似于“行”这样的组织绝非起始于隋代。从李剑农《宋元明清经济史稿》和全汉升《中国行会制度史》大作来看,中国自北魏以降,城市中即出现了行坊制度。当时,根据职业之不同,将居民物以类聚,人以群分,而称为某坊,如染坊、铜坊等。到了隋唐,则称为行。行市在唐代不能随意设置,有时间地点的限制,当时所谓的行,只是指同市中的同业。这种制度随着工商业的繁荣和社会结构的发展变化,也产生了转变。本来,在隋唐时期,只有手工业作坊与商业店铺才能称“行”,可是到了宋代,什么都有“行”,连教员及乞儿也模仿手工业者和商人,成立了“教学行”与“乞儿行”,这时候,就有了“当行”与不“当行”的区分了。凡“当行”者,就是从事手工业及商品交换行业的人或团体;凡不“当行”者,则是从事以上两类职业以外的人或团体。所以南宋耐得翁《都城纪胜》“诸行”条中记载:“市肆……但合充用者,皆置为行;虽医卜亦有职医抉择之差占,则与市肆当行同也。内亦有不当行而借名之者,如酒行食饭行是也。”可见,在这里,“当行”的意思是“称得上行”的意思。中唐以后,那种市名为行的情形,渐渐趋于统一,形成行会组织,并产生了称为“行头”或“行首”的领袖人物。行会的组织、规范、观念等同时也影响了文艺创作行业，于是“当行”、“本色”、“行家”、“在行”、“作家”、“作手”、“合作”、“书会”、“团行”等概念便相应而出。“团行”即“当行”，“行”又名为“作”。吴自牧《梦粱录》卷十三“团行”条下详细记载：“市肆谓之‘团行’者，盖因官府回买而立此名，不以物之大小，皆置为团行。虽医卜工役，亦为差使，则与当行同也。然虽差役，如官司和雇支给钱米，反胜于民间雇倩工钱，而工役之辈，则欢乐而往也。其中亦有不当行者，如酒行、食饭行，而借此名。有名为‘团’者，如城西花团、泥路青果团……又有名为‘行’者，如……城北鱼行，城东蟹行……更有名为‘市’者，如炭桥药市、官巷花市……其他工役之人，或名为‘作分’者，如碾玉作……油作、木作、砖瓦作、泥水作……等作分。”由此可证，凡加入这种正式团行组织者即为当行，未加入者即为不当行；既属当行，就须遵守各行衣装本色和规章制度。所以当行者又称之行家、在行。又因团行本属职业团体，所以行又名为作，而某作坊、作铺、作分中的具体人即行家、作手。因此行家，亦可名为作家，从事某行职业的人可称作手；作出来的东西，合乎该行的规格要求，就称为合作。把这些工商界的术语概念，运用到文学艺术的活动中便也产生了“写作”、“创作”、“作家”、“合作”一系列的说法。何良俊说：“盖填词须用本色语，方是作家。”（《曲论》第四则）胡震亨说：“如老杜之入蜀，篇篇合作，语语当行，初学所当法也。”（《唐音癸签》卷六）王骥德也说：“词曲不尚雄劲险峻，只一味妩媚闲艳，便称合作。”（《曲律卷四·杂论下》）何、胡、王三氏的说法，便是绝好的内证。

“当行”一词最早出自北宋赵令畤《侯鲭录》一书。继有南宋岳珂使用，后有严羽再用，到了元明清时期就更为泛泛了。郭绍虞先生说：“当行之说，始见《滹南诗话》引晁无咎语。”（见《沧浪诗话校释》等111页)亦非也。赵令畤在《侯鲭录》中说过“当行家”一词,赵令畤为宋太祖次子德昭之玄孙,经历北宋神宗、哲宗、徽宗、钦宗、南宋高宗五帝,为元祐、绍兴间人,与苏轼友善,多处交元祐党人。《滹南诗话》系金人王若虚(1177—1246)撰,王氏生于南宋孝宗淳熙四年,金大定十七年,卒于理宗淳祐六年,《滹南诗话》要比《侯鲭录》晚出几十年,即使从引晁无咎语判断,也不会早于赵令畤,晁补之(1053—1110)生于北宋仁宗皇祐五年,卒于徽宗大观四年,为神宗时进士,苏门四学士之一。晁、赵虽享年不同,但基本上为同时代人。晁无咎生年早于赵令畤几年,晁之语最早载于何时何书,王若虚引用先人何书,暂缺待考。

“本色当行”起初是专门论述诗文的术语,后来到了元明清三代,特别是在明代,便多指戏曲了。就字义来说,“本色”原指本来面目,在戏曲创作中是指运用的语言质朴、自然、真切、通俗,毫无雕琢堆砌的痕迹;“当行”即内行、行家的意思,在戏曲创作上是指深通剧理,精于编剧的戏剧专门家。究竟什么是本色?什么是当行?它们的本质属性是什么?功能是什么?二者之间是什么关系?要言之,本色与当行是一种价值判断的规范术语,凡合乎某种性质、风格或条件、原则的,便可称“本色”,可称“当行”,否则即为非“本色”,非“当行”。但事实并非如此简单,在其整个演化发展过程中仁者见仁、智者见智,始终存在着有分歧有矛盾而又有联系的阐述。从宋代以降即是,到了明代更为突出。粗略梳理,约有下列五种。

其一,以禅喻诗,力主妙悟说。有严羽、胡应麟力主此说。严羽《沧浪诗话·诗辨》:“大抵禅道惟在妙悟,诗道亦在妙悟……惟悟乃为当行,乃为本色。”胡应麟《诗薮》:“曰仙,曰禅,皆诗中本色。惟儒生气象,一毫不得著诗。儒者言语,一字不可入诗。”

其二，着重语言，力主谐俗、自然，不雕琢，不炫博，可称通俗说。有陈所闻、王骥德力主此说。陈所闻《北宫词纪凡例》："近代文士，务为雕琢，殊失本色。"《南宫词纪凡例》："文士争奇炫博，盖非当行。"王骥德《曲律·论曲禁》："太文语（不当行）。"《论宾白第三十四》："对口白须明白简质，用不得太文字；凡用之乎者也，俱非当家。《浣纱》纯是四六，宁不厌人！"《杂论第三十九上》又云："作剧戏，亦须令老妪解得，方入众耳，此即本色之说也。"

其三，意在俳谐意趣，可谓俳谐说。有王骥德、何良俊力主此说。王骥德在《曲律·论俳谐第二十七》云："俳谐之曲，东方滑稽之流也，非绝颖之姿，绝俊之笔，又运以绝圆之机，不得易作。著不得一个太文字，又著不得一句张打油语。须以俗为雅，而一语之出，辄令人绝倒，乃妙。"接着列举了元曲《秃指甲》，王西楼的《失鸡》《转五方》，徐天池的《嘲少发大脚妓》《嘲瘦妓》等曲，证明俳谐谑笑方为本色当行的标准。何良俊更说得清楚："止是寻常说话，略带讪语，然中间意趣无穷，此便是作家也。"（《曲论》）

其四，主张放逸宏丽，才是本色，王世贞力主此说。他在《曲藻》中说："马致远《百岁光阴》，放逸宏丽，而不离本色。押韵尤妙。长句如'红尘不向门前惹，绿树偏宜屋角遮，青山正补墙东缺。'……小语如'上床与鞋履相别'，大是名言。结尤疏俊可咏。元人称为第一，真不虚也。"

其五，从编剧技巧、表演艺术阐发本色当行的内涵，此说颇为深刻，可概括为编演说。有臧晋叔、徐复祚力主此说。臧氏在《元曲选序二》说："曲有名家，有行家。名家者出乐府，文采烂然，在淹通闳博之士，皆优为之。行家者随所妆演，无不摹拟曲尽，宛若身当其处，而几忘其事之乌有，能使人快者掀髯，愤者扼腕，悲者掩泣，羡者色飞，是惟优孟衣冠，然后可与于此。故称曲上乘，首曰当行。”徐复祚在《曲论》中更加详尽地论说了《拜月亭》《荆钗记》《香囊记》后指出:“《拜月亭》宫调极明,平仄极叶,自始至终无一板一折非当行本色语,此非深于是道者不能解也。”“《荆钗》以情节关目胜,然纯是倭巷俚语,粗鄙之极;而用韵却严,本色当行,时离时合。”“《香囊》以诗语作曲,处处如烟花风柳……丽语藻句,刺眼夺魄。然愈藻丽,愈远本色。”

那么,本色与当行究竟是什么关系呢?综上所述,可以看出二者之间既有联系又有区别,是相近而不相等的两个概念。本色当行应该是品评戏曲的一个严格的全面的高深的艺术标准,既涵盖内容的准则,也包括形式的要求。真正高品位的合乎规范化本色当行的戏曲作品,必然是像凌濛初所说的那样:“其当行者曰本色。”(《谭曲杂札》)二者不应截然分开,而是相约互补的。我们完全赞成吕天成的观点,他在《曲品》上卷中曾经全面而辩证地指出:“当行兼论作法,本色只指填词。当行不在组织饾饤学问,此中自有关节局概,一毫增损不得;若组织,正以蠹当行。本色不在摹勒家常语言,此中别为机神情趣,一毫妆点不来;若摹勒,正以蚀本色。今人不能融会此旨,传奇之派遂判而为二:一则工藻缋少拟当行,一则袭朴淡以充本色。甲鄙乙为寡文,此嗤彼为丧质。殊不知果属当行,则句调必多本色,果其本色,则境态必是当行。”这段话说的再好不过,真乃至理名言。剧作家如果能够做到本色与文辞兼顾,则为上上作品了。因为“纯用本色,易觉寂寥;纯用文调,复伤雕镂”“本色之弊,易流俚腐,文词之病,每苦太文。雅俗浅深之辨介在微茫,又在善用才者酌之而已”。所以“其才情在浅深、浓淡、雅俗之间,为独得三昧”(以上均引王骥德《曲律》语)。

二、本色当行在评论古典诗词中的运用

“本色”“当行”这两个概念在古典诗词理论中也有广泛的运用。从现存文献来看，南朝梁代的刘勰是最早将“本色”一词运用于文学批评中的人。他用“本色”一词的比喻义，批评了当时文坛上习近略远的风气，提倡发扬文学传统的精神。刘勰在《文心雕龙·诠赋》中云：“原夫‘登高’之旨，盖睹物兴情。情以物兴，故义必明雅；物以情观，故词必巧丽。丽词雅义，符采相胜。如组织之品朱紫，画绘之著玄黄；文虽新而有质，色虽糅而有本，此立赋之大体也。”刘勰认为赋体文学的创作原则应该是，既要有华丽的辞藻，同时也要有雅正的思想内容。在这里，他将“本”与“色”分而论之，“本”是“义”，是“质”，“色”是“词”，是“文”。作赋应该“文”“质”结合、“本”“色”结合，这样才能使创作出来的文学作品“丽词雅义，符采相胜”。在《通变》篇中，刘勰又将“本”“色”合用：“今才颖之士，刻意学文，多略汉篇，师范宋集；虽古今备阅，然近附而远疏矣。夫青生于蓝，绛生于茜，虽逾本色，不能复化。”刘勰批评了时人在文学创作过程中师今不师古的弊病。任何一种文学创作，都是在继承古人的基础上不断创新的产物，要想使文学创作有更新的开拓，就必须古今通览。刘勰在这里其实是要求时人对古代的文学遗产和时下的新兴文学要有一个正确的态度。他用“本色”一词的“本来的颜色”的含义，来比喻文学的优良传统，反对文学创作中师今不师古的不良风气。这对于后来的文学理论产生了巨大的影响。

北宋诗人陈师道则从文学艺术的审美观及其创作规律的角度进一步对“本色”的内涵加以阐述。他在《后山诗话》中说：“退之

以文为诗,子瞻以诗为词,如教坊雷大使舞,虽极天下之工,要非本色。”教坊雷大使的舞蹈不是“本色”,那么怎样的舞蹈才算本色的呢? 明人沈德符在《顾曲杂言·舞名》(《中国古典戏曲论著集成》第四册第219页)中作了解释:古人在酒酣淋漓之际,载歌载舞的大多是男子,比如唐代的杨再思、祝钦明、安禄山等。无论是大臣、边帅,抑或是储君,莫不对之乐此不疲。但从唐开成年间起,受胡族风气影响,崇尚软舞。于是女子舞蹈颇受时人青睐。到宋代,软舞之风仍风靡全国。除宗庙朝享之外,都用女子舞蹈。所以在宋代,“盖本色者,妇人态也”。宋代舞蹈中的“本色”,是指女演员演出。雷大使舞蹈是男扮女装,故非“本色”。陈师道用这个比喻说明,以诗为词,以文为诗,都是有悖于各自文学体裁的“本色”——审美特性和创作规律,这样势必削弱文学艺术的表现力。陈师道在这里用“本色”这个概念,强调了文学创作过程中审美特性和创作规律的重要性。

南宋的严羽则将“本色”与禅宗里的“妙悟”结合到一起来论诗,使“本色”这一概念蒙上了一层神秘、朦胧的色彩。他在《沧浪诗话》一书中四次提到“本色”,但是到底怎样才算“本色”,我们仍不甚了了。但是从严羽一贯追求的那种“镜中花、水中月”、“羚羊挂角,无迹可求”的诗境、语境来看,他所说的“大抵禅道惟在妙悟,诗道亦在妙悟。……惟悟乃为当行,乃为本色”,似乎可以理解为“本色”是一种自然美,而不是雕饰美;这种美尽管是人工后天创造的,但是却丝毫不留斧琢之痕;是“化工”,而非“画工”。南宋词人张炎在《词源》中说:“句法中有字面,盖词中有一个生硬字用不得,须是深加锻炼,字字敲打得响,歌诵妥溜,方为本色语。”在张炎看来,“本色”语虽然要“深加锻炼”,但是“深加锻炼”的目的是为了“歌诵妥溜”,他追求的是一种声韵的流畅、和谐与自然,而不是生硬、艰涩与造作。后来陶明浚在《诗说杂记》中总结道："本色者，所以保全天趣者也。故夷光之姿，必不肯污脂粉；蓝田之玉，又何须饰以丹漆，此本色之所以可贵也。"陶明浚将严羽、张炎的理论进一步深化，强调文学艺术的自然天趣之美绝非矫揉造作、虚伪雕饰所能得来的，而是文学艺术的最高准则。

在明清词学理论中，有人认为词宗婉约，明徐师曾在《文体明辨》序中说："词贵感人，要当以婉约为正。否则虽极精工，终乖本色，非有识之所取也。"清代的田同之则在《西圃词说》中云："填词亦各见其性情，性情豪放者，强作婉约语，毕竟豪气未除。性情婉约者，强作豪放语，不觉婉态自露。故婉约自是本色，豪放亦未尝非本色也。"其实无论他们如何争论，"本色"都是他们衡量文学作品美感的一条标准而已。

陈师道、严羽的"本色"观点在中国古典诗词理论史上很具有代表性。他们的观点对后来戏曲理论中的"本色"论影响很大。

就目前所见的文献来看，最早将"当行"一词用于文学批评的是赵令畤。他在《侯鲭录》卷八中云："黄鲁直间为小词，固高妙，然不是当行家语，乃着腔子唱好诗也。"他认为文学中的"当行家"，在创作过程中必须遵循各体文学的艺术特质和创作规律，不能以文为诗，以诗为词，逞才使气。赵令畤的"当行"论，同陈师道的"本色"论有相通之处。

严羽在《沧浪诗话》中，则是将"本色"与"当行"并提，"惟悟乃为当行，乃为本色"。他没有讲明"当行"与"本色"是否有区别，也没有说出当行的确切内涵。后来明、清的诗词评论家在运用"当行"这一理论术语时，大多继承了宋代文学理论家的观点，清初文学家王士禛在《渔洋诗话》中，称赞彭孙遹和徐缄的《竹枝词》"皆本色语也"。又在《赵怡斋诗序》中云："论诗当先观本色。《硕人》

之诗曰‘巧笑倩兮，美目盼兮’，而尼父有‘绘事后素’之说，即此可悟本色之旨。彼黄眉黑妆，折腰龋齿，非以增妍，只益丑耳，矧效西子之颦，学寿陵之步者哉！”清人谢元淮在《填词浅说》中云：“词之为体，上不可入诗，下不可入曲，要于诗与曲之间，自成一境。守定词场疆界，方称本色当行。”杜文澜在《憩园词话》卷一中说：“近人每以诗词、词曲连类而言，实则各有蹊径。《古今词话》载周永年曰：‘词与诗曲界线甚分明，惟上大摹香奁，下不落元曲，方称作手”。这里，“本色”、“当行”、“作手”的含义其实一也，都是指文学艺术各类形式都有自己的艺术特质和创作规律，风格也不尽相同：“小令以轻快、清灵为当行。不做到此地步，即失其宛转抑扬之致，必至味同嚼蜡。”（蔡嵩云《柯亭词论》）作为艺术家，应该对艺术的这种本质、规律加以尊重。只有这样的艺术家，才能算是行家里手，才能称作是“当行”、“作手”。

清朝的沈祥龙在阐述“当行”内涵的时候，却另辟蹊径。他认为：“词之体各有所异，如吊古宜悲慨苍凉，纪事宜条畅滉漾，言愁宜呜咽悠扬，述乐宜淋漓和畅，赋闺房宜旖旎妩媚，咏关河宜豪放雄壮。得其宜则声情合矣，若琴瑟专一，便非作家。”（《论词随笔》）在他看来，即使是同一种形式的文学作品，其风格也应随作品所反映的内容而呈现出各自不同的特色，如果不这样做，便称不上是“当行”、“作手”。沈祥龙的这一观点，实则是对于其他诗词文评论家的“当行”论的进一步补充。

从以上分析我们可以看出，在诗、词的批评论坛上，“当行”论远远不及“本色”论丰富，而且，“当行”的内涵与“本色”的内涵，大多数理论家都持相同态度，认为它们都是要强调文学艺术类型本身所固有的艺术特质及其创作规律、创作风格。

三、本色当行在评论古典散文、小说中的运用

运用“本色当行”理论评论古典散文、小说的例证非常少，从我们翻阅的大量的文献资料中，仅获得三十多条语录，而其中有些概念内涵还和后来的“本色”内涵完全不同，例如《晋书》《唐律》《宋史》《明史》等书或文中所说的“本色”即是。至于“本色当行”连用而评论散文、小说的例证，更是凤毛麟角，仅在郑板桥的《南坨诗抄卷首》中发现一则。当然，不能以此为据，就说明这方面的例证必然如此之少，也许宝藏还未发现，未开垦的处女地有待以后继续开发。

真正把本色论作为文艺标准运用于散文的评论，始自明朝的唐顺之。他在《答茅鹿门知县二》中说：“只就文章家论之，虽其绳墨布置，奇正转折，自有专门师法。至于中间一段精神命脉骨髓，则非洗涤心源，独立物表，具今古只眼者，不足以与此。今有两人，其一人心地超然，所谓具千古只眼人也，即使未尝操纸笔呻吟，学为文章，但直据胸臆，信手写出，如写家书，虽或疏鲁，然绝无烟火酸馅习气，便是宇宙间一样绝好文字；其一人犹然尘中人也，虽其颛颛学为文章，其于所谓绳墨布置，则尽是矣，然翻来覆去，不过是几句婆子舌头语，索其真精神与千古不可磨灭之见，绝无有也，则文虽工而不免为下格。此文章本色也。”什么是“文章本色”呢？唐顺之在这儿提出了一个核心观点，即所谓“真精神与千古不可磨灭之见”。接着，他以此为标准品评了两位大作家：一位是“本色高”的陶渊明，所以高，就是因为他的创作“未尝较声律，雕句文，但信手写出”；另一位是“本色卑”的沈约，所以卑，就是因为他的创作“较声律，雕句文，用心最苦而立说最严”。由此也可看出，一

个富有“真精神”，一个没有“真精神”，这种真精神和见解是从哪里来的呢？是从真知灼见来的，是从深入生活、观察生活来的。

接着，他又列举诸子百家论证本色。他说：“秦汉以前，儒家者有儒家本色，至如老、庄家有老、庄本色，纵横家有纵横本色，名家、墨家、阴阳家皆有本色，虽其为术也驳，而莫不皆有一段千古不可磨灭之见。是以老庄必不肯剿儒家之说，纵横必不肯借墨家之谈，各自其本色而鸣之为言。其所言者，其本色也。”这里说的是秦汉以前的各家学派，都有一段千古不可磨灭之见，都有各自的本色。这个观点显然是继承并发挥了宋人各行各业衣装皆有“本色”的观点。先秦诸子所以能如此，是因为：“自六国以前，去圣未远，故能越世高谈，自开户牖。两汉以后，体势浸弱，虽明乎坦途，而类多依采，此远近之渐变也。”（刘勰《文心雕龙·诸子》）刘勰指出先秦时代，各家学派自立门户，无所依傍，他们的言论，都是发于自然，自为其言，因而各有各自的本色。两汉以后，汉武帝罢黜百家，独尊儒术，学者往往依傍儒家来立论，缺乏了真精神，自然而然就丧失了独自的本色。

唐顺之是“唐宋派”的首领之一，他早期也曾受过明代复古主义的影响，据《明史·文苑传》记载，起初对王慎中（唐宋派首领之一）脱离复古主义，一意师效曾巩还不服气，到了晚年，进一步转向道学，对本色论有了进一步的理解，于是“演迤详瞻，卓然成家”。他在《答鹿门书》中又表白说，四十年前的他，“本是欲工文字之人”，后来自觉“槁形灰心”，就不重文字了。这时，他虽然仍旧没有完全丢弃“绳墨布置，奇正转折”的法度，但更加强调作家要坚持独立自主、独立思考，只要不去呻吟、抄袭，能够“直据胸臆，信手写出……然绝烟火酸馅习气，便是宇宙间一样绝好文字”。（《答茅鹿门知县二》）在他看来，本色的内容应该是“真”、“真精神”，保持瑕瑜互见的真面目;本色的表现方式应该是“直”、“直抒胸臆,如谚语所谓‘开口见喉咙’者”,用朴实自然的语言,表达作品的思想内容。没想到“本色论”的艺术法则竟有如此大的威力,它竟能把唐顺之改造过来。后来,公安派主张要有“真性情”,要能信手写出,正是唐宋派本色论的进一步发挥。当然,在公安派的论述中,在很多重要问题上是根本不同于唐宋派的。

但是唐顺之的本色论,也有严重的局限性,他所说的“直抒胸臆”和创作需要“真精神与千古不可磨灭之见”等,在根本上仍是从道学家的立场出发,要求文艺要发挥“阐理道”(《答蔡可泉书》)的政治作用。散文的所谓本色,还是黄宗羲说得好,他虽然未用“本色”字眼,其观点实际上就是“本色”的实质,他说:“古今来不必文人始有至文,凡九流百家,以其所明者,沛然随地涌出,便是至文。故子美而谈剑器,必不如公孙之波澜;柳州而叙宫室,必不能如梓人之曲尽。此可强者哉?所谓文者,未有不写其心之所明者也。心苟未明,劬劳憔悴于章句之间,不过枝叶耳,无所附之而生。”这段话是说,讲剑器舞,杜甫不如公孙大娘(杜有《观公孙大娘弟子舞剑器行》);讲建筑艺术,柳宗元不如梓人(柳有《梓人传》)。这样说,比单单从生活中来就更进步了。要想做到“本色”,就要深入到生活中去,像公孙大娘、梓人都是专门名家,对他们的专业有极深的体会,具有独特的感受,要是能把这种独特的感受写出来,自然就会有了“本色”。

在三百零八条本色当行的语录中,评论散文的有二十二条,评论小说的只有九条(详见本书中篇“散文小说部分”)。综观这九条内容,说到小说要具备的本色条件和标准即:一是要具有传奇性,“所谓厥体当行,别有奇致”,“唐三百年,文章鼎盛,独诗律与小说,称绝代之奇”(《五朝小说·唐人小说序》);二是写对话,不可之乎者也掉文袋，“须用本色事本色语激之”（李贽《百二十回本水浒传》第七回批语）；三是语言风格要诙谐嘲讽，琐谈逸事才是小说之本色，这正是反封建正统文学之言，因此《四库全书简明目录》子部小说类下明确写着：“《大唐传载》一卷，不著撰人名氏。记武德至元和杂事，多唐代公卿言行……其间及诙嘲琐语，则小说之本色也。”四是塑造人物要逼肖，写什么人像什么人，“其写英雄也，务摹英雄本色”，（观鉴我斋《儿女英雄传序》），又说“（《红楼梦》中）湘云豪迈不羁，是其本色”（见一粟编《红楼梦卷》第一册第233页）。

也有人借“本色论”径评古典小说的优劣，例如涂瀛在《红楼梦论赞·红楼梦论》中说：“然世俗之见，往往以经济文章为真宝玉，而以风花雪月为假宝玉，岂知经济文章，不本于性情，由此便生出许多不可问不可耐之事，转不若风花雪月，任其本色，犹得保其不雕不凿之天。”邱炜萱在《续小说闲评》中更说：“讲骈体文，还算《花月痕》作者优于《红楼梦》作者，若论小说本色，则《红楼梦》其圣矣。”这两则语录，给予《红楼梦》的评价极高，把《红楼梦》称为神圣之作。由此可见，在艺术上凡是符合“本色当行”标准的便是好小说。

看来，关于小说“本色”的评价，已经和现代的文艺评论内涵相吻合了，这一点是可贵的，值得肯定的。

四、本色当行在评论古典戏曲中的运用

在三百零八条本色当行的语录中，评论戏曲的竟有一百七十五条之多。

对于本色，明代曲论家都不约而同地集中在语言的“通俗易

晓”上。徐渭认为“兴其文而晦，冒若俗而鄙之易晓也！”（《南词叙录》）王骥德更是说：“作剧戏，亦须老妪解得，方入众耳，此即本色之说也。”（《曲律》杂论第三十九上）最为突出的是“曲必宋元”的沈璟，他认为越通俗越本色，以至于走向了复古的极端，由此可见，本色在语言上的标志是通俗浅显。而兴起于勾栏瓦肆间的元杂剧也正是以民间口语为语言主体的，因此，大部分剧作具有较浓厚的生活气息，语言显得特别朴素、明快。再因之，元杂剧的发祥地燕赵之地自古就有慷慨悲壮的传统，因而元杂剧的艺术魅力正体现在作家通过生动活泼、豪放激昂的语言，抒发了他们对社会的不平之志。确如徐渭在《南词叙录》中所讲：“听北曲使人神气鹰扬，毛发洒淅，足以作人勇往之志。”在元杂剧中，这种语言用得最广泛最成熟最恰当的，当属关汉卿。剧作家通过窦娥、赵盼儿、燕燕这些受压迫妇女之口，用鲜明、激烈的语言，强烈地控诉了当时政治的黑暗和社会风气的腐败。

以《窦娥冤》中的〔滚绣球〕为例：“有日月朝暮悬，有鬼神掌着生死权，天地也，只合把清浊分辨，可怎生糊突盗跖颜渊？为善的受贫穷更命短，造恶的享富贵又寿延。天地也，做的个怕硬欺软，却元来也这般顺水推船。地也，你不分好歹何为地？天也，你错勘贤愚枉做天。”这只曲子是主人公赴法场的路上，对封建社会里最高统治者神权与君权的强烈指责。作家用疾风骤雨般的唱词剥开了神权与君权神圣不可侵犯的伪装，暴露出不平等的社会本质，表达了窦娥对整个社会的怀疑和否定。从字字铿锵句句铁鸣的语言中，一个被污辱被损害的下层妇女形象呼之欲出，剧作家用最通俗、最简洁、最激烈的语言明白无误地道出：不平等的专制是造成社会剥削、黑白颠倒的根源。除了《窦娥冤》外，《金线池》《救风尘》《拜月亭》《望江亭》《调风月》等也都是本色当行的代表作。

王实甫、马致远的语言也有一定的代表性。被誉为“文采灿然”的文采派王实甫,他的剧作也是在华美中见本色,在细腻中有粗豪。例如《西厢记》中红娘的宾白、唱词就直爽锋利,特别是《拷红》一折,红娘抓住老夫人外强中干的本性,用〔麻郎儿〕〔幺篇〕〔络丝娘〕等几支曲子,既指责了老夫人背信弃义,又留有余地站在家族名誉立场上替老夫人着想,终于促进了崔、张良缘的结合。红娘语言的俏皮泼辣与莺莺语言的旖旎凝重形成鲜明的对比。即使惠明送书时所唱的大段曲辞,也不失雄健粗豪之风。难怪徐复祚认为《西厢记》“语其神,则字字当行,言言本色,可为南北之冠”(《曲论》)。而同是这个才情富丽、辞家之雄的王实甫,同样也写出了《丽春堂》《破窑记》这样直白浅显的剧本。如《丽春堂》第一折中的〔混江龙〕〔胜葫芦〕等几只曲词颇有气势,而〔天下乐〕〔哪吒令〕几只曲词更近家常俗语,很难觅出《西厢记》中的脂粉气来。被朱权列于元曲大家之首的马致远,其词“有振鬣长鸣,万马皆喑之意。又若神凤飞鸣于九霄,岂可与凡鸟共语哉?”(《太和正音谱·古今群英乐府格势》)他的代表作《汉宫秋》典雅清丽,却非“滥觞藻缋”,是有分寸地采用古典诗词,借用方言、口语,构建出一个个哀婉、凄迷的意境。如第三折〔梅花酒〕一曲:“呀! 俺向着这迥野悲凉。草已添黄,兔早迎霜,犬褪得毛苍,人搠起缨枪,马负着行装,车运着糇粮,打猎起围场。他他他,伤心辞汉主,我我我,携手上河梁,他部从入穷荒,我銮舆返咸阳。返咸阳,过宫墙;过宫墙,绕回廊;绕回廊,近椒房;近椒房,月昏黄;月昏黄,夜生凉;夜生凉,泣寒螀;泣寒螀,绿纱窗;绿纱窗,不思量!”剧作家运用了比喻、叠词、顶真的修辞格式,把宫墙、回廊、椒房等物境与凄冷的昏黄之日、生凉之夜等情境组合起来,一步步地显露出元帝那“剪不断、理还乱”绵绵不绝的离情别恨。这不仅是元帝所独有的情怀,天下痴男怨女孰不有之？正因剧作家因浅显平白的语言道出万古离愁的真谛而使此曲家喻户晓。而他的《任风子》中“添酒力晚风凉，助杀气秋云暮”（〔正宫端正好〕）等曲却又有“豪放派”之遗风。

从以上元杂剧例证分析告诉我们：不能仅仅根据剧作语言是否通俗浅白就简单冠以“本色”或“文采”之名。《西厢记》的旖旎、《汉宫秋》的凄丽，绝不能抛开其内容而因此将其归于文采一派。王骥德也认为“《西厢》组艳、《琵琶》修质，其体固然。……夫本色尚有胜二剧者哉？”（《曲律》）。如果把才子佳人的《西厢记》换成以青楼风月为内容的《救风尘》的语言，就显得不伦不类了。难道仅有“通俗”就等于“本色”吗？王骥德曾批评沈璟谱曲：“至庸拙俚俗之曲，如《卧冰记》〔古皂罗袍〕‘理合教我哥哥’一曲而曰‘质古之极，可爱！可爱！’《王焕》传奇〔王蔷薇〕‘三十哥央你不走’一引，而曰‘大有元人遗意，可爱！’此皆打油之最者，而极口赞美。”（《曲律》）同样，吕天成在《曲品》中，也把“不文而近俚”的《丹管记》、“词乃庸浅”的《护龙记》归入曲之下下品。他认为：“本色不在摹勒家常语言，此中别有机神情趣，一毫妆点不来，若摹勒，正以蚀本色。”可见，本色语言所追求的是“神似”而非“形似”，作为内容的表达方式，“神似”的语言实则说明了内容的“神似”，即吕天成所说的“机神情趣”，这恰与严羽的“妙悟”说不谋而合。

王骥德早在《曲律》中指出：“当行本色之说，非始于元，亦始于曲，盖本宋严沧浪说诗。”严羽以禅喻诗，认为“禅道在妙语，诗道亦然，惟悟乃为当行，乃为本色。有透彻之悟，有一知半解之悟。”（《沧浪诗话》）所谓“妙悟”，就是要在有限的字里行间品味出意味深长的含义，即“象外之旨”，中国诗人在诗中最大的努力，不外是营造生成“象外之旨”的意境。严羽的“妙悟”与戏曲的“本色”不尽相同，但它们在本质上，都是营建能“妙悟”的意境。徐渭便认为"填词曲如作唐诗,文既不可,俗又不可,自有一种妙处,要在人领解妙悟,未可言传。"(《南词叙录》)王骥德也说,戏曲吸引观众的魅力,"不在声调之中,而在句子之外。"(《曲律》)这正是中国诗学讲求的"工夫在诗外"理论的延伸。观众通过剧中人的唱、科、白有机的组合并辅之以一定的物质技术手段,去体验和把握剧中人在特定情境下的思想感情的脉动和流变,以启动自己的想象力,从有限跃入无限的时空,从而达到舞台表演与台下情感与想象的共融。元人作剧好化用唐诗宋词的意境,他们是借古诗之境,达自我之情。如白朴在《梧桐雨》中表现明皇悲伤颓废心情的名句"銮驾迁,成都盼,更那堪潼浐水西飞雁,一声声送上雕鞍。伤心故园,西风渭水,落日长安",就是借用唐代诗人贾岛的《怀江上吴处士》中的"西风吹渭水,落叶满长安"句,只不过那个西望长安、失意落魄的诗人形象转换为逃亡奔命的唐明皇而已。西风渭水、落日长安更渲染了明皇此时暗淡、凄楚的心情,令人闻之落泪。这样的例证在元杂剧中比比皆是,笔者不去赘言。

但化用古人之境,仅是元杂剧中"意境"的特例,真正的"意境"在于剧作家的创新。"意境"不过是剧作家借助物境表达的并与之合二为一的真情实感,正因为是真情,才能唤起观众(读者)心灵的共鸣。所以,黄周星在《制曲枝语》中说:"论曲之妙无他,不过三字尽之,曰'能感人'而已。感人者,喜则欲歌欲舞,悲则欲泣欲诉,怒则欲杀欲割:生趣勃勃、生气凛凛也。"而"能感人"的意境需有"真情",即徐渭所言的"真我面目"、"出于己之所以自得"(《南词叙录》),这才是本色的标准。至于作为思维外壳的语言,只是构建这种真情意境的手段而已。

以上我们从诗论与曲论共持的"妙悟说"入手,得出"本色论"的目的在于构建意境,而意境的前提是"真情",所以说"真情"才是“本色”的本质要求。元杂剧的“本色”正体现于此。例如,不论是窦娥命运中刚性柔性的统一,还是程婴救婴时无畏与犹豫的矛盾,都是角色在一定的场合下,合乎人物性格逻辑的必然展现,是作者通过剧中人“真情”的自然泄露。又如《西厢记》的“长亭送别”:“〔正宫·端正好〕碧云天,黄花地,西风紧,北雁南飞。晓来谁染霜林醉?总是离人泪。〔滚绣球〕恨相见得迟,怨归去得疾,柳丝长玉骢难系,恨不倩疏林挂住斜晖。马儿迍迍的行,车儿快快的随,却告了相思回避,破题儿又早别离。听得一声去也松了金钏,遥望见十里长亭减了玉肌:此恨谁知?”这里通过天、地、西风、秋霜、柳丝、玉骢、疏林、斜晖这些“悲哉秋气”的凄冷哀寞的景致,为剧中人设置了情感的宣泄口。在莺莺眼中,整个天地都被离愁别恨塞满了,时间无情地流逝,却也洗不尽她那依恋之苦。情深似海,以至于这天地,这景色都为之感染,为之泣叹。观众通过这凄凉的意境的领略,无不窥察到主人公心中无限的茫然和伤感,而这种痛苦,则是因她对张生纯真、深切的挚爱造就的。《西厢记》所以能千古流唱,不仅在于它反封建的主题,更在于它用打动人心的意境送出了爱的心声。再比如关汉卿《拜月亭》中的〔油葫芦〕:“分明是风雨催人辞故国。行一步一叹息。两行愁泪脸边垂,一点雨间一行凄惶泪,一阵风对一声长吁气。唉!百忙里一步一撒;嗨!索与他一步一提。这一对绣鞋儿分不得帮和底,稠紧紧粘软软带着淤泥。”这支曲子,写出了王瑞兰在兵荒马乱时节,随母逃亡的遭遇。剧作家借助腥风苦雨,举步维艰,形象地描绘出王瑞兰惶惶不可终日的心情,同时也表达了关氏对国破家亡的忧愤之情。试想,假如剧作家没有对流离失所的生活有切身的体验,没有对民族压迫有刻骨铭心的感受,又如何能写出此境此情呢?可见,“真情”才是构建意境、达到本色的关键,关汉卿所以能“字字本色”,

能"为元人第一",就在于他的创作以"摹写其胸中之感想,与时代之情状,而真挚之理,与秀杰之气,时流露于其间。"(王国维《宋元戏曲考》)古人所云"始正而末奇",正可用来评价关剧。"始正"奠定了关剧的现实主义基础,"末奇"表现了关剧的浪漫主义精神。"始正"是作品的主干,建立于作家对现实社会细腻的体察上,"末奇"是作家对现实合理的愿望,无论"始正"还是"末奇",都是关汉卿"真情"的体现,故能"写情则沁人心脾,写景则在人耳目,述事则如其口出是也"(王国维《宋元戏曲考》)。

至于"文采"派,是否就没有真情实感呢?我们不能一概否定,因这是涉及营建意境,达到本色的物质手段——语言的问题。因为语言不是现成的,对世界的认识也不是固定的,透过人们建造、创新的语言,我们才能使一些本来模糊、变动的知觉和暗淡、不定的感觉,变得比较清楚、确定以至固定,并借此揭示我们生活的世界。正如上文所述,语言通俗绝非等同于"本色","本色"却要求语言一定程度上的通俗。因为"曲以模写物情,体贴人理,所取委曲宛转,以代说词,一涉藻缋,便蔽本来"(王骥德《曲律》)。从接受美学来看,语言的浓抹重设,轻易延缓,甚至歪曲接受者对观念内涵的审视和理解,即所谓"掩我真心,混我寸管"(王骥德《曲律》),特别是干瘪的、陈腐的观念上,再套置繁琐的语言外壳,则更令人索然无味。因为不管如何,文学作品是一种沟通,作家的美学意向是要让读者(观众)更牢固地注意到作家所要揭示的东西,因此实质上仍是"辞达"而已,仍是对语言的开发与重塑,有意识地以文字创造美。中国诗学讲求"言有尽而意无穷",偏执辞藻,总是"雾里看花,终隔一层",更不必说能体验到"象外之旨"了。但是就戏曲而言,舞台就是它的生命,离开了观众,就意味着戏曲生命的终结。作为戏曲存在的土壤——俗文化,在本质上也要求戏曲语言的通俗化，这里存在着深层的辩证底蕴，水过地皮湿是说不清的，所以本色剧要求它的语言必须简明、生动、传神，要使观众借助这寥寥数语，很快就进入“角色”之中（剧场学认为，观众与演员都是角色，其本质上是一致的，只是实现方式不同），否则只能是“案头剧”，而“案头剧”永远不能成为本色剧的原因正在于此。我们以元杂剧《赵氏孤儿》第三折“替死”和明传奇《八义记》第三十六出“公孙赴义”做比较来说明这一问题。《赵氏孤儿》历来被认为是本色剧的代表作，第三折“替死”是全剧的高潮，也是该剧艺术精华的主要体现。在第三折，主要人物都上场了，而且短兵相接，铮然有声。此时，程婴面临着子丧友亡的局面，心如刀割，但又为了不露出“假状”的痕迹，只能强作欢颜。〔收江南〕〔鸳鸯〕几支曲子，正是通过公孙杵臼眼睛，把“程婴心似热油浇，泪珠儿不敢对人抛”的大义献身精神表现得淋漓尽致。程婴越强做媚态，表明他内心愈痛苦，观众也就越受戏的感染。同时，〔驻马听〕〔水仙子〕曲词和主人公的科白使戏剧冲突峰回路转，又不断地被推向高潮，引人入胜。该折生动而简洁的语言既表现了人物的行动冲突，又揭示出他们的内心世界，极具戏剧性。传奇《八义记》虽是对杂剧的敷衍，但拖沓散漫，生拉硬扯，就第三十六出“公孙赴义”来说，戏剧冲突被淡化，只剩下公孙杵臼和程婴对忠孝节义的长篇累牍的表白。就因它偏离了对活生生的人的表现，使人物成了受观众牵制的道具，语言自然枯燥乏味，令人生厌。

当然，作家采用何种风格的语言，与他们的世界观、文学观密切相关。作为“蒸不烂、煮不熟、捶不扁、炒不爆、响当当一粒铜豌豆”的时代战士——关汉卿，为了唤起民众对专制政体的憎恶，就必须采用通晓生动的语言，以达成共识。而作为没落世家子弟的白朴，其作所流露的哀怨凄厉之声，也在所难免。有很高文学造诣又做过朝廷小吏的郑光祖,其语言的清丽流便,都是符合剧作家身份和地位的。所以,我们不能单纯从语言的角度去判定“本色”与否,还应结合“真情”去审视。正如臧懋循为本色所树立的标准:“事肖其本色。”(《元曲选序》)据此,我们可以说,一切违背生活的真实性和时代精神,落入陈腐的、保守的观念窠臼中的戏曲,都是对“本色”的背弃。也正因为不同的作家采用了不同的风格的语言去“事肖其本色”,才导致了某些明清曲论家根据个人的好恶,去推崇或贬损自己心目中的本色作家,王骥德认为王实甫最为本色,“实甫斟酌才情,缘饰藻艳,极其致于浅深、浓淡、雅俗之间,令前无作者,后掩来哲,遂擅千古绝词。”(《曲律》)朱权认为马致远杂剧“典雅清丽”,是“千古绝唱”(《太和正音谱》);何良俊对郑光祖更是推崇备至,他说:“马(致远)之词老健而乏姿媚,关(汉卿)之词激励而少蕴藉,白(朴)颇简淡,所欠者俊语。”“惟郑(光祖)之词,清丽流便,语入本色。”故元曲四大家中,“当以郑为第一”。(《曲论》)抛开这些曲论家各自的轩轾,从总体倾向上看,“真情”与否仍是他们评判本色的第一标准,其次才是语言风格。

但采用何种语言,最能体现本色呢?徐渭提出:“语入要紧处,不可杂一毫脂粉,越俗越家常越警醒,此才是好水碓,不杂一毫糠衣,真本色。”(《南词叙录》)本色的内容必然决定本色的语言,通俗易晓只是本色语言的外延,而个性化才是其内涵。王骥德曾从曲律的角度谈到这一点:“又用宫调,须称事之悲欢苦乐,如游赏则用仙吕、双调等类,哀怨则用商调、越调等类,以调合情,容易感动得人,其词格俱妙。”(《曲律》)在元杂剧中,关汉卿剧作语言的个性最为突出,也最为成熟。以《救风尘》第二折“机谋”为例。主人公赵盼儿的机警和侠义精神通过〔双雁儿〕〔浪里来煞〕等曲子倾泻而出，而她的侠义又是建立在对弱者的同情的基础上，因而〔后庭花〕这支曲与充满嘲弄、仇视的〔浪里来煞〕迥然不同，婉转地表达了对宋引章的责备。尽管赵盼儿与窦娥同处于被污辱被损害的地位，但出身勾栏、混迹于风月的赵盼儿的语言辛辣粗俗，又带有玩世不恭的倾向，而缺乏窦娥的深沉、警觉；与身为官妇的谭记儿清丽、含蓄的语言也截然不同。即使她们同用计谋来对付无赖时，也各有侧重。赵盼儿是赤裸裸的表白直接把周舍引入瓮中，谭记儿则稳健地一步步让杨衙内上钩，这种语言的差异是合乎她们的身份和性格的必然的。在人物语言的个性化上，王实甫的《西厢记》与关汉卿的部分剧作相比，就有些失色。王氏尽管照顾到了人物的个性化，但张生过多的打情骂俏，近于"疯魔"，红娘滥用俚言俗语，近于油嘴滑舌，都不同程度地游离于主题和人物性格之外，显得旁枝蔓生。白朴和马致远所塑造的两个皇帝形象，少君主之风，倒似多情善感的文人骚客。以后郑光祖、乔吉的才子佳人戏也渐入语言的陈词俗套中。所以说，关汉卿能列本色之首，其语言的个性化不能不说是重要因素。再如元杂剧中的"水浒戏"，大都影射元朝的暴政虐行，借塑造一批民族英雄，来实现人民对抗异族压迫的精神胜利，而艺术水平却参差不齐。同属于"本色派"的《李逵负荆》《双献功》《还牢末》三剧，都塑造了黑旋风李逵的形象，但就语言的个性化来说，《李逵负荆》中的李逵具有多面性：既天真、质朴、憨态可掬，如〔醉中天〕〔金盏儿〕曲；又疾恶如仇、极富同情心，如〔滚绣球〕〔叨叨令〕曲；在维护梁山"替天行道"的宗旨上，能把"义"置于"忠"之上，恩怨分明，如〔赚煞〕〔黄钟尾〕数曲；在澄清事实之后，又敢于坦陈其腹，颇有君子之风，如〔双调新水令〕曲；他粗犷豪放之中多有细致狡黠，如〔赏花时〕〔搅筝琶〕曲；他见义勇为又不乏鲁莽、固执，如〔幺篇〕〔双雁儿〕数曲。总之，在康进之笔下，李逵形象被赋予更丰富、更完整的思想内涵。同时，人物的个性又通过曲折回环的情节逐层展开，让观众站在各种角度，对李逵形象有全面的认知。同样，《双献功》也塑造出李逵鲜明的个性特征，但不少语言略有芜杂，时有酸文，而《还牢末》更不足以与前两剧相提并论，李逵的宾白过分粗俗、蛮横，完全属于草莽之口。

笔者强调语言的个性化，并非说本色语言与文采语言相互排斥，而是说鉴于意境的营造，真情的体现，尽量采用自然、朴实的语言，不能以文害意，同时，通晓自然之语，也必须符合人物的身份、性格和情节的要求，不能“无是情而设情以为之”（徐渭《叶子肃诗序》）。如能这样，剧作所传之情，所摹之理，才能“从人心流出”（徐渭《南词叙录》），达到本色的标准。

综上所述，笔者对“本色”的认识主要体现在：

1. 本色，从内容上看，是作家“真情”的坦露，是用简洁、生动、自然的语言达到情景交融的境界，即意境，此乃“本色”第一标准。

2. 本色，从语言上看，本色的内容决定本色的语言：通俗易晓，全无斧凿之痕。其中，语言的个性化是本色语言最本质的要求，它决定了本色作家的高下。

3. 本色，从戏曲创作来看，要“贱相色，贵本色”（徐渭《西厢序》），要反映生活的本来面目、原有特征，不做主观上的、语言上的诠释和曲解。

现在所见戏曲论著中，较早提到“当行”一词的，要算明初皇室戏曲理论家、戏曲作家朱权了。他在《太和正音谱》中的《杂剧十二科》里，这样说道：“杂剧，俳优所扮者，谓之‘娼戏’，故曰‘勾栏’。子昂赵先生曰：‘良家子弟所扮杂剧，谓之行家生活，倡优所扮者，谓之戾家把戏。良人贵其耻，故扮者寡，今少矣，反以倡优扮者谓之行家,失之远也。’或问其何故哉?则应之曰:‘杂剧出于鸿儒硕士、骚人墨客所作,皆良人也。若非我辈所作,娼优岂能扮乎?推其本而明其理,故以为戾家也。’关汉卿曰:‘非是他当行本事,我家生活,他不过为奴隶之役,供笑献勤,以奉我辈耳。子弟所扮,是我一家风月。’虽是戏言,亦合于理,故取之。”从朱权的这段引证中不难看出,在当时无论是戏曲创作、戏曲表演还是在戏曲批评上,都已经判然分为两派,一派为“当行家”,又称“行家”,一派为“戾家”。在朱权看来,只有由那些学者文人、良家弟子从事创作并演出的戏曲,才是正宗的;而由那些民间艺人、娼优俗子编演的戏曲,则是低贱的、不入流的,只不过是“奴隶之役,供笑献情”的玩物而已。朱权对于后者持不屑一顾的态度,正表现出他对于戏曲的起源、本质的无知,没有弄清文人与民间艺人之间相互依存、缺一不可的关系,自然,他对于“当行家”“行家”的理解是错误的,他的这种不正确的观点,对于后世的戏曲创作、戏曲批评产生了不良影响。但是我们也应该看到,朱权得出“当行家”“行家”的概念,并将之运用于戏曲评论上,为后来的戏曲理论家从事戏曲批评,另辟了一条新路。他对于戏曲理论做出的这点贡献,我们应该予以肯定。

自朱权提出了“当行”这一概念以后,后来的戏曲家们便将它广泛运用于戏曲理论中。而很有趣的是,戏曲理论家们常常将“当行”与“本色”相提并论,有时明确地说,“当行”即是“本色”;有时,虽无明确表述,但我们细察其内涵,仍不难发现他们在使用“本色”与“当行”这两个概念时,对它们二者的内涵,并无明确的区分。

凌濛初在《谭曲杂札》中明确地说:“曲始于胡元,大略贵当行不贵藻丽。其当行者曰‘本色’。”然后他在批评《琵琶记》中说:

“曲中妙处,专取当行本色俊语,非取丽藻。”沈德符在《顾曲杂言》中,也将“当行”与“本色”并提,指出:“向年曾见刻本《太和记》,按二十四气,每季填词六折,用六古人故事,每事必具始终,每人必有本末。出既蔓衍,词复冗长。若当场演之,一折可了一更漏,虽似出博洽人手,然非本色当行。”他们两个虽然都是将“本色”,“当行”相提并论,但是他们的“本色”“当行”的内涵却是不一致的。对于明清之时戏曲理论界对“当行”内涵的界定,大约可以分为两派。

第一派是以何良俊、沈德符、徐复祚、冯梦龙、祁彪佳、凌濛初等为代表。他们或者将“本色”“当行”并提,认为“当行”即为“本色”,或者虽将“本色”“当行”分别论之,但是他们“本色”“当行”的内涵却是一致的。何良俊在《曲论》中这样说:“盖《西厢》全带脂粉,《琵琶》专弄学问,其本色语少。盖填词须用本色语,方是作家。”在何良俊看来,只有那些戏曲创作中使用“本色”语言的作家,才是行家里手,才能被称为“当行”。徐复祚在《曲论》中进一步提出:“王弇州取《西厢》‘雪浪拍长空’诸语,亦直取其华艳耳,神髓不在是也。语其神,则字字当行,言言本色,可为南北之冠。”“当行”的语言不是华艳,而是他所倡导的淡雅的“本色”语。王骥德在《新校注古本西厢记》中附评语说:“董解元倡为北词,初变诗余,用韵尚间沿词体。独以俚俗口语谱入弦索,是词家所谓‘本色’‘当行’之祖。”又在《曲律》中说:“太文语,不当行。”可见他们在论述到“当行”与“本色”内涵时基本上一致,都是从语言角度来讨论“当行”的内在含义的。

冯梦龙倒是将“本色”“当行”分而论之。他在《太霞新奏》卷十二中说:“词家有当行、本色二种。当行者,组织藻绘而不涉于诗赋;本色者,常谈口语而不涉于粗俗。”在《太霞新奏》序中说:“然传奇就事敷演，易于转换，散套推陈致新戛戛乎难之。当行也，语或近于学究；本色也，腔或近于打油，又或运笔不灵，而故事填塞，侈多闻以示博，章法不讲，而饾饤拾凑，摘片语以夸工，此皆世俗之通病也。”从表面上看，他已将“当行”“本色”区分开来，实际上“当行”“本色”讲的仍是同一个问题——戏曲语言问题，他认为戏曲语言应该达到那种“文既不可，俗又不可”的淡雅的境界，仍未脱他的“本色”语内涵的窠臼。然而有的曲论家则特别指出，戏曲语言中“宾白”尤其需要“当行”。这一点，在论述“本色”语内涵时，曲论家似乎没有特别指出。而当论述到“当行”时，他们似乎特别注意到了这一点。例如王骥德在《曲律·论宾白第三十四》中说：“宾白，亦曰‘说白’。有‘定场白’，初出场时，以四六饰句者是也。有‘对口白’，个人散语是也。定场白稍露才华，然不可深晦。……对口白须明白简质，用不得太文字；凡用之、乎、者、也，俱非当家。”王骥德在这里只是说对口白必须写得“明白简质”，才算“当家”。祁彪佳在他的《远山堂剧品》《远山堂曲品》中，则更全面地要求“宾白”要写得“当行”。把宾白写作的“当行”与否算成是善作曲的一项重要标准，可见他对宾白的重视。“当行”的宾白决非那种雕绘满眼的骈词丽语，而是明白简质的常谈口语。近代学者王国维赞叹《窦娥冤》说：“又如《窦娥冤》第二折〔斗虾蟆〕……此一曲直是宾白，令人忘其为曲。元初所谓当行家，大率如此；至中叶以后，已罕觏矣。”“当行”的宾白，由此可略窥一斑。

从以上论述我们可以看出，这一派“当行”论的内涵重在语言，认为“当行”与“本色”在内涵上无甚差别，而且这一派的人物以持淡雅的“本色”语的人居多，故其“当行”论的内涵与其“本色”论的内涵没有什么区别。像王骥德、祁彪佳等，已经发现了戏曲艺术是一种多种艺术的综合体，作家的任务不仅仅是填词，宾白的作用也不可忽视，于是便迈出了向第二派靠近的步伐。这其中的王骥德，是一个十分特殊的人物，我们后面还要论述到，这里暂且不提。

“当行”论的第二派，隶属的人物比较多。有沈璟、吕天成、臧晋叔、孟称舜、王骥德、李渔等。他们虽然各自所持的具体论点不一致，与第一派不同的是，他们将戏曲看作一门综合的艺术，故而在谈到“当行”的时候，便常常考虑音律、表演、排场等问题，从戏曲的舞台演出特性来规定戏曲。他们认为，剧作家编写出来的剧本，只有符合舞台演出的要求，可演可传的，才属“当行”。因此，他们的“当行”自然也与戏曲语言有关，但是“当行”不是“本色”，而是“当行”包含“本色”。

首先，这一派十分注意戏曲艺术的音律问题。我们知道，戏曲语言是文学性与音乐性都很强的艺术语言。它不但要让人易懂，而且还要给人以美的感受。它首先要动听，抓住观众的注意力，这样才能使观众在欣赏戏曲表演的过程中，领会作者所要表达的思想内容，最终达到使观众动情的目的。长期以来，中国的叙事体文学不够发达，而长于抒情的诗歌，却长期在文坛上占有优势地位，故戏曲唱词继续了民歌和古代诗歌的传统，用诗歌般的语言抒情叙事，同时也讲究押韵，讲究四声平仄。戏曲在语言上强调音乐性，因而戏曲的音乐在戏曲中所起的作用就更大。元代燕南芝庵在《唱论》中说：“仙吕调唱，清新绵邈。南吕宫唱，感叹伤悲。中吕宫唱，高下闪赚。黄钟宫唱，富贵缠绵。正宫唱，惆怅雄壮。道宫唱，飘逸清幽。大石唱，风流蕴藉。小石唱，旖旎妩媚。高平唱，条物滉漾。般涉唱，拾掇坑堑。歇指唱，急并虚歇。商角唱，悲伤婉转。双调唱，健捷激袅。商调唱，凄怆怨慕。角调唱，呜咽悠扬。宫调唱，典雅沉重。越调唱，陶写冷笑。”这一段已经向我们说明了不同的音乐在戏曲中的作用是不一样的,戏曲作家在戏曲创作中应该注意到这一点。沈璟在《太霞新奏》卷首〔二郎神〕一曲中写道:“奈独力怎提防,讲得口唇干,空闹攘。当筵几度添惆怅!怎得词人当行,歌客守腔,大家细把音律讲,自心伤,萧萧白发,谁与共雌黄?”沈璟强调,戏曲编、演人员,在完成戏曲这门综合艺术的时候,只有守腔合律,遵循戏曲艺术这项规则的,才算“当行”。为了使更多的戏曲家守腔识律,创作出“当行”之剧作,沈璟还写出了关于戏曲创作音律问题的理论文章。徐复祚在《曲论》中赞叹他道:“至其所著《南曲全谱》《唱曲当知》,订世人沿袭之非,铲俗师扭捏之腔,令作曲者知其所向往,皎然词林指南车也,我辈循之以为式,庶几可不失队耳。”沈璟的“当行”——识律守腔论,丰富了我国古典戏曲艺术理论,为戏曲艺术的发展做出了贡献。虽说有时他由于过分“为法所拘”,使戏曲演唱起来“不复条畅”,但他毕竟是一代“词家宗匠”,他的功绩是不可磨灭的。

在戏曲理论史上,对于“当行”这一概念论述得比较系统、理解得比较全面的,要数吕天成、臧晋叔、孟称舜、王骥德与李渔等人。他们对于“当行”这一理论内容的阐述,使我国古典戏曲理论的发展进入了一个新阶段。吕天成在《曲品》中这样说:“博观传奇,近时为盛。大江左右,骚、雅沸腾;吴、浙之间,风流掩映。第当行之手不多遇,本色之义未讲明。当行兼论作法,本色只指填词。当行不在组织饾饤学问,此中自有关节局概,一毫增损不得;若组织,正以蠹当行。本色不在摹勒家常语言,此中别有机神情趣,一毫妆点不来;若摹勒,正以蚀本色。今人不能融会此旨,传奇之派,遂判而为二:一则工藻绘少拟当行,一则袭朴淡以充本色。甲鄙乙为寡文,此嗤彼为丧质。殊不知果属当行,则句调必多本色;果其本色,则境态必是当行。今人窃其似而相敌也,而吾则两收之。即不当行,其华可撷;即不本色,其朴可风。”吕天成在这里将“当行”与“本色”区分开来,认为当时虽然传奇剧作很多,但是“当行”之作并不多,其原因是未能在理论上把“当行”与“本色”的各自含义与相互联系讲清楚。在他看来,“本色”是单纯的阐述戏曲语言理论的概念。“当行”则不然,它涉及戏曲创作的其他方面,诸如关目、结构、排场、演出等,也就是他所说的戏曲的“关节局概”。由此看来,“当行”这一概念所包含的范围广,而“本色”的内涵则狭,但是吕天成又指出它们二者并不是没有关系的对立物:“当行”的剧作必定语言“本色”;语言“本色”的戏曲,渲染、构成的境态必属“当行”。吕天成是第一个将“当行”与“本色”概念进行区分并指出其内在关系的戏曲理论家,虽然他的区分还不十分明确,但在戏曲理论史上的意义却是十分重大的。

吕天成指出戏曲创作中有“关节局概”,这才属“当行”之作。那么这种“关节局概”是什么呢?臧晋叔从一个侧面对它做了说明。即《元曲选·序二》中所说:“行家者,随所妆演,无不模拟曲尽,宛若身当其处,而几忘其事之乌有;能使人快者掀髯,愤者扼腕,悲者掩泣,羡者色飞,是惟优孟衣冠,然后可与于此。故称曲上乘首曰当行。”首先,臧晋叔的“当行”论截然不同朱权的“当行”论。朱权十分推重那些“鸿儒硕士”、“骚人墨客”所创作的戏曲,认为这些人所写的戏曲必属“当行”之作,对于民间艺人、倡优俗子创作并演出的戏曲,朱权则抱嗤之以鼻、不屑一顾的态度。臧晋叔认为的“当行”家,则恰恰“是惟优孟衣冠,然后可与于此”的人。臧晋叔对于真正的这些“当行”家所持的正确态度,表现出他也算是能识别真伪的“当行”家。凌蒙初在《谭曲杂札》中便称赞他为“知律当行”。其次,臧晋叔从舞台表演的角度论述了案头之曲和场上之曲的区别,确立了场上之曲才属“当行”的理论。在臧晋叔看来，所谓“名家”，就是指那些只能创作一些案头戏曲的作者，他们把戏曲作为一种只供读者欣赏的文学作品。而当行家则不同，他们不仅仅要将自己的主观思想、情感发挥得淋漓尽致，而且还要考虑到舞台表演的要求，为表演而写戏；不仅仅剧作者在写作的时候，要使自己融入戏曲角色、戏曲情节中去，更要激发起演员的情感，让他们随所妆演，模拟体会各种情境，“宛若身当其处，而几忘其事之乌有”，体会角色的思想感情。只有这样的戏曲才能激发起观众的情感，使人感动得“快者掀髯，愤者扼腕，悲者掩泣，羡者色飞”，产生强烈的艺术效果。编剧、演员、观众的共同参与，使得一部戏曲的演出得以全部完成。如果编剧、演员费了很大的努力，创作出一部戏来，观众看了，却根本不为之动容，这样的戏曲，则是不成功的，不当行的。这并非是要编演戏曲者一味地去“媚俗”，而是如同美学家王朝闻所说的：“剧不仅需要通过演员演出才完成，而且只有通过观众的审美感受，才能说这个戏曲是完成了的。我们应当弄清主客体的关系，观众是主体，戏剧是客体。审美主体不能代替审美客体，不然他何必看戏？但也不可忽视观众在一定意义上参加了全部演剧活动。”（《戏曲美学与艺术美学》）臧晋叔在这里十分重视观众在戏曲演出过程中的情绪观照。他把观众——接受者算作戏曲“当行”的一个不可或缺的组成部分，这在戏曲理论史上的意义是十分重大的。

孟称舜则继承并发展了臧晋叔的“当行”理论。臧晋叔曾经说戏曲有三难：“一曰情辞称稳之难，一曰关目紧凑之难，又一曰音律谐叶之难。”他的这“三难”的确涉及戏曲创作中的几个关键问题。孟称舜也认为“诗变为辞，辞变为曲，其变愈下，其工益难”，但他认为虽然有这么多的“难”，“然未若所称当行家之为尤难也”。为什么说“当行”尤难呢？他说：“盖诗词之妙，归之于传情写景,顾其所为情景者,不过烟云花月之变态,悲喜愤乐之异致而已。境尽于目前,而感触于偶尔,工辞者皆能道之。迨夫曲之为妙,极古今好丑、贵贱、离合、死生。因事以造形,随物而赋象。时而庄严,时而谐诨,孤末靓狚,合傀儡于一场,而征事类于千载。笑则有声,啼则有泪,喜则有神,叹则有气。非作者身处于百物云为之际,而心通乎七情生动之窍,曲则恶能工哉!”(《古今名剧合选序》)他把诗词创作看得过分容易,却并不是完全没有道理。因为戏曲艺术的确是“因事以造型,随物以赋象”地反映社会生活的,比起较多单纯抒情言志的诗词歌赋来说,戏曲艺术反映社会生活就更丰富、深刻、复杂一些。完成这样的艺术作品,又怎能不是“当行尤难”呢?从这一点来说,他比臧晋叔单纯地从艺术技巧的角度来看戏曲创作,认识要更深刻一些。他在《古今名剧合选序》中说:“吾尝为诗为词矣,率吾意之所至而言之,言之尽吾意而止矣。至于曲则所为男女焉,忽为之苦乐焉,忽为之君主、仆妾、佥夫、端士焉,其说如画马者之画马也,当其画马者,所见无非马者,人视其学为马之状,筋骸骨节宛然马也,而后所画为马者,乃真马也。学戏者,不置身场上则不能为戏,而撰曲者,不化其身为曲中之人则不能为曲,此曲之所以难于诗与词也。”他的这段论述,其实是对臧晋叔的“宛若身当其处,而几忘其事之乌有”的继承和发展。戏曲是利用舞台、借助表演刻画人物形象的艺术,完全依靠各类人物作代言体的“现身说法”,它不允许剧作家以第三者的身份介入,因此作者在构思中就必须化身为各种各样的人物,以期在语言行动上完全符合各类人物的性格。同时,舞台上表现的形形色色的人物,也需要演员将作者的构思完全体现出来,演员在台上演出的时候,就应该物我两忘,化身为自己所扮演的角色,以期获得编剧、观众甚至是角色本身的认可。故“学戏者,不置身场上则不能为戏,而撰曲者,不化其身为曲中之人则不能为曲”。

孟称舜的“当行”理论,虽十分精辟,但是比起王骥德的《曲律》来说,却不够完整和系统。王骥德的《曲律》,可以说是明代曲论著述中的集大成者。他的“当行”理论,也是较为全面的。他在《曲律·论戏剧第三十》中这样说:“剧之与戏,南北故自异体。北剧仅一人唱,南戏则各唱。一人唱则意可舒展,而有才者则得尽其舂容之致;各人唱则格有所拘,律有所限,即有才者,不能恣肆于三尺之外也。于是,贵剪裁,贵锻炼——以全帙为大间架,以每折为折落,以曲白为粉垩、为丹艭;勿落套,勿不经,勿太蔓,蔓则局懈,而优人多删削;勿太促,促则气迫,而节奏不畅达;毋令一人无著落,毋令一折不照应。传中紧要处,须重著精神,极力发挥使透。如《浣纱》遗了越王尝胆及夫人采葛事,红拂私奔,如姬窃符,皆本传大头脑,如何草草放过!若无紧要处,只管敷演,又多惹人厌憎;皆不审轻重之故也。又用宫调,须称事之悲欢苦乐,如游赏则用仙吕、双调等类,哀怨则用商调、越调等类,以调合情,容易感动得人。其词格俱妙,大雅与当行参间,可演可传,上之上也;词藻工,句意妙,如不谐里耳,为案头之书,已落第二义;既非雅调,又非本色,掇拾陈言,凑插俚语,为学究,为张打油,勿作可也!”在王骥德看来,戏曲的“当行”,是与其可演性分不开的。戏曲的最高理想是大雅当行相间,可演可传。“大雅”自然是他所主张的“淡雅”的“本色”语。那么,怎样才能达到“当行”呢?也就是说,“当行”主要包括哪几个方面呢?王骥德提出要从以下几个方面加以“剪裁”、“锻炼”:首先在结构上要注意全剧的“间架”,分清剧中关目的轻重、主次,抓住“本传大头脑”、“重著精神,极力发挥使透”,而“无紧要处”,就不能“只管敷演”,否则便会“太蔓”,导致全剧结构松懈,“惹人厌憎”;其次结构上还要相互照应,剧情安排上不能显得生硬突兀；再次在剧中人物角色和剧情的安排分配上，要注意不要“令一人无着落”。在“当行”的问题上，王骥德不仅仅是强调戏曲结构等问题，还注意到语言、宫调、音律等问题，把可演性当作戏曲“当行”的重要标准，即便是戏曲语言，也要围绕可演性来作文章。在“当行”这个问题上，王骥德主要谈的是结构问题。他曾用一个比喻将戏曲结构剖析得十分清晰：“作曲，犹造宫室者然。工师之作室也，必先定规式，自前门而厅、而堂、而楼，或三进，或五进，或七进，又自两厢而及轩寮，以至廪庾、庖湢、藩垣、苑榭之类，前后左右，高低远近，尺寸无不了然胸中，而后可施斤斫。作曲者，亦必先分段数，以何意起，何意接，何意作中段敷衍，何意作后段收煞，整整在目，而后可施结撰。”（《曲律·论章法第十六》）在王骥德前后，不少曲论都曾谈到戏曲的结构问题，例如徐复祚的《曲论》，凌蒙初的《谭曲杂札》，祁彪佳的《远山堂剧品》，吕天成的《曲品》。总的说来，他们大多是即兴式的评点，作为散金碎玉，虽然不无可取之处，但终究是不够系统，不够完整；并且，他们大多是在论述传奇剧时顺便提及结构，所论的重点往往在词采、音律方面，既没有王骥德论述的全面，也没有超出王骥德的地方。

戏曲理论史上，对于戏曲“当行”论述的最全面、最系统的要数清代著名戏曲理论家李渔。李渔在《闲情偶寄》中曾两次提到“当行”，但是他所说的“当行”只是“当行”的原本的意思。例如他在《演习部·变调·缩长为短》中说：“观场之事，宜晦不宜明。其说有二：优孟衣冠，原非实事，妙在隐隐约约之间。若于日间搬弄，则太觉分明。演者难施幻巧，十分音容，止作得五分；观听以耳目声音，散而不聚故也。且人无论富贵贫贱，日间尽有当行之事，阅之未免妨工。抵暮登场，则主客心安，无妨时失事之虑。”他这里的“当行”，就是“本行”的意思，未有戏曲中的含义。尽管李渔在戏曲理论中未用“当行”这个概念，但是在他的理论批评中，始终贯穿着“当行”理论的应用。李渔自己就拥有丰富的戏曲创作与戏曲排演经验，加上明代戏曲论争的丰硕理论，使他具备了集戏曲理论大成的条件。所以他的戏曲论著就有着高屋建瓴的气度。李渔直截了当地说“填词之设，专为登场”，但他不同于王骥德、臧晋叔的“犹抱琵琶半遮面”，对于“可传”之作，“名家”之作，持否认态度，认为戏曲的生命在舞台上，戏曲只有表演出来，才有生气、才有活力。李渔不像臧晋叔、王骥德那样只是肯定了戏曲的可演性，又不否定其可读性，而是强调戏曲是“场上之曲”，是舞台艺术，因此他才那样特别地在《闲情偶寄》的《词曲部》中，赫然醒目地在第一部分便写下了“结构第一”，表现出他对于戏曲艺术本身固有的客观规律的正确认识，对中国古典戏曲美学做出了不可磨灭的贡献。

李渔在《闲情偶寄》卷一《词曲部·结构第一》中说：“至于‘结构’二字，则在引商刻羽之先，拈韵抽毫之始……工师之建宅亦然，基址初平，间架未立，先筹何处建厅，何方开户，栋需何木，梁用何材，必俟成局了然，始可挥斤运斧。倘造成一架，而后再筹一架，则便于前者不便于后，势必改而就之，未成先毁，犹之筑舍道旁，兼数宅之匠、资，不足供一厅一堂之用矣。故作传奇者，不必卒急拈毫。袖手于前，始能疾书于后。”用营建房屋住宅做比喻，来形象地说明戏曲结构的重要性，李渔继承了王骥德的思想。但是如何去“结构”呢？王骥德提出“贵剪裁，贵锻炼”的方法，只是说得太粗略，太笼统。李渔继承并发展了王骥德的戏曲理论，把结构问题放在各种艺术手段的首位，从研究戏曲艺术本身特点的角度来分析论述，从“戒讽刺”、“立主脑”、“脱窠臼”、“密针线”、“减头绪”、“戒荒唐”、“审虚实”七个方面，来探讨戏曲艺术本身的特殊规律，所以李渔尽管没有在戏曲理论中使用“当行”这一概念，但是他的当行理论比哪一位戏曲理论家都当行。

综上所述，当行的主要特征是：

1. 当行即本色，在语言上要求淡雅、通俗；

2. 必须符合舞台演出的要求，在音律上、表演上、结构上可演可传；

3. 以《闲情偶寄 · 词曲部 · 结构第一》为标准，达到戒讽刺、立主脑、脱窠臼、密针线、减头绪、戒荒唐、审虚实七个方面的要求。

囿于篇幅，笔者略微表述一下本色与文采之别。臧懋循是这样划分的："曲有名家，有行家。名家者，出入乐府，文采烂然，在淹通闳博之士，皆优为之。行家者，随所装演，无不摹拟曲尽，宛若身当其处而几忘其事之乌有；能使人快者掀髯，愤者扼腕，悲者掩泣，羡者色飞，是惟优孟衣冠，然后可与于此。故称曲上乘，首曰当行。"(《元曲选序》)不难看出，臧懋循区分本色与文采的重要标准是着重于语言与表演方面。但又如何理解冯梦龙对《西厢记》的评价"字字文采，却又字字本色"呢？(《太霞新奏》卷三)黑格尔对概念有过这样的论述："对于抽象的思维过程不应看成简单地把感性材料放置在一边，感性材料的实在性却又不会因此遭受任何损失。抽象的思维不如说是对于作为简单现象的实在性的扬弃，并把它归结为只在概念中显现的本质的东西。"(《哲学笔记》180页)可见，在概念的形成和存在过程中，感性材料贯穿始终。那么，后人归纳的本色和文采两个概念，也只是为了认知的方便，就前人剧本的某些方面加以总结的。所以区分本色与文采，必须从具体作品出发，不能以偏概全。根据前面所述，只要真实地反映了现实生活和作家情感，营造出感动人心的意境，并有较好的舞台效果的剧本，我们大致都可归于本色派，但由于受创作主题、作家主观意识、文艺思潮等诸因素的制约，在基本不偏离本色要求的前提下，在语言上呈现出或专执俗言或工于文辞的风貌。从这样的角度来看，就有本色与文采之别了。至于一味地雕词琢句，供案头读物，本已歪曲了戏曲的本质，又何必孜孜以求地考证他们的或本色或文采呢？

如果我们对元杂剧作深入的研究，就会发现同一作家既可写出平易浅白的作品，又能写出文采烂然的剧本；即使是同一剧本，语言的“俗”与“雅”也不决然对立，如关汉卿的《单刀会》《调风月》毋庸置疑是本色当行的，但又有“缆解开岸边龙，船分开波中浪，棹搅碎江心月”和“翠�月朗龙蛇乱，碧轩夜冷灯香信，绿窗雨琴书润”的曲词，并不失华美。不妨再以郑光祖的《倩女离魂》为例证。《倩女离魂》取材于陈玄祐的传奇小说《离魂记》。郑氏用积极浪漫主义的笔调，表现了张倩女对封建门阀制度的反抗和对婚姻自主的追求，这是对几千年以来生生不息的封建婚姻观的公然挑战。特别是女主人公在封建社会的种种压力下，仍坚持着“我本真情”、“做着不怕”、“我凝睇不归家”的无畏气概，成为后世妇女摆脱精神桎梏的行为范本。所以，该剧上演后，“人情汹涌”（孟称舜《柳枝集》），并博得曲论家的极誉。如果我们用“真情”的标准估价此剧，可谓既本色又当行，难怪何良俊坚持以郑为本色之首的观点呢。《倩女离魂》的最大艺术特征，是运用清浚蕴藉、秀美婉转的语言，铸造出优美而醇厚的意境。如第二折“离魂”〔小桃花〕〔调笑令〕〔秃厮儿〕曲文，写出倩女追船时恍惚迷离的焦灼畏惧的情态。在私奔的路上，渔船的榔板声、寒雁的惊鸣声，都使倩女草木皆兵。她越惶恐不安，举步踉跄，越能体现出她对爱情的牺牲精神，特具感染力。在慌恐状态中，猛然间插入江天一色的境界，把原本惊心动魄的“私奔”渲染得极富诗意。声与色、动与静的组合、穿插，把倩女那微妙的心态烘托得真切感人，致使后人拍案叫绝。这三只曲文,虽在词采上极下工夫,却写得“清水出芙蓉,天然去雕饰”。原因就在于作者是用真情倾灌而成,并非辞藻的堆砌,故介于本色语与文采语之间。再如第三折的〔迎仙客〕:“日长也愁更长,红稀也信尤稀。春归也奄然人未归!我则道相别也数十年,我则道相隔着几万里,为数归期,那竹院里刻遍琅玕翠。”全然是思妇之情的倾吐,浅白之中见蕴藉,本色之中见文采。通过对《倩女离魂》中典型语言的分析,我们又如何能把本色与文采截然判离呢?至于说《倩女离魂》语言的总体倾向是文采派的,是因剧作家有过分的追求依律合腔之嫌,而忽视了人物语言的个性化,导致了“多所斧凿”(钟嗣成语),与关剧相比,自是望尘莫及的。

有时,同一作家在不同的作品中,其语言风格也是迥然相异的,如马致远的几部作品,他的《汉宫秋》历来被视为文采派的代表作。前面我们已分析到该剧语言也存在着本色的倾向,但文采仍大于本色。他的《荐福碑》却大不相同。《荐福碑》是作家自身命运的写照,充满了对主人公深切的理解和同情,因而语言少假借,多直抒胸臆。第一折〔寄生草〕之〔幺篇〕,“这壁拦住贤路,那壁又挡住仕途。如今这越聪明越受聪明苦,越痴呆越享痴呆福,越糊突越有了糊突富,则这有银的陶令不休官,无钱的子张学干禄。”略加品味,竟与窦娥在法场上的呐喊殊途同归。对贤愚不分、道德沦丧的现实的愤懑之情喷薄而出,丝毫没有《汉宫秋》的婉转缠绵的倾向。正如梁廷楠在《曲论》中对此曲的评价:“此虽愤世嫉俗之言,然言之最为痛快,读至此不泣数行下者几稀矣。”又如“问黄金谁买长门赋,好不值钱也者也之乎。我平生正直无私曲,一任着小儿簸弄,山鬼揶揄。”(〔六幺序〕之〔幺篇〕)浅近的语言把这种不平之鸣毫无遮拦地溢于言表,怎能不获得观众的一掬热泪?类似这样倾泻无余,荡气回肠的曲词在该剧中随处可见。同时,本剧又真实地反映了元朝统治者对知识分子极为残酷的压制，社会地位连娼妓都不如的知识分子，其内心的失意愁闷可想而知。软弱无力，没有丝毫独立意识的儒生，把这种压抑的心灵解脱寄于宿命轮回，也还合乎情理。所以，无论从作品的内容，还是语言风格看，《荐福碑》当为本色无疑。不过，该剧语言缺乏个性特征，间有腐儒之气，也只能充作本色中的下品。另外，马致远的“神仙道化”剧也很值得品察。这些剧完成于作家的后期，从热衷仕进陡然堕入遁世之境，其颓唐、落拓的内心，只能靠“命由天定”聊以自慰。剧中竭力张扬的超凡脱俗的思想，本是作家的自我解嘲。创作主旨决定了作品的内容只能是个人沉浮得失的折射，语言多充玄机偈语，逆转了前期作品清丽流便的风格，当然无法博得喝彩。因而马氏的“神仙道化”剧既非本色，也无文采，可谓马剧中的败笔。

由此可见，本色是戏曲最本质的要求，是谓曲之上乘，在语言上又有本色和文采之分。《西厢记》是文采烂然的，但在宾白上又有本色的一面。《秋胡戏妻》是本色十足的，然而有些曲词写得也够华美秀丽、文雅藻饰。如写桑园的景象是：“俺只见野树一天云，错认作江村三月雨。”“只见那浓阴冉冉，翠锦哎模糊。冲开它这叶底烟，荡散了些稍头露。”（以上第三折）写梅英与秋胡辩理的语言是：“福至心灵，才高语壮，须记的有女怀春诗一章，我和你细细斟量，可不道要我桑中，送咱淇上。”“早插个明白状，也留与傍人做个话儿讲，道女慕贞洁，男效才良。”“呀，又则怕风动满园香，走将来雪上更加霜。”（以上第四折）总之，不管语言是本色还是文采，其个性化如何，真情体现得怎样，是否营造出感人的意境，最终才是判定是否符合戏曲本质要求的本色标准。

五、本色当行论兴盛的原因及其对中国戏曲理论的贡献

“本色当行”论为何在明、清两代，特别是明代发展最为迅速呢？这与当时的社会、文化背景有很大关系。

首先，戏曲艺术自身的发展要求对其进行一个理论上的深化、总结。我们知道，元、明、清三代是我国古典戏曲艺术成熟并发展到高峰的时期。元代的杂剧、明代的传奇、清代的花部是各个历史时期戏曲艺术的代表，可以说是三峰并峙。但是对于戏曲艺术的理论总结与戏曲艺术的发展并不是完全协调一致的。在元代，由于戏曲艺术刚刚兴盛发展，人们还来不及对它作一个理论总结，所以直到今天，我们所看到的元代遗留下来的有关戏曲艺术的论著，大多属于资料性质的，理论意义不大。到明代，理论界却有了变化：一方面，元杂剧艺术取得的辉煌成就已摆在人们面前，期待着加以总结；另一方面，明代的戏曲艺术——传奇已经发展到一个新的阶段，需要对之加以评判，使之进一步发展。这个时期，如果对戏曲艺术再不加以比较、总结、借鉴、提高，任其自行发展，那么戏曲艺术的生命力是不会长久的。有鉴于此，从明代开始，一些戏曲理论上的有识之士便着手进行戏曲理论的总结、研究工作。“本色当行”理论也就是从这个时候开始步入戏曲理论论坛的。

其次，“本色当行”论在明代曲坛上的兴盛，也与当时文坛思想斗争有关。充分肯定自我，充分肯定人情物欲的同理学相悖的市民思潮蓬勃发展，这种市民思潮的产生有力地促进了戏曲小说等通俗文学的发展，也给诗文创作带来了生气。这种观念

的变化又与明代中后期城市经济的繁荣密切相关。明初封建统治阶级对于戏曲艺术的发展控制得极为严格。徐复祚在《曲论》中记载道:“国初之制,伶人常戴绿头巾,腰系红褡膊,足穿布毛猪皮靴,不容街中走,止于道旁左右行。乐妇布皂冠,不许金银首饰,身穿皂背子,不许锦绣衣服。”朱元璋曾下令:出身倡优之家的人不能参加科举考试(据清佚名《松下杂抄》);“在京但有军官军人学唱的,割了舌头”(明·顾起元《客座赘语》)。另一方面,对于有利于封建统治的戏曲,统治者则大力提倡。朱元璋在洪武三十年颁布法令说:“凡乐人搬作杂剧戏文,不许妆扮历代帝王后妃、忠臣烈士、先圣先贤神像,违者杖一百;官民之家,容令妆扮者,与同罪。其神仙道扮及义夫节妇、孝子顺孙、劝人为善者,不在禁限。”(《御制大明律》)在这样的社会条件下,戏曲理论和创作是不可能繁荣的。这个时期曲坛上的代表作家除了皇室作家朱权,就是邱浚和邵灿了。他们的戏曲创作,无非是宣传封建伦理道德的说教工具。戏曲内容上强调教化,加之对于戏曲艺术本身持鄙视态度,所以戏曲理论上自然不会有多少发展。直到明中叶,曲坛的这种不正常情况才有所改观。文坛上一批富有抱负的封建正统文人,为了振兴封建正统文学,提倡学习秦汉文、唐宋诗,流风甚至遍及戏曲小说领域,使得明代中叶文坛上的复古思潮十分浓郁。这种风气在曲坛上的表现就是重北轻南。曲论家们将元杂剧中生动活泼的语言视为“本色”,而将南戏及新生的传奇的富有乡土气息的语言视作鄙俗,提倡学习元人杂剧的“本色”,却忽视了对民间艺术的开发。其实,元杂剧本身也是为统治阶级所不齿的俗文学,可是,厚古薄今是我国几千年来沿袭下来的传统,这种文化积淀使得文人们在一种新的文学形式产生出来的时候,就用旧的文学形式攻击它;一旦这种新的文学形式被认可、被接受，于是他们便又去找新的文学形式与旧的文学形式之间的联系，并将他们二者联系起来，去反对更新的事物。本来，元人杂剧所取得的巨大成就，实在是有目共睹的，“本色当行”之作，数不胜数。但是，如果将“本色当行”作为一种时代的界定，一种束缚，而不能够超越的话，那实在是戏曲艺术的悲剧。所以到明后期，随着一向被崇奉的程朱理学的衰微，代之而起的是王阳明的“门德满天下”。人们从对客观精神的屈从一变而为对主观精神的尊崇，于是“满街都是圣人”，人们急切地寻找呼唤甚至放纵那颗久已失落的心。此时的戏曲创作，如果仍然一味地复古，而不去满足新生力量——市民阶层的精神文化需求，那么戏曲的各种功能不但不能得以完满实现，反而会有消亡的可能。所以这时许多市民阶层的代言人奋起反对虚伪、矫饰的戏曲艺术，反对一切对人性的压抑、禁锢和扼杀的东西，正面肯定、张扬人的个性，承认人的七情六欲。徐渭的那副戏台榜联“随缘设法，自有大地众生；作戏逢场，原属人生本色”，就是这股市民精神高扬的真实写照。徐渭的“贱相色，贵本色”，其实就是对李贽的“童心”说的发挥，也是对汤显祖“为情”论的开启。在这股市民文学浪潮推动下，明代后期的戏曲艺术表现出一种生机勃勃、昂扬向上的生命力。要表现这种“本色”的内容，而且要表现得好，那就必须使用“当行”的手段才行。所以“本色”“当行”理论在这一时期最为盛行。明朝末年，随着民族矛盾的日益加剧，传统思想逐渐抬头，戏曲理论也开始注意强调正统封建文学思想。这时候，曲坛上表现的内容，主要是为了维护正统封建统治，表现人的真性情、真本色的戏曲不多见了。随之而起的戏曲理论，也不像此前的曲论那样锋芒毕露，而走向复归“雅正”的道路。到了清代，随着统治阶级对文人思想的禁锢，文人更不敢轻易表露出自己的真实思想，故而“本色当行”的理论争鸣不像明代后期那么兴盛了。可见戏曲理论的形成、发展、衰微与当时社会的思想斗争不无关系。

再次，“本色当行”理论的盛衰，与从事戏曲创作的作家也有关系。我们从现今所存的资料看来，元代的戏曲作家，他们大多是失意的文人。由于元朝多年不开科考举，文人们没有晋身仕途的机会。在社会地位低下、日常生活窘困的情况下，他们走上了戏曲创作的道路。王国维在《宋元戏曲考》中概括得很正确：“盖元剧之作者，其人均非有名位学问，其作剧也，非有藏之名山，传之其人之意也。彼以意兴之所至为之，以自娱娱人。关目之拙劣，所不问也；思想之卑陋，所不讳也；人物之矛盾，所不顾也。彼但摹写其胸中之感想与时代之情状，而真挚之理与秀杰之气，时流露于其间。”这些潦倒失意的元代戏曲家，在戏曲创作的过程中，固然有“自娱”的成分，但是“娱人”的成分更多一些。如果他们创作的戏曲不能够“娱人”，不能够表现出当时复杂的“时代之情状”，那就不会吸引住观众的注意力。戏曲的上座率不高，就意味着他们的创作失败了，意味着他们赖以糊口为生的这份创作杂剧的饭碗打破了，那么，他们还能怎样“自娱”呢？恐怕他们是连自己的身家性命也难保了。正因为这样，元代杂剧作家的创作曲体活泼疏放，内容极杂，作法极活，作者大抵以嬉笑怒骂出之，不假掩饰，尽情直述而已。所以，他们的杂剧创作的确可称为“本色”“当行”之作，为当时的百姓所喜闻乐见。

到了明代，从事戏曲创作的文人的情况有所变化。不同于元代之曲家多为潦倒失意的文士，明代曲家“有名位学问者”比比皆是。据统计，在明代以进士及第而做官的戏曲作家共有二十九位，他们是邱濬、王九思、康海、杨慎、陈沂、李开先、胡汝嘉、秦鸣雷、谢说、汪道昆、王世贞、张四维、顾大典、沈璟、陈与郊、屠隆、龙膺、郑之光、汤显祖、谢廷谅、王衡、施凤来、阮大铖、魏浣初、叶宪祖、范文若、吴炳、黄周星、来集之等。明代曲坛的状况必然与剧作家的身份、气质有很大关系。如此众多的具有高官显位的文人从事戏曲工作,必然使明代曲坛的风尚与元代大不相同。这不同就是文人用来“自娱”的案头剧增多,文人用来逞才使气的藻绘剧增多。所以王骥德批评当时的这种风气是“饾饤自矜其设色,齐东妄附于当行”,吕天成感叹“当行之手不多遇,本色之义未讲明”。中国长期以来文坛上一直尊崇“言而不文,行而不远”的文学创作原则,文人们历来以为,只有将自己的才情和文彩充分发挥出来,一味追求典雅,才能使自己的文学作品流传下去。在这种思想的指导下,明清两代某些文人们不再把戏曲当作一门舞台艺术,忽略了表演性、群众性和综合性,而是把它当作抒发自己内心情感和表现自己艺术才能的工具。这样一来,虽然提高了戏曲的文学品位,使之能够与诗词文赋相抗衡,但却将戏曲艺术的基本特质和规律丢掉了。因而明代戏曲界的有识之士看到了这一流弊,便高倡“本色当行”,以反对这种案头剧、藻绘剧。他们无论是在戏曲理论上,还是在戏曲创作中,都躬行实践,努力实施自己的主张,使得“本色当行”理论在当时蔚为风气。

以上我们谈了一下“本色当行”理论在曲坛上产生的原因,下面我们再来讨论一下“本色当行”理论在中国戏曲理论史上有哪些贡献。

首先,“本色当行”理论体现了中国传统审美意识由雅到俗的发展历程。以雅为美,这是中国古代儒家传统的审美意识。早在先秦时代,文人们对我国的第一部诗歌总集《诗经》进行批评时,就认为散发着浓郁乡土气息、真挚情感的“郑声”淫邪,提出要“放郑声”，而他们提倡的则是典雅纯正、中正平和的“雅乐”。刘勰在《文心雕龙·体性篇》中标举八体，其中首推“典雅”，从此，文人士大夫均以“雅”作为文学艺术的审美标准，他们也以“雅”作为自己文学追求的最高境界。中国古代的诗、词、文、赋，无论从其表现的内容上来说，还是其运用的艺术手段、体现的创作风格，都是以“雅”作为衡量其水平高低的标准。可是戏曲艺术则不然。尽管我们今天所见到的戏曲作品大多为文人所作，尽管它们表现的内容各异，风格多样，但是大多数戏曲作家都是以“本色当行”为戏曲艺术的最高标准的，也就是说，戏曲的美在“越俗越雅，越淡薄越滋味”，是简淡，是风味，而不是藻绘、骈丽。戏曲，这种“下里巴人”的艺术，用它那俗文学的“本色”，征服了文人学士的“阳春白雪”，登上达官显贵的舞台。它用它的“本色”，它的“俗”，使观众意识到它的美，享受到它的美。在文人们看来，由于戏曲艺术的抒情意味浓厚，戏曲较之小说更为方便地展示他们的才情与文采，表现他们的趣味与风格。可见“本色当行”论彻底打破了他们欲圆的“雅”梦，为俗文学占领曲坛开辟了道路。

其次，从戏曲艺术“本色当行”的理论要求中，不难看出，我国古代曲论家自觉或不自觉地从审美接受这一角度，丰富了我国古代的戏曲理论。阿契尔在《剧作家一定要想到观众》一文中说：“一位画家可以单单是为了取悦自己而绘画，一位雕塑家可以单单为了取悦自己而雕塑，一位诗人可以单单为了取悦自己而吟诗，然而戏剧除了对于观众以外是毫无意义的。它是用一种特殊的手法描绘出来的生活的图景，这种手法本来设计的就是为了要用这种图景深深打动聚集在某一指定场合的相当数量的观众的。”的确，戏曲不是“自娱”的艺术，而是“娱人”的艺术，这就要求戏曲作家在戏曲创作的时候，要考虑到观众的要求，戏曲作家和戏曲观众是一个有机整体,二者谁也离不开谁。戏曲作家创作戏曲的目的是运用各种手段来打动观众,而一部戏曲如果没有观众来欣赏、来体验,则起不到审美教育作用。所以一部戏曲如果没有观众的介入,那么即便是作家创作出来,演员表演出来,那也不是完整的戏曲。所以戏曲家在戏曲创作的过程中,一定要注意体会观众的“期待视野”。“期待视野”是接受美学的创立者姚斯提出的一个概念。它实际上就是指读者阅读一部文学作品前由他的全部相关生活经验和审美经验之总和所构成的对作品预定的欣赏趋向与心理定式,它形成了读者的内在审美尺度,潜在地支配着读者对作品的接受程度和方式。曲论中的“本色当行论”正是估价了观众在戏曲审美中的中心作用,尽管认识是肤浅的零碎的,但是也值得我们重视。

从元代开始,戏曲评论家就注意到观众在戏曲艺术完整体现中的重要作用。胡祇遹在《优伶赵文益诗序》中说:“后世民风机巧,虽郊野山林之人亦知谈笑,亦解弄舞娱嬉,而况膏腴阀阅市井丰富子弟。人知优伶,发新巧之笑,极下之欢,反有同于教坊之本色者。”从这里我们可以看出,戏曲艺术的普及和繁荣,使得穷乡僻壤的观众,对于戏曲的欣赏也很懂行。面对这样的接受主体,戏曲作家对于观众的“期待视野”必须有一个正确的估计,使自己的戏曲创作与观众的期待视野相吻合。曲论家们提出只有“本色当行”的戏曲才能与观众的期待视野相一致。因为在他们看来“本色”的戏曲是明白而不难知的,是表现大地众生、人生本相的,是要感发人心的。“当行”与“本色”是两个互相联系的概念,既然戏曲的语言不“本色”,不能被审美主体接受,那自然不是符合戏曲创作规律的戏曲,算不得“当行”之作。清代的黄周星从“能感人”的角度,说明戏曲创作的基本规律是“少引圣典,多发天然”。李渔则更明确地指出，戏曲创作并表演出来，不仅是给那些“读书人与不读书人”看的，而且还是给“不读书之妇人小儿同看”的，所以戏曲创作“贵浅不贵深”，“能于浅处见才，方是文章高手”。黄周星、李渔的这些观点，都是从审美主体的客观实际情况出发来论述的，所以很有针对性。他们虽然不用“本色”“当行”这样的字眼，但是他们从审美主体的接受情况出发，论述戏曲艺术的本质特征与客观规律，这与明代的曲论家是一脉相承的。文学发展的历史，从某种角度来讲，实际上也是读者接受的历史。戏曲艺术更是如此。如果没有观众的参与，戏曲就根本没有办法实现自己、确证自己。戏曲艺术所反映的内容、唱词宾白、表现手法首先必须要让观众能够理解，这种接受美学的思想，在我国曲论中虽不够系统，但随处可见，应该引起我们足够的重视。

六、当代戏剧(特别是戏曲)的编演要不要讲究本色当行

“本色当行”论扭转了传统审美标准，揭示了群众喜闻乐见的民族风格，打破了正统文人欲圆的“雅梦”，为大众文学占领曲坛开辟了一条崭新道路，从而为自身在中国戏曲理论史上占据了应有的地位，开启了中国戏曲理论新的里程。戏曲历来是通俗的艺术，群众的艺术，应当是雅俗共赏、老少咸宜，能适应不同文化水平者才是上品。

之所以说开启了新的里程，主要是说“本色当行”论犹如一条总纲，将中国戏曲理论推进到探讨戏曲艺术基本特质及规律的轨道上来。这种探讨不仅是对戏曲语言出之自然、出之真情、符合(时尚、人物、境遇)实际、不文饰、要通俗的研究，而且是对“意欲”

“字意”“歌诵”“装扮”及对韵文进行生活化改造的考究，以至对戏剧艺术“关节局概”的细致分析。从此中国戏曲理论开始了向系统化、科学化方向的迈进。当然，中国戏曲理论在这个方向上曾几经停顿、周折，我们还没有见到我国古代更多系统化、科学化的论著，那是另当别论了。

从“本色”“当行”的论述中，我们不难看出，我国古代文论家，已经自觉不自觉地从审美接受角度也就是从观众学角度出发，建设戏曲理论。纵观中国戏曲史，“本色当行”论不仅对古代戏曲艺术实践产生了很大的指导作用，而且对后世的戏曲艺术实践也给予了深远的影响。

元代戏曲作家继承诗词优秀传统，十分注意语言的本色问题，如为历代推崇的北杂剧代表作家关、王、郑、马的作品，为曲论家赞赏的南戏“荆、刘、拜、杀，得琵琶而五”的传奇，都运用了朴实自然、浅近通俗的语言，既不照搬摹拟，也不乱涉粗俗。明代曲论家何良俊在他的《曲论》中评说：“《拜月亭》……余谓其高出《琵琶记》远甚。盖其才藻虽不及高，然终是当行。……《拜月亭》〔赏春〕〔惜奴娇〕如‘香闺掩珠帘镇垂，不肯放燕双飞’，〔走雨〕内‘绣鞋儿分不得帮底，一步步提，百忙里褪了跟’，正词家所谓本色语。”由此可见元人作剧之一斑。实际上，《琵琶记》也处处见“本色当行”，如二十出《糟糠自厌》中“〔孝顺歌〕：呕得我肝肠痛，珠泪垂，喉咙里尚兀自牢卡住。糠哪！尔遭砻被舂杵，筛你簸扬你，吃尽控持。好似奴家身狼狈，千辛万苦皆经历。苦人吃着苦味，两苦相逢，可知道欲吞不去。〔前腔〕糠和米本是相依倚，被簸扬作两处飞，一贱与一贵，好似奴家与夫婿，终无见期。丈夫，你便是米呵，米在他方没寻处；奴家便是糠呵，怎把糠来救得人饥馁。好似儿夫出去，怎的教奴供得公婆甘旨。”又如关汉卿《窦娥冤》中的第二折〔斗虾蟆〕〔骂玉郎〕〔感皇恩〕〔采茶歌〕曲词，第三折〔耍孩儿〕带〔煞尾〕的曲词，本色极致，则更为历代所称颂。明代剧作如李开先《宝剑记》，沈璟《义侠记》《红蕖记》，徐渭《四声猿》，王衡《真傀儡》《没奈何》等，清代的剧作如《长生殿》《天宝曲史》等，都体现了“本色当行”的特色。

“本色当行”论对近现代戏曲的影响，我们可以从王国维、吴梅、齐如山以及王季烈、许之衡的论述中看到，他们仍推崇“本色当行”理论，并以此指导戏曲艺术实践，尤其齐如山在这方面做出了杰出的贡献。在中国近现代戏曲史中，戏曲艺术由“曲本体”向“戏剧化”推进和发展，王国维治史、吴梅治音律、齐如山编剧，都从不同方面倡导“本色当行”论。著名艺术大师梅兰芳在早年的演艺生涯中，就曾受到齐如山多方面的指导。这个时期的艺术家程长庚、汪笑侬、谭鑫培、梅兰芳、周信芳、程砚秋、俞振飞等人，都是“本色当行”论的崇拜者和实践者。现转引《菊部丛刊》中《凤鸣关》〔西皮二六原词〕的珍贵资料，可见程长庚的“本色”语言概貌：“师父讲话邈视人，细听俺赵云表一表功勋。在盘河曾救公孙命，只杀得袁绍四路奔腾。大战那典韦贼曾投奔先帝爷，他借我大破过曹兵。在卧牛山前来归顺，我随先帝进古城。长坂坡与曹兵大交一阵，在阵前失了糜夫人。我左寻右找难查问，在难民之中打听得音信。豪杰马上心不定，我远远闻听有一夫人放悲声。寻见了夫人把罪请，请他把幼主交付俺赵云。我请夫人跨金镫，他言道大将无马怎能够战征。左请右请实不允，耳边厢又听得战鼓咚咚俱是贼兵。”（下转流水板）唱词句句本色。

汪笑侬在表演方面主张：“做工必合其人之身份；神气必合其事之形容；腔调必合其词之语气；按五音、传七情，设身处地，方是以动人观听。”这无疑是明代臧懋循“行家者，随所妆演，无不模拟由尽，宛若身当其处”主张的详尽说明。周信芳回忆说：“笑依先生的做工表演以细致逼真、结合剧情称著，实际就是着重刻画人物，演谁像谁的意思。”

俞振飞晚年回忆与杨小楼同演《回荆州》时，杨小楼饰赵云演得“无比威严”，竟使自己“心里确实产生了惧他三分的感觉”。

梅兰芳演昆曲《游园惊梦》，当柳梦梅唱〔小桃红〕时，杜丽娘的身段是静止的，一般演员往往呆呆地僵在那里。梅兰芳却慢慢地投下衣袖，同时在柳梦梅唱到“只为你如花美眷似水流年”的“年”时，向柳梦梅含情脉脉地频频暗送秋波，把一个情窦初开少女突然见到翩翩少年时，怦然心动又满怀娇羞，惊喜交集又束手无策的复杂心理淋漓尽致地表现出来。俞振飞说：“每次我与他（梅兰芳）合作演《惊梦》，一接触他那明如秋水的双瞳，整个身心都会感到很大震动，好像一股巨大的暖流贯穿全身。”

谭鑫培演《洪羊洞》扮杨延昭，剧中当八贤王问杨延昭“御妹丈此病从何而起？”杨延昭照例以手击桌摇首慨叹地叫一声“千岁爷”。可是谭氏的表演却有创新。他在摇首叹息之前，先把两只眼睛凄惶地望着八贤王半晌，然后才缓缓地叹出声来。等到念“千岁爷”三个字的时候，眼眶确实是红了，可是不掉泪。他这种神气，不但抓住了台下观众，把台上的八贤王也看傻了！他在二次被太君等人唤醒以后所唱的散板，真是一唱三叹，每唱一句，随着他的神气，左顾老母，右恋妻子，怀抱宗保，种种情态，同真人真事一样。梅兰芳曾说：“谭老先生的《李陵碑》在唱反调以前，出场时冷的动作如同真的一样，我是个演员，在六月伏天时在台下看，却觉得身上发冷。”谭鑫培说：“全真全像不是戏，半真半假才是戏。”他力争追求合乎“戏理”，力求使唱腔的抑扬顿挫与表情动作相结合，准确地刻画出剧中人物的心境与性格。

这些艺术大师表演的作品，正如吴梅所云“须眉如生”，“风趣悠然”，因而堪称“本色当行之作”。

从上面列举的片断不难看出，近现代的戏曲艺术巨匠无论从曲词演唱到表情做工，从紧扣剧情到打动观众，无一不是刻苦实践“本色”“当行”的艺术规则，由于如此，他们所编演的作品才成为戏曲艺术的经典剧目，蜚声中华，享誉海外。

再看新中国成立之后，从新中国成立初戏曲改革到1964年全国革命现代京剧观摩演出大会之际，戏曲界仍然继承和发扬了中国戏曲“本色当行”的优良传统。此间最典型的例子是唱遍大江南北、家喻户晓的豫剧《朝阳沟》，作者将生活中清新而有活力的语言，自觉融入作品，因而“歌之使奴、童、妇、女皆喻”。剧词不仅朴素无华，自然流畅，而且音乐性很强，极富形象性，只要一听剧中唱词，不用介绍，就能准确地辨认出人物来。例如下面两段唱词：

栓保娘夸农村生产、生活好的唱词：

> 我的儿你不要多操心，咱这里年年都是好收成。棉花白、白生生，萝卜青、青凌凌，麦子个个饱盈盈，白菜长的磁丁丁……

二大娘夸银环的唱词：

> 俺是白天盼来夜里等，你婆婆急得乱哼哼……你头发黑，黑丁丁，脸蛋白，白生生，两道眉，弯正正，一对大眼水灵灵，这银盆大脸好齐整……

又如第二场，“银环妈追银环到栓保家，栓保娘笑脸迎上前去。栓保娘：‘亲家母。’银环妈：‘谁是你亲家母！’栓保娘：‘你看，有话慢慢说。’银环妈：‘我的嘴不由我，我的闺女不叫我说！’栓保娘：‘急啥哩，吃罢饭再说。’银环妈：‘我不是跟你要饭哩！’栓保娘：‘别着急，先住下，明天再说。’银环妈：‘住下？我还怕狼吃了我哩！'这段十分精练的对白，几句话便勾勒出一个是善良忠厚的农村老太太，一个是尖刻狡黠的小市民妇女。她们的话字字当行句句本色。"（《杨兰春编导艺术论》，中国戏剧出版社 1993 年版）从以上论述我们可以看出，不仅古人论述本色当行，今人也讲究本色当行。古今所论并无二义，当代戏曲作品仍然应当把追求本色当行作为剧本艺术的最高境界。

新时期以来，获 1993 年全国文华大奖的上海淮剧《金龙与蜉蝣》，在艺术实践上简直可以说把"本色""当行"艺术标准推上极致。该剧写了一个古代将领，杀害了自己的首领，抛弃了自己的妻子，后来当了君王。当他年迈时，为自己无后嗣继承王位而苦恼，便搜罗天下美女，来为他生儿子。而他抛弃的妻子沦落为渔家女，遗腹子长大后被召到宫里阉为宦官，这个君王却把实际是自己的儿媳的女子抢到宫里奸污。当了宦官的儿子本来一心要杀死实际是自己父亲的暴君，但又被迫阿谀曲奉，甚至亲自把妻子献出作为君王的生育工具。最后真相大白，一家人相识在激烈的冲突和死亡的悲剧中。该剧人物刻画典型，内心世界揭示深刻，关目排场简练紧凑，尤其是文词本色动人。剧作以极高的悟性把握了戏曲艺术的时空灵活性和写意特征，在舞台上一切虚景实景均无，连一桌两椅都不留，只设置具有层次感的地台和灯光变换。但是观众不仅能感受到宫廷的高深空旷和幽静森严，也能感受到渔村的凄凉和山林的荒野，更主要的是把观众的关注点集中到透视人物内心及其命运上来了。总之，《金龙与蜉蝣》的精粹，堪称当代"本色""当行"戏曲之楷模。

纵观古代"本色当行"论，对后世戏曲艺术的影响的确不小。我国近代现代当代戏曲艺术，不仅继承了古代戏曲"本色当行"的优良传统，而且在艺术实践上还不断深化和发展了它的内涵。由此我们可以得出一条结论:中国古代戏曲“本色当行”论具有中国古代哲学方法论的性质,它在艺术哲学上,揭示了中国戏曲艺术的本质特性,集中概括了中国戏曲艺术的精髓。当代戏剧的编演,特别是戏曲的编演,必须讲究“本色当行”。

中　篇

一、戏曲部分

《圣寿乐》舞衣，襟皆各绣一大窠，皆随其衣本色制纯缦衫——下才及带，若短汗衫者——以笼之，所以藏绣窠也。舞人初出乐次，皆是缦衣。舞至第二叠，相聚场中，即于众中从领上抽去笼衫，各内怀中。观者忽见众女咸文绣炳焕，莫不惊异。（唐·崔令钦《教坊记》，载《中国古典戏曲论著集成》，以下简称《集成》，中国戏剧出版社1959年版，第一册第12页）

句法中有字面，若遇中有生硬字用不得，须是深加锻炼，字字敲打得响，歌诵妥溜，方为本色语。如贺方回、吴梦窗皆善于炼字面者，多于李长吉、温庭筠诗中来。制曲者当作此观。（元·顾英《迦陵音指迷十六观》，载《中国古典编剧理论资料汇辑》，以下简称《汇辑》，秦学人、侯作卿编著，中国戏剧出版社1984年版，第15页）

后世民风机巧，虽郊野山林之人，亦知谈笑，亦解弄舞娱嬉，而况膏腴阀阅市井丰富之子弟，人知优伶发新巧之笑，极下之欢，反有同于教坊之本色者。（元·胡祗遹《优伶赵文益诗序》，录自三怡堂丛书《紫山大全集》卷十一，《中国古代戏曲序跋集》，吴毓华编著，中国戏剧出版社1990年版第5页，以下简称《序跋集》）

然又谓之行家及杂剧、升平乐，今舍是三者，而独名以传奇，以其字面稍雅致云。（明·李开先《西野春游词》序，录自《李中麓闲居集》，《序跋集》第51页）

词与诗，意同而体异，诗宜悠远而有余味，词宜明白而不难知，以词为诗，诗斯劣矣；以诗为词，词斯乖矣。……国初如刘东生、王子一、李直夫诸名家，尚有金元风格，乃后分而两之，用本色者为词人之词，否则为文人之词矣。（明·李开先《西野春游词》序，录自《李中麓闲居集》，《序跋集》第55页）

杂剧，俳优所扮者，谓之"娼戏"，故曰"勾栏"。子昂赵先生曰："良家子弟所扮杂剧，谓之'行家生活'，娼优所扮者，谓之'戾家把戏'。良人贵其耻，故扮者寡，今少矣，反以娼优扮者谓之'行家'，失之远也。"或问其何故哉？则应之曰："杂剧出于鸿儒硕士，骚人墨客所作，皆良人也。若非我辈所作，娼优岂能扮乎？推其本而明其理，故以为'戾家'也。"关汉卿曰："非是他当行本事，我家生活，他不过为奴隶之役，供笑献勤，以奉我辈耳。子弟所扮，是我一家风月。"虽是戏言，亦合于理，故取之。（明·朱权《太和正音谱》，《集成》第三册第24页）

南曲固是末技，然作者未易臻其妙。《琵琶》尚矣。其次则《玩江楼》《江流儿》《莺燕争春》《荆钗》《拜月》数种，稍有可观，其余皆俚俗语也；然有一高处，句句是本色语，无今人时文事。（明·徐渭《南词叙录》，《集成》第三册第243页）

《香囊》如教坊雷大使舞，终非本色。（明·徐渭《南词叙录》，《集成》第三册第243页）

最喜用事当家，最忌用事重沓及不著题。（明·徐渭《南词叙录》，《集成》第三册第244页）

世事莫不有本色，有相色。本色犹俗言正身也。相色替身也。

替身者,即书评中婢作夫人,终觉羞涩之谓也。婢作夫人者,欲涂抹成主母而多插带,反掩其素之谓也。故余于此本中贱相色,贵本色。(明·徐渭《西厢记》题辞,录自明崇祯间刻本《徐文长先生批评西厢记》,《序跋集》第62页)

语入紧要处,不可着一毫脂粉,越俗越家常越警醒,此才是好水碓,不杂一毫糠衣,真本色。若于此一恧缩打扮,便涉分该婆婆犹作新妇少年哄趋所在,正不入老眼也。至散白与整白不同,尤宜俗宜真,不可着一文字,与扭捏一典故事,及截多补少,促作整句。锦糊灯笼,玉镶刀口,非不好看,讨一毫明快,不知落在何处矣!此皆本色不足,仗此小做作以媚人,而不知误入野狐,作娇冶也。(明·徐渭《昆仑奴》题词之三,录自沈氏抱经楼丛书《徐文长佚草》,《序跋集》第65页)

凡语入紧要处,略着文采,自谓动人,不知减却多少悲欢,此是本色不足者,乃有此病。乃如梅叔造诣,不宜随众趋逐也。点铁成金者,越俗、越雅、越淡薄、越滋味、越不扭捏动人,越自动人。(明·徐渭《昆仑奴》题词之四,同上书)

随缘设法,自有大地众生;作戏逢场,原属人生本色。(明·徐渭戏台榜联)

盖《西厢》全带脂粉,《琵琶》专弄学问,其本色语少。盖填词须用本色语,方是作家。(明·何良俊《曲论》,《集成》第四册第6页)

王实甫《丝竹芙蓉亭》杂剧〔仙吕〕一套,通篇皆本色,词殊简淡可喜。(明·何良俊《曲论》,《集成》第四册第8页)

《㑇梅香》第三折〔越调〕,虽不入弦索,自是妙。……止是寻常说话,略带讪语,然中间意趣无穷,此便是作家也。(明·何良俊《曲论》,同上书)

《虎头牌》是武元皇帝事。……十七换头〔落梅风〕云:“抹得瓶口儿净,斟得盏面儿圆,望看碧天边太阳浇奠。只俺这女直人无甚么别咒愿,则愿我弟兄们早能勾相见。”此等词,情真语切,正当行家也。(明·何良俊《曲论》,《集成》第四册第8~9页)

《拜月亭》是元人施君美所撰,《太和正音谱》“乐府群英姓氏”亦载此人。余谓其高出于《琵琶记》远甚。盖其才藻虽不及高,然终是当行。……《拜月亭》“赏春”〔惜奴娇〕如“香闺掩珠帘镇垂,不肯放燕双飞”,〔走雨〕内“绣鞋儿分不得帮底,一步步提,百忙里褪了跟”,正词家所谓“本色语”。(明·何良俊《曲论》,《集成》第四册第12页)

马致远《百岁光阴》,放逸宏丽,而不离本色,押韵尤妙。(明·王世贞《曲藻》,《集成》第四册第28页)

杨状元慎才情盖世,所著有《洞天玄记》《陶情乐府》《续陶情乐府》,流脍人口,而颇不为当家所许。(明·王世贞《曲藻》,《集成》第四册第35页)

常明卿有《楼居乐府》,虽词气豪逸,亦未当家。(明·王世贞《曲藻》,《集成》第四册第36页)

近时冯通判惟敏,独为杰出,其板眼、务头、撺抢、紧缓,无不曲尽,而才气亦足发之;止用本色过多,北音太繁,如白璧微颣耳。金陵金白屿銮,颇是当家,为北里所贵。(明·王世贞《曲藻》,《集成》第四册第37页)

独词曲一途,窜足者少,岂非以道疑小而不争,核未凿而幸免乎?数十年来,此风忽炽,人翻窠臼,家画葫芦,传奇不奇,散套成套。讹非关旧,诬日从先,格喜创新,不思乖体,饾饤自矜其设色,齐东妄附于当行。(明·王骥德《曲律·序》,《集成》第四册第47页)

曲之始，止本色一家，观元剧及《琵琶》《拜月》二记可见。……大抵纯用本色，易觉寂寥；纯用文调，复伤雕镂。《拜月》质之尤者，《琵琶》兼而用之，如小曲语语本色……至本色之弊，易流俚腐，文词之病，每苦太文。（明·王骥德《曲律·论家数》，《集成》第四册第121～122页）

太文语（不当行）。（明·王骥德《曲律·论曲禁》，《集成》第四册第131页）

元人嘲《秃指甲》词："十指如枯笋，和袖捧金尊，掐杀银筝字不真，揉痒天生钝。纵有相思泪痕，索把拳头揾。"《中原音韵》及弇州皆极赏之，然首语及"揉痒天生钝"句，尚觉著相，此体亦是西楼最佳，如《失鸡》《转五方》等曲，皆极当行。（明·王骥德《曲律·论俳谐》，《集成》第四册第135页）

其词格俱妙，大雅与当行参间，可演可传，上之上也；词藻工，句意妙，如不谐里耳，为案头之书，已落为第二义；既非雅调，又非本色，掇拾陈言，凑插俚语，为学究，为张打油，勿作可也！（明·王骥德《曲律·论剧戏》，《集成》第四册第137页）

近惟《还魂》二梦之引，时有最俏而最当行者，以从元人剧中打勘出来故也。（明·王骥德《曲律·论引子》，《集成》第四册第138页）

过曲体有两途：大曲宜施文藻，然忌太深；小曲宜用本色，然忌太俚。须奏之场上，不论士人闺妇，以及村童野老，无不通晓，始称通方。最要落韵稳当。（明·王骥德《曲律·论过曲》，《集成》第四册第138～139页）

对口白须明白简质，用不得太文字；凡用之、乎、者、也，俱非当家。《浣纱》纯是四六，宁不厌人！……苏长公有言："行乎其所当行，止乎其所不得不止。"（明·王骥德《曲律·论宾白》，《集成》第

四册第 141 页)

夫《琵琶》久用本色语矣。饿字亦何俗之有,乃妄改之,而反以不韵为快耶?(明·王骥德《曲律·论讹字》,《集成》第四册第 144 页)

《西厢》组艳,《琵琶》修质,其体固然。何元朗并訾之,以为"《西厢》全带脂粉,《琵琶》专弄学问,殊寡本色。"夫本色尚有胜二氏者哉?过矣!(明·王骥德《曲律·杂论上》,《集成》第四册第 149 页)

《琵琶》工处甚多,然时有语病。……二十六折《驻马听》"书寄乡关"二曲,皆本色语,中"著啼痕缄处翠绡斑"二语,及"云钩飞动彩云笺"二语,皆不搭色,不得为之护短。至后八折,真伧父语。(明·王骥德《曲律·杂论上》,《集成》第四册第 150 页)

当行本色之说,非始于元,亦非始于曲,盖本宋·严沧浪之说诗。沧浪以禅喻诗,其言:"禅道在妙悟,诗道亦然,惟悟乃为当行,乃为本色,有透彻之悟,有一知半解之悟。"(明·王骥德《曲律·杂论上》,《集成》第四册第 152 页)

白乐天作诗,必令老妪听之,问曰:"解否?"曰"解",则录之;"不解"则易。作剧戏,亦须令老妪解得,方入众耳,此即本色之说也。(明·王骥德《曲律·杂论上》,《集成》第四册第 154 页)

剧戏之行与不行,良有其故。庸下优人,遇文人之作,不惟不晓,亦不易入口。村俗戏本,正与其见识不相上下,又鄙猥之曲,可令不识字人口授而得,故争相演习,以适从其便。以是知过施文彩,以供案头之积,亦非计也。(明·王骥德《曲律·杂论上》,《集成》第四册第 154 页)

曲与诗原是两肠,故近时才士辈出。而一搦管作曲,便非当家。汪司马曲,是下胶漆词耳。弇州曲不多见,特《四部稿》中有

一《塞鸿秋》，两《画眉序》，用韵既杂，亦词家语，非当行曲。（明·王骥德《曲律·杂论下》，《集成》第四册第162页）

松陵词隐沈宁庵先生，讳璟。其于曲学，法律甚精，泛澜极博。斤斤返古，力障狂澜，中兴之功，良不可没。……《红蕖》蔚多藻语。《双鱼》而后，专尚本色，盖词林之哲匠，后学之师模也。（明·王骥德《曲律·杂论下》，《集成》第四册）

词隐传奇，要当以《红蕖》称首，其余诸作，出之颇易，未免庸率。然尝与余言歉以《红蕖》为非本色，殊不其然。（明·王骥德《曲律·杂论下》，《集成》第四册第164页）

临川汤奉常之曲，当置“法”字无论，尽是案头异书。所作五传，《紫箫》《紫钗》，第修藻艳，语多琐屑，不成篇章；《还魂》妙处种种，奇丽动人，然无奈腐木败草，时时缠绕笔端；至《南柯》《邯郸》二记，则渐削芜颣，俛就矩度，布格既新，遣词复俊，其掇拾本色，参错丽语，境往神来，巧凑妙合，又视元人别一蹊径，技出天纵，匪由人造。……可令前无作者，后鲜来哲，二百年来，一人而已。（明·王骥德《曲律·杂论下》，《集成》第四册第165页）

徐天池先生《四声猿》，故是天地间一种奇绝文字。……先生好谈词曲，每右本色，于《西厢》《琵琶》皆有口授心解；独不喜《玉玦》，目为“板汉”。（明·王骥德《曲律·杂论下》，《集成》第四册第167～168页）

问体孰近，曰：“于文辞一家得一人，曰宣城梅禹金——摛华掞藻，斐亹有致；于本色一家，亦惟是奉常一人——其才情在浅深、浓淡、雅俗之间，为独得三昧。余则修绮而非垛则陈，尚质而非腐而俚矣。”（明·王骥德《曲律·杂论下》，《集成》第四册第170～171页）

散曲绝难佳者。……康对山、王美陂、常楼居、冯海浮直是

粗豪，原非本色。（明·王骥德《曲律·杂论下》，《集成》第四册第173页）

世所谓才士之曲，如王弇州、汪南溟、屠赤水辈，皆非当行。（明·王骥德《曲律·杂论下》，《集成》第四册第180页）

董解元倡为北词，初变诗余，用韵尚间沿词体。独以俚俗口语谱入弦索，是词家所谓"本色""当行"之祖。（明·王骥德《新校注古本西厢记》附评语，录自明万历间香雪居刻本，《序跋集》第135页）

唐人好为传奇，《昆仑奴》以侠著。宣城梅禹金尝谱入乐部。吾师徐文长先生复加润色，手墨尚新。友人刘迅侯业授梓以传。好事者而出以示余。禹金于词，故擅文辞，一家俊手，先生稍修本色，其中更易字句，讵以攻瑕，抑多点铁。（明·王骥德《昆仑奴》题词，录自万历山阴刘氏刻本《昆仑奴剑侠成仙》，《序跋集》第139页）

同时惟临朐冯海浮差为当行，亦以不作南词耳。南词自陈、沈诸公外，如"楼阁重重"、"因他消瘦"、"风儿疏剌剌"等套，尚是成弘遗音；此外吴中词人，如唐伯虎、祝枝山，后为梁伯龙、张伯起辈，纵有才情，俱非本色矣。（明·沈德符《顾曲杂言》，《集成》第四册第203页）

丘文庄淹博，本朝鲜俪，而行文拖沓，不为后学所式；至填词，尤非当行，今《五伦全备》是其手笔，亦俚浅甚矣。（明·沈德符《顾曲杂言》，《集成》第四册第203～204页）

向年曾见刻本《太和记》，按二十四气，每季填词六折，用六古人故事，每事必具始终，每人必有本末。出既蔓衍，词复冗长，若当场演之，一折可了一更漏，虽似出博洽人手，然非本色当行；又南曲居十之八，不可入弦索。（明·沈德符《顾曲杂言》，《集成》第四册

第207页)

北杂剧已为金、元大手擅胜场,今人不复能措手。曾见汪太涵四作,为《宋玉高唐梦》《唐明皇七夕长生殿》《范少伯西子五湖》《陈思王遇洛神》,都非当行。惟徐文长渭《四声猿》盛行,然以词家三尺律之,犹河汉也。梁伯龙有《红线》《红绡》二杂剧,颇称谐稳,今被俗优合为一大本南曲,遂成恶趣。近年独王辰玉太史衡所作《真傀儡》《没奈何》诸剧,大得金、元本色,可称一时独步。(明·沈德符《顾曲杂言》,《集成》第四册第214页)

本朝能杂剧者不数人,自周宪王以至关中康、王诸公,稍称当行。其后则山东冯、李亦近之,然如《小尼下山》《园林午梦》《皮匠参禅》等剧,俱太单薄,仅可供笑谑,亦教坊耍乐院本之类耳。(明·沈德符《顾曲杂言》,《集成》第四册第215页)

顷在梁溪邹彦吉家观舞,因论:"此妇人盘中,掌上之遗耳,乃古人之舞不传久矣。……今之学舞者,俱作汴梁与金陵,大抵俱软舞。虽有南舞、北舞之异,然皆女妓为之;即不然,亦男子女装以悦容。古法澌灭,非始本朝也。至若舞用妇人,实胜男子,彼刘、项何等帝王,尚恋戚、虞之舞。唐人谓:教坊雷大使舞,极尽工巧,终非本色。盖本色者,妇人态也。"(明·沈德符《顾曲杂言》,《集成》第四册第219页)

王弇州一代宗匠,文章之无定品者,经其品题,便可折衷,然于词曲不甚当行。(明·徐复祚《曲论》,《集成》第四册第235页)

何元朗良俊谓施君美《拜月亭》胜于《琵琶》,未为无见。《拜月》宫调极明,平仄极叶,自始至终,无一板一折非当行本色语,此非深于是道者不能解也。(明·徐复祚《曲论》,《集成》第四册第235~236页)

《琵琶》《拜月》而下,《荆钗》以情节关目胜,然纯是倭巷俚语,

粗鄙之极；而用韵却严，本色当行，时离时合。（同上条）

《香囊》以诗语作曲，处处如烟花风柳。如“花边柳边”、“黄昏古驿”、“残星破暝”、“红入仙桃”等大套，丽语藻句，刺眼夺魄，然愈藻丽，愈远本色。（明·徐复祚《曲论》，《集成》第四册第236页）

郑虚舟若庸，余见其所作《玉玦记》手笔，凡用僻事，往往自为拈出。今在其从侄学训继学处。此记极为今学士所赏，佳句故自不乏。……独其好填塞故事，未免开饾饤之门，辟堆垛之境，不复知词中本色为何物，是虚舟实为之滥觞矣。（明·徐复祚《曲论》，《集成》第四册第237页）

吴江顾大典有《义乳》《青衫》《葛衣》等记，皆起流派，操吴音以乱押者；清峭拔处，各自有可观，不必求其本色也。（明·徐复祚《曲论》，《集成》第四册第237页）

沈光禄璟著作极富，有《双鱼》《埋剑》《金钱》《鸳被》《义侠》《红蕖》等十数种，无不当行。《红蕖》词极赡，才极富，然于本色不能不让他作。（明·徐复祚《曲论》，《集成》第四册第240页）

近日袁晋作为《西楼记》，调唇弄舌，骤听之亦堪解颐，一过而嚼然矣，音韵宫商，当行本色，了不知为何物矣。（明·徐复祚《曲论》，《集成》第四册第240页）

王弇州取《西厢》“雪浪拍长空”诸语，亦直取其华艳耳，神髓不在是也。语其神，则字字当行，言言本色，可为南北之冠。（明·徐复祚《曲论》，《集成》第四册第242页）

曲始于胡元，大略贵当行不贵藻丽。其当行者曰“本色”。盖自有此一番材料，其修饰词章，填塞学问，了无干涉也。故《荆》《刘》《拜》《杀》为四大家，而长材如《琵琶》犹不得与，以《琵琶》间有刻意求工之境，亦开琢句修词之端，虽曲家本色故饶，而诗余弩末亦不少耳。国朝如汤菊庄、冯海浮、陈秋碧辈，直闯其藩，虽无专本戏曲，而制作亦富，元派不绝也。自梁伯龙出，而始为工丽之滥觞。一时词名赫然。盖其生嘉、隆间，正七子雄长之会，崇尚华靡；宾州公以维桑之谊，盛为吹嘘，且其实于此道不深，以为词如是观止矣，而不知其非当行也。以故吴音一派，兢为剿袭。靡词如绣阁罗帏、铜壶银箭、黄莺紫燕、浪蝶狂蜂之类，启口即是，千篇一律。甚者使僻事，绘隐语，词须累诠，意如商谜，不惟曲家一种本色语抹尽无余，即人间一种真情话，埋没不露已。（明·凌濛初《谭曲杂札》，《集成》第四册第253页）

《琵琶》全传，自多本色胜场。二曲正其稍落游词，前辈相传为赝入者。（明·凌濛初《谭曲杂札》，《集成》第四册第254页）

沈伯英审于律而短于才，亦知用故实、用套词之非宜，欲作当家本色俊语，却又不能，直以浅言俚句，棚拽牵凑，自谓独得其宗，号称“词隐”。（明·凌濛初《谭曲杂札》，《集成》第四册第254页）

《红梨花》一记，其称琴川本者，大是当家手，佳思佳句，直逼元人处，非近来数家所能，才具虽小狭于汤，然排置停匀调妥，汤亦不及，惜逸其名耳！（明·凌濛初《谭曲杂札》，《集成》第四册第255页）

元曲源流古乐府之体，故方言、常语，沓而成章，着不得一毫故实；即有用者，亦其本色事，如《蓝桥》《祆庙》《阳台》《巫山》之类。以拗出之为警俊之句，决不直用诗句，非他典故填实者也。（明·凌濛初《谭曲杂札》，《集成》第四册第255页）

自成一家之言，谓之“本色”，使上而御前，下而愚民，取其一听而无不了然快意。今之曲既斗靡，而白亦竞富。其至寻常问答，亦不虚发闲语，必求排对工切。是必广记类书之山人，精熟策段之举子，然后可以观优戏，岂其然哉！又可笑者：花面丫头，长脚髯奴，无不命词博奥，子史淹通，何彼时比屋皆康成之婢、方回之奴也？总来不解"本色"二字之义，故流弊至此耳。或曰："然则如《琵琶》黄门，早朝等语亦非乎？"曰："说书家非不是通俗演义，而'但见'云云，侭有偶句描写工妙者，此自是其一种铺排本色，人自不识其体耳。"（明·凌濛初《谭曲杂札》，《集成》第四册第259页）

吾湖臧晋叔，知律当行在沈伯英之上。惜不从事于谱，使其当笔订定，必有可观。晚年校刻元剧，补缺正讹之功，故自不少；而时出己见，致易处亦未免露出本相——识有余而才限之也。（明·凌濛初《谭曲杂札》，《集成》第四册第260页）

"登临又不快，闲行又闷"，董词乃道张生者，移为莺语，觉非文人本色。（明·凌濛初《凌濛初批点西厢记》第二本第一折〔油葫芦〕曲批语，《汇辑》第176页）

徐士范曰：《西厢》词多用儿字。于情近，于事谐，故是当家。（同上书第二本第一折〔寄生草〕曲批语，《汇辑》第176页）

白之酸处，正是元人伎俩处，时本改削之，便失本色。（同上书第三本第二折〔满庭芳〕后张生白批语，《汇辑》第176页）

背地评跋，宛如话出，此等方是元剧中本色胜场，今人但知赏其俊丽处者，皆未识真面目者也。（同上书，第三本第四折〔紫花儿序〕曲批语，《汇辑》第177页）

此正形容别情当行至语。（同上书，第四本第三折〔快活三〕曲批语，《汇辑》第177页）

如此〔煞尾〕词，岂嫩笔所辨？从来世眼皆取浓丽，不识当行，故"珠帘掩映"等句，便为绝倒，而此等法皆抹杀矣。（同上书，第五本第一折〔浪里来煞〕曲批语，《汇辑》第177页）

北《西厢记》相沿以为王实甫撰。……至汉卿诸本，则老笔粉扮，时见本色，此第五本亦然，与前自是二手。（明·凌濛初《西厢记》凡例十则，录自明天启凌氏刻本《西厢记》，《序跋集》第175页）

曲中妙处，专取当行本色俊语，非取丽藻。（明·凌濛初《琵琶记》凡例，录自明凌濛初刻臞仙本《琵琶记》，《序跋集》第179页）

曲分三籁，其古质自然，行家本色为天；其俊逸有思，时露质地者为地；若但粉饰藻绘，沿袭靡词者，虽名重词流，声传里耳，概谓之人籁而已。（明·凌濛初《南音三籁》凡例，录自明刊本《南音三籁》，《序跋集》第183页）

曲也者，达其心而为言者也，思致贵于绵邈，辞语贵于迫切，长门之咏，宜于官样而带岑寂；香闺之语，宜于暗藏而绕绮丽。倚门濒笑之声，务求纤媚而顾盼生姿；学士骚人之赋，须期慷慨而啸歌不俗。故咏春花勿牵秋月，吟朝雨莫溷夜潮。瑶台、玉砌，要知雪部之套辞；芳草、轻烟，总是郊原之泛句。又命题杂咏，而直道本色，则何取于寓言？触物兴怀，而杂景揣摩，则安在其即事。甚且士女之吻无辨，睽合之意多乖，人情断续而忽入俚言，笔致拗违而生吞成语，又曲之最病者也。（明·张琦《衡曲麈谭·填词训》，《集成》第四册第267～268页）

大声，金陵将家子，所为散套，尚当借袭，而才情亦浅；然句字流丽，可入弦索，如〔三弄梅花〕一阕，颇称作家，固知好句不在多得。……常楼居自有乐府，词气豪逸，亦未当行。（明·张琦《衡曲麈谈》，《集成》第四册第269页）

不知夫予之品也，慎名器，未尝不爱人才。韵失矣，进而求其调；调伪矣，进而求其词；词陋矣，又进而求其事。或调有合于韵律，或词有当于本色，或事有关于风教，苟片善之可称，亦无微而不

录。(明·祁彪佳《远山堂曲品·叙》,《集成》第六册第5页)

陈眉公曰:“名妓翻经,老僧酿酒,将军翔文章之府,书生践戎马之场,虽乏本色,故自有致。”此数语为古今辟大戏场,玄辉、林宗,遂惜之为钳钟棒喝矣。(明·祁彪佳《远山堂曲品》,《集成》第六册第14~15页)

《红蕖》,此词隐先生初笔也,记中有十巧合,而情致淋漓,不啻百转。字字有敲金戛玉之韵,句句有移宫换羽之工;至于以药名、曲名、五行、八音,及联韵、叠句入调,而雕镂极矣。先生此后一变为本色,正惟能极艳者方能极淡;今之假本色于俚俗,岂知曲哉!(明·祁彪佳《远山堂曲品》,《集成》第六册第18页)

《合纵》:杂入张仪一事,较《金印》稍详。曲有数语袭《金印》者,虽其他稍逊之,而时出本色,令人会心。(同上第28页)

《西洋》:郑和历使西洋诸国,凡十数年而后报命,此在永乐间,可谓中珰之表表者。作手似与《三遂记》同,总是铺叙为词,不知本色当行之道者。(明·祁彪佳《远山堂曲品》,《集成》第六册第31页)

《檀扇》:叔考诸作,多是从两人错认处搏垸一番。一转再转,每于想穷意尽之后见奇。幸其词属本色,开卷便见其概,不令人无可捉摹耳。(明·祁彪佳《远山堂曲品》,《集成》第六册第43页)

《节侠》:传裴伷先伯侄在武后朝,大有丈夫本色。语多藻丽,从组织得之。(明·祁彪佳《远山堂曲品》,《集成》第六册第53页)

《钗钏》:……此曲词调朗彻,尽有本色,是熟于科诨排场者,旧有“贼杀侍婢”一段,今稍易之矣。(明·祁彪佳《远山堂曲品》,《集成》第六册第56页)

《白璧》:张仪蒙盗璧之疑而以舌在自解,及苏秦之笼络仪处,

确是一本佳传,惜演之犹未畅快。然词近本色,白亦恰当,可取也。(明·祁彪佳《远山堂曲品》,《集成》第六册第57页)

《水浒》:记宋江之事,畅所欲言,且得裁剪之法。曲虽多稚弱句,而宾白却甚当行,其场上之善曲乎?(明·祁彪佳《远山堂曲品》,《集成》第六册第59页)

《女状元》:为女状元增一弟纯嘏。盖以结周女娇凤之配耳。就徐剧略演之,为出止十八。其中数折,不失文长本色!(明·祁彪佳《远山堂曲品》,《集成》第六册第62页)

《盐梅》:构思曲折,极欲超出俗套,但其中如宋道光已登贤书,复改青衣之饰,人情乎?迨后王媵儿伪为男妆,亦觉饶舌,总是未当家处。(明·祁彪佳《远山堂曲品》,《集成》第六册第73页)

《飞丸》:……曲能以骈丽胜,但宾白不当家,遂有如里老骂座,村巫降神者。(明·祁彪佳《远山堂曲品》,《集成》第六册第75页)

《阴抉》:前半与《精忠》同。后半稍加改撺,便削原本之色。不识音律者,误人一到于此!(明·祁彪佳《远山堂曲品》,《集成》第六册第91页)

《觅莲》:此道明畅者,类涉肤浅;婉曲者,偏多沉晦;即使词意簇凑,又易入于小乘:所以识者致叹于当行之难也。若此记,全不脱刘一春本传,科诨尚不识,又安能求其词采乎!(明·祁彪佳《远山堂曲品》,《集成》第六册第103页)

《磨忠》:作者于崔、魏时事,闻见原寡,止从草野传闻,杂成一记,即说神说鬼,去本色愈远矣。调多不明,何以称曲!(明·祁彪佳《远山堂曲品》,《集成》第六册第109页)

《分钱》:杨广文之《雁鱼锦》,贾氏之《四朝元》,杨长文之《入破》《出破》,皆先生效《琵琶》处,盖欲人审韵谐音,极力返于当行

本色耳。(明·祁彪佳《远山堂曲品》,《集成》第六册第126页)

《倩女离魂》(南四折,王骥德):方诸生精于曲律,其于宫韵平仄,不错一黍。若是而复能作本色之词,遂使郑德辉《离魂》北剧,不能专美于前矣。白香山作诗,必令老妪能解,此方诸生之所以不欲曲为案头书也。(明·祁彪佳《远山堂剧品》,《集成》第六册第162页)

《九曲明珠》(南北九折,陈六如):吴文滋得一妓,为其负心,中道弃捐,陈六如代构此剧,舒其郁愤之气。其如阅者之煞风景何?词不乏纤丽,若去其骈白,更觉当行。(明·祁彪佳《远山堂剧品》,《集成》第六册第179页)

袁石公曰:唐诗外即宋词元曲绝今古,而《双文》一剧尤推胜国冠军。要其妙只在流丽晓畅,使观之目与听之耳,歌若诵之口,俱作欢喜。缘此便出人多许,耳食者数以骈缛相求,如艺苑所称举已尽,而淡黄嫩绿等,业久载诗余,何如影郎画宠之为风流本色也。(明·袁宏道《歌代啸》序,录自清道光间鸣野山房精钞本,《序跋集》第75页)

余家藏有《太和正音谱》,阅余时一讽咏,如关汉卿、马东篱辈所撰,奇劲雄杰,虽间作本色语,亦不俚于成周里巷之讴歌,辄怃然有上古太和之遐思焉。(明·何氏皇华子《太和正音南九宫词》总序,录自三径草堂刊本《旧编南九宫谱》,《序跋集》第97页)

余次至其寓中,见几上一帙,展视之,乃生所制《丹桂记》也。循环读之,其词真,其调俊,其情宛而畅,其布格新奇,而毫不落于时套,削尽繁华,独存本色。(明·王稚登叙《丹桂记》,录自明万历间刻本《丹桂记》,《序跋集》第112页)

北曲音节要矣,遣词命意,贵在雅俗并陈。……近代文士,务为雕琢,殊失本色。(明·朱之蕃《北宫词纪·凡例》,录自明万历

刻本《新镌古今大雅北宫词纪》,《序跋集》第 114 页)

凡曲忌陈腐,尤忌深晦,忌率易,尤忌牵涩。下里之歌,殊不驯雅,文士争奇炫博,益非当行,大都词欲藻,意欲纤,用事欲典,丰腴绵密,流丽清圆,令歌者不噎于喉,听者大快于耳,斯为上乘。(明·俞彦《南宫词纪》凡例,录自明万历间刻本《南宫词记》,《序跋集》第 115 页)

《西厢》乃一段风情佳话,是编合天人神佛妖鬼并而举之,滔滔莽莽,遂成大观。有悲切处,有激烈处,有澹宕处,有痛快处,有会心处,有耸异处,有绵邈处,有绝倒处,且宾白典赡条妥,不见扭造,而板眼务头套数出没,俱属当行。(明·蕴空居士《杨东莱先生批评西游记》总论,录自明万历刊本杨东莱先生批评《西游记》,《序跋集》第 145 页)

吾朝杨用修长于论词,而不娴于造曲。徐文长《四声猿》能排突元人,长于北而又不长于南。独汤临川最称当行本色。以《花间》《兰畹》之余彩,创为《牡丹亭》,则翻空转换极矣!(明·陈继儒批点《牡丹亭》题词,录自清初竹林堂辑刻《玉茗堂四种曲》所收本之《还魂记》,《序跋集》第 158 页)

填词者必须人习其方言,事肖其本色,境无旁溢,语无外假,此则关目紧凑之难。……曲有名家,有行家,名家者,出入乐府,文彩烂然,在淹通闳博之士,皆优为之。行家者,随所妆演,无不模拟曲尽,宛若身当其处,而几忘其事之乌有;能使人快者掀髯,愤者扼腕,悲者掩泣,羡者色飞,是惟优孟衣冠,然后可与于此。故称曲上乘首曰当行。(明·臧懋循《元曲选》后集序,录自明万历雕虫馆刻本《元曲选》,《序跋集》第 149 ~ 150 页)

《西厢记》虽出唐人《莺莺传》,实本金董解元。董曲今尚行世,精工巧丽,备极才情,而字字本色,言言古意,当是今古传奇鼻

祖。金人一代文献尽此矣。(明·胡应麟《少室山房曲考》《新曲苑》册二,《汇辑》第 101 页)

《西厢》虽饶本色,而才情逸发处,自是卢、骆艳歌,温、韦丽句,恐将来永传,竟在彼不在此。(明·胡应麟《少室山房曲考》《新曲苑》册二,《汇辑》第 102 页)

各还它本色,像个庆寿光景。(明·陈继儒《陈眉公批评音释琵琶记》第二出《高堂称庆》总批,《汇刻传剧》第三种,《汇辑》第 107 页)

《拜月亭》一记,属元词四大家之一。王元美先生谈其有三病,然词林家至今脍炙之。何也?盖其度曲不以骈丽为工,而朴真尘古,动合本色。与中原紫气之习,判不相入,非今日作手所能振腕者。(明·凌延喜《拜月亭》传奇跋,录自明凌延喜刻朱墨本《幽闺记》,《序跋集》第 184 页)

曲有当行之体,有自然之节,自元迄今仅二百余年,而此脉几斩。盖一坏于不识本色者,徒取词藻,致编摹者,以故实词华堆砌成篇,千章一律。谚所谓八寸三分帽子,人人可戴者也。二坏于不识法律者,止欲供听,不辨衬垫。(明·凌延喜《琵琶记》跋,录自明凌濛初刻臞仙本《琵琶记》,《序跋集》第 185 页)

晋充负其才,解音律,伤积木之未践,叹绝世之难得,辄借以发其奇。奇于本色,不奇于藻绘,故构造自然,畅俊可咏,此曲遂流脍吴中。(明·止园居士题《天马媒》,录自暖红室刻本《天马媒》,《序跋集》第 197 页)

诗变为辞,辞变为曲,其变愈下,其工益难。吴兴臧晋叔之论备矣:一曰情辞稳称之难,一曰关目紧凑之难,又一曰音律谐叶之难,然未若所称当行家之为尤难也。(明·孟称舜《古今名剧合选》序,录自明崇祯间刊本《古今名剧合选》,《序跋集》第 200 页)

此是千古最痛最快之事，应有一篇极痛快文发之。读此觉太史公传犹为寂寥，非大作手不易办也。（孟称舜《赵氏孤儿》评语）

当行也，语或近于学究，本色也，腔或近于打油，又或运笔不灵，而故事填塞，侈多闻以示博，章法不讲，而饾饤拾凑，摘片语以夸工，此皆世俗之通病也。（明·冯梦龙《太霞新奏》序，录自中华书局刊本《新曲苑》第二册，《序跋集》第250页）

凡集曲名、牌名、花名、药名作词，须以己意熔化点缀不露痕迹，方为作手，最忌牵强生拗。（明·冯梦龙《太霞新奏》卷一，《汇辑》第127页）

词家有当行、本色二种。当行者，组织藻绘而不涉于诗赋；本色者，常谈口语而不涉于粗俗。若子勺《别凤离鸾》一套，可谓当行矣。（明·冯梦龙《太霞新奏》卷十二，《汇辑》第129页）

怎得词人当行，歌客守腔，大家细把音律讲，自心伤，萧萧白发，谁与共雌黄？（明·沈璟《太霞新奏》卷首〔黄莺儿〕只曲，《汇辑》第66页）

潇潇散散是铺叙本色，却便是凄凉况味。（明·汤显祖《汤显祖评董解元西厢》，卷一〔中吕调·碧牡丹〕曲眉批。《万有文库》第二集，《汇辑》第82页）

此等曲自是元人本色语，惟临川深于元剧，故时有此等语，惟晋叔深于元剧，故每每称许之。（明·茅映《评校玉茗堂〈牡丹亭〉》第四十六出《折寇》〔玉桂枝〕曲评语，《汇辑》第93页）

为曲者有四类：深于情思，文质互见，《琵琶》《拜月》其尚也；审音协律，雅尚本色，《荆钗》《牧羊》其次也；吞剥坊言烂语，《白兔》《东狗》之流也；专事雕章逸词，《昙花》《玉合》之亚也。案头场上，交相为讥，下此无足观矣。《牡丹亭》之工，不可以是四者名之。其妙在神情之际。（吴吴山三妇合评《还魂记》）

平平淡淡，自然当行，所以不可及也。（明·茅映《评校玉茗堂〈牡丹亭〉》第四十八出《遇母》眉批，《汇辑》第94页）

九宫十三调者，南词谱也。国风、郑、卫之变，而南宫北里竞为靡曼。开元、天宝之间，妙选梨园法曲，温、李之徒始著《金筌》等集。至宋则欧、苏大儒每每留意声律，而行家所推词手，独云黄九、秦七，是则声乐之难久矣。（明·蒋孝《南九宫谱》序，录自明刊本《南词新谱》元集，《序跋集》第57页）

夫传奇称最善者，要在浓淡得体，而实不由妆抹成。……剧尚元，元诸剧尚《西厢》，尽人知之。其辞鲜秾婉丽，识者评为"化工"，洵矣。但元属夷世，每杂用本色语，而《西厢》本人情，描写以刺骨语。不特艳处沁人心髓，而其冷处着神，闲处寓趣，咀之更自隽永。（明·朱朝鼎《新校注古本西厢记》跋，录自明万历间香雪居刻本，《序跋集》第142页）

博观传奇，近时为盛。大江左右，骚雅沸腾；吴浙之间，风流掩映。第当行之手不多遇，本色之义未讲明。当行兼论作法，本色只指填词。当行不在组织饾饤学问，此中自有关节局概，一毫增损不得；若组织，正以蠹当行。本色不在摹勒家常语言，此中别有机情神趣，一毫妆点不来；若摹勒，正以蚀本色。今人不能融会此旨，传奇之派，遂判而为二：一则工藻绘少拟当行，一则袭朴淡以充本色，甲鄙乙为寡文，此嗤彼为丧质。殊不知果属当行，则句调必多本色，果其本色，则境态必是当行。今人窃其似而相敌也，而吾则两收之。即不当行，其华可撷；即不本色，其朴可风。（明·吕天成《曲品》，《集成》第六册第211～212页）

《拜月》：云此记出施君美笔，亦无的据。元人词手，制为南词，天然本色之句，往往见宝，遂开临川玉茗之派。何元朗绝赏之，以为胜《琵琶》，而《谈词定论》则谓次之而已。（明·吕天成《曲

品》,《集成》第六册第 224 页)

曲至元人,尚矣。若近代传奇,余惟取汤临川四梦;而四梦之中,《邯郸》第一,《南柯》次之,《牡丹亭》又次之;若《紫钗》,不过与《昙华》《玉合》相伯仲,要非临川得意之笔也。近日如李笠翁十种,情文俱妙,允称当行。(清 · 黄周星《制曲枝语》,《集成》七册第 121 页)

因人而施,口吻极似,正所谓本色当行之至也。此元人作曲之家门也。(清 · 徐大椿《乐府传声》,《集成》七册第 159 页)

元人白描,纯是口头言语,化俗为雅。亦不宜过于高远,恐失词旨;又不可过于鄙陋,恐类乎俚下之谈也。其所贵乎《清真》,有元人白描本色之妙也。(清 · 黄图珌《看山阁闲笔》,《集成》七册第 142 页)

《洞天元纪》《陶情乐府》《续陶情乐府》,俱新都杨升庵撰。流脍人口,北曲为多,而颇不为当行所许。王元美讥为"蜀人多用川调,不谐南北本腔",妄也。(清 · 李调元《雨村曲话》卷下,《集成》八册第 19 ~ 20 页)

金白屿銮,有名北里。曲为当家所贵,气弱而才薄。元美赏其"石桥下水粼粼,芦花上月纷纷"之句,亦老生常话耳。(清 · 李调元《雨村曲话》卷下,《集成》八册第 22 页)

《红梨花》一记,其称琴川本者,大是当家手,佳思律句,直逼元人,惜逸其名。所作北词,乃点窜元张寿卿腔,然其文足观也。(清 · 李调元《雨村曲话》卷下,《集成》八册第 24 页)

《彩毫记》,屠赤水隆作。其词涂金绘碧,求一真语、隽语、快语、本色语,终卷不可得。(清 · 李调元《雨村曲话》,《集成》八册第 25 页)

《乐郊私语》云:"……云石翩翩公子,无论所制乐府、散套,骏

逸为当行之冠；即歌声高引，上彻云汉。”（清·焦循《剧说》，《集成》八册第88页）

章邱李太常中麓，亦以填词名，与康、王交，而不娴度曲，如所作《宝剑记》，生硬不谐，且不知南曲之有入声。自以中原音韵叶之，以致见诮吴侬。同时惟冯海桴差为当行。此外吴中词人，如唐伯虎、祝枝山、梁伯龙、张伯起辈，纵有才情，俱非本色矣。（清·焦循《剧说》，《集成》八册第89～90页）

《茧瓮闲话》云：“《琥珀匙》，吴门叶稚斐作。变名陶佛奴，即传奇中翠翘故事。……本色处，绮语艳词退避三舍。”（清·焦循《剧说》，《集成》八册第126页）

《旷园偶录》云：“袁于令生平得意在《金锁》，而今人盛行《西楼》——文词甚平，但叶调当行，当时无两。”（清·焦循《剧说》，《集成》八册第131页）

余尝憾元人曲不及东方曼倩事，或有之而不传也。……唯笨庵孙原文《饿方朔》四出，以西王母为主宰，以司马迁、卜式、李陵、终军、孙夫人等串入，悲歌慷慨之气，寓于俳谐戏幻之中，最为本色。（清·焦循《剧说》，《集成》八册第142～143页）

《香祖笔记》云：“吾宗鹤尹兄抃，工于词曲。作《筹边楼》传奇。一褒一贬，字挟风霜。至于维州一案，描摹情状，可泣鬼神。传奇小技，足以正史家论断之谬诬也。鹤尹大父缑山先生，作《郁轮袍》及《裴湛和合》二曲，词曲家称为本色当行。”（清·焦循《剧说》，《集成》八册第155页）

叶宪祖，字美度，别号六桐，明万历己未进士，生平至处在填词。……公古澹本色，街谈巷语，亦化神奇，得元人之髓。（清·焦循《剧说》，《集成》八册第196页）

蒋心馀太史士铨九种曲，吐属清婉，自是诗人本色。不以矜

才、使气为能，故近数十年作者，亦无以尚之。（清·梁廷楠《曲话》，《集成》八册第272页）

洪容斋论唐诗戏语，引杜牧“公道士间惟白发，贵人头上不曾饶”，高骈“依稀似曲才堪听，又被吹将别调中”，罗隐“自家飞絮犹无定，争解垂丝绊路人”。余谓：观此，则南、北剧中之本色当家处，古人早透消息矣。（清·刘熙载《艺概》，《集成》九册第115～116页）

辨小令之当行与否，尤在辨其务头，盖腔之高低，节之迟速，此为关锁。故但看其务头深稳浏亮者，必作家也。（清·刘熙载《艺概》，《集成》九册第119页）

《太和记》按二十四气，每季填词六折，用六古人故事，每事必具始终，每人必有本末。出既曼衍，词复冗长，若当场演之，一折可了一更漏。虽出博洽人手，然非本色当行。（清·杨恩寿《词余丛话》，《集成》九册第259页）

今满场皆用红衣，则情事乖违，不但明皇钟情不能写出，而阿监宫娥泣涕皆不称矣。至于舞盘及末折演舞，原名霓裳羽衣，只须白袄红裙，便自当行本色。（清·洪昇《长生殿》例言，录自清康熙稗畦草堂刊本《长生殿》，《序跋集》第394页）

凡有新声，已采取什九，其他伪文采而为学究，假本色而为张打油，诚如伯良氏所讥，亦或时有。特取其调不强入，音不拗嗓，可存以备一体者，悉参览而酌收之。人文日灵，变化何极，感情触物，而歌咏益多。所采新声，几愈出愈奇，然一曲每从各曲相凑而成。其间情有苦乐，调有正变，拍有缓急，声有疾徐，必于斗笋合逢之无迹，过腔接脉之有伦，乃称当行手笔。（清·沈自晋重订《南词全谱》凡例，录自清刊本《南词新谱》，《序跋集》第433页）

自宋元迄今，词曲尤盛。然或文虽藻丽，而演之于氍毹，则淡无生色；或敷演似佳，展之于案头，而文多鄙俚。是以曲盛于元，如《荆》《刘》《拜》《杀》等曲，人皆称曰当行，故后之填词者，莫不以元曲为模范也。（清·吕士雄《新编南词定律》叙，录自清康熙间刊本《新编南词定律》，《序跋集》第456页）

《琵琶》词意深挚，质朴高华，无有伦比。虽以《幽闺》《祝发》专工本色，且难追步。（清·张三礼《空谷香序》，录自清乾隆间刻本《红雪楼九种曲·空谷香》，《序跋集》第512页）

学士家以《牡丹亭》为异书，然才情横放，不能拴缚，遂有清真音谱未谐之病，殊不为行家所赏，而戾家尤苦之。……《琵琶》无北词，《拜月》仅《议迁》一出。灌隐此记，北词六七见，又别有杂剧几种，其本色中出色，不独与实甫、汉卿并驱，几欲追董学士而先之。……余弱冠时，尝为《步非烟》杂剧，颇有一二本色语……（清·寓园居士《秣陵春》序，录自民国五年暖红室汇刻传剧本《秣陵春》，《序跋集》第322~323页）

诗降而为词，词降而为曲，非曲易于词，词易于诗也，其间各有本色，假借不得。近见为诗者，袭词之妩媚，为词者，侵曲之轻佻，徒为作家之所俘剪耳。……子藏院本，在浓与淡之间，若入词品，如风烟花柳，真是当行。（清·黄宗羲《胡子藏院本》序，录自《南雷杂著手稿》，《序跋集》第334~335页）

独雪崖此编，以实录作填词。明皇创始梨园，而采苹楼东之赋，玉环长恨之歌，天生两旦始末也。外末净丑莫不极一时之选，人人本色，事事天然，即起此数人于九原，亦无不心服于其位置者，斟酌可云尽善矣。（清·赵沄《天宝曲史》序，录自清本《天宝曲史》，《序跋集》第366页）

凡作曲者，以音调为正，妙在辞达其意，以粉饰为次；勿使辞掩其情，既不伤词之本色，又不背曲之元音，斯为文质之平，可做名教

之助。（清·丁耀亢《赤松游题辞》，见《丁野鹤集》，《汇辑》第213页）

参释曰：一曲只一意反复缠绵，此是元词本色，第自《草桥》以前微有不然，故如出二手，但不得明指为何人作耳。（清·毛奇龄《毛西河论定〈西厢记〉》卷之五，第十八折〔耍孩儿〕曲批语，诵芬室重校本，《汇辑》第280页）

善文者，有一篇全部大文于胸中，则其于每段小文之内，必处处提照章旨。回顾本色，若有一处疏漏，即全部线索皆脱矣。（清·毛声山《成裕堂绘像第七才子书琵琶记》第十出《春宴杏园》批语，《汇辑》第292页）

诗三百篇，赋中有比，比中有赋者多矣。然文思之灵变，文情之婉折，未有如《琵琶》之写吃糠者也。……妙在不脱本题，不离本色。（清·毛声山《成裕堂绘像第七才子书琵琶记》第二十一出《糟糠自厌》批语，《汇辑》第295页）

曲中有《琵琶》，犹诗中李、杜，文中韩、柳也。词气浑雄，规模家得其一体，已可竖帜词坛。然惟不求形似者，始称善学，梁伯龙之《浣纱》、袁箨庵之《西楼》是也。有意油滑，以为元人本色。笠翁恶札，所从滥觞。（清·彭翊《词余偶钞》，《琵琶记》中《分别》《登程》《梳妆》等出曲文批语，《汇辑》第378页）

因上扬州，便作此赊想却妙，是本色语。（清·吴仪一《吴吴山三妇合评牡丹亭还魂记》，《寇间》〔驻马听〕曲批语，《汇辑》第328页）

道姑、春香语语带谑，各当本色。（同上书《遇母》〔番山虎〕曲之四批语，《汇辑》第328页）

或曰：子论《牡丹亭》之工，可得闻乎？吴山曰：为曲者有四类：深入情思，文质互见，《琵琶》《拜月》其尚也；审音谐律，雅尚本色,《荆钗》《牧羊》其次也;吞剥坊言谰语,《白兔》《杀狗》之流也;专事雕章逸辞,《坛花》《玉合》之亚也。(同上书卷末,《汇辑》第330页)

昔尝与客论作曲,须令人无从下圈点处,方是本色当行。(清·吴仪一《长生殿》上卷,郑振铎所藏初刻原本影印本《刺逆》〔双调二犯江儿水〕曲之二眉批,《汇辑》第337页)

曲与诗余,相近也而实远。明人滞于学识,往往以填词笔意作之,故虽极意雕饰,而锦糊灯笼,玉相刀口,终不免天池生所讥。间有矫枉之士,去繁就简,则又满纸打油,与街谈巷语无异。夫曲者曲而有直体,本色语不可离趣,矜丽语不可入深。(清·陈栋《北泾草堂曲论》《新曲苑》册六,《汇辑》第371页)

笠翁宾白,纵横变幻,独步数朝,迄今《怜香伴》各种传奇,流行海内,几于家弦户诵。……余谓笠翁填词实非当行。不知何所恃而自信若此。(同上书,《汇辑》第372页)

王世贞《艺苑卮言》云:"《荆钗》近俗,而时动人。"何元朗亦云:"《荆钗》虽动人而俗。"予谓宁王生渥奇之季,先正遗风,犹被熏沐。其俗处正元曲本色。何、王必以明人习气绳之。岂得其当?(近代·姚华《菉猗室曲话》卷二《荆钗记》《新曲苑》册七,《汇辑》第400页)

元剧宾白掉书袋处,腐气满纸,常为明人所议。然元人本色,亦正在此,且以稼轩词句例之,犹为可恕。较之明人,宾白妃青俪白。语语求工,反成填砌。孰得孰失,行家自能辨也。(近代·姚华《菉猗室曲话》卷一《卓徐余慧》《新曲苑》册七,《汇辑》第400页)

原夫男欢女爱,世界之生机,家庭骨肉,吾族之本色。(近代·姚华《曲海一勺·第四骈史》《新曲苑》册六,《汇辑》第397页)

又如《窦娥冤》第二折〔斗虾蟆〕……此一曲直是宾白，令人忘其为曲。元初所谓当行家，大率如此；至中叶以后，已罕觏矣。

元代曲家，自明以来，称关、马、郑、白。然以其年代及造诣论之，宁称关、白、马、郑为妥也。关汉卿一空倚傍，自铸伟词，而其言曲尽人情，字字本色，故当为元人第一。（王国维《宋元戏曲考》《王国维戏曲论文集》，《汇辑》第 403 ~405 页）

至于趣之一事，最难形容。无论在花前月下，密约幽欢之曲，不可带道学气。即如谈忠说孝，或摹写节烈之事，所作曲白，亦不可走入呆板一路。要使其人须眉如生，而又风趣悠然，方是出色当行之作。（吴梅《顾曲麈谈》第二章《制曲》，《汇辑》第 417 页）

《黄花峪》曲文本色，颇有俊语，在水浒诸剧中，为最胜之作，当是元人笔墨。（王季烈《孤本元明杂剧提要》）

《王矮虎大闹东平府》，事至无稽，曲文尚为本色。（王季烈《孤本元明杂剧提要》）

王实甫《西厢》（即《北西厢》），才华富赡，北曲巨制。其叠四本以成一部，已开传奇之先声。且其词藻亦都有近于南词之处。如《惊艳》之〔寄生草〕、《寺警》之〔八声甘州〕〔混江龙〕，皆词旨缠绵，风光旖旎。置之南曲中，洵是妙词。无按之元剧尚本色语，欲非当行文字。（又如《惊艳》之〔元和令〕，《前候》之〔胜葫芦〕等）此等白描语句，转为元明出色当行之作。关汉卿之《续西厢》四折，不用词藻，专事白描，正是元人本色处。……《陈抟高卧》乃隐士口吻，故用超逸之语。然则不作才语处，固是本色，即作才语处，妙仍是本色也。（王季烈《曲谈》《增补曲苑》竹集，《汇辑》第 430 ~431 页）

安排角色，宜注重于均劳逸，前已言之，而尤应注意者，在生旦二角。盖文人制剧，多贪用词华，而生旦频频出场，尤所易犯，故出出生旦重头之戏，实非当行也。应将全部角色，相间分配之，生旦虽有连场，总以勿使过劳为准。（许之衡《论传奇之结构·作曲法》，《汇辑》第433页）

宾白即道白。白中之语，太文不得，太俗亦不得。宜恰合剧场之用，意贵善达。而字贵清晰，易于全场通晓为妙。明人传奇，有全用四六语作白，文义过深，不适于普通者。此乃文人过高之病，非当行家也。（许之衡《论传奇之结构·作曲法》，《汇辑》第435页）

二、诗词部分

大抵禅道惟在妙悟，诗道变亦在妙语。且孟襄阳学力下韩退之远甚，而其诗独出退之上之者，一味妙悟而已。惟悟乃为当行，乃为本色。（严羽《沧浪诗话·诗辩》，何文焕《历代诗话》第686页）

诗者，吟咏情性也，盛唐诸人，惟在兴趣；羚羊挂角，无迹可求。故其妙处，透玲珑，不可凑泊。如空中之音，相中之色，水中之月，镜中之象，言有尽而意无穷。（同上第688页）

须是本色，须是当行。（同上第693页）

韩退之琴操极高古，正是本色，非唐贤所及。（同上第698页）

黄鲁直间为小词，固高妙，然不是当行家语，乃着腔子唱好诗也。（赵德麟《侯鲭录》卷八）

须是深加锻炼，字字敲打得响，歌颂妥溜，方为本色。（南宋·张炎《词源》）

本色者，所以保全天趣者也。故夷光之姿必不肯污以脂粉；蓝田之玉，又何须饰以丹漆，此本色之所以可贵也。当行者，谓凡作

一诗，所用之典，所使之字，无不恰如题分，未有支离灭裂，操末续颠，而可以为诗者也。（明·陶明濬《诗说杂记》卷七）

画宗马、夏，诗宗李、杜，人有恒言，而非通论也。两家总是一格，长于雄浑跌宕而已。山、水、歌行宗之可也；他画他诗，宜别有宗，乃亦止宗马、夏、李、杜可乎？本木强之人，乃效李之赏花酒，生太平之世，乃效杜之忧乱愁穷，其亦非本色，非真情甚矣。（《李开先集·田间四时行乐诗跋》）

如老杜之入蜀，篇篇合作，语语当行，初学所当法也。（明·胡震亨《唐音癸签》卷六）

关汉卿自有《城南柳》《绯衣梦》《窦娥冤》诸剧，声调绝与郑恒问答语类，邮亭梦后，或当是其所补，虽字字本色，藻丽神俊大不及王。然元世习尚颇殊……岂元人以此当行耶？（明·胡应麟《少室山房笔丛》）

“十五嫁王昌，盈盈入画堂”，是乐府本色语，李邕以为小儿轻薄，岂六朝诸人制作全未过目邪？唐以诗词取士，乃有此辈，可发一笑。晚近纷纷竞述其语，尤可笑也。（明·胡应麟《诗薮》外编卷四）

南唐中主、后主皆有文，后主一目重瞳子。乐府为宋人一代开山祖，盖温、韦虽藻丽，而气颇伤促，意不胜辞。至此君方是当行作家，清便宛转，词家王、孟。（明·胡应麟《诗薮》杂编卷四）

夫惟文故不遇，不遇故文人本色也。往往以其牢骚感慨，寄之诗歌以及词曲。（明·祁彪佳《少室山房四剧及诗稿序》）

宣城梅禹金尝谱入乐部，吾师徐文长复加润色……禹金于词，故擅文词，一家俊手；先生稍修本色，其中更易字句，讵以攻瑕，抑多点铁。淄渑之较，不啻苍素，具眼者当亟下一击节也已。（《明万历山阴刘氏刻本〈昆化即剑侠成仙〉王骥德题辞》）

词体大略有二：一婉约，一豪放，盖词情蕴藉，气象恢弘之谓耳。然亦在乎其人，如少游多婉约，东坡多豪放，东坡称少游为今之词手，大抵以婉约为正也。所以后山评东坡如教坊雷大使舞，虽极天下之工，要非本色。（明·张綖《古今词论》）

乐府以皎径扬厉为工，诗馀以婉丽流畅为美。即《草堂诗馀》所载，如周清真、张子野、秦少游、晁原叔诸人之作，柔情曼声，摹写殆尽，正词家所谓当行，所谓本色者也。第恐曹刘不肯为之耳。假使曹、刘降格为之，又讵必能远过之耶？（明·何元朗《草堂诗馀序》）

至论其词，则有婉约者，有豪放者。婉约者欲其辞情蕴藉，豪放者欲其气象恢弘，盖虽各因其质，而词贵感人，要当以婉约为正。否则虽极精工，终乖本色，非有识之所取也。（明·徐师曾《文体明辩·诗余条》）

盖词与诗、曲，体格虽异，而同本于作者之情。古来才人豪客，淑姝名媛，悲者喜者，怨者慕者，怀者想者，寄兴不一，或言之而低徊焉，宛娈焉，或言之而缠绵焉，凄怆焉，又或言之而嘲笑焉、愤怅焉、淋漓痛快焉。作者极情尽态而听者洞心耸耳，如是者皆为当行，皆为本色，宁必姝姝媛媛，学儿女子语而后为词哉！（明·孟称舜《古今词统序》）

当行也，语或近于学究；本色也，腔或近于打油。（明·冯梦龙《太霞新奏序》）

词家有当行、本色两种。当行者组织藻绘而不涉于诗赋；本色者常谈口语而不涉于粗俗。若子勺《别凤离鸾》一套，可谓当行矣。（明·冯梦龙《太霞新奏》）

古乐府中至语本只是常语，一经道出，便成独得。词得此意则极炼如不炼，出色而本色，人籁悉归天籁矣。（清·刘熙载《艺

概·词曲概》)

问:“竹枝、柳枝自与绝句不同。而竹枝、柳枝,亦有分别,请问其详”……历友答:“竹枝本出巴、渝。唐贞元中,刘梦得在沅、湘,以其地俚歌鄙陋,乃作新词九章,教里中儿歌之。其词稍以文语缘诸俚语,若太加文藻,则非本色矣。”(王士祯等《师友诗传录》第十问,王夫之等《清诗话》上册第134页)

问:“律古五七言中,最不宜用字句,若何?”阮亭答:“凡粗字、纤字、俗字,皆不可用。词曲字面尤忌。即如杜子美诗‘红绽雨肥梅’一句中,便有二字纤俗,不可以其大家而概法之……”箫亭答:“王敬美先生曰:‘律诗句有不可入古者,古诗字有必不可为律者。’又曰:‘作古诗先须辨体,无论两汉难至,苦心摹仿,时隔一尘,即为建安,不可堕落六朝一语,为三谢纵极俳丽,不可襟入唐音。小说欲作王、韦,长篇欲作老杜,便应全用其体,不可羊质虎皮,虎头蛇尾。词曲家非当家本色,虽丽语博学无用。’惟诗亦然。况鄙俗之言不典之语乎?”(同上第十六问第138页)

诗不专贵用事而不害乎用事,所谓太虚不拒万有,真空不离色相也。诗贵自然而又不害乎锤锻,所谓良金不惮炼冶,美玉不嫌雕琢也。(毛先舒《诗辩坻》卷三,郭绍虞编选、富寿荪校点《清诗话续篇》第67页)

然董词今失其腔,虽老乐工不辨入弦索,至求绮丽隽语,穷工极幽,而仍不失本色。即元明大家,辨此亦少。(《诗辩坻》卷四,第90页)

诗不审章而论句,遂趋中晚,然少陵章法,又须求其不可测处,否则如“丞相祠堂”与“诸葛大名”诸篇,为宋人师承,涉于议论,失诗本色。嗟乎!既免中晚之卑,又免宋人之横,吾于近代中,将起谁氏而与言诗乎?(周容《春酒堂诗话》,《清诗话续编》第111页)

“鹅湖山下稻粱肥,豚栅鸡栖对掩扉。桑柘影斜春社散,家家扶得醉人归。”友人指为绝唱。予曰:“自是绝句佳景,然‘肥’字落韵,终非盛唐本色,此又不特绝句然也。”(周容《春酒堂诗话》,《清诗话续编》第112页)

何大复惜王摩诘七言古未为深造,然《洛阳女儿行》一首,殊是当家。高选失之太详,李选失之太略,未为中道也。(宋徵璧《抱真堂诗话》,《清诗话续编》第119页)

《公燕诗》,在酒肉场中,露出酸馅本色。寒士得贵游残杯冷炙,感恩至此,殊为可笑;而满篇搬数他人富贵,尤见俗态,惟曹子建自露家风,而应场《侍建章集诗》,末语不忘儆戒,颇为得体耳。大抵建安诸子,稍有才调,全无骨力,岂文举、正平见杀后,文人垂首丧气,遂软媚取容至此?伤哉!(贺贻孙《诗筏》,《清诗话续编》第156页)

徐凝“一条界破青山色”,子瞻以为恶诗。然入填词中,尚是本色语。若梁昭明《疑古诗》云“窥红对镜敛双眉,含愁拭泪坐相思,念人一去几多时”三句,竟是一半《浣溪纱》矣。至“眼语笑靥近来情,心怀心想甚分明。忆人不忍语,含恨独吞声”,又是《临江仙》换头也。然则齐、梁以后,不独浸淫近体,亦已滥觞填词矣。或谓唐人近体盛而古诗元气遂薄,不知唐人一副元气,流浃在近体中,能使三百年不落宋、元词曲一派者,非古诗存之,而近体存之也。(同上第163页)

作诗有一题数首,而起结雷同,最是大病。如陈正宇《感遇》诸篇起句云“吾观龙变化”,又云“吾观昆仑化”,又云“深居观元化”,又云“幽居观大运”是也。且其病不止于此,凡感遇咏怀,须直说胸臆,巧思夸语,无所用之。正宇篇中屡用“仲尼”、“老聃”、“西方”、“金仙”、“日月”、“昆仑”等语者,非本色也。若张曲江

《感遇》,则语语本色,绝无门面矣,而一种孤劲秀澹之致,对之令人意消。盖诗品也,而人品系之。“草木有本心,何求美人折”,三复此语,为之浮白。大抵正宇别有佳处,不专在《感遇》数诗。《感遇》三十八篇,虽矫矫不群,然吾所爱者,“吾观龙变化”一首耳。(同上第170页)

严沧浪云:“唐人与宋人诗,未论工拙,直是气象不同。”此语切中窾要。但余谓作诗未论气象,先看本色,若贽郎效士大夫举止,暴富儿效贵公子衣冠,纵气象有一二相似,然村鄙本色自在。宋人虽无唐人气象,犹不失宋人本色,若近时人,气象非不甚似唐人,而本相去远矣。(同上第181页)

严沧浪《诗辩》有云:“发端忌作举止,收拾贵在出场。”又云:“诗难处在结裹。譬如番刀,须用北人结裹,南人便非本色。”此数语最得之。(同上第181页)

杜牧之作《杜秋娘》五言长篇,当时脍炙人口,李义山所谓“杜牧司勋字牧之,清秋一首《杜秋诗》。前身应是梁江总,名总还曾字总持”是也。余谓牧之自有佳处,此诗借秋娘以叹贵贱盛衰之倚伏,虽亦感慨淋漓,然终嫌其语意太尽。层层引喻,层层议论,仍是作《阿房宫赋》本色,遂使汉、魏浑涵之意,渐至澌灭,是亦五言古之一变,有知者不以余言为河汉也。(同上第187页)

韦苏州拟陶诸篇,非不逼肖,而非苏州本色。苏州本色在“微雨夜来过,不知春草生”,“落叶满空山,何处寻行迹”,“岂无终日会,惜此花间月”,“空馆忽相思,微钟坐来歇”。如此等语,未尝拟陶,然欲不指为陶诗,不可得也。(同上第190页)

记昔年有田中丞者,招余同龙仲房泛舟曲水,有妓以仲房画扇乞余题。余戏书云:“才子花怜惜,佳人水护持。”妓颇读书,问所谓“水护持”者,得非用飞燕随风入水,翠缨结裙故事乎?余曰:

"非也。但将汝脂黛兰麝及汝腔调习气,和身抛向水中,洗濯净尽,露出天然本色,方称佳人……今日学诗者,亦须抛向水中洗濯,露出天然本色,方可言诗人。"(同上第196页)

徐文长七言古,有李贺遗风。七言律虽近晚唐,然其佳者,升少陵、子瞻之堂,往往自露本色。惟五言律味短,而五言古欠蕴藉。集中诙语俊语,学之每能误人,此其所病,然嘉、隆间诗人,毕竟推为独步。近日持论者,贬剥文长,几无余地,盖薄其为诸生早。谚云:"进士好吟诗。"信哉!(同上第197页)

《宝剑篇》英气逼人,自是磊落丈夫本色。独其乐府诗,又何凄艳动人也,谁谓儿女情长,则英雄气短乎?(贺裳《载酒园诗话又编》,《清诗话续编》第304页)

严武《题巴州光福寺楠木》曰:"看君幽霭几千丈,寂莫穷山今遇赏。亦知钟梵报黄昏,犹卧禅床恋奇响。"兴趣不俗,骨气亦尽高,武诗如此,宜其知少陵也。《军城早秋》,自写英雄本色耳。(同上第325页)

崔涂长短律皆以一气斡旋,有若口谈,真得张水部之深者。如"并闻寒雨多因夜,不得乡书又到秋","正逢摇落仍须别,不待登临已含悲",皆本色语之佳者。至《春夕》一篇,又不待言。(同上第388页)

李昴英填词圣手,《景泰寺》诗"远鸦追夕照,低雁压西风",终不脱词家本色。(同上第453页)

崔涂、张乔、张蠙皆有人情之句,乔之"兄弟江南身塞北,雁飞犹自半年余。夜来因得思乡梦,重读前秋转海书",蠙之"长疑即见面,翻致久无书",涂除夜之"乱山残雪夜,孤烛思乡人。渐与骨肉远,转与僮仆亲",是真诗,不得概以为晚唐。涂律诗一气斡旋,有如口谈,得张水部之深旨。如"并闻寒雨多因夜,不得乡书又到

秋”,“正逢摇落仍须别,不待登临已含悲”,皆本色语之佳者。(吴乔《围炉诗话》卷三,《清诗话续编》第573页)

渊明之赋《闲情》,柔姿丽语,大非高士本色。苏子瞻曰:“渊明作《闲情赋》,所谓‘国风好色而不淫’,正使不及《周南》,与屈、宋所陈何异?”然亦曲为解嘲耳。孰谓挂冠高尚人,便无冶思艳态也。(田雯《古懽堂集杂著》卷三,《清诗话续编》第718页)

诗尚平淡,平淡正其绚烂处。如丹砂白玉,本色自不可掩。(张谦《岘斋诗话》卷一,《清诗话续编》第794页)

唐人如昌谷乐府,真是当家。若李于鳞之乐府,则是造赝鼎手,不足多珍。(同上卷二,《清诗话续编》第802页)

作排律,局要阔大,思要绵密,次第中有总分串递之法,方为当家。(同上卷二,《清诗话续编》第806页)

竹枝词,此乐府之一部,又与宫词不同。意取谐俗,调宜鲜脆,然俚有媚趣,质带润色为佳。唐人尚有矜贵意,元、宋则街谈矣。此中分际,非当家莫辨也。(同上卷二,《清诗话续编》第808页)

东坡和陶诗,气象太紧直,声调太响亮,尚非当家。(同上卷五第855页)

(陆放翁)七言律诗,其精神骨格则大家也,其字句时有颓唐处,有顺手拈来落入宋调处。缘诗太多,难于检点合法,至其运俗字用成语,时有入妙境者。一则是他文极熟,无物不化;二则是锤炼巧,良工辛苦;三则是生古人之后,翻新出色,势必至此。但看他容易脱手,读之妥当者,都是丹成效验。却不得以街谈市语,皆可入诗,率意鄙俚,堕入恶道,藉口摹法,自谓当家也。(同上卷五第857页)

(宋诗钞)苏子美诗丰骨矫矫,梅圣俞风格遒上,自是作家。(同上卷五第862页)

(吴野人)啸咏草莽,自是逸品;一为贵官奖拔,遂身入尘俗。志在藉资于人,面貌便非本色。与杜茶村相似,怜才者谅之。(同上卷七第884页)

(毛稚英)仿选体患其太似,著力摹古,痕迹不化。褚河南临帖,正以独存本色为佳。(同上第886页)

后唐明宗谓其子从荣曰:“吾尝见先帝好作歌诗,甚无谓。汝将家子,文章非素羽,必不能工,传于人,徒作笑资耳。”此老作家语,明宗之为明,不虚也。(叶矫然《龙性堂诗话初集》,《清诗话续编》第937页)

病起喜看昌黎、长吉、义山诗。昌黎诗绝妙耳,何古今但诵其文也?长吉童年调嘴,略无墨汁,玉楼召见,自是无人。如蔡少霞写出玄卿文,真长吉本色。然集中幽异怪诞之语,说鬼正其神处,说苦正其乐处,亦可喜也。(同上第939页)

闽曹能始先生云:“作诗如书者、画者、弈者、讴者、击剑者,必藉师承指教,而后当家。若自作聪明,虽极奇别,终是外道。”“皆哉言乎!予请异其说于左方。”(同上第941页)

永叔论诗云:“状难写之景,如在目前;含不尽之意,见于言外,然后为工。”王元美讥为全不解诗,似过。陈大樽评李于鳞绝句云:“语甚练,而若出自然,意必浑而每多可思。”两语真作家话,不特绝句也。味二公之言,诗虽不易工,然要不外是。(同上第943页)

韩、柳二家以诗论,韩具别才,柳却当家。韩之气魄奇矫,柳不能为,而雅淡幽峭,得骚人之致,则韩须让柳一席也。(同上第947页)

江右徐仲光芳云:“诗之道,以气格为上,而结构亦不可遂轻;以性情为先,而声响亦不可遂废。词莫陋于缛赘,而径率之句亦不可谓之自然;境莫妙于目前,而凡俚之言亦不可名为真至。韵而不靡,朴而不粗,淡而不枯,工而不诡。使事而不流于杂,谈理而不坠于腐,模古而不伤于痕,蹈空而不病于凿。”此作家之言也。石仓所谓“此道之难,难于登天”。(同上第950页)

宋荔赏云:“取古人之诗,研极于风、雅之变,别其体制,究其指归,孰简而赅,孰丽而则,孰婉而多风,孰华而不靡,孰闳深而浩瀚,孰要渺而超忽。泳之游之,饮食而寤寐之,不越期年,必大有异。”此作家体验之言也。(同上第951页)

《袁中郎诗集》几千首,矫枉初盛,终落元、白后尘。入格者数首,录存其本色。如《送龙君御治兵甘州》云:“历尽边霜与塞云,旧题名处墨氤氲。要将麟凤跨殊俗,也使侏离识古文。汉世才人求属国,晋家词客带将军。腐儒半尺毛锥子,大纛高牙得似君。”又:“十万貔貅拥火旗,角巾纨扇坐麾时。闺中莫道腰围减,塞上难辞鬓发丝。鼙鼓静来朝散帙,氍毹遮处夜围棋。边人惯唱伊凉曲,好谱新词与雪儿。”又:“宝剑灵犀弓羽囊,军中聊作健儿装。一函云卷天骄檄,十里风吹侍史香。朗月澄江真快士,修髯白面旧仙郎。也知陶侃无高韵,谢却樗蒲与老庄。”又《祝曾退如太史》云:“睡阑日影度疏寮,廿载君王罢早朝。安石榴开红照地,御河水酿绿平桥。花前晓珮闻燕语,醉后春云梦楚腰。近日蒙庄通大旨,闲烧藜火注逍遥。”(同上第991页)

欧阳永叔诗,心手经营,较子瞻尤多作意。余于全集中录五十余首,皆翩翩唐调,不落宋习者。另梓外,今为摘其佳句,如五言云“瑶华伤远道,芳草送归鞍”,又“帆归黄鹤浦,人滞白苹洲”,又“山河识天府,风雨度函关”。七言如“清江万古流不尽,白鸟双飞意自闲”,又“梦回夜帐闻羌笛,诗就高楼对陇云”,又“梁苑树荒谁共客?楚江枫老独悲秋”,“千重寒浪翻如箭,万叠春山翠入楼”,皆作家语也。(同上第1017页)

李长沙自是风雅道丧时一大作手，然平心而论，终生李、何之下。（乔亿《剑溪说诗》卷下，《清诗话续篇》第 1106 页）

施愚山先生曰："遍观古人著作，不能毫发无憾，何况时贤？然我辈忘在行远，决不可自恕，正使痛自针砭，不审去古人几许？"又曰："蕲州顾赤方出其诗相雠校……毋留纤尘为后人口实。"噫！先生五言为一代宗匠，顾君亦不愧作手，有以夫！（同上第 1108 页）

顾亭林早年入复社，淹贯古今，诗亦无愧作手。竹垞老人称其无长语，事必精当，词必古雅，岂浅小哉！（同上第 1113 页）

（韦道安诗条下）……却立不亲授，谕以从父行。达礼之言，是儒士本色。……道安奋衣去，义重利固轻。师婚古所病，合姓非用兵。是儒士本色语。（乔亿《剑溪说诗又编》，《清诗话续编》第 1123 页）

韩昌黎生平，所心摹力追者，惟李、杜二公。顾李、杜之前，未有李、杜，故二公才气横恣，各开生面，遂独有千古。至昌黎时，李、杜已在前，纵极力变化，终不能再辟一径。惟少陵奇险处，尚有可推扩，故一眼觑定，欲从此辟山开道，自成一家。此昌黎注意所在也，然奇险处亦自有得失。盖少陵才思所到，偶然得之；而昌黎则专以此求胜，故时见斧凿痕迹。有心与无心异也。其实昌黎自有本色，仍在文从字顺中，自然雄厚博大，不可捉摸，不专以奇险见长。恐昌黎亦不自知，后人平心读之自见。若徒以奇险求昌黎，转失之矣。（赵翼《瓯北诗话》卷三，《清诗话续编》第 1164 页）

（白居易）直至加太子少傅，以刑部尚书致仕，始终不出洛阳一步。可见其苟合苟完，所志有限，实由于食贫居贱之有素；气可小康，即处泰然，不复求多也。然其知足安分在此，而贫儒骤富，露出措大本色，亦在此。（同上第 1184 页）

昌黎《刘生》诗，虽纪实之作，然实源本古乐府《横吹曲》，其通篇叙事，皆任侠豪放一流，其曰“东走梁宋，南逾横岭”，亦与古曲五陵、三秦之事相合。末以酬恩仇结之，仍还他侠少本色。不然，昌黎岂有教人以官爵酬恩仇者耶？不惟用乐府题，兼且用其意，用其事，而却自纪实，并非仿古，此脱化之妙也。（翁方纲《石洲诗话》卷二，《清诗话续编》第1388页）

《竹枝》泛诵风土，《柳枝》则咏柳，其大较也。然白公杨柳枝词：“叶含浓露加啼眼，枝袅轻风似舞腰。小树不禁攀枝苦，乞君留取两三条。”于咏柳之中，寓取风情，此当为《杨柳枝词》本色。薛能乃欲搜难抉新，至谓刘、白“宫商不高”，亦妄矣。（同上第1391页）

欧公有《太白戏圣俞》一篇，盖拟太白体也。然欧公与太白本不同调，此似非当家之作。《庐山高》亦然。（同上第1403页）

遗山五古，每叠一韵，以振其势，微与其七古相类。盖肌理稍疎，而秀色清扬，却自露出本色耳。（翁方纲《石洲诗话》卷五，《清诗话续编》下第1446页）

渊明清远闲放，是其本色，而其中有一段深古朴茂不可及处。或者谓唐王、孟、韦、柳学焉，而得其性之所近，亦有见之言也。（李调元《雨村诗话》卷上，《清诗话续编》下第1523页）

十子而降，多成一副面目，未免数见不鲜。至刘、柳出，乃复见诗人本色，观听为之一变。子厚骨耸，梦得气雄，元和之二豪也。其次则张水部，风流蕴藉，不失雅音。杨少尹情致缠绵，柳又其次也。（管世铭《读雪山房唐诗序例》，《清诗话续编》第1554页）

论诗之要领，“声色”二字足以尽之。书曰：“诗言志，歌咏言。”古人之诗未有不协声律者，自唐之前，能诗之士未有不知音律者，故言诗而声在其中。《骚》《雅》、汉、魏六朝，三唐之声各不同，以乐随世变,故声亦随世变也。自宋人逐腔填词,以长短句为乐府,而诗遂反为纸上之言。其体虽效古人,不过揣摩其音响而已,岂能知历代之诗之声之所出哉?近世更思标新立异,就字句间弄巧,或并非音响而失之,诗道之所以益丧也。汉以前诗,皆不假雕绘,直道胸臆,此所谓太白不饰也,然而真色在焉。魏晋而下,始事藻饰,务尚字句,采获典实,于是诗始有色矣。色之为物,久则必谕。汉人诗所以久而益新者,是真色,非设色故也。六朝之色,在当时非不可观,至唐则已陈,故唐人另调丹黄,染成新采,于是其色一变。宋之色黯然无光,其染采之水不洁故也。(昌春荣《葚原诗说》卷之四,《清诗话续编》第 1618 ~ 1619 页)

韦、柳诗皆本色文字,大璞不琢,人知其美而往往易视,殊不知难于藻饰者多矣。故历观自来名为学韦、柳者,率多浮薄疎庸之笔。(阙名《静居绪言》,《清诗话续编》第 1642 页)

王阮亭七言绝句,以梦得、义山、牧之为宗,间启秀于宋、元,艺林竞赏,大约在使事设色。予意宫词、怀古、题画、竹枝诸体,点染生新,自是作手,终以眼前情景,天然有兴会有情寄者,为最上乘。试举若干首,质之海内同志。《高邮雨泊》:"寒雨秦淮夜泊船,南湖新涨水连天。风流不见秦淮海,寂寞人间五百年。"《夜雨题寒山寺寄西樵礼吉次首》:"枫叶萧条水驿空,虽居千里惆怅难。布帆十尺如飞鸟,卧看金陵两岸山。"《真州绝句》第三首:"晓上江楼最上层,去帆婀娜意难胜。自沙亭下潮千尺,直送离心到秣陵。"《雨中度故关》:"危栈飞流万仞山,戍楼遥指暮云间。西风忽送萧萧雨,满路槐花出故关。"《望见华山》:"蒲坂南来问钓船,风陵缒上隔风烟。黄河一曲流千里,太华居然落眼前。"《灞桥寄内次首》:"太华终南万里遥,西来无处不魂销。闺中若问金钱卜,秋雨秋风过灞桥。"《荆山口待渡》:"西连丰沛走中原,风色萧萧野渡昏。一望孤城天接水，乱山合沓是彭门。”《自锦绣峰下至东林寺》：“江州郭外雪云浓，翠壁丹崖锦绣重。行尽清溪三百里，东林绕打午时钟。”《烈山》：“古寺红墙出翠微，莓苔石壁滴人衣。一行白鹭冲船起，却上半岩松顶飞。”《嘉陵江上忆家》：“自入秦关岁月迟，栈云陇树苦相思。嘉陵驿路三千里，处处春山叫画眉。”《汉州纪梦》：“照壁孤檠不自聊，隔窗寒雨打红蕉。惊回一枕乡园梦，身在西川金雁桥。”（杨际昌《国朝诗话》卷一，《清诗话续编》下第1666～1667页）

禅林诗多以清旷幽淡见长，虽是本色，仍不离蔬笋。广东释剩人《关山月》一篇，卓然作者：“月向巫闾山上出，不照生人照死骨。死骨千年更不还，魂随山月度重关。关山叠叠归魂苦，苍茫不记来时路。闺中少妇独夜眠，心心嘱梦去寒边。梦去魂归不得遇，明月如霜草虫语。”（杨际昌《国朝诗话》卷二，《清诗话续编》下第1697～1698页）

新安吕元素，忠节先生孙也。《梦月岩诗集》气格声调似明七子，故非卑响，终未免规模痕。……在作者恐非得意处，却是才人本色，不蹈习气。（同上，《清诗话续编》下第1701～1702页）

李笠翁工度曲，诗则游戏耳。李外曲最擅名者，袁箨庵、洪昉思、孔东塘也。袁风流才子，落拓不羁。守荆州，忤道员，罢归。尝策骑夜行过某宅门外，闻内演《西楼》，狂喜堕地。填词工小令，见《红桥唱和集》。诗少传诵者。洪遭家难，流寓坎壈。年五十余，自苫霅返杭，落水死。遗诗大半经渔洋山人点定，今亦不甚流播。予于坊选中见数首，极爱其“流水去不息，白云时在山”句。东塘以国子先生宣力淮扬，颇著贤声。诗甚富，《湖海集》七卷，则邓孝威、宗定九、黄山裳、关园次诸公评阅也。才思睿发，挥洒自如，绝无锲舟刻楮之迹也。太冲口处，不免元轻白俗，极脱极俊处，自是

作手。(同上第 1702 页)

陈其年骈体,世以匹悔庵;填词,世以匹竹垞;诗则知否各半。予观其集,歌行佳者似梅村,律佳者似云间派,大约风华是其本色,惟骨少耳。七言绝清词丽句,足擅一家。(同上第 1725 页)

《下途归石门旧居》云云,篇中多用整句,太白诗未可多得,最宜师法。"将欲辞君挂帆去"二语,是太白本色。"俯仰人间易凋朽",亦突接硬转法也。"我离虽则岁物改"四句,当玩其转笔之捷,真能如风扫箨。再接"石门流水旧桃花"四句,益觉得气味浓厚,文境宽绰有余。将到结尾,又用"何必常从七贵游"二语一束,可云到底不懈。选本不登此种,美不胜收也。从此问津,觉武陵仙源尚在人世。(延君寿《老生常谈》,《清诗话续编》下第 1815 页)

拟古贵得其神,而后求之气韵,而后求之趣味,而后求之格调,而后求诸语意之间。太白疑古而不似古,苏州效陶而不似陶。谢康乐《邺中八首》如"排雾瞩圣明,披云对清朗"等辞,终不改生平本色。(王寿昌《小清华园诗谈》卷下,《清诗话续编》下第 1910 页)

读茗生长篇,人或嫌其单薄,读云松长篇,人多叹其典赡,然茗生本色极高,但精光贯注,使人不敢逼视,雪松则近于掉书袋矣。盖茗生失在矜才,雪松失在逞博也。(尚容乔《三家诗话》,《清诗话续编》下第 1926 页)

明七子如何、李、沧溟诗,虽摹古未化,然其生平之行谊,各有卓然自立之处,所以前人虽极力贬斥,诗究难泯。读三家之诗,须知三家大节各有可传,不第以真才本色鼎立一时,而雪松尤醇美。(同上第 1927 页)

唐、宋大家之诗俱在,覆按自得,皆非可以意为之者也。自明以来,虽词坛老宿,间有不尽合者。不知此即自然之天籁,自有诗学以来，不约而同，若稍歧出，即为落调，虽词华极美，格意极高，终不得谓之合作。（梁章钜《退庵随笔》，《清诗话续编》下第1965页）

诗理，性情者也。理尚精真，词须本色。若金闺之彦，结念山林，蓬户之儒，侈言经济，情词伪妄，夫何取焉？然循分无计，而择言贵雅。使身拖紫绶，但夸阀阅高华；影对青灯，频诉饥寒憔悴，志不广大，君子亦笑之矣。（潘德舆《养一斋诗话》卷二，《清诗话续编》下第2029页）

陈履常谓“东坡以诗为词”，赵闲闲、王从之辈均以为不然，称其词“起衰振靡，当为古今第一”。愚谓王、赵之徒，推奉太过也。何则？以诗为词，犹之以文为诗也。韩昌黎、苏眉山皆以文为诗，故诗笔健崛骏爽，而终非本色；以诗为词，则其功过亦若是已矣。虽然，天下尤有以诗为文，以词为诗者；以诗为文，六朝俪偶之文是也；以词为诗，晚唐、元人之诗是也。知以诗为文，以词为诗之失，则知矫之者为健笔矣，而所失究在于不知其分也。（同上第2035页）

“文章不知仲氏好，叔氏最少今亦老，五郎十岁未知学，嗟我何为长远道？诸儿读书俱不多，又不力耕知奈何。”此等笔力，元一代惟道园能之，大家本色本领在此。吴渊颖研炼老重，而能密不能疏，能华不能朴，以此逊道园矣。（同上第2040页）

刘后村云：“宋诗岂惟不愧于唐，盖过之矣。”方正学诗云：“前宋文章配两周，盛时诗律亦无俦。今人未识昆仑派，却笑黄河似浊流。”“天历诸公制作新，力排旧习祖唐人。粗豪未脱风沙气，难诋熙丰作后尘。”李西涯则云：“宋人于诗无所得，宋诗深，去唐却远，元诗浅，去唐却近，顾元不可为法。”“欧阳永叔深于为诗，高自许与，然较之唐诗，亦门庭藩篱之间耳。杨廷秀学李义山，更觉细碎；

陆务观学白乐天，更觉直率，概之唐调，皆有所未闻也。”“宋、元诗就其佳者，亦各有兴致，但非本色，只似禅家小乘，道家尸解。”以上诸说，予皆以为未的也。唐诗大概主情，故多宽裕和动之音，宋诗大概主气，故多猛起奋末之音，元诗大概主词，故多狄成涤滥之音。元不逮宋，宋不逮唐，大彰明较著矣。且唐之高出宋元者，又有故唐一代以诗取士，人好尽力其间，故名家独多，多则风尚所渐被者远，虽未成家数，不著姓氏者，往往有一二诗，足为绝调。宋元校士，诗非所重，虽名家皆以余力为之，因此名家较少于唐，而不足成家者，更不待言。然则宋、元之逊于唐也，一以诗所主者不同，一以诗成名者较少于唐耳。后村谓宋胜唐，阿其本朝，固非实论。正学谓宋诗无匹，而天历大手仍不脱粗豪气，亦未免抑扬太偏。即西涯谓宋去唐远，元去唐近，又岂能自言其故哉！使能确言其故，元去唐近，何以不可法也？且宋人如欧、苏、陈、陆，元人如虞、杨、范、揭，即置之唐人中，岂易多得！特以宋、元如此数公者太少，故为唐绌。今必统一代而概谓之非本色，概谓之无所得，何其不近情，不达理至此。杨用修谓“唐诗固多佳篇，然如燕赵虽产佳人，亦往往有疥且痔者，杂处其中。”语虽谐诨，却属平允之论。学者大纲，自宜宗唐，而宋、元两代，亦何可薄！明人大都赞仰唐人，鄙宋、元不足道，所以音调胜宋人，风格胜元人，于唐人又有形骸太似之病。（《养一斋诗话》卷四，《清诗话续编》下第2055页）

放翁作梅诗，多用全力。如：“山攀水仙晚角出，大是春秋吴楚僭。余花岂无好颜色，病在一俗无由砭。朱栏玉彻渠有命，断桥流水君何欠。”又如：“冰崖雪谷木未芽，造物破荒开此花。神全形枯近有道，意庄色正如无邪。高坚政要饱忧患，放弃何遽愁荒遐。”又如：“精神最遇雪月见，气刀苦战冰霜开。羁臣放士耿独立，淑姬静女知谁媒？催伤虽多意愈厉，直与天地争春回。”笔力横绝，实能为此花写出性情气魄者，但不无着力太过。至如“平生不喜月桃李，看了梅花睡过春”，“梅花自遐新桃李，不为高楼一笛风”，语涉讥刺，亦非本色。（同上第 2076 页）

王元美云：太白《鹦鹉洲》一篇，效颦《黄鹤》可厌；“吴宫”“晋代”二句，亦非作手。律无全盛者，惟得两结耳：“总为浮云能蔽日，长安不见使人愁。”“借问欲栖珠树鹤，何年却向帝城飞？”夫作诗各有意到，何况供奉天才，岂难自立？凤凰台人疑学步，鹦鹉洲又说效颦，太白非崔郎中，将不作七律耶？“吴宫”二语，间接甚紧，婉接甚遒，正古气流行变动处，所谓“非作手”者，将不能矜张字句以求工耶？（同上第 2138 页）

若专学古人一家，肖其面目，而自己并无本色，以及杂仿前贤各家，孰学孰似，不能稍加变化者，是有才笔，皆不得谓之成就，只可概谓诗人而已，则又小家之不若矣。（朱庭珍《筱园诗话》卷二，《清诗话续编》下第 2369 ~ 2370 页）

宋人承唐人之后，而不袭唐贤衣冠面目，别开门户，独树壁垒，其才力学术，自非后世所及。如苏、黄二公，可谓一朝大家，前无古人，后无来者也。半山、欧公、放翁，亦皆一代作手，自有面目，不傍前贤篱下，虽逊东坡、山谷两家一格，亦卓然在名大家之列。阮亭选《古诗选》，谓半山微妙不及六一翁，亦故为轩轾，其实鲁、卫之政，伯仲间耳。元人一代，无卓卓成家者。大约元诗皆学飞卿、长吉，靡靡成风，虞道园不过骨力稍苍老，风格较简净耳。然篇幅窄狭，力气薄而不厚，未能深造。吴渊颖歌行，真意真气皆苦不足，惟繁称博引，堆垛典故，襞积藻采，以炫外貌，又乏剪裁之妙，融化之功，如涂涂附，非作者也。渔洋知薄杨廉夫之靡怪妖艳，屏而不录，而不知道园之造诣浅薄，渊颖之鸿文无范，竟录道园以继遗山，采渊颖以殿全集，谓道园老成，渊颖奇丽，是为古人瞒过，未云具眼。

岂知道园之才气远不如高青丘，渊颖之笔力亦不及杨铁崖耶。（朱庭珍《筱园诗话卷二》，《清诗话续编》下第2370页）

又知吴汉槎之《秋茄集》，高者近高、岑及初唐四子，次亦七子派中不空滑者，亦一小作家也。（同上书第2372页）

江文通诗，有凄凉日暮，不可如何之意。此诗之多情而人之不济也。虽长于杂拟，于古人苍壮之作亦能肖吻，究非其本色耳。（刘熙载《诗概》，《清诗话续编》下第2423页）

乐府声律居最要，而意境即次之，尤须意境与声律相称，乃为当行。（同上第2439页）

援引典故，诗家所尚，然亦有羌无故实而自高，胪陈卷轴而转卑者。假如作田家诗，只宜称情而言，乞灵古人，便乖本色。（沈德潜《说诗晬语》卷下，上海古籍出版社《清诗话》下第549页）

鲍照之才，迥出侪偶，而杜甫称其俊逸。夫俊逸则非建安本色矣，千载后无不击节此两人之诗者，正以其不袭建安也。（叶燮《原诗·内篇》，上海古籍出版社《清诗话》下第569页）

齐、梁骈丽之习，人人自矜其长，然以数人之作，相混一处不复辨其为谁，千首一律，不知长在何处。其诗脍炙之句，如"芙蓉露下落，杨柳月中疏"，"亭皋木叶下，陇首秋云飞"等语，本色无奇，亦何足艳称也？（叶燮《原诗·外篇》下，上海古籍出版社《清诗话》下第602页）

游山诗，以谢灵运、王维为最，而少陵次之。彼其《发秦州》《入蜀》诸作，虽时时写景，而流离感慨之致，夹杂其中，是纪行，非游山也。惟谢与王，为当行本色，与郦道元《水经注》、柳子厚《石渠》《石涧》《铁炉步》《袁家谒》诸记，可称古今四绝。处处挨写，尺寸万变，非躁心尽释，才学铸镕者，莫能为之。南垞老友，以家事付阿郎，一心以诗酒山林为事。故其游山篇什，即事即景，即人即物，当境抓住，过即失之者，无不收之囊中，春容和谈，曲折搜讨，盖有古人遗意焉。(《南垞诗钞序》，《郑板桥全集》，卞孝萱编，289页)

彭禹峰诗高雅浑健，中原大作手也。(《缦斋诗谈》卷六袁中郎条下，《清诗话续编》871页)

三、散文小说部分

凡五星有色，大小不同，各依其行而顺时应节。色变有类：凡青皆比参左肩，赤比心大星，黄比参右肩，白比狼星，黑比奎大星。不失本色而应其四时者，吉；色害其行，凶。”(《晋书》卷十二·《天文志》第二)

今才颖之士，刻意学文，多略汉篇，师范宋集，虽古今备阅，然近附而远疏矣。夫青生于蓝，绛生于茜，虽逾本色，不能复化。(南朝梁刘勰《文心雕龙·通变》)

仙韶院乐官尉迟璋授王府率右拾遗，窦洵直当衙论曰：“伶人自有本色官，不合授之清秩。”(《旧唐书》一七三《陈夷行传》)任二北(半塘)考证说：“唐所谓‘伶官’，本无定制，只由皇帝就所喜之乐工与优伶两种人，临时许以官品，赐给章服而已，所谓‘本色官’是。”(《唐戏弄》下册1027页)

“犯徒者准无兼丁例，如杖还依本色”。长孙无忌疏议：“还依本色者，工乐还掌本业……给使散使，各送本所。”(《唐律·名例》)

臣今便于当州近城县纳粟，官为变碾，取本色脚钱。(唐·元稹《当州两税地》)

明日升堂曰：“昨日寻羺羊僧出来！”僧便出。师曰：“昨日公案未了，老僧休去，你作么生？”僧无语。师曰：“将谓是本色衲僧，元来只是义学沙门。”便打趁出。（宋·普济撰《五灯会元》卷四）

雪峰因人入山采得一枝木，其形似蛇，于背上题曰：“本自天然，不假雕琢。”寄与师，师曰：“本色住山人，且无刀斧痕。”（宋·释普济撰《五灯会元》卷四）

秘书监王钦臣奏曰：“差真靖大师陈景元，校黄本道书，范祖禹封还，以谓诸子百家、神仙道释。盖以备篇，籍广异闻，以示藏书之富，本非有益于治道也。不必使方外之士，仇校以从长异学也。今馆阁之书，下至稗官小说，无所不有，既使景元校道书，则他日僧校释书，医官校医书，阴阳卜相之人校技书，其余各委本色，皆可用此例，岂祖宗设馆之意哉！遂罢景元。”（宋·韩淲《涧泉日记》卷下，《说库》第二函）

文人才士无由自见，碌碌无闻者杂进。三十年间，词科又罢，两制皆不是当行，京谚云“戾家”是也。（宋·张端义《贵耳集》卷上）

绍兴十六年诏旨：绢三分折钱，七分本色；米八分折钱，二分本色。（《宋史·食货志上二》）

边粮有本色、折色之异。本色，粮料草束，就近截解以省飞挽。（明·王船山《噩梦》）

所收税课，有本色，有折色。（《明史·食货志五》）

只就文章家论之，虽其绳墨布置，奇正转折，自有专门师法。至于中间一段精神命脉骨髓，则非洗涤心源，独立物表，具今古只眼者不足以与此。今有两人，其一人心地超然，所谓具千古只眼人也，即使未尝操纸笔呻吟，学为文章，但直据胸臆，信手写出，如写家书，虽或疏鲁，然绝烟火酸馅习气，便是宇宙间一样绝好文字；其一人犹然尘中人也，虽其颛颛学为文章，其于所谓绳墨布置，则尽是矣，然翻来覆去，不过是几句婆子舌头语，索其真精神与千古不可磨灭之见，绝无有也，则文虽工而不免为下格。此文章本色也。即如以诗为喻，陶彭泽未尝较声律，雕句文，但信手写出，便是宇宙间第一等好诗。何则？其本色高也。自有诗以来，其较声律，雕句文，用心最苦而立说最严者，无如沈约，苦却一生精力，使人读其诗，只见其捆缚龌龊，满卷累牍，竟不曾道出一两句好话。何则？其本色卑也。（明·唐顺之《荆川先生文集》卷四，《答茅鹿门主事书》）

秦汉以前，儒家有儒家本色，至如老、庄家有老、庄本色，纵横家有纵横本色，名家、墨家、阴阳家皆有本色，虽其为术也驳，而莫不皆有一段千古不可磨灭之见。是以老庄必不肯剿儒家之说，纵横必不肯借墨家之谈，各自其本色而鸣之为言。其所言者，其本色也。（明·唐顺之《荆川先生文集》卷四，《答茅鹿门主事书》）

文章稍不自胸中流出，虽若不用别人一字一句，只是别人字句，差处只是别人的差，是处只是别人的是也。若皆自胸中流出，则炉锤则我，金铁尽熔，虽用他人字句，亦是自己字句。……近来觉得诗文一事，只是直写胸臆，如谚语所谓开口见喉咙者，使后人读之如见真面目，瑜瑕具不用掩，所谓本色，此为上乘文字。（同上，《与洪方州书》）

有血性汉子，不是之乎者也掉文袋的计策可骗动得。须用本色事本色语激之。只因陆虞候与林冲相好，晓得林冲心性，故有如此巧计。（明·李贽《百二十回本水浒传》第六回批语·〔袁眉〕）

作文游山记最难，未落笔时，搜索传志，铺叙程期，洋洋洒洒，堆故实于满纸，但数别人财宝而已，于一种游情了不相关。即移之他处游亦可，移之他人游亦可。拘而寡韵，语泛而不切，病则均焉。……（洪氏此记）惟随其兴之所适，及乎境之所奏，故其为记，亦不为传志故实之所窘缚，与夫年月里数之所役使；神情满足，气色生动，嘻笑戏谑，皆成文章，以如意之笔术，夺难肖之画工，此所谓合作也。（明·曹学佺《石仓诗文集·洪汝含鼓山游记序》）

抚事怆情，杂记中惟此为本色。何必搜冥斗艳，始足脍炙人口。（明·汤显祖《续虞初志·紫梨花传》总评，见上海古籍出版社徐朔方笺校《汤显祖诗文集》下第1483页）

大都独抒性灵，不拘格套，非从自己胸臆流出，不肯下笔。有时情与境会，顷刻千言，如水东注，令人夺魄。其间有佳处，亦有疵处，佳处自不必言，即疵处亦多本色独造语。然予则极喜其疵处。而所谓佳者，尚不能不以粉饰蹈袭为恨，以为未能尽脱近代文人气习故也。（明·袁宏道《袁中郎全集》卷一《叙小修诗》）

历观大作，皆趋最上一乘。弟则巴人下里，是其本色，非止调不能高，即使能高，亦忧寡和，所谓“多买胭脂绘牡丹”也。昨止奉新刻而不及陈言者，以填词之道，近始窥见一斑，从前皆属梦呓，近作犹恐贻嘲，况为吴下阿蒙手笔乎！既蒙力索，势不容已，只得和盘托出，然知读未终篇，即当自悔其为冯妇耳！（李渔《复尤展成先后五札〔之五〕》，见《李渔全集》第一卷《笠翁文集卷三·书》第190页）

唐三百年，文章鼎盛，独律诗与小说，称绝代之奇，何也？盖诗多赋事，唐人与歌律，以兴以情，在有意无意之间，文多征实。唐人于小说摛词布景，有翻空造微之趣。至纤若锦机，怪同鬼斧，即李杜之跌宕、韩柳之尔雅，有时不得与孟东野、陆鲁望、沈亚之、段成式辈争奇竞爽，犹耆卿、易安之于词，汉卿、东篱之于曲，所谓厥体当行，别成奇致，良有以也。（明·桃源居士编撰《五朝小说·唐人小说序》）

史以“遗”名者何？所以辅正史也。正史以纪事，纪事者何？

传信也。遗史以搜逸，搜逸者何？传奇也。传信者贵真：为子死孝，为臣死忠，摹圣贤心事，如道子写生，面面逼肖。传奇者贵幻：忽焉怒发，忽焉嘻笑，英雄本色，如阳羡书生，恍惚不可方物。[明·吉衣主人（袁于令）《隋史遗文序》，见《隋史遗文》，人民文学出版社1999年1月版]

吾受而读之。其书以天道为纲，以人道为纪，以性情为意旨，以儿女英雄为文章。其言天道也，不作玄谈。其言人道也，不离庸行。其写英雄也，务摹英雄本色。其写儿女也，不及儿女之私。（清·观鉴我斋《儿女英雄传序》，齐鲁书社2008年4月版文康著《儿女英雄传》第2页）

昔人谓陈后主、隋炀帝作翰林，自是当家本色。燮亦谓杜牧之、温飞卿为天子，亦足破国亡身，乃有幸而为才人，不幸而有天位者，其遇不遇，不在寻常眼孔中也。（清·《郑板桥全集》、卞孝萱编《郑板桥诗抄》第104页）

文章以沉着痛快为最，左、史、庄、骚、杜诗、韩文是也。间有一二不尽之言、言外之意，以少少许胜多多许者，是他一枝一节好处，非六君子本色。而世间娓娓纤小之夫，专以此为能，谓文章不可说破，不宜道尽，遂訾人为刺刺不休。夫所谓刺刺不休者，无益之言，道三不着两耳。（清·郑板桥《潍县署中与舍弟第五书》，卞孝萱编《郑板桥全集》195～196页）

羔堂四长兄有心力而爽朗不私，能任事而节廉自爱，开口见喉，视人如己，真英雄未有不本色者。板桥郑燮与之交，一见了然，久而不变，故觅旧石，令老桐刻"英雄本色"赠之。（清·郑板桥《英雄本色印跋》，同上书，第291页）

《大唐传载》一卷，不著撰人名氏。记武德至元和杂事，多唐代公卿言行，《新唐书》颇采用之。其间及诙嘲琐语，则小说之本

色也。(清·永瑢等《四库全书简明目录》卷十四、子部十二小说家类,第532页)

人亦有言《石头记》八十回为雪芹主笔,其下四十回则另有人续之者。或谓为七十回。仆意自六十回后,笔墨便不纯粹,穿插之痕亦不少,然佳者蕴藉风流,依然本色。此当是有俗手增损。(清野鹤《读红楼札记》,见一粟编《红楼梦卷》第一册292页)

性情嗜好之不同,如其面焉。不能强巢许为功名,犹巢许不能强尧舜为隐逸也。但能各宝其宝,各玉其玉,斯不负耳。然世俗之见,往往以经济文章为真宝玉,而以风花雪月为假宝玉,岂知经济文章,不本于性情,由此便生出许多不可问不可耐之事,转不若风花雪月,任其本色,犹得保其不凋不凿之天。然此风花雪月之情,可为知者道,难与俗人言,故不得不仍世俗之见,而以经济文章属之真,以风花雪月属之假。(清涂瀛《红楼梦论赞·红楼梦论》,见一粟编《红楼梦卷》第一册第125~126页)

湘云豪迈不羁,是其本色,园中人无不与之契合者。其襟怀之坦白可慕,观其与黛玉月下之言,岂可徒以粗豪论。吾安得斯人而师之?(冯家眚《红楼梦小品》抄本,见一粟编《红楼梦卷》第一册第233页)

讲骈体文,还算《花月痕》作者优于《红楼梦》作者,若论小说本色,则《红楼梦》其圣矣。(邱炜萱《续小说闲评》,见一粟编《红楼梦卷》第二册第401页)

下 篇

一、漫谈电视连续剧《三国演义》

84集大型电视连续剧《三国演义》，已经播映二三年了，从1994年11月在中央电视一台开播，直到1995年春节时播完，后来不少地方台又先后播映，据说收视率都很高。不久，海外一些国家、地区也抢购播映。为什么会持久地出现这种“三国演义热”呢？这就值得我们思考、研究。

今天给大家讲的题目就是：《漫谈电视连续剧〈三国演义〉》，既然是漫谈就讲得随意些、广泛些，不要那么学究气。既要讲到从历史到小说再到电视剧的三部曲的发展和异同，也要讲到读历史、读小说和看电视剧，对我们有什么用处？借鉴什么？还要讲到电视剧拍摄过程怎样？有什么特色？有什么缺点？收视观众有什么看法？为此，我曾和山西省电台、山西广播电视报编辑部的同志联合协作进行了问卷调查，最后再把这个调查结果也给大家讲一讲。

（一）小说《三国演义》的版本和作者

《三国演义》原名《三国志通俗演义》，这是我国第一部著名的章回体的长篇历史小说。从古即今，人们都简称为《三国演义》，又称《三国志传》《三国志传通俗演义》《三国英雄志传》《三国全传》等。我们能看到的最早的版本是嘉靖本《三国演义》，嘉靖就是明世宗朱厚熜的年号。这个本子不分章回，是分卷分则的，共24卷，每卷10则，共240则。现在社会上流行的本子是毛纶、毛宗岗父子评改过的《三国演义》，人们习惯地叫作毛本《三国演义》，这个本子分章回，共120回。

小说《三国演义》是元末明初人罗贯中撰写的。罗是山西太原人。也有人主别地籍贯，如东原说（今山东东平、汶上一带）、平原说（今山东平原一带）、钱塘说（今浙江杭州市）。还是太原说（此说又有清徐、祁县之争）根据充分。据说罗贯中很有才华，一生不得志，作《续录鬼簿》的作者（一说无名氏，一说贾仲名）说："太原人，号湖海散人。与人寡合。乐府隐语，极为清新。与余为忘年交，遭时多故，各天一方。至正甲辰（笔者按：元顺帝二十四年，公元1364年）复会，别来又六十余年，竟不知其所终。"著有《风云会》《连环谏》《蜚虎子》杂剧三种。这段小传把罗氏的籍贯、别号、性格、特长、活动年代以及戏剧作品的名目，都写得清清楚楚。罗氏不仅写了杂剧，还写了《三国演义》《小秦王词话》《隋唐志传》《残唐五代史演义》《三遂平妖传》，并加工补写了《水浒传》。他不但会写小说，还会编杂剧，是个多才多艺的文人。

《三国演义》是一部怎样的小说呢？它描写了从公元184年到280年共96年的历史故事，也就是东汉灵帝中平元年黄巾起义开始，到西晋武帝太康元年统一全国为止。小说集中地描绘了魏、蜀、吴三国时代各个封建统治集团之间的斗争，斗争的性质有正义的、非正义的，有军事的、外交的、政治的各种内容，斗争的方式有公开的、隐蔽的。通过这些斗争，作者揭示了当时社会的黑暗与腐朽，残暴与丑恶；表现了统治集团中的忠义与奸邪、智慧与愚蠢、仁政与残暴的实质;更以深厚的感情反映了人民在动乱时代的灾难和痛苦,也表现了他们对统治集团的爱憎和向背,以及他们反对战争分裂,要求和平统一的愿望。《三国志演义》者,敷演《三国志》断代史之义也。作为历史演义,它属于历史小说,历史小说就和一般的小说不同,它必须有一定的历史依据,以某种史书为蓝本,不能纯属虚构,因此说,它和《三国志》有着不解之缘,它的历史依据的比例比一般的历史小说还要更大一些,我们从书名即可看出。《三国志通俗演义》就是把史书《三国志》进行了通俗的敷演、再创作,成为一部历史演义小说。《三国志》则是记述魏、蜀、吴三国历史,基本上属于纪传体的史书。它是晋陈寿撰,南朝宋裴松之注,为二十五史之一,与《史记》《汉书》《后汉书》并称为"前四史"。全志包含《魏书》30 卷,《蜀书》15 卷,《吴书》20 卷,共 65 卷。《三国志》以曹魏为正统,魏书列在全书之首,称曹操、曹丕、曹睿为帝,吴国蜀国君主即位都以魏的年号为标记。可见写书的人是很重视曹操的历史功绩的,把魏国作为必然歌颂肯定的国家来写。(实际在陈寿撰《三国志》前,已有晋王沈著的《魏书》,吴韦昭著的《吴书》)东晋时又有习凿齿作《汉晋阳秋》,不同意并批判了陈寿尊魏为正统的观点,南宋朱熹也反对以曹魏为正统。其他如司马光、罗贯中都有自己的正统观。各主谁为正统都是和当时自己的处境、社会形势的不同有关系。习凿齿、朱熹、罗贯中等人都是偏安于南方的封建臣僚,或者处于异族统治之下,所以主张尊刘蜀为正统;而陈寿、司马光等,都是统一南北的中原王朝的臣僚,因而就尊曹魏为正统。说到这儿,值得大家注意的倒是有这么三个人应该重视:一是裴松之,二是司马光,三是罗贯中。陈寿的《三国志》虽然善于叙事,文笔简洁,剪裁得当,但叙事又嫌太简略,由于晋时乱离,资料不全,所以内容就不够充实。陈寿死后一百多年,三国史料大量出现，有南朝刘宋人裴松之为它作注，引书二百多种，写成了字数三倍于原书的《三国志注》，旁征博引，详解考证，保存了不少史料，丰富了三国历史的记载。因此后人说，读《三国志》不能不读"裴注"。为什么说裴松之、司马光、罗贯中三位历史人物要特别重视呢？因为此三人都是山西人。裴松之，著名史学家，为山西闻喜人；司马光，著名史学家、政治家，为《资治通鉴》的主编，山西夏县人；罗贯中，元明之际的大戏曲家、大小说家，山西太原人。他们都对三国历史有研究，有贡献。

（二）小说《三国演义》的主题思想

若干年来，对小说《三国演义》的主题思想一直有争论。首先对有无主题就有三种看法：一是无主题，部分同志认为《三国演义》中很难找到主题；二是主题模糊，少数同志肯定《三国演义》主题的存在，但认为非常模糊，说不清；三是有主题，多数同志认为《三国演义》有主题，他们认为任何文学艺术作品都会有主题的。主张有主题的人，由于各人有各人的理解、依据、视角不同、主次有别，于是又产生了各种各样的主题说，大致可以归纳为11种。

1. 正统说——所谓尊刘抑曹，是正统思想的具体化，而这正是《三国演义》主题思想的中心。

2. 忠义说——主要是以忠义思想臧否褒贬人物的，因此可以说《三国演义》是讴歌忠义观念和忠义英雄的史诗。

3. 仁政说——《三国演义》的鲜明的政治倾向性集中地表现在"拥刘反曹"上，透过"拥刘反曹"的表象，人们看到的乃是对于仁政的歌颂和向往，对于暴政的批判和鞭挞，而这正代表了当时人民群众的观点和态度。

4. 悲剧说——《三国演义》为人们揭示了一个严酷的事实：左

右形势、主宰命运、对社会起支配作用的力量,不是正义,而是邪恶;不是道德,而是权诈。暴政强奸了仁政;兽性代替了人性。君仁臣忠、父慈子孝的伦理道德,不得不让位于钩心斗角、尔虞我诈的市侩原则。每个集团每个英雄人物,最后都是悲剧的结局。这并不单是三国时期的历史现实,也是整个封建社会的历史现实。所以《三国演义》所表现的蜀汉集团的悲剧,正是悲剧的时代所诞生的我们民族的一部历史悲剧。

5. 反映三国兴亡说——持这种观点的人认为,通过对东汉末年统治阶级内部错综复杂的矛盾,特别是魏、蜀、吴三国之间的政治、军事斗争的描写,反映争权夺利、尔虞我诈、你死我活的历史。所以说,《三国演义》是一部形象的三国兴亡史。

6. 讴歌封建贤才说——持这种观点的人认为,诸葛亮是《三国演义》里的真正主角,也是对人民群众影响最大的人物。他是智慧和忠贞的化身。他的深谋远虑、精明练达、廉洁奉公、赏罚公正,尤其是"鞠躬尽瘁,死而后已"的精神,都被作者热烈歌颂,被当作优秀的理想的封建政治家、军事家的典范来塑造。

7. "拥刘反曹",反映人民理想说——持这种观点的人认为,罗贯中是在元末农民大起义的时代背景下,在民族矛盾十分尖锐的历史条件下,站在当时思想战线的高度,从纷繁复杂的历史题材和现实生活中,提炼出拥刘反曹的主题。这个主题,表达了人民中强烈的民族意识和民族愿望,寄托了人民的爱憎和理想。

8. 农民愿望说——尊崇刘蜀集团、神化关羽形象、宣传忠义和正统,并不都是封建统治阶级的思想,也并不是什么市民思想,《三国演义》反映的实际上还是农民的愿望和要求。

9. 分合统一说——《三国演义》客观上描绘了从汉末到晋初一段从"合久必分"到"分久必合"的历史。作者所精心描绘的魏蜀吴三个政治集团之间的斗争，实质上都是为争夺帝位、统一中国而进行的斗争。所谓"忠义"、"正统"、"仁政"、"笼络人心"、"招揽人才"的种种思想和措施，都是处于从属地位，被编织在进行统一战争的整体结构和整体矛盾冲突之中的。

10. 全景军事文学说——这是一种新出现的别致的主题思想说。持这种观点的人认为，《三国演义》是一部典型的优秀的"全景军事文学"作品。它描写了96年之内的许多著名战役和著名战斗以及搏斗，反映战争的时间之长，规模之大，军事人物之多，在古今军事文学作品中都是罕见的。例如，写了官渡之战、赤壁之战、彝陵之战，以及曹魏的几次南征、诸葛亮的六出祁山、姜维的九伐中原、司马氏攻夺蜀吴的几次战役，都是大的战役；还写了张辽威震逍遥津、甘宁百骑劫魏营、黄忠计夺天荡山、关羽放水淹七军等著名战斗，在各次战斗中，都写了将对将的搏斗。军事人物方面写了曹操、刘备、孙权、诸葛亮、司马懿等最高军事统帅，写了周瑜、陆逊、姜维、邓艾、钟会、徐盛等前线指挥员，写了关羽、张飞、赵云、马超、黄忠、许褚、张辽、徐晃、李典、乐进、甘宁、吕蒙、周泰等数十名大将和战将，还写了难以计数的偏将和裨将，以至小校、细作、士卒、老军，通过他们的斗智、斗勇、斗力、斗计、斗阵法，写出了我国封建时代战争的全部复杂性和丰富性。总而言之，《三国演义》的主线是战争，主人公是三个军事家曹操、诸葛亮、司马懿；最强烈的社会效果是战争谋略。因此说，它是一部全景军事文学小说。

11. 对历史进行反思说——罗贯中对魏、蜀、吴三国的开国君主之所以能取得成功的历史经验的总结，一方面表现了罗贯中的历史识见，另一方面也证明了他写作《三国演义》确是有所为而作，即为了对历史进行反思，给后代人提供有益的借鉴。

那么，大家会问道：《三国演义》究竟有没有主题思想呢？我们回答是肯定的,有！任何文学艺术作品都有主题思想。不过主题思想究竟应当是什么呢？这就公说公有理,婆说婆有理,很难统一了。我们认为没有必要统一,事实上也永远统一不了,因为前述十一种不管哪一种观点,只要“持之有故,言之成理”,就能作为一家之言站住脚。根据接受美学的理论和方法来考察,文学本文的接受是一种解释活动,作品的意义是读者从文本中发掘出来的,作品中有许多“空白”或“未定点”,读者在阅读过程中存在着“期待视野”。什么叫期待视野？就是阅读一部作品时读者的文学阅读经验构成的思维定向,它包括人们的思想观念、道德情操、审美趣味,同时也包括人们的直觉能力和接受水平等等。读者的视点不是固定的,而是流动的、变化的、发展的,如果强调外在于作品的任何一个固定视点,就会造成对作品的歪曲。阅读视点是内在的,从作品内部产生的。任何阅读活动都离不开时间,离不开历史与未来之间的调节,离不开视野的改变,离不开对文学事件的重新解释。阅读经验是一种形象思维创造活动,主题不是作品本文或读者单一方面的产物,而是作者、作品、读者三方面互动作用的结果,因此,不同作者的阅读,同一作者不同时间的阅读,以及同一读者在不同经验、不同心境下的阅读,都会创造出不同的形象,发掘出不同的意义,因而无所谓什么准确和误差。既然如此,非要把《三国演义》小说或电视剧的主题思想统一起来,岂不是“可怜无补费精神”吗?!

(三)电视剧《三国演义》和小说《三国演义》比较

应当说,电视剧《三国演义》是经历了三部曲的发挥、创新的演变过程——由历史到小说,再由小说到电视剧。小说《三国演义》是运用了《三国志》及“注”的历史资料,又吸收了民间长期流传的三国故事和元代的《三国志评话》、元代的三国戏曲的营养而写成的。而电视剧《三国演义》又是依据了毛本百二十回本《三国演义》，忠于小说原著而改编的。那么，电视剧与小说相比，电视剧究竟有些什么特色呢？

首先说，这部电视剧确实可谓“大型”了：原版共84集，后来精编为19集（每集90分钟）了。无论是原版还是精编版，在改编的四部古典文学名著中均属大型，《红楼梦》电视剧为36集，《西游记》电视剧为25集，《水浒传》电视剧为43集，《三国演义》电视连续剧堪称一幅色彩浓郁的历史画卷，一部气势磅礴的战争史诗。据说此片的拍摄经费总投资在三千万元以上，从开机拍摄到后期制作而播映，经历了近四个年头。从演职人员来说，也突破常规，名目繁多，数字颇大。编剧就有杜家福、刘树生、朱晓平、叶式生、周楷、李一波等六人；总导演王扶林1人，又有分导演蔡晓晴、张绍林、孙光明、张中一、沈好放等5人；总策划王枫1人，又有策划于广华、王扶林、阮若琳、方庆浩、刘瑾如、任大慧、张天民、周明、洪民生、贾文增、戴临枫等11人；还有演员遴选李法曾、顾凤莉、王贵娥、周丽华等4人，剧本参定戴临枫、刘世德、孟繁树、王扶林等4人；而演员更是一个庞大的队伍，有主要演员孙彦军（饰刘备）、鲍国安（饰曹操）、吴晓东（饰孙坚、孙权）、唐国强（饰诸葛亮）、陆树铭（饰关羽）、李靖飞（饰张飞）、杨帆（饰赵云）、洪宇宙（饰周瑜）、张晴（饰小乔）、陈红（饰貂蝉）等几十人，真可谓各路诸侯，群雄聚集，人才济济。从场景上来看，气势恢宏，人物众多，事件复杂，头绪纷繁，既宏伟壮阔，又不失严密和精巧，在中国电视历史上也是罕见的现象。从收视率来看，据官方报道，在1994年播放了前47集时，创下当年中央电视台收视率之最，成了当年我国拥有观众最多的一部电视剧，在北京地区与《戏说乾隆续集》打擂台也占了上风。总之,在整体效应上显示了我们中国、我们中华民族的伟大。比如说,拍电视剧《三国演义》竟动用了服装三万多套,其中包括帝王将相、文臣武将、宫女村姑、兵卒皂吏,而这些男女老少穿衣戴帽的颜色不同、款式不同,都必须符合当时的历史真实,这可忙坏了服装设计师赵庆霞了,可以断言,她如果没有历史知识、服饰知识,那是不可想象的。

三国时期的军事斗争是以马战为主,因此拍《三国演义》电视剧就离不开马战。观众每天看《三国演义》电视剧片头上有不少人仰马翻的镜头,不禁拍案叫绝,可你们知道吗?这样的镜头是怎样拍成的?原来,拍摄前剧组要事先挖好大坑,把摄像机藏在坑里,再在前方不远处挖好陷马坑,到实拍时马跑进陷马坑上,人仰马翻,万事大吉。可真正拍起来就不那么简单了,首先遇到的问题是要不要把摔马的实情告诉骑手。如果不告,骑手不知道,拍出来肯定精彩,但替身演员的安全却没有保障。如果告诉骑手,骑手来一个使观众觉察不到的细小的保护动作,马就会绕过陷马坑稳重而悠悠地走过去,那惊险的马战镜头就拍不出来了。为了艺术的真实,为使观众信得过,导演只好玩“损”的,缺点“德”,蒙骗骑手演员,只有如此才能拍下“珍贵镜头”。

为拍“火烧赤壁”这场戏,一把火就烧掉了15万元。为把这把火烧得逼真,剧组准备了20吨汽油和柴油、30卡车木柴,还特地从部队请来用凝固汽油弹“放火”的50名防火兵,要烧掉军帐125顶、大船43艘、小船15艘,如果真的这样烧起来场面一定壮观。但千辛万苦建设起来的营寨道具布景,就这样轻易地付之一炬,多么可惜!于是剧组成员便殚精竭虑,为保住那些真船真帐的实景,以8:1或者12:1的比例,按原样建造了另一个小的曹营军寨,制作了214艘模型船,150顶军帐,10座水寨门、点将台、寨门,草人

4000个,石膏将士1500个,军旗2000面,粮仓30座等,这样,战船的数量就更多了,共有120多艘。真船上有多少演员,小船上就有多少个15厘米的小人模型。"火烧赤壁"的镜头就这样用特技拍摄下来了,就是这些小模型,为了拍摄火烧镜头,竟耗资15万元,而那些有真船实景的"三国城"景观则完好地被保留下来,供中外游人游赏,以便再创收,慢慢收回耗资。从时间上来看,"火烧赤壁"这场戏为了拍摄成功竟准备了一月有余,而到真正拍摄时才持续了15分钟,出现在电视屏幕上却仅有46秒的画面时间。而这场火要烧起来,要烧得惊心动魄,烧得有真实感的"火烧赤壁"戏,却出自女导演蔡晓晴之手。

其次,电视剧《三国演义》基本上保持了小说《三国演义》的创作倾向和风格特色。小说《三国演义》继承了《三国志平话》的"拥刘反曹"的传统,把蜀汉当作全书矛盾的主导方面,把刘备、关羽、张飞、诸葛亮当作小说的中心人物。而电视剧又继承了小说的这个传统。我们从片头的头像排列次序看就体现了这个倾向性,排列的先后次序是刘备、诸葛亮、曹操、孙权、关羽、张飞;数字比例是蜀4、魏1、吴1。从全剧演员的对话看,仍然保留了小说的半文半白的语言特色,坚持了"文不甚深,言不甚俗,事纪其实,亦庶几乎史"(见明建阳吴观明刊本《李卓吾先生批评三国志》卷首)的风格。

把文学名著改编为电视连续剧,本身就是一件非常复杂艰难的系统工程。既然是改编,就得做到一要保持原来的基调风格,二要允许创新和变易,三要适应观众的审美要求,符合民族欣赏习惯和欣赏心理。从这三条要求来评价,应当说,电视剧《三国演义》的编、导、演是做得好的。不像有些人去独辟蹊径,去弄什么"戏说"之类的东西,比如台湾、香港播放的电视剧《戏说乾隆》《戏说慈禧》《梁山奇情》等等,都是胡编乱造的,把严肃的高品位的艺术,闹成了个四不像。不过对此也不要过分求全责备,百花园里什么花都可以有,也算一朵花吧!

说到改编,我曾经研究比较了中国的《赵氏孤儿》(元代纪君祥编撰)传播到欧洲之后,出现了抢译抢编现象,对我们理解改编电视剧颇有启示。中国的孤儿登上了欧洲各国的戏剧舞台,摇动了许多西方文毫的大笔,拨动了西方观众的心弦,影响了西方戏剧的革新。英国剧作家哈切特的改编和法国启蒙运动主帅伏尔泰的改编就大不一样,而英国的墨菲又不赞成伏尔泰在剧中插入爱情故事的写法,也不欣赏把二十年以前的"前史"作为主体的艺术构思,于是重新改编了《赵氏孤儿》。而意大利宫廷诗人麦塔斯塔西奥和德国浪漫主义诗人歌德分别改编的《赵氏孤儿》,又和哈切特与伏尔泰的"中国孤儿"大不一样。由此可见,剧作家改编时,总是根据自己的创作思想,创作风格改编,不可能按葫芦画瓢,丝毫不差,照样搬来,而且必然要符合自己国家的国情和本民族的审美情趣,于是出现了英国式的、法国式的、意国式的、德国式的"中国孤儿",各放异彩。看来在中西戏剧文化的交流过程中,中国戏剧到了欧洲各国必然要欧洲化,而欧洲各国的戏剧到了中国领土,也必然要中国化,前几年中国各种戏曲剧种(特别是黄梅戏)改编上演莎士比亚的剧作,就是一个很好的例证。应当说这是一条规律。假如改编中,原作的风格走了形、失了神,那就是对原作精髓的"釜底抽薪",这样的结果必然会从根本上扭曲与推翻读者对原作欣赏的"心理定式"。电视剧《三国演义》可以说把握了原作精髓,也符合艺术再创造的基本规律,总体上看达到了较好的屏幕效果。特别是曹操(鲍国安饰)、诸葛亮(唐国强饰)、关羽(陆树铭饰)、周瑜(洪宇宙饰)、吕布(张光北饰)这几个形象塑造的不错,不比小说差,尤其是那几位演员,表演水平相当精湛,他们都能准确理解人物的思想个性,既能展现性格的复杂性或多面性,又能紧扣性格的主导性和气质的基调。

有的评论说:“周瑜是个儒将,演员却缺乏儒雅的风度和书卷气,也不英俊,现代味较浓,表演也太露。脸形太宽了,个子太高了,不是想象中的周瑜。”(见上海《文汇报》1995 年 2 月 24 日,徐如中《〈三国〉表演得失谈》)其实非也,这是由于没有认真读过《三国志》和《三国演义》,而又受了戏曲舞台上周瑜由小生行当扮演的误解所致。实际上,历史上的周瑜究竟是怎样的气质和形象呢?《三国志·吴书》卷九《周瑜本传》中说:“瑜长壮有资貌。”“气度恢廓。”《江表传》裴松之注曰:“周公瑾英俊异才。”《周瑜本传》又说:“瑜少精意于音乐,虽三爵之后,其有阙误,瑜必知之,知之必顾。故时人谣曰:曲有误,周郎顾。”又附注中说,蒋干称周瑜“雅量高致”。在小说中,周瑜在第 15 回中出场,第 57 回病死,作者共用了 16 回的篇幅写了周瑜,死时年仅 36 岁。这 16 回篇幅即:第 15、29、38、39、44、45、46、47、48、49、51、53、54、55、56、57 回,在第 15 回中,写孙策领兵征伐刘繇时,行军途中遇到周瑜,描写周瑜的外貌是“资质风流,仪容秀丽”。并为孙策举荐人材,举荐江东“二张”即彭城张昭、广陵张宏,周瑜说“二人皆有经天纬地之才”。在第 29 回中又为孙权举荐鲁肃,周瑜说:“此人胸怀韬略,腹隐机谋。”在第 45 回中,通过蒋干盗书返回营对曹操评价周瑜说:“周瑜雅量高致,非言词所能动也。”综上所述,无论是史书还是小说,主要写了周瑜的优点,形象高大英俊,气度恢弘,并非一副文弱书生的样子,而且多才多艺,很富有人情味儿,是位文武双全的帅才,在人际关系上也善于举荐贤能,并非一味地嫉贤妒能。所以到了北宋,周瑜在大词人、大思想家苏轼的心目中,仍然是一片赞扬声。

正如《念奴娇·赤壁怀古》中所写的那样:“大江东去,浪淘尽,千古风流人物……遥想公瑾当年,小乔初嫁了,雄姿英发。”因此说,洪宇宙扮演的周瑜比较成功,无论从外形到气质,完全是三国时期的周瑜,想象中的周瑜。

但是强调保持原小说的基调风格,绝不是把原作的内容形式一切照搬,而是要有所取舍,或者有所改造创新。比如,电视剧第38集的诸葛亮“七星坛祭东风”的戏,渲染得就有些过分,是在宣传封建迷信。尽管完全符合原小说的原素材,但经电视剧的艺术处理后就立体化了形象化了,使缺乏文化知识的观众看了,就会信以为真。按照科学原理、天文气象原理审视,怎么诸葛亮装神弄鬼一番,就能掀起一阵浩大的东风呢?! 在这儿,鲁迅早就批评过的“状诸葛之多智而近妖”的缺点,则更加凸显了。如果一定要刻画诸葛亮的神机妙算、智慧高超,不必照小说原样画瓢,完全可以重新设计,重新创造。前几年,湖北省拍的由李法曾主演的《诸葛亮》电视剧里的“借东风”一场戏,就处理得好,加了一些细节,既生动又可信。例如,在借东风前让诸葛亮询问渔夫气候,并观察风向,还有在城楼抚琴时冷汗湿背的细节,改编得很自然,也很有生活实践和艺术魅力。

再次,作为全景军事文学作品的《三国演义》,描写战争,大大小小的战役和战斗十分成功,堪称一绝。小说里描写了水战、陆战,最多的要属火攻了。从第12回起写吕布战曹操首用火攻,在濮阳关起城门火烧曹军。接着“劫乌巢孟德烧粮”(30回)前后两次烧粮,袁绍粮草被曹操全部烧绝。以后诸葛亮火烧博望坡(39回)又烧新野(40回),周瑜火烧赤壁(49回),陆逊火烧刘备连营七百里(84回),破曹丕徐盛用火攻(86回),诸葛亮烧藤甲七擒孟获(90回),上方谷孔明火烧司马懿父子(103回),魏延烧绝栈道

(105 回),直到 109 回姜维在铁笼山击败魏将徐质,仍然用的是火攻,紧接着又粗略地写了邓艾放火烧车仗(111 回),姜维火烧长城(112 回),姜维战王瓘,真假烧粮,以火济火,结果姜维弃粮胜魏兵(114 回),又用小攻火烧阴平桥(116 回),最后在 120 回孙皓降晋,三分归一统时,仍是以火攻作结。东吴的最后灭亡,也是被火烧灭。东吴是用金克木的方法抗晋,而王浚却用火克金的对策进军,又一次运用了火攻战术,消灭了东吴。在电视剧《三国演义》里,战争的场面就描绘得更加生动,那种紧张、惊险、激烈的气氛还是体现出来了。每个战争场面千变万化,不重复、不呆板,却各有特点,表现了战争的复杂性和多样性。特别是第二部"赤壁鏖战"把小说占八回篇幅的内容(第 43 回起至第 50 回止),都拍出来了,拍得很好,它的场面之大之宏伟,斗智斗勇之巧妙,出现在观众面前简直是一幅波澜壮阔的图画。

总之,电视连续剧《三国演义》是一部"本色当行"的经典剧作。

当然,电视剧《三国演义》也有些镜头拍摄的不够理想,甚至出现了严重的失误。比如,诸葛亮的化妆,长了胡子,不分春夏秋冬总是手摇羽毛扇,这与历史实际不合,显然是受了传统戏曲表演的影响。历史文献也好,《三国演义》小说也好,诸葛亮出山时才 27 岁,和周瑜相比,周瑜比诸葛亮大四五岁,可是戏曲里的诸葛亮由老生行当扮演,周瑜由小生行当扮演,使观众看了以后产生一种错觉,觉得周瑜年少英俊,是个年轻人,诸葛亮老成持重,是个老年人。这不好,笔者主张还原诸葛亮的本来面目。历史的时针已经指向 20 世纪 90 年代,进入高科技及文艺新潮的时代了,而诸葛亮的扮相却仍然坚持旧传统的一套,与时代步伐实在太不相称了。又如第 44 集刘备回荆州的戏里,大雪纷飞,孔明在屋里读书,生着火炉。关羽、张飞冒雪来找孔明,询问大哥刘备怎么还不回来,是否英雄难过美人关,被孙夫人缠住,跌进儿女情长的温柔乡了。他们要亲自去东吴找回刘备。此时的关、张头上衣服上落满了雪花,在屋子里坐了半天也不化,这就失真了。为什么会出现这种画面呢?因为道具是用塑料薄膜制成的白雪花。这是导演和摄像的失误,完全可以让演员在外面先拍打拍打么。

还有"火烧赤壁"那场戏,在天降大雨,曹操及其军队冒雨逃走的一个镜头中,在一片乌云的天空中,在屏幕的右上角竟然出现了两架飞机的黑影。我们估计,这本来是用飞机进行人工造雨制造大雨滂沱的自然环境,这在电视剧中是不能少的一个镜头,典型环境么。可是镜头中出现了两架飞机的黑影就不好了,顿时破坏了真实感。这也是导演、摄像、剪辑的失误。总之,在《三国演义》电视剧中不少布景、道具显得虚假,有点像台湾、香港拍摄的电影电视剧。

(四)当代人阅读《三国演义》小说,收看《三国演义》电视剧的意义和价值

这个问题说起来一言难尽,不同的读者观众,有不同的角度,加以不同的水平和素养,必然有不同的价值取向。

从共性的方面来说,就是学习历史,认识历史,借鉴正反两方面的人生经验。例如赞扬忠义、歌颂武勇、肯定智慧、重视谋略、主张王道、秉公执法、提倡求实、鼓励进取等等,这些都体现了中华民族的优良传统和高尚精神;而所宣扬的因果报应、等级观念、忌妒心理、贪色好财、刚愎自用、霸道天下等等文化心态,则是应当抛弃的糟粕。就是这样一部小说、一部电视剧把这些人生经验给形象化了通俗化了,当然也就把魏、蜀、吴三国的历史给形象化了通俗

化了。可见读小说、看电视剧，比硬啃一部陈寿的《三国志》，就要好得多容易得多。

从特殊性来说，不同行业不同层次不同文化要求的读者、观众，就会获得不同的效益。

小说家、剧作家是着重看它的艺术结构和人物塑造、语言运用、创作手法以及从小说到电视剧的改编等方面，有什么经验可借鉴，有什么缺点可避免。若从文学作品的艺术成就来看，《三国演义》既比不上《水浒传》，更比不上《红楼梦》。但是从文化史的角度来看，《三国演义》恰好反映了中国人文化心理的深层结构，从而影响着中华民族固有性格和精神状态的形成。在中国，这种东方文化的深层结构就是儒家和道家思想的影响，特别是儒学，成为几千年来中国传统思想的主流。表现在哲学心态和思维方式上就是重人生、务实用，看重群体关系，强调伦理道德，强调个人对社会国家的奉献。因此，《三国演义》为后世文艺创作提供了某种思想和艺术的营养。

演艺界则着重看导演、表演的技巧如何，水平如何，服装、道具运用的如何，以至人物的称谓如何，等等。看看电视剧是不是符合历史的实际，是不是符合小说的实际。中老年人可能因为受传统戏曲的影响，又不免会和戏曲表演相比较。比如，前面所举关于周瑜形象的误解，就是突出而明显的一例。又如，第11集“宛城大战”中，关于曹操与张绣的婶母邹氏（张济妻）的关系的表演，许多观众便认为有些俗气，违背生活逻辑。一个位高权大的丞相，怎么能当着帐下诸僚的面就可以出现那样的言谈举止呢！又如第7集“凤仪亭”那场戏，吕布戏貂蝉，董卓直奔后花园，撞见吕布貂蝉正在相倚相偎，顿时怒火冲天。当吕布抬腿要跑时，董卓抓起吕布放在一边的戟，向他刺去。这一掷戟是一个非常强烈的戏剧动作，意味着父子关系的彻底决裂,这一动作非同小可,需要导演特别强调,特别渲染。导演的处理必须使用夸张手法,要"唰"地带着风声、带着仇恨和愤怒,像掷标枪似的飞速刺向吕布。这时,导演应该用快慢镜头交替出现,带着风,唰、唰、唰,再加上混响,戟戳在地面,戟把还在不停地摇晃,吕布于是落荒而逃。这样拍出来的屏幕效果就好看多了。而现在是轻飘飘的一下,既掷不出人物性格,也掷不出人物关系的破裂,到后边王允的话,就更起不到那么大的作用了。不少演艺界的人指出,这是导演乏术,缺乏功力和招数的原因。

历史学界则着重看的是历史上治乱兴衰、成败得失的经验教训,怎样才能"修身齐家治国平天下"。他们看小说也好,电视剧也好,习惯性的思维是首先对照历史事实,看看历史文献有没有记载、依据,然后加以评论得失。这样的读者或观众,自然有他们的道理,无可厚非。清代章学诚就说《三国演义》是"七分实事,三分虚构,以致观众往往为所惑乱"。又说:"其最不可训者,桃园结义,甚至忘其君臣而直称兄弟","诸葛丞相生平以谨慎自命,却因祭风及制造木牛流马等事,遂撰出无数神奇诡怪"(以上引文均见《丙辰札记》)。章学诚的这些话是指责小说中的人物形象及其相互关系都严重地背离了三国时期的历史,还指出由于"七分实事,三分虚构"错杂在一起,惑乱了读者。到了1959年,我国学术界又就评价曹操展开了热烈的讨论,著名学者郭沫若、翦伯赞又从历史学的角度率先发表了《替曹操翻案》(见1959年3月23日《人民日报》)、《应该替曹操恢复名誉》(见1959年2月19日《光明日报》)的文章,他们认为曹操是位"民族英雄",《三国演义》简直是"曹操的谤书",自从《三国演义》风行后,人们便把曹操当成坏人,当成一个白脸奸臣,实在是历史的一大歪曲。由此而产生了历史的真实与艺术的真实的理论问题。这个问题始终没有得到完满的解决，电视剧播映后，很可能还会因此而产生争论。笔者认为《三国演义》是小说而不是历史著作，把小说改编为电视剧又是语言文字符号向音像体系转换的艺术再创造的过程，也就是说平面性的艺术变成了立体性综合性的艺术，这就要求编导们既要把握原作的风格基调，遵循原作的基本思想倾向、基本情节发展线索等，又要古为今用，考虑到现实观众的审美需求，该保留的则保留，该删节的则删节，该创新的则创新。电视剧《三国演义》和小说《三国演义》与史书《三国志》，三者之间有着一定的血缘关系，但又有本质的不同。历史文献就是历史文献，历史小说就是历史小说；历史人物就是历史人物，艺术典型就是艺术典型：二者不能画等号。因而对《三国演义》小说、电视剧的评价，虽然涉及历史标准，但更重要的是要依据文学艺术批评的标准，否则许多问题就说不清。

军事家看了则从中学习军事理论与实践。《三国演义》的谋略战术，凝结着我国古代兵书的精华，《孙子兵法》就是它的灵魂，它的指导思想，因而《三国演义》被人们称为活兵书。它不仅对我国农民起义军的斗争起过积极作用，例如李自成、张献忠、洪秀全等；封建统治阶级也很重视，清王朝曾把它列为清军将领的必读之书，努尔哈赤便喜读《三国演义》；不少外国军事专家也把它列入必读的军事教材，都从中学习它的战略战术。新中国的第一代领袖伟大的战略家军事家毛泽东在他的著作中，也多次引证《三国演义》战略战术的妙用。例如，电视剧第21、22集“官渡之战”，第28集“火烧博望坡”，第39集“火烧赤壁”，演的都是著名的战役，那种“以少胜多，以弱胜强”，“知此知彼，百战不殆”的军事斗争经验，至今都有借鉴意义。（下面分析赤壁、官渡、彝陵三大战役，从略）

政治家、外交家看了则可以学习审时度势、统筹全局，做出正确的战略决策；举贤选能、知人善任，妥善协调人际关系；身体力行、赏罚分明，形成强大的凝聚力。像刘备、曹操、孙权、诸葛亮、周瑜都具有这样的领导才能。诸葛亮曾经说过："夫治国犹于治身。治身之道，务在养神；治国之道，务在举贤。是以养神求生，举贤求安。"(《诸葛亮集·文集》卷三)这段话的意思是治理国家就像养生之道，一个人有了精神，生命就可以长久；一个国家有了贤才，就能安定繁荣。古今中外，凡是能成就大业的卓越领导者，都是一有正确的战略决策，二能笼络人才。我们搞社会主义现代化建设，发展社会主义商品经济，能否取得胜利，关键是我们能否培养造就和正确使用大批的优秀人才。尤其是处于知识经济的时代，智力投资是最重要的投资。美国的经济实力为什么能走在世界前列？就是因为美国拥有大批的高科技人才和管理人才。日本为什么能赶上和超过一些发达的资本主义国家？就是因为日本特别重视国民基础教育，善于吸收和学习别国的长处，人才济济。《三国演义》从某种角度来说，就是人才科学、管理科学的集萃，毛宗岗说它写了"三奇""三绝"，很有道理。所谓"三绝"：诸葛孔明一绝——智绝；关云长一绝——义绝；曹孟德一绝——奸绝。所谓"三奇"：诸葛亮是"古今来贤相中第一奇人"，关羽是"古今来名将第一奇人"，曹操是"古今来奸雄中第一奇人"(《读〈三国志〉法》)。"三绝三奇"写得很生动很深刻，给我们从正反两方面留下了许多宝贵的经验。在三国时期群雄角逐中，谁得人才，谁就得天下。征讨董卓的本来有十八路诸侯，后来还加盟了吕布、刘表、刘璋、刘备、张绣、张鲁等集团，他们都各占一方，煊赫一时，然而曾几何时，大多数一个个被赶下了历史舞台，只剩下曹操、孙权、刘备三家争夺天下。为什么？就是因为他们能够识别人才、团结人才和使用人才。

企业家去看，又可以从中学到经营之道。在现代企业经营管理中，主要有两条不可忽视：一是对外竞争，一是内部管理。正是在这两方面，《三国演义》给我们提供了有益的启示。说到借鉴古代文艺作品为经济建设服务，为改革开放事业服务，更令人吃惊的是，日本企业界竟把《三国演义》作为必读书和研究课题了，他们如醉如痴地精心研究《三国演义》。以此为主题的管理学专著就有：城野宏编著的《三国志的人际关系学》，中野直祯撰写的《三国志的智慧》等；以企业家为主要读者对象的日本《愿望》月刊，就曾编辑出版了《三国志——商业学的宝库》专辑。(日本人所说的《三国志》就是指的《三国演义》小说，不是指陈寿的《三国志》，最早在日本江户时代出版的日文译本就叫《通俗三国志》，通常日本人就把它简称为《三国志》)这些书籍、杂志风靡日本，商业界人士争相购阅。日本企业界为什么要如此推崇《三国演义》呢？据说，就是因为企业界人士“认为书中有宝，在当今激烈的商业角逐中，读读《三国演义》大有裨益”。日本有一位大学教授说：“诸葛亮的机智多谋，给日本企业家提供了有益的启迪，松下电器公司的显赫成功，正是松下幸之助善于运用诸葛亮的战略眼光的结果。”据说松下电器公司，从董事长、经理、车间主任到每个职员、工人，人手一部《三国演义》，活学活用，作为考核项目之一。松下幸之助就是凭借中国和日本的古代文化、哲理和原作，来领导管理松下电器公司的，一跃而成为世界闻名的大企业家。我们现在常说的“信息论”，在《三国演义》里也早已提到了，诸葛亮的神机妙算，制胜于敌，除了别的因素以外，就是依靠了“信息”的掌握与运用，他的预测和应变，就是取决于信息获得的及时和准确。总之，《三国演义》在领导科学、人才科学、公关科学、信息论的运用等方面，都蕴含着丰富的理论和实践内容，对我们改革开放和现代化事业，都有宝贵的借鉴意义。

(五)问卷调查综述

脍炙人口的电视剧《三国演义》播出后,留给广大观众许许多多的话题,笔者和山西人民广播电台《空中文苑》节目在播映期间,于1994年11月27日、12月25日、1995年2月26日,共组织了三次热线直播,在现场直播时,接到来自临汾、大同、阳泉、文水、孝义、太原、清徐等地的近30人次的长途电话,同时还收到不少信函,热烈探讨得失,引起了社会各界的兴趣和有关领导的关注。之后,我们又联合《山西广播电视报》社,针对电视剧《三国演义》的播映,在全省观众、听众中进行问卷调查活动。问卷调查活动的时间是从1995年2月20日起,3月19日止。调查内容是:一、您认为这部电视剧拍得如何?(1. 最成功;2. 有优有劣;3. 不够理想;4. 很糟)喜欢不喜欢收看?为什么?二、您认为对话是采用原著的半文半白语言好?还是采用现代汉语普通话好?为什么?三、您喜欢剧中的哪几个人物?为什么?哪几位演员表演水平最高?请分别列出十名剧中人和十名最佳演员。四、您认为该剧有没有失误,表现在什么地方?五、您看完84集《三国演义》电视剧后,您的最大收获是什么?此次问卷调查也同样引起了广大观众、听众的兴趣和响应,先后收到了三千多份答卷,阐述了自己的观点。参与的答卷人,从职业来看,有工人、农民、军人、商人、党政干部、教师(含教授、中小学教师)、学生(含研究生、大、中、小学生)等;从年龄来看,最小的有五六岁的儿童(在老少三代合家答卷中出现),最大的有80多岁的老人,其中25岁以下的占45%,26岁至45岁之间的占25%,46岁以上的占30%;从性别上来看,男性约占65%,女性约占35%,女性虽然少一些,但也打破了那种女人不喜欢《三国演义》的陈旧观点。总的来看，凡是参与者都很认真、热情，有的是合家老少几代人共答问卷，有的还在周围作了调查问讯，有的竟写了十多页稿纸，详细阐述自己的看法，其中一些见解颇为独到。现综述如下：

1. 从对答卷的粗略统计来看，认为这部剧拍得最成功的约占20%，认为有优有劣的约占70%，认为不够理想的约占8%，认为很糟的约占2%。总体评价的数据是如此，但是在问及喜欢不喜欢收看时，回答几乎是百分之百的肯定，而且不少人都说“很喜欢”“非常喜欢”，可见中国古典名著小说的群众基础和艺术魅力了。

从统计和来信可以看出，那种认为拍得最成功的看法是出于偏爱，而认为拍得很糟的观点则失之偏激，比较公正客观的还是大多数人的看法——基本成功，有优有劣，或优大于劣。持这种观点的人，都摆出了许多令人首肯的根据。事实也是如此，平心而论，说电视剧《三国演义》是“世纪精品”，有点拔高，说它“糟得很”，过于苛刻。只要冷静地实事求是地分析，它的不足处都可以从编剧、导演、表演、场景设置、摄像技巧等方面，找到具体的答案，将在后面谈到。

2. 电视剧人物对话究竟是采用半文半白的语言好，还是采用普通话好？从3000份答卷的统计来看，认为采用半文半白的语言好的约占75%，认为采用普通话好的占20%多点，认为应该是二者结合的——该文则文，该普通话则普通话观点的也有二三人。

这里就涉及了“本色当行”的理解和运用，既是理论问题，也是实践问题。大多数人认为人物对话采用半文半白语言，既符合原著风格，又精练有韵味，具有别致的艺术魅力，也可激励一些不懂的人学一点古汉语，而采用普通话则不伦不类，把古人现代化了,更可惜的是失去了古朴含蓄的味道。认为采用普通话好的人们则说,电视剧是通俗化、大众化的艺术,收视观众中具有高层次文化的人绝对是少数,因此应注重普及性,让人一听就懂,这样可以提高收视率。笔者认为,人物对话的确是创作改编的难点之一,它不仅仅是交代背景、推进剧情、塑造人物性格、揭示人物内心世界的重要手段,而且它涉及了大众传媒的传播学问题,涉及了戏剧与观众的观众学问题,更涉及了如何正确对待处理大众文化与提高性文化,现代文化与传统文化的关系问题。电视剧《三国演义》的人物语言,总的讲是比较成功的,既忠实于小说原著,又有创新改革的部分,并以字幕作为补充,使对话起到了应起的作用。但是对人物对话为什么会引起激烈的争论呢?这个事实本身就说明编导在这方面还做得不够,有值得改进的地方。这里,我们愿提出并赞成田本相同志的观点,他在《电视文化学》一书中提出“双重电视文化结构的构想”,这个构想是鉴于西方及发展中国家和地区的电视弊端,基于中国国情而提出的。他的构想的要点是:

(1)正确对待和处理大众文化和提高性的文化的关系。应当说电视文化既是大众文化,又不全然是大众文化。如果只认定电视文化是大众文化,则不但不符合实际,而且在理论上也将会产生误差和混乱。电视文化的结构应当同社会文化的结构相适应。它可分为三个层次,第一个层次可谓大众文化,也就是普及性的文化,它所面向的对象是更广泛的社会群众。第二个层次可以叫作中间性文化,即以一般的知识分子和具有相当文化程度的群众作为对象。第三个层次就是提高性的文化,它以专业文化工作者和有志于文化事业的业余爱好者为对象。只有正确处理好这三者的关系,才能反映社会文化需求状况,才能满足多层次观众的要求。现在的主要问题是有些人单纯片面地笼统地称电视文化是大众文化，电视剧是大众艺术，不能唯物辩证地理解二者之间的关系，大众文化就应含有提高性的文化因素，提高性的文化也有为大众接受的可能。

(2)正确对待和处理现代文化和传统文化的关系。现代化面临着一个从思想文化、心理状态、道德伦理、思维方式等方面向现代化转变的历程。所谓现代文化，从狭义的意识形态方面来说，那就是在建设现代化的历史进程中所产生的和应具有的价值观念、道德范式、文化心理、审美风尚以及创新精神等。中国的传统文化是一个庞大复杂而模糊的、流动变迁的体系，传统文化在内涵上蕴藉深厚、含义甚广，在结构层次上也是多重性的，它在历史上以及现实和未来中所发挥的功能也将是多重性的。笼统地对它加以肯定和否定都是不科学的。但是，传统文化中确实有着阻碍现代化进程的劣性、惰性因素。应当看到传统文化基本上是在农业经济为主的客观物质条件和地理环境中发展起来的，有着数千年的历史，它的种种劣根性已成为改革的阻力。因此，电视文化应当采取积极而慎重的态度，把传统文化中那些优秀的、合理的、适于现代需要的东西加以传播和改造，推动对传统文化的革新和创造；同时应当坚决摒弃那些陈旧腐朽的东西，特别是要清除封建余毒，这是相当艰巨而富有创造性、开拓性的工作。

(3)正确对待和处理民族文化与外来文化的关系。(因与本文无关，故从略)

我们从田本相的“双重文化结构”理论看出，电视文化是一种导向性、示范性极强的文化，学术界的学术争论可以有尖锐对立的各种各样的看法和学说，但电视文化却不能持极端的态度，它必须在错综复杂的文化冲突中起到一种导航作用，使之具有导向性和示范性。

“双重文化结构”理论,也引起了我们的思考:关于解决《三国演义》电视剧人物对话,是采用半文半白的语言好,还是采用普通话的语言好,可以运用三种方案操作而进行实验。一是已经采用的半文半白的原著语言;二是采用相当于现代人的普通话;三是二者相结合的语言,该文时则文,该白时则白,视剧情和人物的需要而定,然后在全国收视观众中进行抽样调查,做出分析总结,看看究竟是哪一种方案好。我们想,如此实行,将是一个有益的尝试,不仅能妥善地解决《三国演义》电视剧语言运用问题,而且也能为改编其他古典文学名著提供借鉴经验。

3. 关于观众最喜欢的剧中人和认为表演水平最高的演员,统计结果表明二者排列的序列名单,有无和次序并不完全吻合,这是符合情理的正常情况。

剧中人物的前10名为:诸葛亮、曹操、关羽、张飞、周瑜、赵云、刘备、孙权、姜维、司马懿。

大家认为表演水平最高的演员前10名为:鲍国安(饰曹操)、唐国强(饰诸葛亮)、洪宇宙(饰周瑜)、陆树铭(饰关羽)、张光北(饰吕布)、魏宗万(饰司马懿)、孙彦军(饰刘备)、李靖飞(饰张飞)、吴晓东(饰孙权)、樊志启(饰姜维)。

三国故事源远流长,三国人物妇孺皆知。观众们大体都是从传说、小说、戏剧、曲艺等艺术形式或从史书中得到了人物印象,可以说人人脑海中都有自己的三国人物谱。这既是《三国演义》这部巨著搬上屏幕的艺术土壤,同时也给编剧、导演、演员提出非常高的要求。每个人在观赏的同时,都要与自己心目中的形象对照,对照的结果往往大相径庭,千差万别。尽管如此,观众的审美习惯和标准还是有共性的,因而归纳起来仍能找到比较一致的观点。比如诸葛亮这个人物,绝大多数观众还是喜欢的,所以得票最多,排列第一;而作为演员的表演冠军却不是唐国强了,是鲍国安占了头份儿,他以放松自然的出色表演,充分把握曹操思想性格中复杂性与主导性的统一,把一个奸雄形象的多侧面的优劣性格表演出来了。据剧组人士介绍,诸葛亮的形象设计是参考了戏曲的人物扮相,长了胡须,手摇羽毛扇,类似须生,因此,27 岁的孔明一出场就像个中年人,老成持重的气质与他本来年轻气盛、才华外露的性格不协调,所以许多观众的观感是唐国强的表演,前期不如后期,前期比较肤浅、失真,后期形神兼备、表里如一。这其中原因除了演员理解人物不深,把握分寸不足之处,恐怕与导演、化妆师的失误有关。由此可见,作为综合艺术的电视剧,任何一个环节出了差错,都会影响整体艺术效果,演艺界该引以为鉴。

4. 纵观全剧,最大的失误是在总体布局上结构失衡,与原著相去较远。全剧 84 集分为五部:第一部群雄逐鹿(1 ~ 23 集),第二部赤壁鏖战(24 ~ 47 集),第三部三足鼎立(48 ~ 64 集),第四部南征北战(65 ~ 77 集),第五部三分归晋(78 ~ 84 集)。答卷中有人用算账的方式指出了这个失误,例如第二部共 24 集,占全剧 84 集的 2/7,而同样的情节在原著中共 25 回,占全书 120 回的 1/8,相比之下,电视剧不仅没有浓缩反而膨胀了许多;可是第五部共 7 集,仅占全剧的 1/12,而相应的情节在原著中共 15 回,占全书的 1/8,第五部简直把原著改得面目全非了,好多情节删去不说,甚至连东吴最后一位皇帝孙皓也未上场就结束了,东吴在不知不觉中就灭亡了。我们认为出现这种虎头蛇尾、草草收场的缺点,恐怕是由于编剧对故事情节安排不周,导演、摄像对蒙太奇手法运用不当造成的。

至于小的失误,不少人称之为瑕疵,答卷人列出不少例证,诸如念错字、称谓不当、场景虚设、武打欠佳,演员更换频繁等等。由此可见,不断提高演艺界的文化素质、专业水平至为重要。

5. 关于观后感和受益方面,由于个人的认知程度不同,侧重点也不同,概括起来有五个方面。

其一,侧重于对历史的了解,掌握历史知识。答卷中有的说,最大的收获是进一步了解了三国时期的战争风云;有的说,原来不喜欢学历史,自从看了《三国演义》这部历史剧,想更多地了解中国历史,喜欢起了“历史”这门功课。

其二,侧重古为今用,学习古人优点。答卷中有人说:“三国英雄们那种锲而不舍、为理想和事业英勇献身的精神深深鼓励了我。他们那种勇于投身社会实践,在血与火中展示自己人生价值的做法,确实激励着我勇于投身四化洪流,为祖国富强为社会进步而拼搏的信念。”还有的说:“我最大的收获是无论什么人,对人都应当与人为善,而不能随意怀疑比自己强的人,只有群英汇聚才能使中国社会不断向前发展。”

其三,着重吸取历史教训,呼唤和平与安定团结。有的在答案中指出:“深深体会到和平环境的幸福、美好。世界人类都爱好和平,珍惜和平,历史战争都是残酷的。”有的人还特别强调“国家一定要安定团结,不要分裂,不要军阀割据,互相厮杀,残害人民。”

其四,对战争和封建统治者的本质有了更加深刻的认识。有的观众说:“我认为《三国演义》几十年的争斗都是不义之战。他们为了夺取和维护自己的权力,不惜采取一切卑劣手段,专横残暴,行为丑恶。”绝大多数的答卷则回答说,对封建伦理道德的虚伪本质,有了更加深刻的认识。

其五,理性的批判意识与忧患意识,呼唤人们走向文明。有一位大学教授尖锐地指出:目前掀起的“三国热”,人们对其中的钩心斗角及工于心计大加赞赏,对“善用人才”过分推崇,而忽视了其中隐蔽着的另一个倾向则是极其危险的。“智慧”应体现在创造性的劳动中，“奸巧”是人类灵魂中的丑恶，是应当深恶痛绝的。所谓“老不看《三国》”便是这个道理。一个民族的发展及前途，应建立在“真正的文明”基础上，这才是人格与实力的结合。片面地过分崇尚其“策略”的一面，不仅是实用主义的、眼光短浅的，也是极其错误的，是对下一代的误导。的确，《三国演义》留给后人的启示和借鉴颇多，其中有精华有糟粕，必须鉴别和取舍。

（1995 年 8 月初稿）

（1999 年 5 月修改并定稿）

二、谈电视连续剧《水浒传》

中国的四大名著小说，先后都改编为电视连续剧搬上银屏了。《西游记》首当其冲，继而《红楼梦》《三国演义》，最后是《水浒传》。“‘四大名著’的成功拍摄，满足了人民群众对中国电视剧‘鸿篇巨制’的渴求，体现了我们时代的宏伟气势，弘扬了中华民族优秀文化，为繁荣银屏谱写了新的篇章。36 集连续剧《红楼梦》播出后收视率高达 70%。25 集连续剧《西游记》播出后形成了万人空巷、争看美猴王的情景。投资了 3 千万元历时 4 年拍摄的 84 集连续剧《三国演义》，如同一幅色彩浓郁的历史画卷，一部气势磅礴的战争史诗，使观众大饱眼福。43 集连续剧《水浒传》在全国电视台节目竞争激烈的情况下脱颖而出，1998 年初播收视率仍高达 44.6%。这四部巨著先后获得国家大奖中的最高奖，在全国观众中掀起了争读原著的高潮。这些历史题材的电视剧，也开创了中国电视剧进入国际电视节目市场的先河，扩大了中国文化和电视节目在世界的影响。”（《肩负起繁荣文艺的历史责任——中央

电视台电视剧创作播出情况调查》,载《光明日报》1999 年 6 月 14 日)

(一)谈改编

就总体来看,应当说四部名著小说改编搬演的都成功,各有千秋,各有缺憾。按北京勺海市场调查有限公司对北京市有住宅电话的家庭,进行了 200 位看过电视剧《水浒传》者的抽样调查:对于四大名著,“您认为哪一部拍得最好?”结果显示,喜欢看的百分比各占:《水浒传》占 27% ,《三国演义》占 26% ,《红楼梦》占 25% ,《西游记》占 21% 。但在女性观众眼里,认为《红楼梦》拍得最好,其次是《水浒传》,而《三国演义》最差。在男性观众看来,最好的却是《三国演义》,其次是《水浒传》,而《红楼梦》最差。如果从编剧、导演、表演、摄像、音乐等多元角度来看,受访者的观点则不同,排列次序应当是《水浒传》第一,《三国演义》第二,《西游记》第三,《红楼梦》第四。

把四大名著小说改编为影视剧上演,是有一定难度,首先碰到的问题是绝对忠于原著?还是允许有发展创新?这是一个老生常谈的始终有争议的问题。关于改编的观点及标准,笔者已在《谈平剧〈逼上梁山〉》《〈赵氏孤儿〉在国外》《三次改编三次飞跃——谈林冲故事在〈水浒传〉〈宝剑记〉〈灵宝刀〉〈逼上梁山〉中的演变》(以上文章均见中国戏剧出版社 1997 年版《仙龙斋论剧》)中,还有近来撰写的《大型历史话剧〈八思巴〉观后》(载《戏友》1999 年第 4 期)一文,都已表述得一清二楚了。概括起来即:一、主张在基本尊重原著的基础上允许创新发展;二、剧作家改编时总是根据自己的创作思想、创作风格改编,不可能按葫芦画瓢,丝毫不差,照样搬来,而是必然要符合自己国家的国情和本民族的审美情趣;三、不但绝对符合历史文献真实的文艺作品，古今中外找不出一个例证来，即便符合历史文献记载，难道这就是"历史的真实"吗？否！因为历史是胜利者所写的，或者是为歌颂胜利者而写的，因此过分强调"历史的真实"，不过是自欺欺人之谈，文献记载的历史不一定就是真实的。

小说《水浒传》的精髓是：其一，以晁盖、宋江为首的农民起义军是一支只反贪官、不反皇帝的队伍；是一支既有民主又有集中，组织纪律比较严明的队伍；是一支杀富济贫、仗义疏财、对外团结、对内平等的队伍。其二，个个英雄好汉，都是被"官逼民反"而"逼上梁山"的。前14回是专写英雄个人逼上梁山的个人传记，如史进、鲁达、林冲、杨志等，第14回以后，便正式开始了集体英雄群像的描写，叙述了一支支小队伍走上梁山，最后汇总为一支108将的强大队伍。"全书的情节结构是由序曲（第1回）、前三段（第2～22回）、双十回（第22～42回）、小五章（第43～60回）、后六块（第61～119回）、尾声（第120回）等组成的。……在我国古代长篇小说中，以这种文学板块构成作为全书的结构特点，《水浒传》是首创的。"（郑云波：《论〈水浒传〉情节的板块构成》）其三，详细写了以宋江为首的农民起义队伍，由分散走向联合，由弱小走向强大，再由联合走向瓦解，由强大走向衰弱，直至最后招安走向悲剧的结局。《水浒传》生动地错落有致地写出了农民起义军的悲剧的性格、悲剧的情节和悲剧的结局。其四，语言风格是本色当行，通俗易懂，保留了不少话本艺术的特色。

那么，以上述四条标准来衡量电视剧《水浒传》的改编，应当说是体现了原著的精髓的。它既保留了原小说的主题与风格，又有所创新发展。例如潘金莲的个性更加突出了人性特点，杨雄与石秀的关系加强了误会情节；特别是第36回偷酒扯诏的故事，运用了现代摄影技术，水底搏斗，十分生动，既不失原著风格，又非常赏心悦目。

说到改编，首先就涉及版本问题，究竟应当依据哪种版本进行改编呢？现在能看到的《水浒传》版本共有两大类20多种：一类就是简本系统，所谓简本就是指文简事繁，文字简略，描写细节少。一类就是繁本系统，所谓繁本就是指文繁事简，描写细致生动，文字繁琐。《水浒传》的版本，在中国古典四大小说名著中是最为复杂的一种，可谓疑难迭出：首先各种版散存许多国家，除中国以外，还有日本、法国、英国、德国、意大利、奥地利、美国、加拿大等地，一个研究者想要看到全部《水浒传》版本，便颇不易。此其一也。究竟是简本来自繁本，还是繁本来自简本，也就是说是先繁后简呢？还是先简后繁呢？一直聚讼纷纭，莫衷一是。持先繁后简者先后有鲁迅、郑振铎、何心、聂绀弩、柳存仁等人，持先简后繁说者先后有明胡应麟、清周亮工以及当代孙楷第、张国光等人，而要把繁简版本的前后时间、相互关系弄得子丑寅卯、水落石出，谈何容易。此其二也。《水浒传》确实是描写与歌颂农民起义题材的小说，但是所写宋江领导的梁山泊农民起义军的活动，史书上记载极少，仅仅在《东都事略》（宋王称著）、《三朝北盟会编》（宋徐梦莘著）、《皇宋十朝纲要》（宋李𡌴著）提及，但语焉不详，和《三国演义》小说迥然不同，虚构多而史实少，因此如何看待、评论宋江招安问题，就留下了许多空白，可以发挥、填充、想象，这又是一重困难。此其三也。

我们主张一切从实际出发，在上述三种困难面前，只好以现存的较早的足本《水浒传》为依据加以改编。现存的较早的足本有哪些呢？最主要的几种是：明万历年间容与堂刻本100回，全称《李卓吾先生批评忠义水浒传》，简称“容本”；明万历年间袁无涯刻本120回，全称《出像评点忠义水浒全传》，简称“袁本”。以上两种属繁本系统。而现存最早的简本则是《京本增补校正全像忠义水浒传评林》103回，简称“评林本”，为福建建阳书商余象斗所刊。以上三种版本均有平辽、平方腊的故事，而“袁本”“评林本”则又增加了征田虎征王庆的内容。

电视剧《水浒传》的改编，主创人员采用了繁本系统的百回本是有依据的，因为百回本比较接近原作。据说，他们为此把各路专家学者请来论证，经过一番激烈的争议，最后决定以新校订版的100回《水浒传》为改编底本，旨在比较完整地表现农民起义的始末和人物性格的悲剧性。有的人主张采用七十回本，即金圣叹删节本，我们认为不好，因为这个版本离原作太远，虽然没有宋江招安情节，但正像鲁迅批评的那样，全本失去了“原作的诚实之处”，成了一部“断尾巴蜻蜓”的作品。

（二）谈宋江

评价电视剧《水浒传》的得失，分歧的主要点在于宋江形象的塑造上。那么，要得到公正和实事求是的结论，首先就要弄清楚史实——话本——杂剧——小说——电视剧——观众（主要是评论界）之间的关系、角度、定位问题，也就是要运用接受美学的理论武器去剖析，才能解决问题。

关于宋江及其率领的起义军的史实，尽管历史文献记载语焉不详，但终归还是能够看出主导倾向和框架规模的。《东都事略》载：“宣和三年二月，方腊陷楚州。淮南盗宋江陷淮阳军，又犯京东、河北，入楚海州。夏四月庚寅，童贯以其将辛兴宗与方腊战于青溪，擒之。五月丙申，宋江就擒。”（卷十一《徽宗纪》）“宋江寇京东，蒙上书陈制贼计曰：‘宋江以三十六人，横行河朔、京东，官军数万，无敢抗者，其材必过人。不若赦过招降，使讨方腊以自赎，或以平东南之乱。'"（卷一百三《侯蒙传》）"张叔夜……以徽猷阁待制出知海州。会剧贼宋江剽掠至海，趋海岸，劫巨舰十数。叔夜募死士千人，距十数里，大张旗帜，诱之使战。密伏壮士匿海旁，约侯兵合，即焚其舟。舟既焚，贼大恐，无复斗志，伏兵乘之，江乃降。"（卷一百八《张叔夜传》）《三朝北盟会编》记载："宣和二年，方腊反睦州，陷温、台、婺、处、杭、秀等州，东南震动。以贯为江浙宣抚使，领刘延庆、刘光世、辛企宗、宋江等二十余万往讨之。"（卷五十二引《中兴姓氏奸邪录》）《毗陵集》（张守撰）也说："宋江啸聚亡命，剽掠山东一路，州县大震，吏多逃匿。公（指蒋圆——作者按）独修战守之备，以兵扼其冲。贼不得逞，祈哀假道。公阳然阳应，侦食尽，督兵鏖击，大破之。余众北走龟蒙间，卒投戈请降。"（卷十三《左中奉大夫充秘阁修撰蒋公墓志铭》）以上史料均为宋代人所记，相对来说要可信，同时我们也明确看出：首领为宋江的农民起义军，规模相当大，官军都不敢抵抗，后来被朝廷招安投降，去镇压方腊起义军。

到了南宋后，宋江等人逼上梁山的故事成为民间口头传说，接着出现了龚开《宋江三十六人赞序》的记载，说话人又用这些英雄传奇故事变成为"说话"的题材，于是出现了说"公案"的"石头孙立"，说"扑刀"的"青面兽"（杨志），说"杆棒"的"花和尚"（鲁智深）和"武行者"（武松）。其中最有影响的是元代的《大宋宣和遗事》讲史话本，在这本话本中已经有了六则独立的有头有尾的故事了，像"杨志卖刀"、"智取生辰纲"、"宋江杀阎婆惜"、"九天玄女授天书"、"败呼延绰"、"受招安征方腊"等，并且提出了"广行忠义、殄灭奸邪"的主张，可以看得出基本上写出了宋江及其义军的发生、发展、壮大到失败的全过程，由此证明《大宋宣和遗事》是

《水浒传》的最早的底本。

到了元代,水浒故事又被戏剧家编为杂剧,据统计水浒戏剧目共有33种,现在保留下来的完整剧本仅有六种。通过水浒戏可以看出,水浒人物故事更加丰富发展了,李逵、宋江、燕青的形象相当生动了,水浒英雄由36人发展到72人最后发展到108人。当然,其中有些剧目如《燕青博鱼》《还牢末》《争报恩》的内容与《水浒传》迥然不同,但大部分剧目的故事及人物,却与《水浒传》相同或接近,例如:《李逵负荆》和73回“梁山泊双献头”接近,《黑旋风乔教学》《乔断案》和74回“李逵寿张乔坐衙”相同。《武松打虎》和《武松大报仇》相同于《水浒传》23回和25回,至于《小李广大闹元宵夜》和33回的“花荣大闹清风寨”,《病杨雄》和46回的“病关索大闹翠屏山”,《张顺水里报仇》和65回的“浪里白跳水上报冤”,《宋公明排九宫八卦阵》和89回的“宋公明破阵成功”,《燕青射燕》和110回的“燕青秋林渡射燕”,《征方腊》和118回的“宋公明智取清溪洞”,都出于同一剧本中的同一故事。

从史料记载到话本、杂剧,关于宋江及其义军的主导倾向和框架是一致的,不过民间传说和杂剧渗透了人民群众的愿望与情感,提高了主题思想,出现了“替天行道”、“拯救生民”的主张。应当说,小说《水浒传》的创作基本符合史实,在成书过程中无疑地吸取了民间传说、话本、杂剧的某些营养,尽管小说中出现了大量的虚构成分,但这些虚构成分绝对不会远离生活的真实,再加上历代各种文体作者的加工,自然便提高了小说《水浒传》的思想性和艺术性。而电视剧《水浒传》又是忠实于原著小说改编的,因而事出有据,不可胡乱指责。

封建社会里的农民起义或农民战争的结局,本来就是多元的,并非都是一种模式。根据人民出版社出版的范文澜、蔡美彪等主编的《中国通史》(全十册),和求实出版社出版的张绍良、郑先进等主编的《中国农民革命斗争史》综合统计,发现历代农民起义,上起秦末陈胜、吴广起义,下至近代义和团反帝爱国运动,大大小小约有 220 次,结局不外四种:一是被封建统治者残酷地镇压下去;二是打倒皇帝坐皇帝,建立了新政权,起义军的领袖蜕变为封建统治者;三是被封建统治者招安后再被利用镇压人民,做了投降派;四是与地主武装力量合流,起义军首领被瓦解、排斥、杀害,最终走向失败。

在约 220 次的农民起义或农民战争中,属于被封建统治者残酷地镇压下去的类型占绝大多数,竟有 188 次。其中规模最大、影响最深的要数陈胜、吴广起义,赤眉铜马起义,黄巾军起义,方腊起义,红巾军刘福通起义,太平天国,义和团等,都由于敌我力量的悬殊,农民起义队伍自身的弱点等种种历史原因被封建统治者残酷地镇压下去了。

属于打倒皇帝坐皇帝,起义领袖蜕变为封建统治者的有 6 次,即:刘邦推翻了秦二世建立了西汉王朝,从泗水亭长一跃而成汉高祖;西晋农民领袖李雄在成都称帝,改国号成,改年号晏平,蜕变为封建割据政权达 13 年之久;唐末农民起义领袖黄巢,转战南北六年,统帅数十万大军,于 880 年 12 月在长安称帝,国号齐,年号金统,执政 4 年;出身于佃农,给地主放过牛看过羊的朱元璋,于元至正十二年参加了郭子兴领导的红巾军,转战多年组织力量,明确提出“驱逐胡虏,恢复中华”和“立纲陈纪,救济斯民”的口号,也于公元 1368 年(至正二十八年)在应天府称帝,定国号为明,建元洪武;出身于贫苦农民家庭当过长工的李自成,从 1629 年起,南征北战,到 1644 年正月在西安正式建国,国号大顺,年号永昌,改西安为西京,同年 3 月直捣北京,崇祯皇帝自缢,明亡。经过 14 个月的时间，于1645年5月，李自成在九宫山遇害，仅仅坐了14个月的短命皇帝；太平天国的政权则维持较长，从1851年洪秀全在金田村宣布正式起义，建号太平天国起到1864年6月洪秀全病逝，7月南京陷落，李秀成被俘杀害，10月洪仁玕在南昌英勇就义，前后14年轰轰烈烈的农民革命告亡。虽然，太平天国革命其规模之大，参加人数之多，持续时间之长，影响之深远，都是历史上任何一次农民战争无法比拟的，然而最终也是悲剧结局。

属于第三种类型的有14次，其中最重要的即：西汉末年的赤眉领袖樊崇向刘秀投降；东汉末年五斗米道首领张鲁，建立了二十多年的农民政权，最终向曹操投降；隋末的瓦岗军领袖李密、江淮起义军首领杜伏威，先后受招安降唐；元朝的张士诚，曾建国大周，曾大败元丞相脱脱进攻高邮的四十万大军，公开降元；明末的起义领袖张献忠也接受过招抚；清代著名的抗法将领刘永福又是接受招安的农民起义军领袖。

还有一种，那就是农民起义军与地主阶级武装或个别封建统治者合流，而最终被瓦解杀害的。例如绿林军中的“新市”“平林”与大地主刘缜、刘秀合流，最后被镇压；北魏时期的匈奴人破六韩拔陵举兵反魏，揭开了各族人民联合起义的序幕，结果由于和柔然贵族联合进攻北魏拓跋族而失败。这种类型仅有两次。

在整个农民起义或战争中，农民领袖能够坚持斗争，不受招安，壮烈牺牲的类型也有，但为数不多。屈指可数的有：唐末的黄巢反对王仙芝招抚受降，最后壮烈殉难；南宋的钟相、杨么，对宋王朝和伪齐政权的多次遣使招安，一再严词拒绝；红袄军的刘二祖，也拒绝金朝的招降，被俘就义；清中期的襄阳起义军领袖王聪儿、姚之富，都是在激战失败后，跳崖牺牲；天理教首领李文成曾在河南滑县建立农民政权，被推为“天王”，因与清兵战败而“举火自焚”,表现了誓死不投降的气概。

而宋江领导的梁山泊英雄,其发生、发展到结局,就属于第三种类型,《水浒传》好就好在真实地艺术地再现了历史上的此种农民起义类型,再现了宋江的双重性格,既有农民起义领袖的英雄气概和组织才能,又有追逐名利、妥协投降的弱点,而且达到了文学典型化的要求,是一部反映农民起义题材的现实主义杰作,是一座中国白话文学的里程碑。

评价电视剧《水浒传》涉及的一个敏感和尖锐的问题,是关于毛泽东、鲁迅的观点,而毛、鲁的观点又联系了“文革”中的“评《水浒》运动”,对于这个问题,我们认为应当具体事物具体分析,唯物辩证地看待。

毛泽东说:“《水浒传》这本书,好就好在投降。做反面教材,使人民都知道投降派。”“《水浒》只反贪官,不反皇帝。屏晁盖于一百〇八人之外。宋江投降,搞修正主义,把晁的聚义厅改为忠义堂,让人招安了。宋江同高俅的斗争,是地主阶级内部这一派反对那一派的斗争。宋江投降了,就去打方腊。”(1975 年《红旗》第 9 期)

鲁迅说:“一部《水浒》,说得很分明:因为不反对天子,所以大军一到,便受招安,替国家打别的强盗——不‘替天行道’的强盗去了。终于是奴才。”(《三闲集·流氓的变迁》)

毛泽东和鲁迅,作为伟大的政治家、思想家、文学家的读者,对《水浒传》产生了如此不同凡响的观点,是可以理解的。他们有他们的出发点和依据,并非凭空捏造。他们都是站在中国历史发展的高度,站在人民群众利益的立场上高屋建瓴地提出看法的。而“四人帮”则是利用毛、鲁的观点,制造舆论,形成运动,企图打倒周恩来以及一大批老一辈无产阶级革命家,这是反动的阴谋诡计,正直的人们必须永远坚持批判和反对。因此,不能因噎废食,因为“文化大革命”和“四人帮”的阴谋诡计而完全否定毛、鲁观点的正确性和革命性。

有的人认为“《水浒》是一部为地主阶级而创作、为地主阶级所利用的反动作品”(《反面教材〈水浒〉》,人民出版社 1975 年 12 月版),这种观点是极其片面和错误的。实事求是地说,宋江就是投降派,他的一生有功有过,但他的悲剧结局却是照耀千秋的一面镜子。小说《水浒传》的创作完全符合历史的真实和生活的真实,功大于过,而电视剧的改编又吻合小说的创作真实,更是功大于过,因此不可一笔抹煞。

(三)谈“鸟”字

电视剧《水浒传》的语言,就总体来看是成功的生动的,既保留了原小说的通俗粗犷的风格,又带有当代人的普通话色彩。四大名著古典小说的语言风格,原本就各放异彩,虽然都是明清古人所写,但由于各书作者的思想、文化素质不同、家世出身、社会影响不一,再加上小说故事内容有别,撰写题材依据各异,因而《三国演义》呈现半文半白的语言风格,因为它是中国第一部长篇历史小说,是在《三国志》史书的基础上演义化了,故事化了。现在我们能够看到的最早的版本,即明嘉靖年间有修髯子《序》的二十四卷本《三国志通俗演义》(原分卷不分回),从这书名便一望而知,是把《三国志》(陈寿撰)及《注》(裴松之注)做了通俗的演义。于是呈现出一种半文半白的语言现象。《西游记》是写唐僧西天取经的故事,是我国第一部充满浪漫主义幻想的长篇神魔小说,全书释道儒三教的思想、精神都有,但以佛道为主,自然,书中宗教色彩就颇浓厚,同时由于写了不少如孙悟空、猪八戒、神仙妖魔等神话形象，写了不少闹天宫、闹地府、智斗牛魔王、三打白骨精等神话故事，因而语言就呈现出一种幽默讽刺、诙谐有趣的风格。正如鲁迅所指出："讽刺揶揄则取当时世态，加以铺张描写"，"虽述变幻恍惚之事，亦每杂解颐之言，使神魔皆有人情，精魅亦通世故。"（《中国小说史略·第十七篇明之神魔小说》）又像胡适所说："《西游记》所以能成世界的一部绝大神话小说，正因为《西游记》里种种神话都带着一点诙谐意味，能使人开口一笑，这一笑就把那神话'人化'过了。"（《中国章回小说考证·西游记考证》）《红楼梦》则是一部百科全书型的现实主义长篇小说，"它既是通俗的大众文学，又是深奥的古典文学。就它的通俗性来说，它所拥有的读者，决不会在《水浒》《三国》《西游记》之下。然而，就它的深奥来说，就远远在《水浒》《三国》《西游》之上。"（冯其庸《红楼梦大辞典序》）所以《红楼梦》便呈现出一种既通俗又深奥的雅俗共赏的语言风格。

因而这就给电视剧《水浒传》的语言风格带来了独特要求，它必须明显地区别于其他三种小说，从这个角度来说，电视剧《水浒传》的语言是达到了应有的标准与要求，而遗憾的是不少演员在对话中却出现了语音的错误，例如，饰演鲁智深的臧金生、饰演李逵的赵小锐，都把 diǎo 字读成 niǎo 音了。这个"鸟"字，在《水浒传》中屡屡出现，例如：鲁智深说："休道这两个鸟人，便是一二千军马来，洒家也不怕也。"（第 5 回）"那厮却不少鸟晦气，撞了洒家，洒家又一肚皮鸟气，正没处发落，且剥这厮衣服当酒吃。"（第 6 回）当与方腊部属宝光和尚大战时，鲁智深在城下大骂："蛮撮鸟们出来！和你厮杀！"（第 95 回）又例如李逵首次见到宋江后说："若真是宋公明，我便下拜。若是闲人，我却拜甚鸟。"（第 38 回）整个《水浒传》中骂"鸟"的地方很多，除鲁智深、李逵外，武松、石秀、孙二娘、陈达、牛二、潘金莲、阎婆惜等人都在骂语中出现过这个“鸟”字，没有一处不是读 diǎo 的。“鸟”若读 diǎo 时，即同“屌”，小说中有时借作此字，这个字本作人畜雄性生殖器解释。“鸟”字在宋代陈彭年等编撰的《广韵》中已收，并以“反切”注音“都了切，上蓧端”。在《敦煌变文集·燕子赋》中有：“不曾独犯豹尾，缘没横罹鸟灾?”敦煌学家蒋礼鸿通释：“鸟，骂人的话，和《水浒》里的‘鸟人’‘鸟男女’的‘鸟’相同。”鲁迅《故事新编·起死》中也写有：“就是真有这本领，又值什么鸟?”特别是明人冯梦龙所著《古今谭概·容悦部》下有一条“洗鸟”的记载，更是千真万确证明“鸟”字应读 diǎo，作雄性生殖器解释。该书说：“大学士万安老而阳痿，徽人倪进贤以药剂汤洗之，得为庶吉士，授御史。时人目为洗鸟御史。”

由以上一系列资料所证，“鸟”字当骂人时不读 niǎo，应读 diǎo，演员念错了，导演和文学顾问们也未能纠正，不能不说是一件遗憾的事。

（1998 年 3 月 8 日最后定稿）

三、大型历史话剧《元朝帝师八思巴》观后

山西省话剧院上演的大型历史话剧《元朝帝师八思巴》，是一出反映民族矛盾、歌颂民族团结的剧目。观后令人耳目一新。

大约是去年秋天，话剧院的几位同志和我谈及此事，说想要编演这个题材的剧目，不知行不行？我沉思片刻之后回答说：“难！相当难！第一，这种题材不好写，牵涉到了关于民族和宗教的敏感区，编剧、导演、演员必须具有一定的元史、宗教、民族风俗等知识才行；第二，关于八思巴的文献记载不多，能编剧的素材就更少，仅

仅依据《元史》的《世祖本纪》和《释老传》中的材料恐怕不行。”诚实而坦率地说，当时我是摇头派。今年六七月份，剧组又先后请我看了剧本和演出，使我大吃一惊，没想到《元》剧编得那么好，演得那么好。应当说，这是一出属于上乘之作的历史剧。因为这种题材不好写，编剧却能写到如此程度，可见两位编剧的史学素养及艺术才华了。

有的观众说，这个剧目作为历史剧来看，有虚构，还不大合格，粗糙。我说，非也！此剧其人其事基本上符合历史记载，剧中的主要人物、主要事件，都可以在历史文献中找到原型。例如主要人物八思巴、忽必烈、察必王妃、额吉（即桑哥）、子聪（即刘秉忠）、贡布（即贡额桑布）、仁钦（即恰那朵儿只）等；主要事件如八思巴兄弟俩随从伯父学习佛典；拜谒忽必烈，归顺蒙古王朝；八思巴制造新文字、置万户、定赋役、设驿站，特别是和贡噶桑布的矛盾斗争；曲弥大法会的举办；忽必烈的加封等，都是有史实依据的。这出戏，有没有虚构呢？有，例如乳娘和乳妹尼玛，尼玛和额吉的爱情故事，放走贡布的情节等等。

为了便于观众的思考稽核，我把八思巴的主要生平事迹，列一简略年表：

公元 1235 年（南宋理宗端平二年）或 1239 年（嘉熙三年），八思巴出生于吐蕃萨斯迦（今西藏萨加）。本名罗卓坚赞，又译名为八合思巴、发思巴。八思巴为“圣童”之意。幼年随从伯父萨加·班底达学习佛典，七岁即能诵经数十万言，约通大义。

公元 1244 年（元乃马真后三年），九岁的八思巴和六岁的恰那朵儿只（又名亦怜真），随伯父应召前往凉州（今甘肃武威）。

公元 1247 年（元定宗贵由大汗二年），会见阔端太子，以乌思藏纳里地区归附蒙古，继任萨迦派教主。刘子聪推荐同学张文谦、张易到忽必烈幕下任职。

公元 1253 年(元宪宗蒙哥大汗三年),十九岁的八思巴被忽必烈召至六盘山讲经说法,忽必烈从受佛戒。当时佛教和道教为争夺权力和徒众,掀起了一场激烈的论战。现在在日喀则极乐宫中还保存有一组八思巴朝觐忽必烈的壁画。

公元 1258 年(宪宗八年),二十四岁的八思巴在忽必烈面前与道教首领辩论《老子化胡经》的真伪,驳倒了对方,显示出他的博学与辩才,更博得蒙古皇室的尊重。

公元 1260 年(世祖中统元年),忽必烈称帝建元,以八思巴为帝师(即国师),授以玉印,统领佛教。命制蒙古新文字,即后人称的八思巴字,并升号为大宝法王。

公元 1264 年(世祖至元元年),八思巴于乌思藏设置宣慰司等官衙后,又返回中都(燕京)。

公元 1269 年(至元六年),八思巴领总制院事,掌管全国佛教事宜和藏族地区军政事务。忽必烈正式颁行八思巴字成为国家法定的官方文字,凡是皇帝的诏旨和一切文告、法令、印章、牌符、钞币等一律使用国字,并用来翻译汉文的文献,供蒙古贵族子弟学习,加强了蒙、汉、藏各族之间的文化交流。此时贡噶桑布担任乌思藏本钦(官名),连任六年之久。

公元 1274 年(至元十一年),八思巴萨斯加派统治吐蕃。弟亦怜真监藏继嗣为帝师。贡噶桑布在政教合一和本钦继位的问题上,与八思巴产生矛盾,越来越激烈。

公元 1276 年(至元十三年),八思巴照顾大局,积极协助元朝中央管辖西藏,置万户,定赋役,设驿站,又将西藏佛教艺术传入中原,进一步促进了蒙、汉、藏的团结与文化交流。

公元 1277 年(至元十四年),八思巴再次回到萨迦举行了特殊典礼曲弥大法会,赢得了广大僧人的支持,有利于制止贡噶桑布的分裂活动。写有《彰所知论》等多种著作。

公元1280年(至元十七年),贡噶桑布伏法,因与八思巴的矛盾而被蒙古军杀死。十一月二十二日八思巴圆寂。忽必烈赐号“皇天之下一人之上开教宣文辅治大圣至德普觉真智佑国如意大宝法王·西天佛子·大元帝师”。若按生年为公元1235年计,则八思巴享年45岁。

对照年表来看,该剧的主要人物、主要事件,基本符合历史真实,所以就应当说是合格的历史剧了。如果对于历史剧要求必须是每一个日期,每一个偶然提到的事件都要提出证据,不得有任何虚构,自然这出戏就是不合格的历史剧了。但是编剧不是写历史,不能要求人人事事都要对号入座,如此编出来的剧就不成为戏剧艺术了。倘若如此苛求编剧人去写如此缜密而真实的历史剧,恐怕古今中外也找不到一个先例。写到这儿,使我想起了被称为“德国新文学之父”的莱辛所写的著名的《汉堡剧评》。他在这篇剧评中曾经论述到戏剧的方方面面,他反复强调剧作家和观众都要正视戏剧与历史真实、生活真实的区别,懂得艺术虚构和艺术提炼的重要性。他说:“使一件历史现实值得我们相信的第一个要素是什么呢?难道不是它的内在的可能性吗?这种可能性完全没有任何确切的事实或流传的资料加以证明也罢,或者只可能由目前我们的科学还没掌握的事实或资料加以证明也罢,那又有什么关系呢?”可见莱辛是坚决反对戏剧为单纯纪念历史人物、展示历史事件服务的。他主张,提炼和选择戏剧素材的根据应是内在的可能性,缺乏内在可能性的事情,即使历史上真正发生过,也应舍弃,具有内在可能性的事情,即使历史上根本没有发生过,也可以虚构出来。莱辛紧紧把握住艺术与历史的分界线,历史剧与历史的分界线，严正指出："剧作家并不是历史家……历史的真实不是他的目的，只是他达到目的的手段；他要迷惑我们，从而感动我们。"可见真实与否是次要的，感动才是戏剧的更高意图，剧作家考虑的主要是如何提炼素材，编织故事，塑造人物性格，而博得观众的喝彩。我国的两位著名的大文豪郭沫若和茅盾，也都有类似的观点，他们也说："写历史剧并不是写历史……剧作家的任务是在把握历史的精神而不必为历史的事实所束缚。……绝对的写实，不仅是不可能，而且也不合理。"（郭沫若《我怎样写〈棠棣之花〉》）编剧时"可以有真人假（想象）事，假人真事（即真有此事，但张冠故意李戴，把此真事装在想象的人物身上），乃至假人假事（两者都是想象出来的）。其所以需要这些虚构的人和事，目的在于增加作品的艺术性。"（茅盾《关于历史和历史剧》）

谁都知道，孔尚任的《桃花扇》是中国古代历史剧的典范之作，它"借离合之情，写兴亡之感，实事实人，有凭有据。"（《先声》出）在《桃花扇凡例》中作者也自称："朝政得失，文人聚散，皆确考时地，全无假借。至于儿女钟情，宾客解嘲，虽稍有点染，亦非乌有子虚之比。"是的，从总体来看，《桃花扇》是一部思想性和艺术性和谐统一、严格符合历史真实的优秀历史剧，但仔细推敲还是有许多创新和变易的地方。例如：《却奁》出写到李香君的义举，按侯方域的《李姬传》和《癸未去金陵日与阮光禄书》来看，当时为阮大铖上蹿下跳四处奔走拉拢复社文人的并不是杨龙友，而是一个不知名的王将军；《争位》出写四镇争权夺利全是史实，而争座位以致相杀，则纯属作者虚构，中间调解的人历史上记载的是万元吉和应廷吉，此处却把侯方域插入，且把和解之功归于侯生；史可法之死，也与史实有出入，据《明史》载，史可法是在扬州攻破时遇害，而《沉江》一出却根据民间传说，把史可法写成骑着白骡，投江一死。作者所以要采用传说而作如是处理,一则是为了增加戏剧性,使演出更加吸引观众,二则是为了适应整个情节结构的需要。

由此可见,历史剧无论怎样忠实于历史,都不会没有虚构的成分,如果没有虚构就不成其为历史题材的戏剧艺术了。我以为只有正确地理解与掌握历史真实与艺术真实的辩证统一关系,才能对创作、表演或是鉴赏、评论历史剧,做出公正而统一的结论。从这个角度来评价该剧,可以说历史话剧《元朝帝师八思巴》完成了历史真实与艺术真实的和谐统一。

(1999 年 6 月下旬写成)

四、电视剧《郭兰英》赞

玉兔迎春,尽管迎来的春天在北方仍然春寒料峭,不见贵如油的春雨洒落人间,不见和煦的春风吹拂柳枝,更少见红彤彤的阳光照射人寰,然而影视屏幕却伴着春天的脚步,柳暗花明,鸟鸣莺啭,一片春意盎然。近日,中央电视台又在黄金时间推出了 12 集音乐电视连续剧《郭兰英》,看后就给人如沐春风的感觉。这部电视剧讲述的是黄河女儿、时代歌手、人民艺术家郭兰英的生平事迹,通过她的政治道路、艺术生命、个人生活,展现了她感天地、泣鬼神的高风亮节。她回答了什么是有价值的生活。“人生无益于人类,便是无价值的。人生最重要的,不在乎增高地位,乃在乎善用自己的才能,用到最高的限度。”这是我借用法国著名科学家巴斯德的话,来表述郭兰英的伟大理想和高尚情操。

这是一部弘扬优秀传统文化、宣扬爱国主义精神的主旋律戏剧精品,也是一部把音乐和电视剧成功地结合在一起的新精品,更是一部体现多样化、体现中华民族特色的黄河派艺术。《郭兰英》

的最大艺术成就,就在于编剧、导演、演员及摄像同志们成功地塑造了一位德艺双馨的艺术形象——郭兰英。这是该剧的艺术成就之一。

艺术成就之二是,该剧构建了三条线,一条是以人物命运为主的传记线,一条是以戏曲、民歌、歌剧为演唱发展史的音乐线,一条是遵循戏剧创作规律的以戏剧冲突为主的情节线,这三条线像扭麻花似的紧密地结合在一起,水乳交融,互不脱节。编导电视剧,原本比编导话剧、歌剧、戏曲就要难,因为它的综合性特征已经延伸了,而今又要把音乐线、传记线和情节线都体现出来,那是相当困难的。然而《郭兰英》剧却出色地体现出来了,把戏剧的综合性特征又作了一次延伸。要知道,该剧时空跨度大:从时间上来说,要囊括郭兰英60年的艺术生涯,从幼到老;从空间上来说,在艺术上横向交叉着民歌、晋剧、歌剧多种艺术形式,在地域上横跨东南西北中,从原籍平遥到太原、到张家口、到北京、到国外、到广州,处处留下了郭兰英的足迹。如此丰富复杂的内容,却要在短短的12集拷贝中完成,若不煞费苦心,怎能完成创作任务达到预定目标?!看了《郭兰英》剧以后,观众不得不钦佩编、导、摄像们的艺术手腕,他们善于剪裁,删繁就简,敢于把生活素材高度浓缩,紧紧抓住几次大的转折,有戏则详,尽情抒发,无戏则略,能虚则虚。这种压缩饼干式的电视剧当然要比裹脚布式的电视剧好得多,近几年出现了不少裹脚布式的电视剧,拖泥带水,节奏很慢,使观众越看越烦,直打盹儿。

《郭兰英》剧为什么能够取得如此突出的艺术成就呢?我想,是由于编导们注意到或者运用了"五结合"的创作原则和技巧,这是该剧的艺术成就之三。何谓"五结合"?即音乐、民歌与电视剧的结合;戏曲与电视剧的结合;个人传记与电视剧的结合;继承与革新的结合;主旋律与多样化的结合。而这五个结合,正体现了中国古代戏曲所倡导的“本色当行”的艺术标准。这五结合,不是一般物件胡乱堆放的排列组合,不是麻将垒墙式的排列组合,而是像魔方一样巧妙地排列组合,你玩错了一方,便不成一个和谐完美的整体了。由于此,编剧们力求塑造一个内涵丰富的郭兰英;由于此,导演们注意到了纵横交错、今昔变化的舞台调度,注意到了大情节与小细节的相互映衬与补充,注意到了演员外形表演内心情感的刻画;由于此,摄像师们除了运用传统的推、拉、摇、移、俯、仰、延时、定格的摄影方法之外,为了体现三条线的有机结合,他们大量采用了淡入淡出、切出切入、闪回、叠印的摄影技巧,使全剧画面达到了结构严谨、条理通畅、展现生动、节奏鲜明的要求,尤其是片头中定格摄影的移动画面,颇有特色。

综观全剧,一言以蔽之:富有创新特色。

艺术的生命在于创新。假如在艺术领域中没有创新,没有发展,总是陈陈相因,故步自封,艺术就失去了存在的价值。

艺术需要会创新的人,但是更需要会鉴赏的人,给予评论和培植,否则是创新不起来的。

艺术上的创新,是复杂的乘除法,而不是简单的加减法。

但是要想在艺术上有所革新,有所创造,就需要艺术家有胆有识,敢于标新立异,敢于做第一个吃螃蟹的人。

祝愿12集音乐电视连续剧《郭兰英》清水凌凌,蓝格英英,“本色当行”的艺术风格永存!

(1999年4月10日草讫)

五、电视剧《半边楼》的艺术魅力

22集电视连续剧《半边楼》播映以后，据说收视率颇高，尤其是在知识分子中。《半边楼》为什么会取得如此好的效应呢？我看主要是因为编剧、导演、演员懂得观众的审美情趣，善于抓住观众的心。

剧名“半边楼”，就具有深刻意蕴，初看电视剧时，还不甚了然，觉得这个剧名不过是点出了知识分子的居住条件，太拥挤了，太简陋了！五个家庭男女老少共十二口人，挤在一栋破旧楼房中的一端，做饭烧水都在楼道，厕所和水房都是公用。随着剧情的发展，才知并非如此简单。“半边楼”是一个象征：它象征着知识分子苦难的这一边，也象征着未来光明的那一边；它象征着许许多多历史遗留问题束缚着知识分子的奋发向上，也象征着改革开放带来的好处；它象征着某些腐朽落后的东西还存在，也象征着美好的前景在那边。文艺作品的名字，好比人的一双眼睛，是心灵的窗户，它最早和观众（或读者）发生媒介作用。因此，起一个什么样的剧名颇为重要。“半边楼”是知识分子诸多问题转变的象征，也是一个过渡。“半边楼”要不要拆？如何拆？拆了又怎么办？这个象征性很强的故事，留给观众的不是句号，而是省略号，是问号。

普希金在评论到高乃依的《熙德》时曾说：“真正的悲剧天才总是只关心人物性格和情境的逼真。”贺拉斯在《诗艺》中更明确指出：“虚构的目的在引人欢喜，因此必须切近真实；戏剧不可随意虚构，观众才能相信。”《半边楼》正是体现了人物性格和情境的逼真。请看那知识分子的生活、学习、工作、科研各方面的条件，是何等的差！请看那知识分子出版著作、生病住院、晋升职称、申请科研资金,又是何等的难！这部剧好就好在把当前知识分子的全部心态、困惑、矛盾、问题和希望,都逼真地摆出来了,让人去思考。例如,已过知天命之年的黄耕老师还是讲师,副教授的职称能不能、该不该、会不会及时解决？呼延东和扬扬因为事业和家务的矛盾,结果引起了不幸的婚变,是否可以避免？范志远的理想破灭了,向他妈索取一万元要经商,对不对？是该同情还是指责？批准科研资金的申请,牵头人职称必须是副高以上,这样的规定是属于束缚生产力发展的陈规陋习,还是正确的政策？等等。总之,为什么会造成如此现状？应该如何解决？所有这些严肃而现实的问题,剧中并没有完满的答案,而是让观众去思考、去回味。这是《半边楼》的成功所在、魅力所在。

《半边楼》的语言也很有特色,它能在绝对的同一性——相同时代、相同环境中,揭示出人物的差异性来。在同一所大学里居住的不同职业、不同地位、不同年龄、不同气质的人,都有他们自己不同的表达方式,而他们的语言又生动地表现了各自的情绪和性格,同时又很切题,既形似,又神似,二者和谐地统一在一起了。

例如,何娜、小歌、珍珍三个当代年轻女性,在处理爱情上都是开放型的,自主意识很强。但由于个性及文化教养的不同,三人的语言风格便迥然不同:何娜在明快中显得哲理些、典雅些,层次特高;小歌在坦诚中显得深沉些、稳重些,层次较高;珍珍则在直率中露出不少任性、泼辣、幼稚的野气,层次较低。

又如,呼延东、范志远、马妻三人的语言基本上都属于诙谐、幽默的风格,语汇丰富,善于思辨,但三人又有着明显的差异。呼延东的语言,在诙谐幽默中带有哲理、敏锐的特色,令人深思、反省;范志远的语言,既有幽默感,更富有嘲弄意味,嘲弄往往以"反语"显示它的幽默或俏皮,有时又和双关、怪诞、闹剧相联系,因而令人捉摸不定;马妻的语言,虽然也逗人发笑,然而不是幽默,更多的是滑稽成分,在笑的背后隐藏着粗俗低劣,因而使人忍俊不禁。这是《半边楼》的又一成功所在、魅力所在。

总之,《半边楼》所以获得了很高的收视率,受到了观众的好评,恐怕与它具有较高的"本色当行"艺术水准有关。编导演工作者不一定研究过或者根本不懂得"本色当行",但在编演电视剧时,如能体现"本色当行"的精神实质和创作规律的话,就没有不成功的效应,可见"本色当行"的艺术标准、创作要求,从古至今毫无二致。

(1992年12月1日急就章)

附 录

一、山西古代戏曲作家知多少

多年来,我经过反复地研究、考证和筛选,发现在元、明、清三代,山西戏曲家共有二十五人。

元代十四人,为关汉卿、白朴、郑光祖、乔吉、石君宝、李寿卿、李潜夫、狄君厚、刘唐卿、吴昌龄、于伯渊、赵公辅、张鸣善、李务。

明代四人,为罗贯中、傅山、王介人、徐见贤。

清代七人,为宋廷魁、徐昆、范鹤年、张锦、范驹、五台山农、汾上谁庵。

下面将按三个朝代,分别把二十五位戏曲家及其作品介绍分析之。

(一)

元代是我国戏曲史上第一个繁荣的时代,元杂剧的产生,标志着我国戏剧已进入完全成熟的阶段,此时出现了许多优秀的剧作家。从钟嗣成的《录鬼簿》和贾仲明的《录鬼簿续编》二书以及其他书检查所得,其中就有十四名属于山西籍的作家。

关汉卿 闻名中外的伟大的戏曲家。他比英国的大戏剧家莎士比亚还要早三个半世纪,剧本创作几乎多出一倍。他一生写了杂剧六十七种,还写有散曲套数十四套、小令五十七首。关汉卿把毕生的精力都献于戏剧事业,受到人们的推崇。他不但搞文学创作,而且还会各种吹弹说唱技艺,“会围棋,会蹴踘,会打围,会插科,会歌舞,会吹弹,会咽作,会吟诗,会双陆”,并且经常面傅粉墨,上场表演,是一个多面手。他“不屑仕进,乃嘲风弄月,留连光景”,能够冲破“庸俗易之,用世者嗤之”的舆论压力,整日出入行院、勾栏,和才华横溢的下层人生活在一起。他性格倔强,不怕压迫,十分热爱自己的专业。他自己说:“我是个蒸不烂、煮不熟、捶不扁、炒不爆、响当当一粒铜豌豆。”尽管他遭受过这样那样的打击迫害,也毫不灰心丧气,他不服老,要在有限的生命中,运用戏曲和其他技艺这些武器,替人民说话,向吃人的社会制度、杀人的异族统治阶级展开斗争。因此他坚定不移地表示:“经了些窝弓冷箭蜡枪头,不曾落人后,恰不道人到中年万事休,我怎肯虚度了春秋?”表面上看他是度着“花中消遣,酒内忘忧”的浪子生活,实际上他有着崇高的政治理想,他“休争名利”,是“急流勇退寻归计”,以范蠡、陶潜为楷模。他和戏剧家杨显之、梁进之、费君祥、名演员珠帘秀等,来往过密,如切如磋,如琢如磨。他在文艺事业上做了那么大贡献,然而我们在《元史》《新元史》的列传中,却找不到他的名字。直到 1958 年世界和平理事会执委会才议决并公布他为世界文化名人之一,并在我国举办了“世界文化名人关汉卿戏剧创作七百年”的隆重纪念活动,这真是一件意义重大和鼓舞人心的事。现在,关于他的生平只能从一些零碎的野史笔记材料中去加以推测。首先论及他的籍贯就有四说:大都说,燕人说,祁州说,解州说。我们认为关氏原籍解州,以后流寓大都,中间由晋南到过祁州,晚年又到过杭州。

关汉卿现存的十几种杂剧,大体可以分为五类:第一类为悲剧,有《窦娥冤》《五侯宴》《哭存孝》;第二类为喜剧,有《救风尘》《望江亭》《拜月亭》《调风月》;第三类为历史剧,有《单刀会》《双赴梦》《尉迟恭》《裴度还带》;第四类为公案剧,有《蝴蝶梦》《绯衣梦》;第五类为正剧,有《陈母教子》《玉镜台》《杜蕊娘》《谢天香》。这十几个剧并不是剧剧皆佳,像《杜蕊娘》《玉镜台》《陈母教子》,无论从思想性或艺术性来看,均为下品。其中优秀的剧作当为《窦娥冤》《救风尘》《单刀会》《绯衣梦》,而又以《窦娥冤》为最卓越。《窦娥冤》不但是关氏的代表作,也是中国杂剧的代表作,“即列之于世界大悲剧中,亦无愧色”(王国维《宋元戏曲考·元剧之文章》)。

《窦娥冤》是通过窦娥的性格和遭遇,揭露当时封建制度与元王朝统治下的社会现实的。全剧反映了笼罩当时社会的三种恶势力:第一种是以楚州州官为典型的贪官污吏;第二种是以张驴儿及赛卢医为典型的地痞流氓;第三种是以蔡婆为典型的虚伪狡诈、自私怯弱的高利贷者。三种恶势力迫害了一个善良纯朴的窦娥。举目无亲、年纪轻轻的窦娥,孤身处于三种恶势力的包围之下,坚决斗争,表现了宁死不屈的精神,这是窦娥这一典型形象的伟大与高贵的地方,也正是关氏所精心塑造的所在。作家认真地表达了人民大众的愤怒与愿望,一面把满腔的热忱寄于窦家父女,特别地讴歌了窦娥;一面极端憎恨地鞭挞与嘲笑了贪官污吏、地痞流氓和高利贷者。关汉卿就是揭露、抨击了压在人民头上的三种恶势力,描写了压迫阶级与被压迫阶级之间的矛盾斗争。我们认为它所以伟大,所以应当给予高度的重视,就在于它是全面而概括地、巧妙而真实地反映了这样的主题思想。所谓全面,就是指三种恶势力都是他所要暴露、批判、抨击的对象。但是这样一个庞大而复杂的生活内容和社会现实,要求像明清传奇那样铺开来细腻地描写则是不可能的,必须符合当时杂剧基本以四折为限的形式,因而关氏运用了高度概括的艺术方法,抓紧情节的关键和性格的本质特征,生动地写成了这个剧本。所谓真实,就是指政治的黑暗,官吏的昏愦,社会秩序的混乱,地痞流氓的作恶,经济上高利贷的残酷剥削等等,这些都是元王朝统治时代的普遍现象,是元代社会的历史真实和生活真实。《窦娥冤》正是通过艺术的真实,认真地反映了历史的真实和生活的真实,把这种普遍现象写出来了。他的艺术构思是苦用匠心的。

《救风尘》是一本很美的喜剧,全剧共四折无楔子。写妓女宋引章被花花公子周舍骗娶为妻,后来被同行姐妹赵盼儿出谋划策从虎口中救出的故事。赵盼儿作为一个侠妓形象塑造得十分成功。她有一副清醒的头脑,通过烟花风月的生活,看透了“做丈夫的做得子弟,做子弟的做不得丈夫”。一眼看穿周舍是个玩弄女人的坏蛋。为了拯救宋,她想了一套妙计:首先是写一封书信捎给宋,安顿了始末,然后她对准了周的致命弱点,将自己打扮得如花似玉,携带十万贯家缘的陪嫁,羔酒红罗,应有尽有,引诱得周舍神魂颠倒,硬要娶她。当她确认有机再趁,便要他休书一封休了宋。她有了真凭实据,便反手一击。周发现自己吃了亏,便将手中的休书咬碎,以便耍赖,谁知机智多才的赵盼儿,早已另抄一份。结果引章被救,盼儿未嫁,周舍闹了一场空。最令人钦佩的是赵为了拯救受难的姐妹,竟可以牺牲个人利益,见义勇为,表现出一种侠义风格。作者以高度的热情,赞颂的笔调,讴歌了她。

《单刀会》作为历史剧,也写得相当出色。他集中笔墨塑造了一位大义大勇、足智多谋的英雄形象关羽。这个剧巧妙的是四折戏里只有第四折关羽与鲁肃才正面出场,棋逢对手,进退舌战,最后胜利在关羽方面。第一折是通过乔公讲述关羽的英勇、伟大，这是孙吴内部的反应，关羽并未出场；第二折通过隐士高贤司马徽的旁叙，进一步刻画关羽的英勇、伟大，同时以鲁肃的怯弱、卑小为衬，关羽仍未出场；第三折关羽登台，为国为民毅然单刀赴会，就显得十分真实、亲切，又通过关兴、关平与周仓的策划和关怀，更加显示了英雄的精神实质，同时可看出刘蜀内部的团结，力量的雄厚；第四折为全剧高潮，单刀赴会，胜利告捷，全剧遏止，十分有力。杂剧一般规律高潮多在第三折，而此剧却处理在第四折，紧接着就是结局，这是一个非常显著的特色。《单刀会》还突破了一角唱到底的规律：第一折由乔公唱，第二折由司马徽和道童唱，第三、四折由关羽唱。另外，鲁肃的三条"妙计"，描绘关羽英勇的语言，都多次出现，但都不显得重复、拖沓，正有助于刻画形象。

公案剧《绯衣梦》又名《王闰香夜月四春园》，共四折，无楔子。这个剧主要的情节、人物、主题思想，都集中地体现在钱大尹如何谨慎、细致、公正、机智地私察详访，调查研究，平了冤狱。情节比较曲折多波，人物性格亦较鲜明、生动。钱大尹是个清官，如同包公，是作为歌颂对象出现的。而《谢天香》中的钱大尹，性格还不够鲜明、真实，但从倾向性看，也是正面形象。

要言之，关汉卿的大部剧作，总是写压迫者看去像强大，而实际上腐朽无能，被压迫者看似卑微却具有无限的智慧和力量，因此他们敢于反抗，甚至死而不屈，终于取得胜利。在风格上的最大特色是："一空倚傍，自铸伟词，而其言曲尽人情，字字本色，故当为元人第一。"（王国维《宋元戏曲考·元剧之文章》）

白　朴　字仁甫，一字太素，号兰谷先生。隩州（今河曲）人，后迁居真定，同父卜居滹阳。生于哀宗正大三年（1226），卒年不确，大约死于元成宗大德十年（1306）以后，活了八十来岁。其父白华,字文举,号寓斋,是金代高级官员,曾做枢密院判官,与金代大诗人元好问有深厚友谊。朴为华的次子,元好问视朴为通家侄,因为聪颖过人,元氏很喜欢,曾赠诗说:“元白通家旧,诸郎独汝贤。”金亡时,朴年幼,才七岁,遭亡国之变,仓皇失母,父子相背,随元好问北渡逃难,并受到元氏的精心保护。元统一后,朴因经历乱离之世,故而放浪自适,郁郁不乐,拒不做官。晚年又徙家金陵(今南京),纵情诗酒,专门从事文学创作。后因子贵,赠他嘉议大夫、太常礼仪院太卿。总之,白朴是由金入元的大戏曲家。

白朴著有杂剧十六种,现存三种,即《梧桐雨》《墙头马上》和《东墙记》。前二种剧目,新中国成立后晋剧和蒲剧还曾改编上演过。这三种杂剧都是写爱情题材的,以《梧桐雨》《墙头马上》为代表作。《梧桐雨》为历史宫廷剧,写唐明皇与杨贵妃的爱情悲剧,故事本自唐白居易诗《长恨歌》及短篇小说《太真外传》。剧中抒情写景绝佳,结构紧凑完整,文词质朴自然。思想内容上虽揭露了封建社会的各种矛盾斗争,但是总的来看糟粕多于精华,作者单纯描绘帝王与后妃的纵情声色,不理国政,在统治阶级淫乱生活之上披上了纯洁爱情的外衣,对于体现人民愿望的马嵬兵变的义举采取了反对态度。《墙头马上》则不同,它是优秀的爱情剧之一。写的是洛阳总管的女儿李千金和裴尚书的儿子裴少俊的恋爱故事,在封建礼教统治下竟在后花园生活了七年,养育了一对儿女,后由裴父威逼少俊休妻弃子,尔后少俊考试及第,做了大官,使夫妻母子重得团圆。这个剧歌颂了热烈追求爱情,敢于反抗封建礼教的斗争精神。人物个性鲜明,情节变化新奇而又处处自然,曲词、对白通俗流畅,俊语如珠。如第三折中的一段对白和曲词:

(尚书云)我便似八烈周公,俺夫人似三移孟母,都因为你个淫妇,枉坏了我少俊前程,辱没了我裴家上祖。兀那妇人你听着:你既为官宦人家,如何与人私奔?昔日无盐采桑于村野,齐王车过,见了欲纳为后,同车,而无盐曰不可,禀知父母,方可成婚,不见父母,即是私奔。呸!你比无盐败坏风俗,做的个男游九郡,女嫁三夫。

(正旦云)我则是裴少俊一个。

(尚书怒云)可不道"女慕贞洁,男效才良;聘则为妻,奔则为妾"。你还不归家去!

(正旦云)这姻缘也是天赐的。

(尚书云)夫人,将你头上玉簪来,你若天赐的姻缘,问天买卦,将玉簪向石上磨了针儿一般细,不折了便是天赐姻缘,若折了便归家去也。(正旦唱)〔梅花酒〕他毒肠狠切,丈夫又软揣些些。相公又恶歆歆乖劣,夫人又叫丫丫似蝎蜇。你不去望夫石上变化身,筑坟台上立个碑碣,待教我谩撇撇,愁万缕,闷千叠;心似醉,意如呆;眼似瞎,手如瘸;轻拈掇,慢拿捻。

〔收江南〕呀!珰叮当掂做了两三截,有鸾胶难续玉簪折,则他这夫妻儿女两离别,总是我业彻,也强如参辰日月不交接。

从思想意义及艺术成就来看,《墙头马上》比《梧桐雨》实胜过一筹。

白朴除杂剧以外,还有散曲专集《天籁集》二卷。散曲语言清俊婉逸,意惬韵谐,可与南宋的张炎词相比并。

郑光祖　字德辉,平阳襄陵(今属襄汾)人。曾经在杭州做过小官吏,最后病死杭州,火葬于西湖灵芝寺。他为人正派耿直,不妄与人交友。在世时便名声很大,"名闻天下,声彻闺阁,伶伦辈称郑老先生者,皆知为德辉也。"(钟嗣成《录鬼簿·郑光祖条下》)所作杂剧共十八种,现在能看到的有八种:《伊尹耕莘》《周公摄政》

《智勇定齐》《王粲登楼》《三战吕布》《老君堂》《㑳梅香》《倩女离魂》。其中以《倩女离魂》《王粲登楼》为著名。

《倩女离魂》取材于唐代陈玄祐的传奇小说《离魂记》。此剧情节别致，构思新颖，具有积极浪漫主义的特点。一面写倩女的病躯，一面写倩女的灵魂，或而魂体分离，或而魂体合一，通过对比的手法，生动地写出了张倩女与王文举的生死不渝的爱情，揭露封建婚姻制度的罪恶。曲词清丽优美，堪称绝妙好词。而细腻的心理描写，特别显出作者的独有才能。请看第三折的几支曲文：

〔普天乐〕想鬼病最关心，似宿酒迷春睡。绕晴雪杨花陌上，趁东风燕子楼西。抛闪杀我年少人，辜负了这韶华日。早是离愁添萦系，更那堪景物狼藉。愁心惊一声鸟啼，薄命趁一春事已，香魂逐一片花飞。

〔幺篇〕空疑惑了一大会，恰分明这搭里，俺淘写相思，叙问寒温，诉说真实。他紧摘离，我猛跳起，早难寻难觅；只见这冷清清半竿残日。

〔耍孩儿〕俺娘把冰绡剪破鸳鸯只，不忍别，远送出阳关数里。此时有意送征帆，无计住雕鞍，奈离愁与心事相随。愁萦遍，垂杨古驿丝千缕，泪添满、落日长亭酒一杯。从此去，孤辰限，凄凉日，忆乡关愁云阻隔，着床枕鬼病禁持。

代表作者另一思想倾向的是《王粲登楼》，通过王粲形象的塑造，寄托了郑光祖的思想：对于知识分子的怀才不遇，任人作践，他是有牢骚的；对于知识分子“不肯曲脊于人”的节操，他是赞赏的；对于功名，他是向往而追求的。然而此剧的情节结构非常松散，是个严重缺点。

乔　吉　字梦符，号笙鹤翁，又号惺惺道人。太原人，后寓居杭州。前半生流浪江湖，风流调笑，中年以后，严格要求自己，人都敬畏他。乔吉生得姿容秀美，又善于词章，有“博学多能”之称。惠宗至正五年(1345)二月病逝。著有杂剧十一种，散曲集《天风环》《抚掌》二种。今存杂剧《扬州梦》《金钱记》《两世姻缘》三种。这三个戏都是写文人与少女的风流艳事，未脱才子佳人的俗套。三剧中较有意义的是《金钱记》。它是根据唐人许尧佐《章台柳传》改编的，剧中出现的韩翃、李白、贺知章等人虽是历史上的人物，但剧情大部却系敷衍虚构。剧中揭露了王辅的势利，肯定了韩翃与柳眉儿的爱情，歌颂了贺、李的助人为乐。全剧结构紧凑，情节发展自然，但更重要的是曲辞十分清丽，有如作者仪容之美。像“王孙乘骏马，金鞭拂柳花，游人问酒家，青旗播杏花”四句，用隔句对法，句句押韵，却不伤气。在语言方面就连明代大戏曲家汤显祖也受了乔氏的影响，清人姚燮《今乐考证》中曾指出：“《还魂记》云‘转过这芍药阑前，紧靠着这湖山石边’。通曲已脍炙人口，而不知实以乔梦符《金钱记》‘恰行这牡丹亭，又转过芍药圃，蔷薇后’数语为蓝本也。”这应是的评。

除了有名的关、白、郑、乔以外，还有**石君宝**，生平不详，只知为平阳(今临汾)人。他写了十个剧本，流传下来的有《秋胡戏妻》《曲江池》《风月紫云亭》(此剧宾白缺漏，只有曲文)三种。

《秋胡戏妻》是根据民间广泛流传的故事加工改写而成。它独具一格，其显著特点是剧中女主角罗梅英是一个有鲜明个性的农村少妇形象。在剧中，罗几乎和所有的人都有过不同形式、不同性质和不同程度的冲突，在冲突的过程中显示了她的勤劳、果断、不向金钱和压迫屈服的性格。与梅英相反，秋胡则是一个由纯朴农家子弟而蜕化为流氓无赖的形象。故事最早见于刘向的《列女传》。甘肃敦煌发现的《秋胡变文》，已经塑造了两个完全对立的人物，对秋胡表示了鄙视和批判，对秋胡妻则寄予最大的同情与赞美。在元杂剧中下层妇女形象描绘得不少,而像梅英这样的农村劳动妇女则塑造得不多。“桑园会”那场戏,矛盾冲突环环相扣,人物性格栩栩如生,正因此,许多地方戏上演《桑园会》历代不衰,晋剧就保留有这个优秀传统剧目。石君宝的戏总以一种魅人的艺术感染着读者。像他根据唐白行简《李娃传》传奇改编的《曲江池》,就很有特色。他善于运用对比、陪衬的手法塑造人物;他很注意戏剧的动作性,紧紧把握住戏剧冲突的发展,在高潮时展开戏剧的全部矛盾斗争,例如第二折“杏花园”那场戏中,一面是鸨母拉着李亚仙去看郑唱挽歌,一面是郑府尹狠心责打郑元和,把两对矛盾对立面同时安放在一个地方,这种手法是相当高明的。

李寿卿 太原人,曾作县丞一类的官吏。《录鬼簿》列于“前辈已死名公才人”中,可见他是早期作家。作剧十种,大都为神仙道化题材,今存《伍员吹箫》《临歧柳》二种。前一剧是演伍子胥避难奔吴,借吴兵对楚报仇的故事。后一剧又称《度柳翠》,是演月明和尚济度妓女柳翠的故事,属于神仙道化类的剧目,它宣扬了因果报应、逃避现实的反动思想。

李潜夫 字行道(一作行甫),绛州(今新绛)人。他是一位过着“甜淡齑盐”生活的“高隐”,终日掩门读书,喜读《周易》,并有评点。他的剧作仅有《灰阑记》一剧,描写包拯平反一件冤狱的故事。《灰》剧颇有戏剧性,情节生动,寓意深刻,曾被翻译成外文,流行于法国、德国、波兰的舞台上。剧中的包公是个智慧、英明的清官形象,他一开始就根据“奸夫又无指实”等迹象怀疑这个案件的处理。他断案非常仔细认真,在难以找到旁证的情况下,他定下巧计,用石灰在地上撒成圆圈(剧名由此而得),把孩子放在圈内,让张海棠和大老婆各从左右把孩子拉出,以先拉出者为胜诉。结果张氏疼爱孩子不忍用力拉,大妻却硬拉出来,包公便据此判断张氏是孩子的生母，于是重新断案，将大妻和奸夫赵令史凌迟处死，正义得到伸张。

狄君厚 平阳(今临汾)人，生平事迹不详。从《录鬼簿》吊词可知他生存于元朝兴盛时期，在仁宗、英宗时期为青年时代。他仅有杂剧一种存今，即《文公火烧介子推》。内容写春秋晋国介子推助文公重耳重振国家而使之兴盛，而后自己抛弃功名利禄隐居绵山不出，文公求之未遇，便火烧绵山期冀逼出，终将子推焚死绵山。可惜全剧宾白不全，曲文也间有缺漏，因而致使故事情节不够连贯，读起来费劲。这个剧本的重大特色是突破了一角独唱的体例。

刘唐卿 太原人，做过专门管理皮货的小官(皮货所提举)。他曾在河南行中书省左丞王彦博席上赋词而名，所咏为《折桂令》小令，可见他平时结识宦场高官，且又有才华。他作剧二种，今存《降桑葚》一种，又名《蔡顺分椹》。历史上有蔡顺其人，性至孝。《后汉书》载有蔡顺传，但并无分椹事实。此情节显然是吸收了《合璧事类》中蔡顺拾椹孝母之行感动了赤眉而以米肉送他的故事。全剧一面表彰蔡顺的孝行，一面对农民起义军极尽歪曲污蔑之能事。全剧为五折，曲文多荒诞之词，宾白尤为繁冗。但在表演上却有一个很重要的特色，是“呈答”式的体制。为研究元杂剧表演程式提供了极宝贵的资料。

吴昌龄 西京(今大同)人。是一位极善于写戏曲的人，有的剧“色目佳”——脚色关目新颖；有的剧“行用全别”——体制特殊，突破了杂剧的表演程式；有的剧“十段锦段段和协”——应合律吕宫调，优美动听。因此，他和石君宝“幺末相齐”，享有同样的声誉。他作剧十种，可惜仅存《东坡梦》《张天师》全剧和《西天取经》残存曲文。这三种剧是否为吴作还有争论，不过要从吴氏名下褫夺《东坡梦》和《张天师》，论据不力。从现存的《东坡梦》《张天师》二剧来看,还看不出他的那些创作特色来。这两剧都是道释神怪的题材,思想性很差。

于伯渊 平阳(今临汾)人。曾作剧六种:《珍珠旗》《斩吕布》《鬼风月》《饿刘友》《小秦王》《武三思》。但都没有留存下来。

赵公辅 平阳人,做过管理教育工作的小官(儒学提举)。《录鬼簿》吊词说他"寻新句,摘旧章,按谱依腔",看来可能是个很内行的戏曲家。曾作《东山高卧》《倩女离魂》二剧,可惜全部失传了。

张鸣善 曹刊本《录鬼簿》说是扬州人;天一阁本《录鬼簿续编》说是"北方人,号顽老子,有《英华集》行于世"。按孙楷第考定为平阳(今临汾)人。张氏作杂剧二种:《包待制判断烟花鬼》《党金莲夜月瑶琴怨》,但都失传了。

李　务 字立猷,太原人,作《撇古老沉珠合》杂剧。待考。

至于孔文卿,《录鬼簿》上亦标平阳人,但据孙楷第考证,此平阳并非山西之平阳,乃为江苏之溧阳。这里取孙说,就不把孔文卿作为山西作家列举了。

(二)

历史的长河流到明朝,由于文化中心南移,山西籍剧作家虽然减少,但也并未绝迹,现在可考的还有一些。人们所熟知的著名长篇章回小说《三国志演义》的作者罗贯中就是其中之一。

罗贯中 名本,别号湖海散人。太原人。生于元末,死于明初。他在元明剧坛上是一个承前启后的作家,可谓元杂剧作家中的一个有力殿军,又是明杂剧作家中的一个开山祖师。他和《录鬼簿续编》的作者贾仲明为"忘年交",但由于社会动荡不安,两人天各一方,后在元至正二十四年(1364)才又见面,一别竟隔了六十多年。贾仲明说他性格“与人寡合”,王圻说他“有志图王”,是一个具有政治抱负的人,据说他曾经做过元末农民起义军首领张士诚的幕客。他不但写戏曲,也写小说,除了《三国志演义》外,还写了《隋唐两朝志传》《残唐五代史演义》《三遂平妖传》。作杂剧三种,今存《风云会》一种,《连环谏》《蜚虎子》已佚。

《风云会》全称《宋太祖龙虎风云会》,本事出自《宋史》,第三折赵匡胤“雪夜访普”,显然是依据《赵普传》改编的。应当说这是一本较好的历史剧,然而多少年来不被人们重视,即便提出也多被指责为宣传儒家封建思想的作品。全剧叙写了宋朝开国皇帝赵匡胤起初仕周世宗,然后陈桥称帝,继而雪夜访普,最后统一全国的故事。剧本刻画了石守信、赵普、郑恩、曹彬、王全斌、潘美、楚昭辐等英雄群像,着力歌颂了赵匡胤智勇过人、颇得众望、忧国忧民、统一国家的英雄业绩,同时表现了文臣武将团结一致,把长期混战分裂的局面统一起来的历史事实。所有这些内容都体现了当时人民群众的愿望与要求,符合历史发展的前进步伐。从历史的观点来看,宋太祖统一战争,消灭五代十国的分裂局面,应当说是一大历史贡献。五代十国期间,中华分裂,人民涂炭,长达半个世纪多,正是:“如今奸雄争霸,漫漫四海起黄沙。相吞并,各举征伐。后汉残唐分正统,朝梁暮晋乱中华,豺狼掉尾,虎豹磨牙;尸骸遍野,饿殍如麻,田畴荒废,荆棘交加;军情紧急,民力疲乏。”(第一折〔混江龙〕)因此人民群众,包括一部分开明的王侯贵族,都人心思治,盼望出现一个统一安定的局面,而这种心情、愿望正是元末广大人民群众特别是汉族的心理写照。这部历史剧借古喻今,必有所指。《风云会》值得指出并肯定的另一点是剧本没有把赵匡胤写成一个政治野心家,黄袍加身也不是阴谋诡计,而是采取了禅让的方式,正如周太后对赵所云:“将军功盖天下,堪居大宝,老身母子情愿禅位则个。”赵匡胤所以能够受禅称帝，主要是由于主观上才能出众，“自幼习成武艺一十八般，韬略兵法，无所不通”；客观上那时国家处于四分五裂，一蹶不振：“传正道无天子，补苍天少女娲。因此上黎民饿死闾阎下，贤能埋没林泉下，忠良枉死刀枪下。乱纷纷国政若抟沙，虚飘飘世事如嚼蜡。”（第一折〔寄生草〕）时势造英雄。赵匡胤适应了客观形势，顺乎潮流，从乎民心，再加上善于团结文臣，使用武将，南征北伐时又能注意“休掳掠民财，休伤残民命，休淫污民妻，休烧毁民房”，因而深受人民拥戴，很快实现了统一大业。《风云会》写的是帝王将相的“龙虎”人物，因此语言风格典雅庄重，并不晦涩难懂，很流畅。此剧也存在着严重的缺点：首先是宣扬了天命论、宿命论，或而写“风云之梦”，或而写占卜算卦；其次是艺术上结构平板，剧情单调，不够生动引人。总之，《风云会》不可全盘否定，应当说积极面大于消极面。关于中国古代文学作品中存在的封建正统思想，是个复杂问题，尚需深入探讨。但对《风云会》一剧中的正统观念，却要做历史的具体的分析。当罗贯中写作这个剧本时，正处于元末明初民族矛盾异常尖锐的时代，人民渴望统一，渴望安定，渴望仁政，渴望英明皇帝和清明政治出现。作者通过历史借古喻今，表达人民群众的这种愿望与要求，起到了战斗的号召的作用。

以“义士”誉称全国的**傅山**，是山西阳曲西村人。生于明万历三十五年（1607），卒于清康熙二十三年（1684），享年七十七岁。字青主，又字公他，公之它。明亡后，出家当道士，常披红色道衣，寓意悼念朱明王朝，故又号朱衣道人。有时又自称石道人，老孽禅，啬庐。他是一位多才多艺的文人，诗歌、绘画、戏剧、书法、医学无所不能，特别是书画，自成一格。学问广博精深，“古今典籍，靡不淹贯”（《介休县志·寓贤》）。当时人民群众很喜欢他，予以很高的评价:说他的字“一字千金”,“国初第一”;说他的画很形象生动,列为“神品”;说他的医道如神,尊为“仙医”。傅山很富有正义感,“艰苦持气节,不肯少与时媕婀”(全祖望《阳曲傅先生事略》)。在黑暗的封建统治下敢于斗争,伸张正义。崇祯九年(1636),他曾经组织了一次著名的“平民运动”和“学生运动”,即为老师袁继咸而到北京请愿示威这件大事。袁原任山西提学使,因整顿三立书院被阉党馀孽、巡按御使张孙振挟嫌诬告,于同年十月械送北京,同时被无辜牵连入狱的有一百多人。这件冤案激起了三立书院生员的公愤,傅山便慨然出万馀钱,并联合同学薛宗周、曹良直(二人系山西汾阳人)一百多人,徒步千里,赴北京为袁申冤。赴京后到处请愿,满街散发传单,有一次竟包围了宰相温体仁。傅、薛、曹等人联名上疏五次,都被张的同党通政使袁鲸扣压,并威胁利诱请愿者。于是队伍中有的分裂了,有的退缩了,独有傅、薛二人,不但不畏缩,反而更坚决地勇敢地进行斗争。他们前后两次印刷传单《辨诬公揭》,见机关衙门就投,逢人就送,巧的是竟送到宦官或厂卫之流手中,结果辗转到达崇祯皇帝手里。经过他们百折不挠的斗争,终于取得了胜利,在崇祯十年二月(1637),张孙振被捕,袁继咸出狱,并出任湖广道。傅山更具有民族节操,人格高尚。清顺治十一年(1654),一位道士宋谦秘密进行反清活动被捕,傅山也受牵连被拘禁太原监狱。傅在狱中被百般拷打,毫不屈服,矢口否认与宋的关系,并坚持以绝食斗争,第二年终于获释。出狱后住在太原松庄,自称松侨石道人。《红罗镜》杂剧即写于这个时期。当时伟大的思想家、文学家、反清民族斗士顾炎武,曾来太原访问他,对他很崇拜,说他“萧然物外,自得天机”。顾三宿傅处,研究学问,商榷十七史,赠和诗作。一天,顾早晨未起,傅高呼:“汀芒了!汀芒了!”顾惊奇地问他这是什么意思?傅笑着说:“你平日谈古音今天何故突然不懂这个?”顾不觉失笑。原来“汀芒”即“天明”,古音读“汀芒”,傅山以此取笑了顾炎武(《顾亭林文集》)。清王朝为了笼络汉族文人,特设博学鸿词科,傅山也被选中,他一再推诿不去,第二年到了北京,住在崇文门外圆教寺,装病不去应试。康熙获悉就准予免试,并给了内阁中书的官职。取得官职后,他又拒绝谢恩,别人硬把他用轿子抬到皇宫里。他见了康熙,直立不跪,别人拉他下跪,他便躺地下,故意出丑。七十多岁的傅山就是用这种方式进行斗争,表现了他蔑视异族王朝统治者的权威。但是傅山对农民起义军却采取了敌对仇视的态度。在他三十六岁那年(1643),李自成率领的义军破潼关,克西安,取得节节胜利。山西的劳动人民听说义军不杀不淫不征税,十分欢迎,傅山却与别人合写传单,列数所谓李自成义军“荼毒逼勒”的罪状,蛊惑人心。次年,傅又被镇压义军的头子李建泰所聘,出谋划策,参与镇压,充当了不光彩的角色。这是傅山历史上的污点,不应掩饰。

傅山的著作很多,有《霜红龛全集》《春秋人名地名韵》《两汉书人名韵》《傅青主女科》《男科》《傅山书画选》等。《人名韵》《地名韵》是研读历史的工具书,《女科》《男科》是专治疾病的著名医书,《霜集》则是傅山的关于经、史、子、文的总集。然而遗憾的是他的戏剧作品却没有收入。傅山还写有三种杂剧,即《红罗镜》《齐人乞食》和《八仙庆寿》。这三个剧原为手抄本流传于世,书题“五世孙履巽顺庵辑”,后来由山西汾阳人张赤帜铅印刊行。《古本戏曲丛刊三集》中收有《红罗镜》一剧,就是据铅印本重刊。

《红罗镜》共六折。写太原名妓弱娟和晋府王家外甥陆龙相爱逃奔的故事。因身带红罗所裹之菱花镜,故名。陆、娟在“义士”田基的帮助下逃出,避居魏榆寺庙中,一日,两个淫僧企图奸污弱娟,后被妓女岫云的鬼魂搭救,终由侠客林木公和王府内司官儿亨公公作伐,成全了他们的婚事,名正言顺结为夫妇。这个剧,总的说情节简单,结构松散,就正主题而言,没有突破古代戏曲才子佳人、相恋私奔的俗套,仅仅是流露了对妓女的同情与歌颂,因而作品的思想意义不突出。恰恰在副主题方面表现了相当高度的思想意义:第一,对妓家麻子归、鸨母之流,作者是予以深刻的鞭挞,因为他们“手太辣,蛇一般毒;心太狠,狼一般贪;臂太长,猿一般乖。”第二,通过两个和尚企图奸污弱娟的情节,对佛教戒色的虚伪实质作了严肃的形象的揭露与批判。第三,从侧面揭露了封建社会官府的黑暗,揭露了妓院与封建官僚地主的勾结,正如亨公公所说:“我见近日的官儿,都挝黄掐黑的讲城守,借口说有事日,百姓没的吃,逼的些百姓有死无生,你看这些奴才,不知咂了人的多少骨髓,都瞧的肥肥膨膨的,如今就把院里的鸨子插霸,清查清查,造个花名册子,时时的送过西边官儿去,就说有事时,教捉的与百姓们杀吃了,也省得他们再套弄子弟,也省得官儿们刳刻百姓。”以上三方面充分表现了作者进步的民主主义思想,这正是这个剧值得肯定的地方。从艺术方面来看,这个剧人物形象、情节结构都不算好。唯有语言的运用,继承发展了元人杂剧的优秀传统,本色当行,通俗流畅。曲词也写得优美,特别是第四折、第五折的两套唱词更为出色。全剧运用了二十多条太原方言,如:话欛(即话把、话柄),跛躐(读不赖音,言有东西妨碍使人不便),爬不跌(即巴不得,言恨不得、快点儿、如此),白故故(白读 bia,言没来由遭致失败),抬掇(即抬举,言偏心过爱),扢悠(言从容慢走),等等。俗语的运用,浓化了地方色彩,使词句优美增色,读来顺口,适合于舞台演出,易使观众听懂。

《齐人乞食》为单折讽刺剧。题材与明人孙仁孺所作《东郭记》传奇相同，都本自《孟子·齐人有一妻一妾章》。此剧意在讽刺一般无耻文人，为了寻求富贵亨达而走上邪门歪道，还自欺欺人吹牛拍马。剧中出场人物只有两个：丑扮乞丐，旦扮乞丐妻。妾并未出场，只是在唱词中说到有妻有妾。戏剧情节也比《孟子》简略了，既没有写妻暗暗尾随"良人"出外，了解他的实际和告妾的情节，也没写妻妾对泣、怨恨丈夫的情节。看得很清楚，作者选用这种题材来编剧，目的是在冷嘲热讽当时效忠清王朝而失节的文人。

《八仙庆寿》亦为单折剧。一般通例都是写八洞神仙——汉钟离、铁拐李、韩湘子、张果老、曹国舅、蓝采和、吕洞宾、何仙姑的故事，而傅山的这个剧，却与元明杂剧中八仙题材的剧迥然不同。除了麻衣仙姑为八洞神仙外，其余七人都是新添的。这七人是庄子、东方朔、老寒、小正阳、幼伯子、女丸、酒客。傅山如此弃旧创新，目的在于通过众仙各夸功行，表现出清高不仕的格调。不过也流露了某些消极出世的落后思想。《八仙庆寿》与《齐人乞食》从艺术上看，并没有达到应有的效果，不过是案头之作，借戏剧的形式表达一下作者的思想感情。

徐见贤　字步云，号玉森，别署五云村人。太原人。生于明万历三十八年(1610)，卒于清顺治八年(1651)。善于诗词，能书画，著有《五云词》。作传奇剧《彩虹记》。已佚。

王介人　太原人，生平不详。撰有传奇剧《红情言》。今存。共四十八出，写溶皇甫在旅游时船停泊于团风一地，巧遇邻舟女子卢凌波口吐红绒，于是题词而生爱情的故事。

(三)

有清一代，传奇继承明代余波一直流行于世。这时，同明代一样，传奇与杂剧并行发展，两种戏剧形式相互影响但又各自独立地发展着。传奇之名,各代所指内涵颇不一致。这个概念,最早见于唐代,唐人裴铏所作《传奇》六卷,那是指短篇文言小说;到了宋代,则又有人称诸宫调为传奇,诸宫调是一种说唱文学样式,并非小说,亦非戏剧;《录鬼簿》中所著之目录均为杂剧,而此书则亦谓之传奇,可见元人又有把杂剧称为传奇的,实际杂剧与传奇的体制迥然不同;到了明代又有人以戏曲之长者为传奇,即由南戏发展而来的戏剧体裁为传奇,以便区别北杂剧,从此传奇专指南戏的这种特定概念便被确定下来了。由此可见,从唐到明,传奇概念的内涵曾有四变。但不管如何变,其共性如李渔所说:“古人呼剧本为传奇者,因其事甚奇特,未经人见而传之,是以得名。可见非奇不传。新,即奇之别名也。”(《闲情偶寄·词曲部·脱窠臼》)传奇与杂剧虽均为戏剧形式,但在体制上却有一些差异。

一、传奇的最小演出单位叫“出”(少数也有叫折的),每剧不限出数,可长可短,有长至四五十出的。杂剧的最小演出单位叫折(少数也有叫出的),每剧多以四折为限,少数杂剧也有多至十一二折的。

二、传奇的曲谱每出不限一个宫调,还可以换韵。杂剧每折必须一宫调一韵到底。

三、传奇每本不限于一种角色独唱,每出也不限于一人独唱,凡登场人都可以唱,而且可以接唱、合唱。杂剧全曲多半由一角独唱,少数例外也有几个人轮唱的。

四、传奇第一出照例是“开场”,或叫“开宗”“家门”“揭目”“滥觞”等名称的,旨在说明剧情大意。杂剧多用“楔子”,则不是统括全剧梗概,而是补足剧情的一场戏,即过场戏,有时放在两折之间。

五、南北戏曲因地方气质的不同,以及乐谱、乐器的各异,因而曲牌的音调与精神也各具风格。杂剧产生于北方，传奇的前身是南戏，产生于南方，尽管相互之间也有影响和渗透，但二者仍各自保持着自己的特色。一般地说，传奇流丽婉转，有柔媚之情；杂剧刚健清新，有杀伐之气。北曲字多而调促，宜于和歌；南曲字少而调缓，宜于独奏。等等。

在清代，传奇的价值与影响大于杂剧。随着交通、经济的发展，作家创作戏剧也不再受地方区域的限制了，杂剧与传奇相互影响、相互渗透了。这时期，考证山西籍的剧作家多为撰写传奇，也有少数撰写杂剧的。

宋廷魁 清代戏剧家、画家。字其英，自号竹溪居士、竹溪山人，别号了翁，有时别人简称竹溪。介休人。生于康熙四十九年(1710)，卒年不详。容貌身材长得清瘦，双眸炯炯，精彩照人，颇有生气。年幼丧母，非常悲恸。家庭生活比较清贫，终生穷愁潦倒。少年时便很聪明，在童试时即有才名。但科举中不利，仅得“增生”资格。他为人正直，生平不求苟合，注重节操，终身没有做官，十分仰慕介子推、陶渊明、苏东坡等人。他在《介山怀古》一诗中说：“余幼怀耿介，薰莸本异草。宁作兰颓投烈焰，不与萧艾竞荣槁。”表现出他的高风亮节。宋廷魁间也绘画，得元末大画家黄公望的传统，尤其善于画竹。他在自画的一幅竹图上题词说：“其生也挺然，其含韵也莹然，其抱节也凛然。我友此君，如在渭滨，静与忘身，动与凝神，虚而委蛇，直而同群，是其为了翁之化人。”显然，这竹画，这竹子的特点，正是宋廷魁的自我写照。他的住宅地名叫“竹溪”，即取于唐代竹溪六逸的典故。他好读书，善纪览，特别喜欢读杜甫诗作和王士祯的集子，在诗文的创作上颇受他们的影响。著作时下笔敏妙，纵横不羁，高瞻远瞩，绵邈无际。他四十五岁那年(即乾隆十九年，公元1754)才从师学于诸锦。诸锦，浙江秀水人，为清初的著名学者之一。他把自己的诗文、戏曲原稿呈给诸锦审阅，于是诸氏选其古今体诗一百五十多首编为《诗钞》三卷，又编《文钞》二卷，加以评点刊印，给予极高评价。诸锦说他“平生意气轩举，见于诗文，如苍天骥，不可羁绊”（见《诗文钞序》）。《诗钞》《文钞》又合称为《竹溪诗文集》或《宋了翁先生诗文稿》，并行于世。此外还著有诗词传记内容的《鹤鸣集》，诗集《雪籁集》和戏曲《介山记》。

《鹤鸣集》内容庞杂，达数十万言，其警句逼人有如杜甫，挥洒风生有如李白，博闻强记累牍连篇则像李守素的《人物志》和王仁裕的《诗窑子》。

《介山记》是一部传奇剧，共二十四折。大约写成于作者二十八岁至三十岁之间，写成后以手抄本流传，在“四方大人先生文人骚客”中，“转相邮致，转相说项”（见作者《自跋》），索览的人很多。该剧通过写春秋时期晋国介子推随重耳出亡十九年的故事，着重歌颂了介子推的忠孝廉义的精神，不要名、不要利、不要权的高尚品质，揭露了晋献公的昏愦，骊姬的阴险，奚齐、牟子的嗜权贪婪；他还把政治与爱情的思想内容有机地结合在一起，善意地批判了重耳沉醉于爱情而忽视国家大事的弱点，表彰了齐姜公主的崇高的精神世界——胆多、识多、情多、义多，能割舍儿女之情，成公子英雄之业。

全剧戏剧冲突只写了一条矛盾线索，即以晋献公、骊姬、奚齐、牟子、寺人披为一方的邪恶势力，和以介子推、重耳、赵衰、魏犨、狐突父子为一方的正义势力的矛盾斗争。这种矛盾斗争虽然属于统治阶级内部的范畴，但作者的重点不在写双方怎样斗争，而重点是在写介子推如何尽忠尽孝尽廉尽义，骊姬、奚齐之流怎样不忠不孝不廉不义，借此“针风砭俗”，“惩顽起懦”（《或问》）。作者把一切可歌可泣可惊可喜可憎可爱之人之物之事之景之情，千态万貌，巧妙而集中地表现在《介山记》中。特别令人倾倒的是，他用如椽大笔，精心地塑造了介子推、重耳、齐姜几个正面人物形象。

《介山记》在题材的运用与改编上，用心良苦。作者蓝本于《左传》《国语》所记晋国之事，但也加以剪裁虚构。考于史书，而又不囿于史书。《介山记》显著的艺术特色是：其一，现实主义的基调，浪漫主义的结尾，二者结合得相当好；其二，全剧结构十分严谨，不拖沓，不杂乱，没有多余的场次，没有蛇足的情节。场面环环相扣，情节转换承上启下；其三，语言雅俗共赏，文情并茂，风格多样而和谐。例如《游绵》折中：

〔点绛唇〕云散天青，高原秋色如屯阵。搔首心惊，落叶金风送。

〔混江龙〕见山林泉石陆离，似一架画围屏。岩儿呵高迥，水儿呵清冷，只听得隐隐泉声咽苍石，又见他油油日色冷青松。窈窕天容已瘦尽，寒鸦点点伴人行，管什么山从面起，云伴头生。

〔油葫芦〕九野秋光何处迥，正是此地清。染岚岑，澄林色，杂溪声，水破秋风壑，人立白云峰，乾坤浑一碧，山色几时青？消几个今古？消几代功名？待问天，又只见昊冥漠漠、风逐流云。

写秋色用“屯阵”比拟，一个“瘦”字更把秋天的萧瑟悲凉写出。〔油葫芦〕一曲则借景抒情，刻画了介公喜爱泉石，不慕荣贵的风格。连用染、澄、杂、破、立几个动词，便把人、物、景融会在一起了。而《园眺》折则呈现缠绵华丽的风格，《讯病》折又具有诙谐的风格，至于《骇循》《献羹》两折写苦境，则文字清冷凄酸；《割股》折写介子推割肉献羹，则语言悲壮惨烈，纯是血痕斑斓郁勃的文字。

《介山记》虽是一部优秀的戏剧作品，但在思想内容上也存在着严重的缺点：一是出世超脱的思想，对现实采取“叹息人间万事”，“世事浮云何足问”的消极态度。二是运用了荒诞不经的浪漫手法，构思了结尾，使正面人物“上而九天，下而八埏”，进入奇幻境界，作者倾心倾力塑造的介子推却有“遭逢不偶，时命不犹”的感慨，因而淡于出仕，这就削弱了积极的现实的意义。

《介山记》“经营酝酿刮垢磨光为之，殆无遗力矣。发而读之，第见逸气虹流，真精蟠结，结构谨严，词意隽雅，苍凉之际仍带烟霞，诙笑之中不忘慎重，而一种情风逸韶、雄心浩气更贯注于笔墨之中，而溢于意言之表，则卓乎其关、汤之再生，而不朽之慧业也。”（李文炳《序》）桐城派创始人方苞也曾为此剧作序，可见在当时文坛上的影响了。方苞很推崇《介山记》，他说：“余病沉疴，不能仰视，因命书奴为余朗诵，则见其修词立格亦不出元明诸家之藩篱，而其词义新惊，则实有一段精光不可磨灭之气。”（《序》）不过方苞尊崇儒学，提倡“义法”，不完全重视小说、戏曲的作用，因而评价未能批隙导窾，抓住要害。这个剧一问世，“几于打倒词场，踢翻文案。”（李文炳《序》）特别应当引起重视的是作者附的《或问》十条，这篇《或问》表明了作者的创作思想及态度，系统地阐明了他的戏剧理论。

徐　昆　清代文学家、教育家。字后山，号柳涯，别号啸山，柳崖居士，平阳（今临汾）上村人。生于清康熙五十四年（1715），卒年不详，大约活了八十来岁。七八岁时即随父侨寓山东，成年后又多次旅居京师，并出游山西、河北、山东许多地方，对各地民情风俗非常熟悉。乾隆三十五年（1770），时年五十五岁，才由拔贡生考中举人，授阳城教谕。徐昆家道富裕，藏书极富，自设有“贮书楼”。徐昆曾与范鹤年、杨维栋、李金枝、刘蕙圃、白澍、张允中、顾昌如、李仰山等友善，一起创作，相互切磋。名流学者朱筠、钱大昕对他十分器重。钱大昕说：“临汾后山倜傥奇士，予尝见其传奇数种，已心异之。”(《古诗十九首说序》)这种广泛的交游，丰富的生活阅历，给他的创作打下了深厚的基础。六十六岁时他考中乾隆辛丑科进士，封官内阁中书舍人。徐昆性格温存，才美学富，能文能诗，亦能作曲。著作有《易说》《毛诗郑朱合参》《书经考》《柳崖外编》《夏花秋月诗》等十多种，皆行于世，其中最有影响的是《柳崖外编》，分十六卷，这是继承了《聊斋》写作传统的文言短篇小说集。除此以外，他曾先后撰写了传奇剧《雨花台》和《碧天霞》，今存；还有一本《合欢竹》传奇，可惜徐昆在世时就遗失，片稿未存。

徐昆一生热衷功名，追求不已，因此他对封建科举制度鞭挞入微的作品便不多，更多的则是从正面劝诫人们要刻苦自励，追求功名，《雨花台》一剧，就突出地表现了这种思想。

《雨花台传奇》撰于乾隆二十七年(1762)，全剧共三十二出，写的是清初发生在山西地方的故事。三个晋南同乡又同窗的书生卢俭、郅情、钟英相切相磋，一榜中试，中间穿插了卢生与妓女林莺儿、郅生与乌那将军之女福娘爱情婚姻的纠葛。综观《雨》剧，写得平平，不过这部剧值得注意的是：它写的是当代题材，真人真事，可以说是那时的一部现代戏；它写的又是地方题材，故事发生的地点基本上在山西，几个主要人物又是山西晋南人氏，确乎是一部真正的地方戏曲。

《碧天霞传奇》是乾隆三十一年(1766)作者客居历下(今山东济南)时所撰。它取材于《锦香亭》话本小说，并参考了洪昇的《长生殿》传奇而加以取舍。此剧在各种地方戏中都曾上演不衰，蒲剧、晋剧和陕西碗碗腔均有此剧目。

《碧天霞》共四十出，虽然剧本有意识地宣扬了三纲五常的封建伦理，但剔除糟粕，也不无可取之处。作者能够把爱情题材和政治内容紧密地结合在一起，而不是单纯地写才子佳人式的爱情婚姻，也不只是写忠与奸、正义与邪恶的历史矛盾，它是把爱情故事摆在了安史之乱的历史背景中，紧紧扣住忠与奸的政治斗争焦点展开情节的。就艺术性上看，《碧天霞》比《雨花台》也进步得多了。最大的特色是故事情节曲折生动，关目奇巧，虚设悬念而善于解决；结构布局不落前人窠臼，因而有一股诱人的魅力。

在乾隆、嘉庆年间还有一位写《桃花影》传奇的**范鹤年**，为山西洪洞人，字青子，号研云，一号琴轩，乾隆己酉科进士。他出生在一个望族大姓之家，其先祖多是清初有名的学者，对他的文化修养颇有影响。他生于乾隆十八年（1753），大约卒于嘉庆八年（1803），著作有《藐雪山房全集》《寸芹草》《青影楼诗余》《墨帐杂俎》等。他才情横溢，学问渊博，与同乡刘大懿、绛州黄洽、临汾徐后山为笔友，整日一起搞创作，相互切磋，诗词古文无不工致。他一生未多做官，仅作过补衡阳知府，任官期间处理政务余暇，仍徜徉诗酒。

《桃花影》一名《离魂记》，又名《五色线》。全剧共三十折，每折关目下均标韵辙，似乎作者挺讲究音律，其实有许多出韵字。此剧本事取材很广，真真取自《闻奇录》，倩倩取于陈玄祐的《离魂记》，五色线则见于《薛雍妻》，猪嘴道人则见《情史卷九幻术类》。

从第一折《滥觞》的四句下场诗“斗口角的小仙姬闻声救苦，兴风波的老魔王妒色捻酸，错相思的离魂女暗中扯淡，费精神的痴情郎到底尝甜”，可以看出剧情概要。这个剧剧情曲折生动，是由两条线交错发展的，出场人物较多，但主要着力刻画真真、倩倩与赵颜三人。剧中许多曲词优美流畅，很形象，很生动，显然是受了

《西厢记》《倩女离魂》《牡丹亭》等剧的影响。尤以《西厢》为大，剧中用语、情节、典故，许多出自《西厢》。最后一折《证真》，虽未脱生旦团圆的俗套，但艺术手法比较高超，是倒叙旧情，一一解疑，并让真真与鸠盘茶再次出场，说明前后纠葛，以喜剧结尾，很快意，很舒畅。

纵观全剧，是一部积极浪漫主义的作品。歌颂了青年男女忠贞爱情，道出了“好事多磨”的客观规律，但也流露了色空观念。就艺术性上来看，这个剧的最大特点是情节曲折，波澜起伏；突破了明清传奇格律，填词联套大部分用北曲，合辙押韵多用土音，而且是晋南土音；文词写得十分优美，流畅活泼，受了前代文采派剧作家的影响；布景、砌末（即道具）、效果、场次的变换，都运用得纯熟，很适合舞台演出，看来作者很可能是一位懂得戏剧实践的作家，不仅仅会编写剧本而已。

范　驹　字藿田，山西河津人。生于乾隆间。善作诗文，工于词曲。著有《藿田集》十三卷，杂剧一种《送穷》，散曲一部，同时流传于世。

张　锦　字菊知，太原人。生平未详。今存有《新西厢》《新琵琶》二种。

汾上谁庵　真实姓名、字号均未详。疑为山西汾阳人，待考。撰有《画图缘》传奇，凡二十六出，叙演张灵、崔莹故事，以图作合而成婚姻。题材与清初无名氏撰同名小说《画图缘小传》相同。今存乾隆宁拙斋刊本。

五台山农　真实姓名、字号、籍贯均未详。撰有传奇《铁观音》，已佚。疑为山西人，待考。

二、怎样阅读、赏析中国古代戏曲

从总的来说，不论分析什么文艺作品，长的、短的、抒情的、叙事的、戏剧的，不外就是两个大的方面、大的范畴，即思想内容和艺术形式（又称思想性和艺术性）。

第一，首先明确阅读、赏析剧本的主要目的是什么？就是：初步掌握戏剧创作的基本理论和知识，在阅读和赏析的过程中，受到教育和娱乐的陶冶。探索、研究古代戏曲怎样进行艺术构思，怎样运用语言，特别是怎样体现“本色当行”，怎样塑造人物形象特别是主要英雄形象或正面形象，怎样表现主题思想，从而找出规律性的东西。分析每个文学剧本的艺术特色，在艺术形式方面诸如唱腔、科白、音乐、舞蹈、情节结构、舞台美术等创作经验，特别是要结合舞台上立起来的活的表演艺术，“推陈出新”、综合治理的经验，以便提高分析评论的能力，提高鉴赏水平，提高戏剧创作水平。

第二，分析、评论剧本的内容，具体来讲，即：

了解反映什么题材，有无演变？怎样运用题材的？

怎样揭示主题思想的？主题思想的确定主要是通过剧情结构、戏剧冲突、人物性格综合在一起发掘的。主题有时是集中的、单打一的，有时是复杂的，多元的，有正主题和副主题。

怎样运用语言，语言的特色是什么？是否性格化、富有动作性？是否本色当行？

怎样塑造人物形象的？要分别找出英雄形象、正面形象、反面形象、落后形象（又称中间人物或转变人物）、亦反亦正的形象。有的剧本各种人物都出场，有的不一定，不是类类俱有，样样俱全。

而人物形象和主题思想，又是体现在戏剧冲突中，所以分析剧本首先要研究剧本中戏剧冲突的时代特征、性质和发展过程。

戏剧冲突又是戏剧情节的基础,剧本艺术构思的条件。戏剧的情节结构要求比其他叙事作品(例如小说)更集中、更精炼。因为戏剧是一种综合艺术,又是一种表演艺术,它要求必须在有限的时间和空间之内完成其艺术任务。

一般来说,戏剧冲突可分作五个发展阶段,即开端、发展、高潮、解决和结局,这也就是戏剧情节的五个发展阶段。也有的人把它分作四个部分:开端、发展、高潮、结局。有的剧还有序幕或者尾声。

在剧本中,这五个发展阶段自然就构成一条线,所以剧本中又有主线和副线的说法。主要情节线索就叫主线,次要情节线索就叫副线,或叫次线。有的剧本只有一条情节线索,有的则有两条或者几条。

戏剧情节通过剧作家的艺术构思,有目的、有计划地安排在一个剧本中,这就形成了结构,所以说,结构是戏剧冲突的组织形式,要想把结构组织好,剧作家必须进行精心的剪裁和合理的布局。读者在阅读、分析剧本时,也要注意探讨作者艺术构思的过程和特点,这样就不会离题太远了。任何文学作品都应当有严谨的结构,但戏剧因它具有表演性(又叫舞台性)、综合性、时间性的特点,就决定结构更要严谨,不能枝蔓不清。

以上是就任何戏剧文学(如话剧、歌剧、地方戏等)都必须注意到的方面而谈的。如果谈到元明杂剧和明清传奇的话,那还必须另外再加上下列几个方面的内容:

1. 了解、掌握杂剧和传奇在体制上的特点,即主要区别点。

(1)传奇的最小演出单位叫出,少数也有叫折的,每剧不限出数,长短自由,有长至四五十出的。杂剧的最小演出单位叫折,每剧多以四折为限,也有突破四折的,多至十几折的。

(2)传奇的每出不限一个宫调,并可以换韵。杂剧每折必须一调一韵到底。

(3)传奇每本不限于一种角色独唱,每出也不限于一人独唱,凡登场的人根据需要都可以唱,而且可以接唱、合唱。杂剧全曲多半由一人独唱,少数也有几个人唱的。

(4)传奇第一出照例是开场(也叫开宗、家门等),以说明剧情大意。杂剧多用楔子,位于剧前或折与折之间,绝没有在剧末的。其作用相当于序幕或过场戏,是剧情发展中的组成部分。

(5)南北戏曲因地方气质的不同,以及乐谱、乐器的各异,因而曲的音调和精神也各具风格。明代人徐渭说:“听北曲则神气鹰扬,有杀伐之气;听南曲则流丽婉转,有柔媚之情。”(《南词叙录》)明人王世贞也说:“大抵北主劲切雄丽,南主清峭柔远。”(《曲藻序》)又在《曲藻》正文中说:“北字多而调促,促处见筋;南字少而调缓,缓处见眼。北则辞情多而声情少,南则辞情少而声情多。北力在弦,南力在板。北宜和歌,南宜独奏。北气易粗,南气易弱。”

2. 了解、掌握方言俗语的运用。

戏曲是一门综合艺术,而语言作为文学的基因,是戏曲的重要组成部分。中国古代戏曲作家和理论家,历来主张戏曲语言要雅俗共赏,本色当行,使观众共见共闻,而反对矫揉造作,皲染辞华。因此在元杂剧中出现了许多元代流行的方言俗语,明清传奇中出现了许多南北各地区的方言俗语,但另一方面又给后人阅读研究带来了诸多不便,因而要想鉴赏古代戏曲,就必须首先了解掌握方言俗语的运用。

如兀那、兀的、兀自都是助词,兀自又写作兀子。兀那只有肯定的意义,兀是发声词,没有实义,兀那即那。例一:《金钱记》贺知章白:左右,兀那前头走的不是韩飞卿?例二:《破窑记》梅香白:姐姐,你看兀那两个穿的锦绣衣服,不强如那等穷酸饿醋的人也。

兀的亦作兀底,带有惊奇意,同“这”。例一:《千里独行》第一折关末白:兀的真个是俺哥哥的衣甲头盔,可怎生落在他手里。例二:《窦娥冤》第三折卜儿哭白:“天那,兀的不是我媳妇儿!”

兀自则有“还是”义,肯定而又带反问。例一:《董西厢》八〔渠神令〕:谁知今日见伊,尚兀自鳏居独自,又没个妇儿妻子。例二:《智勇定齐》三折〔调笑令〕:你如今船到江心补漏迟,抵多少临崖勒马才收骑,尚兀自追赶着争持。

葫芦提,又作葫芦题、葫芦蹄,即糊里糊涂,不明不白的意思。例一:《西厢记》一本四折〔鸳鸯煞〕:酩子里各归家,葫芦提闹到晓。(“酩子里”也是方言俗语,即暗地里的意思。)例二:《窦娥冤》三折〔快活三〕:念窦娥葫芦提当罪愆……

像刣画(bāihuāi)更是常用的俗语,有时写作百画、布画、摆画、劈画、擘画。劈、擘都读“摆”音。这个词有安排、摆布、处理、筹划、计划、办法、揣摩、分辩等义,意义多相通,但又稍有区别。

例一:《张生煮海》二折〔黄钟煞尾〕:任熬煎,任布画。

例二:《李逵负荆》四折〔驻马听〕:怎擘画,但得个完全尸首,便是十分采。

例三:《争报恩》二折〔斗鹌鹑〕:这公事怎刣画?

以上三个例证义同,是“安排、摆布、筹划、处理”的意思。

例四:《董西厢》卷六〔双调·芰荷香〕:忒孤穷,要一文钱物,也擘劃不动。

此“擘劃”意思为“筹措”。

例五:《西厢记》四本一折〔后庭花〕:忧愁因间隔,相思无摆画，谢芳卿不见责。

例六：《衣袄车》四折〔尾声〕：杀的那史牙恰无刮画。

此二处意为“办法”。

例七：《赚蒯通》一折〔混江龙〕：我也曾劈画着黄公略法，酝酿着吕望韬出。

此处是说“揣摩”。

例八：《东窗事犯》四折〔后庭花〕：想秦桧无百画，送微臣大理寺问罪责。

例九：《谢金吾》一折〔青哥儿〕：那厮拆坏了咱家咱家第宅，倒把着大言大言图赖，教我便有口浑身怎劈画？

以上两例意为分辩；无百画、怎劈画，即不容分辩、怎能分辩的意思。

遇到这类难题，怎么办？可查阅下列专业工具书：张相的《诗词曲语辞汇释》，这是一部开山之作，功不可没，但现在看来也存在不少缺点，后来有王英的《诗词曲语辞例释》，纠正补充了前书。朱居易的《元剧俗语方言例释》和徐嘉瑞的《金元戏曲方言考》，则太简略，过时了。现在看来比较理想的有20世纪80年代新编著出版的两部：一部是陆澹安的《戏曲词语汇释》，一部是顾学颉、王学奇合编的《元曲释词》（共三册），这两种工具书的共同特点是后来居上，具有详、全、易的优点。

3. 了解和掌握关于宫调的常识。

什么叫宫调？近代著名戏曲家吴梅说：“宫调者，所以限定乐器管色之高低也。何也？即以笛论，笛共六孔，计有七音。今人按第一孔作工（笔者按，即简谱3，下同），第二孔作尺（2），第三孔作上（1），第四孔作一（$\underset{\cdot}{7}$），第五孔作四（$\underset{\cdot}{6}$），第六孔作合（$\underset{\cdot}{5}$），而将第二第三两孔按住作凡（4），此世所通行者，曲家为之小工调。笛色之调有七:曰小工调、曰凡字调、曰六字调、曰正工调、曰乙字调、曰尺字调、曰上字调。此七调之分别,以小工调作准。”(《顾曲麈谈》)这是以笛色为标准,用工尺调表述的,因为吴梅就是昆曲大师,而笛子正是昆曲的主乐器,所以他以笛举例。假如把工尺谱与简谱对照,把唱名按音阶次序排列的话,为:

上	尺	工	凡	合	四	一
$\underset{\cdot}{1}$	$\underset{\cdot}{2}$	$\underset{\cdot}{3}$	$\underset{\cdot}{4}$	$\underset{\cdot}{5}$	$\underset{\cdot}{6}$	$\underset{\cdot}{7}$
上	尺	工	凡	六	五	乙
1	2	3	4	5	6	7
仩	伬	仜	仉	伏	伍	亿
$\dot{1}$	$\dot{2}$	$\dot{3}$	$\dot{4}$	$\dot{5}$	$\dot{6}$	$\dot{7}$

用现在的话来说,宫调就是曲谱音调的总称,就是一个音组,调门,也就是通常说的什么工字调、尺字调……或者 C 调、D 调……古代的七音——宫、商、角、变徵、徵、羽、变宫,即相当于现在简谱用的音调 CDEFGAB。画一对比简表,即:

上	尺	工	凡	六	五	乙
				变		变
宫	商	角	徵	徵	羽	宫
1	2	3	4	5	6	7
C	D	E	F	G	A	B

我国古代的宫调变化不一,或简或繁。从现存元杂剧来看,所用的仅五宫四调,计九种。五宫就是仙吕宫、南吕宫、正宫、中吕宫、黄钟宫;四调就是双调、越调、商调、大石调。这五宫四调在北方又名“北九宫”,同样宫调,在南方就称为“南九宫”。而所谓蒋孝和、沈璟的南九宫十三调曲谱实为一回事,实际就是把各个宫调相加统计而为十三,即六宫七调。六宫是仙吕宫、黄钟

宫、正宫、中吕宫、南吕宫、道宫；七调是羽调、越调、大石调、商调、商角调、般涉调、高平调。明杂剧基本上还是沿用北九宫，有时也吸收南九宫的曲牌。南北宫调下属所用的曲牌不同。吴梅对此曾作了详细统计，可参阅《顾曲麈谈》第一章“原曲”第一节“论宫调”。

古代人写剧本、填唱词、用曲谱时，限定某曲必须用某一管色，凡作一曲必属于某宫或某调，每一套中又必须是同一宫或同一调。如果在一套曲中前后不是同宫，叫做出宫，不是同调，叫作犯调，这是违背曲律的。但剧作家为了内容的需要，常常有例外，别出心裁，争奇好胜，因而就得特殊处理，这种特殊处理方法，在北曲中就叫借宫，在南曲中就叫集曲。借宫就是在本调联络几个曲牌后不用古人旧套，而在管色相同的其它宫调中摘取数只曲牌连续成套。例如《王西厢》，在用〔正宫端正好〕〔滚绣球〕〔叨叨令〕〔倘秀才〕〔滚绣球〕后，忽然借用般涉调耍孩儿而联成套数，元人杂剧中用这种方法联套的相当多。集曲，也是取同一宫调中的几个曲牌，把其中的几句截出而联集在一起，起一个新名称。例如，张凤翼（伯起）所撰《红拂》《虎符》中的“九回肠”，就是把〔解三醒〕〔三学士〕〔急三枪〕三种合在一起，三三成九，所以叫作九回肠。梁辰渔（伯龙）的《浣纱记》中的“巫山十二峰”，就是把〔三仙桥〕〔白练序〕〔醉太平〕〔普天乐〕〔犯胡兵〕〔香遍满〕〔琐窗寒〕〔刘泼帽〕〔三换头〕〔贺新郎〕〔节节高〕〔东瓯令〕十二种的几句乐句合在一起，所以叫作十二峰。

在现存的元杂剧中，基本上是以四个套曲作为一本，每一本一般为四折，每折为一个套曲。体制规律大体上是：第一套为仙吕宫，第二套为南吕宫，第三套为中吕宫，用正宫或越调的也不少，第四套为双调。每一宫调所隶属的曲调都有一定的数目，按次序排列，但也有多两曲或少两曲的。最长的套数，有多到二十六个曲调的，如孟汉卿的《魔合罗》第四折中吕宫一套；最短的套数，有只用三个曲调的，如金仁杰的《追韩信》第四折正宫一套。一般的都是用十来只曲子组成的。

各种宫调表现出来的音律、风格不同，有的雄壮，有的凄楚，有的婉转，有的明快，有的欢欣，有的悲伤，等等，剧作家就根据这不同的音律、风格，来表现不同的剧情。元代《燕南芝庵先生唱论》中对每一宫调，都用四个字加以概括形容，虽不一定准确，但也可做参考，看出风格来。他说：

仙吕宫唱，清新绵邈。
南吕宫唱，感叹伤悲。
中吕宫唱，高下闪赚。
黄钟宫唱，富贵缠绵。
正宫唱，惆怅雄壮。
道宫唱，飘逸清幽。
大石（调）唱，风流蕴藉。
小石（调）唱，旖旎妩媚。
高平（调）唱，条拗晃漾。
般涉（调）唱，拾掇坑堑。
歇指（调）唱，急併虚歇。
商角（调）唱，悲伤宛转。
双调唱，健捷激袅。
商调唱，凄怆怨慕。
角调唱，呜咽悠扬。
宫调唱，典雅沉重。
越调唱，陶写冷笑。

这些评价,并不准确,因为曲谱遗失了,只能从唱词中揣摩,有些评价还类似或矛盾。

上述宫调若按笛音管色来看,分别纳入工尺谱,就是分属哪个管色之下有哪些宫调:

小工调(简谱3)——仙吕宫、中吕宫、正宫、道宫、大石调、小石调、高平调、般涉调属之,共八种;

凡调(简谱4)——南吕宫、黄钟宫、商角调、仙吕宫属之,共四种;

六调(简谱5)——南吕宫、黄钟宫、商角调、商调、越调属之,共五种;越调又可入小工调;

正工调(简谱6)——双调属之;

乙字调(简谱7)——双调属之;

尺调(简谱2)——仙吕宫、中吕宫、正宫、道宫、大石调、小石调、高平调、般涉调属之,共八种;

上调(简谱1)——南吕宫、商调、越调属之,共三种。

以上套之工尺谱共出现六宫八调,除歇指调、宫调、角调不用外,其他都有,同一管色下属又出现相同的宫调,可见两调是可通用的。

下面举杂剧的例证,说明宫调的运用规律及特征。例如在元杂剧中,一折戏中必然包含有一组套曲,它把各个曲牌按其调式、调性的特征,分别列入相应的同一宫调中,一套曲子必须一个宫调,一韵到底。所以一出戏有四折,也就有四组套曲,四组套曲以及下属的只曲,不是随便出现的,是剧作家根据剧情和人物的需要,分别选用四种不同的宫调,曲调的更换,调性、调式的变化,就使剧本在音乐格律上呈现跌宕多姿、情趣各异的特点。现在举关剧《窦娥冤》和《望江亭》为例说明:

《窦娥冤》宫调、套数的结构形式是：

楔　子　〔仙吕·赏花时〕

第一折　〔仙吕·点绛唇〕〔混江龙〕〔油葫芦〕〔天下乐〕〔一半儿〕〔后庭花〕〔青哥儿〕〔寄生草〕〔赚煞〕

第二折　〔南吕·一枝花〕〔梁州第七〕〔隔尾〕〔贺新郎〕〔斗虾麻〕〔隔尾〕〔牧羊关〕〔骂玉郎〕〔感皇恩〕〔采茶歌〕〔黄钟尾〕

第三折　〔正宫·端正好〕〔滚绣球〕〔倘秀才〕〔叨叨令〕〔快活三〕〔鲍老儿〕〔耍孩儿〕〔二煞〕〔一煞〕〔煞尾〕

第四折　〔双调·新水令〕〔沉醉东风〕〔乔牌儿〕〔雁儿落〕〔得胜令〕〔川拨棹〕〔七弟兄〕〔梅花酒〕〔收江南〕〔鸳鸯煞尾〕

《望江亭》的宫调、套数的结构形式是：

第一折　〔仙吕·点绛唇〕〔混江龙〕〔村里迓鼓〕〔元和令〕〔上马娇〕〔胜葫芦〕〔幺篇〕〔后庭花〕〔柳叶儿〕〔赚煞尾〕

第二折　〔中吕·粉蝶儿〕〔醉春风〕〔红绣鞋〕〔普天乐〕〔十二月〕〔尧民歌〕〔煞尾〕

第三折　〔越调·斗鹌鹑〕〔紫花儿序〕〔金蕉叶〕〔调笑令〕〔鬼三台〕〔圣药王〕〔秃厮儿〕〔络丝娘〕〔收尾〕〔马鞍儿〕

第四折　〔双调·新水令〕〔沉醉东风〕〔雁儿落〕〔得胜令〕〔锦上花〕〔幺篇〕〔清江引〕

这两个剧目，一个是悲剧，一个是喜剧，不但可以看出曲调变化的丰富多彩，还可以看出随着剧情的变化，各种宫调表现了不同的情调特色。例如《窦娥冤》第一折，主要是表现窦我的冗冗情怀，悠悠心绪，所以选用了色调清新、平和、细绵的仙吕宫。第二折，戏剧冲突有了发展，全套曲子是窦娥对蔡婆词严义正的责骂和嘲笑,悲剧气氛进一步加深了,便选用了色调感叹、悲伤、激愤的南吕宫。第三折,更悲惨的命运落在窦娥身上,窦娥负屈衔冤,被判死刑,贪官污吏严刑拷打,鲜血淋漓,戏剧冲突达到了高潮,于是宫调选用了慷慨悲壮的正宫。第四折,窦娥阴魂不散,要报仇,要雪冤,而窦天章审囚刷卷,情绪不佳,悲剧气氛虽不激烈但却很深沉,因而选用了袅绕、激动而又深沉的双调。

本来《望江亭》的第一折、第四折的宫调和《窦娥冤》的第一折、第四折的宫调完全相同,但为了适应喜剧的要求,在具体曲牌上做了一些调整。第二折,写白士中得知杨衙内为了抢占谭记儿要杀害自己,于是忧心忡忡,谭记儿对白士中产生了一点误会,后来明白了真相便自告奋勇,智赚金牌,惩治了杨衙内而保卫了她们的爱情。作者为了更好地表达人物的心理活动,所以便运用了高下闪烁、跳跃明快的中吕宫。第三折,写谭记儿中秋月夜,妆为渔妇,为杨衙内把盏作乐,戏弄了杨衙内及其心腹,趁机骗走势剑金牌和文书。因为这是一折喜剧式的高潮戏,所以不用“惆怅雄壮”的正宫,而是用了“陶写冷笑”风格的越调。看得很清楚,关汉卿对宫调的布局运用,对戏剧的音乐变化是颇有讲究的,完全以喜剧的要求选用宫调和曲牌。

我国古代的音乐发展规律基本上是由简到繁的,最早是五个音阶,后来才发展为七个音阶。五音也好,七音也好,不是一成不变的,从古至今就变化不小。在古代五音中确定高低音就有所变化。古书中记载五声相求方法的以《管子》一书为最早;记载十二律以数相求方法的以《吕氏春秋》一书为最古;以后又有《淮南子》和《史记》;此外还有讲述律、声道理而未以数相求的则有《左传》《国语》《孟子》《周礼》《礼记》等书。假若按音的高低排列次序,则为:

《管子》 徵 羽 宫 商 角

《史记》 宫 商 角 徵 羽

（五行） 土 金 木 火 水

由此看出,《管子》是以徵音为五音中的最低音,《史记》是以宫音为最低音。所以前者叫五音徵调,后者叫五音宫调。二者的“短音阶”也不一样,前者在第二音与第三音之间(即羽、宫之间),后者在第三音与第四音之间(即角、徵之间)。五音后来发展而加上了变徵、变宫,就成了七音,但在相当长时间内是两种音调同时并行,南方重五音,北方重七音,这个规律一直到现在还保留有痕迹。五音宫调用拼音字母表示,宫的韵母为 w(u),商的韵母为 ɑ,角的韵母为 e,徵的韵母为 i,羽的韵母为 y。

总之,音律的变化都是根据实际需要而变的,这一经验是值得注意的,值得我们今天的戏剧工作者借鉴,今天改编戏曲剧目也好,创作戏曲剧目也好,也要从实际出发,注意时代的需要和人民的需要,不能抱残守缺。

4. 了解和掌握成语、典故的引用。

在中国古代戏曲作品中,典故引用很多,不了解不掌握,对阅读、研究中国古代戏曲作品也是一大障碍。

成语和典故,既有区别又有联系。有些成语包含着典故,是一个故事的抽象概括,例如,狐假虎威、画蛇添足、完璧归赵、口蜜腹剑等;有些则没有,仅是四字格式或五字以上格式的词组、短句,例如勇往直前、七手八脚、欲速则不达、失败为成功之母等。成语是语言词汇中的一部分定型的词组或短句。汉语成语有固定的结构形式和固定的说法,表示一定的意义,在语句中是作为一个整体来应用的。成语大都有一定的出处,这就涉及典故。典故涵盖着两种内容:一种是指典制和成例,故即故事或成例,具有经典性的故事或成例就是典故。另一种是指作品中所引用的古代故事和有来历出处的词语。

现在举《西厢记》里的几个例证加以说明。

“举案齐眉”:说的是汉朝梁鸿、孟光夫妻和好、相敬如宾的故事。《西厢记》第三本第二折(金圣叹本标《闹简》)红娘唱〔三煞〕“他人行别样的亲,俺根前取次看,更做道孟光接了梁鸿案。”“更做道孟光接了梁鸿案”,就是说简直是孟光倒先接了梁鸿案去了。讥讽莺莺倒先接受了张生的敬重了。

“萤窗雪案”,说的是晋朝车胤、孙康刻苦读书的故事。车胤家贫无油,夏天用丝囊盛数十只萤火虫照明读书。这叫“萤窗”。孙康也是家贫,好学,于冬天常常映雪读书。这叫“雪案”。《西厢记》第一本第一折中就两次引用了这两个典故,一次是张生在独白中说道:“暗想小生萤窗雪案,刮垢磨光,学成满腹文章,尚在湖海飘零,何日得遂大志也呵!”又一次是在〔混江龙〕曲牌中唱了一句“先受了雪窗萤火二十年”。

又如《西厢记》第一本第一折〔赚煞〕曲文中说:“将一座梵王宫疑是武陵源。”武陵源就是指的刘晨误入武陵溪会见天台二女的故事。在第五本第四折〔落梅风〕曲文中又写成:“你硬撞入桃花源,不言个谁是主,被东君把你个蜜蜂儿拦住。”这是把典故化用。而在武汉臣的《玉壶春》杂剧中,又有“硬撞入武陵溪”语。白朴的《东墙记》杂剧第三折中也有“东墙相见后,疑是武陵源”句。这三处说的都是刘晨误入武陵源会见天台二女的故事,都是一个典故。

至于谈到中国古代戏曲作品引用典故的情形,明代康海的《中山狼》杂剧用典最为典型,请参阅笔者所著《仙龙斋论剧》(中国戏剧出版社 1997 年 10 月版,第 74 ~ 79 页)《谈杂剧〈中山狼〉的用典》一文,此处从略。

5. 了解和掌握唱词的特点。

中国古代戏曲的唱词是属于韵文文体，是诗化的语言，它具有许多诗、词、曲的形式美规则。

首先是有强烈的节奏感。郭沫若说："抒情诗是情绪的直写。情绪的进行自有它的一种波状的形式，或者先抑而后扬，或者先扬而后抑，或者抑扬相间，这发表出来便成了诗的节奏。所以节奏之于诗是它的外形，也是它的生命。我们可以说没有诗是没有节奏的，没有节奏的便不是诗。"（《论节奏》，1925 年，《沫若文集》第 10 卷第 225 页）闻一多也说："诗之所以能激发情感，完全在它的节奏；节奏便是格律。"（《诗的格律》，1926 年，《闻一多全集》，开明书店版丁集第 247 页）可见，节奏是感情的表现，是随着感情的变化而变化的。同样，韵律也是感情起伏的自然结果，随着诗歌所表达的感情的波动，就会产生一定的韵律。韵律就是声音和调性的美感的规则。所以在阅读、唱念时，必须把节奏感和韵律感体现出来，才能深入了解和掌握唱词的妙谛。

其次是衬字的运用。戏曲唱词中常常出现衬字。什么叫衬字？衬字就是在曲调规定的字数以外所增加的字。它的作用是为了补足语气，或者是为了描摹情态。它不能用于句尾，多用于句首或句中，歌唱时不占重拍子。

例如，《西厢记》第四本第三折"长亭送别"〔叨叨令〕曲文：

> 见安排着车儿、马儿，不由人熬熬煎煎的气；有什么心情花儿、靥儿，打扮得娇娇滴滴的媚；准备着被儿、枕儿，只索昏昏沉沉的睡，从今后衫儿、袖儿，都揾做重重叠叠的泪。兀的不闷人也么哥？兀的不闷杀人也么哥？久已后书儿、信儿，索与我恓恓惶惶的寄。（其中加点的字为衬字。）

但也有个别特例，凡不害文理，没有什么意义，而在语法上或歌唱时语气上的需要，按曲谱规定，衬字也可以用在句末，例如所有〔叨叨令〕中的“也么哥”便是。“也么哥”相当于现代汉语中的“咿呀咳”或“呼咳哟”。衬字用实字、虚字都可以，不讲究平仄，至于每句衬字用多少，都没有明确的规定，一般规律是小令衬字少，套数衬字多，杂剧则衬字更多，由衬一字到衬二十字的都有，但以衬三四字的为常见。元杂剧所用的衬字，大都是副词、语气词的虚字，间或用形容词、代名词的实字，一般不用名词、动词的实字，而且叠字的衬字为最多，最富有形象性和节奏感。

衬字问题，说起来很简单，真正研究透彻很不易，内容丰富而复杂，可参阅三本书：徐扶明的《元代杂剧艺术》（上海文艺出版社1981年1月第1版）第十三章“衬字”；涂宗涛的《诗词曲格律纲要》（天津人民出版社1982年8月第1版）上编第三章曲律纲要第六节“衬字与定格”；羊春秋的《散曲通论》（岳麓书社1992年12月第1版）第五章辞采论第二节“曲的衬字”。三本书各有特色，但比较下来还是涂著最为深细，最见功力。

6. 了解本事的源流演变及艺术形式的变化，从而总结出一些改编经验来。

例如，我们经常提到的新杂剧、旧传奇，天下夺魁的《西厢记》，它的故事情节和艺术形式，就有四次变化。最早是出现在唐代贞元、元和之世的传奇小说《莺莺传》，后人又称作《会真记》，作者为与白居易齐名的诗人元稹，艺术形式是文言短篇小说。在这篇小说里，故事和人物都比较简单，它不仅宣扬了男尊女卑和妇女祸水的封建思想，而且为官僚文人玩弄女性的无耻行为辩护，说什么“始乱终弃”有理，作者还借“时人”之口，称许“张为善补过者”。《莺莺传》经过唐末五代，到了北宋初期曾被收到官修的《太平广记》里。这篇小说在当时的士大夫阶层和人民群众中广为流传，并被改编为各种文艺形式，其中有秦观、毛滂分别写的《调笑转踏》和赵德麟(令畤)写的《商调蝶恋花鼓子词》。“调笑转踏”是一种歌舞曲，它的体裁是以八句七言的引诗和一首《调笑令》来歌咏一个古代美人故事，不过两篇内容都没有超过《莺莺传》的范围。《蝶恋花鼓子词》是由十二首“商调蝶恋花词”和插在每首词前后的散文道白组织而成的，在这篇鼓词里曾提到：“至今士大夫极谈幽玄，访奇述异，无不举此以为美话；至于娼优女子，皆能调说大略。”可见关于张生、莺莺的故事，最初是作为说话人的题材在瓦肆勾栏里传播的。赵德麟的鼓子词除了在内容上形式上都比《调笑转踏》充实、扩大之外，最主要的是在篇末否定了元稹“善补过”的一段话，表现出同情莺莺的鲜明倾向。以上三种作品均属说唱文学形式，除此以外，在宋杂剧中还有《莺莺六幺》，金院本中有《红娘子》，宋元南戏中有《张珙西厢记》，可惜这些剧本都已失传。在金代，又出现了一部董解元写的说唱文学体裁《西厢记诸宫调》，又称《西厢挡弹词》或《弦索西厢》，后人简称《董西厢》。“解元”是当时对一般读书人的称谓，并非作者的名字。这部作品，是迄今存世的首尾最完整、思想价值和艺术价值最高的一种诸宫调。诸宫调是一种有说有唱、而以唱为主的文艺形式。它在一段散文讲说之后，接唱一套有首有尾的宫调曲子，所唱各套曲子，宫调时有变换，词牌先后不同，比之“调笑转踏”或“蝶恋花鼓子词”就丰富复杂多了。诸宫调有南北之分，《董西厢》是北方诸宫调，伴奏乐器是琵琶和筝，所以又叫《弦索西厢》。《董西厢》在张生、莺莺故事的流变过程中，是一部富有创造性的划时代的作品。无论在主题思想、故事情节、人物性格等方面，较之以前的同一题材的作品都有重大突破：一是从根本上改变了《莺莺传》的思想倾向，纠正了莺莺是“尤物”、“祸水”和赞美张生“善补过”的封建观点，描写了崔张为争取婚姻自主,共同向封建势力斗争的新主题;二是增加了张生闹道场、张生寄相思、莺莺探病、孙兵围普救寺、长亭送别、出奔团圆等情节,特别是以崔张出走、最终团圆的喜剧结局代替了张生抛弃莺莺的悲剧结局,十分精彩;三是添加了几个有声有色的新人物,如法本、法聪、郑恒、孙飞虎等,原来小说中不重要的人物如崔老夫人、红娘、杜确等,也有了鲜明的个性。所有这些突破,都为后来元杂剧《西厢记》的创作,提供了基础。元代王实甫创作的《西厢记》,又简称《王西厢》,这是一部被当时人们看作像《春秋》一样的经典作品,首先在体制上就富有创新特色,全剧竟有五本二十一套曲子,为一般杂剧剧本的五倍。在某些套曲内,还有两三个角色分唱的情形。《王西厢》与《董西厢》相比较,可以说有继承有发展,继承了《董西厢》的某些优点,避免了它的一些缺点,就全书说,《王西厢》比《董西厢》提高了许多,例如:在思想意义上《王西厢》更以同情封建叛逆者的态度,描写崔张爱情多次遭到老夫人的阻挠与破坏,从而揭露了封建势力对青年个性解放、追求幸福的摧残,歌颂了青年男女对爱情的要求以及他们的斗争和胜利,更明确地体现了"愿普天下有情的都成了眷属"的主题思想。在情节结构上,从创作与舞台演出的需要,也增补了一些情节,把原来的内容分别取舍或前后移动,使故事更见合理和紧凑。如《董西厢》写在宴席上老夫人表示要把莺莺嫁给张生时,是张生自己提出"功名世所甚重,背而弃之,贱丈夫也",张生主动提出赴考,老夫人并没有逼试,而在《王西厢》中却改为老夫人无情地责令张生:"我待送你去官司里去来,恐辱没了俺家谱。我如今将莺莺与你为妻,只是我三辈儿不招白衣女婿,你明日便上朝取应去。我与你养着媳妇,得官来见我;驳落呵,休来见我。"以应举分手作为对崔张的一种惩处,变成了老夫人的赖婚和逼试。在人物形象塑造上,紧扣戏剧冲突刻画人物性格，红娘在《董西厢》里是个次要人物，到了《王西厢》里，作者则用了大量的笔墨，把红娘塑造成为另一个主要正面形象，与崔、张鼎立而三。全剧共二十一套曲子，由红娘主唱的就有八套，还外加两个楔子。红娘成为一个性格爽朗、乐观、聪明、勇敢、机警、老练的对封建礼教最具有冲击力量的光辉形象。《王西厢》更善于融合古典诗词和方言，运用得纯熟自然，特别是在修辞手法上，在曲词宾白里举凡明喻、暗喻、引用、借代、黏连、移就、拟人、拟物、对衬、反衬、双关、示现、摹形、摹声、设问、析字、藏词、镶嵌、复叠、反复、对偶、排比、层递、错综、顶真、倒装、跳脱、节缩等修辞辞格应有尽有，可以说做到了集各种修辞格之大成。

总之，"为了发扬中国古典戏曲的优秀传统，满足今天广大人民的要求……我们对于崔、张故事的历史发展应该有比较全面的认识。例如元微之的《莺莺传》是在怎样的社会情况下产生的，它为什么会对后来的戏曲小说发生这么大的影响；董解元《西厢挡弹词》的许多情节是怎样添出来的，为什么他对《莺莺传》的结局要作这样大的修正；王实甫的《西厢记杂剧》是怎样产生的，他是怎样利用这种文艺形式反映当时人民的要求的，对这些问题都应该有比较满意的解决。"（王季思《西厢记叙说》，原载《人民文学》1955 年 9 月，又收入 1957 年作家出版社《元明清戏曲研究论文集》）

又例如，水浒英雄林冲的故事在《水浒传》《宝剑记》《灵宝刀》《逼上梁山》中，就有多次演变，或升或降，或详或略，颇有研究价值。纪君祥的《赵氏孤儿》流传欧洲各国后的改编情况，更是出现了抢译抢编的热点现象，中国的孤儿登上了欧洲各国的戏剧舞台，于是出现了英国式的、法国式的、意国式的、德国式的"中国孤儿"，各放异彩，拨动了西方观众的心弦，影响了西方戏剧的革新。

这些都是最好的例证，因篇幅所限，故不赘述。（可参阅中国戏剧出版社出版的《仙龙斋论剧》中的《赵氏孤儿在国外》《三次改编三次飞跃——谈林冲故事在〈水浒传〉〈宝剑记〉〈灵宝刀〉〈逼上梁山〉中的演变》两文）

7. 为了深入、准确地理解作品，还必须结合作品的时代背景去阅读、掌握一点历史知识。

例如，孔尚任的《桃花扇》传奇就是以明末复社文人侯方域与秦淮名妓李香君的爱情故事为主线，反映南明一代兴亡的历史剧。所谓“南明”，就是指公元 1644 年李自成攻占北京，崇祯帝朱由检吊死煤山之后，同年农历五月十五日福王朱由崧于南京即帝位起，到 1662 年桂王朱由榔建立的永历王朝的灭亡止，大约有十八年之久。简要言之，明亡以后，在江南广大地区先后建立了福王、鲁王、唐王、桂王等政权，统称为南明。弘光朝（即福王政权）一建立，就打着“报君父之仇”的旗号，与农民起义军相对抗，随时准备着与清朝统治者妥协。福王政权极端腐败，他深居宫中，过着荒淫无耻的生活，修建兴宁宫，所挂楹联是：“万事不如杯在手，一生只见月当头。”清兵南侵，警报急奏，福王却不理睬，而是惦记新春南部没有新声，怎样在宫中选优演戏。南明王朝内部派系斗争也十分尖锐，有是否拥立福王的争论，有马士英、阮大铖或拉拢、或镇压复社文人的斗争，有以左良玉为首的大臣反对马士英的专横跋扈。马、阮之流搜刮民财，卖官鬻爵，当时南京流传民谣说：“中书随地有，都督满街走。监纪多如羊，职方贱如狗。相公只爱钱，皇帝但吃酒。扫尽江南钱，填塞马家口。”当时文武大臣中，只有兵部尚书史可法爱国爱民，能做到出行不张伞盖，吃饭不备两菜，睡眠不解衣带，深得军民拥戴，然而他孤掌难鸣，最后困死扬州，不屈牺牲。后来清兵渡江占领南京，朱由崧、马士英狼狈出逃，忻城伯赵之龙、尚书钱谦益,率文武百官投降,总兵田雄等也献出了福王投降了清朝,不久,福王被清军处死。清军攻占南京后,明王朝在浙江的残余势力,拥立鲁王朱以海在绍兴就监国位。同时,在福建又拥立唐王朱聿键于福州称帝。这时南明有了两个并存的政权。不久,鲁王逃亡海上,投奔郑成功,最后老死台湾;唐王被清军所俘,死于福州。桂王朱由榔同样懦弱寡断,昏庸腐朽,他颠沛流离,受权臣军阀的挟制,最后被吴三桂在昆明用弓弦绞死,从此南明王朝彻底结束。

《桃花扇》反映南明兴亡是从崇祯十六年(1643)二月写起,到顺治五年(1648)九月止,实际只写了福王时期,其他几个王的时期并未涉及。除此以外,像剧中关于阉党与复社的斗争,清王朝与汉族的矛盾,四镇的内讧,史可法的斗争事迹等,都与重大历史事件有关。现在以第18出“争位”为例详细分析。

“争位”就是写兴平侯高杰、靖南侯黄得功、东平侯刘泽清、广昌侯刘良佐四镇争夺扬州地盘、自相水火的内容,四镇骄横无度,目无法纪,日无统帅,互不服膺,闹得乌烟瘴气。同时突出地写史可法的忠诚谋国、苦心调停的艰难处境。这一出的内容与史实并不完全吻合,作者从创作需要根据史实而有所变易和借用。这一出所依据的史实,是把高杰和黄得功在土桥的冲突,及刘良佐忌恨高杰占据富甲天下的扬州而想把高赶走的事情混合在一起描写。四镇的争夺全是史实,而为争座位相厮杀的情节,纯属作者虚构。还有就四镇争位的调解人来说,历史文献记载是监军万元吉和监纪应廷吉,而《桃》剧却把侯方域插入,在史可法开府扬州时,让侯参与军事,共商防河之计,且把和解归功于侯,这也是全剧结构所决定的。借用侯方域处理四镇内阁,既符合本剧侯李爱情的主线需要,又表明与南明兴亡有关。由此可见,“争位”一出在全剧中有其重要地位和作用,作者借用四镇因争座位而相厮杀的笑话,借以描写史可法的处境确是朝中军中,无处不难。作者通过一连串的戏剧行动,把史可法的处境揭示给观众:上不得朝廷的信任,下不能指挥诸将,只能借侯方域一臂之力,来把四镇团结,共同抗清。

第三,阅读、赏析剧本的具体步骤。

首先是阅读剧本本身,反复阅读,在阅读过程中随时提出问题,独立思考,自己解决。不要先看别人写的评论、介绍文章,在自己反复思考之后,有些问题实在解决不了,再参阅有关文献资料。在阅读过程中思考的问题,就是前面讲过的那些具体内容。阅读剧本时,所学过的一些戏剧史论、概念就在起作用了。同时要把一些派生的东西弄清楚,比如弄懂剧情内容,能精炼地准确地复述剧情概要,要弄清剧情的背景即发生在什么时间、什么地方,然后钻研剧本本身的一些东西。在阅读赏析过程中,一定要注意:掌握和运用历史唯物主义的观点,辩证法的观点;紧扣作品本身的原则;论证时要有明确的论点,充分的论据,周密的语言。

然后在读懂全剧的基础上再去分析。以简析《窦娥冤》第三折为例:

1. 看这一折在全剧中的地位和作用;

2. 这折戏包含几个场次和场面,就是说可以划分为几个段落,段落的划分必须根据戏剧冲突的发展过程来确定;

3. 哪些人物在说些什么、做些什么? 为什么这样说、这样做,产生了什么后果? 这样一做就把主题思想找到了,人物形象也分析了;

4. 这折戏和前后各折戏有什么联系? 起什么作用? 这样一做就确定了这折戏是属于发展? 高潮? 结局? 结果是高潮,是很重要的一场戏;

5. 语言的运用如何？风格是什么？特色是什么？这样一做，明确了语言非常本色当行。

这是就阅读、赏析文学剧本而言，如果是观看舞台演出的戏曲剧目，当然还要分析研究它的导演（舞台调度）特点、表演艺术、音乐伴奏、舞台美术等各个部门。

图书在版编目(CIP)数据

本色当行论/赵景瑜著. —太原：三晋出版社，2016.1
（赵景瑜文集）
ISBN 978-7-5457-1313-8

Ⅰ. ①本… Ⅱ. ①赵… Ⅲ. ①戏曲–研究–中国 Ⅳ. ①J82

中国版本图书馆 CIP 数据核字(2016)第 023505 号

赵景瑜文集·本色当行论

著　　者：赵景瑜
责任编辑：落馥香
出 版 者：山西出版传媒集团·三晋出版社（原山西古籍出版社）
地　　址：太原市建设南路 21 号
邮　　编：030012
电　　话：0351-4922268（发行中心）
0351-4956036（总编办）
0351-4922203（印制部）
网　　址：http://www.sjcbs.cn
经 销 者：新华书店
承 印 者：山西天辰图文有限公司
开　　本：850mm×1168mm　1/32
印　　张：38.25
字　　数：1000 千字
版　　次：2016 年 1 月　第 1 版
印　　次：2016 年 1 月　第 1 次印刷
书　　号：ISBN　978-7-5457-1313-8
定　　价：200.00 元（全六册）

庆贺八十华诞

赵景瑜文集

仙龍儔散曲選

姚奠中

三晋出版社

山西出版传媒集团

2003年5月，姚奠中先生九十寿诞，与姚老及其女力芸合影

序

前些日子，赵景瑜先生来电话，说他将编一本散曲集，让我在前面写几句话。他是山西大学的知名教授，我曾是山西大学的学生，有师生的名分，不敢怠慢，当即领命。

我在山大上的是历史系，没有福分听赵先生的课。中文系与历史系，教室都在主楼，见是肯定见过，相识却谈不上。不过，其时便听说，中文系教师有赵景瑜其人，是一位青年才俊，学问如何的好，才气如何的高。

真正见到赵先生，是20世纪80年代间，在市内的并州饭店。大概是省作协开个什么会，他来了，清秀的面容，儒雅的谈吐，一下子便引起我的注意，同时也就想起，上学期间是见过的。晚饭后，去赵先生住的房间聊天，其时他正从事《红楼梦》研究，是本省仅有的两个全国红学会理事中的一个。言谈间，我说了一些自己对《红楼梦》的看法，比如说，该书的主旨，乃“正邪二气说”，贾政主“正”，贾赦主“邪”，各有一个庞大的体系，如何如何。赵先生听了说，写下来嘛，不管怎样，也是一家之言。

可以想见，这样的风仪，这样的热忱，该是一个如何深得学生敬爱的教师，到了20世纪90年代，我已不写小说了，专事传记文学的写作。记得写《徐志摩传》时，想借一套台湾出的《胡适的日记》(手稿本)，知道山大图书馆有，如何借出却没有主意。一次跟赵先生说了，赵先生说，不是难事，你王老师就在图书馆。后来去了图书馆，找见他的夫人王欣欣女士，在她的指点下，办了相关手续，顺利借出，直到写完徐传才璧还。

此后多少年，没有什么交往，再见面时，他已是一位卓有成就的散曲家了，不是听人说的，那几年，常在报刊上看到他发表的散曲作品。每次见了，都要认真品读。如今赵先生将多年来的曲作，裒集成册，名曰《仙龙斋散曲选》。看着厚厚的一叠打印稿，一首一首精妙的散曲，联想到他那清癯和善的面容，儒雅安详的谈吐，忽然悟出，一个这样的学者，到了晚年，就该走上这样一条既见性情，又见才识的路上来。

我不懂音韵，也从未度曲，但我知道，这是雅事，也是难事，不是随便什么人都能来得了的。书柜上插着一本吴梅先生的《中国戏曲概论》，内收吴氏《顾曲麈谈》和《中国戏曲概论》两种。《顾曲麈谈》里说：“曲则不然，平仄四声而外，须注意于清浊高下，字之宜阴者，不可填作阳声，字之宜阳者，又不可填作阴声。况曲牌之名，多至数百……配调、填字、协韵之外，尤须出以本色，何其难也。”

当然，唯其是雅事、难事，乐也在其中。还是在《顾曲麈谈》里，吴梅先生又说：“士大夫伏处蘧庐中，送穷无术，惟此一种文字，足泄其抑塞磊落不平之气，借彼此笔底之烟霞，吐我胸中之云梦，不亦荒唐可乐乎！”

音韵之事，我是不懂，但法度来自创作，创作缘自性情，一任性情又抑扬自如者，必是佳作无疑。秉此理念，读《仙龙斋散曲选》中的作品，我得承认，多系心血之作，亦系性情之作。纵有少数应酬之作，恰可见出作者即兴作赋的捷才，断不可因为临事仓促而小觑。

书中作品，按时间顺序排列，约略说来，可分作五类，一为赞美革命领袖和英雄模范人物，一为赠送师友，一为批评社会不正之风，一为痛斥当今贪官污吏，还有一类，可称之为以曲论文的，如《论现当代诗歌流派》21 首等。均各有韵味，各见佳妙。

赵先生是当代散曲名家，学有师承，功底深厚，妙笔生花，流光溢彩，这是不用说的。然而，我最为看重的，不是辞章与才情，而是作者的担当，一种忧国忧民的情怀，一种亦庄亦谐的愤懑。苏老泉曾言：“为文必中当世之过。”想来度曲者亦当如是。倘若只是沉湎于风花雪月，忘情于谐谑调笑，怕也就跟插科打诨的优伶之辈相差无多了。

在这方面，赵先生的许多曲作，给我感觉，可谓痛心疾首，掷地有声。

毕竟是七十多岁的老人了，真想不到，他那看似孱弱的身躯里，何以蕴蓄着那么巨大的能量，何以喷射出那么强烈的怒火。全是赤子之心，全是报国情怀！这样的老人，能不让人敬重有加吗？

能为赵先生的书写序，是我的荣幸。还想说的是，海晏河清，终会有时，还望先生善自珍摄，多多保重。

韩石山

2011 年 10 月 30 日于潺湲室

自 序

散曲,是中国古代文学史上的一种特殊体裁。从文学角度来说,它是具有独特语言风格的抒情诗;从音乐角度来说,它又是元代的流行歌曲、通俗歌曲。文学史上所谓鼎足而媲美的“唐诗”“宋词”“元曲”,都是一个朝代的主流文学。因为它能够入乐歌唱,所以古人又称之为“乐府”“词余”,因为它最初主要是在普通市民中间流传,因而又称之为“街市小令”“叶儿”,或者“市井所唱小曲”。“五四运动”以后,“散曲”一词才逐渐形成今天的概念。

过去,许多学者及其专著,把杂剧和散曲两部分统称为“元曲”,这并不科学合理,虽然二者之间有一定的血缘关系,都是合乐歌唱,都要按照宫调来撰写,但从我们今天文学的分类标准来看,它们是两种不同的文学体裁:杂剧是戏剧,散曲则是诗歌的另类、又一体。所以现代权威专家吴梅、任讷等人就把那种只用于清唱的曲称为散曲,而把那种有宾白、有动作、有故事情节的杂剧称为剧曲或戏曲,以显示它们的区别。

散曲的兴起、发展主要在金、元时期。有其内因，也有其外因。五代两宋，词家日盛，原属通俗文学的词一变而为典雅丽文，歌女伶工口唱的词一变而为文人的专利品，于是体裁日益严格，音律非常严密，修辞更加绚丽，但是都市中的歌女伶工，并不会因此而闭口，他们仍要靠卖唱求生存，借歌唱抒情意，于是在俗谣俚曲的基础上，进行推陈出新。随着乐师的正谱，文人的修辞，散曲便慢慢产生并终于形成，这是内因。自从金人进入中原，继之是蒙古族的南下，灭宋建元，形成强大的中国版图，在这一漫长的过程中，所谓“胡乐番曲”的外族音乐得以大量输入。在这种情况下，制作新声、填写新词的潮流涌现，于是一面接受外族音乐的影响，一面从旧有词里变化翻新，汉族地区原有的音乐与外来音乐相结合，再加上说唱艺术诸宫调的影响，作为独立的抒情乐歌“散曲”，便逐步发展成为一种重要的文学样式了。这是外因。

元代散曲的发展，大致可分为前后两期，两期界限约在公元1300年(元成宗大德四年)左右。前期的著名作家有关汉卿、马致远、白朴等；后期的著名作家有张可久、乔吉、睢景臣、张养浩和刘时中等。元代散曲作家作品究竟有多少呢？据花费了十七年(1947—1964)工夫的隋树森先生编校的《全元散曲》，共收金元作家215人(含无名氏)，共辑得元人小令3853首、套数457套(残曲在外)。据任讷先生《散曲概论》所载，则可考的元代散曲作家共227人，多出12人。

散曲的形式分为小令和套数两类。散曲体裁由简而繁,最先产生的是小令,由小令而变为合调,由合调再变为套数。

小令是独立的只曲,是散曲的基本单位,它是按照不同的曲调填写的,每一个曲调都有一个曲牌名称,如〔中吕山坡羊〕〔双调得胜令〕〔正宫叨叨令〕等,每个曲调各有不同的字数和句式。小令有一些是从词调变化来的,但它没有双叠、三叠的形式,也不许换韵。

合调即带过曲。如果内容复杂,一支只曲意犹未尽,不足以表达,则可以把同一宫调的二三支曲调连在一起填写,这便称为"带过曲",如中吕宫的〔十二月〕带〔尧民歌〕,南吕宫的〔骂玉郎〕带〔感皇恩〕〔采茶歌〕。但带过曲的组合有一定的规律,不能随便搭配,最多只能带两支小令。带过曲是小令的一种变体。此外还有集曲、重头、换头等特殊形式,都是根据一定的规则把几支曲子联结而成。这些都属于小令的范畴。

套数又称套曲,或散套,或长套。它是由同一宫调的两首以上的只曲联结而成的组曲,至少是两支同宫调的曲子组成,多则可达二三十支。如关汉卿的〔南吕一枝花〕《杭州景》只有三支曲子,而刘时中的〔正宫端正好〕《上高监司》长达三十四调。全套押韵必须同韵,一韵到底,平上去三声可以互叶,不致因韵脚限制而影响创作;一般都有尾声,少数例外;有些曲子还可以任意增加句数、字数,在规定字数(即正字)外,可以用衬字,对作者表意传情有很大便利。

综合来看,散曲具有如下几点重要特色:

其一,因为是大众文学、通俗文学,所以必须语言通俗易懂口语化,方言俗语可以入曲,包括“哎哟”“咳呀”“也么哥”之类的语气词。句法大都比较完整,句与句的衔接比较连贯,不太讲究精炼含蓄。被文人染指以后,便形成一种文而不文、俗而不俗的风格。如张鸣善的〔水仙子〕《讥时》,就把“岐山鸣凤”“南阳卧龙”“渭水飞熊”的文言典故与“五眼鸡”“两头蛇”“三脚猫”等口语糅合在一起,获得了雅俗共赏的效果。

其二,因为是讽刺文学,所以必须具有冷嘲热讽的风格。在元散曲中,叹世归隐和愤世嫉俗的作品占有重大比例,而歌功颂德、粉饰太平的作品极少。像王鼎的〔仙吕·醉中天〕《咏大蝴蝶》、马致远的〔般涉调·耍孩儿〕《借马》、睢景臣的〔般涉调·哨遍〕《高祖还乡》、钱霖的〔般涉调·哨遍〕《看钱奴》、无名氏的〔正宫·醉太平〕《讥贪小利者》等,都是讽刺得入木三分,嘲弄得痛快淋漓。

其三,自由活泼的格律,自由发挥,富于变化。散曲和其他韵文一样,格律上也是讲究押韵、平仄、字数、句数的,但却宽松了灵活了许多。例如和词相比较就有许多不同:一是用韵加密了,几乎句句押韵,一韵到底,而且平、上、去三声互协,不像诗词平仄韵不能通押;二是没有双调或三叠、四叠的调式;三是句式变化较大,参差不齐,可以增句、增减调数，修辞上更加灵活生动，例如对仗的变化，除了最最通常的双句对（又名正对、合璧对），还有扇面对（隔句对）、鼎足对（三句对）、连璧对（四句对）、重叠对（联珠对）、流水对（走马对）等；四是更重要的一点，在正字（即按照本调该用的字）之外，可以添加衬字，衬字多数用在句首和句子的两个词组之间，用在句子中间的大都是虚字，用在句首的则非常多样化。字数从一字到二十字不等。例如关汉卿〔南吕 · 一枝花〕《不伏老》中的一句“我是个蒸不烂煮不熟捶不扁炒不爆响珰珰一粒铜豌豆”，只有“我是一粒铜豌豆”七字为曲谱所规定的正字，其余都是衬字，衬字竟有 16 字。

元代经典散曲很多，最著名的有：

关汉卿的小令〔双调 · 大德歌〕《冬景》、套数〔南吕 · 一枝花〕《赠朱帘秀》，前调《不伏老》。

马致远的小令〔越调 · 天净沙〕《秋思》、套数〔般涉调 · 耍孩儿〕《借马》、〔双调夜行船〕《秋思》。

白朴的小令〔越调 · 天净沙〕《春》。

王和卿的小令〔仙吕 · 醉中天〕《咏大蝴蝶》。

张养浩的小令〔中吕 · 山坡羊〕《潼关怀古》。

睢景臣的套数〔般涉调 · 哨遍〕《高祖还乡》。

乔吉的小令〔中吕 · 山坡羊〕《寓兴》、前调《冬日写怀》、〔双调 · 水仙子〕《怨风情》。

刘时中的套数〔正宫 · 端正好〕《上高监司》。

张可久的小令〔中吕 · 普天乐〕《西湖即事》、〔双调 ·

殿前欢]《次酸斋韵》、套数〔南吕·一枝花〕《湖上晚归》。

钱霖的套数〔般涉调·哨遍〕《看钱奴》。

无名氏的〔正宫·醉太平〕《讥奸佞专权》和前调《讥贪小利者》。

写散曲必须注意押韵，一韵到底，不能换韵，这自古已然。问题是今人写曲应当如何押韵呢？是按《中原音韵》押呢，还是按现代语言即普通话的韵部押呢？现在诗词曲赋界争议很大。这的确是一个很复杂很有价值的研究课题。我至今也没有成熟意见，但有一点是肯定的，你押中原音韵也好，押普通话韵部也好，绝对不能在同首散曲中使用两种韵部。

还有，我发现当前社会上流行所谓“自由曲”“自由体曲”“自度曲”“北调南腔”“仿散曲戏作”等等，其实不论名堂叫什么，均属自度曲。所谓“自度曲”，就是在旧有曲调之外，自行谱制新曲。这种现象古已有之，并不稀罕，汉代元帝、宋代姜夔都喜作自度曲，但他们都有严密的音乐规则。如果“自度”而不像“曲”，完全失去“曲”应有的韵味、节奏、格调诸特色，那还称什么“自度曲”呢?! 目前许多自度曲，都直接违背了散曲格律，连宫调、曲牌、平仄、字数、句数都不讲究，往往信手写来，随心所欲。宫调不说，尚且可以，因为曲谱早已失传，当代人谁也搞不清怎样唱法。但曲牌、平仄、字数、句数、韵脚还是要十分讲究的，如同当代人写歌，是 abcd……什么调的，是几字句的，长短句或五七言的，押的什么韵辙，是言前辙还是江阳辙，都有定则,否则那不乱了套了?! 更有的作者标题都胡来,有的标有宫调却无曲牌;有的只有曲牌而无宫调;有的标〔仿散曲·贺xx诗社成立〕〔散曲·寨儿令〕;有的用〔仙吕·一半儿〕曲牌,最后一句却不是“一半儿……一半儿……”句式,这一点正像〔正宫·叨叨令〕中的“也么哥”句式,那是固定程式,不能随便更改的;有的人连连写自度曲几支甚至十几支,却一首一种格律,那还叫什么散曲,岂不是灭了散曲的种了吗? 散曲谋求改革,寻觅前途是对的,但总不能没有规矩循守。正如赵朴初先生所说:“曲也有其特殊的限制,那就是所谓‘曲律’,有一些‘律’甚至严过诗与词,首先,南曲与北曲(这是乐理上两个截然不同系统)的牌子,不能混用,混用了就如京韵大鼓中插入一段苏州评弹。同一南曲或北曲中的不同宫调(相当于现时乐谱中的abc等调)的牌子不能混用,混用了就如二簧中夹几句西皮。”(详见《片石集》)说得何等深刻、幽默!

我从1996年12月到2011年12月,十五年中共撰写了小令160首,套数21套。从题材上来看:有赞美领袖和英雄人物的;有反腐倡廉的;有歌颂当代名人的;有赠送友人的;更有一部分散曲是继承发扬元遗山《论诗绝句三十首》、夏承焘(我的导师、杭州大学教授,著名诗词专家)《论词绝句八十首》的传统精神,写出了《论现当代诗歌流派》21首,已在山西省文联主办的《火花》上发表,我试图用散曲的体裁把现实主义诗派、浪漫主义诗派、繁星诗派、湖畔诗派、新月诗派、象征诗派、现代诗派、七月诗派、新诗歌派、普罗诗派、民歌体诗派、朗诵诗派、九叶诗派、新边塞诗派、朦胧诗派等二十一家，一一作了评论。虽然观点不见得十分准确，可能要引起一些争论，但那是属于仁者见仁、智者见智的另一回事了。我还计划写《论当代诗词曲家一百首》，仍用散曲体裁分别评论102位诗人及其作品。

由于对散曲的爱好与习作，始料不及，我竟然被社会上许多散曲写作者选为“山西省散曲研究会”会长。忝占其位，实在名不副实，只能视为一种鞭策与爱戴了。作为教授，走向社会，为社会服务，这也是义不容辞的任务。

这本散曲选编辑体例是这样的，大体上分为三部分：一、小令；二、套数；三、附录。每篇作品再以时间先后为序排列，形成编年体，为的是可以鲜明地看出作者在思想和创作方面的发展变化。缺点错误，在所难免，希望专家学者批评指正。

还要特别感谢的是：97岁高寿的著名教授、书法家、原省政协副主席姚奠中先生为拙著题签；著名作家、学者、原山西省作家协会副主席韩石山同志为拙著作序。

以上漫谈，是为自序。

2011年12月写成

目 录

套 曲

附　录

小　令

【中吕·山坡羊】

贺山西老年大学

青松拔峭,夕阳高照,芳容更比年时少。看苍雕,听喧嚣,胸怀壮志何昏耄?三晋开拓山岙宝。身,仍在蹈,心,不怕老。

（1996年12月9日《山西日报》,2005年又收入中国文史出版社《中华名人格言》）

【双调·得胜令】三首

赞引黄工程

万家寨引黄入晋工程,是情系山西的生命工程,是支持全国经济建设的国家重点工程。两次参观、采访、学习,受益匪浅,特作元曲小令三首以志之。

（一）

黄水黄崖裁,浊浪入南来,水绕万家寨,黄风黄土怀。拼哉！引黄英雄在;未来！双肩把洞开。

（二）

隧洞二〇八[①],世界第一家;厂房长度大[②],亚洲亦首家。夸夸！不怕乌鸦骂;呀呀！益民只看咱。

【注释】

①指地下隧洞总长为208.8公里,为世界第一。

②指一、二级泵水站地下厂房,均为长194.5米,宽15.1米,高33.8米,长度为亚洲第一。

（三）

领导站得高,世行贷钱饶[①],"黄河基金"[②]好,人民拍手笑。英豪,笑煞旁观告;瞧瞧！黄河伏地滔。

【注释】

①指世界银行贷款4亿美元。

②“黄河基金”是山西省人民政府委托引黄总指挥部设立的引黄工程专项投资基金。

（1997年5月30日《山西日报》第三版）

【正宫·叨叨令】三首

嘲孔方兄

冷飕飕感觉跟着烦恼走，忽律律人心跟着广告走，妖艳艳女人跟着老外走，更堪那齐刷刷的钞票被抢走。恨只恨孔方兄也么哥！恨只恨孔方兄也么哥！蛊惑得人们花天酒地胡乱走。

为某些领导干部画像

紧啊紧，他的工资基本不动；吹啊吹，他的工作基本瞎弄；富呀富，他的吃喝基本靠送；爱呀爱，结发妻子基本不用。兀的不气煞人也么哥！兀的不气煞人也么哥！党的基本原则都缺空。

升官秘诀

问莫问上边必须有依靠；少不少敢用大团结来铺道；

动不动抓住把柄瞎胡闹；更有那高跟鞋儿去忽撩。似这般定升官呀也么哥！似这般定升官呀也么哥！人道是恬不知耻人嘲笑！

（1999年第10期《正气·七色光》，转载于2000年5月19日《三晋都市报》第7版）

【中吕·喜春来】二首

争丽斗妍五十载——祝贺山西省剧协成立50周年

中华人民共和国诞生不久，山西省戏剧家协会在山西文代会召开之际正式成立，全称叫“中华戏剧工作者协会山西分会”。那天，日历正翻到了1949年12月13日的一页。

50年来，省剧协团结带领全省的戏剧工作者，紧跟共和国巨人的脚步，走过了一段不寻常的历程：有过辉煌，也有过冷落；有过伟大成就，也有过严重失误。

50年来，我省的戏剧队伍由小到大，由旧到新，从约1000多人发展到近万人，其中参加省剧协的会员有4500多人，参加中国剧协的会员有550人，形成了一支不可忽视的戏剧大军。

50年来，一批批一代代优秀戏剧家不断涌现。最可喜可贺的是28朵“梅花”傲霜盛开（指28位获得梅花奖的演员），数目之多，居全国之首；50颗“跨世纪戏剧新星”（指编剧、表演、音乐、理论等具有突出贡献的中青年同志）在天空冉冉升起。

50年来，有50多个剧种百花齐放，500多个优秀剧目争丽斗妍，先后上演了《打金枝》《蝴蝶杯》《三上桃峰》《红心朝阳》《黄河魂》《朱小彬》《孔繁森》《两个女人和一个男人》《醋工歌》《油灯灯开花》《关公与貂蝉》《大脚皇后》《富贵图》《石角凹》《初定中原》等剧目，获得大奖，成为戏剧精品。

值省剧协成立50周年华诞之际，特赋散曲《喜春来》二首，以示祝贺。

知荣忆辱风雨构，何是何非暗点头，新新世纪要消仇，登宝楼，看谁最风流！

春花怒放时光绣，三大奖名在前俦，剧苑丛里且淹留，龙岁游，看谁揽龙鳌！

（2000年1月18日《太原晚报·天龙副刊》）

【双调·大喜人心】

贺山西大学百年华诞

欣逢母校百年华诞，与校友们欢聚一堂有感，特作小令二首抒怀见赠。

师生师生拥怀抱，校庆校庆多么派！爱国家名浮外，讲团结大喜来。

【中吕·普天乐】

五月天，春常在；淡泊名利，紧闭书斋。图画中，红尘外，顺逆双境何须碍？弟子们得胜旗开，修身治国，与时俱进，其乐无涯！

（2002年5月30日《山西大学报·综合版》）

【南吕·梁州第七】

沉痛悼念石丁同志

近两个月来，因88岁老母骨折瘫卧，我一直在故乡侍奉。今日中午，因要事由故乡返回山大，突然接到石丁同志治丧小组《讣告》，说“中国共产党优秀党员、人民艺术家、山西省戏剧家协会原副主席石丁同志不幸逝世”，噩耗传来，中心震悼。因时间错过，未能向遗体躬身告别，十分遗憾。只好急就一首散曲，以示对石老的衷心吊唁。

你是个文艺界不凡领袖，老延安戏剧班头。保传统革命依旧，书中消遣，酒内忘忧，关心国事，指导名优，能直言不讳妍丑，从不见有闲愁潜入心头。刷刷刷说起话来声如洪钟直冲宇宙，啊啊啊骂起人来黑白分明令人低首，哈哈哈笑出声来抑扬顿挫宛似箜篌。人道你老也却说暂休！八字须儿唇上两边留，既玲珑又剔透。可敬可恸呀你这个一代风流，我的良师益友！

（2002 年 7 月 19 日《三晋都市报》第 5 版）

【正宫·叨叨令】十首——嘲十种人

官 僚

——据马路新闻所写

你看那三等九级为官要，动不动鲍鱼海味盘盘跳，你听那闲来几句吹牛调，知不知包二奶奶床前闹。真气煞人也么哥！真气煞人也么哥！此种官儿该聒噪！

大款爷

——听友人细说某大款犯法故事后

看看看大腹便便官伞下，数数数坑蒙拐骗胡作价，动不动欺行霸市来欺诈，罢罢罢行业垄断谁都怕。忒恨煞人也么哥！忒恨煞人也么哥！关节打顺一句话。

黑老大

——读《北京纪事·黑社会话题》(2002 年第 8 期)有感

呀呀呀穿黑衣裳冠黑帽,呸呸呸黑肝黑肺黑心跳,罢罢罢绑架奸淫走私盗,哎哟哟平川来去天空耀。从头到脚黑透了也么哥!从头到脚黑透了也么哥!千刀万剐良民笑。

裸泳人

——读《文摘报》(2002 年 5 月 23 日)法制纵横版载《北京裸泳男子惊走游人》《裸泳是否合法》两则消息,令人大吃一惊。

热辣辣阳光普照槐杨下,光溜溜七八个男子一丝不挂,硬邦邦阴茎左朝右架,哈哈哈一泓清水纤纤画。游人纷纷掉头也么哥!游人纷纷掉头也么哥!羞羞羞有伤风化。

博　导

——闻北京大学教授王铭铭秽迹后书愤

威赫赫声名鹊起扬天下，暗悄悄抄袭多半人家话，笑眯眯闲来自嘘天来大，啊呀呀无才缺德传诗帕。可不气煞人也么哥！可不气煞人也么哥！导师不导人人骂。

男大学生

——读《海上文坛·大学生如此丑陋》
（1997年第1期）慨叹之一

雄赳赳手机作弊金钱进，气昂昂脏言唾痰酒吞滤，手款款偷书撕页谁来问？更哪堪困来枕上手淫奋。丢煞人哪也么哥！丢煞人哪也么哥！“完整的人”[①]才全国逊！

【注释】

①著名教育家陶行知说：“诸君，试想一想，我自己是不是一个完整的人？”

女大学生

——读《海上文坛·大学生如此丑陋》
(1997 年第 1 期)慨叹之二

妖艳艳唇丹眉细大款傍,软绵绵柿子林里朝天漾,胖乎乎浑圆腰身手机亮,哎呀呀豪华轿车乘着浪。贱不贱啊也么哥!贱不贱啊也么哥!廉耻礼义全都忘!

军官男友——农妇(一)

——读《民主与法制·"军官男友"竟是一农妇》
(2002 年 5 月下半月刊)有感

天底下千奇百样特特怪,女科学家闺房中空守十三夏,咯咋咋十三万钞票陪了嫁,原来是"军官男友"农妇化。笑煞人也么哥!恼煞人也么哥!女科学家痴来农妇诈!

好邻居——农妇(二)

——为某农村一农妇偷偷摸摸行为写生

开口啊爷爷农妇热呼背后诮,闭口啊哥哥哥哥的尿盆被她盗,清晨啊一只母鸡在她屋中叫,傍晚啊火箸鏊子全丢掉。小偷小摸也么哥！小偷小摸也么哥！碰着邻居眯眯笑。

尖子生

——读《文摘报·人间万象》(2002年6月13日)
载《一个"尖子生"的悲剧》有感书怀

多才多才电脑绘画篮球秀,美德美德乐于助人帮个够,请记住育人失误杀母眶,全因为成龙望子骂还揍。揍莫揍啊也么哥！揍莫揍啊也么哥！心灰泪流实难救！

(2002年第11期《山西文学》)

【双调·庆东原】

恭贺姚奠中先生九十华诞

研庄老,挥墨豪,国中尽数蛟龙翘。精于行草,篆隶更好。恨只恨极"左"思潮,顶逆境则待酷寒消,君子冷看旁人笑！

(2003年9月10日教师节晚上写)

【黄钟·刮地风】

欣喜参加山西诗词学会金枫笔会，特贺金枫大酒店节节高

岁岁年年上酒楼，不知烦愁，熙熙攘攘有亲朋喜聚眉头。饭菜香口，招呼周致，谁不说誉满山右。作画题诗，全堂紧凑，金枫酒店有，拔筹怎会休！都让你占了风流！

（2004年7月30日急就）

【黄钟·节节高】

赞王增谦叔叔

党旗高举，道德如禹，心平气宇，公心统驭。爱祖国，人民敬，效子胥，可坏了你的千金体躯。

（2004年11月15日《汾州乡情》和《山西日报》分别刊载）

附录：

一尘不染，两袖清风——王增谦叔叔印象记

提起革命老前辈、原山西省委党校校长王增谦同志，和我们赵家并没有任何血缘关系，但是由于他和我父亲赵仰文（革命烈士）、伯父赵谷山（中共党员、离休干部）曾是晋绥边区的革命战友，因此我一直称呼他王叔叔。

不是亲叔叔，胜似亲叔叔，他对我们赵家的老少两代人真是关怀备至，恩重如山，总是有求必应，给予帮助。伯父、四叔、叔伯姐夫的所谓“历史问题”，在极“左”的年代里总是被揪住不放，他却敢冒着“阶级斗争”的风险，给有关单位写出实事求是的证明，使他们后来都享受了离休待遇。我和大哥的工作调动，他都十分关心，特别是四弟民办教师的转正，多年来都因这原因那原因未能解决，1984年在一筹莫展之际，又是王叔叔给中共汾阳县委、县政府领导同志写了一封介绍信，四弟的转正才得到了妥善解决。

关心他人总是超过自己，帮助晚辈必定超过自己的子女。“文化大革命”后期他曾担任过临汾地委文教部副部长，当时正值推荐工农兵学员上大学，他本来有三男三女六个孩子，有的插队农村，有的当工人，有的参军，完全有条件近水楼台先得月，让自己的孩子上大学，但他绝不以

权谋私,首先把指标给别人。所以了解他的人,每每谈起他的品德,总是翘起大拇指说:"王增谦才是一位真正的共产党员。"

2001 年 10 月 31 日,是他八十寿诞的日子。之前我曾经多次想策划为他举办寿庆,搞个有价值有意义的庆典活动,把他的革命业绩、个人生活及工作情况整理成册,做个留念。

但他坚决不同意,一再表示:不过寿,不请客,不收礼。后来,我无意间获得了信息,他和一家老少三代非常简朴地吃了一顿饭,照了全家合影,就算过了八十大寿。此时此境,我心里很难过,因为没有对"不是亲叔叔,胜似亲叔叔"的他表示敬意和祝贺而遗憾。

他更是一位无限忠于党忠于人民的老革命。据说,他在革命生涯中也受过一些委屈,但他从不埋怨整他的人,总是严于律己,宽以待人。对党所领导的事业中出现的或"左"或右的现象,总是能实事求是、一分为二地看待。例如对 1958 年的"大跃进",他有异议,曾经发表了一些言论,在"文化大革命"中被批判,始终过不了关,直至粉碎"四人帮"后才获得了公正的待遇。

他平易近人,作风正派,分析问题唯物辩证,说出来的都是真心话,毫无矫饰,所以我平时特别愿意和他谈心,向他请教。日子久了,自然而然就积累了许多生动而富有意义的故事:有晋绥边区的革命斗争生活,有关于与老战友华国锋、罗贵波、陈郁发、郭庆祥、聂勋、王钟林等人的交往;有革命英雄王彩章、王步云、蒋三儿的战斗业绩;有各个时期对敌斗争的情况,等等。我认为这是一笔宝贵的精神财富,曾建议他撰写回忆录,他却说:“自己一生平平淡淡,没什么可写的。”我说:“平凡中见伟大,对当代青少年很有教育意义。”

总之,增谦叔叔是一位一尘不染、两袖清风的优秀共产党员;是一位吃苦在先,享受在后,克己奉公,多做贡献的老革命家;是一位始终在工作、学习和社会生活中起先锋模范作用的好前辈——值得我们晚辈认真学习。

（写于2004年“七一”前夕）

【中吕·十二月】四首——生日组曲

我的生日为阳历12月3日,特返故乡遣兴。所以,取〔中吕·十二月〕曲牌填写。

特别午餐

12月4日,在汾阳市丰泰苑酒店,与徐德书记、宗云宇部长及王继民、侯启山、张立新、赵军、王希良、韩守林等同志共进午餐,心情特别愉快。

豆腐虾酱，过油肉香，众宾客吞咽跄跄。小徐书记亲临祝觞，频频的如闻韶篁，七十老翁的容颜泛满红光。

逛汾阳大街

街衢广广，小小城乡，酷寒里更显兴邦。创八亿众称流芳，暗暗地觅旧宅堂，七十老翁的心坎欣喜洋洋。

登文峰塔

西风荡荡，四体寒凉，与妻女同返故乡。文峰塔耸立穹苍，一口气登高天厢，七十老翁倒也像神仙彰彰。

抒怀誓志

阳光焰暖，心绪如燃，不服老情炽杏坛。每日价锻炼翩翩，哈哈哈常开笑颜，七十老翁可也要老态飞天。

（2005 年 12 月写，发表于《汾州乡情》2006 年第 3 期）

【仙吕·太常引】七十初度自嘲

（一）

1.31 亿[①]中人一员，幼丧父经年，寡母教育严，亲友们谁来爱怜?!〔幺篇换头〕②奋发读书,硬爬文格,可知字字难。恩师手双搴,当教授潸潸赧颜。

(二)

平生坎坷气奄奄,今日被批判,明晚揍身残,“文革”里苍天静观。〔幺篇换头〕家庭不和,妻离子散,八载影孤单。众徒倾心眈,生活似天庭神仙。

(三)

一轮红日照人间,夜晚写诗篇,白昼台球玩,突然间小女儿撒娇百娟。〔幺篇换头〕贤妻共读,家务同做,两两金石坚。撰稿影视观,市场里能值屁钱!

(四)

追随贤辈战犹酣,莫忘父遗言③,入党为何般,不图名何能利牵!〔幺篇换头〕于师温姐④排除诬陷,异己浊流翻。一曲乐天篇,红亮亮日上三竿。

(2005 年 12 月 3 日凌晨写,收入《感恩诗词》,中国文史出版社 2012 年 9 月版)

【注释】

①中国现有老年人口达1.31亿,到2015年将达两亿。

②此曲牌沿用词调,所以入声字皆据词律仄声字。前后片两结句,节奏均为上三下四句法,下片第一句与上片第一句不同,前为七字句,后为两个四字句,且可不押韵,故标〔幺篇换头〕。

③先父赵仰文,字彬斋,1936年参加革命,曾在决死纵队六团、一二〇师工作,先加入牺盟会,后加入中国共产党,1942年初牺牲于日寇宪兵队,年仅29岁,为革命烈士。

④于师指于靖嘉先生,温姐指史淑温同志,均为作者入党介绍人。

【南吕·骂玉郎带感皇恩采茶歌】

当代超级西门庆

〔南吕·骂玉郎〕酒财食色他全占,天下第一贪。生活糜烂频频犯,恰倒是升了官,掌了权,情妇换。

〔感皇恩〕正厅高官,省委委员,狠抓钱,狂吻娈,猛耽眠。不分丑艳,云雨幽欢,抱成团,鸳鸯盏,醉翩翻。

〔采茶歌〕问缘原,性欲癫,淫秽的录像示范再闲观。恶贯满盈徐其耀[①],情人竟有百一三。

(2006年4月23日写)

【注释】

①真人真事。徐其耀，原江苏省建设厅厅长、省委委员、盐城市市长、省九届人大代表。他将113个和他有过性交易的情妇名字，密密麻麻地记在笔记本上。

【南吕·骂玉郎带感皇恩采茶歌】英雄组曲十首

赞“见义勇为的英雄战士”徐洪刚

〔南吕·骂玉郎〕人民卫士铁军行，首指是洪刚，盘肠洒血同贼抗。你全身十四处匕首伤，止不住的鲜血衣裳溏，弯弯的肠子直摇晃。

〔感皇恩〕正气同扬，抢救复康。探视人蜂拥近床旁，连连鞠躬的哑巴姐妹俩，颤颤巍巍的白发老娘娘。邪恶不惧，严惩恶狼。干部医生救洪刚，男女老少爱洪刚，举国上下学洪刚。

〔采茶歌〕问何当？保乡邦。精神磨砺不脱缰，百炼成钢钢更棒，制裁罪犯唱辉煌！

赞“人民好医生”赵雪芳

〔南吕·骂玉郎〕丘陵长治一盆地，花绽色白奇，红心赤炽英雄立。赵大夫，战顽疾，和衷济。

〔感皇恩〕你身患两种绝疾，从不要假日休息。轻钱财，绝名利，志不移。每日里床前护理，剖腹鸿禧。三百姐妹检查一口气，竟把数百元钱都放弃，医治两万患者更无疑。

〔采茶歌〕再上天梯，总是神医。只见你清清楚楚勘病谜，卒律律研讨医术生大喜，美艳艳天空又来现虹霓。

赞九十年代的焦裕禄——孔繁森

〔南吕·骂玉郎〕人民干部人民爱，西藏两回来，忠诚忘我多豪迈。雪皑皑，树排排，山天外。

〔感皇恩〕乡下常待，笑口常开。是你把六大优势[①]巧安排，是你把三个孤儿来抚爱，是你把两位孤寡老人暖心怀。一尘不染，两袖清哉。看遗物仅有8.6块钱，“十二条建议”绝笔在，怎不让江河呜咽再悲哀。

〔采茶歌〕美情怀，党培栽。开拓进取上平台，西藏建设重放彩，奔腾浩荡智谋乖。

【注释】

①指阿里地区发展的六大优势，即畜产品优势、矿产品优势、旅游优势、边贸优势、政策优势、人口少的优势。

赞房修水电工徐虎

〔南吕·骂玉郎〕十年寒暑脏中度,人叫夜明珠。修房水电奔驰赴。干一行,爱一行,钻公务。

〔感皇恩〕3718 天里杵导污潴,7400 小时中奉献居厨。万家呼,及时雨,好如初。徐虎徐虎,大展宏图。你宗宗件件为民解忧勤服务,你兢兢业业钻研技术最刻苦,你拨拨弄弄巧干实干带高徒。

〔采茶歌〕建名都,笑凡夫。普通劳动者齐呼,“呼唤徐虎”成效应,青年个个是明珠。

赞“铁法官”谭彦

〔南吕·骂玉郎〕无私铁面名声大,判案顶呱呱,金钱权势从不怕。国徽顶,天平举,难欺诈。

〔感皇恩〕瞧瞧那位花甲妈妈,竟被儿子打骂哈嚓。你气愤气愤地教育他,他无赖无赖地瞎称霸,闹得大家眼巴巴。秉公执法,使尽才华。你你你深情劝他懂国法,他他他当众检讨莫忘法,赡养老人四时佳。

〔采茶歌〕一朵大奇葩,千万众人夸。金钱与法法频拙,法律与情情变化,特权与法法开花。

赞全国劳动模范李双良

〔南吕·骂玉郎〕愚公再现钢城巷，污染破天荒，环保改造全球望。李双良，来首创，得金奖。

〔感皇恩〕学管理你紧紧张张，搞发明你喜气洋洋。论时间十二年零八月太沧桑，论环境养鱼池植果树建长廊，论创收总盈利一亿元更辉煌。移山志壮，再造苏杭。你为国家育栋梁，你以人为本救残疾，你为职工换楼房。

〔采茶歌〕李双良，最顽强。“全球五百佳”金章，创业艰难艰苦创，精神抖擞抖国昌。

赞好支书王廷江

〔南吕·骂玉郎〕“不简单”哪同声赞，“百万富翁”难！六百万元全贡献。你三十多岁脱贫致富知党情，你三十多岁艰苦创业报党恩，你而立之年继往开来泰山迁。

〔感皇恩〕脱贫何易，兀“了不起！”高精尖地办陶瓷，民主协商生巧计，重视科技太空移。晕倒工地，拒看名医。为的是别墅楼房拔地起，为的是农村三化①农事齐，为的是国际市场树红旗。

〔采茶歌〕论人格，“好样的！”全心全意讲祥和，大义灭亲情两可，一名书记万民歌。

【注释】

①农村三化指农业机械化、水利化、良种化。

赞特级教师刘让贤

〔南吕·骂玉郎〕崎岖陡路条条绊，上课转高山，爱生爱校迎风战。你本是居住天堂的天津仙，偏执地留在土族的寺尔园，为了教书育人把青春献。

〔感皇恩〕办校缺钱，劳动积钱。冷冷的冬天铲冬花，色色的废纸亲手捡，悄悄的少先队报定时编。情如火焰，挚爱难迁。贤惠的爱妻多劝勉，教师的天职是奉献，科教兴国两翩翩。

〔采茶歌〕刘让贤，好施“三”。土家吉庆庆祝“三”，三个三来“三个一”①，夺金七次七连冠。

【注释】

①指多次组织开展“三个一”活动，例如“拣一斤废铁，拾一斤杂骨，回收一只酒瓶”和“付一份劳动，做一件好事，献一份爱心”，以及“种一块试验田，搞一次科普宣传，做一次科学种田示范”等班队活动。

赞华西村吴仁宝

〔南吕·骂玉郎〕三跌三掼三不倒①，无私大公标，动员子女当农好。一封电报把大儿召，苦口婆心教育二儿建乡坳，三儿四儿也紧跟着回村了。

〔感皇恩〕耄耋年岁当村官麟角凤毛，百万奖金你竟然一眼不瞧。选劳模，当代表，不忽飘。村民住别墅欢天喜地，干部讲廉政大浪沙淘。吴仁宝，好好好，众歌褒。

〔采茶歌〕志崇高，爱同胞。八十高寿村官挑，抓住两头[②]方可靠，创新惊世九重霄。

【注释】

①指吓不倒，夸不倒，难不倒。

②一头抓与党中央保持一致，一头抓与群众保持一致。

赞抗洪英雄李向群

〔南吕·骂玉郎〕荆州桂郡海南号，痛悼抗洪骁。滔滔浊浪水呼啸。二十岁的你啊一包二包三包四包扛沙包，八分钟十分钟分分秒秒在高烧，你堵管涌制滑坡当前哨。

〔感皇恩〕你军营内外扶危济困总是悄悄，你训练时追求高精尖肯定韶韶。你省牙膏，掐肥皂，十二瓶矿泉水送娇苗。投踢练巧，文化推敲。家富豪，不忘国，求崇高。

〔采茶歌〕不横骄，逞英豪。经商自禁任逍遥，军纪严明烟戒掉，八天党岁功昭昭。

（2006 年 7 月 4 日《山西日报·黄河推荐》，又载中共中央党校出版社《中华当代美德诗选》2007 年版）

【正宫·醉太平】五首

贪官书记

买官卖官,跑官求官。非法活动肆意谩,更拉票贿选。老婆专储钱万贯,情人喜坐"宝马"粲,举家贺咱坐高官,风流弄权。

"三玩"市长

"三玩"市长,入狱锒铛。天天国帑斗金装,还嫌不够爽。玩钱运转千万镑,黄金黄碟模作浪,玩权玩妇上牙床,玩"三"命丧。

淫棍主任

姿色耀眼,体态油然。肉感何处寄休闲,有别墅万间。扣剥来的鱼参宴,压榨下的锦绸缎,赠予美女共贪眠,相逢酒边。

网络[1]主席

堂堂检院，更有公安，少女凄惨被轮奸。笑法院审判，主席公子强奸犯，送来购物千元券，刑事网络化成烟，堪谓暴殄！?

孔方之罪

官官相骗，美女金钱。官生钱来钱生官，看金钱猛转。孔方兄耶万恶渊，请读鲁褒《钱神论》[2]，腐败不败皆因钱，官尊利显！

（2006年8月4日《发展导报·四季花园副刊》）

【注释】

①网络，指一损俱损、一荣俱荣的关系网。

②鲁褒，字元道，晋惠帝时人，原籍今河南南阳市。所作《钱神论》，是一篇极端针砭朝政混乱、无官不贪、官生钱、钱生官的拜金图。他深刻指出一切贫富尊卑都决定于钱，不论友谊、功名、纷争、怨仇都唯钱是问。所以当时的官吏、文人、武将都爱钱如命。

【中吕·快活三过朝天子四边静】

重阳节登高

2006年10月30日,为农历九月初九,恰好是中华民族的传统节日重阳节。我突发了登高心愿,独赴永祚寺(俗称双塔寺)攀登了宣文塔。文峰塔因倾斜,塔门关闭,不许攀登。我在太原市居住了53年,今日才游览此地。虽游人寥寥无几,草木凋谢,但我心情却特爽。

〔快活三〕花草衰,松柏乏,布四野,牡丹煞。明代建筑显年华,尽西风乱刮。

〔朝天子〕飞云,残葩,霜染牡丹架。明时牡丹呈枝桠,漫想花王佳。杳杳冥冥,潇潇洒洒,古稀老翁哈哈!赏碑帖字画,贺风池信姱,我呀我喜生在今天下。

〔四边静〕永祚堪画,我敢与神仙比造化。欣赏佳景,当超屈贾。冬春秋夏,常登高永不停步伐!

(2006年10月晦日写)

【正宫·醉太平】数字组曲八首

18亿

流氓宝宝，户喻家晓，踌躇满志任逍遥，亿钱万钞。横空胡闹情人笑，十八亿元批贷了，十万美币海吃消，为何升官不倒！

1000亿

吾国富了，大款如毛，餐饮消费档次高，争分夺秒。一年总额一千亿，旱涝之地灾民号，蛇蝎鲍鱼涮锅漂，国运全都忘了！

300亿

新郎丽娘，喜作鸳鸯，三百米道彩纱装，轿车似蟒。两百桌宴茅台涨，中华名烟黄尘降，五百乳鸽纵飞翔，百万平民骂娘。

500 万

豪华住宅，款式别裁，三百平米尽楼台，谁能购买？每平方米五百万，高官大款“楼王”载，花天酒地整天来，岂不劳民伤财?!

360 个

官阶直上，得意扬扬，贪财好色配鸳鸯，英姿飒爽。小到稚嫩女儿样，老到皱纹姨妈状，三百六十个换牙床，西门大人妄想。

110 项

贪赃洞开，卖官发财，十二年来官帽卖，一百一十顶甩。一窝一县齐腐败，一顶官帽万元外，书记县长与朋侪，真该剁醢！

1200 万

“抗非”英雄，蜕变速成，保险柜里藏金锭，时时酩酊。受贿千万迎妾婧，疫苗采购频频送，千千万万记不清，臭名鼎鼎！

4000 万

行长弄巧，情妇供销，挪用公款揣钱包，炒股买彩票。四千万元基金耗，红颜钞票源源到，金融系统应诊疗，铲除人妖！

（2007 年《山西文学》第 3 期）

【双调·庆东原】

敬贺刘波教授八十华诞

伞状的蘑菇菌，研究的苦战熬，家国大众频频煲。看先生青春去了，容颜渐老，华发苍凋，可没有一丝丝牢骚，世上唯您花枝俏。

附记：接刘老师电话邀请，将于 2007 年 3 月 31 日上午在山大学术交流中心举行八十寿宴，特作此散曲一首，以表敬贺。

（2007 年 3 月 26 日下午作）

【中吕·喜春来】三首

——为纪念元好问逝世750周年而作

（一）

名震京地元才子，七岁能诗俊爽资，诗书丛里且孜孜，何惧死？为国放厥词。

（二）

《论诗绝句三十首》，谁是谁非细研究，《论词绝句八十首》，恩师手，夏老[①]也鳌头。

（三）

知荣知辱为民号，野史亭中记史牢，诗词文句独咆哮，除怪魈，国破与家摇。

（2007年9月1日急就）

【注释】

①指“一代词宗”夏承焘先生，毕生从事词学研究，进行诗词创作。1958—1960年间我在杭州大学曾从师学习。1978年（戊午）夏老在北京疗养，时香港《大公报》连载《瞿髯论词绝句》八十

首。是年冬，我曾登门拜望，先生即手书其中一首《论元遗山词》赐赠，现今我完好保存。绝句云："纷纷布鼓叩苏门，谁扫刁调返灏浑。手挽黄河看砥柱，乱流横地一峰尊。"

【中吕·十二月】六首

——读中国无产阶级革命家诗词

毛泽东

诗词九韶，一代天骄，不但有"莺歌燕舞"①，更有那"万里雪飘"②，赋比兴绚烂色调，为国为民当是革命英豪。

【注释】

①指词《水调歌头·重上井冈山》。

②指词《沁园春·雪》。

朱　德

朱总诗集，伟哉巴歈，且看那"我手吾口"①，深表出"革命到底"②，英雄的气概猗猗！共产主义前景从不生疑。

【注释】

①此句化用"我手写吾口"诗句。原诗出自黄遵宪《杂感》之

二:“我手写吾口,古岂能拘牵? 即今流俗语,我若登简编。”

②指1976年3月6日朱德手迹。

董必武

八字胡须,心旷神怡,要追随英明领袖,更歌颂小民祎祎,诗篇篇格律严密,从来不以资历居奇。

周恩来

诗篇不多,慷慨扬波,十九岁痛吟“大江歌罢”①,四十三岁再题诗墨磨②,白话诗章章警座,晚年来把妖魔频频批驳。

【注释】

①1919年3月,周恩来由日本回国时写的一首诗:“大江歌罢掉头东,邃密群科济世穷。面壁十年图破壁,难酬蹈海亦英雄。”

②1943年,为纪念刘志丹壮烈牺牲七周年,党中央决定将他的家乡保安县改为志丹县,并修了陵墓,周恩来亲笔题诗一首:“上下五千年,英雄万万千,人民的英雄,要数刘志丹。”

陈　毅

戎马尘埃,情语双开,格律诗词通通具有,杂言白话创新体裁,人道是《赣南游击》①来,团团烈火的济世英才。

【注释】

①指1936年夏写的《赣南游击词》十二首，明白如话，饶有风趣，是陈毅最负声誉的代表作之一。

叶剑英

《远望》《远望》[①]，诗词怒放，战场中深沉吟唱，闲暇时情谊不忘，律绝诗句李杜难让，保党卫国他他他铲除毒瘴[②]。

（2007年10月9日《山西日报·黄河笔会》）

【注释】

①指1979年人民文学出版社出版的叶剑英《远望集》，共收作者1925年至1979年期间的诗词佳作81首。

②小令《中吕·十二月》本应押平声韵，一韵到底。我写此首时特意翻新，全篇押仄声韵。

【中吕·十二月】四首

——读中国无产阶级革命家诗词之二

李大钊

新诗更好，旧诗高标[①]，反帝反军阀频频倡导，你就像鹏鸟扶摇，中共的伊始领导，绞刑架下正气昭昭[②]。

【注释】

①李大钊在学生时代写过不少旧诗，十分精湛。辛亥革命后，李大钊和陈独秀等人又高举新文化运动和文学革命旗帜，创办了《新青年》《少年中国》革命刊物，并发表了不少新诗，如《岭上的羊》《欢迎陈独秀出狱》等。

②1927 年 4 月 6 日，李大钊被奉系军阀张作霖逮捕，28 日在北京被绞死，英勇就义。

张闻天

《旅途》[①]浪漫，《心碎》[②]绵绵。少年文学家头衔冠冕[③]，庐山上忠谏发言，晚年也铮铮铁汉，可怜他湛湛蒙冤。

【注释】

①《旅途》是一本三部曲结构的长篇小说，分上中下三部，活动的空间从中国到美国再回到中国，描写了男女主人公人生旅途从苦闷、振作到革命的全过程，艺术上充满浓郁的浪漫主义色彩。

②《心碎》长诗写于 1920 年 6 月 18 日，分四大段，歌颂了一对打铁男儿与丝厂女工的劳动爱情，为他们的聪明和纯洁、无限冗杂和无限悲怆而心碎，流露了诗人不知该“怎么样”解决的彷徨。

③五四运动期间，张闻天参加了由李大钊等人发起组织的“少年中国学会”。1919—1925 年间在《少年中国》《少年世界》《小说月报》等刊物上发表了不少文学作品和翻译作品，如长篇小说《旅

途》、短篇小说《飘零的黄叶》、三幕话剧《青春的梦》、译剧《热情之花》，以及诗歌《心碎》等等，所以当时获得“少年文学家”的桂冠。20 世纪 90 年代重新整理出版了《张闻天早年文学作品选》《张闻天早期译剧集》。

瞿秋白

忠心謇謇，马列宣传，“左倾”盲动自纠斧砍①，革命文化勇猛攻坚，《赤湖曲》②声声共产，《东洋人出兵》③百人传千。

【注释】

①瞿秋白为中国共产党早期领导人之一，清除陈独秀右倾投降主义有功。1930 年从苏联回国，自动纠正“左”倾冒险主义错误。1931 年中共六届四中全会上受到王明等人打击，被解除中央领导职务。

②这是一首歌词，曾配有曲谱，1923 年《新青年》第 1 期发表。诗中提出“从今后，福音遍被，天下文明，只待共产大同”。

③这是一首大众化长诗，发表于 1931 年出版的左联机关杂志《文学导报》第 5 期上，当时并作为宣传品印成小册子散发到人民群众中去，影响很大。全诗共分 15 段，是用上海话和北方话（普通话）同时写出的两种歌词。内容爱憎分明，立场坚定，尖锐地批判了国民党反动派“不抵抗主义”，提醒几万万人齐心起来抗日救国。

林伯渠[1]

林伯不老，革命英豪。总关注军民老小，你写的律绝高超[2]，《春游杂咏》颂边区面貌，《富县即景》更显抚事煎熬。

（2008 年 2 月 5 日《山西日报》C4 版）

【注释】

①名祖涵，早年参加同盟会和辛亥革命，1921 年加入中国共产党，抗日期间任陕甘宁边区政府主席，新中国成立后曾任中央人民政府秘书长等职。

②写诗颇多，以律绝为主，很有唐人韵味，如《梁红玉》《和朱总出太行韵》《送董老赴陪都》等诗篇，以《春游杂咏》组诗六首和《富县即景》组诗五首流传较广，影响较大。

【中吕·迎仙客】

痛悼杨秀珍先生仙逝

最贤妻，孟母慈，齐老白石女弟子，有才资，画雅致，百岁淑姿，教子相夫恒展翅。

赵景瑜王欣欣敬挽于戊子年正月初五

（2008 年 2 月 19 日《发展导报·导报画廊》）

【南吕·玉交枝】组曲

——你的行为文明吗?

之一

双楼篱栅,有花草迎窗幽雅,塔松翠竹堪图画,大学生教授家。猛听到某男面墙骚尿哗,畜牲猫狗如开胯,谁料想顽童问爸:为何他的鸡鸡那样大?

之二

条条宽道,看花草层层环绕,苍柏翠柳花繁茂,古并州豪车飚。可倒是黏痰鼻涕随地飘,突然溅进锅瓢烙,有一天摊头买饺,黏痰猛吃空自恼!

之三

病房医院,随处见"请勿吸烟",可可可白衣战士旁边站,两两三三递烟,寒暄问候胡语谵,团团云雾楼中暗,一任他春秋扮演,怜煞那患者叫喊!

之四

豪华宾馆，装修得宛如宫殿，浑然幽静梁鸿案，讲文明理自然。可看看高官厚禄三顿餐，餐餐吃掉千千万，茶水杯烟灰弹满，客房里尘烟污染。

之五

浴缸白净，清清的消毒水涌，参观之后温汤净，在国外好梦生。可听见刚刚美梦随他行，澎澎湃湃声声迎，原来是浴缸尿挺。中国的县太爷瞠目出境。

（2008 年 3 月 4—5 日写）

【中吕·摊破喜春来】

贺周汝昌先生欣开百秩

南极星辉平天焕，松柏节操承寿元。《红楼梦新证》超前。画书诗文典范，红学泰斗翩翩。天下瞻，修万简，言美奂，报平安。

赵景瑜谨祝

（登载于 2008 年第 5 期《唐风新韵·曲苑鸣琴》）

【双调·得胜令】

汶川地震纪实六首

八级地震坍，堰塞水湖翻，暴雨滂沱窜，夏风蜀道难。干干！个个英雄汉；看看！总理走在前。

天灾更无常，牵动党中央，上下哀悼怅，绵绵三日长。双双，祸福同当傍；茫茫，天地祭国殇。

峻岭复崇山，武警与公安，抢救言何险?！夜夜难入眠。看看，道道红霞乱；非凡，频频俯仰间。

汶川赈灾残，倾国大支援，蜀晋心相挽，同悲手举天。休烦，我要输血献；急急，她来款物捐。

“以人为本”坚，凤凰配牡丹，重建平安苑，和谐民自然。追前，倒像居宫殿；情牵，如同别洞天。

天灾似汪洋，领袖个个忙，上下察灾尽，带头捐款昌。八方，就怕贪污障；中央，坚决斩虎狼！

（2008 年 6 月 17 日《山西日报·黄河笔会》发表其中三首）

【中吕·朝天子】十八首

——英雄组曲之二

贺 词

——献给教育界“全国道德模范”

讲文明，树新风，见义勇为迸，助人为乐领头风，诚实守信兴，孝老尊亲，敬业献奉，道德骥足骋。鼎鼎！铮铮！楷模人人敬。

李明素

明素，明素，年近桑榆暮。洪峰汹涌百川呼，带领家人护，两岁婴雏，花甲老妇，三十二位居民全救出。庆祝！庆祝！退休教师声名著。

殷雪梅

雪梅，雪梅，雪里红梅配。学生数百救灾围，个个成宝贝。生命崇高，师魂彩绘，十万市民洒泪水。勒碑，哀诔，海外国中同声喟！

韦正雄

正雄，正雄，布依英雄恸。百年难遇大泛洪，舍弃亲情命，先救学生，后救亲朋，七人把命崩。骁勇，炯炯，破浪乘风弄！

艾尼·居买尔

居买尔，维吾尔，勇斗歹徒二。弟兄三个宁馨儿，智擒小偷二。女生涟洏[①]，窃贼嚅唲[②]，尖刀猛刺居买尔。菀尔，率尔，英雄不疑贰！

【注释】

①涟洏(ér)，流涕貌。

②嚅唲(yúér)，强笑貌。

徐　伟

徐伟，徐伟，智慧人称最。少年三个落水危，刺骨冰窟溃，境险泥堆，稳定智慧，巧用木棍推。风摧，云辉，怎不教人醉！

赵传宇

传宇，传宇，气质如火炬。湍急江水水冰纡，漩涡何惊惧？洗衣翁妪，得救呼吁，他悄悄疾趋。壮举，不语，当代雷锋誉。

谢芳秋

芳秋，芳秋，少女花开秀。哑聋老者老命留，你却右腿车碾透。“我不后悔！”心胸仁厚，救人把腿丢。翘首，看柳，再与读书斗！

王一硕

一硕，一硕，硕士学位摄。助学贷款且登科，诚信精神和[①]。志愿西部，放歌振翮[②]，守信豪放格。准则，品德，实践真欢乐。

【注释】

①和，读去声 hè，应答、附和之意。

②翮(hé)，羽毛。

文花枝

花枝，花枝，绮丽花开炽。左腿糜烂被截肢，后己先人致。“我是导游，抢救游客勿迟！”手摇数次指。新知，故知，相爱升平世。

方永刚

永刚，永刚，高尚师德亮。兢兢业业备课忙，晚期肠癌忘，“四真”①精神，课堂闪光，创新理论讲。永刚，奋骧，不愧名儒将。

【注释】

①四真，指真学、真信、真情宣传、真诚实践的创新精神。

刘　霆

刘霆，刘霆，敬老孝亲劲。母亲不幸尿毒呈，老父谋生另。一边背母求学，一边念书声声，取得优秀生。孝行，志诚，两者相辉映。

张　晓

张晓,张晓,阳光男孩笑。父丧母瘫苦煎熬,百善行中孝。侍奉妈咪,捡柴割草,学绩月月好。夺标,敢超,岂怕贫穷闹?!

黄来女

来女,来女,壮族之珠玉。老父重病气吁吁,边学边赡恤。心性刚毅,道途崎岖,百事千万缕,起居,劳劬,苦痛安能惧?

曹于亚

于亚,于亚,少女肾捐爸。带父上学每每夸,事事叫呱呱,煮饭洗衣,学习不落,每年戴奖花。骏马,火把,满校传佳话。

韩　瑜

韩瑜,韩瑜,少女如朝旭。负债十万愣盱盱,总望父亲愈。豪举捐肾,孝心舒愉,父前长跪呿[1]。忘躯,自娱,孝敬楷模誉。

【注释】

①呿,读 qū,张口貌。

洪战辉

战辉,战辉,爱洒全社会。养活弟妹几断炊,身边携乖妹。情比手足,捡的小妹,奶蛋顿顿给。蓓蕾,好美,劳累如春媚!

杨怀保

怀保,怀保,虎豹出山坳。“三千同窗”受益高,道德如松茂。帮助贫困,捐资海啸,爱心义卖超。倡导!壮佼!助学勤工耀!

(2008 年 6 月写)

【双调·十棒鼓】

冯理达先生祭曲

全国优秀共产党员、白求恩式大夫、时代先锋冯理达先生(原海军总医院副院长、主任医师、著名免疫学家、文职中将、全国政协常委、冯玉祥李德全之女),于 2008 年 2 月 8

日，不幸与世长辞。

哭先生走了，平生贤豪；看满房硕果，风茂格高。人民啊祖国，唤得她慥慥。庸人呀休笑，甘心守志学医道；乐乐陶陶，年年捐献，公益无终了。“生我母怀抱，育我为党直到老”，怎敢逍遥！

（2008 年 7 月 2 日写，收入《感恩诗词》，中国文史出版社 2012 年 9 月版）

【中吕·普天乐】

赞山西大学商务学院师生抢救病人李佳璐

品学优，病魔害，花季少女，身患绝症淋巴癌。换骨髓六十万元，天文数字师生怖骇，捐款支援人间至爱。正菊花三晋齐开，76 岁的爷爷陪护，进京治疗，祈愿她快乐无涯。

（2008 年 11 月 8 日写）

【黄钟·刮地风】

赞《红楼梦》粉丝裴世安柏秀英二老

今年八九月份，我突然收到了红学论赠专题资料库第一辑《靖本资料》、第二辑《曹雪芹文物资料》两套。资料辑集者为居住在上海市的老两口，丈夫裴世安，1927 年生，今年 80 周岁，妻子柏秀英，1935 年生，今年 73 岁，自称都是《红楼梦》的爱好者，阅读《红楼梦》已有五六十年的历史了。这两套书内容非常丰富，印刷质量上乘，书中还附有各种影印图片，估计成本价值肯定不菲。标明自费印刷 500 套，只送不卖。由此可见，曹雪芹和《红楼梦》几百年来在社会上产生的影响何其大哉?! 耄耋之年，自己出资，耗费精力，印书传播，何等崇高！了不得！不得了！这种精神在如今金钱第一、见利忘义的社会风气下，应当大书特书，好好表彰。

我们之间并不相识，从未晤过面，却有神交。感慨感动感谢之际，特赋此首小令。

耄耋之年仍奋斗，编著研究；夫妇相助诵《红楼》，德美才优。雪芹高手，“大观”依旧，叟妪双歌，资料编就，功德大大有。利民利国永不朽，都说在红学界占了鳌头！

（2008 年 11 月 11 日写，2009 年 10 月 13 日《发展导报·四季花园》刊）

【黄钟·人月圆】

祝贺中文系79级同学入学30周年团聚

正道是"一九七九年,那是一个春天"。豪言壮志,登崇俊良,你们不减当年。〔幺篇换头〕江山指点,气冲霄汉,策马攻坚,辉煌再现。看我们师生互动,永远扬帆!

(2009年9月18日晨急就)

【黄钟·刮地风】

祝贺中文系80级同学入学30周年团聚

桑树如龙扭曲状,刘秀封桑①,龙驹凤雏人才降,恰像汝帮。树龄三十,难得巧傍。零下40度冻死何能,甚红叶旺。祝你们再创,业绩更辉煌,莫道我老了休想!

(2010年6月23日晨定稿)

【注释】

①龙桑,落叶乔木,树枝呈龙游扭曲状,叶可养蚕,全株能入药,具有观赏、经济、药用三类树种的功能。传说东汉光武帝刘秀因遇难获救而封此树为龙桑。

【中吕·山坡羊】

恭贺《名作欣赏》创刊30周年

贵刊适应时代与读者的需要,不断创新改刊,据说三十年来已经出版338期了,成就突出,可赞可叹。今日接到贵社电话邀请,立刻急就此曲,以示祝贺。

《名作欣赏》,三十嘉贶,书籍艺术高质量。载名著,赏辞章,创新滋味宫商唱,千万读者拍手掌。爽,重阳上!光,永世芳!

(2010年10月15日子夜手书)

又一首

10月16日,恰逢传统节日重阳节,《名作欣赏》杂志社及书画研究会联合,在省文艺大厦展厅举办了《名作欣赏》30年社庆暨首届中国画名家邀请展,从开幕式到全部活动结束,气氛热烈隆重,内容丰富多彩,特别还有远道而来的陕西《邮政报》社杨德盛先生和河北师范大学外语学院李正栓院长光临大会。又闻全国发现有11位忠实读者,不漏一期地收藏了《名作欣赏》,此举非凡,可贺可敬,足证该刊物的深远影响了。

光辉荣耀，美文精奥，《名作欣赏》同月曜。仁健骄，正德超，原琳学文承传灏[1]，一十一人藏秘宝[2]。瞧！步步高；骄！名更昭。

（2010年10月17日晨作）

【注释】

①指《名作欣赏》创刊人，首任主编张仁健，二任主编解正德，三任主编原琳，四任主编赵学文。

②该社"寻找拥有自创刊始全套杂志读者"，全国竟有11人：江苏金小明、湖南周红、广东闵登科、北京章禹、辽宁刘长青、山东陈庆爱、山西陈婴、中央民族大学李云忠、云南吴启文、江西艾瑛、陕西杨德盛。

【黄钟·贺圣朝】

祝贺文圣七十五代孙孔祥生[1]重建汾州府文庙

秋月芳，府学文庙儒彰。《论语》长廊明伦堂，"三文辉映"[2]功效扬。忍不住奖师励生上金榜，弄一个"五特汾阳"[3]世界香。

（2010年10月30日作于山西大学仙龙斋，汾阳《国学园地》第2期刊载，中国文史出版社2012年9月版《感恩诗词》又载）

【注释】

①孔祥生，1950年生于汾阳紫家堝村，中共党员，现任汾阳市衍仁儒学文化发展公司董事长，汾阳孔子研究会、国学研究会会长。先后三次被中共山西省委、山西省人民政府、山西省军区命名为劳动模范，记二等功一次，多次被吕梁市、汾阳市授予特等劳动模范、优秀农民企业家、十佳党员企业家。他富而思源、富而思进，情系故里，回报社会。

②文庙重建地址在汾阳建昌村郊。被誉为中华第二孔庙的文庙，左拥古文湖，右揽文峰塔（中国第一砖砌高塔），形成“三文辉映”的壮观景象。

③指汾阳市委、市政府提出的“五个汾阳”的奋斗目标，即具有五种特色的汾阳——酒都汾阳、绿色汾阳、文化汾阳、卫生汾阳、平安汾阳。

【正宫·绿幺遍】组曲四首

——颂精英汾阳人张志芳

主人公张志芳，1936年出生于山西省汾阳市冯家庄。建国初就读于汾阳实验小学。1952年考入汾阳中学，曾任学生会主席、省学联委员。1956年加入中国共产党。1958年高中毕业，保送到山西大学体育系深造。在校期间，由省委组织部特批为红旗班主任、系团总支书记。1962年大学毕业时，被北京军区选中调干入伍，在部队期间，曾多次立功受奖。1980年转业后，曾任省商干校副校长等职。在地方任职期间，被评为山西省复转军人先进工作者代表。1988年毅然下海从商，成为私营企业带头人，注册成立了山西省第一家装潢防腐公司，随后成功地实现了向房地产行业的转型。紧接着开创了家族经济发展的新模式——分权管理。他任董事长，长子张建华成立了材料供应公司，次子张建民成立了合力房地产开发有限公司，三子张建忠和四子田建军合作成立了珠琳房地产开发集团有限公司。几十年来，张志芳、田玉梅夫妻二人带领四个骄子，在峥嵘岁月中，度过多彩人生。若要了解详情，借鉴什么经验，请读汾阳中学校史编辑部写的《张志芳画传》。

曲之一

不占龙头选，不入官僚传，平头百姓，当代腾猿。慈善状元，公益海捐，赞助竟达一千五百万。非凡！披荆斩棘四十年。

曲之二

刚届念年岁，入党犹称最，莘莘学子，军旅神威。竞走夺魁，军中指挥，笑谈改行经商累。光辉！乡间纵横造通逵。

曲之三

不要名声赞，不慕金刚钻，时时体恤，处处心殚。黄河幼儿园，汾中书碑观，捐资助学桑梓奠。赫煊！慷慨解囊杏坛间。

曲之四

只要民心暖，急求家乡变。扶危济困，加瓦添砖，医疗捐钱，救助鳏瘝，福祉后代千千万。高瞻！峥嵘岁月不知眠。

（作于2010年10月27日，2011年第6期《汾州乡情》刊）

【正宫·醉太平】三首——老百姓的话

国　考

年年科考，场场聒噪，千军万马挤过独木桥。看男女老少，夜以继日嚼纲要。可怜白发丛丛翘，埋头苦等马蹄骄，恍然梦晓！

挂　职

公仆锻炼，造就清廉，优良传统再精专。笑新出点点，美国挂职来锻炼。首都某地争先办。国情迥异坠冰渊，笑煞世间！

弱势群体

钱权都染，党政人员，“弱势群体”自称欢。问怪不怪诞?！头上桂冠星光灿，平头百姓何能焕？无钱无势雁飞单，朝天一莞！

（2010 年 12 月 5 日读报后急草）

【仙吕·普天乐】

贺“山西省姚奠中国学教育基金会”成立

奠中师，雄心在，诗书画印，“四绝奇才”。师太炎，国学爱，百万捐资情操帅。仍潜心培养人才，心系教育，以德报怨，心地豪快。

（发表于 2011 年 3 月 29 日《山西大学报·文艺副刊》）

【中吕·齐天乐】

祝贺《山西日报》创刊六十周年

创刊六十甲子年，[1]编采为旗舰，天下先。报道篇篇，总坚持两个服务，[2]客观；三个意识[3]再强化，猛攀。子报十种，[④]传媒又三刊：[⑤]主旋律万象涵，定标题鲜活灿，广告、发行、印务更是煊煊。

（2009年4月26日）

【注释】

①《山西日报》是山西日报报业集团的主报和“旗舰”，创刊于1949年4月26日。

②在政治方向上始终坚持为社会主义服务，为人民服务。

③在工作上始终强化政治意识、大局意识、责任意识。

④《山西日报》为母报，下属有10种子报，即：山西新闻、山西晚报、山西农民报、三晋都市报、发展导报、良友周报、山西经济日报、山西法制报、山西市场导报、人民摄影报。

⑤下属又有三刊，即：对联·民间对联故事、青少年日记、先锋队。

【正宫·醉太平】三首

2012年7月25－26日，我陪同郑治国夫妇赴汾阳、孝义一行，住贾家庄裕和花园酒店。先后与七二级同学李凤娥、田玉奇、焦兰珍、于永娥及治国的八位战友团聚，并受到了当地领导的热情款待，非常愉悦。

游孝义胜溪湖生态公园

行孝仗义，永远领先。孝河清丽溪蓝蓝，赛桃源翠巘。

丛枝绿叶红黄瓣，蛱蝶对对游人串。县级市区敢赫煊，志存高远！

皖式戏楼中聚餐

师生送暖，战友相欢。三八八席寄心丹，看情谊溢满。皖式戏楼风格焕，古色古木迷人羡。才女凤娥语篇篇，诗翁醉勉。

贾家庄

休闲港湾，美丽家园。造林环保万家欢，裕和花园酒店。美德示范农家殿，如虹气势金钱贯。红旗高举在天边，人才竞选。

（2012 年 7 月 31 日《发展导报·副刊》）

【黄钟·昼夜乐】三首

——品读马明大作《辙印》①

一十九章《辙印》高，滔滔，滔滔地细细推敲。金子般人生去了，觑年年光阴无消耗。品书名生动如雕，怎不骄？七十五朝，七十五朝，印记往事牢靠。〔幺篇换头〕英雄英雄奇迹翘,弹炮,呼啸,不幸左臂血漂。“文革”中五七干校,突发翻车身子远抛,空教人两次惊涛。“叛徒”煎熬,“走资派”难逃,荣辱是非颠倒!

相片生生仔细瞧,骁骁,骁骁地矫健英豪。一个个战友不倒,抗倭寇如同捏跳蚤,似武松擒虎逍遥,鬼子号,连根拔毛,连根拔毛,扔到了阎 王庙!〔幺篇换头〕主席的题胡兰文字资料,两朝,题好,考证的理足言凿。烈火中的《晋绥日报》,红军东征时的墙上标,更有那《少奇同志在太原》的珍贵手稿,梦断魂劳,梦断魂劳,实实在在光耀!

造句遣词字字超,娇骄,娇骄地句句前茅。忆母亲音容笑恼,处人事自然水形貌,理家庭敦厚勤劳。想老父,日夜操劳,日夜操劳,总是不苟言笑。〔幺篇换头〕谁料我生平生平多事扰,时遭,风暴,乐观自信望山高。直恁般鱼沉雁杳,相信党明察秋毫,烦恼丢抛,烦恼丢抛,最终回到了党怀抱。

(2013 年 1 月 29 日《发展导报·副刊》)

【注释】

①马明,1919 年 1 月 18 日出生,山西省孝义人,新中国成立后,任新华社山西分社副社长、党组书记、高级编辑,著作有《辙印》《没有流逝的印记》《山西新闻通讯社百年史》《新华社山 西分社简史》等。

【仙吕·锦橙梅】论现当代诗歌流派

现实主义诗派

质朴朴的动感怀，“为人生”[①]的现实材，料必环境典型开，典型的形象在。文研会的《雪朝》[②]巧裁，朱自清的《煤》[③]已烧来，兀的不风格迥异岂衰？好乖乖，170多位同人的派！

【注释】

①1921年7月成立的文学研究会，是文学革命出现后的第一个纯文学社团。署名发起的有12人：周作人、朱希祖、耿济之、郑振铎、瞿世英、王统照、沈雁冰、蒋百里、叶绍钧、郭绍虞、孙伏园、许地山，后来参加的还有朱自清、俞平伯、冰心、庐隐、鲁彦、老舍、丰子恺等人，会员有170多人。他们的文学主张是“为人生的艺术”，必须“真”。

②这是朱自清、周作人、俞平伯、徐玉诺、郭绍虞、叶绍钧、刘延陵、郑振铎八人的诗歌合集。朱自清是当时现实主义诗派的总代表。他们写诗的共同原则是“真率”和“质朴”。

③《煤》是一首咏物诗，托物寄兴，抒发他在黑暗社会中看到光明的欣喜之情，1920年1月9日写于北京，收入《雪朝》诗集。另外，一首长达246行的抒情诗《毁灭》，写成于1922年6月至12月之间，时年24岁，收入他的诗文合集《踪迹》。《毁灭》是他全部

诗作中最能表现造诣和思想动态的代表作。

浪漫主义诗派

情荡荡的幻想狂，美滋滋的语夸张，“太阳”“创造”[1]白璧双，想象的风格朗。蒋光慈的《新梦》[2]奋骧，沫若老的《凤凰》[3]高昂，兀的不澎湃铲除虎狼，响当当，他们把美的天堂创！

【注释】

①创造社于1921年7月在日本东京成立。太阳社于1927年秋在上海成立。两个社团互相呼应，彼此影响，都倡导无产阶级革命文学，反映工农大众的生活和斗争，都属于积极浪漫主义文学流派。

②蒋光慈是浪漫主义诗派的中坚人物之一，《新梦》是蒋的诗集。

③指《凤凰涅槃》，郭沫若《女神》诗集中的代表诗篇之一，体现了创造与破坏的诗魂。郭老是中国现当代浪漫主义流派的总代表。

繁星诗派[1]

诗短短的字字娴，闪熠熠的吐心丹，学习短歌俳句泰戈尔[2]，组练成花绸缎。《春水》[3]编能写满痛砭，《繁星》[4]简有哲理格言，谁能说诗小不能问天，敢扬鞭，这小诗也能横磨剑。

【注释】

①繁星诗派的名称采用李旦初教授的研究结论。详见1992年10月山西高校联合出版社版《中国新诗流派》第32~33页。

②该派的诗人最善于学习借鉴日本的短歌、俳句和印度泰戈尔的短诗《飞鸟集》。著名作家有冰心、刘大白、朱自清、徐玉诺、王统照、宗白华、冯雪峰、应修人、潘谟华、汪静之等。

③④《春水》《繁星》为冰心的两本诗集，共收小诗346首。冰心是繁星诗派（即小诗派，又称冰心体）中最有权威和成就的代表诗人。有人民文学出版社2001年2月北京第9次印刷的《繁星春水》本。

湖畔诗派

钟友爱的四帅哥①，守“湖畔”②的美风格，欲把西子比西湖，每每的抒情可。笑眯眯的女子美德，约隐隐的心语谐和，兀的不情深意切猛遮，《春的歌》③，《湖畔》④集纯情铭刻。

【注释】

①②指冯雪峰、应修人、潘谟华、汪静之四诗人，于1922年3月发起并在杭州成立湖畔诗社。此处双关西湖与诗社。

③④《春的歌》是冯、应、潘的诗合集;《湖畔》是冯、应、潘、汪的诗合集;此外还有汪的个人诗集《蕙的风》和《寂寞的国》。朱自清说:“真正专心致志做情诗的,是‘湖畔’的四个年轻人。他们那时候差不多可以说生活在诗里。潘谟华氏最凄苦,不胜掩抑之致;冯雪峰氏明快多了,笑中可也有泪;汪静之氏一味天真的稚气;应修人氏却嫌味淡些。”(《中国新文学大系·诗集导言》)

新月诗派

纤弱弱的月儿弯,软绵绵的《新月诗选》[①],反苏反共纵情掀,就数它《诗镌》[②]。梁实秋的人性论言,新月社的“约法”“人权”[③],兀的不诋毁革命文坛。“三美”[④]专,却倒是革新创见。

【注释】

①1931 年 9 月由陈梦家编,收入闻一多、徐志摩、朱湘、梁实秋等 18 位新月派诗人的作品。新月派成员复杂,思想各异,不断分化。

②1926 年 4 月在北京《晨报》创办的副刊。

③新月社提出的社会问题,在《新月》杂志上开展关于“人权与约法”的讨论,批评国民党的一党独裁,主张言论自由。

④“三美”即音乐美(指音节)、绘画美(指辞藻)、建筑美(指节的匀称和句的整齐),这是闻一多在《诗的格律》中提出的主张,新月派诗人特别注重现代格律化。

象征诗派

含蓄蓄的脸衬霞，朦胧胧的日夕佳，要诗暗示个中花，吟诵的诗情画。波特莱尔的《恶之花》[1]，莫雷亚斯的《宣言》[2]葩，兀的不《微雨》美诗“怪”煞，李金发[3]，你逮住了诗白话。

【注释】

①1857 年法国人波特莱尔发表的诗集，被认为是象征派文学的先驱。

②1886 年法国人莫雷亚斯发表了《象征主义宣言》，第一次提出了象征主义名称。

③李金发是中国象征诗派的代表人物，曾留学法国，他的诗集《微雨》《食客与凶年》《为幸福而歌》，获“诗怪”之称，是中国最早出现的象征主义新诗。

现代诗派

迷惘惘的隐曲怀，百忧忧的唱悲哀，《现代》[1]杂志聚英才，意象的诗情在。多元化的济世善才，非讲韵的诗语分开。兀的不追求“五个现代”[2]，巧安排，吟诵趋明快。

【注释】

①②《现代》杂志(1932 年 5 月上海创刊)主要负责人施蛰存申明现代派诗歌的特点:"《现代》中的诗……它们是现代人在现代生活中所感受到的现代情绪,用现代的辞藻排列成的现代的诗形。"(《现代》1934 年 4 卷 1 期《又关于本刊的诗》)

七月诗派

《七月》[1]扛的战斗旗,有胡风啊举依依,主观战斗[2]倍加犀,抗日的诗情意。活泼泼的创造妙奇,光闪闪的民族气息。兀的不风韵美煞也迷,笑嘻嘻,他们激励了人民胸臆。

【注释】

①《七月》为抗日初期在国民党统治区最早创办的进步文艺期刊。胡风主编。为了密切配合民族抗日斗争,《七月》注意发表迅速反映现实的各种文艺作品,像艾青、田间、鲁黎、绿原、胡风、阿垅、邹荻帆、艾漠(贺敬之)等人,形成了一个具有共同特色的诗歌流派。

②胡风在《置身在为民主的斗争里面》、舒芜在《论主观》文中,分别提出了主观战斗精神问题,在当时文艺界引起热烈的论争。

新诗歌派

急嚷嚷的反帝先,乱哄哄的庶民间,诗歌革命任中坚,倡导的新诗变。穆木天的《发刊诗》[1]宣,《新诗歌》[2]的刊卷同参，兀的不歌唱民生齿寒，向人间，一面战斗的红旗艳。

【注释】

①1932 年 9 月，左联领导下的第一个有组织有纲领的诗歌团体中国诗歌会成立，由发起人之一的穆木天执笔的《〈新诗歌〉发刊诗》发表，在内容方面提出“要捉住现实，歌唱新世界的意识”，在形式方面提出“要使我们的诗歌称为大众歌调”。

②《新诗歌》是中国诗歌会的会刊。创作队伍庞大，会员有 200 多人，还有日本人鹿地垣·绿川英子参加。

普罗诗派[①]

清楚楚的是非观，暖融融的友情欢，马列主义猛频传，普罗的文学现。蒋光慈的《战鼓》[②]领先，徐祖华的《孩儿塔》[③]刊，兀的不阶级斗争赫烜，好诗篇，都像那洒洒的林中箭。

【注释】

①英语 proletariate 的音译“普罗利塔利亚”的简称，意为无产阶级。20 世纪 20 年代末，中国文艺界发生了热烈的革命文学论争，通过论争，各方的观点逐渐接近，一致同意提倡和发展普罗文学。并于 1930 年在上海成立了中国左翼作家联盟。普罗诗派的重要社团是普罗诗社和中国诗歌会等，代表人物是蒋光慈、殷夫、钱杏邨、穆木天等。

②《战鼓》系《新梦》和《哀中国》诗集的合集，上海北新书局

1929年6月出版。原《新梦》《哀中国》均出版于1925年。《新梦》是诗人留学苏联期间(1921—1924)缩写诗篇的结集,是我国现代文学中第一部为十月革命和社会主义新生活放声歌唱的诗集。《哀中国》是诗人归国后于1924年至1926年所写,主题是打倒帝国主义和反对封建军阀。两部诗集,总的看来,思想性较高,艺术性较差,常常出现一些政治口号,诗意不浓,流于平直浅露。

③《孩儿塔》是殷夫(原名徐柏庭,学名徐祖华)在1930年间编成的抒情诗集,收入1924年至1929年间的65首诗作,当时未能出版,直到1984年2月才由人民文学出版社根据鲁迅保存的原手稿排印出版,鲁迅曾为《孩儿塔》作序,评价很高。

民歌体诗派

民族化的信天游,讽嘲型的山歌讴[①],爱情与革命相述,劳动者的翻身籀。陕三边的不死雎鸠[②],漳河水的千里沙鸥[③],兀的不风韵整齐语悠,赛珍馐,比兴和双关绣[④]。

【注释】

①指20世纪三四十年代出版的《马凡陀的山歌》及《续集》的讽刺诗歌,也属此流派。马凡陀即袁水拍。

②指1946年9月李季发表的长篇叙事诗《王贵与李香香》,采用民歌信天游的形式,描写陕北三边(定边、靖边、安边三地,此处泛指陕北革命根据地)人民的爱情与革命、个人与阶级的血肉关系,着重刻画了两个革命儿女英雄和一个恶霸地主形象。

③指1949年3月阮章竞发表的长篇叙事诗《漳河水》，采用了漳河地区流行的《开花调》《四大恨》《割青菜》《牧羊小调》和《漳河小曲》等民歌形式，描写了荷荷、苓苓、紫金英三位农村妇女日常生活和对人生价值的追求。

④这两部长诗，在向民歌学习，实践民族化、大众化方面为新诗发展提供了许多宝贵经验，是民歌体诗派中最优秀的代表作。

朗诵诗派[①]

一股股的朗诵潮，气昂昂的抗倭涛，恶毒的小鬼子欺凌，大地也疯狂啸！有高兰的朗诵诗骚[②]，光未然的“黄河”咆哮[③]，兀的不风韵美观意豪，看当朝，他们啊礼赞地呱呱叫。

【注释】

①抗日战争初期，在国统区和解放区的文艺家彼此呼应，为抗日救亡而高歌，提倡诗的朗诵和朗诵的诗，形成一股汹涌澎湃的诗潮。他们虽然没有成立社团明确宣言，但实际上他们的每首诗都是抗日救亡的号角，爱国主义的乐章，所以我把这个群体划归为“朗诵诗派”。赢得“朗诵诗人”美名的高兰和以歌颂黄河闻名的光未然，是这个诗派的代表人物，此外还有方殷（1939年参加“作家战地访问团”活动和诗歌朗诵运动）、力云、臧云远、常任侠等有影响有成就的诗人。

②指高兰的许多朗诵诗集。1938年2月汉口大路书店出版的《高兰朗诵诗新辑》（上下两册，1943年重庆建中出版社出版）等

多部。其中名篇《我们的祭礼》,曾在鲁迅先生周年祭上由著名影星王莹朗诵过;又一名篇《哭亡女苏菲》,由著名影星张瑞芳在一次全国文协召开的大会上朗读过,这首诗朗诵的次数最多,反响巨大,曾被广大的读者阅读、朗诵和传抄。

③光未然,原名张光年。其代表作是1939年3月写于延安的《黄河大合唱》,这一组诗由《黄河船夫曲》《黄河颂》《黄河之水天上来》《黄水谣》《河边对口唱》《黄河怨》《保卫黄河》《怒吼吧,黄河》等八首组成,内中每一首皆为朗诵词和歌词两部分构成。这组诗是中华民族战斗的英雄史诗,是抗日战争时代现实的悲壮图画。

九叶诗派

生罢罢的两个性①,不相容的两个论②,两种主义③再结合,现代的方法近。外文通的海外诗品,不忘本的民族传统,兀的不形象在在新颖,且流动,关不住诗风深蕴。

【注释】

①②③九叶诗派在20世纪40年代形成于国统区,代表作家包括九位诗人:辛迪、陈敬容、杜运燮、曹辛之、郑敏、唐祈、唐湜、袁可嘉、穆旦(查良铮)。袁可嘉在《西方现代派诗与九叶诗人》中说:"一向被许多人认为水火不相容的事物——反映论与表现论,社会性与个人性,继承与创新,民族传统与外来影响,现实主义与现代主义——在他们那里得到了较好的虽然远不是完美的结合。"

新边塞诗派

沙莽莽的乱卷来，雪纷纷的满天白，语奇体峻咏边塞，李季与闻捷率。《玉门诗抄》[1]赞美干才，《天山牧歌》[2]风俗铺排，兀的不雄健悲壮满怀，扫尘霾，他们啊展翅风格豪迈！

【注释】

①《玉门诗抄》为李季（1922—1980，河南唐河人）的诗集之一。建国初他以极大的热忱投身于石油工业的建设事业，为石油工人写诗，再现了大西北石油城的诞生和石油工人的生活情趣，因而被称为“石油诗人”。

②《天山牧歌》为闻捷（1923—1971，江苏丹徒人）的诗集之一。20 世纪 50 年代，他在新疆、甘肃一带工作，所以熟悉西北风光，以优美的抒情笔调描绘了聚居在天山脚下、和硕草原、吐鲁番盆地和博斯腾湖畔的哈萨克、维吾尔、蒙古等兄弟民族的生活情景。在《天山牧歌》中爱情诗占有很大比例。

朦胧诗派[1]

寻觅觅的隐语咿，软怯怯的悱恻迷，怪客们吐尽痛凄凄，“极左”的流毒丕！气昂昂地举大旗，急煎煎地奔往晨曦，兀的不“三个浪潮”[2]互依，笑嘻嘻，年轻人枉费了屠龙技[3]。

(2007年11月20日至12月10日写毕定稿,分别发表于《火花》2008年第12期、2009年第2期)

【注释】

①朦胧诗派,或称新诗派、青年诗派,这是一个相当模糊的概念,在20世纪七八十年代,有一批年轻诗人自办诗刊、发表诗作,立异标新,形成了一个新诗潮流,在文艺界有褒有贬,引起了一场历时将近十年的大论争。这些诗作,自然而然地约定俗成地被称为朦胧诗,其作者被称为朦胧诗派。这个诗派是一个多元的复杂的人数众多的群体,但他们并没有统一的组织和宣言,20世纪80年代先后出版有《朦胧诗选》(阎月君等选编、春风文艺出版社出版)、《朦胧诗精选》(喻大翔等选编、华东师大出版社出版)、《探索诗集》(上海文艺出版社编辑出版)等。

②1980年前后出现的北京《今天》诗派和吉林《赤子心》诗派为代表的,是为"第一个浪潮";1985年前后出现的"现代史诗"派、"整体主义"诗派、"新传统主义"诗派为代表的,是为"第二个浪潮";1986年以后兴起的"他们"诗派、"莽汉主义"诗派、"非非主义"诗派以及"倾向派"为代表的,是为"第三个浪潮"。朦胧诗派是我国改革开放时代的产物,他们对改革开放的成就和不足,做了极其深刻和广泛的反映。

③屠龙技,古人指高超的技艺或高超而无用的技艺。典故出自《庄子·列御寇》:"朱泙漫学屠龙于支离益,单千金之家,三年技成,而无所用其巧。"

【仙吕·太常引】

行吟诗群[1]

漫游北国与南疆，阅尽风云光，欧亚拉美航，谁领唱闻捷徜徉。〔幺篇换头〕壁舟静轩，艾青其矫，还有个丁芒，山巅到汪洋，颂祖国宫商远扬。

【注释】

①顾名思义，这个诗群作者走遍海内外，充满激情地在歌唱祖国的现实和世界的前景。这个诗群包括著名诗人艾青、徐迟、田间、蔡其矫、闻捷、戈壁舟、丁芒、方纪、孙静轩等。他们的代表诗篇有：艾青的《双尖山》《大西洋》和组诗《南美洲的旅行》，蔡其矫的《川江号子》《雾中汉水》，戈壁舟的《登临集》和诗剧《山歌传》，丁芒的诗集《欢乐的阳光》，孙静轩的诗集《海洋抒情诗》，闻捷则行吟之声遍布各地，从草原到海港，从革命老区到长江源头，他的代表作有诗集《天山牧歌》、组诗《吐鲁番情歌》和长篇叙事诗《复仇的火焰》。

军旅诗群[1]

转战南北着军装，诗歌在枪膛，情盛气昂昂，唱海岸也唱北疆。〔幺篇换头〕八路战士，解放军行，放哨或站岗，总有美诗行，光彩似旭日闪光。

【注释】

①军旅诗群，顾名思义是指军队诗人的创作现象，他们把“诗人”和“战士”的角色和谐地融合在一起，即某些研究者所说的“职业军人的诗人”。他们有的参加过新四军、八路军，有的参加过解放军。这个诗群包括很多诗人，比较成就大影响大的有：雁翼、韩笑、顾工、公刘（原名刘耿直、刘仁勇，笔名流萤、龙凤兮）、李瑛、陈辉、魏巍、白桦（陈佑华）、高平、周良沛、化铁（刘德馨）、未央（章开明）、张永枚（笔名黄桷树）、胡昭、梁上泉、柯原等，其中以公刘、李瑛为代表。

“右派”诗群[①]

“出土文物”隐失埋，平反再归来，歌唱笑口开，思辨语宏观巧裁。〔幺篇换头〕抒情叙事，不减当年，寓意巧安排，一曲乐天牌，使命感凭何细猜。

（以上三首，刊于《火花》2014 年第 3 期）

【注释】

①20 世纪 50 年代，一批批老中青诗人先后在反右派、反右倾运动中隐失，党的十一届三中全会召开以后，他们在拨乱反正中终于得以平反，归来后重新创作。有的研究者评论者称此诗群为“归

来者”诗群，我感到不够明确明显，为了直截了当和同情赞颂他们，我便直呼为“右派”诗群。而艾青同志曾以“出土文物”自况（详见《艾青全集》第三卷455页），形象而苦涩地道出了自己“归来”的感受，就这四个字比他的诗作都要耐人寻味，流芳百世。这是一个成员庞杂的创作群体，包括老一辈诗人艾青、苏金伞、公木、青勃、吕剑、蔡其矫、张志民等，七月诗派的鲁藜、邹荻帆、彭燕郊、冀汸、绿原、曾卓、牛汉、徐放、罗洛等，九叶诗派的辛笛、陈敬容、杜运燮、唐湜、郑敏、唐祈等，还有建国初期步入诗坛的中青年诗人梁南、丁芒、公刘、孔孚、白桦、岑琦、胡昭、孙静轩、流沙河、邵燕祥、林希、昌耀、赵恺、任洪渊、彭浩荡等。在创作上，他们的共同点是有较强的社会责任感和历史使命感，能自觉地在创作中贯穿现实主义精神。

【仙吕·锦橙梅】

台湾诗歌现代派①

《现代诗》②哟来创刊，领头人是纪弦③，紧接着个《蓝星周刊》④，又有那《创世纪》⑤，忒巍巍的队伍扩展，三诗社啊共成中坚。兀的不精神分析细言，现代主义，席卷了台湾诗坛。

【注释】

①这个诗歌流派有个复杂多变的发展过程。1925年，张我军

出版的《乱都之恋》是台湾现代文学史上的第一部新诗集。1950年随着国民党政权退居台湾，海峡两岸经历了半个世纪的大隔绝，台湾出现了“反共文学”的泛滥局面，同时出现了着力表现亲情、乡情的乡土文学和以爱情婚姻为主题的纯情文学。台湾现代派文学对20世纪50年代反共的政治化文学是一个反动，它对新的艺术手法的探索，丰富了文学的表现力。由现代诗发端的台湾现代主义文学运动，在20世纪60年代已达到高潮。以纪弦、余光中、张默、洛夫、郑愁予等为代表而成为推动现代诗运动的中坚力量。

②③1953年2月，纪弦创办了《现代诗》季刊，1956年1月又在台北召开了第一届现代诗人大会，宣布成立“现代派”，声称要“领导新诗的再革命，推动新诗的现代化”。

④⑤1954年，余光中、覃子豪、钟鼎文等成立蓝星诗社，创办《蓝星周刊》，同年，张默、洛夫、痖弦等又在左营成立了创世纪诗社，并出版《创世纪》诗刊，1959年进行改组，吸收了一些“现代派”和“蓝星”的成员，从而成为推动台湾现代诗运动的中坚力量。

香港现代诗人派①

红闪闪的太平山，绿碧碧的浅水滩，现代主义思潮翻，合办的《诗朵》现②，中国笔会也远远扬帆，三种人③团结加冠，兀的不开创与实验煊，抒性灵，掩不住诗葩鲜。

【注释】

①②20世纪50年代中期，现代主义文学思潮在香港兴起，给

香港文学繁荣发展带来深远的影响。1955 年 8 月,由王无邪、昆南、叶维廉等人合办的诗刊《诗朵》出版。当时的诗人及其他文学作者,都以开创性和实验性的创作,用西方文学观念和艺术技巧来表现香港的社会问题和精神面貌,把香港现代主义文学推向了高潮,代表人物有刘以鬯、王无邪、蓝子(西西)等。

③1970 年以后,香港诗坛主要由三部分诗人组成:一部分是香港本土诗人,如也斯、西西、黄国彬等;一部分是南来诗人,如蓝海文、黄河浪、王一桃等;还有一部分是从台湾、澳门和海外移居香港的诗人,如余光中、钟玲、原甸等。他们创作的总倾向是现代主义向传统回归,既关注现实又抒写性灵,既有现代意识又有本土情怀。

天安门诗歌运动①

"四·五"运动诗如潮,英雄扬眉剑出鞘,倒下的是"王张江姚",总理站云霄。童怀周的《天安门诗抄》②,喝人血的鬼蜮魔妖,兀的不嬉笑怒骂传抄。堪骄傲,首首是战斗旗号!

【注释】

①发生在 1976 年清明之际的"四·五"运动,在中国现代史上是一次意义深远的政治事件。1976 年 1 月 8 日,周恩来总理逝世。噩耗传来,举国悲痛。而"四人帮"及其党羽却要弹冠相庆,不择手段阻挠和压制人民群众对总理的悼念活动。4 月 5 日清明节,

千百万忍无可忍的人民群众，冲破“四人帮”的禁令，自发地聚集在天安门广场，祭奠悼念周总理。一时间，挽联、标语、诗词、祭文等贴满了人民英雄纪念碑周围，铺天盖地雪片似的撒遍天安门广场。这就是人民称谓的著名的“天安门诗歌运动”。

②1978年12月由人民文学出版社出版的《天安门诗抄》，署名童怀周编。童怀周即北京第二外国语学院汉语教研室16名教师的集体笔名。全书分三辑：第一辑收诗、词、曲、挽联；第二辑收新体诗；第三辑收悼词、祭词、誓词、散文诗等。作品的题目少数是原有的，大多则为编者所加；除极个别的字句稍有改动外，大都保持了原貌。

附：水调歌头·痛悼周恩来总理

痛悼复哀悼，未语泪先流。朔风料峭长吼，日月共人愁。暴动南昌匪地，巧斗巴渝敌首，塞外抗倭仇。真正经纶手，起舞理神州。

却私利，鞠躬瘁，谱春秋。主席亲密战友，砥柱正中流。国内仍需革命，边界还宿貔貅，反修更防修。鼎鼐凌云志，自有后来谋。

（以上四首，刊于《火花》2014年第8期）

【仙吕·太常引】

贺刘涛张毛喜结佳缘

张毛靓女配才郎，脱俗好善良；刘涛创《名堂》，深博巧能量远扬。〔幺篇换头〕“二为”“三省”，“四痴”“五槐”，书斋更名堂。贺涛毛琴瑟乐书香，似凤凰千年翱翔。

（2014年5月30日匆匆写就）

套　曲

【南吕·占春魁】

赞梁世奎大夫

〔一枝花〕萨斯乱作妖，战士焉能倒，疫情宣告了，大夫认真瞧。瞧啊瞧似杏非桃，测试体温高，恁地干咳带血号，更有那吹喷脓液齐扰。站四壁白衣战士，观病灶抄抄考考。

〔梁州第七〕梁大夫医德最好，医术哩又上云霄，可惜命运销得早。上留老母，下有骄娇，中抛伴侣，更有同僚。为的来患者潇潇，为的来非典夭夭。愁的是待何时打胜非典魔妖，恨的是挣黑钱物价哄抬遥遥，爱的是众人民早早团圆韶韶。前沿战壕，你能忘己身先挑，关心他人劳。领导风格领导标，你真正一代英豪。

〔尾〕恰道是千秋盛世生活好，开放改革国家饶，却来个非典肺炎毁财宝。辟谣！自豪！坚定坚定一颗红心叫声好！

（2003年5月27日《山西日报·文艺副刊》，转载于《华夏诗词艺术集锦》，国际炎黄文化出版社2003年8月版）

【正宫·端正好】

万能的靓妇

窈窕身材妍姱，细白皮肤润滑，声声问语如情话，一笑便把男人倒下，她要咋就能咋。

〔滚绣球〕日寇时当娇娃，督军时一枝花，建国后又把权抓，“文革”后变为专家。待据六合，争当女娲，把别人踩成渣渣，有谁能胜过她？！酷似老鼠过大街，遭遇人人齐喊打，坏坏坏万恶的杏脸獠牙！

〔倘秀才〕司令官她频频软抓，系主任她怀中搂煞，副校长她香嘴猛呷。近相狎，远哼哈，弄得一个个软软嚓嚓。

〔滚绣球〕“运动”来她红旗插，批判人她破口骂，直害得师长监牢关押，揭发时满纸假话。当头头，大权拉，书记主任便叠加，背地里暗策划。人到白发年华败，老来妖心仍吐芽，更会厮杀。

〔倘秀才〕在课堂容光焕发，在家里歪七扭八，在街上嘁嘁喳喳。写讲稿，乱如麻，一页页皆是抄袭配搭。

〔叨叨令〕白云深洞庐山下，三军司令曾为爸，闲来几句色情话，困了一枕胡缠架，弄得你糊涂也么哥！弄得你糊涂也么哥！五姨太太天公怕。

〔尾声〕且看她孤立道义寡，装疯又卖傻。四处里放箭猛乱打，却惹得男男女女老老少少把她千刀万剐！

（2004 年 8 月间写）

【般涉调·哨遍】

一个女骗子和三个大贪官

〔哨遍〕天生一对好眉眼，俺的名儿叫银香。虽为农妇容貌不俗气，大大的额头赛则天，圆圆的脸蛋儿不太胖，弯弯的蜂腰像飞燕，西施的肤色东施的裳，都说是，活脱脱一个贵妃杨。樱桃小口一点点，说起话来巧如簧。挤眉弄眼微微笑，笑得男人心发慌，浑身里外直痒痒。

〔耍孩儿〕怕怕怕俺就怕上有公婆下有儿郎，美美美俺就日夜美在赌场上；哈哈哈有钱不花忒傻瓜，找个“钱袋子”是银行。今儿在酒楼打杂工，明儿在歌厅陪上床，后儿在街上觅情郎，一夜便挣五千元，畅好是一些些官僚对象。

〔五煞〕心生一计俺是私生女不称谎，寻知己远走他乡，逢人便说生父是中央某首长。他身患难以开口的病，想到县城来医疮。为尽孝东挪西借五十万，骗得那农行干部、个体老板、男女同乡,一个个都上了当。

〔四煞〕五十万元俺轻松入囊,姐们儿哥们儿来保护,公安局几进几出又何妨?!一个是经侦大队副队长,对俺的花言巧语肃然张扬;一个是包养小蜜的公安局长;更有那堂堂的市委书记,卖官鬻爵比俺更肮脏!

〔三煞〕那“警花”说一不二挺聪颖,办案可也彰彰,就怕俺软硬兼施她怅怅。她竟有二百万元小金库,追回的案款不入仓。俺与女警官,称姊道妹结同帮,招摇过市横冲撞。

〔二煞〕那局长身材高大好飒爽,收受贿金把小蜜养,玩妓还嫖娼。为度一个销魂夜,出差公干赴南昌。瞧瞧瞧搂搂抱抱翻作浪,掷赠礼金上万元,非分“性福”安然享。

〔一煞〕那书记招财进宝有独创,钱权交易提干部,你主任来我局长。一壁厢强插手基建工程,一壁厢教儿子烟酒贿金稳掌。管什么抱怨不抱怨?他他他一言九鼎,有谁敢违抗?!

〔尾声〕一个女骗子牵出仨巨贪,多行不义必自毙的毒瘴!哪管它“先进性”妄挂颈项,玷污了伟大的共产党!

(2005 年 3 月《当代散曲》创刊号刊登)

【般涉调·哨遍】

丑陋的某教授

〔哨遍〕说话言不由衷，声调恰似太监公公。方头短腿斜眼睛，三寸丁不普通，常低头走路显稳重。葱白肤色，鹰钩鼻梁，人人尽说是坏种。老乡说你是旧军阀的大公子，亲友们又言是汉奸血统。如今是上串官老爷，下联小流氓，每日价黄粱美梦。

〔耍孩儿〕视钱如命立奇功，当了头头好大喜功。见开门办学利益多，劈头里花利息有恃无恐。一回是下厂学工偷肉粽，一回是下乡学农吃蚕蛹，一回是学军射击瞎起哄，一回是酩酊大醉乱逞凶，一回是搂农妇睡进岩洞。

〔五煞〕“史无前例”日子里，打砸抢兴师动众，你作“形势报告”嗓门冲。闹哄哄揪斗你的导师，血淋淋打得遍体惨痛。可可可到了核查三种人，你你你摇身一变成英雄，叠叠叠打报告毁人作弄。

〔四煞〕成果频频靠抄袭，学术会议且操纵，落了个官司聚讼。考研题你泄露汇总，博士点你状告断送，更想把高水平的导师，一个一个，排挤空空。

〔三煞〕某教授哗众取宠，某教授岁月峥嵘，某教授梦想做独立王国总统。众学子不知底细盲尊重，你你你“太平”宰相愣卖弄。副书记副所长副院长三副官职摩肩接踵，闹得W学院千疮百孔，激得群众气愤填胸。

〔二煞〕你见色起淫玩女人，地下室里云雨交融，办公室沙发上作欢受宠。吹牛拍马捧到手，不过是万花筒。为进贡去惑众，胡说鬼道遥控，到头来导师们岿然不动。

〔一煞〕吸毒鬼是你的仆从，小姑娘是你的顺从，紧跟你偷偷翻印黄色文艺种种。一部部送领导个个感动，卖出去几十部赚钱大宗。有甚糊涂处？明标着收据，现放着合同。

〔尾声〕你这个千夫指的变色龙，诡计多端想翻供。只道是枉费心机去逼供，为什么嫉贤妒能瞎愚弄，名声啊自己葬送！

（2005年11月22日《发展导报·四季花园》）

【般涉调·耍孩儿】

Y市衙内父子

〔耍孩儿〕Y市“人大”一把手，徐俅父子聚敛尤，心怀狠毒像狼狗，父靠权子凭黑勒索敲诈算无休，杀人抢劫横行霸道十余秋，百姓们苦苦作马牛。他们有的是滚滚枪支子弹头，有的是豪华轿车静守候，有的是狐朋狗友帮格斗。

〔八煞〕看“暴风一族”歌厅，名望金钱周流，惹得徐俅之子眉常皱，恨不得金钱小姐都归我有。忌恨心中烧，油铛当插手，强把老板骨肉，做了自己膏油。

〔七煞〕帮闲浮浪群丑，暗取乡党委书记人头。为的是挟钱通上头，为的是好把情妇搂，为的是盖好别墅楼，好来个花天酒地舞长袖。可敬那刚正清廉芝麻官，只落得永垂不朽！

〔六煞〕一心要作王侯，不仁不义闹够，只要掘得桶桶金，管什么亲兄弟姊妹亲姑舅。总经理当个臭，赌博债紧箍咒，失去了一个个亲朋故旧，谁与他共肥马轻裘！

〔五煞〕见钱眼便瞅，贪婪意不朽。三十六家储粮库，粮食器材独占有。非法获利千万元，苫布苫子输送带巧取旁搜，保管员若反对，浑身上下鞭子抽。

〔四煞〕恨不得长江变做甜酒，恨不得三妻四妾拥有。见拜把弟媳皓齿明眸，顿生歹念头，手持刀具强霸占，做官的老子不知丑。淫魂荡荡魄更悠悠，直逼得佳人坠玉楼。

〔三煞〕生财有道干生受，合伙开发楼盘楼。同事承建大地花园，父子抢钱风急雷骤，神不知鬼不觉净挣五千万，承建商逆来顺受。一壁厢投河奔井，一壁厢骄奢无忧。

〔二煞〕某局长受邀打麻将，徐衙内日夜思机彀①，威胁、毒打、请宴、跳舞七拼八凑，到头来犯刑律随机逃走。寻衅滋事数十起，奸淫掠夺无端殴，鸣枪示威一声吼，局长挨毒打恰如困兽。

〔一煞〕人民法院人民爱，谁知法院遭悔尤②，徐俅团伙阶下囚，正义审判大祸首，竟带领二十多条走狗，摔杯子、砸桌子挥动拳头，霎时节闹得法庭昏天黑地，直逼得武警荷枪实弹三天守。

〔尾〕慢悠悠打蛇不死反为仇，急律律斩杀徐俅父子首，乐哈哈拍手称快鞭炮奏，喜嗖嗖翘望红日照神州。

（2006 年 8 月 4 日《发展导报·四季花园》）

【注释】

①机彀，圈套、阴谋。

②悔尤，指灾难、祸患。

【仙吕·端正好】

韩石山《少不读鲁迅老不读胡适》赞

石山君，多才辩，曾名安远业优先。学的是中外史学研不倦，干的是当作家小说篇篇。平天下立文坛，可称了满世男儿愿。

〔赏花时〕百尺竿头攀洞天，细致磨切去勘删，能写大实言，材料巧剪，经典万家传。

〔幺篇〕信手拈来举证砭，大部书中颂管喧，驱走樊篱圈，结论旨远，法眼奈何天！

〔混江龙〕博得个名扬天岸，竟能把铁砚磨穿，不问那诗书经传,更不管断简残编,只要我实事求是敢翻船,才不枉雪窗萤火七八年,高扬幔,他确是读书博宽,大道宏谈。

〔哪吒令〕写的是"少不读鲁迅,老不读胡适",且看他正是适之精神版,迅哥秉性传,诙谐在笔尖,幽默拥笑言。确凿凿地论文风讲承传,笑嘎嘎地品人格谈体验,情深深地指出了选鲁迅作品好冗繁。

〔一半儿〕扫平邪想够烦难,立论公平更是难上难,"文坛刀客"刀最歼,放开看,一半儿平和一半儿偏。

〔尾〕忘年交,有石山,老夫垂垂靠他搀,切磋诗篇,学术规范互磨勘。

(2008 年 5 月 13 日《发展导报·四季花园》)

【南吕·一枝花】

贺寒声先生九十高寿

寒声,原名李经宽,字众夫,1918 年生,山西昔阳县人。中共党员,戏剧家、戏曲音乐家,研究员,人民艺术家。

〔一枝花〕光荣老红军,太行曾鏖战;寒声蜚艺坛,本叫李经宽。少也老也翩跹,跳出那浅池争霸的萦绊。你看他《黄河文化论坛》①,摇细笔触类旁通,弄戏曲独特贡献。

〔梁州第七〕且听有《春风杨柳》②,《晋水咽》③堪称经典，梆腔歌舞清光烂。一位人民艺术家[4]，一声声宏论惊天[5]，一出出剧目搬演，一卷卷巨著精尖[6]。创新的理论连连，巧妙的创作芊芊。“真”正是“三面向”[7]丰富内涵，“善”正是“三文明”[8]品牌展现，“美”正是重古今探微求源。时空殿前，满三晋个个仰观，博得个冠冕灿灿。却道是耿耿人间风光艳，去草留兰。

〔隔尾〕忘年交你我拳拳恨时短，扶助我先生双手旦旦牵，可恨我慵懒愚钝启蒙难，煞是可怜，则要你循循善诱耐心儿管。

（2008 年 10 月 25 日写）

【注释】

①寒老在中共十一届三中全会精神鼓舞下，办起了文理合璧、古今并重的“大文化”学术研究丛书《黄河文化论坛》，从 1998 年至 2008 年，已主编出版了共 16 辑。

②曾导演北路梆子剧《春风杨柳》，连获省级调演四项奖。

③曾编撰七场民族歌舞剧《晋水咽》，本剧取材于太原晋祠宫女群像彩塑的传说。获文化部、中国剧协颁发的全国优秀剧本奖。

④1992 年中共山西省委、山西省政府授予此光荣称号。

⑤指《中国梆子声腔源流考论》等观点。

⑥指《寒声文集》十卷。

⑦指面向现代、面向世界、面向未来。

⑧指物质文明、政治文明、精神文明。

【商调·集贤宾】

纪念刘少奇主席诞辰110周年

2008年11月24日,是中国共产党和中华人民共和国主要领导人之一刘少奇主席诞辰110周年。观看12集电视连续剧《刘少奇故事》(央视一套黄金时间播出),有感抒怀。

〔集贤宾〕恨江青妄当红都皇后,更有那林贼阴谋,两个集团连心轴,搅害得天下仇雠。毒涎喷开国元勋,野心剑横刺兜鍪,论功过黑白不究,为人民倒被拘囚。朝天问来由?何人在计谋!

〔逍遥乐〕二十三块八毛钱,全家买粮糇,钱柜里收,你你你总是忘忧。听工人细说岁月遒,访农民住进破烂房头,同吃同住,并肩劳动,调查研究。

〔醋葫芦〕当选国家主席后,教育子女更咻咻,领他们劳动在田畴。九满回访花明楼[1],儿女个个不耍牛,晓风残月睡田头。

〔浪里来煞〕有谁知人祸天灾践蹂,公社食堂暗幽;死的死饿的饿扎痛主席心陬,可是你再而三向人民道歉不周。如今时候,观众看得泪珠儿串串直流。

(2008年12月12日子夜写成)

【注释】

①九满，刘少奇乳名；花明楼，刘少奇故乡湖南永宁的住址。

【南吕·一枝花】

赠汾阳中学高二班参军同学

1951 年 7 月，党中央和政务院向全国青年学生发出了“参加军干校，抗美援朝，保家卫国”的伟大号召，当时，在汾中党支部、团支部、学生会的共同领导组织下，初三毕业班和高中班的同学，掀起了参军热潮。高二班有韩昭瑞、赵前光、田福锟、薛治本、申世伟、武济众等同学，积极报名，光荣入伍。弹指一挥，光阴已过整整 57 个年头，然而情谊未减，回首往事，特赋此曲。

〔一枝花〕蓝天丛树烟，晚日斜晖嵌，层楼高过天，莘莘学子满校园。龙虎居安，正是读书湛①。突来侵略焰，战火烧到家乡边，保家卫国雄力挽。

〔梁州第七〕昭瑞头儿领先报名，有前光紧紧蝉联，治本么更为灵便。一个福锟，一个济众，一个世伟，手手相牵，哭喊的体检情专，瞒双亲心绪绵绵。喜的是“谁是最可爱的人”？恨的是反动派狼烟虎阚，爱的是顶天地英俊青年。人民面前，生生戎马余热献，晚年幸福璀璨。咱们岂等时光照夜阑，总不会了却情缘！

〔隔尾〕辨清浊不看权势眼,为人民服务道义担,感谢那母校汾中教育善,众哥儿们快活人间,还是仙逝九天,妙手丹青写不完。

(2009 年 2 月 20 日写,分别载于《汾州乡情》2009 年第 3 期、《汾中百年》2009 年第 6 期)

【注释】

①湛(dān),喜乐意。

【商调 · 集贤宾】

读建荣老弟《点击当代画家》[①]

〔集贤宾〕胖墩墩河东才子首,客居并州游。放眼看多才多艺,仔细想心事悠悠。你读好书更赏名画,写美文总是深究,收藏万卷名画立轴,不吝金钱猛搜求。豪放又执着,洒脱且自由。

〔逍遥乐〕十八篇美文章章相扣,论名家名画情润笔头,画评忒优。声声唱讴,听句句气韵飞扬久留,品评的风格流派对头。惊其才艺,诗词书画,烂入心头。

〔醋葫芦〕"十条标准"[②]验收,堪称当代画论畴,继往开来更胜一筹。精确贯珠喉,前辈先贤两个半[③],当代领军自风流[④]。

〔煞尾〕细细数评画家百十六，十位大家再阐幽。一个个信手来对比得令人凝眸，一个个能抓住要害揭出良莠，结尾时候，你尖锐指出当代画坛六大缺口⑤隐忧。

（2009 年 4 月 30 日）

【注释】

①著者李建荣，原山西大学中文系 1978 级学生，现任山西日报报业集团《发展导报》社社长兼总编辑。今年仲春赠我一本《点击当代画家》（北岳文艺出版社 2009 年 4 月第 1 版），该书品评了当代画家 116 人，专文评论了我国当代十大画家：吴冠中、白雪石、刘大为、冯远、白伯骅、杨秀珍、霍春阳、贾广健、王西京、方楚雄。

②该书《代序》中提出好画应当具有十好标准，即“出身好，长相好，气韵好，笔墨好，色彩好，构图好，情思好，意境好，书法好，印章好”。

③指画界与社会舆论：中国画家只有两个半，一个徐悲鸿，一个齐白石，半个张大千。

④吴冠中等 25 位著名画家为领军人物。

⑤六大缺口是指：一、当代画坛缺大师；二、缺少大作品、经典作品，让人顶礼膜拜的惊世之作；三、缺少创新，缺少形式上和内容上的突破；四、缺少对当代生活的深度关注和诗意描写，相反却去复古仿古；五、缺少执着精神和吃苦精神，缺少尽善尽美的理想主义；六、缺少新的绘画理论。

【正宫·端正好】

悼念航天之父钱学森[①]

〔端正好〕撇去了名和利，从没有争和斗，坚持“六不”[②]生活秀，您关心的是“2049”[③]，要祖国强盛千秋！

〔滚绣球〕“航天之父”不受，“导弹之父”弃丢，管什么建新房温馨皮肉，报刊上反对颂己优。闲悠悠深思未来，您比那腐败头头，为民为国好担忧，一生致力航天伟业成就。“我姓钱但我不爱钱”[④]，捐两个百万奖金酬[⑤]，治理沙漠丘。

〔倘秀才〕念年来在异邦火箭研究，新中国在东方屹立地球，您爱国拳拳之心孺子牛，却被美国扣留，将您软禁要阴谋，可急坏了咱国家领袖毛、周[⑥]。

〔滚绣球〕畅好是1955年晚秋，爱妻子女同返九州。您脱了西服换上中山装，竟把火箭技术全情投，表决心誓搞导弹，“中国人不比外国人矮一头！”美国多次授您“杰出校友”，您却说“今生再不去美国做囚！”可看那腐败头头，卖身卖国随缘过，一个个投靠异邦似水流，成了奸仇。

〔倘秀才〕有一个蒋百里爱女蒋英，七月七相互牵手[⑦]，喜结良缘得成就。一个是“比五个师力量还大”[⑧]的科学家，一个是能把钢琴艺术秀，真正是科学与艺术的完美联手。

〔滚绣球〕门当户对族优，青梅竹马情悠悠。博学鸿识开锦绣，钱学森聪颖过人家世深厚。唐诗宋词背熟，玩飞镖更高手。蒋英美女依旧，歌唱声自有源流，相濡以沫生活得千般秀。可恨可杀呀腐败分子与包二奶，枉度春秋！

〔随煞〕休言功德何时就?！蛰居在红砖小楼。遗憾哪短文一篇"卫星"凑，"冒叫一声"⑨的科学泰斗。请看那"两弹一星"神游，四海九州，享誉海内外的"钱氏精神"，昭示人们向前走！

（写于2009年11月7日农历立冬之日，2010年10月修改定稿）

【注释】

①中国共产党的优秀党员，忠诚的共产主义战士，享誉海内外的杰出科学家和我国航天事业的奠基人，中国科学院、中国工程院资深院士，中国人民政治协商会议第六届、七届、八届全国委员会副主席钱学森同志，因病于2009年10月31日8时6分在北京逝世，享年98岁。钱学森，浙江杭州人，1911年生于上海，汉族，1959年加入中国共产党，博士学位，被誉为"中国导弹之父"、"中国火箭之父"。

②"六不"指他坚持不题词、不为人写序、不参加鉴定会、不兼任任何顾问或名誉顾问、不到外地开会、不出国。

③做了他26年秘书的涂元季说："如果说还有什么未了心愿的话，那就是他在书信中表达的对祖国未来的设想，比如2049年

建国100周年的时候我们国家是什么样子。”

④⑤钱老常说:“我姓钱,但我不爱钱。”1958年,他的《工程控制论》一书,获得国家自然科学一等奖,稿酬加奖金共计人民币1.15万元,悉数捐出,支援了中国科技大学力学系贫困学生。1994年,他获得何梁何利基金奖,奖金100万港元。2001年,他又获得霍英东科学成就终身奖,奖金也是100万港元。两个百万全部捐给祖国西部治理沙漠事业。

⑥20世纪50年代,在周恩来、毛泽东的亲自过问和关怀下,运用巧妙机智的外交手段,经过黄华、王炳南、章汉夫、乔冠华、陈叔通等人的斡旋斗争,美国移民局对钱学森才下达了放逐令,让他携妻带子返回了祖国。

⑦在美国十多个年头,钱与蒋彼此没有来往。1947年钱学森回国,于当年的农历七月初七,向蒋英求婚,随后在上海喜结良缘,从此两人相互呵护,终生不渝。

⑧1956年,毛泽东对钱学森说:“听说美国人把你当成5个师呢!(美国海军部次长说,一个钱学森抵得上五个海军陆战师,我宁可把这个家伙枪毙了,也不能放他回红色中国去!——瑜夹注)我看呀,对我们来说,你比5个师的力量大多啦!”

⑨1958年“大跃进”运动中,“破除迷信”实际上是破除了科学,“解放思想”实际上是鼓励了浮夸。当年1月,广东汕头报告晚稻亩产3000斤,一个月后,贵州金沙县就成了亩产3025斤了。入夏后,全国小麦“卫星”争相耀眼,河南遂平放出小麦亩产2105斤的卫星,继而又放出亩产3530斤的卫星。6月16日《中国青年报》发表了钱学森的一篇短文《粮食亩产会有多少?》,他说:“把每年射到一亩地上的太阳光能的30%作为植物以利用的部分,而植

物利用这些太阳光能把空气里的二氧化碳和水分制造成自己的养料,供给自己发育、生长、结实,再把其中的五分之一算是可吃的粮食,那么稻麦每年的亩产量就不仅仅是现在的两千多斤或三千多斤,而是两千多斤的20倍!”钱文很快得到最高领袖毛泽东的认可和中宣部部长陆定一的大力推介,在社会上产生了极大的影响。毛曾对钱说:“原来你也是冒叫一声!”当毛的秘书李锐向毛质疑时,毛回答说,看了钱学森写的文章,相信科学家的话。详细情况可阅薛攀皋的《科学家与农民竞放“卫星”》一文,原载《炎黄春秋》2010 年第 5 期。

【南吕·一枝花】

华东六市休闲游

〔一枝花〕烟花三月天,众老江南转。东风夹细雨,红绿满芊芊。负、郭两民官[①]率领着耄耋须发练,一个个担惊受怕悬,夜晚来察勘安全,白日里嘘食问暖。

〔梁州第七〕请看那雪发女相互手牵,眉寿叟步履蹒跚。人人争先比康健,一团笑脸,一片嫣然,一身翩翩,一点神安,鸹噪声搅着笑谈,无闲愁闯入心尖。有景是台阶冲霄人头攒动瞻仰中山,有景是小桥流水碧波烟柳祈福寒山,有景是中国馆红画图流动[②]东方之冠,有景是“狮子”“木渎”吴镇[③]木房悠悠小船。你道我老也岁晚,欣赏那景色经典,不逊于方家艺坛。耿耿灵机压珠灿,去草留兰。

〔尾〕试遥想三国时魏蜀吴曹孟德诸葛亮周公瑾响珰珰的绝顶中坚，怎知道当今世工农兵学商干老中青精英群数不尽的指点江山。我饮的是杭菊茶，赏的是陶水月，乘的是摇橹船，写的是散曲篇。我也要练绘画、学评弹、写书法、祭陵园；我更要不忘祖、继宏愿、雨花台、先烈缅。迈大步、跃向前。即便是敲了我牙，塞了我咽，瘸了我腿，送老白云边，天赐我动手动脑不肯闲，学习“八怪”④茅盾前贤。我有珍珠密字芙蓉篇，吟曲五百篇，著书若干卷，越阻越情忺。天哪！真正是惆怅欢情霜鬓明朝又一年！

（2011年5月1日写，首发于5月13日《发展导报·副刊》，5月31日《山西大学报·文艺副刊》又载）

【注释】

①“贠、郭两民官”，指贠根有、郭平，山西大学老干部处副处长。2011年4月23日—28日，由老干部处组团并率领外出旅游。共43人，年龄最大者82岁，最小者39岁。

②“画图流动”指中国馆内巨幅《清明上河图》经高科技光电技术处理后，画面上的车马、人物、流水，活灵活现，栩栩如生。

③“狮子”指苏州四大园林之一的狮子林。“木渎”指苏州另一园林，清初乾隆皇帝六下江南必游之地。吴镇指浙江省桐乡市吴镇，为著名作家茅盾故居及纪念馆所在地。

④“八怪”指扬州八怪，即清乾隆年间曾居扬州的著名画家金农、汪士慎、黄慎、李蝉、郑燮、李方膺、高翔、罗聘，其画独创风格，自成一家。

【南吕·占花魁】

赞“最美女孩”孟佩杰

〔一枝花〕孝老爱亲娃，道德模范花。小小孟佩杰，活似雨后霞。五岁时生父人寰撒，八岁时养母患病瘕，九岁时养父远离家，瘫痪养母脏嚓嚓，十二年来悉心照料乐哈哈！

〔梁州〕初中毕业小女娃，恰遭逢养母病情更恶化。从交口到临汾，学业整三年的她，一边分分秒秒听课作业应对考试励志狠抓，一边做饭喂饭按摩敷药倒屎倒尿伺候老妈，每日价早午晚真正忙煞！有什么苦恼全忘啦，有什么困难吓不倒她，孝心、爱心、感恩心，心心相加，生活学习两不误，支撑着风雨飘摇的家。小佩杰知荣辱讲正气，真正是一代英雄人人夸！

〔尾〕你的事迹感动了临汾，感动了山西，感动了九州天下。“最美女孩”面对殊荣，不说大话，相信你永远永远德耀中华！

（2011 年 10 月 5 日上午写）

【正宫·金殿喜重重】(南北合套)

赞姚奠中先生一家并贺先生101岁[①]

〔金殿喜重重(南)〕研讨儒庄,画印诗书,“四绝奇才”彰。国学不荒,尊师不忘,爱生更像亲娘。书法行,行楷隶篆,四体皆精更独创。育子女,炼个性,宠辱不惊启新航。

〔塞鸿秋(北)〕可恨那“极左”时,“极右”帽妄戴上,一个个精英子女遭祸殃:姚大云,逼损在劳动上;姚二云,名牌校不准上;爹与娘,哀诉在冰弦上;力芸和少云,更是泪茫茫,怎知她姐弟俩,如凌霜,冷落在稚嫩的心灵上。

〔金殿喜重重(南)〕天亮,红日高照天一方,天回地转新篇章。雄才博学,四海堂堂,甫能得兰亭终身成就奖。是谁将“太炎传统”扬,“与天地精神相来往”,是先生,忒辉煌,薪火相传翰墨流光!

〔货郎儿(北)〕想着人民不计得失,为国家慷慨解囊,一百万教育基金捐偿,四子女个个捐三万,看看看“右派”远比“左派”强。

〔醉太平(北)〕有人说他傻样,或追逐名利场。小人哪何懂君子心肠,这才是以德报怨境界高尚!德学艺寿四种皆高,学者诗人翰墨榜样,心系教育把人才培养,大家风范众人景仰!

〔尾声〕往事后期牢记省,我祝愿姚氏全家百世芳!先生千寿无疆!

【注释】

①姚奠中,1913年生,山西稷山人。著名学者、书法家、教育家,是国学大师章太炎晚年七名国学研究生之一。姚奠中先生辗转江苏、安徽、四川、贵州、云南、山西等各地高校,任讲师、副教授、教授,讲授中国文学史、通史,除经、子典籍之外,还涉及诗、词、文字学、文艺学等方面。姚奠中的诗、书、画、印被誉为"四绝"。他的诗词创作堪称一部现当代历史记录,体现出鲜明的时代特色和个性风骨。

(2013年8月11日《山西晚报》副刊子夜载)

【南吕·占花魁】

恭贺"第七届世界核桃大会"在中国汾阳召开

〔一枝花〕吕梁山底坳,独有汾州岙,西风吹峪水,落日满芳郊。山上核桃,片片成林茂,年产1.2万吨,"汾州裕源"大商标,市场怎不天天俏?!

〔梁州第七〕"核桃界的奥林匹克",有匈、西、葡、法、意、澳,汾阳核桃更骄傲。你看它一脸微笑,一片仁姣,一瓶瑰宝,一股香飘,健身强体虎豹彂,走向世界更荣褒。有谁能建设“五特汾阳”？有谁敢培养“晋龙核桃苗”？汾阳人独去骁骁，困难远抛！“健康、生态、绿色、共享”，主题响亮震云霄。“让人类更健康”，口号崇高。

〔新隔尾〕看会徽真正神交，雕窗内暗藏核桃，弯弯曲曲创意高，笔画，色调，汉字拉丁文相配的巧。“核桃综合管理年”，中国梦啊昭昭！

（刊于《汾州乡情》2013年第5期）

【南吕·一枝花】

不服老

5月21、22日，山西大学老干部处组织离退休同志赴平顺西沟、武乡八路军总部旧址参观学习，共有52人，由郭平副处长领队。在参观李顺达旧居返程时，突然发现申纪兰在地里锄玉米苗，大家惊喜不已，纷纷下车看望她。她怕踩坏庄稼，立马走到村委会广场和大家交谈并合影留念。我回来后，用元曲的形式抒发了我们见到申纪兰老人的兴奋。

【一枝花】山大女人朵朵花，白发老翁枝枝柳。花开红艳艳，柳摆腰柔柔。平顺旅游，通天峡天然大氧吧，三叠泉漫漫数猕猴。爬陡峰箭步有序，天露台雄奇险秀。

【梁州第七】李顺达是个劳模文化领袖，申纪兰更不落后。价值观不变常依旧：以人为本、自强不息、勤俭廉洁、艰苦奋斗、与时俱进追潮流,“五大特色”藏心头。你看她耄耋年梯田地扛大锄精锄玉米;你看她见客来笑眯眯与个个问好握手;你看她为摄影不嫌烦山大人争先恐后。且莫说“我老也暂休!”她坚决淡泊名利为首,要“忠诚”更深透,她是个山村媳妇不怕丑,就爱铁锹锄头。

【隔尾】子女们无论是上学校找工作结姻缘去致富总是独立地走,她可是对公婆端屎尿对邻居和村民却能精心伺候。第一个提出了男女同工同酬,不曾落人后,人人说“人到中年万事休”,她却说“怎肯虚度了春秋!”

【尾】她是个连续担任十年的山西省妇联主任的好手,她又是连任十二届全国人大代表见证共和国成长的人头。就是她提出了“六不”请求:不定级别,不要专车,不要住房,不领工酬,不离劳动,不转户口。就是她具备了“四个第一”名头:第一个出国亮相的中国农民妇女代表;第一个提出男女同工同酬;第一个提出不吃请、不请吃、不乱说的“三不”管住嘴;第一个提出不脱离农村、不脱离农民、不脱离劳动的“三不”要求。不管省情国情出现什么新症候,纪兰精神永不丢!山大人拳拳学纪兰,尚兀自不肯休。郭处长精心安排,赵大夫医护细周。天哪,纪兰真是女中豪杰第一流,羞煞那大大小小腐败分子人生路上不敢走!!!

(2015 年 5 月 30 日《山西晚报》)

附　录

散曲阅读书目简介

经常有些高等院校的中青年教师、研究生，特别是社会上的许多散曲迷们，要我告诉他们怎样就能写好散曲？应当读哪些散曲类的书籍？这个问题很大很深，不是三言两语就能够说清的，需要长期坐冷板凳，下工夫。但一定要回答也很简单，即老生常谈的套语——理论联系实践，多读多写，边读边写，自然而然就有道行了。今天先来谈谈阅读哪些散曲类的书籍，分门别类给大家简要介绍一下。所介绍的书目，并不需要都读，每类读一二种即可，有些书是为查找资料用的。为了读者觅书方便，把同类的书介绍若干种，假若要把全部介绍下来，恐怕上百种了。

散曲作品类

1.《全元散曲》 隋树森编纂。1964 年 2 月中华书局出版,上下两册。1981 年重版。汇集了今天可以读到的全部元人散曲,总计收有小令 3800 多首,套数 450 余套,还附有部分散曲残文。编者对所收得的散曲都注明出处,有作家小传,并附有详细的校勘记、作家姓名别号索引、作品曲牌索引。若是专门研究散曲者此书则必读,若是一般阅读习作者,则可读《全元散曲简编》。

2.《全元散曲简编》 上海古籍出版社 1984 年 10 月出版。元曲作品浩瀚,菁芜杂陈,检阅不易。为方便读者起见,隋树森又在《全元散曲》的基础上,选录了小令 1080 首,套曲 124 套,还增补了几首新发现的作品。共选录了元好问、关汉卿、白朴、马致远、王实甫、张可久、无名氏等 129 人。《简编》前有导言,后有索引。《导言》写得非常全面扼要,简直就是一部元代散曲发展简史,内容共分为八部分:一、曲、散曲;二、元人散曲的渊源;三、元人散曲发展概况;四、元人散曲中所反映的社会现实;五、元代散曲作家对政治的态度;六、元人散曲的艺术性;七、元人散曲的题材和流派;八、书目举要。《索引》按作家作品、曲牌及有关作品编排,查找起来也很方便,但因全书正文是用繁体字排印,所以《索引》也是繁体字,这就对不识繁体字的人来说有些困难。解决繁体字和简化字的对应关系，可查《新华字典》或《现代汉语词典》。

3.《元散曲选注》　王季思等五人选注。1981 年北京出版社出版。有王季思、洪柏昭合写的《前言》。本书以隋树森编的《全元散曲》为底本选录，个别地方作了一些校勘工作，全部改为新式标点，个别句逗也有所改动。全书共选了 76 人的 241 首小令和套数。

4.《元明清散曲选》　王起（季思）主编，洪柏昭、谢伯阳选注。1998 年人民文学出版社出版，中国古典文学读本丛书之一。《前言》中把元明清三代的主要作家及其作品，分别作了简要的分析，并有作家略传。选录元代散曲作家 48 人，作品 149 首；明代散曲作家 38 人，作品 139 首；清代散曲作家 39 人，作品 69 首。全书用简化字排印，注释也较通俗易懂。

5.《新校九卷本阳春白雪》　元杨朝英选辑，隋树森校。收录元代散曲。1957 年中华书局出版。原书分前后集，除前集卷一收《唱论》及宋金词外，余均为散曲，大致以宫调曲牌为序编排。书前有延祐、皇庆间贯云石序。此书流传版本繁多，各本差异很大。读隋校本即可。

6.《朝野新声太平乐府》九卷本　元杨朝英选辑，隋树森校订。收录元散曲，前五卷为小令，后四卷为套数，选录了关汉卿等 80 余家作品。1958 年中华书局出版。此书体例略同《阳春白雪》。前有至正十一年邓子晋序。元明间抄本刻本很多。

7.《梨园按试乐府新声》，又简称《乐府新声》 三卷本，元无名氏辑，隋树森校订。收录元散曲。原书上卷为套数，中下卷为小令。除部分与《阳春白雪》《太平乐府》重复外，尚有许多不常见的作品。1958 年中华书局出版。

8.《乐府群珠》四卷 明无名氏辑，卢前校。收录元明散曲。所收皆小令，共 26 调，1800 多首，作家 100 多人。1955 年商务印书馆出版。

9.《盛世新声》十二集 明无名氏辑。收元明散曲戏曲作品。大多为当时演唱之名作，计套数 400 余套，小令 500 余首，其中有不少时调小曲。1956 年文学古籍刊行社出版影印本。

10.《元人小令集》 陈乃乾辑，有三种版本：一为 1935 年上海开明书店出版；一为 1958 年古典文学出版社出版；一为 1962 年中华书局出版增订本。

除上述外，还有著名的散曲选集，如明人陈所闻选编的《南宫词纪》六卷、《北宫词纪》六卷，又合称《南北宫词纪》。选录标准以“典雅”为主，集中保存了许多前人所未注意或为他书未收的明人散曲，材料较为丰富。

散曲史论类

1.《散曲概论》一卷 任讷著，1921 年上海中华书局

《散曲丛刊》本。

2.《元明散曲小史》 梁乙真著。1934 年上海商务印书馆出版,1935 年再版。

3.《中国散曲史》 罗锦堂著,1956 年台北中华文化出版事业委员会出版。

4.《元人散曲论丛》 隋树森著,1986 年齐鲁书社出版。

5.《散曲通论》 羊春秋著,1992 年岳麓书社出版。全书 33 万字,共分十章:第一章绪论,第二章体制论,第三章声律论,第四章章句论,第五章辞采论,第六、七、八章为作家论,分别评论了元、明、清三代作家群,第九章流派论,第十章余论。卷末附录作者写的《迎旭轩曲存》,均为小令。

6.《元代文学史》 中国社会科学院文学研究所总纂、邓绍基主编,1991 年人民文学出版社出版。其中第十四章、十五章、十六章详细论述、赏析了元代散曲主要作家及作品。

7.《中国文学史》(下) 张培恒、骆玉明主编,1996 年复旦大学出版社出版,此书共有上中下三卷,元代散曲属于下卷第六编第三章。

散曲鉴赏评论类

1.《元明散曲鉴赏集》　人民文学出版社编辑部编，中国古典文学鉴赏丛刊之一。1989 年 1 月出版。此书把金元明三代 36 人的代表作品小令套数 78 首，从作品的意境、结构、技法、修辞、风格等艺术特点方面，均作了精辟的鉴赏评论。

2.《元曲鉴赏辞典》　蒋星煜主编，1990 年 7 月上海辞书出版社出版。此书包括散曲和杂剧两大部分条目，内容丰富，是一本实用性较强的工具书。附录中的《元曲释词简编》《读曲常识》《元北曲谱简编》，对于鉴赏、写作散曲很有帮助。

3.《元散曲欣赏》　毛炳身、周祺家著，1983 年中州书画社出版。

4.《元曲赏析》　徐征、刘庆国编，1985 年石家庄花山文艺出版社出版。收元杂剧和散曲，以赏析为主。

5.《全元散曲典故辞典》　吕薇芬著，1985 年湖北辞书出版社出版。

6.《元曲释词》　顾学颉、王学奇编，全二册，1983、1984 年中国社会科学出版社出版。

7.《元散曲》　徐中玉主编，谭帆、邵明珍注评。属中国古典文学精品选注汇评文库之一种。广东人民出版社

2003 年 1 月第 1 版。本书将元代散曲分为遣怀篇、叹世篇、情爱篇、咏景篇、嘲戏篇等五类编印，每首散曲有注释，有说明。

散曲格律类

1.《古代汉语》（全四册） 王力主编，1964 年 5 月北京中华书局出版。在下册第二分册第 14 单元中选录有白朴、马致远等七人的小令和套数。〔古汉语通论〕（三十二）专门论述了曲调、曲韵、曲字四声、衬字。〔附录四〕曲谱，〔附录五〕曲韵常用字表，对于当代人写散曲很有帮助。

2.《汉语诗律学》（增订本） 王力著。此书第四章专门讲曲律，在《曲谱举例》中，共列举了 151 首曲调谱式。1958 年新知识出版社第 1 版，1962 年上海教育出版社第 1 版，1979 年第 2 版。

3.《元人小令格律》 唐圭璋撰。最早据陈乃乾辑《元人小令集》，1944 年撰于重庆中央大学。1978 年又据隋树森编《全元散曲》中之小令，反复比勘，重加校订，于 1981 年 2 月由上海古籍出版社出版。

4.《诗词曲格律纲要》 涂宗涛著，1982 年 8 月天津人民出版社出版。这是一本专门研究诗词曲格律的专著，对于专门研究的专家学者也好，对于初学者写作散曲或旧体诗词的同志也好,应当说是一本必读的书籍。

5.《诗韵新编》　中华书局上海编辑所编辑,上海古籍出版社 1965 年 4 月出版,以后继有 1978 年 7 月新版等。编辑者主张:“在今天形势下,不论新诗或旧体诗词,都要求用现代语音来押韵。……为了达到思想上艺术上的效果,更应该押用现代语音的韵脚。”“新编的诗韵当然要以现代语音为主要依据,并尽可能接受现代汉语音韵研究的科学成果,为协助推广普通话增加一份力量。在符合于这一要求的情形下,我们适当地吸收了一些有利于诗歌创作,同时在今天还有一定地位的其他音读。在每一韵部中,还着重分清了平声和仄声。在体例方面,我们采取‘按音分列’和‘同声字按常用罕用分先后排列’互相结合的办法,作为每一韵部各字的编排次序,字下并略举例词,供诗歌、戏曲作者创作时的联想和构词等方面参考之用。对于比较生僻的语词,并间有简略的解释。”全书共分 18 韵部,并附有《佩文韵府》,即平水韵,如有些散曲作者习惯于运用古音韵,即可参阅《佩文韵府》。

6.《钦定曲谱》　清人王奕清等编。1924 年、1941 年上海扫叶山房石印本。

7.《北词广正谱》　18 卷,清人李玄玉著,明人徐于室原稿,后由李玉(即玄玉)更正。原线装四册,清代青莲书屋刻本。新中国成立前有北京大学石印本,后有台湾学生书局出版的王秋桂主编《善本戏曲丛刊第六辑 · 北词广正谱》共二册。此为曲谱专著,主要讲各种曲调的格律。初学者如果想研究某一宫调的套数,应该用哪些曲牌前后联结,或想了解哪些曲牌可以用来填写小令,此书都有说明。

(写于2006年国庆节期间,发表于2009年第1期《火花》)

恭贺太行艺术馆开馆

太行太行,太行精神放光芒;东方东方,东方艺术万里航。李可染、徐悲鸿、张大千、吴冠中,一代巨擘展画廊,淋漓淡宕;欧阳中石、李铎、舒同、刘海粟,真草隶篆满琳琅,墨采圆朗。搜齐了国粹,写尽了沧桑,你我他万古流芳;先进的文化,前进的方向,红黄蓝百花齐放。古人云,儒家贵"和",法家贵"力",道家贵"柔",墨家贵"兼",不管这家那行,优秀的传统文化我们都要发扬;今人称,人民幸福,社会和谐,民族振兴,国家富强,无论此地彼方,醉人的百年佳酿大家速来分享。这便是太行艺术馆的模样,这便是艺术馆主们的理想。我要高呼!我要鼓掌!愿神州大地的姐妹们来欣赏,请太阳底下的兄弟们来品尝。谢谢各位捧场!谢谢各位捧场!

(为学生骆士正同志筹办太行艺术馆开馆而作)

图书在版编目(CIP)数据

仙龙斋散曲选 / 赵景瑜著. —太原：三晋出版社，2016.1
（赵景瑜文集）
ISBN 978-7-5457-1313-8

Ⅰ. ①仙… Ⅱ. ①赵… Ⅲ. ①散曲 - 作品集 - 中国 - 当代
Ⅳ. ①I227.9

中国版本图书馆 CIP 数据核字(2016)第 023436 号

赵景瑜文集 · 仙龙斋散曲选

著　　者：赵景瑜
责任编辑：落馥香

出 版 者：山西出版传媒集团·三晋出版社（原山西古籍出版社）
地　　址：太原市建设南路 21 号
邮　　编：030012
电　　话：0351-4922268（发行中心）
　　　　　0351-4956036（总编办）
　　　　　0351-4922203（印制部）
网　　址：http://www.sjcbs.cn

经 销 者：新华书店
承 印 者：山西天辰图文有限公司

开　　本：850mm × 1168mm　1/32
印　　张：38.25
字　　数：1000 千字
版　　次：2016 年 1 月　第 1 版
印　　次：2016 年 1 月　第 1 次印刷
书　　号：ISBN　978-7-5457-1313-8
定　　价：200.00 元（全六册）